见证

辉煌

——纪念改革开放四十年
中国知识产权报新闻作品集

中国知识产权报报社 编著

知识产权出版社
全国百佳图书出版单位

**图书在版编目（CIP）数据**

见证辉煌：纪念改革开放四十年中国知识产权报新闻作品集/中国知识产权报社编著 . —北京：知识产权出版社，2019.7

ISBN 978 - 7 -5130 -6228 - 2

Ⅰ.①见… Ⅱ.①中… Ⅲ.①新闻—作品集—中国—当代 Ⅳ.①I253

中国版本图书馆 CIP 数据核字（2019）第 078863 号

**内容提要**

改革开放四十年，恰逢《中国知识产权报》创刊三十周年。本书从历年刊登的作品中精选了近500 篇文章，既有重大历史事件的独家报道，也有年度有特色和典型意义的新闻追踪，还有对知识产权事业推动者、亲历者的采访等，并配有多幅富有时代感的照片，立体全面地反映出改革开放 40 年来中国知识产权事业发展的辉煌历程，是一部具有历史纪念意义的作品集。

责任编辑：卢海鹰　可　为　　　　　　责任校对：王　岩

装帧设计：卢海鹰　可　为　　　　　　责任印制：刘译文

**见证辉煌**

——纪念改革开放四十年中国知识产权报新闻作品集

中国知识产权报社　编著

| | | | |
|---|---|---|---|
| 出版发行：知识产权出版社 有限责任公司 | | 网　　址：http：//www.ipph.cn | |
| 社　　址：北京市海淀区气象路 50 号院 | | 邮　　编：100081 | |
| 责编电话：010 – 82000860 转 8122 | | 责编邮箱：lueagle@ 126.com | |
| 发行电话：010 – 82000860 转 8101/8102 | | 发行传真：010 – 82000893/82005070/82000270 | |
| 印　　刷：三河市国英印务有限公司 | | 经　　销：各大网上书店、新华书店及相关专业书店 | |
| 开　　本：787mm×1092mm　1/16 | | 印　　张：59.5 | |
| 版　　次：2019 年 7 月第 1 版 | | 印　　次：2019 年 7 月第 1 次印刷 | |
| 字　　数：1300 千字 | | 定　　价：300.00 元 | |

ISBN 978 -7 -5130 -6228 -2

1989 年 4 月 12 日，改革开放的总设计师邓小平同志为《中国专利报》题写报名

# 编委会

# 序　言

　　中国的知识产权制度是伴随着改革开放建立和发展起来的，既是改革开放的产物，也为改革开放提供了重要支撑。改革开放四十年，中国知识产权事业从无到有、从小到大，跨越了西方国家百年的历史进程，并越来越深刻地影响着中国、改变着中国。知识产权制度在中国的伟大实践，也必将载入世界知识产权事业发展的史册。

　　《中国知识产权报》就是这段历史的记录者、见证者。这份报纸问世出版三十年来，坚守专利工作及知识产权事业宣传主阵地，与改革开放的伟大历史进程同行，承载了中国知识产权事业起步、成长、改革、发展进程的点滴记忆。捧读这本《见证辉煌》文集，如同跟随这些文字与照片组成的路标，重温知识产权事业奋斗征程，令人意气风发，壮志豪迈。

　　四十年风云一纸书。翻开这本文集，从《我国年专利申请首次突破 10 万件》到《我国注册商标累计超过 200 万件》再到《我国已注册地理标志商标 4150 件》，从《国务院发布〈国家知识产权战略纲要〉》到《国务院印发意见加快建设知识产权强国》再到《习近平出席博鳌亚洲论坛 2018 年年会开幕式并发表主旨演讲强调　加强知识产权保护是完善产权保护制度最重要的内容　也是提高中国竞争力最大的激励》，一篇篇镌刻时光的消息，勾勒出知识产权事业从无到有、由大到强的清晰轨迹；从《历史性的时刻——中国专利局受理第一份 PCT 申请侧记》到《披尽黄沙始见金——中美知识产权谈判再回顾》，从《举步维艰仍奋力》到《"中关村 1 号"的知识产权嬗变之旅》，一篇篇见微知著的通讯，描绘了知识产权推动经济社会发展的蓬勃生机；从《抓住专利事业发展的新契机——祝贺修改后的专利法施行》到《走出时代的节拍——祝贺中国专利局更名为国家知识产权局》，从《直面经济》到《辩证看待中国专利的数量与质量》，一篇篇振聋发聩的评论，为时代注入知识产权的精神力量……正如我国知识产权事业先驱郑成思教授在这份报纸创刊时所希冀的，《中国知识产权报》让知识产权管理人员、司法人员及知识产权服务人员离不开，让知识产权法学学者和广大发明人都喜欢读，让成千上万的企业管理人员从中受益。三十年来，《中国知识产权报》始终与时代同频，和发展共振，既见证了知识产权人在改革开放中的历史担当，也镌刻了知识产权事业负重前行的光辉足迹。

　　在党中央、国务院高度重视和坚强领导下，经过近四十年的披荆斩棘、砥砺奋进，我国知识产权事业取得了历史性成就：知识产权大国地位牢固确立，知识产权保护整体步入良好阶段，知识产权运用效益日益显现，知识产权管理不断得到加强，知识产权国际影响力大幅跃升，知识产权事业发展基础更加坚实，为国家创新驱动发展和改革开放提供了有力支撑。我们看到，在知识产权事业波澜壮阔、气势恢宏的伟大进程中，在每一个重要节点上，《中国知识产权报》从未缺席，始终坚持高举旗帜、引领导向，围绕中心、服务大局，贯彻党和国家方针、政策和部署，做好知识产权舆论宣传的"先锋队"和"主力军"；迎接日新月异的科技变革，《中国知识产权报》反应迅捷，始终坚持团结人民、鼓舞士气、成风化人、凝心聚力，以万变的创新坚守不变的使命，回答时代对知识产权提出的新问题、新挑战、新诉求；面对错综复杂的世界局势，《中国知识产权报》有理有节，始终坚持澄清谬误、明辨是非，联接中外、沟通世界，扩充深度内涵、提升传播效果，让中国知识产权"好声音"唱响全球。正是《中国知识产权报》三十年中流击水、奋楫前行，助力"知识产权"这个概念在中华大地从鲜为人知到脍炙人口，让中国知识产权形象在世界舞台上熠熠生辉。

不忘历史才能开辟未来，善于继承才能善于创新。中国特色社会主义进入新时代，世界历史的中国时刻已经开启，进一步深化改革、扩大开放，我们还将面临许多新的"娄山关""腊子口"，需要我们继续与时代共同奔跑，攻坚克难，将知识产权强国建设的宏伟目标熔铸到共筑中国梦的历史征途之中。今天，国家知识产权局已成为集中统一管理商标、专利、原产地地理标志的注册登记和行政裁决的知识产权管理机构，《中国知识产权报》也逐渐成长为展示我国知识产权领域全貌的专业性、权威性报纸，我们更需要它一如既往地传递党和政府的声音，反映市场主体和创新主体的愿望，唱响主旋律、传播正能量，记录知识产权人为中国梦奋斗的每一个场景，让国家的发展进步同你我共通共鸣。

借此，谨向历年来在《中国知识产权报》工作过的每位同志表示慰问，向关心这份报纸发展成长的各界朋友表示感谢，也向本书的每位作者、向作品所记录的每位当事人表示祝贺。这份报纸的众多读者和作者同样是知识产权事业辉煌成就的见证者。正是我们每个人的辛勤汗水，汇成了知识产权事业发展的浩荡洪流，助力着高质量发展的中国巨轮行稳致远。

天仪再始，岁律更新。新征程上，希望《中国知识产权报》要有志不改、道不变的坚定。要适应社会信息化持续推进的新情况，加快传统媒体和新兴媒体融合发展，充分运用新技术新应用创新媒体传播方式，占领信息传播制高点。不忘初心、不负时代、不懈奋斗，在建设知识产权强国、支撑服务创新发展、实现中华民族伟大复兴的中国梦的历史进程中，续写知识产权事业的绚美篇章。

是为序。

2019 年 4 月

# 目　录

## 1989

## 1990

# 1992

# 1993

# 1994

# 1997

# 1998

# 1999

## 2002

# 2005

## 2006

## 2007

## 2008

## 2009

# 2010

## 2013

## 2014

# 2015

## 2018

# 1989

# 创 刊 词

正当我国科学技术工作发生着历史性转变，迎来了科学技术蓬勃发展的大好形势，改革与开放犹如春风化雨撒遍神州大地，滋润着瑰丽的科苑之花的时候，作为商品经济产物的专利制度，适逢其时地在我国诞生了。我国专利制度是在党和国家的重视、支持和关怀下建立和发展的，是改革开放的产物。

为了进一步做好专利宣传工作，以推动我国科技进步和经济发展，加速建设具有中国特色的社会主义，业经国家新闻出版署正式批准，《中国专利报》于今天，正值我国专利法颁布5周年、实施4周年之际，与广大读者见面了。

《中国专利报》是中国专利局机关报，也是专利事业的行业报纸，也可视为涉及科技、教育、经济、贸易等领域的综合性报纸。

《中国专利报》的宗旨是：宣传、报道我国专利工作的方针、政策和具有中国特色的专利制度，普及专利法；介绍国内外有关知识产权、专利制度、专利法、专利技术实施的理论、研究与实践；广泛传播国内外专利技术、重大发明创造信息，活跃技术市场；交流专利工作动态及经验等，以推动我国专利法的贯彻和实施，促进专利制度的建设和发展，加速专利技术向生产力的转化，加强国际合作与交流，为改革、开放、搞活服务。本报将对我国专利工作起指导和服务作用。

《中国专利报》为了适应形势和满足读者需要，将竭尽全力，结合实际，向深度和广度开拓，以其宣传报道内容所具有的政策性、行业性、新闻性、知识性和趣味性为特点，及时、生动、准确、有效地为读者做导向服务。本报竭诚面向国内外知识产权界和各界专利事业的同行，面向广大企业家和科技、教育、经济、贸易、法律工作者以及广大发明创造爱好者，力争把本报办得可读、可信、可用、可亲。

《中国专利报》为对开、六版、周报。每逢周三出版。一版为国内外重大要闻版，二版为国内版，三版为国际版，四版为信息开发版，五版和六版专版刊登中国专利局每周向全世界公开、公告的发明专利申请、实用新型专利申请和外观设计专利申请的项目。报纸通过邮局向国内外公开发行。

七届人大二次会议为治理经济环境、整顿经济秩序、进一步深化改革开放进程做出新的战略部署，《中国专利报》顺应时代需要，任重道远。

我们在办报中坚持移樽就教，恳切希望各界朋友、亲爱的读者给本报以大力支持、监督和帮助，源源赐稿，共同精心浇灌专利事业这块沃土中的新苗。

（刊登于1989年4月1日第一版）

# 希望与祝愿

国家科委常务副主任兼中国专利局局长　蒋民宽

《中国专利报》的诞生出版是我国知识产权界的一件大事。

人类对自然界的了解和认识就产生知识。间接的知识是从前人处获得的，直接的知识则为个人的发现与探索成果。

知识是积累的，特别在当今之世，一个人终其生命之世不可能不依赖前人的知识而生存。即使是个人的发现与探索的成果也离不开前人发现与探索成果的基础。因此，只有对前人发现与探索的成果了解得愈多愈深刻，人们才能真正地有更多的可能在此基础上产生新的发现与探索成果，即新的知识。任何新增的知识都只是知识冰山巅峰的一部分。

由于世界的辽阔、人口的众多，知识的产生很可能在不同的地方，由不同的人在同一时间完成。更由于现代科学技术的迅速发展，信息技术日益普及提高，知识的传播及新的发现也愈来愈快、愈来愈多。派生而出的就是知识的产权问题，即智力劳动成果的法律保护问题。专利法则为其中荦荦大者。

中国人口众多，地域辽阔，自然、经济和社会条件差别万千，知识的普及和传播是非常重要非常迫切的。一方面11亿人口天天产生新的知识，另一方面高质量有水平的新的知识的产生又有赖于前人知识的普及。不了解前人的工作就可能盲目地重复前人已做过的，并将已有的发明作为新的发明来重复。由于中国通讯信息技术建设的落后，这种现象现在尚不可能完全避免。为此，《中国专利报》将挑起传播前人专利知识的责任，为弥补中国的差距而努力奋斗。

如何正确地衡量新的发明与前人成果的相互关系，是一门专门的法的学问。一则新的成分到底有多大，二则如何确立新的成分的身份与地位。如此专门的学问不是一般人民人人都已熟知的。即使是过去均已熟知的，由于时境的变迁，也会产生新的学习任务。《中国专利报》的诞生将为这些问题的解决提供新的场地与条件。

专利法是中华人民共和国政府在保护、鼓励发明创造方面行使权力的法律依据。专利局作为国务院的专业机关应通过《中国专利报》大力宣传解释这一大法，并依靠报纸及时将典型事例予以披露，以提高各界对执行专利法的认识。

报纸既是党和国家宣传的手段，又是人民的喉舌，因此，《中国专利报》应密切联系群众，及时反映人民群众在专利方面的问题、需求、认识、意见，并充分发挥舆论工具的作用，为正邪去恶、发扬正气，纠正当前专利工作方面的缺点与错误而斗争。

中国是一个社会主义国家，现在处于社会主义初级阶段，正在逐步形成社会主义有计划的商品经济新秩序。同样是专利、同样是知识产权，由于时间、条件、地点以及历史环境的不同，社会主义的专利制度应和资本主义的专利制度有所不同，中国的专利制度应和外国的专利制度有所不同。究竟哪些不同？应按党的方针政策和中国的当时、当地的具体情况结合来定。法不可能定得非常非常详细，更不可能按各地各时的具体情况制订出许多非常详细具体的条例或办法来。因此法的解释就具有更大的原则性和重要性，必须按照社会主义的原则，按照党的方针政策来进行解释，不可也不应从心所欲地来解释。《中国专利报》应在这方面做出自己应有的贡献。

总之，历史的期望与责任已经落到了《中国专利报》的身上，任务是艰巨而极其光荣的。祝愿《中国专利报》胜利地担起此一历史任务，愈办愈好，愈来愈繁荣昌盛，成为群众、专业人员、领导部门工作人员人人爱戴的报纸。

（刊登于 1989 年 4 月 1 日第一版）

# 创 刊 号

（1989 年 4 月 1 日第一版）

# 一部具有中国特色的专利法

沈尧曾

我国专利法自 1985 年 4 月 1 日生效至今已整整 4 年了。我国专利法经受了实践的检验，得到了国内外的好评。可以说它是一部具有中国特色的专利法。

还记得在我国专利法的制定过程中，国内曾经对专利制度是否适用于社会主义国家和我国现阶段是否应该制定专利法、建立专利制度的问题展开过激烈的争论。我们应该感谢这场大争论，因为正是它促使我们更深入地思考问题和下定决心，促使我国专利法更好地结合我国实际，并具有自己的一些特色，这些特色主要表现在下面几方面。

**一、保护三种专利，实行两种审批制度**

我国专利法将发明、实用新型和外观设计统称为发明创造，并明确规定保护发明创造专利权。将实用新型和外观设计都作为专利，并在一部专利法中同时保护这三种专利的做法在世界上是少有的。正因为如此，国内曾经在专利法是否应该保护三种专利的问题上有过争论。现在看来，保护三种专利的决策是正确的，是适应我国社会主义初级阶段特点的。我国是一个发展中国家，如果不保护一些技术水平不高、但有实用价值的发明，会挫伤一大批人发明创造的积极性。

为了使三种专利在我国都充分发挥作用，我国专利法规定对这三种专利实行两种审批制度，对发明专利申请的审批比较严格，要进行实质审查，对实用新型和外观设计专利申请的审批程序简化，只进行初步审查。实用新型专利保护有利于激发群众性的发明创造，这类发明创造往往具有"短平快"的特点，比较容易得到实施和推广，因此，简化程序、加快审批，有利于这些技术尽快转化为生产力。一些不具备新颖性、创造性、实用性的实用新型专利申请或专利，可以通过实践检验和公众的监督，运用异议、无效等法律程序来处理。实行两种审批制度符合我国国情，利多弊少。

**二、关于专利权归属的区别处理**

我国专利法将发明创造区分为职务发明创造和非职务发明创造。在我们社会主义国家中，承认非职务发明创造的合法存在，并运用法律保护这些属于个人所有的无形财产权是具有深远意义的。因此，我国专利法的实施极大地调动了非职务发明人的积极性。国内非职务发明创造专利申请量超过国内职务发明创造专利申请的特殊现象充分说明了这一点。

我国专利法根据所有制关系不同，将职务发明专利权区分为持有权和所有权两种。中国全民所有制单位所取得的专利权归单位持有，其他中国集体所有制单位和中国境内的外资企业、中外合资企业以及国外申请者所取得的专利权归这些单位、企业和个人所有。

上述专利权归属区别处理的规定体现了改革的精神。

### 三、强调发明创造的推广应用

我国专利法不仅在立法宗旨中明确提出了要"有利于发明创造的推广应用",而且还具体规定:"专利权人负有自己在中国制造其专利产品、使用其专利方法或者许可他人在中国制造其专利产品、使用其专利产品、使用其专利方法的义务。"不仅如此,我国专利法第14条还规定,全民所有制单位持有的某些重要发明创造专利或者是集体所有制单位和个人的专利,对国家利益或者公共利益具有重大意义,需要推广应用的,可以根据需要实行"国家计划许可"制度。这样,可以根据国家计划的需要,通过行政手段来促进这些专利技术的实施。

此外,专利法中关于申请内容必须公开、缴纳费用办法以及强制许可制度的规定也都对专利技术的实施起到了一定的促进作用。

### 四、在全国建立专利管理机关

我国专利法规定,除了人民法院外,专利管理机关也可以处理专利纠纷案件。专利管理机关设于国务院有关部、委、总公司和各省、自治区、直辖市、沿海开放城市和经济特区的人民政府内,目前,在全国已建立了99个专利管理机关。它们具有执法和管理的职能。这种做法在世界上是独一无二的,是根据我国的实际情况做出的决定。专利管理机关是行政机关,通过行政程序来处理侵权纠纷,往往比较迅速和省钱。同时,由于专利管理机关的组成人员主要是受过法律尤其是专利法培训的科技人员,处理专利纠纷比较合适。

这四年来,专利管理机关在我国专利法的实施中发挥了重要的作用。它不仅在处理专利纠纷的案件中积累了不少工作经验,而且在各地方、部门的专利管理工作中做出了重大的成绩。

我国专利法是一部好的专利法,它不仅具有上述特色,而且博采世界各国之长,顺应时代的潮流。实践证明,我国按照国际标准建立审查制的专利局和严格的审查基准,鼓励发明创造尽快向公众公开,实行"先申请制";对发明专利申请采用了"早期公开、延迟审查"的制度,实现公众监督,引入了"异议制";方便国内外申请人,实行"代理制"等项决定都是十分正确的,并且是行之有效的。我国在贯彻执行《保护工业产权巴黎公约》中的国民待遇原则、优先权原则和专利独立原则方面也取得了成功。我国专利法的实施,既显著地鼓励和保护了国内的发明创造、加速了科技成果商品化,又对我国对外技术贸易的发展起到了重要促进作用。

目前,世界各国的专利制度正处在一个极为活跃的变革时期。我国有必要仔细研究国际专利保护的发展趋势,认真总结我国4年来的专利法实施的经验,特别要重视实践中发现的问题。在近期内,我国准备对专利法及其实施细则进行一次局部修改。我们将着重研究如何使发明创造能尽快得到保护,如何加强方法发明的专利保护,适当增加专利保护对象,以及如何提高实用新型专利的法律稳定性等重大问题，并准备考虑适当延长发明专利权的期限，建立国内优先权制度以及对有关发明创造专利权作出更加明确的规定。我们希望通过这次的修改，能在完善专利立法、强化专利保护方面"更上一层楼"，使专利法在我国的技术进步和国民经济发展中发挥更大的作用。

（刊登于 1989 年 4 月 1 日第二版）

# 实践是最好的证明

## ——访中共中央顾问委员会委员武衡

### 本报记者　王岚涛

在我国专利法颁布 5 周年、实施 4 周年之际，记者走访了中共中央顾问委员会委员、中国发明协会会长武衡同志。武衡同志曾为我国专利制度的建立做了许多工作，并在他任国家科委副主任期间，兼任中国专利局局长，是中国专利局第一任局长。

武衡同志向我们介绍了中国专利制度建立的过程，他说，建立专利制度是我国科技体制改革中的第一件大事。我国许多事情都是先做工作，积累一定的经验后再制定法规，专利制度的建立则是先制定了专利法，然后再开展工作，在实践中检验这个法和这种制度。我国专利法的立法工作一直持续了 5 年多，慎而又慎。现在看来，专利制度完全适合我国社会主义的初级阶段，适应了改革、开放的需要。武衡同志告诉我们，世界上大多数国家都实行专利制度；目前，苏联也在酝酿实行单一的专利制度。前些时候，美国总统布什接受中央电视台记者采访，在提到向我国出口技术时，他特别强调了专利制度的保护作用。就目前国内情况来讲，实行专利制度打破了科技大锅饭，承认发明创造是一种财产权并予以法律保护，调动了广大科技人员及群众发明创造的积极性，从而推动了经济的发展。

武衡同志介绍说，在制定专利法的过程中，有些同志曾经担心实行专利制度会限制我国工业发展，尤其是会限制机电工业的发展，因为当时我们有不少机电产品是引进国外的。但是如果总跟在人家后面走，中国的机电工业永远也不会得到真正的发展，永远也不能赶上世界先进水平。我国专利法实施 4 周年了，我国机电工业的发展速度是很快的。今年 2 月 19 日召开的全国机电产品出口工作会议宣布，我国机电产品出口结构逐步趋向优化，技术比较密集的产品出口增长速度高于劳动密集型产品；据中国海关统计，我国机电产品出口额已提前两年超额实现原定 1990 年应该达到的目标。这些情况很能说明问题。

武衡同志还告诉我们，制定专利法的当时还有另外一个担心，那就是外国企业或者个人是否会来我国申请专利。现在看起来，外国企业或者个人不仅来了，而且非常踊跃。到 1988 年底，中国专利局已经受理了来自国外的发明、实用新型和外观设计专利申请 19633 项，其中已批准专利 1443 项。

武衡同志最后说，专利制度在中国是有生命力的，因为发明创造活动在我国有广泛的群众基础，但由于专利法宣传普及还不够，许多人还不认识、不了解专利法。他希望中国专利报能在这方面多做些工作；同时他还希望中国专利报要宣传知识及知识产权的重要性，支持和鼓励发明创造，反映发明人的呼声，成为广大发明人的朋友。

（刊登于 1989 年 4 月 1 日第二版）

# 写在《中国专利报》创刊之时

中国社会科学院法学所　郑成思

在中国专利法颁布 5 周年的日子里，《中国专利报》诞生了。她是我国第一份全国性的知识产权领域的专业报纸。作为一个从事知识产权法学研究的工作者，我感到这是一件大事和好事。

《中国专利报》的创刊，对于在全国范围内进一步宣传专利法、普及专利知识，无疑是有益的，包括我在内的许多读者及作者，都衷心地希望这份报纸在交流专利管理、专利司法等经验，探讨和研究专利领域（及至有关的整个知识产权领域）的理论问题等方面，起到已有报刊所未能起到的作用。

在专利权的取得方面，配合我国专利法及其实施细则的修订（及不断修改），会有许多需要《中国专利报》反映、交流和讨论的问题。

随着 1985 年末第一批中国专利证书的颁发和持续增加的大量专利申请案的提交，专利权维护中的问题已经越来越多地出现在我们面前。由于我国存在特有的专利管理机关的调处制度，专利权维护中需要交流的经验就比许多国家多了一层。

在我国专利司法经验还不丰富和难免出现不足的今天，《中国专利报》就更具有重要的作用。她有倾向性地报道或评论某个专利纠纷的处理，就可能成为地方专利管理机关乃至司法机关处理类似纠纷的依据。如果日后证明这种处理结论站得住脚，报纸的威望就可能提高；反之，报纸的威望就会下降。这就给《中国专利报》的记者及编辑提出了加强自身专业素质的更高要求，同时要求他们既要大胆，又要谨慎。

专利权的转让与技术市场联系紧密。除法律问题外，有关的经济问题、科技问题也会成为报纸所登载的内容。

如果《中国专利报》有一天使专利管理人员、司法人员及专利代理人感到是一份离不开的报纸，那么她就成功了；如果进而使专利、专利法及专利法学领域内的人（包括广大发明人）都喜欢读，那么她就非常成功了；如果再进而使我国成千上万的企业管理人员从中受益，那么她就大大地成功了，我真切地盼望着这一天的到来。

（刊登于 1989 年 4 月 1 日第二版）

# 中国专利制度筹建之回顾

赵元果

## 我国专利制度的沿革

我国历史上第一部有关专利的法规是在 1898 年 7 月由清朝光绪皇帝颁布的，但是在颁布两个月后，慈禧太后发动政变把维新运动镇压下去，致使这个法规也随之夭折了。

在清王朝被推翻后的第二年，1912 年，当时的政府就颁布了专利法规，从这时起到 1944 年国民党政府颁布我国历史上第一部专利法为止的 32 年期间，总共批准了 692 件专利，平均每年 20 余件，以这个数字可以看出，旧中国的专利制度对我国技术和工业的进步所起的作用是极其微小的。在那个时代，想以专利制度来促进技术进步和振兴经济，完全是一种幻想。1944 年颁布的专利法于 1949 年才在我国的台湾省开始施行。

新中国成立后不久，于 1950 年 8 月，当时的政务院颁布了《保障发明权与专利权暂行条例》，根据此条例，只在 1953 年批准了 4 件专利。在极左思想统治的年代，专利制度不可能被科学地对待，而成为人们不敢问津的一个禁区。应当说，从新中国成立到 1985 年专利法施行的 30 多年，我国是没有实行专利制度的。

## 筹建专利制度的序幕

在党的十一届三中全会之前，我国虽然没有实行对外开放政策，但是我们总不能生活在与外界绝对隔绝的"真空"里，同国外总会有一些经济往来和技术交流。而当今在专利制度已为国外普遍实行的有利于促进各国间经济贸易和技术交流的一种制度的情况下，有些外国人为了发展同我国的经济技术交流，必然关心他们的新产品和新技术能否在我国得到专利保护的问题，我国的有关部门经常收到来自外国的有关询问。负责促进和协调各国保护知识产权活动的世界知识产权组织在七十年代也主动与我国联系，多次邀请我国参加其组织的活动。从 1973 年到 1976 年期间，当时任贸促会法律部部长的任建新曾以观察员身份参加过该组织的某些会议。在 1977 年，国内的有关部门多次研究了我国参加该组织的有关问题，并于年底提出我国参加该组织的建议报告国务院。到 1978 年，我国同世界知识产权组织的关系已由"民间"发展为"官方"，该组织的总干事就我国参加保护工业产权的国际条约和实行专利制度的有关问题向国家科委的代表作了详细介绍。

**专利制度的正式筹建**

党的十一届三中全会拨乱反正，把党和国家工作的重点移到现代化建设上来，制定了改革开放的政策。在这种新的形势下，建立专利制度已成为一件刻不容缓的工作。在1978年全国科技大会后，党中央、国务院领导同志对此作了一系列指示，党中央于1987年7月在一份文件上明确提出"我国应建立专利制度"。邓小平同志对一件科技成果指示"应迅速推广，并在国际上取得专利权"。邓小平同志的这一指示，要求我们对重大科技成果不仅要在国内推广应用，而且应打入国际市场，进入国际专利保护的行列。

国家科委从1978年下半年起开始进行专利制度的筹建工作。筹建工作是从调查研究入手的。在国内主要调查了一些企业、科研和负责技术进出口贸易的单位，被调查者迫切希望我国早日建立专利制度；对国外一方面收集了数十个国家的有关资料，另一方面先后到十多个国家，包括西方工业发达国家、第三世界发展中国家和社会主义国家进行实地考察。通过对国外的调研，对世界上以日本、美国、苏联、英国和法国的专利制度为代表的五大专利法体系和不同类型国家专利制度的特点及其优缺点有一个基本的了解，上述调研，为我国建立一个既吸取各国专利制度之长又符合我国国情的专利制度创造了有利条件。

经过一年多的调研后，国家科委于1979年10月向国务院报送了《关于我国建立专利制度的请示报告》，国务院于1980年1月批准，中华人民共和国专利局也随即成立。于是，筹建专利制度的工作正式全面展开。

实行专利制度是一项十分复杂的系统工程，包括许多方面，其中的关键是专利法及其相关法规的制定。其他工作主要有：组建专利局、管理机关和专利代理机构；专利司法工作；专利文献工作；各种专利工作人员的培训；专利知识的宣传普及。

**筹建专利制度的两次曲折**

国内外专利制度的历史告诉我国，许多国家在建立专利制度时，甚至在实行专利制度的过程中，对它的利弊存在争论。尤其在我国长期没有实行专利制度人们对它很不熟悉的情况下，专利制度的筹建更不会一帆风顺，出现争论和曲折是难以避免的。比较大的曲折有两次：一次是在1980年下半年，另一次是在1981年下半年。为探讨我国建立专利制度的利弊，召开了各种形式的会议进行研究讨论，绝大多数同志认为我国应建立专利制度并希望尽速颁布专利法。

**中国专利制度应运而生**

从1981年年底至1982年年中，国务院和有关部门领导多次关心专利制度的筹建工作。1982年9月专门召开了国务院常务会议，经讨论明确指出"我国应该建立专利制度"。特别是，经第五届全国人大五次会议批准的《关于第六个五年计划的报告》中提出要"制定和施行专利法"。这就使得专利制度的筹建工作更加坚定不移地大踏步地向前迈进了。

1983 年 8 月，又经多次研究修改的专利法（草案）经国务院常务会议审查通过并于 9 月 29 日作为国务院的议案提请全国人大常务委员会审议。该草案经过人大常委会法制工作委员会和人大的专门机构多次研究修改，又经六届人大常委第三次和第四次两次会议严肃认真的审议，于 1984 年 3 月 12 日下午，在六届人大常委第四次会议的全体会议上，庄严地通过了《中华人民共和国专利法》。一部具有中国特色的崭新的专利法经过整整 5 年的孕育，冲破重重阻力终于胜利诞生了，以此为标志，开创了中华民族专利制度史的新篇章。此后，又经过一年的筹建工作，专利法于 1985 年 4 月 1 日起施行，自此我国的专利制度正式开始运转。专利制度这棵幼苗，经过 4 年来的培育，已经在中国的大地上牢牢的生根。回忆过去，展望未来，我们对专利制度的发展充满信心。

（刊登于 1989 年 4 月 1 日第二版）

## 世界知识产权组织总干事鲍格胥贺《中国专利报》出版

中华人民共和国专利局第一副局长高卢麟先生：

　　我以世界知识产权组织的名义，向决定出版《中国专利报》的领导致以祝贺，向负责出版每期报纸的编辑、印刷和发行人员致以良好祝愿。

　　我相信这将是一张高水平的报纸，它将不仅把中国专利系统的信息，而且把世界专利界发展趋势的重要信息传达给读者。

　　世界知识产权组织将应中国专利局的要求，向中国专利报社提供有用的国际专利方面的资料。

　　致以最良好的祝愿

世界知识产权组织总干事　鲍格胥

1989 年 4 月 22 日于瑞士日内瓦

（刊登于 1989 年 7 月 5 日第一版）

### 中国专利史上的第一次中国专利发明的最高大奖

## 中国专利发明创造金奖初选告捷

**本报讯**　（记者滕云龙）经过紧张而严格的评选，中国专利发明创造金奖和中国专利发明创造优秀奖评审委员会最终审核评定，"高分辨率汉字字形发生器"等 10

项专利发明获中国专利发明创造金奖。这是中国专利史上的第一次，也是中国专利发明的最高大奖。同时，还有46项专利项目获中国专利发明创造优秀奖。

中国专利发明创造金奖和中国专利发明创造优秀奖的评审工作是在各省、区、市及有关部委的初评基础上进行的。全国各地共推荐有创造性和突出经济效益、社会效益的专利109项，对这109项专利项目，先由评审办公室进行初审，再由五个专业评审组进行评审，并向评审委员会推荐中国专利发明创造金奖和中国专利发明创造优秀奖授奖项目，最后由评审委员会审核评定。此次评审结果，将广泛征求公众意见，并请有关工业主管部门协助把关。整个评审工作严格、细致、认真。

这次参选项目的特点是，专利技术水平高，具有很强的新颖性、创造性和实用性，经济效益和社会效益显著。

入选的十项金奖项目中，有三项是国家教委推荐的。

据悉，中国专利局正着手将获金奖和优秀奖的专利及未获奖但有较高技术水平和显著经济、社会效益的申报项目汇编成册。预计将在今年11月召开第三次全国专利工作会议时与公众见面。

这次评选活动得到了世界知识产权组织的大力协助和支持，世界知识产权组织将和中国专利局一起于今年11月联合为中国专利发明创造金奖项目颁发金质奖牌。同时，中国专利局还将颁发中国专利发明创造优秀奖。

据了解，这次评选的范围限于可公开的专利技术项目，有关国防技术等方面的专利，因保密原因不宜公开而未能参加评选。

（刊登于1989年9月6日第一版）

# 团结协作　奋发图强

## ——写在国庆四十周年之际

国家科委副主任 中国专利局局长　蒋民宽

中华人民共和国专利法是1984年3月12日第六届全国人民代表大会常务委员会第四次会议通过的，自1985年4月1日起正式实施，算来颁布已有5周年，实施也有4周年了。

中国专利局接受要求被审查的专利年年都有大幅度的增长，审查的速度每年也有提高，国家投资建设的新的中国专利局的大厦也已落成，充实了人员，业务有了较大的发展。

除此以外，在实施法规的同时，对法规做了根据新的实际情况的修改补充，一些新的规定、条例，使得中国专利法实施起来更健全更完善。专利事务的计算机管理、文献与出版、人员的培训都有了进步。

特别是中国专利报的出版将对祖国专利事业信息的交流、经验的传播、工作的组织，以及事业的宣传起到极为重要的作用。

在新中国成立四十周年之际，世界知识产权组织（WIPO）将联合我国专利局在京召开世界性的专利工作会议，作为国务院直属部门的中华人民共和国专利局在党的领导之下，从无到有，从小到大，从国内到国外，可以说胜利地为祖国四化大业奠立了一块专利知识产权的基石。

但是还应该看到截至目前我国接受专利申请的份数还只有十余万份（累计数），每年的申请数也只有数万份，从绝对数量来看比日本等国要少得多，如果按人均来看更是有着很大的差距。中国是一个大国，人口有11亿，工农业总产值以及各项重要工业都有不少，从绝对数字来看在世界上也是名列前茅的，农业更可称为世界大国，知识分子、工程技术人员以及老工人老农民，有经验的各方面工作人员比比重多；如果说日本一个大厂每年可以提出1万件以上的专利申请的话，那么我国现有的这些数字对我们来说就显得少而又少了。

然而，即使是区区上述之数我们每年还审批不完，要积压移交给下一年度一批专利审查项目，为此年年后移、日积月累，将不可设想。现在审查中尚难避免极少数的质量问题，如果盲目追求数量、片面加强进度，将无法确保质量，则更为不能取、不可取。

因此，迎接国庆四十周年，在成绩面前我们还必须清醒地面对我们的缺点和差距，我们应继续大力做好专利法以及专利工作的宣传工作，做好推广专利的组织工作。在广泛提高人们认识的基础上，充分地发动大家发明、创造、研究、革新；提出专利、申请专利，组织工矿、企业、机关、学校、农村和商业、金融事业单位重视专利的作用，定期不定期地发动工作人员和工农群众做好专利的发展工作。

要在确保质量的基础上，继续充实必需的工作人员，运用先进的科学技术，研究科学的审查流程方法，加快各种专利的审查工作。要大力减少和压缩事务性质的批准手续所需的时日，除了实在必要的部分外能精简的一律予以精简，提高效率，主动服务。

我国是一个社会主义的国家，有中国共产党的坚强领导，我国绝大多数的中年知识分子及差不多全部的青年知识分子无不都是在解放后接受的中级及高级知识技术教育，党和国家、人民给他们创造了远比资本主义下优越的条件，应该说我国知识分子中的绝大部分必须认识到自己之所以有今天、自己知识的来源是与党和国家、人民对自己的培养教育帮助分不开的，所以将自己掌握和获得的知识充分地发挥起来尽力为社会主义祖国及其人民服务，将是中国每个知识分子应尽的责任和光荣的任务。

然而，同样的条件，同样的学习、培养、教育、劳动，每个人的贡献却不一样。党和社会主义祖国为了鼓励、促进以及嘉奖有所革新及发明创造的人，同世界其他各国一样在中国也颁布保护知识产权的专利法，允许申请专利。其目的是发动和鼓励人民更好地运用知识、实现四化。专利知识产权的所得在中国将是较低的，然而，这却远比资本主义社会较高的所得要更为光荣，专利证书的授予还包含着精神的荣誉也包含着物质的鼓励。是完全符合我国社会主义初级阶段的实际的，也是完全符合公有制基础上有计划的商品经济的要求的。

　　综上所述，在迎接我们光辉节日到来之际，我们必须实事求是地既看到在党的领导下我们所取得和即将取得的可观的成绩，又要看到从党和国家、人民对我们的要求来说差距还大。我们应该加强团结、密切协作、发动群众、提高水平，为了进一步提高我们的工作，创造新的更高、更好、更多的成绩而努力奋斗，为了巩固和发展我们社会主义祖国，完成四化大业，作出我们应有的贡献。

（刊登于 1989 年 9 月 27 日第一版）

# 专利事业在祖国的沃土上深深扎根

## ——献给国庆四十周年

　　公元一千九百八十五年，第一声春雷刚刚响过，中华人民共和国专利局的大门便在鞭炮声中向全世界打开了。这年 4 月 1 日，新中国第一部专利法开始生效实施。春天，万物复苏，生机盎然；百花盛开，万紫千红。祖国的专利事业，在此播下了第一粒春天的种子。时光荏苒，一日千里，当我国专利事业在千千万万专利工作者的辛勤努力中，稳步迈进第五个年头，迎来了祖国的十月——建国四十周年的时候，已写下了不同寻常的一页。专利事业的累累硕果遍布五洲四海。

　　来自中国专利局的报告：到今年九月，已受理国内外专利申请 11 万余件，国外申请者遍及世界五大洲，59 个国家和地区，申请量增长之快，在世界专利历史上也是一个罕见的奇迹。正如西方一位专利局长所形容的那样，中国的专利制度还是一个婴儿，但全世界都能听到她的声音。

　　湘江滚滚，洞庭浩荡。来自湖南省的报告这样写道：仅据 567 项专利技术实施效益的统计，1988 年就新增产值 11.2 亿元，新增利税 2.6 亿元，创汇 738.9 万元，其中创产值 400 万元以上的专利技术就达 40 项之多。长沙矿冶研究院发明的"粉状硝铵炸药的制造方法和工艺"，已在全国近 70 家生产实施，实现产值 4.4 亿元，每年节约原材料达 2000 多万元。这一技术取代了五十年代从苏联引进的生产炸药的老工艺方法，推动了我国炸药生产行业的技术革新。湖南省矿山矿务局研制的"用金属锑制备三氧化三锑的方法"，仅1988年1年就创产值1亿元，创利税2000多万元。平江县玉扇厂的"竹制品漂白生产方法"实施后，创产值3000多万元，使每百斤楠竹可增值20倍以上。黔阳县引进"汉字字根积木"专利，投产不到一年就完成产值150多万元，创利税30多万元。

东北大平原，广袤无边。1987年11月30日，在这里平地响起了第一声惊雷。沈阳市中级人民法院经济庭审理了沈阳皮鞋九厂诉沈阳皮鞋一厂专利侵权纠纷诉讼案。这是专利法生效实施以来，人民法院第一次开庭审理专利侵权诉讼案，是中国专利史上的一件大事。在审判过程中，旁听的社会各界人士达200人之多。该案经再度审理，人民法院终于做出最后判决：皮鞋一厂立即停止侵权行为，并且赔偿由于侵权，给专利权人——皮鞋九厂造成的18000元经济损失。此举维护了专利法神圣不可侵犯的尊严，保护了专利权人的合法权益，在我国，尽管执行专利法，保护专利权，并非是一种容易事，前进的路还很艰难，但无论如何，我们毕竟迈出了可喜的第一步。

黄海之滨，泰山脚下，是我们祖国改革开放的前沿地带，也是我国专利事业兴旺发达的重要地区。来自齐鲁大地的一份报告更是激动人心：专利制度在发展外向型经济战略中，发挥了重要的保护作用。1986年烟台木钟厂准备从国外一家公司引进全套石英钟生产线，对方索要软件费82.38万美元，其中包括专利费11.38万美元，在这关键时刻，烟台专利部门的同志及时查证了有关专利，发现该公司根本就没有石英钟专利，而是把日本和美国的一些专利假冒成自己的专利。最后，他们不得不减去11.38万美元的所谓"专利费"。几年来，山东省专利工作部门主动参与企业的涉外技术贸易活动，向企业提供及时可靠的专利信息，使企业避免吃亏上当。仅烟台市，就为企业挽回损失330多万美元。

世界屋脊——青海高原，来自这里的报告说：青海省珠算协会副会长顾铭钦同志的实用新型专利——"一种可拆装的新型算盘"，已行销全国21个省市，创产值60多万元。西宁高原工程机械研究所研制的"骨粉远红外烘干炉"填补了我国骨粉生产行业骨粉脱水设备的空白，并且使用该专利技术建成了国内第一条远红外骨粉脱水生产线，仅此一项，产值就达360万元，创汇12万美元。

当我们为目不暇接的丰硕成果而深感自豪的时候，我们不应该忘记，它们多么来之不易；不应当忘记，还有多少专利成果，尽管有很好的社会经济价值，却还没有运用于生产、实践中。我们不应有丝毫懈怠，只要我们踏踏实实地前进，勤勤恳恳地耕耘，专利制度就一定会牢牢地、深深地扎根在祖国的沃土中，迸发出巨大的能量，推动我国科技经济事业的迅速发展。

（刊登于1989年9月27日第二版）

拓途径　辟财源

# 科技与金融联姻

**湖北省专利管理局与交通银行武汉分行联合提供九十五万元贷款，扶持开发两项专利技术；另一项贷款四十万元正在办理中**

**本报讯** （记者孟均平　通讯员崔楠　王健）湖北省专利管理局率先与银行合作，开展专利实施贷款业务，迄今已与交通银行武汉分行联合贷款95万元；另一项40万元的贷款正在办理中。

去年以来，湖北省专利管理局积极疏通渠道，与金融界频频接触，他们推荐的专利技术，得到中国工商银行湖北分行、交通银行武汉分行的青睐。今年，省专利管理局与交通银行武汉分行签订合作协议书，共同从企业申请、地方科委申报的19项专利实施项目中筛选出3项，进行有偿投资。到今年7月底，有2项投资已落实，即"CHY高能凝聚剂"和"电脑控制汽车节油装置"，前者贷款50万元，后者贷款45万元，其中省专利管理局提供贷款10万元，交通银行武汉分行提供贷款85万元。另一专利实施项目计划贷款40万元，正在办理有关手续。

以铝灰为原料生产的"CHY高级凝聚剂"，对净化生活用水和工业用水、污水处理等作用显著。该凝聚剂净水质的效果比碱式氯化铝高2倍，其产生矾花呈分散状胶体沉降泥沙，效果好、速度快、余浊不大于8度，净化后的水体中不残留铝质，杀菌率达95%，除臭率达80%，可广泛用于石油、钢铁、造纸、制药等工业部门。湖北省石首市荆州化工厂原有生产规模为年生产量1000吨，贷款用于将年产量翻一番的投资。

"电脑控制汽车节油装置"采用电脑控制操作内燃机供油系统的供油量，全部采用国产原件，空车节油率达10%以上，负荷节油率5%以上，其应用前景极为可观，湖北省国营五三农场节能器材厂得到贷款后可进行批量生产。

湖北省专利管理局与交通银行武汉分行的领导认为，专利技术与金融结合，加快了专利技术的实施，可促进生产力发展，加强竞争机制，活跃商品经济。但这类贷款无论是对专利管理机关，还是对银行来说，都是陌生的，要以积极和慎重的态度开展好这项工作。

（刊登于1989年10月4日第一版）

# 浅谈中国专利法的社会主义特色

乔德喜

《中华人民共和国专利法》是1984年3月12日颁布，1985年4月1日实施的。

这是新中国历史上的第一部专利法，该法比较好地反映了我国的社会主义国情，具有比较鲜明的社会主义特色。4 年多的实践表明，中国专利法的实施对我国社会主义现代化建设事业作出了积极的贡献。

（一）

中国专利法的社会主义特色，首先集中体现在该法的立法宗旨上。专利法总则第 1 条明确规定："为了保护发明创造专利权，鼓励发明创造，有利于发明创造的推广应用，促进科学技术的发展，适应社会主义现代化建设的需要，特制定本法。"专利法全部条款始终贯彻了这一立法宗旨，体现了我国专利法社会主义的性质。

在中国建立专利制度和实施专利法，是党的十一届三中全会所确立的改革开放政策的产物，是在坚持社会主义方向的前提下，汲取外国有益经验，结合我国实际的结果。无论是为了保护发明创造专利权，还是为了鼓励发明创造；也无论是为了有利于发明创造的推广应用，还是为了促进科学技术的发展，归根结底，其根本目的是发展我国的社会主义事业。这既是我国专利法的根本目的，也是我国专利法的本质属性。

（二）

我国专利法的社会主义特色，还体现在对专利权的归属以及发明创造者、单位和国家三者关系的调节上。

中国专利法明确规定，"执行本单位的任务或者主要是利用本单位的物质条件所完成的职务发明创造，申请专利的权利属于该单位；非职务发明创造，申请专利的权利属于发明人或者设计人。申请被批准后，全民所有制单位申请的，专利权归该单位特有；集体所有制单位或者个人申请的，专利权归该单位或者个人所有。"这个规定，从本质上保证了我国的绝大多数发明创造专利应当为社会主义公有，这完全符合社会主义公有制原则。

在调整发明创造的个人、单位和国家三者关系上，专利法既坚持了社会主义的按劳分配原则，又充分兼顾了国家、集体和个人三者的利益。例如，专利法既规定了对发明人的奖励，同时也明确规定："发明人或者设计人是指对发明创造的实质性特点作出了创造性贡献的人。在完成发明创造过程中，只负责组织工作的人、为物质条件的利用提供方便的人或者从事其他辅助工作的人，不应当被认为是发明人或者设计人"（专利法实施细则第 11 条）；又如，专利法既规定了专利权人的权利，又规定了对其权利的限制，规定了专利权人有实施其专利的义务等等。

（三）

中国是一个发展中的社会主义国家，以计划经济为基础，辅以市场调节。这同样体现在我国专利法的有关规定上。

中国专利法一方面规定："任何单位或者个人未经专利权人许可，都不得实施其专利，即不得为生产经营目的制造、使用或者销售其专利产品，或者使用其专利方法"，并规定："任何单位或者个人实施他人专利的……都必须与专利权人订立书面实施许可合同，向专利权人支付专利使用费。"另一方面又规定："国务院有关主管部门和省、自治区、直辖市人民政府根据国家计划，有权决定本系统内或所管辖的全民所有制单位持有的重要发明创造专利允许指定的单位实施……"这就是一般所称的"计划许可"。

上述两种实施许可（即一般情况下的实施许可和计划许可）的规定，就是我国社会主义经济制度在专利法上的具体反映。这也是中国专利法社会主义特色的又一体现。

### （四）

立足于鼓励群众性发明创造活动，是我国专利法的一个鲜明社会主义特色。

我国是社会主义国家，广大人民群众是国家的主人，社会主义事业只有依靠亿万人民群众的共同奋斗才能不断推向前进。中国的专利制度发展同样也不例外。因此，中国专利法除了在立法宗旨里明确规定要"鼓励发明创造活动"外，还在第7条明确规定："对发明人或者设计人的非职务发明创造专利申请，任何单位或者个人不得压制。"并在第65条规定："侵夺发明人或者设计人的非职务发明创造专利申请权和本法规定的其他权益的，由所在单位或者上级主管机关给予行政处分。"同时，专利法还规定保护发明水平较低的实用新型及外观设计专利，明确规定社会公众有较充分的机会参与专利申请的审查、批准等程序。这既是顺利实施专利制度的必需，同时，也是专利制度坚持社会主义方向的体现。

### （五）

与外国专利法相比，我国专利法不仅注重专利权的保护，而且十分强调专利的实施。这也是我国专利制度与资本主义国家专利制度重要的不同之处。我国建立专利制度的根本目的是"适应社会主义现代化建设的需要"，而不是在任何形式下进行垄断。我国实施专利法，审查批准专利，最终目的是要使更多的新技术尽快转化为社会生产力，使更多的科研成果尽快应用到生产上。因此，中国专利法不仅在立法宗旨上，而且在其他条文，特别在专门设立的"专利实施的强制许可"一章中，着重就专利的实施有关问题作了明确规定。

以上是对中国专利法社会主义特色的几点粗浅认识。我们相信，具有社会主义特色的中国专利法在改革开放中必将日趋完善，以更好地适应社会主义现代化事业的需要。

（刊登于 1989 年 10 月 25 日第一版）

中国知识产权报
CHINA INTELLECTUAL PROPERTY NEWS

# 1990

1989 1990 1991 1992 1993 1994 1995
1996 1997 1998 1999 2000 2001 2002 2003 2004
2005 2006 2007 2008 2009 2010

## 纪念改革开放40年
### 中国知识产权报新闻作品集

2011 2012 2013 2014 2015 2016 2017 2018

### 我国地方专利管理机构建设有新进展

## 一些省市增加编制　提高级别

**本报讯**　（记者王岚涛）最近，记者从有关部门了解到，我国地方专利管理机构的建设取得新进展，从 1988 年下半年起，近 10 个省酝酿提高专利管理机构的级别和适当增加一些编制，以适应专利工作发展的需要。

建立地方和部门的专利管理机构，是建设具有中国特色的社会主义专利制度的一个具体体现。目前，我国各省、自治区、直辖市、计划单列市、沿海开放城市和经济特区相继建立了 54 个专利管理机构，国务院部委建立了 16 个专利管理部门。从事专利管理工作的人员队伍不断壮大。

几年来，各专利管理机构在宣传专利法、培训专利队伍、制定地方性专利法规、调处专利纠纷以及开展企业专利工作和加强专利实施等方面做了大量有效的工作。据不完全统计，他们已进行专利法培训一千余期，受众达十万余人；他们还普遍制定了专利管理办法、专利许可证贸易管理办法、加强技术引进中专利管理工作的规定、职务发明创造奖励和报酬支付办法以及加强企业专利工作规定等一系列地方性专利法规；专利法实施以来，专利管理机关共受理专利纠纷案 625 件，结案 429 件，分别是地方法院受理和结案的 4 倍和 8 倍；他们在全国分批建立了专利工作试点企业 2876 个；一大批专利项目被专利管理机关推荐列入国家和地方有关计划得到实施。这些工作，都是在专利管理机构克服人员少、级别低等困难的情况下一步步开展起来的。

随着专利工作的不断发展，专利管理机构级别低、编制少的矛盾越来越突出。为了尽快改变这种状况，最近，一些省市在地方机构改革尚未全面展开的情况下，采取了一些加强措施，如辽宁、河南已提高了省专利管理机构的级别，并相应增加了编制；青海、沈阳将专利管理处更名为专利管理局；北京、天津、湖南也相继为专利管理机构增加了编制。

据了解，目前仍有一些地方和部门对专利管理工作重视不够，亟待加强，以进一步适应治理整顿、深化改革的需要。

（刊登于 1990 年 1 月 3 日第一版）

**国家科委　中国专利局联合发出通知**

## 专利管理机关是一级政府机构
## 行使执法和管理的双重职能

**本报讯**　（记者杨惠敏）最近，国家科委、中国专利局联合发出《关于加强专利管理工作的通知》（以下简称《通知》）。《通知》根据全国专利工作发展的客观需要，明确专利管理机关是履行一级政府基本职能必须建立的机构，是各级政府的组成部分，它行使执法和管理的双重职能。

专利管理机关在我国专利管理体系中，起着承上启下的关键作用，几年来各专利管理机关把国家对专利工作的总体部署同本地区、本部门的实际结合起来，创造性地开展工作，推动了专利事业的发展。随着工作不断深入，专利管理机关的机构性质、地位有待于进一步明确，目前专利管理机关所担负的职能与其所处的地位不相称的矛盾，已成为当前体制改革中亟待解决的问题。为此，《通知》根据国发〔1988〕54 号文和国机编〔1985〕28 号文的精神，着重指出："专利管理机关是履行一级政府基本职能必须建立的机构，它应是各级政府的组成部分"。

由于我国专利事业发展很快，专利申请量稳步增长，专利管理机关的工作范围不断扩大，《通知》根据国专发计字 130 号文《关于在全国设置专利工作机构的通知》规定的专利管理机关具有执法和管理的双重职能，明确了专利管理机关调处专利纠纷的管辖范围，理顺了工作关系。

为了突出专利技术的实施这一工作重点，《通知》还强调，专利管理机关要从 5 个方面加强对专利技术实施工作的管理。

《通知》最后指出："要进一步加强专利管理机关的建设，使专利管理机关能独立行使执法和管理的双重职能。为此，要积极争取上级领导及有关部门对专利管理机构建设、经费、设备等方面的支持。各专利管理机关也要发扬艰苦奋斗、克服困难的精神，努力做好工作，为国民经济的发展多做贡献。"

《通知》的发布，将对我国专利管理工作的全面开展起积极的推动作用。

（刊登于 1990 年 3 月 7 日第一版）

**中国专利局局长高卢麟在国务院部委专利管理工作座谈会上说：**

# "我们将邀请部委、总公司领导听取专利工作汇报"

**本报讯**（记者孙舒平）为了使国务院各部委、总公司的领导了解和支持专利工作，2 月 21 日，中国专利局局长高卢麟在中国专利局召开的"国务院部委专利管理工作座谈会"上表示，中国专利局将在适当时候分期分批邀请各部委、总公司领导同志参观专利审批流程，听取专利工作的汇报。这番话引起会议代表们的掌声和赞扬。参加这次会议的有 30 个部委、总公司主管专利工作的 40 余位代表。

这次会议是在国家科委、中国专利局《关于加强专利管理工作的通知》下达后不久，为有针对性地加强部委、总公司专利管理工作而召开的。

高卢麟同志在谈到专利发展前景时说，当前部委、总公司的专利工作遇到了一些暂时困难和新问题。但随着改革开放和有计划的商品经济的深入发展，知识产权保护问题将日益显得重要和突出，客观上要求我们必须重视专利工作。中国要强盛、要屹立于世界民族之林，科学技术上不去不行，而科学技术的进步，在当前科学技术研究的分工、社会化和国际化日益发展的形势下，没有专利保护也是难以实现的。正因为如此，中国专利事业在党中央和国务院的关怀和领导下，发展速度是很快的，在新形势下，我们从事专利工作的同志，要勇于担负起历史赋予我们的责任，增强把专利工作进一步推向前进的信心。

接着，高卢麟同志谈了部委、总公司专利管理工作的任务。他说，我们仍然要深入地宣传专利法，特别是要用我们工作中的实际成绩做好对有关领导和群众的宣传工作。其次要抓好专利战略的制订，即根据国内外专利工作的发展趋势，对涉及本行业的重大专利问题，如研究专利法修改，软件、集成电路等新兴领域的知识产权保护，经济、贸易往来中的专利问题，加强专利信息工作，对科技成果进行专利分析和专利申请，确立开发方向等问题，订出方案和措施。此外，还要研究制订本行业的专利工作规划，分清轻重缓急，有步骤地组织实施。在专利管理上，要积极探索适合本行业特点的专利管理模式。

在这次会议上，与会代表们还认真讨论了《国务院各部门专利工作主要任务（草案）》和《进出口贸易中专利管理工作有关规定（草案）》。代表们一致呼吁有关部门领导加强专利管理机构的建设，适当增加人员，希望中国专利局能够更多地加强与外贸部门和科技管理部门的联系与协调。

（刊登于 1990 年 3 月 14 日第一版）

# 从实践到理论，探索完善中国专利立法的道路

## ——访著名学者郭寿康

### 本报记者　常释

**郭寿康**　国际经济法学家　中国国际经济法学会副会长　国际促进知识产权教研学会副主席　对外经贸部条法局顾问　中国版权（著作权）研究会副理事长　中国工业产权研究会常务理事　中国联合国协会理事　中国国际法学会理事　中国人民大学法律系教授知识产权教学与研究中心主任。主要著作有《国际技术转让》（主编）、《中国专利法的起草与颁布》（德）、《中国与伯尔尼公约》（英）、《中国知识产权法的新发展》（英）等。

**问**：据讲您正在编写一本全面概述国际工业产权条约及保护的专著——《国际工业产权法通论》，究竟什么原因使您萌发这一设想？

**答**：这一想法酝酿已久。早在1980年初就同世界知识产权组织前总干事博登浩森博士和现任总干事鲍格胥博士在日内瓦议论过这件事，后来，鲍格胥总干事还送给我一些珍贵资料。近年来，国际上知识产权保护发展很快，各国政府，特别是发达国家的政府在贸易交往方面十分重视知识产权的利用与保护。随着改革开放的进行；国内对知识产权也有了一定的认识和利用，感兴趣的人越来越多，他们迫切需要对工业产权的国际保护有比较切实、详细的了解，不仅要了解国际工业产权条约的现状，还想探究其历史渊源与社会背景，尤其是关于《保护工业产权巴黎公约》30个条款中的12条实质性条款的历史背景和理论分析。我希望能在时间和资料允许的范围内，提供一本供参考、研究的读物。

**问**：知识产权与贸易相联系是否是近年来一种新的动向？

**答**：是的。过去讲到知识产权，一般着重于从文化、科技以至版权方面考虑，从贸易方面考虑不多，整个国际趋势都是如此。近年来知识产权与贸易的联系越发密切，尤其表现在美国同各国的双边贸易谈判和关税贸易总协定乌拉圭回合的多边谈判中。在关贸总协定乌拉圭回合谈判中，美国从专利、商标、版权、商业秘密和半导体芯片五个方面提出全面加强知识产权保护的建议，这个建议也是美国用来衡量贸易伙伴保护其知识产权是否充分、有效的标准。这样把双边谈判与乌拉圭回合的多边谈判拧在一起，以贸易报复来施加压力。

对知识产权的保护，当前以及将来相当一段时间内世界各国不可能完全一致。发展中国家与发达国家在政治、经济、文化诸方面背景的不同，水平的差异，不可忽视。

**问**：我国的专利制度从筹建到实行已有十年了，其中各种见解与尝试层出不穷，当务之急是什么？

**答**：总结经验。在我国，专利法不同于民法、刑法、诉讼法等其他法规。我国现行的许多法规在制定前多少都有自己的实践，是在实践的基础上立法的。但并不是所有法规都是先有实践后立法的。譬如，1954年《宪法》公布后，要进行选举，就需要先制定《选举法》，而不能先选举，后立法。专利法也是这样，也是先有立法，后有实践，不可能先审批几项专利后再总结经验立法。我国的专利法是在调查研究和理论分析的基础上，借鉴外国的经验，根据我国国情制定的，是一种"引进"。几年来的实践证明主流是肯定的，成绩是很大的，问题也是存在的，需要"消化"，需要总结经验，进行理论上的研究。比如"异议时间"问题、"实用新型专利"问题都是如此。

**问**："实用新型专利"问题已引起专利界、法学界的关注，如果不能通过自身的变革和发展达到"平衡"，会不会导致高精尖技术的减少、小发明的增多？

**答**：立法时，考虑到我国人口众多、科技水平与经济实力有限，认为专利法同时保护实用新型较为有利。这主要是侧重于理论上的分析和立法上的方便，从实践中看确实存在一些问题。

问：我这里有几个分析数字——到1988年底专利复审委员会所作的27项无效宣告请求审查决定中，26项实用新型专利、1项外观设计专利；至去年底专利局受理的专利申请中，国内外实用新型专利件数之比约为100∶1；五年来，每年来自国外的专利申请中，发明专利基本保持在5000左右，而实用新型专利则成倍增加。这些数字能否说明些问题？

答：这里不可能详细分析和论证这些问题。简单讲，一是法律制度自身的问题；二是审批方式问题。目前我国对实用新型专利的审查是采用形式审查加异议制，不进行新颖性、创造性、实用性的审查；即便是对实用新型专利进行"查重"，理论上讲，也没有解决根本问题，从人们心理上讲，专利证书是平等的，所以关键是立法。

问：您是专利起草小组成员之一，在这个问题上您的想法如何？

答：从发展的角度讲，发明、实用新型、外观设计应分别立法。我国现行的专利法保护发明、实用新型、外观设计三种专利，这是由当时的国情决定的，确实起到了鼓励人民群众发明创造的作用。但对专利发展过程中，尤其是实践中出现的问题必须重视，要在自己实践的基础上进行理论分析，以完善我国的法规。发明、实用新型、外观设计的发明高度不同，适用范围也不同。"实用新型"泛指小发明，外观设计涉及美学问题，而非技术性问题。所以统称为"专利"是不妥的，容易造成人们认识上的混乱。美国专利法包括有保护外观设计的条款，但这并不一定是最好的办法。现在我们已逐步认识到这个问题。联邦德国前任专利局长，人称"欧洲专利之父"的海尔特博士（Dr Kar Haertel）曾对我提出"三种专利"理论上能否解释得通的问题。我个人认为，发明、实用新型、外观设计的保护应立单行法，相对独立，这样既适合我国国情，又经得住理论上的推敲。

我国专利制度的历史较短，传统习惯的约束少，可以充分借鉴别国的先进经验，这是我们的优势。

问：最后请您谈谈我国知识分子和民众的知识产权意识形成的前景如何？

答：一句话，依据马克思主义的观点：存在决定意识。随着专利、商标、版权（著作权）等知识产权作用的日益显著，再加上主观努力和深入的宣传普及工作，人们的知识产权意识将会不断增强。

（刊登于1990年3月21日第二版）

**专利案件逐年增多 审判力量需要加强**

# 北京市中院成立专利审判组

**本报讯** （通讯员程永顺）近年来，北京市中级人民法院受理的专利纠纷案件逐年增多，1987年受理1件，1988年受理5件，1989年受理数上升为21件。在这27件专利纠纷案件中，专利侵权纠纷有14件，以专利复审委员会为被告的发明专利确权纠纷9件；专利权归属纠纷2件；专利申请权纠纷和专利权转让合同纠纷各1件。截止到去年底，已审结6件。另有3件发明专利确权纠纷案件已经过开庭审理，正待合议宣判。

根据《最高人民法院关于开展专利审判工作的几个问题的通知》的规定，北京市中级人民法院对是否应当授予发明专利权的纠纷案件、宣告授予发明专利权无效或维持及有效的纠纷案件、实施强制许可纠纷案件和强制许可使用费的纠纷案件，有一审诉讼管辖权，因此，审判专利案件的任务十分繁重。北京市中级人民法院正在克服困难，采取积极措施，今年初，成立了专门审判专利案件的专利审判组，增加了审判力量，力争把专利纠纷的未结案压缩到最低限度，及时公正地审判专利案件，保护当事人的合法权益。

（刊登于1990年4月18日第一版）

把握治理整顿时机　突出专利工作重点

# 山东省首创专利先导型企业

增强企业领导的专利意识，把专利工作作为企业生产经营、市场竞争的战略来抓。

专利技术要在企业的生产经营活动中占主导地位。经济效益要占企业总效益的**60%以上，实施率要达到申请量的60%**。

**编者按：** 为强化企业专利工作，促进专利技术实施，最近山东省专利管理局在认真总结五年来专利工作经验的基础上，贯彻执行治理整顿，深化改革的方针，并结合该省的实际情况，率先推出专利先导型企业。他们的做法是一项开创性的工作，具有一定的现实意义。今天本报特登载这一消息，希望引起有关部门的重视。

**本报讯** （记者孙舒平）前不久，山东省专利管理局在全省专利工作会议上宣布：在专利工作第二个五年计划中，要继续深入地抓好企业专利工作，建立30~50个专利先导型企业。

专利先导型企业，是指专利技术在本企业的生产经营和市场竞争机制中发挥主导作用。这些企业必须完成五个方面的硬性指标，一是企业工程技术人员中70%必须参加过专利知识培训，主要业务骨干必须具备较系统的专利基础知识；二是在专利工作体系上要求有稳定的主管领导，明确的专职工作机构和齐备的专职工作人员；

三是在专利工作制度上，必须有企业专利短、长期工作计划和管理办法，全面落实对发明人的奖酬政策；四是专利先导型企业必须年年有专利申请，岁岁有专利实施，年申请量不低于 5 件，专利实施率要达到全年申请量的 60% 以上，专利技术产生的经济效益要占企业总效益的 60%；五是企业在开发新产品、研究新工艺中必须进行专利文献检索，技术鉴定要具有检索报告，对外引进要检索国外专利文献等。

据了解 1989 年山东省专利管理局对第一批开展专利工作的 40 个大型企业进行了大检查，其中 33 个企业通过验收。进入九十年代第一春以来，山东省企业专利工作仍保持良好的势头，全省有 117 个大型企业、232 个中型企业开展了专利工作，占全省大中型企业总数的 58% 以上。目前，在治理整顿的新形势下，如何更好地把握时机，克服市场疲软、资金短缺带来的困难，进一步推动企业专利工作向更深层发展，使专利工作真正在企业的内部改造、增加效益中发挥作用，已成为山东省专利工作的一项重要任务。

有关部门认为推行专利先导型企业的做法是巩固和发展企业专利工作的继续。通过专利先导型企业来影响、辐射，带动众多的中小型企业和乡镇企业。今年山东省专利管理局在"分期、分批、分层"的总体思想指导下，在省级决定抓好 30 ~ 50 个大型专利先导型企业的同时，要求各地市根据不同情况抓 2 ~ 5 个专利先导型企业。

（刊登于 1990 年 4 月 25 日第一版）

## 五部委联合发出通知

# 《企业专利工作办法（试行）》颁布执行

**本报讯** 最近，国家科委、计委、生产委、体改委、中国专利局联合发出"关于印发《企业专利工作办法（试行）》的通知。《企业专利工作办法（试行）》（以下简称《办法》）是指导企业开展、加强专利工作的法规性文件，它的颁布与试行，将对企业专利工作广泛、深入的开展，发挥积极的推动作用。

企业专利工作是我国专利工作的基础，也是实施专利技术的主要阵地。几年来，虽然经过全国各方面的努力工作，企业专利工作有了明显的起色，但仍是专利工作中一个薄弱环节。我国目前工业企业总数已达 1000 万个，其中县以上工业企业有 400 多万个，国营大型企业有 8000 多，而来自企业的专利申请只有 12000 件左右，约占申请总量的 13.5%，这表明我国多数企业还是专利工作的盲区，据有些省份的调查，开展专利工作的企业只占其企业总数的 1% 左右，而在大中型企业的工程技术人员中，了解、掌握专利知识的只占 20% ~ 30%，企业开展专利工作尚处在起步阶段，但也表明极具潜力，这次，五部委联合发出的《办法》，是在总结企业专利工作经验的基础上，对 1986 年下发《关于加强企业专利工作的规定》进行了细化、具体化和规范化。《办法》分 9 章，共 38 条，对企业如何开展专长工作做出了明确规定，使广大企业在深入开展专利工作中做到有章可循。

为了增强企业的专利意识，提高企业领导对专利工作重要性的认识，增强抓好专利工作的紧迫感，《办法》明确规定"开展企业专利工作是深化企业改革的一项重要内容，企业的专利申请量、获权量和实施效益情况，可作为评价、考核企业技术进步、经营管理水平和工作业绩的内容之一。"

鉴于众多企业没有开展专利工作和专利工作落实不利的情况，《办法》明确规定了主管专利工作的领导、机构设置及职责。为了充分发挥企业专利工作者的骨干作用，《办法》还将一直尚未明确的企业专利工作者作为单独一章，规定了企业专利工作者应具备的条件，工作任务和权力。

为了突出专利技术实施这一工作重点，《办法》强调"对本企业特有或所有的专利技术，应积极组织实施。""企业开发实施专利技术，凡符合条件的，可向各级经济、科技管理部门申请列入新产品开发和相应的技术开发计划。"

为了加强对技术和产品进出口中有关专利工作的管理，《办法》明确规定"企业从国外引进技术时，要对该项技术的法律状况进行调查，在可行性报告中必须列有专利法律状况的检索报告，作为审批该引进项目的条件，为谈判、签约提供依据。"

《办法》还就奖励和有关费用问题做出规定。为了进一步调动企业职工搞职务发明创造的积极性，企业除应兑现专利法及其实施细则规定的奖酬外，同时还应"将该项专利及实施效益情况记入职工技术、业务考核档案，作为技术职务聘任和晋升的重要依据之一"。如"企业未能按照专利法及其实施细则的有关规定发给发明人或设计人奖金和报酬，发明人或设计人可向上级主管部门和专利管理机关提出申诉，专利管理机关应依法监督执行。企业对上级主管部门或专利管理机关的意见或裁决应予履行。"从而使企业职务发明奖酬的落实有了保障。

为了尽快把企业专利工作搞上去，充分调动各方面的积极性，《办法》还制定了鼓励措施，规定"企业主管专利工作的领导、专利工作机构及专利管理人员积极办理专利事务，取得显著成绩，使企业取得较大经济效益或避免遭受经济损失的，应当根据实际情况给予表彰和奖励。"

《办法》的颁布、试行，标志着我国企业专利工作已从试点逐步进入广泛展开的转折阶段，它定将促进企业专利工作的深入开展，使企业专利之花开遍祖国大地。

（杨建军）

（刊登于 1990 年 5 月 9 日第一、四版）

# 云南省委书记强调重视专利文献

**本报讯** （通讯员李义敢）云南专利管理处最近在个旧召开了云南省专利文献工作座谈会。省委书记普朝柱在会上强调：专利文献是个宝库，要组织宣传，让大家知道，都来使用。

这次会议决定建立全省专利文献网络。并本着少花钱、多办事、各方出力、资源共享的原则，开发建立中国专利计算机检索数据库。今年第一批已安排了 10 个单位利用计算机检索中国专利文献。

（刊登于 1990 年 6 月 6 日第一版）

合资经营企业的新情况

## 专利成为我方新股份

**大连部分合资企业，有的是以中方专利技术作价入股兴办的，有的采用我国的专利技术，均取得显著经济效益和社会效益**

**本报讯** （记者孟均平）外国投资者以其先进技术作价投资，这在现有的中外合资经营企业中是很常见的。然而，目前，在部分新办的合资企业中，出现了与过去相反的情况，中方合营者以其专利技术作价入股。这是改革开放以来，我方合营者增加的一项崭新的投资内容，也是我国兴办中外合资经营企业以来的一个重要转折点，标志着我国在诸多技术领域已经达到或超过国际水平。

大连是我国东北重要的港口城市、计划单列城市，也是重要的沿海开放城市，陆、海、空交通便利，景色宜人，具有相当优美的投资环境，吸引了不少的海外投资者。

在色彩斑斓的"五彩城"——大连经济技术开发区，大连新兴挤出机厂以其专利技术"ZL—55/120 再生造粒机技术"作价入股，与澳商合资兴办的大连华兴塑胶机械有限公司出现了。这个公司是大连市第一家由我方合营者利用专利技术作为投资股份兴办的合资企业，专利技术作价 67 万元人民币入股，按当时的国家外汇牌价，约占注册资本 74 万美元的四分之一，该技术以废旧塑胶为原料，变废为宝，产品替代进口，现已批量生产，产品销往全国 17 个省市，同时远销海外，经济效益和社会效益都极为显著。

大连合达医保中心与美国华佳国际公司兴办的中美合资大连开发区合达医保制品实业公司，也是由中方以其专利技术作为投资股份兴办的，该公司董事长、中方总经理李全才，将个人的专利技术"新型多功能按摩健身车"，作价 100 万元人民币入股。

还有，在大连经济技术开发区注册的大连三兹和无针注射器有限公司，是原大连化工厂职工医院医生孙振环以其非职务发明"无针注射器"专利技术与日商合办的。

在大连，除了上述3家以我方专利技术作价入股兴办的合资企业外，还有2家合资企业：中美合资的大连波姆仪器设备公司，与香港合资的大连西奥电子工程有限公司，根据市场需求，主动实施受让的我方专利技术，也取得了显著效益。大连波姆仪器设备公司开发实施的"酒类高效老熟"这项专利技术，不仅使陷入困顿的大连葡萄酒厂走出了低谷，而且开发的新产品"美人鱼"牌白兰地酒，质量已超过法国"人头马"牌白兰地酒，具有极为广阔的出口前景。

加速专利技术实施，促进技术商品化，是我国专利制度的一项重要内容，实施先进的、实用的专利技术，对提高我国生产力水平、繁荣社会主义市场具有重要的意义。目前，国内企业是我国实施专利技术的主战场，中外合资经营企业的加入，为我国专利技术实施拓展了新途径。中外合资经营企业无疑将会成为我国专利实施队伍中一支重要的方面军。

（刊登于 1990 年 7 月 25 日第一版）

# 国营大中型企业专利工作大有可为

鞍山钢铁公司总工程师　龙春满

专利制度在我国刚一实施，我公司就已着手建立专利工作机构，并配备了专利工作管理人员，在公司范围内自上而下形成了一个专利管理体系和联络网，这在全国大型企业中是走在前面的。经过几年的工作，这个机构不断充实发展，现在许多单位没有主管部门负责专利工作，配有兼管人员。全公司共有14名专利代理人，81名企业专利工作者，分布在全公司79个单位。专利工作机构不断巩固，为专利工作开展打下了良好基础。

实施专利法推动了技术进步，提高了经济效益。我公司这两年着重抓了专利技术的开发与实施，并取得了明显效果。据去年年底统计，136项职务发明专利，有98项得到实施，实施率为72%。高于全国专利实施率30%的水平。专利技术实施为公司带来了巨大效益，1989 年 1 年为公司增利节支 7000 万元以上，1986 ~ 1989 年累计为公司增利节支 2.18 亿元。

如钢研所申请的"低合金耐大气腐蚀钢"专利，自1985年实施以来，共生产钢材 36572 吨，产值达 4453 万元，创利税 2250 万元，并且为社会创造效益 4.3 亿元。该项专利获中国专利局与世界知识产权组织联合颁发的中国专利发明创造金奖。

落实专利法，调动了广大发明创造者的积极性。几年来，我们公司贯彻落实专利法及有关规定，制定了《鞍钢专利、技术成果奖金和报酬提取办法及分配原则的暂行规定》，对专利的发明人给予了奖励和报酬。到去年底为止，41件授权专利的发明人和设计人的奖励已兑现；对在本单位已实施并已创造经济效益的专利和对外转让得到收入的已按专利法及公司的规定按比例提取报酬给予了发明人。此外对那些有重大经济效益的专利发明人，根据实际和可能，在晋升工资、技术职称晋级、奖励住房等方面给予了鼓励。如1988年提取了"低合金耐大气腐蚀钢"专利实施效益报酬1.2万元给予了发明人郭泰清同志，1万元给予了其他发明人。公司贯彻落实对专利发明人的奖励政策，极大地调动了广大工程技术人员及工人的积极性，现在许多人都在开动脑筋，争取搞出更多专利，为公司的经营目标做贡献。

鞍山钢铁公司今后将如何进一步搞好专利工作？

第一，我们要抓好20项节能降耗增利专利技术的开发实施和推广。我们对公司现有136项专利技术进行筛选，决定先拿出20项专利做为实施重点。我们可以先请有关专家进行论证，进行可行性分析，对于那些对公司有重大经济效益的项目争取列入公司科研计划或科技攻关项目，进行重点扶植，包括组织人力、物力和财力，使它们早日为公司创造效益。例如我们公司电力供应相当紧张，但另一方面由于设备陈旧技术水平低，电的浪费确很严重，如果全部改造又没有资金。矿山动力厂的专利CC节能材料可提高电机效率1.25%，每千瓦电机年节电76千瓦时。如果全公司推广这项技术，每年可节电1.08亿千瓦时，价值约1620万元，这样可以大大缓解公司用电紧张状况。现在我们已专门成立了风机、水泵节电技术开发队，据调查全公司可推广应用CC节能材料专利的电机有9279台，46.6万千瓦，拟于1990～1993年全部进行改造，1990年可完成1500台，装机容量为5.8万千瓦。同时，还要重点抓好"平炉汽化水盘"专利在二炼钢推广应用，争取把二炼钢所有平炉全部安装汽化水盘，这样全年可创效益200万元以上，节水1000万吨，产生蒸汽可折合标准煤2万吨以上。还有一些项目，我们也正在审查整理。

第二，要坚持不懈地开展专利法的宣传和普及，特别是加强对各级领导和工程技术人员的宣传。要使各级领导和广大技术人员都做专利的明白人，今年要求专利法普及率达到70%，使我们公司上上下下都了解专利法，形成一个群众性搞发明创造、人人争创专利的局面。这样我们公司的技术进步的步伐就会大大加快。

第三，继续完善专利工作机构，提高专利申请的数量和质量。几年来，我们已建立的专利工作机构和工作体系已做了大量工作，但是离专利工作要求和发展还远远不够。虽然大多数单位已有机构也有人员配备，但是有的单位名存实亡，人员不固定；有的管理人员不懂专利，工作开展不起来；有的学过专利的人员又没有安排工作或调走了，专利工作真正开展较好的单位全公司也不超过20个。因此我们要求各二级公司和各厂矿院所一定要有1名领导、总工程师或主管技术工作领导负责专利工作，各主管部门一定配备企业专利工作者或兼管专利员，做到上面布置工作下面有人负责，下面专利申请、专利实施和技术转让有人管，上下形成一个完整的管理体系。今年我们还要提高专利申请数量和质量。对那些符合专利法要求的发明创造和有经济效益的技术都要适时组织申请。各个单位每年至少应有1项申请。同时要提高专利申请的质量，对那些技术水平较低、经济效益较差的项目注意严格把关，不盲目提高专利申请数量。

第四，我们要继续加强专利文献服务工作。今后科研立项必须进行专利文献检索，避免人财物浪费和低水平重复劳动。我们的专利事务所已和中国专利局专利文献中心建立了密切联系，又是冶金系统专利情报网点，储藏有大量专利文献。我们今后要向各单位广泛宣传，加强专利文献服务，提高检索质量，吸收各单位进行专利检索，同时要提高专利代理质量和服务水平，使事务所成为发明者之家。

第五，要加强专利技术市场工作，并争取专利在技术引进工作中发挥作用。这是我们一个薄弱环节，我们每年专利贸易额才二十几万元到三十几万元。今年我们要积极清理项目，参加有关技术市场活动，制定有关技术贸易管理办法和政策，调动各方面积极因素，争取有较大发展。年初我们已派人到攀钢进行一次专利贸易谈判，今后要组织更多的类似活动。随着改革开放的进行，我们公司还将在引进国外专利技术方面做出努力。

总之，我们应发挥专利制度优越性，使专利工作在完成公司生产经营目标中做出更大贡献。

短评：

## 大企业要争做专利工作的排头兵

拥有全国企业中最多的专利、实施率远远高于全国平均水平、公司上下形成了专利工作管理体系。可以说，鞍钢的专利工作走在了全国企业的前面。

鞍钢是我国最大的钢铁联合体，其要做的工作很多，但专利工作仍被作为一项重要工作来抓，这说明，公司从上至下的专利意识已逐步具备，这还说明，企业开展专利工作是十分必要的。

企业专利工作是我国专利工作的基础，同时，专利制度又为企业在日益激烈的竞争中提供了保护，可惜目前大多数企业还未意识到这点。鞍钢意识到了，于是他们就有了专利为公司增利节支2.18亿元的效益，于是他们也就有了许多职工开动脑筋、争取搞出更多的专利、为公司经营目标做贡献的局面。我们期待着更多的企业赶上来。

（刊登于1990年8月1日第一版）

# 叩开专利致富大门的农民们

## ——来自天津武清县乡镇企业的报告

韩秀成

当改革的浪潮以汹涌澎湃之势进入 80 年代的时候，天津市武清县的乡镇企业，如雨后春笋一般破土而出，不几年工夫，2400 多个乡镇企业就像夏夜的星斗，密布在武清县 2000 平方公里的土地上。

乡镇企业的大规模出现，给武清县的经济带来了活力。几经摸索，几多波折，武清县的农民终于找到了一条致富之路：运用具有"短平快"特点的专利技术，形成自己的拳头产品，去独占市场的一方。

张国富，这位农民企业家，于 1987 年初以过人的胆识和魄力，接过了倒闭 4 年多、并且债台高筑的乡办水泥厂。在最初的日子里，他冥思苦想，绞尽脑汁，寻找能使水泥厂得以"回春"的新项目。1987 年，一个偶然的机会，张国富发现了天津市橡胶制品六厂的"高分子共混物非硫化型胶管"（以塑代胶的弹性体软管）专利产品，并对该产品产生了极大的兴趣。他当即决定，买下这项专利技术，并且以此技术建起了拥有 100 多位职工的橡塑厂。1987 年 7 月正式投产。在试生产的 5 个月里，销售额就达到 56 万元。1988 年销售额达 198 万元，获纯利 24 万元。1989 年，尽管原材料有的上涨 40%、国内市场疲软等不利因素的冲击，产品售额还是达到了 175 万元，获纯利 20 余万元。今年 1~4 月份比去年同期产品的销售额和利润均高出 1 倍多。

在近 3 年的时间里，他们以引进的专利技术为基础，先后开发出全自动洗衣机上水管、自来水管、汽油管、煤气管、刹车油管等。新产品不断问世，销路越来越好。

像张国富这样的企业，在武清县比比皆是。武清县水泥厂从中国建材研究院水泥所引进"u 型混凝土膨胀剂"专利，全厂 300 多职工中，仅有 17 人从事这一专利产品的生产销售工作，而所创造的利润，几乎占了该厂全部利润的 50%，成了该厂的主干产品。北进乡引进"多功能文具用品机器人"专利，建起了乡工艺美术厂。产品远销美国，并且还有可能打入新加坡、澳大利亚、日本等国家的市场。仅 100 多人的小厂，去年投产半年就创产值 120 万元，获纯利 20 多万元。预计今年产值可达 300 万元，纯利润 60 万元。津武特种工艺品厂，从引进天津市工艺品公司的外观设计专利"纺古钟"开始，自己又开发研制出 24 个新设计，其中一部分已申请了专利。他们的产品源源不断地销往国外。尽管国际市场竞争异常激烈，他们还是慢慢地站稳了脚跟，1989 年完成产值 110 多万元，获纯利润 12 万元。

几年来，武清县先后引进和研制了 40 多个专利项目，大多数专利技术取得了很好的经济效益，成了乡镇企业的主干产品。武清县乡镇企业靠着这一批专利技术，不断得到发展和壮大。这，的确可喜可贺。

近几年，改革开放不断深入，张辛庄人的科技意识也在不断增强。他们认识到：

要想真正富裕，彻底摆脱贫困，就必须在科技上下功夫。只有不断发展科学文化，不断引进新产品、新技术，不断拿出自己的"绝活"，才能在充满激烈竞争的市场上，开创出属于张辛庄自己的一块天地。

一种新的意识、新的思想观念一旦萌生，就必然会产生一种强大的动力，激发着人们千方百计地去寻找赖以生存的土壤，从而结出他们的理想之果。

1986 年，当县科委主任甄玉鑫将北京理工大学的"电子消炎止痛膜"专利介绍给张辛庄的时候，老书记李凤三等人喜出望外。这就是他们梦寐以求、而一直还未得到的"绝活"。几经周折，张辛庄成功地从北京理工大学独家引进"电子消炎止痛膜"发明专利。由于他们生产的"新康牌"电子消炎止痛膜专利产品，具有增强人体免疫力、加速人体组织恢复、促进血液循环等特点和功效，很受广大患者欢迎。产品畅销 10 多个省市。3 年来，不足 30 人的小厂，为村里带来了 34 万元的纯收入。

旗开得胜，人心大振。如果说前几年张辛庄对引进专利技术还有些瞻前顾后，举棋不定，那么现在的张辛庄则是有胆有识，大刀阔斧。张辛庄邻村农民王明臣凭着自己多年烧制陶粒的经验，研制出了一种保温、隔音、节能的陶粒无砂大孔空心砖，并申请了专利。为实施该技术，尽管王明臣冒风险高息贷款 37 万元，但仍无法实施。就在王明臣陷入绝境的时候，张辛庄以超乎寻常的魄力和胆识，买下了这项专利，也"买"下了 30 多万元的债。1988 年底，陶粒砖厂建成投产。第二年就创造了 13.9 万元的纯利润。

认准了的，就一头扎进去。去年张辛庄又引进了第 3 个专利项目——一种新型节能温控电冰箱保护器。小试期间，创造了 10 万余元的产值。现在，拥有 500 多个劳动力的张辛庄，已有 200 多人从事专利产品的生产。去年仅 3 个专利产品，就创利税 45 万元。今年可望完成 60 万元的利税，80 万元的纯利润。

专利法，在中国的大中城市、大专院校、大工矿企业还远未普及的情况下，张辛庄一个普普通通的农村，在短短的时间里引进了 3 项专利技术，并掌握了专利这一法律武器，率先叩开了专利致富的大门，这不能不说是一种新气象，不能不说是专利事业在津北广大的农村中出现的第一道希望之光。

（刊登于 1990 年 8 月 1 日第二版）

利用专利武器　保护国家利益

# 包头稀土院在一次国际"专利战"中获胜

**本报讯**　（通讯员锡林塔娜）冶金部专门研究稀土开发与应用的专业性研究院——包头稀土院，在一次国际稀土永磁材料钕铁硼的"专利战"中，成功地利用专利法捍卫了国家的利益。

钕铁硼是一种新型的稀土永磁材料。1983 年，日本人首先在国际稀土永磁会上宣布，研究成功了一种无钴、高性能、廉价的钕铁硼。这个消息一经发布，立即在国际上引起轰动，几乎所有的磁体制造厂都争取制成这种被认为最有前途的稀土永磁材料。

我国的稀土永磁界获得钕铁硼的信息以后，在短短的几个月时间里，就研制成功接近世界先进水平的高能积钕铁硼，并形成了相当规模的生产能力。

1986 年 4 月初，包头稀土院赴日本参加学术会议的同志带回日本索尼公司就我国钕铁硼向日本出口问题的提示：日本 A 公司已在日本申请了专利，你们的产品进入日本会不会构成侵权？A 公司在中国也申请了专利，你们今后大量生产会不会也构成侵权？这两个问题引起了稀土院领导的高度重视，他们立刻组织专人进行调查。首先查阅到 A 公司在我国申请的题为"生产永久磁体的方法及其产品"的专利申请已于 1986 年 3 月公开，发现 A 公司在权利要求书中所罗列的权利要求竟达 73 项之多，同时独立权利要求的区别特征写得也很宽。而且 A 公司还于 1985 年 2 月 27 日在欧洲专利局提出了同一份申请。但是通过仔细分析发现，A 公司这份颇具匠心的专利申请文件中存在很多漏洞，其申请的绝大部分内容都在 1983 年的国际磁学磁性材料会议上公开过，同时在我国也公开使用过。因此，有关这部分内容无疑已不具备新颖性。实际上，A 公司对我国钕铁硼永磁材料的科研及生产情况是了解的，但是为了控制市场，他们把在中国已经公开使用的生产方法及产品，以及早已在国际上公开发表的内容汇总起来，加上一些新的工艺条件，统统纳入他们的权利要求中，企图以侥幸的心理试探在中国能否获得专利权。我国是稀土资源大国，可以想象，如果 A 公司在中国的专利申请一旦被批准，那么中国的稀土工业将受到何等严重的影响。

在掌握和了解了 A 公司的专利申请状况后，包头稀土院便充分利用专利审查制度中的异议程序，先后两次向中国专利局以书面的形式对 A 公司的专利申请提出异议，并提供了大量的有关资料和证据，终于迫使 A 公司重新修改申请文件，大大缩小了其权利要求的范围，从而有效地保护了我国稀土工业产品的生产和销售。


# 专利法——当代技术、市场竞争的有力"武器"

王岚涛

我国是稀土资源大国，稀土储量世界第一，开发利用这些资源，无疑会为国为民带来莫大的利益。实际上，在开发利用稀土资源上，我国已与日、美并肩走在了世界的前列。但日本索尼公司的一个提示却令人震惊：日本 A 公司已就稀土永磁材料钕铁硼申请了日本、欧洲、甚至中国专利，一旦授权，我们国家遭受的损失不可想象，因为我们的产品不仅不能出口欧洲和日本，就连在国内销售也会侵犯人家的专利权。这就是世人皆已晓得厉害的日本公司的"专利战略"！

有人说国家应出面干预。但我国有专利法，并且是《保护工业产权巴黎公约》成员国，对于来自该公约其他成员国的专利申请，我们必须给予完全等同于本国国民的待遇。这关系到我们国家的信誉。

有人说中国专利局应把住关。要知道，专利审查员亦不是"千里眼""顺风耳"，世间所有有关稀土开发利用的资料他全都掌握。

怎么办？坐以待毙？

有道是"以其人之道还治其人之身"。对于通过正当的法律的渠道走进来的竞争者，我们也应以正当的法律的武器回敬之。

包头稀土院懂得这个道理。他们知道有一件叫作"异议"的法律武器可以对付日本这家公司的专利申请；他们还知道必须向专利审查员提供有关资料，这一法律武器才更具威力。

在这场保护国家利益的国际"专利战"中，包头稀土院赢得了胜利，因为他们掌握了"专利法"这一当代技术、市场竞争的有力"武器"。

掌握这一"武器"的另一个重要目的还在于：像日本A公司那样主动出击，去占领国际市场。

希望所有行业的有识之士，都来掌握这一"武器"。

（刊登于1990年8月8日第一版）

# 专利制度正在温州"落户"

**本报记者　张玉瑞**

说起温州市，首先映入人们脑海的恐怕还是它那新崛起的商品经济、多如繁星的小企业以及温州人在生产上高超的模仿能力。不错，温州市的小企业真是多到数不胜数的程度，仅温州市的一个城区——鹿城区就有小企业24000多家。这些少则三五人，多则百把人的小企业，在商品生产竞争中，"手脚"来得快。漂亮的时装，国外刚流行，这里就开始上市了；电子防风打火机，内地还是稀罕物，在温州已成了"大路"货。温州人曾开玩笑说："除了飞机大炮我们不能仿制，温州人什么都造得出来，信不信由你！"由此有人竟得出这样一个结论：温州人就会模仿他人产品，不会自己创新。其实，这仅仅是问题的一个方面。

要说创新，请看下面事实：自我国专利法实施以来，温州市已申请专利600多项，已授权 300 多项。其中"多功能电磁阀""带金属网格的聚四氟乙烯防腐制品"和"激光针灸仪"三项专利技术还获得布鲁塞尔国际发明博览会金奖。发明人温邦彦、赵永镐、黄明荣三人获得骑士勋章。今年 3 月，温州市成立了发明协会，聘请著名的"101 毛发再生精"发明人赵章光任名誉会长。今年 4 月 1 日，温州市还举办了专利成果展览会。由此看来，温州人并不乏创造力。

但模仿和创新毕竟是一对矛盾。在温州，这对矛盾有时也会激化，但胜利者似乎总是创新者。温州柳市地区的十来个生产低压电器的厂家在产品上相互抄来抄去，质量越来越糟，中国低压电器产品检测中心对该地区生产的低压电器进行了抽检，结果大部分产品都不合格。但温州市低压开关厂生产的低压电器产品却质量超群，畅销不衰。原因在哪里？原来他们独立开发了新式的漏电断路电器和自动空气开关，并申报了专利进行保护。使产品独秀一枝，别人无法染指，有效地抵御了粗制滥造的劲敌。

温州人不仅学会了用专利谋略来保护自己，而且，在转让和受让专利技术上，也很讲究"技术"。荣获中国发明专利十大金奖之一的"氟塑料合金生产方法"技术，专利权人并没有许可某些大厂生产，而是叫它在仅有 140 多人的温州平阳化工机械厂落了户，其产品集中了各类氟塑料的优点，很令其他生产氟塑料产品的大厂"眼热"。然而，由于该技术在温州仅许可该厂一家使用，因此，有效地抑制了竞争对手，专利权人不仅很快地回收了投资费用，受让厂还在消化、创新的基础上，又申请了液飞泵、离心泵等 5 项专利。龙湾开发区剪刀厂是一个仅有 20 名职工的小企业，而它的专利产品"组合剪刀"的零件，却是由著名企业杭州张小泉剪刀厂加工。张小泉厂负责加工成零部件，并有权组装一部分自行销售，其余零件则折抵专利许可使用费交由龙湾剪刀厂组装销售。这样灵活的专利许可形式，既保障了专利权人的利益，又使专利技术最大限度地为社会服务。

模仿，在温州市已开始不吃香了。温州人逐渐认识到总停留在模仿上，产品只会越做越滥。潜心创造者必发展壮大，投机取巧者则塞路自毙。专利法实行以后，仿制他人专利产品，还会构成专利侵权，对此，温州市专利管理处会毫不客气。目前，温州市专利管理处已肃查处了三起假冒他人专利的案件。维护了专利法的尊严，也使温州人看到了专利法的"厉害"。

温州，是我国发展商品经济的"先行官"，专利也是一种商品，而且是一种特殊的商品，温州人发展这种特殊的商品是否也能成为"先行官"？当笔者问及温州市专利管理处负责人陈乾康时，他信心十足地说："温州多为小型企业，在激烈的市场竞争中，技术进步已成为它们生死攸关的大问题，别看专利制度复杂，可为了生存和发展，温州人什么都能学会！"是的，专利制度正在温州"落户"，而且，任凭什么力量，也休想将它与温州人分开。

（刊登于 1990 年 8 月 22 日第一版）

# 亚运礼品，从这里诞生

本报记者　刘瑞升

山不在高有仙则名
水不在深有龙则灵
——题记

　　来到北京门头沟区龙泉镇，从柏油路转下一条石子小径，见前方有一弯浅水，河乎？溪乎？问及路旁老人，回答只是摇头。在这不知名的水流旁，有一个名叫"龙腾旅游用品厂"的校办工厂，不久前的它，就像这弯浅水一样鲜为人知。

　　然而，今天在这名不见经传的校办厂中，却生产出了在第十一届亚运会上我国将送给各国运动员和记者的礼品——座包。

　　记者见到了副校长兼校办厂厂长曹永诚，他三十七八岁，大学中文专业毕业。一见面，他就激动地说道："在众多的包类产品中，我厂生产的专利产品——座包被亚运会组委会确定为礼品，我们感到非常荣幸。"这个座包以其巧妙的可坐功能被确定为亚运礼品，它将伴着万余名运动员、记者云游四方……

　　在众多的包类产品中，亚运会选座包为亚运礼品，这不能不说是一件幸事，也不能不说是一件奇事。可曹厂长却觉得，这并非奇事，他认为座包之所以取胜，是依赖于吸引人的专利技术和良好的产品服务。

　　他接着介绍说："座包"顾名思义，就是能当凳子的包。包与凳本是风马牛不相及的两回事，而现在却合二为一，形影不离，这点就增加了人们强烈的好奇心。座包集盛物和可坐于一身，在不影响挎包功能的前提下，内部安装了一个重量仅为400克的金属支架，并由内衬控制支架受力，支架打开后，可承受100公斤的压力，即使包内装有鸡蛋之类的易碎品也可照坐无妨。曹厂长又说："这个专利产品，在北京地区是独家经营，所以从某种意义上说，专利法好似是我们的'护身符'"。

　　再有就是校办厂还可根据用户的不同要求进行设计制作，亚运会的礼品要求更是严格。首先，不同人员背的包颜色不同，这一点就要了真格的。就说运动员用包吧，需要绿色，偏偏在制包业中，绿色又不常见，更何况绿色的配套材料，如拉锁、背带、衬布等都必须专门定做。

　　在生产过程中，曹厂长前前后后跑亚运会集资部几十次、与其他合作厂家反复商谈、同发明人重新设计图纸等等，他感到克服困难成了一种享受。

　　就是靠这专利技术、良好的服务，赢得了广大消费者的欢迎。特别是当张百发、伍绍祖等领导同志看到座包后，也被那独特的构思所吸引，经研究决定作为亚运会礼品，送给各国来宾。

　　在面积不大的成品车间里，只只色彩绚丽的座包，真像整装待发的战士，看到它们就仿佛依稀见到身体强健的运动员在取得优异成绩后坐在绿色的座包上休息的情景；又好像看见一群群动作敏捷的记者身背红色的包穿梭于运动场的上上下下……

校外的水流的确很浅，但它身边却诞生了制作亚运礼品的龙腾旅游用品厂，笔者不知厂名的含义，但"水不在深有龙则名"的古语久久萦回于脑际。

（刊登于 1990 年 9 月 12 日第一版）

# 关税贸易总协定有关知识产权谈判的最新进展

俞建扬

关税贸易总协定（GATT）乌拉圭回合的谈判自 1986 年 10 月起迄今 4 年有余。在乌拉圭回合的谈判中，与贸易相关的知识产权作为谈判的一个专门议题受到了国际工商贸易界和知识产权界的普遍关注。由于我国正在申请加入关税贸易总协定，因此谈判的结果对我国也有着潜在的重大影响。按照规定的议程，整个乌拉圭回合谈判将于今年年底前结束，那么，有关与贸易相关的知识产权的谈判现在进展如何？前景又怎样？笔者在 10 月下旬参加了美国/加拿大许可贸易工作者协会 1990 年年会，并参加了年会中关于关税贸易总协定谈判的专题讨论会。现将有关情况概述如下。

**最新进展**

一个引人注目的发展是欧洲共同体国家不仅要求确立有关知识产权保护实质性标准的准则，而且要求将国际知识产权法的协调作为谈判的内容之一，亦即将目前正由联合国世界知识产权组织（WIPO）主持的多边政府间关于协调各国知识产权法的谈判内容也纳入关税贸易总协定中与贸易相关的知识产权谈判的议程。显然，在关税贸易总协定谈判中增加国际知识产权法协调的内容将大大增加谈判的难度，尤其是现在离谈判截止期限已为期不远。因此，有些美国专家认为，这是欧共体国家的一种谈判策略：由于美国及其他一些国家在农产品的政府补贴问题上与欧共体国家尖锐对立，欧共体国家也许试图将国际知识产权法协调作为一种谈判的筹码，以换取美国等国家在农产品问题上的让步。

另一方面，一些发展中国家对于知识产权保护的态度发生了一些变化。原先反对对知识产权进行强保护的一个主要国家巴西，现在已改变了它的立场，而其他一些发展中国家如墨西哥、埃及也不再反对对知识产权进行强有力的保护。但印度的立场不变，仍然反对对知识产权的强保护。

工商秘密的保护原先不属于谈判的内容，美国/加拿大许可贸易工作者协会注意到了这个问题，利用其影响对美国政府进行了游说，并成功地使美国政府认识到保护工商秘密在整个知识产权保护中的重要性。现在经美国政府提议，工商秘密保护已纳入谈判内容。

截至 10 月下旬，与贸易相关的知识产权谈判，已放弃了制定关于知识产权保护的独立法规（freestanding code）的打算，转而试图通过一个议定书（protocol）。在议定书的最终文本确定之后，关税贸易总协定各成员国将只有一种选择：或是签署该议定书，或是拒绝签署进而承担由此而引起的一系列后果。议定书的第三个文本正在起草之中。

**谈判要点**

目前正在进行紧张谈判的既有实质性的问题，也有程序上的问题。实质性问题反映在是否应规定对工商秘密进行强有力保护的问题上，争执主要发生在工业化国家和发展中国家之间；在专利保护问题上，主要是美国和其他工业化国家之间的对立，主要反映在国际知识产权协调问题上；在版权方面，不同意见主要来自日本；在商标方面，意见分歧涉及对商标的使用要求和地理名称的保护等等。此外，由于美国贸易法中涉及不公平贸易作法的第 301 条款和涉及不公平进口作法的第 337 条款规定有单方面的制裁措施，一些欧洲国家对此深感忧虑。在程序上有待解决的问题，一个是解决争议的机制问题，关税贸易总协定的一个基本特点在于如果一个成员国不遵守协定的话，可以对其进行贸易报复。现在有待确定的是，如果一个成员被控违反了知识产权保护议定书中所规定的义务，是否应通过关税贸易总协定的总的争议解决机制来解决争端，或是应在议定书中确立一个独立的争议解决机制。另一个有待解决的问题是，一旦确定违反了议定书，怎样进行制裁。最后，发展中国家要求在知识产权保护问题上，能够规定对这些国家实行差别待遇。

**前景**

普遍认为，与贸易相关的知识产权的谈判成功与否取决于整个乌拉圭回合谈判是否成功，而整个谈判是否成功又取决于几个主要争端的解决。如有关农业问题和纺织品问题的谈判结果。因此，一些专家认为，各成员国政府不会因为在知识产权问题上争执不下，而冒使乌拉圭回合谈判失败的危险。所以，如果乌拉圭回合的几个主要争端能得到解决的话，与贸易相关的知识产权的谈判也应能够达成协议。

（刊登于 1990 年 12 月 12 日第二版）

# 1991

纪念改革开放40年
中国知识产权报新闻作品集

社论：专利工作要向纵深发展

我国专利无效宣告请求案件大幅度增长

华中理工大学知识产权教育出现喜人变化

要求各单位制定"八五"专利工作规划

独占产品市场　增强技术储备　天津部分大中型企业出现购买专利技术的好势头

专利给大连市一批中小企业带来勃勃生机

我国知识产权保护进展显著

跨世纪的飞跃——中国知识产权界专家、学者座谈纪实

辽宁省一奖两酬兑现工作进展顺利——五年兑现奖酬一百一十八点一六万元

要多想、肯做

有感于专利工作"七五植树""八五造林"

新疆开展企业专利试点工作

苏州企业专利工作组织建设基本落实

组织建设是基础　也是保证

"黎明"的骄傲是"喷丸"

中国在知识产权领域的保护是好的

让专利占有一个席位

安阳县农民靠养菇致富

从"养菇致富"想到的……

社论

# 专利工作要向纵深发展

　　今年是"八五"计划和十年规划的第一年,我国的社会主义现代化建设已进入一个崭新的历史时期。适应形势发展的需要,今后5～10年,专利工作必须向纵深发展。我国的专利工作走过了创业和打基础的5年,今后5年,既要再打好基础,更要有大动作、大突破、大发展,是承上启下、继往开来的5年。作为"八五"计划的第一年,也是较为关键的一年,今年我们必须开好头,迈好第一步。

　　去年以来,中国专利局用了很大力量组织研究和制订专利工作发展的十年规划和"八五"计划,其基本思路中很重要的有几点:紧紧抓住企业和我国发展经济、科学技术重点领域的专利工作这个中心,主要做好审查、文献、自动化、实施、立法、普法和管理工作,以现代化的工作手段,提高工作效率和能力,促进技术进步,推动国家经济发展,充分发挥专利制度的重要作用。根据这个思路,90年代专利工作的奋斗目标是:健全和完善专利工作和专利管理工作体系,实现专利法规、政策的规范化和系列化,专利管理工作自动化,专利文献服务网络化和电子化,专利实施工作能有效地大幅度发展,使我国的专利工作在国际知识产权舞台上和我国"四化"建设中发挥更加重要的作用。

　　根据这个奋斗目标和第三次全国专利工作会议确定的目前一段时期的工作重点,今年我们专利工作的中心还是要放在专利实施和专利宣传工作上,并以此为基础,带动整个专利工作的开展。应强调的是,今年的专利实施和专利宣传工作应争取在前几年的基础上有所突破,向纵深发展,为今后专利工作全面向广、深开展打基础、铺路子。即既要打基础,也要向广度和深度开展工作。去年11月召开的全国专利实施和专利宣传工作经验交流会,认真总结了我们前一阶段专利实施和宣传工作的经验,在这次会议上也进一步明确了今年几项工作的设想和安排,各地区、各部门应认真组织落实。

　　应该注意到,这几年,我们的专利工作影响面还不够广,影响力还不够大。专利宣传工作的广度、深度还远远不能适应形势发展的需要。专利法的普及、宣传工作仍然是一项长期的、艰巨的、重要的任务。今年的专利宣传工作应当紧紧围绕专利制度对促进我国科技进步和经济发展的重要作用这个主题展开,要继续按照第三次全国专利工作会议确定的"目的明确、重点突出、方式灵活、讲求实效"的原则和要求进行。根据前期专利宣传工作的经验和专利工作形势发展的需要,今年要突出抓好以下工作:第一,把专利法的宣传、普及同5年普法计划结合起来,各地方、各部门要根据这个计划的要求,制定出本地区本部门普及专利法的计划并把普法重点放在各级领导干部身上,不断提高各级领导干部的专利意识;第二,要充分发挥各种新闻宣传媒介的作用,争取有关报刊、电台、电视台等各种舆论部门大力支持,不断扩大宣传面和影响力；第三，要及时抓住专利工作实践中的典型事例和热点问题，以事说法，以事明法，增强宣传效果。为了使专利宣传工作有组织、有计划地开展，中国专利局已成立了宣传工作领导小组。提倡各地专利管理机关领导亲自抓宣传，固定专人管宣传，并建立起全国专利宣传工作网络，统一指导、协调行动。通过我们的共同努力和新闻界的支持，争取在今年使专利宣传工作有一个较大的发展，形成上至中央、省市各级领导，下到广大群众，有更多的人了解专利，关心专利工作，支持专利工作发展的强烈社会气氛，使各项专利工作能够更加顺利、深入地开展。

专利技术的实施和推广工作一直是我们专利工作的一个重点，也是一个难点。专利技术实施和推广难的原因是多方面的，其中许多方面的问题，单靠我们专利管理和其他专利工作部门很难解决，这需要国家、省市有关部门一同来抓。但应强调的是，我们应积极争取，主动工作，而不能等、靠，最终使工作陷于被动。

目前反映比较突出的是资金短缺和优惠政策不配套。关于资金问题，各地已建立了一些实施基金，要把这些资金使用好。国家已经确定，拿出一部分资金作为科技贷款，我们应抓住时机，积极争取。中国专利局已同有关方面多次协商，争取建立国家专利实施基金，用于专利技术的开发和实施。同时，还要争取疏通各类计划渠道，建立专利管理机关—中国专利局—国家科委、国家计委的渠道，使那些无法纳入其他计划，又具有较好经济效益前景的重大专利技术得以开发和顺利实施。要把国家现有的优惠政策用好、用充分，使单位从专利技术的实施中得到实惠，以利于推动专利实施工作的发展。目前，我国产业结构的调整方向已初步确定，这是关系到我国90年代经济发展的大问题。各地方、各部门要按照国家产业结构的调整方向，围绕大力发展农业、加强能源和基础工业、改组改造加工工业、繁荣第三产业等方面，对专利实施工作做出切实的部署。还要强调指出，国家对发展高新技术产业十分重视，把它放到关系我国能否在未来的国际经济、技术发展中占有一席之地的位置加以考虑。国家有关部门正在深入研究这方面的政策和措施。我们应适应这一形势，不断探索在专利保护下高新技术的发展，特别是向国际发展的经验，提出政策建议，为适应我国高新技术发展，走向国际市场创造条件。专利技术实施的基础在企业，专利技术实施的信息来源于专利文献，专利纠纷调处是专利技术实施的有效的法律保障。今年我们要继续加强企业专利工作和专利文献的改造、利用工作，继续加强专利纠纷调处工作，以促进专利技术的实施。

前5年的专利工作，为我们今年及今后的工作打下了一个基础，但同时问题不少，困难仍很大。可以说，对专利工作来讲，当前是机遇与困难并存。这就要求我们全体专利工作者树立信心，强化措施和办法。只有积极进取，努力开拓，才能巩固专利工作的成就，使专利工作向纵深发展。

（刊登于1991年1月2日第一版）

# 我国专利无效宣告请求案件大幅度增长

**本报讯** 1990 年，中国专利局专利复审委员会受理与审结各种案件的数量较 1989 年度又有大幅度增长，特别是有关专利无效案件的增长幅度更大。

专利复审委员会全年受理各种案件为 291 件，较 1989 年的 163 件多 128 件，增长率为 78.5%，比上一年的增长率多 34.3 个百分点；审结各种案件 142 件，较上一年度的 88 件多 54 件，增长率为 61.4%，比 1989 年的增长率多 21.7 个百分点。

在受理的案件中，专利无效宣告请求案件的增长率大大高于复审请求案件。1990 年无效宣告请求案件为 153 件，比上一年的 77 件多 76 件，增长近一倍，而复审请求的增长率则为 60.4%。由于无效宣告请求的增长率比复审请求的增长率高出甚多，因此使得无效宣告请求案件在我国专利史上首次超过了复审请求案件的数量，占全年受理的复审与无效案件总数的 52.6%，即超过了半数，这个比例创造了世界专利史上的一个纪录。

在审结的 142 件案件中，有关专利无效的案件为 71 件，比上一年审结的 35 件无效案增长了一倍多。

上述数字说明，随着专利申请和授权量的不断增加，专利复审与无效工作也随之迅速发展，复审与无效程序被越来越多的人所了解，以利用这些程序保护自己的正当权益；无效案件所以猛增，其主要原因还在于我国的实用新型授权量很大，到 1990 年底已达 49000 余件，历年总累计共受理无效宣告请求案件 312 件，其中涉及实用新型的达 265 件，占 85%，在 1990 年受理的 153 件无效宣告请求案中，涉及实用新型的为 132 件，占 86%。尽管涉及实用新型的案件占了无效宣告请求案件的绝大多数，但是请求无效的实用新型占授权的实用新型总数的比例是很小的，仅为 0.54%，经过审理被完全宣告无效的就更少了。因此，不管是对实用新型专利权的无效宣告请求数，还是被完全宣告无效数，其相对比例都是很小的。

（赵元果）

（刊登于 1991 年 2 月 13 日第一版）

# 华中理工大学知识产权教育出现喜人变化

**本报讯** 华中理工大学开展知识产权教育始于 1984 年中国专利法颁布之际。当时由于师资力量和教学资料所限，教育对象仅限于该校的研究生。随着师资队伍的健全和教学资料的积累，接受知识产权教育的对象已扩大到该校的专科生、本科生、第二学士学位生、研究生等。这个学校的知识产权教育最早是从讲授专利法开始的。

但随着形势的发展，这已不能适应社会的需要，于是将教学内容扩大到工业产权，进而扩展到整个知识产权领域。

随着教学内容的丰富，学时也由原来的 12 小时相应地增加到现在最多时的 60 小时，为搞好知识产权教育从学时上给予了充分的保证。知识产权教育已被列为必修课。原来知识产权教育只作为选修课开设，现根据专业、学生层次的不同而采取选修、限定选修、必修等几种形式。这个学校知识产权教研室一方面不断改进教学方法，充实教学内容，提高教学质量。另一方面加强师资队伍建设和教材建设，除派人到德、法等国学习外，还派人到国内兄弟院校学习。此外，这个教研室还积极宣传知识产权教育在高等院校尤其是理工科高等院校中的重要性，从而引起教学行政部门的重视，为开展知识产权教育创造了有利条件。

（朱雪忠）

（刊登于 1991 年 3 月 13 日第一版）


## 冶金部科技司发出通知

# 要求各单位制定"八五"专利工作规划

**本报讯** （通讯员刘曼朗）由于各单位共同努力，冶金系统专利工作取得了可喜的进展，已向中国专利局提交了 4400 多项专利申请，有 1200 余项被授予专利权。取得直接经济效益 9 亿多元，节、创汇 2000 多万美元。为使专利工作进一步深入开展，具体落实 1991 年冶金工作会议和冶金科技工作会议精神，更好地为冶金科技进步服务，冶金部科技司发出通知，要求各冶金厅（局、公司），各冶金企、事业单位，根据冶金部"八五"专利工作方针和目标，结合本省、市，本单位具体情况，从宣传普及专利法、专利技术的实施、专利战略研究、专利管理体系建设等四个方面，制订出本省、市，本单位"八五"专利工作规划和年度工作计划，4 月底报部科技司。

（刊登于 1991 年 3 月 20 日第一版）


# 独占产品市场 增强技术储备
# 天津部分大中型企业出现购买专利技术的好势头

**本报讯** （通讯员张钢）随着我国专利法的宣传普及以及我国专利技术整体水平的提高，专利制度在经济生活中的作用愈为引人注目，天津部分大中型国营企业出现了不惜出巨资购买适合本企业专利技术的好势头。

　　垄断产品市场，使企业在激烈的市场竞争中独占一席之地是大中企业购买专利技术的主要目的之一。天津市国营 3522 厂是我国生产包铜纽扣的主要厂家，近年来他们发明的被认为是纽扣换代产品的"免缝纽扣"（含徽章），共有 14 个品种申请了专利，当他们听说北京某发明人发明了 5 种性能更好的"免缝纽扣"后，为了独占免缝纽扣市场，不惜花费 50 万元巨款买下全部专利，并很快与中外服装厂家联系试产 50 万只，最近他们还把这批专利产品拿到美国市场巡回展销，引起外商广泛注意，产品具有较好的发展远景。天津电焊机厂是我国电焊机行业的重要企业，近年来该厂除不断开发专利技术外，还引进了 6 项日本电焊机专利技术，使企业领先于全国同行业生产技术水平。他们还花 6 万元引进清华大学研制的"ZYJA－1 型规范化自动伏化气体保护电焊机"专利技术，已创产值 75 万元。当他们得知吉林工大研制成功具有能断弧、连弧、飞溅等优点的"可控硅焊机"后，尽管此时他们厂已开发生产了不同型号的可控硅焊机，但为独占可控硅焊机市场，电焊机厂主动找上门去花巨款买下全部专利，目前这种产品已投入批量生产。

　　增强技术储备，消化吸收专利技术，实现产品多元化，增强企业发展后劲，也是大中型企业购买专利技术的重要目的之一。天津国营 754 厂具有雄厚的技术力量和成熟的产品。但他们为了使企业"多一手"，用 15 万元买下了天津医学院的用于视力检测诊断的专利项目"中心视野分析仪"，去年底已试产 160 台，为企业创产值 65 万元。天津自动化仪表厂 1989 年买进"单阀歧管阀"专利技术，在此基础上工厂组织科研力量继续创新开发，研制成"手动三阀组一体球阀"，并申请了专利，现已投入批量生产。自动仪表六厂买进外地仪表厂的"电溶式位置传感器"后不断创新，相继开发出"小型无触模拟记录仪"和"台式记录仪"两种新产品，并列入了企业今后发展计划。许多购买专利技术的企业领导反映，购买专利技术是企业增强后劲。提高市场竞争能力的一个重要途径。

　　目前天津还有一些大中型企业正在积极洽谈购买专利技术，随着企业领导对专利工作认识的提高，这种势头还有发展的趋势，如何向大中型企业推荐他们需要的具有一定的水平和档次的专利技术，引导大中型企业健康地步入专利技术市场，为搞活大中型企业服务，已成为各级专利管理机关和技术市场应认真对待的一个课题。

（刊登于 1991 年 4 月 24 日第一版）

# 专利给大连市一批中小企业带来勃勃生机

　　**本报讯**　（通讯员为实）大连市专利管理处为了推动中小企业专利实施，对 50 个中小企业专利实施作了专题调查。通过对其中 44 个中小企业和乡镇、区街企业依靠专利法保护开发新产品和靠引进专利技术生产专利产品 51 项的近 3 年来实施效益统计表明：累计新增产值 11768.8 万元，累计利税 2529.2 万元，节、创汇 301 万元。其中累计创利税在 30 万元以上的企业有 16 个，占 44 个企业的 36.36%，创利税在 100 万元以上的有 8 个，占 44 个企业的 18.18%。其中靠专利产品起家或扭亏为盈的企业共有 36 个。

为什么这批中小企业在近年来资金贷款困难、原材料涨价和市场滑坡等不利条件下却取得了如此明显的经济效益呢？这首先归功于我国的专利制度，专利制度的建立为中小企业依靠经济和法律的手段推动企业技术进步提供了可靠的保证。专利法正在被愈来愈多的人所认识。

为了使专利技术得以顺利实施，大连市、县两级专利管理部门不坐等专利实施专项开发基金，他们积极开拓进取，早在 1986 年便着手把技术先进、生产可行、经济合理的专利技术纳入各级科技计划实施管理工作，从而使这些专利技术开发不仅享受减免税优惠政策，而且还取得了金融部门近千万元的科技贷款支持。他们每年的第四季度便着手对纳入下一年度的专利技术实施的项目进行调研，对那些符合国家产业政策、技术政策和大连市产业发展序列的专利技术，主动与各级科委、经计委和金融部门沟通，并会同有关部门和金融部门一道对项目逐一做可行性分析后，分别纳入国家、市一级"星火计划""新产品试制计划"等予以实施。

他们还利用专利技术作为股份吸引外资，加速专利技术实施。同时，他们着重抓了专利产品宣传，利用多种方式扩大专利产品的知名度和影响，千方百计开拓专利产品国内外市场，打开专利产品销路。

（刊登于 1991 年 5 月 15 日第一版）

# 我国知识产权保护进展显著

特约评论员

自改革开放以来，我国政府十分重视保护知识产权，先后颁布、实施了一系列的法律和法规。1982 年 8 月 23 日颁布《中华人民共和国商标法》，1983 年 3 月 10 日公布《中华人民共和国商标法实施细则》，该商标法相对于 1950 年颁布的《商标注册暂行条例》和 1963 年颁布的《商标管理条例》是一个重大的变革。其规定：经商标局核准注册的商标为注册商标，商标注册人享有商标专用权，受法律保护。到 1990 年 9 月底止有效注册商标已达 270032 件，10 年增加 237443 件，来我国注册商标的国家和地区已达 62 个。1984 年 3 月 12 日全国人大常委会通过《中华人民共和国专利法》，1985 年 1 月 19 日国务院批准《中华人民共和国专利法实施细则》。自 1985 年 4 月 1 日专利法开始实施至 1991 年 3 月底，我国共受理国内外发明、实用新型和外观设计三种专利申请 176000 多件，授予专利权 66000 件，在全部申请中国外申请占 17.6%，向我国申请的国家和地区已达 66 个。此外，全国范围的包括专利管理、专利代理、专利文献服务、专利教育、专利研究的专利工作体系已经形成，并造就了一支素质较高的专利工作队伍。1990 年 9 月 7 日全国人大常委会通过《中华人民共和国著作权法》，即将于 1991 年 6 月 1 日开始实施。商标法、专利法和著作权法的颁布和实施，标志着我国知识产权制度已基本建立。

我国采取行政调处和司法审判相结合的做法，有效地保护了中外专利、商标和著作权人的合法权益。采取行政调处的办法，主要目的是使包括侵权行为在内的有关纠纷能够及时、有效地得到处理，进一步强化知识产权的保护。专利法规定，对于专利侵权案件，专利权人可以直接向人民法院起诉，也可以请求专利管理机关进行调处。对专利管理机关的处理决定不服的，还可以向人民法院起诉；商标法规定，对于商标侵权案件，被侵权人可向商标行政管理部门要求处理，也可向人民法院起诉；著作权法规定，对侵权行为，可由著作权行政管理部门给予行政处罚。对著作权侵权纠纷可以调解，或由当事人直接向人民法院起诉。几年来，我国有关行政和司法机关已受理一批专利、商标纠纷案，其中专利纠纷 1500 多件，已结案 70%。在商标纠纷调处中，曾依法有效地制止了对美国 IBM 计算机公司和 M&M 公司的商标侵权行为，中国工商行政管理机构还对深圳五家侵犯美国 IBM 商标的中国公司处以最高限额的罚款，这也是外国的知识产权能在我国依法受到保护的一个例证。

我国的知识产权立法既适应我国国情，也符合国际惯例。我国政府在知识产权方面一直遵循国际通常作法积极进行国际合作。我国于 1980 年加入世界知识产权组织；1985 年加入《保护工业产权巴黎公约》，履行《巴黎公约》成员国义务，遵守该公约规定的国民待遇、优先权和专利、商标独立基本原则；1989 年加入《关于商标注册的马德里协定》。我国政府即将同世界知识产权组织和联合国教科文组织就中国加入《保护文学和艺术作品伯尔尼公约》和《世界版权公约》的有关问题进行正式磋商。我国已参加了一系列关于保护集成电路布图设计的国际会议，拟加入《集成电路布图设计知识产权国际保护条约》。我国在专利、商标、版权领域广泛发展同国际知识产权组织的多边合作，发展同德、日、美、法、苏等国双边合作，1989 年联合国世界知识产权组织和中国专利局等单位共同在北京成功地举办了"21 世纪国际专利讨论会"等大型国际会议。我国保护知识产权起步虽晚，但发展很快，受到了世界知识产权界的广泛赞誉，被誉为"当代世界知识产权领域最重大的成就之一"。联合国知识产权组织总干事鲍格胥称赞中国专利法是"一部很好的法"。这也表明我国专利、商标和著作权法与现行的国际公约规定的基本原则是一致的。

我国对建立和完善知识产权制度的态度是严肃、认真和积极的。专利法和商标法虽实施时间不长，为适应改革开放和国民经济发展需要，已着手修改商标法和专利法。如商标法中将增设保护驰名商标和服务标记等条款。新修改的专利法将使发明专利权保护期延长为 20 年；方法专利的效力扩展到由该方法直接生产的产品上。目前，我国有关部门正在起草《中华人民共和国著作权法实施条例》《计算机软件保护条例》，届时对计算机软件有可能分别运用专利法、著作权法和计算机软件条例进行充分的交叉并行保护。此外，我国还在起草《反不正当竞争法》《集成电路布图设计保护条例》等。

诚然，知识产权的保护水平与一个国家的经济发展水平有关，发展中国家与发达国家在经济上存在巨大差距，各国在知识产权保护的范围、期限及方法上有不同的看法和做法是很自然的。只要这些规定符合保护知识产权国际条约，应该允许各国保留自己的做法。为了有利于国际合作与交流，可以进行国际协调，使这些不同趋向一致。但是这种协调只有充分尊重各国主权，通过平等协商的途径来解决，解决过程应考虑发展中国家的实际状况，有利于迅速提高他们的经济技术发展水平。世界知识产权组织自 1984 年以来，就协调各国专利法的不同做法问题，组织《巴黎公约》成员国已召开了 11 次会议。在此基础上，起草了"专利法条约"草案。该草案中可供选择的最严厉条款也允许发展中国家对药品和用化学方法获得的物质的专利保护有 15 年的过渡期。事实上，西方发达国家保护知识产权的水平也是随着本国经济发展经过漫长岁月逐步达到目前水平的，例如联邦德国也只是 1968 年以后，日本 1976 年以后才给化学方法获得的物质专利保护。

我国是发展中国家，又缺乏保护知识产权方面的经验，在完善保护知识产权方面还有很多工作要做。为此，我国对新一轮的知识产权制度国际协调工作持积极态度，进一步加强国际合作。最近，中美关于科技合作有关知识产权问题，遵循对等原则，通过会谈，达成协议。但是，遗憾的是，在中美贸易谈判中，美方无视世界公认的我国在完善知识产权制度方面所做的大量工作和取得的显著进展的事实，以我国对美知识产权保护不充分为借口，把我国列入所谓"特殊 301 条款"重点国家名单，企图以贸易报复相威胁，把美国的保护知识产权的标准强加于人。这是不公正的，也是不能接受的。希望美国政府以中美关系大局为重，转变态度，尽快将中国从"特殊 301 条款"重点国家名单中撤掉，继续中美两国知识产权方面的合作，促进中美贸易的正常发展。

（刊登于 1991 年 5 月 22 日第一版）

# 跨世纪的飞跃

## ——中国知识产权界专家、学者座谈纪实

常释

10 年前，国人对"知识产权"这一名词不仅十分陌生，且闻所未闻。是改革、开放的浪潮，掀起"专利""商标""版权"的波澜。美国政府是否给予中国最惠国

待遇，又使知识产权的保护问题成为新闻媒界的报道热点，再次引起人们的关注。5月21日中国知识产权界的专家、学者、权威人士在京举行座谈会，以大量的事实，有力的发言，充分证明了我国知识产权的保护是充分的，是符合国际惯例的，成绩是瞩目的。中国知识产权事业的发展，在短短的10年内，实现了跨世纪的飞跃。请看，中国知识产权历史进程备忘录：

1980年加入世界知识产权组织（WIPO）；

1982年8月23日颁布《中华人民共和国商标法》；

1983年3月10日公布《中华人民共和国商标法实施细则》；

1984年3月12日，全国人大常委会通过《中华人民共和国专利法》；

1985年1月19日，国务院批准《中华人民共和国专利法实施细则》；

1985年3月19日加入《保护工业产权巴黎公约》；

1985年4月1日《中华人民共和国专利法》实行；

1990年9月7日，全国人大常委会通过《中华人民共和国著作权法》，并将于1991年6月1日起实施。

至此，一个初步完整的知识产权法律体系全面运转起来。

**一、我国专利法既适应国情又顺应国际惯例**

我国在专利制度建立之初，结合我国改革开放和社会主义商品经济发展的需要，博采了国际专利保护领域的经验和长处，使中国专利法成为一个符合巴黎公约基本原则的现代化专利法。世界知识产权组织总干事鲍格胥曾高度赞扬：中国的专利法所选择的方案集中了当代通常采用的最明智的方案。

回顾中国专利制度建立以来所走过的道路，中国知识产权研究会顾问、国务院参事室参事汤宗舜说，专利法公布之后，我国顺利地加入了巴黎公约，实现了我国与巴黎公约成员国之间相互给予的国民待遇和优先权等权利。对外国在我国的专利技术给予了充分的保护，从而为吸收外资、引进技术创造了较好的环境，专利法实施6年来，我国共受理国内外发明、实用新型和外观设计三种专利申请近18万件，国外申请每年为4000~5000件。在谈到专利法的国际协调和修改问题时，他又说，为了使我国专利保护进一步适应改革开放的新形势，适应当前国际专利制度的协调趋势，专利法将做好如下主要修改：

1. 将方法专利的保护延伸到使用该方法所直接得到的产品。

2. 将专利产品进口权列为产品专利的专利权人的权利之一。

3. 将发明专利权的15年期限改为20年。

从以上修改和增加的内容不难看出，我国的专利立法正逐步与国际专利制度的发展趋势相协调。几年来，我国专利法及其实施在国际上取得了很好的信誉。中国知识产权研究会名誉理事长、全国人大教科文卫委员会顾问、中国专利局前任局长黄坤益至今仍保留着1984年中国专利法颁布后美国国会举行的一次听证会录音磁带。从录音中获知，针对我国专利法不保护化学物质和药品的问题，听证会开展了讨论，认为日本国对此实行保护也不过是前几年的事，中国是发展中国家，化学工业较落后，这样规定可以理解。随着发展，化学物质终将会成为中国专利保护对象。结论是，中国专利法是可以接受的，对发展中美贸易是有利的。黄坤益说，1987年，美国专利商标局局长在给我的致电中，高度赞扬了我国的专利制度，电文中指出"中国在保护工业产权领域里取得了有益于本国和世界的历史性发展。"世界知识产权组织与原联邦德国专家也都对中国的专利制度给予了高度评价，德国专利局局长豪依赛尔说："中国建立了令人羡慕的专利制度"。

**二、中美贸易往来中　美国商标专用权得到了有力的保护**

《商标法》是我国实行改革开放后，实施最早的一部保护知识产权的法律。它立足于中国经济发展的实际情况，兼顾国际惯例，得到了国际知识产权界的公认。作为巴黎公约成员国，我国承担了该条约所确立的义务，履行了"国民待遇"原则，对各国企业在我国注册的商标与国内企业注册的商标一视同仁，严格依照商标法规定，保护商标专用权。中国工商行政管理局商标局副局长欧万雄，作为商标局最早的审查员，以历史见证人的身份用翔实的事实说明了我国对美国工业产权的保护是充分的。他说，1978年3月4日两国达成商标互惠协议，从此，美国企业在我国开始办理商标注册。1979年以前，美国企业在我国注册商标122件，截止到1990年已达12528件，占世界各国及地区在我国注册商标的首位，11年增加了100倍。这一数量的增加，反映了中美两国贸易往来的增长，同时也充分表明美国企业对中国商标专用权保护的信任。

我国商标局和国家工商局商标评审委员会严格依照法定程序，对符合我国《商标法》规定的，予以注册保护。我们不仅认真地解决了美国吉普汽车公司的轻型越野车在我国几十年惯称为"吉普车"的"吉普"商标问题，同时为了不使氟利昂在我国演变成通用商品名称，保护美国杜邦公司的商标专用权，我国准予杜邦公司"FREON"及"氟利安"商标注册。为了制止我国企业擅自将他人注册商标作为商品名称使用，有关部门还通报全国将使用多年的商品名称"氟利昂"改称"氟制冷剂"。

我国各级工商行政管理局，依法严肃查处了商标侵权、假冒案件，其中对侵犯外国企业的注册商标案件也进行了认真的查处。众所周知，对深圳五家侵犯美国IBM商标专用权的企业，工商管理部门处以最高限额的罚款。对侵犯美国马斯公司在我国注册的用于糖果包装上使用的m&m's商标案件，仅在29天内就处理完毕，对此，美国驻中国的商务参赞称赞，这是世界上罕见的。

**三、孕育十一载　一部现代化的著作权法诞生**

中国从80年代初就开始著作权立法的准备工作。1985年，国务院批准成立国家版权局，负责有关法律、规定的起草和实施。1986年以来，我国为保护创作者的合法权益颁布了一系列规定。1990年9月，著作权法正式颁布，与此同时，与著作权法配套的实施条例、计算机软件保护条例以及著作权仲裁条例等也在积极制定中。为了保障著作权法充分有效地实施，在加强和完善著作权立法的同时，在各个省、自治区和直辖市设立了地方著作权行政管理机关。近年来，各地方行政管理机关共处理 400 余起著作权纠纷，各级人民法院受理了近 500 起著作权诉讼案。

在谈到对外国作品的保护问题时，中国知识产权研究会副理事长、国家版权局副局长刘杲说，尽管前些年中国没有颁布著作权法，也没有参加国际著作权公约，但是我们从对外开放的需要出发，一直鼓励与其他国家，按照国际惯例，在尊重对方权益的基础上，开展出版、演出、电影电视和音像等方面的合作与交流。那时外国著作权也可根据合同法和涉外经济合同法加以保护。为了维护传播领域的秩序，我们对擅自翻录外国音像、影视作品，历来都是禁止的。目前，中国著作权法实施在即，中国政府已表示可以将自己的著作权法延及其根据已有双边协议有义务保护的外国作品。不仅如此，中国政府还将与世界知识产权组织和联合国教科文组织就中国加入《保护文学和艺术作品伯尔尼公约》和《世界版权公约》的有关问题进行正式磋商。

在谈及我国著作权保护水平时，刘杲说，知识产权保护的水平应与一国的经济、社会发展水平相适应。中国是发展中国家，其著作权保护水平不可能立即达到发达国家的水平，但考虑到著作权保护的国际化，我们在制定著作权法的过程中，广泛听取外国和国际组织专家的意见，尽可能参照国际惯例。从著作权自动保护、作品的范围、权利内容、保护期限、邻接权保护、权利的充分有效性和法的实施管理等方面的规定看，我国的著作权法水平是不低的。同时，我国也是世界上为数不多的明确将计算机软件作为受著作权法保护的国家之一。

有幸参加了我国专利、商标、版权三个法起草工作的中国知识产权研究会常务理事、中国人民大学法律系教授郭寿康说，历时 11 载，易稿 20 余次的著作权法是一部现代化的法律，得到了国际知识产权界有识之士的高度评价。它不但完全符合甚至超过《世界版权公约》的保护水平，而且基本上与保护水平较高的《保护文学和艺术作品伯尔尼公约》相一致。我国是一个发展中国家，经过改革开放 10 年的努力，颁布如此水平的著作权法，并着手准备加入两个国际版权公约，进展是迅速而显著的。美国 1790 年颁布第一个联邦版权法，直到 1890 年才开始有条件地保护少量外国作品，从签订《保护文学和艺术作品伯尔尼公约》起，美国又经历了 103 年漫长岁月，才于 1989 年成为伯尔尼公约成员国。在此以前的年代里，如果西欧一些发达国家也有什么类似的"特殊 301 条款"，恐怕美国也会被列入"重点国家"名单之中。

**四、中国政府十分注意保护技术引进中的知识产权**

中国知识产权研究会副理事长、经贸部技术进出口司副司长刘湖说，1985 年，经国务院批准，颁布了《中华人民共和国技术引进合同管理条例》（下称《条例》），《条例》规定"工业产权"为技术引进合同的标的；同时还明确对"专用技术"的保护，这在国际上是不多见的，这说明我们的法律基本上是完备的。在我国技术引进的实践中，并不是像有人担心的那样，"一家引进，百家共享"，对于一项技术多个厂家想引进，则采取同时签订或分别签订技术引进合同的办法，如我国有关公司分别与美国菲利浦石油公司签订技术引进合同，就是我国在技术引进方面保护知识产权的典型事例。在计算机软件保护条例颁布前，我们也采取合同保护，如某外国公司向国内公司转让软件，就在合同中签订保护期限等内容，由此实现该计算机软件在中国的保护。

中国有关主管部门要求下属各公司、企业严格执行国家的知识产权法律、法规，"重合同、守信誉"，对于违背知识产权法规的行为，给予坚决制止。如合同中规定限制出口到某一地域时，则严格执行合同的规定，发现有的公司不了解合同规定，将产品出口到合同限制地域，则立即指出，予以纠正。中国在技术引进中，对知识产权的保护是经得起考验的。

### 五、反对霸权主义 坚持平等互利原则发展中美贸易

我国在建立和完善本国知识产权保护制度方面，与包括美国在内的许多国家进行了多年的友好合作。现在，美国不顾中国在知识产权保护方面取得的显著进展和表现出的诚意，援引没有根据的所谓调查估计，对中国进行指责并提出不适当的要求，以贸易手段相威胁，这是不能接受的。这种做法不利于两国经济贸易关系的正常发展，也不利于两国今后的合作。

针对美国依据"特殊 301 条款"对我国知识产权保护方面的指责，中国知识产权研究会副理事长、中国贸促会专利代理部部长王正发指出，对于化学物质及药品不保护的国家，不只是中国一家。我国专利法实施后，专利局作了艰苦的努力，采取措施，对农药保护做了一些改善，并正在考虑采取灵活的作法，将方法专利的保护延伸到由该方法生产的直接产品，这方面的成绩是显著的；在版权方面，尽管我们还未参加国际公约，还未达成双边协议，尽管我国著作权法与工业发达国家相比水平还不够高，但它符合国际惯例，仍然是一部现代化的法律。美国对我们在短时期内做出的努力及采取的认真态度，应有所考虑；在商标方面，世界上绝大多数国家采取的是先注册原则，只有美国实行先使用原则，如果美国与绝大多数国家协调的话，可以断言，没有 10 年、20 年的时间是办不到的。我国针对《巴黎公约》保护驰名商标问题，商标局作了大量工作，走在其他国家前面，有些国家对驰名商标仅保护注册商品，对注册范围外的商品的保护，国际上还正在讨论，还没有做，而我国已做了一些工作，连美国也不得不承认，中国在保护商标方面是认真的。几年来，我国对美国的知识产权保护的态度是诚恳的、积极的。1978 年 3 月 10 日中美贸易商标协议的签订，是在中美正式建交之前，通过民间渠道签订的。这充分说明了中国的诚意和积极的态度，事实上，中国对知识产权提供了有效的保护，涉外的专利侵权案是极少的，对涉及美国企业的商标侵权案的处理，

美国人是很满意的。

美国政府一意孤行用本国的贸易法强加于人，指责别国违背了《巴黎公约》的"国民待遇"和"专利、商标独立原则，这种霸权主义的行径，是不能容忍的。

最后，中国知识产权研究会理事长、中国专利局局长高卢麟做了总结性发言。他说，中国作为发展中国家，在社会主义有计划的商品经济原则的指导下，在改革开放短短的 10 年，颁布和实施了商标法、专利法、著作权法，这标志着中国知识产权体系已基本建成。我们还将采取积极的态度，进一步修改、完善我们的知识产权保护法律体系。目前，我国有关部门正起草《中华人民共和国著作权法实施条例》《计算机软件保护条例》《集成电路布图设计保护条例》等。

我国对保护知识产权的国际协调始终采取积极的态度，现行的知识产权保护水平是符合国际公约所规定标准的。中美两国经济发展水平不同，保护知识产权标准必然存在一些差异。我们认为国际公约才是衡量的标准，反对一个国家将其自己的标准强加给另一个国家。

但是，对于一些双边保护知识产权问题，我们仍积极主张在平等互利原则基础上协商解决。最近，在华盛顿就中美科技合作有关知识产权问题达成的协定便是例证。希望美国政府以中美关系大局为重，转变态度，尽快将中国从"特殊301 条款"重点国家名单中撤掉，回到继续中美两国保护知识产权方面的合作、促进中美贸易正常发展的轨道上来。

（刊登于 1991 年 5 月 29 日第二版）

加强政策研究　　注意个别指导

# 辽宁省一奖两酬兑现工作进展顺利

——五年兑现奖酬一百一十八点一六万元

**本报讯** （通讯员闫明）据辽宁省专利管理局最近对部分市、企业已实施的 324 项专利的抽样调查表明，自 1986 年到 1991 年 3 月底，共为职务发明人、设计人兑现奖酬 118.16 万元，其中 1990 年兑现 145 项，奖酬总额达 61.33 万元，兑现标准符合专利法及实施细则和国家、省、市有关文件的规定，调动了发明人、设计人搞发明创造的积极性，推动了辽宁省专利事业的发展。

辽宁省贯彻落实专利法关于"一奖两酬"的有关规定主要从三个方面入手：1. 抓住典型，大力宣传，引导示范。专利法的实施，为我国现有的发明创造奖励制度注入新的生机和活力。在专利制度建立初期，如何开展奖酬兑现工作，没有更多的经验可以借鉴。他们就在抓企业专利工作的同时，抓住典型，积极扶持，与企业共同研究兑现办法，宣传和推广鞍钢、辽河油田等单位首批获权专利奖酬兑现办法和经验。在鞍钢为金奖专利"低合金耐大气腐蚀钢"发明人郭泰清等兑现奖酬时，邀请了电台、电视台和报社等单位，召开了新闻发布会，大力宣传，在鞍山市产生了较大反响。2. 加强政策研究，理顺各种关系，建立和完善管理手段。随着专利申请量的提高和专利实施工作的不断深入，他们发现奖酬兑现存在四难：一是基层个别单位领导对法律规定不清楚；二是没有红头文件，银行、税务等部门关系不顺；三是许可证贸易与其他技术贸易、咨询之间提酬比例不平衡；四是个别领导不敢大张旗鼓奖励，有的发明人也怕拿得太多，会造成不好的影响。针对这些问题，省专利管理局加强舆论宣传，提高各级领导和广大群众的专利意识，努力创造良好的社会环境，并于 1989 年 9 月与省财政厅、税务局、人民银行共同制定了《辽宁省职务发明创造专利奖酬提取管理办法的暂行规定》，理顺了关系，调整了不平衡因素，明确了各级专利管理、财政等部门的任务，规定了提酬程序及手续，为各专利管理机构强化了管理职能，并增设了为企事业单位专利管理人员提取相应报酬的规定（按发明人应得酬金的 5% 提取）。文件下发后仅半年，锦州金城造纸厂、锦西水泥厂等 3 家企业就兑现奖酬 5 万元。辽河油田根据文件又进一步完善了内部规定，做到"获权一项奖一项，实施一项提一项"。3. 针对特殊问题、特殊情况积极主动协助解决。锦西葫芦岛锌厂"超细锌粉的生产方法"专利奖酬兑现过程中，存在当地银行不予提取现金、分配方案难以确定等问题。1989 年底以来，省专利管理局会同企业主管部门和当地专利管理部门，先后多次与该厂协调，并疏通资金提取渠道，帮助研究制定方案，使这一问题顺利解决，共为发明人兑现奖酬金 2 万多元。

# 要多想、肯做

王哲

1989 年底，中国专利局、财政部、中国人民银行、国家税务局曾联合发文，要求各单位认真落实职务发明创造专利发明人、设计人的奖酬。《专利法》中对一奖两酬亦有明文规定。

奖酬兑现工作，是广大发明人普遍关心的问题，这项工作的落实，不仅关系着能否充分发挥广大科技人员和广大职工的发明创造积极性，而且关系到我国专利法能否严肃执行。

几年来，各地、各部门为推动职务发明创造的奖酬落实想了不少办法，做了不少工作，但遇到的问题也不少：有的单位领导不重视，有的关系不顺、渠道不通，有的则是平均主义思想作怪等等，这些因素造成了奖酬兑现困难，一定程度上影响了发明人积极性的发挥和专利法的威信。如何解决这些问题，消除不利因素，成为各专利管理机关一直探索的课题。辽宁省在奖酬兑现工作上措施有力，效果好。他们的做法归纳起来有三点：一是抓典型，搞示范，大力宣传；二是顺关系，通渠道，制定政策；三是找问题，究难点，主动解决。三项措施，抓住了矛盾的焦点、问题的实质，使这个省的奖酬兑现工作得以顺利进行，6 年时间兑现奖酬金额一百多万元，这还只是抽样调查的结果。

辽宁省的做法给我们一个启示，那就是：只要多想、肯做，难点也会不难，工作也就顺利。

相信，随着工作的开展，经验的交流、积累，各地、各部门定会有更新、更好的办法出台，使职务发明创造的奖酬兑现不再是专利工作的一个难点。

我们拭目以待。

（刊登于 1991 年 7 月 3 日第一版）

# 有感于专利工作"七五植树""八五造林"

吕宝礼

最近从《中国专利报》上看到，某市有位领导在谈及该市专利工作的成就及今后发展时用了一个形象的比喻，叫做"'七五'植树，'八五'造林"。这个比喻做得好。实事求是地肯定了过去，又明确了未来发展方向。

专利法实施以来，专利制度对我国经济、科技的发展和企业的振兴起到了重要作用并取得了令人瞩目的成就。然而，专利工作毕竟还是一项新的事业，航路虽通，困难依然很多，更何况地区发展不平衡，社会专利意识薄弱等等。因此，从此意义上说，"七五"专利工作只能是"植树"。

"八五"是专利工作的"造林期"，这期间要推动专利工作向广度和深度发展。但现实工作中尚存不利因素，诸如领导重视不够、资金不足、机构不全、关系不顺等等，这些问题不同程度地阻碍着专利工作的发展。如何解决这些问题，使专利工作有更大发展？

首先，必须在更大规模上强化普及专利法教育。尽管专利制度在我国已建立 6 年，但仍有许多人对专利缺乏了解，特别是各级领导对专利法的了解仍有相当差距，需要我们做更多的宣传工作。

其次，要抓"实"求"破"，加快专利实施，扩大影响。企业要求得高效益发展，必须依靠科技进步，专利工作要适应这种趋势，有突破性地在一些重点行业，选出重点专利项目向生产领域转移。特别是今年，要抓住国务院在全国开展的"质量、品种、效益年"活动的有利时机，让专利在促进企业科技进步、提高效益上发挥作用。

最后，要抓好专利保护，"造林"更需"护林"，只"造"不"护"，久而久之就会无"林"。当前，人们对加强专利保护工作呼声甚多，我们必须对这个问题有足够的重视，在"八五"期间下决心采取更加有力的措施加强专利保护。

"植树"不易，"造林"更难。"八五"专利工作任重而道远，但只要我们努力创造更多的条件，创造更优良的环境，"专利之树"就会遍布每一个地方，每一个企业，专利之荫必能覆盖华夏。

（刊登于 1991 年 7 月 17 日第一版）

## 有具体要求　有优惠政策
# 新疆开展企业专利试点工作

**本报讯**　今年内，新疆企业专利试点工作将分期分批展开。最近，在自治区科委、经委、计委、体改委、财政厅和税务局联合签发的《关于开展企业专利试点工作的通知》中规定了开展这一工作的具体要求。通知还制定了一系列优惠政策，推动企业专利工作的开展。

通知规定，要把贯彻执行专利法作为推动企业技术进步的重要内容。具体要求是：企业应把专利法作为职工普法教育的重要内容；应有一名副厂长（经理）或总工程师主管全厂的专利工作；设立专利工作机构或指定专利工作的归口管理部门；配备经过专利业务培训的专职或兼职专利工作人员；把企业专利工作纳入企业管理的轨道。

通知还制定了一系列优惠政策，对于试点企业在自治区首次开发的专利新产品，凡符合税法新产品减免税范围和条件的，可享受新产品减免税的待遇；经济、社会效益显著和有实施单位证明的，可申请办理科技成果视同鉴定的手续；市场前景好，经济、社会效益大的专利技术项目，可优先纳入国家和地方的新产品试制计划、攻关计划、推广计划、星火计划和火炬计划。试点企业的领导和专利工作者可优先获得专利业务培训的机会。自治区科委将在专利信息和专利文献等方面给予试点企业优惠服务。

（贺迎国）

（刊登于 1991 年 9 月 25 日第一版）

# 苏州企业专利工作组织建设基本落实

**企业专利工作的重点将转移到：稳定企业专利工作队伍，提高企业专利工作者素质，发挥企业专利工作者作用**

**本报讯** （通讯员孙莘隆）经过连续6年的努力，苏州市企业专利工作组织建设目前已基本落实。

最近，苏州市又有99名企业科技人员踏上了企业专利工作者岗位，使该市企业专利工作者增至428名，他们分布在全市400多家企业从事专、兼职专利工作。这样，市区范围内的110家大中型企业，已有103家配备了企业专利工作者，明确了以厂长或总工程师作为分管领导，有归口专利管理机关和企业专利管理制度，做到了"四落实"，占大中型企业总数的94%。其中电子、轻工、化工、丝绸行业已达到100%，尤其是电子行业，小型企业也全部落实。在苏州市所属6县（市）中，企业专利工作组织建设也进展顺利，大中型企业"四落实"的比例已超过80%，昆山市、吴县已宣布"满堂红"。

苏州市大中型企业专利工作组织建设进展顺利，主要原因是该市各级经委、科委和各主管局（公司）对这项工作给予重视，不但自身的专利管理工作早在几年前就已落实，并纳入科技管理轨道，而且随时督促企业开展工作。作为全市"半壁江山"的乡镇企业，专利管理工作也显得生机勃勃，经过专门"专利知识培训"的一大批乡镇科技助理，成了归口管理乡镇企业专利工作的"总指挥"和联系市专利管理、服务部门的桥梁。

苏州市企业专利工作组织建设的落实，使全市专利申请量在全省始终处于领先地位，特别是职务发明的比例逐年提高，也使专利实施取得明显效果。到目前为止，全市专利申请量已近1300项，职务发明比例连续几年稳定在50%左右，据对205项已实施专利的跟踪统计，新增产值13.7亿元，新增税利近2亿元。

苏州市企业专利工作组织建设基本完成以后，该市专利管理办公室将及时把企业专利工作的重点转移到稳定企业专利工作者队伍，提高企业专利工作者素质和发挥企业专利工作者作用上来。有关部门除了经常组织企业专利工作者进行各项业务活动外，将以这支队伍作为骨干深入企业内部开展专利宣传，组织专利实施，建立与本企业开发、经营有关的专利文档，充分发挥专利文献的作用。这将成为下一时期的主要工作。《苏州市企业专利文献归档办法》在市专利管理部门和市档案局的关心下，已开始在该市电子行业试行。

# 组织建设是基础 也是保证

滕云龙

苏州市企业专利工作组织建设基本落实，这是一个不小的成绩。标志着苏州企业专利工作已迈上一个新的台阶。这对全国其他省市企业专利工作的开展无疑也是一个推动。

企业专利工作，尤其是大中型企业专利工作如何搞，是我们探索已久的大题目。要做好企业这篇文章，关键是要使专利在企业中发挥作用，形成良性循环，走效益之路。企业专利工作涉及的问题较多，申请的问题、实施的问题、文献开发与利用的问题、专利保护的问题等等。这些工作都要由专人和相应的机构来做。因此，组织建设显得十分重要。对这个问题的重视程度如何，决定着企业专利工作能否切实全面开展起来及其开展的深度。应该说，组织建设既是企业开展专利工作的基础，也是保证。企业尤其应该认识到这一点。

国家和各省市都一再强调要抓好企业专利工作"四落实"（即领导落实、人员落实、组织落实、制度落实），这是组织建设的基本内容。一些企业已经或正在抓紧做好这项工作，也有一些企业对这一问题始终未给予切实的重视，工作流于形式或根本无动于衷。这很成问题！关键还是在认识。

苏州市在这方面起到了表率作用。他们的经验归纳起来主要有三点：一是专利管理机关积极宣传，主动工作，措施得力；二是各委、各主管局对这项工作给予了切实的重视和支持；三是企业对这项工作真抓实管。三者缺一不行！

全国专利工作会议刚刚闭幕，企业专利工作仍将是今后一个时期的工作重点。各地若都能像苏州这样，理顺关系，打好基础。那么，企业专利工作就会有一个大的发展。

（刊登于 1991 年 11 月 13 日第一版）

不必盲目引进，重要的是相信自己。美国人说——

# "黎明"的骄傲是"喷丸"

本报记者 张文天

## 一、来龙去脉

1987 年，沈阳黎明发动机制造公司（以下简称黎明公司）搞转包生产，承揽了为美国 M 公司生产航空发动机零件的业务。在所生产的零件上有直径 2.4mm、深 12mm 的小孔需喷丸，而当时我国还未掌握小孔喷丸技术。M 公司认为，此工艺技术难度太大，黎明公司搞不出来。他们建议黎明公司租用美国 N 公司的设备。在美国，能搞小孔喷丸的也只有 N 公司一家。

黎明公司想看一看 N 公司的设备，被拒绝了，因为小孔喷丸技术是他们的技术秘密。N 公司提出：要看就得引进，先买技术再看设备。若购买全套喷丸设备，则费用相当昂贵。后经协商，N 公司答应：黎明公司可以只租用设备中的卡具。卡具的租借费用为每年 32.5 万美元。黎明公司与 M 公司签订的转包合同规定，黎明公司为 M 公司生产航空发动机零件的交付期需 2～3 年，全部转包费共 50 万美元。若按交付期 2 年计算，黎明公司租用卡具费需 65 万美元，如果交付期需 3 年，那么费用将达到 97.5 万美元。无疑，这是一笔赔本的买卖。

要么赔本引进，要么自己动手。当时，一位爱国的美籍华人得知了此事，专程来到黎明公司进行考察，他了解了黎明公司的情况后说："'黎明'完全有能力研制这套设备"。受这位美籍华人的鼓舞，黎明公司坚定了信心，决定自己研制。

决心不易下，因为它要承担一定的风险。而具体地进行研制则难度更大，他们没有可资借鉴的材料，一切都须从零开始。所谓喷丸，就是要将钢的微小颗粒（钢丸）均匀地打在零部件的表层。小孔喷丸就是要在小孔的内壁上均匀地打上钢微粒。既要使钢丸坚固地喷在小孔的内壁上，又要保证喷丸的均匀，其难度可想而知，尤其是对直径才 2.4mm，而深度达 12mm 的细长小孔进行喷丸。如果用喷咀直接从一端向内壁喷丸，钢丸将从另一端喷出，达不到喷丸目的。怎样把钢丸喷在小孔上，这是需要攻克的一大难关，黎明公司的科研人员想办法，搞实验，经过不断地探索，终于找到了解决这一难题的工艺技术。与此同时，搞喷丸还需有能喷出钢丸的喷枪（喷咀），它要有足够的压力使喷出的钢丸打在小孔内壁上。这是搞小孔喷丸的关键部件，也是研制难度最大的设备。经过黎明公司科研人员的努力，一番成功与失败交织的艰辛之后，这一设备也同样被他们研制出来了。

经过一年的努力探索，黎明公司不但攻克了这一高技术领域的难关，而且他们研制的喷丸设备还在技术上比 N 公司的设备更先进：使用 N 公司的设备需 6 个大气压才能达到喷丸强度，而使用黎明公司的设备仅用 3.6 个大气压就可以达到。当黎明公司将喷丸样品和一些有关数据交给 M 公司验收时，美国人以为那个 "3.6 个大气压" 是黎明公司写错了，根据是 N 公司需 6 个大气压。黎明公司以事实证明：没错，我们的技术就是这样。现在，黎明公司这套设备的关键部件——"小孔喷丸用的喷咀" 已获得中国专利。

**二、刮目相看**

后来发生了与此相关的三件事。

第一件事：黎明公司的设备先进了，不甘落后的 N 公司便打算来 "看一看"。黎明公司没有像当初 N 公司那样决然地予以拒绝，他们答复：看设备可以，看图纸不行。也许是 N 公司觉得此 "看" 无益，便将此行作罢。

第二件事：中国 A 公司也搞转包生产，为美国某公司生产零部件，也有小孔需喷丸，欲从 N 公司引进设备。航空航天工业部没有批准，理由是：这套设备中国有，就在黎明公司。

第三件事：中国 B 公司为美国某公司生产零部件，同样需要小孔喷丸，打算从美国引进设备。美国人劝止：不必你们中国的黎明公司有。

### 三、结论如是

小孔喷丸工艺设备的研制成功，填补了我国在这一技术领域的空白，黎明公司成为我国唯一掌握此项技术的厂家，他们的技术在国际上也处于领先地位。为此，美国人说："'黎明'的骄傲是喷丸"。

黎明公司掌握了小孔喷丸这一高、精、尖技术固然是重要的，而更重要的则是他们研制这一工艺的过程所带给我们的启示：有时，我们会对自己能否搞出某项技术，尤其是高、精、尖技术没有足够的把握，从而将希望寄托在引进上，其结果往往是既花掉了大量外汇受控于人，又失去了自己创新的机会。小孔喷丸技术攻关的实践证明，我们已经具备了这一技术实力，可以做得比别人更好。如此，笔者的结论是：在某些情况下，不必盲目引进，重要的是相信自己。

（刊登于 1991 年 11 月 20 日第二版）

世界知识产权组织总干事接受记者采访时说

# 中国在知识产权领域的保护是好的

**本报讯** （记者王岚涛）11 月 27 日，世界知识组织总干事阿帕德·鲍格胥博士到达北京访问。当晚，在鲍格胥博士下榻的王府饭店，本报记者同新华社、科技日报记者采访了他。

本报记者问：1989 年，您来中国参加"21 世纪国际专利制度世界讨论会"时，本报记者曾采访您，当时您曾说外国的发明人、申请人对中国的专利制度充满信心，两年后的今天，您对此有什么新的看法？

鲍格胥博士：我认为中国的专利制度在继续发展，中国的专利申请量在稳定增加，外国来中国的专利申请也在增加，外国的发明人、申请人对中国的专利制度充满信心，这一点与中国专利局的努力和优质服务是分不开的。所以我说：中国的专利制度是成功的。

新华社记者问：鲍格胥博士曾 12 次来中国访问，并且一直关心、支持和帮助中国建立和完善知识产权制度，您对中国政府在知识产权保护方面所做的努力如何评价？

鲍格胥博士：自我上次（1989 年）访华以来，中国在知识产权领域有了很重要的进展，今年 6 月 1 日著作权法实施，10 月 1 日计算机软件保护条例施行，最近，中国政府还成立了知识产权领导小组。这些变化是很重要的，说明中国政府对知识产权保护一直是重视的，国外对此也有很高的评价。

科技日报记者问：根据我们了解，中国政府确实在建立和完善知识产权保护方面做出了巨大努力，并且严格遵守已经加入的国际条约规定的义务。但是美国不顾这些事实，将中国列入在知识产权方面不给予其充分保护的重点国家，您对此有何评论？

鲍格胥博士：中国在知识产权领域的保护是好的，在这么短的时间内能够达到这样的水平的确很不错，许多国家都这样认为。美国则认为中国在知识产权方面给予其的保护不全面、不充分，美国希望中国在知识产权领域的保护水平更高。我认为，中国在知识产权的保护上，完全遵守了《巴黎公约》原则。

新华社记者问：世界知识产权组织与中国政府有哪些合作关系？

鲍格胥博士：世界知识产权组织与中国专利局、商标局、版权局都建立了联系，并对中国专利法、商标法的修改提供了咨询服务。我们还与中国发明协会建立了联系，以促进中国的发明创造活动，仅 1979 年以来，世界知识产权组织就与中国有关部门举办了 22 次活动，有数千人次参加。这次我来中国，就准备参加世界知识产权组织在中国举办的一个著作权法培训班的闭幕式。我希望今后与中国在知识产权领域有更深、更广的合作。

（刊登于 1991 年 12 月 4 日第一版）

**无论是在激烈的市场竞争中，还是在企业的内部管理上，扬子冰箱厂无不如此而行——**

# 让专利占有一个席位

**本报记者　张文天**

近几年，电冰箱市场疲软，竞争激烈，许多生产厂家产品滞销，连年亏损，纷纷告急。而中国扬子电气公司电冰箱总厂（以下简称"扬子冰箱厂"）却在这激烈的市场竞争中一直保持着长盛不衰的良好态势。他们取胜的原因是多方面的，专利工作的积极开展则是这众多原因中至关重要的一个。无论是在激烈的市场竞争中，还是在企业的内部管理上，扬子冰箱厂都让专利占有一个重要的席位。

一、李鹏总理问："别人疲软，你们为什么不疲软？"扬子电气公司总工程师熊尚金回答："首先，我们的产品质量好，适应市场的需要；其次，我们有四大法宝，就是扬子冰箱的四项专利。"

专利是企业家手中的矛与盾，这是被扬子冰箱厂的实践所验证的道理，所以他们在参与市场竞争时，处处使用专利这一法宝。他们不惜巨款，拍摄扬子冰箱的电视、电影专利广告片，让人们都知道，扬子冰箱含四项专利：外取冷饮器、门锁、密封隔味盒、对流通道式背冷凝器。把自己的产品拍成专利广告片，在我国尚不多见，扬子冰箱厂大概算首开先河。扬子冰箱的专利宣传攻势使人对扬子冰箱刮目相看，产品供不应求。不少消费者都说："这样的专利产品多花几百元也值得。"也正是这屡试不爽的秘诀使扬子冰箱厂的销售人员产生如此感慨："专利产品能独领风骚，进而促销。"是的，这是专利的优势所在。在市场竞争异常激烈的冰箱行业，谁的冰箱质量好、功能多、可信度高，谁就能占领市场，否则就会败下阵去。扬子冰箱厂深谙这一道理，所以他们为此做出努力，扬子冰箱的四项专利既是这种努力的结果，也是收到这种效果的前提，因为人们相信专利技术的先进性和可靠性。

如果单纯从实施"四项专利"技术本身进行经济效益分析，扬子冰箱厂按年产20万台电冰箱计算，全年增加销售额为2000万元。专利给扬子冰箱厂带来了甜头，所以他们在市场竞争中，给专利一把交椅，让它尽其所能地发挥效用。

**二、问渠哪得清如许？为有源头活水来。全厂上下一致对专利工作的高度重视，成为扬子冰箱厂开展好专利工作的源头活水。**

扬子电气公司总经理、扬子电冰箱厂厂长宣中光对记者说："《中国专利报》是我必读的报纸，因为我要寻找专利信息。"厂长主管企业专利工作是扬子冰箱厂作为制度落实下来的。这个制度就是该厂开展专利工作的"六个落实"。即领导落实、机构落实、人员落实、制度落实、任务落实、资金落实。明确提出全厂每年的专利申请量不少于5件，专利实施率不低于50%。

在我们的企业中，存在这样一种令人深思的现象：越是效益不好的企业，越是不重视开展专利工作，任你千呼万唤，它却无动于衷，结果形成顾前不顾后，短期行为比比皆是的恶性循环；相反，越是效益好的企业，越是把专利工作当成不可缺的大事来抓，结果形成后劲实足的发展态势。扬子冰箱厂就是属于后一种，他们把开展专利工作看成是为企业的发展打基础的行为，所以他们真正把专利工作纳入企业的议事日程，并能在开展这项工作时得到全厂上下的一致支持。更具体地说就是：要人有人，要钱有钱。

**三、扬子电气公司总经理、扬子冰箱厂厂长宣中光说："有人问我开展企业专利工作有什么经验，我说："没有什么经验，就是在分配原则上向社会主义靠拢。"**

在厂职工代表大会上通过的《关于对发明人、设计人实行奖酬提取暂行办法》中，扬子冰箱厂对发明人、设计人的奖酬除了按照国家的有关规定兑现外，另有几条自己的特殊条款：

——"一项专利……只要能为本厂产品打开销路，使产品由滞销到平销，或由平销到畅销，均按产品销售额（扣除原销售基数）的0.12%提取奖金。"

——"专利在优化产品设计、简化工艺、节约原材料、使产品成本下降时，本单位每年按成本实际下降的2%提取奖金。"

——对非职务发明创造，如果"发明人、设计人自愿将其发明创造交由所在单位申请专利，获权后，该专利权属于本单位，单位对发明人、设计人发给奖金和提成——

（一）奖金：在职务发明奖金额基础上增加30%；

（二）提成：该专利在本单位实施或转让其他单位和个人实施产生了经济效益，按职务发明提成办法从优予以提成。"

——对职务发明创造的发明人、设计人的一次性奖金，扬子冰箱厂做了如下规定：一项发明专利的奖金为500～1000元；一项实用新型专利的奖金不低于300元；一项外观设计专利的奖金不低于200元。

扬子冰箱厂同时还规定："专利权的持有单位，除对发明人、设计人发给奖酬金外，并发给荣誉证书归入个人档案。同时将视实施后的经济效益和社会效益，在与其他人员同等条件下，优先考虑如下待遇：（1）优先考虑分配住房；（2）优先考虑提高工资；（3）优先考虑职称评聘；（4）优先考虑深造培养；（5）优先考虑出国考察；（6）优先评选荣誉称号。"

扬子冰箱厂是这样规定的，也是这样做的。有一件事曾在全厂引起强烈的反响。该厂某车间的工人搞出一项专利——冰箱搬运夹具，该产品一次可夹运9台90公斤的冰箱，节省了大量人力。为此，该厂不但让发明人工转干，而且还任命他担任了副厂长。当记者前去采访的时候，这位发明人已被派往国外深造去了。

社会主义的分配原则是按劳分配，依贡献论奖罚应该是按劳分配的应有之意。扬子冰箱厂的所作所为也就是要让贡献大的人富裕起来或发展起来，这一切归结为一点，就是"在分配原则上向社会主义靠拢。"

**四、结束语**

科学技术是第一生产力。企业专利工作的积极开展则从一个方面体现了企业对科学、对知识、对人才的尊重。这项工作开展得好，有助于企业进入良好的生存状态，使企业在发展中走向"更高、更快、更强"。扬子冰箱厂正以实践证明着这一点。

（刊登于1991年12月11日第二版）

## 专利技术作"龙头"俺们致富有盼头
# 安阳县农民靠养菇致富

**本报讯** 近年来，河南省安阳县把专利项目——"食用菌廊式集装制种机械工艺"的食用菌机械化生产技术开发当作"龙头"来抓，在全县70%乡镇的农民中大面积推广香菇养殖，使一大批农民走上致富之路。

"食用菌廊式集装制种机械工艺"是该县农民郭宏琦的科研成果。用这项技术可栽培出平菇、香菇、猴头、灵芝等11个品种的食用菌。这项技术是专利技术。它克服了灭菌时间长，易污染杂菌和发菌时间长的弊端。安阳县科委把此项目列入"星火计划"，投资42万元，建起了食用菌加工厂、菌种厂、食用菌机械化研究所和技术培训中心。在开发实施专利过程中，形成组织领导一条龙，栽体结成一条龙，服务体系一条龙，使县、乡村都有人具体来抓。县科委重点抓好技术培训、菌种供应、附料采供、收购销售、立项办证和融通资金。县里还经常召开现场会，大张旗鼓地宣传靠养殖香菇发家致富的典型经验，极大地调动了广大农民养菇的积极性。该县的北郭乡豆庄村有140多户农民养香菇，投入人员占全村总数的40%，村党支部书记高兴地说："万元户在村里，早已司空见惯。"不少农民深有感触地说："专利技术作'龙头'，俺们致富有盼头！"

（陈冬健　涂先明　张智和）

# 从"养菇致富"想到的……

朱宏

在我国基本解决温饱问题之后的今天，农业从以温饱为主的"吃饭农业"逐步向以效益为重点的商品农业转变，已成为我国农业化进程中的一个新目标。同时这也是目前广大农民向"小康"跨越的一种新要求。河南省安阳县从抓专利技术的实施入手，闯出了一条成功之路。

所谓以效益为重点的商品农业是以科技为支柱的产业，是要求以科技为先导来发展的，因而如何使科技成果和实用技术流入农业第一线，并得以广泛推广和应用，便成了"转变"和"跨越"的关键。

安阳县把专利技术当作"龙头"来抓，进而大力推广，使食用菌生产成为该县的一项支柱性产业，带动了一大批农民走上致富之路。他们的经验还表明：选准抓好一项专利技术，不仅可以兴建一批乡镇企业，带起一项支柱性产业，富裕一方民众，而且还可以把致富之"星火""燎原"广阔农村大地。据悉，近3年来，全国先后有29个省市来该县学习参观，接受技术培训者达数万人，靠此技术致富者不计其数。

笔者认为，安阳县养菇致富的经验可以说是靠专利技术的推广打开了农业向以效益为重点的商品农业转变的突破口。实践证明，这一突破是成功的，也是可行的。

（刊登于1991年12月25日第一版）

中国知识产权报
CHINA INTELLECTUAL PROPERTY NEWS

1992

1989 1990 1991 1992 1993 1994 1995
1996 1997 1998 1999 2000 2001 2002 2003 2004
2005 2006 2007 2008 2009 2010

纪念改革开放40年
中国知识产权报新闻作品集

2011 2012 2013 2014 2015 2016 2017 2018

# 农业专利在科技兴农中发挥重要作用

**据不完全统计，我国已有近万项专利（专利申请）技术可用于农业生产；重大农业专利项目推广效益显著。**

**本报讯** （通讯员郭瑞华　记者王岚涛）自我国实施专利法以来，农业专利工作已在我国整体专利工作中占有重要地位，农业专利技术在我国科技兴农的战略中发挥着愈来愈大的作用。

据不完全统计，截止到去年10月，在种植业、畜牧业、农机业、化工、微生物、食品加工等领域已有近万件专利技术或专利申请技术可以直接或间接地应用于农业。一些专利的初步实施，特别是一些重大农业专利项目的推广实施为我国农业增产增收带来显著效益。

荣获1991年中国专利金奖的增产菌技术，"七五"期间已在全国30个省市区50余种作物、3.9亿亩土地上应用，一般增产10%左右，累计增产粮食150亿公斤，增加社会效益100亿元；被广大农民誉为"种子防弹背心"的种衣剂专利技术，对病虫害问题突出者能保产增收达30%～40%，6年经在1.04亿亩农作物种子包衣上应用，增收粮食3.15亿公斤，油料2.72亿公斤，棉花8.35万担，增收节支4.7亿元；陕西省农垦科教中心研究员李殿荣发明的"甘蓝型油菜三系杂交制种栽培技术——秦油二号"，已在全国15个省推广2400万亩，累计增产油菜籽8亿公斤，经济效益达11.7亿元。

农业部为有效地开展专利工作，早在1985年就成立了农业部专利管理处和专利事务所，并于1986年颁发了《农牧渔业专利管理暂行办法》，在专利管理、代理等方面逐步打开局面，使专利工作成为科技兴农的重要组成部分。为有力地推动农业专利技术的实施，1990年农业部与中国专利局共同向全国推荐了16项农业专利技术，产生了积极的效果。1991年，在这批被推荐的专利技术中，"增产菌"和"灭杀毙"荣获中国专利金奖，"叶面宝"等5项获优秀专利奖。

据悉，《农业专利工作"八五"计划和十年规划（纲要）》正在制订中，"八五"期间，农业专利工作将上新台阶。

（刊登于1992年1月13日第一版）

# 我国知识产权保护成就卓著
## ——重视和不断完善知识产权制度是我国的一贯立场和观点

**本报讯** （记者滕云龙　安雷）中美知识产权谈判达成协议一事在国际上引起积极反响。我国有关知识产权主管部门领导近日在解答记者提问时重申，"重视和不断完善知识产权制度是我国的一贯立场和观点。"他说:"我国在知识产权保护方面已做出了积极的切实的努力,并取得了举世公认的成就。1991年,是我国著作权法实施的第一年,也是专利、商标工作取得成绩最大的一年。"

据统计,1991年,我国年专利申请量突破5万件大关,达到50040件,比1990年增长21%,其中国内申请45395件,国外申请4645件。1991年,中国专利局共批准专利申请24616件。这样,自《专利法》实施以来,我国的专利申请总量已达217383件。1991年,专利技术实施取得了明显的社会经济效益,仅据四川、江苏、湖南、湖北、哈尔滨"四省一市"对9527个已授权专利项目的统计,已形成批量生产的2138项,这些项目已新增产值189.7亿元,新增利税21.6亿元。1991年,各专利管理机关共受理专利纠纷案225件,已结案129件。自《专利法》实施以来,各专利管理机关共受理专利纠纷案1260件,结案888件,人民法院受理专利纠纷案669件,结案451件。

1991年,商标局共受理商标注册申请67601件,比1990年增长18%,其中国内申请59124件,外国商标申请5885件,马德里商标国际注册申请领土延伸保护2592件。核准注册商标40327件。截止到1991年底,我国有效注册商标总数已达318912件。1991年,我国各级工商行政管理机关和司法机关,紧紧围绕保护商标专用权开展工作,认真查处了"金利来"领带、衬衣、皮带,"茅台""五粮液"酒,"皇冠"箱包以及"adidas"服装、"雪碧"饮料、"LEVI'S"牛仔裤等一批在国内外有较大影响的商标假冒侵权案,有力地保护了注册人和消费者的利益。我国在此方面富有成效的工作和努力,得到了中外知识产权界和企业界的公认,树立了我国在国际上保护知识产权的良好形象。

1991年是我国著作权法施行的第一年,著作权保护工作进展顺利,我国人民著作权法律意识逐渐增强。1991年,我国起草和修改著作权法配套法规的工作基本完成,其中《著作权法实施条例》《计算机软件保护条例》已颁布实施,《著作权合同纠纷仲裁条例》已上报国务院,"著作权行政处罚条例""民间文学保护条例"等也在进一步研讨中。1991年,国家版权局审核批准中央出版单位报审的涉外及涉港澳台图书出版著作权贸易合同230份,上海、山东等地报送地方著作权贸易合同备案200项。据称,我国将于今年加入国际著作权公约,加入国际公约对实现我国涉外著作权关系正常化,全面执行著作权法,促进我国深入改革开放将起到重要作用。

我国知识产权保护体系已初步确立,今后将不断加强并更趋完善。据悉,我国专利法修改草案已上报国务院,预计年内将进入立法程序。新法有望于1993年1月1日实施。新专利法将规定延长发明专利权保护期限、对化学物质和药品进行专利保护及专利授权增加进口权等内容。我国商标法修改草案也已接近完成,准备上报有关部门审议。

(刊登于1992年1月27日第一版)

# 经济振兴离不开专利工作

## ——山西省省长王森浩要求全省认真贯彻专利法

**本报讯** 山西省省长王森浩在 1 月 7 日召开的全省经济工作会议上强调，要把贯彻专利法作为促进科技成果向生产力转化的重要措施抓紧抓好。

王森浩省长说，1992 年山西经济工作的指导思想是：坚持一个中心，即坚持以提高经济效益为中心，突出 3 个重点，即深化体制改革，大力调整结构，推进科技进步，以促进经济和社会的持续稳定协调发展。

王森浩向参加这次会议的代表及省直机关处级以上干部 2500 多人发表讲话时指出："在促进科技成果向生产力转化方面，我们要贯彻专利法，保护知识产权，实现有偿转让，提高科技成果转让费，对作出突出贡献的科技工作者，要给予高报酬，以保护发明创造者的积极性。"

王森浩是在题为《深化城乡改革，大力调整结构，推动科技进步，努力提高经济效益》的报告中说这番话的。参加山西省经济工作会议的有全省各地市专员、市长、经委、计委、财办、体改办的负责同志，省直各有关委办厅局主要负责人以及驻省外各办事处主任。

（陈冶金）

（刊登于 1992 年 2 月 5 日第一版）

## 探索多种适合自身特点的实施途径

# 高校专利实施为我国经济建设做出贡献

## ——教委系统高校专利实施综述

国家教委科技发展中心　杨武

**宋健同志指出："江泽民同志讲，九十年代要进一步解放思想，做好计划经济与市场调节相结合这篇大文章。我想，探索专利实施的机制，加快专利技术的实施，就是这篇大文章的组成部分。"**

最近，国家教委对所属 31 所理工、师范高校的专利实施情况统计调查表明，在调查的 2045 项专利技术中，已实施 891 项，实施率为 43.6%，共签订专利合同 664 个，合同成交额为 3783.35 万元。这些专利技术实施后，新增产值 10.9 亿元，创汇节汇 1075.9 万美元。据对高等学校获 1991 年中国专利奖的 18 个项目统计，新增产值 6.04 亿元，新增利税 1.7 亿元，创汇 46.2 万美元。

高等学校作为我国科技战线的生力军和专利战线上的一支重要力量，对我国专利事业的发展做出了贡献，特别是高等学校的专利技术实施，结合我国有计划的商品经济的特点，把计划经济与市场调节相结合，探索、走出了多种适合高等学校特点的专利实施途径。

### 纳入各类国家级计划，积极开展计划实施

几年来，高等学校列入"国家级科技成果重点推广计划""火炬"计划及"八五"推广计划的科研成果共有420项，其中有相当数量是专利技术。

以北京大学获中国专利金奖的"高分辨率汉字字形发生器"为核心技术开发的方正电子印刷系统、华东化工学院获中国专利金奖的"序列脉冲激光全息摄影仪"等项目，列入了国家"火炬"计划；清华大学的"中高碳空冷贝氏体钢"、北京农业大学的"作物增产菌"等获中国专利金奖的项目也列入了国家重点推广计划；南京林业大学的"竹材交合板制造方法"、大连理工大学的"气波制冷技术及装置"等一批高校专利技术列入了国家重点推广计划。这一切都有力地促进了高等学校重大专利技术的实施。北京农业大学的专利技术"作物增产菌及其选育与发酵工艺"先后被列为国家攻关项目、自然科学基金重点项目、国家推广计划、"火炬"计划、"星火"计划、农业部重点科技项目以及"丰收计划"、国家教委的"曙光计划"等，使这一重大专利技术得到了很好的实施。

### 积极参与技术市场，促进专利许可证贸易

高等学校近几年以技术市场为媒介，通过举办或参加各种形式的专利展览会、信息发布会，促进了专利许可证贸易。据对1282项高校转让的专利技术统计，转让总金额为4794.6万元。对高等学校591项专利技术实施的方式调查表明，有407项是通过专利转让实施的，占实施总数的近69%。由此可见，转让专利技术、许可他人实施是高等学校专利实施的重要方式。

### 建立校办科技企业，自行实施专利技术

近几年来，高等学校的校办科技企业不断发展，目前已有600多家。这些企业大部分以本校的专利技术为龙头，充分发挥自己的技术优势。北大新技术公司以王选教授等人发明的"高分辨率汉字字形发生器"等项专利为技术核心，开发生产了北大方正系统，使这一处于国际领先地位的专利技术得以实施。1990年销售额达1.9亿元，年利税超过了2000万元。

这种专利实施途径，在一些技术实力雄厚的重点大学和工科院校应用较多。这些学校有的已建立了一批有特色的高技术企业，如校办工厂、技术开发公司等。这些企业一般规模较小，选择的项目主要是一些技术密集、难度大、有特色、资金投入不大的专利技术或其他科研成果，而市场需求量却很大。正是采取这种适合高校特点、发挥高校技术优势与人才优势的方式，使得一批校办科技企业成为"富校""培养人才""促进专利技术转化为产品"的范例。

### 以专利技术为龙头，加强与产业部门和大中型企业的联合实施

近几年来，高等学校以各种形式与产业部门及大中型企业联合，建立了一些教

学—科研—生产联合体。在这些联合体中，以高等学校的专利技术为龙头，为企业提供先进的技术，企业负责提供所需的资金和生产条件，双方共同实施。清华大学发明的"新型空冷贝氏体钢及其应用技术"已在我国有 2 项专利，在美国有 2 项专利。在国家科委、国家教委领导的关怀下，清华大学成立了"国家重点推广计划贝氏体钢研究及推广中心"，并与我国大型企业中国五金矿产进出口总公司联合，利用大型企业的财力、组织力量和销售渠道等优势，使科、工、贸融为一体，组建了双方合资的北京贝钢公司。同时，在唐山、福州等地建立了直属型、紧密型、半紧密型贝氏体钢生产专业厂，1991 年已向市场提供了 4000 万吨左右的钢材。高校成立的另外 3 个"中心"也是以高校的技术为龙头。其中以大连理工大学实用新型专利"气波制冷机"为龙头而成立的"气波制冷机研究及推广中心"，仅向大庆第九采油厂一家推广实施，就年增产值 1000 万元，新增利税近 300 万元。实践证明，以高等学校的专利技术为龙头，联合大中型企业共同开发实施一些技术水平较高、投资较大、需要在产业部门推广的专利技术是一条很好的途径。

高等学校的专利技术不仅通过上述主要途径不断得以实施，而且在实施中具有新的特点。在与企业、产业部门的联合体中，出现了高校以技术入股的方式，如唐山贝氏体钢总厂是北京贝氏体钢公司与唐山丰南中型轧钢厂、唐丰轧钢厂、唐丰炼钢厂共同投资创办的贝氏体钢钢源基地，投资额达 8000 多万元，其中清华大学的贝氏体钢专利技术以 20% 的股份注入企业，技术股金价值达 1500 万元，充分体现了科学技术作为第一生产力的优势。高校还用专利技术救活了一些濒于倒闭的企业。近几年来，农药市场普遍不景气，天津市农药厂从 1985 年至 1987 年连续亏损达 700 万元之多，尽管该厂上了一些新产品，但仍无回天之力，在经过多次论证和调查后，农药厂大胆引进了南开大学的"顺反体高效氯氰菊酯的制备方法"专利技术，对 200 多吨进口产品进行加工，相当于多提供 2000 吨"敌杀死"，使工厂增加产值 8000 万元，直接经济效益 3300 多万元，社会效益 4 亿多元。南开大学的这项专利不仅为企业创造了社会经济效益，也为学校创收高达 500 多万元。高等学校的专利技术不仅在国内得以实施，有些专利技术及产品已进入国际市场，为国家赚取了外汇。

（刊登于 1992 年 2 月 24 日第一版）

# 高卢麟在中央党校作知识产权报告
## ——希望各级领导干部增强知识产权意识，重视保护无形财产权

**本报讯** （通讯员鲍炎炎）4 月 18 日中国专利局局长高卢麟在中央党校作了关于知识产权的报告，在中央党校培训部、理论部及进修部学习的 1300 余名地市级以上

领导干部以及中央党校部分教师参加了报告会。

高卢麟局长介绍了知识产权的基础知识和中美知识产权谈判的情况。他在报告中说，我国进一步执行深化改革开放政策，走向国际市场，就必须遵循国际上通行的规则。我国决定修改知识产权方面的法规，进一步健全和完善这方面的保护制度，是积极向国际保护标准靠拢的重要步骤，这样有利于鼓励发明创造，有利于形成创新机制，有利于引进国外的先进技术。他希望各级领导干部增强保护知识产权的意识，重视知识产权工作。他的报告在与会者中间引起很大反响。

（刊登于 1992 年 4 月 29 日第一版）

# 专利：企业科技进步的加速器

## ——由德国专利局局长谈吃亏想到的

涂先明

近日从《经济参考报》上看到德国专利局局长豪伊赛尔日前的一次谈话，他说，德国企业没有学习日本人的"进攻性专利战略"吃了亏。他分析道：1990 年在德国申请的专利共 42500 项，德国人申请的只占 35%，而在日本申请的 36 万项专利中，日本人占 90%。造成这一状况的原因之一是，德国人申请专利的战略不对。德国企业往往在一项发明可以直接用于生产时才申请专利保护，而日本人则不同，他们在发明的中间阶段，一旦认为这是一条通向新发明的"可靠道路"时就申请专利保护，对将来发明的具体内容含糊其词，这样就堵死了同行业在同一领域里的发明创造。精明的日本企业家在技术创新上确实可谓机关算尽，日本松下电器公司过去 30 年购买专利技术用资达 10 亿美元之多，像东芝、日立这些大公司的年专利申请量都在 2 万件以上。专利制度在我国施行 7 年多来，已经起到"科技发展的加速器"作用。但遗憾的是，在我国还有许多企业的专利意识十分淡薄，运用专利武器推进科技进步的自觉性还不太高。据报载：我国有 545 万个国营、集体企业，其中包括 1 万多个大中型企业和 1 万多个县以上设置的科研机构，以及 1000 多所大专院校，而它们的年专利申请还不足 2 万件。这并非因为它们的科技水平低，发明创造少，主要是因为专利意识不强。其实，从《中国专利报》上介绍的鞍钢、哈尔滨磁化器厂及山东省蓬莱市登州镇司家庄村和江苏省常熟市莫城乡斜桥村的乡镇企业的先进经验中，我们可以看出，企业无论大小，只要紧紧依靠专利这一"科技发展的加速器"，就能够带来成果和效益。

但愿我们的企业家和有识之士，能够从德国专利局长的感叹中得到启示。

（刊登于 1992 年 5 月 4 日第一版）

# 专利第一村

## ——烟台市司家庄村依靠专利兴村纪实

**本报通讯员　孙德民**

位于驰名中外的山东蓬莱仙阁西南 2 华里处，坐落着近来名声大振的司家庄村。走进村委办公大院，首先映入眼帘的是一座黑色大理石碑，上面雕刻着"烟台专利第一村"。这是日前由烟台市人民政府授予的。

司家庄村有 310 户人家，1100 口人，由 3 个自然村组成，有 1200 亩土地。过去，这个村穷得可怜，没有像样的工业，人均年收入不足 70 元，每个劳动日只值 5 角钱。最艰苦的年代，会计现金账上只有 4 元 8 角钱。党的十一届三中全会后，村子逐步富裕起来。现在是工、农、林、牧、商五业并举，有毛巾、轧钢、塑料、管件、水暖器材、邮电通讯、医疗器械、汽车保养、机械加工、商贸、农场和林场等 13 个企业，组建成蓬莱振兴实业总公司，公司工农业总产值达 7000 多万元，利润 780 多万元，年人均收入实现了 2000 元，荣获省级"文明村"称号。

司家庄村实实在在地富了起来，村党支部书记、振兴实业总公司总经理司继双介绍说："要问我们是怎样发展起来的，究其原因虽然有许多条，但关键是狠抓专利工作。"截至 1991 年底，这个村申请专利 11 项，获得专利权 10 项，引进外地专利技术 9 项，目前已实施专利 17 项，1991 年专利实施产值达 1500 多万元，创利税 300 多万元，50% 以上的工业企业申请和实施了专利，50% 以上的工业产值和利税是靠专利产品得到的。

走进这个村的专利办公室、产品展室、各个厂、专家楼，处处都充满着科研的气息。村领导从 3 个方面向我们展示出专利兴村的全貌。

**（一）提高认识，把专利工作作为兴村的重要环节**

有这样一件专利纠纷案引起村领导的深思，那是在 1984 年，塑料厂试制了一个新产品，投产后销路好，效益高。不曾想到，产品问世不到 3 年，被人家控告侵犯了专利权，并要赔偿费 20 多万元，这一下，如晴天霹雳，轰得全村人晕头转向。村领导及时求救于专利法，经调查取证，几番答辩，才平息了这场官司。深刻的教训使全村上下醒悟过来，认识到专利工作的重要性，为此，他们安排村长亲自主管专利，成立专利办公室负责日常专利事务，制定了专利工作制度。完善了专利管理机制。"厂厂订阅《中国专利报》、人人手执《专利知识问答》"，开创出专利申请、实施的良好环境，专利意识扎扎实实地深入到每个人的心目中。司继双同志深有体会地说："实践证明，开展好专利工作，对于巩固村办企业的经济起到了不可估量的作用。"

**（二）引进专利，把专利实施作为兴村的重要手段**

这个村有一句广为人知的信条："集四方豪杰同奔富路，引五洲才智再攀高峰"。

1986 年他们引进沈阳的"停水自闭水嘴"专利，当年盈利 20 万元，尝到了专利实施的甜头，后又从北京、上海等地引进"程控颅脑降温抢救仪""激光教鞭""泥潭测试仪"等 9 项专利，投资 170 多万元开发实施。

这个村为了打开专利引进之源，舍得花本钱，下气力。他们在五个大城市设立专利信息点，与六所大专院校挂钩，聘请 50 多名高中级工程技术人员当顾问，重奖科技人员，盖有十几幢蝶式"招贤楼"，还为技术人员提供养老保险金等等。

**（三）抓联合，把专利战略作为兴村的重要保证**

几年来，这个村先后与一些国内外企业搞联合，基本实现产品有销路、材料有来源、质量有保证。他们与蓬莱市科委联合在村里设立了"科学技术情报所"，源源不断地提供技术情报。他们又与烟台市专利管理处联合在烟台市成立了"烟台振兴专利发展部"，这一实体已成为专利信息研究、对外联络的窗口。多方联合，为这个村支撑起以专利为主体的经济体系。

司家庄村人的的确确体验到，专利法是乡村企业腾飞的法宝，是科技人员勇于创新的强大动力。烟台市政府给司家庄村的光荣称号，无疑会给该村带来新的生机，注入新的活力，在这块仙境般的土地上，依靠专利还将创造出神话般的奇迹。

（刊登于 1992 年 5 月 11 日第一版）

# 中药——挑战中的希望

## ——写在中国专利法修改之际

朱宏　刘毅

为了适应我国改革开放的大潮，顺应国际知识产权的协调趋势，我国即将对药品实行专利保护，我国的西药工业将从引进、仿制转向自主开发和引进并举；传统的中药工业则应充分利用实行专利保护的机遇，弘扬中药之优势，以保持我国传统医药的世界领先地位。

中药的发展和应用已有几千年历史，现代医学证明，中药不仅具有不可替代的价值，而且是当今世界上新药开发的一个重要源泉。

我国开发中药有得天独厚的优势，这是因为：中医药理论和实践起源于中国，同时我国还是世界上公认的药物资源大国。国内目前拥有药材生产基地 561 个，中药饮片厂 1500 多家，中成药厂 684 家，拥有固定资产 25 亿元。1991 年中成药工业总产值为 87.76 亿元；所生产中成药已达 35 类、43 种剂型，共计 5200 多种产品。可以说，在中药生产领域，我国是具备发展基础的。我国目前已建成中药材科研工业性试验基地（包括药材种质基因库）。一些中药材、中成药的开发，在品种、工艺、设备等方面都取得一定成果，如西洋参的引种成功等。

可见，我国在中药领域是具有明显优势的。但是，这种优势却正面临着世界性的挑战。

随着中药的价值被世人的认同，世界上许多国家都将中药的研究、开发列入了日程，而且有些国家已走在前面。日本科技厅拨出5亿日元，把中医药研究列入该国重大科研项目。凭借资金和技术优势与我国争夺国际中药市场，并扬言：5年之内在中医药研究开发方面超过我国。

其次，国外对中药的研究开发，不仅削弱了我国中医药在国际上的地位，并且为本国取得了相当可观的经济实惠。如日本津村顺天堂株式会社的"救心丹"，一个品种出口额达0.8亿美元，而我国出口的数十种中成药，年创汇仅为0.6亿美元。南朝鲜仅人参产品一项的出口额达1亿美元。此外，近几年在西方刮起的"回归大自然"之风也愈加强劲，反映在中药领域，像法国、意大利、瑞士等欧美国家的许多大制药厂非常重视在研究中药的基础上开发新药并且密切注视我国在中药研制和开发方面的最新动态，积极地与我国合作。这些都表明这样一个事实：中药的国际贸易战将愈演愈烈。

另外，传统的中药以临时配制、煎熬等原始方式出现，这种状况很难满足当前我国西药市场调整后对中药的需求，也更难顺应国际药品市场发展之潮流。

面对我国中药发展所面临的挑战，我们该怎么办？

从国际上整个药品市场的发展来看，国外一些成功的制药企业，依靠了两个基本条件，一是把新药的开发视为企业得以生存和发展的最根本保证；二是对药品实行严格的专利保护，使其在市场上立稳脚跟。

这些年来，我国对中药新药的保护大致有以下几个方面：视新药创新性的类别享受3～8年的新药保护期，其间卫生主管部门有权许可别的企业无偿生产；现行专利法只对药品生产的方法给予专利保护，药品本身不受保护；对经过注册的药品商标和商标名实行保护。

不可否认，以上措施在实施过程中起到积极作用，但还远远不能满足我国新药研制工作发展的需要。因为新药开发和推广应用的投资大、周期长，现行的保护政策无法使从事开发的企业收回投资，严重挫伤了企业和科技人员的开发积极性，以致造成几十年来我国在中药开发方面裹足不前。这与国外一些大制药公司平均每年都有一至两种新药进入市场形成鲜明对照。

由于上述障碍的存在，给我国中药业的发展带来诸多问题：

一是"竭泽而渔"。现在我国中药出口大多是材料和半成品，中药原材料的人工种植、培养也没有跟上。这种形式的出口致使不少药材资源被摧毁，如目前我国适龄可产的甘草、厚朴等药材已非常罕见，大量药材已在幼龄期被采完，如此下去，我国中药资源大有毁于一旦的危险。其次，没有精加工、深加工，不制成中成药，造成经济附加值很低，而且不能给国家带来与实际价值相符的财富。再者，国外利用我国的原材料加工的成药，如日本的"救心丹"返销，在国内市场上红极一时，就是典型一例，其间的损失更是无法估价。更为重要的是，由于我国的中药缺乏开发创新，丰富的中医药理论不能得到应有的充实、发展，这必将动摇我国中医药的优势。日本以东洋医药学取代中医药学的企图就有可能成为令我们可悲的现实。

二是"趋之若鹜"。对于投资大、周期长的新药开发很少有人问津，而对于已有一定声誉、市场的中成药，却往往因有利可图而一哄而上。如在国内外享有一定声誉的"六神丸"，原来国内仅有一两家生产，到目前已有 37 家生产，每个省、市出口。这不仅造成企业盲目生产，产品供求失衡，而且影响产品质量的提高，也严重损害了我国中成药产品在国际上的声誉。

三是"只跑马，不圈地"。我国的中医药理论享誉世界，但中成药开发生产不力，尽管我国中成药出口已达 120 多个国家和地区，但在国际药品市场上仅占很小的份额，在市场竞争中处于劣势。

可见，障碍不去，问题不除，我国的中医药优势必将失去。我国对专利法的修改，将药品列入专利保护范围，修改后的专利法的施行将给我国中药业的发展提供一个绝好的机会。这表现在：

（1）它有利于鼓励我国中医药领域的发明创造。

（2）它有利于我国引进国外先进技术。实行专利保护后，将有助于消除外国人心目中存在的"一家引进、百家共享"的疑虑。

（3）它有助于提高我国中医药的国际竞争能力。不建立激励发明创造的机制，我国中药业裹足不前的状况难以改变。修改后的专利法从一定意义上来说，是把我国的有关科研机构、企业推向了国际竞争的第一线，把科技人员推向了市场，也为我国中医药业的发展提供了良好的机会。

对药品实行专利保护可以调动研究新产品、新工艺、新技术的积极性，对防止盲目扩散、低水平相互仿制具有积极作用。

另外，专利法的修改促使我国更好地贯彻"中西医并重，两条腿走路"的方针。另外还要增加科研经费，不断改进科研设备，建立数据库，改进并提高检验标准，以求占领国际市场。在这种情况下，只有从现有正在研制的中成药或从已有的同效的中药里优选出一些安全有效药物，加紧二次开发。另外，国际上不断升温的"中药热""回归大自然"之潮流，以及从中药领域寻找治疗"绝症"之良方的动向，对我们来说，既是机遇，又是挑战。

我们应充分发挥我国中药资源优势，运用几千年来形成的系统中医药理论和丰富的中医实践经验，尽快在中成药研制、开发、生产、应用上取得突破。同时要向国际标准靠拢，加大中成药新药研制的投资比重，尽快改变中药研究手段落后的状况，努力提高科研水平。

综上所述，我们相信，随着我国中西药生产结构的调整和即将对药品实行专利保护，加上国家有关部门对中药事业的发展即将采取相应的政策和措施，充分利用国际上日益重视中医药的机会，弘扬我国中药之优势的时机到来了，抓住这一机遇，我国中药事业的发展与腾飞是大有希望的。

（刊登于 1992 年 5 月 27 日第二版）

# 是优势互补　还是"冤家对头"

## ——关于"成果"与专利的话题
### 本报记者　张文天

申请专利和进行科技成果鉴定都是对技术所采取的行为，专利是对发明创造的保护手段，成果鉴定是对科技成果进行水平评价的手段。记者在采访过程中经常听到如此说法："申请专利不如申报成果。"在我国的企业和科研单位中，也确实存在重"成果"轻专利的现象。那么，"成果"和专利是不是一对"冤家对头"？当企业被推向市场的时候，二者究竟孰优孰劣？

**"成果"在制止仿制行为方面无能为力**

"BGY——15 型功率油耗仪"是江苏省南通市如皋拖拉机修配厂研制成功的新产品，通过了原农牧渔业部组织的专家成果鉴定。该产品走俏市场后，受到了浙江、四川、山西等地高校和厂家的纷纷仿制。由于如皋拖拉机修配厂未将此产品申请专利，只好听任自己的成果被"众口分食"，该产品仅红火了两年即告衰退。吸取此次教训，该厂将自己研制的另一种新产品"IKSQ（H）——35 型后置式开沟机"在进行成果鉴定前即申请了专利。某省的研究所看到该产品市场前景广阔，就绘制了产品图纸，并准备将此技术转让给另一个厂家。如皋拖拉机修配厂派人赴该所进行交涉，该研究所不得不取消对此项技术的转让。

专利制度是商品经济的产物，它使专利权人对其专利技术享有所有权或持有权，并在一定时间内独占对该技术的实施权，从而实现对市场的占领。专利的主要作用是对市场的作用，它通过法律手段为其所有者或持有者赢得一个"势力范围"，从而对他人做出"未经允许，不得入内"的界定。企业走向市场后，如果对自己的技术进行有效的专利保护，就可以为自己谋得一席之地，占据竞争优势，反之就有可能因无法保护自己的智力成果而失去竞争优势或居于劣势，这种道理不言而喻。对科技成果的鉴定只意味着对技术水平的评价，它因不是对技术的法律保护，而在竞争中显得作用不大，毋庸讳言，"成果"在制止仿制行为方面无能为力。对符合专利性的"成果"不申请专利是让"成果"成为"公有"的选择，它与独占市场的要求背道而驰。

**"外国人信专利，不认成果"**

"长链烷烃脱氧催化剂"是中国科学院大连化学物理研究所研制的新产品。这种催化剂在印度一家企业的工业装置上进行了试用，性能良好，印方提出了购买要求。当印方得知该产品未申请专利时，便放弃了购买的打算。大连化物所进行了这样的解释：该产品虽未申请专利，但通过了科技成果鉴定。结果无济于事。通过实践，大连化物所总结出足以引起我国企业重视的结论："外国人信专利，不认成果。"

"成果"观念是计划经济的产物。"成果"通过鉴定后，完成"成果"的单位或个人可以得到诸多益处。比如，可以申报科技进步奖；可以被列入各级各类计划推广实施，从而享受低息贷款、产品减免税等优惠；完成"成果"的人也可以将成果作为自己评聘职称、工资晋级的条件。这些无疑对企业、科研单位和科研人员具有强大的吸引力。但是，"成果"制度在国际上不能通行。扩大开放必将使我们与国外的交往更加频繁，在走向世界的时候，我们必须遵从国际上的通行做法。

**"若发生专利侵权纠纷，由大连化物所负责"**

其实，"信"专利的在中国也大有人在。"中美关于保护知识产权的谅解备忘录"签订不久，大连化物所将一项已通过鉴定的"成果"在国内转让，因其未申请专利，受让厂家便提出了这样的要求：必须在技术转让合同上附加"若发生专利侵权纠纷，由大连化物所负责"的条款。

随着改革的不断深入和专利法的日益普及，人们的专利意识将不断增强，聪明的企业家必然会对专利给予越来越多的关注。很显然，人们不只享有保护自己知识产权的权利，同时，也必须履行不侵犯他人知识产权的义务，这是法律上权利义务对等原则的要求。实行知识产权制度，企业在从事经营活动的时候，不能不考虑是否会发生侵权的问题。如果一项技术不是专利，而只以"成果"的面目出现，它就存在得不到法律保护的问题，同时也存在已被他人申请专利的可能。出于规避风险的考虑，企业有必要对不是专利的成果表现出冷漠的态度。那么，在不远的将来，中国也会形成"信专利，不认成果"的局面。

**各具优势专利和"成果"并不是互相妨碍的"冤家对头"**

事实上，"成果"与专利并不存在互相排斥的关系，一项技术申请专利的同时也可以申报"成果"，反之亦然。应该指出的是，专利不仅意味着对技术的保护，同时也意味着对技术的水平评价，在国家科委下发的科技成果鉴定办法中即有如此规定："经中国专利局授予专利权的发明专利，实施后取得经济效益，并由实施单位出具证明的"视同已通过成果鉴定。而成果鉴定较申请专利也具有自己的优势，它可以较快地完成对技术的水平评价，从而为该技术被社会所认可并获得各种优惠赢得一定的时间和条件。在我国还普遍存在重视"成果"这种现象的时候，企业、科研单位和科研人员不妨对其加以利用，这是利益原则所要求的，因为"成果"在我国毕竟可以为其完成者带来各种好处。

但是，"成果"成不了专利的替代物，聪明的选择应该是：对有专利性的发明创造首先申请专利，然后再申报"成果"以互补优势。

（刊登于 1992 年 6 月 1 日第一版）

# 三湘四水专利曲

**本报记者** 朱宏　李志辉

几十年来，在这块沐尽朝晖的红土地上，听到的只是破旧的犁拖出的深重而又无奈的叹息。而今，专利致富的新曲已在三湘四水悠悠鸣起。

湖南是一个以农业为本的省份。长期以来，这个人杰地灵的地方，工农业总产值却一直徘徊在全国中下游水平，与南粤北鄂的经济发展形成强烈的反差。"惟楚有材，于斯为盛"，备受古人赞誉的湖南，出路在哪里？希望又在哪里？

"兴湖南先兴科技，兴科技先兴专利。"六千万洞庭儿女终于找准了自己的主旋律。

## 安化县　抓申请　贫困之乡露出曙光

对于近百万几经脱贫却又总未脱贫，急得都有些"乱投医"的安化人来说，撞进了专利圈，总算交上了好运。

安化县是个出了名的山区贫困县，交通不便，通讯落后，工业基础薄弱，经济文化水平低下，真可称得上"穷得'渣儿'都掉不下来"。可是，近几年，安化人却和专利结下了不解之缘。他们一个劲儿地把专利工作往议事日程上摆，当"财神"来供。县科委主任亲自分管专利工作。短短几年，全县专利申请量从排在全地区倒数第一，一下子"窜"到了地区各县市之首，1991年专利申请达31件。仅最近两年，该县就向外成功转让专利技术6项，成交额达20万元，此外还向县内推荐实施5项。1991年，该县有9项专利被列入省级科研计划和重点新产品开发计划。一批项目可望近期实施投产，许多"发明专业户"也应运而生。此时，安化人从专利事业的发展中窥到了摆脱贫困的希望之光。

## 黔阳县　树典型　"靠山吃山"圆梦成真

黔阳人怎么也没有想到，祖祖辈辈都那么说却又都没能实现的"靠山吃山"的梦想，如今竟被一项小小的专利变成现实。

1985年，安江镇根据市场需求和本地山区资源特点，引进了一项集教、学、玩于一体的"汉字字根积木"专利技术。1986年投产，当年就创利税3.5万元。到1991年，小小的玩具厂竟发展成一个大规模的智力玩具集团公司，年创利税达180万元，使当地丰富的木材变"柴"为"财"。这一成功经验，不仅促进了该县专利申请量的大幅度增加，使总量上升到69件，而且积极带动了全县30多家乡办企业走上了依靠专利技术、开发山区资源的致富之路。

专利技术的介入，使昔日隔绝黔阳人的一座座青山，变成了一个个闪光的聚宝盆。截至1991年底，黔阳县共实施专利技术35项，新增产值3100万元，利税620万元。

## 祁阳县　重实施　"病危"企业扭亏为盈

对于祁阳县那些患了"危重症"的县办企业来说，再也没有什么比用专利这副

"药"更能"回天显灵"的了。

县微型电机厂搞了多年的微型风扇、油箱等产品，不仅没搞出"么子"名堂，甚至把职工的工资也搞得失去了保障。但自从该厂从1989年开发生产专利技术"分相式单相电机低压运行保护装置"以后，1991年产值一下增到380多万元，创利税近30万元，企业一举扭亏为盈。只有70来名职工的县变压器厂，过去产品一直销售不畅，1989年引进"防窃电计量装置"专利技术，研制开发出"内引计量防窃电节能变压器"新产品，1990年创产值80多万元，1991年上升到150万元，利税近10万元。目前，该技术已在全县扩大使用，使该县每年节电450万度。增加电费收入52万多元，取得良好的经济效益和社会效益。

近几年，祁阳县共选出6项专利技术，作为开发重点，推广实施，均取得良好效果。

### 冷水江市　促落实　专利项目坐上"铁交椅"

自从谢直美的专利产品——"多向阳台晒衣装置"在北京1990年亚运会上"露脸"以后，冷水江人顿时明白了：搞专利不仅仅是纸上谈兵。

为了使专利技术能够扎扎实实地长入经济，该市科委在安排科技计划时，首先将有开发前景的专利项目列入计划，使之坐上"铁交椅"。几年来，该市被列入科技三项计划的专利项目有10项，列入星火计划的有2项，列入火炬计划的有1项，这些专利实施后，已新增产值800多万元，创利税230万元。

锡矿山矿务局的"用金属锑制备三氧化二锑（锑白）"发明专利，自从坐上"铁交椅"之后，实施效益非常显著，1987年被评为全省专利（申请）实施十佳项目。至1991年底，该项目累计创产值1.5亿元。1991年被评为全国优秀专利项目。

### 慈利县　立项目　农业副业比翼双飞

对于65万面对沃土却又一筹莫展的慈利县人来说，依靠专利技术发展高产高效农业的的确确是一条切实可行的途径。

水稻是该县的主要粮食作物。但长期以来，该县的水稻生产一直存在高投入低产出的矛盾，不仅阻碍了农业的发展，而且严重地影响了农民种稻的积极性。为此，该县组织力量，广集信息，立项攻关，研究成功了一种高产、稳产、省种、省肥、省药、省工的水稻栽培新方法——"控蘖增粒高产栽培技术"。目前，该项目已向中国专利局申请了专利。1991年该技术在全县推广示范1万亩，每亩增产50~100公斤，而直接成本却下降20元以上。由于先进技术的推广，目前该县的年粮食生产量已达到2.15亿公斤。

此外，该县还根据本地资源优势，对杜仲、大理石、畜禽、果品等支柱产业，组织科技立项攻关，申请专利并组织实施。在这些先进技术的辅佐下，该县农副业生产出现了比翼双飞的好势头。

### 浏阳县　强保护　致富之旅一路顺风

浏阳河水九十九道弯，"弯"出过浏阳人科技兴业的忧和愁；九十九道弯的浏阳河最终还是"流出"了浏阳人的欢与乐。

早几年,该县医药设备总厂对专利普遍存在一种模糊认识,认为产品销路好,报不报专利一个样。后来他们发现,该厂生产的第二、三代"医用大输液联动线",由于销路好、利润高,被省内外几个厂家仿制出售。不仅影响了该厂的经济效益,而且,由于质量低劣的仿制品常常"扮"成该厂产品的"容貌"出现于市场,使该厂的名誉也大受伤害。这一沉重的打击迫使他们改变了对专利的错误认识。为此,当他们改进的第五代"医用大输液联动线"刚一问世,便立即申请了5项专利。有了专利保护,该厂产品顺利畅销全国30多个省市,年创产值1500万元,实现利税230万元。此外,该县的许多新产品的开发与实施都已走上了专利保护的轨道,并呈现出良好的市场前景。

曲悠悠、意浓浓。以安化县为代表的几个贫困地区,依靠专利脱贫的事实充分表明:贫穷再也不是洞庭儿女永远摆脱不掉的魔影!

(刊登于1992年6月10日第一版)

# 冶金部首例计划组织实施的专利获得成功

**本报讯** (通讯员刘曼朗)冶金部第一例有计划组织推广实施的专利技术效果如何?最近在河南安阳,由专家们作出了结论:"有计划地组织专利实施有力地促进了重大专利技术向生产力转化,年效益逾千万元;其技术应用效果较好,适合中国国情,建议在全国推广应用。"

1989年,针对生铁产量占全国总产量1/3以上的数以百计的中小高炉中普遍存在的能耗高,操作运行不佳,"想砍砍不掉"的情况,冶金部选择了河南冶金研究所的"HY钟阀炉顶"和"节能进风装置"两项专利技术在本系统组织实施。这是冶金部门首例有计划地组织实施专利技术。迄今全国已有12座高炉用了该炉顶技术,25家用了该进风装置,反映较好。去年,冶金部对其进行了全面调查,组织了调查组到信阳、郑州、安阳、唐山等地进行实地考察,并于今年6月初召开总结研讨会议,旨在查明情况,摸索经验。来自全国的50个单位,77名炼铁专家一致认为这两项技术,设备重量轻、密封性能好、布料均匀、结构简单、操作维修方便,很受企业欢迎。实际应用表明,对高炉降低焦比,提高利用系数较为明显。$100m^3$级高炉使用该技术,重量可减轻1/3,投资可节省1/3,可省去中修,年效益逾100万元。冶金部原副部长周传典在会上说:这是我国高炉发展史上的一个重大突破,结束了100多年来一直使用马基炉顶(双钟炉顶)技术的历史。代表们在肯定它可在全国$100m^3$级高炉上推广应用的同时,根据其布料原理,建议在$300m^3$级高炉上开发应用,使其发挥更大作用。

河南冶金研究所是个小所，这样重大的技术出自这个名不见经传的小所，实施风险大，弄不好就要影响企业生产，很难被企业接受，若不是冶金部出面组织推广实施，3 年的时间，要使这两项技术在全国推广开来，是不可能的。与会代表们认为：主管部门出面，组织指导重大专利技术的实施不失为目前企业技术改造，促进专利实施的良策。

冶金部组织计划实施，坚持了 3 个原则：其一，技术必须成熟，经过专家论证，并经过初步应用认定切实可行，而且已由中国专利局授予专利权；其二，技术（或产品）必须符合国家产业政策；其三，专利权人（发明单位）必须具备实施该技术的支撑条件，即设计和提供软件的能力，有制作硬件和备品备件的协作厂家，并能提供优质的安装维修服务。河南冶金研究所的两项技术符合上述条件。实施之前，由东北工学院炼铁专家杜鹤桂教授主持了鉴定论证。几年来杜教授又协助验证了该炉顶技术的布料原理、漏斗效应及其存在条件。

有计划地组织专利实施还强化了专利保护，实施单位都按专利法及有关规定，与专利权人签订专利许可合同，支付专利使用费。实施 3 年多来，尚未发现有侵权现象。

这次会上又有 8 家共 9 座高炉要求使用这两项技术。其中有 4 家是上了一座炉子之后因尝到了甜头，才决定再上。

据悉，年内冶金部还将组织实施 1～2 项专利，目前正在积极准备。

（刊登于 1992 年 6 月 22 日第一版）

# 中美知识产权谈判纪事

**本报记者　徐小敏　中国青年报记者　王伟群**

- 我们正在开放，正在走向世界，整个世界经济的联系越来越紧密，因此需要统一的规则，不可能让别人来迁就我们，只有我们去向国际惯例靠拢，这是一个痛苦的却是明白无误的事实，迟早我们都会面对这个事实。
- 面对全新的事物、全新的规则，我们有勇气重新开始吗？这些新的东西规定了许许多多的这个"不准"、那个"不许"，更让人接受不了的是这些苛刻的规定来自异族人，然而我们必须承受。
- 知识产权的保护代表了一种进步，这是文明的进步。既然我们这个民族要进步，要发展，就要为这种进步和发展付出代价，我们别无选择。

1992 年 1 月 17 日下午，香港股票市场上的恒生指数发生了一个戏剧性的变化。

从本周的最低点 4325.91 猛增到 4454.89。这一指数骤增的力量来自万里之遥的华盛顿。这一天，两位女性在一份谅解备忘录上签署了自己的名字，长达两年零 8 个月之久的中美知识产权谈判终于有了结果。

## 4 月，中国上了"黑名单"

知识产权保护问题是近年来中美经贸关系中日益突出的重大争议问题之一。1989 年 5 月，中美双方就知识产权保护问题开始谈判，此后的两年中，中美谈判代表的脸色都不好看。

1991 年 4 月 26 日，美国贸易代表卡拉·希尔斯大使向新闻界宣布了根据美国 1988 年贸易与竞争综合法关于知识产权方面的"特殊 301 条款"而进行的年度审议结果决定。该决定将中国、泰国、印度三国列为未能对美国的知识产权提供充分的、有效保护的"重点国家"。按照美国的法律，此决定宣布 1 个月之后，贸易代表办公室有权对该国的有关行为和政策发起调查。

5 月 9 日，中国经贸部发言人发表谈话指出，美国的做法是不公正的，也是中国方面不能接受的。然而 5 月 26 日，调查程序还是开始了。

迄今为止，美国已对 23 个国家和地区在保护其知识产权方面提出了异议。它们是巴西、印度、中国、泰国、阿根廷、加拿大、智利、哥伦比亚、埃及、希腊、印度尼西亚、欧共体、日本、南朝鲜、马来西亚、巴基斯坦、菲律宾、沙特、西班牙、中国台湾、土耳其、委内瑞拉和南斯拉夫，除欧共体、日本、加拿大外，其余的均为发展中国家和地区。

据外电和外刊报道，美国贸易代表办公室列出的中国不保护美国知识产权方面的问题主要有四个：1. 专利法有缺陷，特别是不对化工品、药品和农业化学品提供专利保护；2. 对于美国未在中国首次发表的文学作品缺乏保护；3. 著作权法及其计算机软件保护条例保护水平有缺陷；4. 对于商业秘密保护不够，保护不充分，包括商标权的保护实施不够充分。

"特殊 301 条款"被分为三个步骤：1. 观察名单，美国认为对其知识产权保护存在一般问题的贸易伙伴列入该名单；2. 重点观察名单，这个名单上的国家通常是对美国知识产权保护存在较大问题的，对美国产品具有极大的现实或潜在有害影响的贸易伙伴；3. 重点国家名单，被列入重点观察名单的贸易伙伴如在一年内没有在保护美国的知识产权方面采取重要措施的话，将被列入该名单。

中国在 1989 年和 1990 年均被列入"重点观察名单"。

按照"特殊 301 条款"，在调查程序开始后的半年中，纠纷双方如果能通过谈判达成解决纠纷的协议，则皆大欢喜；如不能达成协议，美国可在征求公众意见的基础上于一个月后采取贸易报复措施，也可以将谈判延期 3～4 个月，届时将视谈判结果决定是否报复。

6 月 20 日，在美国宣布中国为"重点国家"以后的中美知识产权第一轮谈判在北京开始。

## 6月，问题摊在了桌面上

6月下旬的北京，人们越来越多地关注着南方的水灾，而中美谈判桌上的紧张空气并未弥散开来，气氛确实越来越紧张了。

中美在知识产权问题上争论的主要焦点有6个。

第一，关于我国专利法中强制许可的规定。中国专利法规定，专利权人有在中国自己实施或允许他人实施其专利的义务，如果三年内没有正当理由未履行义务，专利局有权给予实施该专利的强制许可，而不论发明人是否愿意。但必须付给专利权人合理的使用费。对关系到国计民生的重大发明，尤其在非常时期，如自然灾害、战争等某些情况下，专利强制许可是十分必要的。

这项规定对于申请了中国专利的外国人同样适用。

美国人则认为，一个拥有中国专利的美国人，可以在美国制造其专利产品然后卖到中国，也应该被认为是实施了该专利，这与我国现行专利法的规定大相径庭。由此美国人认为我国保护知识产权不充分。

第二，关于化学制品和药品的专利保护。我国在1984年颁布的专利法规定，对药品和用化学方法获得的物质不授予专利权。

美国人一直对此耿耿于怀，在历届两国科技交流大会上都提出异议。

全美国每年用于新药的研制和开发费用近100亿美元，而每一种新药从开发到批准投入生产要花1亿~2亿美元、10~12年时间。此后，若有人运用逆向工程加以仿制，只需花十几个月、数百万元即可达到相同的目的。于是美国人多方出击，要求发展中国家给予药品以专利保护。

在我国现行专利法不保护药品和化学物质的情况下，美国提出要用行政手段在中国的市场保护美国新研制出的新药和化学物质，这些新药和化学物质已经在美国获得专利。

第三，关于著作权法的修改。6月谈判开始的时候，我国的著作权法刚刚实施了20天。6月1日始，当国人的作品一出世，就自然得到著作权。但是对于外国人首次在国外发表的作品，我国现行的著作权法不予以保护。

美国人提出要求中国修改著作权法并限期加入《保护文学和艺术作品伯尔尼公约》，以便外国人的作品也能及时在中国得到著作权保护。

第四，关于计算机软件的保护。我国在1991年5月24日颁布了著作权法中的计算机软件保护条例，并于当年10月1日施行。这个条例尽可能宽地保护了软件创造人员的智慧劳动，并且也像文学作品一样，自出世起自动具有著作权，而不在于是否已经商业应用。

而美国人则要求将计算机软件作为文字作品加以保护，也就是说不必履行任何登记注册手续，并有50年的保护期。

第五，关于唱片保护。美国要求中国限期加入《保护唱片制作者禁止未经许可复制其唱片的日内瓦公约》，并对已出版的但未过保护期的唱片也要给予保护。

第六，关于商业秘密保护。美国要求中国制定有关法律对商业秘密进行保护。

6月的谈判没有一丝光明的迹象，很快便谈崩了。

8月的华盛顿，依然阴霾密布。

10月，北京。情况发生了些许变化。

<h2 style="text-align:center">中国是快还是慢</h2>

1885年，日本建立了专利制度，91年后的1976年，它才在专利法中增设了保护药品和化学制品的条款。同样，在1877年间建立专利制度的德国也是花了91年才走到了这一步。

中国在1984年才刚刚建立专利制度，六七年后专利法的修改，关于药品和化学制品的保护已经提上了日程。

尽管国际上各个公约及公约的同盟国都强调国际知识产权保护的一致性和对等性，但各国的文化背景和经济发展水平不同，各国需根据其国情制定和完善本国的知识产权的法律，这些法律是国家法。

数月前，世界知识产权组织总干事鲍格胥博士第12次来华访问，他说了段很能说明问题的话："1979年11月，我第一次访问中国。两个月后，中国就成立了专利局，当时达不到100人，现在却已发展到1300多人了。中国实施商标法，在1983年就开始了；1985年，中国正式实施了专利法；1990年9月，中国颁布著作权法；1991年还颁布并实施了计算机软件保护条例。专利、商标、著作权，就像知识产权领域的三大支柱，中国在短时间内相继建成，这说明中国的知识产权制度已基本建立起来。"

换个角度看，无论是科学技术自身的进步还是经济建设和社会发展，都需要综合吸收各个民族和国家的科技成果，这就要求各国知识产权立法向国际标准靠拢。我国于1980年加入了联合国世界知识产权组织，1985年加入《保护工业产权巴黎公约》，1989年加入了《商标国际注册马德里协议》，中国积极参与了缔结《集成电路知识产权保护的华盛顿公约》的活动，并已成为第一批在条约上签字的国家。

中国是快了还是慢了？

<h2 style="text-align:center">11月，一波三折</h2>

11月20日，离美方提出的最后期限只有6天。

中美知识产权谈判中方代表团已启程赴华盛顿。这次，代表团由经贸部常务副部长吴仪任团长。

吴仪的对手希尔斯，律师出身，虽年逾50，但思维敏捷，老谋深算。

此时，在美国国会，关于中国问题的争论已是唇枪舌剑，紧锣密鼓。

10月在北京的那轮谈判依然没能往前多走一步。10月24日，中央各主要新闻媒介都发布了一条耐人寻味的消息：中国成立了以国务委员宋健为组长的知识产权领导小组，这表明了政府的姿态。

11月，在国务院召集的会议，确定了一条原则，无论将面临多大的困难，我们对知识产权的保护原则不变。

然而，盘亘在中美两国之间的深壑决不仅是知识产权问题。最惠国待遇问题、双方贸易差额问题，恢复我国作为关贸总协定缔约国地位问题、市场准入问题以及所谓"劳改产品"输美问题，诸多因素影响着这场知识产权的谈判。

1991 年 11 月 20 日，吴仪一行正是带着一脑子这样的题目走上了飞机。

第二天，谈判开始。

双方各有各的方案，焦点依旧，谈判卡壳了。

按原计划，谈判为时两天，代表团预订了 23 日的返程机票。这一天是星期六，美国人的休息日。头一天下午，美国人留下话来：请不要走，不要错过这次机会，我们将在周六周日两天全天恭候。

谈判重又开始。双方又各自提出了自己的方案。通常是这样的：上午一方提出方案，下午另一方提出改进方案，双方的距离慢慢拉近了。希尔斯说："谈判取得了很好的进展。"

25 日这天，谈判持续到了子夜时分。

26 日是 301 调查程序的最后一天。天亮后，谈判继续进行。

大的原则似乎已定，剩下的只是具体的技术细节问题，签约只是一道手续了。

下午，大家都疲倦了，已经到商量在签字仪式上喝什么牌子的香槟酒的问题了。

一波三折，5 点，美方代表请走了吴仪。一会儿，她回到了会场面带愠怒。因为两个小时之前，希尔斯已经召开记者招待会宣布谈判破裂。美国要对中国价值 15 亿美元包括 105 种商品在内的中国输美物资征收百分之百的关税。此行为极端无理。中国人拂袖离开了会场。

7 点，副代表梅西又来邀请吴仪，试图向她解释个中缘故。吴抗议了，她指责美国人蓄意破坏了谈判。她不愿在这里多待一天，第二天一早，吴仪离开了美国。临行前，美方又一次改变主意，并通知吴，希望再会晤一次，是否制裁将在 1 月 16 日定夺。

## 12 月，弦外有音

12 月 16 日，希尔斯在华盛顿举行记者招待会，在回答新华社记者提出的问题时，她说美国需要中国对专利保护和版权保护提出具体的方案，如何时参加伯尔尼公约和日内瓦公约，如何履行义务等。她说，她不认为中国在过去的谈判中提出的方案是一种让步，因为"保护别国的知识产权是一种吸引投资和技术转让的途径"。

这一天，北京寒气逼人。而在经贸部大楼内的谈判室里却有一股火药味儿。谈判一开始，中国版权和专利方面的代表每人做了长达 45 分钟的发言，不许美国人插话，并口气强硬地撤回上月谈判结果的全部承诺。

梅西瞪大了眼睛，困惑不解。一天半后，谈判陷入僵局，美国人打道回府。

临行前，他们感觉到一个重要的信息：中国的态度并非铁板一块，还可以谈。梅西如释重负，神情与两天前大不相同。

## 最后的时刻

人人都有一本账。

新年开始，1 月 6 日和 7 日，几位美国制造商在为参加政府听证会准备的讲话中说：美国必须对进口的中国产品强行征收严厉惩罚性关税，以迫使中国遵守国际版权法和专利法。

而美国的一些进口商和零售商则认为，此举对美国造成的伤害与对中国造成的伤害一样大。在一次政府听证会上，美国全国零售商联合会代表发言说，实施惩罚关税将会极大地损害美国的消费者，并加重经济衰退的程度。此举还将造成物价上涨，美国的零售业将经受不起报复所带来严重的金融打击。

青岛啤酒与波音飞机：有可能成为牺牲品。

9 日下午，美国助理贸易代表约瑟夫·梅西举行了一次小型的记者招待会。会上他介绍了中美谈判的情况，梅西不长的发言中，给人印象比较深的是这样几句话："希望在今后几天的谈判中，中国方面能够回到去年 11 月份就几个突出问题达成的文件上来，以避免报复性措施。""这是美国的真正的底限"。

1 月 6 日，美国《商业日报》刊登了美国方面拟征收高额关税的中国产品清单，排在第一位的是女式丝绸服装，其金额近 2 亿美元；超过 1 亿美元的商品还有：

橡胶和塑料鞋，1.68 亿美元；

皮箱和皮包类，1.36 亿美元；

收音机和录放机类，1.36 亿美元；

除此之外，还有珠宝和青岛啤酒等。

据有关报道，此前一个星期，中国政府也宣布了一旦美国对中国采取报复手段，中国也将对美国实施反报复计划，其内容为，对价值 12 亿美元的美国商品课征惩罚性关税，排在商品清单第一位的是客机。

1 月 10 日上午，一位美国政府官员在记者吹风会上说，他确信中国会进行反报复。但是，他又说，采取这样的行动，只会给我们中间这些寻求同中国恢复正常关系的人送去完全不利的信息。

同一天布什总统访日归来。在华盛顿机场上，他谈到了中美关系，他说：我们将继续敦促公正对待那里的人们，并且还将尽力保持那种重要关系不偏离轨道，那是一个重大的关系，而且很重要。

在此同时，中美知识产权最后一轮谈判已经开始。

此次中国代表团一行 16 人，是历次中美知识产权谈判中最大的一个团。团长吴仪。新增设了三名副团长，他们是中国专利局局长高卢麟，中国版权局副局长刘杲，国家科委体制改革司司长段瑞春。代表团其他成员依然来自化工部、国家医药总局、机电部、外交部法制局等有关部门。

他们中许多人已是数度赴美，一位来自机电部的代表说，我这是第四次到华盛顿，却没来得及仔细看一看华盛顿的天空究竟是蓝的还是灰的。

谈判原定在 12 日结束，紧张的三天很快就过去了。

制定方案，交换文本，翻译，解释，争吵，微笑，讨价还价，通宵干，连轴转。双方代表随时都处在特别紧张的状态，随时都在琢磨对策。

13 日，谈判继续进行。中国代表穿梭于美国贸易代表办公室——中国驻美使馆之间，以后几天几乎没有例外。

深夜时分，还须与北京通电请示。因为北京与华盛顿的时差正好是 13 小时。谈判不断被延期，美国人对于汉语语言的"中国方面原则上同意""中国方面基本上同意""中国方面将尽最大努力"等辞令表现了极大的困惑和不解。200 年的文明面对 5000 年的文明时，大概都会有这种困惑。

16 日下午 5 时，是原定的谈判的最后期限。下午，中国代表被告知：期限可放宽到 17 日零点。

还有一句话是这样的：总统很珍惜中美关系。

最后一刻终于到来了，中美双方基本上同意了所要达成的协议。

17 日凌晨 2 时，还有 8 个人在一字一句交换对照检查着各自语言的文本，中方 5 人，美方 3 人，美国人专门请了一位精通汉语语法的美国人承担此任。突然，美国人像是发现了什么，板结着的面孔绷得更紧了，原来在中文文本的备忘录第二条第七款中，"这种"二字被挑出来，美国人坚决要求改为"该"。

在汉语中，"这种"的外延似乎比"该"大。

离签字时间不多了。中国代表发誓要从英文文本中也找出瑕疵。

在几乎是同类的问题上，他们找到了关于动词 to be 用法的不妥之处，坚决要求美国人把"were"改为"was"。

有点儿像孩子们在赌气，不是吗？一位中方代表后来说，我们是想争口气。

17 日中午 12 时，《中美关于保护知识产权谅解备忘录》签字仪式在华盛顿举行，中美双方两位头发有些灰白的女官员分别在协议书上签字，吴仪略胖，希尔斯精瘦。签字后，她们互相握手致意。

中方代表团发言人指出：中国与美国在知识产权保护上达成谅解，再次表明了中国愿意与美国发展经贸关系。在此备忘录中，明确美国政府将于备忘录签字之日起，中止根据美国贸易法"特殊 301 条款"对中国发起的调查，并取消把中国指定为"重点国家"。

从凌晨 5 点就等在门外的香港记者此时早已冻得瑟瑟发抖了。

就在当天，香港的股市价格骤涨。

### "松了一口气"

当天，美国贸易代表卡拉·希尔斯称：这项协议在两国分歧的问题上搭起了一座"更好地相互谅解的桥梁"。

美国制药协会会长杰拉尔得·莫西霍夫称这项协议是对"在世界上最大的国家保护知识产权的一个重大贡献"。

同一天下午，美国驻华使馆举行马丁·路德·金纪念活动，在几位到会的中国学者面前，芮效俭大使喜形于色，他双手一摊："现在大家至少可以松一口气了。"据说，他刚刚接到美国商业机器公司（IBM）等跨国公司驻京代表、美国商会领导打来的电话，他们对谈判没有破裂感到由衷的高兴。芮效俭说：对美国飞机公司、农场主们来说，双方达成协议更是一个好消息。这位在中国出生的大使还认为，协议对中国也是有利的，这对维持中国的最惠国待遇以及中国以后加入关贸总协定是有积极意义的。

有这种感觉的不仅是芮效俭，18日的香港报纸纷纷报道"松了一口气"。

《华侨日报》："这是举世视为'好消息'的消息""中美互惠贸易已迈进一步，形势大好"。

《快报》："本港的工商界对中美达成协议，相信是喜不自胜。香港处于中美之间的夹缝，贸易谈判中一直感受池鱼之殃的威胁，如今威胁解除，谈判结果显然会对香港贸易有正面影响。"

《天天日报》："谈判的和气收场，中、美、港三方面是皆大欢喜。中美贸易战争的和气终场，除了标志着两国在经贸方面进一步合作交流之外，在政治层面上，中美关系亦稳步朝正常化发展，尤其对延长美国与中国最惠关税地位国有很大的帮助。"

3月2日，中国人又得到了一个结果。这一天，布什总统致函美国众议院，否决了国会有条件延长中国最惠国待遇决议案。参众两院未能推翻总统的否决，1992年度中国因此获得无条件的最惠国待遇。

### 思路该换换了

备忘录已签了五个多月了，大多数的中国人并不了解此事的利害，也并不着急。但是思路却的确该换换了。因为我们正在开放，正在走向世界。因为世界经济正在越来越趋向统一的市场，因此需要统一的规则，不可能让别人来迁就我们，只有共同向国际惯例靠拢。迟早我们都会面对这个事实，而且事不宜迟，越迟越被动，与其让一个成年人费劲地改变陋习，不如让一个孩子在健康的环境中成长。

这个环境来之不易。

中国科学院，这里聚集了我们民族最优秀、最富才华的人们，自我国施行专利制度以来，这里的专利申请仅占国内专利申请总量的1.02%。而与此同时，它每年申报的科研成果却逾千项。"成果"的概念不属于知识产权范畴，未获得专利即不能受法律的保护。所谓的"获奖成果"得不到国际知识产权界的承认，无法以平等的身份参加国际竞争。这些优秀的科技人才是否意识到知识是有产权的？

三年前，美国RCA公司在北京长城饭店为国家电子行业的官员和厂长工程师们免费举办了一次专利知识的学习班，那帮二次大战时期的老海军们，指着彩色电视机的电路图对台下颇感新鲜的国家干部们说：这就是美国的专利。此刻台下的人们有多少意识到了，一旦中国的彩电出口到美国或其他保护美国专利的国家，我们必须向美国支付专利费。

近来，中国专利局局长高卢麟走访了北京、上海、天津、广州的知识界和企业界，征求对修改专利法的意见。所到之处，不管是企业，还是大专院校、研究院所，大家普遍关心中美知识产权谈判、有关知识产权国际条约、关贸总协定。尤其是化工、医药、机电等行业更加关心。加入这些国际公约后，这些行业将不得不面临世界市场的强劲挑战。

　　中美签约三天后，邓小平同志来到深圳先科激光公司参观，这是国内唯一的一家生产激光唱片、视盘和光盘放送机的公司。在激光视盘车间，当小平得知他们每年要生产一批外国电影激光视盘时，问道："版权（即著作权）怎么解决？"

　　答："按国际规定向外国电影公司购买版权。"

　　小平说："应该这样，要遵守国际有关知识产权的规定"。

　　现在真正成问题的大概还在我们内心，面对全新的事物，面对全新的规则，我们有勇气重新开始吗？这些新的东西规定了许许多多的这个"不准"、那个"不许"，更让人感情上接受不了的是这些苛刻的规定来自异族人。然而我们必须承受。

　　对知识产权的保护代表了一种进步，这是文明的进步。既然我们这个民族要进步，要发展，尽管这种进步和发展要付出代价。归根到底，完善知识产权保护最终对我国是有利的，它鼓励本国人民的发明创造和文艺创作，而加强和完善知识产权保护将毫无疑问地加速这个历史进程。

（刊登于 1992 年 6 月 24 日第二版）

**在专利大战中节节败退**

## 上海专利工作不尽如人意

　　**本报讯**　上海工业企业在国内外竞争激烈的专利大战中，正处于节节败退、不战自溃的境地。上海的专利申请量已从 1986 年的全国第 2 位跌至 1991 年的第 8 位。

　　这些年上海市的专利申请实际上是逐年上升的，但增长速度却不及一些兄弟省。1991 年上海工业企业的专利申请量 4174 件，是历史最高水平，但大中型企业的申请量仅为 154 件，平均 6 个大中型企业才有一件专利申请，交大、复旦、同济等全国名牌大学，其申请量远远落后于浙江大学，与清华大学差距更大。上海高校竟没有一家进入全国高校专利申请的前 10 名。是否上海没有什么发明创造、新技术、新产品可申请专利呢？答案是否定的。1990 年全市工业企业科技开发项目完成 6264 项，科技成果经批准登记的达 2092 项。仅此两项相加就达 8000 多项，但当年的专利申请量仅 1526 件，其中职务发明仅 680 件，这么多新项目、新成果中有许多可以申请专利的却没有去申请，说明上海人的专利保护观念和知识产权意识是多么差。这些得不到法律保护的技术优势、技术成果，不用说难以占领市场，即使进入了市场也很快会被仿制，从而丧失优势和市场，其结果是为他人作嫁衣裳，使自己在激烈的市场竞争中处于不利地位。

上海人专利意识淡薄的另一个佐证是，上海的一些工业企业的出口商品屡屡被控侵权，外商提出索赔，被迫停止出口或生产，进行赔偿的事件时有发生，致使我方蒙受了巨大的经济损失。如上海手表厂引进瑞士石英电子手表生产线，生产的手表出口香港，被指控侵权，要求赔偿；又如美国某公司指控该市生产的彩色电视机侵权，要求赔偿；再有上海机床厂去美国参展的瑞士磨床（准备出口），被一公司指控侵权，只好停止展出不出口。

随着上海与国际的经济贸易、技术交流活动的日益频繁，上述侵权事件必将越来越多，若不引起足够的重视，不仅会招致损失，而且会直接影响该市产品进入国际市场，严重的还会影响国与国之间的贸易、经济交往。另外，我国专利法即将修改，原不属专利保护范围的化学物质、药品、农药、食品等将被列入保护范围，涉及这些领域的该市科研、生产单位又将面临严重的挑战。为此，上海有关部门必须尽早采取有力措施，抓紧时机，研究对策，开发自己的新产品，及时申请专利，占领市场，以促使上海专利工作重新在全国占据领先地位。

（赵荣善）

（刊登于 1992 年 7 月 1 日第一版）

# 要有紧迫感

## ——一谈国有大中型企业专利工作

成华

邓小平同志今年初视察南方时说，"要抓住机会，现在就是好机会。我就担心丧失机会。不抓呀，看到的机会就会丢掉了，时间一晃就过去了"。小平同志的这番话切中了我国经济建设中确实存在的问题，也为我们专利工作敲响了警钟。在当前，我们应该不失时机地抓好国有大中型企业的专利工作。

目前改革开放已进入了一个新的阶段，城市改革的中心环节是搞活国有大中型企业，其核心是转换经营机制，把企业推向市场。企业进入市场参与竞争的结果必然是优胜劣汰。国有大中型企业的危机感和竞争意识从来没有像现在这么强过，对专利保护也从来没有像现在这么迫切。同时，90 年代对于我们至关重要。搞好了，能把经济建设又快又好地搞上去，使我们的民族在全面振兴中自立于世界民族之林；

搞不好，与世界发达国家和一些发展中国家的经济差距还会继续拉大。这其中一个重要标志就是一个国家的专利水平，其主要是大中型企业专利水平。所以，无论从改革开放的形势及经济建设长远发展来看，还是从历史的机遇来看，都要求我们有搞好国有大中型企业专利工作的紧迫感。

企业专利工作是我国专利工作的基础。企业是发明创造的主要发源地，因为发明构思往往是在为解决生产中某个问题、提高经济效益的过程中产生的；企业也是实施专利的基地。专利技术与经济最重要的结合点是企业，专利技术主要靠企业使之商品化、产业化，进而形成现实生产力。我国国有大中型企业是我国国民经济的支柱，是能源、原材料等基础产品的生产基地，是各经济部门主要装备的提供者，也是先进技术的主要开发者，因而抓住了国有大中型企业的专利工作就是抓住了专利工作的关键，不然专利的数量和质量就难以保证，专利工作的成效也难以显示出来。

搞好国有大中型企业专利工作可大大加快科技进步的步伐。当代科学技术已成为第一生产力。一些发达国家国民经济增长中技术进步所占的份额，80年代已达到了80%，而我国则不到30%。日本近20年经济的高速发展，其重要原因之一就在于能大胆引进专利技术，在消化吸收基础上再开发出自己的专利技术，并将这些专利技术转化为产品，形成高水平的、在国际市场上有巨大竞争力的产业，这是很值得我们借鉴的。据统计，近年来企业技术发展有70%是靠技术引进带来的。国家科委对2300项引进技术调查，目前仅有9.2%的引进项目得到不同程度的消化吸收。技术引进主要是以成套设备方式，1988年，国营大中型企业引进的投资为81.1亿元，而用于引进图纸、设计、专利的仅占9.1%。整个80年代，彩色电视机的生产线引进多达100余条，当国内厂家一窝蜂地生产卧式电视机时，国外有些公司开发了直角平面机和高清晰度彩电，并及时地在我国申请了专利。专利技术是科学技术最新、最活跃、最实用的先进技术，我们的厂家应利用专利制度、掌握主动权、提高技术引进工作的费效比。

搞好国有大中型企业专利工作的紧迫感还来自现实企业专利工作现状。专利法施行7年多来，企业专利工作已有了一个良好的开端，取得了一些成绩。截至今年5月底，企业专利申请量已达29229件，1991年企业专利申请量为7020件，比1990年增长18%。据部分省市统计，目前国有企业在专利许可贸易中所占份额由过去的20%~30%增加到70%。在我国10家最大国有企业中就有大庆石油管理局、鞍山钢铁公司、首钢总公司、胜利油田管理局和北京燕山石化公司一直重视专利工作，取得了很好的成绩。有的在技术改造中大量采用专利技术，有的引进专利技术改善自己的产品结构，有的有意识地应用专利文献对引进或拟出口专利的现状做到心中有数，有的灵活地应用专利战略，在市场的激烈竞争中确保自己的优势。它们各自己申请了上百件专利，甚至几百件专利，通过实施专利都取得了数以亿计的经济效益。全国相当一部分国有大中型企业已建起了专利管理机构，开展了专利工作。专利制度在国有大中型企业中的重要作用也越来越清楚地显示出来了。但是，从整体来看，不论是专利申请量还是国有大中型企业的专利工作与我国有 1 万多家国有大中型企业相比都是很不相称，与我国工业发展的形势也不适应。我国大中型企业拥有 8000 多个技术开发机构，近 80 万名科技人员，仅 1990 年就完成万元以上技术开发项目 20375 个。企业将其申请专利的却非常少。且不说一些企业研制出新产品、新工艺后，被人仿制失去了市场，蒙受了经济损失；据悉有的技术已被外商拿走或廉价买去，申请了外国专利，该技术出口反而受到限制。"长链烷烃脱氧催化剂"是某单位的新产品，这种催化剂在印度一家企业的工业装置上试用，性能很好，印方欲想购买。当印方获悉该产品未申请专利时，就放弃了购买的打算，殊不知专利权就是财产权。国家投资搞出发明创造，该申请专利的不申请，就会造成国有资产的流失。还有些国有大中型企业由于缺乏专利意识，在出口液晶手表、彩色电视机和生产彩色胶卷产品时出现了专利纠纷，受到了不应有的损失。我国的国有大中型企业专利工作与国外先进国家的企业相比也有相当大的差距。美国、德国、日本等发达国家专利申请的 90% 来自企业。日本排名前 100 家企业专利申请又占其企业全部申请的 70%，像日立、东芝这样的大公司每年申请专利达万件。可我国排名前 500 家大企业中，有相当一部分企业尚未申请过专利。事实说明国有大中型企业应及时进一步加强专利工作。

中美保护知识产权谅解备忘录的签署和我国可能即将参加关税贸易总协定，将使我国企业处于一个更加开放的国际竞争环境，这对企业专利工作提出了更高要求。纵观国际竞争，焦点不再是资源多少，而是科技实力的较量，是知识产权的争夺和保护。国有大中型企业必须尽快地熟悉、认识和应用专利这一规则，增强竞争能力。"多少事，从来急"。搞好国有大中型企业专利工作需要经过长期努力，但思想行动上必须有紧迫感。国有大中型企业上下加强了专利意识，也就是加强了发明创造意识、竞争意识、产权法律保护意识，企业腾飞也就插上了坚实的翅膀。

（刊登于 1992 年 7 月 1 日第一版）

# 小镇兴起"专利热"

**本报讯**　广东省化州县同庆镇农民如今时兴"专利热"，一年四季都有人上京城找技术买专利，利用专利技术从事生产的乡镇企业也因而发展得红红火火。

1987 年，化州县农药厂厂长董超林率先上京买专利。当年他四上北京，花 25 万多元通过中国专利局有关部门购买了低毒高效广谱杀虫农药"灭杀毙"专利技术，随即投资 40 多万元，和这项专利的发明人合作生产这种农药，翌年，"灭杀毙"面世，很快就畅销全国各地，取得良好的社会效益和经济效益。产品面世的当年获首届国际专利技术展览会金奖，此后每年添一桂冠，先后获得省优、部优和国家"星火计划"银质奖，该厂"母因子贵"，也于1989年被评为省级先进企业。去年，该厂仅"灭杀毙"一项产值便达800多万元，上缴税款约20万元。

该镇同庆港化工有限公司经理陈荣三随后也三进北京，花10多万元买得一项高效无磷杀菌洗衣粉专利技术，投资100多万元从事生产，于去年建成投产，产品投放市场后供不应求，当年创产值160万元，实现税利30万元。

董超林、陈荣三等人买专利发了财，激起当地农民买专利的热情。近几年来，全镇共购买多功能电焊条、天花装饰材料等8项专利技术、1项专有技术和20多项转让技术。其中，不锈钢铸件、泡沫玻璃等4个项目还被列入广东省和茂名市的"星火计划"。同庆乡镇企业通过购买专利技术、开展横向联合、引进科技人才，取得高效高速发展，近年来产值每年数以倍计地增长，去年全镇乡镇企业总产值达1.82亿元，占全镇社会总产值的7成半，创税利2000多万元，今年首季产值又比去年同期增长近1倍。如今，这个小镇还涌现出了粤西金属行业唯一的全能企业等一批较有实力的乡镇企业。

同庆镇农民买专利迅速发展乡镇企业的实践引起了各级领导的重视。4月初，省委书记谢非考察粤西工作时到了化州县农药厂参观，充分肯定了他们购买专利，运用新技术振兴企业的做法，并指示当地市、县很好地加以总结推广。

现在，同庆镇的"专利热"仍在升温。化州县农药厂继"灭杀毙"之后，还先后买了两项国家专利技术和两项国家"七五"攻关成果项目进行生产，今年又新增一条"灭杀毙"生产线扩大生产，今年4月，该厂还以技术入股的形式，到越南胡志明市办一家中国内地、中国香港与越南三方合作的农药生产企业，预计明年投产后达年产1500吨，产品销往越南及东南亚各国。

（陈进盛　郭忠衡）

# 有感于农民买专利

光灿

广东化州县同庆镇农民如今时兴"专利热"，一年四季都有人上北京买专利，利用专利技术振兴企业。

世世代代"日出而作，日入而息"的千百万农民，随着乡镇企业的兴起，纷纷告别黄土地，加入"老大哥"行列，实现了历史性的第一次飞跃。如今，为着在强手环伺的企业界和风云变幻的市场拔取头筹，这些农民企业家又瞄准了代表最新科技成果的专利技术，靠科技发达。由此开始了另一次大飞跃。

农民买专利，意味着专利这个"窈窕淑女"从"养在深闺人未识"，到走入千百万"寻常百姓家"。一旦揭开其神秘面纱，就成为人们的宝贵财富。

农民买专利，意味着乡镇企业的发展正迈上一个新台阶。过去那种劳力密集型的经营方式，正向技术密集型的经营方式过渡。科学技术正转化为强大的生产力。

农民买专利，昭示了我国尚待完善的技术市场正在向广大农村延伸，并向我们提出了新的课题：技术市场怎样在广袤的农村大展拳脚？！

农民买专利，更给专利工作以严峻的提示：农村是一个广阔的天地，专利工作在那里如何才能大有作为？！

（刊登于 1992 年 8 月 24 日第一版）

社论

# 新的里程碑

1992 年 9 月 4 日，七届全国人大常委会第 27 次会议审议了国务院关于《中华人民共和国专利法修正案（草案）》的议案，作出关于修改《中华人民共和国专利法》的决定。这是专利法颁布、施行以来的第一次修改。这次修改充分体现了我们国家深化改革、扩大开放的大政方针。这是我国专利制度发展过程中的一个新的里程碑，它标志着我国年轻的专利制度已日臻成熟，将能更好地激发我国千百万科技人员的创新精神和积极性，推动科技长入经济，真正体现"科技是第一生产力"这一马克思主义原理。

专利法是一部重要的知识产权法。专利法的实施对鼓励、保护发明创造，推动技术进步，维护技术经济秩序以及促进国际技术经济往来起着非常重要的作用，效果是显著的。但是随着改革开放的深化和经济建设的发展，现行专利法的一些规定已不大适应新的形势。尤其是今年以来，在邓小平同志重要谈话和党中央政治局全体会议精神的鼓舞和指引下，我国的改革开放和经济建设更是出现了蓬勃发展的新局面，国民经济从去年的全面回升进入了一个高速增长的新阶段。现行专利法的一些规定不大适应新形势的情况就更加突出了。同时，由于专利制度在国际科技、经贸往来中的地位日益重要，作用日益显著，专利法的国际协调也日益频繁。我国要对外开放，参与国际竞争，就必须遵守国际惯例，专利保护水平也应向国际标准靠拢。法律是上层建筑，是由经济基础决定并反过来为经济基础服务的，归根到底，是为解放和发展生产力服务。及时修改专利法，使之更加适应我国发展生产力的需要，无论从当前或长远的需要看，都是十分必要的。

修改后的专利法完善了专利申请、审批程序，使之更加适合我国国情；扩大了专利授权范围，强化了对专利权的保护，使我国专利保护水平基本上达到了国际标准。这次修改对我国的科研单位、生产企业以及广大科技工作者来说是一个良好的机遇。我们应当充分运用专利武器，以其为盾，使发明创造这种知识财富获得国家法律保护，在法律的保护下实行新技术信息的传播，促进新技术的推广和应用，从而有效地回收科研投资，得到经济补偿，让作出创造性贡献的科技人员获得应有的奖励和报酬，实现科研、生产的良性循环。同时，这次修改也是一个挑战。关于药品和用化学方法获得的物质的发明创造，可以申请并获得专利保护，将使我国的医药和化学工业面临比较严峻的局面，但是，这也将加快我国医药、化工从单纯仿制到仿创结合，逐步走上自主研究开发的转轨过程。只要我们勇敢地面对这一挑战，认真研究对策，采取有力措施，坚决实行依靠科技进步和提高劳动者素质的方针，在医药和化工的科研开发方面由单纯仿制转变为消化、吸收和创新结合，发扬自力更生、自主自立的精神，我们就可以化弊为利，尽快建立起我国医药、化工的自主研究开发体系，推动医药和化学工业的发展。只有这样，我们才能自立于世界民族之林。

修改后的专利法将于1993年1月1日起施行。各地方、部门的专利工作机构要抓住修改决定公布的时机，掀起一个学习专利法、宣传专利法的高潮，使更多的人，特别是企业和科研单位的领导了解专利制度，懂得专利知识，学会运用专利武器来推动科研和经济工作。科研机构、工矿企业、经贸部门，尤其是食品、医药和化工等行业要注重专利人才的培训，尽快地培养出一批专利工作的明白人，依靠他们不失时机地组织好本部门、本单位的专利申请，做好对外经贸活动中的有关专利工作。各专利管理机关要和人民法院密切配合，搞好专利纠纷的调处，严格执法，坚决制止专利侵权，认真查处欺世盗名、假冒专利的行为，保障专利权人的合法权益，维护正常的技术经济秩序，为改革开放护航。各专利服务机构要热心地为发明人、申请人、专利权人以及社会各界提供专利代理、咨询、文献、情报、中介等各项服务，为修改后的专利法顺利实施做出贡献。

专利法的修改为开创专利工作的新局面提供了法律保障。让我们以历史的和民族的责任感来面对这一挑战，抓住这一机遇，兢兢业业地做好工作，迎接修改后专利法的施行，开创出专利工作的新局面，为进一步发挥专利制度鼓励发明创造，促进技术进步，推动经济腾飞的作用做出我们的贡献。

（刊登于1992年9月7日第一版）

庄户人敬"财神"一掷千金　土专家栖"凤巢"如鱼得水

# 夏北村重奖农民发明家寇修善

奥迪一辆　住宅一座

**本报讯**　前不久，山东省莱州市夏邱镇夏北村村民集会，为做出突出贡献的村办锯石机制造厂厂长兼总工程师、专利发明人寇修善隆重举行颁奖仪式。农民工程师寇修善从村党支部书记手中接过了奥迪轿车的钥匙和住宅楼的房权证及土地使用证。

夏北原是一个有名的穷村，人均收入不足百元。前些年也曾上过几个项目，都因缺乏人才而"流产"，结果钱没挣来，却欠了一屁股债。改革开放后，这个村党支部深刻认识到：科技是第一生产力，人才就是"财神"，是最宝贵的财富。他们不惜重金招聘人才，积极实施"借脑工程"，先后从省内外引进了 11 名助工以上的技术员，为他们提供高标准住宅，并为其家属免费供应粮油。农民出身的寇修善，长期在镇、村企业搞机械设计工作，技术水平很高。1989 年 5 月被聘为刚成立的夏北村花岗岩锯石机制造厂厂长后，他夜以继日地工作，仅用半年时间就研制出了具有国际八十年代末先进水平的 LHJ 系列平移自动喷砂锯石机，并获得 5 项专利权。这种锯石机，具有耗电少、成本低、精确度高的特点，投放市场后，十分走俏。目前，寇修善领导的锯石机厂已发展成为年产值 3000 万元、利税 600 万元的骨干企业。

几年来，夏北村利用引进人才创办了辖有锯石机制造厂、莱京石材有限公司等 8 家企业的莱州市华夏实业总公司，实现了科技脱贫，一举跨入了富裕村行列。仅今年 1~7 月份，村里就已完成工业产值 5100 万元，实现利税 535 万元。预计到年底，夏北村可实现产值 1 亿元，利税 1000 万元。

（汤学礼）

（刊登于 1992 年 9 月 23 日第一版）

# 读图：首届专利博览会掠影

王文扬　张子弘　摄影

（刊登于 1992 年 10 月 7 日第一版）

# 中国加入国际版权公约

## 两国际版权公约自 10 月起在中国正式生效

**本报讯** （记者徐小敏）中国政府分别于 7 月 15 日和 7 月 30 日向世界知识产权组织递交了加入《保护文学和艺术作品伯尔尼公约》和《世界版权公约》加入书。根据规定，这两个国际版权公约分别于 10 月 15 日和 10 月 30 日在中国正式生效。自此，中国的作品将在公约其他成员国中受到保护，公约其他成员国的作品也将在中国受到保护。

中国加入国际版权公约，将保证外国作品在中国的使用按公约的规定和国际惯例进行，从而改善外国作品投放的市场环境，同时也提高中国作品在国际市场上的竞争力，并促进完善中国国内著作权的保护。

中国将认真履行国际版权公约。国际版权公约的实施，将通过中国法律进行，中国现行著作权法与国际版权公约的原则和主要条款是一致的。国务院还专门颁布了《实施国际著作权条约的规定》，以保证有关的外国作品在中国受到充分保护。

（刊登于 1992 年 10 月 28 日第一版）

# 1993

1989 1990 1991 1992 1993 1994 1995
1996 1997 1998 1999 2000 2001 2002 2003 2004
2005 2006 2007 2008 2009 2010

## 纪念改革开放**40**年
中国知识产权报新闻作品集

2011 2012 2013 2014 2015 2016 2017 2018

# 有色金属总公司将专利纳入涉外谈判

**本报讯**　在对外经贸活动中，如何以专利法来保护自己的合法权益，有色金属总公司进行了有益的尝试。公司专利管理部门积极参与本行业涉外新技术新产品的谈判，调研检索先行，防患于未然，取得了一定的成效。

在建设中国最大的氧化铝厂——山西铝厂的过程中，他们参与了引进丹麦史密斯公司成套设备的谈判。丹麦公司就悬浮焙烧技术中的关键设备"施流器"技术在中国申请了专利。由于我方参加谈判的有专利行家，对其技术进行调研后发现丹麦公司的专利不具备新颖性，因此，在谈判桌上，当外方以设备中有专利技术为由漫天要价时，我方已通过有关法律程序对这项专利向中国专利局提出无效请求。结果这一策略获得成功，迫使丹麦公司做出让步，为国家节约外汇240万美元。

时下，许多科研单位和发明人已能将发明创造及时申请专利。但是，对涉及自己权益的他人专利特别是在对外经贸活动中的国外专利还不够重视。像有色金属总公司通过将专利纳入涉外谈判之中的这种尝试，目前已被企业逐渐重视。其经验：一、在引进技术装备时要进行专利调研。技术交流或商务谈判，要有从事专利工作的人员参加，了解在引进的项目中专利的法律和技术情况，摒弃过期、无效及假冒专利，对在较长时间里有效的专利进行生命周期、成熟程度、开发成本、转让（许可）情况，受让企业情况及技术市场中的竞争地位等进行分析研究，使之在谈判中掌握主动权，避免上当受骗，既能买到真正先进的技术，又能把握住合理的价格；二、在开发立项前进行专利调研。专利文献记载着各个领域中最新科技成果，既叙述了本技术领域中的已有技术情况，也清楚完整地说明了有关专利技术方案，因此，在科研开发立项前对专利文献进行检索，可防止跟在别人后面搞重复研究，同时也可避免发生侵权；三、对已引进的科技成果所含专利的调研。经过对已引进的成果进行清理分析，做到心中有数，发现侵犯外商专利权时，尽快采取补救措施，既要研究对外商专利提出异议或无效宣告请求的可能性，也可进一步发展已经取得的成果，及时将发展了的成果申请专利，争取交叉许可。同时也使现有成果的技术水平再上一个台阶；四、对出口技术所含专利的调研。避免在出口产品或技术时引起不必要的专利纠纷。

（瑞升）

（刊登于1993年1月4日第一版）

# 抓住专利事业发展的新契机

## ——祝贺修改后的专利法施行

今年1月1日，我国修改后的专利法开始施行。这是我国经济建设、法制建设和科学技术领域的一件大事，也是我国专利制度发展过程中的一个新起点。

1985年4月1日新中国第一部专利法实施以来，对保护发明创造专利权、鼓励发明创造，加快发明创造的推广应用，推动科技进步和国民经济的发展起了重要的作用。七年多来，我国的专利申请量逾28万件，专利授权量已达11.5万件；调处专利纠纷，保护专利权的工作取得显著成效；专利技术的实施取得了明显的效果，显示出受到法律保护的发明创造所具有的优越性；包括专利受理、专利审批、专利管理、专利代理、专利司法、专利文献服务以及专利开发推广在内的专利工作体系已经建立并不断发展；一支高质量、有经验的专利工作者队伍已经形成；专利法的宣传普及越来越深入，尊重智力劳动，保护知识产权的观念日益深入人心。专利事业已取得了举世瞩目的成就，受到国际上知识产权界的高度评价。这次，在总结七年来经验的基础上，借鉴国外的经验，从我国的实际需要出发，对专利法及其实施细则进行的第一次修改，完全符合我国的国情，顺应了深化改革、扩大开放、发展社会主义市场经济的需要，同时，与知识产权的国际协调趋势，也是相适应的。修改后的专利法标志着我国年轻的专利制度已日臻成熟，并且也为我国恢复关贸总协定缔约国地位创造了有利条件。

修改后的专利法完善了专利申请、审批程序，扩大了专利授权范围。施行修改后的专利法，强化了对专利权的保护，使我国专利保护水平基本上达到了国际标准，也充分体现了我国深化改革、扩大开放的大政方针。党的十四大第一次明确指出："我国经济体制改革的目标是建立社会主义市场经济体制，以利于进一步解放和发展生产力。"这是一项涉及改革全局的极其重大决策，必将对专利工作产生广泛而深远的影响。随着社会主义市场经济的发展和社会主义市场经济体制的建立和完善，竞争将越来越激烈。而这种超越国界的竞争，首先不是资源的竞争，而是作为第一生产力的科学技术的竞争，而专利法保护的客体恰恰又是科技第一生产力中最新、最活跃的部分。当今，专利已成为衡量一个企业、一个国家科技实力和经济实力的一个主要标志。正因为如此，专利正在成为这种超越国界的竞争的一个焦点。这就是为什么关贸总协定谈判要把知识产权保护列入乌拉圭回合一揽子协议之中的原因所在。市场经济是法制经济，靠法律维护秩序。专利法作为一部重要的知识产权法也必将促进市场经济的发展。专利保护的目的是发展，而不是保护落后。目前，我国一些行业和企业比较落后，所以修改后专利法的施行对它们来说，既是挑战，也是机遇，压力可以变成动力，同时专利制度也已为它们开拓了一条通向成功之路。日本就是靠引进专利技术，并在消化吸收的基础上，创造新的专利技术，从而实现经济腾飞的一个范例。在我国专利实践中也不乏其例。机遇总是和风险同在，事在人为。

修改后的专利法的施行，对专利工作提出了更新更高的要求，为专利工作上新台阶提供了机遇。各地方、部门的专利部门要抓住这一时机，掀起一个学习专利法、宣传专利法的高潮，增强全社会的专利意识，使更多的人，尤其是企业、科研、教育界的领导了解专利制度，懂得专利知识，学会应用专利武器；要注重建立和巩固专利队伍和培训专利人才，尤其是食品、医药和化工等行业；要进一步明确在新形势下，企业专利工作的方针、任务、措施和方法，主动服务于企业经营机制的转换和产业、产品结构的调整；要积极热心地为发明人、申请人、专利权人以及社会各界提供专利代理、咨询、文献、情报、中介等各项服务；要与人民法院密切配合、搞好专利纠纷调处，严格执法，坚决制止专利侵权，认真查处假冒他人专利和冒充专利的行为；要认真研究专利战略，学会正确运用专利战略，为企业发展和外贸服务；要重视建立和健全专利市场，培养专利市场体系，完善专利市场规则，建立起良好的专利市场秩序，促进专利实施。

我们还要创造条件，争取今年加入国际专利合作条约（PCT），以便从1994年1月1日起，不仅成为PCT受理局，同时也成为国际检索局和国际初审局，并在不太长的时间内，把我国专利局建设成为世界第一流的专利局。

我们的事业是开创未来、充满希望的事业。让我们进一步领会、贯彻小平同志视察南方的重要谈话和党的十四大精神，解放思想、实事求是、真抓实干、兢兢业业地做好工作，认真执行修改后的专利法，开创专利工作的新局面，为促进科技进步，推动90年代经济腾飞，实现第二个战略目标而努力奋斗。

（刊登于1993年1月6日第一版）

**1993年是我国医药行业划时代的一年，也是医药经济全面向市场经济过渡并开始与世界市场接轨的一年。药品实行专利保护和我国即将重返关贸总协定，使我国医药经济正面临着严峻考验。**

## 医药，你别无选择

本报记者　安雷　余涛

放眼世界医药，表现日益突出的是垄断竞争，它包括市场的垄断、产品的垄断，尤其是新药的专利垄断。而新药的开发又多少成为决定企业垄断地位的主要因素。1990年居世界销售额领先地位的50种专利药品的销售额为311亿美元，占药品市场总销售额的18%以上。新药的开发已成为当今医药界竞争的焦点。近年来，追求专利名药更是世界新药市场的目标，其发展趋势为：投入越来越高，开发周期越来越长，专利保护更为普遍，保护期限日益增长，新药的利润率也越来越高。

世界上药品开发、生产的"大腕"们在激烈的角逐中顿悟：药品具有高度的专利保护性，专利保护期内能带来高额利润，高额利润又可使药品不断推陈出新，若要秉承"霸主"基业，就需在新药上下巨额筹码。于是出现了1991年世界药品销售额前25家制药公司占世界药品市场50%的局面，而医疗器械的国际市场更是由少数十几家跨国公司所垄断。

然而，我国古老而又年轻的医药工业虽然在改革开放的14年中属发展最快的行业之一，但我国的制药质量和新药开发远落后于先进国家，而且我国目前生产的化学药品中97%以上是仿制品，自身创制能力极为薄弱，药品生产方法的专利申请更是寥若晨星。1992年1月中美两国政府签署的《中美保护知识产权谅解备忘录》和我国相继与欧共体、日本、瑞士等国家和地区签署的《保护知识产权双边协议》，更使我国医药工业面临着严峻挑战。这一切都要求我国医药产业必须向自主研究开发方面转轨，以提高我国创制新药的能力和水平。尽快从仿制向自主研究开发过渡和全面提高医药工业总体水平已刻不容缓。

1992年岁末，在国家医药局召开的"全国医药管理局长会议"上，国家医药局副局长金同珍在总结过去一年的工作成绩时，指出的5件大事中，第2件就是为"入关"和医药专利保护作准备。1992年被医药界称为"专利宣传年"。

去年，国家医药局迎着中美知识产权谈判的冲击波，加强了宣传工作，出版了《中国医药专利》《国外药讯——专利与制药工业专辑》等宣传医药专利保护知识、介绍医药专利动向的刊物，并组织专家撰写文章，举办讲座。华北制药厂等许多大中型企业，利用电视、厂报和专业人员培训等形式，进行了广泛的知识产权启蒙教育。"专利"一词在医药行业的领导和科技人员的头脑中已有了一个较为清晰的概念。

宣传的深入使人们逐渐有了这样的共识：修改后专利法的实施会促使我国制药工业进一步面向世界，它能更有效地保护国内科技成果和促进科技合作，而且有利于我国和世界各国在医药方面的技术合作与交流，并促进我国制药工业从国内竞争转向国际大市场，从企业、地区、部门间的相对封闭状态转到看世界、学世界、闯世界上来。国内许多制药公司（集团）的领导也已感到了挑战所带来的压力和紧迫感。广州白云山企业集团公司副总经理叶荣科说：医药的行政保护和修改后专利法的实施在近几年内不会对我们有明显影响，但是5年、10年以后呢？所以我们必须抓住这短短的几年大搞新药开发。丽珠医药集团股份有限公司总经理徐孝先亦说：企业就如同是鱼，它拥有的产品如同是水，现在的形势要求我们必须自己开辟水源，否则就会被人"竭泽而渔"。

国家医药管理局齐谋甲局长在谈到我国医药产品出口情况时，不无感慨地说：现在我们的出口产品中还没有专利产品。本来有些是可以申请专利的，像青蒿琥酯、蒿甲醚等，但那时缺乏这方面的知识，结果丢掉了。现在这两个产品在国际上已经注册，但遗憾的是没有专利。如果一个大的公司没有几件专利产品，那日子会过不下去的。我们现在出口几万吨产品所得的几亿美元，国外企业甚至以一二吨高品位的产品就能得到，这就是我们出口的初级产品与人家高利润专利产品之比。

今天，我国的医药产品已到了与国外产品"短兵相接"的竞争阶段。如何使被称为"长青树行业"的医药业在我国不致"枯萎"，国家医药局在广泛征求意见之后制订了如下措施：对国外专利即将到期的药品，在短期内尽快组织仿制攻关；购买一批对未来医药工业有重大影响的专利药品生产许可证和专利技术使用权；鼓励以生产国外专利药品为主的"三资"企业的发展。在创新药方面充分发挥我国中药理论与实践经验较为丰富的长处，利用动植物、矿物、海洋生物，特别是中药资源开发免疫疾病治疗药物、抗癌药物、抗真菌药物等新药。为此，国家已正式批准建立两个以企业为主，集技、工、贸于一体的新药研究开发中心，即以创制新抗生素、半合成抗生素和生物工程技术产品为主的"华北制药集团新药研究开发中心"和以创制新化学药物和天然药物为主的"新华制药集团新药研究开发中心"，并给予它们各方面优惠，以确保我国制药业到 2000 年接近制药发达国家水平。

预计

——到 2000 年我国的新产品开发体系将由仿制为主转向创制为主；

——到 2000 年我国将开发化学原料药新品种 250～300 个，其中创新专利药物 5～10 个；

——到 2000 年我国将开发新制剂品种 800～1000 个，其中创新专利制剂 30～50 个；

——到 2000 年我国有 3～5 个大型制药企业（集团）将跻身世界 100 家最大制药公司行列。

前途是光明的，道路是曲折的，腾飞不在"宣言"——关键在行动。

（刊登于 1993 年 1 月 27 日第一版）

# 中国专利局为西藏自治区第一件发明专利授权举行颁证仪式

**本报讯** （记者边力）由西藏自治区藏医院申请的发明专利"一种藏药坐台粉末的加工方法"，已于近日获得专利。这是西藏的第一件发明专利。为此，中国专利局专门举行了授权颁证仪式。中国专利局局长高卢麟亲自将专利证书颁给远道而来的藏医院代表。

我国专利制度的建立，为各民族人民的发明创造提供了有力的保护。藏族是 56 个民族中不可分割的部分。藏医学历史悠久，其中不乏很高的成就。在当前新的历史条件下，藏医的发展创新将有更光明的前景。西藏自治区所获得的第一件发明专利，不仅标志着西藏的专利工作进入了一个新时期，也是对该地区专利工作的积极推动。这也表明全国 30 个省区市都有了自己的发明专利。

高卢麟局长在致辞中表示：中国即将加入国际专利合作条约，修改后的中国专利法完全符合国际惯例。在社会主义市场经济条件下，相信西藏的科技与经济的发展一定能与全国的发展同步，进而跟上世界前进的步伐。希望政府在可能的条件下，给予支持，进而建立西藏自己的专利队伍。

出席此次颁证仪式的还有中国专利局姜颖副局长及有关部门的负责人。

另悉，中国专利局目前已受理了来自西藏的 21 件专利申请，并已授权 9 件。

（刊登于 1993 年 2 月 10 日第一版）

### 保护智力劳动　鼓励发明创造
# 中科院出台《保护知识产权的规定》

**本报讯**　（记者王岚涛）日前，中国科学院出台了《保护知识产权的规定（试行）》（下称《规定》）。这一规定是为了保护中科院及其所属单位的知识产权，鼓励发明创造，调整职工发明创造和其他智力劳动成果同该院及其所属单位发生的利益关系，根据《专利法》《商标法》《著作权法》及《技术合同法》制定的。

《规定》对属于中科院及其所属单位的知识产权的范围及管理办法做了具体规定。

关于专利，《规定》指出：科研工作完成后，职工须将研究结果报告本单位，单位接到报告首先审查其申请专利的必要性和可行性，要先申请专利，后发表论文或成果鉴定；对未及时申请专利而造成本单位权益受损的，除取消该项科技成果申报院成果奖资格外，还追究直接责任者和单位主要负责人的责任。

专利权被授予及专利技术实施后，专利权持有单位要按《专利法》及其他有关法规发给发明人或设计人奖酬；未执行奖酬政策的，中科院将酌情减拨所长择优支持基金。

在国内外科技展览会参展的项目，应该是在国内外已申请专利的项目；未申请专利的，在国内参展须经本单位主管保密工作的部门审批，在国外参展须经院保密委员会审批。

与国内外签订合作研究或开发合同时，必须订有知识产权的条款。

向国内外单位或个人转让专利权、商标权、著作权以及其他智力劳动成果权时，须经专利管理部门批准；院专利管理部门负责调处院属单位之间、职工与单位之间的知识产权纠纷，并对解决本院及其所属单位与院外单位或个人发生的知识产权纠纷进行协助和指导。

《规定》中还指出：院属各单位在职职工、新分配或调入人员、离退休人员、停薪留职人员、来院学习或工作人员及临时聘用人员必须与单位签署执行《中国科学院保护知识产权的规定》的《保证书》。

（刊登于1993年3月3日第一版）

开创我国知识产权保护之先声的商标法实施整十载，卓富成效，举世瞩目

# 中国商标十年

本报记者　常释

在人类历史的长河中，十年只是短短一瞬。十年前的3月1日，我国第一部商标法开始实施，开创了我国知识产权保护之先声。十年来，商标法在促进社会主义商品经济以至市场经济的发展，维护社会经济秩序和保护消费者利益等方面起到了积极的作用。商标事业彻底摆脱了旧的经济体制和十年动乱带来的影响，走进了一个生机勃勃的繁荣发展时期。

## 我国已成为世界商标大国之一并与国际惯例接轨

——有效注册商标已达36.6万件。十年间，有效注册商标增加了28万件，是从建国到商标法实施前的33年总和的3倍多。世界上68个国家和地区在我国累计注册商标5.4万件。我国商标注册量已跃居世界前10名。申请注册商标的企业，由原来单一的国营企业、集体企业扩大到国营、集体、三资、私营等各种类型的企业和个体工商户。使用注册商标的商品由日用消费品发展到工农业生产资料、农副土特产品等。我国商标法确立的申请、审查、注册等有关基本原则，采用国际上大多数国家通行的原则，基本上与国际惯例保持一致。比如，我国实行的注册原则、自愿注册原则、审查原则、申请优先原则等，均是当今世界大多数国家实行的通行原则。我国商标的审查标准，也充分吸取了世界先进国家许多有益的东西。同时，于1988年底，完成了由商标注册用国内商品分类到国际商品分类和商标图形要素国际分类的过渡。

——逐步推行国际通行的商标代理制。过去，我国国内商标注册实行核转制，工商行政管理机关既是行政执法机关，又是企业办理商标法律事务的代理人，这种做法既不符合法律基本原则，又弱化了工商行政管理机关的行政执法职能。近几年，我们对此项工作进行了改革，分阶段在全国推行商标法律事务代理制，逐步理顺了商标行政管理与商标代理的法律关系。现已批准成立了商标代理机构53家，并逐步

建立起一支商标代理人队伍，给我国商标工作队伍注入了新生力量。实行商标代理制度，商标代理人面向企业提供全面的商标法律服务，深受国内外企业界的欢迎。

——积极加入国际条约和国际组织，加强国际的交流与合作。自 1980 年我国加入世界知识产权组织之后，我国又先后加入《保护工业产权巴黎公约》和《商标国际注册马德里协定》及国际保护工业产权协会。加入有关的国际组织和国际条约，加强了国际的商标保护协作，并为我国企业到国外注册商标，参与国际市场竞争提供了有利条件。10 年来，我国积极同世界各国商标主管机关在平等互利基础上进行了友好合作。我国多次举办了各种国际性商标研讨会，邀请外国商标专家来华讲学，并派出多批人员出国培训考察，通过国际交流与合作，一方面，拓宽了视野，了解和掌握了国际商标工作的动态，促进了我国商标事业的发展；另一方面，逐步提高了我国在国际知识产权界的地位，树立了我国改革开放的良好形象。

我国商标工作在与国际惯例接轨的同时，依据我国经济发展的实际，保持和发挥了自己的优势，建立了——

### 具有中国特色的商标制度

我国的商标制度是适应改革开放需要，在认真总结我国商标工作历史的经验基础上建立的。它使我国商标工作在管理体制、管理手段、管理方式及管理内容上都具有中国特色。

一、在管理体制上，实行统一注册与分级管理相结合，已建立起一支商标专业管理队伍。世界上大多数国家的商标注册机构只负责商标注册事宜。在我国，商标局不仅负责商标统一注册工作，而且，负责全国商标的行政管理工作。并且，在地方各级工商行政管理机关设立专门机构，负责本地商标管理工作。初步形成了一个比较完整的管理体系。

二、在管理手段上，实行行政与司法并举保护商标专用权的"双轨制"。国际上，大多数国家由法院审理商标案件。在我国则实行行政和司法"双轨"保护，即被侵权人可以向人民法院起诉，也可以向工商行政管理机关投诉，请求行政保护。采取哪一种保护方式，由当事人自行选择。从十年的执法实践看，工商行政管理机关作为国家经济监督管理和行政执法机关在处理商标案件时，手续简便，节省时间，效率高。这种方法深受国内外商标注册人的欢迎。十年来，全国工商行政管理机关共查处假冒商标案件 10 万余起，尤其是依法查处了一批假冒外国企业注册商标案件，有力地保护了外商在华的合法权益，为改善投资环境作出了积极贡献。

三、在管理方式上，实行主动查处与受理投诉并举。工商行政管理机关除了受理商标注册人投诉商标案件外，为了创造一个公平的市场竞争环境，维护社会经济秩序，保护广大消费者的利益，还进行经常性的市场监督检查，主动查处假冒商标案件。这与绝大多数国家采取的"不告不理"的被动保护做法形成鲜明的对比，使我国保护商标专用权工作更加全面有力。十年来，各级工商行政管理机关抓住发案率高的重点地区，抓住大案要案，抓住生产和商标印制环节，主动查处了一大批假冒商标案件，并配合司法机关，从严惩治了一批假冒商标的犯罪分子，有效地维护了社会经济秩序。我国这种"主动保护"方式，也得到了国际社会的广泛好评。

四、在管理内容上，重点做好保护商标专用权工作。广泛宣传商标法，强化全民商标法律意识，并指导企业正确运用商标战略与策略，争创驰名商标。

党的十一届三中全会以后，为了大力发展社会主义有计划的商品经济，保护商品生产者的利益，鼓励商品生产者之间的正当竞争，经过三年的准备和起草过程，1983年出台了我国第一部商标法。10年后的今天，为适应社会主义市场经济又修订商标法，使之既适于中国国情，又顺应保护知识产权的国际准则。正像全国人大内务司法委员会副主任邹瑜所说，今天呈现在世人面前的是——

## 走向成熟的中国商标法制

修改后的商标法，在与国际准则靠拢的同时，突出了加强商标管理职能，强化打击假冒的手段和力度，严惩犯罪，坚决制止侵权的特点。

一、在保护商标专用权的同时，强调了对商标使用的行政管理

与世界上一些国家的商标立法不同，我国的《商标法》在坚持保护商标专用权的原则下，强调对商标使用的行政管理。如《商标法》第五、六、八、三十、三十一、三十三、三十四条等都规定了这方面的内容。之所以这样规定主要是因为，在《商标法》制订之初，商标的使用在我国尚处于初级阶段，人们的商标意识普遍不强，大多数企业不懂得商标注册，也不善于使用商标。在此情况下，由工商行政管理部门对商标的使用进行管理，不但规范了商标的使用，避免由于无知造成的商标侵权，而且可以帮助企业提高使用商标的策略水平。实践证明，这些规定有利于企业主张自己的权利，维护了注册人的商标权益。

二、进一步强调维护消费者的利益

为保护消费者利益，一方面通过保护商标专用权促使企业提高产品质量；另一方面通过商标的行政管理来监督产品的质量，以直接维护消费者的利益，这就是在第六、三十一、三十四条中规定的商标使用人的商品质量责任。实践证明，《商标法》规定这样的内容，对提高消费者的商标意识水平，维护消费者的利益具有积极的作用。

三、加强了对商标侵权行政处罚的力度

我国《商标法》第三十九条规定被侵权人可以要求侵权人所在地的县级以上的工商行政管理部门进行处理，也可以直接向人民法院起诉，工商行政管理部门也可以主动查处侵权案件。侵犯商标专用权未构成犯罪的，工商行政部门可以处以罚款。因此，用行政手段处理商标侵权案件有利于及时制止商标侵权，将被侵权人的损失减少到最低程度。所以，大多数的被侵权人乐于选择行政处理途径的。

四、商标确权实行评审终局制

许多国家的法律都将对商标权利确认的终审权规定在法院，我国则规定由独立于商标局的国家工商行政管理局商标评审委员会，对商标权利的确认进行终审。商

标评审委员会的决定或裁定均为终局裁决，当事人及商标局都必须执行。这样做，可以避免当事人因法院审理程序严格、旷日持久而带来的讼累，有利于及时有效地解决商标权利纠纷。

### 当前我国商标工作正面临着一个前所未有的好形势

最近，《全国人大常委会关于修改商标法的决定》和《关于惩治假冒注册商标犯罪的补充规定》已经第七届全国人大常委会第三十次会议通过，并自今年7月1日施行，这是我国商标法制建设的一件大事。修改后的商标法拓宽了注册商标范围，强化了制止商标侵权和打击假冒商标行为的力度，完善了注册商标的有关撤销程序。《关于惩治假冒注册商标犯罪的补充规定》对刑法中关于假冒注册商标犯罪的规定进行了补充，加重了对假冒注册商标犯罪行为的处罚。对有效地制止商标侵权行为，打击假冒注册商标犯罪，切实保护注册商标专用权，进一步推动我国商标事业的发展，具有十分重要的意义。我国商标事业从此将进入一个新的蓬勃发展时期。

（刊登于1993年3月8日第二版）

### 快把专利送山丹

# 一封写给高卢麟局长的信

**编者按：** 抓经济不抓专利不行，这个"理儿"对"老少边穷"地区来说更是如此。今天本报摘编这篇来自甘肃一扶贫县写给中国专利局局长高卢麟的信，还不仅仅是反映"老少边穷"开始需求并渴望专利这个事实，更主要的还是为了唤起我们广大的专利发明人和专利工作者，快把专利送到"老少边穷"地方去。

尊敬的高卢麟局长：您好！

去年冒昧地给您写信，建议和希望你们通过中央电视台向全国人民宣传专利法，传播专利信息。在今年元旦前夕，您在中央电视台"架金桥、觅知音"节目中的讲话以及对"专利一条街"的宣传，使我们如愿以偿，我的信得到了您的重视。后来你们还给我回了信，并寄来了我们索求的专利法有关材料，我真感激不尽。

我们山丹县是国际友人路易·艾黎先生的第二故乡。但现在信息闭塞、经济落后，在当今把企业推向市场的大潮中，我们真诚希望你们把山丹作为一个科技扶贫县，为我们推荐好的专利项目，在山丹建成依靠专利立足市场的典型，并依靠专利使我们这个贫困地区在经济上实现腾飞。

甘肃省山丹县粮食局　钟守勤

（刊登于1993年3月15日第一版）

## 读图：《瞩目》——两会外围纪实

王文扬　摄影

（刊登于1993年4月26日第三版）

## 读图：盲人计算机

王文扬　摄影

清华大学自动化系茅于杭教授关心盲童的教育事业。最近他将自己研究开发的新成果——"启明星"计算机系统提供给北京盲人学校使用，辅助盲童学习效果显著。这套盲人计算机系统具有6种功能，可为盲人在学习、工作和生活中创造良好条件。图为茅于杭教授正在辅导盲童操作计算机。

**本报记者 王文扬 摄**

（刊登于1993年5月10日）

# 观念的变化是带根本性的变化

明廷华

我国《专利法》实施以来，引发了多方面的可喜变化。而在诸多变化中，一个带根本性的变化是人们思想观念的变化。

过去相当长的一个时期内，人们形成了一种可以说是根深蒂固的思想观念，这就是：凡科技成果，不管是单位的还是个人的，不管是职务的还是非职务的，也不管是中国的还是外国的，都统统可以随意地无偿使用。观念是客观存在的反应。我国《专利法》实施前35年多的时间内，在实践上我们确实也是这样做的。要说理论根据，大概不外有两条：一条是认为在公有制、在全民所有制条件下，一切科技成果都是公有的、都是全民所有的，谁不承认这一点，那他就是主张"知识私有"；另一条是认为既然科学技术是全人类的共同财富，那么不管是本国研究出来的还是外国研究出来的，当然就可以随便使用。从表面上看，科技成果既然不受任何限制地随便使用，那么，科技成果就该及时得到推广应用。然而，现实情况却是：投入了大量人力、财力研究出来的许许多多的科技成果没有用场，只好成为样品、礼品、展品而束之高阁。科研劳动实现不了价值补偿，反过来又影响了人们搞科研、搞发明创造的积极性。

专利制度的建立，把具有新颖性、创造性、实用性的发明创造成果，作为一种特殊的、无形的财产，依法确认和保护对其占有关系而不得侵犯。于是，人们的观念就开始发生变化：对专利这种具有明确产权关系的发明创造，不能再像过去那样随便使用了，否则就要违法。具体说就是，除了法律规定的极特殊情况外，在专利有效期内，任何公民、法人未经专利权人许可，为生产经营目的而制造、使用、销售或者进口其专利产品或者使用其专利方法及使用、销售或进口依该专利方法直接获得的产品，就侵犯了专利权人的合法权利，都是违法的。这样一种新观念的产生和形成，是一个重要的历史性进步。这是在科学技术成为第一生产力的新时代，贯彻"尊重知识，尊重人才"方针的重要法律保证。正是因为有了这种观念，人们才把发明创造、把科技成果当作一种十分珍贵的财产而倍加爱惜，公民、法人搞发明创造的积极性和寻求专利保护的自觉性也就大为高涨。专利申请的加速增长，来自科研单位、高等学校专利申请不断增加的同时，来自工矿企业和广大农村的专利申请增加得更快，工人、农民、中小学生申请专利的人越来越多，就是有力的证明。正是因为有了这种观念，越来越多的公民、法人不仅逐步学会正确运用《专利法》这个有力武器保护自己的合法权利，同时也尊重别人的合法权利。中国科学院物质结构所从本所的一项重要发明因未及时申请专利而被别国抢先申请而造成损失的教训中醒悟，他们以后做出的新的发明创造不仅及时申请中国的专利，而且及时或抢先申请外国的专利，使这个所获得了相当可观的收益。不仅如此，当这个所发现美国厂商侵犯了该所的专利权以后，他们据理力争，以法律为武器，不仅逼使美国厂商不得不停止侵权行为，而且得到了一笔索赔。中国科学院"三环"公司按照国际上保护知识产权的惯例办事，花了数百万美元购买了日本一项专利产品销售许可权，"希望"电脑公司与美国最大的软件公司微软公司签订了合理使用美国公司软件的协议，从而避免了侵犯别国专利权的现象发生。也正是因为有了保护专利权、尊重专利权的观念，又因为专利是具有"三性"且得到法律保护的发明创造，拥有一项专利权，就拥有了市场竞争中的一份优势，因此，在技术市场上，专利技术便越来越受到重视和青睐，专利技术在发展社会主义市场经济中的特殊重要作用也就被越来越多的人所认识。这样一种对发明创造成果"不能随便使用"的机制与过去那种"随便使用"的机制相比，其优越性已经和正在显示出来。

观念的变化是一个带有根本性的变化，尽管目前就全国、全民来说，尊重专利权、保护专利权的观念还相当淡薄，但是完全可以相信，随着社会主义市场经济的发展，这样一种观念必将在全民中逐步形成，中国的专利制度也就必将在经济、社会发展中发挥出越来越大的作用。

（刊登于 1993 年 7 月 5 日第一版）

# 我国农作物品种专利保护立法工作起步

朱镕基、宋健、陈俊生阅批《关于对农作物品种知识产权保护问题的调研报告》

**本报讯** （通讯员鲍炎炎）国务院副总理朱镕基4月中旬到湖南视察工作，在听取了湖南省农业科技人员反映他们的科研成果得不到法律保护的情况后，指示中国专利局高卢麟局长会同有关部门就该问题进行实地调研。5月9~17日，中国专利局经与农业部、国家科委、国务院法制局协商，由高卢麟局长带队，组成联合调研组，在湖南进行为期一周的调研。

调研组在湘期间，召开了6个座谈会，深入试验田，广泛地听取了广大农业科技人员和政府主管部门对农作物品种知识产权保护的意见。以袁隆平等为代表的广大湖南农科专家反映，培育一个农作物新品种一般需6~8年的周期，有人花费毕生精力也不能培育出一个或几个新品种，一个好的品种能使农业增产30%。杂交水稻在我国推广了23亿亩，增产2000亿公斤，增值1000亿元，并获得联合国粮农组织"饥饿奖"。然而广大农业科技人员和单位的科技成果却得不到法律保护和相应的经济补偿，严重地挫伤了他们培育新品种的积极性。湖南省自新中国成立以来，已有40%的农科人员弃农改行，跳出农门。在调研的过程中，广大农科人员众口一词，强烈要求对农作物品种给予知识产权保护，并争取一些综合性措施，解决农业科研工作的后劲问题。

调研组通过调研，向朱副总理等国务院领导同志写出了《关于对农作物品种知识产权保护问题调研报告》，认为对农作物品种给予知识产权保护势在必行。对农作物品种给予知识产权保护有利于促进农业生产的发展；有利于增强农业科研单位的发展后劲；有利于调动广大农业科技人员科研的积极性；有利于维护新品种培育者、经营者和使用者的合法权益；有利于恢复我国在关贸总协定中的合法缔约国地位（关贸总协定乌拉圭回合与贸易有关的知识产权协议规定，对植物新品种各国可以采取专利方式，或者专门立法予以保护。对此将在协议生效后4年内予以复查）。

《报告》建议对农作物品种知识产权保护从立法形式上可纳入《专利法》的保护范围（现行《专利法》仅保护育种方法，对植物品种本身不予保护），或专门立法；由专利局、农业部、国家科委和国务院法制局联合组成立法工作组；今年开始立法的调研准备工作，列入明年国务院立法计划，争取1994年底、1995年初将立法草案提交全国人大审议；同步修订现行的种子管理条例，上升为法律；在全国立法完成前，建议湖南省先行试点。

6月初，朱镕基副总理、宋健、陈俊生国务委员已原则批准该《报告》。这标志此项立法工作开始起步。目前，中国专利局和有关部门正根据领导同志的批示精神，抓紧工作。

（刊登于1993年7月7日第一版）

## 我国知识产权司法保护体系逐步完善

# 法院首家知识产权审判庭在京建立

**本报讯** （记者王岚涛）我国第一家保护知识产权的专业审判庭——北京市高级人民法院知识产权审判庭、北京市中级人民法院知识产权审判庭日前建立。它表明我国对知识产权的司法保护体系正在逐步完善。

北京市高级、中级人民法院知识产权审判庭，是根据《中华人民共和国人民法院组织法》的有关规定，经有关领导机关批准组建的专业审判庭。

自1985年以来，北京市的各级人民法院已经受理并审结了许多知识产权纠纷案件，据不完全统计，1985年至1992年全市共受理涉及知识产权的案件727件，已审结638件。

随着改革开放和经济建设速度加快，社会主义市场经济体制逐步形成和发展，知识产权纠纷日益增多。仅1992年一年，全市新受理的涉及知识产权纠纷案件就达183件。人民法院建立相应的专门审判机构，就是要运用法律手段加强对知识产权的保护，对知识产权权属关系进行调整，对一切侵冒、剽窃行为予以制裁，以保障市场的公平竞争，维护市场经济秩序和良好的投资环境，促进国内外的经济和科学技术、文化艺术的交流、协作与发展。

目前，北京市高级、中级人民法院知识产权审判庭的收案范围根据最高人民法院的有关规定和北京市的实际情况，暂定为以下几部分案件：一、涉及专利权纠纷的案件；二、涉及商标权纠纷的案件；三、涉及著作权纠纷的案件，包括计算机软件著作权纠纷；四、侵犯发明权、发现权和其他科技成果权的纠纷案件；五、涉及技术合同纠纷的各类案件；六、涉外、涉港、澳、台的各类知识产权纠纷案件。上述多数案件由中级法院进行一审，高级法院进行二审；还有些基层人民法院进行一审的知识产权案件，由北京市中级人民法院知识产权审判庭进行二审。

北京市高级、中级人民法院知识产权审判庭的基本任务，是以事实为根据，以法律为准绳，通过审判活动，有效地保护知识产权所有人的合法权益，促进科技、文化事业健康、有序地发展。在审判活动中，知识产权审判庭遵循的主要原则是，严格依照中华人民共和国的程序法，实行合议制度和公开审判制度，保障当事人充分行使依法享有的诉讼权利；处理案件适用中华人民共和国的法律、法规，遵守我国加入的有关国际条约和协议，尊重国际惯例；对当事人不论是中国的还是外国的公民、法人和其他组织，在适用法律上一律平等；对案件的处理，不论调解还是判决，都要做到合法、公正、及时。

最高人民法院院长任建新、国家科委主任宋健、中国专利局局长高卢麟、国家工商行政管理局局长刘敏学分别为审判庭的建立题词。

（刊登于 1993 年 8 月 16 日第一版）

## "PCT 与中国"国际研讨会在北京举行

# 中国递交专利合作条约加入书

**本报讯** （记者李志辉）"专利合作条约与中国"国际研讨会于 1993 年 9 月 13 日至 14 日在北京举行。在研讨会开幕式上，外交部副部长刘华秋代表我国政府向世界知识产权组织总干事鲍格胥递交了我国加入专利合作条约的加入书。根据我国与世界知识产权组织商定的时间，自 1994 年 1 月 1 日起，中国将成为专利合作条约的成员国，中国专利局将成为专利合作条约的受理局、国际检索单位和国际初步审查单位，中文将成为 PCT 的正式工作语言之一。

专利合作条约（PCT）是继巴黎公约之后，专利领域一个重要的国际条约，是专利制度国际化的重要标志。它的诞生对加强人类发明创造成果在世界范围的保护和传播，对促进专利领域的国际合作和专利制度的国际化发挥了重要的作用。去年，PCT 联盟第二十次大会一致通过了世界知识产权组织与中国专利局达成的关于中国参加 PCT 的协议。今年 8 月 2 日，我国国务院正式作出我国加入专利合作条约的决定。

我国自 1985 年实施专利法以来，专利工作得到了很大发展，逐步建立起了包括专利管理、专利代理、专利审查、专利文献管理、国际专利合作等比较完备的专利工作体系。在专利制度的推动下，我国的发明创造成果不断涌现，专利申请量持续增长。截至今年 6 月底，我国已经累计受理专利申请 32 万多件，拥有有效专利 15 万多件。中国专利局局长高卢麟在研讨会开幕式致辞中指出："我国加入专利合作条约是我国政府为加快经济建设和改革开放步伐，加强知识产权保护的又一重要决策，是标志我国专利制度与世界接轨的里程碑，表明我国不断完善知识产权制度又向前迈进了一步。"

加入专利合作条约将有利于我国申请人向国外申请专利和吸引外国来华申请专利，有利于扩大我国在专利领域的国际合作，有利于提高我国专利工作的水平，对我国科技与经贸的国际交流与合作产生积极的、深远的影响。同时，一个政治稳定、经济发展、占世界人口五分之一的中国加入专利合作条约，也使专利合作条约增加了一个重要的成员，从而进一步扩大了专利合作条约的适用领域和国际影响。目前，中国专利局按照专利合作条约受理和审查国际专利申请的各项准备工作已基本就绪，并且已经为执行 PCT 程序而制定了《关于实施专利合作条约的规定》。

"PCT 与中国"国际研讨会是由世界知识产权组织与中国专利局联合举办的。来自 20 多个国家和地区的朋友及来自我国各地专利战线的同志共 200 多人参加了研讨会。世界知识产权组织副总干事柯肖德先生等 10 位代表就专利合作条约的概况，专利合作条约的作用，中外申请人如何利用专利合作条约申请专利，参加专利合作条约给中国带来的好处等问题作了很有参考价值的发言。

（刊登于 1993 年 9 月 20 日第一版）

# 追求卓越与独衷专利

## ——琴岛海尔集团公司见闻

**本报记者　刘毅**

琴岛海尔集团公司在 1984 年以前还是一个亏损 140 万元的集体小厂，不足十年，现已成为拥有员工 5000 余人，年销售收入近 16 亿元，创利税 1.5 亿元的国家一级企业，其核心企业青岛电冰箱总厂是我国唯一通过国际 ISO9001 标准认证的家电企业，成为世界级合格供应商，其主导产品——琴岛利勃海尔电冰箱，在世界卫生组织最近的十次招标中，九次夺魁，在欧洲市场上将日本产品甩在其后，成为共同体市场上销量最大的亚洲电冰箱。

琴岛海尔的产品领先，专利工作同样出色，最近中国专利局高卢麟局长考察了琴岛海尔的专利工作，给予充分肯定，我们在采访中也深深地感到琴岛海尔的企业专利工作已进入了正常发展的轨道。

## 一、专利成为企业的重要技术支柱

琴岛海尔集团公司的产品走红市场，与其专利技术的开发应用息息相关。公司的第一项专利——船用电冰箱，为其产品的销售夺得了一方市场。他们申请的"单机双毛细管制冷控制系统"和"一种垂直组合方便连接件"，两项专利将国际上先进的组合式冰箱生产技术推进了一步，现在琴岛海尔的组合式电冰箱加班生产仍供不应求，在产地山东省青岛市场上要凭票购买，与国内众多冰箱滞销形成了强烈反差。最近他们又创造了无氟里昂电冰箱、单压缩机循环系统和氟里昂回收再生装置的专利技术，使我国在解决国际共同难题——在本世纪减少和最终停止使用氟里昂方面跨入了国际先进行列，也为琴岛海尔的产品参与国际竞争占据了有利地位。

在琴岛海尔，从产品的外观设计到内部结构，从生产专用工具到生产工艺处处都能见到专利技术的身影。他们申请的 75 项专利已成为企业的重要技术支柱。

## 二、激励机制使企业职工的发明创造层出不穷

在琴岛海尔的冰箱生产线上，"晓玲扳手""启明焊枪"的牌子醒目地悬挂在有关工位上，这个曾在全国新闻界引起轰动的命名挂牌举措是琴岛海尔鼓励发明创造的一个侧面。尊重科学、尊重人才在琴岛海尔不是一句空话，企业颁布的《职务发明奖酬办法》明确规定：职工的职务发明创造申请专利被授权后，不论其实施与否，发明人均可获得企业颁发的奖金。还可根据实施效益申报"琴岛海尔奖章"和"琴岛海尔希望奖章"并领取酬金，获奖者除得到奖金，享受分房、调资、深造等优厚的奖励外，还能得到企业的最高荣誉"琴岛海尔金奖"。对于普通职工的合理化建议和"五小"活动成果，公司仍给予充分的重视，能申请专利的逐一帮助其申请专利，即使不能申请专利，提建议的职工也会得到一份有全体公司经理签名的感谢信和一份物质奖励。

在各种激励机制的作用下，琴岛海尔的发明创造热情持续高涨，在广大职工和科技人员中已形成了"人人搞发明，个个重专利"的局面。企业的专利申请量逐年上升，从 1987 年的 1 件一直上升到去年的 25 件，今年上半年专利申请已达 16 件。

## 三、专利技术信息已成为企业获胜的保障

有一件事对琴岛海尔的领导触动颇深。在世界卫生组织第三次国际招标中，当时有包括实力雄厚的日本东芝公司在内的十几家大公司参加，竞争十分激烈，琴岛海尔拿到标书后，立即用国际联机网络检索到了几个主要竞争对手的最新专利，有针对性地制定了严密的投标方案，一举中标。

这次国际竞争的胜利，琴岛海尔的领导更加认识到专利技术情报的重要性，在企业资金并不富余的情况下一次投资几万元建立起了国内首家企业专利文献数据库，数据库几乎囊括了全世界所有与制冷有关的专利信息，自1990年起他们又订购了三种中国专利公报及制冷领域内的专利说明书，还建立了专利文献的国际联机检索系统。在如今的琴岛海尔，科技人员足不出户即可检索到世界各国的最新专利技术，为跟踪世界技术发展、保障企业的科研始终站在国际最前沿提供了必要的保障。

**四、"专利战略"已提上了琴岛海尔日程**

公司张瑞敏总经理对专利工作十分偏爱，1987年琴岛海尔生产刚刚走上正轨，他就亲自挂帅成立了企业专利管理委员会；在去年中美签署知识产权协议一个月后，他签批成立了企业知识产权办公室，而当时企业在削减机构。领导重视和机构建立使琴岛海尔专利工作有了组织保障。

发动群众参与专利工作琴岛海尔也做得绘声绘色，公司专利授权消息是公司有线广播必报的新闻，《琴岛海尔报》上连载专利法讲座，该报的专利案例也吸引了众多职工，每月一期的《知识产权简报》是公司上下必读的刊物，学习专利知识在琴岛海尔蔚然成风。

张瑞敏总经理关于一件专利案件的批示成为琴岛申请专利的准则："所有我方的新产品新技术或吸收消化（革新）国外先进技术都应首先（取得）专利保护。"正是遵循此原则，最近琴岛海尔一项新产品还未开发完成，但已经有三项专利申请记在公司专利账上。

"追求卓越"是琴岛海尔的宗旨，当年他们靠引进德国先进冰箱生产技术，使琴岛海尔冰箱跨入了世界先进行列，但张瑞敏看到德国专利局长介绍德国企业在"专利战略"上的失误时，他将报道稿剪下发到各部门，明确指示：琴岛海尔在专利方面决不学德国人。

（刊登于1993年10月11日第一版）

### 日本卡西欧公司购买中国专利

# "王码"十年 再度辉煌

**本报讯** （记者胡荣瑜）9月24日，日本卡西欧公司与北京王码五笔字型专利技术公司在人民大会堂举行签字仪式，卡西欧公司正式购买王永民先生发明的"王码"五笔字型汉字电脑输入技术的专利使用权。

众所周知，日本卡西欧公司是世界上著名的电子产业公司，历年来在电脑方面成就斐然，卡西欧公司北京事务所工作人员在回答记者提问时说："我们了解到'五笔字型'已成为中国国内装机机种最多、用户最广的汉字输入技术,中国中文电脑用户中有95%左右使用'五笔字型',该专利技术在中国报刊出版业、印刷业以及办公自动化系统、信息处理系统等都被广泛采用,联合国总部、中国驻外使领馆以及美国、加拿大、日本、新加坡等都在使用装有'王码'的中文电脑,因此,卡西欧笔记本式电脑装有五笔字型并与王永民先生合作,可望有巨大的市场。"

王永民先生在签字仪式上说:"当西文电脑出世时,汉字被挡在了信息时代、电子时代的大门之外,以至于被断言为进入现代文明不可逾越的障碍。'五笔字型'的诞生使这一断言落空,现在王码中文电脑输入汉字速度已创下了每分钟270字的新纪录,汉字终于又站在了现代文明的潮头,汉字文化再度辉煌的新时代已经出现。这次与日本卡西欧公司签约,正值'五笔字型'通过鉴定10周年,这是对'五笔字型'诞生十周年的最好纪念,我相信与日本卡西欧公司的成功合作,对促进人类社会进步,将起到积极的作用。"

(刊登于1993年10月13日第一版)

# 外贸莫忘专利

张志良

前不久,巴陵石化总公司从国外引进年产1.3万吨锦纶帘子布工程项目。在谈判时,两家外商公司分别列出6项和13项专利技术清单,要求我方支付专利使用费。巴陵公司根据外商提供的专利技术清单,逐项进行了专利法律状态的调查检索,结果发现一家外商列出的6项专利技术没有在中国申请专利,而且6项专利技术中4项已失效,1项即将到期,仅有一项为有效专利;另一家列出的13项专利也都没在中国申请专利,其中只有两项为有效专利,其余11项均未授权,只获得一个申请号。巴陵石化总公司根据掌握的这一情况,取得了谈判的主动权,最后以低于原报价40%的价格与其中一家公司成交。无独有偶,据报载,我国水稻插秧机出口到东南亚某国。由于当时没有及时申请该国专利,致使我国水稻插秧机出口遇到困难……

随着我国进一步对外开放,技术合作、技术交流日趋频繁,湖南省仅1992年就签订引进技术成交合同59个,成交金额6547万美元,比1991年增长82.6%,技术出口成交合同65个,合同成交金额9599万美元,比1991年增长1.8倍,对外技术交流的增多,促进了湖南产业结构调整,加速了新产品的开发和高新技术的发展,推动湖南经济建设的进程。与此同时,对外技术贸易的发展,也给专利工作提出了一个新的课题,即对外技术贸易中的专利技术问题。据对湖南对外技术贸易10个项目的调查，其中有8个项目在谈判中涉及专利技术问题。

仔细分析对外技贸中出现的专利问题，不难看出，首先是一个认识问题，中国长期实行的是计划经济，对于科学技术、专利是商品这一问题，许多人还比较陌生，所以不知道用专利法来保护自己。其次是缺少专利知识，过早地把技术公布于世，造成技术失去新颖性，不能得到专利保护。1986年，我国水稻杂交技术由中国种子公司出口美国，由于对此技术保密不够，水稻杂交技术的绝大部分内容已经泄露，失去了新颖性，已不具备保护条件，最后我国申请专利保护的18项杂交水稻技术仅有1项得到专利保护。损失达近百万美元。

在科学技术飞速发展的今天，全球每月诞生的专利以数千计，各国企业为使自己在激烈竞争中处于优势，可谓在"专利"上做尽文章，以求保护自己。所以在对外技贸日益增加的今天，要想做到不吃亏、不上当，了解专利的有关情况和法规并运用其保护自己是十分必要的。

一般地说，在引进技术时，必须对此技术进行专利内容和法律状态的调查分析，判别其是否真实、过期和失效，商场就如战场，中国实施专利法时间不长，一些外商往往利用中国许多人对专利不太熟悉的心理，在谈判时附加若干项专利，要求支付专利使用费，如不加调查分析，按价照付，往往吃亏上当。通过专利文献检索便可搞清外商专利虚实，如果是失效专利可不支付专利使用费，即将到期的专利可少付或不支付专利使用费。其次，在技术出口中，必要时要做好向外国申请专利的工作，防止仿制和侵权的现象发生。一项专利权的有效范围仅限于专利权授予国的领土。因而，在技术出口的过程中，为了保护这一技术及产品不被别人窃取和仿制，以保护和控制技术及产品在国外的市场，就必须取得进口国的专利权。总之，保持技术的独创、新颖是企业生存、发展的关键。在对外技术贸易过程中，我们的企业只有吸收别人的先进技术，同时在开发研究中注意利用专利法规来保护自己的权益，才能事事时时做到"事半功倍"。

（刊登于1993年12月8日第一版）

中国知识产权报
CHINA INTELLECTUAL PROPERTY NEWS

# 1994

历史性的时刻——中国专利局受理第一份 PCT 申请侧记

宝钢——永葆青春靠什么？

要把专利意识提高到战略水平

安徽执法有新举

值得提倡的做法

增城市创建"中国专利村"

成功的实践 广阔的前景——纪念《中华人民共和国专利法》颁布十周年

读图：中国专利十年

两个十年之交——写在专利法颁布十周年

读图：清华大学专刊成就一览

把我国知识产权保护水平提到新高度

国际"赛场"谁为强手——从美国"特别 301 条款"看中国知识产权保护策略

国务院决定建立知识产权办公会议制度

高校校长：不妨"以身试专利"

"专利的厉害"

# 历史性的时刻

## ——中国专利局受理第一份 PCT 申请侧记
### 本报记者　朱宏

1994 年 1 月 1 日，这是一个对中国经济发展，特别是对中国专利事业的发展具有重大意义的日子。这一天——

中国正式成为专利合作条约（PCT）的成员国；

中国专利局正式成为 PCT 的受理局、指定局和选定局；

中国专利局正式成为国际检索单位和国际初审单位；

中文成为 PCT 的正式工作语言。

上午 10 时左右，上海专利事务所受申请人委托，向中国专利局递交了 PCT 在中国生效后的第一份国际申请，从而在中国专利事业的发展史上掀开了新的一页。

负责递交这份 PCT 申请的是该所业务室主任丁惠敏同志。当她递交的申请被中国专利局 PCT 受理处受理后，她显得很激动。她说："作为我国加入 PCT 后的第一份申请的参与者，我为我们上海专利事务所和我们的申请人感到荣幸。"

她说，中国加入 PCT 后，中国的居民或国民可以一次申请多国专利，也可以用中文提交国际申请并可获得中文检索报告，这些无疑会给中国的发明人和申请人以及代理机构带来许多方便。

谈及她所递交的申请，她介绍说，这是一项有关"交通自动控制"方面的发明。该发明人对其发明在国内外市场的应用前景非常乐观。当这位发明人正在为如何使自己的发明获得更大范围的专利保护而委托上海专利事务所代理时，得知了中国即将加入 PCT 的消息，他非常高兴，他说，以往中国人向国外申请专利需要分别向要求专利保护的国家提交申请，不仅花费大量的精力、财力，而且往往达不到预期的目的。这次中国加入 PCT，在很大程度上解除了申请人的负担和烦恼。同时，由于这位发明人先提出国家申请并在优先权期限内提出向除中国以外的 60 个 PCT 成员国的国际申请，依照规定，他可以在拿到国际检索报告之后，根据报告提供的有关情报来考虑和选择在这 60 个 PCT 成员国中的哪些国家寻求保护，这对发明人来说有许多好处。

中国专利局副局长姜颖同志参加了第一份 PCT 申请的受理仪式并讲了话。她说，今天对我们来说，是有着特别意义的一天，因为从今天起，我国向专利制度国际化方向又迈出了重要的一步。她说，中国加入 PCT，不仅有利于进一步发挥我国在国际知识产权领域的作用，而且由于方便了我国申请人向国外申请专利和外国人来我国申请专利，有利于促进我国同世界各国间的科技与经济贸易的往来与合作，有利于中国的改革开放，特别是有利于适合我国"复关"后的经济、贸易发展的需要，同时，中国加入 PCT，也有利于进一步提高我国专利工作的水平，为我国将来在各个方面与国际市场的接轨打下了基础。

姜颖同志还说，今天也是中国人值得骄傲的一天，它标志着中国在世界知识产权的舞台上已经成为一个重要角色，因为只有拥有世界公认的、高水平的和影响大的专利局的国家才可能以其专利局同时作为受理局、国际检索局和国际初步审查单位的高标准方式加入 PCT。事实表明，中国在实行专利制度不到 9 年的时间里达到目前这样一个水平，也是令世人所惊叹的。

当天上午，在第一份 PCT 申请递交后，中国专利局还受理了其他 3 份 PCT 申请，其中一份来自中国国际贸易促进委员会专利代理部，另两份也是来自上海专利事务所。姜颖同志对递交申请的这些同志一一表示祝贺。

另悉，为了迎接 PCT 在中国的正式生效，中国专利局从去年下半年开始，在受理、检索、审查等各个方面做了大量的准备工作。到目前，PCT 所要求的最低文献量已经补齐，PCT 审查人员的培训已经完成，其他各项工作都已准备就绪。

可以这样说，从今天起，世界给了中国在知识产权舞台上一个更好表现的机会，那么，中国会不会还给它一个奇迹呢？我们相信，从这个历史性的时刻开始，中国必然会发生足以令世人瞩目的历史性的进展。

（刊登于 1994 年 1 月 10 日第一版）

# 宝钢——永葆青春靠什么？

本报记者 安雷 滕云龙

如果说浦东的开发及杨浦、黄浦大桥的修建，标志着上海这一国际城市步入了改革、开放的新起点，那么宝钢的建成达产，则犹如中国改革、开放的一面旗帜，标志着中国在现代化道路上迈出了坚实的一步，并向世人揭示：中国已开始参与国际竞争。

## 宝钢是改革开放的产物

1978 年 12 月 18 日，党的十一届三中全会的召开，毋庸置疑地预示着一个新时代的开端。改革开放的浪潮使中国推开了尘封网结的窗门，去延揽八面来风。

宝钢——中国建国以来最大的引进建设项目，以其 300 亿元的巨额投资及几乎拥有世界上最先进的生产工艺和设备，写下了中国人从引进到消化、吸收、创新的自强历程。

宝钢的装备及技术引进于 70 年代末期，第一期工程已于 1985 年 9 月一次性投产成功，1986 年底达到设计能力；二期工程从 1988 年开始陆续投产，预计今年可以达产。

1993 年，宝钢的总产值已达 180 亿元，贡献率为 90 亿元，使这一占地 14 平方公里，人员仅为 2.8 万人的钢铁企业，名副其实地成为中国工业的"脊梁"。

然而宝钢人清楚地认识到，世界经济正像激烈角逐的赛场，瞻前，强手如林，顾后，追者亦众，身居其中，不仅要积极进取，更要迅速地向国产化迈进，于是，原冶金部副部长、宝钢集团总经理黎明向全体宝钢人发出号召：我们不能总是走引进、落后、再引进、再落后的路子，宝钢要走引进、消化、吸收、跟踪、发展、开发、创新之路，宝钢一定要有一大批自己的专利，否则宝钢就不能成为世界第一流的企业，也不可能挤进世界大企业的行列。

## 宝钢是中国的宝钢

邓小平同志曾为宝钢题词："掌握新的技术要善于学习，更要善于创新。"宝钢上下也一致认为，只有依靠科技进步，才能永葆青春。

为此，宝钢先后成立了钢铁研究所及设计研究院，从事冶金新产品、新技术、新工艺的研究、开发及炼铁、炼钢、焦化工艺和工业炉、机械设备、建筑、电气等研究设计工作。

宝钢的一期工程投产后，高炉生产不正常，致使炉腰结厚、温度降低、炉况不顺，日本专家三到现场，均无解决办法。为了保证高炉正常工作，宝钢组织自己的科研力量，经过摸索、跟踪、观察、分析后，终于找到了问题的症结，并着力解决，使日本人心服口服。维护高炉炉体，提高其寿命是宝钢生产的关键，宝钢与钢铁研究总院合作，开发了测量炉墙厚度的技术，并与复旦大学联合设计了人工智能设备，使宝钢的整体水平提高了一个档次，达到了 80 年代中期的国际先进水平。

1992 年，宝钢立项 341 项，并广泛邀请社会上 15 个科研院所、大专院校等单位协助宝钢规划 2000 年的宏伟蓝图。课题首先从装备、产品、管理、人才等评估开始，分析宝钢的优势及不足，找出与国外的差距，制定缩小差距的办法，确保宝钢逐步赶上世界先进水平。

现在，国际竞争的焦点已从资源的争夺转向科技实力的较量。宝钢在充分发挥自身科研力量的同时，在广引博招社会科研力量上迈出了可喜的一步。他们首先将科研力量分为四个层次：一是现场的技术人员，他们能现场解决生产中遇到的问题；二是自己的研究人员，他们致力于解决一些难度较大的科技难题；三是宝钢集团新引进的两个装备研究单位，即北京设备研究院和西安重型机械研究所，它们将进行新装备、新材料、新工艺的研制；四是社会上的科研院所、大专院校。目前已有近百家科研单位与宝钢携手，使其备品备件 80% 已达到国产化水平，总体水平也从 70 年代末达到了 80 年代中期的世界先进水平。

其次，宝钢建立了一整套科研激励机制。宝钢人深知，光靠自己的科研力量是无法赶上世界先进水平的，他们设立了开放式的重大科技进步奖，奖励基金由原来的 300 万元追加到 1500 万元，由专家组成的理事会每年评出 18 个项目，并规定特等奖一名，奖金 25 万元，一等奖两名，奖金分别为 15 万元，二等奖 8 名，奖金分别为

10 万元，三等奖 10 名，奖金每项 5 万元，凡可使宝钢受益的项目，均可申请此奖，且不影响申请国家级奖。

为促进科技成果的转化，宝钢钢研所建立了先进的中试基地。一座设备齐全的技术中心也正在兴建中。

宝钢的专利战略

科学技术是第一生产力，经济建设要依靠科学技术，科学技术要面向经济建设已成为时代的呼唤。专利这一提倡竞争、保护竞争、促进经济高效发展的制度，早已为世界发达国家所重视。黎明总经理也曾经提示：为什么三期工程招标"三菱"能够中标，因为"三菱"在 PC 轧机上有整套自己的专利，为什么"新日铁"能称雄世界，也是因为它有整套自己的专利。

宝钢作为世界先进的钢铁企业，对专利的认识也在逐步加深。宝钢在一、二期工程中引进了 1400 余项专利及技术秘密，许多并不适用于宝钢，但因当时对专利认识不清，造成了不小的经济损失。

1980 年初，宝钢设立了专利管理部门，并开始了专利法的宣传普及工作。1986 年，宝钢正式将专利知识课插入了职工的基础工程教育中，使中级以上管理干部与科技处全体人员了解了专利知识。宝钢还设立了专利管理网络，各分厂都有 1～2 人负责专利管理工作，他们从科研工作中挖掘了一批具有国内外先进水平的科研成果及时申请了专利。1993 年宝钢申请专利 15 项，全部为职务发明。到目前为止，宝钢共申请专利 60 项，其中发明专利 32 项，实用新型专利 28 项，已获专利权 24 项。由于专利工作得到了领导的重视，在三期工程引进时，科技处对外商提供的专利进行了法律状态的检索，发现其提供的专利技术中有 1/3 是无效的专利，还有一些是别人的或是刚刚申请的专利，从而避免了不必要的经济损失。

专利技术的自行实施和推向市场，是宝钢专利战略的一个重要步骤。宝钢自己的专利技术几乎全部得以实施，并利用各种渠道向社会宣传、推广，使其技术在国内外屡获殊荣。在宝钢，人们已经认识到知识产权也是财富。

经过多年的实践与探索，宝钢人已充分认识"专利牌"的重要性，正如一位科技处的领导所说：我们在所有的开发立项前首先要进行专利检索，不然就会"踩雷"，不然就会"碰壁"，宝钢只有依靠先进的技术，不断提高产品质量，提高劳动效率才能永葆青春，只有打"专利牌"才能跻身于世界一流企业行列。

1993 年，宝钢提出了开展专利工作的新思路：新进厂的大学生必须了解专利，为今后所有科技人员自己撰写专利申请文件做准备；对厂内所有的科技人员实行培训，加强其专利意识；像国外许多大企业一样，加强本领域专利战略的研讨，跟踪国内外的先进技术。

"要好钢，找宝钢"这是宝钢人向世界发出的宣言，它说明宝钢人决心参与世界竞争的实力与信心。

世界许多经济学家深信不疑：当时序演进到 2000 年，亚洲将超越美国和欧洲，成为世界最为瞩目的经济区域。宝钢作为中国改革、开放的范例及特大型现代化钢铁企业，它必定会在引进、消化、吸收、创新上走出"中国特色"，也会在社会主义市场经济中充分体现"科学技术是第一生产力"！

（刊登于 1994 年 1 月 26 日第一版）

云南省科委副主任潘广大强调：

# 要把专利意识提高到战略水平

**本报讯** （记者朱宏）云南省科委副主任潘广大近日在接受记者采访时强调：专利工作要适合社会主义市场经济发展的需求，一个重要的前提就是要把专利意识提高到战略水平。

他说，中国过去长期搞计划经济，市场经济现在刚刚开始，所以我们的经济缺乏竞争。这种状况，就很难在人们的认识中，特别是各级领导的认识中形成这样一种意识，那就是如何利用专利制度来保护和发展自己。另一方面，从我们的工作来看，专利工作是一项崭新的工作，以前没有基础，因而带来各级领导对专利工作的认识有很大的差距，他说，虽然我们的许多领导也整天在讲"第一生产力"，也谈"复关"，但真正能够认识到这项工作重要性的还不多，讲一点也是在口头上，更多地是为了"装门面"。对专利工作的认识基本上是停留在"战术"水平上。也就是说，某件事情上边讲了，自己也就跟着讲一下，提一提，最多有那么一点措施，极少数能提高到"战略"水平。而对专利工作的认识必须提高到战略水平，没有从战略的高度认识到它的紧迫感、危机感，就不可能真正采取强有力的措施，来加强、来重视。所以，就目前来讲，专利工作面临着许多困难，而这些困难的解决都有待于专利意识的提高。

他说，就拿现在发展市场来说，技术市场是市场中重要的组成部分，中央提出当前要着重发展的五大市场中就有技术市场和信息市场。对这个问题，云南省委、省政府也比较重视，但到了有关部门，答复就是这样一句话：要建可以，既然是市场，就应该到市场中去集资发展。众所周知，目前在我国还比较多地存在"技术不值钱"的观念，技术市场何以靠集资来生存发展呢？种种这些都反映出这样一个问题，即一落实到具体问题上，就很难解决，包括人、财、物。

他说，当前要真正把专利工作搞上去，一方面要积极推动，这是我们的责任。通过各种活动大造舆论，让社会各界，包括各级领导逐步提高认识，特别是争取"关键"领导的重视和支持。另一方面也不能违背事物发展的客观规律，急于求成。第一，人的认识有个过程；第二，改革也有个逐步配套深化的过程，市场经济体制的基本建立也有一个相当长的时间，同时，随着市场经济体制的建立，经济实力的增加，竞争环境的形成，对专利工作的认识和需求也会更加迫切起来。

他说，总之我们应该看到，一方面，发展社会主义市场经济为专利制度的发展奠定了更加牢固的基础，带来了加快发展的机遇；另一方面，更应看到专利制度在社会主义市场经济的发展中，又处于十分重要的地位，具有十分重要的作用。只有从这个高度来认识它，把它提到"战略"高度来对待，我们的工作才能真正做好。

（刊登于 1994 年 1 月 31 日第一版）

建专利执法队伍 维护专利法尊严

# 安徽执法有新举

**编者按：** 这则消息值得一读。文中介绍了安徽省专利管理机关，针对社会主义市场经济的新形势，组建起一支 160 余人的"专利执法队"。由于这支队伍的诞生，使专利仿冒行为在该省受到了极大的制约，大大促进了市场经济的正常发展，也促进了当地经济的繁荣，受到了广大专利权人和社会各界的热烈欢迎，应该说，这是一个很好的举措。

随着改革开放的深入和发展，新情况、新问题也随之不断出现。面对现实，该省专利部门不等不靠，积极主动地分析情况，解决新出现的问题，使改革开放的步伐不断向纵深迈进，无疑是值得提倡和赞扬的。

一般地说，新情况、新问题还会不断出现。各地区、各部门所面临的情况也会不尽相同，因此各地依强化专利保护力度的需要，结合当地具体情况，制订一些符合实际的措施是十分必要的，安徽专利管理机关的做法值得提倡。

**本报讯** （记者安宗翰）日前，一支专利执法队在安徽省宣告成立。这支"新军"被认为是社会主义市场经济的"特警队"，切实保护了专利权人的合法权益，维护了专利法的尊严。

专利法实施以来，我国专利事业取得了令人瞩目的成绩，大大促进了科技进步，推动了国民经济的发展。但由于专利制度在我国还很年轻，社会上的一些不法分子以冒充专利产品和专利方法等手段，欺骗用户获取非法收入，造成了市场混乱。为此，安徽省专利管理机关决定成立一支专利执法队伍，专门查处假冒专利行为，以保障社会主义市场经济的正常运转。

该决定得到了省委和省政府的重视和支持，也得到了省人大、省科委和省法制局以及中国专利局的支持和帮助。基于此，该专利管理机关向全省各专利管理机关和行署、市、县科委发出通知，要求大家积极行动起来，组建一支专利行政执法队伍，重点查处冒充专利行为，以净化专利技术市场，维护专利权人和广大消费者的利益。通知发出之后，立即得到了全省各地的积极响应，于是一支 160 人的队伍成立了。

有了队伍，仅仅是一个开端，还要有章可循。于是，他们又制订了《安徽省处罚冒充专利暂行规定》。该规定对其应用范围、执法人员的职责和佩戴的标志和证件以及机构的设置作了详细的说明和解释。

除了上述内容，该规定还确定了处罚标准。标准中规定：对从事假冒专利行为的单位和个人，由专利机关责令其停止假冒行为，并公开更正消除影响。对影响较小，并能立即停止冒充行为的处以 1000～5000 元或非法所得额数一倍的罚款；对影响较大不能立即停止冒充行为的，处以 5000～20000 元或非法所得额数的一倍以上两倍以下的罚款；对不听从纠正，继续冒充行为、情节恶劣者，处以 20000～50000 元或非法所得额数的 2～3 倍罚款。对逾期不缴纳罚金者，按罚金数额的 10% 加收滞纳金。

由于专利执法队的建立和照章办事，深受广大专利权人的欢迎，有力地维护了专利法的尊严。一位专利权人说："专利执法队的出现，使专利法更加深入人心"。

（刊登于 1994 年 2 月 23 日第一版）

# 值得提倡的做法

光灿

我国专利法规定，对外观设计专利申请，专利局经初步审查没有发现驳回理由的，即作出授予外观设计专利权的决定，发给专利证书，并予以登记和公告。专利代理人在代理外观设计专利申请时，一般只须撰写有关文件及提交有关图片或照片，毋需进行查新检索。不过，这一通常做法，已被广东佛山市专利事务所打破了。

佛山专利事务所所长说："我们在代理外观设计专利申请时，为了保证专利申请的质量，也为了对申请人负责，都主动进行检索查新。尽管外观设计专利申请进行手检查新增加了三分之一的工作量，但我们一直坚持这么做。"因此该事务所成立至今，还未发现重复申请，一次合格率达 98% 以上。

对申请人负责，是每一位专利代理人的职责，但对外观设计这样一种通常不进行检索的专利申请，意义就有点不寻常。它既体现了代理人对申请人高度负责、对工作精益求精的精神，也反映出专利代理人工作有深入拓展、开辟新领域的客观要求。

佛山市是外观设计专利申请相当多的地区，约占广东全省此类申请量的三分之一强。如果专利代理人只是收到即转，亦无不可，佛山专利事务所的同志不这么做，自然有其道理。笔者以为：对外观设计专利申请进行检索查新，至少有如下好处：

了解某一行业的外观设计专利情况，做到心中有数，避免专利申请因"撞车"而引起的专利纠纷或使发明人造成不必要的损失；

从他山之石，触发灵感，改进外观设计，提高专利申请的质量；

经过检索查新的外观设计专利，更能增强实施者的信心，增强产品的竞争力，有助于扩大产品的知名度，占领更多的市场；

提高专利代理部门和代理人的信誉，树立勤勉服务的形象，改善代理人与申请人之间的关系，促进代理业务的发展。

佛山市一些企业负责人对佛山市专利代理人的上述做法，深表赞赏和欢迎。形势在发展，社会在前进。如何在市场经济的大气候下进一步提高专利代理服务水平，值得有识之士探讨和尝试。

（刊登于 1994 年 2 月 23 日第一版）

## 增城市创建"中国专利村"

**本报讯**　（特约通讯员隋乐城）为了弘扬民族科技、推动祖国科技事业的发展，让大批具有国内外先进水平的专利技术尽快转化为生产力，加速高新技术的开拓，促进经济持续健康快速腾飞，中共增城市委、市人民政府决定在投资环境良好的市经济技术开发区内创建第一座"中国专利村"，并列为市重点项目在政策上予以优惠，设立"专利技术应用推广基金"。"中国专利村"的奠基仪式将与增城市挂牌庆典同日举行。

（刊登于 1994 年 3 月 16 日第一版）

## 成功的实践　广阔的前景
### ——纪念《中华人民共和国专利法》颁布十周年
中国专利局局长　高卢麟

我国的专利制度，自 1984 年 3 月 12 日由第六届全国人大常委会第四次会议通过以来，已经走过了十年不平凡的历程。经过全国广大专利工作者十年的艰苦奋斗，年轻的专利制度已在古老的中华大地上扎下根来，并结出了累累硕果。

经过十年的艰苦努力，保障专利制度正常运作的法规体系、专利受理和审批体系、专利代理体系、执法和司法体系、专利信息服务和自动化体系、专利工作管理体系、专利教育和研究工作体系已经建立起来，并在实践中不断发展和逐步完善。经过修改后的专利法，提高了专利保护标准，并且基本与国际标准接轨。我国以高标准的方式加入了《专利合作条约》，不仅有助于我国申请人向国外申请专利和外国人来华申请专利，而且标志着我国专利审查及相应的管理工作达到了国际公认的较高水平。以专利管理机关处理和人民法院审判相结合的执法、司法工作的开展，有效地保障了专利权人和有关当事人的合法权益。专利代理机构和专利信息服务机构为社会公众提供了大量的服务，并在实践中不断发展、壮大。以中国专利局，地方、部委专利管理机关组成的全国专利工作管理体系已经形成，在指导、推动专利工作发展中开展了大量工作，进行了许多有益的探索和尝试。

我国专利法颁布十年来的实践，愈益充分体现出我国专利法"保护发明创造专利权，鼓励发明创造，有利于发明创造的推广应用，促进科学技术的发展，适应社会主义现代化建设的需要"的立法宗旨。

专利法的颁布和施行，大大地激发了全民族的发明创造热情，对于解放和发展在传统计划经济体制下被严重束缚的科技第一生产力起到了积极的、不可替代的作用。专利法施行以来，我国的专利申请量持续快速增长，到1994年2月底，中国专利局已累计受理国内外专利申请37万多件，其中国内专利申请32万多件。

我国专利法的颁布、施行，有力地促进了发明创造的推广运用。专利制度不仅为国际先进技术向国内转移创造了有利的环境，而且促进了国内发明创造从科研机构、高等院校流向广大企业，从城市扩散到农村。如广西玉林地区中沙镇的一些乡镇企业，1992年花了200多万元购买了抗衰老"歧化酶"（SOD）、高蛋白饲料添加剂等几项专利技术，当年便创产值6000万元，占全镇工业总产值一半以上。专利制度的实行还大大加快了新技术的推广应用速度。西安启明公司有关稀土保温材料，由于有了专利的保护，推广应用头一年，就获利润和技术转让收入1亿元，创造出了我国科技进步史上的一个奇迹。与此同时，我国的一些发明创造，已在专利保护下成功地打入了国际市场或许可外国厂商实施。

十年来的实践，以其无可辩驳的事实消除了筹建专利制度时期一些同志不必要的担心和疑虑。专利制度是在改革、开放方针的指引下产生的，专利制度又为进一步深入贯彻改革、开放方针服务。专利制度的进一步完善为我国恢复关贸总协定缔约国地位提供了必要的条件。这一切充分证明了党中央、国务院当时作出的建立专利制度的战略抉择是完全正确的。

党的十四大、十四届三中全会相继确立了建立社会主义市场经济体制的目标、任务和重大措施，我国的改革进入了整体攻坚阶段。改革开放的新形势为我国专利工作的发展开辟了广阔的前景，同时也提出了一系列新的课题。我们要抓住机遇，用好机遇，把我国的专利工作进一步引向深入。

——**进一步完善专利立法，严格执法**。改革开放的新形势，要求进一步完善专利立法，使其适应建立社会主义市场经济体制的要求，同时要全面达到专利立法的国际标准。如我国专利法是在改革开放初期制订的，其中有关专利权主体的某些规定，可能已不适应新体制的要求。随着科学技术的发展，包括生物工程在内的一些新兴技术领域将提出需要专利保护的新课题，专利法保护客体的范围可能需要进一步扩大。应当及时对上述有关问题进行研究，适时作出相应的修改。为此，已将专利法下一步修改列入了国务院和第八届全国人大常委会的立法工作计划。在完善专利制度的整个过程中，还要大力加强专利管理机关处理专利纠纷、查处冒充专利行为的工作，积极支持人民法院的专利纠纷审判工作，做到"有法必依，执法必严，违法必究"，切实保护专利权人的合法权益，维护市场竞争的正常秩序。

——**专利法的颁布和实施，不仅创造了科技进步领域的公平、平等竞争的法律环境，而且也为科技进步主体塑造追求科技进步的动力机制和约束机制提供了重要的条件**。因此，在搞好"环境建设"的同时，也要抓紧"机制塑造"工作。由于目前正处于新旧体制的转轨时期，以建立社会主义市场经济体制为目的的体制改革任务还十分艰巨，我们要围绕这个目标，努力工作，不断发展专利制度，使其与日臻完善的社会主义市场经济的各个方面相适应，要综合运用经济、法律和必要的行政手段，推动广大企业、科研机构、高等院校专利工作的开展，使它们尽快地自觉运用专利机制，在日益激烈的市场竞争中谋求生存和发展。

——**大力推进专利技术实施工作**。要按照发展市场经济的要求，重点抓好专利技术转让市场、专利实施信息市场的建设，更多地发挥市场机制的作用。与此同时，参考借鉴目前发达国家的成功做法，加强政府在技术转移、扩散中的政策导向和宏观调控作用，使市场引导与政府推动有机地结合起来，加快我国专利技术实施的步伐。

——**巩固和发展专利工作队伍和体系的建设**。近期要重点抓好中国知识产权培训中心的筹建工作。把专利工作队伍的培训工作作为一项战略任务来抓。根据我国专利申请将继续增加的形势，国家已批准近几年内新增400名专利审查员。要稳定发展和培养专利审查和专利代理队伍，进一步提高专利审查和专利代理的工作水平和质量。相应地培训其他有关专利工作人员，强化科技、经济、贸易部门领导干部的专利意识和知识产权意识，以适应"复关"的要求。加紧专利信息自动化的建设，尽快改变我国专利信息工作的落后状况。要改善和加强专利工作的宏观管理，使专利工作与科技、经济、贸易的管理有机结合起来，使专利工作成为科技、经济、贸易管理的重要内容和必要环节。

我国的专利制度已经有了十年成功的实践。展望下一个十年，更广阔的发展前景展示在我们面前。对全国广大专利工作者来说，任重道远，让我们更紧密团结起来，埋头苦干，为完成历史赋予我们的使命而再接再厉，继续前进。

（刊登于 1994 年 3 月 30 日第一版）

# 读图：中国专利十年

王文扬　张子弘　**摄影**

1994 年 4 月 1 日是《中华人民共和国专利法》颁布十周年纪念日。我国年轻的专利制度伴随着改革开放，诞生于科学技术发展的春天，在短短的十年时间里，专利制度已经在我国社会主义市场经济中扎下了根，已经在中华大地茁壮成长，得到了国内外的一致好评。十年，在历史发展进程中只是一瞬间，但是，对中国的专利事业来说，是不平凡的十年，是开拓前进的十年，是令世人瞩目的十年，是值得纪念的十年！

今天，我们以整版的篇幅刊登一组图片，以纪念中国专利法颁布十周年。

（刊登于 1994 年 4 月 11 日第一版）

# 两个十年之交

## ——写在专利法颁布十周年

郑成思

问起中国知识产权界的人"今年 4 月 1 日是什么日子?"回答是"专利法颁布十周年"。固然不错,但我却想回答:是两个十年之交。

中国专利法颁布十年来取得的成绩是有目共睹的。我们确应在今天回顾历史,总结成绩,却不应停留在这一步。专利法的颁布及十年的实践与修订,解决了我国从计划经济到市场经济的转化进程中提出的一大批问题;在解决过程中,又为今后十年或更长的时间提出了更多的新问题;如果我们在今后十年,在更高的(包括理论与实践)层次上又解决一批问题,同时提出更新的问题,那就可能使中国的科技与经济发达国家更接近。今天庆祝专利法颁布十周年的多数人会看到那一天——它虽然还离我们较远,但并不渺茫。那不过是跨进下一个世纪的第四个年头。

1984 年,当把我国民法界占主导声音之一的"不承认物权"当成我国民法"特色"时,专利法承认了"专利"这种被西方称为"无形准物权"的东西。在它之前的商标法,仅仅承认到"专用权"为止,而没有进一步提出"所有权",专利法却把这个问题明确了。从理论上讲,这不能不说是某种突破,在今天回顾历史,应当看到这一点。

不过,完整意义的"所有权",应有"全面支配"的性质。这在现行法中则欠缺着。例如在颁布当时(及 1992 年修订的)的条件下,未提出"专利"可否设定为"质权标的"的问题。在实践中,1993 年 4 月《光明日报》已报道了"科技成果进当铺"的做法,法律则显得滞后了。在理论上,国内更多的人(包括一些民法学家)分不清权利质权与有形财产质权的区别,认为能设定为质权的,仅仅是专利"产品"。这个问题讨论起来,在我国仍将有无穷的争论。而在多数发达国家,这个问题无论在实践中,在专利法条文中,还是在法理界,都早不再是个问题了。在我国下一步的"物权法"(或单行"担保法")立法过程中,或专利法的进一步修订中,我们都有必要进一步弄清这个理论问题,以便指导已经出现的实际经营活动。

这一点的问题还很多。例如,我国专利法中专利"持有"的问题在当年解决了计划经济难以逾越的障碍,而在新形势下,经济界、法律界越来越明确主张的"国营企业法人所有权"(不再是"持有")原则,将如何与"持有"并存?再如,个人可享有专利权的确认,打破了过去不允许知识私有的框子,在立法时是个进步;实践中越来越多的"职工炒整个企业的鱿鱼"的现象,在十年来(尤其是近一两年来)的实践中,又在警告我们另一个极端的危险倾向,等等。

所有这些问题,都在这两个十年之交时摆在我们面前。如果我们把它们解决适当，那我们无疑会赢得又一个辉煌的十年。

在专利的水平上，十年来，我们固然已有了诸如北大王选的"高分辨率汉字字形发生器"等一批在国际国内都叫得响的专利。但也正如在商标领域一样，我们能占领国际市场的驰名商标、能与"可口可乐"平起平坐被估价的商标，毕竟太少太少。在下一个十年里，如王选那样的发明专利能成倍涌现，那么，仅从我国无形资产的价值上看，我国就将成为不容忽视的一个经济上较强的国家了。

从专利保护范围上，我们十年来从无到有，又从较窄的保护范围扩大到国际高水平的范围。但近年来植物新品种在中国保护上的空白，已在我国育种科技队伍人员的流失上、品种的退化上、伪劣种子的泛滥上，显示出其不能再继续下去。这种保护可能不属于纯专利，而仅属单行法的"准专利"，但毕竟是实践向专利保护领域提出的亟待解决的问题之一。

在司法保护上，十年来我国专利司法取得不可忽视的成绩，从去年起又陆续成立起一批"知识产权审判庭"。这些，无疑会进一步促进专利司法环境的改善。而数字技术、生物技术等新技术，在国内外都一再打破了陈旧的专利侵权认定途径，给司法带来新的难度，同时，"进口权"的授予，及我国"复关"，也将给司法机关及有准司法权的行政机关（如海关、调处专利纠纷的专利管理机关）带来大量前所未遇的新问题。这些问题的进一步解决，将使我国不仅在名义上，而且在实际上真正进入国际贸易活动的"大循环"（借用一个不很恰当的词）中去。

所以，看起来我们面前要解决的问题还很多。对于我们，下一个十年决不会比上一个十年更轻松。但有了上一个十年的基础，我们并不会惧怕所面临的挑战，而是将以加倍的努力，去迎接 2004 年。

（刊登于 1994 年 4 月 11 日第二版）

# 读图：清华大学专利成就一览

王文扬　张子弘　摄影

（刊登于 1994 年 5 月 2 日第四版）

# 把我国知识产权保护水平提到新高度

本报评论员

6月16日，国务院新闻办公室发表了《中国知识产权保护状况白皮书》，阐明了中国保护知识产权的基本立场和态度，系统介绍了我国改革开放以来为发展市场经济，深化改革和履行我国的国际义务在制定和完善知识产权保护制度问题上所进行的卓有成效的工作，表达了中国将与世界各国继续合作，为完善和发展国际知识产权保护制度作出积极贡献的真诚愿望。我们专利系统应当利用白皮书发表的契机，掀起一个学习、贯彻和宣传我国的专利法和其他各项知识产权法律法规的高潮，把我们的工作从认识、管理到执法都提到一个新的高度。

以专利、商标和著作权为主要组成部分的知识产权，是商品经济的产物，是一种将人类的智力劳动成果作为财产加以保护的权利。建立知识产权保护制度在人类历史上已有了数百年的历史。随着全球商品经济的扩展，随着商品输出中伴随的越来越多的知识产权的输出，在商品经济率先发展的资本主义各国，从十九世纪末起，不仅纷纷通过了保护知识产权的国内立法，而且通过谈判陆续签订了一系列保护知识产权的国际公约，例如《保护工业产权巴黎公约》（1883年），《保护文学艺术作品伯尔尼公约》（1886年）等。时至今日，知识产权制度已发展成为世界通行的保护科学技术和文化艺术成果的重要法制，成了国际发展科技、经济、文化合作与交流的环境条件之一。今年4月15日，在摩洛哥马拉喀什通过的关贸总协定乌拉圭回合协定中包括《与贸易有关的知识产权协议》就是明证。白皮书用无可辩驳的事实阐明，为了实现我国经济的腾飞，为了履行我国应尽的国际义务，我国在建立和完善知识产权法律制度方面迈出了巨大的步伐，用14年的时间跨越了包括发达国家在内的各国曾经花费了几十年甚至上百年才走完的历程。我国也从建立知识产权制度之初就注意通过参加国际条约履行自己的国际义务，向知识产权的国际标准靠拢，在国际合作中发挥自己的作用，与世界各国保持稳定的科技与经济合作关系。白皮书的发表，有利于国际社会和全国人民全面了解我国在保护知识产权问题上所奉行的原则立场和承担的国际义务以及所采取的重要措施。

白皮书介绍了各项知识产权法律的主要内容。由于充分借鉴了其他国家的经验，这些知识产权立法具有保护水平起点高，符合国际惯例的特点。尽管我国政府一向认为各国有权根据巴黎公约和伯尔尼公约，根据自己的国情确定知识产权保护的水平和标准，认为统统要求发展中国家的立法与发达国家一致，会给发展中国家造成困难，但为了推进我国重返关贸总协定的进程，顾全知识产权国际合作的大局，我国在1992年底，在《关贸总协定知识产权协议》草签之后，已毅然决定修改我国的知识产权法律法规，使其与该协议完全一致，拿专利法来说，修改后的专利法延长了专利保护的期限，扩大了专利保护的范围，增强了专利权人的权利，严格了授予强制许可的条件等。对商标法和著作权法也按同样的精神和原则作了重大修改。而作为发展中国家，根据该协议的精神，我国也可以要求在至少5年的宽限期后再全面改法。我国承诺以最高水平保护知识产权的实际行动，是我国政府奉行改革开放政策，尊重知识产权，保护知识产权立场和态度的又一明证。

市场经济是法制经济。市场机制的引入为我国国民经济的发展注入了生机与活力，但也需要我们运用法律为武器，明晰产权的归属，规范竞争的秩序。不仅明确有形财产的产权，也明确知识产权的归属；不仅保护国家、集体、个人的有形财产不受侵犯，得到尊重；也保护国家、集体、个人的知识产权不受侵犯，得到尊重。知识产权法律限定竞争者在经营活动中必需尊重他人的知识产权，不得进行不正当竞争。但由于我国的知识产权法律保护起步较晚，一些重大进展是近几年才完成的，我国的公众，包括一部分与知识产权保护有关的领导干部还不能自觉地运用法律维护自己的合法权益和尊重他人的合法权益。在某些地区、某些方面还存在相当严重的侵权现象，损害了法律的尊严。但我国保护知识产权，制裁侵权行为毕竟已经有法可依。中国的知识产权行政管理机关和司法机关也有责任依法定程序受理权利受到侵害的中外权利人的申诉或诉讼。对于严重的侵权行为，只要证据确凿，中国政府，中国司法机关都会依法制裁，绝不姑息，绝不宽容。白皮书的发表是号召书，是动员令。它要求每个公民和法人把保护知识产权作为改革开放政策和社会主义法制的重要组成部分来认识，作为履行我国应尽的国际主义义务来认识，增强全民的知识产权意识，从根本上保证各项知识产权法律切实得到贯彻执行。

我国保护知识产权制度的建立是历史发展的必然，是为了贯彻执行改革开放的基本国策，是适应发展社会主义市场经济的需要。无论遇到什么困难和压力，我们都会坚定不移地走下去。现在，在国务院新闻办公室发表《中国知识产权保护状况白皮书》的同时，国务院还作出关于进一步加强知识产权保护工作的决定。我们相信，在我国各级政府和全体人民的共同努力下，我国的专利工作和知识产权保护工作必将迈上新的台阶，取得更大的成绩，在现代化建设中发挥更大的作用。

（刊登于1994年6月27日第一版）

# 国际"赛场"谁为强手

## ——从美国"特别301条款"看中国知识产权保护策略

本报记者　常释

近日，美国华盛顿大学亚洲知识产权研究所的学者刘江彬教授、孙远钊博士、林伯颖律师一行，应北京大学知识产权研究中心的邀请，来华进行学术交流活动，受到了热烈的欢迎。在美华裔学者同为炎黄子孙，以独特的视角，就国际知识产权的发展趋势，美国企业与政府在贸易及知识产权立法之互动研究等问题，作了学术报告。从另一个侧面向人们揭示了美国知识产权保护的状况及其策略，引起与会者极大关注。本报记者带着这些"关注"，就大家感兴趣的问题，采访他们后，酿就本文。

众所周知，美国作为世界经济大国，为了维护本国的利益，在处理国际双边与多边国家关系时，总是以政治与经济相互作用为策略的。如每年一度的美国国会有关中国最惠国待遇问题的讨论，总是以人权问题为筹码；知识产权的保护问题又是与贸易相联系。美国政府对于在贸易市场上，未给予其知识产权以充分保护的国家，实行经济制裁，从1989年至1991年中国三次被列入"特别301条款"的"优先观察国家"和"优先国家"的名单，直至1992年，中美双方就知识产权问题进行了六轮艰苦谈判，方达成谅解备忘录。这一切，使人们至今记忆犹新。今年，美国再次利用"特别301条款"，将中国列入"重点国家"名单，并开始了为期6个月的调查。

那么，美国现今的对外贸易政策是如何形成的呢？知识产权的保护问题是如何成为贸易的核心问题的呢？美国在国际协商中又是如何运用知识产权保护的呢？让我们透过新的视线，看一看——

### 美国企业与政府在贸易及知识产权立法中的相互运作

美国企业是经济实力的象征，企业的发展与美国的经济命脉紧密相连。经济是基础，政治是为经济服务的，因此，美国的企业自然对政治和经济产生相当的影响力。世人每当论及美国企业时，常联想到诸如福特汽车、柯达影像或国际商业机器（IBM）等名列美国"财富杂志五百"级的跨国性大型企业，事实上，美国企业的主要成员还是中、小企业。因此，这些业者对于任何足以造成影响经济发展的就业市场的外界因素便十分敏感。从美国政治和经济发展的相互作用来看，企业扮演了极其重要的角色。

在美国拥有庞大的立法机构，国会参、众两院起草议案、审查、听证，为立法奠定基础。然而，仅凭这些立法机构还是不够的，企业的极大政治影响力是不容忽视的。企业在贸易和知识产权的立法中，凭着自身的经济诉求，彼此结盟向国会及行政部门进行游说，并提供翔实的信息数据及资料，从而将自己的经济诉求转化为政治压力，一方面促使国会修改国内法规，强化对他们的保障，另一方面也通过贸易法案中的有关条款程序，把问题抬上国际舞台，借助政府的力量，使他们的经济利益取得相应的保护。

在美国，企业界根据不同的行业种类，结成不同的联盟。主要有：以著作权为基础的产业组织国际知识产权联盟（11PA），其中又包括8个产业组织，即出版商协会、影片市场协会、商业软件联盟、电脑与商业装备制造商协会、资讯技术协会、影片协会、全国音乐出版商协会及录音产业协会；由120家仿冒抄袭受害厂商组成的国际反仿冒阵线（IACC）；由100家制药公司组成的制药公会（PMA）；商标协会；代表美国电子资讯业的两大新贵的微软公司与任天堂等。这些行业联盟组织代表，打入政府部门，担任相关政策顾问委员会成员，通过各会员组织广为收集各国有关知识产权的资料，提供报告与数据、汇整资料，提出建议或意见，前往国会作证，代表业者利益提出主张，起着十分重要的作用。

让我们大致地回顾一下近几十年来，有关贸易的立法在美国是如何不断完善的，从而也就不难看出，美国企业界在错综复杂的政治环境下，是如何扮演着穿针引线的角色的。

六十年代初，美国企业界成功地游说国会通过了"贸易扩张法"，从而直接给予总统若干授权，对侵害美国贸易利益的外国政府采取报复性措施。1974 年，美国国会对于美国的贸易政策做了全面性的修正，将企业向政府寻求救济的程序予以制度化，根据规定，美国贸易代表署接受有关企业和个人的诉求申请，对于歧视美国商业的外国政府根据双边和多边协议，采取行动，这便是贸易法案中"301 条款"的由来。进入八十年代，美国经济不景气，失业率不断增加，美国从国际收支的债权国，在很短的时间里竟然变成了最大的债务国。同时，鉴于关税法和其他的贸易、知识产权保护法规仅在美国的管辖范围内发生效力，面对连续不断的贸易赤字，美国企业开始寻找造成这些问题的原因，试图通过政府的协助来为企业谋求出路。在这种背景下，对知识产权的仿冒侵害很自然成为重要对象。1984 年贸易及关税法进一步修正，根据规定，行政部门在受理企业的申诉后，即在一定期间对有关的外国政府是否在履行贸易协定或制定贸易政策时有不合理不正当或歧视性的行为予以调查认定，并采取适当措施。1986 年，美国企业界又进一步推动加强贸易保障的立法行动，尤其是对知识产权的保障，成为新法草案的重要项目之一。1988 年，经过进一步协调后，"综合贸易及竞争法"诞生了，并成为美国迄今为止最完整的贸易法规。根据该法 182 条款的规定，对于未适当和有效保护知识产权，或未公平合理给予依靠知识产权保护的人开放市场的国家，其政策或措施对美国产品造成事实上或潜在性威胁的后果者，必需列入"优先国家"展开"特别"的 301 条款调查，也就是即所谓的"特别 301 条款"。美国"综合贸易及竞争法"的通过，为知识产权的保护在美贸易政策下的角色奠定了里程碑，从此，知识产权的问题，成为美国贸易政策的核心问题。

上述的美国贸易立法进程表明，美国企业界的作用举足轻重，他的运作直接影响着国会的立法及行政部门的执行与决策。国内立法尚且如此，在国际上美国知识产权保护又将如何——

### 游戏规则已确定，国际协调 + 贸易报复

在知识产权的立法方面，美国作为发达的资本主义国家，由于长期经验的积累，无论是专利、著作权、商标还是商业秘密、集成电路保护等，在法律理论、立法技术、法律内容、行政管理诸方面都已经达到了相当的水平。因是先行，成为典范，也就立下了游戏规则，这本身就是国际协商中的最大资本。世界各国也都基本按照这一模式，制定各自的有关法律。这也就是所谓的国际惯例吧。

以著作权法为例，七十年代美国确立了以著作权保护电脑软件，不单独立法的原则。进入八十年代，根据这一原则，日本、中国台湾、韩国等亚洲国家或地区，采取了同样的措施，到目前为止，欧亚各发达与发展中国家极少例外，都纷纷以相同立场，或制定新法或修改现有法律。八十年代至今，美国法院有关著作权法的重要判决，也大都由各国法院作为重要参考。最近，美国与中国台湾有关真品平行输入的谈判，何尝不是根据美国著作权法的相关规定作为样本。近几年来，美国在专利保护的协商中，要求中国台湾、中国、泰国等地区或国家，保护农业化学品、药品及其制造方法，也都在美国的专利法中有所规定。

1984 年，美国制定了"半导体芯片保护法"，1990 年制定了"电脑软件出租修正法案"，1992 年通过"侵害著作权刑事处罚修正案"，这些法案在国际协商中，都有直接与间接的影响。同时，美国对国外知识产权立法也表示了极大的"关切"。例如，中国在制定著作权法及计算机软件保护条例时，美国就透过种种渠道表示关心。1991 年欧洲共同体拟订软件保护指令，美国的商业软件联盟（BSA）更是费尽心机，提出白皮书，对草拟的法案提供修正建议。

美国还利用本身在国际上的影响力，通过不同的国际组织，将保护知识产权的要求，在国际协商中表达出来。世界知识产权组织（WIPO）及关税贸易总协定（GATT）成为美国在国际协商中的重要舞台。

美国在国际协商保护知识产权中，除了根据知识产权法外，另两个武器即为关税法案和贸易法案，其中以关税法案 337 条款与贸易法案中的 301 条款及特别 301 条款最为重要。在这三个条款中间，又以 337 条款与特别 301 条款与保护知识产权最为直接。

关税法案 337 条款制定于 1930 年，并于 1974 年及 1988 年两次修正。根据该法规定，外国商品输入或销售中，若有侵害知识产权的不公平贸易行为，美国厂商可提出控诉，经国际贸易委员会（ITC）调查属实，于调查之日起 90 日（复杂案件150 日）颁布暂时性禁止进口令。

作为保护知识产权的手段，贸易法案 301 条款比关税法案 337 条款更直接而有效。后者以外国厂商为对象，前者则以外国政府为主要目标，可谓点与面两者兼顾。1988 年美国国会根据贸易法案 301 条款，制定了特别 301 条款，明文规定对于保护知识产权不利的贸易国家，贸易代表署需于 6 个月内与该国咨商解决。否则即必须依 301 条款予以报复，同时把保护知识产权与关税优惠相连结，并作为是否继续享受优惠关税（GSP）的决定因素之一。

自 1985 年以来，美国积极使用 301 条款，前后动用数十次。1985 年，日本厂家在美国市场上大幅度降价销售半导体产品，据称这一行动使美国 7 家半导体厂商中的 6 家受损，进而危及了美国的尖端产业。于是，引起了美国对日本的"301 条款"的调查，并对某些厂商提起反倾销诉讼。1988 年，巴西拒绝给予药品专利保护，美国予以经济报复，报复金额为 2 亿多美元。每年对巴西销往美国的电子产品与纸业产品，课征 100% 的关税，使这两个产品的成本大为增加，极难与他国竞争。1989年，韩国又因专利法实施不充分及缺乏对半导体掩膜作品的保护，被美国列入"优先观察国家"名单，随后至 1993 年 5 年间，韩国均处于"优先观察国家"和"观察国家"的位置。

中国全面改革开放伊始，也恰逢"特别 301 条款"生效的头一年——1989 年，在这八十年代的最后一个 5 月，中国被美国列入了"优先观察国家"名单，1991 年上升至"优先国家"名单，经过两年零八个月的艰苦卓绝的谈判，终于达成了协议，中国正视了美方的挑战，作出了承诺。同时这种正视已被后来的实践所证明：它代表了中国的一种进步，一种文明的进步。

特别 301 条款以美国广大的市场作为条件，要求贸易伙伴确保其知识产权，如要求不遂，则以报复手段对付，使国外产品无法或极难进入美国市场。这种设计，对于依赖美国市场的国家，在国际协商中，几乎无反手余地。鉴于这一措施的有效性，美国政府似乎在一定时期内不打算用此之外的方式，寻求解决知识产权的保护问题。美国现任总统克林顿在一所大学演讲时指出，美国不会再将贸易问题及经济政策与国家安全的外交政策分开谈判，由此可见一斑。

尽管美国的关税法案、贸易法案是为了维护本国的切身利益而设立，但不可否认，它有关条款的执行在客观上加速解决了国际协商的一致性进程，同时也加速了包括我国在内的发展中国家的知识产权保护体系的建立与完善，使我国在建立知识产权法律制度的初始阶段，就站在一个高起点上——

## 中国立法迈开了跨世纪的步伐

让我们翻开中国知识产权保护状况的白皮书，一日千里的进程记录着中国知识产权制度建立的轨迹：

1980 年 3 月 3 日，中国政府向世界知识产权组织递交了加入书，从 1980 年 6 月 3 日起，中国成为世界知识产权组织的成员国。

1982 年 8 月 23 日，第五届全国人民代表大会常务委员会第二十四次会议通过了《中华人民共和国商标法》，并于 1983 年 3 月 1 日起施行。这是中国开始系统建立现代知识产权法律制度的一个重要标志。

1984 年 3 月 12 日，第六届全国人民代表大会常务委员会第四次会议通过了《中华人民共和国专利法》，并于 1985 年 4 月 1 日起施行。

1984 年 12 月 19 日，中国政府向世界知识产权组织递交了《保护工业产权巴黎公约》（简称《巴黎公约》）的加入书。从 1985 年 3 月 19 日起，中国成为《巴黎公约》成员国。

1986 年 4 月 12 日，第六届全国人民代表大会第四次会议通过了《中华人民共和国民法通则》，该法于 1987 年 1 月 1 日起施行。知识产权作为一个整体首次在中国的民事基本法中被明确，并被确认为公民和法人的民事权利。该法也首次明确公民、法人等享有著作权（版权）。

中国政府积极促进建立集成电路国际保护的环境。1989 年世界知识产权组织在华盛顿召开的外交会议上通过了《关于集成电路知识产权保护条约》，中国是该条约首批签字国之一。

1989 年 7 月 4 日，中国政府向世界知识产权组织递交了《商标国际注册马德里协定》（简称《马德里协定》）的加入书。从 1989 年 10 月 4 日起，中国成为马德里协定成员国。

1990 年 9 月 7 日，第七届全国人民代表大会常务委员会第十五次会议通过了《中华人民共和国著作权法》，该法于 1991 年 6 月 1 日起施行。

1992 年 7 月 10 日和 7 月 30 日，中国政府分别向世界知识产权组织和联合国教育、科学、文化组织递交了《保护文学和艺术作品伯尔尼公约》（简称《伯尔尼公约》）和《世界版权公约》的加入书。分别从 1992 年 10 月 15 日和 10 月 30 日起，中国成为《伯尔尼公约》和《世界版权公约》的成员国。

1993 年 1 月 4 日，中国政府向世界知识产权组织递交了《保护录音制品制作者防止未经许可复制其录音制品公约》（简称《录音制品公约》）的加入书。1993 年 4 月 30 日起，中国成为《录音制品公约》的成员国。

1993 年 9 月 2 日，第八届全国人民代表大会常务委员会第三次会议通过了《中华人民共和国反不正当竞争法》，该法于 1993 年 12 月 1 日起施行。

1993 年 9 月 15 日，中国政府向世界知识产权组织递交了《专利合作条约》的加入书。从 1994 年 1 月 1 日起，中国成为《专利合作条约》成员国，中国专利局成为《专利合作条约》的受理局、国际检索单位和国际初步审查单位。

1994 年 7 月 5 日，第八届全国人民代表大会常务委员会第八次会议通过了《全国人大常委会关于惩治侵犯著作权的犯罪的决定》。

上述历史事实仅是中国知识产权立法和参加相关国际组织活动的部分记录，在短短的十几年间，中国的知识产权制度走完了西方发达国家上百年的历程。这是中国自身发展的需要，更是改革开放的必然。

知识产权立法的高起点、高水平使中国迅速与国际惯例靠拢，与发达国家相应，然而这只是问题的一个方面，另一方面，那就是我们将——

**面对知识产权保护执行问题的考验**

国际上知识产权法律及制度，因文化及历史背景、法律及科技进步程度、政府与民间企业的态度、法治观念等的不同，而相差甚大。大陆法系与英美法系在法律制度上本来就有差异，同一法系的国家，知识产权法的构架与规定也不尽相同，即使完全相同，法律的执行程度也不一样，随着贸易及国际市场的发展与繁荣，法律是否照章执行，则是国际上知识产权纠纷中最严重的问题之一。经济不发达国家，因自己欠缺产生知识财产的能力与条件，认为保护知识财产实际上是保护外国人的利益，对自己无实益，反而增加支出。发展中国家对于自己能产生的知识财产非常乐意保护，自己能力未及的则兴趣不大。而发达国家视知识财产为科技、经济发展的命脉，保护不遗余力，其间观念与态度差异甚大，纠纷与冲突自然会发生。

对于刚刚开放的我国来说，在建立了完善的法律制度后，接之而来的必是执行的考验，尤其是视"知识产权与国家安全、贸易发展不可分"的美国，更不会忽视中国这样一个"大市场"的法律执行的程度。早在我国忙于国内知识产权立法及各项政策的调整时，美国的企业就把目光移向了法律的执行问题，观察着中国的司法动向，随时准备向本国政府提出新的诉求以保护企业的利益。仅凭想见，如果我国在法律的执行上寄希望于"准备执行"或"缓冲"一下而影响执行的程度（包括速度与力度），那么新的一轮贸易报复与压力必会临头。

事实也确实如此。美国政府 6 月 30 日宣布，根据美国贸易法案"301 特别条款"，美国已将中国列为"外国重点国"，即"优先国家"并将对中国侵犯美国知识产权的问题进行调查。

美国贸易代表米基·坎特在宣布上述决定时虽然承认，"总的说来，中国在完善其知识产权法令和法规方面有进展"，但他同时又指责中国在保护美国专利和版权方面"没有取得足够进展"。他说，他将要求与中国方面就这一问题尽快举行磋商。他表示，如果 6 个月后问题仍得不到解决，美国将单方面对中国部分商品实行贸易制裁。

据了解，中美双方最近在北京就知识产权保护问题进行了磋商，中方代表向美方详细通报了中国在保护知识产权立法、司法及行政保护方面的进展情况，介绍了中国在保护知识产权方面的进一步安排。但美国方面坚持认为，谈判没有取得进展，因此作出了上述有损两国经贸关系的决定。

与以往的情形一样，美国政府这一举动的资讯来源仍是企业。此间，美国的企业把因仿冒、侵权所受的损失作为向政府游说的依据的同时，即把自身的经济利益问题转化为对政府的政治诉求，使政府在国际协商中直接代言企业利益。同时，美国企业并未放弃司法救济，美国的企业特别是作为美国六大产业之一软件产业的企业集团，对中国市场的"出击"行动先于政府，在政府启用"特别 301 条款"前，就向中国的司法部门递交了软件侵权的诉状。美国企业的这种两手运作的策略颇值得中国企业效仿。

现实中存在的问题，一方面是法律体系的运作问题，另一方面则暴露了某些企业的市场行为，缺乏法制的约束。现实告诉我们，在较完备的知识产权法律体系下的中国企业，不能再忽视知识产权的保护了。中国企业必须登上舞台，规范自我，发挥作用。虽然中国的企业暂时不能像美国的企业那样，透过企业团体的运作，以充足的经费、良好的组织和专业知识，从事强有力地游说，时刻提醒政府保护知识产权的重要性，但至少可以借鉴美国企业的作法，实行行业、协会联手监督他人的行动，随时向政府提供市场资讯。

中国的企业尤其是国有大中型企业。在政企分开，产权关系转变的过程中，应该意识到企业的后盾作用。国家的经济利益是靠企业实现的，因此，国家在国际舞台上的经济利益的指向也就必是企业。如果企业不能为国家提供充分的市场资讯，那么政府用什么制定经济政策和法律，又为谁代言呢？所以说，中国的企业应该明确其在国际竞争中的作用与地位，用法律自觉规范自我，当政府受到他国指控侵权时，应及时提出反诉证据，及时给以回击，以维护我国的利益。

如果有一天，中国的政企之间不再仅仅是产权归属、行政隶属关系，而是实际意义上的相互依靠与相互运作，我们也就不再会被动地应付美国政府为达到自身贸易政策目的，用国内法对外施压，强迫我们做连他们自己也未必能做到的事。

今日美国，毕竟拥有强大的经济实力与主控力量。（而这实力则来自政府背后的企业），他们借此运用"301特别条款"，控制发展中国家，使众多受制国家无反手余地。在与"301特别条款"进行了多个回合较量后，"知己知彼"这一中国古兵训，已使我们不但知其然也知其所以然。所以无论再面对何种考验与压力，我们都会应付自如，变不利为有利，变被动为主动。

（刊登于1994年7月18日第二版）

### 我国加强对知识产权保护的又一重要决策

## 国务院决定建立知识产权办公会议制度

**本报讯**　为了进一步健全和完善我国的知识产权管理制度，加强知识产权工作的宏观管理和统筹协调，国务院决定建立知识产权办公会议制度，负责研究、协调我国关于知识产权的有关问题，加强对这方面工作的领导。这一决定是在国务院近日召开的一次办公会议上作出的。

会议决定，国务院知识产权办公会议由国务委员宋健同志主持，办公会议办公室设在国家科委。国务院各有关部门按"三定"方案所确定的职能，对知识产权进行分工管理。

会议要求各有关部门近期要再次动员布置各地方和各部门按照有关法律、法规进一步加强保护知识产权的工作。各有关部门应加强执法力度，制定出下一步具体行动方案，对盗版等违法行为要严厉打击，近期内要抓紧处理几个大案要案。

会议指出，保护知识产权是我国改革开放政策和社会主义法制建设的重要组成部分，是健全我国社会主义市场经济体制的重要措施，也是发展我国科技、经济、文化事业的重要保障。有关部门应加快对知识产权的立法工作，完善法律、法规，要尽快发布《音像制品管理条例》，力争在今年年底出台《边境措施条例》。会议强调要求各地各部门大力宣传保护知识产权，树立全社会保护知识产权的意识。

（晓楠）

（刊登于1994年8月1日第一版）

# 高校校长：不妨"以身试专利"

羽确

　　高等院校是我国重要的智力成果的源泉，但在专利法实施已近10年的今天，许多每天与知识及智力成果打交道的高校校长、院长，却没有成为知识产权领域的内行。高等院校特别是理工农医类高校的领导者，真正懂专利并关心专利的还不多，至于自己就是专利的发明人或设计人的，则更是其数寥寥。

　　要想知道梨子的滋味，就得亲口尝一尝。大学校长是很有必要"品尝"专利的味道的。而校长的专利实践，无疑对高校的专利工作是一个极大的推动。专利工作走在全国前列的浙江大学、南京理工大学就是很好的例证。

　　浙大的校长路甬祥、副校长阙端麟带头搞专利，不仅直接影响教职员工去探求专利的奥秘，使他们产生兴趣，还可去除广大发明人对申请专利后能否兑现"一奖二酬"的心理壁垒，以现实的利益调动起学识丰富的教师们的发明创造积极性。在校长及其他领导的带动下，浙大近10年的专利工作结出了硕果，该校专利技术创出了逾亿元的产值，数千万元的利润，为学校的工作创造了较好的物质条件。专利成效愈是具有可见性，人们就愈愿意为之付出热情和行动。去年，浙大的专利申请量就大大超过了上海53所高校的总和。有些高校的人对浙大老师醉心专利表示不解，其实，谜底之一即是浙大人看到：校长在前面……

　　专利工作成绩总排在高校前4名以内的南京理工大学，也有对专利青睐有加的校领导。校长李鸿志、党委书记曲作家都是颇有名望的教授，他们没有将自己的研究成果束之高阁，而是申请了多项专利，致力于智力成果的产业化开发。由于校长在知识产权保护上身先士卒，该校的专利管理措施也就十分得力。极大地调动了教师搞发明和申请专利的积极性。仅就领导层而言，该校30%系主任以上的领导是专利发明人。专利技术的实施证明，知识不仅可以印刷在课本上，可以为教学和科研直接创造物质基础。现在，南京理工大学的许多教学楼、科研实验室都是开发专利技术的成果。

　　高校是不愁没有成果的，校长则往往是某些学术项目的带头人，要把高校的智力研究成果真正在专利法的保护下物化为商品，尚需校长们做带头人，这在我国知识产权保护方兴未艾的今天尤为重要。放眼世界，重视和加强专利工作，绝非权宜之计。再过10年，如果高校的校长仍只是本学科和教育领域的内行，对"专利"却不甚了解，那将是一个很大的缺憾。高校的无形资产再也经不起10年的流失了！

（刊登于1994年9月7日第一版）

# "专利的厉害"

鲁光灿

　　《紫荆》杂志近期报道鼎鼎大名的烟台市"专利村"司家庄的起家是缘于一场专利官司：7 年前该庄塑料厂研制并生产的一种畅销产品，突然被大连一厂家控告侵犯了他们的专利权，要求赔偿 20 万元。司家庄塑料厂经学习专利法，并查明自己研制、生产、销售产品的时间，以专利先用权据理力争，几经艰难才拉成平手。报道这样评述："吃一堑长一智，通过这场官司，司家庄人才知道专利的利害，从此采取多项措施，开展专利工作，并逐渐成为全国的'专利村'"。

　　这里提出了一个"专利的利害"的命题。按《现代汉语词典》解释，"利害"通常指利益和损害，也可与"厉害"通用，指"难以对付或忍受""剧烈、凶猛"之意。"专利"而与"厉害"或"利害"连用，可见"专利"之非同小可了。

　　"专利厉害"之一，关贸总协定乌拉圭回合已达成包括与贸易有关知识产权在内的一揽子协议，使包括专利在内的知识产权保护范围和期限达到一个前所未有的高水平，知识产权的保护日益国际化和具有强制性。

　　"专利厉害"之二，我国已实施近 10 年的专利法深入人心，学专利，用专利成为许多人的自觉行动，用专利法保护自己，与违反专利法的侵权行为作斗争日益普遍，侵权行为虽尚不至于"老鼠过街，人人喊打"，亦庶几近之矣！

　　"专利厉害"之三，我国一些企业和公司，因专利知识不足，专利意识薄弱，在进出口业务上屡次出现侵权和上当受骗事件，使国家和企业蒙受巨大损失。这沉痛的教训，确实显出"专利的厉害"。

　　"专利的厉害"之四，我们的许多企业对于覆盖大部分技术领域的专利技术，不懂得去查找、开发、利用，以至常常发生重复引进、重复研究的情况，费时失事，耗费资源，而如果事先进行检索，了解世界专利技术的情况，就可以避免这些损失和浪费。

　　"专利"之所以"厉害"，是因为它是一种带有强制性的法律手段，规范了人们对发明成果的保护行为，一旦违反，就要受到法律的制裁。

　　对于"厉害的专利"，有人能自觉遵守，有人慑于威力被迫照办，也有人视而不见，听而不闻，不当一回事。这值得我们深长思之。

　　随着人们专利意识的增强，专利法日益深入人心，人们会愈益认识到"专利的厉害"和重要。

（刊登于 1994 年 9 月 28 日第一版）

CHINA INTELLECTUAL PROPERTY NEWS

中国知识产权报

# 1995

1989 1990 1991 1992 1993 1994 1995
1996 1997 1998 1999 2000 2001 2002 2003 2004
2005 2006 2007 2008 2009 2010

## 纪念改革开放40年
中国知识产权报新闻作品集

2011 2012 2013 2014 2015 2016 2017 2018

# 高校专利实施的瑕与瑜

**本报记者　鲁光灿**

专利实施是专利申请、授权的根本目的，也是专利转化为现实生产力的必由之路。高校专利实施，在实践中创造、积累了丰富的经验，取得了丰硕的成果。据对高校获第二届中国专利奖的 17 项专利技术实施后的效益统计，新增产值 105.83 亿元，新增利税 1.82 亿元，创汇 46.2 亿美元，社会效益折合人民币 5.5 亿元。

在高校专利工作座谈会上，各校介绍了专利实施的经验，主要有以下几方面。

一、牢固树立科技是第一生产力和科技转化为生产力的思想，把专利实施摆在十分重要的位置，坚持"两手抓"，专利实施取得了良好的经济效益和社会效益。中南工业大学专利实施率多年来一直处于全国各高校前列。10 年来该校共申请专利204 项，授权 148 项，许可实施 120 项，申请专利实施率为 59%，授权专利实施率为 70% 以上。该校先后与 150 多个厂矿签订了专利实施许可合同，实施合同金额达1000 万元，每年为企业新增产值 5.5 亿元，新增利税 2 亿元，创汇 1727 万美元。该校在专利实施方面创造了许多好经验，最重要的经验是多年来始终坚持"两手抓"的方针，即一手抓专利申请质量，一手抓专利实施。在专利申请后，立即采取上下结合、群策群力和多种渠道的方式，及时把专利技术转化为现实生产力。

二、走专利申请、教学、研究与实施推广相结合的道路，多方位、多种形式地实施专利技术。西安交通大学自专利法实施以来，共申请专利 377 项，授权专利 264项，申请量和授权量均居全国高校第 4 位。该校通过各种不同的途径，多方位、多种形式地实施专利技术，使得专利申请、授权、教学、科研、推广实施形成一个有机的链条，走出了一条互相依存、互相促进的良性循环路子。西安交大多方位推广实施专利技术的具体方式有：（1）许可转让。"排烟余热回收利用系统"专利及其系列技术已被许可转让到全国 30 多家火电厂，在火电行业覆盖面达 23%。（2）专利入股。该校以专利"非键盘汉字输入技术"与深圳达菲公司合资创办的凯特公司，专利占股 25%，年销售额达千万元。（3）创办研究中心。该校以专利技术创办的"万宝压缩机研究中心"已申请专利 10 多项，形成了一个以"涡旋式压缩机"为中心的"专利族"：

三、鼓励技术竞争，形成多渠道的、集簇性的、深入的实施。北京工业大学集中介绍了这方面的经验，其具体做法是：（1）鼓励技术竞争，在立项、申请专利、成果转化全过程中都贯彻、引进竞争机制，鼓励在同一科研课题下不同研究路向的竞争。（2）围绕一项核心技术，形成专利申请族，进行集簇性申请并实施。（3）形成纵向的一系列专利，进行深度开发实施。（4）围绕一项高技术产品，形成全方位的保护，方便实施，提高产品的附加值。

四、一项专利技术，形成一个高新科技产业，开辟一方市场。最典型的是北京大学王选教授发明的"高分辨率汉字字形发生器",并以此为核心技术形成的"华光电子出版系统"。该系统先后获得9项国内专利,1项欧洲专利。近10年来在国内外共获得10多项大奖。为实施该系统的10项专利技术,北京大学创办了北大方正集团公司,形成了"研究—开发—生产—营销—服务"一条龙体系,迅速使专利技术转化为现实的生产力。从1991年至1994年,以电子出版系统为主要产品的方正集团公司,年销售额从1991年的2亿元,到1992年的4亿元、1993年的9亿元,预计1994年可达18亿元。目前该系统已远销世界近20个国家和地区。以该项专利技术的实施为标志,我国印刷业从"铅与火"的时代一步跨入了"光与电"的时代,实现了印刷业的第二次革命。

同其他行业、系统的情况类似,高校专利实施率仍比较低,且各地、各校发展不平衡,像北大方正那样"拥有一项专利,开辟一方市场"的专利还不多;专利工作和学校科研、成果转化工作结合不够紧密;实施后的奖励政策不能完全落实,这些在一定程度上都影响了实施。

在市场经济体制下,高校科技成果要商品化、产业化、国际化,这就对专利实施提出了更高的要求。管理是实施的基础。抓好高校专利实施,首先要加强高校专利管理,要建立起一支思想素质好、业务水平高、人员齐备的专利管理队伍和专利代理队伍,健全专利工作机构。为切实解决高校专利队伍问题,国家教委将组织一次高校专利工作队伍人员和结构状况的全面调查,并提出具体的改进措施。

高校专利的实施,要坚持"两条腿"走路的方针。对于符合国家产业政策和行业政策的重大专利技术,在利用市场机制推广的同时,要积极争取进入国家、地方和行业部门的各级各类成果推广计划和产业化计划。利用市场机制推广专利技术可以通过技术展览会、交易会、信息发布会、常设技术市场和各种传播媒介,积极把高校专利推向社会。为鼓励和促进高校专利实施,国家教委将对教委科技进步奖的奖励办法进行修改,对组织实施专利技术而产生重大经济和社会效益者给予奖励。

高校专利实施的基地在企业,实施的主要形式是专利许可贸易和联合开发。当然,高校自行实施,发展高校科技产业也是不可缺少的一条重要途径。一些高校在座谈会上介绍了这方面的经验。

强化高校专利实施,要落实"一奖两酬"政策,合理调整学校和个人之间的利益分配关系,把专利实施同个人利益结合起来,以真正落实"尊重知识,尊重人才"的政策。

(刊登于1995年1月16日第一版)

# 无形资产与知识产权价值的评估

郑成思

　　1992年1月中美两国政府签订关于保护知识产权的谅解备忘录之后，在中国掀起一股"知识产权热"。这股"热"的积极一面是：从群众到领导，从来没有像这两三年来如此关心、热心及重视知识产权（其中包括对知识产权价值的各种评估的重视），但也不可避免产生消极的一面，即趁热以"知识产权"之名牟名牟利。与这消极一面相应的，是不计其数的无形资产评估公司、团体等蜂拥而起。其中大有从未涉足过知识产权、甚至不完全了解知识产权为何物的"无形资产评估公司"，其成立声明中大都指出其业务范围仅在于对知识产权的价值进行评估。

　　知识产权并不等于无形资产（虽然在日文中，"无体财产权"往往与"知识产权"画等号）。在美国，Intangible Property，甚至根本不包含知识产权在内，它仅仅指股份权、股票权及其他商业票据权之类。当然，在我国的法律中，无形资产中包含了知识产权。只是因为"知识产权"太热，所以有些"评估公司"才实用主义地（也许真是出于不懂）把知识产权与无形资产画了等号。

　　曾有多篇文章在报刊上重复述说这样一件事："可口可乐"这一商标的价值被评估为上百亿美元，这意味着"即使可口可乐公司在全世界的厂房设备在一夜间化为乌有，银行家们也会在第二天为该公司兑现这上百亿美元"。

　　对这一神话我始终持怀疑态度，而不论在多么权威的报刊上，由多么权威的人，重复了多少次。因为我看到："麦克斯韦尔"也曾是书报界的一个很响的商标（同时是商业名称），但当麦克斯韦尔本人负债落水而死（其在全球的企业尚未"化为乌有"）之后，银行家不仅没有按该商标的原有估价（几十亿美元）拿出钱来，相反是要在拍卖其尚存产业中榨出钱来，即其商誉或商标（无形资产）此时的价值似乎成了负数。

　　所以我倒相信一旦可口可乐公司在全球的产业化为乌有，"可口可乐"这一商标可能在一夜之间变得一文不值了。

　　这就是我们在评估知识产权时应加以注意的。我认为：知识产权中的一部分（至少是商誉权、商号权、商标权、特许权等等）的价值是与一定产业相联系而存在的；同时，这种价值是个变量，是个"过程"，而不是个常量，不是静止的。一劳永逸地为某个企业的商标"估价"做保证，只有骗人的"评估公司"才做得出来。

　　"变量"这一点，也许还适用于对其他知识产权的评估。

　　知识产权是一种私权，一种可以在协议中转让及许可的私权。因此，对它们的评估又将因"供""受"方的谈判地位不同而不同，因"供"方市场与"受"方市场（我们通常称"买方市场"与"卖方市场"）之不同而不同。这就是说，知识产权的价值，不仅在时间上是个变量，而且在空间上也是个变量。如果我们把"版权作品"中的翻译权拿到两伊之类无版权法的国家去评估，它可能低到不可想象的那么低，乃至中国社科院的波斯文专家可以因翻译了大量伊朗作品而从未付过翻译权使用费，反倒获得了奖励。

在评估中，万勿把别人的东西"评"成为自己的。这又可能是外行的评估公司容易忽略的一个重要问题。

文学艺术作品中的"演绎作品"，均享有独立的、但是双重的版权。曾有一个艺术团体在资金缺乏时，打算"拍卖"他人创作、该团体改编的某剧目的剧本。这就是一种可能的侵权活动。因为该团体的拍卖活动至少侵犯了初创人的版权。如果其"拍卖"起价价额是某个"评估公司"计算出的，该公司正是犯了一个将他人资产"评"为自己的那样一个错误。

除了我们已了解较多的专利权、商标权、版权的评估之外，还有我们了解较少的商业秘密权、商业形象权等的评估，也在国外越来越受到重视了。

其中，商业秘密权是一种更难评估的财产权（至少关贸总协定中的 TRIPS，已承认它属于一种财产权）。它不仅可能与一定产业联系，不仅是个变量，而且往往是"不披露则无价（指价值可评得无限），一旦披露则也无价（指一文不值）"。

在我国，已有一些文章在探讨知识产权评估的方法、应包含的项目等等，这是好的开端。不要忘记这种评估虽然在中国刚刚开始，在国外则已有了较长时间的经验，并已有专著问世。我们应积极借鉴外国经验，不要走他人已放弃的死胡同，避免走外国人曾走过的弯路。

知识产权价值的评估，虽然将有一个鱼龙混杂的时期，其间不少权利人及使用人均可能失望、可能受骗，但随着对这种评估的深入研究，它终将在我国走入正轨。

（刊登于 1995 年 1 月 16 日第二版）

### 我国首例请求宣告外国发明专利无效案

# 美国沃纳·兰帕特公司专利权被宣告无效

**本报讯** （记者吕宝礼）历时 3 年之久，为人们所关注的美国沃纳·兰伯特公司与青岛国箭公司（原青岛明胶厂），因涉及一种"改进的胶囊形状"的发明专利产生的专利纠纷案，现已由中国专利局专利复审委员会作出决定，宣告美国沃纳·兰伯特公司专利权无效，青岛国箭公司胜诉。据悉，这是迄今为止，我国首例请求宣告国外发明专利权无效胜诉案。

此案是首先由美国沃纳·兰伯特公司拉开战幕的。1991 年 10 月 30 日，该公司委托君合律师事务所向山东省专利管理局提出处理专利侵权申请书，请求表明，依照中国专利法规定，兰伯特公司已于 1985 年 4 月 23 日（即专利法实行的第 23 天），向中国专利局提交了名称为"改进的胶囊形状"的发明专利申请。1989 年 7 月 12 日中国专利局授予其专利号为 85103166.8 的"改进的胶囊形状"发明专利权。之后，公司即与我国一厂家签订独占实施许可合同。然而在 1989 年底，兰伯特公司发现在中国市场出现了侵犯该专利的专利产品，经该公司调查确认，青岛国箭公司生产制造销售了其专利产品，并拥有制造该专利产品的 4 台胶囊机，配有 0、1、2 号模棒，并正在为扩大生产继续购进新的设备。据此，兰伯特公司要求制止青岛国箭公司的侵权行为，并要求国箭公司赔偿因侵权给兰伯特公司造成的损失。山东省专利管理局接此案后，依法通知青岛国箭公司，并着手进行调查调解。

青岛国箭公司对兰伯特公司的专利侵权指控立即作出反应。国箭公司认为，近年来，他们致力于明胶的深加工，在原有 4 条生产线的基础上，又花巨资陆续从国外引进了 12 条生产线，达到了年产 36 亿粒胶囊的生产能力，在满足全国胶囊市场需求的同时，作为青岛市的大二型企业，产值利税也在大幅度增长。该公司认为，如果侵权被认定，国箭公司几年来生产胶囊的全部利润将赔偿给兰伯特公司。按照兰伯特公司的说法，当国箭公司把这些利润给兰伯特公司后，兰伯特公司再将其投入该公司，成为兰伯特公司的一个合资企业。也就是说以后兰伯特公司可不必掏一分钱，便每年从国箭公司获取巨额利润。更为重要的是，青岛国箭公司作为经济实力雄厚、技术出让其他厂家的全国明胶行业的龙头企业，将因其专利侵权，株连其他兄弟单位。

在此严峻形势面前，国箭公司为维护企业的合法权益而求助于青岛市专利服务中心，并与之一起分析案情，研究对策。他们先后到中国专利局文献检索中心、中科院、中国信息研究所、国家医药局、中国医药技术进出口公司，进行大量的调查取证工作，通过对国内外已有的专利文献进行检索，终于找到了美国的 3508678 号、法国的 2235848 号、澳大利亚的 562452 号专利公告说明书 3 份极有价值的对比文献。以充分的证据，证实了在兰伯特公司申请专利之前，该技术已是社会公开的技术，美国兰伯特公司实际上是将公知技术在我国申请了专利保护。据此，青岛国箭公司于 1992 年 5 月 22 日，郑重向中国专利局专利复审委员会提出宣告"改进的胶囊形状" 85103166 号专利无效请求。对此，中国专利局专利复审委员会经过两年多的审理，参照对比文献，对"改进的胶囊形状"专利中的 14 个权利要求，一一进行分析研究，并于去年 6 月作出宣告 85103166 号发明专利无效的决定。按照规定，当事人对宣告决定不服的，可在收到决定之日起 3 个月内，向指定的人民法院起诉。据了解，受理此类案件的北京市中级人民法院到目前为止尚未收到来自该公司的诉状。因而，专利复审委员会作出的决定已经生效。

（刊登于 1995 年 1 月 25 日第一版）

# 前进中的中国专利文献服务

**本报记者　胡荣瑜**

　　我国市场经济体制的建立，专利事业的发展，使社会各界对利用专利制度保护自己、发展自己的自觉意识不断增强。专利文献是覆盖技术领域最全面、传播技术信息速度最快的情报载体。如果说专利法实施 10 年来人们在对它的认识方面发生了深刻的变化，那么自觉地使用专利文献则从一个侧面代表了这种转变，专利文献也正是在这种转变中越来越好地发挥着它科技媒介的作用。

　　1995 年中国专利法实施整整 10 年了，与整个专利事业密切相关的中国专利文献体系的建立、专利文献的发展状况以及公众对专利文献的利用等情形如何呢？为此，记者走访了中国专利局专利文献部。

　　文献部负责人赖洪介绍说，中国专利局专利文献馆正式向社会公众服务是 1981 年。此前，中国科学院图书馆及中国科技情报所曾经收集过专利文献，但是，那时中国没有专利制度，不仅发明创造无法保护，收集的专利文献既不规范也不完整，中国更没有自己正规的专利文献。

　　1985 年 9 月 10 日，我国专利法实施的当年，中华人民共和国成立以来的第一份正式专利文献出版。从那时起，中国的专利文献加入了国际专利文献的行列，而此时，距最早出版专利文献的英、美已拉开了 200 多年的距离。在短短的时间内，要收集所有发达国家已经出版的专利文献并且管理好，困难可想而知。在国家的重视下，经过全体工作人员的努力，中国专利局专利文献的管理及应用不仅迅速步入正轨，而且非常好地发挥着它的作用。

　　首先，中国专利局抓紧了与国际接轨的各项工作，包括专利文献的接轨。赖洪说，在平等的基础上，中国专利局在国际上进行了广泛的交往，先后同 18 个国家及国际组织建立了专利文献交换关系。交换的专利文献包括说明书、公报及检索工具书。目前，中国专利文献馆已收藏中国、美国、苏联、日本、英国、德国、法国、瑞士、奥地利、澳大利亚、加拿大、瑞典、捷克、罗马尼亚、保加利亚、斯洛伐克、西班牙、韩国等二十多个国家的专利文献，文献总量超过了 3000 万件。庞大的专利文献体系不仅为专利审查提供了保证，而且及时地将世界上最新的发明及创造向中国的公众公开，进行广泛的科技服务。除此之外，文献馆还收藏了一些国家的商标公报。

　　过去，专利文献的收藏主要为纸件，还有一些缩微件（缩微平片、缩微胶卷）。然而，每年迅速增加的专利文献在时间和空间上都向人们提出了挑战。目前美国的专利文献已出版了 500 多万件，日本每年则以 40 万至 50 万件的速度增加。我国的专利文献每年出版量也已达到了 5 万余件。文献的增长趋势要求采用高技术解决问题，专利文献革命的重要内容之一就是要对文献的载体进行改变。近年，发达国家采用光盘技术（CD–ROM）管理专利文献，就是利用高科技进行文献管理改革的一个突出例子。它将专利文献的内容录制在光盘上，然后通过荧屏进行阅读。据计算，一个光盘可以装 3000 件左右的专利文献。光盘的优点不仅在于储存密度大，而且检索迅速，效率非常高。现在，美国、日本、欧洲专利局等都已用光盘与外国进行交换。对此，中国专利局很快作出了反应，并于 1992 年开始着手准备，1993 年正式出版了中国专利文献光盘。今年我们在接收外国专利文献光盘的同时，也用中国的专利文献光盘与他们进行交换。作为一个发展中国家，用自己的力量很快地跟上发达国家的前进步伐，外界的反应及评价都很好。世界知识产权组织总干事鲍格胥先生赞扬说，中国专利事业发展的速度是空前的。

其次是按照国际规定进行规范化管理。国际专利分类体系是世界知识产权组织及 PCT 组织共同制定的一种分类标准，它将 6 万多个专利分类号划分在不同的技术领域，几乎包括了所有的申请范围。这种方法简便明确，便于专利申请的审查、专利文献的查找及阅读，利于文献管理。专利法实施初期，中国专利局文献部就将 1300 万件专利文献按国际专利分类送到审查部门，成为审查工作顺利进行的基础。

中国专利局加入 PCT（专利合作条约）后，既是 PCT 的受理局，又是 PCT 的国际检索单位和国际初步审查单位。按照 PCT 的规定，国际检索单位收藏的非专利文献期刊必须达到 169 种（现为 131 种），为此，中国专利局每年需要花费大量的资金来购买这些非专利文献。国际检索的要求非常高，在我们起步之初，检索工具及分类体制还不够完善的情况下，欧洲专利局给我们提供了很大的帮助，对每一件 PCT 专利申请都提供欧洲专利分类清单，使我们的检索更加准确。我们正在根据国际检索的要求建立自己的数据库，这对我国专利制度的发展是一个大推动。现在 PCT 的发展势头很好，到目前为止中国专利局已经受理了 100 件国际专利申请。

10 年来，中国专利局受理了 36 万件左右的专利申请，已出版 27 万件专利文献。1994 年底申请总量为 439529 件，出版量突破 30 万件。

专利文献的利用还从一个侧面反映出一个国家对技术情报利用的状况。

专利文献向公众开放初期，利用专利文献的主要是科技人员、大专院校师生。那时，他们多数是为了进行科研而通过专利文献了解本技术领域的情况。随着市场经济体制的建立，这种情况发生了很大的变化，专利文献的利用正由单纯为了研究，转向研究与实用的双向应用。读者群中企业界人士的比例呈上升趋势，说明激烈的市场竞争使他们逐渐认识到了专利的重要性，他们在生产实践中不仅认识到了专利技术情报的价值，而且认识到了专利法律情报的价值，学会了运用它来指导自己的行动，避免企业走弯路。据不完全统计，今年来自企业的读者人数的比例为 33%，科研单位的读者比例为 31%，大专院校为 23%。

记者采访了一位正在文献馆进行检索的公司职员。他说：他之所以到专利文献馆来进行检索是因为公司最近要开发一种新的产品，为了掌握与该产品相关的技术和专利法律状态，公司派他到文献馆来检索，结果，他检出类似产品的专利申请 300

多种，令他眼界大开，准备回去好好进行研究。

赖洪最后介绍说，除了中国专利局外，目前全国还有 62 个专利情报服务网点（地方专利管理局、专利事务所、情报所、信息中心）也为公众提供专利文献服务，中国专利局的专利文献部对他们进行业务指导。中国专利局计划从 1995 年起启动文献管理自动化项目，争取在 1998 年实现全国联网，以使地方能更迅速地得到专利信息。现在已有 3 个服务网点与他们联网，建立了数据库。待到 1998 年文献数据库建成，全国都与中国专利局联网，那时，专利文献的检索会更方便，全国各地的读者只要通过联机终端便可以在当地检索到自己所需的专利文献。

（刊登于 1995 年 3 月 1 日第一版）

# 中国专利审查制度十年

姜颖

1995 年 4 月 1 日是中国专利法实施十周年的喜庆日子。回想十年前，1985 年 4 月 1 日，在专利局受理处前，鞭炮四起，已排队等候多时的专利申请人递交了自己的申请。他们之中，有的人为了能得到中国最早的专利申请号，已苦苦等了三天三夜。专利法实施的第一天，中国专利局就受理了专利申请 3455 件。1985 年 4 月 1 日的热烈景象至今仍历历在目，它向世界宣告了专利制度在中国的确立，中国知识产权保护制度向前迈出了关键性的一步。

十年来，中国专利事业有了长足的发展，专利申请量逐年快速增长，中国的专利审查制度也日臻完善。

1985 年，专利法实施的第一年，中国专利局受理三种专利申请共 14372 件，1994 年受理 77735 件。十年间，年申请量平均以高于 20% 的速度增长，1994 年的申请量是 1986 年申请量的 4.2 倍，十年累计共受理专利申请 439529 件。

纵观专利法实施十年来专利申请量的变化，其增长有快有慢，个别年份也曾略有下降，但总的趋势是高速增长。影响专利申请量的因素是多方面的，几个主要因素是：

第一，专利申请量随中国经济的发展而变化。在经济发展快、金融形势好的时候，申请量就会有较大幅度增长。这一规律在国内申请量的变化中有所体现，国外申请量的变化，增长也不例外。第二，市场机制比较完善、市场竞争激烈的地区专利申请量增长较快。中国东南沿海专利申请量增长要比中西部地区增长快，以广东为例，1994 年，国内专利申请量较 1993 年下降了 0.5%（减少 346 件），而广东省却相反，专利申请量增长 17%（863 件），山东、浙江也都有不同程度的增长。这充分说明专利制度与市场经济有着极为密切的关系。第三，专利法宣传普及得好、专利意识比较强的地区，专利申请量也比较多。湖南省在组织专利法普法学习方面做了大量工作，参加普法学习的科技人员、各级领导干部有几十万人之众，尽管湖南省经济、科技发展水平在全国还属不上前列，但其专利申请量十年来一直保持在全国各省（区市）前十名之列。由此可以看出，具有中国特色的专利管理机关对于中国专利制度的建立、发展有着不可替代的重要作用。

从1985年到1995年，专利审批的流程已先后启动，并进入正常运行状态。根据中国专利法及其实施细则的规定，中国专利局对发明专利申请进行实质审查，即进行新颖性、创造性、实用性的审查，这与国际上通行的标准基本相同；对于实用新型专利申请和外观设计专利申请的审查与国际上通常的初审略有不同，加强了对一些内容的审查，我们把它称之为强化了的初审。经过不懈努力，中国专利局十年共授予专利权223152件。其中，发明专利授权26211件，实用新型169854件，外观设计27087件。中国专利局审查员审查能力提高很快，这些年，虽然专利审查员人数增长不多，近两年还有所减少，但是，发明专利1994年授权量仍然达到1987年的10倍左右，实用新型近7倍，外观设计为10倍多。总结案量已达30万件左右。1993年三种专利授权量均增加较多，这与实行新修改的专利法后，取消了授权前的异议程序加快了授权程序有关。

中国专利局三种专利的驳回率为1.4%，其中发明专利驳回率较高，为4.6%。

三种专利的异议请求率（1993年修改法后，改为撤销程序）为0.7%，在异议（撤销）请求中，涉及实用新型的较多。

十年，中国专利局共受理复审请求1188件，复审请求率为0.27%，其中涉及发明专利申请最多，占43%，复审结案共701件。

十年，中国专利局共受理无效请求1368件，无效请求率为0.61%，其中涉及实用新型专利较多。

实用新型异议（撤销）、无效请求较多，我们可以发现，其中多为经济效益比较好的项目。这与实用新型不经三性审查，产品上市快有关。反过来，因为发明专利经过三性审查，因此，提出异议（撤销）、无效请求的相对就要少些；但发明专利复审请求多，同样，这与被请求复审的发明专利申请技术经济效益的前景不无关系。事实上，专利申请人在适当修改权利要求书后，相当多的专利申请被授予专利权。中国专利局复审请求的成功率较高，一般在40%以上。无效请求结案共848件。

中国专利局为完成如此多的工作量付出了大量艰辛的劳动。在实施专利法之初，审批工作一切从零开始。我们的审查人员全部是从外单位调入，或是刚刚毕业的大学生，他们之中只有少数人到国外学习过，绝大多数人员仅仅经过几个月的培训；他们面对的是和审查员一样毫无经验的代理人撰写的申请案或是对专利知之甚少的申请人自己撰写的错误百出的申请案；专利审批流程还只是纸上的方案，没有实际走过。就是在这样艰苦的条件下，专利局全体职工一边工作，一边建设；一边工作，一边学习。到今天，专利局已建立了完整的审查体系；建立了完整有效的组织机构；建立了一支训练有素并有实践经验的审查队伍；建立了供审查员用的完整的专利文献和有关资料及供检索用的自动化系统，还出版发行了自己的光盘；建立了既与国际标准接轨，又有中国特色的三种专利的审查制度；制定并完善了有关法规，基本上做到了四配套，即专利法、专利法实施细则、审查指南和审查规程的配套；建立了一套保障制度，包括质量检查制度、业务计划与协调制度等；初步实现了专利流程的自动化管理。当然，还必须提及：在加强专利局内部建设的同时，中国也拥有了一支具有相当水平、数量不断增加的代理人队伍，他们在中国专利审查制度的建立、建设中功不可没。

专利局卓有成效的工作赢得了世人的赞许。1994 年 1 月 1 日，中国正式成为 PCT 的成员，中文成为 PCT 工作语言，中国专利局成为 PCT 的受理局、检索单位和初审单位，得到了和世界上少数几个专利局同等的地位。这意味着中国专利局的工作基本上达到了国际水平，得到了国际上的普遍承认。1994 年，中国专利局收到国际申请 105 件（中文本 103 件，英文本 2 件），完成国际检索报告 60 件，国际初步审查程序已经启动。与此同时，进入中国国内阶段的国际申请 260 件。

中国专利法实施十年，中国专利制度从初创、发展到逐步走向成熟，中国人仅仅用了十年时间走完了其他国家几十年，甚至上百年走过的道路。中国专利制度在改革开放中应运而生，它又为改革开放、建立市场经济体制营造了更加有利的环境和基础。

我们的成就是巨大的，但是，我们还有许多方面应加以改进，还有很多工作要做。从受理、审批专利方面来说，今后应着重解决的问题有：

首先，要不断完善审查制度。从审查制度方面看，发明专利经过实审，所授权质量已有所保证；实用新型专利申请数量大，代理率相对较低，申请质量较发明专利差，对审查工作常有不利影响。为提高授权质量，我们增加了对实用新型初步审查的内容，这在 1993 年 1 月 1 日实施的新修改的专利法及其实施细则中已有所规定。实践证明，这样做，大大提高了实用新型的授权质量。尽管如此，还存在一些问题，如公众反映的重复授权问题。质量与数量是一对矛盾，如何解决这对矛盾，我们还在探索中。在作出决策前，我们需要做大量的调查研究，搞清楚重复授权的面究竟有多大、审查制度是否应做比较大变动、变动处、带来的工作量有多大，以及各方面的承受能力等。

其次，审查工作中存在的第二个问题是未结案的专利申请案积压量有所上升。前几年，申请案积压问题主要集中在发明专利的化学领域，其他领域和实用新型、外观设计基本做到了进出平衡。目前，发明专利申请中除化学领域外，其他领域如物理、电学的一部分均出现积压，实用新型、外观设计的审查周期也有所延长。要解决这一问题可从三方面着手：一是加强对现有审查员的培训，改进管理，在可能的情况下，进一步提高审查能力。不过，这是有限的。二是要多调入一些新审查员。

三是加快自动化建设，实现审查检索的自动化，提高审查速度。目前，这三方面的工作都在抓紧进行。

最后，必须不断完善各项管理制度，提高管理水平，使流程更加合理，使审查质量不断提高。

我们走过了光辉的十年，即将迈入第二个十年。我们的目标是要把中国专利局建成为世界一流的专利局。展望未来，我们充满希望，充满信心，我们将为此而努力奋斗。

（刊登于 1995 年 3 月 29 日第二版）

# 十年辉煌

**本报记者**　　徐小敏　　王岚涛　　朱宏　　吴晖

早春二月的冷风让北京人裹严了外衣，可北京展览馆广场上的气氛却热烘烘的，空中的气球和飞艇悬挂着彩色标语，人们在冷风中等待进入展馆。

手上的门票刚被收去，一脚便踏上了红地毯，地毯上"1985"几个大字横在脚下。往前走，一步一个脚印，一步一年，走过 10 年，直到 1995 年。

这是 1995 年 3 月 17 日至 22 日在北京举办的"中国专利 10 年成就展"，她向人们展示中国专利 10 年的发展，10 年的成就，10 年的辉煌。

## 一部举世瞩目的法律

走进中央展馆，80 个摆放整齐、美观的展台上，近百幅图片向参观者讲述着中国专利制度十年来走过的每一步。

1984 年 3 月 12 日，第六届全国人民代表大会常务委员会第四次会议通过了《中华人民共和国专利法》，这是在中国这个文明古国建立专利制度的一个重要标志。1985 年 4 月 1 日，中国专利法实施的第一天，来自全国各地的专利申请人赶早来到中国专利局受理处，有的甚至在受理处门前排了三天三夜的队，要在这特殊的一天递上他们的专利申请。这一天被人们誉为"发明人的节日"。中国专利局在这一天里受理国内外专利申请 3455 件。世界知识产权组织总干事鲍格胥称，中国"创造了世界专利历史的绝对纪录"。

这部适应我国发展社会主义市场经济的法律，在酝酿制定时经过了多次反复修改。改革开放之初，我国尚未从计划经济转向市场经济，人们难以适应发明创造作为个人智力劳动的成果进行交易转让。由于机制的羁绊，人的创造性难以发挥出来，基础工业的薄弱，使人们更习惯于测绘和仿制国外进口的并非先进的设备。笔者曾多次听到参与起草专利法的老同志讲当年的争论是如何激烈。

· 167 ·

展馆中，中国兵器工业总公司的一辆奥拓小轿车引人注目。这家公司的北方牌大轿车、铁马系列汽车已进入国际市场。汽车，这种集基础工业与高科技于一身的产品，如今已写上中国的名字奔驰于神州大地，并驰出国门。当年国人担忧实行专利制度可能影响我国机电工业发展，而事实是，我国机电产品出口高速增长，年增长率达46%。

中国社会10年来发生的巨大变化，为实施专利法创造了良好的外部条件。专利，这个市场经济的产物，顺应了我国由计划经济向市场经济转轨的潮流。专利，这个曾在老百姓眼里陌生又奇怪的东西，如今已受到发明家企业家们的青睐，在国民经济和人民生活中扮演着重要的角色。

曾为我国专利事业作出重要贡献的科学界老前辈、中国专利局第一任领导武衡同志讲过，现代中国从专利法开始，先立法后实施。正是这部现代的专利法，使中国专利立法在不到10年的时间里，走完了工业化国家上百年走过的路程。1992年9月4日，全国人大批准了修改的专利法。从1993年1月1日开始，中国专利法扩大了专利保护范围，开始对药品和化学制品实行专利保护，并延长了专利保护的期限，使我国的专利保护水平基本上达到工业化国家的标准，与国际保护标准接轨。

中国实行专利制度引起世界的关注，使国外投资者心甘情愿把资金投入中国市场。中国加入PCT为中国专利向国际标准靠拢奠定了基础。专利不再是异邦人谈判桌上的筹码，一度以专利漫天要价的外商，不得不收回那虚晃的一枪。而中国人的发明创造，开始用标着专利号的技术和产品走向世界市场。燕山石化公司研究院研制的丁苯热塑性弹性成套生产专利技术，已出口到美国、意大利等国，是中国最早出口的专利技术之一。

## 专利促进发明创造

八十年代因发明节能燃烧器而闻名全国的颜孟秋，带着他的新专利技术来到10年成就展，向人们展示他的最新专利技术"火水直接换热炉"。颜先生在1985年4月1日中国专利法实施的首日就申请了4项专利，1985年底在人民大会堂举行的首批专利权人发证大会上，他从李鹏副总理手里接过专利证书，并代表非职务发明人在大会上发言。自此，他用自己的专利建立了企业，并发展成今天的"岳阳市颜氏实业有限公司"。颜孟秋是我国千千万万个发明人中的一个，他的成功，证实了发明创造具有无穷的潜力，证实了专利制度鼓励人们开拓创新，也证实专利制度促进了社会的科技进步和经济发展。

改革开放使人们有了宽松的环境，专利法的实施激发了人们的创造热情，人们重新审视自己，发现自己竟然有如此强的创造力。人们把发明创造看作生命的需要，勇敢地向思维定式挑战，向不可能挑战。专利权人当中，既有耄耋之年的老人，也有七八岁的小学生。不论是谁的发明，只要市场需要，就有可能进入市场，进入人们的生产和生活中。无论是工人、农民，还是技术员、工程师，无论是普通居民还是监狱中的犯人，作为人，都有发明创造的权力。有专利法作保护，人们愿意把发明创造作为生活的一部分，生命的一部分。在这支发明人大军中，很多人的发明尚未成为商品，他们仍然乐此不疲，把生命的活力注入到发明创造中去。10 年来，中国专利申请和专利授权量以每年平均 22% 左右的增长率递增。到 1995 年 2 月底止，专利申请量达 44 万多件，授权量达 22 万多件。中国已进入世界专利申请大国的行列，大体位于第 10 名左右。如此快的发展在世界上是罕见的。

国人曾经为拥有几件洋货而欢喜，因为它们是那么新奇和实用。今天，无论你走到哪，都会碰上几件不曾相识的新玩意。

而在这以展示发明创造为主的"专利 10 年成就展"上，各种新奇而实用的产品令人目不暇接，衣食住行、起居坐卧，人们生活中的每个不便的细节，有心人都会发明出方便实用的各种器具。而这些新玩意都是地地道道的国货。

三年前笔者从一本外国杂志上看到的电子节能灯，今天就亮在杭州展团的位置上。杭州海达电子设备厂的推销员在展馆中笑逐颜开地忙着收款、试灯交货。广东花都市荣惠工艺厂生产了有反光标志的书包，很多家长围着发明人，给自己孩子买回一分安全。据说在广州、重庆等地已有很多学生使用这种书包，避免了交通事故。

仅仅 10 年，国人的发明创造进入了寻常百姓家，舶来品的魅力随着中国人自己发明的增多在逐渐减小。再过 10 年，中国人的发明也许会像我们祖辈的四大发明一样成为"舶出品"。

### 换个脑筋想问题

10 年专利实施带来的发展和变化莫过于人们观念的变化。改革大潮使人们在不知不觉中换了脑筋。

58 岁的刘林沛是总参工程兵第四设计院的高级工程师。作为爱民扶贫标兵，他曾把许多发明创造无偿地送给地方的工厂。这次他带着他的 4 项专利，和女儿一起坐在展馆里，希望能有人和他洽谈转让的事。他告诉我们，自从 1988 年开始他已申请 13 项专利，当他不再无偿地转让技术，而是和工厂洽谈有偿转让时，工厂的人却转不过这个弯：怎么会变成这样了呢？厂里的人对他说：你们知识分子变坏了。以前你们有了发明就给我们，现在你们开始要钱，还讨价还价。他一脸的无奈。

发明创造作为人的智力劳动成果，作为财产，在以前似乎是不可思议的事。原始的大公观念，计划经济体制下的大锅饭，使人们只求维持生计，湮没了人的创造欲望，使人们在没有创新的寡淡无味中生活。这种生活没有竞争，没有风险，也没有进步。即使有了发明创造，似乎"君子不言利"是天经地义。

在展馆，记者遇到了北京力通公司的几位博士。他们一开始就把智力劳动成果当作财产。他们几个人在 1993 年丢掉铁饭碗，甚至拿到外国定居绿卡的博士也毅然回国，走出象牙塔，合起来办了力通公司。他们先后发明了冶金行业用的"低压燃油燃烧技术""超细粉末制造技术"等，并申请了 4 项专利。这几位博士在做学问时就了解专利，检索利用专利文献，所以他们的发明申请专利百发百中。高级人才发明的高技术卖高价，因为性能好，买主还不少，实施效果极佳。他们对前景很乐观，认为有专利法保护，新的发明创造能够产生很好的经济效益和社会效益。

发明人看重专利，是因为专利法可以保护他们的发明，使他们在法律保护下从生产销售专利产品中获利，补偿他们为智力劳动付出的心血。企业看重专利，因为他们可以从投资专利产品技术中获利。在展览会上记者曾听到有人这样讲，买专利赚大钱，卖专利赚小钱，有专利不卖不赚钱。买专利意味着风险投资，风险越大，可能得到的回报越多。拥有专利而无力生产又不去转让的人，无法从专利中得到好处。

在礼仪之邦的中国，打官司总不是什么光彩事。但专利被侵权，被侵权的专利权人只好对簿公堂。广东人脑筋转弯似乎又快了半拍。广东的侵权纠纷几乎占全国侵权纠纷案的首位，而且还有增加的趋势。这说明在广东人眼里，知识产权如同私人财产一样不可侵犯。

## 专利实施才能成为生产力

专利实施的 10 年中，国家许多重点工程和高精尖技术领域都有了我们自己的专利技术，长征二号捆绑式火箭上应用了多项专利技术，我国的世界级斜拉桥——上海南浦大桥采用了 1993 年获"中国专利金奖"的"大节距绞型钢索的制造方法和设备"生产的桥梁用钢索；中国首钢集团公司研制装配的 2 号高炉采用了 23 项国内先进技术，其中 15 项为专利技术，使 2 号高炉的热风炉成为世界上先进的顶燃式热风炉。可以说，专利实施不仅已影响到我国国民经济，而且改变着人们的工作和生活。

北大方正的电子排版系统、王永民的汉字输入技术、101 毛发再生精、505 神功元气袋等专利技术和产品，在不断地提高着人们的工作效率和生活质量。随着科技在经济发展中的作用日趋重要，国际经济联系日趋密切，专利已经成为当今赢得市场竞争优势、发展科技与经济的重要武器。拥有多少专利已成为衡量一个企业乃至一个国家科技经济实力的一个重要标志。当今世界的科技经济大国，无一例外都是专利大国。

在"专利 10 年成就展"上，我们欣喜地看到了以下数字：

根据抽样调查，我国的专利实施率在 24% 左右，这在国际上是个不低的数字。

在各种技术交易会、展览会上，专利技术所占比例越来越大，如 1993 年全国发明展览会上，参展项目 70% 是专利，签订的 1.0 亿元技术转让合同，全部是专利项目。

仅对 1993 年获得中国专利金奖和优秀奖的 95 项专利技术的统计，已累计创产值 91 亿元，利税 17.7 亿元，创汇 1.9 亿美元。

以山东省为例，该省截至 1993 年底，共实施专利 6179 项，累计新增产值 122.61 亿元，利税 18.04 亿元，创汇 6.27 美元。

早在 1989 年，中国专利局与世界知识产权组织在北京联合颁发了"中国专利发明创造金奖"，这表明中国的专利技术，已受到国际知识产权界的赞誉。

展馆序厅，我们找到了海南省海口罐头厂的展台。这家以生产天然椰子汁饮料而蜚声海内外的企业，从 1990 年至 1994 年，先后通过法律程序查处了 7 家侵犯其外观设计专利权的企业，烧毁侵权招纸 50 多万张，收缴 7 张侵权胶印底版，查封侵权产品 3 万余箱，从而确保了其合法权益及产品的独占地位。这家曾连年亏损、一度濒临破产的企业正是靠了专利保护发展成为海南省的盈利大户。几年来，该厂实施专利技术实现产值 28.14 亿元，利税 2.64 亿元，所创利税名列海南榜首。

9 年前，广西南方儿童食品厂开发了"黑芝麻糊"产品，并迅速打开市场，然而，随之而来的假冒产品竟多达 189 种。面对这种情况，该厂重新设计包装并申请了外观设计专利。从 1993 年起，该厂将几家侵权企业送上了法庭，均以胜诉而告终，使假冒行为大大收敛，从而夺回了一度失去的市场。1993 年以来，他们又开发了一系列新产品，申请了近 40 项专利，去年形成 4 亿元的产值，利税 5000 万元。

如今海口罐头厂带着其专利出现在"专利 10 年成就展"上，仿佛在用自身的经历向人们述说着我国专利保护工作的有力和成功。

在"中国专利 10 年成就展"开幕的当天，香港《快报》即以"两会期间显示保护知识产权决心，中国专利 10 年成就展在京开幕"为题，在头版显著位置报道了展览会开幕的消息。消息说，"中国专利 10 年成就展"赶在全国人大闭幕的前一天开幕，显示出中国政府对于知识产权保护及专利工作的高度重视。这家香港报纸配发的一篇评论指出，"中国专利 10 年成就展"向世界显示出中国有诚意有能力把知识产权保护工作做好。

目前，全国已有北京、广东等地的 17 个人民法院设立了知识产权审判庭，加大了对知识产权案件的审判力量。据不完全统计，至去年底，人民法院受理的专利案件已超过 2500 件，结案近 2000 件。

专利管理机关的行政执法工作，对专利保护也起到了重要作用。据对全国 37 个专利管理机关的统计，至去年底，已累计受理专利纠纷案 2500 多件，结案率在 87% 以上。

1994 年 9 月，全国 22 个省市的专利管理机关、人民法院及中国专利局有关人员在郑州参加了全国专利侵权案件研讨会，就专利侵权判定有关问题进行了研讨。12 月中国专利局在北京召开了全国专利管理机关办理专利保护工作会议，讨论加强行政执法力度问题，国务院、全国人大、最高人民法院的领导都在会上发表了重要讲话。这表明中国政府、立法机关、司法机关对专利保护的重视。

专利保护是专利制度的核心所在。10 年来，我国的专利保护工作由弱到强，力度逐步加大，专利法的威力在企业竞争机制的建立中逐渐显露出来。

### 写历史的人们

张美娟是湖南展团的团长。记者几次约她采访，几次匆匆忙忙擦肩而过。她在中国专利法颁布的 1984 年调入专利系统，开始投身于中国的专利事业。她从专利代理、专利咨询和专利文献服务着手，接待了一批又一批的发明人、申请人。她纤弱的身体里似乎蕴藏着火山岩之类的物质，使她不能停息地劳作着。在看到自己代理的专利申请被审查批准，看着满腹疑问的发明人满意而去时，她感到自己存在的社会价值。

苟英豪是陕西省专利管理局的老局长，这次专利 10 年成就展他亲自组织和挑选参展项目，并担任团长来京参展。10 年专利工作，他付出了太多心血。现在他的心脏要靠心脏起搏器的帮助才能工作。尽管如此，他还是坚持带团来了，他要看中国专利的 10 年成就，看为之奋斗的事业成功。

浙江瑞安的陈向东是个有名的专利迷，别名陈专利。他热爱专利工作到了痴迷的程度。在专利法开始实施的时候，陈向东调入专利系统，开始学习专利代理，取得了代理人证书。可他不仅仅做专利代理，只要专利工作需要，他什么活都干。他热心地为瑞安的报纸撰写普及专利知识的文章，写广播稿，举办培训班和义务咨询活动，甚至免费为中学生代理并帮助发明人筹措申请专利的费用。他的执着和热情使瑞安人重视申请专利，企业乐意实施专利。陈专利被评为全国专利系统先进工作者，瑞安也被评为全国专利先进市。

孙莘隆开始做专利工作时正值年富力强。10 年的辛劳在他的脸上留下了抹不去的痕迹。他的努力工作推动了苏州企业技术经济的发展，而企业的发展又使他更加努力地开拓专利工作的新局面。

在众多的专利工作者中，很多人来自科研生产第一线。他们可能会在驾轻就熟的技术领域有所建树，但他们还是坚定地跨进专利工作队伍，辛勤耕耘，默默地为发明人为社会需求做嫁衣裳。一位专利代理人曾经说过，专利代理是一件令人遗憾的事。代理人每完成一件申请案急匆匆地递交以后，总会找到令自己不满意的地方。他们需要广博的专业技术知识、专利法律知识，还需要阅读外国专利文献的能力。他们不断学习，不断完善自己。10 年来，工作在专利审查、专利管理、专利代理及专利司法等领域的广大专利工作者，为我国实行专利制度作出了重要贡献，他们在中国专利的历史上写下了重重的一笔。历史不会忘记他们。

### 中国版图上的红点

中国专利的 10 年成就，饱含了各地专利工作者的辛劳。从 1993 年 1 月开始，中国的专利已经覆盖了全国各省、区、市。1993 年 1 月，西藏自治区藏医院申请的"一种藏药坐台粉末的加工方法"获发明专利权，中国专利局局长高卢麟亲自为西藏发明人颁发专利证书。这是西藏自治区获得的第一项专利权。

在中国专利事业刚刚起步时，中国的版图上还留着专利的空白点。如今，不论是沿海经济发达地区还是内陆和少数民族聚集地区，都建立了专利工作机构，为发明人服务，为科技经济发展服务。

青海省人口 400 多万，却有 72 万平方公里的地域，平均海拔 3000 米以上。这里的自然条件差，工业基础薄弱，经济不发达，知识产权的观念较为淡薄。这块土地上的专利工作者帮发明人找市场，给企业送专利信息，甚至帮助实施专利的企业找生产资金。他们拿出的统计数字难以和发达地区比较，但 26% 的专利实施率，却足以说明青海专利工作的成就。青海属边远地区，专利工作尚且如此，整个国家的专利工作可窥一斑。

而浙江省瑞安市的情况就大不相同。瑞安的经济基础较好，乡镇企业和个体民营企业多。这些企业一方面具有体制灵活、享受优惠政策的优势，另一方面他们的设备和技术力量较为薄弱，生产规模小，缺乏竞争力。随着市场经济的发展，市场竞争日益激烈，这些乡镇企业感到了竞争的压力。求生存求发展的愿望使他们抓住了专利这个武器。据有关部门 1993 年对瑞安市 61 个乡镇企业 103 个专利项目的调查，已实施的 97 项专利新增产值 9059 万元。这些专利中的一半是农民发明的。农民发明人合伙办厂，实施自己的专利，保护自己的知识产权。

来自全国 28 个省、区、市的专利项目参加了这次规模宏大的展览，一些局长亲自率团参展。这表明，经过 10 年的艰苦奋斗，专利工作的体系建设框架已基本形成。目前，在国务院有关部委、总公司和各省、自治区、直辖市、开放城市、经济特区、计划单列和试点城市共设立了 95 个专利管理机关，发达省份还在地市、甚至县级设立了专利管理机关，初步形成了专利管理和工作网络。全国已先后建立了专利代理机构 500 多个，其中包括 7 个涉外代理机构，3800 多人取得了代理资格证书。

在专利 10 年成就展上，我们看到了来自各部委专利管理、代理机构的代表，他们带来的专利项目大、水平高。这些展团大多由专利管理机关、代理机构牵头组织率团前来一展 10 年专利成就。

我们还看到了来自全国各省、区、市专利管理机关、代理机构的代表：辽宁省专利管理局无愧"辽老大"的称号，组织了 32 个展位 200 多项目参展，四川、广东、江苏、上海、浙江、河南、河北、山东、陕西、湖北、黑龙江、云南、吉林、内蒙古、宁夏、新疆、安徽、贵州、山西等省、区、市的专利管理机关或专利代理机构都组织了整齐的阵容，来到展馆，甚至领导亲自带队来京参展，展示各自的风采。

我们也看到了来自一些城市，甚至县级专利管理、代理机构的代表们：苏州、常州、保定、珠海、广州、长春、青岛、宜昌、温州、大连、武汉、遵义等地的专利管理、代理机构以并不亚于各省的气势带来了体现当地专利工作风貌和成果的项目参展。

从部委到地方，从省到县，我们从各地组织的展团中可以看出，我国专利工作体系的建设如雨后春笋，茁壮成长，已形成网络优势。建立地方专利管理机构，广泛开展专利工作这一符合国情的成功决策，在"专利 10 年成就展"可谓体现得淋漓尽致。

10 年成就展在展出期间，参观人数达 7 万人次，专利技术交易额达 38.1 亿元。这是专利系统规模最大、水平最高、范围最广的一次技工贸盛会。

### 专利　企业　市场

在中国专利 10 年成就展的中央厅显著位置，摆放着北大方正集团的标志。这个靠专利形成一个巨大产业的集团公司以其专利技术中文排版系统，已经在国内报业及出版业占据了绝大部分市场，并在海外中文报业市场占有巨大份额。在已采用电子出版系统的近30家海外中文报社中，方正系统占有90%以上，用户遍及中国港澳台地区以及马来西亚、印尼、美国、加拿大和欧洲等地。近日，北大方正集团又与中国台湾地区发行量最大的报社之一——自立报系签订了合同。首期合同金额达1亿元新台币，约合3000万元人民币。

鞍山钢铁公司，这个具有78年历史的钢铁基地在新中国成立以来的46年中，为我国钢铁工业和整个国民经济的发展作出了巨大的贡献。在专利事业发展的10年中，鞍钢人创下中国国有大型企业专利史上的辉煌业绩：共申请专利600余项，授权400余项；专利技术在公司内部实施已累计为企业增加效益近10亿元；为职务发明人兑现奖酬235万元，均居全国之首。

据悉，有上百年专利历史的发达国家中，大型企业的专利申请量数以千计。鞍钢人在仅仅10年中，已经发展到年专利申请百余件。虽然专利申请量与鞍钢的企业规模相比显得小了些，但10年来迈出的步伐却不小。今天，专利工作已经融汇为鞍钢生命的内在组成部分，以其活力催化鞍钢的发展。

中国石化总公司在展览馆中以特有的方式招徕着观众：明亮的彩色灯光，具有动感的大屏玻璃画，鲜亮的绿色植物和流水。石化总公司专利工作的外部形象与内在功底做得同样令人赞叹。中国石化总公司扬子石油化工公司从1989年以来，已申请专利36项。公司成立了52名企业专利工作者和两名代理人组成的全公司有层次的专利工作网，加大力度推进全公司的知识产权工作。

烟台专利第一村——山东蓬莱市司家庄，靠专利兴村，靠科技创业，1993年专利产品产值达4400万元，创利税1320万元，全村50%的工业企业拥有自己的专利产品。

广东珠海中富集团公司位于以"花乡"闻名的珠海市湾仔镇，与澳门隔江相望。中富集团创建初期，靠引进中国专利技术起家，从200来人的小厂发展到2800多人的集团公司。这家乡镇企业主要生产各种纸杯和饮料瓶盖，拥有30多项专利技术，每年专利产品的产值达1亿元。他们认为，乡镇企业的生存依靠竞争，而专利产品在市场上的竞争力可与国营企业一比高低。乡镇企业自主灵活的经营方式，也加速了专利技术商品化的过程。

### 结束语

"中国专利10年成就展"开幕时，国务委员宋健同志正在参加全国人民代表大会，他代表国务院向大会发来贺信。贺信说，10年来，在改革开放的大潮中，我国专利事业从无到有，从小到大，发展十分迅速，为全面建立和实施保护知识产权制度做出了重要贡献。我们建立了与国际标准接轨的专利制度，在执法、司法方面取得了令世人瞩目的成就。专利制度的建立，作为我国改革开放的一项伟大成果，在我国的社会主义现代化建设中已经显示出旺盛的生命力。

中国专利局局长高卢麟在成就展开幕式上的致辞中也说到，短短10年来的实践证明，我国专利制度的建立、发展和逐步完善，适应了深化改革、建立社会主义市场经济体制和扩大开放的需要，极大地调动了广大科技人员和人民群众发明创造的积极性，加速了发明创造的推广应用，促进了我国科技进步和国民经济的发展。

10 年艰苦奋斗，10 年辉煌成就！

我们期待着，中国专利事业再创 10 年辉煌！

（刊登于 1995 年 4 月 5 日第一、二版）

# 纸船明烛照天烧

## ——广西首次公开销毁专利侵权产品

**特约记者 微嘉**

6 月 15 日，南国的初夏热浪袭人，而在南宁市中级人民法院的执行场地更是热闹非凡。成群的记者打开摄像机、照相机和录音话筒，他们都在等待着一个重要时刻的到来。上午 9 时，随着人民法院院长的一声令下，一堆侵犯"黑芝麻糊包装袋"外观设计专利权的产品，顿时燃起一团熊熊大火。

这次由南宁市中级人民法院主办和广西专利管理处协办的广西首次对专利侵权产品的公开销毁活动，销毁了广西荔浦县轻工健民食品厂的"剑花牌"黑芝麻糊包装袋与广西荔浦县荔波食品有限公司的"荔波牌"黑芝麻糊包装袋 87519 只。他们均侵犯了广西黑五类食品集团公司（原广西南方儿童食品厂）的"黑芝麻糊包装袋"外观设计专利权。

广西黑五类食品集团公司是广西专利工作重点企业。过去，由于他们对专利工作的重要性认识不足，曾经吃过不少苦头，自己用几年时间开发出的黑芝麻糊产品曾被全国 200 多家工厂仿制。由于当时没有申请专利保护，只得眼睁睁看着别人来抢自己的市场。1992 年后他们学会了运用专利法律武器保护自己的合法权益，几年来在企业内部建立了一整套完善的专利工作制度，做到了每推出一个新产品就申请一系列专利来保护，至今年 4 月，已申请专利 63 项。同时，还组织专职人员，落实专项资金，依靠法律武器，通过人民法院和专利管理机关，打击那些敢于顶风违法仿制侵权的行为。两年来已有 8 件专利侵权诉讼以黑五类食品集团公司胜诉而结案，侵权厂家除被责令停止生产、销毁库存、公开赔礼道歉之外，还分别向他们赔偿 1 万 ~6 万元的经济损失。1995 年 4 月 1 日，他们获得中国专利局的"全国专利工作先进企业"称号。

在社会上公开销毁专利侵权产品，其意义并不局限于对一个企业一个专利权的保护，而是要让全社会都知道，市场经济就是法制经济，企业生产者经营者必须依照法律来规范自己的行为。熊熊烈焰足足燃烧了两个多小时，违法侵权产品在烈火中挣扎着翻滚着最终化为灰烬。冲天而起的浓烟，犹如当年烽火台上升起的信号，它展示了人民法院和专利管理机关携手保护专利权、捍卫法律尊严的决心，也向世人宣告：一场围剿专利侵权行为的战斗已经开始，保护知识产权的环境将在我们的整个社会中形成。

## 喜看送"瘟神"

光灿

今天本报发表《纸船明烛照天烧》一文，报道广西南宁市中级人民法院下令对8万多只侵权产品公开销毁。读罢此文，令人欣喜。

近年来，随着专利事业的发展，专利侵权情况日益增多，因此，人们拿起专利武器，捍卫合法权益，直至诉诸法律，"讨一个说法"，就成为专利领域的常见现象。广西黑芝麻糊事件是又一个例子。这是人们专利保护意识日渐增强的具体反映。其喜一也。

专利纠纷的增多，侵权案件的复杂，向专利管理和执法机关提出了新的更高的要求。这要求执法人员既要有丰富的法律和专业知识，更要有百折不挠、敢于碰硬的精神，努力维护专利法的权威和专利权人的正当权利。南宁中院经过努力审结此案，表明专利不仅在内地城市，也在沿边地区走向成熟。其喜二也。

各地专利执法机关在处理专利侵权实践中创造了许多经验。南宁中院对侵权产品实行公开焚烧的做法也是一种有益尝试。其喜三也。

火是一种力量，也是一种象征。凤凰在火中诞生，丑恶在火中化为灰烬。"借问瘟君欲何往，纸船明烛照天烧。"人们希望，专利侵权产品一类的"瘟神"在熊熊烈火中焚化，永不危害千千万万善良的消费者。

（刊登于 1995 年 7 月 3 日第一版）

专利技术促扶贫

## 太行秋葵落户张家口

**本报讯**　（记者余涛）一种太行山区的野生植物太行秋葵（又名野芙蓉）5月在塞外张家口播种千亩，现已长出绿油油的秧苗，为当地农民和河北省科技扶贫中心的人们带来了希望和喜悦。

野生植物太行秋葵商业性开发利用是北京市玺同功能食品研究所所长王绍璋一家两代人及许多河北的农业、食品专家呕心沥血，十几年风餐露宿奔波于太行山麓结下的科研成果。经过多年科学栽培，上千次生物、化学测试及实际应用实验证明，太行秋葵全身都是宝：由其果实野芙蓉籽加工提炼出来的野芙蓉油，所含天然 VE 每千克高达 11440 毫克，可与珍贵的宇航营养油沙棘油媲美，具有显著的清理生物体中氧自由基、延缓细胞衰老、改善人体微循环等功效；野芙蓉花可加工功能性饮料，或直接于餐后食用，风味独特，营养成分别具一格；太行秋葵的枝叶可加工成功能性饲料，因其独特的生物化学成分，以其5%左右配入常规配方就能有效防止饲料氧化反应，提高饲料利用率，刺激动物生长，降低动物发病率，综合性能非人工合成的化学添加剂所能及。

由于太行秋葵原系野生，故自身生命力极强，在贫瘠的坡岭滩涂皆可大面积种植，而其种植、加工只要辅以必要的专利方法及设备即可，故而是开展扶贫的好科技项目。自今年春节前江泽民总书记到张家口慰问贫困群众以来，张家口市的各级领导在本市已对外开放的新形势下，一直将引进先进有效的科技项目作为引导当地农民脱贫致富的一条根本途径；河北省科技扶贫中心则致力为那里筛选适宜的最新科技成果。玺同功能食品研究所关于太行秋葵开发的7项专利恰恰具有不可比的优势。一方面，太行秋葵适于贫瘠土地种植生产，不占良田。另一方面，用它加工的产品消费的档次既高且宽：天然野芙蓉油胶丸在香港每粒已卖至2元，且供不应求；鲜花作为食品在日本正成为一种时尚，1公斤可食性鲜花如金盏花之价格折合人民币500元；而畜牧业发达的塞外张家口，更是需要高品位、低价格的饲料。

6月初，河北省科技扶贫中心董事长金惠绚女士对到石家庄参加民盟对河北的扶贫考察指导工作的全国人大常委会副委员长费孝通详细汇报了太行秋葵扶贫塞外，并计划明年播种1万亩的情况，费老十分感兴趣，已决定7月中旬亲赴张家口观赏野芙蓉花开，并将这种野生植物的开发利用从经济价值和社会作用两方面意义写入论文提交近期的一个国际学术会议。

（刊登于1995年7月5日第一版）

# 切莫忘记"专利库"

李旭

市场经济的实践告诉我们，企业要想生存发展，必须不断提高产品的竞争能力。怎样提高？一是做到产品的质优，二是做到产品的价廉。只有质优价廉的产品，才会受到消费者的青睐。

不言而喻，要做到产品的质优价廉就必须依靠科学技术，这就需要充分发挥企业科技人员的聪明才智。但是，任何企业的科技力量都是有限的，如果只在企业内部打转转，仅仅依靠自己的力量，就会势单力薄心有余而力不足，产品质优价廉就会大打折扣，达不到期望值。不少企业已经认识到了这一点，采取了"引进外智""借脑发财"的办法，弥补了企业自身科技力量的不足。然而纵观目前企业"引进外智""借脑发财"的做法，仅仅限于与大专院校、科研部门挂钩联合，或者聘请外国技术人员方面，借用"专利库"这个"外智"的企业却寥若晨星，有许多企业甚至根本就没有意识到"专利库"也是"外智"。实在令人遗憾。

全世界每年90%～95%的最新发明成果能在专利文献上查到，目前世界上专利文献的储量已达3000余万份，并且以每年100万件的速度增长。可见，"专利库"是集中外科学技术之大成的"外智"，只要借用这个"外智"，就能避免走弯路，花较小的代价达到更高更远的目标，做到产品的质优价廉。

福州第一化工厂在氯酸盐电解槽的技术改造中，由于借用了专利库这个"外智"，在这个基础上，结合该厂长期对槽型研究的经验，创新设计出 FA－2 单极外循环电解槽，不但节约了大量资金，降低了生产成本，而且大大提高了产品质量，使我国氯酸盐行业电解装置技术水平，一下向前跃进了 20 年。广东爱德洗衣机厂依靠专利不断提高产品性能和质量，使其产品具有容量大、耗电小、不缠绕、洗净率高、磨损率低等优点，深受用户欢迎。

事实说明，借用"专利库"这个"外智"是企业发展的一种捷径。

(刊登于 1995 年 8 月 16 日第一版)

王码慧智联手合作

# 王永民专利技术再闯世界

**本报讯** （记者安雷　须晓云）王码电脑总公司总裁王永民与美国慧智公司代表，日前在人大会堂签署了授权使用"优化五笔字型编码法及其键盘"专利技术协议。至此，该项专利技术已向海外转让 15 家，走向世界 10 年。

目前，我国95%以上的报刊等出版物都已采用"五笔字型"汉字输入方法，在联合国、东南亚以及我国港澳等地区也已广泛采用。"优化五笔字型编码法及其键盘"有关技术已获得中、美、英 3 国专利权，并向国际多次转让。

与王码公司合作的美国慧智公司是当今世界上最大的电脑终端机厂商，拥有世界50%左右的终端机市场份额。其用户包括美国税务总署、海关总署、太空总署等。

该公司为开拓中国市场，花巨资一次拥有了"优化五笔字型编码法及其键盘"专利使用权，直至该专利保护期限为止。

截至目前，美国 IBM 公司、DEC 公司、HP 公司及日本 CASIO 公司等都购买了该项技术的使用权。这充分显示了我国电脑高科技方面的技术实力。"五笔字型"汉字输入技术走向世界，预示着中国的软件产业和民族的电脑产业极具潜力并大有希望。

全国人大、国家经贸委、电子工业部、对外友协等单位的领导及知识产权界的部分专家、美国驻华使馆商务参赞等出席了签字仪式。

（刊登于 1995 年 8 月 23 日第一版）

# 反盗版大战在全球拉开帷幕

林立

"信息高速公路"在下世纪初将建成投入使用，与此同时，使用计算机网络犯罪便成为巨大的潜在隐患。互联网络是无处不在的电子网络，它连接着全世界 4000 万台计算机。在欧洲和亚洲许多国家，有 70% ~ 98% 的软件是非法盗版的，在美国盗版软件大约占 40%。全世界因软件盗版，1992 年损失 20 亿美元，1993 年损失 74 亿美元，1994 年损失高达 100 多亿美元。盗版已成为"信息高速公路"建设的一股强大逆流。为此，反盗版大战已在全球范围拉开帷幕。

## 各国政府的行动

在美国，只要发现 10 本以上的软件副本在市面销售，违法者就要被判处 5 年的有期徒刑，坐牢监禁并罚款 25 万美元。如果是公司盗版则加倍处罚。克林顿政府建议严格执行联邦版权法，互联网络的信息传输也写入联邦版权法。新的法律明确规定电子产权与任何其他产权一样神圣不可侵犯。

法国在不久前成立了信息技术欺诈行为调查机构，司法部门还制定了严惩软件盗版行为条例。个人从事软件盗版，将被判处 2 年徒刑和高达 100 万法郎的罚款。公司法人盗版软件，将被罚款 500 万法郎。情况严重的公司还要被取缔。

在亚洲国家，警察定期检查软件市场，不仅没收非法复制的软盘，还对卖主处以 5000 美元的罚款。

俄罗斯国家杜马已通过了"信息、信息化和信息保护法，还制定出"商业秘密法"草案及"个人隐私法案"，并发往欧洲委员会商定。此外，还对俄联邦新的刑法法典草案提出了有关计算机犯罪、个人隐私保护、工业间谍活动、商业秘密的建议。

## 盗版活动成为众矢之的

盗版猖獗造成企业的损失惨重。盗版活动已成为全球计算机业界的众矢之的。

不久前，Apple 公司对 Intel 及 Microsoft 公司提出诉讼，指控这两家公司剽窃它的快速计时新技术。Apple 公司副总裁兼总经理戴维·内格尔说："快速计时技术对 Apple 公司在多媒体硬件和软件市场的领先地位起重要作用，我们必须保护这种财富。"他声明，"我们决不允许他人剽窃我们的研究开发成果。面对经过我们艰苦奋斗取得的市场进展遭他人不公平的破坏，我们不会置之不理。"随着网络犯罪蔓延，盗版纠纷将日趋复杂。

欧、美和日本三方行业协会在一项联合政策文件中指出，私营部门应带头开发确保计算机网络能相互通信并能抵制"黑客"（Hacker）所需的技术。日本电子工业协会发言人说，各国政府必须保证在信息高速公路上运行的内容得到充分保护。行业和政府必须紧急解决数据保护问题。显然，没有实施充分完善的隐私规章，信息社会可能具有威胁性和侵入性。

所有出版商都认识到在互联网络上运行的任何信息都可能引起商业竞争对手、同行、专业伪造者、剽窃者及仿造者的兴趣。防范的最好方法是给信息加密。最近，在互联网络发送机密的用户已采用完善的保密软件。凡进入互联网络的用户都可以使用这种加密软件。

按照美国的计划进程，21 世纪初将能建成信息高速公路，届时联网的计算机用户可能超过 2 亿个，网络犯罪将是一股强大的潜在"黑客"（Hacker）。尽管全球反盗版大战已拉开序幕，然而计算机软件因有其特殊性，侦破、审理工作相当困难和复杂。高科技不仅给人类带来福音，同时，一旦被不法之徒利用，则其犯罪就更加隐蔽和严重。

（刊登于 1995 年 9 月 4 日第三版）


# 谈县级专利工作的现状与对策

王胜利

专利法在我国施行已 10 年有余，县级专利工作如何呢？

据中国专利报 1995 年 1 月 18 日报道："顺德市专利申请量走在全国县级前列。"该报道说："广东省顺德市自专利法实施以来，至 1994 年 9 月底止，已申请专利 1008 项，为全国县级首位，历年来累计新增产值 50 多亿元，创利税 7.3 亿元，取得了较好的经济效益与社会效益。"另据中国专利报 1995 年 3 月 1 日报道："龙口市 10 年专利工作成果卓著。"该报道说："龙口市 1994 年申请专利 78 件，累计申请专利 412 件，居山东省县（市）之首，共新增产值 27.8 亿元，利税 6.7 亿元。"又有中国专利报 1995 年 8 月 9 日报道："常熟市专利事业开始步入新阶段。"该报道说：

"在《专利法》实施以来的十年里，全市专利申请量逐年增加，1991 年以来的年申请量均在百件以上，由中国专利局受理的专利申请总数为 571 件，其中授权 402 件，名列全国县（市）前茅，在江苏省县（市）级连年保持领先地位，荣登中国专利江苏十强县（市）榜首，由专利产品新增产值超过 20 亿元，利税超过 2000 万元。"

看了上述三篇报道，笔者为之振奋，如果全国的县级专利工作都能取得如此成绩，中国专利就大有希望了！中国经济发展也就大有希望了！

据统计，辽宁省现在正好有 100 个县（市）区级行政区域，不用说和顺德、常熟和龙口比，每个县（市）区每年申请 10 件，一年就是 1000 件；锦州市共有 8 个县（市）区，每个县（市）区每年申请 10 件，每年就应有 80 件。但是，现在就连这个数也没有达到。可见县级专利工作在先进地区和一般地区之间存在着多大的差距。笔者最近对锦州市县（市）区专利工作情况进行了一次调查，调查反馈回来的情况有喜有忧，更多的是呼声，是建议，是希望。笔者认为这具有一般意义，也具有典型意义，故写此文章，以和同行们进行一次探讨，促进专利工作向县级延伸，向县级发展。

喜的是，专利工作在县级已经起步，在县级科委安排有兼职的专利工作人员进行有关专利法和专利知识的宣传、专利申请的咨询，这些同志起着承上启下的作用，并积极配合省市专利管理部门宣传、普及专利法，以提高全民的专利意识，并协助发明人到市级专利代理机构申请专利。到目前为止，锦州各县（市）区累计有近百项专利申请，有的县（市）区对专利技术优先列入重点科技项目，对实施前景好的专利项目优先给予资金支持，促进了专利实施；有的县（市）区对专利实施较好的项目给予重奖，优先评选科技进步奖，并积极兑现"一奖两酬"，调动了科技人员发明创造的积极性。这一切都说明，专利工作在县（市）区已经起步，人们已经开始有了专利意识。

忧的是，在大多数县（市）区还一直没有健全的专利工作机构。一是无人具体抓专利工作，二是无力开展有效的专利工作。虽然大多数县（市）区都有兼职的工作人员兼管专利工作，但只能起到沟通、联系和协助的作用，专利工作处于被动局面，多数县（市）区对本地区的专利申请、专利实施等方面的情况不能全面了解；一些县（市）区从外地引进专利技术，由于缺乏事先在法律状态和技术状态方面的调查和论证，实施情况不佳；还有一些企业对专利知识了解甚微，在当了被告后才开始学习专利法。

笔者从调查中看到了先进地区和一般地区的差距，分析了其中的喜与忧，但笔者看到更多的是希望，是建议，是呼声。几乎所有的县（市）区在调查报告中都提出，建议在县（市）区建立专利工作机构，培养专利代理人，建议学习先进地区专利工作的有益经验，通过典型引路的办法，以专利工作与经济工作和企业的技术进步的结合点为突破口，将专利工作逐步、有效地开展起来。笔者在中国专利报 1995 年 7 月 31 日的报道中又高兴地看到，山东诸城在 1992 年建立了全国第一个县级专利管理局，并先后成立了专利事务所、专利技术开发服务中心和无形资产评估事务所，各企业也都配备了专利工作人员。由于机构健全，人员落实，因此，山东诸城在制订配套法规、促进专利申请和实施等方面都见到了显著成效。这真是有没有人抓不一样，明白人抓与糊涂人抓又不一样。鉴于此，笔者认为，为了促进县级专利工作尽快健康地发展起来，应该从下面几方面做起：

第一，加强组织建设，建立专利工作机构，为开展专利工作做好组织保证。这里，专利工作机构主要指专利管理机构和专利服务机构。在形式上，可以是山东诸城那样建立专利管理局（中国专利报 1995.7.31 报道），可以是湖北磁县那样在科委内设立专利管理科（中国专利报 1995.7.12 报道），也可以像广东顺德那样设立专利管理站（中国专利报 1995.1.18 报道），还可以像浙江玉环那样设立专利服务站（中国专利报 1995.6.28 报道），等等。只要是对专利工作有利，在目前没有统一要求的情况下，各地区结合本地区的实际成立相应的专利工作机构，把专利工作正式纳入县级科委科技管理的主要工作内容之中，并有专人抓，才可以有"事在人为"。

第二，开展专利法宣传普及教育，提高全民专利意识，特别是增强各级领导的专利意识，为开展专利工作做好思想准备。有了人，有了机构以后，就要以专利法的宣传普及教育为先导，提高全民专利意识，有条件的地方可以举办有关专利、知识产权保护等方面的培训班或专题讲座，并充分利用广播、电视、报纸等宣传工具，广泛宣传普及专利知识。只有提高了认识，才能增强意识，就可以变被动为主动，由不自觉到自觉，正所谓"思想通，一通万通"。

第三，建立专利技术转化为生产力的有效的运行机制，促进专利实施。专利制度的真正目的绝不是仅仅为了申请专利和批准专利，而是为了通过保护发明创造专利权，促进科技进步，促进科技与经济的结合，把发明创造成果尽快转化为生产力。一项专利技术的价值，在于它能在生产实践中产生巨大的经济、社会效果。这方面工作做好了，可以成为新的经济增长点，也才可能引起各级领导的重视与支持。本文所举的广东顺德、江苏常熟、山东龙口等地无不在这方面走在了前列，反过来，又能进一步推动专利工作。

第四，加强领导，协同作战，促进专利事业蓬勃发展。专利工作是一项综合性很强的工作，它涉及科技、经济、法律、财政、金融、外贸、工商、税务等各个方面。专利工作不仅是专利管理机关或科委的事，也是计划、经济、财政、司法等各有关部门都应共同关心的事业。因此，在专利工作向县级延伸的时候，要特别注意得到县级政府的重视，要特别注意得到各有关部门的支持、配合，把大家的积极性都调动起来，协同作战，才可能促进专利事业蓬勃发展。

（刊登于 1995 年 10 月 2 日第二版）

# 企业专利工作谁唱"主角"?

## ——来自四川的调查与思考

**本报记者　朱宏　吴晖　特约记者　卢红兵**

**题记**：企业专利工作谁唱"主角"？这似乎是一个不值得一提的问题。然而事实上，在过去的几年里，企业专利工作基本上是由地方专利管理机关来"领衔主演"。最近，记者在对四川部分企业的采访中惊喜地发现："主角"已发生了变化，不少的企业已开始自觉地登上专利工作舞台，并尝试着迈出成功的一步。从这一"主角"的转换中，引发了我们对企业专利工作的一些思考……

### （一）关于"主角"

从概念上来讲，企业专利工作是面向企业，针对企业，与企业的经营战略相结合，充分发挥专利制度的功能和作用的专门业务工作或管理工作。也就是说，企业专利工作是企业技术进步和建立现代企业制度的重要内容之一，其工作成效是衡量企业技术进步和经营管理水平的一个重要标志。

企业专利工作既然是一种推动企业技术进步、提高企业的市场竞争能力和经济效益的有效手段，那么，"担纲"的自然应是企业。但是在我国，由于企业专利工作起步晚，基础薄弱，各项相关的工作不得不依靠地方的专利管理机关"一手操办"。事实上，对于处在起步阶段中的企业专利工作来说，离开地方专利管理机关的"操办"是寸步难行的。

去年，国务院二委一局正式出台《企业专利工作办法》，这为企业专利工作上新台阶吹响了进取的号角。

### （二）风自东方来

几年的企业专利工作经验告诉我们：企业的生存、发展离不开专利。企业是既有科技工作又有经济工作的地方，是科技与经济工作的结合点，作为集科技、经济、法律为一体的专利制度，必然与企业有密不可分的联系。

在对四川省的采访中我们发现，四川省近几年企业专利工作发展较快的一个重要原因是得益于省政府、省科委及其他有关部门的一贯重视和支持。省委副书记宋宝瑞同志早在5年前就明确提出："企业专利的拥有量和产品中专利的含量决定了企业和产品的命运，没有专利的企业和不含专利的产品是没有竞争力的，是要被淘汰的。专利与企业的兴衰关系极大，不重视专利的企业领导是没有眼光的。"省科委常务副主任周世永同志在最近召开的四川省第二次企业专利工作会议上又一次强调指出：大力搞好企业的专利工作是专利事业发展的目标，更是企业依靠科技发展经济的客观需要。他说，企业专利工作是企业科技工作的一个重要组成部分，它要面向企业，与企业的技术开发、新产品试制和经营战略相结合，充分发挥专利制度的作用。

企业能否出演"主角"，直接关系企业专利工作能否上一个新台阶，也直接关系到企业的技术进步和经营管理是否跟得上时代发展的步伐。

从全国形势来看，今年5月，党中央、国务院召开了全国科技大会，明确提出了"科教兴国"的伟大战略，进一步强调要加强科技和教育，坚定不移地贯彻经济建设必须依靠科学技术、科学技术必须面向经济建设的战略方针。

国务院已作出《关于进一步加强知识产权保护工作的决定》，并建立了国务院知识产权办公会议制度。就四川省而言，四川省根据中央的要求，也建立了四川省保护知识产权办公会议制度，加强了对全省知识产权工作的宏观管理和统筹协调。

在这样一个形势下，市场经济的发展被加快，必然带动工业生产的适度发展，从而又增大了对科技进步的需求，企业的经营和发展发生了根本的变革，技术创新和新产品开发日益在企业的经营发展中占据主导地位，这就要求企业真正从依靠资金和劳动力的投入转移到依靠技术进步的轨道上来。因此，转换经营机制，建立现代企业制度，使企业转变到依靠技术进步来增强企业活力，提高企业经济效益和使企业的有、无形资产保值增值，就成了当前我国经济改革中的迫切任务。当今世界以企业为主体的市场竞争，基本表现形式是企业产品的竞争，产品的竞争实质是产品中蕴含的技术的竞争，而在国际通行的市场经济法则规范下的技术竞争，是以专利为核心的竞争。

而这种以专利为核心的竞争，必然将专利与企业紧紧联系在一起，将专利深深植根于企业经营活动中，把专利摆到了企业生存和发展的生命线的地位上。

从另一个层次看，我们在改革开放中走向世界，改革开放的大潮已将我们的企业推到了超越国界的角逐场上。我们的外向型经济发展战略正在稳步实施，我们企业的经济活动在经济体制改革的大潮中日益国际化，逐渐融入国际经济大循环的轨道，我们必须按照国际惯例和规则参与国际市场竞争。专利制度正是世界各国公认的公平竞争的法则，广泛被世界各国运用，我们企业要参与世界经济活动就必须遵守专利法等一系列法规制度，就必须了解世界各国的专利动向，知晓各国的专利制度，追踪有关国际科技经济领域的专利发展趋势。

关贸总协定将知识产权保护列为谈判的重要议题，世界贸易组织将知识产权理事会作为三大理事会之一，这些都表明专利已与国际贸易紧紧挂钩，它将直接影响我国与世界各国的经济、贸易和技术往来。我们的企业如果对此缺乏足够的认识，不懂得、不重视如何把经济战略的重心放在注意知识产权法律保护的基点上，就会苦无对策，坐失良机，从而跟不上改革开放的步伐。因此，企业如何深入开展专利工作，尽快当上"主角"、演好"主角"是我们每个企业，尤其是国有大中型企业在转换经营机制和建立现代企业制度进程中面临的一个必须解决的重大课题。

### （三）红杏出墙

李鹏总理曾说："我们的专利制度是在改革开放中诞生的，它应该为改革开放服务，而且只有在改革开放中才能不断发展。"这段话一方面道出了专利制度服务于改革开放、服务于市场经济的本质，另一方面也指明了专利事业光明的发展前景。只要改革开放的方针不变，只要发展社会主义市场经济的目标不变，专利事业的兴旺发达是必然的。事实上，在中国专利事业过去的10年中，特别是在改革开放不断深入，国民经济持续、稳定、健康发展的"八五"期间，四川省的专利事业，尤其是企业专利工作得到了迅猛发展。一些国有大中型企业已经尝试着担当专利工作的"主角"，并取得了良好效果。

1. 专利申请量稳步增长

1985年，四川省企业的专利申请量仅有48件，1994年已达到267件，不少国有大中型企业成了专利申请大户。如攀枝花钢铁公司目前已向中国专利局提交专利申请达123件，向美国专利商标局递交3件。其中职务发明85件，发明专利42件。德阳第二重型机械集团公司近3年申请专利54件，获权18件，在全国同行业中居领先地位。成都机车车辆厂近年也申请专利19件。企业专利申请量的增加，一方面表明企业开发新技术新产品能力有所提高，另一方面表明企业依靠技术求发展的步伐加快了。

2. 专利实施效益显著

重实施是四川省企业专利工作的一个重要特点。在专利管理机关的大力宣传和重视下，各类企业自觉或不自觉地都把推进专利实施、加速科技成果向现实生产力转化，作为本企业专利工作的出发点与归宿，做了大量卓有成效的工作，取得了显著成绩。近5年来，四川省企业实施专利项目达1000多件，据不完全统计，累计产值达70亿元，新增利税22亿元。

如化工部碳黑工业研究设计院自行实施专利2项，许可转让专利11项，累计实施产值29亿元，利税11.8亿元；四川省化工研究设计院的"氯化铵系粒状复混肥"专利许可全国72家企业实施，每年新增产值5亿元，利税1亿元；攀钢仅在1994年自己实施专利26项，创经济效益5000万元，许可他人实施专利4项，获许可费228万元；德阳二重每年从有限的开发费中划出一块保证专利实施，使90%以上专利在本企业推广应用，促进了技术转化和企业发展；成都化工碳素总厂以厂级领导挂帅，在资金、物资、人员上优先保证专利实施，仅对"特级石墨电极""TCL抗氧化浸渍电极"专利产品的实施，每年增加上千万元产值、300万元利税，仅石墨化技术的普通许可转让，许可费达120多万元；成都机车车辆厂组织实施的5项专利，新增产值达2400万元，新增利税380多万元，节约资金95万元。专利实施的良好效益又反过来激发了企业依靠技术进步，加大技术开发投入的积极性，推动企业走上了良性循环的发展轨道。

3. 专利宣传不断向广度和深度发展

专利法的宣传教育工作一直是四川省企业的一项经常性工作。随着企业专利工作的深入开展，企业专利知识的普及面不断扩大，专利宣传的对象从技术人员向领导和广大职工群众两个方向扩展和深入，宣传内容从基础知识向研究企业专利战略、无形资产评估以及整个知识产权保护方面深化，学法用法的自觉性不断提高。如攀钢坚持经常举办各种类型和层次的专利学习班，对职工进行专利知识教育，并分期分批送派了37人参加国家、部委和四川省举办的专利代理人和企业专利工作者培训班，13人参加"国际技术贸易及涉外专利实务函授班"，2人参加中国专利局与世界知识产权组织举办的PCT培训，3人随冶金部组团赴美、日、欧洲进行企业专利工作考察。1991年该公司组织6000余人参加了"攀钢杯"专利知识竞赛。今年初，攀钢正式成立"四川省知识产权研究会攀钢分会"，首批会员200多人，会上发表20多篇论文，5篇获奖。川化集团公司从1988年起坚持每年举办一期专利培训班，并采取发放教材、播放电视录像等手段进行宣传教育，在1991年、1992年两年的10期中层干部培训班中，每期都安排讲授专利知识。1992年共有1088名科技人员参加"两法"学习考试。1993年举办的"四川化工总厂专利工作和'复关'对策研讨班"，全公司40多个单位的领导干部和技术人员参加。

4. 专利管理体系的建设日臻完善

专利工作对企业是一项新的工作，需要有人抓、有人管，因此，加强领导，建立组织机构，健全规章制度，是开展企业专利工作基本条件。近几年来，四川省越来越多的企业开始重视专利管理体系的建设，目前在进行专利工作试点的132家大中型企业中，已建立了专利管理机构，做到了领导、组织、制度"三落实"的有86家。国营八一二厂成立了以厂长为组长，总工程师为副组长，副厂长、总会计师、主要处室第一负责人和分厂领导参加的16人知识产权管理领导小组，建成了专职管理人员5人，兼职管理人员103人的全厂知识产权管理网，每年拨款数万元用于知识产权管理工作。他们还整理编印《知识产权法规汇编》发给全厂职工学习，制定了《国营八一二厂关于保护知识产权的若干规定》和《国营八一二厂知识产权管理工作办法》，并与全厂职工签订了《保护知识产权责任书》近万份，使知识产权保护工作责任落实到每个人，使企业专利工作逐步走上了制度化。德阳二重建立了以总工程师为首，总工程师办公室专利办归口管理，各单位分管技术的厂长、经理、处长分管，1~2名工程技术人员专兼职管理的专利工作管理体系，并根据公司自身特点制定了《第二重型机械集团公司专利管理办法》和《专利实施推广奖励办法》，制定了专利管理、专利申报流程图，保证了企业专利工作的有序开展，使专利工作有机地纳入了企业经营管理轨道，为企业建立现代企业制度、加强无形资产的管理奠定了基础。

5. "一奖两酬"政策得到较好落实

专利法规定的"一奖两酬"是保护和调动广大职务发明者积极性，使尊重知识、尊重人才的方针不但在政策上得到体现，在法律上得到保障，而且在经济上也得到落实的不容忽视的政策法规制度。近年来，这项规定在四川广大企业中得到了较好的落实。在攀钢制定的《攀枝花钢铁公司职务专利奖励条例（试行）》中规定：凡获得专利证书者，均一次性地发给50元以上的奖金。到目前为止，共有36件职务发明专利的发明（设计）人受到奖励，平均每件奖金 1300 元，最高奖 2 万元。除对专利发明人给予奖励外，该公司还对在内部实施的专利采取承包形式，依据承包合同规定的实施效果和经济效益进行考核，给予特殊奖励。此外，该公司对攀钢研究院的专利工作实行倾斜政策，例如获得一项专利权奖励 1 万元，10 项以上每项专利奖 1.2 万元。专利许可证合同实施后，公司除对发明（设计）人依法给予报酬外，还对实施工作中作出直接贡献的有功人员另提 5%～10% 合同总额的奖金，根据贡献大小予以奖励。几年的试行表明，这些激励制度的贯彻执行，为保证攀钢专利申请和实施创造了良好的条件，促进了攀钢专利工作的开展。

### （四）海阔天空

可以这样说，当四川省的一些企业登上专利工作的"舞台"、出演"主角"之后，四川省的企业专利工作也随之发生了"质"的飞跃。

1. 以专利工作为基础的知识产权保护体系逐渐形成

专利是知识产权领域的一个重要范畴，几年来，四川省的一些企业在对专利工作的开展中，逐渐地把专利工作的范围向整个知识产权领域扩展，他们以专利工作作为建立知识产权产权制度体系的基础，把企业专利工作推上了新台阶。如德阳二重，以专利工作为主线，以专利工作的基础，成立了知识产权办公室，全面负责集团公司的知识产权工作，他们制定了《中国第二重型机械集团公司知识产权保护管理办法》，规定了集团公司知识产权的范围和定界，对集团公司新产品、新物质、新技术、新工艺、新配方、新设计、计算机软件、电路设计图、论文、产品设计图、工程设计图、冷热工艺、科学职务作品、科研成果和各种技术，按照知识产权的三大支柱专利、商标、版权进行划分归类。明确了职工在公司知识产权方面承担的责任与义务。为保护集团公司的整体利益、防止国有资产流失提供了可靠的保证。

2. 引进技术，充分利用专利和信息开发新技术新产品

根据发达国家许多成功企业的发展经验来看，引进国外先进技术特别是专利技术，是迅速缩小与发达国家技术差距的一项十分有效的措施。德阳二重集团公司引进美国国民锻造公司的技术生产"高压容器密封装置"并在生产中进行了部分实质性改进，继而申请了专利，产生了较好的经济效益。

专利文献是丰富的"知识宝库"，它是集技术、经济、法律三位一体的信息载体。在国际技术竞争日趋激烈，科技发展日新月异的今天，充分、有效地利用专利文献已经成为加速科技发展、谋求技术竞争优势的重要手段。这一点已为四川省越来越多的企业所重视。如攀钢在科技工作中注意利用专利信息和文献，提高科研项目开题的水平和避免重复研究或侵权。例如 SQ 全长淬火钢轨生产技术开发成功，节省 6.6 亿日元的引进费，形成了自己畅销的拳头产品。

3. 从被动"挨打"到主动防御

四川省宜宾市科委副主任郭朝辉在接受记者采访时说，我国的企业专利工作到

目前为止可以说经历了四个阶段：一是"无知"阶段，二是"吃亏"阶段，三是觉醒阶段，四是主动防御阶段。先是初期企业对专利工作的不认识，致使侵别人权或别人无偿使用自己技术的现象发生，然后才在"痛苦"中醒悟，继而对专利工作有所认识，并加以主动防御。

事实上，市场经济的发展就是这样，谁越早越深刻地认识专利，认识知识产权保护的作用，谁就越早越牢固地掌握了市场竞争中的主动权。目前，四川省的一些企业已经制定了完整的企业知识产权防御计划和措施。攀钢还利用自办的《攀钢科技信息》每月定期登载与攀钢相关技术领域中国专利的法律状况并进行监控，一是防止侵犯他人专利权，二是防止不符合专利法规定的专利授权，三是传递最新技术信息动态。

综上所述，不难看出，当四川省的部分企业主动登上专利工作的"舞台"出演"主角"、企业专利工作从被动向主动转变的过程中，这些企业已清醒地意识到专利工作在推动企业技术进步、促进产品结构调整、保护企业合法权益等方面都发挥着积极作用。

总之，企业在企业专利工作中，应该主动唱"主角"。目前我国的改革开放已进入一个新的阶段，经济改革的重心是企业转换经营机制，建立现代企业制度，使企业真正成为自主经营、自负盈亏、自我约束、自我发展的独立法人主体，把企业真正推向市场，确保在提高效益的同时，实现国有资产的保值和增值。企业专利工作"主角"的转变就是要把以往专利管理部门的工作渗入到企业各经营管理部门工作中去，使专利运行机制融合为企业经营管理整体机制的有机组成部分，使企业根据自己的经营目标和发展战略需要来确定自己企业专利工作的方针和重点。也就是说，企业要以参与技术竞争、产品竞争、提高经济效益为目的，制订符合本企业实际情况的专利工作方针、目标及具体措施、办法。对这一"主角"的具体要求是，要在做好宣传教育培训、专利事务咨询服务、办理企业专利申请和专利纠纷、诉讼事务、参与组织专利技术的实施、管理专利许可贸易、督促办理"一奖两酬"事务等日常工作的基础上，积极开展企业专利战略研究，如建立与本企业产品有关的专利信息库，跟踪国内外同行企业技术发展动向和申请专利的情况，剖析国内外与本企业有关专业的专利技术状况，研究如何利用他人专利，如何开拓和占领国内外市场等策略，为企业的经营决策当好参谋，以不断提高企业占领市场、垄断市场的竞争力，加速企业的进步发展和经济效益的不断提高。

在四川采访结束的时候，四川省专利管理局局长江佑林说了这样一段话："我认为，企业不仅要在企业专利工作中主动唱好'主角'，而且，随着社会主义市场经济的发展，在整个专利工作中，企业也将承担起'主角'的重担。"

（刊登于 1995 年 11 月 20 日第一、二版）

**CHINA INTELLECTUAL PROPERTY NEWS**

# 1996

1989 1990 1991 1992 1993 1994 1995
1996 1997 1998 1999 2000 2001 2002 2003 2004
2005 2006 2007 2008 2009 2010

## 纪念改革开放40年
中国知识产权报新闻作品集

2011 2012 2013 2014 2015 2016 2017 2018

一厂生九厂　厂厂好效益

新的探索——北京市高院聘请专家、学者参与知识产权审判工作

春天的希望——中国专利局高卢麟局长访谈录

中国知识产权培训中心在京成立

合资潮下的危机——中国市场冷落知识产权的后果

中国将一如既往地加强知识产权司法保护

中航总公司专利工作网建成运行

要名牌　更要知识产权保护——哈尔滨中药二厂发展启示录

创新，是发展的不竭动力

中国海关，向盗版侵权宣战

工作体系：有作为才有地位

大发明与小发明

走近专利大省

中国专利第一股

这样下去，如何了得！——瑞安市东方阀门厂明目张胆假冒专利，
　瑞安市专利管理局心有余而力不足

科技进步　专利兴业

# 一厂生九厂　厂厂好效益

**本报讯**　宝鸡市神农锅炉厂是一个建厂只有 3 年、职工不足 50 人的小型企业。该厂始终以开发、生产专利产品为龙头，产值和利税 3 年翻了三番，由一个厂发展为九个厂，厂厂都取得了好的经济效益。

1992 年底，神农锅炉厂在秦岭北麓渭水河畔的一片荒坡上建厂，初期只投资 35 万元，建厂房、购设备、买材料，在资金十分紧缺的情况下，紧紧抓住"科技进步、专利兴厂"这个纲，采取边建厂边生产的方针，很快就开发研制出"多回程常压锅炉"和"蒸汽助燃热风炉"两项专利产品，并于当年通过了省级技术鉴定和投产鉴定。产品投放市场后，以其结构独特、节能显著、消烟除尘明显而深受用户欢迎，在短期内打开了市场，到 1993 年底，实现销售收入 120 多万元。

1994 年后，该厂又根据用户的不同需求和各地煤种的差异，及时研制出适合不同用户各种需要的 30 多个系列品种，销售额猛增到 300 多万元，比上一年翻了一番多。

神农锅炉厂生产的专利产品不仅受到专家和用户的好评，还荣获了第五届亚太国际贸易博览会银奖、中国环保科技成果进步奖、中国西部第六届交易会金奖等十多项殊荣，被陕西省授予"科技示范型企业"和陕西省环保设备定点生产厂家。同时，也引起了国内许多锅炉生产厂家的重视。各地厂家纷纷来信来函要求转让技术或联营生产。几年来，先后在黑龙江、内蒙古、甘肃、西安、延安等省市和地区，建立了九个联营生产厂或分厂，使这一专利产品尽快在全国大幅度被推广，同时也给这九个生产厂家带来了可观的经济效益，实现年产值 5000 多万元，并形成了神农集团。

神农锅炉厂之所以能够尽快发展壮大，一连派生出九个厂，就是依靠专利产品起家，靠科技致富，走出了一条自身实施专利技术与转让专利技术相结合的新路子。

（张周科）

（刊登于 1996 年 3 月 4 日第一版）

# 新的探索

## ——北京市高院聘请专家、学者参与知识产权审判工作
**本报记者　常释**

为加强知识产权的司法保护工作，保证人民法院公正执法，高质办案，3 月 7 日，北京市高级人民法院以该院的名义聘请了 21 位知识产权界的专家、学者为法律

咨询顾问；两家知识产权民间团体为知识产权审判技术鉴定单位，并为两个市中级人民法院聘请了6名人民陪审员。这是我国司法工作中一项具有开拓性和探索性的新尝试。

一批在我国知识产权界有较深理论造诣，有较高研究水平，有较高声望的专家、学者，以个人身份受聘于北京市法院系统（三级法院），担任知识产权法律咨询顾问。在今后的办案中，咨询顾问的咨询意见将详细记录于案件卷宗。"中华全国专利代理人协会专家委员会"及"中国版权研究会版权鉴定专业委员会"两民间团体分别被聘请担任全市各级法院知识产权审判技术鉴定工作。鉴定工作将采取一案一委托的办法，鉴定机构根据委托内容出示书面鉴定意见，供法庭参考，并允许当事人当庭质询。一批在中国社科院知识产权中心、北京大学知识产权学院、中国人民大学知识产权教学中心、国防专利局等单位从事教学与科研工作的年轻同志，分别被聘请为市第一与第二中级人民法院人民陪审员，亲自参加法院合议庭并承办案件。在办案中，人民陪审员享有与法院审判人员同等的权利，承担同样的义务。

知识产权的司法保护，是法律赋予人民法院的一项十分重要的审判任务。近年来，北京市法院的知识产权审判工作迅速发展，案件数量大幅度上升。1993年至1995年，全市法院共受理各类一审知识产权案件764件，其中1993年228件，1994年266件，1995年270件。三年受理案件的总和比前10年受理的案件总和还多。到目前为止，市法院共审结各类知识产权案件695件。

随着我国知识产权法律制度的不断完善，知识产权司法保护的范围也逐步扩大，新类型案件明显增多。过去，知识产权诉讼多为技术合同纠纷、著作权纠纷、专利权纠纷、商标权纠纷，而近年来，侵犯商业秘密、制作虚假广告、假冒知名商品装潢等不正当竞争案件及知识产权行政案件大量涌现。著作权纠纷也不再限于侵犯文学作品的署名权，被侵权的标的物十分广泛，不仅有传统的文学作品的版权纠纷，也有计算机软件的版权纠纷。

知识产权案件的增长，使其涉及面广、专业性强、法律关系复杂的特点日趋显著，同时涉外案件的数量也不断增加。1994年以来，市中级人民法院知识产权审判庭先后受理了48件带有涉外因素的知识产权案件，其中美国迪士尼公司诉北京出版社等三家出版发行单位侵犯其"灰姑娘""白雪公主"等世界著名卡通人物艺术作品著作权案、美国20世纪福克斯等8家电影公司诉北京先科激光商场、北京文化艺术出版社音像大世界电影著作权侵权案等，都成为新闻界关注的热点。鉴于此类案件不但涉及法律问题，还涉及高科技问题；在审判知识产权案件中，既要适用国内法，还要适用国际公约和双边条约，并要符合国际惯例，而我国关于知识产权方面的法律规定又比较原则，进而加大了案件的审理难度。

为了适应形势的发展，加强知识产权审判工作，1993年7月在北京市高、中级法院建立了知识产权审判庭，有些基层法院也在民庭或经济庭设立了专门审理知识产权案件的合议庭。1995年3月，在知识产权案件较多的海淀区人民法院也设立了知识产权审判庭。各个知识产权审判庭都根据需要配备了一定数量且具有较高学历、懂外语、有审判实践经验的审判人员，使知识产权案件审判工作逐步实现专业化。然而，这些努力仍然不能完全适应发展的需要。总结多年的经验，北京市高级人民法院认为，在新的一年里，知识产权司法审判工作必须有一个新的突破，因此决定，采取聘请专家、学者为法律咨询顾问及人民陪审员、聘请技术鉴定机构三项措施。

北京市人民法院的这三项重要举措，无疑将推动我国知识产权司法审判工作沿着科学、公正的执法方向发展，加速我国知识产权审判工作的进程，是理论联系实际的有益尝试。

（刊登于 1996 年 3 月 20 日第一版）

# 春天的希望

## ——中国专利局高卢麟局长访谈录

**本报记者** 吴晖 王岚涛

在万象更新的时节，我们迎来了"九五"第一春。李鹏总理在八届全国人大四次会议上做报告时重申了"科教兴国"战略，并专门强调要"加强知识产权保护，发挥专利制度的作用"。专利制度作为知识产权重要组成部分，历经 10 余年的发展历程，面对着二十世纪的最后 5 年和二十一世纪即将到来的世纪之交时，今后它将如何为国民经济服务，将以怎样的姿态步入她的第 2 个十年呢？

在一个洋溢着盎然春意的日子里，我们带着这些问题走访了中国专利局高卢麟局长。

**记者：** 在刚刚结束的人大会上，李鹏总理在报告中，重申了"科教兴国"战略，并强调要"加强知识产权保护，发挥专利制度的作用"。您认为中国专利制度在今后工作中如何为"两个转变"和"科教兴国"战略服务？

**高局长：** 李鹏总理在《报告》中，再次强调了"科教兴国"战略，并两次提到知识产权制度的重要性，表明了我国政府对知识产权的重视是显而易见的。有关的统计表明，我国的国民经济增长中科技贡献率在这一时期徘徊在 28%～30%。要实现"两个转变"就必须依靠科学技术进步。如果科技贡献率在经济增长中不翻番、不提高，那么经济的增长方式就摆脱不了粗放型。专利制度的作用在于鼓励发明创造，推动科技进步，促进专利技术的推广应用。当前，我们正处在一个开放的世界当中，要实现"科教兴国"还需要借鉴国外先进技术，引进国外先进技术，如果没有专利制度，就不能很好地吸引这些技术，这已经被世界经济发展的历史所证实。在吸引外国先进技术的同时，也必然对引进外国资本有相当好处，这对于优化引进外资结构，从而对提高对外开放水平，有着深远的意义。所以，专利工作要紧紧围绕其激励、保护以及引进技术三方面的作用上为"科教兴国"战略和"两个转变"服务。

从另一方面讲，专利制度为不拘一格选拔人才创造了条件，它打破了搞发明创造的神秘感。搞发明创造，申请专利，人人在专利的"三性"面前是平等的。它不受年龄、性别的限制，更没有学历、职业的限制。科技人员可以申请专利，普通工人、一般干部、农民、学生、家庭主妇甚至劳动改造的人都可以申请专利，都有搞发明创造的权利。目前，在我国已出现了一大批搞发明创造的普通人，通过专利制度的帮助，这些普通人中有许多实现了自己成才的梦想。

中国专利局正与发明协会搞创造力的教育，从小学生抓起，培养他们的创造思维。江泽民总书记多次强调："创新是一个民族进步的灵魂。""科教兴国"战略把教育摆在重要的位置，我们也应该把创造力的教育放在应有的位置上。

从以上几个方面不难看出，专利在"科教兴国"与实现"两个转变"中有着很大的用武之地，也是其中有机的组成部分。加强知识产权保护，发挥专利制度的作用，是随着我国经济、科技发展战略目标的确立，对专利工作乃至科技工作和整个经济工作提出的一个重大命题。《国民经济和社会发展"九五"计划及2010年远景目标纲要》也为专利工作今后的发展进一步指明了方向。

**记者：**《全国专利"九五"计划和2010年远景纲要》（下称《纲要》）已经出台，那么它的制订依据是什么？中国专利局将采取什么措施来实施计划，实现目标？

**高局长：**从宏观上讲，《纲要》是为适应全国发展的需要，实现小平同志"三步走"的战略部署而制订的。就我国专利事业的发展而言，我们正好经历了两个5年，从今后的5年到15年，我们专利工作要为国家经济建设服务，要为实现国民经济和社会发展的宏伟目标服务，可以预见，专利申请量还会以较大的幅度增加，为此我们必须进一步提高审查效率，提高审查质量，扩大审查员队伍。与此同时，为实现上述战略目标，我们还要在专利宣传、立法、管理、专利保护及专利实施等方面有一个新目标、新要求，开创一个新的局面。

中国专利局采取的措施是：我们经过了"自上而下""自下而上"的几个回合已经制订出计划，这个过程既是制订"九五"计划的过程，也是动员大家，把大家团结起来认识这个目标，共同来为它服务的过程。"九五"期间，要根据国内外形势发展，对专利法再作一次修改；以大管理思想为指导起草专利管理工作条例，推动各行各业搞好专利工作；要与有关部门共同完成植物新品种保护条例、集成电路布图设计知识产权保护等法律、条例的起草工作，使我国的知识产权制度法律体系更趋完善，适应与国际接轨的需要。在对内搞好审查、对外搞好服务方面，我们所要采取的具体措施是：第一，运用计算机来进行流程管理，运用计算机来进行检索，运用计算机来搞出版工作。为实现计算机化、光盘化，我们正与德国搞一个总数达3900万马克的贷款计划，实施专利局大楼改造计划，对大楼重新布局。第二，要适应专利申请量增长的需要，增加审查人员。我们制订了人员增加及其培训计划。"九五"期间计划新增审查员300人，称作"审查员倍增计划"。第三，人才的培养是战略任务，知识产权培训中心将要建成。现在的人员需要提高素质，新的人员要培训。另外，我们会同有关部门积极促进理工科院校学习知识产权，推动有法律专业的院校搞"双学士"，将来逐步过渡到博士学位。为此，我们将在一些高等院校中提倡设立"专利奖学金"。第四，为了稳定事业的发展，解决职工的后顾之忧，在"九五"期间中国专利局职工的住房面积将增至3万平方米，是原职工宿舍面积的1倍。第五，采取具体措施，完善流程管理，贯彻"三严"作风，加快审批速度，提高审批质量。

记者：专利实施和企业专利工作是1996年专利工作的重点，中国专利局将如何推动这些工作的开展？

高局长：第一，我们首先与经贸委联系，准备在他们抓的企业和企业集团技术中心挑选三分之一，作为企业专利工作的试点；第二，积极推广江苏省组织企业厂长、经理，成立企业专利工作协会的经验。由企业最高决策者们一起商讨企业专利工作面临的形势，一起来解决问题，提高专利意识，研究促进企业专利工作的措施；第三，抓典型，推动面上的工作。今年的重点是与经贸委共同召开一次企业专利工作会议；第四，根据国务院领导同志的指示，我们准备开展企业专利战略研究，要解剖几个典型企业的主要产品或支柱产品所在技术领域的国内外专利申请态势，为企业进行技术乃至整个经营发展战略的决策提供参考依据，并对其中有共性的经验，加以推广；第五，为了明确在市场经济条件下，怎样利用自己的无形资产来为企业发展服务，我们将组织无形资产评估的研究，目的在于提高人们对无形资产重要性的认识，特别是企业"专利作价"的问题，通过评估使企业的国有资产不致流失，有利于在市场经济环境下企业的改组、重组、改造、提高。

记者：今后的15年是承前启后，继往开来的重要时期，您认为专利工作急需解决的问题是什么？

高局长：我国的专利工作在国内外取得了举世瞩目的成绩，包括在中美知识产权谈判中，美国人也不得不承认我们在专利方面取得的成绩。今后的工作要继续发展，有几个关键的问题要解决：第一，提高干部、群众的专利意识尤为重要。特别是在经济、科技、对外贸易主管部门司局级以上领导干部中，在科研院所、大中企业的领导和科技人员中，以及在理工科大专院校的领导、教师中，基本普及专利法和专利知识，并使专利工作在这些部门和单位切实摆到应有的位置。第二，近几年来，由于发明和外观设计专利申请以及复审、无效案件的迅速增加，原有的专利审查力量已不适应形势的发展，因此，要提高专利的审批速度、质量。第三，要大力推进专利工作自动化。专利工作自动化，也已成为国际专利工作发展的必然趋势，我们要抓好专利工作自动化工程项目的建设，使专利审查的条件和手段提高到一个新水平。第四，专利保护也是亟待加强的问题。由于人们的保护意识差、处理力度不够、办案周期长、地方保护主义干扰办案等诸多因素的存在，侵权案在一定地区、一定时间内屡禁不止，这就需要进一步完善法制，更切实地做好专利保护工作。

走出中国专利局办公大楼，沐浴在一片明媚的春光之中，我们回味着高局长的一席话，心中充满了对专利工作的千般希望，万般憧憬，作为专利战线上的一员，我们期待着通过大家的共同努力，共同创造出专利工作的又一个春天。

（刊登于 1996 年 4 月 1 日第一版）

# 中国知识产权培训中心在京成立

## 任建新、宋健任名誉主任

**本报讯** （记者吴晖 王岚涛）1996 年 4 月 1 日，正值《专利法》实施 11 周年纪念日，由国务院批准的中国知识产权培训中心在人民大会堂正式宣告成立。出席大会的有全国人大常委会副委员长倪志福，国务委员、国家科委主任宋健，全国政协副主席孙孚凌，人大教科文卫委员会主任赵东宛，外经贸部部长吴仪，国家科委副主任惠永正，企业管理协会会长袁宝华，农业部副部长洪绂曾，最高人民法院副院长李国光，贸促会会长郭东坡，统战部副部长蒋民宽，发明协会会长武衡等领导同志，以及来自国内外知识产权界、各地方专利管理机关、高校、科研院所的代表近 200 人。

大会由中国专利局姜颖副局长主持。国务委员宋健发表了重要讲话。他指出，建立中国知识产权培训中心，是加强知识产权保护工作，推动我国知识产权事业，加快知识产权人才培养工作步伐的一个重要举措。他要求培训中心要面向广大的知识产权界，面向广大的企业、科研院所和大专院校，面向法律界，面向世界，为我国知识产权事业的发展和人才的培养作出重要贡献。

中国专利局局长、中国知识产权培训中心主任高卢麟在讲话中指出，中国知识产权培训中心是我国由政府直接创办的第一个培养知识产权专门人才的教学实体。它的成立，对于加速培养知识产权领域的人才，促进知识产权事业的发展将发挥重要作用。培训中心的成立，得到了中央和国务院领导同志及社会各方面的重视，任建新院长、宋健国务委员出任中国知识产权培训中心的名誉主任，蒋民宽、黄坤益等同志出任中心的顾问，国内外享有声望的教授、专家、官员担任中心的名誉教授。中心目前以培训知识产权系统在职干部为主，今后将在国家教委支持下，向培养在职硕士生（双学士）、博士生的方向发展。

为了支持中心的发展，在中心宣告成立的同时，还相应建立了中国知识产权教育发展基金管理委员会。据悉，基金已分期按时到位，预计明年年底在北京上地信息产业基地将建成建筑面积约 1.2 万平方米的培训中心教学大楼。

会上，高卢麟局长向培训中心聘请的 11 名名誉教授代表颁发了聘书。

中国知识产权培训中心的成立，再次表明了我国政府对知识产权事业的高度重视，在国际上也引起了良好反响。世界知识产权组织总干事鲍格胥、日本特许厅长官、韩国特许厅长官和奥地利专利局局长以及美国马歇尔法学院院长等知识产权界的权威人士和组织分别发来了贺电。

任建新、宋健、武衡、蒋民宽同志分别为中国知识产权培训中心的成立题词。

（刊登于 1996 年 4 月 8 日第一版）


# 合资潮下的危机

## ——中国市场冷落知识产权的后果

韩秀成

国门大开，当 12 亿华夏儿女张开热情的双臂迎接世纪末共和国经济发展的伟大历史性机遇的时候，一场空前严峻的历史性挑战也随之来到面前。

改革开放的不断深入，也是我国经济与世界经济逐步接轨的过程，特别是我国实行了高标准保护水平并与国际惯例、规则相协调的知识产权制度后，便把我们这个在封建专制下慢悠悠地运行了几千年后，又走向了高度计划经济的民族，一下子置身于与西方发达国家同等的条件下进行科技经济竞争的市场环境中。从此，一场不见硝烟的经济战、知识产权大战在华夏大地上日益激烈地展开了。外商们一方面用知识产权战略全面推进中国市场；另一方面又拦截伏击，堵住我们的出路。中国经济在一派繁荣景象的背后，在红红火火的合资潮下面，潜伏着危机，并且随时都有触礁的危险。

**一、外国名牌长驱直入，国内名牌纷纷落马**

一个国家，没有几个国际名牌，就难以成为经济强国。正是可口可乐、万宝路、柯达、IBM、松下、日立、奔驰、宝马、雀巢、皮尔卡丹、人头马这些国际名牌商品，把美、日、法、德等国家推上了经济强国的宝座。改革开放十几年来，中国的经济发展迅速，成就举世瞩目。然而，令人十分遗憾的是，我们不但没有走近国际名牌，反而向着相反的方向迅速滑去。

在饮料行业，原来所谓的"八大名牌"，目前除"健力宝"未合资，"正广和"合资不成外，其他 6 家都同"两乐"合资了。合资的方式是外方控股、牌子使用两家的。主产品、新品用洋牌子，只有老产品用中国原来的牌子。很明显，这是一条已经淹没或正在淹没中国名牌的危险之路。

我国是自行车王国。然而到目前，三资企业生产的自行车已占国内市场的 25%、出口量的 40%。在目前国内市场上的 15 大自行车名牌中，洋牌子已占半壁江山。

在照相机行业，我国原有照相机企业 34 家，现在只剩下 8 家，不亏损的只有"海鸥"和"凤凰"两家。

1994 年，全国销售胶卷 1.5 亿卷，"富士"占 1 亿卷，"柯达" 1500 万卷，德国爱克发 250 万卷，国产胶卷售量微乎其微。

几年前，"美加净"几乎家喻户晓，当它被折价 1200 万元投入合资企业后，代之而起的是"露美庄臣"。"美加净"几乎销声匿迹，据说，要买回"美加净"，还要付 3 亿元、甚至更多的商标使用费。

广州肥皂厂的"洁花"牌香皂与美方合资后，又很快被"海飞丝""潘婷"取而代之……

总之，洋商品、洋商标已长驱直入，铺天盖地，占领了我国城乡大大小小的市场。长此以往，我们所有商品之前无不冠一个"洋"字了！

如果说国内市场没守住，冲出去，绕道国际市场也不失为良策。然而，出师未捷身先死。近几年来，当我们的一些名牌产品准备出口国际市场时，发现其商标已被外商抢注。诸如"同仁堂""青岛啤酒""竹叶青""杜康""阿诗玛""云烟""红梅"以及"牡丹"电视机等商标在日本、美国、韩国、菲律宾、泰国、荷兰、挪威、瑞典等国被抢注。据不完全统计，我国驰名商标在海外丧权的事件已达 200 余起。商标被抢注，产品要进入这些国家和地区，或以重金买回本属自己的商标使用权，或"改名换姓"，重新付出昂贵的代价，以"杀出重围"，再创声誉。真是差之毫厘，谬以千里。

据国外一些商家说，别看在国外大大小小的商店里看不到中国商标的产品。而实际上许多名牌都是在中国由中国人加工的。外商只出牌子就能卖高价赚大钱，如此下去，中国名牌的出路又在哪里？

**二、外商用专利跑马圈地，中国市场面临的思考**

在当今世界，大至一个国家，小到一个企业，要想成为科技、经济强国或企业，那么它首先应当是而且必须是一个专利大国或企业。我们仅以世界知识产权组织公布的材料显示，在 1995 年收到的 38906 项国际专利申请中，美国 16588 件，居第一位，其他依次是德国（5054 件）、英国（3425 件）、日本（2700 件）、法国（1808 件）。拥有专利的多少是衡量一个国家经济实力的一个重要标志。

一个国家是如此，对一个企业也同样是如此。科技经济实力雄厚的日立、松下、丰田、索尼、通用、福特等公司，莫不是专利大企业。日立公司每年发明专利就有 1 万多件，加上实用新型要有 2 万多件；索尼公司每年申请专利 4000 件左右，拥有有效专利 1 万多件；美国电话电报公司每年申请 3000 多件专利，现该公司拥有有效专利 3 万多件。

专利，是保护一个国家或企业科技、经济竞争优势的一种有效手段，没有专利的保护，即使他们在高新技术的研制开发方面一直遥遥领先，也会很快从科技、经济大国大企业的宝座上摔下来。

拥有一项专利，就拥有了一方市场。正是基于此，发达国家的企业为在竞争激烈的国际市场上获得竞争的优势，便在具有良好市场前景的国家和地区展开激烈的专利攻势，不失时机地申请专利，形成坚固的专利保护网，以达到垄断市场的目的。

中国是一个具有巨大潜力的市场，近几年来，工业发达国家的公司企业，为占领中国市场，便把专利保护的方向瞄准了我国。按照《保护工业产权巴黎公约》国民待遇的原则，外国人在中国取得专利保护同中国人享有同等的权利。市场只有一个，我们不去占领，就会被别人占领。

据有关方面统计，在核技术领域、医药化学领域的发明专利申请90%以上属于外国人；彩色电视机和录像机生产方面的重要专利几乎全部被外国控制；石化行业，在国内各行业中专利工作算是有声有色的，但仍有60%以上的发明专利领域被外国人圈走；航天方面的发明专利申请，外国的几乎高出我们30倍；就是在我国曾经处于领先的优势地位的永磁强磁材料、超导技术的研究、计算机以及数据处理方面的大部分发明专利申请的技术领域，也已被外国人圈走。

稍有懈怠尚且不许，更何况是面对外商们车轮滚滚的专利战，仍昏然大睡呢？

国外一些公司企业的年专利企业申请就达上千件、上万件，而我们拥有上千万个企业的大国，年专利申请最高的1995年仅为1万余件，真是相差十万八千里。以这样的竞技状态如何与国际市场接轨？连自家门前的市场都不曾守、不曾守得住，又何谈走向国际市场？

### 三、猛醒吧，中国知识产权意识

战争，是政治的继续。经济之争同样是政治的继续。在以"和平""发展"为主旋律的当今世界，经济上的征服，同军事上的征服同样可怕。经济发达国家一方面希望我国成为他们的最大市场，但从骨子里又不希望我们成为他们的竞争对手，对我们实行遏制政策，想把我们变成他们的经济附庸，经济殖民地。由此出发，外商一方面以合资方式，输出牌子，之后打响他们的牌子，进而压倒或吃掉我们的牌子。在合资潮中，名为合资，实质上外商凭借其资金和技术上的优势，成了真正的主人。这叫"围剿"。另一方面，将我国名牌产品的商标，在国外抢注，这叫"堵截"。这就是他们的商标战略。至于专利，国外市场早已牢固占领，主要目标是圈走我国国内市场，以达到受制于他们的目的。

中国知识产权保护出现今天这种局面，一切的一切归于我们商家的知识产权意识还在昏睡中。有70%以上的国有大中型企业、95%以上的小型企业没有专利申请。从我国商家与外商们进行的较量看，我们的市场不是失守，而是根本就没有守。准确地说是"拱手相让"。搞市场经济，与国际市场接轨而不知道市场经济的先锋队、杀手锏——知识产权，这实在是当代商家的大忌！

未来世界经济发展的趋势，世界市场的走向，是各国关税以及非关税壁垒要不断拆除，形成自由贸易的世界统一大市场。在这个统一的大市场中，各国将同世界体育竞赛一样在共同的规则下，进行有序、合理的公平角逐。知识产权制度，就是各国必须遵守的一个十分重要的规则。这就是世界各国拆除关税壁垒，又高筑知识产权"壁垒"的用意所在。我国走向了改革开放之路，关上国门，已绝无可能，就必须遵守国际市场上的竞赛规则。无法无天，必然是四处碰壁，落荒而去。

　　改革开放的大潮浩浩荡荡，全球知识产权保护车轮滚滚，迅雷不及掩耳，如果我们再不猛醒，不在风起浪涌的国际大市场中学会运用知识产权保护这一发展现代经济的有力武器，曾经属于我们的市场，一夜之间就会"江山易主"。在国内、国际市场上无了立足之地，那时，真的要被开除球籍了。

　　醒来吧，华夏知识产权意识！

（刊登于 1996 年 5 月 1 日第二版）

## 在最高人民法院召开的知识产权司法保护新闻发布会上李国光副院长表示：

# 中国将一如既往地加强知识产权司法保护

　　**本报讯**　（记者阎庚）6 月 5 日，中华人民共和国最高人民法院在京召开知识产权司法保护新闻发布会。最高人民法院副院长李国光就我国知识产权司法保护的历史和现状发表讲话，并回答了中外记者的提问。

　　李国光副院长说，我国自改革开放以来，不仅制定了一整套知识产权法律法规，而且在知识产权法律中规定了完备的司法保护途径与行政保护途径。最高人民法院成立了知识产权工作办公室，加强了对审理知识产权案件的指导和监督。北京、上海、天津、广东、福建、江苏、海南等省、市高级人民法院，以及上述省、市人民政府所在地的中级人民法院，各经济特区中级人民法院根据实际需要先后设立了知识产权审判庭，其他高、中级人民法院也分别在经济审判庭和民事审判庭内设立了专门审理工业产权和著作权纠纷案件的合议庭。

　　李副院长说，随着我国知识产权法律的实施和司法保护力量的不断加强，各级人民法院受理和及时审结了一大批知识产权民事纠纷案件及犯罪案件。据统计，1991 年至 1995 年底，全国人民法院系统共受理知识产权民事纠纷案件 15543 件，审结 14950 件。其中，专利权案受理 3083 件，审结 2737 件；著作权案受理 2600 件，审结 2429 件；商标权案受理 907 件，审结 789 件；技术合同纠纷案件受理 6812 件，审结 6895 件；侵犯商业秘密等其他知识产权案件受理 2141 件，审结 2100 件。例如，澳大利亚多堆垛国际股份有限公司诉深圳富威冷暖设备有限公司专利侵权案，深圳中级人民法院在认定被告擅自制造、销售 DZW－110 型冷水机组侵犯了原告依法取得的"组合式制冷系统"发明专利权后，在审判人员主持下，双方当事人达成调解协议，被告停止侵权行为，并赔偿原告经济损失 226990 元。再如，吴冠中诉上海朵云轩、香港永成古玩拍卖有限公司侵害著作权案，上海市第二中级人民法院、高级人民法院审理认为，两被告不听劝阻，执意联合拍卖假冒原告署名的美术作品，共同侵犯了原告的著作权，判决没收两被告非法所得港币 4.8 万元，赔偿原告损失人民币 7.3 万元。1991 年至 1995 年，人民法院共受理假冒注册商标刑事案 1690 件，审结 1676 件；判处有期徒刑或拘役等刑罚的共 1375 人。例如，浙江省蒋志江、杨学春非法使用德国大众汽车股份公司在我国注册的 SANTANA（桑塔纳）商标，分别被上海市奉贤县人民法院以假冒注册商标罪判处有期徒刑 6 年 6 个月，罚金 3 万元和有期徒刑 3 年 6 个月，罚金 1.5 万元。

有记者问，近期，美国与中国就知识产权问题的两次谈判先后破裂，在这种形势下，中华人民共和国最高人民法院将采取什么态度进行今后的知识产权司法审判。李副院长说，我国最高人民法院仍将一如既往地严肃执法，加大执法力度，严厉制裁侵犯知识产权行为，充分保护中外知识产权人的合法权益，保护公平竞争。

（刊登于 1996 年 6 月 10 日第一版）

# 中航总公司专利工作网建成运行

**本报讯**　（通讯员赖增梅）中国航空工业总公司把组建地区性专利工作网作为重要的基础工作来抓。自 1987 年起，历时 8 年，完成了包含总公司下属的、位于东北、华北、西北、四川、贵州、华中 6 个地区的专利工作网的组建工作，工作网现已建成运行。

地区性专利工作网是在中航总公司领导下的、由总公司所属单位组成的专利协作组织。其主要任务是：在总公司专利管理机关的领导下，协助总公司机关贯彻落实国家及总公司有关专利工作的方针、政策、计划、制度；开展专利法和专利知识的宣传普及活动，提高干部和职工的专利意识；在网内和网际之间开展专利工作的协作活动；交流专利工作的经验；开展专利课题研究，提高工作水平；维护总公司所属单位的合法权益。

专利工作网的主要作用在于上情下达，协助机关贯彻上级要求；横向交流，协助基层开展专利工作；宣传培训，不断提高工作水平；树立形象，扩大航空工业影响。

专利网工作的主攻方向是：增强活力，在"深化"二字上做文章，加强调研，抓好典型，总结经验，以强带弱，全面发展。

总公司专利管理办公室负责与各专利网联系，并负责日常工作，同时办好"航空专利工作简讯"（代网刊）。

（刊登于 1996 年 6 月 12 日第一版）

# 要名牌　更要知识产权保护

## ——哈尔滨中药二厂发展启示录

王哲

在日渐激烈的市场竞争中，知识产权已被当作企业最活跃、最有价值的生产要素。作为知识产权重要组成部分的专利，更是凝结了发明者的智力结晶，并负载着巨大的经济值。哈尔滨中药二厂在 1989 年以来的生产经营中，由于重视运用了专利的保护作用，实现了企业经济的快速增长。

哈尔滨中药二厂是隶属于哈尔滨医药集团公司的企业。企业的发展，要不要专利的保护，他们的感受最深。早在 70 年代，中药二厂就开发出一个畅销全国的好产品——消咳喘，经过几年的辛苦经营，年销量达 930 万瓶，市场供不应求。靠着这个拳头产品，他们着实过了几年好日子，1982 年，该厂实现利税 182 万元，成为哈尔滨市医药行业的佼佼者。由于当时人们还没有市场竞争的意识，更缺乏专利制度的保护，前去中药二厂参观取经的人被视为上宾，车间随便看，技术资料随便拿。结果不到两年的时间里，全国冒出了 20 多家生产"消咳喘"的企业，使该厂原本供不应求的"消咳喘"因销路不畅而堆积如山。中药二厂是"消了别人的咳，助了自己的喘"。一时间，企业陷入困境。

经过这一惨痛的教训，中药二厂开始明白了市场经济的真正含义，也由此树立起技术保密和专利保护的意识。

1989 年，中药二厂与黑龙江中医研究院联合开发了新产品——双黄连粉针剂，该成果被有关部门评价为"实现了中药粉针剂制造方法零的突破"，还为中医药发展开辟了一条新路。当年 5 月，他们及时申请了专利，并以 30 万元买下了独家生产权。为了开发生产这一产品，中药二厂冒着风险投入了 840 万元资金。这对于当时资产不足 500 万元的企业来说不啻是个天文数字。万一重蹈"消咳喘"的覆辙，后果不堪设想。但是专利法这把"尚方宝剑"，为中药二厂消除了不少担心。至今，在"双黄连粉针剂"投产 5 年多的时间里，在全国还未发现一家企业侵权生产。虽然曾有十几家准备仿制，但得知该产品已申请专利，都不敢以身试法。

在专利的保护下，中药二厂经济实力大增，专利产品"双黄连粉针剂"在经济增长中所占比例也越来越大。1991 年该厂实现利税 1250 万元，其中"双黄连粉针剂"占42%；1992年，利税达1922万元，"双黄连粉针剂"占68.8%；1995年利税增至3502万元，"双黄连粉针剂"所占比重也增至98.3%。1992年以来，该厂连续3年被列入全国500家和同行业50家最佳经济效益工业企业，全国中药行业30家重点中药厂之内。

显著的成绩使中药二厂信服了专利法的巨大威力。他们按照《企业专利工作办法》的规定，在厂内建立了专利工作机构，配备了人员，健全了专利管理规章制度，使专利工作逐步被纳入现代化企业制度。他们在厂内广泛宣传普及专利法、专利知识，鼓励职工搞发明创造，并制订出计划，将今后研制的新产品全部申请专利。到目前，该厂已有4项技术或产品申请了专利。

专利的保护不仅造就了中药二厂的现在，而且还开创着中药二厂的未来。该厂目前已购进17万平方米的新厂区，进行中药粉针剂的大型技术改造。到1997年，在哈尔滨市机场路3.5公里处，将矗立起一座年产中药粉针剂3亿支、产值10亿元、利税达3亿、亚洲最大、符合GMP标准的具有国际先进水平的中药粉针剂生产基地。

正如中药二厂厂长杨忠臣所说："过去没有专利保护，我们吃够了亏；现在有了专利保护，我们不仅敢于投资开发新产品，还敢于投巨资进行中药粉针剂的技术改造。"

企业要发展，没有名牌产品不行，有了名牌产品，没有知识产权保护不行。这是哈尔滨中药二厂发展历程带给企业的最大的启迪。

（刊登于1996年7月22日第一版）

有人将创新比喻为企业之本。无论大、中、小哪类企业，没有创新，就意味着失去竞争的能力，就意味着失去市场份额。作为我国五大石油化工基地之一的扬子石油化工公司已充分认识到——

## 创新，是发展的不竭动力

**本报记者　安雷**

在"硝烟弥漫"的石油化工领域，中国石油化工总公司五虎将之一的扬子石油化工公司异军突起，以其优异的人才、精良的设备和过硬的质量，使产品出口到韩国、中国台湾、印度尼西亚、澳大利亚、泰国、日本、印度等地，1995年实现工业总产值65亿元，销售收入101亿元，利税45.5亿元，创汇1.1亿美元，归还基建贷款45亿元。在1995年中国石油化工总公司的龙虎榜上，扬子雄居第一。

### 步上台阶　得益于创新

位于江苏省南京市的扬子石油化工公司组建于1983年9月，主要从事石油炼制及烃类衍生物的生产加工和销售，主导产品为塑料：聚乙烯、聚丙烯；化纤原料：精对苯二甲酸、乙二醇；化工原料：苯、对二甲苯、邻二甲苯、丁二烯、冰醋酸和航空煤油等。

8年来，公司始终坚持以改革为动力，以创新为根本，以市场为导向，注意汲取国内外大型石化企业经营管理的先进经验，走集约化经营之路。生产上抓全面达标，技术上抓创新改造，管理上从严治内，资源上优化利用，经营上面向两个市场，使公司的规模优势、技术优势不断转化为效益优势。

公司清楚地看到，世界著名的大型石化企业，无一例外地都在利用自己的"专利群"跑马圈地，控制他人科研成果，垄断市场，追求高额的专利利润；公司还看到，我国的石化工业还是一个年轻的行业，许多产品还处于仿制阶段，如果一味地仿制下去，产品迟早将被封于国门之内，企业要想立足于世界强手之林，创新已迫在眉睫。公司每年拿出销售总额的1%作为科研经费，并建立创新机制，使科研面向生产，面向经济。他们利用宝贵的专利文献，在创新的探索中不断开拓前进，并将科研成果及时申请专利。

科技与经济的结合，促进了经济的发展，也增强了科技自身的实力。目前，公司固定资产已达31.68亿元，并拥有13个码头，8年累计商品总产出1721万吨，实现销售收入374.5亿元，创利税110.51亿元，创汇14.11亿美元。截至1995年底，公司已申请专利41项，其中，发明专利占1/3，职务发明22项，非职务发明19项；已获专利权22项，实施专利4项。公司已初步具备了与世界同类企业竞争的实力。

### 居安思危　为了创新

有人说，危机意识是一个民族整体意识成熟的标志。居安思危是许多成功企业的共同特点。扬子石油化工公司也已认识到，企业的竞争体现在市场上，市场的竞争体现在商品上，商品的竞争体现在技术上，而技术的竞争则体现在知识产权的保护上。

几年来，公司视专利为企业的"法宝"，为了取得过人的成绩，他们在紧抓科研与生产的同时，在全公司范围内开展了专利法的宣传、普及工作，提高全体职工尤其是各级领导和技术人员的专利意识，提高利用专利保护自己的能力，使之更好地为公司的生产、经营和发展服务。

该公司建厂时共有10套装置，其中8套是引进的，技术水平高，专利、技术秘密多，在引进装置的消化、吸收、改造中，经常遇到专利问题。针对这一情况，公司组织人力对引进的1200余项专利进行整理和翻译，并出版单行本，以供公司各级领导和有关技术人员掌握，更好地对引进装置进行改造，避免发生不必要的侵权行为。例如，公司所属的芳烃厂加氢裂化装置扩建时，美国UOP联合石油化工公司以专利侵权为由，要求扬子公司赔款，公司利用专利文献检索，发现美国UOP公司提供的107项"专利"中，仅有7项是有效专利，而且与加氢裂化装置无关，公司在与外方谈判中主动出击，避免了174万美元的赔偿。芳烃厂加氢裂化装置顺利扩建成年产能力为 45 万吨的世界最大生产厂。

公司在引进技术的消化、吸收方面,注重创新,并在改进的基础上,发明了自己的专利技术——改进的模拟移动床的吸附分离方法,这一技术目前已通过 PCT 途径向国外申请了专利。公司还将换热器用的双轴承后退式机械胀管器、民用碳五液体燃料及其生产法、红外热像仪控制渣油蒸汽裂解装置分馏塔底结焦的方法,以及改进的吸附分离生产高纯度对二甲苯的方法 4 项专利技术实施,取得了显著的经济效益和社会效益。

为了及时了解行业信息,公司在江苏省专利管理局和省企业专利工作研究会的支持下,成立了“江苏省企业专利工作研究会专利技术开发部”,由公司总工程师亲任主任,与南京化学工业(集团)公司、金陵石油化工公司和仪征化纤公司等单位开展了多次企业专利工作经验交流,对专利工作水平的提高起到了促进作用。

### 结束语

据悉,目前我国尚有近 1/3 的企业与科研、创新活动无缘,有相当数量的企业对技术创新机制的建立不感兴趣,殊不知,所谓创新最终是与经济上的获益紧密相关的,企业昌则国昌,企业富则民富。正如江泽民总书记所说的那样:创新是一个民族进步的灵魂,是国家兴旺发达的不竭动力。

(刊登于 1996 年 7 月 24 日第二版)

# 中国海关,向盗版侵权宣战

张晓明

盗版侵权,作为经济生活中的一颗毒瘤,正困惑着国际社会。据统计,美国软件市场每年有 22 亿美元的盗版;英国电影业每年因盗版造成 2.5 亿英镑的损失;美洲一些国家盗版产品占市场销售量的一半以上,全世界盗版唱片工厂达 1290 家;全球电脑软件盗版曾经造成一年 118 亿美元的损失,其中以欧洲为最……不堪入目的统计数字,促使一场打击盗版侵权的全球性运动如火如荼。中国海关,作为国家进出境监督管理机构,责无旁贷地参与到这场运动之中。

### 得道多助

中国不讳言存在盗版侵权现象,正因为盗版侵权产品往往跨地区、跨国流动,海关的边境保护、堵源截流不可或缺,正因为盗版侵权是一种国际现象,国际社会协调配合,联手打击更显重要,可喜的是,中国海关对知识产权的保护赢得了世界各国的支持与合作。

——中国相继加入了世界知识产权组织、《保护工业产权巴黎公约》《商标国际注册马德里协定》《保护文学和艺术作品伯尔尼公约》《世界版权公约》《保护录音制品日内瓦公约》，表明中国愿意承担国际义务，保护人类共有的文明成果。

——根据去年中美知识产权谈判最后达成的协议，双方定期磋商，相互提供打击侵犯知识产权的情况；美国为中国查禁盗版行动提供培训和技术设备援助。

——广东海关多次接待美国有关官员考察知识产权边境保护状况，美方官员对中国海关大力保护知识产权表示肯定。香港海关副总监前不久造访广州，粤港研究建立知识产权保护固定联系的渠道。

——一年多来，海关总署先后组织了 5 次知识产权保护高级培训班，还邀请世界海关知识产权组织、国际音像协会、国际商业软件联盟、美国海关的专家授课，中国海关派员赴美国和欧洲海关学习取经。

国际社会的传经送宝，使我国海关边境保护成效显著。据统计，1994 年 9 月至 1995 年底，全国有 20 个海关查获侵犯知识产权的案例共 1084 起，其中广东 7 个直属海关所查案例占 1071 起。然而，近两年中美知识产权谈判中，美方一味指责中国保护知识产权执法不力，对此，中国海关广东分署副主任彭晓辉的回答是，虽然知识产权的边境保护在中国刚刚起步，但海关态度认真，行动积极。而盗版侵权是国际社会共同面临的难题，需要各国互相尊重，互相沟通，互相支持，互相配合，那种捕风捉影、以偏概全、一味指责的做法无益于问题的解决。

## 法网恢恢

不以规矩，无以成方圆。应当说，中国海关知识产权的边境保护经历了法规和制度逐步建立的过程。一张打击盗版侵权的巨大法网已经精心编织起来。

早在 1994 年 9 月 15 日，我国海关对知识产权就实行了边境保护。根据国务院、海关总署有关规定，即日起，海关接受知识产权所有人的申请，采取措施制止侵权货物进出境。由专门机构负责对具体知识产权保护的申请审核及实施监督，并将此列入坚持海关工作的"依法行动，贯彻政策"的基本准则，严肃查处各类侵权的违法活动，尤其是激光唱盘、激光视盘、计算机软件、商标以及来料加工、进料加工等外贸方式中的盗版侵权行为，依法严格实施知识产权中的边境保护措施，掌握政策尺度，把握合法与非法的界限，加强对经济技术的知识产权的保护。

借鉴国际惯例是建立我国现代海关制度的标志之一。国际通行规则往往是外商常识范围内、并乐于接受的，是有助于我国吸引外资的，是中国海关法律制度规范化、国际化的方向。全球经济一体化对各国海关制度的趋同性要求越来越高，外国海关在知识产权保护执法中有许多成功的经验。例如：（1）制定健全的法规；（2）设立专门的执法机构，形成一套完整的执法系统；（3）形成一套强有力的执法行政步骤；（4）培训执法队伍；（5）与知识产权所有人、其他政府执法部门、别国海关及世界海关组织联络与合作等等。另外，《与贸易有关的知识产权协议》中体现了海关保护知识产权时对非商业性物品所采取的有限豁免原则，规定知识产权权利人需要海关对其知识产权实施保护的应向海关部署备案，并将国际上通行的由知识产权权利人请求海关采取行动的做法确立为一项重要制度。

他山之石，可以攻玉。1995年10月，《中华人民共和国知识产权海关保护条例》由国务院颁布实施，海关知识产权执法的权威性提升至前所未有的高度，专家评价说，该条例遵循国际惯例，相对于中国目前的经济发展水平，具有一定的超前性。条例把外国海关通常不保护的专利权也列入保护范畴；赋予海关扣留涉嫌侵权货物、没收销毁侵权货物的权力；规定知识产权权利人可向海关总署备案，并向涉嫌侵权货物进出境地海关申请保护措施，从此，中国海关保护知识产权实现了有法可依，加上已实施的海关法、商标法、专利法、著作权法，中国海关保护知识产权的执法依据已基本完备，立法达到国际水准。

### 从严把关

中国《知识产权海关保护条例》颁布施行，海外企业如果能及时到中国海关总署备案，提供详尽资料和样品，并到有关海关申请保护，往往立竿见影，事半功倍。否则，海关在实施主动保护，扣留侵权嫌疑货物后，常常大费周折。最先受益的是首家备案的外国公司——日本德利信电机公司申请广东海关保护后仅20天，九龙海关即查获侵犯其专利权的嫌疑货物。

先备案后保护，诚然费事，然而，中国海关并不满足于如此"顺藤摸瓜"，还在不影响正常通关速度的情况下，主动查处侵权盗版的进出境行为，特别是盗版镭射唱盘（CD）、视盘（VCD、LD）、光盘（CD-ROM）的案件。据统计，海关已查获的侵权案例中，有九成七是海关主动实施保护的，有九成四属于侵犯著作权案；目前已有120家企业在海关总署备案，各地海关实施主动保护时有的放矢，有的备案寥寥数日便查获侵权案件，保护效果有目共睹。

保护知识产权的立法虽然为反盗版侵权提供了依据，但"打铁需要自身硬"，中国海关努力健全知识产权保护内部机制，构建一个打击盗版侵权的坚实"堡垒"。各直属海关指定主要领导和主要部门负责，明确职责。广州、黄埔、九龙、上海海关制定了实施细则、规范操作程序；广州海关建立知识产权通关专人负责制，及时反馈信息；拱北海关今年将在海关电脑系统中增加知识产权保护的软件。打击盗版侵权还不能仅凭"匹夫之勇"，需要专门知识武装。广东各海关都开设知识产权基本知识培训班，增强一线关员的意识。粤港海关加强知识产权保护信息和经验的交流沟通；广州海关对报关员培训时加入知识产权保护内容，提供海关在珠海市的"经贸信息发布会"上多次向数千企业宣讲知识产权保护的重要性。

痛打"李鬼"，最动人心弦的体现在执法一线。上海、江门、广州海关加强申报环节的审单查验，确定重点查验企业和加工贸易成品、音像制品、电脑软件等重点查验物品；上海海关建立了预审、复审、领导重点抽审的三级审验制度；拱北、汕头海关重点查验旅客通道，发现了一批携带盗版CD、VCD、CD-ROM的案例，保税部门加强对音像制品加工生产企业的管理；九龙、广州海关严格按音像管理部门批文办理项目备案登记手续，对企业进口的镭射视盘、镭射视盘模板和软件严格把关。

国际贸易是国民经济的重要组成部分，与国际贸易有关的知识产权侵权问题愈演愈烈。在海关对知识产权实施边境保护前，由于对生产和拥有知识产权货物的企业和个人在进出口环节起不到保护作用，因而削弱了外向型企业尤其是高科技企业产品竞争力。例如，一专利产品在中国经权利人许可而制造和销售，同时该产品在某国外也申请了专利，但在第三国则未申请专利，在未实行知识产权海关保护的情况下，未经权利人许可，向某国外出口是构成侵权而向第三国出口则不构成"侵权"。这样，不仅会使权利人的利益受到损害，问题上升到宏观层面上甚至影响到我国的国民经济的持续、健康发展。同样，海关如不能在边境及时中止放行进口的侵权商品，那么侵权货物将严重影响国内市场和国际贸易。可以说，海关对知识产权的保护不仅事关"一城一池"的得失，而且直接影响到宏观经济的持续稳定，万不可等闲视之。这一切，决定了中国海关任重道远，要在反盗版侵权问题上打一场持久战。

（刊登于 1996 年 8 月 5 日第二版）

《专利试点"试"出了什么》系列报道之一

# 工作体系：有作为才有地位

本报记者 朱宏

**编者按** 我国的专利试点工作，从 1987 年沈阳市被列入全国专利工作试点城市开始，至今已相继扩展到潍坊、襄樊、四平、苏州、枣庄、广州以及德阳市八角井镇。随着我国"科教兴国"战略的实施、社会主义市场经济体制的逐步建立和我国经济与世界经济接轨的逐步实现，对专利工作提出的要求愈来愈高。特别是我国加入世界贸易组织之日的临近，更给专利工作全面发展增添了紧迫感。在这样一个形势下，关心专利事业的人们更多地把目光投到了作为专利工作"排头兵"的试点城市的举措上，他们希望从这些探索者的足迹中得到有益的启示。专利试点究竟"试"出了什么？为了探索这个问题，中国专利局有关部门召集 7 个试点城市和 1 个试点镇的有关负责人于 1996 年 8 月 13 日至 15 日在吉林省四平市召开了第二次全国专利工作试点城市座谈会。会上各个试点城市介绍的经验表明：经过近几年试点城市专利战线上的领导和广大工作者的艰苦努力，已经摸索出了许多深化专利工作的好经验、好做法，为专利工作的进一步发展树立了典范。本报将从本期开始，从专利工作体系建设、专利法宣传普及、企业专利工作、专利实施、专利保护和领导重视等 6 个方面，陆续报道各个试点城市的成功经验。

几乎每一次在中国专利局组织召开的有地方专利管理机关（有的还是专利管理机构）参加的会议上，都会出现关于专利工作体系、组织机构之类问题的激烈争论。其根本原因是：我国的专利工作体系"先天不足"。然而专利工作体系的建设又始终是开展专利工作的首要问题。我们有一位地方领导同志在几年前就说过这样一句话："抓经济不抓科技不行，抓科技不抓专利不行"。同样，没有健全的专利工作体系作基础，没有组织、人员、制度的"三落实"工作保障，想让专利制度在市场经济的发展中充分发挥作用也是不可能的。但是，就是这么一个简单的问题，至今仍是弄得千头万绪。

枣庄市是一个内陆资源型地区，多年来，工业结构以能源、原材料为主，工业生产以自然资源开采和初加工、粗加工为主，技术水平较低，技术力量也比较薄弱，企业自主开发能力差。为改变这种状况，1993年，该市市委、市政府提出了"以利用专利为突破口，开发利用资源，调整产业结构，以实现优势转换，发展枣庄经济"的战略决策。在这样一个形势下，枣庄市专利管理局应运而生，而且成为全国第一家、也是唯一一家市政府直属的正县级行政单位，人、财、物得到市政府的大力支持，该市专利工作体系的建设非常顺利，全市专利事业发生了重要转折，得到迅速发展。特别是该市的专利工作围绕当地经济发展总体目标，从解决重点行业重点技术问题入手，取得了显著效果，为地区经济的发展起到了巨大的推动作用。为了探索内陆中等城市如何使专利工作与当地经济接轨，如何实现为"两个转变"服务的经验，中国专利局在1994年将枣庄市列为全国专利工作试点城市，并在枣庄市召开了首次全国专利工作试点城市座谈会。可以肯定地说，枣庄市这个专利工作起步较晚的城市，在短短几年内，专利工作能够迅速发展的一个关键原因就是有一个得到市委、市政府强有力支持的、健全的专利工作体系。然而，就是这样一个对当地经济正在发挥和即将发挥巨大作用的专利管理机关，却在去年的机构改革中从原政府行政系列（一级局）中抹去，改为政府事业单位，重新归口科委领导。究其原因，有关部门的说法是："上行下效"。然而，对发生在市场经济需要"淡化成果管理、强化专利管理"以及尽快与国际经济接轨的今天的这一演变，许多人士为之震惊。

这里，我们并不想去否定什么，相反，我们承认事实：对中国专利事业的发展，特别是地方专利工作的发展，各级科委起到了巨大的推动作用。但是，随着市场经济的快速发展，我们也逐渐感到，在科委的领导下，专利部门的作用发挥越来越受到制约。尽管如此，我们的专利工作者还是克服了种种困难，以不懈的努力去建立和健全各级专利工作体系，推动了专利工作的发展。

广州市专利管理局经过十几年的努力，全市专利申请总量已经突破1万件，居全国各大城市（直辖市除外）的第二位，专利实施实现产值130亿元，获利税38亿元，创汇近千万美元，对广州市的技术进步和经济发展起到了积极的作用。由于当地领导对专利工作的重视，加之该市专利工作在当地经济发展中显示度的不断提高，促使该市专利工作体系建设有了长足进展，由专利管理处发展成专利管理办公室，继而又发展成专利管理局，事业编制人员增加到 35 人，行政级别为副厅级。同时，与之配套的市场专利服务机构和社团组织也迅速得到健全。在这样一个工作体系下，广州市的专利工作开展得有声有色。据悉，在近日召开的广东省专利工作座谈会上，广东省副省长卢钟鹤明确要求，责令目前还没有建立专利机构的市县要尽快向当地政府汇报，不管机构放在哪个部门，一定要有这么一个机构，而且一定要有经费才行。在专利申请量还不多的县，也应该把专利机构建立起来，这是贯彻实施专利法最基本的要求。

潍坊市把专利工作体系和工作规范的建设视为专利试点工作的基础。随着专利工作在该市经济建设中的作用日益突出，该市的专利工作体系建设也得到了迅速发展。从 1990 年至 1995 年，从市到县先后建立了 12 个专利管理局，并相应制定了一系列规章制度。该市在狠抓基础建设的同时，还做了一些开拓创新的尝试。如：该市在宏观上实现了"六个统一"，即知识产权协调、专利执法管理、许可贸易登记、专利代理事务、无形资产评估和社会发明创造等 6 大市场科技，由市专利管理局统一管理，彻底解决了力量分散和互相扯皮的问题，得到了全国人大视察组的肯定。

总之，我国的专利工作体系由于"先天"的原因，其成长之路坎坷不平，也为专利工作的开展带来一定难度。但是广州、潍坊的经验从另一个侧面表明，专利工作"有作为才有地位"。只有努力做好工作，提高专利工作在经济发展中的显示度，才能为建立健全专利工作体系创造条件，提供保障。

（刊登于 1996 年 9 月 11 日第一版）

# 大发明与小发明

朱兴国

什么是大发明，什么是小发明，这是很多人争论的话题之一。有人把技术含量的高低视为衡量大与小的标准，有人以对社会进步产生影响的大小来区分。两者都有可取之处，结合起来审视一项发明，方见全面。

技术含量低的不见得是小发明。中国古代"四大发明"的"活字印刷术"，无论是从今天的角度，还是从历史的角度看，都是技术含量较低的一项发明。在毕昇之前，人们把要印的内容刻在一整板上再行印刷。毕昇的发明实质上只是把整板上的一个个死字变成活字，随时组合，再行印刷。就这一死一活，诞生了一个震惊世界的发明。活字印刷术大大促进了文化的传播，使大众有了接触知识的机会。欧洲人把这一发明及火药的广泛应用，看作是结束封建时代的奠基石。活字印刷术的影响，一直持续到我国大规模地使用计算机之前。谁敢说，活字印刷术是个小发明呢？

和活字印刷术比起来，轮子和针的发明，则属小弟弟无疑。可研究发明现象的专家则对这两项发明给予高度的评价，认为其思路独特，是地地道道的发明，对后世有不世之功。

随着时代的进步，如今的衡量标准，则是愈来愈看重技术含量的高低，特别是前沿技术的含量。对前沿技术的掌握程度，已成为衡量国力的重要标志。在中东出尽风头的美国"爱国者"导弹，曾被美国大肆吹嘘，日本人却说，其关键部件为日本人所制，令美国社会为之尴尬。当然，环顾全球，美国仍是高新技术领域的霸主，英特尔公司的芯片、波音公司的飞机、摩托罗拉的通信技术等仍是所在领域的佼佼者。高新技术的含金量也令人吃惊。一架波音飞机就相当于我国出口美国五千万双鞋的价值。

既然人们看重含有高新技术的发明，技术含量低的发明是不是不重要呢？不然。技术含量低不等于没需求，小发明常有大市场。近几年，我国保健品市场红红火火，多是小发明所为。也有人担心，生活中的小发明多已挖掘殆尽，从事新发明和改进的余地很小。这个担心完全没有必要。生活中的问题永远层出不穷，任何一件物品都不可能有终极形式。本人有次进行专利检索时，为验证这一设定，就对简单的生活用品——床单进行检索，一下子检索出 26 条，这仅是在我国申请的专利，若要进行世界性的专利检索，相信会更多。其发明内容涉及保健、尿不湿、旅游、医用等多方面，其开发之广、挖掘之深令人大开眼界，给人床单小世界，发明大舞台之感慨。

如果我们有能力从事技术含量高的发明，则应紧追科技前沿。力争开发出一个新的领域；如若我们不具备从事高新技术研究的条件，也大可不必气馁，生活日用领域足以发挥你的聪明才智。也许你的一个小小发明，能在市场上意外地抱回一个大金娃娃，如若又被研究发明现象的专家青睐，送上一顶大发明家的桂冠，也不是不可能的事情。

（刊登于 1996 年 9 月 25 日第一版）

**江苏的专利故事**

# 走近专利大省

本报记者 刘瑞升 **通讯员** 黄志臻

人们常将申请量和授权量位居全国前十名的省份称为"专利大省"。江苏省自专利法实施以来一直名列其中。1993 年为第三名，1994 年和 1995 年均为第六名。截至今年 7 月专利申请累计 32742 件，其中发明占 14.5%，实用新型占 73.3%，外观设计占 12.2%。

江苏地处美丽富饶、历史悠久的长江三角洲，来到其身边，使人感到，这里的过去和现在，都与发明创造、专利保护有着不解之缘：十九世纪中叶，在南京，太平天国干王洪仁玕在其《资政新编》中提出"首创至巧者，赏以自专其利"；1881年皇帝批准给予江苏管辖的上海织布局的机器织布工艺以 10 年专利，诞生了我国历史上的第一件专利；1912 年中华民国工商部颁布了《奖励工艺品暂行规定》，在之后的 12 年间批准专利 97 件，其中有江苏 11 件；1953 年，著名化学家侯德榜的"侯氏碱法"被批准 5 年专利。历史翻到了 1985 年 3 月 13 日，即专利法实施前夕，江苏省人民政府批准成立江苏省专利管理局，接着，省政府拨款 60 万元作为专利实施基金，次年，中国专利局批准在江苏设立中国专利局南京代办处。这一切，使江苏的专利事业，像穿越该省的浩荡长江，一浪高过一浪地奔涌向前……

江苏省专利管理局办公地设在 28 层高的江苏省科技大厦内，宽敞明亮的办公室，从一个侧面反映出省政府对专利工作的重视。在这里，我们见到了周嘉鹏局长，他兴致勃勃地介绍了十余年来江苏的专利工作。他说，江苏省专利工作起步较早、体系完备。到目前为止，形成了省市及 19 个县（市）组成的三级管理体系，建立专利管理机构 31 个，有专职管理干部 80 多人；在省、市及部分高校和大型企业内建立了专利事务所 29 个，有专兼职代理人 300 余名；成立了各类全民和民营的专利技术实施开发实体 30 余家；成立了省企业专利工作研究会，下设常州、南通等分会。这一纵横交错的立体网络，为全省上下的专利管理、受理、代理、司法、文献、开发、研究和信息服务提供了保障。

周局长还介绍说，为了把江苏专利这盘棋走得更出色，使企业和发明人在有序的环境中发展自己，省专利管理局会同科技、财税、司法等部门先后颁行了有关专利纠纷调处、专利实施许可、企业专利工作、专利发展基金、职务发明奖励、在押犯人申请专利办法等地方性配套政策法规 20 多个。做到有章可循，有法可依。

据了解，由于江苏省对专利法的宣传起步早，以及相应的一系列措施的出台，使专利申请由 1985 年日均 2.5 件，增长到目前日均 11 件，十几年来一直保持年平均递增 20% 的速度。

在江苏，曾掀起过三次普及专利法的高潮：第一次是在专利法实施的时候；第二次是在修订专利法期间；第三次是在宣传"复关"之时，从科技界到企业界，再向全社会逐步深入展开。在全省范围内培训"专利明白人"4000 余人，举办各种学习班、讲座、报告会一千多场，组织了大型"南化杯"专利知识竞赛和多次电视大奖赛，使全省接受教育人数超过百万人。

正是这种全方位、多视角的专利宣传，使江苏涌现出一大批依靠专利发达、运用专利取胜的企业：南化集团、南京无线电厂、无锡合成纤维厂等江苏专利百强企业。专利项目的实施使产值超亿元的企业达 21 家，超 2 亿的有 10 家。拥有 89 项专利，其中有 7 项，国际专利的昆山"好孩子"集团，专利实施率 100%，新产品产值率达 95% 以上，年销售额 3 亿元，创利税 3000 万元；无锡永新集团的铸态高强度球墨铸铁用球化剂专利技术，实施两年来，新增产值 6400 万元，利润 1152 万元；武进一步干燥设备厂以专利产品 DLG 真空沸腾干燥机和 HLG 高速混合制粒干燥机为龙头，产品畅销全国并出口日本、伊朗、印尼，被农业部评为全国先进乡镇企业，获化工部、中国化工装备总公司定点生产证书。

在采访中我们了解到，"专利大省"江苏的另一特点是，专利申请的技术含量高。在过去四届由中国专利局和世界知识产权组织（WIPO）共同颁发的、被誉为中国专利界最高政府奖的"中国专利金奖"名单中，江苏的序列脉冲激光瞬态全息摄影仪等 5 项榜上有名，占全部金奖的 10.4%，同时获优秀奖 10 项，这些技术项目共创产值 15.9 亿元，利税 2 亿元，节汇 810 万美元。

面对市场经济的大潮，专利技术也存在鱼龙混杂、良莠并存的现状，江苏省专利管理局于 1995 年出台了优秀专利产品认定办法，优秀专利产品是指发明水平高、产品质量好、社会经济效益显著且法律状态稳定的有效专利产品。这一认定办法使 57 项专利产品脱颖而出，其中江苏双良特灵溴化锂制冷机有限公司的直燃型溴化锂吸收式冷热水机组 1994 年至 1995 年共创利税 6640 万元，产品质量达到国际先进标准，江南铁合金集团的铝铁合金 1994 年至 1995 年创利税 4480 万元。

在加强企业专利工作方面，江苏又有自己独特的做法，不仅有近 800 家企业先后进行了专利试点工作，而且，以扬子石化公司、仪征化纤公司、南京化学（集团）公司、熊猫集团、长城集团等大中型企业为骨干，在全国率先成立了省企业专利工作研究会，至今，在常州、南通等 8 个市设有分会，苏州、盐城等城市相继也成立了专利协会、研究会，作为联系企业的桥梁，起到了积极的作用。

江苏省专利管理局以战略的眼光审视着专利发展的未来，将"中国专利信息系统江苏省信息中心项目工程"当作跨世纪的工作来抓，省政府将其列为省重点工程技术项目，目前取得了突破性进展，已顺利完成了可行性研究报告的结题工作。筹建配套资金已到位 50 万元，中心已配备了专利光盘检索系统、传真机、计算机等必备通信设备，已开通了"中国专利光盘检索系统"常州、苏州、盐城、南通、镇江、淮阴等二级工作站。

几年来，江苏省还开展了一系列有声有色、实实在在的大型活动：十强院所专利技术万里巡展、专利十强县评比、专利百强企业评选、十大企业集团专利工作交流会、争当专利明星企业家、96 中国专利及新产品博览会等等。在我们走访的南京、武进、无锡、宜兴、苏州、昆山、常熟等城市，专利工作都各有特点，丰富多样。众多的专利技术造福了一方土地，受到了国人的青睐，赢得了国际声誉，专利已使人们看到其实实在在的分量。

（刊登于 1996 年 11 月 11 日第一版）

# 中国专利第一股

## 哈慈集团办成专利化的科技企业

钟民

"哈慈股票上市了",这一消息不胫而走,震动了龙江股市,开辟了保健品行业股票上市新领域,树起了靠专利起家、靠专利发展的旗帜。哈慈集团以其专利化的科技企业形象,吸引了无数的中国股民。

更令哈慈人骄傲的是,在哈慈全体员工的心目中已形成了"专利是哈慈立业之本"的共识,树立了"像爱护眼睛一样爱护哈慈专利产品形象"的企业精神。

### 一、专利化的企业

哈慈集团目前已申请专利187项,获权116项。这里,我们不妨例举一下哈慈集团10年来在专利方面的巨大投入:

187项专利申请的开发、申请费和116项专利的维持费等各项费用;各种专利文件、文献的订购及管理费用;专利产品专用的商标、防伪商标、包装等费用;用于专利产品的宣传、广告费用;每年为保卫专利权,反侵权及打假所用的各种费用;支付专利实施中的一奖两酬。

应该说一个企业如此重视专利并不多见,企业凭其100%的专利产品立足市场,使股票上市更是第一。

然而,在众多的上市企业中,哈慈集团又以其独到之处,吸引着众多股民。

企业开发的产品,从1987年生产的第一只吊瓶式磁化卫生器到股票上市前生产开发的近40种产品,全部是专利产品,除一项外,其余30多种产品全部是由哈慈集团的创始人、现任董事长兼总经理的郭立文亲自发明的。独立发明、独自研制、独家销售,使专利在自己手中直接变成产品、商品是郭立文不改的初衷。

哈慈股票上市前资产是靠企业积累。主要是靠开发经营专利产品创造的。哈慈从一个区街小厂发展到已有80多个成员单位,到科技股份集团公司,也是靠专利发展起来的,

哈慈的承诺,其股票上市后吸引的资金全部用于开发新的专利产品。

郭立文是一位优秀的发明家、企业家。在企业发展过程中,他带出了一支集研究、开发、生产、经营专利产品为一体的人才队伍,蕴含着企业未来的潜力。

### 二、难得的专利意识

哈慈开展专利工作的最大特点是:头头抓,抓头头。

郭立文从国营企业辞职后到区街创办企业的第一天,就话不离专利,做不离专利。他经常对职工讲:"科学技术是第一生产力",这是小平同志的名言,是小平同志为我们中华民族在新的历史时期树起的一面旗帜,指引我们靠科学技术去振兴中华民族。落实到我们企业就是靠科学技术去开发产品。我们哈慈只有不断地开发专

利产品，才能使我们永远立于不败之地。哈慈要想生存，就要永远高举专利这面大旗，扛到底，打下去。

哈慈每开发一项专利，郭立文都要召开总经理办公会、董事会，论证、决策，按人头落实工作，让大家互相合作，形成合力，再把任务分解到部门，一级一级抓到底。

为了进一步抓好专利工作，哈慈还成立了"知识产权委员会"，主任由郭立文亲自担任，并选拔具有一定组织能力的青年干部做副主任，专职专人抓专利工作。

哈慈还先后成立了"哈慈发明协会"、"行业学会"、"三会办公室"、"郭立文科研奖励基金会"等机构，配合知识产权委员会共同抓好专利工作。

郭立文将各级政府奖励给他的 213 万元全部投入"哈慈发明协会"，设立了"郭立文科研奖励基金"。到目前为止，基金会，已先后奖励 10 余人，支出奖金 60 余万元。

### 结束语

不断加强专利意识已成为哈慈人共同的行为，形成了整体效应，"专利"也深深地溶入了哈慈的企业文化。我们有理由相信哈慈集团作为全国专利工作试点企业，及中国第一只专利股，其高举起的专利旗帜将永不褪色。

（刊登于 1996 年 12 月 18 日第三版）

## 这样下去，如何了得！

### ——瑞安市东方阀门厂明目张胆假冒专利，瑞安市专利管理局心有余而力不足

**本报特约记者** 陈向东　**通讯员** 郑定新

先摘录一段虚假广告的真实内容："东方阀门厂是科研生产相结合的现代新型企业，生产经营日本 CKD 与 KEIHIN 公司技术的电磁阀、德国 HERION 公司技术的气动元件，美国 ASCO 公司技术的气动阀及成套工业自动化仪表，现拥有 18 项中国专利，日前产品有 20 多个系列近 4000 种规格采用 ISO 国际标准生产，是新一代中国阀门之精品，本厂可承接特殊订货，委托研制和联合开发业务，愿本厂成为您真诚的朋友。"

乍一看，这家东方阀门厂是一个有好大气派的集团公司，或者拥有相当技术实力和雄厚资金的龙头企业。然而，对瑞安专利了如指掌的瑞安市专利管理局的工作人员看到上述广告后，却断言这里有假冒行为。他们立即驱车前往。经实地调查，发现所谓的东方阀门厂是占地面积不足 30 平方米，机器不足 10 台，人员不足 10 人的作坊式私营工厂，根本没有什么 18 项中国专利。近年来他们以欺骗、假冒为手段

坑害用户，影响极坏。瑞安专利管理局有心想立即查封冒充专利产品，根据专利法第63条规定予以处理，但目前的规定是县（市）专利管理机构还没有被赋予执法权，使瑞安局的领导大伤脑筋。这不是调解纠纷，而是给冒充者以处罚，如果基层专利管理部门不能处理，这样放任下去，前景堪忧。

　　**编后：**这是一桩在基层单位经常碰到的事情。首先，我们要对瑞安市专利管理局的同志们这种极强的责任感表示敬意。由于各县（市）级专利管理机关多年来的辛勤工作，使得他们对本地区的专利申请、实施情况较为了解，因此与其他部门相比，他们最能及时察觉本地的假冒、冒充专利行为。为了使专利打假工作深入持久地开展下去，我们建议，各地县（市）级的专利管理部门要加强横向联系，及时把假冒、冒充专利案通报给地方的执法检查部门，密切合作，携手打假，共同维护专利法尊严，维护社会主义市场经济的秩序。

（刊登于1996年12月30日第一版）

# 1997

专利贯长虹

我国年专利申请首次突破 10 万件

《条例》，撑起专利保护的蓝天

读图：专利执法在 3·15

广交会专利保护工作令人瞩目

喜看专利进秦岭——商洛地区靠专利脱贫手札

专利缴费问题仍不容乐观

部委专利战略座谈会在京召开

一百万买棵"摇钱树"——和县农药厂靠专利抢得发展机遇

走民族工业之路　跻身世界 500 强

试看"江苏承诺"

专利——"好孩子"集团的企业之魂

维护我国印刷术发明权　功在千秋——我国学者成功地维护了中国印刷术发明权

孙乔良引资 1800 万实施专利

专利保护问题刻不容缓

四川专利采访札记

# 专利贯长虹

### 本报记者　吴晖

在四川省绵阳市，有一家电器股份有限公司。这家公司过去是一个靠吃"皇粮"为生的三线军工企业，如今腾跃成为中国彩电大王，连续7年业绩居全国同行之冠。它，就是越来越受到世人注目的长虹电器股份有限公司。

长虹——像一位步履矫健的巨人：10年间，它的固定资产从0.46亿元增长为9.9亿元，企业产销量、利税每年以30%以上的速度递增。长虹——像一面光彩夺目的旗帜：1995年，公司多次荣获了国家权威机构针对企业颁发的荣誉和奖牌；1996年，其产品市场占有率达到31.6%，首次取代洋货在中国的垄断地位。

究竟是什么力量使长虹铸就了如此辉煌的成绩呢？

### （一）

在1996年11月召开的四川省专利工作会议上，我和省专利管理局陈本发副局长谈起了长虹。他告诉我这样一个事实：目前，一些国外彩电生产巨商正在制订商业计划，明确3年内挤垮长虹电器股份有限公司，并宣称不惜损失30亿美元，也要在中国占有绝对的彩电市场份额。

面对这咄咄逼人的气势，长虹将以何迎击呢？

陈局长分析说："已成为市场'焦点'的长虹，它必须以综合的手段来保护自己，如果没有自己的知识产权，它的优势很可能在将来成为劣势。竞争已迫使它要依靠专利，依靠知识产权去求得生存与发展。"

### （二）

为进一步探寻长虹发展的奥秘，1996年初冬记者来到了长虹公司。

这里被誉为"中国最大的彩电生产基地"，在忙而有序的生产车间，我亲眼目睹了这里平均1.69秒就生产出一台彩电的过程。

在这里，负责全公司专利工作的管理人员段军给我讲述了长虹专利工作所走过的路。

早在1987年长虹公司就开展了专利工作，尤其是近年来，面对市场竞争的日趋激烈，处在风头浪尖上的长虹人在思想上有了全新的认识：市场竞争的"焦点"已由资本力量向技术力量转移，技术创新和新产品开发日益在企业经营中占据主导地位。在这种形势下，专利工作在企业经营管理中的作用已日趋重要。搏击市场、制胜于市场的法宝就是企业必须具备竞争实力，发展自己的名牌产品，拥有自己的知识产权。为此公司老总倪润峰提出要狠抓企业的专利工作。

领导重视是企业搞好专利工作的关键。从此，长虹的专利工作一步步向纵深发展，呈现出了喜人的态势。

## （三）

长虹公司进一步完善了企业内部的工作体系。公司委派一名副总经理主管专利工作，规划处处长、副处长分管专利事务，一名工作人员负责公司专利工作的日常事务。公司下属的分厂和有关技术部门分别设置了兼职专利管理人员。同时，依据专利法和企业专利管理办法，结合实际情况，公司先后制定了《专利工作管理办法》《"八五"专利计划》，拟制了"专利申请登记表""专利文献报告书"，认真兑现了"一奖两酬"政策。

大张旗鼓地开展专利法的宣传、普及工作。公司选派骨干参加省、市举办的企业专利工作者培训班，并利用公司广播、闭路电视广泛宣传专利法及专利基础知识，先后举办多期不同类型的学习班和研讨会，对公司领导、中层干部、技术人员进行培训。1995 年 11 月，还邀请了中国专利局的审查员来讲课，听众多达 500 人，在全公司掀起了学习专利法的热潮。

在产品开发、技术引进、生产经营中发挥专利作用。公司规定，技术人员在科研课题开发论证前须进行专利文献检索，利用文献"导航"，避免低水平、重复开发。同时，公司每年分门别类地对市场潜力大、经济效益好的项目进行论证并及时申请专利。1995 年，公司开发的电视机新产品中，有 5 项获中国专利权。

## （四）

段军恳切地告诉我，两年来，长虹共申请专利 19 项，获权 15 项，与专利工作搞得好的企业相比还有距离。前不久，她参加了全国企业专利工作经验交流会并在会上做了典型发言。通过那次大会，长虹人感到了中国专利局对长虹专利工作的鞭策与激励。他们确信，在不久的将来，长虹人凭着"以产业报国为己任"的雄心壮志，进一步在专利工作上激励自己、挑战现实、铸就新的辉煌。

结束了对长虹公司的采访，回望厂门口那幅巨大的"长虹目标——世界产品"的标牌，我想，只要长虹的专利工作常抓不懈，它的产品将牢牢吸引住国人乃至世人的目光！

（刊登于 1997 年 1 月 15 日第一版）

"九五"开年迈出了至关重要的一步

# 我国年专利申请首次突破 10 万件

**本报讯** （记者朱宏）我国专利年申请量在"九五"开年的 1996 年首次突破 10 万件大关，国内外三种专利申请量达 102735 件。这一数字不仅意味着我国在年专利申请量上已提前 4 年达到"九五"奋斗目标，而且更重要的是体现了在社会主义市场经济的推动下，我国专利事业的步伐正以惊人速度向前迈进。

我们刚刚走过的 1996 年，是"九五"计划的第一年，也是不平凡的一年。我国经济继续保持快速发展的势头，改革开放进一步深化，社会主义市场经济的发展也使我国专利事业得到了有力地推动。我国专利申请量在"八五"末期逐年回升的基础上，呈现出全面较快的增长态势。特别是企业专利申请量从 1995 年的 11856 件增至 1996 年的 20302 件，增长率达 71%。这表明，作为专利工作首要阵地和市场经济主体的企业的知识产权保护意识、市场竞争意识正在迅速加强，企业的转轨变型卓见成效。另一方面，科研单位的专利申请量比上年增长了 21%，表明我国广大科技人员正从传统的计划经济体制中迅速解放出来，快步走向市场。

从统计资料来看，有些数字也不容乐观。国内大专院校和机关的专利申请出现了负增长，"春风"不渡校门关的现象仍然令人担忧。特别值得人们注意的是，国外三种专利申请量 1996 年达到 20542 件，比 1995 年的 14165 件增长了 45%，其中发明专利增长了 32%。这一方面表明中国的改革开放增加了对外商资金和技术的吸引力，但另一方面，这也意味着对我国工业、特别是民族工业的发展，提出了挑战，再一次为我们的企业敲响了只有依靠自己的知识产权才能保护自己的生存和发展的警钟。

（刊登于 1997 年 1 月 20 日第一版）

# 《条例》，撑起专利保护的蓝天

本报记者　鲁光灿

### 地方立法　首开先河

1996 年 9 月 25 日，广东省第八届人民代表大会常务委员会第二十四次全体会议审议通过了《广东省专利保护条例》（下称《条例》）。从此，我国实施专利法十多年来，第一部专利保护的专门及地方性法规诞生了。

从 1996 年 7 月 17 日，省人大常委会收到省人民政府提请审议的《条例》草案，到此次全体会议，仅仅两个半月，就获得审议通过，知情者说，这在广东地方立法史上并不多见。

然而，"十月怀胎，一朝分娩"。顺利通过，并非意味着事情简单。相反，《条例》的酝酿经历了漫长的时间。它的诞生，有着深刻的背景和多方面的原因，广东省专利管理局副局长顾开信在一篇文章中把这些原因概括为三个方面："一是从改革开放以来，在全省经济持续增长的推动下，广东已成为全国的专利大省，专利纠纷亦随专利申请量的大幅度增加而不断增多，作为专利法核心的专利保护问题显得愈来愈突出；二是专利法第六十条对专利管理机关处理专利侵权纠纷只作了原则的规定，但因执法手段不足，执法力度不够，致使专利侵权纠纷不能得到切实有效的制止，已严重影响到专利法的深入贯彻执行；三是在全省的 21 个市中，除广州、深圳、珠海、汕头和湛江等市外，其他市的专利管理机关都没有对专利侵权纠纷的处理权，造成不少专利纠纷特别是发生在同一市内的专利侵权纠纷无法就地及时处理，实际上延长和扩大了对当事人双方合法权益的损害，这对维护当地经济科技秩序的正常运行极其不利。"

顾副局长是广东局的"老专利"，直接参与了对《条例》的酝酿、讨论、起草，他的分析应该具有一定的权威性和代表性。可以说，《条例》是广东多年来专利保护实践经验的理论总结，是经济建设和科技发展促进的产物，也是广东省专利管理局许多同志心血和智慧的结晶！

### 反应热烈　效果初显

《条例》于通过后 14 天，即 1996 年 10 月 9 日公布施行。《条例》公布后，立即引起各方面的强烈反响。

中国专利局以局内简讯的形式，向全国专利管理机关转发了《条例》全文，供各地参考。一些省、市的专利工作者投稿《中国专利报》，认为《条例》的一个比较显著的特点是把专利法的有关规定具体化了，对相关机关加大执法力度、及时处理专利纠纷十分有利，因而赞扬《条例》"为专利法规建设开了一个好头"，是"地方专利法规建设新的里程碑"。

《条例》也受到了全国人大和省人大的肯定和表扬。全国人大教科文卫委员会去年底在福建厦门召开的全国科技立法工作研讨会上，充分肯定了广东的《条例》，认为这是一部很有地方特色的法规。会后，各地代表纷纷向广东与会同志索取《条例》文本。广东省人大常委会在肇庆召开的全省各市人大常委会主任座谈会认为，《条例》的公布实施大大提高了全省知识产权保护、特别是专利保护的水平。

专利事务所的同志认为，《条例》颁布实施的好处十分显著。广东粤高专利事务所林德纬所长说，《条例》颁布前，他作为律师，曾受理过一批专利侵权案，尽管侵权事实充分，证据确凿，但按照法院的诉讼程序，就难以尽快结案。《条例》公布后，依靠行政执法，一是办案迅速及时，没有那么复杂的诉讼程序；二是办案主动，不完全受当事人的限制，专利管理机关有权去制止违法行为，有责任、有义务去保护知识产权，因此在执法前有可能把工作做得更细致、更慎重些；三是补充了专利法在执行过程中的某些不足，在专利法的基础上规定了具体操作的许多细则，直接赋予专利管理机关执法的权力和手段，从而能更有效地保护专利拥有者的合法权益。

对广大企业家、厂长、院校负责人来说，《条例》的颁布，大大提高了他们对专利保护必要性和重要性的认识，增强了专利意识。南海市有一家企业，前段因侵犯他人专利权而成了被告。《条例》颁布后不久，省专利管理局根据专利权人的要求，首次依据《条例》查处了这起专利侵权案，对专利侵权产品、模具采取了封存或暂扣措施。这件事对侵权企业的触动很大。这家企业从害怕专利到认识专利，直至在接受查处的同时，用较短的时间就提出了十多项专利申请，自觉地采用专利来保护自己的发明成果，这不能不说是《条例》实施带来的积极效应。记者在广州、南海、中山等地采访中多次听到企业家常说的一句话："我自己也有专利，如果我不尊重别人的专利权，谁来尊重、保护我的专利权？"这话表达了他们对专利法最朴素的认识。南海市立昌家用电器有限公司是专利侵权的受害者，公司总经理冯国明告诉我，该公司1988年一成立就重视申请专利，现已有专利30多项。专利多，新产品多，仿冒侵权的也多，几年来一直与侵犯公司专利权的厂家打官司。《条例》颁布前，事情进展很慢，一个官司两、三年打不下来，侵权厂家在这段时间已经赚够了钱。有了《条例》，可以及时得到处理，好得多了。冯认为，现在的执法力度还不够，处罚比较轻，罚个十几二十万元，侵权者经济上受不了什么损失。当然，《条例》刚出来，还要走一步，看一步，不断完善。

《条例》颁布后不久，广东省专利管理局就由一位副局长带队，到各地检查落实实行《条例》的情况，总的反映令人欣喜。各地普遍认为，《条例》从落实贯彻专利法出发，结合广东实际，提出了具体的专利保护办法，有很强的针对性，是广东专利法规建设的重大举措。许多地方还结合当地情况积极学习和落实《条例》，取得了较好的效果。记者在南海采访时，与南海市科委、市专利办公室的同志作了较长时间的座谈，感到《条例》的颁布，对该市工作是一个很大的促进。过去该市一直未成立专利管理机构，《条例》颁布后，市委、市人大、市政府都很重视这项工作，立即在全市各镇组织培训班学习《条例》，市委书记指示，要通过专利保护工作，把南海的经济搞上去。为促进全市专利工作的开展，他们成立了南海市专利管理办公室和广东专利事务所南海办事处。刚成立的专利办条件虽差，但全办同志团结奋斗，努力工作，树立一心为申请人服务的思想，实行上门代理专利申请，获得企业的好评。

《条例》的颁布，如一股春风，给专利法规建设带来了清新的活力，以《条例》制订为标志，广东以至全国地方专利保护工作将进入一个新阶段。

### 冷静思考 继续完善

最近笔者在广东采访时，反复向被采访的广东省专利管理局及各级领导探寻一个问题：《条例》在全国引起一定反响，省里怎样看《条例》？怎样看各地的反映？广东同志的回答集中反映了这样几个观点：《条例》的制定是专利保护工作的需要，是专利工作发展到一定阶段的必然产物；各地都在考虑这个问题，广东只是走快了一步；《条例》还有需要提高和改进的地方。

对于后一点，广东省专利管理局局长方旋的看法具有代表性。他说："由于管理体制和经济运行机制尚未完全理顺、人们对专利和专利保护认识上的差异，《条例》在执行中还遇到这样那样的干扰。由于这是一件新的工作，有些问题尚未研究透，

《条例》还存在一些不足之处，需要今后逐步完善。"接着，他谈了对无效请求时法院中止审理的问题、侵权纠纷处理中的查封问题和行政执法的队伍、手段、收费等问题的看法。方局长强调，"我们只是就一些迫切需要解决的问题作出了规定，好比是从改造低产田开始，一些深层次的问题尚需继续探索。"

为了贯彻落实《条例》，广东省提出了具体措施，一是加大宣传力度，要通过各种方式宣传《条例》，使广大群众，特别是与此相关的人士了解《条例》、学习《条例》、执行《条例》，普遍提高全社会的发明创造意识和知识产权保护意识。二是加强执法队伍建设，尽快组织一支业务水平高、思想素质好的专利行政执法队伍。三是加强专利管理机关与法院及有关部门的联系，有条件的地方要建立专利侵权及冒充专利举报制度，逐步形成强有力的专利保护网络。四是加大执法力度，严格执行专利法和专利保护条例，打击各种专利侵权行为，严厉查处冒充专利。

《条例》颁布后，广东省查处的专利侵权纠纷案比过去有较大增加，这从一个侧面说明人们的专利保护意识的增强。我们相信，假以时日，广东专利保护的天地会更加广阔。

（刊登于 1997 年 2 月 26 日第一版）

# 读图：专利执法在 3·15

张子弘　摄影

（刊登于 1997 年 4 月 14 日第一版）

为了纪念"3·15国际消费者权益日"和《中华人民共和国消费者权益保护法》实施3周年,哈尔滨市有关单位3月15日在市政府门前的哈一百广场举行了消费者投诉和咨询活动。

由于广场同时进行名优产品销售,致使"3·15活动"更加引人注目。为了保护消费者的合法权益和维护专利权人的利益,哈尔滨市专利管理处的同志也积极参加了这一活动。

在对现场销售的专利产品的检查过程中发现,个别企业将已申请专利但未授权的产品,说成是已获专利权的产品。对这种冒充专利的行为,市专利处的同志对其经营者宣传了专利法,指出其错误做法,并要求立即改正。此外,市专利处对个别企业将已丧失专利权的产品仍以专利产品名义出售的行为,依据我国有关法律对其进行了处罚。

市专利处处长张好兴对记者说:"随着越来越多的专利产品走入人民生活,专利执法、打假工作越来越重要。专利执法一方面为了保护专利权人的合法权益,另一方面更要保护消费者的利益。我们一定要把这项工作做好。"

图一:3月15日,哈尔滨市人民政府门前的消费者投诉和咨询活动场面。

图二:哈尔滨市专利管理处和市工商、商标等部门的同志一道检查摊点。

图三:1996年哈尔滨市各项专利工作都取得了骄人成绩。今年头几个月的专利申请态势又很喜人。这不,专利管理处处长张好兴(右一)正兴致勃勃地向中国专利报社和省专利管理局的领导介绍他们今年的工作打算。

(刊登于1997年4月14日第一版)


### 建立机构　制定规章　措施有力
# 广交会专利保护工作令人瞩目

**本报讯**　(特约记者戴晓翔)采取切实措施保护专利权,已列入中国出口商品交易会议事日程。在日前结束的第81届广交会上,由专人负责处理侵犯专利和版权案件的做法,取得了令人瞩目的成绩。这表明作为我国外贸工作窗口之一的广交会,已将知识产权保护工作,特别是专利保护工作作为依法治会的重要内容。

中国出口商品交易会,迄今已有40余年历史,历来是外国客商云集的场所,影响大,辐射面广。近年在广交会上发生的知识产权纠纷中,专利侵权纠纷已上升为第一位。专利产品在这里展示成交的同时,侵权仿制产品也总是登堂入室,公开展出销售,侵权纠纷屡有发生。国内的专利权人在与侵权者发生争执后,往往感到投诉无门。而一些国外的专利权人也颇有怨言，有的只好自己动手收走侵权产品，影响了馆内秩序，造成不良影响。广东省和广州市专利管理局依据国家法律和地方法规的规定，多次在广交会期间采取行动，但由于广交会的特殊性，执法人员进入展馆查处侵权行为颇费周折，影响了办案效率。

在今年4月份召开的第81届广交会上，有关部门设立了条法组，由外经贸部条法司的官员组成，派人专门负责查处专利侵权案，并制定了"专利、版权案件查处程序"。该规章明确：知识产权权利人的权益受到侵害时，在查清事实的基础上，可以向涉嫌侵权企业所在展馆的进出口商会举报。大会业务办和有关商会在调查属实的基础上，有权收缴侵权样品，已对外成交的，责令其停止履约，对构成侵权的企业可以给予通报批评、取消责任人或侵权单位的参展资格，情节特别严重的，取消该企业参加广交会的资格。

《广交会通讯》刊登上述规定后，立即受到专利权人的响应，短短几天便接到了20余起专利侵权举报，侵权产品涉及近百个展位。在办理了必要的备案登记手续后，大会工作人员即到现场调查核实，依据专利证书和专利文件对涉嫌产品进行比照，凡是能认定属于侵权产品的，则当场收缴，并书面通知展出单位在指定时间里做出说明和检查，最后视情况做出处理。及时高效又不乏力度的措施和做法，很快就取得了事半功倍的成效，专利权人奔走相告，侵权人则坐立不安。据悉，浙江省的专利权人前往投诉的比例最大，体现出很强的专利保护意识。

据广交会有关组织者介绍，在本届广交会上，专利执法人员和熟悉专利的律师、专利代理人给他们的工作常来了很多帮助，取得了比预期要好的成效。他们表示将进一步加强专利保护工作，进一步健全和规范工作机制和查处程序，争取在以后的广交会上有更大的作为。

（刊登于1997年6月9日第一版）

# 喜看专利进秦岭

## ——商洛地区靠专利脱贫手札

**通讯员 刘婧 特约记者 韩素兰**

商洛地区位于陕西省东南部的秦岭南麓，是一个"八山一水一分田"的贫困山区。它交通闭塞，工业基础薄弱，技术文化落后。在这块土地上开展专利工作无疑需要付出更多的艰辛。10年来，这里的专利工作者克服重重困难，以破除思想障碍、更新观念为突破口，多渠道、全方位地开展专利工作。他们从舆论上广泛宣传，从政策上积极扶持，从信息上牵线搭桥，终于使专利在这块土地上深深扎下了根。一批靠专利脱贫致富的企业脱颖而出，为当地的经济发展做出了贡献。

**商洛地区酒精厂——科技攻关，经济飞速增长**

商洛地区酒精厂，是陕西省的国家食用酒精定点生产企业。1984年建厂以来，该厂把科技进步放在首位，利用专利保护，开展科技攻关，使企业的经济发展10年上了4个台阶，固定资产由410万元增加到1137万元，年产值由几百万元增加到3400多万元，利税由10多万元增加到500万元，走出了一条投入少、产出多、速度快、效益好的发展之路。

建厂10年来，该企业仅大的技术革新改造就搞了4次，使经济效益实现了4次腾飞。1994年，他们在原"两塔三段"食用酒精精馏工艺的基础上，大胆创新，改填料塔为板式塔，增加塔板，扩大净化区，采用强制回流的方法，形成"三塔四段"酒精精馏新工艺，并将新的工艺及时申请了国内专利，使企业年新增产值500万元。近年来，由于粮食、能源价格猛涨，使许多用发酵法生产酒精的企业由过去的盈利变成微利或亏损。在这种情况下，厂领导和科技人员把眼光盯在了国内酒精生产3大难题之一的酒糟综合利用技术开发上，研究成功了"斜式双网法回收湿式粗蛋白饲料的综合利用技术"。该项技术的最大特点是对酒糟液进行"三位一体"的综合利用，即回收湿式粗蛋白饲料、余热利用和分离液再利用。采用滤网分离出的糟液，每年可回收湿式玉米粗蛋白饲料1万吨；余热利用，每年节煤790吨；分离滤液再利用，可节水8.6万吨，年可增加产值300多万元，创造产值1300万元，为当地群众增加收入500万元。该项技术成果研究成功后，厂里及时进行了检索，申请了发明专利。该项技术已被国家科委编入《1996年全国科技成果计划推广项目指南》。

**商州华拓实业公司——"天然药库"中注意专利开发**

商州华拓实业公司，是一个小型乡镇企业。该公司建立以来，始终注重专利技术的研制开发与实施，靠多项专利新产品赢得了市场，站稳了脚跟，创造了良好的经济效益，被陕西省政府命名为"陕西省明星企业"。

地处"天然药库"的秦岭山区的华拓实业公司，有开发保健药品得天独厚的有利条件。针对当今中老年最易患骨关节病，且发病率高，治愈难的现状，该公司组织科技人员攻关，研制生产出"骨质增生治疗袋"系列产品，申请了发明专利。经陕西省经贸委组织医学专家鉴定，并经陕西省人民医院、西安医科大学附院、陕西省中医研究院附院等多家医院的临床验证，证明对"各类骨质增生、关节炎"有显著的治疗作用。产品投放市场后，深受广大患者的欢迎。目前公司已在东北、西北、华北、川西等17个省市初步形成直销网络。

为进一步开拓市场，开发更多更好的产品，日前，该公司已与西安医科大学、陕西中医学院等大专院校建立了长期合作关系，使企业的实力进一步壮大，后劲进一步增强，走出了一条集科工贸为一体的企业发展道路。

**山阳县化工厂——抓科技，强管理，降损耗**

山阳县化工厂，是一个以专利产品为主导的企业。厂里有以技术厂长负责的技改领导小组和科技攻关小组，科技人员经过努力研制出利用本县野生植物资源薯芋为原料，加工提取白色粉末皂素新工艺，并及时申请了国家发明专利予以保护。为使这一技术创造更大的经济效益，为山区人民造福，该厂对生产工艺反复进行改进，对设备进行更新，并制定出一系列提高效益的管理措施，如变过去由厂里垫付资金购进原料为采购员自己贷款购料，经厂里验收合格后再付款的方式，有效地杜绝了劣质原料进厂，减少了资金损失，提高了产品质量。此外，企业还想方设法降低原料损耗。通过抓技改、强管理、降损耗等一系列措施的实施，使化工厂一举扭转了多年亏损的局面，仅1996年下半年，就实现销售收入420多万元，利税近20万元，成为牵动山阳县薯芋主导产业发展的龙头企业。

**商洛地区医药企业——在专利保护下起步**

靠专利保护，商洛地区医药生产迈出了新步伐。1996年，全区医药生产企业实现总产值3343万元，比上年增长193%，实现利税153万元，比上年增长135%。

地区制药厂去年与美国凯飞药业有限公司合资生产的专利产品——治疗中老年前列腺病首选新药"男康灵"，新开发独家生产的治疗急、慢性鼻窦炎、鼻炎和感冒的国家级三类新药"香菊片"等产品，实现产值1001万元，比上年增长275%，减亏140%。洛南泰华天然生物有限公司，把握市场机遇，积极组织生产"紫杉醇"和"高三尖杉酯碱"等产品并销往美国、日本、中国香港等国家或地区，1996年产值首次达到1000万元，利税30多万元，较上年翻了几番。柞水县制药分厂在资金紧缺的情况下，从管理上下功夫，不断开发新产品、新剂型，使产品产销率达到100%，利税创历史最高水平。地区药品包装材料厂，在重重困难中上马，注重外观设计的开发，起步势头良好。

（刊登于1997年7月23日第二版）

# 专利缴费问题仍不容乐观

## 有关人士呼吁各方要高度重视

**本报讯** （记者吴晖 朱宏）专利缴费问题至今仍然是令专利界挠头的事情。日前，记者从中国专利局有关部门获悉：据不完全统计，从今年元月至5月，中国专利局共收到专利申请42497件。就发明专利而言，申请达9706件，授权1391件，由于种种原因同期发明专利专利权终止量达1116件（这其中包括因缴费失误而专利权终止，以及专利权人主观上通过不缴纳年费而弃权等情况）。有关人士呼吁各方对此要给予高度重视。

专利缴费是办理专利事务的重要内容之一。目前，中国专利局每年要处理30多万笔专利费用。专利缴费的手续能否及时、顺利地按照规定办理，它不仅关系着专利申请人、专利权人的切身利益，而且也影响着专利流程管理工作的工作效率。但是，由于专利申请人、专利权人在缴纳专利年费、维持费等方面存在诸多问题，从而造成专利权（专利申请权）丧失的局面。早在1994年，本报就曾对发明人专利权放弃情况进行过调查，在我们回收到的近100份调查表中表明，由于资金不足、开发转让困难、保护不力等原因，发明人"被迫放弃"专利权的比例占调查总数的55.8%，"主动放弃"不足5.3%，而近38.9%的专利申请人、专利权人由于缴费不足、过期缴费、缴费方式不对或不知道如何缴费、代理机构没有尽责等原因而造成专利权视为放弃或期限届满前终止。

近日，中国专利局初审及流程管理部负责人在接受记者采访时说，近几年，专利缴费问题已引起了中国专利局领导层的高度重视，初审及流程管理部曾用了半年的时间，进行了有关专利费用的调查，结果表明：缴费构成形式分别为：邮局汇款占26%，银行汇款占13.8%，中国专利局窗口面交占17.7%，代办处代理转交占17.9%，划拨缴费占24.6%。在这多种缴费形式中，出现的失误率不同，邮局汇款失误率为3.9%，银行汇款挂存11.5%（这是由于近年来，全国银行系统在业务上进行"电子联网"，在汇款中由于技术上的原因往往将专利（专利申请）号丢失，而造成缴费失误）。专利局费用管理处、代办处、流程管理中出现的问题约占有问题案件的1.5%，那么更多、更大的失误就在于一部分专利申请人、专利权人不了解专利法以及缴费的有关规定所致（这与我国专利申请人的构成形式——70%都是非职务发明人分不开）。这一结论与我们3年前的调查分析大致相同。

由于我国专利法实施细则第7条中的有关规定，专利申请人未按时缴纳申请维持费造成专利申请视为撤回的，或者专利权未按时缴纳年费而造成专利权终止的，除不可抗拒的原因以外均不能给予恢复。这一条款的规定，使不少专利申请人、专利权人权利丧失后而抱憾终身。为此，中国专利局参照英国、日本等国的做法，已向上级有关部门提出了对第7条进行修改的请求。同时中国专利局还考虑到，尽管专利法已实施了13个年头，但人们对专利法还不甚了解，加之我国幅员辽阔，邮电、交通等客观因素的存在，造成了非权利人本意的权利丧失。为体现专利法的立法宗旨——保护发明创造专利权，鼓励发明创造，有利于发明创造的推广应用，适应社会主义现代化建设的需要，中国专利局对那些仅仅是由于银行邮局原因导致缴费失误的情况，按照巴黎公约的规定和国际惯例，于1996年发布了中国专利局《指南公报》第7号，尽量给予办理权利恢复手续。

尽管有关部门加强了补救措施，但未能使此问题得到根本改观。因此，除了中国专利局自身要加强专利收费业务的质量管理、进一步完善专利收费工作的自动化手段外，有关人士希望专利申请人、专利权人应多加强对专利法、专利法实施细则、审查指南等有关缴费的规定的认识和学习，力求做到心中有数，避免不必要的失误。同时，也希望各专利代理机构加强管理，切实保护专利申请人、专利权人的合法权益不受侵害。

（刊登于 1997 年 8 月 4 日第一版）

## 描绘专利战略新蓝图
# 部委专利战略座谈会在京召开

**本报讯** 日前，中国专利局和电子部联合组织的专利战略座谈会在京召开，来自中国专利局和各部委的 30 多名代表参加了会议。此次会议旨在深入讨论专利局和电子部合作完成的《高清晰度电视专利战略研究报告》，并以此报告为例，共商各部如何开展专利战略研究、如何加强合作与交流等问题。

在近 20 年中，高清晰度电视（HDTV）技术已发展成为在全世界电视广播以及相关电子工业中发生在即的一场革命。美、德、法、日等国对 HDTV 技术的研究处于领先地位，并已在世界许多国家包括中国在内申请了大量专利。我国是生产、销售、出口彩电的第一大国，但 HDTV 技术研制水平却远远低于这些发达国家。因此中国专利局和电子部于 1994 年达成协议，开展 HDTV 专利战略研究，经过一年多时间，完成了《HDTV 专利战略研究报告》。会上，代表们畅所欲言，深入细致地分析、评价了报告，代表们普遍认为这份报告以翔实的数据、精确的图表以及丰富的资料阐述了国内外 HDTV 技术的发展状况及在世界各国专利申请状况，分析了行业竞争态势和发展趋势。报告定位于企业，侧重于竞争对手和市场的研究，对行业具有重大指导意义。代表们对这种合作形式予以肯定，认为把专利专家、技术专家和管理人才结合起来，能更好地发挥各自的特长，使行业、企业专利战略研究工作向广度、深度发展，这种形式值得在各部委推广。

讨论今后如何在各部委开展专利战略研究问题时，代表们都表示这项工作应尽快提上日程。有代表指出，到目前为止，有的行业、企业在搞战略情报研究时，不管不问专利文献，而只以非专利文献为基础进行研究，使研究工作非常片面，甚至对某一课题进行重复研究，造成人力、财力的大量浪费。他们呼吁：今后行业战略研究应效仿 HDTV 研究，尽可能多地掌握有关专利文献及行业信息，综合得出科学实用的结论。代表们一致认为，中国专利局和各部委合作进行专利战略研究具有很大优势，中国专利局收藏了世界各国大量的专利文献，拥有大批专利专家，而各部委则汇集了各类科技、管理人才，如果两者能有机地结合起来，将会极大地推动行业专利工作的发展。

（薛丹）
（刊登于 1997 年 8 月 18 日第一版）

# 一百万买棵"摇钱树"

## ——和县农药厂靠专利抢得发展机遇

张永琪

进入 7 月中下旬,安徽省和县农药厂厂长庆祖森遇到两大新的"难题":平均每天有 20～30 个用户,或来人,或来电,催要全国独家生产的高新技术产品杀虫双撒滴剂;一批大、中专和技校毕业生,人找人,人托人,要求进这家乡镇企业就职。面对"包围",庆厂长脸上不时露出"难色",但为难之中,流露更多的则是喜悦和自豪。

依照传统的方法,水稻虫害主要使用喷雾器喷撒兑水的药液防治。农民身背沉重的喷雾器,一行挨一行喷雾,不仅人吃力,速度慢,而且药液喷不到的部位,虫害仍然危害,虫害的天敌还难逃厄运。1995 年初,曾多次提出课题,由科研单位帮助开发出多种新产品的和县农药厂,再次向科研单位提出新的研制课题。中国农科院专家综合各地意见,于当年就研制出杀虫双撒滴剂,并获得了中国专利。这种合成新产品加有特殊助剂,使用小型塑料瓶包装,瓶盖上布有许多小孔。农户使用时,只需手持小药瓶,轻松自如地把药液直接撒入水稻田中,植物便能通过根部吸收,全株产生杀虫作用。试验证明,使用这种新产品不仅轻便,极易操作,还将药物有效期延长一倍多,防治速度提高 10 至 15 倍,害虫在水稻任何部位危害都会被杀死,而害虫的天敌则安然无恙。

杀虫双撒滴剂是农药使用中的一项最新技术,它一经问世,国内众多农药厂争相要求转让生产技术。和县农药厂独下一棋:买断专利权,实行独家开发。1995 年底至今年初,厂长庆祖森 8 次赴京,向中国农科院提出要求,详细介绍本厂开发优势,并聘请专利发明人作为特别技术顾问。中国农科院领导受到感动,一改各以 20 万元向多家企业同时转让技术的初衷,愿以一个月付清 100 万元为条件,将专利卖给和县农药厂。

100 万元,这对于本来资金就吃紧的和县农药厂来说,可是一个不小的数目。厂领导没有被困难吓倒,抢先与农科院签下协议。然后火速返厂,发动职工集资,并四处行动,动员用户预付货款,终于如期凑齐 100 万元买回了专利。与此同时,厂里调整生产资金投向,快速新上一条、改造一条杀虫双撒滴剂生产线,调兵遣将满负荷生产。4 月份投产之后,日产达到 50 吨,日创产值 30 万元,产品落地即被用户抢购一空,资金回笼率达 100%。

早稻收割前夕,国家农业部农技推广中心到和县召开南方 15 个产稻省市现场会,推广植保新产品杀虫双撒滴剂。这一来,和县农药厂的供需矛盾更加突出了。庆祖森厂长告诉记者:"今年内,厂里准备再上一条 1.5 万吨的生产线,明年初准备在四川、湖南各建一个分厂,使杀虫双撒滴剂年产能力增加到 3.5 万吨。这个目标实现后，1998 年我们厂的产值可由 1997 年的 8000 万元，增加到 2 亿元。"

（刊登于 1997 年 8 月 27 日第一版）

# 走民族工业之路　跻身世界 500 强

海尔集团公司总裁　张瑞敏

海尔集团是在 1984 年引进德国利勃海尔电冰箱生产技术成立青岛电冰箱总厂的基础上发展起来的国家大型企业。海尔集团在总裁张瑞敏提出的"名牌战略"思想指导下，通过技术开发、精细化管理、资本运营、兼并控股及国际化，使一个亏空 147 万元的企业迅速成长为 1995 年度全国 500 强企业中名列第 107 位的特大型企业集团。1996 年销售收入 62 亿元，利润 3.06 亿元，是中国家电行业的排头兵。目前集团产品有电冰箱、空调器、洗衣机、微波炉等 12 个门类，5000 余个规格品种，并批量出口到欧美、日本等发达国家和地区。集团现有员工 13228 人。

在不久前的德国科隆博览会上，海尔集团给洋人发"上岗证"的事在国内引起了"轩然大波"，众多新闻媒体争相报道，这不仅弘扬了民族精神，更说明中国的家电产品得到了国际市场的认可。家电行业中海尔集团是较早走出国门的，截至目前，海尔集团产品出口创汇已超过 3 亿美元。并在世界上 108 个国家进行了商标注册，从而获得了以自己的民族品牌进入国际市场的通行证。

## "进攻性"专利战略

1992 年初，正当中美知识产权谈判达成谅解备忘录时，我公司领导层就已经意识到知识产权制度在中国市场经济中的作用。于是，率先在公司里成立了知识产权办公室，其职能就是统一协调，领导全集团公司的知识产权工作。由此，在海尔集团专利工作起步开展 6 年后，拉开了知识产权工作迅速发展的序幕。

创新是民族工业的灵魂，是企业发展的不竭动力。面对众多的国内外竞争对手，海尔如何以新技术、新产品来创造市场和开发市场呢？答案是：只有依靠知识产权保护才能实现。《经济参考报》曾刊登一篇题为"日本人机关算尽，德国人古板吃亏"的文章，介绍日本人的"进攻性专利战略"。文章称：德国人往往在一项发明可以用于生产，能带来利润时才申请专利。而日本人在该发明处于中间阶段，就申请并取得专利，堵住竞争对手。由此我们获得启示，在这方面我们应学习日本人，公司知识产权办公室应以日本人对待专利申请的态度指导集团各公司的专利工作。

在海尔集团知识产权办公室直接隶属于集团总裁办公室领导，工作中的各项问题可随时与总裁取得联系，明确了知识产权工作在企业中的地位。同时公司决策层明确指出专利保护的基本准则：公司所有的新产品、新技术或消化吸收的国外先进技术，都应首先取得专利保护。

在这一工作准则指导下，海尔目前专利申请量已达到825件，授权专利471件，自1996年起更以平均每天1件以上专利申请的速度递增，专利总量已名列全国企业榜首。

在国内，企业专利工作一般历经三个阶段，即企业专利工作启蒙阶段、企业新产品的专利化阶段、企业专利战略化阶段。海尔集团的专利工作经过10年的发展，已从新产品的专利化阶段进入到更高层次，在这一阶段，系统化的专利战略成为指导科研开发和市场竞争的"矛"与"盾"，民族家电工业针对国外竞争对手的进攻性专利战略，已经成为海尔在国际市场上与跨国公司竞争的重要武器。

## "无形"盘活"有形"

在国际上兼并也分成三个阶段，当企业资本存量占主导地位，技术含量并不占先的时候是"大鱼吃小鱼"，大企业兼并小企业。当技术含量的地位已经超过资本作用的时候，是"快鱼吃慢鱼"，像微软公司起家并不早，但它始终保持着技术领先的地位，所以能很快超过一些老牌电脑公司，进入90年代是一种"强强联合"，即所谓"鲨鱼吃鲨鱼"。国外成功的例子只能作为参考，在中国"大鱼"不可能吃掉"小鱼"，"快鱼"也不可能吃掉"慢鱼"，更不能吃掉"鲨鱼"，在我国现行经济体制下，只能够吃"休克的鱼"，即对那些技术落后，经营不善而落到市场后面，濒临破产倒闭的企业实行兼并。

1995年，海尔集团兼并了原青岛红星电器股份有限公司，该公司兼并前负债达1.5亿，企业经营严重滑坡。海尔集团宣布接管该企业后派驻三组管理人员，并输入海尔的无形资产和企业文化，专门生产洗衣机产品。两年后，还是这个企业，还是原来的人员，其销售收入却达到了10亿元。今年1～7月份，据全国百家大商场销售统计，海尔洗衣机的市场占有率居同行业第一。到目前为止，我集团公司已成功地利用商标、专利等无形资产及先进的管理技术，兼并了14个亏损或濒临破产的企业，盘活了近15亿元的资产，走出了兼并一个，成功一个，以无形资产盘活有形资产的实践之路。

海尔集团的知识产权工作在公司知识产权办公室的领导及基层专利工作人员的密切配合下，贴近科研生产第一线，使科研开发成果得到了充分的保护，并且不断强化品牌的价值，使集团的无形财产不断保值升值。现代企业，要求有先进的管理模式及正确的决策管理者。海尔集团的下一个目标就是要让中国的民族工业进入世界500强，用知识产权保护自己的产品源源不断进入国际市场，进入千家万户。

（刊登于1997年9月1日第二版）

# 试看"江苏承诺"

孙苹隆

据近日《文汇报》载：江苏省专利管理局在南京举办了一场新闻发布会，公开向社会承诺："不搞地方保护主义，调处各类专利纠纷，坚持省内、省外一个样。"这种来自专利界掷地有声的表达，较之前阵子以烟台为代表的各种如雷贯耳的承诺，似乎有些"姗姗来迟"，但它同样显示出江苏省专利执法人员那种非凡的勇气。

会后，当场焚烧了在南通、盐城、武进查获的，仿冒"南方芝麻糊"外观设计的 50 箱侵权产品和 5 万只包装袋。虽说这芝麻糊尽管可以撤去包装，按质论价，送到小吃店去做成喷香的点心。但付之一炬，杀一儆百，这大火烧得也叫人痛快！

专利法实施十余年来，成绩斐然，有目共睹。然而，这专利保护的力度却断难让人恭维，尤其是涉及异地他乡的案件，再胆大的专利权人也不敢"轻举妄动"。君不见，或"雾里看花"莫名其妙扯不清；或慢悠悠泡上"三年五载"，让你花上一笔钱，"肉包子打狗"——有去无回；或判你"胜诉"，给个"空心汤团"，执行时却是"死猪不怕开水烫"。据说还有一大发明，吃上你一顿丰盛的美餐，揣进你几条"红塔山"香烟，煞有其事把侵权产品收缴个精光，待你眉开眼笑尚未走远，就和被告"暗送秋波"，把这"水货"送回了"娘家"，落个"叁"全齐美，皆大欢喜！

有人形象地把打官司这种现象，比喻成绿茵场上的"主客场"赛制，能在"主场"踢赢的球，拼个死活要踢赢，在"主场"踢不赢的球，在客场就肯定输惨了。打专利官司也是一样的道理，本地人转弯抹角总能找到一点关系，"求神拜佛"，抬头不见低头见。这外地人就只能"抱歉"了，说不定今生今世就见这么一回面，硬着头皮扭过头去，判你个败诉"没商量"。再说，这侵权产品的经济效益一般还特别的好，断了财路，影响了地方财政的收入，有时这地方父母官的脸色，就足让你心有余悸好些天。

所以，一谈起专利执法的地方保护主义，就令人谈虎色变、深恶痛疾！要是这场足球，踢了"主场"，还有这"客场"，"以其人之道还治其人之身"，也算公平合理；而这官司的事例让人"纳闷"，为啥有时审来审去，就跳不出这地方"如来佛"的手掌？

看来，这地方保护主义的毒瘤，在尚未找到更好的方法彻底根治之前，只能依赖于司法、行政机关办案行为的规范，纪律的约束，和有效的社会监督，当然，办案人思想素质的提高更是至关重要，否则"隔靴搔痒"，就难以解决问题。

一些普通而本该办好的事情，无需作什么承诺，以防形式主义流行。一些本该办好又长期办不好的事情，以公开承诺告示天下，自觉接受社会监督，表示非办好不可的决心，则是十分必要的。人们期望的是"一诺值千金"和这种"承诺"更大的社会性和普遍性。

（刊登于 1997 年 9 月 24 日第一版）

**拥有 260 项中国专利，申请了 12 项国外专利**

# 专利——"好孩子"集团的企业之魂

特约记者　孙莘隆

　　好孩子集团，由于它生产童车产品形成的著名名牌走俏全国，几乎无人不晓。这家企业可观的产值和效益，使它与北大方正、杭州"娃哈哈"齐名，成为中国大学、小学、中学校办工厂的"领头羊"。它是江苏昆山市唯一的国家级集团公司，在当地也是首挑的利税大户，让经济头脑发达的苏州人，不得不对它"刮目相看"。

　　十余年前，记者曾经因事拜访过这家企业，一家名不见经传的模具小厂，拥挤在一幢狭小破旧的厂房内，要说当时倒也有些"知名度"，那是因为这区区小厂，竟背了上百万沉重的债务包袱。直至现在的集团董事长宋郑还走马上任，挑起这副烂摊子，改行从事童车生产，源源开发新产品，才渐渐有了生机，不久便"家大业大"，成了企业界的"大款"。目下，该集团已让记者不敢贸然认辨，用上海人的话说是："一年一个样，三年大变样。"

　　宋郑还当家有许多"绝招"，比如，有一招叫作"自己打倒自己"，意即不断推出新产品，使竞争对手"望尘莫及"，要仿冒都来不及赶趟；此外，在提高产品科技含量和强化质量管理方面也有独到的一手；而要重点说说的是，这位老总虽然对专利保护的现状不免时而发些"牢骚"，但他对"专利"二字还是情有独钟，在情感上说啥也"挥之不去"：好孩子集团至今已拥有中国专利 260 项；向国外申请了 12 项专利；集团聘请了专利顾问，建立了企业专门的法律部门；每逢侵权者必挥戈讨伐，舍得花重金去"要回个说法"。据该集团法律部人士介绍："真要较劲，专利还真的管用，近年来集团打了近 10 次官司，几乎次次胜诉，多少获得了一点赔偿"，打官司打出了味道。

　　好孩子集团申请了不少专利，有的专利已形成较大规模，成为该集团的支柱产品，其中常使宋郑还引以自豪的是，1992 年申请并已授权的"童车上的可折叠车架"这项专利，它几乎成了好孩子集团的企业之"魂"。这项专利一改老式童车用途比较单一的旧面貌，集座车、摇椅、摇床、扶车于一体，构思新颖，设计巧妙，真可谓"独具匠心"，这项专利目前用于三种型号的儿童推车，一上市就异乎寻常地抢手，保持了年平均销售量 54 万台和年销售额 13500 万元的水平，占集团全年儿童推车销售额的 80% 以上，难怪市场上的童车都让"好孩子"的品牌占尽了上风。

　　最近，从达拉斯国际婴儿用品博览会上传来消息，好孩子集团展出的以上述专利为主的 13 种产品引起了巨大轰动，赢得了雪片似的订单。今年 1 至 9 月好孩子专利童车共外销 40 余万台，为集团带来 1200 万元丰厚的回报。记者获悉，这些专利童车产品在美国市场上已占 11% 的份额，"暂且"排行第三。不过，好孩子集团董事长宋郑还常说这样一句话："中国汽车工业何时成为世界第一，我不敢预言，但中国的童车在国际上坐第一把交椅的日子，将是不会太遥远的"，多有气派的豪言壮语！让我祝愿宋老总早日梦想成真，祝愿"好孩子"穿着专利的盔甲，潇洒地走遍世界！

（刊登于 1997 年 10 月 5 日第一版）

# 维护我国印刷术发明权　功在千秋

## ——我国学者成功地维护了中国印刷术发明权

**编者按：** 1997 年 9 月 29 日至 10 月 2 日，有联合国教科文组织亚洲太平洋局的代表参加，由韩国与德国教科文全国委员会联合召开的"东西方印刷史国际会议"在韩国举行。根据李铁映、宋健同志的批示，由国家新闻出版署和国家文物局牵头，中国科学院和有关部委参加，联合组成了维护中国印刷术发明权领导小组和专家组，并派中国科学院自然科学史研究所潘吉星教授为正式代表，中国历史博物馆孙机教授为观察员参加了此次会议。会上，由于我国代表举措得当，联合国教科文组织亚洲太平洋局官员托里约斯（Delia Torrijos）代表婉言拒绝了韩国学者提出的对印刷术发明权和将其印本注册为世界文化财富的申请，成功地维护了我四大发明之一——印刷术发明权。现刊登潘吉星教授等参加会议以及围绕有关印刷术引起的中韩学者争议的情况。

自 1966 年韩国发现《无垢经》后，韩国学者即认为此经为新罗所刊，为现存世界最早木版印本，向国内外宣传印刷术起源于韩国。由于时值我国处于"文化大革命"期间，无人也无文章反驳此种论点。1994 年清州大学金圣珠在韩国权威学者的支持下，建议韩政府出面召开国际会议，使其主张得到联合国教科文组织确认。自 1994 年起，韩教科文全国委员会开始筹办，拟于 1997 年 5 月召开会议。由于我方自 1996 年 11 月以来开始反驳韩学者观点并采取相应对策，韩国檀国大学教授孙宝基从"印刷术起源于韩国"观点后退，不再坚持木版印刷起源韩国，有些学者仍主张《无垢经》刊于新罗。因为意见不一致，原准备 5 月召开的会议又决定改在 9 月，主题改为金属活字印刷。想通过此次会议将 1377 年印本《直指》向联合国教科文组织申请列为世界文化遗产，使金属活字发明于韩之主张得到确认。而德国学者则欲利用此会宣传金属活字为谷腾堡独立发明的主张。我国学者一直认为金属活字发明于中国之说将受到挑战。这是韩德联合召开此次会议的背景。

在 1997 年 9 月 30 日上午的学术会议报告中，韩国印刷界有影响的人物成均馆大学教授千惠凤发言，重复韩国孙宝基教授主张的金属活字发明于 13 世纪初的高丽朝，他认为中国 14 世纪才有金属活字，理由是王祯所说"近世"铸锡作字是 14 世纪。千惠凤又说高丽技术于元代传入中国和西方世界，却未举证。他还违反大会决定只谈金属活字印刷的议程，突然谈起雕版印刷，为《无垢经》刊于新罗辩护，还说新罗出版许多书，也未举证，美国代表认为理由不足。千惠凤情绪激动，举止失常，离开讲台，有失学者风度。

继千惠凤之后，潘吉星发言，他以平和语气，阐明我与韩学者分歧在对王祯所说"近世"如何理解。千惠凤教授认为 14 世纪，恐未想到王祯论文写于 1298 年，应是 13 世纪末，其所说"近世"应指前一朝代，即南宋。单就文献记载而言，中国金属活字至迟起于 12 ~ 13 世纪。中、韩活字技术对比研究证明：高丽活字受中国技术影响；说中国受高丽影响，尚缺证据。这些论述使千惠凤无言以对，其他韩国学者也提不出反驳意见。联合国教科文、德教科文官员对我国学者的发言表示赞赏。学术上的争论，我国学者发言已占上风。韩电台、电视台和报纸记者纷纷采访了潘教授。

我方人少势单，为了贯彻领导提出的"不搞论战，摆事实，以理服人""以文会友"的指示精神，争取主动，会议期间潘吉星教授还散发了他事先准备好的中文和英、德、法、日、韩五种外文交流材料和中、英文写的《中、韩、欧早期印刷术的比较》一书，使他们了解我方，支持我方。这些活动收到成效，美国代表多次发言支持我方观点，反驳韩国学者观点，日本代表发言对我方有利，支持我们观点。会上没有任何外国代表支持韩国学者观点。韩国忠南大学教授尹炳泰成了我们的好朋友，并支持雕版印刷起源于中国。潘吉星教授在结交朋友过程中，发现不少韩国学者反对印刷术起源韩国说。最后与孙宝基、千惠凤等也交了朋友，他们已不再坚持雕版印刷起源于韩国。

1997 年 10 月 2 日，会议由汉城移至清州举行。该市张灯结彩，市长金显秀主持印刷文化节和书展开幕式，精心布置清州大会会议厅，会场坐满二三百人，地方官员、议员都来了。市长在讲话中提出要联合国教科文官员就韩国提出的要求表态。托里约斯说：我对中、韩双方都支持，不偏袒任何一方，看谁的文证、物证更能说服人，我不能充当裁判员，婉言拒绝了韩官员提出将其早期印本在联合国教科文组织注册为世界遗产的申请，从而成功地维护了中国印刷术发明权。

（科简）

（刊登于 1997 年 11 月 24 日第一版）

以专利、商标作价 1200 万元入股

## 孙乔良引资 1800 万实施专利

**本报讯** （通讯员何积国）不久前，曾因发明的专利技术"多功能活鱼运输箱"荣获中国专利局和世界知识产权组织共同颁发的"中国专利发明创造金奖"的发明家孙乔良先生，将自己价值 1200 万元的 7 项专利和"乔良"牌注册商标与澳门华荣企业集团合作，成立了云南华荣水产生态技术开发有限公司。

"多功能活鱼运输箱"具有活储、活运、活售、活殖等四活功能，是孙乔良先生经过多年潜心研究的成果。经全国 20 多个省市广大用户使用实践证明，在远距离高密度长途运输中，水生物能保持极高的存活率。该产品的问世，为活鱼的远距离区域性调配，发挥了十分巨大的作用，解决了缺水少渔地区广大群众吃鲜鱼难的问题，被众多用户赞誉为"沙漠渔舟"。

几年来，孙乔良先生不仅及时将自己的成果申请了专利保护，并及时地组织了该专利产品的生产销售。到目前，已有 30 多个品牌的上千台"多功能活鱼运输箱"销往全国 20 多个省市。订货单仍大量飞来，不少买主上昆明排队等候产品出厂。原有生产场地已无法满足广大用户日益增多的订货要求，孙乔良先生为此积极寻找伙伴筹划扩大生产。为进一步强化法律的保护，孙乔良先生又进一步申请了"生物全能高速污水自动净化系统""两栖类水生动物保活增氧机组""生物胶体发泡器""正负压高效增氧机""多功能高效率好氧池""增氧生物接触氧化塔"等 6 项专利。

澳门华荣企业集团是一个有一定知名度的集团，具有较强的经济实力。该公司董事长庞锡荣先生非常看好孙乔良先生的上述专利技术及水产品高密度工业化养殖、高密度长途活运、活储、活售广阔的市场前景。经过充分协商，双方同意，孙乔良先生将自己的 7 项专利技术及"乔良"牌注册商标，以总价值 1200 万元人民币入股，澳门华荣企业集团另投入 1800 万元，共同成立"云南华荣水产生态技术开发公司"，从事海、淡水鱼类、两栖类等水生动物的养殖、运输等业务。

该公司的成立，使孙乔良先生实施专利技术从单一生产该专利产品发展到围绕该专利的产品生产，活鱼养殖、储运，直至水产品的市场销售以及相关的技术领域及技术工程的进一步拓展。展望未来，孙乔良先生道出了心愿：造方方净水养育水族生灵，唤尾尾活鱼游进千家万户。

(刊登于 1997 年 11 月 24 日第一版)

## 我国 VCD 产业掀波澜

# 专利保护问题刻不容缓

**本报讯** 全国录制设备标准化技术委员会于 10 月中旬召开了有国内外代表参加的 VCD 标准国际研讨会，前不久又召开了 VCD 专利、商标、标准座谈会，中国专利局条法部应邀派员参加了这两次会议。

1993 年 7 月世界上第一台 VCD 机在我国诞生。由于 VCD 机适于我国人民的消费水平，其诞生以后在我国发展极为迅速，到现在已有数百个厂家生产 VCD 机，年生产能力达 1000 万余台，已初步形成了一个产业，为我国的经济发展作出了一定的贡献。由于我国的电子产业在国际上一直处于劣势，而 VCD 是我国第一个在国际上占有优势的项目，电子部把它看作我国电子行业新的经济增长点，非常重视扶持 VCD 产业的发展。全国录制设备标准化技术委员会正着手准备制定新的 VCD 机和盘片的行业标准，计划命名为 VCD3.0 版本，以提高我国厂家生产的 VCD 的质量，促进 VCD 产业的发展。

据了解，在此之前，索尼等日本公司在 DVD 的研制和生产中投入了大量的资金、人力，但目前尚未打开市场，还未能赚回成本。他们当初未曾料到 VCD 在中国会有如此良好的发展，所以未在 VCD 上投入更多的精力。我国的 VCD 已开始进入东南亚市场，一旦我国的 VCD 产业发展壮大，日本的 DVD 就难以在中国和东南亚占领市场。索尼等公司听说电子部打算颁布 VCD 新标准后，主动提供大量经费，请全国录制设备标准化技术委员会组织召开 VCD 标准国际研讨会。在 VCD 标准国际研讨会上，索尼公司提出，目前 VCD2.0 版本的标准已成为世界各国普遍接受的标准，中国如果要制定自己的新标准，必须做到按新标准制作的 VCD 机和盘片与按 VCD2.0 版本制造的 VCD 机和盘片相互兼容，否则，将会损害国内外新旧 VCD 消费者的利益。同时，VCD 的名称是按 VCD2.0 版本的标准命名的，如果中国更改标准，就不能用 VCD 这个名称。另外，对方还提出，当初索尼、菲利浦、松下、JVC 四家公司制定 VCD2.0 版本时，投入了大量的人力、财力，并从各公司购买了许多专利，中国的厂家均按此标准制作 VCD 机和盘片，使国际范围内的 VCD 机和盘片相互兼容，从而获得大量利润，因此，如果中国公布 VCD3.0 版本，其将向中国厂家按产量收取使用费。对于日方提出的要求，全国录制设备标准化技术委员会为此召开了 VCD 专利、商标、标准座谈会，邀请了中国专利局、商标局、技术监督局的同志从法律的角度为我国 VCD 产业的保护和发展提供咨询意见。

在会上共提出了以下几个涉及专利的问题：1. 我国企业生产 VCD 是否侵犯外方专利？2. VCD 是否可以在我国和国外申请专利？以谁的名义申请？如何申请？3. 索尼等公司提出要求国内企业向其支付使用费，我方应否付费？4. VCD3.0 版本提供的新技术从专利的角度如何予以保护？

对于以上问题，中国专利局的解释是：

第一，根据各种情况判断，外方目前尚未在我国就 VCD 获得专利，其未提出我国企业生产 VCD 侵犯其专利权的证据。

第二，VCD 机和盘片作为一种产品，已属公有技术，无论在中国和外国都不能获得专利。但对 VCD 机及盘片的具体生产工艺或部件的改进可申请专利，由发明人或其所在单位为申请人。

第三，中国企业按 VCD2.0 版本生产 VCD 机及盘片，并不需要向上述四家公司支付使用费。

第四，如果 VCD3.0 版本中含有技术的内容，而此技术目前尚未公开，有一定创造性，想取得专利保护，应在其公布之前先向中国专利局申请专利，待中国专利局确认其申请日，给予其申请号后再将该标准公布。

此外，专利局还表示，将继续与全国录制设备标准化技术委员会保持联系，对有关 VCD 的专利保护问题予以关注，给他们提供有益的意见，充分利用专利制度保护我国的优势产业，以免因不懂得专利知识而失去优势和应得利益。

通过两次会议，一个较为紧迫的问题摆在我们面前：我国产业界专利意识淡薄，很多单位和个人专利知识相当缺乏。我们建议，中国专利局与各产业主管部门加强合作，大力进行专利制度的宣传、普及，增强产业界和科技人员的专利意识，增加他们的专利知识，争取在几年内让所有可能拥有专利技术的企业和科技人员都懂得如何利用专利制度来保护和发展自己。面对形势的发展，在专利保护方面，VCD 产业人士应予以高度重视，专利保护刻不容缓！

（文希凯　姜丹明）

（刊登于 1997 年 12 月 22 日第一版）

# 1998

1989 1990 1991 1992 1993 1994 1995
1996 1997 1998 1999 2000 2001 2002 2003 2004
2005 2006 2007 2008 2009 2010

## 纪念改革开放40年
### 中国知识产权报新闻作品集

2011 2012 2013 2014 2015 2016 2017 2018

# 发展中的顿悟

## ——"中国专利工作试点乡"的崛起

**本报记者 安雷 吕宝礼**

被中国专利局命名为"中国专利工作试点乡"的山东省青岛市李沧区楼山乡，现拥有乡、村两级企业420余家，独资、合资企业60余家。

80年代，在大力发展乡镇企业的热潮中，楼山乡各项经济指标的增长幅度都在30%左右，综合经济实力也进入山东省十强之列。然而，在不断发展的过程中，楼山乡已明显感觉到：单纯依靠劳动密集型的高物耗、高投入、低产出发展经济的路子已越走越窄，乡镇企业设备落后；产品档次低、技术水平差而导致经济效益不佳已越来越突出。发展与停滞、先进与落后已成为"瓶颈"问题，摆在了决策者的面前。

### 一、典型的作用

在90年代初，楼山乡的各级领导并未真正认识到专利在经济发展中的巨大作用，而使他们转变这一认识的，是该乡青岛防腐材料厂依靠专利技术促进企业发展的事实。青岛防腐材料厂建厂于80年代末，到1991年，一个不足百人的小厂实现利润近200万元。乡领导经过调查得知，该厂在外聘科技人员的帮助下，研制成功可广泛用于机械、化工等行业金属材料防腐上的橡胶沥青浆新产品，并及时申请了专利，使企业独享市场，经济效益直线上升。

从这一典型事例中，乡领导得出了这样一个结论：企业的发展离不开科技，而科技的发展更离不开专利。于是，乡党委、政府决定抓好青岛防腐材料厂这个典型，在该厂召开现场会，让厂领导介绍抓专利技术实施，促进企业发展的经验。就在这次现场会上，与会各企业受到了很大的启发，乡党委、政府也提出了"经济发展的出路在抓好科技，而抓好科技的重点在抓好专利"的思路。随后楼山乡制定了"科技兴乡"的发展战略，在组织上先后成立了楼山乡科委、科协，并大力宣传《中华人民共和国科技进步法》《中华人民共和国专利法》，举办了各种专业人员参加的培训班，制定了《楼山乡科技进步奖励办法》等规章，使全乡掀起了"学科学、抓专利，利用专利技术促进经济发展"的高潮。

### 二、自觉的行为

在"科技兴乡"战略和先进典型的推动下，经过几年的努力，楼山乡相继涌现出一批利用专利技术振兴企业的专利工作先进单位：

青岛天力机电设备厂从简单的机械维修和铆焊起家，1992年针对我国电冰箱工业发展的需要，研制成功的热溶胶涂布机，取代了国外进口设备。之后，该厂又先后研制了板栗脱皮机等一系列专利产品，为企业的发展奠定了坚实的基础。

青岛热力工程安装公司，自1994年研制成功双立柱焊接操作机并形成系列产品后，使我国板材焊接登上了新台阶。同年，他们还研制成功了卧式内回燃和立式内回燃锅炉炉体，产品远销东南亚各地。专利产品的开发成功，使企业效益连年递增，人均利税超过万元。

青岛应用化学建材厂，近几年依靠聘请的几十位"星期日工程师"，先后研制成功了陶粒、非烧结粉煤灰陶粒等专利产品成为企业的主导产品，年均创利税在百万元以上，为我国建筑科学的发展做出了贡献。

青岛汽车改装厂一直从事汽车改装和为青岛汽车厂提供配套的汽车大厢等。1996年，企业研制开发了箱式半挂车、无底梁自卸半挂车和无底梁罐式半挂车，并及时申请了专利保护。这三种新产品均为高速公路运输车，在国内刚刚兴起，预计投产后将会为企业带来可观的社会和经济效益。

被树为典型的青岛防腐材料厂，近几年也不断开发新技术、新产品，企业效益连年增长，人均创产值、利税继续名列全乡各企业之首。

### 三、今后的规划

随着楼山乡专利工作的不断发展和乡领导对专利工作重要性认识的加深，楼山乡专利管理站应运而生，由4名专利管理人员专门负责全乡的专利管理工作。乡政府还拟为管理站配备微机，建立楼山乡科技专利信息档案。为了探索出一条实施专利技术与经济发展相结合的路子，提高全乡的科技意识和专利意识，楼山乡已开展创建专利村、专利明星企业的活动。预计到2000年，在企业技改中，专利技术应占30%以上；在新产品开发中，专利产品应达到30%以上；实施专利技术产生的效益，应占工业企业全部效益的40%以上。为达到上述目标，乡政府将采取一系列相应措施，为全乡企业的发展保驾护航。

### 结束语

目前，科技在楼山乡工业增长的贡献率已达到45%，专利产品所得税占工业企业上缴数的37%。

企业的专利保护意识也已明显提高。青岛热力工程安装公司王孔雷经理，在企业生产的燃油锅炉被一家企业仿造、经发现及时予以制止后说："专利法确实是保护企业利益的法宝。因此，我们要学法、知法、用法，切实保护企业的利益不受侵犯。"

（刊登于1998年1月26日第一版）

## 全国出版界联盟向盗版宣战

**新华社电** 面对目前盗版活动猖獗的严峻形势，我国版权管理部门、各有关行业协会和出版界人士再也无法坐视，一个多方面联手的"全国反盗版联盟"近日在全国版权局长会议上宣告成立。

国家版权局局长于友先说，建立这个联盟的总体考虑，是在全国范围内利用版权行政管理部门的执法力量和版权产业界的积极参与，通过反盗版信息的收集和反馈，建立一套发现盗版、鉴定盗版、处罚盗版的有效机制，增强打击盗版的快速反应能力，为保护权利人的利益，为促进版权产业的发展做点实事。

据介绍，我国的著作权法已经实施 6 年，在此期间，各级版权管理机关的执法力度明显加强，全社会的版权意识不断提高。去年国家版权局提出了版权工作要为保护和发展民族版权产业、要为国家的现代化建设服务的目标，并组织开展了一系列工作，收到显著成效。但是，由于种种原因，我国在图书、音像、电影、电子出版物和软件等方面的盗版活动依然十分严重，不仅被盗版的品种越来越多，且盗版的技术也越来越先进，往往是一部正版制品刚一问世，大量的盗版就随之而来，严重损害著作权人的利益，也对我国的科技、文化、出版业构成极大威胁。

据悉，这个多方面参与的反盗版联盟的组建，就是国家版权局根据当前这种严峻态势采取的一系列举措之一。国家版权局副局长沈仁干在今天的版权局长会议上说，采取有力措施，实施保护知识产权制度，进一步宣传普及著作权法律知识，严厉打击各种侵权盗版活动，促进新闻出版、广播影视、文化艺术、电子信息等版权产业的发展，这是我们版权管理部门 3 年内工作的总体要求。据此，国家版权局近期除指导和支持组建"全国反盗版联盟"外，还将开展协助立法机关继续做好修改《著作权法》的准备工作、加快版权服务组织的建设步伐，成立中国版权保护中心、制订实施培养各种类型的版权人才计划和版权信息规划等多方面的工作，力争使版权保护事业再上一个新台阶。

（刊登于 1998 年 2 月 16 日第一版）

说起假冒产品，消费者大都有着谈虎色变之感。然而，当您购买或使用带有"专利标记"的商品时，您是否也想到了它的真伪？请看——

# 专利打假在商家

## ——1997 年全国部分省市商品流通领域专利打假综述

**本报记者　朱宏**

近几年，随着社会主义市场经济的迅猛发展，中国的专利事业仿佛也找到了她赖以生存的温馨土壤，继 1996 年中国年专利申请量突破 10 万件大关之后，1997 年又迈上了一个新台阶——超过 11 万件。在中国专利事业的发展中我们也明显地发现这样一个现象：愈来愈多的专利产品已经或正在进入市场，走入人民生活。当这些带有"专利标记"的商品被堂而皇之地摆上柜台时，也着实引起了众多消费者的青睐。然而，不少专利界的人士对此发出疑问：在假冒商品还很猖獗的今天，拉"专利大旗"作虎皮的是否有之？特别是在商品流通领域中的专利工作还很薄弱的时候，鱼目混珠者又有多少呢？

### 一、"冒充"惊人

1997 年年初，湖北省专利管理局抽查了全省 87 家大中型商场中的 2128 项带有"专利标记"的商品，经确认，有效专利仅占 60%；

去年 3 月至 5 月，陕西省专利管理局集中组织 4 个抽查组，对西安城区十几家较大的综合商场、医药、保健品商店的 86 种"专利商品"进行抽查，其中确属冒充专利的有 23 种，占被抽查总数的 26.7%；

天津市专利管理局在该市打假领导小组的统一指挥下，去年上半年对全市 10 大商场经销的专利产品进行了全面抽查，在被抽查的 133 项带有"专利标记"的商品中，确认 33 项为冒充专利产品；

河南省专利管理局在去年 3·15 期间，在郑州市商贸局的配合下，对郑州市 10 大商场中带有"专利标记"的 747 种商品全面审查，初步确定为有效的仅有 584 种；

内蒙古专利管理局在去年下半年对全区范围内 35 家大型商场、药店的十几大类商品进行了检查，在被检查的 501 种带有"专利标记"的商品中，确认真实有效的专利商品为 382 种。

### 二、花样骗人

纵观各地对抽查出的冒充专利商品的分析和统计，可以看出，目前在我国商品流通领域中冒充专利商品的骗人招数主要有以下四种：

第一招："死而复生"。即：将无效专利冒充为有效专利，其中包括该专利保护期已满、已宣告无效、行政撤销、自动放弃等情况。此种形式不但所占比例较大，而且经常不被当事人所认识，但如果任其发展下去，将会使冒充专利产品的数量越来越多，进一步扰乱市场经济秩序；

第二招："未婚先孕"。即：将专利申请技术冒充为专利技术，将专利申请号打在商品上，冒充为专利号。这种现象也占有很大比重，虽然其违法程度较轻，但不容忽视。

第三招："无中生有"。即：将未被授权或未提出专利申请的商品冒充成专利商品，将编造的专利号或"国家专利""专利产品"等字样标注在商品上。如青岛康达保健品厂生产的"全息磁疗按摩鞋垫"，本没有申请专利，但该厂看到专利产品畅销时，就随心所欲地打出专利招牌，蒙骗消费者。

第四招："移花接木"。即：将他人的专利号抄袭过来标注在自己的产品上。如石家庄医疗保健品总公司生产的"磁化性美容器"，其标注的专利号为 93217070.1，经检索认定，该专利号所对应的技术名称是"婴幼儿防褥溃保健尿布"，真是风马牛不相及。

### 三、形势逼人

总的来说，1997 年全国商品流通领域中的专利打假活动的成效是显著的，除了达到对商品市场中冒充专利商品的一定程度的清理以外，还得到了一个重要启示和两个方面的提高。

启示是：普及专利知识不仅是当务之急，而且任重道远。在各地的专利打假中我们发现，有些发明创造虽然已经申请了专利，并且有了专利申请号，但尚未授权。持有该专利申请权的厂家就擅自在产品上标注专利号、专利产品等标记，丝毫没有意识到这是冒充专利行为；有的产品被授予专利权，厂家便认为专利权没有期限，永远有效；有些产品的包装设计获得了外观设计专利权，而厂家则认为该产品本身技术也是专利等。这些错误认识的存在，更说明专利普法工作的重要性和紧迫性。

提高之一：提高了商业人员的专利意识。仅从参与此次清理活动的郑州市十大商场提供的有关材料来看，通过专利打假活动，大大提高了商业部门领导和职工的专利意识，不少商场在以后的进货中，对专利法律状态不明的产品，主动向专利部门请求检索。

提高之二：提高了生产厂家的专利意识以及对自己产品信誉的重视程度。据悉，河南省在此次清理冒充专利商品时，生产厂家大都是以最快的速度，以不同的方式与有关部门取得联系，不少厂家担心由于自己对专利法认识上的薄弱而导致失去产品市场和损坏企业信誉。

有关人士指出，目前我国专利工作在科研、生产等领域越来越受到重视，而且成效也较显著。但是，目前在我国商品流通领域中的专利工作尚处于起步阶段，各种违法行为时有发生，不仅破坏了正常的市场秩序，而且损害了公众的合法权益，也影响了专利产品的信誉。为此狠抓商品流通领域中的专利管理工作，是打击冒充专利行为重要的一环，管好这个环节对全面提高全国专利保护水平至关重要。

### 四、措施喜人

湖北、四川、河北、河南、陕西、山东、内蒙古等地在开展打击冒充专利商品活动中，除了对经销冒充专利商品的商场下发处理决定，责令其对所经销的冒充专利商品进行限期整改以外，还本着处罚与宣传、教育相结合的原则，积极向商场宣传专利法，有的还召开座谈会、讲座，向商场职工宣讲商品流通领域冒充专利行为的构成、表现形式、危害以及对冒充专利行为的防范措施和鉴别方法。

在陕西，由该省专利管理局、省科委、省商务厅，省技术监督局联合发文并明确提出 3 项要求：1. 深入广泛地向社会各界宣传冒充专利行为的法律概念；2. 商家和专利管理机关密切配合，由商家对现售标有专利标记和专利号的商品进行自查、登记，专利管理机关检索其法律状态，将冒充专利商品撤出柜台，并通知厂家或经销商停止进货；3. 商家建立专利产品进货确认制度，严把进货关，凡有"专利标记"的产品，在要求厂家提供专利证书的同时，还要求生产厂家提供该商品专利权当年有效的证明。

湖北省在专利打假活动中坚持了"宣传、教育、规范、提高"8字方针，即：宣传专利法，将宣传专利知识贯穿于活动的全过程；教育当事人自觉遵纪守法；规范市场行为，促进商场制订专利商品的管理办法；提高全社会的专利意识，提高执法人员的执法水平。

更为可喜的是，湖北省专利管理局在专利打假取得初步胜利以后，并没有把此项工作告一段落，而是趁热打铁，协助商场制定专利商品管理办法。他们首先组织、指导中商集团公司制定了《中商集团股份有限公司专利管理办法》。随后，该局下发《通知》，要求全省各地参照此做法，因地制宜，组织指导商场建立专利商品管理办法。

据悉，中商集团的这套专利商品管理办法，已得到中国专利局领导和有关部门的重视，它对中国专利局下一步制订有关法规政策有着积极的借鉴作用。

总之，在全国许多地方，商品流通领域中的专利打假已燃起战火，我们期待着，一个被此战火净化了的专利商品市场尽早展现在广大消费者面前。

（刊登于 1998 年 2 月 23 日第一版）

# 厦门市设立全国首家专利技术园区

## 高卢麟局长出席园区合作签字仪式

**本报讯** 为实施"科教兴国"战略，促进海峡两岸合作交流，繁荣地方经济，2 月 12 日，中国专利局和厦门市政府在厦门签署协议，设立我国第一个专利技术园区——中国厦门专利技术园区。该园区集专利申请、研究、开发、实施、生产于一体，促进专利技术向生产力转化；以专利合作交流为契机，发挥厦门侨乡特区和面向台湾的特殊区位优势，开展对台经济、技术等方面的交流，以高科技信息产业为主导，创造我国在东南沿海经济带的新经济增长点和独具特色的专利技术及高科技园区。

中国厦门专利技术园区选址于厦门市海沧区新阳工业区，规划面积 1 平方公里，并在厦门市岛内的火炬高技术产业开发区内规划 1 万平方米建设专利综合大厦。

中国专利局局长高卢麟、副局长杨正午，福建省委常委、厦门市委书记石兆彬，厦门市副市长刘成业、苏永利等出席了签字仪式。

高卢麟说，中国第一个专利技术园区在厦门设立，可以通过对台专利技术交流，引进台湾乃至国外的专利技术项目在这里实施，对实现祖国统一大业意义重大。园区也将会向全国提供借鉴经验。

石兆彬说，专利技术园区的设立，不仅意味着为厦门带来更多更新的技术信息，还可以通过专利技术的实施，带动厦门高技术产业发展。这也是探索科技体制改革和管理新模式，探索科技走进经济主战场的尝试。

中国专利局和厦门市政府还签订了关于创办"厦门高技术专利创业中心"意向书。该"中心"是高技术专利项目的"孵化"场所。

（厦专）

（刊登于1998年3月2日第一版）

# "一国两制"协调运作

## ——访香港特别行政区知识产权署署长谢肃方

本报记者　须晓云

多年来，香港在英国的统治下，一直沿用着英国的法律，知识产权的有关法律也不例外。中国政府对香港恢复行使主权，宣告了英国统治的彻底结束。根据我国宪法规定，在香港成立特别行政区，并享有高度的自治权，其中包括立法权、独立的司法权及终审权。

那么，回归后的香港知识产权法律发生了哪些变化？又如何与我国内地的有关法律衔接，与国际公约又将如何协调？今后香港的知识产权保护制度将如何发展？针对上述问题，香港特别行政区知识产权署英籍署长谢肃方用一口流利的中国话接受了采访。

### 5年时间，实现香港知识产权法律本地化

由于历史的原因，过去香港在知识产权保护方面的制度与英国基本相同。面对回归，这显然是不适当的。因此，当地用了5年的时间，对香港的知识产权法律进行了检讨，在与中央政府讨论之后征询了有关知识产权界专家及香港市民的意见，于1995年就香港知识产权法律本地化的问题，与中英联合联络小组达成共识，并对保护发明专利、外观设计、版权等方面的法律进行了修改，于1997年6月27日正式实施了与上述内容有关的新的法律。

新的香港《专利条例》，仍然采用注册制。即注册经中国专利局实质审查和批准的专利，同时在过渡期内，仍继续注册英国专利局及欧洲专利局批准的指定英国的专利。该《专利条例》将可获得保护的专利分为标准专利和短期专利。标准专利即指由指定专利局审查、授权后在香港获得注册的专利。首先，申请人应将其发明向指定专利局提出申请，在被指定专利局公布该申请之后的6个月内向香港知识产权署注册处办理记录请求手续，该注册处经形式审查后予以备案并公布。之后，申请

人在被指定专利局授予专利权被公布后的 6 个月内，向知识产权署办理注册与批予请求手续，注册处经形式审查后准予注册并授予香港标准专利，同时予以公布。其保护期为 20 年，自向指定专利局提出申请之日起算。注册后的标准专利，不受其在其他地区所进行诉讼的影响，其有效性的质疑、修订、更改或撤销等行为均在港进行。

以保护只具有短期商业价值的发明为目的的短期专利申请，由知识产权署注册处直接受理，在提交规定的检索机构所作的检索报告后，只进行形式审查，合格后即可授予专利权，其保护期为 4 年，可续展 4 年，从申请之日或优先权日起算。

香港的商标法起源于 1874 年，比英国商标法还早，后经 1954 年修改一直沿用至今。香港的商标注册数仅次于世界第一位的美国，年平均注册量为 1.6 万件，1997 年为 1.8 万件，增加了 13 个百分点。目前，香港商标法正在修改之中，并征询各方意见，将于今年提交 5 月选举产生的正式立法会审议，预计今年内可通过。商标法的修改内容涉及商标申请、转让手续的简化，以及侵权定义的确立等，其目的是为了更加适应形势发展的需要。但此法的修改不属于法律本地化的范围。

### 顺应法律需要，增设机构建制

香港回归，牵涉有关知识产权法律的修改，同时导致知识产权署机构设置的变化。过去该署的专利注册处的注册职能相对不独立，与英国专利局密切相关。例如，过去一项英国专利在香港注册后，又在英国被宣告无效，那么，该专利在香港也必然失效。而新的《专利条例》赋予香港标准专利独立地位，即独立于原专利和原指定专利局。原专利被宣告无效或撤销而不影响该标准专利的有效性。

根据这一法律上的变化以及今后业务发展的需要，该署专利注册处人员由过去的 5 人增至 15 人，其中审查员 5 人。同时，新的《注册外观设计条例》颁布后，该署又增设了外观设计处，由 13 名工作人员组成，负责外观设计的注册工作。除此之外，该署还设置政策、立法部门、公民教育部门及办公内部事务部门。为增强公民的法律意识，不久前，公民教育部门还对在港的 50 多所中学进行了演讲，宣传知识产权法律。

### 交流学术，沟通信息，衔接法律，协调公约

在谈及香港知识产权法律与内地相衔接、与国际公约相协调问题时，谢肃方署长高兴地介绍道，为了使两地知识产权更加协调，他曾多次参加了内地举办的知识产权国际研讨会。通过研讨会，与内地知识产权界及世界知识产权组织的专家们进行了广泛的交流与讨论，使两地的法律进一步衔接、协调，同时也圆满地解决了 PCT 申请在香港得到保护的问题。

为了更便于开展两地的学术交流，香港还成立了知识产权会，并定于今年 3 月与内地有关部门举办研讨会，向广大工商界人士宣传香港的知识产权保护，同时该署还将编辑出版一本关于香港保护知识产权法律程序的书籍，日前，该书正在翻译之中。

### "50年""不长",努力为香港特区及市民工作

对于今后工作的设想及展望,谢肃方署长说,香港回归,实行"一国两制"的方针,50年不变。50年对于一般人来说是个很长的时间,但对于知识产权保护而言,却不是一个长的概念。如版权保护期最少也要50年,而商标保护期虽为10年,却可无限期续展,从这个意义来讲,50年就不长了。今后一段时间里,香港知识产权署将着重开展以下两方面的工作:

一方面,对香港商标法进行修改,使其更加现代化。同时《马德里协定》的内容能否在香港实施,将有待于与内地达成共识。另一方面,针对香港日前盗版现象严重的问题,将对光盘制造工厂进行管制,具体规定为,进口制造光盘的设备要向政府申报,并申请生产执照。对于生产地点及生产线,香港海关可按规定检查;所有制造的光盘要标有识别码,即SID码,并向政府申报等。

最后,谢肃方署长特别强调,今后要加强香港与内地的联系,加强与中国知识产权培训中心的进一步交流与合作。按照香港基本法的精神,他本人可继续在知识产权署工作下去,他对此表示很开心,很感激,他认为这也是"一国两制"政策的一部分。因此他表示,今后将为香港特别行政区及香港市民努力工作。

(刊登于1998年3月4日第一版)

### 加强知识产权保护的重要举措

# 中国专利局更名为国家知识产权局

**本报讯** (记者王岚涛)4月1日,国家知识产权局挂牌。这标志着我国新一届政府在加强知识产权保护方面迈出重要步伐。根据《国务院关于机构设置的通知》,中华人民共和国专利局更名为国家知识产权局,列入国务院直属机构序列。

据国家知识产权局发言人介绍,更名后的国家知识产权局,由国务院直属事业单位改为国务院直属局,表明国家对专利和整个知识产权事业的高度重视。这一举措,将加强知识产权局的行政执法地位,强化其行政管理职能,同时,也适应了国际加强知识产权保护的趋势。发言人强调,国家知识产权局将在国务院的领导和部署下,在细化和明确具体职能的基础上,更加充分、有效地行使其职能,切实做好各项工作,进一步发挥知识产权在国家科技、经济、文化工作中的积极作用。

(刊登于1998年4月6日第一版)

### 华中理工大学知识产权管理"出重拳"

# 知识产权考试不合格者不准"上岗"

**本报讯** 近日，华中理工大学举行了一个独特而隆重的颁证仪式，副校长周祖德教授向 17 名知识产权法律知识考试合格的各院系分管科研工作的主任颁发了"授权委托书"，他们将有权代表学校全权处理、运营本单位一定金额内的科技成果资产。而另外 5 名因各种原因未能过关的分管主任则未获此"上岗证"。

近年来，随着改革开放的不断深入，地处国家级东湖新技术开发区内的华中理工大学周边地区成立了很多科技开发实体，由于管理上存在的漏洞致使该校科技成果流失严重，华工大为此 5 次充当了被告角色。严酷的现实给华工人上了深刻的一课。强化知识产权意识，保护无形资产已成为学校的当务之急。为此，华工大科技处牵头，组织成立了校知识产权工作领导小组，分管校长任组长，校党委分管书记任副组长，各院系主要负责人及有关专家任小组成员，并于今年开始组织各有关院系分管科研工作的主任及科研秘书进行脱产培训，系统学习专利法、技术合同法、商标法、计算机软件保护条例等知识产权法律法规知识，并严格考试。学校科技处张爱庆处长指出，学校领导对知识产权管理工作予以高度重视，下了很大的决心，此次"上岗"考试在全校引起了强烈反响，一些未领到"授权委托书"的分管主任纷纷表示要认真对待知识产权法律知识的学习，争取下轮考试通过，使自己有资格"上岗"。目前，学校正在组织有关专家编写华工大知识产权纠纷案例汇编，不久将付印，教职工人手一册，这样全体教职工可通过了解身边发生的事件，充分体会知识产权工作的重要性，使全校知识产权意识得到提高，推动各项工作的顺利进行，促进学校步入健康、快速发展的轨道。

该校周副校长指出，以专利为主要内容的知识产权工作对新形势下高校自身建设与发展十分重要，尤其对杜绝、防止资产流失至关重要，在世界已进入知识经济的今天，强化知识产权管理具有非同寻常的意义。他表示，学校下一步将采取有力措施加大知识产权管理工作力度，建立健全知识产权管理制度，强化知识产权意识，对于那些不重视、不参加知识产权法律知识培训学习的分管主任，不单是不发证，还采取组织措施，让他们下岗。

正在华工大进行专题调研的武汉市专利管理局局长冯坚指出，华工大所经历的遭遇在武汉乃至全国很多高校都具有代表性，强化知识产权保护已成为摆在高校面前的一项十分紧迫而现实的任务。他对华工大采取的新举措十分赞赏，表示要把华工大经验向全市高等院校、科研院所推广，全面提高广大科技人员的知识产权意识，保护国有无形资产，真正实现知识产权资产的有效运营，为推动全市科技与经济进步作出贡献。

（陈保国　何力）

（刊登于 1998 年 6 月 10 日第一版）

# 国家知识产权局和国家经贸委
# 确定 70 家专利工作试点企业名单

**本报讯** 日前，国家知识产权局和国家经贸委联合发出《关于确定专利工作试点企业名单的通知》，中国北京同仁堂集团公司北京同仁堂制药二厂等 70 家企业被确定为专利工作试点企业。

为了贯彻党的十五大精神，落实国家知识产权局（原中国专利局）与国家经贸委联合制定的《企业专利工作试点方案（试行）》，使部分技术创新和专利工作基础较好的企业先行一步，有效运用专利制度，提高专利保护水平，增强技术创新和市场竞争能力，促进两个根本性转变，国家知识产权局与国家经贸委在地方专利管理局、经贸委共同审核报送的材料的基础上，进行了讨论和会商。从上报的材料看，报送企业共 118 家（企业性质基本为国有企业），其中机电 34 家、石化 25 家、冶金 18 家、制药 11 家、家电 11 家、其他 19 家。经讨论和会商，确定了在实施技术创新和建立现代企业制度试点以及建立技术中心过程中取得一定成绩，重视专利工作并有一定基础，在行业中有一定代表性的 70 家企业为专利工作试点企业。

通知要求，已确定的试点企业，要进一步提高对知识产权重要性的认识，明确负责试点工作的机构和人员，根据《企业专利工作试点方案（试行）》，并结合各自实际情况，制定本单位的具体试点方案和工作计划，积极开展试点工作。

通知还要求，各有关省、自治区、直辖市专利管理机关和经贸委要大力协助、支持试点企业的知识产权工作，指导制定具体的实施方案、措施，努力在人员培训、专利信息收集利用、专利战略运用、提高知识产权保护水平等方面给予具体指导和扶持。要帮助试点企业总结经验，协调解决试点工作中遇到的问题，切实把试点工作抓好，并以试点企业的工作带动面上的工作，全面推动企业专利工作再上新台阶。

（孙静元）

（刊登于 1998 年 6 月 15 日第一版）

# 金鹏公司以 700 万美元自主知识产权入股中美合资企业

**本报讯** （通讯员黄玉霞）近日，广州金鹏电子信息机器有限公司将以估价 700 万美元的自主知识产权，入股中美合资企业，与广州金鹏集团有限公司、美国摩托罗拉（中国）有限公司合作生产移运通信设备。

这次合作的项目总投资约 1200 万美元，由 3 家企业投资组建一个合资企业，其中美国摩托罗拉（中国）有限公司投资300万美元，广州金鹏集团有限公司投资200万美元，广州金鹏电子信息机器有限公司则以具有自主知识产权的、估价700万美元的移运通讯交换技术入股。该入股技术包括提供EIM—601平台、支持并带动601软件程序的开发和质量改进。摩托罗拉公司除了提供基地站和控制器及有关接口要求，还提供企业管理、市场策划、产品质量和标准化管理、财务管理、人力资源管理等方面的培训。

今年6月25日，广州金鹏集团有限公司、广州金鹏电子信息机器有限公司与美国摩托罗拉（中国）电子有限公司已在广州签订了成立移动通信系统合资企业的框架协议。目前，合资公司的组建工作正在按计划进行，并拟选址在广州高新技术开发区。

以自主知识产权作价入股中外合资企业，这在广州尚属首次，而这种合作不同于一般的三资企业，尤其重要的是唤起民族自尊心，在世界信息产品这一高技术领域里，我们中国人亦有一席之地，亦有自主的知识产权。

（刊登于1998年9月28日第一版）

## 培养创新素质　迎接新世纪的挑战
### ——访长沙市九中校长贺德高

吴为

9月初，笔者慕名来到长沙市九中（湖南长沙青少年创造发明学校），就人们普遍感兴趣的问题，采访了该校校长贺德高。

**笔者：**贺校长，近几年来，作为长沙市一所普通中学的九中，不仅高考升学率保持在47%以上，今年高考上线率又达61.7%，而且学生的发明作品多次获得国际国内金奖、大奖，前不久在第十一届全国发明展览会上，学生5项作品夺得金奖两个、专项大奖两个、银奖一个、铜奖两个，真可谓全面丰收。请问您的教学诀窍是什么？

**贺校长：**感谢社会各界的关怀与支持，我们也没有什么别的诀窍，主要是学校这几年全面贯彻落实党的教育方针，为迎接新世纪的挑战，扎扎实实地把创新素质教育落实到学校教育教学的每一个环节的结果。

**笔者：**贺校长，九中是哪年开始实施创新素质教育的？当时基于什么样的考虑？

**贺校长：**我校全面实施创新素质教育是从1993年初开始的。九中原名大麓中学，已有近80年历史，曾为国家培养出许多优秀人才，属三湘名校之列。1987年，长沙市教委为调整全市学校布局，将我校迁到了现在所处的地方。当时，由于条件跟不上，加上生源差，学校很快跌至"薄弱"边缘。俗话说，穷则思变。怎么办？学校教职员工再三思考，认为再也不能走"应试教育"的老路，要顺应历史发展潮流，落实《中国教育改革和发展纲要》的指示精神，闯出学校进行特色素质教育的新路子。基于创造学"人人都有创造潜能"的理论，学校决定进行有科学理论作指导的学校实施创新素质教育的研究。

**笔者：** 请您谈谈学校实施创新素质教育的措施？

**贺校长：** 其一，我们狠抓思想观念的转变，使实施创新素质教育成为全校干部、教职员工的自觉行动；其二，造就一支实施创新素质教育的高素质教师队伍；其三，形成学校实施创新素质教育的软环境。如创新素质教育的成绩与教师评优、晋职挂钩等；其四，创造实施创新素质教育的硬环境。如建立创新实验室、开设创造发明课、设置专项资金等。

**笔者：** 贵校的创新素质教育是怎样落实在学校教学各个环节中的？

**贺校长：** 我们是这样做的，第一，全校教师都进行创造性学科教学，在课堂上不仅让学生掌握好各学科知识，同时结合学科教学内容，培养学生的创新意识、创新精神和创造性思维。第二，通过科技发明课，结合劳技课的动手实践，让学生掌握发明创新技法，形成创新能力。第三，开展丰富多彩的课外活动，如：创新信箱、创造发明歌谣表演比赛、小发明题选月月评、科学哲理诗会、"三小"比赛等，使学生形成良好的创新习惯。

**笔者：** 贺校长，请您谈谈学校创新素质教育的特点好吗？

**贺校长：** 我校创新素质教育的特点，其一是面对每一位学生，让每个学生的创新素质都得到提高，而不仅仅是培养几个"小发明家"，搞几项发明，得几块牌子，装装面子；其二是以教育科研的形式整体推进，现在学校有省、市级创新素质教育科研课题各一个，校级子课题28个，研究范围涉及学校教学的各学科、教育的各领域。以理论做指导，实践为基础，起点高，效果能得到保证。

**笔者：** 目前，学校感到最困难的是什么？

**贺校长：** 虽然我们的工作已得到社会许多有识之士的理解与支持，但仍然感到困难的是学校条件的改善、学生成果的转化等问题。我们相信，有上级领导及部门的热情关怀和大力扶植，这些困难是能克服的。

**笔者：** 学校有什么新的目标？

**贺校长：** 我们正在探讨新时期学生创新素质教育的内容及最佳培养方法，力求为国家培养出更多具有坚实科学基础、博大人文精神的创造性人才。

（刊登于1998年10月7日第一版）

# 自己的孩子为啥姓了别人的姓

## ——总参工程兵科研三所科技助民引起的风波

孙现富

1996年3月，总参工程兵科研三所副总工程师曾宪明到山东济南出差，发现当地几家新闻媒体正报道一项由该所研制的喷锚网支护技术。令他吃惊的是，报道中的发明者却成了当地的一家地方单位，而这家单位几年前曾受过该所在技术上的援助。曾宪明感到这是一起严重的侵权事件，他及时向所里做了汇报。此时，该所又相继接到另外几位在其他地方执行任务的科研人员有关同类事件的汇报。当科研人员与地方一些单位进行交涉时，得到的答复是："你们没有申请专利保护，不能说我们侵权"。

1995年初，国家重点建设工程北京西客站南广场地铁区隧道16道米深回填砂夹石和砂黏土边坡支护工程，是由北京某单位利用该所研究的喷锚网支护技术承建的。然而，工程完成后，这项技术的首创发明权也换成了这家地方单位。他们还大张旗鼓地请电视台作了报道。更有甚者，河南洛阳某乡镇企业将该所刚刚研制的成果"松散地层中工程施工钻"买去进行卸装后，仿照生产，致使该所利用此项目救助自己家属工厂的计划全部落空，造成数十名工人靠单位补助过日子，而这家没花一分钱科研经费的乡镇企业却办得红红火火，生意兴隆，今年初，这个所又相继接到北京、武汉等几家施工单位的紧急求援，说有些建筑公司打着该所研制的喷锚网支护技术的旗号承揽工程，由于技术不到位使工程出现险情。该所在组织人员进行抢险的同时，发现承揽工程的几家地方公司都是曾经得到过他们帮助的单位。近年来，这个所在完成科研项目的同时开发了一些军民通用的技术项目，并取得了丰硕的科研成果，遗憾的是，他们所发明的许多实用技术，在没有及时申请专利的情况下，就将成果投入到地方经济建设当中去，导致一些成果流失，甚至被别人抢先申请了专利。

一连串侵权事件的发生，不仅让科研人员十分懊悔，令所党委也很震惊。他们怎么也没想到自己苦心研究多年的科研成果竟会在科技助民中"溜号"，更没想到成果的流失会给部队带来这么大的危害和影响。党委成员通过深入学习邓小平科技强军的理论和十五大精神，深深意识到，在市场经济条件下，特别是随着社会进入技术经济时代，知识产权保护已日趋重要，军队在开展科技助民的同时，加强知识产权保护已迫在眉睫。于是，该所迅速组织有关专家深入分析了造成军队科研成果流失的原因。由于军队科研属军内任务，成果也属集体成绩，给申请专利在署名上带来一定难题。有些科研人员认为，申请专利保护需要对鉴定后的成果作进一步完善，持续时间长，影响开展其他课题的研究；有些科研人员认为，申请专利没有获奖重要，它对评职称、晋级没有帮助，而且，申请专利保护的费用较高；有人还认为，军队科研成果申请专利会影响保密问题；军队科研成果也不会出现被侵权现象，没有申请专利保护的必要，这些问题很大程度上淡化了科研人员保护知识产权的意识。造成军队科研成果被侵权的另外几个主要原因是，部队在支援地方经济建设时，没能很好地保护自己，对一些技术细节太公开化，没有对合作单位采取的拍照、现场录像等"学习方式"加以制止；其次，忽视了对外调科研干部的技术保密教育和对科研成果所属权作出的明文规定，出现了外调、转业干部将集体成果占为己有的现象；在知识产权受到侵害时，部队没有及时拿出法律武器保护自己的合法权益，给一些不法单位和个人提供了可乘之机。知识产权保护的不利，造成许多科研成果白白流失。有一些单位和个人把窃取来的技术和方法贴上自己的"标签"，在外行骗，不仅影响了先进技术的健康发展，而且也影响了部队的声誉。近年来，这个所先后收到许多投诉信和投诉电话，说有建筑公司打着该所研制喷锚网支护技术的旗号承揽工程，由于技术问题给甲方造成了巨大的经济损失。一系列的原因和影响，引起了该所党委的高度重视，保护知识产权已成了刻不容缓的大事。

为加强对知识产权的保护，所党委决定将成立由所领导和专家组成的"知识产权保护委员会"，对一些科研成果被侵权情况做详细调查，并对技术开发性强、与地方建设密切相关的技术做重点保护和完善。同时，所党委还抓住这一契机，对科研人员进行知识产权法再教育，在组织科研人员学习专利法和著作权法的基础上，把为科研人员申请专利作为一项重要工作，积极支持和帮助科研人员申请专利。在课题研究中，所党委提出科研项目要做到边研究边完善，做到科研成果及时申请专利，然后再推广。副总工程师曾宪明研究的"基坑边坡平锚喷网支护方法"申请专利后，不仅受到法律的保护，而且还扩大了影响，先后收到了来自美国、日本、中国香港及澳门和东南亚一些国家或地区的来电来函，纷纷要求签订技术转让协议。该所还对一些地方企业和个人侵犯部队科研成果的行为诉诸法律，对企业和个人不按科研成果转让合同履约的情况，寻求法律支持，有效地保护了知识产权，极大地调动了科研人员的积极性。这个所还改变了以往"自产不销""自产自销"的守旧观念，在专利法的保护和保密的前提下，按照市场法则向地方转让一些军民通用的科研成果，变"死"成果为活效益。不仅救活了一大批企业，还探索出一条科研促开发、开发促科研的新路子，创造了良好的社会效益和经济效益。他们还为一些军民通用性强的科研成果专门召开推广会，在科技界树立发明权的威信。其次，他们还将一些实用性强、便于向地方推广的科研成果积极组织地方有关部门先编法规再推广。他们先后与国家建设部和清华大学合作为喷锚网技术编写了《土钉支护设计与施工技术条例》《基坑土钉支护技术规程》，给科研成果罩上了一层保护网，有效地保护了知识产权。

（刊登于1998年10月21日第一版）

# 知识经济的核心问题是知识产权

中国工程院院士、清华大学自动化系教授  吴澄

谈知识经济必须要谈知识产权。从搞信息技术的眼光看，我认为，知识经济的核心问题是知识产权。很多人可能会说，这样上纲太高。我认为，农业经济，土地所有权是核心问题，工业经济的资本所有权是核心问题，到了知识经济，知识的所有权，即知识产权就是核心问题了。一个国家、一个企业、一个人最重要的是拥有知识产权，才能持续发展。外国为什么放心在中国开办高技术企业？放在最接近市场、劳动力最廉价、效益最好的地方办厂，就是因为这些企业里的知识产权是外国资本家的，中国人掌握不了。因此现在看来，知识产权在知识经济范畴里是个重要的问题。

第一，如果我们自己的创新能力依然如旧，我们任凭外国在高新技术领域里占据了绝大部分的知识产权，我们无法谈论知识产权。既然我们中国要富强，要在世界上占一席之地，不管什么行业，都要解决中国的现实问题和未来的长远发展问题。当然，首先要发展经济，要提高全民族的生活水平。但是，如果一个国家、一个企业没有自主的知识产权，将来你有了钱就会变得没有钱。美国这几年发展很快，在国际上很强大，关键就是美国的产品过硬，有雄厚的知识产权实力，新产品开发的能力很强，飞机，有波音；计算机，有 IBM、微软；汽车，有福特。几乎在每个产业，都有其独特的支柱产品，包括餐饮业，有肯德基、麦当劳、可口可乐。这些产业，支持了美国有强大的经济实力。

第二，我国的竞争力，企业的竞争力比较低，核心问题是具有自主知识产权较少，新产品的开发落后，这是我们当前许多企业陷入困境的重要原因。现在许多企业认为市场不可捉摸，它的产品一时适销对路，效益就好，一旦被淘汰，效益就下来了，就是因为这些企业没有创新的能力。所以研究知识经济，一定要研究企业的创新能力，一定要紧密地研究如何解决当前国家的热点、难点问题。这是难做文章的地方。在这一点上，与知识产权的关系也非常大。

第三，当前要提高国家和企业的创新能力，这是不断产生自主的知识产权的源泉。创新能力不仅包括知识创新、技术创新，还包括管理创新和市场开拓的创新。创新是一个民族的行动，而不是极少数在宝塔尖里的专家学者的行动。另一方面，用法律的完善化、规范化、制度化来保护知识产权。当前，创新工程已提到了中央议事日程，明年要召开全国创新工程会议。同时，由国家知识产权局来不断完善保护知识产权的法律法规。我国的软件开发能力很强，但不能形成像美国微软公司那样强大的企业，主要原因是我国自己的软件没有得到有效地保护。

第四，要提高国家、企业的竞争力，实际上就是提高新产品的竞争力，实际上还是要有持续的创新能力。按照十几年的实践经验，用信息技术加上现代化管理，

是提高我们国家和企业竞争能力的很重要的手段。提高企业的开发能力，是企业发展的永恒主题。提高了企业的技术创新能力和现代化管理水平，就可以使企业产品达到更好的质量，更高的档次，更低的成本，更好的服务。中国企业的竞争对象一般都是外国的跨国公司。通过提高企业的创新能力，就可以增加我国自主知识产权——专利、商标和著作权，就可以持续地增加我国的经济效益。这就是我国实力的体现。通过提高企业的创新能力，使我国企业的新产品开发周期，以原来的"十年磨一剑"，争取达到"两年磨一剑"。

（刊登于 1998 年 11 月 23 日第一版）

# 专利文献步入信息快车道

本报记者　边力

"信息时代"与"知识经济"已成为目前人们耳熟能详的两个词。对于它们的含义，现代社会也有着愈加深刻的体会。网络技术的发展更是为信息的传播提供了前所未有的优质高速路。在浩瀚的技术信息中，专利文献无疑是其中最庞大、最有价值的组成部分，它以最快的速度记载和传播着世界 90% 以上的高新技术成果信息。如何管好、用好专利文献备受公众关注。

记者从日前在成都召开的"全国专利文献利用与管理研讨会"上了解到，国家知识产权局专利局所建的中国专利信息系统将在年底投入试运行，待组成中国专利信息网后，公众可直接地从网上查到内容丰富的中国专利信息，包括中国专利审批流程信息及满足 PCT 最低文献量的国外专利信息。

为使中国专利信息网更好运行，专利局文献部已将中国专利数据库光盘，欧洲/国际、日本检索光盘，美国检索光盘及日本英文文摘（PAT）光盘提供给 31 个省、自治区和直辖市的专利管理机构。这意味着，这些地区公众可以足不出省、地或市就能进行科技项目或成果的检索、查新。同时还可利用这些光盘为企业决策提供有力的技术信息服务。

专利文献的管理、利用与对使用专利文献用户的服务，二者密不可分，你中有我，我中有你。对于这点，上述工具盘的拥有者更是有颇多体会。四川省专利管理局改变"守株待兔"的工作方式，到各市、地、州上门服务，从调试微机、演示功能到手把手地教，建立了自己的专利信息网络用户，其中不乏长虹集团公司、川化集团公司这样的大型企业。

黑龙江省专利管理局结合本省的实际情况，筛编了 1600 多项专利权期限届满及提前终止的技术，免费或优惠提供给困难的中小、乡镇企业和下岗职工，帮助他们解决困难，同时促进了专利文献的利用、转化，其意义已超过技术范畴。

江苏省专利管理局始终瞄准代表我国先进生产力的大中型国有企业，如熊猫电子集团、扬子石化公司、小天鹅集团等 20 家地处江苏的国内知名的大型企业。为这些企业进行美、日、韩、法、荷兰等国有针对性专利技术的检索、分析，为这些企业技术创新、研究国外竞争对手的动向、确定产品开发方向，并建立专利信息专用数据库创造了条件。

深圳华为技术有限公司知识产权部通过对专利文献的定性、定量分析，为公司研究开发和制定策略服务。如根据专利申请量随时间变化，了解该技术的发展史、趋势及技术成熟度；从各厂商在不同领域、不同技术路线上的专利量，分析其的开发、发展策略；对关键技术问题进行专利分析，找出不同的技术解决方案；检索分析技术贸易中涉及的专利技术的法律状况和可利用性，防止欺诈；对各国的专利申请和授权状况进行分析，确定产品的市场范围。

由此可见，全国各地只有注意结合实际，让宝贵的专利信息资源得到充分、合理的利用，同时搞好专利文献的深层次开发和利用，才能真正融入知识经济时代。

（刊登于 1998 年 12 月 9 日第一版）

# 1999

社论：直面经济

温州：突出保护　加强服务

北京市启动"首都专利查假世纪末之战"方案

发明人得到300多万元

义乌一批企业依靠专利技术打响品牌

温家宝考察国家知识产权局工作

《中国知识产权报》7月2日创刊

我国知识产权审判力量不断加强

中国植物新品种权申请第一号——杂交水稻的话题

读图：专访王守义

充分发挥知识产权在技术创新中的作用

我国商标管理现状

专利局全力以赴消除积压

自主知识产权是高新技术企业的命根子

"中华知识产权世纪行"活动昨日启程

提高我国知识产权保护水平刻不容缓

读图：王选教授

辽宁挑战专利"转化难"

社论

# 直面经济

从一位省委书记提出"抓经济不抓科技不行，抓科技不抓专利不行"，到党的十五大把保护知识产权确定为党和国家坚定不移的方针、国策，这其中间隔了不到 10 年的时间；即使是从中国是否应该建立专利制度的讨论开始，到中国专利制度完成自己历史性的跨越——迅速发展及完善，也不过才 20 年的光景。然而，发生在这短暂时间里的巨大变迁所留给我们的是一个什么样的提示呢？

中国有句话，叫"有为才有位"。用它来比喻中国知识产权制度特别是中国专利制度的发展是再恰当不过的了。尽管我们还在为我们的专利制度得以迅速发展完善而自豪，尽管我们还会将"年专利申请量达到 12 万件"的最新消息抢发在报刊最显眼的位置上，但是，更加让我们感到惊喜的是，中国的专利事业已经步入一个更高的层面，那就是与社会主义市场经济发展的关系更加直接，更加密切。历史不会忘记：当市场经济这个陌生的概念出现在中国这块古老土地上的时候，是中国专利制度的诞生充分地点燃了民族智慧之火。使中国的科技发展插上了腾飞的翅膀，使激烈的市场竞争变得有序；当改革开放这个民族的希望坚定地开启国门直通世界的时候，是中国日趋完善的知识产权制度牢固地架起了中国与国际接轨的桥梁，从而使国外先进技术顺利地在中国"安家落户"，也使中国的优秀产品安稳地跻身国际市场。实践已充分证明，专利乃至整个知识产权制度，是建立和发展中国社会主义市场经济的内在要求和本质表现，是社会主义市场经济体制不可或缺的重要的组成部分。

当 20 世纪最后一个新年的钟声敲响之后，在我们的耳畔听到更多的是时代的呼声。随着国际经济、科技一体化以及贸易自由化、全球化进程的加快，特别是知识经济的出现和发展，知识产权制度在经济、科技、文化和社会生活中的地位日益提高，作用日趋重要。特别是对于像我国这样一个有形经济资源相对贫乏的发展中国家来说，如何更加有效地运用知识产权制度，调动和激发广大人民群众发明创造和智力创造的积极性，为国民经济的发展提供丰实的知识资源，保证经济发展的速度、质量和后劲，将具有非常重要的意义。

过去的 1998 年，有一个很时髦的词："直面"。顾名思义，就是直接面对的意思。那么，发展到了今天的中国专利事业该直面些什么呢？无论是从对新年钟声前的回顾还是对钟声后的展望，我们都会脱口而出这样一个答案：直面经济，直面机遇、困难与挑战共存的中国经济。

要直面经济，这就要求专利工作乃至整个知识产权工作都要有进一步的提高。特别是要首先处理好这样几个关系，如处理好知识产权法律制度与国家经济、科技、文化政策的关系；处理好知识产权保护水平中遵循国际惯例与立足本国国情的关系；

处理好在知识产权领域中，扶植我国工业与扩大对外开放的关系；处理好知识产权领域中政府参与与市场机制作用的关系；处理好知识产权领域中"先发优势"与"后发优势"的关系，即：一方面，承认发达国家在雄厚的物质、技术基础上建立起来的知识产权的"先发优势"，另一方面，利用我们所获得的发达国家知识产权的信息资源、技术资源，充分利用"后发优势"，实现技术上的跨越式发展，逐步缩小与发达国家之间的差距。等等这些，也都是对我们能否直面经济所提出的新的挑战。

我们相信，在下一个新年钟声敲响的时候，与中国知识产权事业的发展交相辉映的中国社会主义市场经济，必将以一个崭新的面貌昂首跨入 21 世纪。

（刊登于 1999 年 1 月 1 日第一版）

# 温州：突出保护　加强服务

**本报记者　王岚涛　安雷　特约记者　李建民**

温州是我国市场经济发育较早的地区，私营企业、乡镇企业是当地经济的主力军，早在 80 年代，温州就成为全国乡镇企业发展模式之一。

## 保护：一切工作的根本点

温州市企业新产品开发活跃，随之而来的是专利纠纷的频繁发生。迄今为止，温州市专利管理局已累计受理专利纠纷案件 189 件，这个数字在全国中等城市中是排在前面的。针对这一情况，温州市专利管理局的领导认识到，如果专利保护工作做不好，专利工作在温州将没有立足之地。他们克服人手少、手段缺乏等困难，坚持大胆实践，积极探索，提高办案力度。全局共 5 个人，其中 3 人搞专利纠纷的调处工作。在处理专利纠纷时，他们坚持合议组合议制度，保证办案质量。据 1997 年初的统计，他们共处理结案的 131 件专利纠纷中，仅 6 件当事人不服处理起诉至法院，占 4.5%。对较为明显的专利侵权案件，他们采取物品保全措施，有效地阻止侵权行为的继续，1995～1996 年他们受理的 45 件专利侵权案，采取保全措施的 21 件，占 46.6%。对于专利权人难以取证的侵权案件，温州市专利管理局提前介入，现场取证。温州海螺工业集团引进台湾一项专利技术生产新型雨伞，不久就发现温州市区及瑞安等地相继出现了仿制品，温州局接到投诉后，立即组织人员到生产厂家及销售市场调查取证，并根据不同情况对仿制企业进行了处理，最高赔偿额 14 万元。此举有效地维护了专利权人及生产企业的合法权益。

温州发生的专利侵权纠纷案有相当部分涉及外地当事人，并较早地有了涉外案件，温州市专利管理局不搞地方保护，坚持秉公办案，几年来，他们先后受理了海南、广东、安徽、河北、山东、陕西、吉林等省及本省其他地市的专利侵权案几十起，涉外案件 8 件，均得到了及时公正的处理解决，受到当事人的好评。去年上半年，德国一家公司发现乐清 2 家企业侵犯其专利权，在得知既可去法院，又可到专利管理局解决这一纠纷后，德方经过 2 个月的调查考虑，最终选择了温州市专利管理局。市专利管理局立案后进行了及时、充分的调查取证，并多次与双方当事人接触，使案件顺利审结，当事人表示满意。为了加大力度，弥补专利管理局执法力量的不足，对较为复杂、难以取证的专利侵权案和冒充专利案，温州局联合工商、公安、技术监督等部门共同查处，并多次邀请新闻媒体报道典型案件，收到了良好的社会效果。

温州市专利管理局从 1987 年开始受理专利纠纷案并开始查处冒充专利行为，至今受理的 189 件专利纠纷案已结案 179 件，结案率达 95%，较好地解决了 8 起涉外纠纷，查处冒充专利 7 件，申请法院强制执行 4 件。温州市专利管理局的专利纠纷案件处理工作在全国也产生了一定影响，有 8 个案例被原中国专利局编印的《中国专利纠纷案例汇编》所收录，1 个案例被日本贸促会编印的《中国知识产权判例 100 选》所选录（全国专利管理机关仅 3 件被选录）。

**服务：企业工作的突破口**

5 年前，温州市烟具行业协会针对温州市场日渐盛行的仿制之风，自发搞起了《维权公约》，对新产品进行短期保护，这一做法较好地解决了专利审批周期长而新烟具的市场寿命短的矛盾。紧接着，市灯具协会、鞋机协会等相继采用了这种形式。由此看出，在走过了原始积累的道路之后，在市场经济活跃的温州，企业对产品的法律保护愿望是十分强烈的。针对企业的需求，温州市专利管理局把企业专利工作的重点放在了服务上，通过服务来帮助企业认识专利制度是维护企业新产品开发的一种可信、可靠的法律制度，以此来促动企业积极申请专利、建立内部的规章制度。他们一方面通过主动查处侵权、简化办案程序、及时处理案件来解决企业的权益受损、为诉讼所累的问题，使企业信任专利制度。另一方面为企业提供大量的专利信息，帮助企业开发自己的新产品。1995 年，他们选择了 50 家企业，针对其不同需求，每月提供 2000 条专利信息，并接受企业的课题检索，此举深受企业欢迎，这项服务一直坚持至今，为此，他们每年都要花费 6 万元用于专利文献的购置。从各行业协会纷纷制定自己的《维护公约》的做法，温州局找到了又一个为企业服务的"服务点"，他们感到有必要成立一个全市范围的专利协会，以满足企业不断增长的保护新产品、保护专利的需要。去年上半年，他们深入企业调查，了解企业的需求，着手筹建了温州市专利协会，目前，该协会已经有关部门批准。

权益能够及时得到保护，以及到位的专利信息服务，造就了温州一批拥有自主知识产权的企业。地处偏僻山区的瑞安工艺画帘厂拥有生产"玻璃瓶立体画"的 3 项专利技术，为了维权，他们有专门人员负责专利侵权调查，并将保护专利权的工作做到了广交会上，做到了海关。正泰集团是一家无区域性企业集团，是我国最大的低压电器出口基地之一，该企业曾走过仿制之路，几年前与国外公司有过专利纠纷。随着专利意识的增强和企业的发展，他们不断开发出自己的专利产品，目前不但拥有了60多项专利，还通过监控、收集国外相关厂家的专利申请情况，来制定自己的产品开发及营销战略。

突出保护，加强服务这一工作思路的确定，使温州市专利工作稳步发展。1998年全市专利申请量达1000件，授权量900件，市局受理专利侵权案18件，其中涉外2件，审结专利侵权案20件，查处冒充专利2件，申请法院强制执行1件，案件受理和结案量都比上年有较大增长。全市专利实施率超过了50%，为温州经济建设和社会发展做出了贡献。

（刊登于1999年3月12日第一版）

# 北京市启动"首都专利查假世纪末之战"方案

## 认定的无冒充专利商场增至40家

**本报讯** （记者吴晖　特约记者张伯友）最近，北京市西单商场股份有限公司和复兴商业城等30家商场被北京市专利管理局和市商委认定为市无冒充专利商场。至此，京城无冒充专利商场已由去年的首批10家增至40家。此举的推出也是市专利管理局启动"首都专利查假世纪末之战"方案的行动之一。3月12日上午，北京市第二批无冒充专利商场颁证仪式在西单商场举行。来自国家知识产权局、市人大、市科委、市专利管理局的领导以及有关商家的代表100多人参加了颁证仪式。

1997年以来，北京市专利管理局依据专利法赋予的职责，组织专利执法队伍，采取了突击打假、新闻媒体跟踪报道、抽查监视专利广告、认定首批10家无冒充专利商场等得力措施，在商品流通、专利技术贸易、专利广告等领域全方位查禁冒充专利，取得了显著的阶段性成果。截至目前，该局已立案查处冒充专利23件，并对其中情节较为严重的11件的当事人进行了行政处罚。全市冒充专利案件百分比已由1996年的40%降低到了10%。

该局推出的认定无冒充专利商场的措施，使首都的一些商场自觉地做好自查工作。作为京城首批无冒充专利商场的翠微大厦，利用其先进的微机管理系统，随机监控专利商品的流入渠道，商场还制定出了《专利商品管理办法》，将监查冒充专利商品的责任落实到各商品销售部和班组。目前，翠微大厦销售的303件标有专利标记的商品，无一假冒。

1999年初，为彻底净化首都专利市场，打好本世纪专利查假最后一战，北京市专利管理局根据国家知识产权局的有关要求，着手启动、实施"首都专利查假世纪末之战"方案。3月初，北京市专利管理局会同市商委在全市较大范围内认定无冒充专利商场，并对认定的第二批无冒充专利商场的有关人员进行了专门性业务培训，要求他们严格执行《北京市无冒充专利商场认定管理办法》。

在颁牌仪式上，北京市专利管理局王友彭局长希望第二批30家无冒充专利商场，与首批10家无冒充专利商场一样，把住进货渠道，杜绝冒充专利商品进入流通领域，主动配合专利管理机关做好首都专利查假工作，竭尽全力，力争做到不让冒充专利流入21世纪。

（刊登于1999年3月17日第一版）

## 上海医科大学一项专利收益1470多万元

# 发明人得到300多万元

### 校领导表示：这并非奖励，而是发明人应得的合法报酬

**本报讯** （通讯员许章林　林旭）当今世界，具有知识产权的发明创造成果，是促进经济高速增长的最活跃、最有价值的生产要素之一，它的潜在生产力和现实生产力正在被越来越多有远见的企业家所重视。近日，在上海医科大学现场召开的上海推进高新技术成果转化研讨会上，上海医科大学领导将转让股权收益的20%，即304.6万元人民币亲手送到了以宋后燕教授为首的"注射用重组链激酶"课题组的专利发明人手中，其中宋后燕教授一人获得120万元。上海医科大学领导说，把转让股权收益的20%兑现给专利发明人，这并非奖励，而是发明人应得的合法报酬，体现了江泽民总书记在十五大报告中提出的按生产要素分配的精神。这在上海科技人员中引起极大反响，成为上海热门话题。

上海市委领导在会上充分肯定了上海医科大学的新分配机制，认为这是一个重大突破。他说，创造性劳动，绝不是一般的劳动，而是艰苦的"创新"，因此我们在分配制度上，也必须按创造性劳动本质实施利益分配。只有这样，才能真正鼓励第一线的科技人员去创新，鼓励他们致力于科研成果的转化，形成推动科技创新不竭的动力源泉。

上海复星科技实业公司相中了我国第一个拥有自主知识产权的一类生物技术新药——"注射用重组链激酶"，出资3000万元从上海医科大学和上海实业公司合办的上海实业医大生物技术有限公司购买了51%股权，成为该公司的新的大股东。以发明创造专利权为主要投入的上海医科大学，在该公司中原本拥有49%股权，这次出让了25%股权，获得了1470多万元收益。

宋后燕教授是从事分子遗传学研究的专家，以她为首的课题组从80年代末开始研究链激酶，1994年获得成功并申请中国专利，1997年6月被公告授权，1997年

12月、1998年6月又分别获得瑞士和俄罗斯两国专利。应用基因工程技术研制的注射用链激酶，工艺简单安全、成本低廉、产出率高、纯化方法独特，已完成三期临床试用，为抢救心脑血管病患者提供了一种有效药物。1997年初获国家一类新药证书，并获正式生产批文。1998年被认定为上海市高新技术成果转化项目。

（刊登于1999年4月14日第一版）

# 义乌一批企业依靠专利技术打响品牌

**本报讯**　截至4月底，浙江省义乌市已有专利184项，其中84项专利已应用到企业生产中，实施率为45%，高于全国平均水平。目前，申请专利，保护品牌，已成为义乌一批企业老总们的共识。

随着小商品市场的发展，全国各地琳琅满目的各类产品汇集义乌市场。由于个别人缺乏专利知识，擅自对别人的产品式样和外观包装进行仿造，结果侵害了他人的专利权，被人告上法庭，惹下官司还赔钱。针对这一情况，义乌市科委结合贯彻专利法和省专利保护条例，在全市广泛开展专利技术管理与保护的宣传，积极鼓励企业和个人申请专利技术，并成立了专利管理办公室，狠抓专利技术实施和专利执法。

义乌人在吸取经验教训后，反而更加看重专利技术，许多企业在产品还没投入生产时，专利申请工作就做在先。永达不锈钢制品有限公司设计的夹钳式不锈钢压力锅，不但造型美观，而且有多重安全装置。产品还没正式投产，企业就申请了两项中国专利。产品投产后，不但在国内市场走俏，而且出口到美国、德国、希腊、比利时、西班牙、委内瑞拉、也门等10多个国家。今年1至4月，该公司的专利技术已创产值600多万元，实现税利100多万元，目前该公司正在积极申请国外专利。

该市浪莎袜业有限公司的老总专利意识更是超前。1995年企业刚筹建时，就着手申请专利，从生产技术到产品形状以及外包装都拥有专利权。到目前为止，这家企业已申请了12项专利，而且全部应用到生产上，现在该公司年产袜子已达2亿多双，产品覆盖全国各地以及欧美、东南亚等10多个国家和地区，一举成为中国袜业的佼佼者。对于企业狠抓专利工作的做法，公司总经理翁荣弟认为，企业重视专利技术，目的在于要创出自己的名牌，做大企业规模，确保不让他人仿冒侵权。

（张建成　陈晓文）

**编后**

在我国，专利工作已开展多年了，但在一些地方尚未得到足够的重视。义乌人从切肤之痛的教训中醒悟过来，抓专利的申请和实施，而且抓住不放，抓出成效，尝到甜头，这是一个非常可喜的转变。

企业在生产经营中，产品被人仿冒侵权的例子举不胜举。有的企业花了数年时间，投入大量研制经费，开发出来的新产品，一走上市场就被人仿冒，而且挤掉了所占的市场。因没及时申请专利，要告没依据，只得自认倒霉。在浙江省就有这样一个例子：一家60年代末就开始研制生产燃气灶的企业，由于没有及时申请专利，后来被一家80年代初才筹建的企业仿冒。由于后者资金实力雄厚，生产规模上得快，前者很快被挤垮，最终倒闭。由此可见，企业是否申请专利、拥有专利技术常常是影响其生存和发展的重要因素。

义乌人在市场经济的大潮中，纷纷申请使用专利技术，这说明他们有超前的意识和长远的眼光。也只有这样，企业才经得起风浪，才能立于不败之地！

（刊登于1999年6月2日第一版）

# 温家宝考察国家知识产权局工作

## 强调做好知识产权工作　推动科技进步和经济发展

**新华社北京6月10日电**　（中央人民广播电台记者刘振英、新华社记者尹鸿祝）中共中央政治局委员、国务院副总理温家宝近日在考察国家知识产权局的工作时指出，要进一步提高对知识产权工作重要性的认识，不断完善法律法规，依法保护知识产权，为推动科技进步和经济发展做出更大的贡献。

温家宝分别考察了专利文献馆、专利受理大厅、国际申请处、自动化机房、分类文献库、专利文库和机械发明审查部，详细了解了专利申请、受理、审查过程和专利文档管理情况，他还与前来检索专利文献的读者交谈，询问专利审查人员的学习、工作情况，他对工作人员说，专利工作人员是复合型人才，知识既要博又要专，希望大家不断学习，不断增加新的知识，把专利工作做好。

知识产权局局长姜颖汇报了我国知识产权工作情况。1984年以来，我国颁布实施了专利法，制定了专利法实施细则和相关法规。我国还先后颁布、实施了商标法和著作权法以及其他知识产权法律法规，逐步形成了一套比较完善的知识产权保护的法律法规体系。截至目前，我专利申请总量已超过90万件，专利授权量达46万余件。特别是近几年，专利申请量和专利授权量迅速增长，国外向我国申请专利也占相当的比重。在专利保护方面，我国采取了司法与行政执法协调运作的体制，有效地保护了专利权人的合法权益。知识产权局积极采取措施，加快专利审查，促进专利技术实施，扩大专利信息传播，使专利制度在我国技术创新、经济发展中发挥了积极作用。

温家宝在听取工作汇报后指出，实行知识产权制度，一是建立社会主义市场经济体制的需要，有利于维护技术市场的正常秩序；二是科技进步的需要，有利于保护科技发明，激励科技人员创新；三是依法治国、建设社会主义法治国家的需要，有利于依法保护专利；四是扩大开放的需要，有利于开展国际交流与合作；五是社会主义精神文明建设的需要，有利于形成尊重知识、尊重人才的社会风尚。他要求进一步加强对知识产权工作的领导，不断完善法律法规，依法保护知识产权，加强专利管理机关的执法地位，强化执法手段，不断提高工作质量。要充分发挥专利工作在技术创新工作中的作用，把专利工作纳入国家创新体系，引导企业，科研单位建立完善专利管理制度，提高保护能力和水平，提高竞争能力。知识产权部门要认真履行职责，加强配合协调，推动知识产权工作健康发展。

国务院有关部门负责人石秀诗、张志坚、高强、徐颂陶等参加了考察。

（刊登于 1999 年 6 月 10 日第一版转第二版）

### 第一张全面报道知识产权的报纸

# 《中国知识产权报》7 月 2 日创刊

**本报讯** （记者朱宏）经国家新闻出版署批准，由《中国专利报》更名的《中国知识产权报》创刊号，7 月 2 日将与广大读者见面。

新创刊的《中国知识产权报》由国家知识产权局主办。据国家知识产权局副局长马连元介绍，《中国知识产权报》在办报思想与报道内容上较《中国专利报》将有很大变化。她将立足知识产权界，面向全社会，与市场、与经济建设的联系更加紧密。他说，由邓小平同志题写报名的《中国专利报》，在其创办的十年中，为推动中国专利事业乃至整个知识产权事业方面起到了积极的作用，做出了贡献。同时。她的实践也将为创办《中国知识产权报》提供参考和借鉴。《中国知识产权报》将肩负新的使命，以传播党和国家有关知识产权方针、政策，宣传、普及知识产权法律知识，提高全社会知识产权保护意识为己任，并通过舆论监督，为创造和维护一个公平有序的市场竞争环境服务，为中国知识产权事业的发展、为社会主义经济建设服务。

据悉，新创刊的《中国知识产权报》目前暂为周二刊，每期四版。有望在明年扩版增刊。

（刊登于 1999 年 6 月 30 日第一版）

# 我国知识产权审判力量不断加强

## 10 个高院、22 个中院已成立知识产权庭

**本报讯** （记者王岚涛）日前从最高人民法院知识产权庭获悉，随着知识产权案件的不断增加，我国已有 10 个高级人民法院、22 个中级人民法院成立了知识产权审判庭。今年 1 至 4 月，全国各级人民法院共受理知识产权案件 1396 件，比去年同期增长 12%。

到目前，全国已有北京、上海、天津、江苏、广东、福建、海南、重庆、四川、河南等 10 个省市的高级人民法院，北京、上海、天津 3 个直辖市的第一、二中级人民法院以及南京、广州、成都、哈尔滨、青岛、深圳、汕头、珠海、厦门、武汉、太原、盐城、合肥、滁州、安阳，佛山等市的 22 个中级人民法院成立了知识产权审判庭。江西、贵州、黑龙江三省高级人民法院规定将知识产权案件归口一个经济审判庭统一审理。北京（已成立知识产权庭的海淀区、朝阳区法院除外）、上海（已成立知识产权庭的浦东、黄浦区法院除外）、江苏、广东、贵州、福建、河南等省高级人民法院都规定将知识产权案件提高级别管辖，由中级人民法院作为知识产权案件的一审法院。

据统计，在今年 1 至 4 月全国各级法院受理的 1396 件知识产权案件中，数量最多的是专利侵权案，共 394 件，比去年同期增长了 53%；著作权案 241 件，比去年同期增长了 30%；商标侵权案 137 件，比去年同期增长了 20%。其他为技术合同案 271 件、专利许可合同案 13 件、专利权属案 133 件、商标权属案 22 件、非专利侵权案 43 件、其他民事知识产权案 142 件，其中除技术合同案和专利许可合同案有所下降外，其余均呈上升趋势。

（刊登于 1999 年 7 月 2 日第一版）

# 中国植物新品种权申请第一号

## ——杂交水稻的话题

**本报记者** 杨杨

世纪末的 1999 年春天，中国终于开启了植物新品种知识产权保护的大门。作为国际植物新品种保护联盟的第 39 位成员，正式受理植物新品种权申请，并为这些植物新品种提供司法和行政双重保护。

当得知我国将受理植物新品种权申请时，湖南农科院杂交水稻研究中心的科研人员专门打电话给他们的代理人北京中农恒达植物新品种权代理事务所有限公司，恳请代理人：一定要争取第一个递交申请，一定要成为中国植物新品种权第一位申请人。

他们如愿了！被誉为"杂交水稻之父"的袁隆平领导的水稻杂交中心的水稻新

品种成为中国植物新品种权第一号申请。

袁隆平领导的湖南农科院国家杂交水稻工程技术研究中心，在我国受理植物新品种权申请后，已提出了四项申请，其中一项申请的完成人之一就是袁隆平院士。这终于可以给袁院士40年来无知识产权法律保护植物新品种的科研历程画上一个句号。

## 40年征程：从奇想到开创水稻研究新纪元

杂交水稻这个名词，今天人们听起来再惯常不过了。可有谁会想到在40年前，产业化的"杂交稻制种"不过是一个突发奇想。就是这个突发和奇想，引发了一场绿色革命，带来了水稻农业生产的巨大变革，开创了水稻研究的新纪元。

大约在40年前春季的一天，袁隆平在田间散步时，惊奇地发现了一根粗叶宽、株型优异的水稻，就是这棵"天然杂种"水稻，使他迸发出一个大胆的设想——水稻杂交，并决心向杂交水稻这一神秘的领域进军。

水稻是自花授粉的植物，若用人工授粉进行杂交，则毫无实际意义，倘若用新方法进行杂交，新方法又在哪儿呢？袁隆平和其他研究人员为寻找这新方法，一找就是15年。终于在1975年三系杂交水稻试种成功。1976年推广到208万亩，1977年扩大到3200万亩；到1988年种植面积推广到1.8亿亩，已占全国水稻总面积的三分之一。累计为国家增产粮食达500亿公斤以上，创增产效益100多亿元。

继三系杂交水稻之后，袁隆平领衔研究的两系杂交水稻，在1995年宣告成功。1998年两系杂交早稻种植获得大丰收，其中，培两优特青作为两条杂交稻的先锋组合，每亩比三系稻增产15%～20%。据统计，自1976年以来，全国累计种植杂交水稻30亿亩以上，比常规稻增产粮食3000多亿公斤。

杂交稻巨大的效益，不仅对12亿人口的大国解决粮食问题有巨大作用，对全世界稻谷生产影响也是难以估量的。

现在袁隆平又担纲起超级水稻的研究的攻关。这一获党中央、国务院全力支持的超级水稻研究项目，希望在现有亩产平均500公斤的基础上再增产50%。超级水稻已在小范围内获得成功，不久的将来，当它大面积推广的时候，这巨大的增产潜力对人类将是多大的贡献啊！

湖南农科院水稻杂交中心长期保持了农作物杂种利用研究的世界权威地位，袁院士领衔的"超级杂交水稻的选育"再次开创了杂交水稻研究的新纪元，向世界展示了水稻生产的美好前景。

## 10年困惑：我们的知识产权在哪里

在袁隆平研究水稻的40多年的经历中，充满了奉献和执着的追求。如果说，前30年间，对他们的贡献国家给予了奖励，使他们埋头科研，毫无怨言。那么近10年来，市场经济的发展，政策环境和社会观念的变化带来的价值取向的变化，就不能不使水稻研究人员产生困惑或思考：我们的知识产权在哪里？

在近年的杂交稻选育研究中，让袁隆平和人们困惑和思考的是，如何把知识转变为现实的价值，展现我国无形资产的实力；利用和保护知识产权，参与国际技术协作及驰名品牌竞争，促进科技成果转化。

几十年来，植物新品种的知识产权领地一直沉睡着。20 年改革开放的浪潮叠起，知识产权事业蓬勃发展，都未荡及这一片静土，使得像袁院士这样的世界影响巨大的科研项目仍徘徊在知识产权保护的大门之外。我们不得不承认这是一种多么大的缺憾！

在几十万件中国专利申请中，在近百项国际专利金奖中，能与袁隆平的杂交水稻媲美、抗衡的又有几项？一个盛稻谷的口袋都有可能申请专利，而袋中的创世纪之作——杂交水稻种子却与知识产权无缘，这怎能不让人困惑？深思！

虽然袁院士曾获过国际大奖和我国"特等发明奖"，被誉为"杂交水稻之父"，但却没有属于他们自己的知识产权。虽然，有机构对"袁隆平品牌"作了千亿元的无形资产评估，但这千亿元中又有多少是可由袁隆平享有的知识产权呢？培育植物品种要有大量投入，包括技术劳动、物质资源、资金和时间。育种者培育一个新品种需要 10 年至 15 年或更长的时间，所培育的新品种要有相对稳定的特定遗传性和生物学上、经济上与形态上的相一致性，以及在一定栽培条件下，产量、品质、抗病虫等适应性方面，符合生产的需要。因此，新品种的推广应用为农林业带来了巨大的社会经济效益。然而，育种者由于无法防止别人无偿繁育自己的品种，也不能制止那些不经育种者同意就以商业规模出售其品种的活动，以致所付出的辛勤劳动得不到应有的报酬。所以，只有对植物新品种权的认可，才能给袁院士和我国的农业科技工作者解惑！

**世纪末的骄傲：中国保护植物新品种权**

所谓植物新品种保护，是授予植物新品种培育者利用其品种排他的独占权利，是知识产权的一种形式。如同所有知识产权一样，植物育种者权利的授予仅限于一定的时间，在这段时间结束后，由这些权利保护的新品种便流入公有领域。这些权利也受制于公众的利益，并要防止任何可能的滥用。对受保护的新品种，未经权利人许可，不得进行以商业销售、提供销售及销售繁殖材料等为目的的生产。

为了促进农业的发展，世界上许多国家都制定了"植物新品种保护法"。60 年代初世界知识产权组织主持成立了国际植物新品种保护联盟，并制定了《植物新品种保护公约》（UPOV 公约）等用以协调各成员国之间在植物新品种保护方面的政策法律和实施步骤，保障育种者在国际上的合法权益；协调各成员国对植物新品种进行鉴定和分类，即对申请品种的特异性、一致性和稳定性进行测试，以统一审定标准。

国际上对植物新品种的保护有三种形式，或是实施植物专利，或是实行植物新品种法，或是以二者的结合形式进行保护。我国采用了第二种形式。1997 年 3 月，国务院颁布了《植物新品种保护条例》，并于 10 月 1 日正式施行。今年 4 月中国知识产权制度开始接纳植物新品种权这一新成员。

可以相信，在知识产权的法制规范下，袁院士和他的杂交水稻一定会更具生命力。水稻科研人员终于有了自己知识产权。他们可以带着自己的知识产权走向市场，走向明天的辉煌。

（刊登于 1999 年 7 月 14 日第一版）

# 读图：专访王守义

王文扬　涂先明　摄影

78 岁的王守义老先生是河南省驻马店市王守义十三香调味品集团公司的奠基人。令老人十分自豪的是，他是我国以肖像用作注册商标的首例个人商标权享有者。他欣喜地告诉记者，十三香能在全国拥有很好的业绩，多亏了知识产权保护。如今，王守义品牌连续多年被评为河南省著名商标和重点保护产品。
　　　　　　　　　　　　　　　　　王文扬 涂先明　摄影报道

（刊登于 1999 年 7 月 30 日）

# 充分发挥知识产权在技术创新中的作用

国家知识产权局局长　姜颖

世纪之交，为迎接新世纪科技革命和经济全球化、信息化、知识化的挑战，加快我国现代化建设的进程，党中央和国务院高瞻远瞩，做出了加强技术创新的战略决策。技术创新是提高我国综合国力，实现中华民族振兴的必由之路。

技术创新是一种以市场为导向，将科技潜力转化为技术和经济优势的创新活动，是科技与经济的有机融合。要推技术创新，最根本的就是要为技术创新提供一种内在的动力机制和创造一个保护技术创新、维护公平有序竞争的外部法律政策环境。知识产权制度就是这样一种机制和一种制度。知识产权制度植根于市场经济，以知识成果的产权准确界定和有效保护为主要特征。知识产权制度的建立和实施，对技术创新具有重要作用。

## 一、知识产权制度使企业产生技术创新的内在动力

有关经济理论将技术创新的主要因素归纳为：一是竞争程度。竞争引起创新的必要性，并决定创新的强度。通过技术创新，创新者可以获得比其他竞争者更多的利润。二是对市场的控制程度。技术创新的成果对某类市场的垄断程度越高，则越不易被模仿，发挥效力的时间也越长。知识产权制度依据知识产权法律，对技术成果进行产权界定，明确产权的归属，使技术成果权利人在一定的期限内享有其技术成果的独占权，禁止他人"搭便车"，无偿占有权利人的技术成果，独占一方市场，并享受由此产生的经济效益。这样，企业不仅可以收回投资，而且还可以取得丰厚的回报，从而继续新一轮的技术创新。据国外一家研究机构调查统计，如果没有专利保护，60%的药品、38%的化学发明不会研制出来。知识产权制度保证了技术成果的排它独占权，保障了所有者权益，提供了持续、有效的动力。正是在这种动力的驱动下，我国企业专利申请量连年增长，1985年只有1126件，1998年达到27179件，增长了23倍。

## 二、知识产权制度激励了人们发明创造的积极性

进行新技术的发明创造，是技术创新中的一个重要环节，如何激励人们发明创造的积极性，对推动技术创新是至关重要的。按照知识产权的有关法律规定，发明人可以从单位实施专利的收益中获得相应报酬。这个报酬最大的特点是：第一，它不是在发明创造完成后，而是在发明创造市场化之后获取的；第二，它的数额多少是与发明创造的市场效益挂钩的，效益越好，报酬越多。例如，前不久，上海医科大学一项以专利为基础的技术实施收益1470多万元，发明人得到报酬300多万元，其中一人最高获120万元。知识产权有关法律的这一规定极大地调动了科技人员发明创造的积极性，"给天才之火添加利益之油"，使得发明创造不断地在最新高度上

向前发展，使发明创造成果不断涌现。同时，也促使科技人员始终瞄准市场需求，努力将其发明创造市场化、商品化，从而促进了科技成果的转化，有效地解决了我国科技与经济"两张皮"这一"老大难"问题。

### 三、知识产权制度为技术创新营造了良好的公平竞争的法律环境

仅仅研制出发明创造成果，还不足以拥有市场竞争优势，而只有使其获得知识产权保护，才能最终形成自己独特的市场竞争优势。在这方面，经验和教训都是深刻的。中国人自己研制的 VCD 整机技术发明，自 1993 年问世后，很快形成年产规模 1000 多万台的新兴电子产业，产品具有巨大的市场潜力。但遗憾的是，该项技术成果的权利人没有申请专利，致使国内 VCD 机生产厂家发展到几百家，造成了市场的无序竞争。如果该项技术成果的权利人拥有自己的专利权，就可以按照市场需求和专利法的规定，通过合同发放专利技术许可证，就不会出现相互仿制、一哄而上的混乱局面。与其相反，海尔发明的小神童洗衣机很适合市场需要，现在年产 10 万台，很快要达到 20 万台，它几乎没有被仿制的麻烦，因为海尔为它申请了 12 件专利，保护了它的市场。再如，"好孩子"集团在不到 10 年时间里，从一个负债近百万元的校办工厂，发展到拥有近 7 亿元固定资产的知名企业，他们靠的是什么？一句话：靠的是在知识产权保护下的不断的技术创新。如果没有知识产权保护，科技含量并不很高，很容易仿冒的"好孩子"童车是难以占领国内 70% 的童车市场的；更难以想象，它还能跻身于国际市场，在美国同类产品市场份额中占到了第三位。由此可见，技术创新成果取得知识产权保护后，在很大程度上可以使竞争在一个公平有序的法律环境下进行。

### 四、知识产权制度有效地配置了技术创新资源并提高了技术创新的起点和水平

国内某大企业历时 3 年，花巨资研制出了一种特殊用途的阀门，在产品鉴定会前进行专利文献检索时，才发现日、美、法等国早在 70 年代就已有了相同的专利产品，而我们又进行了重复研究，造成了技术创新资源的极大浪费。无端投入大量人力、财力，研究国外十几年或几十年前就已取得专利的技术的教训是屡见不鲜的。我国的技术创新投入本来就不足，技术创新资源本来就匮乏，再加之在较长的一个历史时期内，由于我们的研究工作起点低，以及大量的低水平重复研究，使这一矛盾进一步加剧。这不仅是技术创新资源的一种严重浪费，而且也严重影响了技术创新水平的提高。知识产权制度对于有效配置技术创新资源，提高研究开发起点和水平，避免人力、财力、物力的浪费具有特别重要的作用。世界知识产权组织的研究结果表明，全世界最新的发明创造信息，90% 以上首先都是通过专利文献反映出来的。专利文献是人类发明创造的历史记载，也是人类科研成果结晶的宝库。在研究开发工作的各个环节中，注意运用知识产权信息资源，发挥知识产权制度的作用，不仅能提高研究开发起点，而且能节约 40% 的科研开发经费和 60% 的研究开发时间。在研究开发工作中，尤其是企业在进行新技术、新产品的开发中，先进行专利

文献检索，就可以做到知己知彼，在最新最高的起点上确立科研课题，站在巨人的肩上向上攀登，既避免了重复研究开发和有限科技资源的浪费，同时，又提高了自身技术创新的起点和水平。在这方面，国内也有成功的典型。如在洗衣机领域，日本是专利大国，无锡小天鹅股份有限公司为了避开其"专利封锁"并与之竞争，收集和分析了日本8大洗衣机公司的三千多条专利文献，最后确定了开发"多功能立体水流洗衣机"的技术创新思路，并获得成功，从而使我国的洗衣机工业在核心技术方面有了自主的知识产权。

**五、我国知识产权制度的建立和完善使技术创新具有了"后发优势"**

随着知识经济时代的到来，以及科学技术的日新月异和经济全球化进程的加快，发达国家在由工业化规模经济的资本积累转向高技术创新的同时，又通过国际技术转移将其被更新的技术扩散给发展中国家，在这种情况下，发展中国家在技术创新中可以采取一种"后发战略"，即在学习并充分吸收先进国家技术的基础上，积极进行改进和创新，最终赶上先进国家。但是，技术扩散和转移并不是无条件的，它需要一个能有效地保护技术成果的法律制度，这就是知识产权制度。知识产权制度已成为国际社会普遍接受和共同遵守的规则。

改革开放20年，我国许多企业之所以能够成功地引进国外的先进技术，在很大程度上是由于我国建立了知识产权制度，使我们处于国际技术转移的公平市场之中。我国实行专利制度14年来，共受理国外专利申请13万余件，其中近88%是具有较高技术水平的发明专利申请，这也正说明，知识产权制度的保护，为大量引进国外先进技术提供了一个现实的可能和法律保障。正是由于有了知识产权制度下良好的法律保护环境，才给了我们的企业更多的与外商合作的机会。正像我们许多企业经营者所体会到的，与外国人进行技术合作时，他们最关心的是合作项目是否能得到知识产权保护。

知识产权制度可以激发我们的民族工业在技术创新中结出自主知识产权之果，促使许多民族工业产品逐渐跻身于国际市场。如"海尔""小天鹅""好孩子"等国内名牌产品，已经在国际市场上占有一席之地。从此意义上说，知识产权制度的建立，使处于"后发战略"中的我国技术创新有了实际意义上的"后发优势"。

知识经济时代需要技术创新，技术创新离不开知识产权。加强知识产权工作已成为开展技术创新的内在和迫切的需求。我局将与其他知识产权兄弟部门一道，采取有力措施，充分发挥知识产权制度的作用，有效地促进我国技术创新战略决策的实施。

（刊登于1999年8月13日第一版）

# 我国商标管理现状

本报记者　杜颖

　　我国现行的《商标法》是在总结我国商标管理历史经验的基础上，借鉴发达国家商标立法的成果，结合我国经济发展实际制定的。它既适合我国国情，又符合国际惯例。为适应不断发展的市场经济，加大对商标专用权的保护，1993年全国人大常委会对商标法进行了修改，扩大了商标的保护范围，增加了服务商标的注册和管理规定。为了完善商标法制，国务院制定了商标法实施细则等行政法规，国家工商行政管理局制定了《集体商标、证明商标注册和管理办法》《商标印制管理办法》等行政规章，全国人大常委会还作出了《关于惩治假冒注册商标犯罪的补充规定》，进一步强化了惩治假冒注册商标犯罪的力度，1997年又把该补充规定纳入刑法。不少地方也因地制宜地制定了许多地方性法规和规章，加上民法通则、刑法以及产品质量法、反不正当竞争法、消费者权益保护法等法律中关于商标权保护的内容，在我国形成了以商标法为核心，包括基本法律、行政法规、行政规章、地方性法规规章，涉及民事、行政、刑事各个法律领域的比较完备的现代商标法律制度体系。

　　十几年来，各级工商行政管理机关始终如一地把商标法制宣传作为日常工作来抓，在社会上取得了良好效果。广大消费者认牌购物已形成风尚，并学会运用商标法这一武器，与侵权假冒行为做斗争，维护自身的合法权益。在对企业的宣传工作中，将普及商标法律知识和培养企业树立商标战略意识相结合，帮助企业采用正确的商标策略开拓市场，企业参与竞争的意识和能力明显增强，涌现出了"长虹""海尔"等一大批以驰名商标为龙头迅速发展起来的企业集团，推动了民族品牌的崛起和民族工业的发展。

　　《商标法》实施以来，工商行政管理机关在加强商标日常监管和行政执法方面做了大量卓有成效的工作：严格审定商标印制单位资格条件，堵住假冒商标标识源头；积极倡导无假冒销售活动，对侵犯商标专用权和在使用商标方面采取不正当竞争的各类案件严格查处，坚决打击；对侵权假冒的重点商品和商标印制的主要环节采取大规模的专项治理。工商行政管理机关开展的各项工作，在保护注册商标专用权、保护工商业者在我国市场的公平竞争、维护市场正常经济秩序方面起到了积极的作用。据统计，1983～1998年，各级工商行政管理机关共查处商标侵权假冒案件近20万件。其中1993～1998年6年间，查处商标侵权案件的罚款总额就达3亿多元，责令赔偿被侵权人经济损失3301万元，收缴和消除侵权商标标识24亿多件套。

　　多年来，工商行政管理机关还开展了大量的商标国际事务活动，促进了国际经济贸易的发展。1980年我国加入世界知识产权组织以来，随着《商标法》的颁布实施、修订完善，我国又先后加入了《保护工业产权巴黎公约》《商标国际注册马德里协定》《商标注册用商品和服务国际分类尼斯协定》等一系列国际知识产权协定，签署了《商标法条约》。同时，与多国缔结了双边知识产权合作协议，并注意广泛宣传中国的商标法律制度，活跃的商标事务交往和对世界知识产权事业的贡献，从一个侧面扩大了我国改革开放的对外宣传，为对外投资创造了较好的环境。

日前，国家工商行政管理局完成了商标注册用商品和服务分类由国内分类向国际分类的转换、商标受理形成由核转制向代理制转换，商标审查方式由手工作业向计算机检索查询的过渡。1982 年，全国有效注册商标仅为 8 万多件，到 1998 年底，已达 96 万多件，增长了 10 倍多。商标年申请量也由 1983 年的 2 万多件增长到 1998 年的 36 万多件。我国已进入世界十大商标注册国行列。

十年走过百年路，我国《商标法》实施的十几年，是我国商标工作取得巨大成就的十几年，是积累宝贵经验的十几年，也是我国商标事业飞速发展，赶上世界先进国家的十几年。但是，在科学技术迅猛发展，科技经济一体化和国际化的大好形势下，对商标知识产权保护提出了更高的要求，因而，从 1998 年开始，国家工商行政管理总局成立了修订《商标法》的工作小组，对现行《商标法》进行修订。工作小组多次向社会各界广泛征求意见，邀请有关专家学者和具有丰富实践经验的商标工作者，对《商标法》的重大理论问题进行了专题研究，并召开《商标法》修改讨论会，就需要修改的问题进行深入的探讨，在充分调研论证的基础上，修改工作小组提出了修改要点，并形成了《商标法》修改草案（试拟稿）。我们期待着《商标法》的修改早日完成，将一个适合社会主义市场经济的，公开、公正、公平的知识产权法制环境带入 21 世纪。

（刊登于 1999 年 8 月 18 日第三版）

### 发明专利积压六万件，一件不接也要五年才批完，怎么办？

## 专利局全力以赴消除积压

**本报讯**　（记者吴晖）长时间以来，专利申请审批时间过长，影响了部分发明人的积极性，而积案较多也成了国家知识产权局最为头疼的问题。从去年 11 月开始，国家知识产权局专利局向这块"死角"发起了冲击。经过半年多的努力，今年上半年我国专利审批数量大幅上升。日前，分管专利审查工作的吴伯明副局长欣喜地告诉记者，截至 6 月 30 日，专利局半年授权专利 43800 件，比去年同期增长 74%，实用新型专利申请已基本上消除积压，外观设计专利申请已经消除了积压。

一般来说，发明专利从提出实审请求之日起 30 个月内结案视为不积压。和发达国家相比，我国专利的审批速度处于中等水平。然而，由于审查人员少等问题，使有些发明专利申请的审批时间最长的拖延了六七年。据统计，截至 1998 年底，积压的发明专利申请就达 68400 件，即使专利局不受理新申请案，也要四五年后才能消除积压，复审和无效的积压案为 2272 件。

为尽快消除积压,去年10月,国家知识产权局召开了全局加快审查工作大会,号召全体职工超额20%,全体党团员干部超额25%完成任务。今年为了更好地落实这项工作,国家知识产权局还专门成立了加快审查领导小组和工作小组。4月,局党组提出了《专利局关于加快审查工作的意见》,制定出加快审查的思路:各部门一切以审查工作为重。采取在实审工作中分流、减少审查员非实审工作,聘请离退休审查人员回局参加审查工作,还成立了辅助审查队伍,从事分类文档工作等措施,千方百计挖掘内部潜力,激发审查人员的积极性。从去年10月至今,局内办公大楼审查人员加班加点、辛勤工作的场面屡见不鲜。今年上半年,发明专利结案数比预定计划超额完成38%,实用新型、外观设计专利超额57%。今年上半年完成的工作量相当于1997年一年的总和。

在加快审批速度的同时,为预防出现重数量轻质量现象,专利业务审查部定时出版审查质量公报,保证速度和质量齐头并进。吴副局长最后还强调,有些申请人答复审查意见请求延期也是造成审批速度拖延的原因之一。因此,要想加快速度,还需发明人的密切配合。

(刊登于1999年8月20日第一版)

# 自主知识产权是高新技术企业的命根子

北京大学 王选

企业的崛起可以有多种途径。国外Intel、微软、苹果、DEC、Netscape等的发家是靠与众不同的独特技术。但也有像Dell那样,不是靠技术创新,而是靠销售和管理创新(直销模式和零库存)而腾飞。国内海尔一开始引进德国技术,依靠很好的管理、对生产质量的严格控制和出色的服务而发展壮大;联想则总结他们走的是贸工技道路(尽管一开始就有联想汉卡这样的特色产品)。不管怎么起家,高新技术企业最终都会把自主技术产品的发展看成企业长期繁荣的命根子。Dell最近与IBM签订了160多亿美元的技术合同,在大量吸收IBM技术的基础上发展自己的产品;台湾的一些公司正在把利润很低的板卡、显示器、键盘和PC制造业移到中国大陆,台湾宏碁电脑公司已把大部分精力放在自主软件产品的研发上面;海尔的研发投入很大,专利数增加很快;联想也明显加大了研发力度。这些都说明异途同归。

北大方正是靠创新的技术起家的,十二年来具有自主知识产权的出版系统一直是公司利润的主要来源。而这一出版系统的持续兴旺则来源于报业和印刷业的四场技术革命和革新,我们称之为"四次告别"。1.告别"铅与火"(1987～1993年)。一项欧洲专利和八项中国专利,使北京大学主持研制的激光照排系统在很多方面优于国外同类系统。如首次提出和实现了用附加信息控制字形变小时的文字质量（欧洲专利）；首次在激光照排系统中实现了字形的轮廓信息到点阵的实时高速复原（欧洲专利）；首次用专用芯片加速字形复原，使汉字字形产生速度明显领先（获中国专利金奖）；首次提出和实现了高分辨率照排和低分辨率激光打印合用一个字形发生器和控制器（首批中国专利）。上述创新技术和高性能书版排版软件、交互式大屏幕报纸组版软件等组合在一起，使 1987～1993 年淘汰铅字的革命中，99% 的报社和 95% 以上的书刊印刷厂采用了国产系统。2. 告别报纸传真机（1991 年初开始）。1992 年《人民日报》社通过卫星用页面描述语言格式向全国 22 个城市传送版面，平均两分钟就能传完一版。规模如此大的、基于页面描述语言的远程传版在中文报业中属第一家。从此远程传版大量推广。1994 年我们又及时推出了基于国际标准页面描述语言 PostScript 的传版技术，首先在海外华文报纸中推广。3. 告别传统的电子分色机（1992 年初开始）。在适合彩色出版的输入、输出技术日趋成熟的基础上，我们及时抓住机遇，突破了彩色挂网、校色、文图合一处理等关键技术，于 1992 年 1 月在《澳门日报》社用新方法出彩报，输出一页彩版仅需 20 多分钟（现缩短为 2 分钟），从而开始了告别电分机的这场彩色出版技术革新。国产系统占彩报市场 90% 以上。1994 年我们又研制成高档彩色桌面出版系统，质量可与电分机媲美，从而进入了画刊、彩色杂志领域。4. 告别纸和笔（1994 年初开始）。1994 年 1 月《深圳晚报》开始告别纸和笔。现在已有 160 多家报社实现了报社主要流程的电脑管理。方正最新的报社整体解决方案强调系统的高集成度和支持 Intranet、Internet。1999 年《羊城晚报》采用方正直接制版系统，从电脑系统直接输出感光版，免除了输出底片、显影、定影和晒 PS 版的过程，进一步提高了效率。这意味着"告别底片（软片）"这一场新的技术革新已经开始，它将推动出版印刷的全数字流程，从而适应 Internet 时代的需要。

北大方正 12 年来的兴旺发展表明，产品中自主技术的比例大，知识产权的含金量高，则意味着产品的利润率高，产品在市场上的寿命长。换句话说，自主知识产权是高新技术企业的命根子。

（刊登于 1999 年 9 月 3 日第一版）

点燃知识产权"火种" 呼唤知识产权保护

## "中华知识产权世纪行"活动昨日启程

国家知识产权局数百名群众为记者刘瑞升送行

**本报讯** （记者吴晖）当本报记者刘瑞升"全副武装"地骑着插有彩旗的自行车，离开国家知识产权局大门的那时刻，他身后响起了热烈的掌声。"中华知识产权世纪行"调研采访活动11月9日在这里举行启程仪式,国家知识产权局副局长马连元在仪式上讲话,姜颖局长亲自为"中华知识产权世纪行"活动启动了里程表。我局数百名员工为记者送行。

由刘瑞升同志发起、倡议并亲自以自行车为交通工具实施的这项活动,旨在通过深入全国各地采访报道知识产权工作,特别是专利工作所取得的成就,传递党和国家有关知识产权的方针政策,传播知识产权法律知识,进一步提高全社会知识产权保护意识,推动我国知识产权事业的发展。马连元副局长代表国家知识产权局党组对此活动给予了充分的肯定。他说,随着知识经济的到来以及国际经济一体化趋势的形成,知识产权保护的重要性更加凸显出来。以宣传、报道知识产权方针政策为主要目的的这次活动,对提高全社会知识产权保护意识将起到积极的作用。

该活动得到了社会多方的关注和支持,中国知识产权培训中心、中国专利信息中心、摩托罗拉公司、捷安特公司还专门为此次活动提供了资金和交通工具。据悉,此活动将深入全国20多省(市),历时一年多时间。

(刊登于1999年11月10日第一版)

就中美签署中国加入世贸组织双边协议,姜颖局长接受采访,她强调:

## 提高我国知识产权保护水平刻不容缓

**本报讯** (记者王岚涛)11月15日,中美两国政府在北京签署了关于中国加入世界贸易组织的双边协议。这一"双赢"的协议加快了中国"入世"的进程。在世界贸易组织协议管辖的范围内,与贸易有关的知识产权协议与货物贸易多边协议、服务贸易总协定一起,构成约束所有缔约方的主要内容之一。17日下午,国家知识产权局局长姜颖就中国"入世"对我国知识产权工作的发展将产生的影响,接受了记者的采访。

姜颖局长说,这种影响首先表现在我们承担的与贸易有关的知识产权协议所规定的权利与义务上。按照协议的要求,第一,我们要继续完善有关的知识产权法律,以适应协议的要求。拿专利法来说,经过1992年的修改,我们在保护范围与保护水平上,已经基本上符合了协议的要求。第二,根据协议的规定,当我国与其他缔约方在知识产权领域发生争端时,可以适用世贸组织的统一的争端解决机制。这个争端解决机制一方面有助于减少或在一定程度上扼制过去极少数发达国家动辄使用的肆无忌惮的单边报复的行为,使我们在可能与发达国家发生知识产权争端时,能够在协议的框架下通过多边谈判解决争端,另一方面也对我国的知识产权的保护提出了更高的要求。如果我们不能对有关缔约方知识产权权利人的合法权利提供有效的保护的话，那么就有可能被中止应享有的减让等优惠待遇，直至受到交叉报复或跨部门报复。因此，从我国知识产权的实践情况来看，加强对知识产权的保护，特别是对假冒、盗版行为进行有效、有力地打击和制裁，就已经成为我们"入世"后必须要履行的义务，当然这也更是建立和完善社会主义市场经济的必然要求。第三，加入世贸组织对我国知识产权工作另一方面的重大影响，或者说我们面临的重大任务就是必须迅速地、大幅度地提高我国企事业单位掌握和运用知识产权的能力和水平，以适应"入世"后形势的要求。加入世界贸易组织后，我们要全面履行自己承担的各项义务，特别是按照WTO要求降低关税、开放国内市场，这就要求我国的企业在更大范围内、更大程度上参与国际竞争。在这样的形势下，我们的企业要生存，要发展，就必然要在技术进步、技术创新上下功夫。技术的创新与进步，在市场经济条件下，必然更多地要依靠和运用知识产权来激励，来保护。如果我们的企业能够更好地掌握和运用知识产权来参与市场竞争，就能赢得更多的主动。否则就会使我们与发达国家在技术、经济上的差距进一步扩大，陷于十分被动的地位。

姜颖局长在结束采访时强调，迅速地、大幅度地提高我国企事业单位掌握和运用知识产权保护的能力和水平，已成为我们面临的一项刻不容缓的重大任务。

（刊登于1999年11月19日第一版）

## 读图：王选教授

王文扬　摄影

（刊登于1999年12月1日第三版）

专利部门选项目　财政部门投资金

# 辽宁挑战专利"转化难"

**本报讯** （记者吴晖）专利管理部门选项目，财政部门投资金，专利技术落户企业自然就容易了许多。辽宁省首届专利技术产业化工程对接洽谈会日前在沈阳成功举办，会上一批优秀专利技术纷纷与企业对接成功，此举在辽沈大地上引起极大反响。业内人士认为，有了项目和资金的保证，在一定程度上解决了科技成果向生产力"转化难"的问题。辽宁省有关部门通过做好为专利发明人和企业的中介服务，走出了一条专利技术产业化的路子。

专利技术转化难到底难在哪里，记者也曾走访了不少专利发明人和企业。发明人认为，尽管自己的专利技术有很好的市场前景，但与企业之间缺少一座相互沟通、相互信赖的桥梁，企业担心他们的技术有风险，而他们则担心企业没有足够的资金，项目会半途而废。而有关企业则表示，企业需要好的技术，但缺少的是挑选项目的好机会，而资金匮乏也是制约企业投资引进专利技术的因素之一。总而言之，缺少有效的中介服务和资金投入成为影响专利技术产业化的重要原因。为此，辽宁省专利管理局和省财政厅大胆推出了两项新举措，有效地解决了专利技术转化难的问题。

首先是专利管理部门组织专家通过市场调研挑选优秀的专利项目。首批34项技术已在此次对接洽谈会上亮相。这些项目创新意识强、技术含量高、经济效益好、市场前景广阔，并有较强的市场竞争力，其中部分项目可替代进口，有的已打入国际市场或具有国际先进水平。据统计，这34项技术项目实现产业化预计总投资3.6亿元。

其次，财政部门大幅增加了专利技术推广资金。此次投入的500万元专利推广资金的贴息将拉动1.16亿元的贷款。据悉，该省今后还将逐年加大此项资金的投入。

国家知识产权局局长姜颖对此表示，我国专利法实施近15年来，专利申请总量将突破百万件，大批优秀专利项目的应用已经在国民经济中发挥了巨大作用。但是，专利技术转化率低、产业化难的问题成为制约国民经济发展的"瓶颈"。辽宁省从发挥政府服务职能，加大中介服务力度出发举办了此次对接洽谈会，在专利发明人和企业之间搭了一座"桥"，为我国专利技术产业化走出了一条新路。

辽宁省副省长陈政高在接受记者采访时认为，该省的技术创新工作有了两个很重要的步骤，其一是依靠技术创新改造传统产业，重振国企雄风；其二是大力推动专利技术的产业化工程，以一批优秀的专利技术项目和政府财政部门不断加大的资金扶持，带动一批新的产业和企业发展，这将成为辽宁省新的经济增长点。

（刊登于1999年12月24日第一版）

# 2000

专利随波进万家——广西专利管理局与广西电视台联办《百姓专利》侧记

我国专利申请量突破百万件

国家林业局首次授予林业植物新品种权

上虞建立百万元市长专利奖励基金

江泽民、胡锦涛、李岚清参观中国专利15年成就展

黄石代理人买下事务所

山东为发明人记"一等功"

100万拉动1200万

知识产权的保护与策略——访欧洲专利局局长英戈·柯贝尔

我局赴新疆审查小分队广受欢迎

社论：推动科技创新是着眼点——写在修改后的专利法颁布之际

读图：东方巨人的脚步——写给中国专利制度15年的非凡岁月

有效专利才是真正的宝库

著作权司法保护必须加大力度——对巴金等29位著名作家著作权
　被侵权案的法律思考

四月二十六日将成为"世界知识产权日"

专利信托在武汉诞生

有关专家呼吁：提高专利代理人素质刻不容缓

# 专利随波进万家

## ——广西专利管理局与广西电视台联办《百姓专利》侧记

特约记者　微嘉

当新千年到来之际，全国各地的观众每个星期天晚上都能在广西卫星电视频道中收看到一个崭新的节目——《百姓专利》。在这个专题栏目中，展现在屏幕上的是丰富多彩的专利内容和灵活多样的表现形式。人们可以看到许多专利界熟悉的面孔，也可以通过它交往陌路的新识，市场调查的镜头琳琅满目，专利产品的演示给人启发，企业家和发明人的对话由浅入深，典型案例的剖析耐人寻味，专家学者的评述如画龙点睛，精练的短剧、夸张的小品，则把专利的主题一次次切入百姓人家的日常生活之中。

专利制度的建立，在中国虽然已走过 15 个年头，但专利知识的普及与专利意识的提高仍然是一项任重而道远的工作。随着新千年的开始，随着党中央国务院关于技术创新方针的确立，提高全民族知识产权意识已刻不容缓。广西专利管理局针对当前的形势做了深入分析：社会上还有为数众多的人不了解专利，把专利看成是神秘的宝箱或神圣的殿堂。如何改变这种状况成为专利宣传工作者首当其冲应解决的问题。在当今的各种媒体中，电视以其直观性和广泛性能够形成强大的宣传攻势，所以，在电视中开辟专题栏目以期求得最大的社会宣传效果，是广西专利管理局几年来的夙愿。

对于专利部门来说，扩大社会教育面是其工作宗旨，对于电视部门而言，观众就是上帝，收视率是电视台的生命线，只有争取到更多的观众群体电视台才能够生存发展。两者目标的一致性，使广西专利管理局和广西电视台走到了一起。在酝酿筹备 2000 年新节目时，双方很快达成共识，初步形成开辟专利专栏的构想，并将栏目定位于：以群众喜闻乐见的形式宣传专利知识、介绍专利产品、分析典型案例、启迪发明创新、非营利性质的社教栏目，几经切磋最终将栏目定名为《百姓专利》。

广西电视台与广西专利管理局邀请广西专利发展中心一道组成了栏目组，紧锣密鼓，在一个多月时间内完成了首批节目的策划、舞美、外联、编导制作全部工作，当样片送至广西广播电视总局和广西科技厅领导征求意见时，得到了充分肯定。广西电视台确定《百姓专利》为 2000 年固定节目，播出时间为每个星期天晚上 10 点钟，次日中午重播。

每周一期半小时电视节目，既为专利宣传提供了一个绝好的机会，一个良好的开端，又是对栏目组全体人员严峻的考验和综合素质的检查，栏目组全力以赴，废寝忘食，没有节假日的休息，北联武汉，南下广州，上至各级领导下到平民百姓，只要有一分希望的事就尽百分的努力，许多人带病带伤坚持工作。华东理工大学在校三年级学生 7 项专利发明人李玲玲、广东省三环专利事务所所长温旭都成了节目特邀嘉宾。几个月的努力拼搏，终于保障了栏目按期播出。

　　《百姓专利》伴随着电波走进了千家万户，在全国电视台中开创了专利专题固定栏目的先例。诚然，它还很弱小很幼稚，还需要不断改进，逐步完善，还需要各界的关注与支持。毕竟，为了尝试专利宣传的新方式，为了探索专利与百姓的切入点，它已走上了一条坎坷而又充满希望的路。

（刊登于 2000 年 1 月 12 日第一版）

# 我国专利申请量突破百万件

### 实践证明：改革开放的中国离不开专利制度

　　**本报讯**　（记者吴晖）2000 年元月 11 日，对中国专利事业来说，又是一个极不平凡的日子。这一天，我国的专利申请总量突破 100 万件大关；这一天，也成了我国专利事业发展的又一里程碑。

　　这一令人振奋的消息，是国家知识产权局姜颖局长在日前举行的"全国专利工作会议"新闻发布会上向与会的 40 多家新闻单位的记者宣布的。她说，新千年的元月 11 日，我国专利申请量突破了百万件大关，它从一个侧面表明了，改革开放的中国离不开专利制度，专利事业的发展将对未来的中国经济发挥更大的作用。

　　姜颖局长指出，专利制度是社会主义市场经济条件下保障和推动技术创新和知识创新的基本制度之一。这是经过专利工作 15 年实践所作出的科学总结。专利制度在技术创新和知识创新中的作用，将在今后的实践中得到更充分的证明。同时，姜局长认为，加强专利工作是对我国经济结构进行战略性调整的一项重要措施，一方面专利工作可为经济结构调整提供大量先进的、适用的发明创造，提供新的技术、产品和设备，另一方面在提高产业的竞争力方面，得到专利保护的发明创造具有决定性作用。她强调，今后进一步加强专利工作，是实现技术的跨越式发展的要求。

　　据悉，近两年来，随着我国社会主义市场经济体制的不断健全和完善，我国专利制度也得到了进一步完善。专利申请呈现出持续增长、连年创新高的发展态势。1998 年和 1999 年专利申请受理量分别为 121989 件和 134240 件，比上年分别增长 6.8% 和 10%。在国内专利申请中，1998 年科研单位和高等院校的专利申请量止住了多年的下滑，出现上升势头，1999 年科研单位和高等院校的专利申请与 1998 年相比，分别增长 7% 和 22%。企业依旧在国内专利申请中保持领先的增长势头，1998 年和 1999 年，企业专利申请量分别为 27179 件和 32631 件，比上年分别增长 6.7% 和 20%。中国已经进入世界专利申请大国的行列。

（刊登于 2000 年 1 月 19 日第一版，王文扬摄影）

## 国家林业局首次授予林业植物新品种权

### 六个三倍体毛白杨获此权利

**本报讯** 经国家林业局植物新品种保护办公室组织实质审查，确认北京林业大学申请的 6 个三倍体毛白杨新品种符合植物新品种授权条件，日前被授予了植物新品种权，保护期限 20 年。这是我国颁布实施植物新品种保护条例以来，国家林业局首次授予的林业植物新品种权。

植物新品种保护属知识产权保护范畴，旨在保护品种权人的利益，任何单位或者个人未经品种权人许可，不得为商业目的生产或者销售其授权品种的繁殖材料，不得为商业目的将其授权品种的繁殖材料重复使用于生产另一品种的繁殖材料。国家林业局 1999 年 8 月发布了中华人民共和国植物新品种保护条例实施细则（林业部分），公布了第一批保护名录，从此我国林业植物新品种保护工作开始走上了法制化轨道。

首批授权的 6 个新品种名称为三毛杨 1 号、2 号、3 号、4 号、5 号和 6 号，是由

· 291 ·

北京林业大学朱之悌院士领导的课题组，利用毛新杨×毛白杨回交辅以花粉辐射，经苗期测定、林期测定、林性测定和染色体镜检，历时十年培育出来的。这批三毛杨新品种在生长速度、抗病性和制浆造纸性能上具有突出的优点，造林 5 年后可以采伐，是优良的短周期纸浆材新品种，适合黄河中下游地区大面积种植。这批新品种的推广应用将在我国生态环境建设中产生积极作用。

北京林业大学作为 6 个三毛杨新品种的品种权人，具有繁殖和销售该授权品种苗木的独占权利，目前该校已委托北林绿洲科技有限责任公司全权负责，其他单位和个人需要繁殖和销售该系列品种的，必须先获得该校许可取得合法经营权，否则将构成侵权行为。

（李新国）

（刊登于 2000 年 1 月 28 日第一版）

## 上虞建立百万元市长专利奖励基金

**本报讯** （记者瑞升）最近，浙江省上虞市被国家知识产权局列为 10 个"全国专利工作试点城市"之一。为营造良好的专利申请、实施的环境，促进专利技术迅速转化为现实生产力，上虞市决定建立基数为 100 万元的市长专利奖励基金，每年重奖有突出贡献的优秀科技人员。另外，每年从科技三项经费中拨出 20 万元，建立"专利申请奖"。同时，对职务发明人及主要实施者，给予与其实际贡献相当的报酬或股份收益。

上虞市辖 24 个乡镇，人口 76 万，是原国家科委确定的杭嘉湖高科技区成员市。在实施"科教兴市"战略中，加强了对专利工作的管理。据该市科委负责同志介绍，加大科技开发力度，使更多的企业拥有自主知识产权，是上虞市科技工作的重点。到 2002 年，该市预计研究开发省级以上高新产品 150 项以上，专利申请量在 1999 年的基础上每年翻一番。另外，该市要着力引导企业培育专利产品"单打冠军"，今年要达到 10 项以上。

这位负责人还表示，作为试点市，上虞正在筹集资金，实施网上专利信息工程，尽快与省和国家知识产权局的专利信息网联网，建立一个以市专利信息中心为枢纽的专利信息网络。此外，该市还确定 61 家企业为市专利工作联系企业，确定 24 个乡镇的科技副乡长、镇长和 61 家联系企业的技术责任人为市专利工作的联络员。通过一系列措施的出台，促使上虞市的专利工作进一步发展。

（刊登于 2000 年 3 月 24 日第一版）

# 江泽民、胡锦涛、李岚清参观中国专利 15 年成就展

**江泽民充分肯定了中国专利事业 15 年来取得的成就，要求大力支持专利工作，充分发挥专利制度的作用，扶持有自主知识产权和市场前景的高新技术产品成长，促进我国经济的长远发展。**

**据新华社电**　（人民日报记者赵川东、新华社记者刘思扬）中共中央总书记、国家主席江泽民，中共中央政治局常委、国家副主席胡锦涛，中共中央政治局常委、国务院副总理李岚清，4 月 2 日晚来到中国人民革命军事博物馆，观看了正在这里举行的中国专利 15 年成就展。

由国家知识产权局主办的中国专利 15 年成就展，充分展示了中国专利制度在改革开放中诞生和发展的历程，显示了专利制度在鼓励发明创造、加强技术创新、推动高新技术实施及产业化、营造公平有序的市场竞争环境，促进技术进出口以及中外合作等方面发挥的重大作用。

大量参展的专利技术和产品项目，引起了江泽民总书记的浓厚兴趣，他边看展览边向有关负责同志了解专利制度实施方面的情况，对中国专利事业 15 年来取得的成就给予充分肯定。江泽民要求大力支持专利工作，充分发挥专利制度的作用，扶持有自主知识产权和市场前景的高新技术产品成长，促进我国经济的长远发展。

胡锦涛、李岚清认真观看了各个展区的内容，对中国专利事业取得的辉煌成就给予充分肯定和高度评价，希望继续做好知识产权工作，重视并切实加强知识产权保护。

中国专利 15 年成就展除国家知识产权局展团外，还有 31 个省、市、自治区的专利管理机关和中央 8 个部委、总公司的展团参加。为了促进专利技术实施，展览还展示了历届中国专利金奖和优秀奖项目，列入国家知识产权局专利技术产业化示范工程的项目以及技术水平高、经济效益好的专利技术项目。

观看展览的领导同志还有温家宝、吴阶平、周光召、任建新等，中央、国家机关有关部门负责同志也观看了展览。

（刊登于 2000 年 4 月 5 日第一版）

## 国有改民营、专利代理机构改制　湖北迈出第一步
# 黄石代理人买下事务所

**本报讯**　（通讯员王健）4 月中旬，湖北黄石的饶建华等 3 位专利代理人正式与市知识产权局签订合同，一举买断黄石市专利事务所和黄石市专利法律事务所的全

部产权，使其成为股份合作制的民营专利代理机构，在湖北省率先迈出了专利代理机构改制的步伐。

黄石市现仅有的这两家专利代理机构原隶属于市科委、市知识产权局，是自收自支的事业单位，均不同程度地存在辅助人员多，负担重的困难。今年初，市科委和市知识产权局认真贯彻中央和省技术创新大会以及全国专利工作会议关于"大力发展科技中介服务机构""发展多种形式的民营科技企业"的精神，积极探索专利事务所改革的路子。他们参照该市经济体制改革和企业改制中的成功经验，广泛听取了广大职工和专利代理人对专利事务所改革的意见和建议，经研究决定：在确保专利事务所继续经营和妥善安置全体职工的前提下，将两个所的全部资产捆绑出售给个人，实行民营。方案出台后，原黄石市专利事务所所长、专利代理人饶建华联合了两名专利代理人进行分析、论证，最后决定，按饶建华认股45%，另两位代理人认股35%和20%的比例共同出资，购买这两家专利事务所的全部财产权。

最近，饶建华他们又投入数万元资金，清偿原有的部分债务，安置富余人员。同时他们还准备将两个所合并变更为知识产权代理有限（责任）公司，除了强化管理，继续开展专利检索、专利申请、专利开发、专利诉讼等专利代理业务外，还要拓展商标、软件代理和知识产权咨询服务等多项业务，早日实现该机构业务层面和经营业绩的双增长。代理机构民营后的法人代表饶建华表示有信心把这家股份合作制代理机构经营好。

对此事，省知识产权局领导极为重视，要求有关部门给予积极的支持和关注，加强走访和跟踪调查，及时总结经验，研究新情况，发现问题，把专利代理机构改革工作做细做扎实。

（刊登于 2000 年 6 月 7 日第一版）

# 山东为发明人记"一等功"

**本报讯**（特约记者吕宝礼）最近，山东省人民政府发文，对我国专利法实施以来，在技术创新工作中做出突出贡献的 9 名中国专利山东优秀发明者给予记一等功奖励，这是迄今为止山东省给以发明创造者的最高级别的行政奖励。

近年来，山东省专利工作得到长足发展，群众性发明创造活动十分活跃，专利在国民经济发展中的贡献率不断增加，去年全省专利申请量已达 59791 件，授权量33108 件，专利技术转化 17279 件，累计创利税 927.85 亿元，实现利税 148.11 亿元，创外汇 21.55 亿美元。山东省政府的文件指出，在专利工作中，广大科技工作者坚持以邓小平"科学技术是第一生产力"思想为指导，适应社会主义市场经济和知识经济发展的需要，立足本职，积极创新，大搞发明创造，及时申请专利，为推动全省经济发展作出了积极贡献。这次决定给予记一等功奖励的山东省冶金科学研究院高级工程师公茂秀等 9 名中国专利山东优秀发明者就是山东众多发明创造者中的优秀代表。

另外，山东省人民政府还决定，以后每 3 年将在评选的基础上，对中国专利山东优秀发明者进行一次表彰，每次不超过 10 人。

（刊登于 2000 年 6 月 16 日第一版）

# 100 万拉动 1200 万

## 四川专利实施启动资金成效显著

**本报讯** （通讯员韩会堂）1999 年初，四川省财政部门第一次为专利实施建立启动资金，当年拨款 100 万元。过惯了穷日子的四川省知识产权局认真考察，慎重筛选，确定用这一笔款扶持五个专利技术产业化示范工程所在的企业。一年之后，经省知识产权局对这五个企业进行调查，据初步统计，共拉动了 1200 万元的投资，并增产值 3500 万元，新增利税 350 万元。

绵竹市齐福水泥厂在使用了专利实施启动资金后，新增产值 780 万元，新增利税 148 万元，实现纯利润 91 万元。成都新都灵芝应用研究所在专利实施启动资金的扶持下，一是建立了专用菌产基地，二是新研制开发了一个中药品种，现有的生产规模也得到扩大。该所专利产品的中药"灵芝丸"因疗效好，价格适中而供不应求。

专利实施启动资金的巨大作用极大地鼓舞了四川知识产权局，在 2000 年专利实施启动资金下拨之际，他们又开始了新的论证和调研，力求把好钢用在刀刃上，继续大力扶持实施专利技术的企业。

（刊登于 2000 年 7 月 14 日第一版）

# 知识产权的保护与策略

## ——访欧洲专利局局长英戈·柯贝尔

**本报记者 徐小敏**

由国家知识产权局与欧盟及欧洲专利局联合举办的"知识产权保护与中国——

21 世纪的挑战与机遇"国际研讨会在北京召开。此间，记者就知识产权的保护与策略问题，采访了欧洲专利局局长柯贝尔先生。

柯贝尔先生认为，专利是保护发明人利益的重要武器。在不同的文化背景下，不同的公司和不同的人，采取不同的策略保护自己的知识产权，保护自己的利益。拿意大利来说，这个国家在经济和创新方面都很活跃，但专利知识并不普及。有些人不知专利为何物，而有些人又对专利颇有研究。像菲亚特汽车制造公司，能够选择有效的办法保护自己的知识产权，保护发明创造成果的技术秘密，他们在这方面是非常出色的。

柯贝尔先生说，很多欧洲的公司都靠申请专利来保护自己。他们在两方面做了很多努力。一方面是创新。这些公司工作在某个技术领域，想把产品做得更好，正如飞利浦公司的那句口号"让我们做得更好"。比如，现在一般的录音机不能识别每个人的声音，只能在需要时用手按动按钮。目前，科技人员就在研究一种能够识别声音的录音机。人一说话，录音机就会开始工作，把话记录下来，不用你按动按钮。另一方面是研究市场，要找到可以销售新产品的市场。如果德国市场不允许销售这种自动录音的录音机，那你就要寻找可以销售这种产品的市场。这是更加复杂的工作，很多公司都在下大力气制定自己的经营战略，世界各国都一样。

柯贝尔先生在谈到专利申请和审查问题时说，有人认为专利审批时间长影响了申请人的利益，但实际上这方面的情况是很复杂的。首先，不是所有的专利申请人都希望自己的专利申请被很快审查批准。他们付了几千美元，就是为了让专利局慢慢地审查他们的专利申请。在是否批准专利的问题上，欧洲专利局有义务问申请人，希望多久被批准。有些申请人就会说，不要马上批，最好几年以后再批，有人甚至提出 5 年以后再批。申请人也有可能在专利批准之前撤销他的专利申请。这些申请人可以从专利申请的基本保护中获利，他们只要申请了专利就达到目的了，而不需要被批准的专利。这也是一种专利战略，因为申请专利需要一笔资金，很多公司考虑专利的成本问题，采取自己的专利战略。

柯贝尔先生告诉记者，欧盟在降低申请费用方面做了很多努力。近 4 年里，欧洲专利局减少了大约两倍的收入，总共约 25 亿德国马克。他们这样做的目的是为了减轻申请人的经济负担，有利于专利申请人积极申请专利。近年来，欧洲专利申请量以每年 10% 至 15% 的速度递增，这是与当前施行的专利申请的价格政策是分不开的。

柯贝尔先生在回答记者关于传统知识的知识产权保护问题时说，传统知识中的艺术只能通过版权来保护，但有些传统知识还可以用专利、商标来保护。如治疗疾病的传统药物和器械，如中药，都可以通过专利获得保护。但一些传统的治疗方法不能得到专利。现在我们要逐步区分哪些是老祖宗留下来的，哪些可以通过知识产权保护。很多传统知识需要保护，但如何保护，保护哪些，还要仔细分析，现在还不能轻易下结论，因此召开这次国际研讨会是十分必要的。

（刊登于 2000 年 8 月 4 日第一版）

# 我局赴新疆审查小分队广受欢迎

**本报讯** （记者余涛）7月15～28日，国家知识产权局专利局赴新疆审查工作小分队一行13人由专利局秘书长、审查业务管理部部长胡一鸣带队，在中国最西北部的自治区进行了现场审案、代理人资格考试培训、基层调研、专场报告、接受咨询、开座谈会等一系列活动。

这次派出悉心组建的赴新专利审查工作小分队，是国家知识产权局专利局响应党中央、国务院西部大开发战略决策，主动采取的一项有本局特色的关注西部、支援西部的创新措施。小分队中审查员所占比例最大。

出发前两个月，负责审案的审查员们就对将要现场审查的20多件发明专利申请案精心整理，对代理人、申请人在申请文件撰写上的不规范之处和改正方案了然于心，并提前向申请方发出通知，做到有备而去。7月5日，国知局领导王景川副局长、吴伯明副局长还专门为小分队召开动员会议，鼓励大家为专利局第一次现场审案倾心尽力，确保本局支援西部大开发的系列活动有一个良好的开局。

小分队到达乌鲁木齐当晚，胡一鸣领队再次向审查员们强调了现场审案的意义：为加快西部发明专利申请案的审查，响应西部大开发的国策，专利局提出到新疆首开现场审案的先河，有着明确的预期目的；对选定的20多件发明专利申请，可在审查员与代理人、申请人见面的情况下直接消除因文件撰写造成的审批障碍，节省申请人的时间、精力和费用；通过审查员与代理人、申请人面对面交流，可通过活生生的个案有效提高他们的专利申请量和文件撰写水平。

通过在乌鲁木齐几天紧张而有序的现场审案，专利局寄予小分队的期望顺利实现：20多件发明专利申请案文件撰写上存在的问题一一冰释，这些有重大经济价值的专利申请授权前景豁然明朗。

一项利用新疆丰富的毛矾石制造硫酸铝的发明方法专利申请，由于审查员和代理人、申请人的直接会晤，仅用几十分钟时间就解决了至关重要的权利要求范围问题。这一问题如果以北京——新疆书面交流的形式，则可能要经过几个月甚至几年。现场审案对代理人来说益处更为明显。石河子专利事务所代理人李满红谈到此次专利局派审查员到新疆来的感受，脱口而出一个"好"字。他说："代理人、审查员对发明往往有不同看法，这是难免的。关键是审查经验和惯例，双方书面交流难以表达到位，有时很长时间、多次书面往来也解决不了问题。这次我和审查员面对面交流，并不艰深的'隔阂'很快就消除了。这对我们新疆的代理人来说，真是太有利了。当然，这种现场审案最得利的还是申请人。加速审查，早授权专利权人也就早受益，有利于新疆经济发展。这种支援西部的现场审案要是能成为惯例和制度就好了。西部太需要来自北京的实际支持了。"

连日来，小分队成员在现场审案过程中和审案结束后，还进行了一系列讲课、调研活动，参观访问了乌鲁木齐的新联集团公司、华世丹药业有限公司、众和股份有限公司、阿勒泰市的阿山皮革集团公司、克拉玛依市的新疆石油管理局、石河子市的新疆天业股份有限公司、新疆农垦科学技术研究院、新疆石河子公安交通科学技术研究所等企业、事业单位。所到之处，当地人都对专利局派审查员不远万里到新疆现场审案表示欢迎和感谢，并就专利申请、授权、保护和整体战略问题与小分队进行了有益的交流和座谈。

（刊登于 2000 年 8 月 9 日第一版）

社论

# 推动科技创新是着眼点
## ——写在修改后的专利法颁布之际

　　九届全国人大常委会第十七次会议于 2000 年 8 月 25 日通过了《全国人民代表大会常务委员会关于修改〈中华人民共和国专利法〉的决定》。第二次修正后的专利法将于 2001 年 7 月 1 日生效。这次专利法的成功修改是我国专利事业发展史上的一个重要里程碑，将对推动我国的科技进步和创新工作产生重大和深远的影响。

　　首先，此次修改明确了专利立法的目的之一是促进科学技术进步和创新，为贯彻《中共中央、国务院关于加强技术创新，发展高科技，实现产业化的决定》，把专利工作纳入技术创新体系之中奠定了坚实的法律基础。根据新的专利法，国有企业事业单位作为市场竞争的主体，在申请专利和取得专利的权利义务方面将与非国有企业事业单位享受同等待遇。这有助于增强国有经济在国民经济中的控制力，使国有经济在国民经济中更好地发挥主导作用。与此同时，本次修改按照党的鼓励技术等生产要素参与收益分配的原则，对职务发明重新进行了合理界定，并且明确对职务发明人应当给予报酬。这有利于引导科技人员面向市场，按照市场需求立课题，也有利于使单位的设备等物质条件得到充分利用。同时，由于将科技人员的利益和其发明创造的实施结合在一起，将有利于进一步调动科技人员从事和实施发明创造的积极性，促进技术与经济的紧密结合。这些修改必将对以专利作为市场竞争重要手段的技术创新工作起到重大的推动作用，也有助于拥有自主知识产权和具有竞争优势的产业的形成。

　　其次，为给技术创新工作营造更好的环境，修改后的专利法增加了一些为专利权人提供更为有效的法律保护的规定，从多个方面完善了司法和行政执法，提高了专利保护水平。我国从 1985 年实行专利制度时起，就对专利权的保护采取了司法和行政机关"两条途径、协调运作"的模式。这一做法不仅被实践证明是符合我国国情的，是行之有效的，而且也是符合世界贸易组织的有关规定的。这次修改，经过反复深入的研究与论证，坚持了继续实行这种成功的模式。与此同时，在专利法的修改中，一方面，强化了司法保护力度，如对损害赔偿额的计算方法有了明确规定，增加了专利权人可以在对侵权行为起诉前向人民法院申请采取责令停止有关行为和财产保全措施的规定等；另一方面，通过明确地方管理专利工作的部门的职责，进一步理顺了管理专利工作的部门处理专利侵权纠纷和为维护公平竞争秩序依法行政的关系，加强了对查处假冒和冒充专利行为的打击力度。这些修改将进一步增强司法和行政机关"两条途径、协调运作"的效果，从而有助于为企业的技术创新营造公平、合理、有序的市场竞争环境。

最后，在获取和维持专利权的程序上是否公平合理，这对以取得专利为重要竞争手段的技术创新工作也是不容忽视的方面。为了进一步简化程序，加快专利申请、专利纠纷的处理，新修改的专利法除对国务院专利行政部门及其复审委员会提出更高的要求之外，还从优化程序、节约资源、减少诉累的角度对审批和维权程序进行了不小的改革。这将有助于更好地保护当事人的合法权益，为企业技术创新工作的顺利开展提供方便。

此外，此次专利法修改还从立法的角度对国务院专利行政部门和地方管理专利工作部门的工作提出了更高的要求，旨在建设一支勤政、廉洁、务实、高效的专利审批和专利工作队伍。这对更好地保护当事人的合法权益，更好地服务于技术创新工作具有积极的意义。

总之，这次专利法修改的一个很重要的着眼点，就是使专利工作更有力地推动我国的科技创新事业。经过十五年的发展，我们已积累了不少的实践经验，逐步摸索出符合我国国情的专利工作发展的客观规律。应当说，在这次专利法修改中，我们成功地把世界上专利制度的一般作法与一个发展中的社会主义国家的具体需要结合在一起，不仅使我国的专利法与 TRIPS 的标准一致，而且使专利法更加符合我国的国情，为我国技术创新工作的开展创造了更为有利的条件。我们要抓住机遇，充分发挥专利制度的作用，提高我国企业事业单位在技术创新中运用专利保护的能力，推动我国技术创新工作迈上新台阶，促进我国经济、科技的繁荣发展。

（刊登于 2000 年 8 月 26 日第一版）

## 读图：东方巨人的脚步——写给中国专利制度 15 年的非凡岁月

王文扬　张子弘　摄影

（刊登于 2000 年 8 月 26 日第四版）

# 有效专利才是真正的宝库

刘闻铎

近几年各种媒体把失效专利炒得沸沸扬扬，专门出版的"失效专利"光盘，还卖得挺火。利用专利文献，受其借鉴和启迪，在技术创新、开发新产品过程中发挥作用，这是好事。但单纯追求"不花钱"取得技术也未必是企业家的经营之道，要看到开发"失效专利"的风险。

如果看中某一"失效专利"，经过艰苦的技术开发和市场开发取得成功，一般不可能再取得专利保护。这将意味着：一旦成功，突然就会冒出无数个没有作任何投入的仿造者与你争夺市场，使你陷入被动。"不花钱"，就不可能得到专利文献之外的图纸、技术秘密和其他背景资料，这样必然增加摸索的时间和资金的投入。有的企业看中某一专利，不是尽快与专利权人谈判，而是拖延、观望，希望拖成"无效专利"，再来无偿使用。有的签订了许可合同以后还在动脑筋，设法使对方的专利无效，以避免合同规定的"提成"。其结果，不但贻误了时间，丧失了宝贵的专利保护，竞争的风险就在所难免了。如果签订某一项转让技术合同时，发现对方的专利已经放弃，在庆幸节省一笔可观的专利使用费、占了个"大便宜"的同时，也应该想到为未来不受保护的市场竞争要付出的更大代价。

相比之下，"花钱买专利"——多数是与专利权人签订专利使用许可合同，才是真正企业家的作为，有人总觉得"花钱买专利"是受制于专利权人的被迫的付出，不必要，不值得，不情愿。这恰是认识的误区。这里花钱"买"的不仅是技术本身，最重要的是通过许可合同"买到"专利使用权，也就是"买到"未来的市场份额。有一天市场火爆，就可以"借助"于专利权人手中的专利排除掉所有的仿造者，实现在某一市场份额内获得最大利润的目的。只有这样，才能赢得市场竞争的主动权。

在市场竞争激烈的今天，唯有有效专利才能提供一个法律所赋予的在技术创新过程中排除仿造者干扰、确定未来市场份额的良机，这才是"宝库"的真正意义所在。

（刊登于 2000 年 10 月 6 日第一版）

# 著作权司法保护必须加大力度

## ——对巴金等 29 位著名作家著作权被侵权案的法律思考

罗东川

在我国著作权法颁布 10 周年（1990 年 9 月 7 日）前夕，北京市第一中级人民法院知识产权庭开庭审理了新中国成立以来涉及知名作家最多、影响最大的著作权侵权案。法庭当庭认定被告吉林摄影出版社未经原告许可就出版发行原告享有著作权的作品构成侵权，判决被告停止侵权、公开赔礼道歉和赔偿损失 69 万多元。由于此案涉及巴金等 29 位知名作家的著作权权益，引起了各方面的广泛关注，媒体进行了大量的报道。这 29 起案件能够在不到 3 个月的时间内迅速开庭审理并判决，体现了知识产权法庭在保护知识产权方面的作用。

### 集中审理

这起涉及 29 位作家著作权被侵权的案件是原告集中委托律师从 2000 年 6 月开始到北京市第一中级人民法院起诉的。法院经过审查，受理了这 29 个案件。因 29 个案件的被告均为吉林摄影出版社和北京新华图书有限责任公司，为了及时有效审理这批案件，以发挥知识产权司法保护的作用，知识产权庭决定对 29 个案件合并开庭，集中审判。为此，知识产权庭派出了 5 位审判员参与此案的审理。开庭前，就 29 个案件合并开庭问题征求了双方当事人的意见，双方均表示同意。这一作法也符合程序法关于共同诉讼的规定。这 29 个案件的诉讼标的属于同一种类，都是针对吉林摄影出版社出版《20 世纪中国著名作家散文经典》系列丛书而提起的诉讼。从便于当事人诉讼和法院审理考虑，特别是从统一掌握 29 个案件裁判的尺度考虑，更应当合并审理。在涉及多人的著作权侵权案件中，这种作法尤其具有积极意义。

### 侵权认定

这 29 起著作权侵权案件在事实和法律上是比较清楚的。双方当事人对侵权认定问题没有实质性分歧，吉林摄影出版社强调了主观上是想出版精品系列丛书，但工作上有失误，导致侵权。新华图书公司强调其图书均是从国家批准的正式发行渠道进货。本案涉及的侵权图书是正式出版物，是否侵权，作为销售商无从知晓，也与其无关。而且在获悉该书可能侵权后，公司当天就将此书下架封存。

根据案件事实，法院确定原告为上述散文集丛书所选用的作品的作者或者继承人。根据法律规定，原告对丛书中的作品享有使用权和获得报酬权，即以复制、发行、编辑等方式使用作品以及许可他人以上述方式使用作品并获得报酬的权利。被告吉林摄影出版社未经著作权人许可，在其《20 世纪中国著名作家散文经典》丛书中，以单行本的形式对原告的散文作品进行编辑和出版，其行为侵犯了原告对作品所享有的使用权和获得报酬权。虽然丛书选编的散文均为已发表作品，但仍应依法取得著作权人同意其使用的许可，否则即构成侵权。即使出版社已支付了报酬，如果著作权人不追认其出版行为有效，仍然不能免除侵权责任。这一点，是许多涉及出版行为侵权的案件都遇到的问题，出版社存在法律认识上的误区，以为将稿酬寄给有关机构就可以随便使用他人作品。著作权法对不经著作权人许可而使用其作品是有严格限定的，一般限于报刊转载、摘编，而且著作权人声明不得转载的也不得转载。

为《20 世纪中国著名作家散文经典》一书的选编、出版，吉林摄影出版社与执行主编谷某签订了协议，但协议没有一条涉及被选编者的著作权问题。出版社当时仅认为是一个付酬问题。这在丛书的"编辑说明"中能够印证，"由于原作者众多且散在各地，对其作品的报酬难以一一付清，在此特请原作者与本书编委会联系，以便致酬"。实际上，出版社真正向著作权人付酬是在本案诉讼提起后。因此，被告吉林摄影出版社侵权主观过错明显。

在本案中，原告没有将丛书的主编季某和执行主编谷某列为被告，法院在审理中也没有追加。这是基于民事诉讼法尊重当事人诉权的原则。没有主编参加本案诉讼，事实能够查清，责任能够确定，故不需要追加。至于主编和出版社内部责任如何划分，不属本案解决的范围。

## 法律责任

在本案中，吉林摄影出版社侵犯了著作权人的编辑、复制、发行等权利，违反了著作权法第四十五条第（五）项、第四十六条第（二）项的规定，应承担停止侵权、公开赔礼道歉和赔偿损失的法律责任。

原告要求被告赔偿精神损失，因被告的行为未侵犯原告著作权中的人身权包括署名权、修改权和保护作品完整权，且侵权行为给原告造成的不良影响可通过公开赔礼道歉和消除影响的方式予以救济，故原告的此项诉讼请求法院没有予以支持。作品的编辑权目前是归入作品使用权的范畴，所以从性质上讲编辑权还是财产权。但从本案情况看，吉林摄影出版社对原告散文作品的汇编，在该书的书名、选目和编排方面都不符合原告的意愿，有可能产生不良社会评价，对原告造成精神损害。对此，本案法官通过适用公开赔礼道歉和消除影响的责任方式来弥补了这一不足，但精神损害赔偿没有予以考虑。

被告新华图书公司虽销售了侵权图书，但主观上没有与被告吉林摄影出版社共同侵权的故意，不构成共同侵权，不应承担共同侵权责任，但新华图书公司应承担停止销售侵权图书的责任。这里没有认定新华图书公司构成共同侵权，但其销售行为是否就不构成独立的侵权行为呢？目前著作权法对销售侵权制品的法律责任还没有明确的规定，司法实践中是根据具体情况来确定。其中最难操作的是销售商对销售的制品是否侵权有无审查的义务或者考虑其有无明显的过错。从著作权保护的实际效益出发，销售商如果没有参与共同侵权，其仅应承担停止销售侵权制品的责任并适当返还销售所获得的利益。如果销售商不能证明进货来源，其侵权责任应另加考虑，包括是否承担制作侵权制品的责任。

## 赔偿数额的确定

在本案审理过程中，原告主张以版税及加倍赔偿的方式作为确定赔偿额的根据。每案原告要求被告向原告支付侵权赔偿费人民币9.9万元，其计算依据是版税10%乘以5倍。吉林摄影出版社主张《20世纪中国著名作家散文经典》系列丛书实际印刷数量为7150套，并非版权页所标明的3万套，并就此提供了证明。吉林摄影出版社提出侵权赔偿计算应在"权利人损失"和"侵权人获利"两种方式中选择其一，即使加上惩罚性因素,原告也不会有如此大的损失。至于以"侵权人获利"方式计算,出版社不但未获分毫利润,相反亏损严重。

法官认为,本案中侵权图书的印数存在争议,但根据本案事实,应认定为版权页所标明的3万套。被告吉林摄影出版社主张仅印制了侵权图书7150套,没有提供充分有效的证据,不能否定版权页所标明的印数。法院没有去审查实际印数,从目前图书行业来讲也很难查清,这里实际上是让吉林摄影出版社承担法律意义上的真实的责任。法院最后根据上述计算方法和侵权行为给原告造成的损害后果等因素酌情确定了本案赔偿数额。著作权案件中法院通常是根据"权利人损失"和"侵权人获利"来确定赔偿数额,但实践中"权利人损失"和"侵权人获利"的确定都有实际困难。近年来,采取国家付酬标准并加倍的方式确定赔偿数额的情形越来越多。如何适用好这种赔偿计算方式需要进一步总结和研究。本案中,原告在版税和加倍上都选用了最高标准,故法院没有全部支持。况且,侵权人除了承担民事侵权责任外,并不能免除其行政责任,在庭审中吉林摄影出版社出示了其被有关部门行政处罚的证据。鉴于吉林摄影出版社就其侵权行为已被行政处罚,故法院在本案中未再对其进行罚款。

这么一起严重侵犯著作权人权益的民事纠纷虽然一审审结了,但留给我们的思考却是深远的。在著作权法已普及多年的情况下,作为应具有较强知识产权法律意识的出版社还发生这样的侵权行为,其应汲取深刻的教训。著作权的普及和法律保护仍需加强。特别要指出的是,本案作家或其继承人勇敢拿起法律武器捍卫自己的合法权益值得赞扬,为著作权人维护其合法权益树立了榜样。

(刊登于2000年10月6日第二版)

# 四月二十六日将成为"世界知识产权日"

**本报讯** (记者徐小敏)记者日前得知,世界知识产权组织根据中国代表团和阿尔及利亚代表的提议,于今年9月25日至10月3日的成员国大会第35届会议讨论通过,决定将每年4月26日定为"世界知识产权日",并决定在2001年的这一天首次举行有关庆祝活动。

设立"世界知识产权日"的提案,由我国和阿尔及利亚在去年世界知识产权组织第34届大会上共同提出,并受到各成员国的普遍欢迎。中国代表认为,确定"世界知识产权日"和开展有关活动,将有助于突出知识产权在所有国家的经济、文化和社会发展中的作用,能够帮助各成员国的公众提高知识产权意识。

(刊登于2000年10月13日第一版)

构建专利资本市场平台　让专利转化天堑变通途

# 专利信托在武汉诞生

**本报讯**　（特约记者陈保国　通讯员赵明　张家驹）我国虽然已步入世界专利申请大国的行列，然而，多年来却一直为经年累月形成的这座巨大的无形资产富矿发愁，专利技术实施难始终是困扰专利界、实业界人士的一大难题。武汉市专利管理局、武汉国际信托投资公司与武汉晚报社经过近10个月的调研、论证、设计，探求了一条输出这一富矿的新途径。10月25日，在武汉晚报社召开的新闻发布会上，上述政府职能部门、金融机构和新闻媒体联手协作的"专利信托"业务正式在国内率先推出。

这一机制的创新，源于武汉晚报去年12月6日为拥有40余项专利申请而无力维持专利权的专利发明人任文林大声疾呼、并引起全社会强烈反响的报道——《前有认养孤儿，后有认领树木，如今有人请您认养专利》。武汉国际信托投资公司受该报道的启发，产生了通过金融机构参与，引入风险投资机制和市场运作模式，使"认养专利"组织化、规范化，进而实现无形资产良性运营的构想。这一创新思维立即得到武汉市专利管理局和武汉晚报社的大力支持。三方协商、设计并结成联动合作伙伴，共同促进专利技术转化，使之尽快形成新的经济增长点。

专利信托，是指专利权人将自己专利技术的转化工作委托他人（即金融信托投资机构），受托人依照国家有关法律、法规接受专利委托，并着力于将受托项目进行转化的一种信托业务。专利信托是专利权人以出让部分投资收益为代价，在一定期限内将专利委托信托投资公司经营管理，信托投资公司对受托专利的技术特性和市场价值进行深度发掘和适度包装，并向社会投资人出售受托专利风险投资收益期权，或者吸纳风险投资基金，构建专利转化资本市场平台，从而获取资金流。受托专利转让许可实施产业的收益，由专利权人、信托投资公司、社会投资者按约定的比例分成。这种以金融信誉为资本，以专利产权为载体，以信托投资为纽带，把专利权人、信托投资公司、社会投资者的利益紧密结合起来进行专利转化的新机制，与传统的技术转化中介有着本质的区别。它通过发行专利投资收益权证的方式吸收社会投资人风险投资，同时吸引有关风险投资机构对专利转化项目进行风险投资，将专利转化的个人行为变为社会行为，让专利权人不再"捧着金碗难要饭"。在推出专利信托业务的同时，有关风险投资机构也正紧锣密鼓准备建立半开放式专利创新风险投资基金。为配合该项业务的开展，武汉开元和创新两家风险投资公司将设立总规模为1亿元人民币的专利创新基金，开展无形资产风险投资业务。

这一创新机制对于破解专利技术转化难的问题具有当前社会上普通中介服务机构所不可替代的优势：其一，它将专利技术转化的个人行为变为社会行为；其二，它使专利转化具备了从专家筛选转化到市场筛选，实现金融资本与知识资本的对接，导入多种风险机制；以政府职能部门提供专利管理及执法为保障；以新闻媒体的广泛宣传使之家喻户晓；其三，它弥补了专利权人往往资金短缺、市场信息不准确、政策法规模糊、缺乏经营推广能力、不善管理等方面的不足。

专利信托是专利转化实施工作的创新，同时，它也是金融工具的创新，这是我国首次将专利这种无形资产引入信托业务，在全国信托界属首创。其重要意义在于它第一次在国内为专利无形资产构建了一个资本运营市场平台，实现了无形资产和金融资本的有机嫁接，既为专利技术物化注入了活水源头，也为金融市场注入了新的活力。

作为专利信托业务首批推出的 10 个受托项目，有的其技术性能超过国外同类产品，而生产成本却大大低于国外产品；有的将为正在形成的市场提供极具竞争力的产品；有的则可能引起某一常规技术领域的变革。发明人黄天柱代表首批推出的 10 个受托项目的专利权人签订了信托协议，发明人王来勋冒雨在武汉晚报社大楼做了高楼救生专利项目的表演。

中国科学院院士、国务院学位委员会委员、华中科技大学教授、多项发明专利的发明人杨叔子以"满园春色关不住，一枝红杏出墙来"的诗句来表达他对这一富有中国特色创举的欣然赞同。他的评价是：这是一种全新的机制创新，在世界知识经济已见端倪，我国即将加入 WTO 的今天，这一举措对于有力推动我国专利事业发展，促进专利技术转化，加速经济发展具有十分深远而现实的意义。他衷心祝愿这项富有中国特色的工作在社会各方面的大力支持下，克服前进道路上的各种困难，不断总结、不断完善、不断进步，取得圆满成功。

著名经济学家、武汉市人民政府副市长辜胜阻指出：专利信托在金融资本与知识资本之间架起了一座桥梁，是风险投资业务的一个重要创举，是一件值得大力推广、认真做好的大好事。

（刊登于 2000 年 11 月 3 日第一版）

# 有关专家呼吁：提高专利代理人素质刻不容缓

**本报讯** 日前，由国家知识产权局主办，广东省知识产权局承办的"全国专利代理人第九期执业培训班"在广州举办。会上，有关专家呼吁，提高专利代理人素质刻不容缓。

有关专家针对由于代理人没有正确掌握专利法的启动程序和执行程序而导致专利权丧失情况，要求专利代理人正确认识专利程序在专利的权利化过程中所起的重要作用，杜绝由于代理人对专利程序不重视、不理解、不掌握而导致专利获授权的延缓甚至丧失专利权，给国家和专利申请人造成大量人力、物力的浪费和损失。有关专家还以大量的数据说明代理人在代理过程中失误带来的严重后果，尤其是专利代理机构脱钩改制后，代理机构必须承担业务风险，专利代理人的素质直接关系到代理机构生存问题，故专利代理人应加快知识结构更新，提高业务水平，树立良好的职业道德观。

　　来自全国22个省、自治区、直辖市的70家专利代理机构的124名代理人接受了执业培训。国家知识产权局、广东省知识产权界的专家、学者分别就国际上专利电子申请的概况和我国电子申请的进展和规划、专利合同、专利侵权案等问题进行了探讨。

（郑俊秋）

（刊登于2000年12月1日第一版）

# 2001

昂首迈进新世纪

天津青少年发出世纪倡议

专利全文网络查询系统正式开通

上市公司应高度重视专利工作

华为告诉你：企业发展如何用好专利

在"核心技术"上争胜

要作好知识产权这篇大文章需全社会努力

杨凌将建农业高新技术专利示范区

16项国家大奖仅3项专利，为啥？

20件专利无效请求案在佛山现场审理

尊重知识　崇尚科学　保护知识产权

破译水稻基因　浙大亦喜亦忧

读图：慧眼独具

到海外"跑马圈地"

复旦微电子扬眉入史册

重要的修改"入世"的准备——祝贺我国著作权法、商标法修正案审议通过

社论：壮大中国　续写知识产权新篇章——祝贺我国加入世界贸易组织

披尽黄沙始见金——中美知识产权谈判再回顾

倪志福获专利

读图：盗版　中国人何时齐声说"不"

# 昂首迈进新世纪

国家知识产权局局长　姜颖

　　新年的钟声敲响了，这是新世纪的钟声。这钟声送走了人类社会历史上又一个不寻常的百年，把我们带进了一个崭新的时代。

　　当新世纪来临的时候，我们首先看到了国际形势变化的几个新特点：一是随着经济全球化、科技全球化的迅速发展，传统的知识产权制度面临挑战，在发达国家里出现了知识产权保护范围不断扩大的趋势。这对包括我国在内的广大发展中国家来说，在进入世界市场、在形成自己的创新能力及提高自己的科技竞争能力等方面，将受到极大挑战。二是知识产权已经纳入世界贸易组织管辖范围之内，成为世贸组织三大支柱之一。按照有关规则，世贸组织任何成员将因知识产权保护不力，而遭到贸易方面的交叉报复。三是一些发达国家正纷纷调整和制定面向新世纪的知识产权战略，并将其纳入国家经济科技发展的总体战略中。这种形势表明，知识产权已成为各国激烈竞争的焦点之一，在世界经济发展中的重要性正日益突出。

　　新世纪的钟声让我们回味，使我们对中国知识产权事业有了一个冷静而又紧迫的思考。以中国专利事业的发展为例，我们已经初步建立了一个比较完善的专利工作体系，建立了一支专利受理、专利审查、代理中介和行政执法队伍。在专利立法等方面，我们用不到20年的时间走过了发达国家几十年甚至是上百年所走的道路。从这个意义上讲，我们的成绩是巨大的。但是，我们也必须清醒地看到：我国公众的知识产权意识还很薄弱，许多机构、企业、高校的专利工作滞后；我国技术创新能力较低，具有自主知识产权的重大技术创新项目少；专利权的保护力度以及对专利战略的研究与运用均显不足。面对经济全球化和知识产权领域里的新形势，可以说，我国的知识产权事业任重道远。

　　新世纪的钟声带来了一股春风，让我们振奋。从国务院机构改革决定将中国专利局更名为国家知识产权局，到江总书记等中央领导对知识产权工作作出一系列重要指示，从全国人大常委会审议通过专利法修正案，到地方政府陆续出台知识产权法规……这一切表明，专利乃至整个知识产权工作在我国现代化建设，特别是在科技创新中的作用愈来愈突出、愈来愈重要。同时，我们也深刻地感到，党中央、全国人大、国务院以及地方各级人民政府的关怀和重视是做好专利以及知识产权工作的保证。

　　伴随着新世纪的钟声，我们欣喜地看到，面对"入世"，我国越来越多的企业已经开始从形成和掌握更多的自主知识产权上寻求发展的突破口；为了迎接第一个"世界知识产权日"，一个以"积极开展科技创新，尊重保护知识产权"为主题的全民知识产权宣传普及活动正全面展开；新修改的《专利法》即将实施，推动科技创新的作用将在实践中更深刻地显现，知识产权正成为我国经济生活中新的亮点。

新世纪的钟声敲响了，这钟声更像进军新世纪的号角。我们的《全国专利工作"十五"计划》即将出台。在今后一个时期我们将面临三大任务：一是大力提高宏观管理决策水平；二是大力加快专利审查和基础设施建设工作步伐；三是从事关我局及全国专利事业长远发展的高度，认真做好专利工作队伍的建设，尤其是做好年轻干部的培养选拔工作。

我们相信，在党中央、国务院的正确领导下，有地方政府的重视和支持，有全国专利以及整个知识产权战线上的同志们的不懈努力，只要敢于迎接挑战，善于抓住机遇，我国专利乃至整个知识产权事业，就一定会在新的世纪里创造出更加辉煌的业绩，就一定会为中华民族的伟大复兴做出新的贡献。

伴随着新年的钟声，新世纪的第一个春天即将来临。值此新世纪第一个新年到来之际，我代表国家知识产权局，向战斗在全国专利战线上的广大干部职工及你们的家人，向所有关心和支持我们的朋友，表示衷心的感谢和最美好的祝愿。祝愿你们在新世纪的开年事业有成，合家欢乐，身体健康。预祝我们的事业蓬蓬勃勃，再创辉煌。

（刊登于 2001 年 1 月 5 日第一版）

#### 积极开展发明创造 尊重保护知识产权

# 天津青少年发出世纪倡议

### 温家宝副总理来信鼓励，社会各界大力支持

**本报讯** （记者余涛）伴随新世纪悦耳的钟声和雄壮的义勇军进行曲，天津市实验中学体育艺术馆内的五星红旗高高升起。上千名天津市百所中小学的学生代表，在这里发起了"积极开展发明创造，尊重保护知识产权"的倡议活动。国务院副总理温家宝来信给予支持和鼓励。中国科协、国家知识产权局、天津市的领导以及企业、院校等社会各界代表出席了此次活动的启动仪式。

天津市青少年的发明创造活动有着较好的基础，而且在近一两年中成绩尤为显著。1999 年，该市青少年取得发明创造成果 346 项，其中有 104 项获得了专利权；在 2000 年全国"长江小小科学家"创新成果比赛中，该市又取得了全国第三名的好成绩。面对新世纪知识经济的机遇与挑战，越来越多的青少年开始意识到掌握创新能力和提高知识产权保护意识的重要性。在天津市知识产权局、天津市科协的支持下，天津市青少年筹划了此次倡议活动。在此次倡议活动的启动仪式上，他们发起倡议："全国青少年行动起来，从我做起，从现在做起，积极开展发明创造，尊重保护知识产权。"

当接到天津市青少年将要开展倡议活动的来信后，温家宝副总理给青少年们亲笔复信。信中说："当今世界科学技术发展日新月异，知识产权已成为世界各国经济激烈竞争的一个焦点。全面提高中华民族的素质和创新能力，是摆在我们面前的一项重大战略性任务。你们是祖国的未来，是新世纪的主人，从小就要树立建设祖国的远大理想，努力学习科学文化知识，掌握发明创造的本领，培养创新精神，这是历史赋予你们的神圣使命。"他表示支持这项倡议活动并衷心祝愿活动取得成功。

世界知识产权组织总干事伊德里斯博士也发来致辞。他说，对于天津青少年所发起的旨在促进科技创新和发明，同时通过尊重知识产权来尊重和保护发明创新成果的活动，世界知识产权组织将全力给予支持。

启动仪式上，各部门领导和各界代表纷纷发言。中国科协党组副书记徐善衍说，为了支持天津青少年的倡议活动，中国科协已经将"尊重保护知识产权"作为2001年全国青少年科技传播活动的主题，并希望在全国掀起一个高潮。国家知识产权局局长姜颖在讲话中称赞天津市青少年发起了一个很有意义的倡议。她说："这是你们在新世纪美好的寄语，这是你们献给第一个'世界知识产权日'最好的礼物。你们这一代肩负着民族复兴的重任，提高发明创造能力，学会运用知识产权保护是你们完成神圣使命的必备素质之一。"天津市副市长梁肃在讲话中对青少年们寄予了很高的希望。他鼓励青少年要努力学习现代化科学知识，学习、掌握和运用知识产权知识，不断提高知识产权意识，积极开展发明创造，做二十一世纪的主人，为中华民族的伟大复兴谱写新的篇章。

来自企业、科研院所、学校的代表在发言中一致称赞此举意义重大，并积极表示将为这项活动的开展创造有利条件。

据悉，倡议活动启动后，天津市有关部门将围绕青少年的发明创造和对青少年知识产权知识的宣传普及开展一系列活动。国家知识产权局和本报将继续对这一有意义的活动给予关注和支持。

（刊登于 2001 年 1 月 5 日第一版）

## 我国专利文献服务电子化步伐加快

# 专利全文网络查询系统正式开通

**本报讯**　（记者阎庚）2000 年 12 月 27 日，我国独立自主开发的专利全文网络查询系统正式开通。国家知识产权局副局长王景川、杨正午，该系统的重要设备提供方美国 EMC 公司中国区金融系统及北方区总经理廖应辉，开发方清华紫光股份有限公司总经理张本正、北京中软环亚科技有限责任公司总经理祝盛出席了当天举行的开通仪式。杨正午副局长亲手开通了这一系统。

专利全文网络查询系统是由国家知识产权局通过招标方式，与中标方清华紫光股份有限公司、北京中软环亚科技有限责任公司以及重要设备提供方美国 EMC 公司合作开发而成，目前已装入美国专利全文数据，数据量超过 26TB。国家知识产权局正在抓紧装入其他国家的专利全文数据，公众可以在国家知识产权局文献馆电子阅览室进入该系统，方便快捷地查阅专利文献。

国家知识产权局副局长王景川在开通仪式上说，国家知识产权局是全国最大、最权威的专利信息及文献提供者，该局肩负着向社会提供全世界的专利文献服务的任务。目前，局内文献馆馆藏约 3000 万件专利文献，并且每年以 100 余万件的数量上升。近几年，国家知识产权局正致力于将纸件文献电子化，目前馆藏的 CD－ROM 和 DVD－ROM 已经有数千张。自 1998 年至今，国家知识产权局已经引进了欧洲专利局的检索与全文图形查询系统，并自行开发建立了中国专利检索系统、日本专利全文查询系统等。在"十五"期间，国家知识产权局还将继续加快自动化的步伐。

在专利全文网络查询系统试运行中使用过该系统的专利审查员说，这套系统的优点有：提取文献的速度很快，不受文献大小的影响，20 多秒即可提取；既可以用分类号检索，也可以用时间段检索，非常方便；文图对照阅读时切换迅速，特别有利于机械类专利文献的检索。

参加此项目的各个公司纷纷表示，今后还将进一步致力于与国家知识产权局的合作，为我国知识产权事业的发展和在国际上发挥更大的影响力做出贡献。

（刊登于 2001 年 1 月 5 日第一版）


# 上市公司应高度重视专利工作

宁夏回族自治区科技厅厅长　张吉生


形成具有自主知识产权的专利及专有技术，应该是所有企业特别是高新技术企业在技术创新中有明确的目标。是否拥有以专利为主的自主知识产权，对上市公司来说尤为重要。

以宁夏为例，上市的 10 家公司中，只有 5 家各申请了几项专利，这样少的专利还非常不够。那么专利对上市公司有何意义呢？申请并拥有专利可以保护自己，限制他人，取得在市场上的竞争优势；可以拓展研究开发和技术创新的空间和时间，占领更多的技术制高点；可以在参与国际竞争中，由于关税壁垒的逐渐取消，而形成新的无形的专利保护；等等。这些暂且不论，我下面仅从上市公司的资产构成等角度来谈谈专利。

首先应明确的是：在证券市场上，特别是在创业板市场上，专利是一种新的资本形态，是高新技术产业发展必不可少的经济资源。根据国际上的通行做法和中国证监会的规定，发行上市核准上市标准中，在资产构成方面，内地主板允许以专利为主的无形资产在总资产中所占比例达到20%，而香港创业板和即将上市的内地创业板没有20%的限制，也就是说，专利资产在总资产中所占比例可以高于20%。国际国内许多上市公司都把专利通过资产评估作价打入股本，例如：美国的微软、英特尔、恩科等公司在纳斯达克证券市场上市之初，其资产的绝大部分是以专利为主的无形资产；北大方正如果没有中文激光排版系统专利，就不可能在香港创业板上市。而宁夏10家上市公司中没有一家把专利通过资产评估作价打入股本，壮大资金实力，改善资产质量。因为我们的上市公司在上市之初根本就没有一项有效专利。其次，上市公司应了解的是，国家规定，授权专利可以作为抵押获得银行的大额贷款，如江西省绿色集团公司以茶色素专利作抵押，每年向银行贷款4000万元。由此可以看出，以专利为主的自主知识产权对上市公司来说是何等的重要！

（刊登于2001年1月17日第一版）

# 华为告诉你：企业发展如何用好专利

深圳市华为技术有限公司（简称"华为公司"）是一家专门从事通信产品研究、开发、生产和销售的高新技术企业。华为公司每年将销售额的10%作为科研投入，产品研发的科研人员达7000多人。1999年华为公司申请专利123项，累计申请专利253项，其中发明专利占60%以上，形成了具有自主知识产权的核心技术体系。

**专利工作的动力来自竞争的压力**

华为公司自成立的第一天起，就面临着与世界通信巨头的激烈竞争。这种竞争是全方位的：不仅有市场销售的直接交锋，也有产品技术创新的全面比拼，更有专利战——看不见硝烟的战场上的激烈角逐。中国是全球最大的通信市场，为了抢夺这一市场，国外通信公司在我国申请了17851项专利，而国内公司专利申请量仅为3284项。截止到2000年8月31日，摩托罗拉在中国国家知识产权局专利局公开的专利达1700项，西门子1650项，诺基亚688项，而国内四大民族通信企业"巨大中华"公开的专利总数仅为146项。摩托罗拉、西门子、朗讯等公司每年在美国申请的专利约1000项，而中国公司申请的国外电信专利屈指可数。

巨大的差距产生巨大的压力，巨大的压力转化为巨大的动力。华为正视差距，瞄准世界级电信公司，积极制定专利战略，全面展开企业专利工作，多年来摸索出一套将专利工作融入企业研究开发、技术创新、市场销售、对外合作、投资决策等各个环节的工作办法。

**将专利工作融入研究开发全过程**

技术创新贯穿产品、技术研发的全过程，因此企业专利工作也应该伴随产品、技术开发的全过程。为了保障企业竞争策略、知识产权策略的实施，研发部门需自觉地分析利用专利文献，在消化吸收他人技术的基础上进行技术创新，自觉地将创新技术申请专利；企业知识产权部门需对研发过程进行全程监控，随时掌握项目进展状况，督促开发人员及时将创新技术申请专利，同时推动专利文献的分析和利用。华为正是通过将专利工作纳入研究开发全过程，把研发中的专利工作规范化、例行化、制度化，达到了上述两个方面的效果。

华为将一个新产品从酝酿、销售到市场的过程分为两个阶段：预研开发阶段和产品研发阶段，并从项目管理的角度进一步设立了十个监控点，每一个监控点都要输出一系列报告，由公司组织各方面的专家组成评审小组进行评审，提出评审意见。如果在某一方面未达到要求，则该项目不能通过该监控点，项目必须推迟或撤销。监控点是项目管理强有力的手段。

结合研发流程项目管理的特点，华为选取了其中的四个监控点：预研立项、预研验收、产品立项、市场发布，在上述每一个监控点加入了知识产权评审的内容，项目组都要提交知识产权可行性分析报告，由知识产权部专家进行评审，对项目专利工作和其他知识产权工作进行评价，提出建议，并作出是否通过的结论。

由于各阶段工作内容不一样，所以在各个监控点对项目组专利工作的要求和评价侧重点也不完全一样。

在预研立项时强调对专利文献的检索和分析。在该阶段，要求项目组对国内外相关专利文献进行检索，通过统计专利文献在申请时间、申请国别、技术领域、厂家等的分布，分析出该产品当前所处的技术阶段、技术走势、产品发展方向、关键技术点和技术难点，分析出各竞争对手在该产品上的研发策略、技术优劣和发展方向，分析该产品与华为公司产品战略的符合度，并据此提出是否进行此项目预研，预研起点和方向的意见。在此监控点，知识产权部主要评审项目组是否进行了专利文献检索，检索是否全面，是否进行了统计分析，同时知识产权部还提出建议或协助项目组进行专利文献检索和分析。

在预研验收时侧重于审核项目预研阶段的专利申请情况。在项目预研过程中一般将形成产品的总体技术方案，以及关键技术的解决方案，这一阶段的方案往往形成未来产品的核心技术。根据知识产权部要求，项目组应该在产生技术创新方案的同时即申请专利。如果在预研验收时专利申请工作没有完成，专利工作人员可以向决策部门提出验收不通过的建议。同时对他人专利的可利用情况进行备案，为将来进一步产品开发时制定专利策略提供参考。

产品立项阶段的专利评审主要是审核项目组是否对相关的技术或竞争对手的专利进行了详细分析，是否对相关专利制定利用策略，是否可以规避，是否需要获得技术许可，所有这些都需要出具一合理的初步计划；另外一个评审内容就是看是否有专利申请计划，专利申请的范围是否覆盖所有关键技术，项目中需对外合作部分的知识产权归属是否得到合理的考虑等等。

由于立项后的研发阶段是产品开发中最重要的一个阶段，也是技术创新最集中的阶段，所以也是专利工作的重中之重。项目组通过例行化、制度化地分析他人专利技术，做到知己知彼，站到巨人的肩膀上，不仅可以少走弯路，而且可以提出更优化的技术方案，并能节省研发投入，缩短研发时间。另外，由于对可能冲突的专利事先进行分析和采取了防范措施，有效地预防侵权的可能。

市场发布是产品开发的结束，也是产品技术公开的阶段点。因此，市场发布评审点主要是对专利申请完成情况进行最后检验，如果申请没有完成，知识产权评审专家可以提出评审不通过的建议。同时对于产品中是否包含了他人的专利进行进一步的确认。

另外，在项目开发的任何阶段，知识产权部都可以参与，提出建议，甚至自行组织项目组进行专利检索和分析，共同出具分析报告。

1998年底华为将专利工作加入研发流程，对公司所有研发项目的专利申请、专利利用进行监控，到目前已取得良好效果。至今已对公司数十个项目的近200个监控点进行了知识产权评审，专利申请数量得到了极大提高，1999年专利申请达120多项，在国内企业中排名第十位。同时专利文献的利用得到了切实有效推行，在充分利用专利文献的同时有效地防止专利侵权。

**将专利工作引入投资合作决策程序**

在与其他公司进行技术合作、投资合资的过程中，知识产权问题尤其是专利问题有时会成为决策和谈判中的焦点问题。因此，在重大项目中，知识产权部都要参与决策分析，提交可行性专利分析报告：通过分析合作单位在拟合作领域的专利申请，初步了解合作单位在该领域的研发状况、技术实力、在各个分领域的优劣势等；通过分析合作单位在不同国别的专利申请，了解其专利权利的地域范围，并分析其目标市场；通过详细研究各项专利的技术方案、权利要求和权利状态，甄别、筛选出对拟合作项目确实有价值的有效专利，排除不相关的专利和失效专利；分析合作单位与其他公司进行技术合作或建立合资企业中的专利许可情况，了解其专利许可的一般策略；分析华为与合作单位在该领域的专利申请，比较合作双方在该领域的优劣势，找出优势互补点；对于涉及专利权许可或专利权入股的，知识产权部还会组织对有关的专利权和其他知识产权进行评估，预评出无形资产的价值，并聘请权威的专业评估机构进行评定。综合上述分析的结果，知识产权部提出拟合作或投资的具体技术领域、专利许可或作价入股的范围、交叉许可的可能性和范围、许可费用和支付方式等等方面的建议，作为公司领导的决策依据。在大多数情况下，知识产权部人员还要参与项目谈判，在谈判中对有关知识产权问题提出审核意见。

通过将专利工作引入投资合作决策过程，从程序上保证在技术合作和投资合资中必须认真分析和论证知识产权问题，使公司的专利等无形资产得到了实际有效的运用，同时规避了合作中的知识产权风险，保护了公司的合法利益。

此外，华为还将专利工作纳入企业经营的其他环节，如利用公司市场销售网络建立知识产权保护监控网，及时发现知识产权侵权行为；在提交的国际标准、国际标准建议中融入专利技术等等。

对于现代企业尤其是现代高新技术企业，专利战略是其经营战略的重要组成部分，专利工作是企业日常经营管理的重要环节。华为从流程上、制度上将专利工作融入各项主业务，有力地保证了专利工作的正常开展，提高了公司研究开发水平，保障了公司的合法权益。

（刊登于 2001 年 2 月 2 日第二版）

# 在"核心技术"上争胜

李有爱

去年，笔者曾有机会到一家国内很有名气的电子公司考察，在生产 DVD 的车间，技术人员指着一片装有很多电子集成块的芯片介绍说，这一块是某国的，那一块是某国的，另一块又是某国的。听过介绍，笔者对我国高新技术产业缺乏核心技术的现状留下了深刻的印象，深有感触。

事实上，这种技术"空心化"的状况，在很多行业和企业都普遍地存在。今年年初，很多媒体曾相继刊出一则消息：中国彩电业首次出现了全行业亏损。其后，国家信息产业部的一位官员虽然对这条消息作了否定，但同时承认，去年彩电行业确实出现了利润大幅度下降的情况。其实，只要回顾一下去年"烽火连三月"的价格战，就可料到彩电行业的日子不好过。那么，彩电企业为何要拼着命打明知会"几败俱伤"的价格战呢？原因当然有多种，但很重要的一条就是自主创新能力不强，核心技术依赖于国外，导致技术同步走，产品同质化严重。在众多企业竞相盲目追求生产规模、国内市场日趋饱和的情况下，没有别的路可走，只好拼命降价，以至于价格战此起彼伏，如火如荼。而与之形成鲜明对比的是，洋彩电销售额和利润率呈强势反弹趋势，2000 年市场占有率从过去的 10% 左右，跃升到 30% 以上。它们以不断推出新的核心技术作卖点，赚取超高额垄断利润。一年多前，索尼、东芝的纯平、锐平镜面电视登陆，价格都在万元以上，等国内彩电企业几个月后跟进时，已赚够利润的洋彩电迅速放水，价格压到 5000 ~ 6000 元。而 2000 年的头两个月，上海索尼就完成了其全年的利润指标。

事实表明，企业没有自己的核心技术，只能受制于人，只能给人家当装配车间，想在国际市场上赚大钱是不可能的，在国内市场上也无法甩开别人而占领市场。然而，直到今天，相当一部分企业包括大型企业对开发具有自主知识产权的核心技术尚缺乏应有的认识，缺乏应有的紧迫感和危机感。有的在技术上一直走着模仿和引进的老路，过几年就要不惜血本花费巨额资金购买跨国公司的核心技术，结果陷入"引进—落后—再引进—再落后"的怪圈；有的目光短浅，科研开发资金投入严重不足，杯水车薪，致使科研人员"有心杀贼，无力回天"；有的甚至至今尚未建立自己的技术开发机构，技术开发人员少，力量薄弱，科研成果更是少得可怜，有些大型企业多年来竟连一项专利都未申请过。

面对加入 WTO 的日期日益临近的形势，企业要想在激烈的市场竞争中生存进而取胜，就必须勇于"与狼共舞"。而要实现这一目的，就要能够在核心技术上与"狼"争胜。为此，企业经营者应树立"没有核心技术最终将无法立足市场"的认识，认清方向，勇于创新，舍得在核心技术开发上花血本，以卧薪尝胆的决心奋起直追，努力缩短差距乃至在某些方面实现超越。唯有如此，企业才能拥有美好的明天。

（刊登于 2001 年 2 月 21 日第一版）

## 国家知识产权局局长王景川接受媒体采访时说，

# 要作好知识产权这篇大文章需全社会努力

**本报讯** （记者王岚涛）日前，国家知识产权局局长王景川接受媒体记者采访时说，知识产权工作是篇大文章，作好它需要社会各界的共同努力。他还就知识产权制度与国家创新体系的关系、专利工作如何在西部大开发中发挥应有的作用以及专利技术产业化等问题回答了记者的提问。

王景川局长说，国家创新体系构成应为两大部分，一是技术创新，一是体制、制度创新。前者的作用是促进生产力的发展，后者则是调整生产关系。知识产权制度是体制、制度创新的重要组成部分，专利制度是社会主义市场经济条件下的一个基本制度。

谈到西部大开发，王局长介绍说，以四川省为例，专利技术的实施率要高于一般的技术成果，专利技术的投入产出比也高于一般技术成果。这说明专利工作应该在西部大开发中有所作为，而要有所作为，关键是找准位置。他认为，专利工作在西部大开发中的作用，不在于给多少钱、给多少物，而在于帮助西部各省建立完善的知识产权保护制度，在于帮助西部企业建立一支熟悉国内外知识产权法律制度及相关信息的工作队伍。

对于社会普遍关心的专利技术产业化问题，王局长说，目前看来，专利技术的产业化有着不错的发展态势，但取得的效果还不能适应经济发展的需要。他说，各地政府在专利技术产业化工作上积极探索，创造了不少鲜活的经验，如辽宁省连续两年举办的"优秀专利技术产业化对接洽谈会"，首届洽谈会省政府仅出资500万元扶持了34个优秀项目，吸引金融和社会资金近亿元，这些项目实施半年，就新增产值2亿元，创利改税2500万元。政府的引导，使一批企业在专利技术产业化中得到快速发展。这使得辽宁省政府去年第二届洽谈会上又出资2500万元扶持专利技术，预计可吸引近5亿元的金融和社会资金。再如武汉市的专利信托，以金融信誉为资本，以专利权为载体，以信托投资为纽带，把专利权人、信托投资公司、社会投资者的利益紧密结合起来进行专利转化。这些经验有待于进一步完善后向全国推广。

王局长还特别强调，各级政府在推动本地区知识产权工作的发展中应发挥指导作用。他说，在我国市场经济机制还不够完善，市场秩序有待规范的条件下，政府的指导作用对推动知识产权这一新兴事业的发展大有裨益。

（刊登于2001年3月2日第一版）

国家知识产权局、陕西省人民政府联手

# 杨凌将建农业高新技术专利示范区

## 杨凌示范区知识产权局成立

**本报讯**（特约记者韩素兰）针对我国目前农业高新技术领域知识产权保护力量薄弱的现状，为摸索我国农业高新技术领域知识产权保护机制，缓和加入WTO后对我国农业高新技术领域带来的冲击，近日，杨凌农业高新技术产业示范区成立了"杨凌示范区知识产权局"，国家知识产权局和陕西省政府正积极筹备建立"杨凌农业高新技术专利示范区"。

杨凌农业高新技术专利示范区是目前我国列入高新开发区序列唯一的农业高新产业示范区。区内农业科技实力雄厚，享有"农科城"的美誉，累计已取得科研成果5000多项，特别是在小麦育种、旱作节水农业、家畜生殖内分泌与胚胎、黄土高原综合治理等领域内的研究居国内领先水平，科研成果转化产生的直接经济效益累计超过2000亿元人民币，为我国农业发展做出了巨大贡献。

但杨凌作为"农科城"，由于区内生产的产品尤其是农林类产品享有较高的知名度，种子、树苗等农业生产资料和农产品在西北地区占有较高的市场份额，所以几乎每年都有部分不法之徒打着"西北农大""杨凌农大"的牌子兜售假冒伪劣种子、树苗等，严重影响了杨凌的声誉，也在很大程度上制约了杨凌经济发展的步伐。因此，建立"杨凌专利示范区"，利用法律手段维护杨凌声誉，促进经济良性发展，刻不容缓。

在杨凌建立"农业高新技术专利示范区",不仅可以切实有效地在农业专利技术的引进、开发、实施、市场监督及其保护等方面探索和走出一条符合中国社会主义市场经济特色的农业专利保护与利用的新路子,为全国其他地区的农业高新技术和农业高新技术产业专利保护做出示范,为建立和完善我国农业知识产权保护机制积累经验、提供立法依据,还将极大地推动杨凌地区农业科技向生产力的转化。加快农产品的更新换代,为杨凌经济的长足发展和可持续发展打下坚实的基础。

目前,杨凌示范区正紧锣密鼓地制定《杨凌农业高新技术产业示范区专利试点工作实施方案》,建立杨凌农业专利信息中心,成立杨凌农业专利技术交易中心,研究示范区整体专利发展战略,制定示范区专利人才培训计划等。

(刊登于 2001 年 3 月 2 日第一版)

# 16 项国家大奖仅 3 项专利,为啥?

## ——与黑龙江省知识产权局局长张晓伟一席谈

傅俊来

在刚刚闭幕的 2000 年国家科学技术奖励大会上,黑龙江省获奖的 16 个项目中只有 3 项是中国专利。为啥?带着这个疑问,笔者专程赶到黑龙江省知识产权局采访了张晓伟局长。

张晓伟局长说,这次获奖的 16 个项目,不论是技术创新水平还是获奖数量在黑龙江省都是前所未有的。获奖项目专利少的问题已引起各方面的重视。就这一问题黑龙江省知识产权局深入科研单位了解了一些情况,发现除个别项目属不宜或不能申请专利之外,大多数项目没申请专利的原因归纳起来有四个:一是计划经济时期科技管理体制形成的"重科技成果、轻知识产权"的传统观念尚未改变,各级政府管理部门和成果单位还没有把申请专利取得自主知识产权作为科技成果的重要评价指标,并与科研人员切身利益相联系;二是面对"入世"的严峻形势,许多单位没有充分认识到申请专利获取自主知识产权的重要性,认为已经经过了技术鉴定,评了奖,有没有专利意义不大;三是许多单位认为获奖项目技术难度大,工艺复杂,设备庞大,一般情况下国内厂家没有仿冒能力,不必申请专利;四是科研经费中不含申请专利的费用,许多单位支付申请专利的费用及专利维持费用有困难。面对这些原因,张晓伟局长一针见血地指出:"我看最重要的原因还是观念和认识的问题。"他接着告诉笔者,近 10 年来,黑龙江省获省科技进步奖的项目近 2000 项,据正在进行的"全省科学技术进步奖获奖项目申请专利及产业化情况"初步调查表明,申请专利的项目仅占 10% 左右。这说明黑龙江省申请专利的潜力是很大的，关键是要转变观念，提高知识产权保护意识。

在谈到面对当前的严峻形势如何转变观念、提高认识时，张晓伟局长说："'入世'在即，世界发达国家都把知识产权保护作为经济发展战略给予极大重视。日本、美国等国家的企业已瞄准了中国这个大市场，纷纷到我国抢先申请专利。如果我们不重视获取自主知识产权，国外的企业就可能抢先获得，使我们耗费巨大资金研究的科技成果不仅白白送给了别人，还要再花巨资从人家手中购买使用权，那时，我们的损失就更加巨大。在国际市场上，没有自主知识产权的产品就没有优势可言，侵犯知识产权的产品不仅寸步难行，还要受到极严厉的处罚，作为科技成果，即使获得了国家奖励，若不具有自主知识产权，也无法得到法律的保护。'入世'之后，在知识产权保护上，不是你认识不认识的问题，而是逼着你非按国际惯例走知识产权保护这条路不可！"

在谈到如何提高黑龙江省科技成果专利申请量时，张晓伟局长满怀信心地说："我们正在多方筹集资金，用于专利申请补贴和专利产业化，不仅要资助企业大量申请专利，还要支持好的专利项目实现产业化。我们要站在世界经济的战略高度，着眼于未来的国际大市场，把关系国计民生的知识产权掌握在手中。要改革科技管理体制，把专利作为评价各级领导、科技管理部门和科研人员业绩的重要指标，并与科研人员的奖励晋级和工资待遇等切身利益联系起来。只有充分调动广大科研人员取得自主知识产权的积极性，主动申请专利，才能不断增加全省自主知识产权储备，增强全省的科技实力和国际竞争力。"

（刊登于 2001 年 3 月 16 日第一版）

# 20 件专利无效请求案在佛山现场审理

**本报讯** 国家知识产权局专利局专利复审委员会日前在佛山市中级人民法院审判庭，现场口头审理了 20 件外观设计和实用新型专利的无效请求案。

专利侵权案的审理，往往受到耗时长而复杂的无效请求案的牵制而搁浅。不少专利权人碰到此局面惟有望案兴叹，颇感无奈。一些侵权厂家正是利用这一程序特点而达到继续侵权的目的。因此，无效请求案的尽快审结，关系到专利权的保护和专利权人权益的保障。佛山市中院应双方当事人的请求，为加快专利纠纷案的审结，特邀专利复审委员会外观设计申诉室和电学室的审查员，来禅城进行口头审理。据了解，外观设计室的 11 件案已于头 3 天审结了 7 件，并当庭宣布，全部予以维持专利权。实用新型专利案有的当庭宣布维持专利权，有的留待日后宣布结论。佛山市专利办公室组织有关人员旁听了庭审，他们的反应良好，认为现场口审这种形式好，既方便了当事人，加速了专利纠纷案的解决，也便于促使疑难案件双方当事人达成和解。

（梁哲文）

（刊登于 2001 年 3 月 30 日第一版）

# 尊重知识　崇尚科学　保护知识产权

**（2001 年 4 月 26 日）**

温家宝

今天是第一个"世界知识产权日"，主题是"今天创造未来"。

"世界知识产权日"是由中国和阿尔及利亚提议，经世界知识产权组织成员国大会第三十五届系列会议一致通过而设立的。设立"世界知识产权日"的目的是，在全世界范围内树立尊重知识、崇尚科学和保护知识产权的意识，营造鼓励知识创新和保护知识产权的法律环境。

知识产权制度诞生几百年来，特别是工业革命以来，催生了一个又一个具有划时代意义的重大发明。最近 20 年，知识产权制度成为各国推动技术创新的基本法律制度和重要政策手段，在振兴经济、增强国际竞争力方面发挥了重要作用。当前，随着科学技术和经济全球化的迅猛发展，知识和智力资源的创造、占有和运用，拥有知识产权的数量和质量，已成为各国参与国际竞争的重要基础。因此，加强知识产权保护的国际交流与合作，对于建立公正合理的国际经济新秩序，促进世界经济繁荣与发展，具有重要意义。

中国政府十分重视保护知识产权。我国在改革开放之初就开始建立知识产权制度，经过 20 多年的努力，已经形成了比较完备的知识产权法律制度，建立了司法和行政执法相结合的知识产权保护体系，在知识产权保护方面做了大量工作，为促进科学技术进步和经济社会发展作出了重要贡献。

21 世纪人类进入信息社会，科技革命将以前所未有的巨大动力推动社会生产力的发展。进一步完善我国的知识产权制度，加强知识产权保护工作的国际交流与合作，是新世纪我国扩大对外开放的要求，也是建设社会主义现代化国家、实现中华民族伟大复兴的需要。我们愿意同世界各国一道，为建立公正合理、有利于推动各国科技与经济发展的知识产权制度，为创造全人类尊重知识、崇尚科学和保护知识产权的良好环境而努力奋斗。

（刊登于 2001 年 4 月 27 日第一版）

领先技术遭遇专利申请困惑

# 破译水稻基因　浙大亦喜亦忧

**本报讯**　（特约记者李建民）到目前为止，50000 个水稻基因已被浙江大学科研人员分离和破译 9000 余个，其中有 3000 余个基因是世界上独一无二的。然而他们却因"囊中羞涩"遇到专利申请的困难，在取得世界领先水平的喜悦后，他们却要为巨额的专利申请费和维持费发愁了。

1999 年浙大生物技术研究所立项开展水稻基因课题研究后，在该所所长李德葆教授提出的模块表序列标签技术的指导下，对水稻的基因（DNA）进行了分离和破译，克隆出了水稻基因中的 cDNA 的全长，并进行了鉴定，制作成了水稻 cDNA 基因芯片。

正当研制与开发课题小组的成员们认真仔细地将每个水稻 cDNA 基因的核心技术撰写在专利报告上时，却发现每个水稻 cDNA 基因申请一项专利，需花费 1000 元申请费（还不包括代理费），如以目前发现的 3000 个世上独一无二的水稻基因申请专利，申请费就需 300 万元，再加上每年每项 2500 元的专利维持费，一年维持费要 750 万元，实在让浙大生物技术研究所为难。为此，浙江省人民政府通过各种渠道筹集和拨款 120 万元专门用于水稻基因的专利申请费用，但还是解不了"渴"。课题负责人董海涛副教授感慨地说：不是我们不想申请专利，而是资金实在短缺，5 月份之前只能申请 300 个水稻基因的专利。国外一所大学曾希望通过投资共享专利，但我们明白，我国还是一个农业大国，农业的现代化需要这些基因技术，希望这些水稻基因技术能首先在国内推广应用。希望能够与国内企业合作，为企业带来丰厚的经济效益，解决课题所需资金，把专利留在国内。同时，他们也希望国家有关部门能够给予一定的支持和帮助，使这项世界领先技术为祖国所用。

（刊登于 2001 年 5 月 25 日第一版）

# 读图：慧眼独具

张子弘 摄影

慧眼独具　　　　　　　　　　　　张子弘摄

（刊登于 2001 年 7 月 6 日）

# 到海外"跑马圈地"

## 武汉企事业手握专利走全球

**本报讯** （特约记者陈保国）日前，"无功耗无逆变器不间断电源"的发明人郁百超就此技术提出了 PCT 专利申请，武汉市专利管理局对其予以了资助。近年来，利用专利武器参与全球市场竞争已逐渐成为广大企事业单位的自觉行为。

1998 年，凭着在印度、孟加拉两国申请的两项专利，湖北绍新特种电气股份有限公司在孟加拉举行的国际工程招标中一举竞标成功。可广泛应用于环保、医疗等领域的电化学技术，是目前各国科学及研究开发的热点。武汉大学在取得了这方面研究的重要突破以后，首先向日本提出专利申请。研究人员解释说，到日本申请专利，是因为那里有许多我们的竞争对手。传统电机的可靠性差是一个百年世界性难题，华中科技大学发明的谐波启动绕组转子三相异步电动机不但降服了使电机产生振动和噪声的"谐波磁场"，并且变害为利，用它来启动电机，这种国际独创的新型电机获美国专利。为了占领世界抗艾滋病制高点，1999 年，中药"抗艾滋病膏滋"发明人李永康教授通过 PCT 向美国、德国等国提出专利申请，在国际上引起强烈反响，欧美及东南亚一些国家和地区的业内人士来电提出合作请求。日前，德国专利律师来函告知李永康教授，该专利申请已在德国进入实质审查阶段。2000 年 7 月，武汉邮电科学研究院就该院研制成功的 IP 网络技术（1P OVER SDH）提出了两项 PCT 国际专利申请，其后不久，为赢得光器件领域进军美国市场的主动权，该院又向美国提出了两项专利申请。这是该院成立以来首次向国外提出专利申请，也是自武汉市委、市政府决定创建"武汉·中国光谷"以来，光谷高新技术企业首次向国外提出专利申请，此举对武汉市建设"武汉·中国光谷"朝着利用知识产权参与国际经济竞争阶段发展具有十分重要的示范效应。在世界经济一体化和我国即将加入WTO 的今天，这一举动对全市经济的健康、快速发展无疑具有十分重要的意义。2000 年，为赢得国际止痛药市场的主动权，夏志陶、陈青云等人将其经过多年精心研制，具有特别疗效的药——长效止痛剂通过 PCT 向美国等 6 个国家提出专利申请，目前，该项目已引起有关业界高度重视，纷纷来函表明投资合作意向。

面对初显的利用专利到海外圈地的发展势头，武汉市专利管理局局长冯坚冷静地指出，这是迟来的"专利潮"，且势头还不够大，与严酷的国际市场竞争环境尚有较大距离。他表示，新世纪政府专利管理部门将认真做好总体规划，积极组织机关干部深入企事业单位，引导、帮助他们研究、制定知识产权战略，牢固树立"产品未动，知识产权先行"的市场理念，实现良性发展。

（刊登于 2001 年 7 月 20 日第一版）

首件集成电路布图设计登记申请"十一"诞生

# 复旦微电子扬眉入史册

**本报讯** （记者阎庚）10月1日，我国《集成电路布图设计保护条例》实施的第一天，国家知识产权局专利局初审及流程管理部一下子接到了大型集成电路布图设计专有权登记申请。由于事前进行了充分准备，上海复旦微电子股份有限公司拔得头筹，稳稳地将 01 5 00001. X 的申请号握在自己手中，从而和受理处的工作人员一起，近距离地见证了中国知识产权制度发展进程中又一个历史性时刻。

首件集成电路布图设计登记申请的设计人、上海复旦微电子股份有限公司的汪根荣先生告诉记者，他和公司的同事们在参加今年7月由政府举办的"企业与专利"知识产权讲座时，听到了我国即将实施《集成电路布图设计保护条例》的消息。这个信息引起了刚刚成立3年、已拥有多项专利的上海复旦微电子股份有限公司的高度重视。公司领导多次讨论集成电路布图设计登记保护申请问题，从市场上反馈的信息更是让公司决定为自己的 IC 卡产品打出知识产权这张王牌。10月1日这天，汪根荣先生和爱人起了个大早，在举国欢庆祖国52周岁华诞的日子一下子寄出了13份申请，首件集成电路布图设计登记申请就这样诞生了。

记者从国家知识产权局专利局初审及流程管理部受理处了解到，为了迎接大量集成电路布图设计登记申请的到来，该部部长袁德带领广大工作人员从软件到硬件都进行了细致入微的准备。直接受理申请的工作人员均参与了条例实施细则出台前的调研及讨论工作，称得上是真正的行家。由于工作人员的努力，从9月开始，申请人不但能从国家知识产权局的受理大厅中轻松地拿到申请表，而且能从 www. sipo. gov. cn 网站上直接下载申请表，受到了广大申请人的欢迎。

（刊登于 2001 年 10 月 12 日第一版）

# 重要的修改 "入世" 的准备

## ——祝贺我国著作权法、商标法修正案审议通过
### 本报评论员

因为"入世"在即，今年的秋天与往年不同。对于全国知识产权界来说，10月27日，大家有理由把目光投向北京的人民大会堂。著作权法、商标法两个法律修正案终获表决通过，扫除了多年来困扰知识产权立法、司法的诸多障碍，极大地优化了"入世"后我国知识产权的法制环境。在我们为我国立法史上的重要进展感到鼓舞的同时，谨向所有为两法修改而竭尽心智的人们，致以崇高的敬意！

对于即将"入世"的中国而言，知识产权法律的完善事关重大。知识产权与货物贸易、服务贸易一道，构成了世界贸易组织（WTO）的三大支柱。早在我国为"入世"而展开的多边谈判中，就围绕WTO规则的有关要求作出了相应的明确承诺。多年来的实践更是表明，知识产权及其相关法律，保护的是一个民族的创新能力，维护的是市场的竞争规则，在我国的社会经济生活中，发挥着越来越重大的作用和影响。在改革开放的进程之中，在经济全球一体化的情势之下，良好的知识产权法律环境，将大大降低我国的"入世"成本，化解"入世"风险，引导我们趋利避害，不断蓄积搏风击浪的成长能量。

回顾两法的立法和修法过程，展示其修改后的重要之处，将能使我们更加看清这次修改的重要性和迫切性。

很少有一部法律的修改像著作权法一样反复曲折。该法修正案曾被两度提请审议。1998年11月28日，现行著作权法在实施7年后，国务院首次提请审议修改。原议案经第九届全国人大常委会第六次会议初步审议后，出现重要的不同意见，一时难以达成一致意见。国务院于1999年6月经同意撤回原议案。之后，有关方面对现行著作权法继续研究修改。考虑到我国已承诺在正式加入WTO时将全面实施《与贸易有关的知识产权协议》（简称"TRIPS协议"），对该法作适当修改的议案于去年底被第二次迫切地提出。原著作权法主要存在以下三个方面的问题：一是与国际公约的差距，导致了对外国人著作权的保护优于对中国人著作权的保护，即所谓"超国民待遇"；二是执法力度不够大，某些规定可操作性不强，不能有效扼制侵权行为；三是不能解决高新技术迅速发展带来的一系列问题，如音像制作、数据库、多媒体、网络传输等方面使用数字技术引起的法律问题，对作者权利的影响以及作者利益的法律保护等。重新修订的著作权法充分体现了保护著作权人权利的原则，主要内容包括著作权人依法拥有明确具体的财产权、计算机软件被明示为受保护作品、对不经著作权人许可而使用作品的情形的限制、著作权人可向集体管理组织授权等。

商标法于1982年8月23日经第五届全国人大常委会第二十四次会议审议通过，1983年3月1日起施行。1993年对商标法进行了第一次修改。修改后的商标法扩大了商标保护范围，加大了对商标侵权行为的打击力度。然而，随着改革开放的深化和社会主义市场经济的发展，国内外经济体制及环境都发生了深刻变化，现行商标法有些规定已经难以适应，特别是与世界贸易组织TRIPS协议尚有差距。因此，这次修改的商标法为了对接WTO规则，重要的修改达45处之多，其主要修改内容包括我国自然人可以作为申请商标注册的主体、明确了对驰名商标的保护、赋予行政执法更多权力、让商标权人获得充分的损害赔偿、制止抢注他人未注册商标等。

秋天无疑是收获的季节，但著作权法与商标法的适时修改与实施，将是对未来的耕种，必将极大地激发国内公众和权利人的创造热情。我们有理由相信，有江泽民总书记"三个代表"思想的指引，有我们的共同努力，知识产权制度必将更多地惠及神州。

（刊登于 2001 年 10 月 31 日第一版）

社论

# 壮大中国　续写知识产权新篇章
## ——祝贺我国加入世界贸易组织

在多哈举行的世界贸易组织第四次部长级会议上，一致通过了中国加入世贸组织的决定。我国历经 15 年艰苦谈判，其梦终圆。

在世纪初年加盟世贸，是我国现代化建设中具有历史意义的大事，其影响历久弥彰。对于这个志在必得的结果，中国政府和民众，表现出了一种耐人寻味的平和心态。这份心态，源于成熟，更源于这样的价值判断：经济全球化是一把双刃剑，用好受益，用坏则伤，关键取决于"入世"后我们能否抓住机遇，切实做好方方面面的工作，让中国壮大，以趋利避害。而这，也正应是我们知识产权业界同仁的共识。

对知识产权界而言，让中国壮大，就是要悉心培植国内的创新能力，做好知识产权的保护。一部人类文明史，就是一部创新史。从农业经济，到工业经济、知识经济，无不有利益驱动，又无不是创新使然。江泽民总书记指出："创新是一个民族进步的灵魂，是国家兴旺发达的不竭动力。"可谓一语中的。"入世"无疑使得国内市场直至完全放开，竞争压力将达到前所未有的程度。其中我们所惧者，就是他人由创新而来的技术、管理等优势；而我们所能拒人者，也恰在于我们经积累而有的创新能量。市场同战场，所谓"双赢"，最终是比拼的结果。知识产权体系博大精深，但其精髓，不外"创新"二字。知识产权的各项权利内容，主张的是对旧有的突破，表达的是对这种突破的确认。没有创新，就没有新知，知识产权就成了无源之水，无本之木。加强知识产权保护，是中国壮大自我的根本之一。

对知识产权界而言，让中国壮大，就是要通过强化宣传教育，让全社会的知识产权意识有一个大的提升。知识产权及其相关法律，来自人的实践，用于人的实践。人不仅是实践的主体，也是知识产权的主体。宣传知识产权，普及相关知识、法律，使其家喻户晓，妇孺皆知，才能够使知识产权在中国得到最好的涵育，使四大发明的故土创新如泉。知识产权体系还是一种制度安排，它对人类的社会经济生活具有引导、规范的功能。作为财产权，它分割着人群的财富；作为竞争规则，它规范着市场行为，等等。知识产权每时每刻，都在与人的观念发生着碰撞。由于对知识产权的无知，由于知识产权意识的薄弱，我们不断地在为此付出学费。随着中国的"入世"和全球经济的一体化，这种局面得不到根本性的改变，代价会成为一个无底之洞。各级政府都应当把对知识产权的宣传普及，作为一项重要工作来抓，让人人对创新心怀一丝钦佩之意，对权利负有几份敬畏之情。知识产权意识在中国的大普及之日，也必将是中国"身强体健"之时。

对知识产权界而言，让中国壮大，就是要大力加强我们的依法行政和有效执法。在"入世"问题上，我国政府的所作承诺，是加入世贸权利与义务的一部分，我们将认真履行之。知识产权与货物贸易、服务贸易一道，构成了世界贸易组织的三大支柱。履行承诺，在知识产权方面，就是要严格遵守 TRIPS 的有关规定，及相关的《保护工业产权巴黎公约》《保护文学和艺术作品伯尔尼公约》《保护表演者、录音制品制作者与广播组织罗马公约》《关于集成电路知识产权的华盛顿公约》等 4 个国际条约，给予其他成员应有的"国民待遇"，这是有关行政、司法部门今后工作的长期任务。在依法行政方面，我们要在新修改的我国《专利法》《著作权法》《商标法》及新颁布的《集成电路布图设计保护条例》实施的基础上，做好权利人的申请和审批工作，为境内外的所有权利人提供更便捷的服务，并因地而异地加强基层管理机构建设。在执法方面，要加强对知识产权侵权行为的打击和制止力度，加强司法研究，进一步提高执法的透明度。保护知识产权任重而道远。

加入世贸组织，事关新世纪中华民族的复兴之梦；知识产权保护，事关持续发展的百年大计。某种意义上国家如同个人，人求健康长寿，国争长盛不衰。对知识产权的有效保护，就如同养护好个人的"精、气、神"，将极大地提高我们"入世"后的生存和发展能力。新中国的知识产权制度虽属年轻，但其体系健全，已显示出其强大的生命力。20 年的实践，已使得我们拥有了一支高素质的知识产权行政、司法、代理、研究、教学队伍。让我们高举邓小平理论的伟大旗帜，在以江泽民同志为核心的党中央的领导下，以高度的责任心和使命感，为明天的中国奋力拼搏！

（刊登于 2001 年 11 月 14 日第一版）

# 披尽黄沙始见金

## ——中美知识产权谈判再回顾

**本报记者　王岚涛　吴辉**

**重写一段历史很难，尤其是这段历史曾备受世人关注。**
**中美知识产权谈判就是这样一段历史。**

但我们想告诉大家,当年发生在中美之间的争端,与我们今天的"入世"有着怎样的关联。

我们还想说,如果没有中美知识产权谈判,"入世"的历程可能会增加新的周折。

多哈,这个波斯湾畔、阿拉伯半岛上的美丽城市吸引着全世界的目光。2001 年 11 月 11 日,中国这个有着 5000 年文明史、世界人口最多的国家,在经历了 15 年"复关""入世"的风风雨雨后,终于完成了加入世贸组织的所有法律文件,即将成为世界贸易组织——"经济联合国"的一员。

中国 15 年的"复关""入世"谈判是复杂而艰难的,其中充满着国力的较量、观念的冲突、利益的权衡、智慧的交锋。

美国一位非常有名的经济学家马斯特尔称:中国的"复关""入世"谈判是 20 世纪最困难的一场谈判。

而这其中,中美之间的谈判最难也最为关键。在世贸组织 142 个成员中,直接与中国谈判的只有三十几个,其余的 100 多个成员都指望中国与美国的谈判。也就是说:与美国的谈判实际上是在同 100 多个成员谈判。

如果说,中国"复关""入世"谈判是一出将永载世界谈判史册的大戏,那么中美之间的三次知识产权谈判,不能不说是其中的重头之一。

## 特殊 301:美国挑起争端

关心时事的人都不会忘记"301"这个特殊的数字,它差点让历经几代两国领导人建立起来的中美正常化关系大倒退,这是全世界都不愿看到的。

1991 年 4 月 26 日,美国贸易代表卡拉·希尔斯宣布,中国被列为"特殊 301 条款"重点国家,一个月后开始了对中国为期 6 个月的知识产权调查。

"特殊 301 条款"是美国《综合贸易与竞争法》中关于知识产权保护的一个条款,根据该条款,美国可以对被列入重点名单的国家展开半年的调查,如果双方达不成有关协议,美国将对这个国家进行贸易制裁。

美国人有自己的一本账。据估算,美国的对外出口中依赖知识产权保护的份额逐年加大,在 50 年代仅有 10%,到 90 年代末,这一数字升至 50%。1977～1996 年,美国经济的年平均增长率为 2.6%,而包括影音、书刊、软件产品在内的美国核心版权产业的年均增长率高达 5.5%。专利、商标、商业秘密等其他知识产权在美国经济中的作用甚至超过版权。

但举世公认,中国短短十几年内在知识产权方面取得的进展是西方发达国家几百年才达到的。

早在中国改革开放初期的 1980 年 6 月 3 日,中国就加入了世界知识产权组织。

1983 年 3 月 1 日中国实施商标法。

1985 年 4 月 1 日中国实施专利法。

1990 年 9 月中国颁布著作权法，并于第二年 6 月 1 日实施。

1991 年中国颁布实施计算机软件保护条例。

1985 年中国加入《保护工业产权巴黎公约》。

1989 年加入《商标国际注册马德里公约》。

中国还是首批在《关于集成电路知识产权的华盛顿公约》上签字的国家之一。

对美国不顾事实的蛮横行径，中国表示震惊和不解。

1991 年 6 月 11 日，美国贸易副代表梅西率 10 人代表团抵京，由此拉开了历时 5 年的三次中美知识产权谈判的帷幕。

### 吴仪：临危受命

美国的要价摆上了桌面。双方分歧非常大，几轮下来，谈判毫无进展。

1991 年 11 月 21 日，美国华盛顿。此轮谈判面对卡拉·希尔斯夫人的中方领军人物同样换成了一位女性，与瘦高、精干的希尔斯在形象上形成鲜明的对比：微胖的吴仪显出东方女性的雍容、沉稳。

此时距 11 月 26 日的谈判最后期限只剩下 5 天时间。

当时的中国面临的形势是：苏联解体、东欧剧变以及国内的政治风波，本来大踏步前进的中国改革开放进程放缓。但当时中国领导人不止一次表示：中国改革开放的决心没有变，而且比以往更加坚定。

在重新调整中国与世界的关系中，中美关系是个关键。一是因为美国是发达国家之首，二是因为中美互为最大贸易伙伴之一，1979 年起，美国成为中国第三大贸易伙伴，两国的贸易年均增长在 18% 以上。中方出口美国的产品绝大部分是劳动密集型产品。

谈判一旦失败，后果不堪设想。

吴仪面临的也许是她人生最大的挑战。

### "我们也曾遇到强盗"

吴仪与美国人第一次在谈判桌上面对，就遇到了来自贸易副代表沃夫的挑衅："中国人盗版是小偷"。沃夫人高马大，他也许想一开始就在气势上压倒面前这位外表柔弱的对手。但他的话音未落，对方的回敬已脱口而出："我们也曾遇到强盗，请看在你们的博物馆里，有多少文物是从中国掠来的。"吴仪的反应迅速敏捷，吴仪的态度不卑不亢，吴仪的话语掷地有声。

会场上顿时鸦雀无声。沃夫愣住了，看着眼前这位外柔内刚的东方女性，他哑口无言。

谈判到最后阶段，中方诚意十分明显：成立了以当时的国务委员宋健为组长的知识产权领导小组，国务院确定了一条原则：无论面临多大的困难，中国保护知识产权的原则不变。

此时，美国国会有关中国问题的争论也在激烈地进行，美国总统布什亲自过问中美知识产权谈判的情况。

显然，吴仪和其谈判对手希尔斯这两位女性所肩负的绝不只是知识产权问题，而是关乎两国贸易关系、经济关系，甚至政治关系能否继续正常发展的问题。

一位参加过谈判的中方代表说，谈判是一件苦差事，飞机到华盛顿已是晚上11点，凌晨1点睡觉，早上7点开始谈，一直到深夜，回住地还要碰头研究，通过越洋电话向国内汇报。第二天一早，再谈。

11月26日，特殊301调查程序的最后期限。谈判进展顺利，双方已无原则上的分歧，达成协议似乎水到渠成。

双方代表疲倦的脸上开始有了些许难得一见的笑容。

人们似乎闻到了香槟的酒香。

但形势急转直下。下午3点，希尔斯召开记者招待会，单方面宣布谈判破裂。中方代表团两个小时后才得到美方的正式通知。

吴仪愤怒了，对美国人极端无理的行径。

吴仪抗议了，面对前来解释的美方贸易副代表梅西。

回到住地，吴仪落泪了。

第二天一早，吴仪率团离开了美国，临行前，美方赶来通知吴仪：制裁时间延后，希望再谈一次。

事后人们得知，美国国会的一个对中国不利的表决迫使美国政府改变了主意。

### 焦点：化学制品、药品给不给专利

1991年11月的一天，深夜两点半，时任中国专利局局长的高卢麟家里的电话突然响起——越洋紧急电话，是在华盛顿谈判的中国代表团团长吴仪打来，就有关专利问题与高卢麟商谈。

中美谈判争执的焦点集中在有关化学制品和药品专利上。作为主管全国专利工作的职能部门，中国专利局与相关产业部门一起，被置于中美谈判的风头浪尖。

我国1984年颁布的专利法，对化学制品和药品只保护其生产方法，不保护产品。

其实这也无可非议。世界上大多数国家在制定专利法时，都根据国情国力把自己的弱势产业排斥在专利保护之外。

1885年日本建立专利制度，直到1976年才将化学制品和药品列入保护范围；1877年建立专利制度的德国，也是在91年后才开始保护化学制品和药品。

中美第一次知识产权谈判时，中国的专利制度刚刚建立了6个年头。根据《保护工业产权巴黎公约》规定，各成员国可以根据国内需要制定保护知识产权的标准。也就是说，中国始终遵循着所参加的有关国际条约的规定。

美国强调的理由自然是经济方面的：美国每年用于新药的研发费用约100亿美元，每一种新药从筛选新化合物到投产的平均花费约合2亿美元，平均周期10~20年。而仿制这种新药仅需十几个月，投入几十万美元即可。

美国人有美国人的道理，中国也有中国的国情。

据统计，1990 年，我国生产的 783 个西药品种中有 97.4% 是仿制产品，创制药品仅 20 个，足见我国新药研发能力之弱，而药品直接关系的是亿万人的生命和健康。

美国人的蛮横正在于不顾他人的国情而妄谈本国利益。

### 中国面临两难选择

要不要对化学制品和药品进行专利保护，一直是发展中国家与发达国家颇有争议的问题。当美国人终于把这个问题摆到了中美知识产权谈判的桌面上时，发展中国家的目光齐刷刷地聚集过来——它们寄希望于中国顶住美国的压力，为广大发展中国家做个榜样。

但做榜样是要付出代价的，中国在这方面有太多的教训。

当时中国的产业界表现出更多的，是对化学制品、药品实行专利保护的担心。

我国是世界上的制药大国，全国有医药生产企业数千家，一些药品的产量在世界上名列前茅，而一旦专利保护药品，这些制药企业会不会因此受到冲击，中国的老百姓会不会因此而吃不起药？

化工界面临同样的焦虑：我国是农业大国，一旦专利对化肥、农药进行保护，会不会影响老百姓的吃粮问题？

产业界的担心无可厚非。

### 高卢麟：让对手感到新的压力

就在高卢麟接到那个深夜来电不久，他被有关领导"钦点"，作为中国代表团副团长直接加入了谈判。

1992 年 1 月 26 日，中美第一次知识产权谈判的最后一轮。

美方代表对中方代表团里出现的几个新面孔没有太多在意。谈判开始不久，高卢麟就亮牌：中方不能给已在美国授权的专利药品 10 年的行政保护期，这种待遇不公正。

美方愕然，这才明白新面孔的出现绝不是一种形式的更换。

高卢麟据理力争，话到急处，来不及翻译，他直接用英语与对手论辩。

美国人没有想到高卢麟的出现会带来新的争执，但显然也心有所虚，最终做出让步，专利药品行政保护的年限敲定在 7 年 6 个月。

这已是最后的最后了，如若达不成协议，中美贸易战不可避免。

卡拉·希尔斯同样是压力重重。高卢麟至今记得她那句意味深长的话："We need your help（我们需要你们的帮助）。"

### 有了专利会怎样

让我们看看以下两则讯息：

2001 年 9 月 19 日本报讯：美国杜邦公司知识资产业务部许可业务总监柯慕薄博士在北京宣布，拥有世界上最先进化工技术的杜邦公司准备转让其 90% 的有效专利。

2001 年 11 月 1 日《北京晚报》报道：从事医药保健与化工产品研制生产的德国

拜耳公司董事长施奈德博士在京宣布,一个化学产品与聚合物生产的基地,将于 11 月 2 日正式奠基,其投资金额达 31 亿美元。

显然,对更加开放、渴望融入世界经济的中国,这是两条好消息。然而,如果没有专利保护,国外化工、医药企业的资金和先进技术会来吗?

中美知识产权谈判期间,香港一张报纸刊发了这样一条消息:美国最大的聚苯乙烯生产企业享茨曼化学公司想在中国投资数百万美元建立企业,但由于知识产权方面的原因,这个计划被取消。

据统计,到 1997 年,我国医药生产企业已达 6391 家,居世界第二位;维生素 C、青霉素的产量名列前茅,制药生产技术取得突破性进展,在国外已研制的 40 种生物工程药品中,我国能生产 12 种。1978 年至 1997 年,我国医药生产的年增长率为 17.6%,高于同期全国工业年递增幅度 4.4 个百分点。

到目前,国际上排名前 20 位的医药大企业已陆续进入中国市场。

专利保护药品,显然未伤及我国制药企业的筋骨,而对于引资却起到了非常好的作用。

那么,老百姓日常吃药有没有受到影响呢?记者查阅了许多报刊资料,没见到有这方面的报道。中国的药价虚高的消息虽然频频见诸报端,却与专利无干,体制原因造成的回扣之风倒是始作俑者。

有关专家在谈到"入世"对国内制药业的影响时认为:由于 1992 年《专利法》的第一次修改,中国的制药业已经受到了知识产权保护水平与国际接轨带来的影响。所以,加入世贸组织不会在知识产权保护标准方面对我国制药业带来新的压力。

我国的化工企业与化肥、农药的生产同样没有因为专利保护受到多么严重的影响,与之紧密相联的粮食生产更是毫发未伤。相反,由于粮食储备压力增加。卖粮难近年却成为让政府头痛农民心烦的事。

而中国给予化学制品、药品专利保护,迫使一些国内企业化肥、农药新药开发由以仿制为主转以研创为主,产品结构也做了相应调整,这也为"入世"提前做了准备。

### 版权:要办的事提前了

1991 年 9 月,日内瓦国际机场。国家版权局副局长刘杲率中国版权代表团走下了飞机。

此时的中美知识产权谈判正如火如荼。

这已是刘杲第三次来到日内瓦就版权问题与世界知识产权组织进行磋商。这次的议题是中国将第一次从法律技术程序上与伯尔尼联盟进行工作性研究。这标志着中国加入《保护文学艺术作品伯尔尼公约》的进程已到了实质性阶段。

此行中国与世界知识产权组织达成共识:中国加入《伯尔尼公约》是必要的,对中国和国际版权社会都有利;中国可以在其 1990 年 9 月 7 日通过的《著作权法》的基础上加入公约;对《著作权法》与公约的一些冲突,可通过对《著作权法》及其实施条例的解释来解决。

中国一直按自己的步幅协调与国际版权组织的关系。

从日内瓦回来的刘呆征尘未洗，便接到了让他作为副团长参加中美知识产权谈判的通知。

对于版权，美国人的要价一是给予美国人以国民待遇，即其作品一经产生即在中国受保护；二是把软件保护期延长到 50 年；三是要中国限期加入《伯尔尼公约》和《日内瓦国际唱片公约》。

刘呆回忆：加入两个国际公约实际上是我们当时正在做着的事。

前面提到的那次日内瓦之行，使中国意识到，加入国际公约，虽然要承担国际义务，按照公约规定的国际标准保护成员国版权，但也可以在国际版权保护出现的一些新情况上争得发言权，以维护自身利益。

这种认识对解决中美谈判中的版权问题是非常及时和到位的。

参加完第一次中美知识产权谈判回国后，刘呆在向全国人大的汇报中这样写道："同时加入《伯尔尼公约》和《世界版权公约》，着眼点并不限于中美著作权关系。""这次中美知识产权谈判我方的原则是，多边关系适用国际公约、国际惯例，双边关系平等协商，互谅互让。对备忘录中著作权部分的评价，我们的意见是：作出某些承诺和让步，既是从全局出发，也是向国际公约的要求靠拢。在对外开放的形势下，是早晚要办的事，只是比原来设想的提前了。"

### "超国民"待遇：没能端平的一碗水

1992 年 10 月 15 日，中国正式加入《伯尔尼公约》，中国政府随后颁布了《实施国际著作权条约的规定》，该规定的实施也引出了一个"超国民"待遇的话题。

我国《计算机软件保护条例》规定，计算机软件必须经过登记，才能在出现纠纷时提起行政处理或诉讼；计算机软件保护期为 25 年，期满可以申请延续 25 年。

《实施国际著作权条约的规定》规定，外国的计算机软件不用登记即可在出现纠纷时提起行政处理或诉讼，且保护期为 50 年。

这表明，外国人在计算机软件方面享受到的"待遇"比国人要高，但作为一种过渡性安排，不无道理。

1998 年 1 月，国家版权局向国务院提交了《著作权法修订稿》，在说明修改原因时的第一条就是：根据现行的法律、法规，对外国人的版权保护优于对中国人的版权保护，这种双重标准问题需要解决。

而那次修改未能获得全国人大常委会通过。直至今年 10 月 27 日，第九届全国人大常委会第二十四次会议通过的著作权法修正案，才使得"超国民"待遇这个"尾巴"得以彻底根除。

### TRIPS：投下一缕曙光

"谈判处于胶着状态，中美双方只在程序问题上争执不休，似乎谁也不敢去碰实质问题，一碰就崩。"

时任中国专利局条法部副部长的文希凯见证了第一次中美知识产权谈判的全过程。谈起 10 年前的那次谈判，她记忆犹新。

其实谈判双方十分清楚时间对他们意味着什么。不敢去谈实质性问题，正表明双方各不相让、互不摸底的心态，因为谁也不愿、谁也不敢在最后时刻到来之前就让谈判彻底破裂。

双方在互摸底线。

1991 年 11 月正在进行的另一场激烈的谈判，给似乎走入绝路的中美谈判带来一缕曙光。经过 5 年多谈判，10 个发达国家与 10 个发展中国家就关贸总协定知识产权问题达成协议，签订了《与贸易有关的知识产权协议》（TRIPS）草案，中国作为这轮谈判的参加成员，成为这个草案的签字成员之一。

签字后，中国政府立即指示处于中美知识产权谈判最后阶段的中国代表团：按照与 TRIPS 规定的标准相一致的精神调整谈判方案。这是中方谈判的新的底线。

当时，中国正努力恢复在关贸总协定中的缔约国地位，签署 TRIPS 正是这种努力的一种体现。但这同时意味着，一旦中国"复关"，我们就必须遵守包括 TRIPS 在内的关贸总协定各个协议所设立的规范或准则。

TRIPS 对知识产权的保护标准主要是按美国为首的发达国家的要求制定的。广大发展中国家在这个协议一出笼时，就纷纷表示反对。在 1986 年 9 月 15 日发起的关贸总协定乌拉圭回合多边谈判时，美国就以不将知识产权等问题作为新议题，就不参加此轮谈判相威胁，迫使发展中国家接受了其意见。发展中国家也主要是权衡乌拉圭回合谈判的全部协议还是对自身发展有利的，才接受了 TRIPS。

根据 TRIPS，发展中国家必须放弃依据《巴黎公约》可以根据国内需要制定保护知识产权标准的立法的原则，有义务根据关贸总协定的标准修改国内法。实际上，TRIPS 对关贸总协定成员提出了某些方面比以往知识产权国际公约更高的要求。其中有关专利保护范围、保护期限、强制许可，以及著作权保护水平、软件保护期限等，与中美知识产权谈判时美方的要价如出一辙。

### "门内"规则成为一道"门槛"

当时的国内媒体，对中国签署 TRIPS 的关注远不如对中美知识产权谈判的关注，更不如对中国"复关"的关注。虽然草签 TRIPS 是"复关"的一项内容，但当时这项协议生效还有待时日，且 TRIPS 只是"门内"规则。"复关"只要求中国在货物贸易方面与多边举行谈判，不涉及后来"入世"谈判时加进的服务贸易与 TRIPS。当时人们觉得，等入得门来，如果 TRIPS 已生效，再遵守不迟。

而当时的中美知识产权谈判却是中国"复关"的一道坎，中美知识产权谈判若达不成协议，必将影响中美之间的"复关"谈判。因此，中美知识产权谈判也受到中国政府的高度重视。

1994 年 4 月 15 日，在摩洛哥马拉喀什召开的部长级会议上，乌拉圭回合谈判的各项议题均获通过，并规定成员必须以"一揽子"的方式接受。

1995 年 1 月 1 日，世界贸易组织正式成立，担当起了全球经济贸易组织的角色，成为真正意义上的"经济联合国"。其主要工作也由原来的管理多边货物贸易协议一项，增加为管理货物贸易、服务贸易和知识产权协议三项。中国的"复关"谈判改为"入世"谈判。谈判由在只谈货物贸易的基础上，增加了服务贸易和与贸易有关的知识产权问题。TRIPS 也由"门内"规则变成了一道"门槛"。

当时积极谋求"复关"的中国已经意识到这一点，正是本着"复关"的需要，中国在与美国的知识产权谈判中充分考虑了 TRIPS 的有关规定，三次与美国达成了协议，并大力提升国内知识产权的保护水准。

这也就使得后来的中国"入世"谈判，少有知识产权问题的困扰。

## 近邻印度喝下"罚酒"

如果当初我们没有迈过保护专利药品这道坎，那么"入世"我们将面临怎样的局面呢？邻国印度出现的窘况也许能帮助我们思考。

1970 年的印度专利法也不保护化学制品和药品，但作为关贸总协定成员，印度签署了 TRIPS，这就意味着其专利法必须按 TRIPS 要求修改，当时印度总统颁布 1994 年专利（修订）条例，以临时适应 TRIPS 的要求。1995 年 3 月，该条例到期失效，印度专利法未能作出及时调整，从而引发了印度与发达国家的冲突。欧美一纸诉状将其告到世贸组织，印度败诉。虽然面对国内民族企业和消费者的巨大压力，其专利法还是按 TRIPS 作出调整：化学制品、药品可以获得专利保护。

值得庆幸的是我们饮下的不是这样的"罚酒"。

## 备忘录并不意味天下太平

第一次中美知识产权谈判，最后以达成谅解备忘录而告结。此后，中国加速了知识产权立法与国际标准的接轨。1992 年 9 月 4 日，第一次修改的《专利法》颁布，其标准已基本达到了 TRIPS 的要求。版权法、商标法及反不正当竞争的立法方面也有不小进展。即便如此，美国还是以执行不力为由，于 1994 年 6 月和 1996 年 4 月两次将中国列为"特殊 301 条款"重点国家。中美双方就此展开了更为激烈的双边谈判，全世界再次把关注的目光投向了这两个最大的发达国家与最大的发展中国家的争端。

一个大国成熟的标志是：恰当地表达情绪，理智地解决争端。

当时在知识产权纠纷的谈判中，中美双方都表现出这样的素质。

1994 年 2 月和 1996 年 6 月，在贸易战一触即发的最后时刻，中美双方都以极大的理智控制了谈判，两次谈判均以达成协议而告终。

此后，中美知识产权关系以及与此相关的贸易关系、经济关系，乃至政治关系始终向着正常化方向前进着。

两个大国之间的冷静对话带给全世界的是福祉。

随着双边贸易的发展，中美之间的知识产权还会产生新的问题。但世贸组织的争端解决机制，决定了即使有一天中美再起知识产权纷争，也基本上在世贸组织的框架下加以解决，谁对谁错将由世贸组织予以裁决。美国单边的"特殊301条款"大棒将很难再在中国头上挥舞。

### "入世"：规则第一

就在"入世"谈判接近尾声，中国围绕知识产权的立法、修法工作也适时完成。

2001年10月27日，第九届全国人大常委会第二十四次会议审议通过了新的著作权法和商标法；

2001年10月1日，我国第一个集成电路布图设计保护条例开始实施；

2001年7月1日，第二次修改后的专利法实施。

加上我国已经颁布实施的反不正当竞争法、植物新品种保护条例等，一整套能够适应"入世"需要的知识产权法律体系已在我国建立。

经济全球化趋势加速，不融入将无法谋求更大发展。要加入就必须调整自己的步伐，跟上国际规则的脚步。中国知识产权保护的完善带给我们的不仅仅是新的制度，还有新的观念和新的思路：发展最终要靠创新，仿制只能是阶段性策略。早改晚改都要改，就不如早改。早改可以给我们留下更多的空间去调配资源，优化结构。

我们即将置身于世贸组织这个大家庭，在承担义务的同时，我们有了更多的发言权。

规则，在给我们以约束和挑战的同时，也带给我们权利与机遇。

（刊登于2001年11月14日第二、三版）

### 50 年前发明  50 年后创新

## 倪志福获专利

**本报讯** （记者杨杨）12 月 5 日，倪志福成为中国专利权人。

被世人称为"群钻"的"倪志福钻头"，20 世纪 50 年代中国工人阶级技术革新的佳作，在科技创新的今天，又传佳话——原全国人大副委员长倪志福的"多刀多刃群钻"获得中国专利。

1953 年发明的"倪志福钻头"又称"群钻"，是倪志福与广大工人在长期生产实践中发明和不断改进的一种新型钻头，其先进性得到世界公认。新中国成立初期在北京永定机械厂当钳工的倪志福，经过反复试验，发明了"三尖七刃"钻头，解决了当时紧急任务中的关键问题，这个发明随即被命名为"倪志福钻头"。1965 年这一发明曾获得"发明证书"。在此之后，又根据生产实践的不同需要，"倪志福钻头"发展成适应不同加工要求的系列钻头。1986 年联合国世界知识产权组织向倪志福颁发了金质奖章和证书。在科学技术突飞猛进的今天，倪志福这位在中国政坛上驰骋数十年的风云人物，又操起他的成名之作"倪志福钻头"，不断进行改进、创新，将原来的"三尖七刃"钻头，改进为"多尖多刃"，并申请了"多尖多刃群钻"实用新型专利。

倪志福曾任第八届全国人大常委会副委员长、全国总工会主席。据他介绍，我国是机械工业大国，但不是机械工业强国。我国每年出口麻花钻 3 亿～5 亿支，由于没有配套的刀磨专用机床，多采用手工磨制，由于没有专用商标尤其是著名品牌，因而价格很低。目前国内使用的很多生产线用的多是国外钻头，在我国加入 WTO 后，国外产品可能大量涌入，我们尤其需要保护自己的产品。

获得专利后的倪志福，衷心希望全世界科技界的同人携起手来，使"多尖多刃群钻"技术与专用刀磨设备相结合，进而解决好我国钻头的标准化、产业化等问题，逐步形成我国机械加工技术的强势，树立自己的品牌，用自己的专利，使我国成为机械工业强国自立于世界经济舞台。

（刊登于 2001 年 12 月 7 日第一版）

# 读图：盗版 中国人何时齐声说"不"

王文扬 张子弘 杨申 摄影

（刊登于 2001 年 12 月 7 日第二版）

# 2002

读图：世界最小超声马达在我国问世

借专利之手实现标准的垄断

读图：梦醒克隆牛

知识产权是参与国际竞争的入场券——访人大代表、海尔集团总裁杨绵绵

中国应该有自主的汽车工业

我国专利审查提速

为巾帼发明家喝彩

当今世界比什么——一论核心竞争力与知识产权

专利质押贷款缔造亿元企业——龙源公司崛起揭秘

携手专利　打造大唐版3G

国内百家传媒携手　共筑知识产权长城

党代会首次提出要拥有自主知识产权

正版软件突出重围

小老板租来大商标

# 读图：世界最小超声马达在我国问世

杨申 摄影

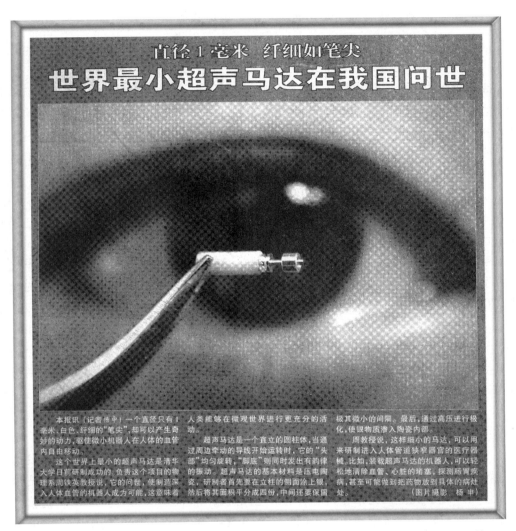

（刊登于 2002 年 1 月 16 日第一版）

由于标准与专利之间的联系越来越密切，发达国家和跨国公司都力求将专利与标准捆绑在一起以获取最大的经济利益，标准化成了专利技术追求的最高体现形式。发达国家还千方百计地控制国际标准化工作，而包括中国在内的发展中国家的企业将可能面对被人牵着鼻子走的状况。形势逼迫我们——

# 借专利之手实现标准的垄断

**本报讯** （记者吴辉）"近年来，国际上出现了一个新的动向，即把技术标准和专利相结合形成新的技术联盟，借助于技术标准的特殊地位，强化相关的知识产权的保护，借助于专利的专有性去实现对某些技术标准事实上的垄断，以追求最大的经济利益，而这一动向在 IT 产业尤为明显，值得关注与研究。"中国社会科学院知识产权中心副主任李顺德教授日前在接受记者采访时不无担心地说。

其实，专家的担心不无道理。目前，"三流企业卖苦力，二流企业卖产品，一流企业卖专利，超一流企业卖标准"的顺口溜正在成为现实。经济的全球化，已经使得发达国家和跨国公司利用专利及标准在全球市场跑马圈地的步伐越来越快。有资料显示，20 世纪 50 年代，美国出口产品对知识产权的依赖度仅为 10%，90 年代这一数字迅速上升到 50%，现在已经达到了 65%。1999 年，美国知识产权方面的出口达 370 亿美元，超过了飞机的出口额。许多跨国公司拥有数量巨大的知识产权，如 IBM、飞利浦等大公司每年的发明专利申请就有上千件，有的甚至高达 1 万多件。

李顺德教授认为，高新技术知识产权和标准化的竞争，说到底是对未来产品和未来市场的竞争。跨国公司将知识产权与标准捆绑在一起，以获取最大经济利益的行为，应该足以引起中国企业的高度重视。目前，跨国公司在高清晰度彩电、移动通讯、DVD 等重要的领域都拥有核心的专利技术以及行业标准，形成新的技术联盟。国内企业今后想在这些领域有所作为将付出极大的代价。他说，国内企业的受制于人还不仅仅在支付专利使用费上。由于标准与专利之间的联系越来越密切，发达国家和跨国公司都力求将专利变为标准以获取最大经济利益，标准化成了专利技术追求的最高体现形式。因为谁掌握了标准的制定权，谁的技术成为标准，谁就掌握了市场的主动权。发达国家千方百计地控制国际标准化工作，而包括中国在内的发展中国家的企业将可能被别人牵着鼻子走。

对此，李顺德教授表示，知识产权和标准化是我国经济融入世界的重要依托，我们必须从战略上高度重视和加强知识产权保护，加强标准化工作，努力参与国际标准制定，选择一些重点领域，尽快将专利技术纳入标准的制定中。

（刊登于 2002 年 1 月 25 日第一版）

# 读图：梦醒克隆牛

杨申 摄影

# 知识产权是参与国际竞争的入场券

## ——访人大代表、海尔集团总裁杨绵绵

本报记者　吴辉

中国"航母型"企业海尔在继续乘风破浪，指挥这只舰队的人仍是张端敏，但随着张氏成为首席执行官后，杨绵绵的职务变为总裁。对于中国女性而言，杨绵绵，她或许已跃上中国企业中女性的最高地位。

"两会"期间，记者有幸见到了百忙之中的杨绵绵代表。

在今年"两会"的《政府工作报告》中，朱镕基总理就提出："强化知识产权保护和管理。"杨绵绵对此感触颇深，"知识产权是企业参与国际竞争的入场券"她说。

"企业的核心竞争力就在于不断地创新，技术创新是海尔竞争力的手段，如果你要一个三角形的冰箱，海尔也会满足你的需求。海尔始终注重把技术领先作为名牌产品的核心要素，把最大限度地满足用户的需求，作为技术创新的目标，坚持走自主创新的道路。十几年来，海尔所走的每一步都印证了这样一个经营理念，技术创新是矛，知识产权是盾。我们明白这样一个道理，跨国公司对市场的垄断，是通过品牌输出、技术垄断来实现的。中国企业要打破垄断，就必须拥有自主知识产权，在海尔，没有专利申请，新技术研发就没有结束。专利申请与技术成果是一一对应的关系，每一项技术创新方案都会去申请一项专利，通过积累每一项专利申请构成对新产品的创新技术的全方位法律保护。我们不用价格战去瓜分有限的蛋糕，我们要通过技术创新再造新的蛋糕，哪怕这块蛋糕小点，但通过专利保护，可以让海尔人独享市场。目前，海尔平均每天开发 1.3 个新产品，每天申请 2.5 项专利。"

提起海尔，杨绵绵就像是在谈及自己的"孩子"。如今，海尔已进入全面实施国际化战略阶段，在这个阶段，海尔的目标是进入世界 500 强，成为中国的世界名牌。而要达到这一点，海尔就必须在国际范围实现本土化的同时，更加认识到拥有自主知识产权的重要性。目前，海尔在全球拥有 56 个贸易中心、15 个设计中心、7 个工业园、46 个工厂、5.3 万个销售网点，技术设计机构分布于欧、美、日等 15 个国家和地区。这一切，都得益于海尔拥有的自主知识产权。

"入世"后，中国企业将面临严峻的国际竞争，"与狼共舞"已经被企业家讲滥了，但杨绵绵的理解更深刻，说法更形象：要"与狼共舞"，你就必须成为狼！如果认为自己是羊，就没有生存资格可言。

（刊登于 2002 年 3 月 8 日第一版）

政协委员、一汽集团胡宏敏说

# 中国应该有自主的汽车工业

本报记者　阎庚

2001 年 12 月 11 日，中国正式加入了世贸组织。"入世"还不到 3 个月，中国的汽车市场就已经掀起了千层巨浪。不仅是进口汽车价格有所松动，一些早就被普通老百姓"惦记上"的国产中低档汽车更是真刀真枪动了真格的。夏利、富康、捷达……谁的价格一降，谁就马上成了车市中的香饽饽。这场车价大战也许已经超出了事先人们的估计，中国汽车工业应该有些大的震动了。有可能经历几次车价的大动荡，我国汽车工业长期散乱的现象会得以大治。"入世"后，中国的汽车工业何以应对？是不是大钱都得让知识产权所有人赚去，我们中国人就只配卖苦力？我们中国的汽车工业就注定永远没有自主的知识产权？现在，一些有识之士已在理性地思索这一问题，并且向我们捧出了自己的深刻思考。

政协委员、一汽集团公司技术研究中心高工胡宏敏就是这样一位有识之士。为应对"入世"的挑战，当前最重要的问题是对中国汽车工业发展方向有一个正确的认识。是否中国就无力建立自主的汽车工业呢？胡宏敏委员的回答是："不！"

"当前，中国人非常重要的是要有自信心。我们搞了那么多年汽车，难道就真像别人说的一点也不懂汽车、不会造汽车吗？现在怕就怕自己瞧不起自己，中国人应该自重，中国应该有自主的汽车工业。"胡宏敏委员的话掷地有声。

中国要实现工业化，独立自主的汽车工业是工业化和工业现代化的标志，这是历史规律。自主的根本问题所在，是拥有自主的知识产权和核心竞争能力，否则大钱都让外国知识产权的所有人赚走了。胡宏敏委员说，中国要自主开发和设计并不意味着要中国人关起门来自己干，自主应当是以中国为主，无论中国的、外国的都为我所用，目的是得到自己的知识产权和品牌。中国企业不但可以聘用外国技术人员，还可以将技术开发中心设到国外，我们应该有自主的知识产权。当前最紧迫的问题就是想方设法做大做强自己，抓紧战略重组和强强联合。"我已连续多年在全国政协的大会书面发言中谈了我的观点，特别提到了一汽和二汽的强强联合，这种联合有利于我国中重型卡车的整合和重大发展，也会影响我国汽车工业的全局发展。只要大家一条心，中国的汽车工业定能有所作为。"

胡宏敏委员指出，中国的汽车市场很大，各种需求都有，更何况国人大部分都处在中低消费水平。这就是我国汽车工业应瞄准的主要方向。我们应看到自己的车也不是一无是处，比如我国生产的中重型卡车性能、水平与国外比虽有差距，但我们的汽车适应中国广大地区使用，已经达到经济生产规模，成本价格很低，这就是优势！现在的低档轿车也是如此。只要我们抓住几条主线做大做强，快速求得发展和完善，不仅能在国内有一席之地，而且完全有可能在不久的将来先用它来打天下，再支撑其他车型的发展。这些我们举手可得之事，国家应集中精力把它抓起来。中国汽车工业只要在战略重组的基础上，找准位置、发挥优势、采取有效措施，一定能干出一番事业来。何况汽车技术正在发生革命性的变革，新能源、新材料、新动力装置等对谁来说都在起步阶段，这是中国将技术革命和体制创新结合起来，发展独立自主知识产权与品牌的新一代汽车和工业的重大机遇。如果我们能抓住这个机遇，经过自身的努力把汽车工业的自主知识产权在不久的将来抓到自己的手中，胡宏敏委员激动地说："能否抓住这个机遇。对中国汽车工业发展战略而言，是关键所在，真可谓悠悠万事唯此为大也！"

中国汽车工业的前途主动权还掌握在我们自己的手中。只要我们走务实、自重、自强、创新之路，冷静面对"入世"，中国汽车工业是大有希望的。正如胡宏敏委员所说的："中国汽车工业必大有希望，因为它是中国工业化和工业现代化的标志产业，如此巨大的潜在市场和潜在的利益决不能拱手让人！"

（刊登于 2002 年 3 月 8 日第二版）

# 我国专利审查提速

### 发明专利结案量比去年同期增长 35.2%
### 实用新型专利结案量增长 8%
### 外观设计专利审查已经消除积压

**本报讯**　（记者丁燕涛）据国家知识产权局的最新统计，今年第一季度，我国发明专利申请的实审结案量已由去年的 6143 件增长为 8308 件，比去年同期增长 35.2%；实用新型专利申请审查结案量由去年的 14224 件增长为 15361 件，比去年同期增长 8%；而外观设计专利申请的审查已完全消除积压，如此快的审结速度在中国专利史上还是第一次，这充分显示出专利审查部门在加快专利审查、消除案件积压工作中的信心和决心。

长期以来，由于受多种因素的影响，我国专利申请审结速度与专利申请的增长速度始终处于一种不协调的状态。相当一部分专利申请由于不能及时得到审批授权，而失去有效的市场保护。朱镕基总理在去年底的有关会议上特别指出：随着 WTO《与贸易有关的知识产权协议》的实施，要积极实施专利战略，加快专利审批速度，通过提高我国原创性发明专利的数量和质量，增强我国科技、经济的竞争能力。多年来，国家知识产权局高度重视提高专利的审查质量和加快专利审查速度，曾多次组织有关审查业务部门进行大量调查研究，采取一系列的有效措施来加快专利审查速度。特别是从 1998 年开始，实施"加快审查消除积压"的专利攻坚计划以来，通过社会招聘、内部整合等手段，不断充实扩大审查队伍。在努力提高办公自动化的同时，引入激励机制，实行审查人员绩效挂钩的奖励政策，使专利审查工作效率有了明显提高。

据有关人士介绍，面对我国"入世"后新形势的发展，国家知识产权局有关审查业务部门还在进一步加大整合力度，努力提高工作效率，以应对专利申请不断增长的需要。

（刊登于 2002 年 4 月 24 日第一版）

# 为巾帼发明家喝彩

本报评论员

时值第二个"世界知识产权日"，首届中国"新世纪巾帼发明家"评选揭晓了。这不仅是中国妇女界、知识产权界的盛事，也是全社会的一件盛事。新世纪里，在创造自主知识产权方面做出突出贡献的巾帼英雄们，带着她们的科研成果，带着她们的发明创造，带着她们的专利技术，扬眉吐气地站到了世人面前。她们为智慧增添了灵感，为社会创造了财富，为祖国贡献了力量。面对这不同寻常的精彩亮相，让我们衷心为她们鼓掌，齐声为她们喝彩！

江泽民总书记曾指出，创新是一个民族的灵魂，是一个国家兴旺发达的不竭动力。中国妇女历来以勤劳、智慧著称，具有无穷无尽的创造力。从古代女发明家黄道婆到今天的 10 位"新世纪巾帼发明家"和 20 位"优秀巾帼发明者"，广大中国妇女的发明创造从来没有停止过。特别是新时代的中国女性，她们在整体上更加富于创造精神。仅就此次获奖者的成就而言，她们或者站在了所在研究、开发领域的国际最前沿，或者通过一项或多项发明，改变了千百万人的健康和生活质量。她们创新思维、大胆实践，用一个个自主知识产权的硕果，展现出新时代中国女性自尊、自爱、自强、自立的风采。

与以往的发明评选不同，此次活动一个最引人瞩目的地方，就是突出了知识产权特色。这 30 位获奖者，不仅作出了一流的成果，而且全部拥有专利，最多的达数十项。在知识经济时代，知识产权已经成为国家间、企业间核心竞争力的关键。谁拥有的知识产权多，谁就会在激烈的竞争中立于不败之地。可喜的是，在这场事关民族兴衰的世界范围的知识产权角逐中，中国妇女与男同胞一道，不断创造着新的业绩，正可谓巾帼不让须眉。

知识的创造、传播和运用正对人类生活产生着越来越重大的影响。作为智力成果在法律意义上的产权形式，知识产权保护的范围和方式也在发生着深刻的变化。

通过确认发明创造者的物质权利和精神权利，无疑是政府激励人们更大程度开展创新活动的重要促进手段。

实践表明，在中国的知识产权事业中，广大妇女是一支生力军。全国妇联与国家知识产权局联合主办的这次评选活动，不仅表明了政府和全社会对妇女发明创造的热情鼓励，也是对她们在发明成果中拥有知识产权方面成绩的充分肯定。其实我们不仅有巾帼发明家的评选表彰，有关部门还有鼓励少年儿童发明创造的"创新之星"评选活动。类似的活动不断传达出一种信息——国家需要创新、国家鼓励创新；创新是一种光荣也是一种责任；知识产权工作不只是一些人、一些部门的事情，而是全社会共同的事业。

中国曾向人类奉献过许多重大的发明创造，在历史的长河中留下了灿烂轨迹。火药、指南针、印刷术、造纸术等四大发明成为推动世界历史前进的巨大动力。随着科学技术的迅猛发展和人类社会的不断进步，培育和发展知识经济成为很多国家的重要战略。在当今经济全球化的进程中，特别是加入WTO之后，占世界人口1/5的泱泱大国，有着几千年文明史的中华民族，怎能安于科技落后的现状？历史上，我们国家曾有过被坚船利炮"置之死地"的危险，"而后生"的责任对我们来说是义不容辞的。全面提高全民族的素质和创新能力，无疑是我们的一项重大战略任务。正如江泽民同志指出的："唯有自己掌握核心技术，拥有自主知识产权，才能将祖国的发展与安全的命运牢牢掌握在我们手中。"只有如此，新中国才能日益强盛，中华民族才能生发出无穷的生机，傲然屹立于世界民族之林。

（刊登于 2002 年 4 月 26 日第一版）

# 当今世界比什么

## ——一论核心竞争力与知识产权

本报特约评论员

历史上国家之间的较量从来就是实力的较量。有这么一种说法：这种实力的较量，在原始经济时代是比奴隶的多少，在农业经济时代是比土地的多少，在工业经济时代是比资产的多少。那么，在当前的知识经济时代，比的是什么呢？

近来媒体上愈来愈多地出现了核心竞争力这个概念。传统的说法是指企业通过技术创新掌握自主知识产权的能力。更多的学者则认为，它是一种综合能力，包括企业的核心技术研发能力、产品的制造能力和市场推广能力等等。实际上，在知识经济时代，国家之间实力的较量突出地表现为企业之间的较量，也就是企业的核心竞争力的较量。而在核心竞争力中，企业的技术创新能力尤为重要，其中对自主知识产权的占有是一个重要的指标。在知识经济迅猛发展的今天，一个企业如果拥有自主知识产权的核心技术，就拥有了占领市场的"看家本领"，也就掌握了市场竞争的主动权和制高点。

在当前的国际竞争中，为什么自主知识产权的竞争会成为企业乃至国家竞争的焦点？为什么自主知识产权正在占有越来越重要的地位？

从事物发展的普遍规律上讲，是由于科学技术的迅猛发展已经从根本上改变了竞争的性质。在知识经济时代，价值主要体现在对具有知识产权的高新技术的占有上，技术贡献所占的份额将越来越大，知识产权成为知识经济时代主要的生产要素和创造新的竞争优势的基础，而且这种无形的智慧创造活动将成为对 21 世纪最有价值的财产形式。

从事物发展的特殊规律上看，是由于近年来一些发达国家在传统生产领域中的竞争力正在逐渐削弱，迫使其寻求新的竞争优势。自上个世纪 80 年代以来，整个世界的经济结构正在进行新一轮的重大调整，以信息技术、生物技术、新材料等为主要内容的高技术产业迅速崛起，并辐射和带动整个经济的发展，国家和地区间的贸易、投资活动日益活跃，国家间、企业间的竞争日趋激烈，使全球的经济、科技发展的格局发生了深刻而重大的变化。随着知识产权保护水平不断提高，保护的客体和领域不断增加，特别是当知识产权立法及其保护标准成为世界贸易组织的三大支柱之一以后，一些发达国家和地区先后提出了振兴本国经济和增强本国国际竞争力的知识产权发展战略。围绕如何使知识产权保护有利于各国分享科技进步带来的利益，尖锐的矛盾和纷争不断出现。知识产权保护在国际经济、科技、贸易中的地位与作用得到了历史性的提升。

从当今世界著名的企业发展中我们看到，它们都非常重视也非常善于开发和发展自己的"核心竞争力"，特别是大多都拥有自主知识产权的核心技术：索尼公司令人瞩目的微型化电子技术，飞利浦公司超人的光学介质领域技术，JVC 公司傲视群雄的视频、机电一体化技术，NEC 公司无与伦比的数字集成技术等等。可以说，拥有关键的自主知识产权的核心技术是这些著名公司之所以著名的关键，也是其得以迅速发展壮大、在国际市场上纵横驰骋的秘诀所在。

反观我们国内的一些企业，往往对培育和发展具有自主知识产权的核心技术重视不够，有的大型企业甚至多年来连一项专利都未申请过，在技术上一直依赖引进，结果陷入"引进—落后—再引进—再落后"的怪圈。在我国信息产业里有一个比较通行的说法是"中国机、外国芯"，中国的机子里装着外国的芯片，芯片技术不在我们手上，所以受制于人。这些年来，国内不少生产彩电、冰箱的企业，为什么都在喊利润率低？实际上这与没有掌握其关键核心技术大有关系。以"外国芯"为代表的"技术空心化"，怎么能够取得高利润？这样的企业，怎么能够"走出去"参与国际市场的激烈竞争呢？又怎么能够在竞争中安身立命进而取胜呢？

拥有关键的具有自主知识产权的核心技术，是增强企业核心竞争力的关键。一个企业，一个民族，乃至一个国家，必须高度重视拥有自主知识产权的核心技术的开发，才有可能在世界经济格局中找到自己应有的地位，才有可能实现中华民族屹立于世界民族之林的梦想。

（刊登于 2002 年 6 月 14 日第一版）

# 专利质押贷款缔造亿元企业

## ——龙源公司崛起揭秘

马先征　张涛　孙致霞

　　"我们已经不是一年前的小作坊了"，烟台龙源电力技术有限公司总经理王雨蓬博士兴奋地告诉笔者，"龙源电力公司今年的产值、利润可分别达到 6000 万元和 1000 万元，均比去年翻了一番。预计明年产值可达到 1.2 亿 ~ 1.5 亿元，后年将突破 2 亿元。今后两年企业将以两倍的速度实现跨越式的发展。"

　　是什么使龙源迅速发展壮大？它的奥秘究竟在哪里？"是专利贷款给我们公司注入了快速发展的催化剂。"王雨蓬博士十分坦率地告诉笔者。一年前，公司苦干 3 年多研究出了"等离子点火装置"，并获得中国发明专利。该技术世界领先，被誉为"我国电站燃煤锅炉及稳燃方式的一次革命"。

　　我国是贫油大国，能源结构煤多油少。但据"中国能源"白皮书公布的数据，电力系统每年用于发电锅炉点火稳燃、助燃用油高达 600 万吨，占全国总烧油量的 15%，燃油费用每年在 120 亿元以上，且每年以 10% 的速度递增。"等离子点火装置"由于采用了世界前沿的高新技术，实现直接点燃煤粉，从而取代了炉前燃油系统，可节省大量燃油，若电力系统全部采用该装置，则每年可为国家节省燃油 80 亿元。然而，就是这样一个有着巨大经济效益和社会效益的专利项目，却因自身资金短缺，贷款又苦于没有足够的固定资产做抵押，而使得产业化梦想"遥不可及"。在困难关头，烟台市商业银行开发区支行"挺身而出"。经过缜密的考察，最终，龙源用"等离子点火装置"等 14 项专利作为质押资产，从该银行贷款 1200 万元，成为山东省首家利用专利质押获得贷款的企业。

　　1200 万元专利贷款到位后，龙源"如虎添翼"。他们首先用贷款建起 1 万平方米的新厂房，新上了几百万元的设备。在技术、设备和流动资金齐备的情况下，他们开始大干：接手的第一个工程是天津的陡河电厂锅炉改造工程，改造该电厂 125MW 调峰机组。该机组每年的启停次数多达上百次，燃油消耗非常严重。改成等离子点火后，年节油上千吨。紧接着，佳木斯电厂、山西大同第二电厂、内蒙古包头第二发电厂……在不到一年的时间里，龙源先后改造了 20 台锅炉，仅每年为国家节省的燃油就达数万吨，价值逾亿元。天津大唐盘山电厂今年 4 月新建一台 60 万千瓦的机组，不仅试运行阶段高达数千吨的燃油可以省却，更重要的是，采用"等离子点火装置"运行成本不及采用燃油运行成本 20%。大唐盘山电厂另外 13 台新建机组也将全部采用"等离子点火装置"，这些机组仅试运行阶段节省的燃油就达上亿元。这还不算油库、场地、输油及点火装置等前期建设方面的投资。

龙源像一颗耀眼的新星在国内冉冉升起。"等离子点火装置"已被列入《国家电力公司节油管理办法》和《国家电力公司系统火电厂节油"十五"规划》。国家电力公司的领导每年要好几次亲临企业考察指导，每年还为企业拨付科研经费。国家经贸委指示企业要加大推广力度，争取每年能改造锅炉 100～200 台（全国待改造锅炉数千台）。前不久，国家电力公司还组织专家进行调研，准备在近期召开全国推广会，以加快这项技术的推广。

### 编后

一项千万专利贷款，缔造了龙源这样一个亿元企业。一个高新科技企业的崛起值得我们欢欣鼓舞，但如何扶持像龙源这样的中小型高新科技企业同样应当引起我们的关注。一边是拿着技术先进、市场前景好的专利技术等资金的企业，一边是手握资金等好项目的金融机构，大多情况下双方却对面无缘犹隔千里。龙源电力和烟台商业银行靠权利质押实现了"双赢"，这为众多面临上述窘境的企业和金融机构提供了很好的范例。

（刊登于 2002 年 10 月 9 日第一版）

## 八大公司结成 TD－SCDMA 产业联盟

# 携手专利　打造大唐版 3G

**本报综合消息**　日前，8 家中国本土通信商结成 TD－SCDMA 产业联盟，共同开发中国具有自主知识产权的 3G 标准。这意味着该标准一旦能够成熟应用，中国将收到庞大的专利使用费，中国的电信设备商也将走向海外市场。国内移动通信产业从第一代到第二代产品缺乏自主知识产权的历史也因此结束。

这 8 家公司是大唐电信、南方高科、华立、华为、联想、中兴通讯、中国电子、中国普天。这 8 家公司的老总日前在人民大会堂戴上印有"TD－SCDMA"的围巾并拉起了手，他们在《北京宣言》中说，誓把 3G 通信事业进行到底，让中国第三代移动通信在全球创造出奇迹。

此次，8 公司签订的一份《专利许可协议》备受瞩目，它承诺大唐拥有的专利技术在联盟内部许可使用。据估计，这 8 家公司将做出分工，大唐从事核心技术开发，中兴通讯、华为、普天、南方高科等可能专注设备开发，华立要在芯片上攻坚，中国电子正在进行芯片和手机研发，联想将在手机和 PDA 上有所作为。

目前，全球共有 3 个 3G 通信标准，TD – SCDMA 标准是中国人拥有专利的全球三大 3G 标准之一，2001 年 3 月正式被国际电联接纳。这是中国电信史上零的突破。为此，国家计委、信息产业部、科技部等部委明确表态，要"满腔热情"地支持中国人拥有自主知识产权的 TD – SCDMA 标准，并使之产业化。

目前，欧洲、美国、日本等都为中国的 3G 标准留出了宝贵的频段。据估计，3G 通信将在中国创造 1 万亿元的市场。

（裴宏）

（刊登于 2002 年 11 月 1 日第一版）

## 国内百家传媒携手　共筑知识产权长城

**本报讯**　（记者刘河）党的十六大胜利闭幕之际，为了响应江泽民同志关于深化文化产业管理体制改革、促进先进文化的思想，本着"打击非法出版，保护知识产权，振奋民族创新精神"的宗旨，百家传媒携手共筑知识产权长城活动又掀高潮，目前已有 123 家报刊媒体参加，本报也在此列。

此次活动旨在认真贯彻江泽民同志"三个代表"重要思想，切实落实新时期"扫黄打非"和出版物市场监督工作指导思想，坚决打击各类侵权和非法出版活动，查缴各类非法出版物，为确保社会安定和政治稳定服务，为保护青少年健康成长服务，为保护知识产权、实施"科教兴国"发展战略、振奋民族创新精神服务，这一活动充分表明了我国政府打击盗版、保护知识产权的坚定立场和决心。正如江泽民同志在十六大报告中所指出的，要继续深化文化体制改革，加强文化法制建设，加强宏观管理，推动文化创新，多出精品、多出人才，健全文化市场体系，完善文化市场管理机制，为繁荣社会主义文化创造良好的社会环境。

此次活动将从本月底开始陆续展开，其中主要包括：组织万家新闻出版单位在加强学习"一法五条例"（即《中华人民共和国著作权法》《中华人民共和国著作权法实施条例》《出版管理条例》《印刷业管理条例》《音像制品管理条例》《计算机软件保护条例》）的基础上，加入"打击非法出版，保护知识产权，振奋民族创新精神"的行列，并承诺遵守相关法律法规，联合签名，共建自律长城，自觉与一切侵权、盗版、盗印、非法贩卖出版物及光盘走私活动作斗争，积极营建一个健康有序、公平竞争的出版物市场秩序。

此次活动的重要内容之一是名报名刊刊登公益广告活动，主办方将在全国逾万家新闻出版单位中挑选出发行量大、影响力强的优秀报刊作为刊登公益广告的单位，这些报刊将用大约半个版面刊登该公益广告，广告语是"打击非法出版，振奋民族创新精神"，以此方式加强报刊出版行业自律，充分认识保护知识产权的必要性和重要性，同时让全国人民充分意识到盗版侵权的危害，促进健康有序、公平竞争的市场秩序的形成。

此次活动由全国"扫黄打非"办公室牵头，新闻出版总署出版物市场监管局、中国新闻出版报社共同主办。

（刊登于 2002 年 11 月 15 日第一版）

十六大报告为知识产权工作指明方向

## 党代会首次提出要拥有自主知识产权

**本报讯** 江泽民同志在中国共产党第十六次全国代表大会上的报告中，在讲到经济建设和经济体制改革时，特别提到了知识产权工作。他强调指出，要鼓励科技创新，在关键领域和若干科技发展前沿掌握核心技术和拥有一批自主知识产权。这是党代会历史上第一次提出要拥有一批自主知识产权。

江泽民同志在中国共产党第十六次全国代表大会上，作了题为《全面建设小康社会，开创中国特色社会主义事业新局面》的报告。在这一报告的第四部分中，江泽民同志指出，走新型工业化道路，必须发挥科学技术作为第一生产力的重要作用，注重依靠科技进步和提高劳动者素质，改善经济增长质量和效益。加强基础研究和高技术研究，推进关键技术创新和系统集成，实现技术跨越式发展。鼓励科技创新，在关键领域和若干科技发展前沿掌握核心技术和拥有一批自主知识产权。深化科技和教育体制改革，加强科技教育同经济的结合，完善科技服务体系，加速科技成果向现实生产力转化。推进国家创新体系建设。发挥风险投资的作用，形成促进科技创新和创业的资本运作和人才汇集机制。完善知识产权保护制度。

（封一）

（刊登于 2002 年 11 月 20 日第一版）

## 正版软件突出重围

**本报记者 孙昕 实习生 汪玮玮**

**编者按**

国内许多学者都将计算机软件称为一种特殊的"东西"，之所以这样说，是因为计算机软件是科技发展到一定程度的里程碑式的产物，采用何种手段保护软件，体现了这一产业发展到某个阶段时一个国家的选择。北京版权局与北京计算机行业协会联手，并在该协会的推动下，将"打盗"这一世界性难题切实落到了可操作的层面，成效卓著。这一"京味"模式尽管还处于探索阶段，尽管还没有得到广泛的认同，但毕竟，它正在解开人们心中"盗版久治不绝"的死结。

11月22日，在北京电子商会计算机行业分会，被天津"取经团"多次提起的"北京模式"已成为北京地区软件正版化取得突破进展的代名词。在此之前，北京所有持证计算机生产企业均实现了软件预装正版化，这占到了北京正版软件销售市场的50%。

在北京市版权局副局长王野霏看来，"政府引导、司法保障、厂商自律、协会推动"就是"北京模式"。这些年来，尽管政府在不遗余力地引导，尽管司法机关在不失时机地保障，尽管企业在力所能及的范围内自律，但在人们心中，似乎软件的命运就是被盗。中文之星老总曾哀叹中国软件业已进入沙漠化。然而在去年，北京电子商会计算机行业分会——一个能把大家利益联系起来、规范市场的行业协会，加速了正版化的进程，这一打击盗版的全新路径，为综合了多方因素的"北京模式"注入了鲜活的生机，震撼了北京周边地区。天津"取经团"正基于此慕名而来。

## 正版化，买得起是关键

这一天，北京寒气逼人。

北京电子商会计算机行业分会会议室烟雾弥漫，京津地区IT行业交流会正在热烈进行。天津市南开区技术监督局刘长荣与天津几家电脑公司的老总组成的"取经团"不断地向北京的计算机行业协会及IT界同行询问预装软件的成本和技术问题。

"我们和企业的心情都很急迫，渴望着能冲破预装软件这个瓶颈问题。"刘长荣兴致勃勃。"目前天津IT企业的赢利点很低，预装软件正版化增加的成本会是企业很大的负担，这个问题很棘手。"刘长荣一语道破此行的目的。

"我们推出的中文LINUX操作系统使企业预装正版软件的成本大幅降低，让大家用得起正版是我们的目标。"北京电子商会计算机行业分会软件及外设配送中心执行董事郑淑芬语气坚定。

自去年北京计算机行业协会与北京版权局联手共同推动预装软件正版化一年多来，该协会会员即北京地区所有持证硬件厂商都预装了正版。正如郑淑芬所言，这并没有给这些企业带来成本的增加，相反很多企业在预装了正版国产软件后，像联想，成本大幅降低。与进口操作系统七八百元的价格相比，国产中文LINUX操作系统一二十元的价位确实吸引了众多的硬件厂商。

不可否认，进口软件与国产软件在技术上有着明显的差距，然而正是由于其异常低廉的价格，去年中关村地区刮起的中文LINUX风暴，给出了一个市场信号——国产软件开始叫板进口软件，这正是北京地区全面预装正版操作系统软件的标志。

而在 5 年前该行业协会的会员就已基本实现了预装实用软件的正版化。

目前天津紧跟北京的步伐，其计算机生产 10 强企业已经开始预装北京计算机行业协会提供的国产正版软件。

## 正版化，技术要过关

正如郑淑芬所言，"买得起"是硬件厂商软件预装正版化的关键因素。然而与进口软件高品质、高价位相比，能获得国产低价位软件的技术支持，更是国内硬件厂商的渴望。而这也是天津"取经团"关心的主要话题之一。

大量的初级用户是从预装软件开始的，如果用户购机时拿到的就是正版软件，正版化率自然今非昔比。作为连接软件研发单位与硬件厂商的桥梁，北京计算机行业协会软件及外设配送中心的主要工作是为硬件厂商提供技术上的整体解决方案。值得一提的是，去年该配送中心曾在半个月内，组织研发单位根据近 80 个会员厂家、每家 6 款机型的不同需求，提供了与其硬件兼容的中文 LINUX 操作系统。这一做法在从源头消灭了盗版的同时，也提高了国产软件的使用率。

据了解，目前北京市 90% 的计算机生产厂商，都是该协会的会员。家有家法，行有行规。在该协会章程的有效约束下，其会员之间的诚信度大大提高。"在软件预装上，我们的会员 100% 使用的是正版。"北京电子商会计算机行业分会秘书长安跃林深为自豪。

目前像北京电子商会计算机行业分会这样的行业协会在全国寥若晨星。而在发达国家，行业协会作为自保、自律性质的权利人联合体，已成为同类企业共同求发展的平台。

## 正版化，协会推动是源泉

北京计算机行业协会的负责人始终认为，北京这一年多来正版软件预装所取得的突破性进展与政府加大打击盗版的力度直接相关。安跃林和郑淑芬表示："行业协会的工作需要和政府的'强强'联合。"有一点是毋庸置疑的，无论对于行业协会还是会员厂商，让它们看到政府的决心，北京的正版化进程才能顺畅地发展。

众所周知，中国的著作权保护制度是司法与行政保护并行，相互补充。北京市版权局也在逐年加强著作权行政保护力度，如进行专项治理，统一销毁盗版。然而，用北京一位查缴盗版的执法官员的话说："不能说盗版打得越多越好，但却越打越多。"

"实事求是地讲，以往的许多打盗行动是行政执法跟着盗版走，这种被动局面不改变，软件正版化就是空谈。"北京市版权局副局长王野霏深有感触。随着北京正版化进程的加快，如何从源头扼制盗版，提高政府行政监管效率，北京市版权局踏出了一条艰辛之路：与计算机行业协会联手，在北京抓源头、抓大头，把重点放在了硬件厂商的软件预装上，通过行业协会的推动，有力地推进正版化。

刘长荣由衷地感叹："我们南开区集中了天津主要的电脑生产厂家，这些厂家都不断地向我们提出要求，希望我们能牵头建立行业协会。"天津同豪电脑公司的宋经理认为："行业协会能比政府更快捷更有效地发挥作用，政府的指导性、强制性不容忽视，但在中国与世界全面接轨、市场化向深度与广度不断拓展的今天，行业协会的管理将占据主角。"

### 宝马是车，桑塔纳也是车

大幅提高正版化率的"北京模式"受到褒扬，同时国产软件在北京预装市场80%的占有率也引起了不少人的非议：由该协会统一提供软件技术服务有违市场竞争的公平。持这种观点的人一般认为国产软件与进口软件在市场上是完全对立的，因为在此过程中，出于对民族产业的保护，国产软件当受青睐。

对此，王野霈解释道："我曾与微软法律部谈过，中国的信息化刚刚起步，市场潜力还很大，现在远不是切蛋糕、分割市场的时候，市场远没有达到饱和，中外软件厂商要做的是怎样把这个蛋糕做大，因此这里边并不存在人们所说的过度竞争的问题。应该说，进口软件有技术优势，国产软件有价格优势，谁都不能取代谁。"

安跃林打了一个形象的比方："老百姓有钱的买宝马，没钱的买桑塔纳，都是车，都可以开，这就如同进口软件与国产软件的关系，两者没有矛盾，只是消费档次不同，多提供了一种选择的机会，由单一的选择变成了多种选择。"11月18日，有"民族保护"之嫌的该行业协会刚刚与微软的市场总代理商洽，准备向协会的会员厂商提供进口软件的一揽子服务。

（刊登于 2002 年 11 月 29 日第一版转第二版）

用"双星"6 年 1000 万

# 小老板租来大商标

王开良

志在皮鞋制造业有番作为的温州小老板王金祥，近日为傍上行业"老大"双星而欢欣鼓舞——两个月前，王金祥与双星集团在青岛签约，以 1000 万元获得双星"DOUBLE★"商标的 6 年使用权。王金祥此举正中双星集团总裁汪海下怀。近年来，汪海逢会必讲"品牌是很重要的资源和财富，是特殊的资本，名牌发展的高级阶段就是运作品牌"。此次，汪海奉为圭臬的观点终于落地有声。据悉，这是双星集团第一次将商标使用权转给外地企业。

### 借商标"生蛋"遇冷

今年 35 岁的王金祥 10 年前开始闯荡京城，2000 年 11 月，事业如日中天的王金祥回到家乡"鞋都"温州。

在温州制鞋企业完成原始资本积累，正向规模化、品牌化进军的大背景下，王金祥却要从头做起。面对强手如林的市场，想在短期内做大做强谈何容易，必须走捷径，王金祥想到了"借鸡生蛋""虚拟经营"，于是稳坐中国制鞋头把交椅多年的双星集团进入了他的视野。今年3月，王金祥通过朋友介绍，拨通了双星集团总裁汪海的电话，开始了他追逐"双星"的梦之旅。他在电话里提出购买双星商标使用权的想法，汪海对此颇感兴趣，随即派人赴温州考察王金祥的实力。"他没有厂房、没有销售网络，有的只是理想"，汪海的"特使"如此评价第一次见面的王金祥。"'双星'是全厂上下用10多年的心血浇铸的名牌，不能轻易转让，一旦有闪失，无法向职工交代""特使"们的潜台词是，拒绝王金祥使用双星商标。"特使"返回青岛后，苦等了近1个月的王金祥没有等来佳音。

## 10分钟"搞定"

今年5月底，不服输的王金祥再次拨通了汪海的电话。他对汪海说："我想去青岛和你面谈10分钟"。毫无疑义，汪海被这个青年不屈不挠的精神打动了，他爽快地答应下来。"汪海是个老'江湖'，与他面谈不能用溢美之词，只有直指双星'软肋'，刺激汪海的敏感神经，才能达到合作目的，"王金祥对记者说。与汪海见面简单客套后，他单刀直入："双星在橡胶鞋、旅游鞋上已执行业之牛耳，但在皮鞋生产方面可圈可点处太少，目前，双星皮鞋市场占有率太低，遮挡了双星品牌的光芒。"汪海听后慨言，双星在皮鞋制造领域没有做大，一直是他的一块心病，他对王金祥"借鸡生蛋"作法赞赏有加。汪海在接受记者采访时说双星商标6年的使用权只卖了1000万元，这个价位低得很，双星不看重眼前的利益，而是放眼长远。除卖给王金祥6年的双星商标使用权外，双星还把皮鞋的代理权给了他，这样王金祥的头衔又增加了一个"温州双星皮鞋有限公司总经理"。

今年7月1日，温州市工商局发出了实行"一审一核"制度后的第一张企业执照，就是"温州双星"。双星集团总部为此专门向温州市工商局发函，授权这家新登记的企业使用"双星"商标。

## 梦想"三部曲"

王金祥向记者介绍了他运作双星皮鞋的"三部曲"：第一步，在全国建立代理商制度，经营双星皮鞋，目前已谈妥了20多家代理商。第二步，收购当地一条设施、管理先进的皮鞋生产线，加工"双星"皮鞋。第三步，实现"贴牌"经营。"我要用6年时间把双星皮鞋做大做响，"王金祥说这话时，语气有些激动。

（刊登于2002年12月18日第二版）

# 2003

北京 30 亿专利质押贷款静候佳音

姚明申请 24 件商标

读图：香港知识产权透视

比尔·盖茨：看好中国知识产权保护环境

风雨同行——写在本报增刊之际

守望民间——中国民间文化遗产抢救工程纪实

创新大赛凸显青少年专利教育问题

广东崛起发明专利大户群体

打击专利侵权：全国"整规"新内容

我国《马德里商标国际注册实施办法》出台

打造知识产权强省 增创经济发展优势——访广东省副省长宋海

为"打造知识产权强省"叫好！

世博会版权保护日渐提速

"第一商标"喷薄而出

中国印——2008 最大赢家

读图：春城涌起专利潮——聚焦中国国际专利与名牌博览会

农交会：敲响知识产权拍卖第一槌

以自主知识产权为攻防利器

长三角 16 城市结盟共保知识产权

# 北京 30 亿专利质押贷款静候佳音

**本报讯** （特约记者张伯友）1 月 24 日，在一片热烈的掌声中，北京科净源环宇有限责任公司与北京市商业银行官园支行、北京首创信保投资管理有限责任公司签订了专利权质押贷款意向书。它将成为北京市商业银行 30 亿元人民币专利权质押贷款的首批受益企业。这一贷款项目为解决专利产业化融资问题找到新的途径。

据有关专家介绍，知识产权实际上是一种无形财产权，与有形财产一样，具有价值和使用价值，一些重大专利技术的价值要远远高于有形财产的价值。以专利权作质押，及时获得银行贷款支持，是一个既能解决中小企业资金短缺问题，又有利于银行资本运作的双赢之举。

近年来，许多中小企业由于找不到担保单位而不能及时获得银行贷款，资金匮乏成为制约北京市中小企业专利技术产业化的瓶颈。北京市商业银行看到了我国加入世贸组织之后，专利技术产业化的巨大发展潜力，在北京率先以 30 亿元人民币的贷款总额，支持北京市的专利技术产业化，在全国开创了以巨额贷款支持专利产业化融资的先河。

据悉，北京市知识产权局、北京市商业银行等有关单位参加了"北京市商业银行支持拥有自主知识产权企业签字仪式"。北京市知识产权局将对北京市拥有专利技术的企业进行评定和推荐，北京知识产权研究会将组织资产评估机构进行专利价值评估，北京首创信保投资管理有限责任公司和北京中关村科技担保有限公司作为担保方，为被推荐企业向商业银行贷款提供担保。

（刊登于 2003 年 1 月 29 日第一版）

# 姚明申请 24 件商标

**本报讯** （记者周一舟）近日，国家工商总局商标局正式受理了"姚明"商标的注册申请。这是继李宁、邓亚萍等人之后，体育界知名人士又一注册商标的行为。

姚明赴 NBA 打球，以及他巨大的发展空间，让姚明一家看到了姚明未来的价值，围绕姚明的明星效应而进行的经济活动，也将日益增多。保护姚明品牌，成为姚明家人的必然选择。这次，姚明的家人按照国际分类共申请了 12 类 24 件商标，这些商标涵盖了商品商标和服务商标两大类。姚明的美方代理人章明基日前透露了"姚明商业王国"的"建设纲领"。章明基称，首先，姚明现在的主要任务还是要好好打球，所以商业活动不宜过多，未来一年里姚明不会为太多的企业进行推广活动；其次，过早签订大量商业合同对于姚明不利，因为他的价值在两三年后势必会大幅度增值；最后，现在最重要的是要使姚明的健康形象让全世界球迷所认知，这需要一段时间。做到这几点后，很多事情会水到渠成。

（刊登于 2003 年 1 月 29 日第一版）

# 读图：香港知识产权透视

张子弘　摄影

（刊登于 2003 年 2 月 14 日第四版）

### 微软向中国政府开放源代码

## 比尔·盖茨：看好中国知识产权保护环境

**本报讯**（记者吴辉）2月28日下午，微软公司在北京为盖茨举办大型媒体见面会，掀起比尔·盖茨"中国之行"活动的高潮。微软董事长兼首席软件设计师比尔·盖茨在会上亲自揭开了此次访华的最大悬念——与中国签署了《政府源代码备案计划协议》，微软向中国公开了源代码。同时，对于众多记者关注的知识产权问题，盖茨肯定了中国的知识产权保护环境确实在改善，并对此前景表示乐观。

面对近200家媒体记者，在回答有关的知识产权问题时，比尔·盖茨出言谨慎，他没有历数盗版给微软带来了多大损失，而是将盗版问题视为一个全球共同面对的问题来看待。同时，他肯定了"中国的知识产权保护状况确实是在改善"这一事实。"我觉得对于一个依赖稳定的软件市场开发或者销售的公司来说，保护知识产权具有非常重要的意义。所以，我们应提高知识产权的意识，并发挥其建设性的作用。虽然距实现最终的目标还要走很远，但是我们对实现这一目标充满乐观情绪。"他由衷地说。

盖茨将向中国政府开放源代码之举称为"这次中国之行中签署的最重要的合同"。据介绍，2月28日，中国信息安全产品测评认证中心已代表中国政府正式与微软公司签署"政府源代码备案计划协议"。此次签约使中国成为全球首批与微软签署开放源代码计划的国家之一。

据了解，政府源代码备案是微软一项全球性的计划，旨在满足全球政府和国际组织对于安全的特殊需要，使政府及其指定的备案单位以可控的方式查看微软 Windows 的源代码以及相关的技术信息，从而增强政府对于该操作平台安全性的信心。微软公司目前正与30多个国家、地区和政府组织就该计划进行商谈。

业界有关专家表示，微软向中国政府开放源代码表明了其积极合作的姿态，同时也是微软为未来在电子政务领域展开的竞争所下的最大筹码。

（刊登于2003年3月5日第一版）

## 风雨同行

### ——写在本报增刊之际

*副总编辑 张岳庚*

14年的风雨，14年的求索与累积，我报终于从周一、周二刊，改出周三刊。报海苍茫，这也许仅仅是浪花一朵；强手如林，这也许仅仅是新树一棵，但我们为此而自豪。因为，对于有如旭日东升的知识产权事业来说，它最忠实的"仆人"有了更强健的体魄；因为，对于多年来与我们风雨同行的读者、作者而言，这一刻凝聚着厚爱与期许。

海湾的炮声，打碎了新世纪的曙色。在一个强者生存的竞争环境当中，中华民族的复兴更具有了全球的意义。当今社会，知识产权已经成为国家间、企业间竞争的焦点，成为富国强兵的捷径或者瓶颈。当"温州打火机事件""DVD事件""大唐标准""思科诉华为"等等，向我们汹涌而来的时候，本报同人深信这样一个逻辑：全面建设小康社会，知识产权事业必须加速；加快这一事业的发展，知识产权新闻宣传必须先行。

作为国内新闻界唯一以"知识产权"冠名的媒体，我们深感肩负之重。知识产权作为一项制度安排，它从来就不是为自身存在的。如果不能惠及国民经济的发展，服务于全面建设小康社会的需要，知识产权就成了无源之水，无本之木。本报的命运如出一辙。经济的全球化和一体化，正在霍霍打磨知识产权这把"双刃剑"的刀锋。面对"入世"的挑战，秉承服务的宗旨，借增刊之机，本报将在去年报名与内容"名实相符"的基础上，实现今年"面向国民经济主战场、面向企业"的重大转变。为此，我们在浙江、河南、宁夏、四川、辽宁、广东建立了6个专职记者站，并继续打造多年来的通联"铁军"，在满足大的时效安排的同时，切实增强联系企业的触角；我们今年新增了"企业""设计""创新"3个专刊，并将原有10个专刊的资源向"两个面向"加以整合；我们将按照知识产权上下游的关系以及知识产权赖以存在和发挥的所有界面，大力拓展报道领域。

两年半前，报社胡倬社长提出了"第二次创业"的理念。900天，这是一个不小的时间尺度，因为它足以让你做成一件事；900天，又是一个不大的时间数字，因为它甚至可以使人一事无成。今年初，国家知识产权局党组首次明确提出了要将我国建成知识产权强国的宏伟目标。这是贯彻落实十六大精神，紧紧抓住战略机遇期思想的深刻体现。对此，本报将只争朝夕，不遗余力。在全面建设小康社会的伟大进程中，中国知识产权报必将与知识产权事业一道一路高歌。因为，我们始终有读者、作者朋友们的相伴相随。

（刊登于2003年4月1日第一版）

# 守望民间

## ——中国民间文化遗产抢救工程纪实

**本报记者** 孙昕 **实习生** 汪玮玮

毛主席在《愚公移山》中讲，愚公每天挖山不止，感动了天帝，天帝派了两个神仙把王屋山和太行山背走了。

中国民间文化遗产抢救工程不是一般的工程，而是在捍卫国家的文化根基。

"达瓦孜"是维吾尔语，意为高空走绳，在我国新疆维吾尔地区的民间颇为盛行。享有"高空王子"这一盛誉的维吾尔族青年阿迪力就是这一民间文化的传承人和捍卫者。4月初，阿迪力将开始他由塞北到江南的"极限之旅"高空表演，所有收入都将捐献给中国民间文化遗产抢救工程。此时，这一工程的牵头者——中国民间文艺家协会也授予了这位来自民间的维吾尔族农民的儿子"中国民间文化遗产抢救工程形象大使"的称号，这是13亿中国人中的唯一。

自去年正月中国民间文化遗产抢救工程启动至今，已有许多像阿迪力这样的民间艺术家融入保护中国民间文化的洪流中。

## 到民间去

承德、廊坊、南戴河、张家口、内蒙古等地无数的民间艺术家，都在做着力所能及的工作。

山西的民间艺术家张宪昌、南京大学的陈建等许多学者将终身收藏的几万件剪纸作品捐献给了中国民协。69岁的北京大学中文系的段宝林教授毕生致力于民间文化和民俗学研究，他1994年编撰完成的《中国民俗大全》已纳入抢救工程，"保护民间文化是我毕生的追求，这是我的生命，是我一辈子的心血。"自退休以后，段教授自费到全国的许多地方收集民间文化与民俗资料。

热爱民间文化的人在加入保护民间文化队伍中时，都有着相同的感受：他们的房子正在被毁损，语言正在被欧化，娱乐方式正在被圣诞节、情人节取代……

中国民间文艺家协会每天都会接到许多既饱含激情又充满焦虑的电话和信件，办公室里也总是挤满了人。"我接待的不是官僚，而是普通的市民，是愿意为祖国民间文化的守护尽一份职责的最淳朴的人。"中国民协副主席白庚胜动情地说。

去年春节在山东平阳，被联合国授予"艺术大师"的杨洛书见到了中国民协主席冯骥才说："冯主席，我感谢你，我们中华民族感谢你。"70多岁的老人、山西杨家铺的赵大勇说："我活了一辈子，还没有看见谁这么空前关注民间文化。"这些话出自于最朴实的、最不会讲政治口号的民间艺术家之口，愈加显得珍贵，他们道出了抢救工程对于中华民族的意义。

高等教育出版社无偿为中国民协出版的附光盘的《中国民间文化遗产抢救工程普查手册》，已成为目前中国历史上有关民间文化最立体的资料。西苑出版社用一个半月的时间在去年无偿为中国民协出版了《守望民间》一书，这是民间文化抢救工程施行以来所出的第一本书。河北的大象出版社、教育出版社也计划无偿为中国民协出版有关普查成果的书籍。

国家外文局将利用其遍布世界70多个国家的网络系统为这一抢救工程做全方位的长期传播，使世界更全面地了解中国文化。据了解，新华社总社已与中国民协达成初步意向，将调动31个省分社的摄影力量协助中国民协在全国各地拍摄电视资料。中国服装学院全院出动，承包了中国民间服饰集成的工作，并资助"山花杯"——中国民间文化民俗影像片的评奖。河北蔚县主动请战，要求作为首批剪纸抢救地区，出全资、出全力保护并编撰出版剪纸文化书籍。云南民俗博物馆也加入了抢救工程。

## 一分钟都不能等

据统计，目前全国仅有6个昆曲院团和一个传习所，真正的演员队伍仅有200多人，而且昆曲老艺术家相继去世，传人日渐减少。如果再不及时抢救，恐怕我们的后人再也无缘看到这一濒危艺术品种，千百年来沉积的文明成果可能在一朝一夕无影无踪。

木版年画是一个影响力最大、覆盖面最广、文化含量最高、流派最多、地域风格最丰富的门类。随着社会经济形态的转型，人们生活方式的改变，失去实用性的年画已走向濒危，流失非常严重。目前，杨柳青木版年画艺人不到5人，其他木版画也只在过年时有一个短暂的活跃期，以后就销声匿迹了。

西藏目前共发现40多名《格萨尔》说唱艺人，年龄在40~80岁，并逐渐减少，使说唱艺术同样面临绝迹的危险。

"我们一分钟都不能再等了，要尽可能多地把民间文化留住。"白庚胜表示，"中国民协事实上是在组织各方力量，把各种有志于保护民间文化的个人和团体吸引到抢救工程中来。"

截至目前，中国民协不但在政策上得到了国家的支持，而且在全国建立起了比较完善的工作体系，并成立了全国民间文化遗产保护工程领导小组及专家委员会，抢救工程已进入实战阶段。

民间木版年画抢救已经于今年1月开始，在河北、山东、天津进行了普查记录，12省的18部木版年画现已全面进入编撰阶段，到明年2月将有20卷木版年画全部推出。

中国民协抱定了一个宗旨：最大限度地利用全社会的力量，加强本系统与其他部门之间的协作。"不必事必我行，不必言必我出。"同为中国文联麾下的中国摄影家协会已提出利用其会员遍布全国各地的优势拍摄中国民俗图典、中国民间美术图本。中国民俗设计家协会的2.4万名会员也将友情出演，在各地做各种民俗普查工作并汇集成图典。

中国民协在构筑自己工作网络的同时，也拿起了新闻媒体这一利器，在北京电视台《传人》、中央电视台《走进幕后》等栏目播出了多期有关民间文化的节目。当镜头多次对准这些民间老艺人的时候，人们已感受到民间艺人从没有地位变成有了一席之地。如今，打开报纸，打开电视，跳入老百姓眼帘的民间文化越来越多，这使得曾经远离都市主流文化的民间文化成为人们生活中不可或缺的部分。冯骥才说："过去我们对民间文化是鄙视的，认为它粗俗、粗糙、粗野、低级，我认为，这不是粗俗是粗犷，不是庸俗是雅俗，不是简单是简练。"

台湾《联合报》在近日的一则报道中称："由中国民间文艺家协会发起的这项工程，是鉴于中国 56 个民族民间文化浩如烟海，这些口头传承的民间文化，许多几千年没有系统地调查和登记，伴随着大陆社会现代化进程和农村城市化步伐加快，与传统农业文明相适应的民间文化正在急剧消亡。"报道介绍了工程的 10 年规划与内容，介绍了工程用文字、录音、摄影、摄像立体记录和广征实物的抢救方法。

对于中国民协在抢救工程中取得的突破性进展，欣喜之余，白庚胜也表示了他的忧虑："没有法律保护的保护是最软弱的保护，只有立法了，民间文化才不会受到种种因素的否定和责难。"目前，云南、贵州已出台了地方性的民族民间文化保护条例，这进一步推动了国家的立法工作。

### 要守住我们的魂

少数民族兄弟对民族文化、民族传统的珍爱十分感人，他们比汉族人更强烈地感受到保护对于他们的意义，西方文化对他们的冲击比对汉族文化的冲击更强烈。

贵州省黔东南是全国最穷的民族自治州，人均年收入不到 300 元。尽管如此，文史资料委员会主任陆景川仍赴京请战，要把苗族文化抢救出来。

降边嘉措是中国社会科学院《格萨尔》研究中心的研究员，他强烈要求把藏族"唐卡"画列入抢救工程，把 5 个地区的藏族"唐卡"画全部做成专集。

35 万平方公里的伊犁哈萨克自治州是中国面积最大、最遥远的自治州，拥有十几个民族的民间文化。中国文联主席阿布德海热切地希望该自治州能成为中国第一批少数民族抢救工程的试点地区。

"在新疆，不只是抢救，还有个抢先的问题。"新疆维吾尔自治区政府副主席阿由普说。该区的 8 个民族都是分布在边境地区，目前已有一些国家正在收集与中国境内相同民族的民间文化。据悉，哈萨克斯坦总统十分关注中国境内的哈萨克民间文学的收集工作，并要将其全部拿到哈萨克斯坦去。民族文学杂志社的主编表示，同样都是哈萨克族人，但作为中国人，我们必须抢在前面，因为这是属于中国的一部分民间文化，我们一定不能让中国的哈萨克文化流失。

据统计，在我国有 34 个民族是分布在边境地区的，如何使这些民族的民间文化不流失到国外？在全方位开放的同时，更主动地建设民族民间文化，已成为众多有识之士关注的焦点。

如冯骥才所说，要守望民间文化。"保卫文化黄河、文化长城，有人认为这说得过分，但一场战役正在我们身边发生，我们要保住我们的根，守住我们的魂。"

"今天已经不是愚公的时代。"白庚胜说，"愚公用的是锄头，而我们有高科技。只要下定决心，整个社会都全力投入，我们的工作就会越来越深入人心，越做越扎实，支持的人会越来越多，甚至会感动天帝。"

（刊登于 2003 年 4 月 5 日第一、二版）

# 创新大赛凸显青少年专利教育问题

本报记者 裴宏

北京市第23届青少年科技创新大赛已曲终人散，共25万名青少年报名参赛，提交作品842项，450多个项目获奖，有关专家对中小学生的发明热情和独特思想、整体水平予以高度评价。然而，对这批"含金量"颇高的青少年科技成果，组织者和发明人对其专利保护和专利信息利用等问题却显得重视不够、意识不足，值得有关方面关注并加以引导。

## 不知专利为何物 走上认识误区

"你了解专利吗？"

"听说过，具体内容及作用不清楚。"

"你有没有想过要为自己的产品申请专利？"

"申请专利有什么好处？我没想过要申请专利。"

这是记者在大赛终评展示活动现场与一位参展少年的对话。据专家介绍，这位少年的参展作品贴近生活实际，有创新点，改进后完全可以投入生产，创造经济和社会效益。一位在展位前观摩许久的企业界人士称，这位少年的作品给了他很大的启发。

记者经调查发现，绝大多数参赛中小学生表示听说过专利，但对于何为专利，专利包括哪些内容，什么样的技术可以申请专利，以及是否想到要为自己的作品申请专利保护，大多数学生都摇头。对于专利信息检索的作用，中小学生的认识几乎是个空白。绝大多数学生表示没有人向他们介绍过专利信息检索，专利信息检索距离他们还很遥远，只有研究生阶段才需要。还有相当一部分学生对专利的认识存在误区。

据本届大赛评委会主任周曾铨介绍，本届大赛参加初赛的选手多达20万人，比去年多了近一倍。参赛作品的"含金量"也为历届最高的一次，有的小课题和小发明是在专家甚至是院士的指导下，在专业实验室里完成的。许多学生的成果都可转化为生产力，创造经济和社会效益。但是，参赛青少年的专利保护意识却相对淡薄，来自企业的人士很可能从参赛作品中受到启发，孩子们的正当权利也可能受到损害。

## 培养知识产权意识 增强创新能力

相当一部分老师和家长认为，学校鼓励搞科技发明是为了培养学生的创新意识和动脑、动手能力，丰富学生的业余生活，涉及不到专利问题，因此，没有必要具备专利知识。

针对这种观念，有关专家指出，对于青少年来讲，培养创新意识十分重要，同时也应注意向青少年灌输知识产权保护的思想。学生时代虽然不能决定人一生的思想，但其深远影响却是潜移默化的。青少年时期对专利的理解和认识很可能延伸到成年后，直接影响其实际行动。如果在世界观、人生观的形成期对专利的认识一片空白或者存在很多误区，他们就可能重复今天一些成年人正在走的弯路。

我们国家已经为不懂专利、缺少专利意识付出了惨痛的代价，DVD 专利收费事件就是典型一例。我国最早提出 VCD 播放机技术构思并依托这一构思形成了一个产业，开创了一个新市场。但是现在，国内企业却要"没完没了"地向国外企业付专利技术使用费，就是因为我们当初专利保护意识不强，没有取得专利权。此外，国内企业因不懂得利用专利信息检索而浪费大量人力、资金的现象也屡见不鲜。西南某企业在技术创新之前不进行专利信息检索，斥资几千万元、耗时数月研制出一项技术后，发现日本某企业早已经申请了该项技术的专利。类似的事例还可以举出很多，为了专利问题，我国企业和个人已经付出了太多昂贵的学费。

今天的中小学生，明天必然要成为社会的主人、国家的栋梁。随着经济全球化的加剧，专利已成为企业参与国际竞争、占领国际市场的有力武器。没有专利意识，现在中小学生失去的可能仅仅是个人的权利，但是将来丧失的就可能是企业，甚至是国家的利益。可以说，青少年专利意识的培养不仅是我们国家今后专利工作中非常基础而重要的一部分，更是关系我们国家经济发展命运的一件大事。对知识产权知识的教育"从娃娃抓起"势在必行。

究竟如何"从娃娃抓起"？有关专家和从事青少年教育工作的人士普遍认为，加强对中小学生的知识产权教育，离不开学校、有关社会机构的共同努力，基础教育尤其要承担重任。

**增加知识产权教育读物　纳入教学体系大纲**

记者了解到，目前绝大多数的中小学都很注重培养学生的科技发明能力，不仅在第二课堂开设相关课程，还带领学生到科技馆等地进行深入学习，鼓励学生参加科技竞赛。

但是，中小学课本和课外读物中几乎没有对中小学生进行知识产权知识教育的内容，只是在国家提供的高考复习提纲中，有一少部分是关于专利的法律作用。有些老师会额外准备一些相关资料，向高三的学生简单介绍一下这些内容。此外，高中老师在上课的时候，会提到一些具体案例，比如盗版问题、中药专利问题等。然而这些都十分有限，我们必须看到，目前的教材在内容上的缺失以及教师知识产权知识的匮乏对学生的影响是很大的。此外，相关读物的欠缺也是青少年专利知识缺乏和意识淡薄的主要原因。据了解，从上世纪80年代到现在，我国共出版了200余本介绍专利制度的书籍，但没有一本是针对青少年的。针对中小学生的专利知识宣传活动也非常少。

"知识产权教育没有纳入中小学的常规教学大纲和体系中，是个缺憾！"国家知识产权局条法司的何越峰参加过多次学生科技创新活动，对目前中小学校知识产权教育空白现状很是担忧。针对目前我国青少年知识产权的教育内容设置不合理，缺少对专利信息重视的问题，他认为，专利文献是对全社会公开的，目前互联网上已经有可以免费使用的专利信息数据库，中小学生只要掌握了检索和理解专利文献的基础知识，就能够检索到并读懂相关的专利文献。中小学校应通过设置有关课程提高中小学生利用专利信息的意识，掌握获得专利信息的手段并加以运用，这样就可以了解我国与世界科技发展动向，避免低水平的重复研究，而走上创新之路。

反观一些知识产权强国的青少年专利知识教育状况就比较完善。如日本有专门供中小学生使用的专利知识连环画教材，结合非常生动、形象的事例讲述什么样的发明创造能被授予专利权，授予专利权后有什么权利等有关知识。美国专利商标局网站则设有卡通界面，用通俗的语言解释什么是专利制度及其作用，专门供青少年浏览。

两相比较，重视并加强我国青少年专利知识教育迫在眉睫。

（刊登于 2003 年 4 月 10 日第一、二版）

深圳华为三年翻三番当上排头兵
中山大学成为申请量十强新面孔

# 广东崛起发明专利大户群体

**本报讯** （记者顾奇志）已经连续 8 年专利申请量和授权量名列全国各省、自治区、直辖市前茅的广东省，近年来涌现出一批发明专利申请大户。这些大户中既有企业也有高校和科研院所。这些大户申请量大、增长速度快，成为全省乃至全国同行的"排头兵"，对广东经济发展发挥了越来越重要的作用。

在这些"排头兵"中，排在首位的是深圳华为技术有限公司。这家从事通信产业，集研究、开发、生产与销售为一体的企业，在 2000 年和 2001 年连续两年名列全国国内企业发明专利申请量第二名之后，终于在 2002 年登上了"冠军宝座"，在该年度"国内发明专利申请量前 10 位工矿企业"中排名第一，数量达到 1003 件，与申请量居世界第一位的韩国三星株式会社并驾齐驱。这也是国内企业发明专利申请量首次在数量上与国外企业持平。在前 10 位的国内企业中，另一家广东企业鸿富锦精密工业（深圳）有限公司，以 170 件居第 9 名。此外，中山大学在"2002 年国内发明专利申请量居前 10 位的大专院校"中，名列第 9，这也是该校首次进入前 10 位。而位居第 10 名的华南理工大学，多年来一直是全国高等院校中发明专利的大户，也是全国高校十强中的"熟面孔"。

广东这批发明专利大户有两大特点，首先是申请数量大，在全省占的比重大，深圳和广州 2002 年发明专利申请量占全省的 77.4%；排在全国企业和院校前 10 位中的 4 家单位，发明专利申请量占到全省的 35%。其次是增长幅度快，以华为技术有限公司为例，2000 年该公司发明专利申请 200 多件，2001 年增到了 500 多件，翻了一番，2002 年达 1003 件，比 2001 年又翻了一番。其他"大户"，每年的增长速度也远远高于全省的平均发展速度。

这些发明专利大户的形成绝非偶然。近年来，在广东省委、省政府的高度重视下，全省采取了一系列有力措施，积极营造鼓励发明创造的软环境，开始了一场提高专利质量的革命。广东省及广州、深圳及各地级市政府先后出台了系列扶持发明专利的办法，以大企业、高新技术企业、高校、科研院所为重点，充分发挥行业协会的作用，积极推进企事业单位专利试点工作，引导、帮助有能力的企业建立知识产权管理体系，解决发明专利申请中的实际问题，维护发明专利权益人的切身利益，促进发明专利的市场转化。在全省鼓励发明创造的良好氛围中，广东发明专利取得长足的进步：2002 年，广东省发明专利申请量为 3819 件，增长幅度为 49.8%，占全国总量的 9.6%，不但高于全国 32.5% 的平均增长速度，也大大高于其他两类专利增长速度，继续保持着快速的增长势头。这也是广东从 1999 年开始，连续 4 年发明专利的增长幅度都在 45% 以上。

此外，在国内发明专利快速增长的同时，全省 PCT 专利申请的数量也增长迅速。据统计，广东 PCT 申请 2000 年、2001 年分别为 52 件、73 件，名列全国第三，2002 年增加到 190 件，占全国该年度 PCT 申请总量的 20.6%，跃居全国第一。

（刊登于 2003 年 4 月 12 日第一版）

# 打击专利侵权：全国"整规"新内容

## 国家知识产权局成为全国整顿与规范市场经济秩序工作领导小组新成员

**本报讯** （记者吴辉　文香平）打击专利侵权是今年全国整顿与规范市场经济秩序的新增内容，国家知识产权局成为全国整顿与规范市场经济秩序工作领导小组的新成员。为确实把工作落到实处，近日，国家知识产权局成立了以副局长田力普任组长、中纪委派驻国家知识产权局纪检组组长邢胜才为副组长的"整规"领导小组。"这项任务光荣而又艰巨，我们一定要明确指导思想，扎实地开展工作，使知识产权领域内的市场秩序真正进入一个良性状态。"5 月 14 日，在"整规"小组召开的第一次工作会议上，田力普作了上述开场白。

整顿与规范市场经济秩序工作是我国新一届政府的一项重要工作，也被视为是一项民心工程。田力普在接受记者采访时表示，国家知识产权局此次被吸纳到全国整顿与规范市场经济秩序工作领导小组，这是国家的一个重要决策，充分体现了国务院对知识产权工作高度的重视。近年来，尤其是我国"入世"后，知识产权对经济发展的作用日益凸显，知识产权已成为整顿与规范市场的一个重要因素。对此，国家知识产权局党组对整规工作给予高度重视，要求全局各级干部，特别是承担此项工作的职能部门要进一步提高认识，周密部署，协调一致，狠抓落实，从知识产权工作的角度为全国范围内整顿与规范市场经济秩序的深入开展做出贡献。

目前，国家知识产权局已明确提出了加强知识产权保护以及整顿与规范市场经济秩序工作的4条新思路：

一要标本兼治，不断完善有关专利保护、技术市场管理方面的法律、法规和政策，不断探索并实现专利行政执法的机制创新，更好地指导地方专利行政执法工作，加大执法力度，切实整顿好、维护好专利技术市场秩序；二要切实做好统筹协调各方的工作，密切配合，协同作战，既要指导好各地方知识产权局处理跨地区专利行政执法问题，也要配合工商、版权、海关、公安等部门，搞好知识产权联合执法活动；三要积极而稳步地推进全国知识产权执法手段和执法能力建设；四要积极探索并逐步建立起处理重大涉外知识产权纠纷的应对机制，并建立知识产权保护的预警机制及重大案件的报告制度。

国家知识产权局"整规"领导小组的成员由协调管理司、条法司负责人及国际合作司、规划发展司的处级干部担纲。在第一次工作会议上，与会人员展开了广泛又热烈的讨论，为积极做好整规工作建言献策。

据悉，经过缜密部署，局"整规"领导小组的各项工作正在全面有序地展开。预计5月底出台今年的"整规"工作计划。6月，将下发对地方"整规"工作的指导性文件。同时，关于在知识产权领域加强信用管理的工作方案和具体措施也将不日制定出来。

（刊登于 2003 年 5 月 17 日第一版）

# 我国《马德里商标国际注册实施办法》出台

## 6月1日起国际商标注册更便利

**本报讯**（记者张依）近日，国家工商总局商标局发布了修改后的《马德里商标国际注册实施办法》，并将于6月1日起开始施行。该办法在方便了国内商标所有人和持有人办理商标国际注册及其他有关事宜的基础上，更加便利了马德里协定和马德里议定书中的其他成员办理在我国的商标注册申请。

我国于1989年10月加入《商标国际注册马德里协定》（简称"马德里协定"），并于1995年12月加入《商标国际注册马德里协定有关议定书》（简称"马德里议定书")。为了实施马德里协定、马德里议定书以及《商标国际注册马德里协定及该协定有关议定书的共同实施细则》（简称"实施细则"），国家工商局曾于1996年5月发布了《马德里商标国际注册实施办法》（简称"办法"），该办法于1996年6月1日起施行。为了更好地与国际接轨，依据《中华人民共和国商标法实施条例》的有关规定，我国重新制定办理商标国际注册的具体办法。

修改后的办法明确了国家基础注册和申请。根据马德里协定和马德里议定书规定，申请商标国际注册的，应当首先在其原属国获得商标的国内注册，或者首先在其原属国获得商标的国内注册或提出了商标的国内注册申请。旧的办法除了规定这两个条件外，还允许商标国际注册的申请可以基于商标的初步审定，这与马德里协定和马德里议定书是不相符的，故删除作为商标国际注册申请基础的初步审定的规定。

该办法还规定，马德里协定有关的商标国际注册的后期指定、放弃、注销，应当通过我国商标局办理；转让、删减等事宜可以由商标所有人通过我国商标局办理，也可以由商标所有人直接向世界知识产权组织国际局办理，而改变了旧办法中有关与马德里协定成员国有关的转让、删减事宜，必须通过商标局办理的规定。

该办法中还明确规定，指定我国的集体商标或者证明商标领土延伸申请人，自该商标在世界知识产权组织国际局国际注册簿登记之日起的3个月内，应当通过商标代理组织，依照有关规定向我国商标局送交主体资格证明和商标使用管理规则以及其他证明文件。未在上述3个月内送交主体资格证明和商标使用管理规则以及其他证明文件的，商标局驳回该集体商标或者证明商标的领土延伸请求。

据悉，我国有关集体商标、证明商标的部门规章规定，申请集体商标、证明商标注册的申请人应当同时附送主体资格证明、商标使用规则及其他证明文件。但根据马德里议定书及其共同实施细则的规定，国际局仅向被指定保护国家的商标局寄送领土延伸申请书一份。根据这种情况，我国国家工商总局商标局已经就此事向世界知识产权组织声明，集体商标、证明商标注册人请求领土延伸至我国的，申请人应当在其集体商标或者证明商标在国际局注册簿登记之日起3个月内，通过代理组织向我国商标局交送主体资格证明、商标使用规则及其他证明文件。世界知识产权组织已经将上述声明在该组织的有关出版物上刊发，公示于众。

另外，修改后的办法还增加了"不再确认依职权的驳回""多个类别商品或服务的异议""申请出具保护证明"等条款。关于"一并转让"及其司法审查和"删减"及其司法审查、商标国际注册申请的放弃等内容修改后的办法也有所涉及。

（刊登于2003年5月27日第一版）

# 打造知识产权强省　增创经济发展优势

## ——访广东省副省长宋海

### 本报记者　顾奇志

近日，宋海就知识产权在未来广东经济发展中的地位和作用等问题，接受了本报记者的专访。

**记者：** 广东在全面建设小康社会、加快推进社会主义现代化进程中，知识产权处于什么样的位置？

**宋海：** 不久前，胡锦涛总书记到广东视察并作了重要讲话，要求广东从 5 个方面增创发展新优势。总书记的讲话既对广东提出了殷切期望，更从具体的方面为广东指明了前进的方向，是广东实现新发展，争当排头兵的强大思想武器和重大行动纲领。

改革开放 20 多年来，广东充分发挥毗邻港澳的地缘优势和对外开放的政策优势，大规模引进外资，发展出口加工生产，极大地推动了工业化进程，经济建设取得了辉煌的成就，积累了坚实的物质技术基础和丰富的经验。当前，我省正处于全面建设小康社会，加快现代化建设步伐的新阶段，国内外环境正在发生深刻变化，要如期实现省委九届全会提出的"到 2010 年，全省人均国民生产总值比 2001 年翻一番，珠江三角洲率先基本实现社会主义现代化；到 2020 年，全省人均国民生产总值比 2010 年再翻一番，全面建成小康社会，率先基本实现社会主义现代化"的奋斗目标，将面临非常严峻的挑战和问题：随着中国加入 WTO 之后，全方位对外开放的格局进一步形成，外资进入中国的目标取向由寻求低成本转向拓展中国市场，广东的先发优势开始弱化。此外，广东外源性经济比重大，相对内源性经济比较弱，地区发展极不平衡，虽然经济总量在全国领先，但在许多领域都与兄弟省市存在差距，稍有松懈，就会被人迎头赶上。

知识产权是科技和经济的紧密结合，与经济领域的每个行业、每个企业都息息相关，在广东未来发展过程中，可以扮演更加重要的角色。2002 年广东高新技术产品总产值 4300 亿元，约占全省工业总产值 20%，出口 309 亿美元，占工业制成品的 25%，全省认定的高新技术企业 1731 家，产值 2100 亿元，应该说科技创新对广东经济发展做出了较大的贡献，下一步广东走新型工业化的道路，就要发展一批有国际知名品牌，掌握核心技术和自主知识产权的大企业和集团，培育一个技术创新能力较强、市场化程度较高的中小型高新技术企业群体，这需要运用好知识产权制度，形成和保护自己的核心技术，培育新的经济增长点，促进经济快速发展。

**记者：** 如您所说，具有自主知识产权的科技成果转化对推进广东经济建设具有十分重要的意义，近年来广东省的专利申请量和授权量已处于全国前列，应如何评价广东知识产权成果转化工作？

**宋海**：近年来广东大力推进科技创新工作，取得了一定的成绩，全省知识产权的申请量和授权量处于全国前列，连续8年居全国首位，2002年专利申请量和授权量分别为3.4339万件和2.2762万件。但总的看来，整体质量水平有待提高。专利申请中发明专利较少，主要集中在少数企事业单位，科研单位及大专院校的科研成果转化率不高，因此，下一步不但要继续全面提升我省知识产权的数量和质量，更要加强科研成果的转化工作，提升广东经济建设整体水平。

要提高全省的知识产权水平，首先要继续促进企业技术创新。目前广东广大企业的知识产权意识已有了明显提高，但整体水平不高，因此要鼓励企业特别是广大中小型民营企业增加科技投入，建立知识产权制度，增强企业市场竞争能力。其次要加快科研机构体制改革，促进科研单位知识产权成果的申请与转化。进一步加快科研机构的体制改革工作，提高科研单位的研究开发水平和知识产权保护意识，对相关的资源进行整合，培育一批科研实力和市场开发实力较强的实体。

实现"科教强省"，不但要全面提高本省的知识产权拥有量，更要提高核心技术的使用量。当前国内外有许多非常好的、市场前景广阔的发明创造，广东的广大企业要利用自身的经济优势和市场转化优势，积极引进技术，在此基础上二次开发，形成自主的知识产权。

**记者**：规范市场经济秩序是经济发展的基础，广东近年来在知识产权保护方面采取许多措施，取得有目共睹的成就，下一步广东的知识产权保护将集中在哪些方面？

**宋海**：为适应广东经济发展新形势，必须将知识产权保护提升到作为营造一流投资环境的高度来看待，要花大力气建立一个完善的知识产权保护体系，为经济发展提供有力支持。

近年来广东省人大、省政府及各职能部门根据国家有关法规，结合本省实际，先后出台了一批符合广东经济发展，涉及专利保护、技术市场等方面的法规、规章和政策性文件，极大地推进了广东知识产权保护体系和法制建设。在近年的政府部门机构改革中，有关知识产权的机构和部门得到了进一步的加强，全省及相当多的地级以上市还建立了知识产权办公会议等协调机构。知识产权领域各相关职能部门积极开展知识产权保护工作，在跨地区、跨部门联合办案方面作了积极的探索，坚决打击种种违法行为，取得丰硕的成果。

为加强知识产权保护工作，必须进一步建立健全法律保护体系和工作体系：一是继续加强立法工作，进一步制定符合广东实际的地方法规，完善知识产权法制体系。二是加大宣传力度，树立全社会知识产权保护意识，保护知识产权权利人的合法利益和社会公益。三是强化各政府部门之间的沟通与合作，完善知识产权协调工作体系，开展形式多样的联合执法行动，充分运用司法与行政手段，打击知识产权领域中各种违法犯罪活动，把知识产权执法作为整顿与规范市场经济秩序工作内容之一，加强对重点行业、重点区域、重点活动的监控，积极引导行业建立自律保护机制。四是培养一批熟悉知识产权法律法规，善于运用知识产权制度的专业人才。通过这些方面全面营造一个尊重知识产权、鼓励技术创新的法治环境，以推动广东经济继续健康、快速发展。

"海阔凭鱼跃，天高任鸟飞。"在广东全面推进经济建设和社会发展的事业中，知识产权战线肩负着光荣的使命，将为广东大步迈向现代化建功立业，写下浓墨重彩的一笔。

# 为"打造知识产权强省"叫好！

## 成诚

今年初，国家知识产权局党组提出了在全面建设小康社会的历史进程中，为将我国建设成知识产权强国而奋斗的宏伟目标。近日，广东省提出了"打造知识产权强省、增创经济发展优势"的工作指导思想，他们的思路值得各地政府和知识产权职能部门借鉴，我们为广东此举感到欢欣鼓舞。

多年来，广东省专利的申请量和授权量一直处于全国前列，其经济总量也居全国领先地位，这不是孤立的，有人认为，广东是靠地缘和政策优势发展起来的，别的地方特别是内地不可比。事实上，近年来通过促进企业技术创新和成果转化，引领企业提高知识产权意识和应用能力，形成大批具有自主知识产权的核心技术，培养了新的经济增长点，知识产权已成为广东经济增量的新动力。

没有知识产权强省就不可能有知识产权强国。知识产权工作职能定位和全部工作必须立足于、服从于和服务好"全面建设小康社会"这一总目标，关键是要把工作的着力点切实放在提升自主知识产权的产出能力，大幅度提高自主知识产权的数量和质量，培育和发展核心竞争力，使知识产权管理和保护工作真正成为经济发展、科技进步的强大支撑体系和动力体系。

（刊登于 2003 年 6 月 10 日第一、二版）

# 世博会版权保护日渐提速

## 本报记者 姚文平

"到目前为止，我们上海市版权局已为世博会第一批 25 件作品办理了著作权登记"。日前，记者就有关世博会版权保护问题进行采访时，上海市版权局版权管理处陆幼章处长告诉记者。

据悉，在申办、筹办、举办 2010 年上海世博会的过程中，已经产生和将会产生大量版权归属世博会举办单位的作品。其中，主要有文字作品，如申博报告、世博会主题词、海报、口号等；音乐作品，如会歌等；美术作品，如会徽、会旗、吉祥物、宣传画、纪念封上的图案等；影视作品，如申博宣传片等；模型作品，如世博会建筑模型等。上海市版权局副局长楼荣敏针对有关世博会的版权所有、使用及保护问题提出自己的看法。他说，版权局作为市政府的版权行政管理部门，有义务、有责任协助世博会组织机构做好世博会版权管理工作，积极为其提供版权法律咨询和服务，积极参与有关世博会版权保护的立法工作，并且大力开展维护世博会版权的宣传活动，严厉查处侵犯世博会版权的违法行为，要为成功举办 2010 年上海世博会尽心尽力，并以此来提高全社会的版权保护意识。

另据了解，在此期间，政府投入世博会的大量资金，也将会转化为有巨大商业价值的无形资产，而这些无形资产主要将体现在与世博会相关的专利、商标、特殊标志、著作权等知识产权上。其主要内容有国际展览局专有名称及中、英、法语的缩写、标志、会徽、会旗及格言；中国 2010 年上海世博会名称及其中、英、法语的缩写、标志、会徽、主题、口号、会歌等，如"中国 2010 年上海世博会""上海2010 年世博会"等。

自申博成功后，一些企业出于商业目的，擅自使用世博标识、主题、口号、海报等，构成对世博会知识产权的侵犯。目前，上海市版权局已经发现多起未经授权擅自使用属世博会享有版权的作品的侵权案例，有的侵权当事人正被追究民事法律责任。

面对侵权行为，上海市版权局极为重视，他们已经着手深入研究世博会版权问题，加大了查处侵犯世博会版权违法行为的力度，同时，积极参与有关世博会知识产权保护的立法工作，协助有关部门做好世博会的版权管理。上海市版权局、版权保护协会还与世博会办公室在近期多次召开会议，专题研究世博会版权保护和版权管理工作。

记者还了解到，为了保护世博会的知识产权，在今后的 7 年时间里，上海市将有计划、有步骤、有组织地着手做好以下工作：加大中国 2010 年上海世博会知识产权保护的宣传力度，提高全社会的知识产权保护意识，营造良好的知识产权保护环境；对侵犯世博会知识产权的行为，通过各行政部门依法进行处理或者调解；对影响大、情节严重的，通过司法途径予以解决；市政府法制办、世博办以及市工商行政管理局、版权局、地名办、信息办等部门在学习、借鉴历届世博会知识产权保护工作的经验基础上，依照相关的法律法规，结合中国国情，起草制订关于加强世博会知识产权保护工作的规章。上海市有关知识产权部门成立法规起草小组，制定《中国 2010 年上海世博会标志保护条例》。

上海世博会版权保护及其他知识产权保护方面的任务艰巨，这项工作直接影响到中国上海能否吸引更多国家、国际组织参展，是中国上海能否举办历史上最成功、最精彩、最难忘的世博会的基本前提，也是对我国是否履行"入世"的承诺、遵循《国际展览会公约》以及保护知识产权的国际规则的一次全方位的检验。对上海来说，更是以2010年中国上海世博会为契机，进一步树立国际大都市形象，改善投资环境，推动上海新一轮发展难得的历史机遇。

（刊登于2003年6月26日第二版）

# "第一商标"喷薄而出

## 北京2008奥运会会徽隆重面世，刘淇呼吁保护好会徽的知识产权

**本报讯**（记者文彬）8月3日晚，北京天坛公园祈年殿灯火通明，带有强烈民族特色和时代感的北京2008奥运会会徽"中国印·舞动的北京"在这里正式向全世界亮相。该奥运会会徽将成为北京2008奥运会市场开发的重要载体，北京奥组委主席、中共北京市委书记刘淇呼吁："保护好会徽的知识产权，是成功进行市场开发，举办一届最出色奥运会的重要保证。"据悉，这个徽记的商标注册已在国内外进行。

北京时间8月3日晚21时，中共中央政治局常委、全国人大常委会委员长吴邦国和国际奥委会协调委员会主席维尔布鲁根正式揭晓会徽。

中共中央政治局委员、北京市委书记、北京奥组委主席刘淇在发布仪式致辞中说："历届奥运会标志和形象已成为独特的无形资产。特别是奥运会会徽，不仅是国际奥林匹克运动和奥运会形象品牌的重要载体，而且体现了奥运会举办城市独特的文化魅力，体现了奥运会举办国家的民族性格和精神风貌。它是国际奥林匹克运动最具价值的资产之一。"

对于奥运会标志的保护，刘淇表示："奥运会会徽是奥林匹克知识产权的重要组成部分。保护好会徽的知识产权，是成功进行市场开发，举办一届最出色奥运会的重要保证。中国政府和北京市政府已经发布实施了保护奥林匹克知识产权的相关法规。认真执行这些法规是参与和支持奥运会筹办工作的实际行动。在举行会徽发布仪式之际，我们呼吁海内外所有关心和支持北京奥运会的人们为维护奥林匹克知识产权，为保护会徽的价值，为建设良好的法制环境做出贡献。"

北京奥组委8月3日发布公告称，未经奥组委许可，任何机构或个人均不得为商业目的（含潜在商业目的）使用北京奥运会会徽。将徽记用于非商业目的时，必须明显区别于商业行为，并不得与商业广告相邻使用。另外，任何机构或个人，在任何情况下，均不得将徽记进行拆分、歪曲、篡改等变形使用，也不得将徽记作为其

他图案的组成部分使用。

据介绍，奥运会形象和景观工程包括奥运会标志、吉祥物、火炬、奖牌、纪念章、开闭幕式等一系列设计以及对场馆、举办城市进行景观设计。其中，奥运会标志即会徽，是整个形象和景观工程的第一"主角"。会徽产生后，将会以纪念品、宣传册等形式，广泛应用到奥运筹办过程中。另外，举办奥运会期间，城市的视觉景观、比赛场馆周边的景观布置等，都要大量使用会徽，向世人传递奥林匹克精神及中国和北京传统文化，表达北京奥运会的理念。因此，成功创造包括会徽在内的2008年奥运会的视觉形象，是整个奥运会成功举办的重要标志。

奥运会会徽也是奥运会市场开发的主角。现代奥林匹克运动经过100多年的发展，其形象和景观已经成为奥林匹克运动当中巨大的无形资产，而奥运会会徽是其中最核心的元素。根据《奥林匹克标志保护条例》及相关法律法规，会徽图案的权利人属于第29届奥运会组委会。组委会通过向企业出售奥运会标志使用权的形式获得收入。这些收入是奥运会筹办经费的重要来源。

业内人士估算，北京奥运会会徽的商业价值至少有十几亿美元，申办时定下的预算收入将会突破。

# 中国印——2008 最大赢家

善勇

当名为"中国印·舞动的北京"的2008年北京奥运会会徽在天坛祈年殿前隆重揭晓，蕴含着巨大无形资产的奥运会会徽从此被注入了明确的"中国元素"。那气韵生动的中国印不仅将中国文化与奥运精神完美地结合，一经注册，它必将成为2008年的世界第一商标。

奥运会会徽是国际奥林匹克运动和奥运会形象品牌的重要载体，也是奥林匹克知识产权的重要组成部分。奥运会会徽不仅象征着奥林匹克精神、凝结着设计者的智慧和劳动、体现着举办地的文化和理念，同时也蕴含着巨大的商业价值。它一旦注册，就是世界著名商标，影响力远远大于任何其他的商标，成为市场开发中最有价值的无形资产。在近几届奥运会的举办中，奥运知识产权都转化成为巨大的有形资产，成为解决奥运会经费的主渠道。奥运会举办期间，与奥运会有关的专利、商标和文学艺术作品等等也将大量涌现。实践证明，奥运会会徽知识产权保护已经成为成功举办奥运会的重要保证。

用市场经济手段支撑奥运会的举办，就要用市场经济秩序来规范相关的行为。而对于知识产权的保护，已经成为市场经济中的通行规则。对此，中国政府早已向国际社会作出承诺，同时，保护知识产权也是我们发展社会主义市场经济、全面建设小康社会的需要。"祭起中国印，打赢经济仗"——使用和保护好奥运知识产权、经营好奥运会徽这个 2008 年的第一商标，我们才能成为奥运经济的真正赢家。

（刊登于 2003 年 8 月 5 日第一版）

# 读图：春城涌起专利潮
## ——聚焦中国国际专利与名牌博览会
### 杨申　摄影

　　8 月的春城昆明，如同靓丽的南国少女，纯美而温柔，她微笑着挥动双臂，献上最美的鲜花迎接来自海内外数百家依靠自主知识产权而成功的专利权人和企业家；8 月的春城昆明，又如同一座缀满明珠的彩虹之桥，发明人与企业在此对接，专利与名牌在此辉映，自主知识产权与高新技术成果走向产业化。

　　创新之魂舞南国，专利之潮涌春城。展会上，来自全国 29 个省、市、自治区以及日本的 300 余家国内外企业带着自己具有自主知识产权的专利技术与名优产品前来展示与推广，千余项涉及电子、化工、建材、食品、通信、能源、交通等诸多领域的专利技术和名牌产品走进展馆。博览会不仅充分展示了我国自主知识产权的高新技术，而且对推动专利技术贸易、加强专利科技信息交流和各省区市间专利合作都将起到积极的推动作用。

（刊登于2003年8月28日第三版）

# 农交会：敲响知识产权拍卖第一槌

**本报记者　裴宏**

11月5日，华夏农耕文明的发祥地——杨凌，再次在中国农业发展史上大书了一笔。"神经酸提取工艺专利技术合作开发权起拍价100万元……"

"180万一次！180万两次！180万3次！80号买受人以180万元成交！"

随着国家注册拍卖师张海韵手中的拍卖槌重重落下，由国家知识产权局和陕西省知识产权局共同主办的中国农业知识产权拍卖第一槌在第十届农高会农业知识产权专场拍卖会敲响。

这一槌看似简单，实际上其背后是知识产权带给农业领域风起云涌的震荡。

一位农业经济专家回忆到，曾几何时，受农业生产自身特点以及计划经济体制的影响，在其他领域的知识产权工作已经快马加鞭的时候，农业领域的知识产权工作进展却不如人意，存在很多让人挠头的难题。农业科研人员只顾埋头苦干，不晓得知识产权是何物，到头来"为他人作嫁衣裳"，成果或是被仿冒，或是束之高阁，不符合市场需要，这种现象并不少见。

加入WTO以后，国际竞争压力不断加大，泱泱大国的传统产业面临着巨大的挑战，农业科研人员也感受到前所未有的压力。"怎样才能让兴农科研技术成果走上农业产业化的主渠道呢？"他们苦苦思索着，也在不断尝试着。

"农业科研人员要走向市场，充分运用知识产权制度。我吃够了不懂知识产权的苦，如果离开知识产权的保护和促进作用，发展农业高新技术产业就是没走对路！"80号中标者、西安福润德医药有限公司的总经理王章凌很朴实的一句话，道出了农业科研工作者最深切的工作体会。

经过"几番厮杀"终于中标，王章凌的喜悦写在脸上。与他共同"看上"这个项目的同行——专程从甘肃庆阳赶来的范经理却无法挥散心中的懊恼，晚到了几分钟让他失去了竞标资格。与范经理同样落寞的还有两位与王章凌一同参加该项目竞标的两家公司负责人。

为何这项农业技术如此受人青睐？

原来，经王章凌等人充分调研，这个项目具有较高的市场价值，特别是该项目受到专利保护。"如果不是专利技术，我们根本不会考虑合作开发！"操着一口浓重的甘肃口音的王章凌讲起对知识产权的认识，头头是道。在他看来，某种意义上讲，是否拥有知识产权一方面体现了技术本身的价值，另一方面也是合作者基本素质的象征。

与王章凌同样兴奋的还有杨凌华辕生物技术有限公司的总经理武兴战。他倾注了11年心血的农业专利技术的合作开发权被深圳某公司西安分公司以2600万元的价格买走。

……

国内首场农业知识产权专场拍卖会的4个专利项目全部拍卖成功。

中国农业及中国知识产权事业，在杨凌又有了一个新的开始……

（刊登于 2003 年 11 月 8 日第一版，王文扬摄影）

中国高科技民营企业从与"巨人同行"创业起步，到今天"与狼共舞"受到生存威胁，它们何以自我保全？

## 以自主知识产权为攻防利器

本报记者　王少冗

**脚手架上的较量，引发关于中小企业发展战略的理性思考**

提到脚手架，许多人马上会联想到建筑工地，想到那些随着楼房一起"长高"的用金属管搭起来的架子。实际上，这只是脚手架的一种，在生活的许多领域中，工程人员还需要一种更为轻便的、能够快速安装拆卸的脚手架，名为快装脚手架。这种脚手架外国人在 20 世纪 40 年代就已经开始研制，60 年代出现了专利产品，而在中国，直到 2001 年 9 月之前，尚没有一家企业能够生产。看似简单的快装脚手架，在"整个就是一个大建筑工地"的中国，有着巨大的市场容量。

日前，《中华工商时报》刊出一篇题为"脚手架上的知识产权较量"的长篇通讯，讲述了发生在中外两家企业之间，围绕着这种脚手架爆发的一连串从亲密合作到分道扬镳，再到竞争对手，以致反目成仇对簿公堂的故事。11月20日，中华工商时报社与当事企业——北京康得环保科技股份有限公司共同主办研讨会，对故事中的涉外知识产权问题展开讨论，引发了与会者关于我国中小企业发展战略的理性思考。

为数不少的中国高科技民营企业，最初是通过引进、代理国外先进技术和产品创业起家的，四通的总裁把这样的起步创业模式叫作与"巨人同行"。但随着中国加入WTO，国外大型企业纷纷涌入中国，它们直接在中国进行市场开发、产品销售，原来互相依托的双方成了竞争对手，再想依从"巨人"生存无异于与虎谋皮。"狼来了！"中国企业与狼共舞，生存受到威胁，何以自我保全？

**"巨人"企业相逼，催生中国企业自主知识产权**

Upright公司是世界上最大的快装脚手架制造商之一，不但在本土爱尔兰，在美国洛杉矶也有生产基地，年销售额高达3亿美元，尽管如此，Upright公司的产品从来没有进入过中国。1996年底，北京康得环保科技股份有限公司总裁钟玉一行远赴爱尔兰，与Upright公司进行合作谈判，并正式签订合同，康得成为Upright公司在中国市场的唯一产品代理商。

康得投入数百万元用以广告、宣传、现场演示等推广活动，销售量两次在Upright全球200多个经销商中名列年度第一。但是没想到的事情发生了，2000年初，Upright又自行发展了多个中国代理商，导致市场混乱，销售价格剧烈波动。钟玉气恼之极，亲自前往交涉，结果却不欢而散。无奈，康得与Upright公司分道扬镳。

难道辛辛苦苦开发的市场就这样拱手让人了吗？钟玉痛下决心，自己动手研制快装脚手架，不但企业要从贸易向现代制造业转向，还要自力更生，升级换代成为具有自主知识产权的现代制造业，给中国的制造业争口气！让他们没有想到的是，看似简单的脚手架，寒来暑往，研制工作竟然耗费了整整13个月的时光，而且中途几次濒临绝境。2001年9月，建设部新材料科技处组织专家对康得公司开发的脚手架进行了全方位的考察、测评，对这个产品的创造性、新颖性，尤其对康得培育自主知识产权的意识给予高度赞扬，一致认为康德的产品填补了国内空白。

之后，康得大展身手，以低于Upright公司产品50%的价格，和更高的强度、更好的稳定性、更加广泛的实用功能，在中国市场迅速推开。Upright公司被迫防守，于2002年12月向国家知识产权局专利局专利复审委员会提出申请，要求宣告康得公司申请的专利无效。经过几轮较量，9月3日，专利复审委员会裁定，确认康得的专利有效，Upright公司败北。

**"圈知"与突围，事关企业甚至产业沉浮兴亡**

康得正在以知识产权为武器反击对手。几位企业家说，"入世"两年来，中国企业在知识产权领域遭受的一连串打击，让他们忧心不已。这实际上让中国产业和企业面临一个两难处境——要想发展现代化制造业，就必须与外国合作，借鉴国外的先进技术、先进产品；但想摆脱外方控制又何其艰难，一不小心就会陷入人家设置的知识产权圈套，陷入纠纷中。如何才能既发展自己，又让相关外国企业无法在知识产权问题上找到诉讼理由，是诸多中国企业需要仔细考虑的问题。

国家发展和改革委中小企业司的顾强处长指出，在世界经济一体化、市场高度融合的今天，发生国际知识产权纠纷在所难免。我们首先要有积极的态度来应对，而不是一味退缩、消极回避。同时，我们的企业要尽快地去熟悉、了解 WTO 环境下的贸易规则，学会利用规则来保护自己。另外，最重要的一点，就是要在消化吸收国外先进技术的基础上有所创新，形成自己的知识产权，这是我们参与国际竞争的基础。

从专业角度看，这只是个很普通的案例，但对中国企业来说，却是很有意义的。中国国际经济贸易仲裁委员会资深律师包冠乾说，我国中小企业现在面临非常紧迫的形势，国外企业、跨国公司在中国大搞"圈知"运动，想用知识产权规则把中国市场统统圈为己有，如果我们不注意这一点，将来就完全被束缚住了，一动就要撞到人家设的雷，就要侵权。康得公司敢于对外国的设备或产品上动手术，敢于做出一些新的改进，赋予它新的性能、新的作用、新的品质，它就获得了专利权。"这点对于所有的中小企业来说，是很有启发作用的。"

然而，现实永远不可能像大家所谈的那么简单——就在本报发稿之际，Upright 公司的代理律师给记者打来电话称，他们对专利复审委员会的决定不服，正准备向法院起诉，康得公司也将成为连带被告。一项技术、一场纠纷，输赢之间关系到一个企业甚至一个行业的沉浮兴亡，谁会等闲视之！中国企业突破"圈知"之路，注定会是一条坎途。

（刊登于 2003 年 11 月 22 日第一版）

# 长三角 16 城市结盟共保知识产权

**本报讯** （通讯员林旭）继在科技、旅游、质检等领域的合作后，近日，长三角 16 个城市又正式建立知识产权保护战略联盟，建立专利行政执法协作网，实现异地举报、案件转办和移交，开辟跨城市维权的快速通道。

在日前召开的华东 6 省 1 市知识产权局局长会议上，上海、南京与常州等城市的代表联合发出加强知识产权保护的倡议书，并签署了建立长三角知识产权保护联盟的协议。长三角知识产权保护联盟将开辟互联、互动、互补开放的专利技术服务市场；建立专利行政保护协作执法网，联合打击知识产权重大违法行为；联通专利技术交易网络，实现专利技术信息共享和异地交易；加大执法力度，联合打击知识产权重大违法行为，实现异地举报和跨省市维权，建立案件转办、移交的快速通道。

此外，这些城市还将加强知识产权人才培养合作，建立区域知识产权专家库，建立信息资源共享网络，充分利用专利信息资源，共建知识产权预警机制，及时交流国内外知识产权领域的重要信息，提高整体快速应对能力等。

长三角知识产权保护联盟还将在国家知识产权局和华东6省1市知识产权局的指导下，建立长三角16城市知识产权工作联席会议制度，每年由一个城市召集，交流信息，检验合作成果，研究本区域知识产权工作出现的新问题等。

（刊登于2003年11月25日第一版）

中国知识产权报
CHINA INTELLECTUAL PROPERTY NEWS

# 2004

1989 1990 1991 1992 1993 1994 1995
1996 1997 1998 1999 2000 2001 2002 2003 2004
2005 2006 2007 2008 2009 2010

# 纪念改革开放40年
## 中国知识产权报新闻作品集

2011 2012 2013 2014 2015 2016 2017 2018

"小土豆"卖出亿万富翁

国家科技奖评审强化知识产权导向

代理人，金奖的一半属于你——中国专利金奖"大豆蛋白纤维"背后的故事

首件中国电子专利申请诞生

我国专利申请实现跨越式发展

读图：3·15维权热潮涌京城

国产品牌营销：从稚嫩走向成熟

我国注册商标累计超过200万件

云南实施花卉产业知识产权战略

广东百万重奖中国专利金奖得主

时代的重托　历史的使命——论世界未来竞争就是知识产权竞争

中美IT知识产权第一案和解收场

直面专利战　应对专利战

王岐山高度评价"中关村模式"

北京发生暴力抗拒版权执法案

读图：阳光灿烂的日子——中国知识产权儿童画展代表团在日内瓦

百家企业签署深圳公约

面对新形势　续写新辉煌——纪念中国商标制度实施一百周年

知识产权刑事保护门槛降低

东北黑土地，种什么长什么。刘新是辽宁省沈阳市的一位下岗工人，1989 年，为了生计，他将农民收获后丢在地里的小土豆捡回自己经营的小饭店，做成酱菜，免费配送顾客，之后，他将小土豆注册成餐饮商标。没有料到的奇迹发生了：短短的十多年时间，这些小土豆全变成了金豆豆，让刘新从一文不名的普通人变成了在全国拥有 140 多家连锁店、资产 1.86 亿元、控管资产 2 亿元的亿万富翁——

# "小土豆"卖出亿万富翁

**本刊记者** 杨林平 陈欣科

"小土豆，大花卷。"去小土豆吃饭的人们总是兴高采烈。京城的繁华不能掩饰小土豆饭馆的热闹，黑黄红三色的彩色霓虹照亮着"小土豆"三个大字。更加耀眼的是在巨幅招牌上的文字："辽宁省著名商标""全国联销""假冒必究"，以及闪亮的注册商标标识，细心的食客还会发现那个"小"字中间的一笔一竖直下没有小勾。小土豆对商标的钟爱极致地体现在夺目的招牌上。

## 点石成金 下岗工人注册小土豆

一个正在申报中国驰名商标的餐饮商标，和一个曾经是下岗工人的装卸工紧紧地连在一起。从前和今天，这个人最爱讲的一句话就是：只要人努力就会有发展。

他的名字叫刘新。1965 年出生在辽宁省沈阳市的一个军人家庭。4 岁时，父亲突然患病去世，母亲不久也因病离世，就这样，刘新成了孤儿。

1982 年，刘新在沈阳市燃料公司当上了一名装卸工，虽然企业不景气，但他过上了自食其力的生活。1989 年，刘新不幸下岗了。迫于生计，刘新开始给别人打工，先后在市场卖菜、卖鱼、卖西瓜、卖服装，勉强度日。

刘新自小做得一手好菜，而妻子金秀花是朝鲜族人，从小也学会了一手做小咸菜、大花卷的手艺。后来，刘新用住房做抵押，东拼西凑地借了 3000 元钱。购置了 4 套桌椅，在沈阳最繁华的商业街——太原街 11 号，挂出了林苑冷面店的招牌，开起了夫妻小店。

采访中，北京小土豆餐饮管理有限公司文为副董事长道出了小土豆成功的奥妙。

东北大平原，盛产土豆，收获后，会有好多的小土豆被丢在地里，这些小土豆被刘新夫妇捡回，腌成酱菜，免费送给顾客。后来，人们来店里吃饭，都不说去林苑冷面店，而是说去小土豆，受此启发，刘新干脆就把店名改成了小土豆酱菜馆。

刘新收集民间烹饪小土豆的技术，终于用 30 多种药材配制出炖小土豆的底汤，再加进酱油、五花肉、香菜等进行炖制，创造出了一道色、香、味俱全的招牌菜——酱小土豆。这道菜既有东北大碗菜的特色，口感又绝对鲜美超过东北大碗菜，而且，一碗酱小土豆才 10 元钱，再花 2 元钱买上两个味道纯正的大花卷，就够两个人美餐一顿了。酱小土豆一经推出，一炮打响。

"好吃吃不够，沈阳小土豆。"一时间，小土豆酱菜馆风靡沈阳，生意火爆，不到两年时间，刘新就赚下了近百万资产。

文为副董事长告诉记者，小土豆成名之后，假冒者甚众，刘新意识到，如果不注册商标，小土豆就如同在给别人打市场。1997年，刘新在当地工商管理机关的帮助下，注册了小土豆商标。

### 订单种植　法库农民人均年收入1000元

1996年，刘新在沈阳最繁华的太原街口购置了4层大楼，业内人士评价此举为小土豆迈入现代餐饮的重要开端。1999年，小土豆进京开办了第一家小土豆餐厅，切合了消费者"吃得有面子，吃得省钱，吃得舒心"的需求，很快得到了消费者的认同，打开了北京这一重要市场。1998年，小土豆在邯郸公司尝试股份制改革，1999年，小土豆进行了正式的股份制改革，从根本上解决了家族管理的隐患。成立了北京小土豆餐饮管理有限公司。目前，小土豆在全国拥有了140多家加盟店，范围覆盖北京、天津、辽宁、吉林、黑龙江、河南、河北、山东、陕西、山西、广东、内蒙古、江苏、西藏等地，创中餐连锁史上在有限时间内拓展最为迅速的餐饮之最。在2000年全国餐饮百强排行榜上，沈阳小土豆餐饮有限公司排行第五名，1998年商标无形资产评估价值为1.5673亿元。

文为副董事长告诉记者，小土豆餐馆使用的小土豆，几乎全部来自东北，保证其绿色天然品质，现在餐馆每年要消耗掉60万斤小土豆。法库是当地一个贫困县，以前人均年收入只有300多元，自从与公司签订订单种植后，人均年收入提高到1000余元，那里的农民过上了富裕的生活。

### 保护商标　一场官司花掉17万元

小土豆熏酱菜馆、小土豆素菜馆、小土豆全羊馆、小豆苗、小豆芽、小豆豆，这些侵权商业行为不仅在名称上与"小土豆"近似，而且在选用菜品的用料上也雷同，种种不正当竞争行为，给企业品牌形象造成了很大的损失。作为东北三省餐饮业中唯一的一个具有正规特许经营资质的品牌，小土豆不断地被仿冒、假冒，自1997年开始，公司支出打假费用54万多元，审结与调解假冒品牌案件14起。为了保护小土豆商标，公司成立了商标管理机构，具体负责公司商标的注册、续展、异议、建档、监管，并且建立了《沈阳市小土豆餐饮有限公司商标管理暂行办法》，从1997年先后申请注册9个防御性服务商标，公司常年聘请了法律顾问，成立了打假办公室。

2000年12月13日，沈阳小土豆餐饮有限公司向北京市第一中级人民法院对北京东北小土豆餐饮有限公司提起侵犯商标使用权及不正当竞争诉讼，法院受理后展开了多方面的调查、取证。官司终于打赢了，经北京市第一中级人民法院进行一审公开宣判，判决被告停止使用"小土豆""小土豆餐厅""东北小土豆"等文字，判决当天小土豆即拿到获赔的经济损失1万元。这场官司前前后后历时1年，花掉沈阳小土豆餐饮有限公司17万元的资金。虽然距小土豆提出的60万元经济损失相去甚远，但这是中国餐饮业中第一个因服务商标被侵权而打赢的官司，也是第一个获得赔偿的官司，这将在中国餐饮史上写下重要的一笔。

沈阳小土豆进京清理门户，终于有了结果。

**申请驰名商标　要建百年老店**

北京小土豆餐饮管理有限公司的办公室，最吸引人眼球的是摆设和悬挂的凸显小土豆商标的各色实物和奖牌。文为副董事长告诉记者，当初，公司的发展目标很大，就是要做中国的麦当劳，现在想来却是多么的可笑。小土豆商标在经历长久的发展之后，公司现在的终极目标是将小土豆建成百年老店。

"小土豆"作为受法律保护的知名品牌，1999 年被评为"辽宁省著名商标""沈阳市著名商标"；先后被沈阳市政府授予"沈阳市地方风味名品""沈阳市地方风味名店"；2000 年获"中国名菜"称号，2001 年获得中国餐饮名店称号，2002 年获得国际餐饮名店称号；2003 年开始申请认定驰名商标。

从长远看，"小土豆"多业态、多元化发展才能走得更稳，才能争取更大的发展空间。之后推出了小豆面馆快餐店和渔公渔婆海鲜排档两种业态。渔公渔婆已经申请注册商标。快餐店结合南北方不同的饮食习惯，研究推出了系列面食（小豆面馆）；海鲜则推出了"渔公渔婆"系列主打品牌，意在海鲜餐饮业界打出"超市海鲜""平民海鲜"的新概念。

"小土豆"为自己制定的短期规划是：第一，以北京和沈阳为中心，强化现有连锁店的管理；第二，重新组合公司组织和管理架构，加大管理力度；第三，多品牌、多业态、多元化发展。长远规划则是通过对企业的 CI、企业文化、企业架构及管理等方面的重新整合，使"小土豆"现有的产品上到一个新高度。

文为副董事长举过这样的一个例子，小土豆厨师跳槽的比例相当小，就是因为企业有实力，小土豆在各方面都是规范的，具有企业核心竞争力，承诺的东西一定可以兑现，所以公司的厨师队伍是稳定的。但是公司同样不怕人员流动，流动是好事，保持着旺盛的生命力和吸引力才是企业最重要的东西。

文为副董事长认为中国的特许加盟最大的问题就是加盟商的个人素质问题，加强企业的核心控制力，包括加强主副材料的控制、对加盟商的后续支持和指导、品牌的总体策划和维护提高的技术含量等应该是最根本的东西，对加盟商的选择是十分重要的。小土豆连锁店包括直营店、合资合作店、特许加盟店，目前小土豆有 140 多家连锁店，北京、沈阳、邯郸 3 个地方是直营店。

小土豆追求建立百年老店，就是要丰富中国的餐饮文化，为中国的消费者提供一个良好的消费平台，如同文为副董事长所说：一般人自己掏腰包时，要满足三个需求才进饭馆，一是在那里消费有面子，二是吃的不错，三是自始至终舒服。还有小土豆的食品搭配结构合理，最主要的是营养之外的实惠，比如小土豆独有的大花卷，4 两一个，才 1 元钱，往桌上一摆就有食欲，谁还能不动心呢。

（刊登于 2004 年 2 月 10 日第五、七版）

二○○三年度国家技术发明奖获奖项目都有发明专利

# 国家科技奖评审强化知识产权导向

**本报讯** （记者王少冗）万众瞩目的我国2003年度三大国家科技奖2月20日揭晓，与历年相比，研究成果是否自主原始性创新、论文的作者是否拥有著作权、核心技术是否获得发明专利权等，是此次国家科技奖评审重要指标，强化知识产权导向是本次评审的显著特点。

国家科学技术奖励工作办公室的报告说，本届国家科学技术奖励设定了分类评审标准，强化政策导向作用。国家自然科学奖的评审逐步向国际惯例靠拢，更加注重科学研究水平、科学价值以及发表论文的质量和国际影响，注重论文的作者是否拥有著作权；国家技术发明奖的评审则强化了知识产权导向，强调重大技术发明尤其是战略高技术，必须在其核心技术上获得发明专利权；国家科技进步奖的评审，更加注重项目是否取得发明专利等知识产权或对制定重要技术标准的贡献、在市场上的竞争力、经济和社会效益以及对国家安全的重要战略意义等相关指标。

本届科技大奖纠正了我国科技界长期存在的"重理论轻实践""重论文轻专利"倾向，特别是国家技术发明奖已经把获得发明专利权作为重要内容，所有19项获奖项目都拥有自己的发明专利。如由清华大学冯冠平等完成的二等奖项目"石英数字式力传感器及系列全数字化电子衡器的研究与产业化"，已获5项中国发明专利权，98%的产品出口国际市场。同时，在技术标准的创新方面也有一批项目获奖，如大唐公司等单位共同完成的第三代移动通信技术标准的研究，是目前在该领域最具代表性的拥有自主知识产权的国际标准。

同时，过去主要由国家投入科技创新的情况有了很大改观，企业逐渐成为技术创新的主体。在本届获得国家科技进步奖的项目中，有一半都有企业参与，其中由企业独立完成的就有11项，企业与大学和科研院所合作完成的有64项。如由清华大学与清华同方威视技术股份有限公司合作完成的一等奖项目"加速器辐射源移动式集装箱检查系统系列的研制及产业化"，拥有多项自主知识产权技术，其产品出口到多个国家，体现了中国高技术产品的国际竞争能力。据统计，2002年和2003年，中国的研究开发投入中，有60%以上来自企业，中国的企业越来越注重进一步提升科技创新能力，增强国际竞争能力。

（刊登于2004年2月24日第一版）

# 代理人，金奖的一半属于你

## ——中国专利金奖"大豆蛋白纤维"背后的故事

本报记者　李建伟

"植物蛋白合成丝及其制造方法"喜获第八届中国专利金奖。面对鲜花和掌声，其发明者河南安阳滑县农民发明家、现任上海沅康大豆纤维贸易有限公司董事长李官奇激动地说："这个金奖凝聚着郑州中原专利事务所专利代理人的心血和汗水，没有他们就没有这个金奖，更没有如今这项专利产生的30多亿元的大产业。"

### 慧眼识珠催生重大发明专利

1999年8月27日，骄阳高照，酷暑难耐。临近中午，郑州中原专利事务所的门忽然被推开了，河南遂平县粮食局魏局长向工作人员咨询，说他们将组织一批粮食深加工项目去东北参加一个新技术展览会，看看用啥办法能"防止别人把技术学走"，其中还无意中提到一个农民花费了10年心血研制出了一种"从大豆中抽取蛋白纤维"的技术。

该所女所长张绍琳敏感地意识到，这项植物蛋白纤维项目是一项利国利民的重大发明，如果没有申请专利就去参加新技术展览会，这项技术很可能泄密而丧失新颖性得不到法律保护，使发明人遭受重大损失。

当天下午，张绍琳坐着长途汽车，颠簸了4个多小时从郑州专程赶到河南省遂平县城。发明人李官奇是一位寡言忠厚只知道埋头搞发明的农民，他说："我不懂专利，不想去麻烦，谁把我的技术学去了，我再想法改进。"张绍琳用国内外大量的正反两方面的典型案例，不厌其烦地向李官奇介绍尽快申请专利的重要性。经过两个多小时的交谈，李官奇被张绍琳的真诚所感动，勉强同意愿意配合申请专利。但由于发明人不善言谈，不能给代理人提供一份完整的技术"交底书"。张绍琳就深入车间，仔细观察生产工艺流程，连夜在县城招待所里写出了专利申请文件的初稿。

第二天，熬红了眼睛的张绍琳再次找发明人了解发明的技术保护关键点。就这样苦熬了三天两夜，先后四易其稿，"植物蛋白合成丝及其制造方法"发明专利申请文件终于在展览会的前一天提交了。

### 高质量代理构筑坚固防线

一年多过去了，张绍琳突然接到发明人李官奇的电话，焦急地问："原来申请的专利还算不算数？"原来，发明人公司的一名高层管理人员辞职后，想将发明人传授给他的植物蛋白丝生产技术申请专利，并已拿到了专利申请受理通知书。张绍琳告诉他一切都按程序帮他办理着，完整的档案他随时可从事务所取走，李官奇悬着的心才放下来。

李官奇从大豆中提取的蛋白质纤维，是我国自主开发并在国际上率先取得工业化实验成功的改性纤维材料，对中国整个纺织工业发展具有巨大的推动作用，引起了国家有关部委和国内外纺织企业的高度重视。

国内外不少企业争相提出要购买或合作开发该项技术，更有一些企业和个人想突破发明人的专利保护"门槛"，申请新的专利，但由于原专利申请保护文件结构严谨，技术保护要点严密，无法进行突破，又碍于该项目投资巨大，一旦侵权受罚得不偿失，最终只得放弃。那位辞职者得知李官奇的技术已经申请了专利，最后只得主动撤回了申请。

**为推动专利产业化再送一程**

浙江、江苏、山东等地纷纷筹集巨资，许以发明人优厚的待遇和政策，邀请李官奇携带此专利项目到当地建厂。

由于此项目许多关键设备和工艺都是李官奇"土法上马"，小打小闹，没有严格规范的图纸绘制能力，而进行大规模机械化、工业化生产需要标准、规范的设备图纸。发明人基于技术保密考虑，对郑州中原专利事务所的深厚信任，就邀请中原所专利代理人给予协助。

郑州中原所停下所里繁忙的工作，抽出有经验的技术人员帮其绘制出了整个项目所涉及的标准设备和工艺图纸，使发明人深受感动。此后，发明人长期在江浙等地筹建企业，又在该发明专利上进一步形成的 5 项发明专利，发明人仍然千里迢迢地回到郑州中原所来委托代理。在第八届专利金奖推荐过程中，郑州中原专利事务所代理人又协助发明人准备了全套评审资料，并为此花费了大量的时间和精力。该项发明专利最终被评委全票通过评为金奖专利，并且成为新中国成立以来唯一被评为中国专利金奖的非职务发明。

目前，"植物蛋白合成丝及其制造方法"专利技术已在浙江、江苏、河南等地实施投产，总投资额达十亿多元，阳光集团、鄂尔多斯集团等国内企业都开始采用这种大豆纤维生产成衣，这种纤维布还打入韩国、日本、欧美等十多个发达国家和地区，产生了良好的经济和社会效益。

从一个农民发明家到一个身价几千万元的多家公司的董事长、大股东，李官奇永远不能忘怀引导帮助他事业走向成功的郑州中原专利事务所的专利代理人！

（刊登于 2004 年 2 月 24 日第二版）

步入新阶段　开启新纪元

# 首件中国电子专利申请诞生

**本报讯**（记者吴辉　实习记者汪玮玮）3 月 12 日，9 点 45 分，国家知识产权局三楼洽谈厅。人们期盼的重要时刻终于到来，随着国家知识产权局副局长田力普轻轻点击鼠标，中国"电子专利申请系统"正式开通了。20 秒后，国家知识产权局在线接收并正式受理了首件中国电子专利申请。在业界颇负盛名的永新专利商标代理有限公司拔得头筹，由其代理的日本阿尔卑斯电气株式会社的"半导体激光器的驱动电路"独占花魁，将发明专利申请号 200410155060.7 稳稳地握在手中。中国专利申请就此掀开了崭新的一页。

9 点 47 分，永新专利商标代理有限公司。掌声和欢呼声回响在办公室里。"这一时刻太有纪念意义了。"面对意料之外的荣誉，首件中国电子专利申请的代理人黄剑锋掩饰不住内心的激动，"我真的感到非常光荣。"永新副总经理蹇炜表示，自 2001年 12 月永新与其他 7 家涉外代理机构一同与国家知识产权局签订合作协议以来，全力以赴进行电子申请合作测试。"长期的磨合和充分细致的准备工作，为我们赢得首件电子专利申请奠定了坚实的基础。"

首件中国电子专利申请花落日本企业。国家知识产权局副局长田力普在祝贺的同时表示，近年来，日本在华专利申请一直位居各国首位，此番日企摘得花魁也是一种巧合，但它发出了一个信号：我国为招商引资创造良好知识产权保护环境的决心坚定不移，这也确实体现了我国坚决遵守 WTO 规则和《巴黎公约》国民待遇原则。

从 3 月 12 日起，申请人或代理人在办理完相关手续后，通过登录中国专利电子申请网站（www.cponline.gov.cn），就可以向国家知识产权局专利局递交专利申请。国家知识产权局自动化部部长卜方表示，中国"电子专利申请系统"刚刚投入运营，在流程和传输方面可能会出现一些问题，但请广大申请人放心，在确保申请人权益不受损的原则下，这些问题都会在进一步完善项目管理和运营维护机制、提高服务质量等方面加以改进。

以方便申请人和代理人为宗旨的中国"电子专利申请系统"的开通，令代理人欢欣鼓舞。作为代理人的娘家人，中华全国专利代理人协会秘书长袁德表示："电子申请的实施大大方便了全国专利代理机构快捷地递交专利申请，同时通过互联网能够做到与国家知识产权局的信息共享，使国家知识产权局为广大代理人和代理机构提供更多、更好、更快的服务。"

（刊登于 2004 年 3 月 13 日第一版）

第一个 100 万用 15 年　第二个 100 万仅用 4 年
## 我国专利申请实现跨越式发展

**本报讯**　（记者吴辉）2004 年 3 月 17 日，在中国专利法颁布 20 周年后的第 5

天，从国家知识产权局传出振奋人心的消息，我国专利申请总量突破 200 万件大关。这一天，将在中国专利史上书写下浓重的一笔；这一天，也成为中国专利事业发展的又一个新的里程碑。

"从中国专利法实施到 2000 年年初，我们用了 15 年的时间使我国的专利申请总量达到第一个 100 万件。此后，仅仅过了 4 年多的时间，中国专利申请总量再度突破 100 万件。"国家知识产权局有关人士表示，"这真正实现了专利申请的跨越式发展。"

据了解，自 1985 年 4 月 1 日专利法实施以来，我国受理的专利申请持续增长，截至 2000 年 1 月 11 日，我国受理国内外专利申请达 100 万件。在这一阶段，专利申请的年均增长率为 17.3%，其中，国内专利申请的年均增长率为 19.2%，高出国外近 5 个百分点。特别是近 4 年多来，随着科学技术突飞猛进的发展和社会各界对知识产权制度认识的不断提高，我国受理的专利申请年均增长速度达到 23.1%。

值得一提的是，前 15 年的国外发明专利申请的总量及平均增长速度均高于国内，但在近 4 年多来，国内发明专利申请以年均 38.1% 的加速度增长，累计达到 15.2 万件，总量及平均增长速度均超过了国外。在第一个 100 万件专利申请中，发明专利申请占总量 27.6%，而在第二个 100 万件，发明专利申请升至 32.1%。近 4 年来，作为我国市场经济和研发主体的企业专利申请量大幅攀升，特别是发明专利申请分外抢眼，4 年申请的总量 3 倍于前 15 年的数量之和，年均增长率达到了 58.2%。

对此，有关人士认为，在近 4 年多来，中国专利申请量快速增长以及质量显著提高的事实表明，中国专利制度在激励全社会发明创造、推动技术创新的作用日益突出，全社会知识产权保护意识在明显提高，企业运用知识产权的能力在不断增强。同时，也从另一侧面显示了专利事业的发展与中国经济的发展是一脉相承、交相辉映的。

（刊登于 2004 年 3 月 18 日第一版）

# 读图：3·15维权热潮涌京城

张子弘　杨申　摄影

（刊登于2004年3月23日第四版）

国产品牌营销

# 从稚嫩走向成熟

肖峰　欣欣

近日，笔者到京城各大商场超市内进行采访。面对一些知名品牌的成熟营销策略和手段，国内其他同行是否会有所启发呢？

中国是世界商品消费大国，国际许多著名品牌都对我国的市场消费前景持乐观态度。然而我国的相当一部分企业由于缺乏品牌竞争力，打入世界市场的知名品牌却不多，因此产品附加值就远远低于国际上的同类产品。纵观目前我国大部分企业状况，"品牌经营"是许多中国企业家已经意识到但还没有完全熟悉的概念。实际上，"品牌经营"同企业的发展有着紧密的关系。过去，国内企业的大部分产品是以价格优势赢得消费者，但是随着人们生活水平的提高、国际化进程的加速和行业市场的发展，越来越多的消费者开始注重购买产品的无形价值（包括产品蕴涵的文化背景、企业的管理理念和相关服务等），即品牌。

国内的大部分企业在其本身品牌的建设和营销方面还很简单，同一些知名企业的成熟品牌相比还有很大差距，要想提高品牌的附加值，国内企业要注意以下几个方面：

### 注重风格的统一和原创性

很多知名品牌都强调整体设计的理念，无论产品样式怎样变化，我们都可以通过风格统一的 VI 将其与其他同类产品区别开。很多著名的公司都拥有专业的品牌设计师，这样使得开发的新产品既有创新性又能保持本品牌的独特风格。而国内的很多企业往往只是跟随国际著名品牌的流行趋势，简单照搬的成分较多，没有形成自己的品牌风格。"民族的才是世界的"，国内企业不妨试试在品牌设计中加入本土文化的因素，增强风格的原创性。

### 加强品牌营销网络的建设

无论是采用特许加盟还是直销的形式，国内大部分品牌的营销网络都比较薄弱。在品牌覆盖面、市场占有率以及店铺数量上都有较大差距。国外著名快餐品牌如麦当劳等，往往采用连锁店的形式，建立自己的快餐销售体系，以保证各连锁店在产品销售、举办活动上的同步，这样也可以及时得到市场的反馈信息，改进产品。如另一国际快餐巨头肯德基在中国的连锁店已经超过了 1000 个，休闲类服装佐丹奴的连锁店和加盟店已经达到几百个。国内西装品牌中"雅戈尔"的营销网络是做得比较好的，其营销网点超过 300 个。

### 提高对市场的把握能力

国外很多著名品牌在竞争中的优势很大程度上依赖对行业市场的把握。随着信息传播量的增大、传播速度的加快，国内消费群体对品牌的关注度越来越高。企业在某一领域做大做强后，还可以尝试利用品牌延伸来提高对市场的把握能力。由于消费者具有一定的品牌忠诚度，他们放心也乐于接受该品牌的其他产品。实践证明，这是很多企业分散市场风险、提高市场把握能力、扩大品牌影响力的好办法。如日本本田品牌也不仅仅是"提供优质的汽车"，其品牌延伸也成功地由汽车扩展到摩托车、割草机乃至发电机。国内品牌在延伸方面做得比较好的是"海尔"，其产品几乎涵盖了所有家电领域。当然，品牌延伸并不是所有企业增强把握市场能力的"万金油"，也要有一定条件的限制。

**多种渠道宣传推广品牌**

请明星担当品牌的形象代言人是国内大部分厂商惯用的做法，各位明星充斥在各个电视广告及街头宣传画中。而国外品牌的推广方式则更多一些，首先国际知名品牌都有比较明确的消费群体定位，针对目标群体在推广方式上也有所不同。他们同新闻媒体保持着紧密的联系，注意从多种渠道做好企业的公关宣传工作。例如国际著名品牌 Sony 将一部分推广宣传的重点倾向于儿童，并针对儿童的特点在北京的东方新天地购物中心设立了"索尼探梦馆"。孩子们在接触科学、增长知识的同时，也将 Sony 的品牌深深地印在了脑海之中，他们就是 Sony 公司的潜在客户。海尔集团在青岛设立科技馆，通过多媒体演示与互动活动，将品牌形象潜移默化地植入参观者心中。

**提高营销能力**

国内很多企业整体缺乏经验，营销执行能力差，往往多花钱而办不好事。如2003 年夏天，休闲装厂商"七匹狼"斥资 400 万元赞助"皇马中国行"活动，这本来是一次很好的宣传自己品牌的机会，却没有达到预期的效果。由于在"皇马中国行"活动之后，公司没有做后继的宣传，使这次活动变成了一次短期的行为，没有连续性，当然无法起到提升品牌形象的效果。国际著名的宝洁公司为"飘柔"品牌举办"飘柔之星"选美活动，很早就在各大媒体和商场内进行宣传，吸引众多消费者参加，并为获奖者拍摄广告。这种广告使"飘柔"在社会上获得了更多的知名度和美誉度，同时增强了活动后续宣传的传播力度，使人们并没有又因为选美的结束而转移对"飘柔"的关注。

综上所述，大部分国产品牌营销同知名品牌相比，确实存在很多缺陷。但是我们的企业家和管理者已经意识到了品牌营销的重要性，希望他们认识不足，总结经验，尽快使国产品牌营销从稚嫩走向成熟。

（刊登于 2004 年 3 月 23 日第八版）

### 5年注册商标增长了100万件

# 我国注册商标累计超过200万件

#### 安青虎向第200万件商标注册人颁发纪念牌

**本报讯** （记者文滨）4月23日下午，国家工商行政管理总局商标局会议室里，商标局局长安青虎亲手将一块纪念牌交到金正集团总裁万平手中，并宣布，我国注册商标累计超过了200万件，商标申请累计超过300万件，金正集团申请注册的"NiN"商标成为中国的第200万件注册商标。

据介绍，截止到2004年2月6日，我国商标注册申请累计达到300万件；8天之后，即2月14日，我国注册商标累计总量达到200万件。在第四个世界知识产权日即将来临之际，国家工商行政管理总局商标局专门举行了颁证仪式，庆祝第200万件商标诞生。

在颁证仪式上，安青虎表示，我国商标注册申请量和注册商标数量的大幅度上升，一方面反映了我国商标事业的蓬勃发展和全社会商标意识的日益提高，另一方面也反映了我国改革开放和经济持续健康发展的巨大成就。安青虎指出，我国注册商标累计总量突破200万件，是我国商标事业发展的一个重要里程碑，标志着我国商标事业进入了新的发展阶段。

据介绍，从1980年开始全国统一注册商标算起，我国商标年申请量突破10万件用了14年，从10万件到20万件用了7年时间，从20万件到30万件用了2年时间，从30万到40万件只用了1年时间。同样，从1980年算起，我国注册商标达到100万件用了20年，从100万到200万件只用了5年时间。

（刊登于2004年4月24日第一版）

### 让花卉成为富民产业和地方经济新亮点

# 云南实施花卉产业知识产权战略

**本报讯** （通讯员何晓钧）"把云南建成中国乃至亚洲最大的花卉生产、出口基地和市场交易中心"，是云南省委、省政府提出的经济发展目标之一。云南如何从花卉大省向花卉强省迈进？有关专家认为，"加快培育具有自主知识产权的花卉"是先决条件。为此，云南充分发挥政府职能部门作用，协同做好知识产权保护工作，推进花卉产业知识产权战略实施。

据有关资料统计，云南野生花卉资源极为丰富，有2500种之多，而目前大规模商品化种植的花卉品种却有95%依赖进口。这与云南丰富的野生花卉资源极不相符，也从源头上制约了云南花卉产业的提升。相比之下，在花卉大国荷兰，每年都会产生约700个拥有知识产权的新品种，其80%花卉用于出口。专家认为，只有拥有了自主知识产权的品种，云南的花卉才能在国际市场占据主导地位。

如何加强知识产权工作、提升花卉产业竞争力，云南省作了积极努力。近年来，云南省建立健全地方性法规和规章制度，先后出台了《云南省园艺植物新品种注册保护条例》《云南省园艺植物新品种注册登记办法》等法规，有效地保护了育种者权益，营造了良好的知识产权保护法制环境。截止到目前，省园艺植物新品种注册登记办公室共受理园艺植物新品种注册登记42件。

云南还围绕进一步"加快培育具有云南自主知识产权的花卉"开展研发。近年来，昆明植物所通过自然选育、杂交等方法以及组织培养、脱病毒等技术，在花卉新品种选育工作方面取得了突破，至今已有秋海棠、木兰、木莲、杜鹃、含笑等22个花卉新品种获云南省注册登记；申请和授权的有关花卉选育的发明专利13项。该所还积极与企业合作，以技术入股或转让等形式，为公司和花农提供优质花卉种苗。同时通过企业的投入，又极大地促进了昆明植物所花卉新品种的选育及研制工作。

值得一提的是，去年由昆明植物所、云南农科院、中国农科院蔬菜花卉研究所及云南花卉投资管理有限公司共同出资成立了云南花卉技术工程研究中心有限公司，其任务是为云南花卉产业提供有自主知识产权或有云南特色、为市场所接受的花卉品种和种类，为市场所接受的花卉品种或种类相配套的生产技术或高新技术；为云南培养花卉产业的技术人才。

云南还在省花卉生产企业建立了"知识产权保护联盟"。该组织主要是对自有知识产权和进口花卉的知识产权进行保护，建立有关技术贸易的措施和自律机制，落实出口的鼓励政策，以利于做大做强做优花卉出口贸易。此项工作已由省知识产权局牵头启动实施。省知识产权局还向国家知识产权局申报了"云南花卉产业专利战略研究"软课题，力争纳入国家知识产权局专利战略推进工程项目。

据了解，今年，云南省商务厅与省知识产权局已就加强云南省技术贸易和产品知识产权保护达成共识。

（刊登于2004年5月11日第一版）

# 广东百万重奖中国专利金奖得主

## 专利发明人和实施者可获不少于50%的奖励资金

**本报讯** （记者顾奇志）"凡获得中国专利金奖的，予以每项100万元的一次性奖励；凡获得中国专利优秀奖的，予以每项50万元的一次性奖励。"这是广东省政府为中国专利奖获奖者开出的"价码"。近日，该省召开了奖励大会兑现承诺，表彰了深圳中兴通讯股份有限公司、华南理工大学等一批第八届中国专利奖金奖、优秀奖得主。

近年来，广东省各级政府一直将大力培育自主知识产权成果，提高企业和地方经济的核心竞争力作为重要工作内容，取得了非常显著的效果。在国家知识产权局和世界知识产权组织共同举办的第八届中国专利奖评选中，广东一举夺得中国专利金奖1项，中国专利优秀奖10项，创历史最好成绩。以此为契机，为进一步鼓励发明创造，促进全省自主知识产权产出数量和质量的提高，经省政府同意，2003年底，广东省知识产权局制定并发布了《广东省重奖中国专利奖获奖企事业单位实施办法》。

该办法规定，省政府重奖每届获得中国专利奖的广东辖区内的企事业单位，金奖、优秀奖分别一次性奖励人民币100万元和50万元；由省财政设立每两年一届"中国专利奖奖励"预算；每届中国专利奖公布授奖决定后，省知识产权局将本省获奖企事业单位名单报送省财政厅，由省财政厅确认并核拨奖励资金。其后，该局又发出通知，对奖励资金的使用作出明确规定，要求获得奖励的企事业单位，应将奖励资金按不少于30%的比例奖励获奖项目专利发明人（设计人），按不少于20%的比例奖励对该项目专利技术实施作出实质性贡献的单位和个人，其余奖励资金必须专项用于发展本单位的专利事业，不得挪作他用；对未按要求使用奖励资金的，收回奖金并追究当事人责任。据悉，这是该省首次为专利工作设立的，奖金数额、奖励形式等相对固定的政府奖项。

本次奖励的最大赢家——深圳中兴通讯股份有限公司凭借一项金奖和两项优秀奖获得奖金200万元。该公司知识产权部门经理王海波在接受记者电话采访时说，作为中国最大的通信设备制造业上市公司和以技术求发展的高新技术企业，中兴通讯一直坚持将知识产权战略贯穿到整个公司运作过程中，从研发到市场、从产品到项目，都同知识产权工作有机结合。截至去年底，该公司已累计完成中国专利申请1600多项，其中近90%为发明专利，公司每年用于奖励专利工作的资金都在几百万元。他表示，这次获奖是对公司重视专利工作的充分肯定和极大鼓励，将会为公司进一步推动知识产权战略发挥积极作用。

广东省知识产权局局长李中铎在接受记者采访时表示，省政府重奖中国专利奖这一举措，其意义不仅仅是奖金，更为重要的是发出一个信号，即政府对核心专利技术的研发、实施的高度重视，从而激励更多的企事业单位参加到加强技术创新和知识产权保护工作上来。他希望全省广大企事业单位以获奖者为榜样，加大知识产权工作力度，多出成果，出好成果，为广东走新型工业化道路作出更大贡献。

（刊登于2004年5月15日第一版）

# 时代的重托　历史的使命

## ——论世界未来竞争就是知识产权竞争

本报评论员

国务院总理温家宝同志在视察青岛海尔集团、海信集团、澳柯玛集团、青岛啤酒集团等企业时指出，世界未来的竞争就是知识产权的竞争。这是富有远见卓识的科学论断，也是符合时代发展要求的、具有丰富内涵的科学论断。

追求繁荣富强，促进世界和平发展，是我们中华民族孜孜以求的目标。而今，人类的发展已经进入一个新纪元，世界科学技术日新月异，经济全球化和知识经济发展进程加快，成为我们所处的时代最鲜明的特征。知识产权已经成为当今世界各国及其企业之间的主要竞争手段之一，是各个国家及其企业发展战略的生命线和重头戏。我们的国家、我们的民族已经站在了一条崭新的起跑线上。由此，从实现国家繁荣昌盛和民族伟大复兴的战略高度上来认识这一论断就显得尤为迫切和重要。

世界未来的竞争，之所以就是知识产权的竞争，是因为：全面建设小康社会，走新型工业化道路，是我们在新的国际竞争形势下屹立于世界民族之林的战略选择，而知识产权正是实现这一战略目标的有力支撑。党的十六大提出了全面建设小康社会的宏伟目标和走新型工业化道路的经济发展模式，明确要求"鼓励科技创新，在关键领域和若干科技发展前沿掌握核心技术和拥有一批自主知识产权"。我们必须加快完善知识产权制度，提高运用知识产权制度的能力与水平，激发全民创新意识，优化资源配置，推动科技进步和文化繁荣；进一步营造更具吸引力的引进国外资金和先进技术的良好环境，以推进我国产业结构优化升级，形成以高新科技产业为先导、基础产业和制造业为支撑、服务业全面发展的产业格局，加快培育和发展国家核心竞争力，大幅度增强国家综合实力。

世界未来的竞争，之所以就是知识产权的竞争，是因为：国民经济的持续发展，国际竞争能力的稳步提高，维护国家利益和经济安全，是我们在激烈的国际竞争中立于不败之地的根基，而知识产权正是夯实这一基础的根本保障。吴仪副总理在2004年全国专利工作会议上指出，"要具备战略思维能力和世界眼光，敏锐洞察和准确把握国际知识产权保护制度发展的总体态势，扩大国际交流与合作，以负责任和建设性的态度参与知识产权国际规则的变革与发展进程，维护我国的根本利益和经济安全。"在经济、科技、贸易和综合国力竞争日益激烈的国际环境下，加快提高知识产权创造、管理、实施和保护能力，已成为决定一个国家经济社会发展和在国际格局中所处地位的关键因素。知识产权已成为国家的战略性资源，合理有效地保护知识产权已成为维护国家利益和经济安全的战略武器。

世界未来的竞争，之所以就是知识产权的竞争，是因为：完善的市场体系，规范的市场秩序和社会信用体系的建设，是我们参与国际竞争和在激烈的国际竞争中立于不败之地的制度保障，而知识产权则是建立这种制度保障的重要手段。我们必须抓好国民知识产权意识教育，严厉打击各种侵犯知识产权和制假售假、商业欺诈等违法行为，维护和规范市场经济秩序，加快建设全国统一市场，完善市场监管体系，健全产品质量监管机制，加快建设社会信用体系。

世界未来的竞争，就是知识产权的竞争。这是党和国家对知识产权工作的殷切期望，也是历史赋予知识产权工作的神圣使命。我们要无愧于时代的重托，肩负起历史的使命，屹立于知识经济时代的潮头，与时俱进，大力推进和实施国家知识产权战略，在实现国家繁荣昌盛和民族伟大复兴的历史进程中奏响知识产权的最强音。

（刊登于 2004 年 6 月 26 日第一版）

# 中美 IT 知识产权第一案和解收场

### 思科：这是知识产权保护的一次胜利　华为：拥有自主知识产权是解决争端的前提

本报记者　吴辉

一度被媒体炒得沸沸扬扬的"中美 IT 知识产权第一案"——思科诉华为专利侵权案，历时一年半，7 月 28 日，终于在美国画上了句号，双方以和解方式收场。18 个月前，当思科刚刚提出诉讼时，业界人士就认为案子最终将以和解的方式结束，事情的结局没有出乎人们的预料。

记者登录思科公司网站看到了思科总部就此事件发表的正式声明：7 月 28 日，华为公司、思科公司、3Com 公司向美国得克萨斯州东区法院马歇尔分院提交终止诉讼的申请，法院据此签发法令，终止思科公司对华为公司的诉讼，最终全部解决了该起知识产权案件的争议。

同日，思科在美国宣布，它对华为技术有限公司及其子公司 Huawei America 和 FutureWei Technologies 的法律诉讼已经完成。华为已经同意修改其命令行界面、用户手册、帮助界面和部分源代码，以消除思科公司的疑虑。在此诉讼案宣告完成之前，中立第三方已经审核了该诉讼所涉及的华为公司存有问题的产品，华为同意停止销售诉讼中所提及的产品，同意在全球范围内只销售经过修改后的新产品，并已经将其相关产品提交给一个中立的第三方专家进行审核。

"这次诉讼的完成标志着知识产权保护的一次胜利。"思科系统公司副总裁兼首席法律顾问 Mark Chandler 先生表示，"创新是科技产业的命脉，知识产权的保护对于思科具有十分重要的意义。因为华为已采取行动来消除我们的疑虑，我们也相应地宣布完成本次诉讼。"

随后，记者就此事采访了华为技术有限公司的新闻发言人傅军。"此案的和解，一方面说明思科今后不得再就此案提起诉讼或者就相同事由提起诉讼。另一方面再次表明华为是一家尊重和保护知识产权的企业。"他介绍，一直以来华为一直是一家注重创新的公司，其每年都将销售额的10%投入到研发中。去年，华为研发投入经费达30亿元人民币。

对于华为此番主动对有争议产品进行修改的举动，傅军表示，其实早在与思科诉讼前，华为就曾有过对有争议的产品进行修改的先例。"修改只是为了避免争端，这是华为的一种主动态度，并不是华为侵犯了其他公司的知识产权。"

目前，华为已经成为中国最大的电信设备厂商。在今年上半年国内企业专利申请排行榜上，华为申请中国专利数达872件，继续处于国内企业领头羊的地位。对此，傅军表示："拥有自主知识产权，打造核心竞争力，这也是华为解决争端的一个前提。"同时他坦言，在长达一年半的诉讼过程中，华为的业务没有受到影响，在国内国际市场上，华为的业务反而取得了迅猛增长。尤其在国际市场上，其主打产品如路由器、交换机以及其他网络设备已成为越来越多国际客户的选择。今年，海外市场的20亿美元的销售目标极有可能实现。明年，华为国际市场销售额有希望首次超过国内市场。

傅军表示，华为将继续增加研究开发的投入，重视客户化解决方案的创新，尊重和保护知识产权，珍视合作伙伴关系，以优质的产品和服务与华为－3Com合资企业一起参与竞争，为客户创造价值。

（刊登于2004年7月31日第一版）

# 直面专利战　应对专利战

韩秀成

在21世纪，一个企业、一个国家要登上或稳居经济、科技强势地位，就必须直面专利战，重视研究和善于运用专利战略，去打赢专利战争。

## 我国企业如何应对专利战

专利战争车轮滚滚，的确让我们特别是广大企业感到颇有些措手不及，甚至是束手无策。但无论如何，我们必须认真对待，潜心研究，早谋良策，在专利战中学会灵活运用专利战略战术，力争以尽可能小的代价赢得专利战争的主动权，为我国经济的发展营造良好的国内外市场竞争环境，从而大幅度提升我国综合国力。

第一，澄清模糊认识。面对跨国公司频繁发起的大规模、大范围的知识产权诉讼案，社会上有这样一种观点：认为跨国公司不择手段、太狡猾，滥用专利权，遍布地雷阵，往往等我们做大了再来打击挤压我们，布好了口袋让我们往里钻。这种认识的潜层意思是，跨国公司这样做是不择手段。这种认识是一种非常简单的低级的错误认识。跨国公司只不过运用了国际上通用的知识产权规则，最大限度地保护了其经济利益与合法权益，而我们的企业或是有关人士不懂知识产权规则，更不知道这对于企业、对于国家还有战术乃至战略的奥秘。在市场规则面前，对于任何个人、法人乃至于国家，一律是平等的，关键是看你会不会用，如何用。对于我们的企业来说，虽然处于弱势，但只要重视知识产权规则研究与运用，让其成为我们手中的武器，会逐渐由弱变强。一味地抱怨人家如何"不择手段"，不但于事无补，反而贻误战机，陷于更加被动的境地。

第二，丢掉幻想，应对实战。社会上，包括一些媒体仍流行这样一种观点，向别人缴纳专利使用费以及知识产权使用费，是一种"心痛"。言下之意，他们不应该收费。国内某大报载，一说到 CDMA 技术的专利，却是韩国人的切肤之痛。该文介绍，"从 1995 年到 2001 年，韩国企业向美国高通总共支付了约 7.6 亿美元，还花费了 16 亿美元用于购买高通的芯片。"然而，仔细看下去，痛又何来？"据统计，从 1996 年到 2001 年年底，无线通信产业给韩国经济带来了 125 万亿韩元（约合 8620 亿人民币）的效益，并创造了 142 万个工作岗位。"不仅如此，从 1996 年 4 月韩国三星电子在世界上率先实现了 CDMA 技术的民用化和商用化至今，韩国 CDMA 取得了巨大的成功，仅韩国一国的 CDMA 手机用户就占到全世界用户总数的 1/3。为了减少对高通技术的依赖，韩国通信企业加快了自主研发的脚步。三星电子 2001 年在美国取得了超过 1400 项专利，在所有申请专利的企业中位居第五，排在日本松下之前。如今的三星也成为继诺基亚、摩托罗拉之后的第三大手机供应商。可以说三星有今天，高通功不可没。"二战"后的日本从 1950 年到 1975 年的 25 年间，花了 573 亿美元引进先进技术 2.57 万件（其中专利技术占 80% 以上）。如果所有这些技术日本都要自己从头搞起的话，所需经费大约 1800 亿～2000 亿美元。正是这 573 亿美元的"心痛"，换取了一个崛起的日本。

是喜是忧，是痛还是乐，不言自明。

花成千万上亿元巨资引进设备甚至成为废铜烂铁不心痛，为什么交专利许可费（当然，也不能交冤枉钱）就不应该？就心痛？归根结底，还是观念的问题。既然我们承认知识产权是一种财产权，那么，我们就应该尊重它，保护它，未经权利人许可，就不应随便使用，尤其是无偿使用。自从我国实行了专利制度，就已经宣布了技术大锅饭时代的结束。加入世界贸易组织后，就更不会有免费的午餐。专利使用费该交的一定要交，当然，不该交的就要坚决不交。这就要求我们学会运用知识产权规则。

第三，学会以夷制夷，跑马圈地。一个时期以来，新闻媒体炒作比较热的莫过于外商运用专利"跑马圈地"。新闻导向在一定程度上有专利制度保护了外国人利益的倾向，这在一定程度上也附和了社会上一些人的看法。用世界银行某领导人的话说：就是许多工业化国家的公司，正在取得知识产权的优势地位，其知识产权往往覆盖了基本的研究手段和市场化产品，给新的公司和研究者进入新的全球工业领域造成困难。对于我们发展中国家来说，更是如此。但是在知识产权保护下的技术转移，并非完全是坏事，前文中谈到的日本、韩国已经充分说明了这一点。我国家电等行业有今天的局面，也证明了这一点。有利于先进技术的引进是我国专利法的立法宗旨。更何况，世界银行说的"给新的公司和研究者进入新的全球工业领域造成困难"，并非是说没有一点可能，并非他们已经覆盖了全部，形成了钢板一块。我们应该学习外商运用知识产权制度将自己的利益、自己的市场争取最大化的做法。我们的技术水平低、技术创新能力差，但我们也有自身的一些技术优势，比如超导、基因、钕铁硼、国宝中药等方面，也是可以跑马圈地的，但是在一定程度上甚至是在较大程度上，本该属于我们的地盘，还是被外商圈走了。老祖宗留给我们的宝贵遗产——中药，据说在1996年我们的市场份额还是5%，近几年只剩下3%。正如原外经贸部副部长、中国贸易谈判首席代表龙永图在2001年3月博鳌亚洲论坛会议期间接受记者采访时所说，"入世"给我们带来的最大风险是我们不熟悉规则，不作准备。只要我们充分准备，重视知识产权规则的研究和运用，即使在外商占绝对优势的技术领域，我们也是可以有所作为的。没有基本专利，我们可以倾力自主研发创新，力争形成基础专利，如果一点可能没有，可以较多地形成外围专利。一味地依赖，一味地引进，是不会成为技术强国、经济强国的。只有我们的技术研发能力达到一定的水平，才有可能引进先进的技术。只有形成"你中有我，我中有你"的局面，我们才能占有主动，才能增加竞争中胜算的可能性。我们只有这一条路。

第四，建立协调一致的应对机制。时下，无论是官员还是专家学者，大凡谈到"入世"后的知识产权对策，基本包括提高对知识产权重要性的认识，实施知识产权战略，将知识产权战略纳入各级政府的重要日程，大力培养熟悉知识产权国际规则的高级人才，建立和完善知识产权规章制度等。这些措施，无疑都是很重要的，但以当前的现状看，当务之急是尽快建立协调一致的知识产权纠纷应对机制。没有团结一心、协调一致的应对机制，上述措施落实得再好，其作用也会因为没有整合成合力而化为乌有，也会因为内耗被抵消。有了协调一致的应对机制，就可以把政府、中介机构、行业协会、企事业单位等各种力量或优势，形成一种力量、一种利益。在这种机制下，无论谁出面，都是一种声音、一种力量、一种利益（民族利益）的代表。而时下的状况，各种角色错位或者不到位。各自发出各自不同的声音，各自代表着各自不同的利益，更有甚者，为了自己的蝇头小利，不惜出卖民族的利益，与跨国公司一道算计于我们本就步履维艰的企业。机制的建立，是应对实战的武器，更是一种服务，是政府义不容辞的责任。没有有效的机制，只是呼吁、呐喊，让我们的企业如何去重视知识产权保护和战略的运用，单枪匹马地去与跨国公司抗衡，结果不言而喻。

当年，日本人面对美国强大的知识产权攻势，曾经发出了"到了美国人算总账的时候了"的感叹。唯愿这不会在日后成为我们的翻版。

在知识经济时代，面对汹涌澎湃的经济全球化的大潮，我们要提升核心竞争力，要增强综合国力，要自立于世界强国之林，必须深刻认识专利战，善于运用专利战略，打赢专利战。因为专利权乃至整个知识产权是知识经济之魂，是科技经济实力的象征。

（刊登于2004年9月4日第三版）

知识产权是软环境建设重中之重

# 王岐山高度评价"中关村模式"

**本报讯** "中关村的发展，关键是知识产权和软环境建设。软环境建设成为我国发展新时期的重中之重，知识产权制度建设是软环境建设的重中之重。在知识产权问题上，中关村企业应尽早觉醒，大力发展自主知识产权，形成园区的核心竞争力。"近日，北京市市长王岐山在视察中关村国家知识产权制度示范园区时表示，要充分发挥中关村国家知识产权制度示范区对知识产权制度创新、推进软环境建设的综合试验示范作用，这不仅对中关村，而且对北京乃至全国都有示范和辐射效应。

王岐山指出，科学技术日新月异，高科技就是要不断地创新，这其中，知识产权至关重要。知识产权软环境建设已经成为鼓励创新、留住创新的关键环节。发展自主知识产权是科学发展观的集中体现，是高科技先进生产力的集中体现。

王岐山听取了中关村国家知识产权制度示范园区工作机构——中关村知识产权促进局的工作汇报，对国家知识产权局和北京市人民政府联合共建国家知识产权制度示范园区的"中关村模式"予以高度肯定，特别是双方在知识产权制度和机制创新方面的成功探索和尝试营造了技术创新与知识产权创造的良好环境，正是我们走新型工业化道路的迫切需要。

据了解，自去年年末示范园区建立以来，中关村知识产权促进局开创性地开展了示范园区知识产权引导、扶持、管理与服务工作，包括迅速起草制定中关村知识产权工作的"基本法"《中关村国家知识产权制度示范园区促进管理办法》和"中关村知识产权发展总体战略"，成功签署我国第一份"知银合作"与"知保合作"框架协议，实施示范园区"重点企业知识产权扶持计划"，率先在全国构建"知识产权三盟"，即中关村知识产权服务联盟、高校知识产权转移联盟、通过建立中关村发明人公共工作室构建非职务发明人联盟，即将在全国率先试点建设现代知识产权服务业，对促进中关村知识产权创新创业活动、优化中关村的软环境发挥了重要作用，并受到国家知识产权局、北京市有关方面的关注和肯定。

中关村知识产权促进局局长彭茂祥接受记者采访时说，中关村国家知识产权制度示范园区是我国目前唯一由国务院批准建设的国家知识产权制度示范园区，由国家知识产权局和北京市人民政府联合共建。示范园区载负着重要的历史使命，作为国家知识产权制度创新、管理创新、组织创新、运营机制创新的综合试验示范园区，可以说是一块国家知识产权建设发展的试验田。中关村知识产权促进局作为示范园区的工作机构，任重而道远。目前，中关村国家知识产权制度示范园区的建设发展按计划稳步推进，发展态势非常良好。

（吴君）

（刊登于 2004 年 9 月 7 日第一版）

**多名版权、工商、公安执法人员被拉扯撕打。以美籍经理为首的抗法者被派出所民警带走——**

# 北京发生暴力抗拒版权执法案

**本报记者　姚文平**

日前，北京市在 2004 年度打击软件盗版的"枫叶行动"中，遭到上海康新装饰设计工程公司北京分公司美籍经理等 10 多人的恶意抗法，他们以武力阻止执法人员，造成恶劣影响，引起社会的广泛关注。记者就此事件采访北京市版权局副局长王野霏时，他气愤地说："北京市版权局执法人员接受美国权利人投诉，依法执行公务，该名美籍经理却进行恶意阻挠和抗拒。侵权盗版在美国属违法行为，在中国同样要受法律制裁。希望美国政府加强教化，敦促本国来华公民遵守中国法律，尊重和维护他人著作权。"

根据美国软件企业的投诉，9 月 10 日 13 时 50 分，北京市版权局执法人员会同工商、公安执法人员来到康新公司北京分公司进行执法检查。执法人员出示检查证件后，向该公司接待人员宣讲了著作权法规定，要求该公司配合执法检查，当场遭到该公司拒绝，这家企业的工作人员以种种理由阻挠，并在下午 14 时后切断了全部电脑的总电源。此后，公司一位美籍经理纠集 10 余名职员阻塞了进入工作间的通道，将执法人员挡在外侧的过厅。在长达一个半小时的时间里，执法人员进行了反复的劝说和教育，讲解凭执法检查证件实施检查以及检查与被检查方各自的义务等法律规定，并把行政处罚法第三十七条的打印件交给部门经理。执法人员还应要求等候公司法律顾问半个多小时。律师到达现场后，在了解相关情况后表示执法检查依法可以进行，但对方仍然拒绝配合，美籍经理组织的人墙一直水泄不通地阻挡着通道。

为确保侵权证据不被转移或者删除，15 时 20 分，执法人员开始强行进入办公和设计工作间。美籍经理则带领 10 余名员工动手拉扯撕打执法人员和公安干警，致使多名执法人员身上留下了抓痕和牙印，一位干警的制服被扯破。由于在现场无法实施对电脑内软件相关信息的记录取证，现场秩序又有再次失控的可能，执法人员经请示版权局领导，于 15 时 30 分开始依法对该公司的 24 台电脑主机实施证据先行登记保存，同时，公证人员实施了全程监督公证。

公安干警及时采取措施制止了恶意抗法态势的升级，以美籍经理为首的抗法者被建国门外派出所民警带走。在公证人员监督下，由专业机构实施的技术鉴定初步结果显示，康新公司北京分公司电脑里存有大量涉嫌侵权复制的软件，品种涉及欧特克、奥多比、微软等著名软件企业的软件产品。北京市版权局将依法深入、全面地调查这起软件著作权侵权案。

据了解，正规企业尤其是具有外资背景的企业恶意抗拒版权执法在北京市尚属首次。此次抗法事件发生在全国范围开展保护知识产权专项行动期间，充分说明了保护知识产权、打击盗版侵权工作的艰巨性和风险性。王野霏谈到，2000年以来，北京市版权局为整治企业最终用户侵权复制使用软件投入了极大精力，中日合资经营的大广广告公司、北京龙发建筑装饰工程有限公司等一批严重侵权企业受到著作权行政处罚，其中龙发公司2003年3月受到的27万元罚款的行政处罚产生了广泛的社会影响和强烈的震慑作用，最终用户无风险侵权复制使用软件的"免费大餐"被终结，企业使用计算机软件步入正版化进程。北京市在开展打击软件盗版的专项行动后，非法预装软件行为得到全面整治，电子市场上正在销售中的大量盗版软件被收缴，侵权传播软件的网站受到查处，计算机软件保护状况得到明显改善。

王野霏表示，计算机软件的版权保护是知识产权保护工作的重要领域。中国政府部门信守国际承诺，依法保护知识产权、打击盗版侵权的态度是明确的，决心是坚定的，行动是有力的。尽管此次执法受到阻挠，但是，行政执法部门的信心和士气却得到增强，相信一切恶意侵犯著作权的行为都将得到应有的法律惩处。

（刊登于2004年9月23日第一版）

## 读图：阳光灿烂的日子
### ——中国知识产权儿童画展代表团在日内瓦
王文扬　摄影

日内瓦是个美丽的城市，金秋的日内瓦阳光格外明媚。2004年9月27日，参加世界知识产权组织第40届成员国大会的5位中国小画家带来的中国少年儿童绘制的《今天创造未来》百幅画卷被破例展出在世界知识产权组织总部。孩子们的画不但向世界表达了中国少年儿童从事发明创造和保护知识产权的热烈愿望，而且像阳光一样照亮了与会170多个成员国代表的心房，使得这闻名遐迩的"千国之国"变得更加美丽。

世界知识产权组织成员国大会每年召开一次，今年把"孩子的创造力——中国的经验"作为会议的主要活动，介绍中国在青少年中开展知识产权教育、发明创造活动以及将知识产权基础知识教育从娃娃抓起的经验。此次中国知识产权少儿画展展出的百幅长卷是由中国黑龙江省少年儿童绘制完成的，形象生动地描绘了知识产权保护在未来世界的美好蓝图。

阳光灿烂的日子
——中国知识产权儿童画展代表团在日内瓦

（刊登于 2004 年 10 月 12 日第四版）

承诺保护知识产权从我做起

# 百家企业签署深圳公约

**本报讯** （记者裴宏）10 月 15 日上午，第六届高交会 106 家参展团组代表在《中国国际高新技术成果交易会保护知识产权深圳公约》上郑重签字，就知识产权保护重要性与紧迫性达成共识，并承诺从企业自身做起，共同尊重、保护知识产权。这标志着高交会保护知识产权进入了一个更加规范、更加法制化的阶段。

签约的参展团组一致认为，知识产权与科技、贸易、经济密切相关，保护知识产权不仅是中国参与全球贸易体系的需要，而且是中国经济和社会发展的内在需要。作为致力于中国高科技"第一品牌""第一权威"的展览会，高交会更需要一流的知识产权保护氛围，更需要强有力的知识产权保护措施。

为此，这些组团共同承诺在参加高交会以及高交会期间的所有展示、交易、交流等活动中，高度重视知识产权保护，严格遵守知识产权法律的要求，并致力于实施知识产权战略，增强自身核心竞争力。该公约还呼吁全社会、全方位、全过程地保护知识产权，完善知识产权保护协作配合机制，营造更加良好的知识产权保护氛围。

国家知识产权局副局长张勤主持了签约仪式并发表了热情的致辞。比亚迪股份有限公司、郎科科技有限公司、大连理工大学等国内团组以及跨国公司代表参加了签约仪式。深圳市知识产权局有关负责人表示，此届高交会知识产权保护工作比历年更加法制化、规范化、程序化。签署公约旨在推动知识产权保护社会自律机制的建立，营造更加良好的知识产权保护氛围。该公约的签署与发布，将进一步完善高交会的知识产权保护制度，提升高交会的知识产权保护形象，为我国高新技术产业的发展创造更加良好的环境。

签约仪式后，还举行了由中国国际高新技术成果交易会组委会与国家知识产权局共同主办的中外知识产权高层对话，这是知识产权专题对话首次走进高交会。来自国家知识产权局、北京大学、美国 AMD 公司等政府、产业、学术界的知识产权专家分别就"中外知识产权战略的比较与热点难点问题""知识产权是企业生存与发展的基石"两大主题发表了演讲，并与现场听众进行了热烈的互动对话。

（刊登于 2004 年 10 月 19 日第一版）

# 面对新形势　续写新辉煌

## ——纪念中国商标制度实施一百周年

本报评论员

百年前，清光绪皇帝钦定颁布《商标注册试办章程》，随即，清政府海关总税务司在津、沪两地正式受理商标挂号（即注册），标志着中国第一部具有现代意义的知识产权法律正式开始实施。百年风云，商标见证，中国从饱受列强欺凌到自立自强，国家经济从民不聊生走向全面小康。在纪念商标制度100周年及应对加入世贸组织"后过渡期"挑战的今天，该如何看待不断发展中的中国商标呢？

回顾商标百年历程，其产生于半殖民地半封建的小农经济社会，是在外国势力逼促下形成的；走过百年，今天的中国已经建立起了适合自己国情、并与国际接轨的比较完善的现代商标法律保护体系。特别是1983年3月1日实施的《中华人民共和国商标法》，奠定了我国现代商标法律体制的基石。此后20余年来，我国商标制度不断完善，全社会商标法律意识不断增强，商标专用权的保护力度不断加大，消费者的合法权益保护水平不断提高，我国在国际商标领域发挥的作用越来越大，商标在促进国民经济和社会发展中的作用越来越明显。

国力强，商标兴。1983年我国全年商标注册申请数量不足2万件，1983年底累计注册商标数量只有9万件。2003年全国商标注册申请数量达到40万件，目前累计注册商标数量超过210万件，两项数据均已跃居世界第一。社会稳定和经济快速增长，带动了商标注册申请量和注册商标数量的大幅度上升，反映了商标使用者对于我国商标法制的信心。这既是我国在对内深化改革、对外扩大开放背景下商标立法的成功，也是规范市场经济秩序、融入经济全球化环境中商标法律实施的成功。

商标旺，国力盛。经过了多年市场风雨的洗礼，注册商标从20多年前的新生事物到今天大家耳熟能详，人们对商标的认识正随着时代的发展不断深入，全社会的商标意识不断提高，广大消费者认牌购物形成风尚，尊重商标权益、公平参与竞争的良好风气正在形成。随着大批有竞争力的驰名商标及国际"最具价值品牌"的涌现，商标及品牌战略经营正成为各行业和企业的共识，并转化为一种生产力，使"中国制造"发挥出更大的经济价值，为壮大国民生产总值提供着越来越强劲的支持。

见喜析忧，谋近思远。中国商标百年的传承与今天的成果有目共睹，但在国际市场竞争中尚属大而不强。我国目前外贸出口商品中，外商投资品牌及合资品牌的规模，远远超出民族企业，中国商标及自主品牌对经济的拉动力仍然偏弱。同时，我国将进入加入世贸组织的"后过渡期"，政府原有的一些管理手段将逐步放开或取消，企业将面临进口产品和服务更激烈的竞争，诸多挑战将会紧逼。所以，刚刚结束的中央经济工作会议，把"统筹国内发展和对外开放，增强国际竞争力"列为明年工作的一项重要任务。把更多的中国商标推向世界，是历史赋予我们的重托。

应该看到，一项技术和一项发明，对一个企业或产业的拉动是暂时的，而一个商标或一个品牌，却对一个产业有长久的支撑。同时，商标本身不是核心竞争力，商标价值提升及品牌发展战略，有赖于技术与文化的不断创新，不断给商标及品牌注入新的内涵，激发出新的活力。让我们紧追时代潮流，振奋精神，埋头苦干，在全面建设小康社会的征程上，面向世界舞台，续写中国商标新的辉煌。

（刊登于 2004 年 12 月 11 日第一版）

# 知识产权刑事保护门槛降低

## 两高最新司法解释昨起施行

**本报讯** （记者汪玮玮）12 月 22 日，最高人民法院和最高人民检察院联合公布的《关于办理侵犯知识产权刑事案件具体应用法律若干问题的解释》正式施行。最高人民法院副院长曹建明在日前举行的新闻发布会上表示，这是中国司法机关加大知识产权司法保护的又一重大举措。他要求全国各级人民法院要充分认识知识产权保护的重要意义，认真贯彻执行这个司法解释，进一步加大知识产权刑事司法保护力度。最高人民检察院副检察长张耕表示，该解释的出台有利于法律的统一、正确实施，有利于提高办案质量和工作效率，有利于加大打击侵犯知识产权的力度，切实维护知识产权权利人的合法权益。

该司法解释明确了侵犯知识产权犯罪的定罪量刑标准，与原有的司法解释和追诉标准相比，7 种侵犯知识产权犯罪的定罪量刑标准都进行了较大幅度的调整；解释了"相同的商标""使用""明知"等刑法条文中易引起分歧的术语，同时，对如何计算非法经营数额问题也作了明确规定，统一了司法认定的标准；明确了触犯不同犯罪时的处罚原则，显著降低了单位犯罪的标准，规定单位犯罪应当按照个人犯罪的定罪量刑标准的 3 倍执行；此外，还增加了共犯的规定。

据了解，最高人民法院和最高人民检察院对知识产权刑法保护高度重视。为制定该司法解释，"两高"做了大量的工作，进行了深入的调查研究，广泛听取各方意见，包括中国外商投资企业协会、欧盟委员会、商业软件联盟等行业协会和机构的意见。张耕强调，"听取外国企业和团体的意见，在我们制定司法解释的过程中，这还是第一次。这说明了这个司法解释的制定过程是透明的，吸收了各个方面的意见。"

据曹建明介绍，近年来，特别是我国加入世贸组织以后，全国各级人民法院在依法审理知识产权侵权纠纷、维护相关权利人的合法权益、惩治侵犯知识产权犯罪等方面，不断加大审判工作力度，取得了重大进展。仅 2003 年，全国各级人民法院就审结各类知识产权案件 9271 件，覆盖了世界贸易组织《与贸易有关的知识产权协议》规定的所有领域，专业性非常强，涉及的法律关系和案件事实相当复杂，审理的难度很大，有些案件的审理，在国际国内产生了良好的社会效果。在不断加大案件审判力度的同时，最高人民法院还不断加强司法解释和审判指导工作，2000 年以来已经出台指导知识产权审判实践的司法解释和司法解释性文件 25 件，初步形成了与法律法规相配套的比较完善的知识产权司法解释体系。

从 2000 年至 2004 年 11 月份的司法统计看，知识产权刑事保护的力度不断加大，全国各级人民法院共审结侵犯知识产权一审犯罪案件 1710 件，判处 1948 人。尤其是近 3 年来案件数量增幅明显，较前 3 年同比增长 56.42%。另外，自 2002 年 1 月至 2004 年 10 月份，全国各级人民法院还审结生产、销售伪劣商品案件 2171 件，非法经营案件 3830 件，其中相当一部分案件是侵犯知识产权犯罪案件。"这些数字充分说明，我国司法机关重视运用刑罚手段惩治侵犯知识产权犯罪的态度是坚决的、严肃的。"曹建明说。

（刊登于 2004 年 12 月 23 日第一版）

中国知识产权报
CHINA INTELLECTUAL PROPERTY NEWS

# 2005

1989 1990 1991 1992 1993 1994 1995
1996 1997 1998 1999 2000 2001 2002 2003 2004
2005 2006 2007 2008 2009 2010

## 纪念改革开放40年
中国知识产权报新闻作品集

2011 2012 2013 2014 2015 2016 2017 2018

韩美林将维权进行到底

日本企业对中国对手打响专利围剿

读图：秀水街品牌经营的前世今生

为促进创新推动发展再立新功——庆祝《中华人民共和国专利法》实施 20 周年

保护知识产权我们在行动隆重启动

知识产权：需要更多的相互理解与合作

知识产权将成为热门职业

国家知识产权战略制定工作正式启动

让优秀民间艺术奇葩绽放

华为虚席以待　奈何人才难求——招聘难凸显知识产权人才匮乏

中国知识产权报助下岗工人办厂致富

政府导向引领西部知识产权起航

论文化和知识产权文化

跨越涉外知识产权这道坎

读图：保护知识产权——我们在行动（西南篇）

这是一片知识产权的沃土——记中兴通讯股份有限公司

"抢注风"肆虐网络域名

充分发挥专利制度在提高自主创新能力和落实科学发展观中的重要作用

　——访国家知识产权局局长田力普

自愿登记美术作品 680 件，成为北京版权登记第一万件作品权利人

# 韩美林将维权进行到底

本报记者　姚文平

"版权登记就是主动维权，我的画有幸成为北京自愿登记的第一万幅作品，我希望能有更多的权利人加入到版权保护的行列里，积极参与著作权法宣传，坚决和猖獗的盗版侵权行为做斗争。"日前，记者在位于北京通县的韩美林艺术工作室进行采访时，韩美林发出了这番感言。

69 岁的韩美林是我国著名艺术家，改革开放之初就走出国门，在美国的纽约等 21 个城市举办个人画展获得轰动。在美术领域他几乎全部涉猎，绘画、书法、雕塑、手工、布艺无所不精。一张纸、一片叶、一块泥经他灵性的双手，便会成为令人惊叹的艺术品。不仅如此，他的文字也颇具造诣，不少散文和随笔具有极强的影响力，在中国文坛上独领风骚。他在美术设计上匠心独到，中国国际航空公司的凤凰 LOGO，北京申奥宣传徽标都出自他手。怕盗版，韩美林不敢出售自己的作品，可市面上总有人盗他之名用以赢利。继北京申奥宣传徽标著作权纠纷后，韩美林一次次投身到著作权保卫战中。

不久前，济南市经一路上的两组十二生肖石刻涉嫌侵权，韩美林诉诸法律，要求对方在媒体上公开道歉、销毁石刻，并提出一元钱索赔。就在此案等待开庭的间隙，韩美林又一次被侵权者"锁定"——北京荣宝艺术品拍卖行的预展网站上，一幅 1.4 米×3.5 米、起拍价为 18 万～28 万元的"八骏图"冒韩美林之名居然堂而皇之地公然参与竞拍。气愤之极的韩美林当即委托律师致函荣宝拍卖公司，要求撤拍并澄清事实。

面对社会上猖獗的盗版侵权现象，韩美林深恶痛绝。他说，一个伟大的民族是不能容忍这种强盗行为对艺术家的心血肆意践踏强行掠夺的。如今的市场经济使很多人受利益驱动，铤而走险加入到侵权盗版的行列。特别是此次荣宝艺术品拍卖行里出现了假画，对于作者本人、荣宝斋这个百年老店和收藏者来说，都是巨大的诋毁和伤害。就在说这番话的时候，韩先生的手机响了，他在电话里向荣宝斋的负责人语重心长地说："你们一定要把制造假画的黑手抓住，我要和你们联合打假，这种强盗侵权行为不能姑息，也不能让荣宝斋这块牌子毁在制假者的手里！"

在记者采访中，恰逢北京版权保护中心的工作人员上门为韩美林的美术作品进行版权登记办理相关手续。保护中心的工作人员任绚对记者说，韩美林先生已经有 680 幅美术作品在版权保护中心主动进行了版权登记。2005 年元旦刚过，版权保护中心接待的头一位登记者就是韩美林先生。因为韩先生作品登记数量大，种类多，由此，韩先生不仅成为北京版权保护中心 2004 年登记的第一万件作品的权利人，而且还有幸成为 2005 年作品登记的第一人。

"加强版权的自我保护本身就是积极的维权。"作为韩美林的律师，北京德鸿律师事务所的陈丽华律师对记者说。韩美林先生为了方便自己作品的实物和版权管理，

花费了十几万元制作了专门的软件，将作品制作成图库。进行了登记的作品，一旦发生侵权，版权登记将成为法庭最重要的证据之一，这对于维护自身权益、防止盗版侵权都将意义重大。

结束采访时，韩美林先生对本报寄语。他说，中国知识产权报作为专业媒体，一定要加大著作权法的宣传力度。作为社会公众人物，他愿意以自己的影响力配合版权维权的宣传活动，因为，只有权利人主动保护自己的权利，树立版权保护意识，才能带动社会上更多的人关注版权保护，形成尊重知识产权、尊重创作者劳动成果和价值的良好社会氛围。

（刊登于 2005 年 1 月 26 日第五版）

# 日本企业对中国对手打响专利围剿

## 本报实习记者　魏小毛

前不久，日本的日立环球存储科技公司（以下简称"日立环储"）以侵犯微硬盘专利权为由，一纸诉状将南方汇通告上了美国加利福尼亚州北部地区地方法院。2005年 1 月 3 日，南方汇通正式接到了诉讼文书，被告包括南方汇通、南方汇通微硬盘科技股份有限公司以及南方汇通位于美国加州的联营研究机构 Riospring Inc，指控被告侵犯日立环储 4 项专利权，要求南方汇通赔偿其经济损失，并申请一项永久性强制命令，以禁止南方汇通及相关公司在美国制造、使用、进口、发售及销售涉嫌侵权的产品。

对于这起专利权诉讼，地处西南边陲贵州的南方汇通随即发表声明宣称："我们国人自主开发拥有自主知识产权的微硬盘技术，完全没有侵犯日立公司的专利权，由于诉讼提出在美国，已委托律师全权处理，我们也呼吁大家在市场上公平竞争，不要采用商业干扰手段。"

与南方汇通相比，日立环储却一直三缄其口，只是遮遮掩掩地表示有责任保护自己的投资和知识产权。

"我们已递交了 88 项专利申请，至今已获得了 21 项专利权。今年我们将递交200 多项专利申请。"南方汇通行政副总裁刘伟胸有成竹地对中国知识产权报记者说。他表示，在年产微硬盘达 100 万片、销售额达 1 亿美元的大好前景下，南方汇通不会也没有必要侵犯别人的专利权。

微硬盘是硬盘产业中的一个新技术，现在 IT 行业里所有的网络终端产品都要考虑轻薄短小、可以移动的高存储量产品，如流行的 MP3、数码相机等都需要微硬盘。微硬盘技术已经成为在电子行业尖端科技上竞争的热门技术。目前，在微硬盘生产领域，日立、希捷和南方汇通已成三足鼎立之势。刘伟表示，南方汇通虽起步较晚，最近两三年才发展起来，但是由于引进了一大批优秀人才，组建了自己的研发团队，并成立了专门的专利工作小组来保护自主知识产权，"我们有信心赢得这场由日立公司发起的'美国式诉讼'！"

如果仅仅将"日立诉南方汇通案"作为一起个案来看待，或者如果南方汇通赢得了诉讼就大呼胜利，这无异是一叶障目。

一组事例也许可以显示某些迹象：近年来日本本田诉中国摩托车企业、丰田诉吉利汽车案；在韩国，日本富士通于去年4月以侵犯专利权为由将三星公司告上法庭；2004年11月，东芝公司控告现代半导体公司侵犯其闪存专利权；松下公司控告LG电子侵犯其等离子显示器专利权……不论是在中国还是在其他国家，无一例外，知识产权已经成为日本企业对外打出的首张牌。

不久前，日本21家在华投资的制造业企业决定加强横向合作，调查、告发和打击中国某些企业模仿日本产品、侵犯其专利权的行为。本报也曾报道，72家日资企业在中国共同成立了一个名为IPG的知识产权联盟组织，互通信息、加强合作，加大打击侵犯知识产权的力度。IPG还专门编制了一本如何鉴别假冒侵权产品的手册，分发给中国的相关部门，以便更好地查处知识产权侵权行为。对此，业内专家认为，此前的DVD的专利许可费之争、日趋白热化的数码相机专利问题等，日立环储起诉南方汇通是在情理之中，只是时间的迟早问题。

来自国家知识产权局的统计数据显示，自我国专利法实施以来，至今外国在华专利申请总量41万件，其中日本在华申请专利达14.9万件，占外国在华专利申请总量的36%，日本企业在华专利申请量和授权量远高于其他国外企业。特别是从2000～2003年，日本在华专利申请量每年增幅都在30%以上。

专家认为，日本企业在华申请专利最多这一事实表明，在所有国家中，日本企业最重视中国市场，它将专利作为竞争利器，打开和占领中国市场的愿望最为强烈。

"这是日本企业在现阶段国际市场发展大环境下的必然表现。"知识产权研究专家邓仪友一针见血地指出。他认为，日本是一个制造业大国，其制造业在发展过程中曾多次受到美国等国家的知识产权"围剿"，中国又处于日本之后，要想发展自主知识产权的制造业必然也会受到日本的专利"围剿"，这是先到者对后来者的一种必然压制。同时，中国由于劳动力廉价，缺乏核心技术，对知识产权的重视程度不够，制造业的核心技术长期以来处于日本等国企业的垄断之下。

与美国等国比较，日本企业的对华专利"围剿"显得更为迫切。邓仪友分析，现在美国不再以制造业为主，而是以服务业等为主，重视研发与销售，往往表现为坐收专利许可费。而日本现在仍然是制造业大国，利用专利等手段对外实行压制与技术垄断是其必然的选择。如果中国企业的自主创新与自主知识产权越来越多，显然将构成对日本企业垄断的威胁，而这是日本企业所不愿意接受的事实。

此次日立环储起诉南方汇通案，从另一个角度来看也许是一件好事，因为它可以使国内企业更进一步认清形势，做好准备，未雨绸缪。

（刊登于2005年1月28日第一、三版）

# 读图：秀水街品牌经营的前世今生

王文扬　张子弘　杨申　摄影

（刊登于 2005 年 1 月 28 日第四版）

# 为促进创新推动发展再立新功

## ——庆祝《中华人民共和国专利法》实施20周年

国家知识产权局局长　王景川

春光明媚，生机勃发。4月1日，我们迎来了《中华人民共和国专利法》实施20周年纪念日。在改革开放初期实施这部法律，体现了老一代党和国家领导人的高瞻远瞩，也凝聚了许多老同志、老专家的心血，同时向全世界昭示了中国坚定不移实行改革开放、发展社会主义市场经济的决心。回首20年峥嵘岁月，我谨代表国家知识产权局，向多年来关心、支持专利事业的各级领导、专家学者及社会各界人士表示衷心感谢，向多年来辛勤耕耘在专利工作岗位上的同志们致以崇高的敬意！

实践证明，《中华人民共和国专利法》颁布并实施，是我国经济体制改革和科技体制改革的一项重要成果，它从法律上承认发明创造可以作为一种无形财产受到保护，率先在科技领域打破"大锅饭"的旧习，引导科技人员树立市场意识，激励了发明创造的产生和传播，推进我国经济体制和科技体制改革进一步向前迈进。

20年来，在党中央、国务院正确领导下，在地方各级政府与有关部门的支持和帮助下，广大专利工作者艰苦创业、奋力开拓，为推进我国专利事业的发展，完善中国特色的专利制度，推动科技进步，增强综合国力，促进社会主义市场经济的健康发展，取得了令世人瞩目的成绩。

20年来，我们建立起了具有中国特色的专利法律体系。为适应我国不断深化改革、扩大开放和知识产权保护国际发展形势的要求，1992年和2000年，我国专利法及其实施细则进行了两次修改，2002年对专利法实施细则再次进行了补充修订。修改后的专利法及其实施细则更加完善，不但在专利保护期限和保护范围等方面达到了世界贸易组织《与贸易有关的知识产权协议》的要求，而且进一步适应建立和完善我国社会主义市场经济体制的需要。

20年来，我国专利申请量和授权量大幅增长。1985年4月1日我国正式实施专利法，当年受理的专利申请量仅1.4万余件；而在2004年，受理的专利申请量已达35.4万件，增长了25倍。特别是在我国加入世贸组织后的3年多，专利申请数量持续大幅度攀升，累计受理专利申请量已接近100万件，几乎相当于专利法实施后头15年的申请总量。申请专利的构成也呈现出喜人态势，来自国内的申请量和发明专利授权量所占比例持续攀升，显示出我国企事业单位知识产权意识的提高和运用知识产权制度的能力正在增强。

20年来，我国建立和形成了一支由专利立法、专利审查、专利代理、专利行政执法、专利司法、专利管理、专利教育培训和科研工作人员等组成的素质较高的专业队伍。专利审查能力显著提高，信息化工作取得明显进步，专利行政执法工作机制逐步完善，行政执法效率和执法力度不断提高与加强。通过积极参与知识产权领域的国际交流与合作，不断提升了我国在国际知识产权领域的地位和作用。

经过 20 多年积极探索，我国专利事业从无到有、由小到大，实现了跨跃式发展。放眼未来，我们要牢牢把握本世纪头 20 年这一难得的战略机遇期，谋求专利事业进一步的发展。当今世界，科学技术进步日新月异，经济全球化进程加快，知识产权的重要性在世界范围内得到历史性提升，成为决定一个国家经济和社会发展的关键性因素。我们必须深入学习、全面贯彻党的十六大和十六届三中、四中全会精神，围绕全面建设小康社会的宏伟目标和走新型工业化道路的经济发展模式，建立健全包括知识产权在内的"归属清楚、权责明确、保护严格、流转顺畅的现代产权制度"，按照科学发展观的要求，加强全社会的知识产权创造、管理、实施和保护能力建设，培育和发展国家核心竞争力，为构建社会主义和谐社会提供有效支撑。

在今年的中央经济工作会议上，胡锦涛总书记和温家宝总理对我国科技创新工作做出一系列重要指示，强调要把提高自主创新能力作为推进结构调整和提高国家竞争力的中心环节，把推动科技自主创新摆在全部科技工作的突出位置，加快建设中国特色国家创新体系。这种来自时代和社会的巨大需求，为专利事业提供了难得的发展机遇和动力。我们最急迫的任务，就是通过制度创新和战略谋划，不断完善知识产权制度，营造良好的知识产权保护环境，大幅度提高我国自主知识产权的产生能力，促进大批具有自主知识产权的技术向现实生产力转化，提高我国经济和社会发展的综合竞争力。

我们要从全面建设小康社会的宏伟目标、实现中华民族的伟大复兴的高度，认识进一步加快专利事业发展的极端重要性和紧迫性。我们相信，再过 20 年，我们定能取得更加辉煌的成就！我们定能自豪地向世人宣布，我们的工作无愧于祖国，无愧于人民，无愧于时代！

（刊登于 2005 年 4 月 1 日第一版、二版）

# 保护知识产权我们在行动隆重启动

**本报讯** （记者闫文锋　汪玮玮北京报道）今年 4 月 26 日是第五个世界知识产权日。由国家知识产权局、全国整顿和规范市场经济秩序领导小组办公室主办的"保护知识产权——我们在行动"大型联合采访报道活动在北京隆重启动。

国务院副总理吴仪发来致辞。国家知识产权局局长王景川、全国整规办主任张志刚、北京市副市长范伯元发表讲话。来自中宣部、国务院新闻办、文化部以及国家工商总局、国家版权局、新闻出版总署、国家质检总局、信息产业部、公安部、国家食品药品监督管理局等有关部门的领导出席了启动仪式。

吴仪副总理在致辞中表示：在世界知识产权日来临之际，有关部门和地方在全国范围内开展"保护知识产权宣传周""保护知识产权——我们在行动""保护创新,共铸未来"专题文艺晚会等一系列宣传教育活动,对于增进全社会对知识产权知识的了解,提高全民保护知识产权的意识,营造良好的社会环境具有重要意义。我希望通过这些活动,进一步唤起全社会尊重知识、崇尚科学,推动自主创新,扩大对外开放,为我国经济社会全面协调可持续发展注入新的生机和活力。

"联合采访报道活动,对于促进社会公众提高尊重和保护知识产权的意识,对于提高我国企业运用知识产权制度参与市场竞争的能力,是很有意义的。"国家知识产权局局长王景川在讲话中表示,此次活动目的在于向国内外展示我国尊重和保护知识产权的坚定决心以及取得的成就;宣传自主创新的思想,在全社会树立尊重劳动、尊重知识、尊重人才、尊重创造,勇于创新的社会风尚;鼓励我国的企事业单位立足于自主创新,在关键领域拥有更多的自主知识产权。

全国整规办主任张志刚表示,保护知识产权是鼓励创新、发展自主品牌和自主知识产权、提高企业竞争力所必需的,是我们发展经济的需要。要加强保护知识产权的教育和宣传,要从维护稳定、规范秩序、促进发展的高度,严厉查办侵犯知识产权的案件,强化综合监管。

北京市副市长范伯元表示,正面宣传教育和知识产权保护力度的不断加大,进一步优化了首都知识产权保护环境和投资发展环境,为中外企业在京投资发展创造了良好的条件。今后,北京将大力加强自主创新,尊重和保护知识产权,促进首都经济快速、协调和可持续发展。

据悉,此次活动是为配合国务院保护知识产权专项行动而发起的,也是由党中央、国务院13个部委联合组织的2005年"保护知识产权宣传周"重要活动之一,将持续至今年年底。知识产权专家顾问团与采访报道队伍同行,通过举办论坛、召开座谈会、开展咨询等活动,从知识产权战略的角度为地方和企业的发展出谋划策。

有关人士表示,此项联合采访活动,首次将政府的推动、专家的服务、创造者的期盼、企业的倡导、媒体的呼吁、青少年的参与和社会的关注融为一体,"从知识产权的视角,关注我们的生存与发展"。

(刊登于2005年4月29日第一、三版)

# 知识产权:需要更多的相互理解与合作

国家知识产权局局长　王景川
(二〇〇五年五月十八日)

以欧洲兴起的近代工业革命为发端,人类的生产方式和生活方式不断地发生着深刻变革，人类的经济贸易活动不断地向着更大范围、更多领域扩展。与之相伴随，建立了知识产权制度，并在数百年间不断地发展着。

历史已经证明，只有知识产权的保护范围、保护方式、保护水平，适应国家当时的生产力发展水平，并能随着未来的发展需要而变革，才能真正促进科技创新、文化繁荣、经济发展、社会进步；否则，会产生负面的作用。

中国是历史悠久的国家，数千年来众多杰出的科学家、发明家、文学家、艺术家，创造出辉煌的知识和智慧成果，为人类文明的发展和人类社会的进步做出了巨大贡献。

中国建立知识产权制度，仅有 20 多年，但发展很快。我们在遵循知识产权国际规则的同时，按照中国国情，努力平衡知识产权创造者、所有者、应用者、消费者以及社会公众之间的利益关系，促进了中国经济发展和社会进步。

——建立起符合国际规则、比较适应中国国情的知识产权法律法规体系

国家颁布实施了专利法、商标法、著作权法，《计算机软件保护条例》《集成电路布图设计保护条例》《著作权集体管理条例》《音像制品管理条例》《植物新品种保护条例》《知识产权海关保护条例》《特殊标志管理条例》《奥林匹克标志保护条例》等知识产权法律法规，以及一系列相关的实施细则和司法解释。中国加入世界贸易组织前后，对知识产权法律法规进行了全面修改，更加突出促进经济社会发展的立法宗旨；同时，做到了与《与贸易有关的知识产权协议》，以及其他知识产权国际规则相一致。

——实行司法保护与行政执法保护"两条途径、并行运作"的工作机制，切实保护知识产权

司法保护是保护知识产权的基本途径。任何享有知识产权的个人、法人或者其他组织，在其权利受到损害时都可以向人民法院提出诉讼，法院依法独立行使审判权。中国法院不仅可以依据民法对知识产权纠纷案件进行审理，追究相应的民事责任，也可依据刑法对侵犯知识产权的犯罪行为，追究刑事责任，可对犯罪人判处最高 7 年的有期徒刑。

2004 年 12 月，中国出台了《关于办理侵犯知识产权刑事案件具体应用法律若干问题的解释》，降低了定罪标准，提高了可操作性。

行政执法保护是指，行政机关不仅可以受理当事人的请求，也可以主动出击，对于侵犯知识产权的行为进行查处。国家和地方的知识产权局、工商局、版权局、质检局和公安、海关等部门建立了联合工作机制，实行跨部门、跨地区的联合行政执法，加大行政执法保护力度。2004 年 5 月，中国成立了吴仪副总理为组长的国家保护知识产权工作组；决定从 2004 年 9 月起，在全国开展"保护知识产权专项行动"。

按照统一部署，国家有关部门和地方各级政府在商标权、著作权、专利权等重点保护领域，在货物进出口、各类展会和商品批发市场等重点环节，在制假售假相对集中的重点地区，以查处重大侵权案件作为突破口，积极行动，严格执法，打击

侵犯知识产权的违法行为，取得积极成效。

### ——坚持不懈地开展知识产权宣传培训工作

中国高度重视知识产权的宣传培训工作。在中央和地方电视台开播《知识财富》等专题电视栏目，利用报刊、广播、互联网等各种媒体，通过举办研讨会等多种形式，在全社会开展尊重和保护知识产权的宣传教育活动。自2001年第一个世界知识产权日起，每年4月26日都在全国范围内开展声势浩大的"保护知识产权宣传周"活动；今年4月26日，启动了"保护知识产权——我们在行动"大型系列活动。为营造尊重劳动、尊重知识、尊重人才、尊重创造的良好社会氛围，提高全社会尊重和保护知识产权的意识，中国做出了巨大努力。

同时，以各级政府官员、企业和科技研发机构的管理人员为主要对象，开展知识产权基本知识的培训。据统计，仅过去3年里，省级以上知识产权局共举办各类知识产权培训班900多次，培训人员12万多人，促进了知识产权知识的普及。

### ——知识产权的创造、管理和实施能力明显提高

截至2004年年底：

中国受理的发明、实用新型、外观设计三类专利申请总量达到228万件，其中国内187万件，占82%，国外（主要是发明专利申请）41万件，占18%；授予专利权125万件，其中国内109万件，占87%，国外16万件，占13%。过去5年里，三类专利申请量年均增长21%；其中，发明专利申请量年均增长29%。同时，专利审查周期明显缩短，已与美、日、欧等发达国家可比肩。

中国受理的商标申请总量达到355万件；注册商标总量达到224万件，其中国外约40万件，占18%。

### ——积极开展知识产权领域的国际交流与合作

中国以负责任、建设性的态度积极参与知识产权国际规则的调整；中国各知识产权行政部门与多个国家的相应机构和世界知识产权组织等国际组织建立了良好的合作关系。2003年9月，中国有关部门建立了与外商投资企业定期沟通协调机制，每季度召开一次会议，听取外商投资企业在知识产权保护方面的意见和建议。

事实表明，在过去短短的二十几年里，中国知识产权事业取得了重大进展。但是，我们也清醒地认识到，作为一个有13亿人口的发展中大国，不断完善现代知识产权制度，不断提高知识产权创造、管理、实施和保护的能力与水平，不断增强全社会尊重和保护知识产权的意识，任务相当艰巨，还有很长的路要走。

中国在知识产权制度的建立和发展过程中，得到国际社会积极的支持与帮助、真诚的理解与合作。对此，我们十分珍视。

**合理有效地保护知识产权，是一个历史性、全球性的课题；侵犯知识产权，是一种历史性、全球性的现象。**

与发达国家相比较，发展中国家在经济发展和科技进步水平方面存在差距；在知识产权方面也存在差异，制度的建立比较晚，社会公众的知识产权意识还比较淡

薄。建立和完善现代知识产权制度，有效地保护知识产权，发展中国家不仅要做出巨大的努力，而且要经历艰苦的过程。要承认这种差距和差异。

20世纪80年代以来，随着世界科学技术的迅猛发展和经济全球化进程的加快，知识产权保护受到国际社会的广泛关注，并时而成为经济贸易活动中的一个热点问题。

**构建充分体现公平与正义的原则、尽量兼顾不同发展阶段国家利益的知识产权国际规则，有效遏制侵犯知识产权的违法行为，需要国际社会做出共同的努力。为此，特别需要世界各国的充分交流、民主协商、彼此学习、相互理解；特别需要营造一个对话而非对抗、合作而非摩擦的和谐环境。**

中国是一个负责任的大国，坚持走和平发展的道路。今后，我们将继续认真履行自己承担的保护知识产权国际义务，以更加积极开放的姿态，加强与世界各国和国际组织的合作，共同推动在世界范围内建立良好的保护知识产权的制度和环境。

（刊登于 2005 年 5 月 20 日第一、二版）

# 知识产权将成为热门职业

本报评论员

时代变迁，社会发展，一些传统行业日渐式微，大批新兴职业异军突起。前不久，政府主管部门已将信用管理师、网络编辑员、房地产策划师、职业信息分析师、玩具设计师、黄金投资分析师、企业文化师等10种职业正式纳入到"三百六十行"队列中。

高速发展的经济社会和市场化环境，为越来越多新行当的诞生、发育提供了养分与土壤，大批专业人才的涌现，又为这些新生行业的进一步成长增添了动力。鉴于近年来知识产权在中国已成为炙手可热的时髦词汇，我们因此大胆推断，由于政府的高度重视和社会各界的迫切需求，知识产权从业者将会成为最具发展潜力的热门职业之一。

这种说法并非妄言。有消息说，北京市公开招聘3个正局级领导干部，其中知识产权局局长一职报名者最多。来自广东的消息也说，人才的缺乏已经成为制约广东知识产权发展甚至经济发展的瓶颈。当前，全省知识产权高级人才的缺口约为5000~8000人，此外每年的需求增量在600人以上，企事业单位知识产权管理人才缺乏，许多高新技术企业主要依靠自己的力量来培养知识产权管理人员，中介服务人才数量不足、素质较低，全省60%以上的发明专利申请都是通过省外专利代理机构办理的，知识产权专业律师也很稀缺。

从全国情况来看，现有的 780 多万家大小企业中，拥有自主知识产权的仅有 2000 多家，有 99% 的企业没有申请专利，拥有自己商标的企业也仅占 40%。媒体对成都和绵阳两个国家级高新区的调查显示，当地 80% 的企业没有一名经过培训的专利工作人员。多数企业领导人表示，他们并非没有意识到知识产权对未来发展的重要性，只是苦于没有既了解生产技术、又精通法律法规，能够胜任知识产权工作规划、诉讼、管理的专业人才。

知识产权在我国是一项蓬勃发展的事业。在知识产权工作的链条上，无论是知识产权的创造、管理，还是知识产权成果的转化应用、市场保护，都亟待专业人才投入。随着各行各业对知识产权的广泛重视，相关机构日渐健全，工作面日益拓宽，业务内容日趋细化，工作战线不断拉长，工作量迅速膨胀，对专业人才的需求将愈显迫切。

因此，可以肯定地说，从现在起的若干年内，知识产权将成为中国社会最具发展潜力的热门职业之一。

（刊登于 2005 年 6 月 10 日第一版）

# 国家知识产权战略制定工作正式启动

**新华社电** 中共中央政治局委员、国务院副总理、国家知识产权战略制定工作领导小组组长吴仪 6 月 30 日主持召开了国家知识产权战略制定工作领导小组第一次会议，正式启动国家知识产权战略制定工作。

随着科技的迅速发展和经济全球化进程的加快，知识产权日益成为决定一个国家核心竞争力的关键，制定和实施国家知识产权战略已十分紧迫。经国务院批准，今年 1 月国务院成立了以国务院副总理吴仪为组长、国家知识产权局等 20 多个部门参加的国家知识产权战略制定工作领导小组，具体领导组织这项工作。

吴仪在讲话中指出，制定国家知识产权战略是当前我国改革开放和经济社会发展的客观需要，是积极应对知识产权国际规则变革的挑战、维护我国利益和经济安全的紧迫任务，有利于加快建立公平竞争的市场环境，有利于增强我国自主创新能力和核心竞争力。

吴仪强调，制定国家知识产权战略要坚持政府主导，与国家相关发展战略与规划相协调，与相关法律法规和政策衔接配套，统筹处理好若干重要关系，努力体现中国特色，做到与时俱进、求实创新。她要求，各有关部门要以"三个代表"重要思想和科学发展观为指导，以提高我国自主创新能力和国家核心竞争力为目标，立足国情，着眼长远，加强协调配合，集思广益，民主决策，切实制定好我国的国家知识产权战略，为加快全面建设小康社会服好务。

会议听取了国家知识产权局局长、国家知识产权战略制定工作领导小组副组长田力普的工作汇报，审议了有关会议文件。国家知识产权战略制定工作领导小组成员单位及相关单位的有关负责同志出席了会议。

（刊登于 2005 年 7 月 6 日第一版）

**大量民间艺术到了生死存亡的危急关头；手工制作被现代机器替代，知识产权缺乏保障，普遍面临后继乏人……这一现状引起了全社会的广泛关注。日前，中国艺术研究院启动了一项新的保护工程——聘任民间艺术家为该院民间艺术创作研究员，并与本报联合，对这些传统的艺术精品进行宣传与展示，共同的目的就是——**

# 让优秀民间艺术奇葩绽放

本报记者 祝文明

泥人、面人、风筝……这是多少代中国人童年记忆里抹不去的灵动色彩；刺绣、年画、剪纸……这是让多少外国人啧啧称绝的艺术。长期以来，人们一直担心随着时间的流逝，这些传统的艺术瑰宝会离我们远去。日前，中国艺术研究院启动了一项针对民间艺术保护的工程——聘任民间艺术家为该院民间艺术创作研究员，并对首批 30 名受聘人员颁发了证书。

伴随着中国的悠久历史文化进程，产生了大量的优秀民间民族艺术，这些艺术与手工时代的社会生活密切相关，都曾盛极一时。可是，随着社会经济的快速发展，这些优秀的中国民间艺术却离我们渐行渐远：大量的手工艺术被现代机器所代替，制作辛苦，收入不高，无人继承……

中国民间艺术面临的整体萎缩、后继乏人是人所共知的，并且，造成这样尴尬局面的原因也是基本类同。

北京著名弓箭制作铺聚元号的传人杨福喜分析自己收不到徒弟的原因时认为，做弓箭比较苦，很累，收入不高，而且需要很多年才能出师，所以很多年轻人都不愿意做。

北京哈氏风筝第四代传人哈亦琦认为，传统手艺难寻传人几乎是现代社会没办法回避的问题。"现在，没有多少人愿意潜心学这种复杂的手艺。可是现在孩子们的娱乐活动很多，电脑、电视……选择消遣的方式多，更不容易对传统的艺术培养起兴趣来了，有兴趣吧，功底又不一定到位。"

著名的泥塑艺人胡新明说，目前他们的知识产权缺乏保障，他的"泥塑马""泥塑羊"系列自从上了生肖邮票后便销路大开，一些人见状立即跟上，大量的仿冒品一拥而上、横行于市，造成市场混乱的同时也影响了正品的声誉。

年画制作大师邰立平则对胶印技术对传统木版技术的冲击忧心忡忡……

直到有一天，当这些老祖宗留下来的宝贵财富真正面临失传或灭绝的威胁，即将成为历史的时候，我们的社会才开始意识到它们的弥足珍贵。

中国艺术研究院美术研究所副研究员王海霞说，民间艺术目前面临的困难很多，其中一个很重要的原因就是，没有年轻人愿意从事这些行业，造成了大量人亡艺亡的现象，一位老人去世了，往往带走了他所掌握的一种艺术。

对民间艺术颇有研究的蒋先生告诉记者，就我国目前的国情而言，尚未像西方发达地区民众一样，对当代工艺品具有相当的欣赏、认同度以及价格承受能力。此外，民间工艺品难以进入老百姓的生活，和它的流通渠道不畅、难以保值增值有一定关系。他举了一个很具代表性的例子说，有一次他参加一个展览会，景德镇瓷器也在设展，开始标价很高，临撤展前却开始跳水甩卖，价格的混乱导致大家对产品的价值缺乏信心。这就迫使以收藏、投资为主的那部分爱好者远离当代民间工艺品。

复旦大学中文系副教授郑土有认为，民间艺术绝大多数来源于农耕时代，现在造成其自生自灭很重要的原因就是脱离大众，由于各种原因，民间艺术在现代社会不容易普及与推广，其实用性功能在逐步消退，所以很难继续生存下去。

著名作家冯骥才在他的政协提案中大声疾呼：在全球化时代，世界各国各民族都日益重视自己的民族民间文化。世界文化的大走向是本土化。这是因为民间文化是一个民族精神情感的载体，是民族凝聚力与亲和力之所在，是民族特征与个性最鲜明的表现，是民族文化的根基与源头。我国是文化古国与大国。民间文化博大而灿烂，但由于认识上的种种误区及盲点，同时又没有法规保护，尤其在现代大潮中，面临着"摧枯拉朽"般的灾难。无数珍贵民间技艺随着老人逝去而销迹；大片大片风格各异的古老民俗及蕴含其中的历史文化精华正被推土机推倒铲除；大量民间文化的典型器物流失海外。民间年画、皮影、傩戏、剪纸、传世刺绣、面塑等经典民间艺术随其生存土壤与环境的破坏而日渐衰微。

我们的民间文化在每一分钟都有消亡。我们先人创造的活生生的、灿烂的、不可再生的民间文化，也正在田野中和山洼里大批大批地死亡，死得无声无息。

据了解，国家为了保护这些民间艺术，出台了《传统工艺保护条例》，并据此由文化部和财政部等部委早在两年多前联合启动了"中国民族民间传统文化保护工程"，在中国艺术研究院专门设立了该工程的"国家中心"，具体负责民族民间传统文化的保护，该工程还成立了专家委员会，负责指导抢救和保护。据了解，中国艺术研究院国家中心在财政部的支持下，已经对全国许多地区、许多民间艺术的品类进行了调研，列出了保护计划，并着手与地方政府联合进行抢救和保护。

作为此次聘任民间艺术创作研究员工作的具体负责人，王海霞在谈到此项工作的意义时说，民间艺术家们将自己的手艺理论化、资料化是使民间艺术传承下去很好的方式，中国艺术研究院此次就是希望促成他们在这方面工作的开展。艺研院还会帮他们筹办展览、举办学术研讨会、出版相关出版物、提供资金创办工作室，还会安排他们介入教学。王海霞介绍，首次受聘的 30 位民间艺术创作研究员中，个别艺术家已有零星的文字、图片整理、著录。比如"风筝哈"已有文字著作出版了，惠山泥人的第五代传人王南仙正在进行历代泥人制作的调查、梳理工作，但更多的民间艺术家由于文化水平、理论水平较低等原因，还没意识到著录、研究的重要性。

王海霞介绍，艺研院未来在 3～5 年内将聘任第二批创作研究员，特种工艺、宫廷工艺等类型的艺术家会纳入其中。艺研院将对这些艺术大师的技艺和成就进行整理和保护，并组织展览、宣传活动等。

为了让这些中国民间艺术融入生活，为了更好地保护好这些经典的民间艺术，《中国知识产权报》和中国艺术研究院联合开展一项民间艺术精品展示活动，旨在向全社会宣传介绍这些弥足珍贵的传统文化资源和精神文化产品。从本期开始，在本报开辟栏目《精品展示》，对中国艺术研究院首批聘任的 30 名艺术创作研究员及其作品进行展示，以进一步提升这些艺术家们的社会认知度，促进全社会对于传统艺术精品的保护。

（刊登于 2005 年 7 月 27 日第八版）

# 华为虚席以待　奈何人才难求

## ——招聘难凸显知识产权人才匮乏

**本报记者**　李启章　闫文锋　顾奇志

"从发出招聘广告到现在，招聘情况并不理想。"日前，华为技术有限公司知识产权部副部长成绪新在谈到该公司知识产权人才招聘时，这样告诉中国知识产权报记者。

华为是全球通信业具有领导地位的供应商之一，每年将不少于销售额的 10% 投入研发，近 3 年都超过 30 亿元，累计在国内申请专利 7000 余件，其中 90% 为发明专利，累计 PCT 申请或国外专利申请 800 多件次，申请国内外商标注册 700 多件。2002 年以来，华为的每年国内专利申请量一直居国内企业首位，PCT 申请量居发展中国家企业第 4 位。华为标志、"华为"、"HUAWEI"被国家工商总局认定为驰名商标，具有强大的知识产权产出和运营能力。华为一位年轻员工向记者表示，能进入华为工作是很多年轻人的梦想。

既然如此，为什么会出现招聘不理想的情况呢？成绪新告诉中国知识产权报记者，"现在华为需要的是既懂技术又懂法律，比较熟悉国际国内知识产权规则的复合型人才，但是应聘者能够符合要求的不太多。"那么我国现在的知识产权人才培养情况又如何呢？

北京大学教授陈美章的研究结果显示，20 世纪 80 年代初期，在中国专利法公布之前，原中国专利局和原国家教委先后举办了 9 期培训班，为高校培养了 300 余名我国首批专利代理人和专利管理人员，并选送 30 多人到国外进修。近 10 年来，我国高校又通过学历教育培养了数以千计的知识产权专业人才，他们包括知识产权本科生近千人、知识产权双学位学生近千人、知识产权硕士生数百人、知识产权博士生数十人和知识产权博士后。

据陈美章统计，在全国 1000 多所高等院校中仅有 1% 左右的大学培养知识产权专业人才。据推算，1993 ~ 2005 年，我国知识产权专业人才培养总数不会超过 3000 人，每年平均培养知识产权专业人才只有数百人。但是，我国是个发展中国家，近 10 年来经济高速发展，国家机关、公检法部门、法律机构、企事业单位需要大批的知识产权专业人才。仅就企业而言，我国有 10 万个大中企业，每个企业需要 1 个知识产权专业人才，全国就需要 10 万人，而我国大部分企业没有知识产权专业人才，这与外国大型企业拥有知识产权部和数十名、数百人知识产权专业人才相比，差距明显。

知识产权人才培养数量不足仅仅是问题的一个方面，另一方面，人才培养的知识结构也存在问题。成绪新表示，目前高校知识产权专业文科背景的居多，技术出身的较少，这与企业对知识产权人才需求，存在偏差。更为严重的是，知识产权专业培养存在的这种问题，影响了学生的就业，更影响了知识产权专业的生源与招生，从而使知识产权人才培养出现不良循环。陈美章经研究指出，我国知识产权人才培养结构上存在问题，能够处理国际国内知识产权实务的应用型、管理型人才的培养还比较缺乏。

业内人士指出，目前就企业知识产权人才需求来讲，一个现实的办法是从企业内部挑选研发人员，再进行法律和管理等方面的培训，自己培养。但是，要从根本上解决问题，还需要国家有关部门以及高校在知识产权人才的培养结构、课程设置、学位体系的构建等方面做出探索和创新。

（刊登于 2005 年 9 月 14 日第一、三版）

## 读报读出"发家路"

# 中国知识产权报助下岗工人办厂致富

本报记者　刘河

"编辑同志您们好！我怀着无比激动的心情向您们报喜：衷心感谢《中国知识产权报》引我们办厂致富！"9 月 23 日，一封写满了真挚谢意的"报喜信"寄到了中国知识产权报社，5 位下岗工人利用知识产权报刊载的专利信息投资办厂并迅速致富的好消息迅速传遍了报社的每一个角落，从社长、总编辑到编辑、记者，每一个人的心中都感受到了一份来自读者的诚挚的鼓励、坚定的支持和浓浓的温情。

### 下岗工人变厂长

这位精明的企业家名叫王宏华，毕业于扬州化工学院，他曾经是江苏省南通市一家公司的产品研发人员。由于自己所学的专业就是有机化工，所以王宏华特别关心有关新产品的信息，他从 1992 年开始自费订阅了《中国知识产权报》的前身——《中国专利报》。几年后，由于公司经营不善，王宏华下岗了。在下岗后的日子里，王宏华为了肩负起生活的重担，多次出外寻找工作机会，却始终没有找到一个合适的、稳定的工作。

正当生活变得越发艰难之时，王宏华意外地在自己坚持订阅了十几年的《中国知识产权报》上看到了致富的希望："西安有一家公司掌握了一项有关擦鞋纸的专利技术。"经过对市场和产品技术的分析，王宏华坚定地认为这项技术是有价值的，产品是有市场的，依靠这项技术投资办厂是有希望致富的！于是，在家人的不理解和担忧下，王宏华偷偷地将 1800 元钱寄往了西安，并很快收到了对方寄回的一张写有技术配方的资料。

面对这份薄薄的资料，再联想到社会上名目繁多的骗子伎俩，家人、朋友的反对声更加强烈了。然而，倔强而精于研究的王宏华却胸有成竹地跑到上海，专门购买了泰国、马来西亚、德国的擦鞋纸和自己购得的专利技术进行研究比对。终于，他利用自己的专业背景以及多年的产品研发工作经验，对技术配方成功进行了改造，将一些美容产品中常用的护肤、养颜的成分增加到了配方中，从而改变了原有配方因缺少油分只有去污的功能，研制成功了不仅可以去污，同时还具备了给皮鞋上光和进行保养的新功效。新产品的成功坚定了王宏华投资办厂的决心。

### 投资 5000 元到年利 10 万元

2003 年 12 月，江苏南通海安芳香擦鞋纸厂终于在王宏华的"一意孤行"下成立了，连王厂长在内的 5 名下岗工人共投资了 5000 元。半年里，王厂长带领大家专门前往各地宾馆及旅游胜地进行了联络和推销。2004 年 5 月，海安芳香擦鞋纸厂正式开始了产品生产，由于在同类产品中具有出众的功效优势，产品很快就打开了销路，上海、杭州、广州、深圳、佛山、浙江义乌等地的订单接连不断地寄来，厂子的生产逐渐形成规模。

此时，原先充满担忧和怀疑的家人、朋友也都转而给予了王宏华坚定的支持。他的妻子、兄长也都加入到企业中来，厂子的员工也发展到了 8 人，并且这 8 个人每一个都是下岗人员。

经过短短一年多的经营，如今王宏华的擦鞋纸厂越办越火了，去除工人的工资以及其他成本，一年下来居然实现了纯利 10 万余元的不俗业绩。几位职工的生活水平也从原来的下岗穷困状态得到了改善。

### 致富金点子　大家共分享

"问渠哪得清如许，为有源头活水来。"王宏华在热情洋溢的感谢信中解释了自己成功的原因。他说："《中国知识产权报》不仅以信息量大、知识面广、实用性强、服务性好的鲜明特色慰藉了我们的智慧人生，如今又为我们开启了致富之门。"

在获得创业的初步成功之后，王宏华还在继续着致富之路上的步伐。他考虑到原有的手帕状的擦鞋纸携带不方便，遂改进为条状，这样不仅便于携带，同时还增强了擦鞋纸的使用效率。此外，在自己获得成功的同时，他还不忘记把帮助自己致富的《中国知识产权报》推荐给周围准备开始创业、才开始创业的下岗人员，以及工作中遇到的每一个企业和每一个有眼光的聪明人。他格外欣喜地说："最近在我的宣传介绍下，已经有3个单位要订阅明年的《中国知识产权报》了！"

### 编后

正如王宏华在信中所言："只有辛勤耕耘，才能有麦浪金黄的丰收美景；只有本着一颗奉献读者的心，才能有《中国知识产权报》越来越美好的明天。"面对热心读者十几年如一日的支持和厚爱，面对读者真挚热忱的信任和祝愿，我们中国知识产权报人也深感肩负责任的重大。套用王厂长的话说："只有本着一颗奉献读者的心，读者才会回报诚挚火热的心，只有得到读者的信任和支持，才能有《中国知识产权报》越来越美好的明天。"真诚地感谢所有读者！

(刊登于2005年9月28日第一、二版)

# 政府导向引领西部知识产权起航

**本报记者**　姚文平　魏小毛　肖峰

企业是知识产权创造的主体，这个观点已深入人心。那么，政府在培育自主知识产权、促进自主创新的过程中发挥什么样的作用？知识产权在带动地区经济发展中的作用和意义何在？不久前，"保护知识产权——我们在行动"第四路联合采访团抵达了美丽的山城——重庆市。

重庆市副市长吴家农在接受中国知识产权报记者的采访时，结合重庆市的实际情况，阐释了重庆发展的硬道理。

### 全力提高知识产权意识

吴家农谈到，与东部沿海地区比较起来，我国西部地区经济发展相对滞后，而知识产权意识的强弱和地区经济的发展又密切相关，因而，一直以来我国西部地区的知识产权水平相对滞后，企业创新能力不强，这是一个客观存在的现象，从每年专利申请量和授权量的比较上可以清楚地看到这种地区之间的差距。

可喜的是，近年来我国西部地区的知识产权发展非常迅速，知识产权意识也在普遍提高。吴家农认为，这种知识产权意识的提高首先是政府领导的意识在提高，西部地区各级地方政府领导及各个部门的负责人对知识产权有了更深的理解，重视发展知识产权的意识大大增强，把增强企业创新、掌握自主知识产权作为提升本地区企业市场竞争力的重要因素。企业作为实施和创造知识产权的主体，对知识产权的意识也在迅速提高，每年西部地区企业申请专利的基数虽小，但增长的幅度远远超过东部沿海发达地区；同时，西部地区群众的知识产权意识也在提高，许多知识产权案件的举报就直接来源于群众。现在，法院受理的知识产权案件也越来越多，这也说明通过司法的途径来保护知识产权的方式逐渐得到社会的认可。

"西部地区知识产权意识的提高，客观背景是由于市场经济的发展，而反过来市场经济的发展在很大程度上也依赖于知识产权意识的提高，这是一个相辅相成的过程。"吴家农表示，重庆市政府今后将继续努力以提升社会各界的知识产权意识。

**自主创新永不松懈**

重庆市属于我国中西部地区，但近年来的知识产权事业发展非常迅速，2004年共申请专利5171件，比2003年增长12.54%，专利授权3601件，比2003年增长25.34%，今年上半年专利申请量达2374件，均高于全国平均增长比例。重庆市充分发挥地区优势，在生物医药、机械制造、镁合金材料等方面有了长足进步。

重庆市作为我国摩托车产业的制造基地，政府积极鼓励生产企业自主创新，走产品、技术差异化之路，避免产品、技术的过度同质化。中国摩托车产业是从上个世纪80年代才开始真正起步，主要是引进日本等国家的技术而逐步发展壮大，到目前为止，虽然我国已经成为摩托车生产大国，但本土企业的自主创新还是一大难题。经过多年的实践摸索，我们进行了一些研发，掌握了某些技术，但在核心技术上仍然缺乏自主知识产权，远没有形成整体的自主研发能力，许多技术仍然依赖进口。这种局面的存在，依然制约着我国摩托车产业的发展。

力帆、隆鑫、嘉陵、宗申以及长安汽车等，对于这样一个庞大的汽车摩托车产业集群，政府自身的服务功能不断增强，为此，近年来，重庆市政府在财力允许的情况下，对企业的自主创新给予了空前的支持，启动全市知识产权战略，实行对重点企业的专利服务计划，加强建设专利中介服务机构和人才队伍。例如，重庆摩托车（汽车）知识产权信息中心的建立，无疑为该地区机械制造业的发展提供了更好的机遇。

**政府发挥导向作用**

"目前我国强调建设创新型国家，这种创新的主体只能是企业，政府不能代替企业成为创新的主体，只是发挥积极的导向作用。"吴家农对政府在技术创新过程中的作用给予了中肯的分析。

从去年开始，重庆市科委和市知识产权局联合组织对重点企业实施专利服务行动计划，帮助企业培训知识产权人才，完善企业的知识产权管理机制，加大力度支持企业申请发明专利。同时，针对许多技术被束之高阁的现象，政府对重点发明专利实施资助计划，帮助企业加快自主知识产权的实施运用过程。对企业之间发生的有关知识产权纠纷，政府通过各种方式支持行业协会来发挥中间作用，协调解决，降低纠纷的解决成本。

"政府的资助是为了能够真正在源头上支持企业的自主创新能力。"吴家农表示，政府虽然在企业专利申请、保护等方面给予了相应的支持，但这种支持必须通过项目的方式来实现，因为公共财政的支出有一套严格的程序，不能随便开支，因而政府的资助只能是辅助性的，企业本身仍然是技术创新的主体。同时，这种政府资助的方式，对非职务发明人来说仍然是不利的，如何切实帮助非职务发明人，还需要进行研究探索。

（刊登于 2005 年 9 月 28 日第一、七版）

# 论文化和知识产权文化

马维野

知识产权及知识产权制度产生和发展，离不开一定的文化背景。随着知识产权在经济、文化、社会发展中作用的不断增强，知识产权文化建设便显得尤为重要和迫切。文化以其特有的作用影响着知识产权事务。

**文化的概念和性质**

笔者认为，文化是人类社会活动所产生的、能为人所感知的、影响人的行为的精神现象的总和。作为精神现象，文化具有传播性、继承性、渗透性、排他性、习惯性（稳定性）、渐进性（演变性）等主要性质。

1. 文化的传播性

文化通过媒介，如人、社会团体、书籍、报刊、广播、电视、电影、戏剧等媒介跨越空间和地域传播。随着现代通信技术特别是网络技术的快速进步，文化的传播也更为方便和快捷，世界各国文化的融合使得文化的全球化成为当代文化发展的一大趋势。

2. 文化的继承性

文化的继承性由文化的传播性衍生出来的。文化跨越时间的传播，使得前人的文化可以为后人所继承，世代相传，乃至生生不息。世界各民族有着很多光辉灿烂的传统文化，以书籍、戏曲、文物等各种载体世代传承，形成了宝贵的文化宝库。

3. 文化的渗透性

文化的渗透性也是文化的传播性的一种衍生。一种文化可以潜移默化地渗透到其他文化中去。这种渗透的结果是文化间的相互影响、相互交融、相互弥补。譬如中西文化的相互渗透，特别是我国改革开放以来，我们在文化上不断受到西方文化的影响，连语言也有越来越多的外来语成为现代汉语的可接受成分，尤其是年轻人更容易成为外来文化的渗透客体。

4. 文化的排他性

文化既有渗透性，也有排他性。排他性是指一种文化对向其渗透的其他文化的排斥的性质。文化的排他性在宗教信仰上表现得尤为显著。当今世界上的许多民族冲突，都可以从文化冲突中找到发生的根源。

5. 文化的习惯性（稳定性）

一种文化一旦形成，便不容易改变，这就是文化的习惯性或称为稳定性。我们经常会碰到这样的事情：一种不合时宜的制度，大家都说应该改革，但真的改革起来却会遇到意想不到的阻力。我们还会看到这样的事情：一本辞书，编排方式陈旧，很不方便读者查找词条，但几次再版都不见更改。凡此种种，都是文化的习惯性在作祟。

6. 文化的渐进性（演变性）

文化具有习惯性，一旦形成就不易改变，但这不等于说文化不可改变。随着时间的推移，任何文化都会发生一定的变化，只不过变化的程度不尽相同而已。比如同一个词汇，在古文里是一个意义，在现代语言中可能是完全不同的另一个意义。文化的这种渐进演变的性质是文化发展的内在动力。

正是由于上述性质，文化对人类就有着长期的、潜移默化的影响，决定着人的价值取向。现代科学技术特别是信息技术的迅猛发展使得文化的传播比以往任何时代都迅速得多，影响面也大得多。

**知识产权文化**

1. 知识产权文化的定义

知识产权文化近年来开始受到越来越多的关注，但什么是知识产权文化，迄今为止还没有一个广为认可的说法。人们对知识产权的认识往往并不是通过学者的定义，而是通过知识产权包含的具体对象，如专利权、商标权、著作权等来理解知识产权的。定义知识产权文化，应该简要地给出知识产权文化的表述，准确地表达知识产权文化的本质，全面地揭示知识产权文化的内涵。

知识产权文化是文化的一种，根据文化的定义，我们可以认为，知识产权文化是人类在知识产权及相关活动中产生的、影响知识产权事务的精神现象的总和，主要是指人们关于知识产权的认知、态度、信念、价值观以及涉及知识产权的行为方式。

2. 知识产权文化的内容

上面关于知识产权文化的定义揭示了知识产权文化的内涵：第一，知识产权文化是人类社会所特有的文化现象，形成于人类的知识产权实践；第二，知识产权文化是关于一种特殊的无形资产的精神现象；第三，知识产权文化是影响知识产权及知识产权事务的发生、发展的全部精神世界。

在这个含义下，知识产权文化包含着十分广泛的内容，如知识产权的法律制度、国际规则、政策体系、发展战略、价值准则、观念意识、理论体系、学术思想、外部环境等等。

3. 知识产权文化的分类

根据知识产权文化的含义以及知识产权活动的实践，我们大致将知识产权文化分为以下几个类别：

（1）知识产权意识文化。知识产权意识文化是一种观念文化，指人们对知识产权的基本知识、认同程度、所持态度的综合反映，体现了人们关于知识产权的思维方式和价值体系。知识产权意识是知识产权工作的思想基础。一个人、一个企业、一个单位、一个地区，乃至一个国家知识产权意识的强弱，直接关系到其相应的知识产权事务的发展和事业的成败。

（2）知识产权制度文化。知识产权制度文化系指知识产权制度的整体构成，是知识产权事务的体制设计和制度安排，包括知识产权法律法规体系、政策体系、管理体系、诉讼制度、审判制度等等。一个国家的知识产权制度直接影响着甚至决定着该国知识产权事务的方向。

（3）知识产权环境文化。知识产权环境文化是既影响知识产权事务的发生和发展，又非知识产权事务本身的外部因素的总和。譬如政治、外交、科技、经济等因素的变化，包括国际局势的变化和国内形势的演变，都会或多或少影响着知识产权事务的进程。

我们还可以根据研究问题的需要从另一角度划分知识产权文化。譬如：按照文化主体划分，可以有诸如企业知识产权文化、机关知识产权文化、学校知识产权文化、研究院所知识产权文化；按照知识产权事务划分，可以有知识产权战略文化、知识产权管理文化、知识产权创造文化、知识产权实施文化、知识产权保护文化等等。

此外，尚可有国际知识产权文化、民族知识产权文化、区域知识产权文化等等。

建设知识产权文化，应当成为知识产权事业发展的重要组成部分，也应是实施知识产权战略的基础工程。当前，知识产权文化建设应当抓好创新文化建设、竞争文化建设、诚信文化建设、法制文化建设、和谐文化建设、管理文化建设等方面。通过知识产权文化建设，逐步形成有利于创新、有利于和谐社会建设、适应市场竞争、维护经济秩序的良好的知识产权文化氛围。

（刊登于 2005 年 9 月 30 日第三版）

各界支招中国企业

# 跨越涉外知识产权这道坎

本报记者　刘仁

商务部最新数据显示，今年对外贸易继续高速增长，前 8 个月外贸进出口总额达 7221.3 亿美元。据了解，2005 年预计进出口总额将达到 1.4 万亿美元。然而，喜人数据的背后，却隐藏着以数量扩张为主的增长方式带来的诸多不平衡。其中最显著的表现是，"尽管我国出口位居世界第三位，但我国企业的营销和研发能力比较弱，核心竞争力薄弱。这些直接导致在日益频繁的贸易摩擦中，美国、欧盟、日本等国围绕知识产权对我国企业提起的诉讼案接连不断。"日前，在中国企业涉外知识产权保护及品牌经营战略论坛上，商务部国际贸易研究院院长助理顾学明表达了上述看法。

据统计，我国企业因涉外知识产权纠纷引发的诉讼、赔偿金额已达 10 多亿美元，涉及诉讼的国家和地区达 18 个。显然，知识产权已成为我国对外贸易发展亟待跨越的一道坎。面对国际诉讼，中国企业该以何种策略应对，中国企业又该以怎样的知识产权战略"走出去"？

## 美国律师教中国企业挫败 337 调查

"未来 10 年，对中国出口产品的打击将会继续。"在论坛上，美国普衡律师事务所哈米尔顿·卢布一语中的，"随着科学技术的发展，美国的竞争对手将主要利用知识产权对中国出口产品进行打击，使之无法竞争。"据统计，我国出口企业因技术壁垒引发的贸易摩擦金额已达 400 多亿美元，损失金额高达 170 亿美元。

卢布介绍说，美国对于中国产品的打击一般适用以下法律：贸易法、竞争法也就是反垄断法、知识产权法。因为贸易法和反垄断法所能限制的产品往往不是高科技产品，而且，如果原告靠这两个法律胜诉，中国出口的产品只受到某种限制，最终还是可以出口到美国。而知识产权法贸易保护最强，美国公司一旦胜诉，中国公司的产品就完全不能进入美国市场。

其实，美国面对纠纷，可以选择向联邦法院提起知识产权诉讼，也可以向州法院提起关于商业秘密方面的诉讼，但最常用的却是向美国国际贸易委员会提起 337 调查。因为它立案快，一般在 12～15 个月内就必须有结果，同时国际贸易委员会不需要拥有对被告的管辖权，就能对事、物进行调查，这避免了一般法院诉讼中管辖权的问题。而且在 337 调查中，能确保至少有一位法官对知识产权和技术本身都有很深入了解，这种判定结果不会因为技术的复杂性而出现偏离。

对于 337 调查，卢布告诉中国企业要注意其立案特征，迅速应变；企业要有高水平的工程技术人员队伍，协助律师分析技术；更重要的是中国企业要在自主研发知识产权，积累自身实力的同时，可以通过并购等方式获取专利，寻求以交叉许可的形式进行和解，或是利用自身专利进行抗辩。

**官员为商标国际保护出谋划策**

商标战略是市场竞争发展的必然结果，中国企业选择进行合理的品牌定位、加强商标保护，构建完善的商标战略是参与国际竞争的必由之路。

对于企业该如何采用适当的商标国际保护策略，国家工商总局商标局副局长侯丽叶表示，企业"走出去"进行国际商标保护时应具有前瞻性，企业有意向到国外发展时，要事先了解国外法律，及时进行商标注册。企业可以通过马德里协定以及议定书的途径去注册，也可以逐一地到国外注册商标。通过马德里协定注册的优点主要是省时、省力和省钱。我国从1989年加入马德里协定议定书体系，到2004年年底，我国企业提出的商标国际注册才5907件，而外国通过马德里协定在中国注册了13.5万多件商标。

侯丽叶还告诉企业，一旦遭遇国外抢注，有两种情形要区别应对。一种情形是商标虽然在国内获得注册，但是商标显著性不强，当企业有意向海外发展的时候，却发现商标在国外早已被他人注册。因为本身的商标显著性不太强，所以企业一般只能通过协商的方式去解决，或者及时策划，设计启用一个新的商标。另一种情形是国内注册的商标，本身也具有较强的显著性，但是没有在有关国家及时地去进行注册。这种情况等到企业发展壮大发展到国外后，发现它的商标在国外已经抢先注册，才可以考虑用高成本的法律手段进行解决。

**专家建议：制定合理的竞争策略**

面对国际市场的诱惑，企业都不会放弃"走出去"的尝试，然而，在国际市场上屡遭知识产权壁垒后，我们的企业也在反思该怎样稳健地"走出去"。对此，多年从事公司独立董事、谙熟企业发展战略的吴维丁律师坦言："企业应该结合自身的发展情况，制定合理的竞争策略，在'走出去'的过程中，获得自身发展所需要的元素。"

吴维丁表示，中国企业已进入"竞争制胜"的时代，竞争策略和竞争情报研究已成为企业经营的法宝。她建议中国企业结合自身需要，采取多种方式和途径针对性地搜集情报，尤其是高新技术方面的情报。要加强对已有专利信息的收集整理，重视标准文集的收集和开发，及时关注国际国内专利申请的最新信息。她还表示，协作取代竞争已成为当今企业生态的核心要素，企业应将经营重点转移到培育合作力上来，但在寻求合作的过程中，在法律文件签订之前，要注意企业商业秘密尤其是技术秘密的保护。

（刊登于2005年10月26日第三版）

# 读图：保护知识产权——我们在行动（西南篇）

张子弘　摄影

（刊登于 2005 年 10 月 28 日第四版）

# 这是一片知识产权的沃土

## ——记中兴通讯股份有限公司

**本报记者** 李启章 顾奇志 闫文锋

十月江南，美不胜收，第十届全国运动会胜利闭幕。作为全国最高水平的体育盛会，十运会集结了全国各路运动员、教练员、体育官员和工作人员数万人，为历届之最。对这么多人进行统一的指挥调度，是一件非常不容易的事情。但是，在先进的通信技术保障下，所有赛事都得以井然有序地进行。

为十运会提供全面的赛事指挥调度通信技术和设备保障的，就是中兴通讯股份有限公司，使用的技术，就是由该公司自主研制开发的、拥有自主知识产权的国产数字集群系统——GoTa。

### 让中国人骄傲的 GoTa

谈起"GoTa"，中兴通讯股份有限公司知识产权部经理王海波抑制不住内心的骄傲：这是第一个由中国人提出的全球性数字集群标准，并首开中国通信企业向国际知名厂商进行专利授权的先河。

作为移动通信领域的新一代数字集群系统，"GoTa"是世界上首个基于CDMA2000平台的数字集群产品，填补了 CDMA 技术的数字集群产品的空白。相对传统集群通信而言，GoTa 成功围绕无线信道共享和快速链接这两项关键技术提出解决方案，使新增的集群业务不会对传统通信业务和网络资源带来不利影响，可广泛应用于公网、专网和社会应急联动等方面，并可平滑升级达到第三代移动通信标准规定的数据业务带宽。尤为重要的是，作为民族通信设备制造企业的产品，GoTa 具有良好的保密性，完全适用于国家党政机关及军队等有特殊通信要求的集群通信系统，其技术达到国际领先水平。

国内通信专家认为，该产品的推出，将彻底打破国外产品对国内集群通信市场的垄断局面，对于国内集群通信产业的健康发展和中国企业拓展国际数字集群市场都有重要意义。

最令王海波骄傲的是，这项 2003 年开始研发，2004 年成型，2005 年顺利通过信息产业部组织的技术鉴定的通信技术，从诞生的那一刻起，就被纳入了中兴通讯股份有限公司知识产权战略规划，迄今为止，GoTa 已经成功在国内外申请专利 80 多项，在中国及海外的 20 多个国家进行全面的商标注册，披上了一层结实的知识产权保护"壳"。

目前，GoTa 已在俄罗斯、挪威、马来西亚、巴西等众多国家成功应用，是市场应用最广泛和最成功的中国品牌的数字集群产品，也是全球主流的数字集群产品之一。

### 中兴人还有更多的骄傲

GoTa 是中国人的骄傲，更是中兴人的骄傲，但是，令中兴人骄傲的，远远不止这些。

2005 年 7 月 5 日，广东省在广州市珠岛宾馆举行全省专利奖励大会，中兴通讯的代表又一次站在广东专利金奖的领奖台上，获奖的"一种反向外环功率控制的方法"属于 CDMA 通信系统的关键技术的核心之一，从 2002 年实施以来，为中兴通讯新增利润 2 亿多元，出口创汇近 2 亿美元。

这已经是该公司连续两届获得广东省专利金奖。而 2003 年，该公司更率先夺得广东省企业界首个"中国专利金奖"和 2 项优秀奖，获得该省政府重奖 200 万元。

其实，获奖专利仅仅是中兴通讯专利"冰山"的一个小角。王海波告诉记者，就目前而言，中兴通讯在所有产品上都有专利和专利申请，每项专利，都是本技术领域的精华，都能发挥积极的作用。

对于专利申请及维护战略，中兴通讯一直坚持着"质量核心、数量适度增长""策略性、综合性"等原则，强调专利布局，避免走入单纯追求专利申请数量的误区。在严把质量关的前提下，截至 2005 年 6 月底，中兴通讯已经提交了 2600 余项国内专利申请，近 300 项国际申请，目前授权数量超过 400 项，授权高峰期已经到来。同时，公司还拥有国内商标 40 余件，向 140 余个国家和地区申请了超过 300 件商标，80 多个已获注册。

**一手抓发展　一手抓保护**

纵观中兴通讯的发展轨迹，从公司董事长侯为贵 1995 年申请了中兴通讯的第一项专利起，知识产权就不断得到重视。1998 年，公司成立知识产权部，2004 年，公司更提出制定和实施知识产权战略。为此，公司制定了《中兴通讯知识产权战略规划》，建立了一个完整的知识产权战略体系。

在管理方面，中兴通讯坚持"一把手工程"，不仅设立了知识产权领导小组，负责整个公司知识产权战略的决策和推动，还采用了集中管理与分散管理有机结合的方式来管理公司的知识产权事务，在总部和各个事业部分别设立数十名知识产权经理和工程师，几乎所有的知识产权经理均具有法律、技术双重背景。

在具体业务方面，中兴通讯形成了基础、分析和运营三大知识产权业务体系。基础业务主要包括专利申请及维护、商标注册及维持、软件产品及著作权登记、商业秘密管理等各类基础性业务；分析业务的主要目标是降低研发和市场风险，创造市场竞争机会；运营业务则通过侵权调查、许可、转让、秘密保护、合同知识产权审查、标准知识产权等各类增值和有效利用业务为公司直接创造价值。公司制定有《知识产权奖酬办法》，对各个环节的知识产权贡献，都进行奖励。

在积极采取申请专利、注册商标等防范措施的同时，中兴通讯还主动出击，坚决保护自己的知识产权不受侵害。

2005 年 3 月 25 日，深圳市中级人民法院对中兴通讯股份有限公司诉深圳华海通信有限公司一案进行了判决：认定中兴通讯股份有限公司的注册商标"ZTE 中兴"为驰名商标；并对伪造销售假冒中兴注册商标"ZTE""ZTE 中兴"的手机产品的华海公司判定赔偿中兴公司 50 万元的损失。在此前的 2004 年 11 月，深圳中级法院已经判处华海公司法定代表人万某有期徒刑 1 年，这也是该院首次对销售假冒注册商标的商品犯罪作出判决。

### 插上创新的翅膀　打开创新的源泉

厚积而薄发。近年来，中兴通讯每年将销售收入的 10% 左右作为科研经费投入，并建立了一套引进、培训、使用、激励人才的机制，在公司 2 万多名员工中，硕士、博士以上学历占了近三分之一。

从 1985 年公司成立至今，经过 20 年发展，中兴通讯成长为中国最大的通信设备制造业上市公司和最大的本地无线供应商，被评为"中国十佳上市公司"。2004 年，公司实现合同销售额 340 亿元。

今天的中兴人，对于知识产权的重要性已经是体会深刻了，所有新员工毫无例外地都要上知识产权培训课。公司的决策层，更是将知识产权工作放到极其重要的地位。中兴通讯董事长侯为贵有一句话几乎人人皆知："知识产权战略是中兴通讯的核心战略之一"，而公司高级副总裁周苏苏更是一针见血指出：知识产权是中兴通讯的核心资产。高级副总裁史立荣也说："没有创新我们的企业就无法生存。"

作为一家以技术求发展的企业，知识产权为中兴通讯发展赢得广阔、自由的空间。在未来的日子里，我们相信，有了知识产权保驾护航，中兴通讯这艘中国通信行业的航空母舰，一定会在国内外市场乘风破浪，勇往直前。

（刊登于 2005 年 11 月 2 日第一、九版）

简便的注册方法，巨大的利益回报，域名注册催生"淘金族"——

# "抢注风"肆虐网络域名

**本报实习记者　刘超**

日前，奥运吉祥物的揭晓引发了"五福娃"域名的抢注风。就在 2008 年奥运吉祥物发布的当晚，"五福娃"的 . cn 域名和 . com 域名被抢注，其中域名"五福娃 . 中国""五福娃 . cn""福娃贝贝·中国"等被抢注 1 年；互联网域名"福娃晶晶·中国"和"福娃晶晶 . cn"、域名"福娃欢欢·中国"等被抢注 10 年。

### 域名抢注白热化

不单是"五福娃"域名突遭侵袭，国内的域名抢注眼下早已呈白热化。近日，中国知识产权报记者从中国万网获悉，有人在神六升空的几周前就在中国万网注册了神六的通用网址，湖北籍航天英雄聂海胜的名字也被多家机构和个人抢注为网站域名，现在甚至连"神八"也被人抢注了。而"端午节 . CN"这一中文域名也在不久前被韩国某公司收入囊中。

据业内人士介绍，随着全球信息网络产业的快速发展，域名背后所蕴藏的巨大经济利益使抢注风愈演愈烈。例如全球互联网搜索巨头 GOOGLE 就以百万美元巨资，买回了几年前被别人抢注的 CN 域名 Google.com.cn 和 Google.cn，创下了 CN 域名史上交易最高价；珠峰高度域名"8844"在网上炒到了 88 万元的"天价"。甚至有些人注册与网络银行近似的域名来进行诈骗，来自国际反网络诈骗组织的报告显示，中国已经成为仅次于美国、世界上第二大拥有仿冒域名及网站的国家，占全球域名仿冒总份额的 12%，如假工行网站 www.lcbc.com.cn 便以一字之差混淆视听屡次得手。

同时，随着域名投资热的兴起，网络服务商间竞争的激烈反而导致了收费的下降，去年秋天还是 280 元/年的 CN 域名，今年就降到了 120 元。而服务内容也水涨船高，如中国万网就推出了注册一个域名就可获得能够在线编辑、定制具有无限页面网站的域名空间站服务，以便域名投资者们能有效地避免因域名闲置而带来的"恶意侵权"的法律诉讼纠纷。

**域名催生"淘金族"**

据了解，注册域名的操作其实非常简单，通过网络付费，几分钟就能完成域名注册；而且有数据显示，目前域名如果没有续费或者因为其他原因被删除，平均 4 分钟之内就会被他人抢注，这更让很多著名的域名用户防不胜防。因此，业内人士称，注册域名已成了"无主的金矿"，一个新兴的淘金群体——"玉米虫"由此应运而生。"玉米虫"因注册"域名"（与"玉米"谐音）以及出租售卖域名而得名。

目前，由于国内还不允许以个人名义注册域名和网址，所以"玉米虫"要通过专门的网站进行代理。而"玉米虫"唯一的投入就是每年缴纳的服务费（下称"年费"），一般在 88 元至 500 元不等，而只要能卖出自己注册的域名，就能得到上万，甚至上十万元、上百万元的收益，低投高产使越来越多的人加入这个淘金的行列。

**未雨绸缪防抢注**

有关法律人士指出，随着网络商业化及电子商务的发展，域名由一个单纯的技术名词转变成为一个蕴藏巨大商机的标识，从而引起域名与商标、企业名称等法律所保护的其他商业标记以及名人姓名、地理名称等之间的冲突，导致了大量域名侵权纠纷的出现。如何解决域名这一新兴客体与商标等传统民事权利客体之间的矛盾？如何更好地遏制恶意抢注？这些已成为业内人士普遍关注的问题。

据介绍，按照中国互联网络信息中心的域名注册管理规定，除主要针对涉及公众权益的域名，如政府机构和地域词汇限制注册的域名，以及带有 gov 的三级域名，不允许自由注册之外，根据互联网本身的特点，其他域名遵循"先申请，先注册"的原则。

对此，中国互联网络信息中心主任助理刘志江指出，一旦域名遭到以投机为目的的恶意抢注，不仅费时费力，而且还可能费尽力气仍无法取回。因此，企业应当增强域名保护意识，制定完善的域名保护战略，尽快全面注册与自己相关的域名，避免域名争议，防止不法分子以假乱真。

"五福娃"域名被抢注后，中国域名注册管理机构中国互联网络信息中心明确表示：与北京奥运相关的域名权归北京奥组委所有，由代理机构注册的相关域名将在两周内注销。同时，更多的业内人士呼吁，应尽快出台相关政策或法律来保护"五福娃""端午节"这样的特定资源。

（刊登于 2005 年 11 月 23 日第六版）

# 充分发挥专利制度在提高自主创新能力和落实科学发展观中的重要作用
## ——访国家知识产权局局长田力普
### 新华社记者 李薇薇

**编者按**

党的十六届五中全会提出了关于制定国家第十一个五年规划的建议。这个建议提出要建设创新型国家，提出要以科学发展观统领我国经济发展的全局，其中一个最主要的原则就是必须提高自主创新能力，把增强自主创新能力作为科学技术发展的战略基点和调整产业结构的中心环节，也作为转变经济增长方式的一个中心环节。同时，在"十一五"的目标里，还提出我们要形成一批拥有自主知识产权和知名品牌、国际竞争力较强的优势企业。这是中央在新时期提出的一个重大战略方向、重大战略决策，这是一个非常重要的事情。那么，在提高自主创新能力以及落实科学发展观过程中该如何发挥知识产权制度的作用呢？围绕这个问题，新华社记者采访了国家知识产权局局长田力普。

**记者**：田局长，最近社会上对知识产权的报道越来越多，您认为是什么原因？

**田力普**：我想有这么几个方面的原因：

第一，党的十六届五中全会提出了要建设创新型国家，这是中央在新时期提出的一个重大战略方向、重大战略决策。资源型国家的发展模式，我们走不通，因为我们的资源并不很丰富；要走制造型国家的道路，同样也会出现很多问题。对我们国家而言，只有建设创新型国家，才是一个科学的、必然的选择。要建设创新型国家，就必须要有自主创新，特别是要形成一批拥有自主知识产权和知名品牌、国际竞争力较强的优势企业。

第二，知识产权是自主创新的基础和衡量指标，也是市场竞争的重要手段。我们经常讲创新，讲自主创新。那么，到底什么是创新？什么是自主创新？我想简单地讲，自主创新有这样几个关键的要素：一是属于自己的；二是创造出来的；三是新的东西。那么，怎么样才能算属于自己，只有形成自主知识产权；根据什么创造，根据市场需求；为什么能获取利益，因为是新的，是别人没有的，同时又是市场需要的，是有知识产权保护的。所以说，知识产权是自主创新的基础和衡量指标，也是市场竞争的重要手段。自主创新的成果，一般体现为新的科学发现以及拥有自主知识产权的技术、产品、品牌等。可见，知识产权非常重要。

第三，我国知识产权制度建立的时间比较短，在知识产权的创造、管理、实施和保护等方面还存在一些不够完善的地方，还有待进一步加强。历史已经证明，只有知识产权的保护范围、保护方式、保护水平，适应国家当时的生产力发展水平，并能随着未来的发展需要而变革，才能真正促进科技创新、文化繁荣、经济发展、社会进步。社会上也有不少有识之士对我国目前的知识产权制度的现状，特别是能不能在提高自主创新能力以及落实科学发展观过程中充分发挥作用心存忧虑，这是可以理解的。

记者：我国知识产权制度已经建立了 20 多年，您如何评价我国知识产权工作所走过的这 20 年历程？

田力普：我国真正建立现代知识产权制度，是在 1978 年十一届三中全会实行改革开放政策之后。最近几年，特别是我国"入世"后，知识产权才逐渐被全社会和广大公众所认识到、所意识到。我们国家虽然实行知识产权制度比较晚，但是发展的速度非常快。

第一，这 20 年里，我们形成了一个适合我国国情并且与国际规则接轨的完整的知识产权法律体系；第二，我们建立起一个包括知识产权的行政审批、宣传培训、中介服务、学术研究等在内的一个工作体系；第三，也建立起一个行政与司法两条途径、并行运作的知识产权执法体系。建立这个体系：英国用了 300 多年，美国用了 200 多年，日本用了 100 多年。在鼓励发明创造方面，我们也取得了可喜的成绩。近些年来，我国的商标注册申请，实用新型专利、外观设计专利申请量都居世界第一位。去年我们的商标申请量是 58.8 万件，实用新型专利、外观设计专利的申请分别是 11 万件，都居世界第一位。

这些成绩虽然很大，但与发达国家相比较，中国作为一个发展中国家在经济发展和科技进步水平方面存在差距；在知识产权方面也存在差异，制度的建立比较晚，社会公众的知识产权意识还比较淡薄。建立和完善现代知识产权制度，有效地保护知识产权，发展中国家不仅要做出巨大的努力，而且要经历艰苦的过程。要承认这种差距和差异。

记者：我听说，在我们知识产权的宣传中，有这样一个口号："从知识产权的视角，关注我们的生存和发展。"请问，为什么会提出这样的口号？

田力普：因为从知识产权的角度来看，确实有严峻的挑战摆在了我们前面。这主要有几个方面：

一是随着知识经济时代的到来，各个国家之间围绕知识产权展开了激烈的竞争，知识产权作为国际竞争的焦点已经成为现实，摆在了我们的面前。温家宝总理在今年3月28日科技奖励大会上讲到，真正的核心技术是钱买不来的，只有拥有强大的科技创新能力，拥有自主知识产权，才能提高我国的国际竞争力，才能享有受人尊重的国际地位和尊严。

二是对于我国来说，知识产权纠纷的高发期已经到来。这个知识产权纠纷，不仅包括我们国家的企业和国外企业之间的知识产权纠纷，也包括我们自己企业之间的知识产权纠纷。这就给我们带来一个重要的课题，怎样尽快通过我们的各项工作把知识产权这件事情做得越来越好，让它成为一项非常有效的法律制度，推进我们国家的自主创新，有助于建设创新型国家这个目标的实现。要做到这一点，还有很长的道路要走。

三是从知识产权的数量和质量上看，我们的弱势还十分明显。

以专利为例，首先在数量上，去年我们的发明专利申请量是13万件，其中一半来自外国的公司，主要是跨国公司，他们要在中国投资、进入中国市场，首先要确立自己的知识产权。美国在中国申请专利，每年的增长量都超过20%，今年的申请量将超过两万件。另外的一半来自国内。这一半中，大概有40%是个人申请，而我们的大专院校、科研院所，特别是我们的企业申请的专利只有60%多一点。也就是说还剩下4万多件，这4万多件里面又有一半左右的专利申请来自三资企业。剩下两万多件是国营企业、民营企业申请的。这两万多件与我们几百万家企业这个总数相比就很少了。

从质量上看，这么多年来，本国人、本国企业发明专利申请的最集中的领域有：第一是中药，国内申请占98%；第二是软饮料，占96%；第三是食品，占90%；第四是汉字输入法，占79%。这是我们占优势的比较集中的领域。而来自国外的专利申请所集中的领域主要是高科技领域：第一是无线电传输，占93%；第二是移动通讯，占91%；其后为电视系统，占90%；半导体占85%；西药占69%；计算机应用占60%。可以看出，国外申请的重点是放在了高技术领域，放在高端。

此外，从专利的构成上看，国人申请100件专利，其中发明只有18件，82件是实用新型和外观设计。外观设计就是产品的造型，实用新型就是关于产品结构上的一些改进、一些创新。而来自国外的申请，100件有86件是技术含量比较高的发明专利。这也是一个很鲜明的对比。

当然，这些差距只是一方面。另一方面，我们也有一些很好的企业非常重视知识产权，重视自主创新，重视形成自己的核心技术。像深圳华为公司，是专门制造通信产品的一家民营企业，它的研发人员占员工总数的46%，是国内所有企业中申请发明专利最多的，累计申请国内专利3500多件，同时向国外申请了400多件，注册商标也有600多件。另一些很好的例子是青岛的一批企业，像海尔、海信、青啤等，他们在自主知识产权方面做得也比较好。但是这样的企业数量太少了。还有大量的企业没有自主创新，没有形成自己的核心技术。

据统计，国内拥有自主知识产权核心技术的企业，仅占大约万分之三，有99%的企业没有申请专利，有60%的企业没有自己的商标。所以给国际上的印象是，中国是制造大国，在知识产权方面我们还处在一种比较落后的状态，很多人说我们的企业是有制造没有创造，有产权没有知识。像我们国家的大型民航客机，百分之百从国外进口。我国高端的医疗设备、半导体以及集成电路制造设备和光纤制造设备，基本上都是从国外进口的。很多重要的装备，制造产品的机器，都是从国外进口的：石化装备的80%、数控机床和先进纺织设备的70%依赖进口，彩电、手机的关键技术50%以上掌握在跨国公司手里，我国的外贸总额已经居世界第三位，但是自主创新的高技术产品仅仅占外贸总额的2%。

十六届五中全会提出要形成一批拥有自主知识产权和知名品牌的企业，有自己的核心技术，也有自己的知识产权，国际竞争力较强。但是，现在我们做得还远远不够。

**记者：** 最近，某些网站上登载了类似"我国垃圾专利比重超过50%""问题专利"这样的消息，这使许多公众感到很困惑。请您介绍一下这是怎么回事。

**田力普：** 在分析这个问题之前，我想先谈一谈关于"问题专利"和"垃圾专利"这两个概念。关于"问题专利"，2003年美国联邦贸易委员会在题为"促进创新：竞争与专利法律政策的适当平衡"的报告中将其定义为：在授予专利权后，保护范围过宽或权利本身仍不符合专利法有关规定的专利。关于"垃圾专利"，在国内外正式文件和研究报告中都没有定义。从网上的有关报道分析，"垃圾专利"实际上指的是那些没有任何创新内容的专利，这些所谓的"垃圾专利"主要集中在实用新型和外观设计两个领域。

要回答这个问题，首先我们要明确"问题专利"不等于"垃圾专利"。"问题专利"在一定程度上对技术的发展起到了不可或缺的作用。专利的授权要求具有一定的发明高度，但技术的发展总是渐进的，任何新技术的研发都离不开已有技术作为基础，绝大多数不具备授予专利权所需要的创造性等条件的专利申请，都或多或少地公开了新的技术内容，这些技术内容构成了技术发展的阶梯，所以绝非垃圾。

其次，我们要明确，网上反应强烈的并不是"问题专利"，而是"垃圾专利"。"垃圾专利"的产生有其客观原因，我们应当正确地理解和对待。第一，我国专利制度对外观设计和实用新型领域的专利不进行实质审查，这是造成出现这类低质量专利的客观原因。外观设计与实用新型专利申请不进行实质审查，不仅是我国，而且是许多国家都通行的做法。采用这一做法的原因主要是从节约社会成本的角度考虑的。实用新型和外观设计专利的创造高度有限，投入的开发成本也不多，申请的数量较大，如果全部都要进行实质审查，将会花费巨大的社会公共资源。所以专利制度采用了初步审查的方式。这一方式在节约社会公共资源的同时，必然带来良莠不齐的可能性，这是无法避免的。第二，近几年来，我国地方政府为了鼓励专利申请，相继出台了一些资助政策，这些政策对鼓励发明创造，提高全民族的创新积极性起到了积极的作用。但是由于这些新出台的政策尚有不完善的地方，比如，以专利申请数量作为衡量标准，于是少数专利申请人出于投机心理，将现有技术不做任何改进申请了专利，以套取资助，这是出现这类专利的主观原因。

那么，该如何有效地避免"垃圾专利"的产生呢？在此方面，我们已经着手在做几个方面的工作：一是已启动专利法第三次修改的准备工作，力求全面解决专利制度中存在的某些突出问题，其中包括改进外观设计专利的审查和授权方式，完善实用新型检索报告制度。二是指导地方政府完善有关的专利费用资助和奖励政策，建议将资助重点集中在那些具有高技术含量的发明专利上，这样可以杜绝申请人恶意申请套取资助的现象。三是加强舆论宣传，引导公众和企业利用无效程序减少"垃圾专利"的危害，引导专利申请人诚信申请、诚信维权。

关于最近互联网上登载的类似"我国垃圾专利比重超过50%"这样的消息，是严重违背事实的。一方面，不能简单地将"问题专利"等同于"垃圾专利"，二者有本质区别；另一方面，不能将被请求无效的专利中请求成立的（即被无效的）比例（即上述的50%左右），作为"垃圾专利"的比例。因为，被请求无效的专利（每年2000件以内）是所有专利中一个特定的部分，其被无效成立的比例对全部的专利而言不具备普遍性。无效专利的比例达到50%，但是无效专利在总授权专利中所占的比例却是非常小的（约为0.2%），同时，被宣告无效的专利中还有一大部分属于"问题专利"。因此，不能得出我国的"垃圾专利"达到50%的推论。

这里需要强调的是，虽然实用新型、外观设计专利中出现了少量的"垃圾专利"，但实用新型和外观设计专利及其初步审查制度现阶段仍然是一种适合我国国情，并与国际规则接轨的知识产权制度，仍然有存在的必要。一方面，我国许多制造产业位于产业链下游，创新多以外围的、简单的改进技术和再创新为主，这些技术的市场寿命往往十分短暂，因此，发明高度要求低、程序简单、申请费用低廉、获权快捷的实用新型和外观设计专利制度对于鼓励和保护权利人的创新和利益无疑是必要的。另一方面，申请实用新型和外观设计专利，已成为促进我国中小企业形成和拥有知识产权的重要途径，尤其是近年来已成为中小企业有效实施知识产权战略、促进自主创新的重要手段。

**记者：**当前的形势发展，或者说是全面落实科学发展观的需要，已经将知识产权工作推向了一个更加重要的位置，下一步我们知识产权工作有何打算？

**田力普：**最近，《人民日报》发表了一篇评论员文章，文章中提到：科学技术是第一生产力，自主创新是第一竞争力。我们觉得这是一个科学的论断。为了更好地服务于自主创新，服务于建设创新型国家，必须进一步加强知识产权工作。在此方面，我们正在着手几项重点工作。

第一，提高对新形势下知识产权工作重要性的认识，将知识产权战略作为国家的一个重要发展战略，服务于建设创新型国家的目标。今年我们已经启动了制定国家知识产权战略的工作，根据十六届五中全会的精神，着力于建设创新型国家的这个目标，制定出适合我国国情的知识产权战略。

第二，进一步加强政府对知识产权的领导和组织建设，积极营造良好的政策环境和有效的激励机制，保护和鼓励发明人、科技人员从事发明创造的积极性，使我们的发明人、科研人员的创新精神、发明创造积极性不断得到激励，不断迸发出来。因为知识产权创造、知识的创造是由人来完成、由人来实施的，人才是一个最根本的因素。

第三，帮助和促进企业开发和实施具有自主知识产权的创新技术。市场经济的主体是企业，自主创新、形成自主知识产权的主体也是企业，"十一五"规划建议提出的目标，也是落实到企业，要求企业形成自主知识产权，拥有自主品牌，要有比较强的国际竞争力。企业是搞好知识产权的关键。

第四，切实加强知识产权保护，健全知识产权保护体系，加大保护知识产权的执法力度。保护知识产权实际上是整个知识产权制度运行中的一个最关键的环节。尊重他人的知识产权，保护自己的知识产权是非常重要的。要认识到我国加强知识产权保护的动力和根本要求，是产生于我们国家的内部，是我们国家自身发展的内在需求。

第五，就是要加强知识产权人才的培养，提高全社会的知识产权意识。保护知识产权有赖于全社会全体公民知识产权意识的提高，要激发全民族的创新精神，提高全民族的创造性思维的能力，我们应该有坚定的信念，要坚持弘扬自主创新精神，大力培育知识产权意识。在新的世纪里，我们一定能够重现中华文明的灿烂辉煌，实现中华民族的伟大复兴。

（刊登于 2005 年 12 月 28 日第三版）

中国知识产权报
CHINA INTELLECTUAL PROPERTY NEWS

# 2006

# 纪念改革开放40年
## 中国知识产权报新闻作品集

# 读图：感受创新的脉动

王文扬　张子弘　杨申　**摄影**

## 朗科在美打响专利保卫战

**本报讯** （记者吴辉　闫文锋北京报道）经过 15 个月的谋划，朗科出手了。美国东部时间 2006 年 2 月 10 日，中国移动数码业领导厂商之一的深圳市朗科科技有限公司委托美国摩根路易斯律师事务所向美国得克萨斯州东区联邦法院递交了一纸诉状，状告美国 PNY 公司侵犯了其美国发明专利权（美国专利号 US6829672），要求 PNY 立即停止在美国生产和销售闪存盘，并索要巨额赔偿。北京时间 2 月 16 日，朗科在北京发布了这一令中国企业振奋的消息，这也是首起中国厂商在美国本土状告一家美国厂商侵犯其发明专利权。

据介绍，PNY 公司是美国计算机存储零售市场主要企业之一，在美国闪存盘市场上排名前三位。"包括 PNY 在内的众多厂商的专利侵权行为至少给朗科在美国市场上造成了 10 亿美元的经济损失。"在发布会上，朗科公司总裁邓国顺表示，在知识产权得到普遍尊重的今天，这种大规模的侵权行为令人震惊。

此次朗科与 PNY "交恶"的导火线是美国专利号为 US6829672 的发明专利，它是闪存盘、闪存 MP3 及其他闪存移动数码产品的基础性专利。2004 年 12 月，朗科公司的闪存盘发明专利在美国获权，这也是中国计算机存储企业在美拥有的第一个全球基础性发明专利。

根据权威调查显示，目前美国闪存盘市场的年规模已经超过 20 亿美元。这一数字几乎是中国国内市场的 20 倍。朗科总裁邓国顺表示，由于闪存市场规模巨大，朗科专利在有效期内可获的赔偿及使用费收入会非常可观。

有关专家表示，在建立创新型国家的进程中，朗科越洋主动维权之举，具有十分典型的示范效应和现实意义，它表明了国内民族企业敢于主动拿起法律武器，运用国际规则来捍卫自己的权益，中国企业正在尝试以全新的姿态参与国际化竞争。

（刊登于 2006 年 2 月 17 日第一版）

## 高校知识产权毕业生就业解析

**本报记者**　汪玮玮　**本报实习生**　黄贤涛

### 阅读提示

随着知识产权重要性的日益凸显，知识产权人才的培养成为非常紧迫的任务。然而，高校作为知识产权人才培养的主要基地，其人才培养模式却存在与社会实际需求脱节的现象。一方面是用人单位慨叹人才难求，另一方面是高校知识产权专业毕业生慨叹伯乐太少，是什么原因造成这样的尴尬局面？

此前，本报曾经推出《华为虚席以待　奈何人才难求》一文，详细报道了华为公司招聘难凸显出来的知识产权人才匮乏的问题。而现就职于知识产权出版社的北大知识产权学院的毕业生赵国璧却认为，知识产权专业的毕业生工作并不好找。

## 人才难求与伯乐难寻并存

近日，中国知识产权报记者从北大知识产权学院学生工作办公室了解到，该院2005届知识产权二学位班的毕业生总数30人，其中26人就业，就业率达93％。相对于北大法学院2005届本科毕业生81％的就业率来讲，的确高出了许多。但让人费解的是，目前知识产权人才需求旺盛，该班学生毕业后从事知识产权工作的却不到50％，有相当一部分毕业生从事其他方面的工作，有的甚至从事了第一专业的工作。与此同时，许多用人单位也慨叹一将难求，他们所希望的懂技术、懂法律、会外语的知识产权人才，很长时间都招不到。

中国高校知识产权研究会秘书长、北京大学知识产权学院教授张平认为，我国高校的知识产权人才培养，偏重知识产权法学理论的学习，在实务操作训练方面比较欠缺，难以适应社会的实际需要；与此同时，企业对知识产权并未加以足够的重视，绝大多数企业并未设置与知识产权相关的岗位或部门，也很大程度上影响了高校知识产权毕业生的培养定位。

目前，国家知识产权局出台了《知识产权人才"十一五"规划》，其中指出：我国知识产权专业人才在数量、结构、素质和能力上还不能满足经济社会发展的需要，知识产权事业发展急需的高层次复合型人才严重匮乏；"十一五"时期，加强知识产权人才工作的任务显得更加迫切和必要。

## 实用性人才受青睐

近年来，一些饱尝知识产权之痛的企业开始重视知识产权，并开始引进相当数量的知识产权人才。与此同时，"知识产权列强"早已大兵压境，跨国公司诸如西门子、IBM、英特尔、微软等知识产权部门动辄数百人的规模，索尼公司知识产权专业人员更是达400多人。中外企业知识产权人才的争夺也开始升温，知识产权人才在企业中的作用越来越重要。

针对用人单位需求的变化，北大知识产权学院张平教授介绍说："学院每年都会邀请国家知识产权局、法院、律所、企业、知识产权代理机构的专家学者为我们举办专利的申请和撰写、专利文献的检索、企业知识产权战略规划、知识产权热点等方面的专题讲座，以适应用人单位的人才需求。"国家知识产权局发展研究中心主任助理魏衍亮认为高校知识产权人才的培养，应该走和企业联合的路子。目前，飞利浦与清华大学、中国人民大学、复旦大学签署协议，联合培养知识产权专业人才，这样的培养模式适应用人单位需求，适销对路，值得借鉴。

上海大学知识产权学院院长陶鑫良指出，随着我国立法、执法、司法、教学科研等部门知识产权人才的饱和，今后知识产权人才的需求主要集中在企业，这就要求知识产权的毕业生不但熟悉相关法律法规，而且要精通知识产权管理和运营。高校应当注重培养知识产权应用人才和实务人才，注重其应用研究和实践基地的建设，注重培养更多的应用型实务人才。

### 知识产权人才培养谋求新形式

近年来，北大、人大等高校培养了一定数量的具有理工农医或经济、外语等背景的知识产权二学位毕业生，以适应社会对知识产权复合型人才的需求。张平教授说，这些毕业生以前很受社会的欢迎，一方面因为他们复合型的背景，另一方面因为他们物美价廉，拿着本科生的待遇，却可以胜任研究生的工作，但伴随着社会对懂法律、懂技术、懂外语的高素质复合型人才的需求，仅仅是知识产权二学位的培养方式已经不能满足社会的需要。

2004 年，北大法学院进行法律硕士培养方案改革，开设了金融法、房地产法、财税法、知识产权法和国际商法五个专业培养方向，其中知识产权法方向计划每年招收 40 人，旨在培养具有良好的专业能力和综合素质，能够熟练使用一门外语，胜任知识产权法各领域工作的高级法律专业人才。其中，知识产权班班主任马宝霞老师说："这种培养模式收到了良好的效果，在今年的就业中，他们受到了用人单位的青睐，目前已经有很多同学找到了心仪的工作。"

无独有偶，上海大学也正在试点"理工本科/法学双学科/知识产权法硕士"的"2＋2＋3"的本硕连读的培养模式。据了解，2004 年秋上海大学选拔了 15 名本科生直升知识产权法"本硕连读"研究生，2005 年该校又选拔了 20 名本科生直升知识产权法"本硕连读"研究生，继续探索这种培养模式的可行性。陶鑫良告诉记者，这是知识产权人才培养模式的有益尝试，目前发展态势良好。

据了解，我国进行知识产权人才培养的高校已接近 20 所，无论是培养知识产权人才已逾 10 年的北大、人大、上海大学，还是近年来新兴的知识产权学院或知识产权中心，都在探讨知识产权人才的培养模式。知识产权人才的培养已经成为推动国家知识产权事业发展的决定性因素，培养一大批适应经济社会发展的高素质复合型知识产权人才，服务于国家的知识产权事业，已成为高校教育的神圣使命。

（刊登于 2006 年 3 月 1 日第三版）

高新技术为创作者提供便捷有效的创作空间和传播手段——

# 作品版权登记助推文化传播

本报记者 姚文平

近年来，被称作"法律户口"的作品著作权登记正逐渐被社会认同，登记数量成倍增长。"2005 年，我中心作品登记数量已达 2128 件（系列），涉及作品 2 万多个，作品著作权登记呈现快速增长趋势。作品的版权登记有效保护了权利人的利益，推动了我国文化创造传播。"日前，中国版权保护中心副主任索来军在接受中国知识产权报记者采访时，对我国当前作品著作权登记状况和态势给出这样的评价。

据了解，作品著作权登记具有多方面的意义，它能帮助作者和其他著作权人明确权利归属，减少权利纠纷。著作权登记证书成为作者和其他著作权人拥有权利的有效证明。在司法审判实践中，著作权登记的证明文件可以作为权利人主张权利的证明，经司法机关采信后，可以成为判案的依据。随着近年来著作权纠纷案的上升，作品登记开始引人关注。

**作品登记受到重视**

据索来军副主任介绍，作品著作权登记数量大幅度增长，原因之一是高新技术的发展为创作者提供了更为便捷有效的创作手段和创作空间，作品创作活动更加活跃；另一个原因是，作品著作权登记的意义和作用已广为人知，人们的著作权保护意识不断增强，更多的创作者通过作品登记证明其创作活动，保护其创作成果，同时，更多的使用者在获取授权时，也懂得了要求授权方提供相应的权利证明。

**作品使用形式多样**

据悉，2005年在中国版权保护中心登记的作品中，除传统的文字作品、美术作品、摄影作品等外，还出现了许多运用数字技术创作的形式多样的作品。例如，具有独创性的汉字或其他文字书法字体字库、MP3音乐作品、用电脑合成的汇编作品和网络游戏作品等等，作品的种类越来越丰富，并突破了传统作品的分类。

作品使用形式也更加多样。大量美术作品广泛应用于工业化生产，例如纺织品、陶瓷产品和产品的外包装等；音乐作品、摄影作品、手机游戏等应用于移动通信的增值服务，为电信运营商搭建无线网络平台提供了丰富内容；卡拉OK业者使用的商用伴唱视听作品，是依据各卡拉OK营业场所使用的视听器材、设备特征所制作完成的数码档案，是对音乐作品和影视作品的一种新形式的使用。此外，互联网对作品的传播和使用为大量作品提供了广阔空间。

**作品涉及更多行业和领域**

目前，作品使用者在作品传播使用过程中，通过著作权登记可以证明其持有的相关权利，还可以向非法使用者进行权利主张。例如卡拉OK业者在建立商用伴唱视听著作授权体系过程中，越来越需要授权作品的权利证明，他们也把目光投注在著作权和邻接权的登记保护上。

网络技术的发展改变了信息传播和复制的途径与速度，知识产权的基础保障作用在网络技术飞速发展的今天显得尤为突出。依据《互联网著作权行政保护办法》规定，在互联网传播的内容涉嫌侵犯著作权人的权利时，著作权登记证明可以作为著作权人向互联网信息服务提供者发出通知的重要内容，也可以作为互联网内容提供者说明不侵犯著作权的主要内容。作品著作权登记证明作为著作权权属证明和合法性证明，其在实践中的作用更加显现。

另据了解，为了更好地发挥著作权登记在著作权保护制度中的作用，中国版权保护中心将著作权登记定位于一种专业性服务，通过完善工作制度，进一步开展登记工作，更好地实施著作权法，最大限度地保护权利人的合法权益。中国版权保护中心作为受新闻出版总署和国家版权局直接领导的综合性版权社会管理和社会服务机构，在推动我国文化创造传播和版权保护进程中承担着重要职责。特别是在党中央提出建设创新型国家和创建和谐社会这一大的社会背景下，中心正在进一步强化其行政和社会服务功能，维护权利人合法权益，鼓励原创，推进作品传播，促进版权事业和版权产业繁荣发展。

（刊登于 2006 年 4 月 14 日第九版）

# 中国企业积极应对境外商标抢注

周志明

日前，国内最大对讲机制造商深圳好易通科技公司的商标"HYT"在俄罗斯、乌克兰和哈萨克斯坦遭遇恶意抢注。新科、康佳、德赛等知名商标在境外被抢注的消息也时见报端。事实表明，目前中国品牌商标进入国际抢注高发期，商标国际维权迫在眉睫。

以前，经常发生的情况是国外小公司抢注知名商标，并以此谋取经济利益。如今，这种现象出现了升级版，一些知名的跨国公司开始利用商标进行不正当竞争。1999 年，博世·西门子公司在德国注册"HiSense"商标。该商标与海信的"Hisense"商标只在中间的字母"S"处有大小写区别，极易导致混淆，两家公司由此展开了长达六年的商标纠纷。

据国家工商总局最新统计，国内有 16% 的知名商标在国外被抢注，其中五粮液在韩国、康佳在美国、海信在德国、科龙在新加坡都相继遭遇了商标被抢注的命运。在每年超过 200 起的商标国外抢注案件中，涉及化妆品、饮料、家电、服装、文化等多个行业。

目前我国知名企业的商标在美国注册得最多，其次是欧盟、日本等，但在澳大利亚、加拿大等国，以及其他国家都甚少注册。这主要是中国企业还没有真正认识到国际注册体系的漏洞。商标国际注册是指马德里商标国际联盟注册体系，商标国际注册仅限 70 多个国家，并不包括世界上所有的国家，像老挝、越南，甚至加拿大都不是马德里协定成员国，如果要进入这些国家市场就必须到各国逐一注册。

按照国际惯例，商标保护具有地域性。目前除美国等少数国家外，世界上大多数国家和地区都采取注册在先原则，即谁先在该国和该地区注册商标，谁就拥有商标的专用权。根据商标保护地域性的规定，商标一旦抢注成功，被抢注商标的企业就不得在该国或该区域内使用此商标，若违反则构成侵权。因此，不论被抢注商标的企业放弃原商标另创品牌，或是高价回购，抑或是通过法律途径撤销被抢注的商标，都将增加企业的经营成本，延缓其产品占据市场的时间，降低市场份额。因此，商标保护意识的淡薄应引起我国企业的警醒。

一些有先见之明的中国企业开始意识到这一问题，纷纷出招应对境外抢注风险。最近一家国内知名电子企业委托律师事务所在100多个国家注册商标，欲为其将来进军国际市场做好战略准备。以前企业注册境外商标，最多也就选择十几个国家注册，像这样一次性在100多个国家注册商标，还是首次。

一些企业患有"商标短视病"，认为自己的商标知名度还不够，注册为时过早，想等出了名再注册；有的认为自己的商品不愁销路，无须注册；还有的认为办理商标国际注册手续繁、费用高，不愿到商品进口国去办理商标注册。在这种"商标短视病"作用下，大多数企业商标管理薄弱，整天忙于生产，尚未形成一套完整的知识产权保护战略，基本没有自我品牌市场的"监测预警"系统。如果某个企业想走向国际市场，在确定某个商标为主要商标后，就应该到欧洲、北美洲和亚洲发达国家尽早注册，不论是哪个市场，商标永远是走在前面的。

中国企业出口国家覆盖面广，马德里国际商标联盟注册全部的费用折合人民币9万多元，相对来说是比较实惠的选择。在注册完后，企业可以再考虑在其他国家注册，如果想要覆盖全球，全部费用约为90万元。避免日后因商标被抢注造成的庞大经济损失，是现阶段中国企业应对境外商标抢注的主要目标。

（刊登于2006年4月28日第八版）

## 田力普央视"对话"知识产权

**本报讯** （记者向利北京报道）"我感觉我们目前有许多事情需要做，要与外界多沟通，多对话。"4月25日，国家知识产权局局长田力普做客中央电视台经济频道"对话"栏目。在节目中，田力普回顾了我国知识产权工作的发展历程，解答了嘉宾们提出的有关知识产权的问题。

据田力普介绍，近年来，我国专利申请量逐年大幅度增加，申请专利的含金量逐年提高，自主创新能力也不断提高。截至3月底，中国专利申请总量已达283万件。预计到今年第三季度末，我国专利申请总量将突破300万件。但我国企业拥有专利申请的比例还远远低于国外发达国家，真正的核心技术还比较少，知识产权保护的意识尚需加强。

田力普表示，今年，我国将从9个方面开展200多个保护知识产权活动，涉及保护知识产权成果展示、知识产权执法等多个领域。与欧美国家相比，我国的知识产权意识仍相对淡薄，我们应从娃娃抓起，下大力气提高全社会知识产权意识。

（刊登于2006年5月10日第一版，张子弘摄影）

# 国知局与上海签订合作会商制度议定书

**本报讯** （通讯员赵梅生上海报道）5月10日，国家知识产权局局长田力普、副局长林炳辉，上海市人民政府市长韩正、上海市委副书记殷一璀、上海市人民政府副市长严隽琪出席了国家知识产权局与上海市人民政府在上海市举行的合作会商制度议定书签约仪式。国家知识产权局副局长林炳辉、上海市副市长严隽琪分别代表双方在议定书上签字。

据介绍，国家知识产权局和上海市人民政府为了落实党中央和国务院对上海的要求，即率先转变经济增长方式、率先提高自主创新能力、率先推进改革开放、率先构建社会主义和谐社会，共同探索有中国特色知识产权事业的发展模式，进一步提升上海的国际竞争力，为建设创新型国家做出更大的贡献，双方在已有合作的基础上，决定建立合作会商制度。

（刊登于2006年5月12日第一版，王文扬摄影）

# 全面加强知识产权工作

本报评论员

　　5月26日，中共中央政治局就国际知识产权保护和我国知识产权保护的法律和制度建设这一专题进行了集体学习，胡锦涛总书记就加强我国知识产权工作做了全面、系统的论述。总书记的讲话高屋建瓴，从社会主义现代化建设全局的战略高度，深刻阐释了知识产权在增强国家经济科技实力和国际竞争力、维护国家利益和经济安全方面的重要作用，也为全面加强知识产权工作指明了方向。

　　全面加强知识产权工作，就一定要深刻认识知识产权工作的必要性、重要性和迫切性。当今世界，经济全球化趋势深入发展，科学进步突飞猛进，科技创新成果层出不穷，国家核心竞争力越来越表现为对智力资源和智慧成果的培育、配置、调控能力，表现为对知识产权的拥有、运用能力。知识产权保护制度作为鼓励和保护创新、促进经济社会发展的基本法律制度，地位越来越重要，作用越来越突出。全面加强知识产权工作，大力提高知识产权创造、管理、保护、运用能力，是增强我国自主创新能力、建设创新型国家的迫切需要，是完善社会主义市场经济体制、规范市场秩序和建立诚信社会的迫切需要，是增强我国企业市场竞争力、提高国家核心竞争力的迫切需要，也是扩大对外开放、实现互利共赢的迫切需要。这四个"迫切需要"，从战略的高度，确立了知识产权工作的重要地位和作用。

　　全面加强知识产权工作，就一定要坚持以科学发展观为统领，围绕全面建设小康社会和建设创新型国家的重大战略任务，正确处理好四个关系：要正确处理激励科技创新和鼓励科技运用的关系，自主创新和引进吸收国外先进技术的关系，保护知识产权和维护公众利益的关系，适应现阶段生产力发展水平和满足国家长远发展需要的关系。加强知识产权工作，完善知识产权制度，健全知识产权保护体系。

　　全面加强知识产权工作，就一定要从社会主义现代化建设全局的战略高度，增强做好知识产权工作的自觉性，把知识产权工作贯穿到现代化建设的各个方面。今后或近一个时期，要着力抓好5个方面的工作：要抓紧制定并实施国家知识产权战略；要按照履行承诺、适应国情、完善制度、积极保护的方针，完善知识产权的法律法规体系；要加强自主知识产权的保护和运用；要增强全社会的知识产权意识；要积极参与知识产权保护的国际交流合作。各级党委和政府要高度重视知识产权工作，把知识产权工作纳入重要议事日程，完善和落实责任制。要加强知识产权专门人才的培养，特别是要加大知识产权高层次人才培养的力度。要加强对党政领导干部、行政执法和司法人员、企事业管理人员的知识产权培训。

　　各地区、各部门、各单位要积极行动起来，抓住机遇，迎接挑战，开拓创新，狠抓落实，全面加强知识产权工作，充分发挥知识产权在加强国家经济科技实力和国际竞争力、维护国家利益和经济安全方面的重要作用，为我国进入创新型国家行列和实现全面建设小康社会的宏伟目标提供强有力的支撑。

（刊登于2006年5月31日第一、二版）

# 保护文化遗产才不会忘记回家路

**本报记者** 魏小毛 **本报实习记者** 尹训宁 姜虹

**阅读提示**

文化遗产的保护，不仅关系到我们民族悠久的历史，而且关系到我们民族的未来。我国5000年从未间断的历史，有着优秀的传统，但文化遗产被破坏的现象令人痛心。保护文化遗产、守护精神家园仍需努力。

"文化遗产的保护问题，不仅关系到我们民族悠久的历史，而且关系到我们民族如何走向未来。"5月25日，在国务院新闻办举行的新闻发布会上，文化部部长孙家正的观点引人深思。

孙家正指出，我国政府历来十分重视文化遗产的保护。新中国成立之后，特别是改革开放以来，我国文化遗产的保护不断取得新的成绩。"保护文化遗产，弘扬民族精神，建设先进文化"，这三句话把我国悠久的历史和现实的发展紧紧地连接在一起。

在这次以"中国文化遗产保护状况"为主题的新闻发布会上，国家文物局局长单霁翔表示，我国的文物分为不可移动文物和可移动文物。不可移动文物包括文化遗址、古墓葬、古遗址等代表性建筑有40万处左右；在可移动文物方面，目前全国各级各类博物馆珍藏着大约2000万件（套）珍贵文物。

据文化部副部长周和平介绍，过去只有重点文物的保护单位，非物质文化遗产没有用"名录"的形式进行保护。在国务院发布了《关于加强非物质文化遗产保护的意见》后，要求开展名录的建立工作。首批国家级非物质文化遗产的名录是518项，目前已经国务院批准公布。

单霁翔说，1982年的《中华人民共和国文物保护法》确立了历史文化名城制度，目前国务院已公布103座历史文化名城。1985年我国加入了《世界遗产公约》，目前我国有31处世界遗产，其中有23处文化遗产。2003年，建设部和国家文物局依照新修订的文物保护法确立历史文化名村、历史文化名镇制度，目前该工作正在有序进行。

## 珍藏历史，启迪未来

孙家正对博物馆的定位是"珍藏历史、启迪未来，是公民终身的学校"，博物馆的发展，体现一个国家对文化重视的程度和发展的水平。

孙家正介绍，最近几年来我国博物馆蓬勃发展。去年12月，文化部发布了《博物馆管理办法》，对博物馆的功能、性质、管理都作出了明确规定。目前，全国有各类博物馆2300余座，接待国内外观众大约是1.5亿人次。

此外，近年来我国文化遗产保护的法规体系基本形成。1982年，我国颁布《文物保护法》，2002 年进行重新修订。随后，国务院颁布实施了《文物保护法实施条例》、文化部颁布《文物保护工程管理办法》等 30 余项部门规章和规范性文件。《非物质文化遗产保护法》已列入全国人大 2007 年的立法计划，各地也颁布了一些地方性的保护法规。我国先后加入了《关于禁止和防止非法进出口文化财产和非法转让其所有权的方法的公约》《保护非物质文化遗产公约》等与文化遗产保护有关的国际公约。

孙家正透露，我国各级政府关心重视文物工作，文化遗产保护工作机制逐步完善。文物保护经费大幅度增长，仅中央财政用于文物保护的专项经费 2005 年达到 5.34 亿元。

### 不要忘了回家的路

"有些城市片面地追求焕然一新的感觉，对一些历史的遗存，对一些老的建筑的保护做得是不够的。为此我专门在《人民日报》上发过文章，题目叫作《不要忘了回家的路》。"孙家正对文化遗产被破坏的现象表示痛心。

不难看出，我国文化遗产保护工作虽然已经取得长足进展，但仍存在许多亟待解决的问题：传统节日有被淡化和遗忘的现象、大量文物仍待级别认定、文物流失严重。据不完全统计，在 47 个国家的 200 多个博物馆里有中国文物 100 多万件。对于这些流失海外的珍贵文物的追索和征集，中国政府高度重视。近年来，我国相继加入了《关于禁止和防止非法进出口文化财产和非法转让其所有权的方法的公约》，和秘鲁、意大利等国家签署双边协议加强双边的关系，密切跟国际刑警组织、国际海关组织和相关组织联系，最近又组建了流失海外中国珍贵文物信息数据库，以便高效地对流失海外文物进行追索。

### 守护精神家园仍需努力

"要加强政府主导作用，采取有力措施来加大对文化遗产的保护；要提高全社会文化遗产保护的意识，使文化遗产保护成为全体公民的自觉行动。"孙家正认为这是更好地对我国文化遗产进行保护的两条重要途径。

2005 年 12 月，国务院下发《关于加强文化遗产保护的通知》，专门成立了由 15 个部委组成的全国文化遗产保护的领导小组。该通知决定从 2006 年起每年的 6 月第二个星期六为中国国家"文化遗产日"，今年的 6 月 10 日是我国第一个"文化遗产日"，主题设为"保护文化遗产，守护精神家园"。

据周和平介绍，文化部正会同有关部门制定有关非物质文化遗产名录的管理办法，办法包括制定保护规划、建立保护档案，采取多种形式把这些档案建立起来，用文字、图像、多媒体等多种手段来完成档案。对于非物质文化遗产的传承人，各级政府也要制定保护办法。

单霁翔也表示，1956 年和 1981 年，我国曾进行过两次大规模全国文物普查，现在距第二次全国文物普查已有 25 年，社会经济情况发生了很大变化。为彻底摸清文物"家底"，建议在"十一五"期间开展第三次全国文物普查。

（刊登于 2006 年 6 月 2 日第二版）

# 是事业的进步，更是时代的需求

本报评论员

2006年6月27日，看似一个普通的日子，却已被中国知识产权发展历史牢牢记住。这一天，中国专利申请总量突破300万件。这是我国知识产权事业的进步，更是时代赋予知识产权事业的需求。

回顾过去20年来的风雨历程，从中国专利法实施到2000年初，中国专利申请总量在近15年里达到了第一个100万件；此后仅仅过了4年零2个月——2004年3月，中国专利申请总量达到200万件；短短2年零3个月以后——2006年6月，中国专利申请总量达到300万件，再度实现了跨越式发展。

从数字本身来看，这第三个100万件表明，我国专利制度在激励全社会发明创造、推动技术创新等方面发挥着日益突出的作用，企业、院所、高校等运用知识产权的能力不断增强。

透过数字看发展。这一数字不仅体现了中国知识产权事业的飞速发展，从更大程度上是我们国家整体经济社会发展的缩影。在数字的背后，更是凝结了我们20多年来在知识产权领域所做的努力与探索。

特别是近两年来，中国政府更加高度重视知识产权，坚定"加强知识产权保护、促进自主创新"的决心，把知识产权提升到事关国家经济社会发展全局的战略高度，并采取切实措施，加强全社会知识产权意识，大力提高知识产权创造、管理、保护和运用的能力。

党和国家领导人多次强调知识产权工作的重要性。2005年1月，国务院成立了以吴仪副总理为组长、国家知识产权局等20多个部门参加的国家知识产权战略制定工作领导小组，并于2005年6月30日召开了第一次全体会议，国家知识产权战略制定工作正式启动。2006年1月，胡锦涛主席在中国科学技术大会上宣布，中国未来15年科技发展的目标是：2020年建成创新型国家，使科技发展成为经济社会发展的有力支撑。为了实现这个目标，中国将继续加强知识产权保护工作，提高保护水平。温家宝总理在《关于制定国民经济和社会发展第十一个五年规划建设的说明》中，把"增强自主创新能力"作为"十一五"规划的核心，又一次把"加强知识产权保护"作为提高自主创新能力的要点。今年5月26日，胡锦涛总书记在主持中共中央政治局第三十一次集体学习时，强调要充分发挥知识产权在增强国家经济科技实力和国际竞争力、维护国家利益和经济安全方面的重要作用，为我国进入创新型国家行列提供强有力的支撑。

为了培育我国自主创新能力，我国进一步加强了知识产权法制建设，对与知识产权保护相关的法律法规进行了全面修订，突出了知识产权制度促进科技进步与鼓励自主创新的作用。相关政府部门和司法机关陆续出台了一系列符合国际通行规则、门类比较齐全的部门规章、规范性文件和司法解释，保证了各项法律法规的有效执行。例如，2004年12月8日最高人民法院与最高人民检察院发布的《关于办理侵犯知识产权刑事案件具体应用法律若干问题的解释》受到中外瞩目。同时，地方法制建设也日趋完善。此外，我国知识产权行政执法力度得到进一步加大。国务院有关部门根据各自职能分工，建立了跨部门、跨地区执法机制，联合查处侵权假冒行为；加强了行政执法机关和司法机关保护知识产权的工作联系，严厉打击各类侵犯知识产权犯罪活动，有力地加大了知识产权保护的力度，对激励全社会的发明创造、推动技术创新起到了积极作用。

为了进一步提高全民知识产权意识，近两年来，我国政府有关部门组织开展了一系列声势浩大的知识产权宣传普及活动。从2004年开始，我国将每年的4月20日至26日确定为"保护知识产权宣传周"。在宣传周期间，全国各地利用报刊、电视、广播、互联网等各种媒体，通过举办研讨会、知识竞赛以及制作公益广告等多种形式，开展知识产权宣传教育活动。2005年，国家知识产权局组织开展的"保护知识产权——我们在行动"大型联合采访活动，更是在社会上产生了强烈反响，中央及地方的上百家新闻媒体，通过深入全国各地宣传报道知识产权，对在全社会形成尊重劳动、尊重知识、尊重人才、尊重创造的良好氛围起到了积极的作用。

"三个100万件"，描绘了中国专利事业从无到有、快速发展的历程，体现了中国社会从计划经济向市场经济、从传统经济向知识经济的进步。同时，这种进步更是体现了一种需求，一种正在快速发展的中国对其知识产权事业的需求。当建设创新型国家的目标已经不容置疑地摆在我们面前的时候，我们知识产权事业也必须用其快速发展的业绩，为建设创新型国家提供强有力的支撑。这是历史赋予中国知识产权事业的庄严使命，这是中华民族伟大复兴对知识产权事业提出的迫切需求。

(刊登于2006年6月28日第一、二版)

# 发挥海关作用　加强海关保护

海关总署署长　牟新生

6月14日是"世界反假冒日"，中国海关从10个参加角逐的国家政府机构中脱颖而出，从巴黎捧回了我国政府知识产权执法机构首次获得的世界性奖项——"全球反假冒2005年度政府机构嘉勉奖"。这不仅是国际社会对中国海关的赞许，更是对我国政府近年来在保护知识产权方面所做的大量卓有成效工作的认可。

**保护知识产权是海关重要职能**

海关作为国家进出关境的监督管理机关，在知识产权保护方面担负着日益重要

2006
CIPH
中国知识产权报

的职能。海关通过打击进出口侵权货物的违法活动，有效地保护知识产权权利人的合法权益，在建设创新型国家中将发挥积极的作用，有利于提高公众知识产权意识，形成尊重知识产权、诚信守法的社会风气。海关通过没收侵权货物、对进出口侵权货物的收发货人给予行政处罚以及将犯罪嫌疑人移送司法机关追究刑事责任等措施，对故意生产、销售和进出口侵权货物的违法分子必然产生强大的惩戒和威慑作用；通过对侵权违法者的打击，维护正常的贸易秩序，使创新者能够拥有一个公平的市场竞争环境，创新者的投入能够得到有效的回报，才能激励更多的企业投身到技术创新的事业上来。海关实施知识产权保护，有利于完善中国的知识产权保护体系，为增强我国自主创新能力、建设创新型国家保驾护航。

**知识产权执法成效显著**

1994年以来，海关根据国务院的统一部署，在进出口环节积极开展了知识产权保护工作。截至2005年，全国海关共查获各类进出口侵犯知识产权货物案件5571起，案值7.3亿元。在加入世界贸易组织后的几年时间里，我国海关每年查获的侵权案件数量以平均30%左右的幅度增长。目前，我国已经建立起了完善的海关知识产权保护法律体系，主要的口岸海关已经建立了专门负责知识产权执法工作的部门，并配备了专门的执法人员。

在保护知识产权方面，中国海关在出口环节打击侵权贸易的力度是任何国家都无法比拟的。虽然世界各国海关基本上都已经承担了在边境实施知识产权保护的职责，但是大多数都在进口环节实施保护。以2005年为例，在海关共查获的1210起进出口侵犯知识产权货物案件中，出口侵权案件1159起，案值9815万元人民币，货物数量和案值分别占全年总数的95.8%和98.4%。

我国海关实行主动保护与被动保护相结合的执法模式，不仅可以根据知识产权权利人的申请扣留进出口的侵权嫌疑货物，而且还可以主动依职权对进出口侵权货物的违法行为进行查处，尤其是对假冒和盗版产品，海关更多的是采取主动保护的措施。近年来，我国对外贸易增长迅猛。2000年我国进出口货物总量为6.8亿吨，2005年已经超过21亿吨，增长了210%。日益增长的贸易量增加了海关查获侵权货物的难度。为了保证在不影响正常进出口货物正常通关的前提下有效阻止侵权货物的进出口，海关运用风险管理手段，通过广泛收集侵权信息，注重对报关数据的审核，加强对重点商品的查验，有针对性地对进出口货物进行监控，提高了查获侵权货物的准确性。

中国海关在知识产权保护方面的突出成绩得到知识产权权利人的高度评价。有150多家在华投资的国际跨国集团公司组成的知识产权权利人组织——中国外商投资企业协会优质品牌保护委员会（QBPC）对中国海关的执法成绩评价很高，中国海关的执法案例连续多年入选该组织选评的"年度保护知识产权十佳案例"。2005年该组织各成员公司普遍认为，中国海关的执法公开、公正、透明，执法成效显著。

### 合力打击侵权贸易

知识产权海关保护得到了方方面面的参与和支持。在与商界的合作方面,通过邀请知识产权权利人向关员介绍鉴别侵权货物的技术执法培训,使海关在主动查获侵权货物方面的能力有了很大的提高。同时,海关也深入生产车间,介绍知识产权海关保护备案的政策法规及申请海关知识产权保护的相关程序,使企业自觉守法经营的意识普遍提高,代理报关企业在发现侵权嫌疑货物后主动向海关进行举报的情况也有所增加。

在执法实践中发现,进出口企业和生产、销售企业勾结,共同谋划进行侵权犯罪活动的情况比较严重。海关与公安和工商等执法机关之间建立完善的信息通报和配合机制,采取协同作战的方式,查明涉及生产、销售以及报关出口等各个环节的策划者、组织者、参与者,达到摧毁整个犯罪网络的目的。

不仅如此,中国海关还积极与有关国家和地区的海关开展保护知识产权的执法协作。目前,中国政府已经与世界上30多个国家签订了海关的行政互助协议,知识产权保护都是其中的重要内容。中国海关已经和美国、欧盟以及日本等国家海关多次在执法培训、执法经验和人员交流、信息情报交换等方面进行了卓有成效的合作。今年我国还启动了中美知识产权海关保护合作项目。

由于广东省和香港特别行政区之间经贸联系十分密切,在两地货物和人员往来中进出口或者携带侵权货物、物品的情况比较严重。为此,内地海关与香港海关在知识产权保护方面开展了有效的合作。双方已经建立了知识产权保护定期联络协调制度,定期开展知识产权保护联合执法行动,在确保口岸畅通的前提下,有针对性地对进出境车辆及旅客实施检查。

### 海关知识产权保护新起点

5月26日,中共中央政治局进行了第三十一次集体学习,中共中央总书记胡锦涛就加强我国知识产权制度建设作了重要讲话。胡锦涛总书记的讲话非常重要,我们要在海关工作中迅速贯彻落实,要进一步加强知识产权海关保护的对内培训,使企业提高知识产权保护意识;进一步完善海关执法手段,研究进出口侵权手法的新变化,广泛采用现代化先进检查手段,提高海关查获侵权货物的能力和效率;积极寻求知识产权海关保护的国际合作,积极参加知识产权保护国际规则的制定,与世界各国海关开展执法合作,共同斩断侵权货物国际贸易链;加强与国内其他行政执法机关的配合,与国家工商行政管理总局、国家知识产权局、国家版权局、公安部等部门建立了良好的合作机制,通过在侵权货物的认定、信息共享、人员培训等方面的合作,形成打击侵权违法行为的合力。最后,我们还将通过与权利人及其组织建立良好的配合机制,加强双方的沟通与合作,提高海关执法的效率。

(刊登于 2006 年 6 月 30 日第二版)

# 读图：记忆·传承　我国第一个文化遗产日

王文扬　张子弘　杨申　摄影

（刊登于 2006 年 6 月 30 日第四版）

上半年计算机软件著作权登记首次突破万件——

# 中国正向软件大国迈进

### 本报记者 姚文平

"2006 年上半年，计算机软件著作权登记数量持续上升，登记数量首次突破万件，达到 1.0548 万件，与 2005 年同期相比，增长了近 20%。"日前，中国版权保护中心副主任索来军向中国知识产权报记者披露了这一数字。据统计，自我国实施计算机软件著作权登记制度以来，计算机软件著作权登记总量已经累计超过 8 万件，标志着我国正向软件大国迈进。

专家指出，在 2005 年我国计算机软件著作权登记数量持续走高的态势下，社会公众可能会忽略中国实行多年的计算机软件著作权登记制度的建设与发展。这项工作从 1992 年实行以来，不断完善和规范登记的程序和管理，同时，通过登记工作向外界传递出两个信息：一是国家关于促进国产软件发展政策得到具体落实；二是我国软件业自主创新能力不断增强和提高，软件开发数量持续增长。据悉，去年软件著作权登记数量首次达到 1.8 万件。

依据《计算机软件保护条例》《计算机软件著作权登记办法》等法规和行政规章，软件著作权登记申请均需按照法定程序进行。

记者了解到，在 2006 年上半年受理的万件软件中，涵盖了各项软件登记申请内容。其中，作为"软件著作权事项初步证明"的软件著作权登记申请的受理数量占到了绝大多数，为 1.0312 万件，占整个软件登记受理数量的 97.76%；软件著作权转让、专有许可和质押合同登记申请受理数量为 83 件，占整个软件登记受理数量的 0.79%；软件著作权登记事项变更申请数量为 145 件，占整个软件登记受理数量的 1.37%；其他的登记申请数量为 9 件。

在 2006 年上半年所受理的 1.0548 万件计算机软件著作权登记申请中，法人仍然成为软件著作权登记申请的主力军。软件厂商（法人或者其他组织）申办的软件著作权登记申请占到了绝大多数，申请数量约占申请总量的 93.92%；自然人（个人）申办的软件著作权登记申请数量约占申请总量的 6.08%。法人或者其他组织成为计算机软件著作权登记的大户，基本上反映了计算机软件产业发展与国家创新战略提出的创新主体是企业的政策相一致，同时，也与国际软件发达国家软件产业发展的规律相吻合。

另外，在 2006 年上半年所受理的计算机软件著作权登记申请中，就软件开发形式来看，包含了软件厂商和个人独立开发和二次开发（升级版）、系统集成等方式，与党中央、国务院提出的科学技术实施创新的战略决策保持了一致。

索来军表示，计算机软件著作权登记数量的大幅度增长，客观反映了我国版权法制环境的逐步改善，以及软件产业从业人员保护软件版权意识的不断提高和深化，显示了国家政策对软件产业的扶植、引导和推动作用。我国软件从业者通过技术创新、自主研发而享有自有知识产权的软件成果和产品的比例在大幅度增加，这也印证了我国软件产业蓬勃发展的良好势头。

据了解，在2006年上半年受理的1.0548万件计算机软件著作权登记申请中，软件著作权登记申请的地区分布相对集中。沿海发达省市计算机软件著作权登记申请数量名列前茅。按照申请数量进行排序的前5名的省、自治区、直辖市依次是：第1名是北京市，申请登记数量为3693件；第2名是广东省，申请登记数量为1244件；第3名是上海市，申请登记数量为1113件；第4名是浙江省，申请登记数量为816件；第5名是江苏省，申请登记数量为566件。前5名的省市计算机软件著作权登记申请数量占整个登记数量的70%以上。

(刊登于2006年7月14日第九版)

# 数字电视版权保护任重道远

本报记者　张海志

**阅读提示**

无论从制造供货还是市场需求的角度来看，中国都将在未来全球的数字电视产业中扮演重要角色。然而，就在人们畅想中国数字电视产业美好未来的同时，越来越多的业内人士开始忧虑数字电视作品的版权保护难题。

实现广播影视数字化的发展目标是我国广电行业早在"十五"期间就达成的共识，而今，推进广电数字化也成为"十一五"期间的重要任务。但随着中国越来越多的数字电视技术、业务平台和运营模式涌现并逐渐成熟起来，数字电视的版权保护问题也日益严峻，节目提供商和终端运营商正欲在发展中的中国数字电视产业中大步向前，却遭遇到版权保护之困。

**数字版权保护初露端倪**

"央视高清频道自开播之后，我们中数传媒为了保护知识产权和节目商的利益，就率先在全国采取了数字电视版权保护技术。其中对高清数字电视机最重要的技术条件之一就是必须配备HDMI接口。"中央数字电视传媒有限公司技术总监梅剑平在接受中国知识产权报记者采访时提到，随着中国数字电视产业的不断推进，数字节目版权保护问题也必须受到业内的更多关注，数字节目是节目制造商辛勤劳动的结晶，理应受到保护；而且，这也是一个健康的数字电视市场所必需的。

"数字电视版权保护在中国还是'初级阶段'的水平，我们无论在用户的意识上还是在保护的技术上还有很多的工作要做，有更多的东西要学习"。赛迪顾问有限公司消费电子咨询事业部的李艳红向中国知识产权报记者指出："目前困扰数字电视节目提供商的关键问题是版权保护问题。由于市场变化太快，需要快速更新，但国际级影视作品的版权费用很高，这就加大了内容提供商的投资风险。但如果版权保护做得很好的话，节目内容就可以通过高清电视以及高清碟片等多种渠道发行，从而降低版权使用费价格。相反，版权保护不好，挫伤了节目提供商的积极性，大家都不去创作，数字电视的节目内容必定匮乏。"

**国外技术好用吗？**

"我们现有的数字电视版权保护技术主要有信息源加解密技术。比如 HDMI，实际上用的是条件接收的限制，让别人无法盗版；另外比较适用的还有数字水印技术，就是在数字资源中加入识别码，如果有人盗版就可以被查处。"《中国数字电视》杂志总编包冉在接受中国知识产权报记者采访时介绍，HDMI 是来自国外的版权保护数字接口技术，为目前世界上许多数字电视行业普遍采用。此外，同样来自国外的高频宽带数字内容保护技术（HDCP）也正试图在我国推广应用，越来越多的国外版权保护商家已经看到了中国数字电视版权保护巨大的利润空间，欲来此分一杯羹。

据了解，去年年底，由美国 SiliconImage 公司和我国台湾凌阳科技（Sunplus）公司共同成立的中国首家 HDMI 测试中心开始正式运营。当时就有业内人士指出，美国 SiliconImage 公司建立测试中心实际上是为征收专利费和测试认证费所采取的动作。国内数字电视机如果采用 HDMI 接口技术，并且大范围采用国外的数字版权保护技术，就可能会意味着我国数字电视和行业还要继续受制于人。

"所有采用 HDMI 的数字电视企业都需要经过专利权人的授权认证，这就意味着必须向他们缴纳一定费用。如果使用 HDMI 接口技术，需要收取 3 项费用：1.5 万美元的年费，3000 美元至 7000 美元的测试费和每个接口 0.04 美元的版税费。"一位数字电视企业负责人向中国知识产权报记者表示，对于数字版权保护技术，他们更希望是国产的而不是进口的，这不仅是成本问题，更代表行业的发展能力。

**国产技术任重道远**

"在数字电视传输前端，我国也有自己的保护系统，即有条件接收（CA）系统。但目前我国 CA 系统种类繁多，很不统一。"包冉指出："版权保护的技术本身而言并不难，但这不仅是技术问题，而是商业问题。而且，在国内研发的技术与国外的现有技术的功能重合时，必然会引发利益冲突，这就意味着我们的国产技术必然会面临来自国外厂商的压力。"

信息产业部电子信息产品管理司广播电视处的一位负责人在接受记者采访时说："政府相关部门正在积极推动数字电视数字版权保护方面的工作，目前也有企业在自发地研发这方面的技术。"

无论哪种版权保护技术，重要的是得到内容提供商的认可，因为要保护的是他们的知识产权。按照国家广电总局的规划，我国将于 2008 年全面推广数字高清电视的地面传输，并于 2015 年关闭现有的模拟电视广播。毋庸置疑，数字电视产业对数字版权保护技术的需求将是巨大的。那么，中国的数字电视怎样才能突破瓶颈、健康发展呢？

一位业内人士指出，中国的数字电视的前景仍然十分乐观，中国的市场是全世界的厂商都想争夺的。中国的数字电视产业内的相关厂商必须团结一致，携手共同发展这个事业。尤其是在相关的版权保护技术的自主研发和应用上，我们必须有信心、有决心。

总体上来讲，今年是中国数字电视发展的转折点和机遇期。一方面，各项标准今年都渐渐明晰，为数字电视的发展明确了方向；另一方面，数字电视也充分认识到只有快速发展才能应对传媒市场的激烈竞争；此外，今年的数字电视已经不再被盲目地炒得火热，而是进入了冷静的务实期，这是非常令人振奋的。

（刊登于 2006 年 8 月 11 日第九版）

# 地理标志是一个等待发掘的金矿

**本报记者　尹训宁**

**阅读提示：**

地理标志保护制度是发展农村经济、解决三农问题的重要途径之一。目前，我国关于地理标志的法律、管理体系等相关机制还不够完善。因而有专家呼吁，应尽快制定地理标志保护法，加强对地理标志的保护。

近日，苏州的阳澄湖大闸蟹行业协会出台了《阳澄湖大闸蟹地理标志产品保护管理办法》。该办法规定，只有在地理标志产品保护范围内，经认定基地养殖并符合国家标准的中华绒螯蟹，才能被称为"阳澄湖大闸蟹"。北京昌平区的"昌平苹果"也成为北京市首家获得"国家地理标志保护产品"的苹果。这些都表明了地理标志保护越发受到了重视。

## 解决"三农"新途径

我国商标法第十六条第二款规定："前款所称地理标志，是指标示某商品来源于某地区，该商品的特定质量、信誉或者其他特征，主要由该地区的自然因素或者人文因素所决定的标志。"而国家质量监督检验检疫总局出台的《地理标志产品保护规定》对地理标志产品的定义为："是指产自特定地域，所具有质量、声誉或其他特性本质上取决于该产地的自然因素和人文因素，经审核批准以地理名称进行命名的产品。"地理标志作为地方的特色和品牌，不仅能够为区域产品的生产企业带来核心竞争力和强大的品牌效应，而且还能为地方经济的发展发挥着独特的作用。

据有关部门统计，目前国内农产品商标有 19 万件左右，但是申请和注册地理标志保护的情况并不理想。西南政法大学知识产权法研究中心主任张玉敏教授接受中国知识产权报记者采访时指出，地理标志保护制度是发展农村经济、解决三农问题的强大推动力。我国自 1994 年开展地理标志保护工作以来，各地创造出"地理标志 + 龙头企业 + 农户"的经营方式，以地理标志为纽带将分散的农户组织起来闯市场，取得了显著的经济效益，如安溪铁观音茶、章丘大葱、涪陵榨菜等，都为当地经济发展和农民增收发挥了重要的作用。因此，充分利用好地理标志保护制度，对我国有重大经济和社会意义。

### 凸显知识产权保护

地理标志和原产地命名制度在国外已经有 100 多年的历史。从某种意义上讲，地理标志是一种与现代知识有别的"传统资源"，它的构成主要由具体的地理名称与商品名称组合而成或将具体的地理名称直接作为地理标志。

目前国际上对地理标志保护方式主要有两种，一是专门立法，将地理标志作为一种特殊工业产权看待。以法国的原产地名称法为代表，世界上共有 19 个国家专门立法保护地理标志。二是运用商标法、反不正当竞争法保护，即将地理标志作为证明商标、集体商标，纳入商标法体系。如美国、英国、加拿大、澳大利亚等普通法系的国家都是采用商标立法方式保护。

目前，我国的地理标志管理体系主要是由国家工商总局商标局和国家质检总局共同管理。张玉敏指出，地理标志产品保护制度把地理标志作为一种公权来保护。由两个部门共同保护地理标志在国外也有先例，但其有明确的分工，因此不会造成职能交叉、重叠，而我国目前却没有职责范围的分工，两个部门都可以对所有地理标志进行保护。据商标管理部门的有关人士介绍，在商标局注册为证明商标（集体商标）的 187 件地理标志中，未同时申请地理标志产品保护的只有 12 件。

因此，专家呼吁，要尽快制定地理标志保护法，为我国的地理标志保护走向快速发展道路提供法制条件。对已获得保护的地理标志要加强管理，保证质量，着力进行市场开发，把地理标志产品做成产业，做大做强。

### 专家呼吁加强保护

张玉敏介绍，我国地理标志保护取得了显著的成绩，如国家工商总局商标局依据商标法通过证明商标和集体商标保护地理标志，到目前为止，共收到 600 多个注册申请，已核准注册 187 个，其余申请正在加紧审查中。

张玉敏还强调，随着现代高科技的发展和生活质量的提高，人们越来越注重食品的天然性，因此地方名优特产受到人们的喜爱，地理标志就是地方名优特产最好的品牌和广告。此外，地理标志作为一种商业标志还为广大消费者提供了消费指导，使他们能够方便地挑选、购买自己喜爱的商品，因此加强地理标志产品保护是十分必要的。

为了保护我国的地理标志资源，张玉敏建议国家应该立即着手调查地理标志资源，列出应当给予保护的清单，向有关国家和地区进行通报或者备案，以免被其他国家和地区抢先注册。同时，积极推动权利人到国外申请保护。

（刊登于 2006 年 11 月 17 日第三版）

# 中国专利申请成本为发达国家的 1/10

**本报讯** （记者魏小毛北京报道）日前，中国国家知识产权局局长田力普在京会见来访的美国国际知识产权联盟主席埃瑞克·史密斯时表示，与发达国家相比，在中国申请专利的成本仅为一些发达国家专利申请成本的 1/10。

根据国家知识产权局有关负责人介绍，如果除去专利申请代理费，有关专利申请成本一般包括申请费、审查费、登记费和年费等，此外还包括复审费、著录事项变更手续费、优先权要求费、恢复权利请求费等。其中，申请费、审查费、登记费和授权后的年费占专利申请成本的主要部分。目前，我国实施的是国家知识产权局第 75 号公告即 2001 年 3 月 1 日调整后执行的专利收费标准。根据该公告，就发明专利而言，上述 4 项主要收费项目标准分别是 900 元、2500 元、205 元、900 元（授权后 3 年内每年的年费），总额为 4505 元人民币。

据介绍，目前发达国家的专利申请收费项目比我国更细化，收费标准也远远高于我国的标准。例如在美国，上述发明专利申请 4 项主要收费标准分别是 300 美元、200 美元、1400 美元、900 美元。如果按照人民币对美元汇率 7.9:1 计算，折合人民币则分别是 2370 元、1580 元、1.106 万元、7110 元，总额是 2.212 万元，是中国的近 5 倍。更值得注意的是，美国要根据申请时权利要求数收取附加费，并且其他费用的数额也普遍高于我国，如果将全部专利申请及授权后维持过程中的费用全部加上，美国是中国的 10 倍。其他发达国家和地区如欧盟、日本等的收费标准也明显高出中国。

虽然专利申请收费是基于各国的国民收入之上的，与一个国家的国民收入成比例，但是一个不容忽视的趋势是，美国等发达国家近年来不断提高专利申请费用的标准。据悉，继 2002 年 6 月大幅度提高专利收费标准后，美国专利商标局决定将于 2007 年前提高某些专利收费项目的额度。

近日，中国国家知识产权局公布了《专利费用减缓办法》。该办法规定：专利申请费、发明专利申请审查费、年费（自授予专利权当年起 3 年内的年费）、发明专利申请维持费以及复审费，可以申请减缓。该办法从 2006 年 11 月 13 日起实施。

（刊登于 2006 年 11 月 22 日第二版）

# 从知识产权看"入世"五周年的中国

**本报记者** 闫文锋 魏小毛 刘仁 张海志 王丽萍

**编者按：**

"入世"5 年，"总的说来，中国的成绩是 A＋。"这是世界贸易组织总干事帕斯卡尔·拉米日前对中国的评价。

世界需要一个什么样的中国？全球经济的一体化，需要中国这个继欧盟和美国之后的第三大贸易实体有更多的作为。正如拉米所言，中国已经成为 WTO 成员中的一头"大象"，影响力日益提高，加强知识产权的保护是世界的需要。

中国需要一个什么样的世界？一些发达国家和跨国公司正在而且还将更多地以知识产权作为手段，对中国进行指责。开放的中国需要一个开放的世界，自由、公平的贸易体制。

中国将有一个什么样的未来？从科技兴国战略到可持续发展战略，再到国家知识产权战略，走中国特色自主创新道路，用 15 年左右的时间建设成为创新型国家。加强知识产权保护，不是应对外来压力的需要，而是内在发展的需要。

5 年前的 12 月 11 日，在卡塔尔首都多哈，随着 WTO 第四届部长级会议主席卡迈勒手中击槌轻落，标志着中国长达 15 年复关和"入世"进程的结束，宣告了一个历史性时刻的诞生。从此，中国走进了 WTO 这个大家庭。中国"入世"5 周年，赶上了世界经济的新增长周期，实现了贸易和投资"双顺差"。中国的"双顺差"不仅提升了中国的国际竞争力，同时也惠及世界，是一个"多赢"的结果。

"入世"5 年，中国的变化不仅仅是知识产权的变化，但是，透过知识产权的变化，可以看整个中国的变化。

## 知识产权成为一项国家战略

国家战略是建设和运用国家各方面的实力和力量，以实现国家总目标而采用的方略。中国在改革开放以后，一直在世界风云激荡中探索和寻找着符合自己国情的发展战略。到目前为止，我国已经确立了科教兴国、可持续发展等与知识产权发展紧密相关的国家战略。

随着社会经济文化的发展，对外贸易的不断扩大，对于知识产权创造和保护的认识进一步深化，在 2004 年 1 月召开的全国专利工作会议上，国务院副总理吴仪明确指示，要求"认清形势，明确任务，大力推进实施知识产权战略"。为贯彻此精神，国家知识产权局多次邀请经济界、知识产权界和企业界等的有关人士召开研讨会，广泛听取他们的意见与建议。在此基础上，国家知识产权局于 2004 年 8 月 30 日向国务院正式呈报了《关于制定和实施国家知识产权战略的请示》。2005 年 1 月，国务院办公厅正式发文成立国家知识产权战略制定工作领导小组，制定国家知识产权战略。

据了解，国家知识产权战略将于 2007 年上半年完成制定工作并开始实施。

2005 年 10 月，胡锦涛同志在党的十六届五中全会上，明确提出了建设创新型国家的重大战略思想；2006 年 1 月，他又在全国科学技术大会上指出，要坚持走中国特色自主创新道路，用 15 年左右的时间把我国建设成为创新型国家。

创新型国家，是指将科技创新作为国家基本战略，大幅度提高科技创新能力，从而形成强大的国家竞争优势。创新型国家的特征大致体现在 4 个方面：研发投入占国内生产总值的 2% 以上；科技进步贡献率达 70% 以上；对外技术依存度在 30% 以下；创新产出高，发明专利多。

**知识产权呈跨越式发展**

中国建立知识产权制度仅有 20 多年的历史，但发展迅速。专利申请量、商标申请量持续增长，版权贸易取得了巨大的发展。此外，植物新品种保护申请量、域名注册量也增长迅速。

**专利**

自 1985 年 4 月 1 日我国专利法实施以来，专利申请持续增长，进入上世纪 90 年代以后，申请量每 5 年翻一番。2001 年申请量达 20 万件。特别是近 5 年来，专利申请的年平均增长率达到了 22.8%，其中发明专利申请年均增长率为 27.3%。截至 2006 年 10 月 31 日，国家知识产权局累计受理 3 种专利申请 318.9961 万件。实现第一个 100 万件是在 2000 年 1 月，历时 15 年；第二个 100 万件仅用了 4 年 2 个月，即在 2004 年 3 月；第三个 100 万件仅用了 2 年 3 个月，即在 2006 年 6 月，体现了专利申请的跨越式发展。截至 2006 年 10 月 31 日，国家知识产权局已累计授予专利权 167.786 万件，其中发明专利授权 28.4654 万件，实用新型专利授权 81.3632 万件，外观设计专利授权 57.9574 万件。

2001 年 10 月 1 日《集成电路布图设计保护条例》实施以来，截至 2006 年 10 月 31 日，国家知识产权局共收到集成电路布图设计登记申请 1288 件，予以登记公告并发出证书 1139 件。其中，2006 年 1 月至 10 月共收到申请 325 件，予以登记公告并发出证书 293 件。

**商标**

5 年时间里，商标注册申请量分别连续跃过 30 万件、40 万件、50 万件和 60 万件 4 个大关。2005 年我国商标注册申请量为 66.4 万件，比上年增长近 13%。

自中国加入《保护工业产权巴黎公约》以来，中国积极履行保护驰名商标的国际义务，国家工商行政管理总局先后在商标异议案件、商标争议案件和商标管理案件中认定了 600 余件驰名商标，依法保护了国内外驰名商标权利人的合法权益。同时，中国各级工商行政管理机关把驰名商标作为商标保护工作的重点，加大对驰名商标的保护力度，严厉打击了侵犯驰名商标权益的各种违法行为。

**版权贸易**

我国的版权贸易也有了巨大的发展和变化。2004 年，我国新闻出版、广播影视的文化产业实现增加值 3440 亿元，占 GDP 的 2.15%；2005 年软件产业收入 3900 亿元，占 GDP 的 2.17%。版权相关产业在促进我国经济和社会发展方面发挥着越来越重要的作用，其中图书版权贸易是我国版权贸易的主要组成部分，约占总数的 4/5。

### 植物新品种

1999 年 4 月，我国正式加入国际新品种保护联盟，并签署《国际植物新品种保护公约》，"入世"后，我国品种权保护工作日益得到国际认可。国家先后发布并实施了 5 批农业植物新品种保护名录和 4 批林业植物新品种保护名录，使受保护植物属和种的数量达到 140 个，其中农业植物品种 62 个、林业植物品种 78 个，远远高于《国际植物新品种保护公约》规定的最低数量。新品种保护制度宣传日益深入，植物新品种权申请数量大幅度上升。农业部受理的品种权申请，平均每年以 40% 的速度增长。截至 2006 年 10 月，农业部共受理植物新品种权申请 3616 件。

### 域名

"入世"后，我国互联网继续保持稳定的增长态势。截至 2006 年 6 月 30 日，我国域名总数达到 295.05 万个，其中 CN 域名 119.0617 万个，COM 域名 143.5767 万个。

### 知识产权 "修法" 拥抱世界

我国在加入 WTO 法律文件中承诺，"中国将在完全遵守 WTO 协定的基础上，通过修改其现行的国内法和制定新的法律，以有效的和统一的方式实施 WTO 协定"。一个承诺，在 5 年里让经济飞速发展的中国在法律上不断完善，在与国际接轨的过程中表现出一个良好的负责任大国的形象。

### 免责事项渐趋渐明

1992 年修改的专利法规定了善意使用原则，新修改的专利法对此作出了限制，规定："为生产经营目的使用或者销售不知道是未经专利权人许可而制造并售出的专利产品或者依照专利方法直接获得的产品，能证明其产品合法来源的，不承担赔偿责任。"新修改的商标法也有类似规定。这些修改限制了免责事项范围，在侵权的损害赔偿方面，确立了根据主观有无过错而区别对待的原则，与 TRIPS 协议的要求保持了一致。

### "即发侵权" 理论落地生根

TRIPS 协议第五十条第一款规定，对即将发生的侵权行为，权利人有权提出申请，"司法当局有权采取迅速有效的措施"。这种规定显然是引入了"即发侵权"理论的结果。我国知识产权法律中原来对"即发侵权"并无规定，无权诉讼。1992 年的专利法要求对侵权的认定必须以已经造成实际损害为条件，对于专利侵权案件的临时保护，主要依赖于民事诉讼法中的"诉讼保全"和"证据保全"两种方式，但都不能在起诉之前禁止侵权行为。我国立法机关已经根据 TRIPS 协议的相关规定，在法律的修改中及时地引入了"即发侵权"理论，增加了诉前的 3 种临时措施，包括"诉前禁令"、"财产保全"和"证据保全"。这样，经过修改后的有关知识产权的法律法规，全面引入了 TRIPS 协议中的"即发侵权"规定。

**向更完善的知识产权保护体系迈进**

加入 WTO 以后，我国立法对知识产权保护的范围作了调整，使得我国知识产权体系更为完整，其主要的变化有：

完善了原有 3 部有关知识产权的法律法规的权利体系。在专利法中，增加了未经专利权人的许可而进行"许诺销售"的行为属于侵权的规定；在商标法中，增加了对驰名商标的保护，明确规定地理标志可以作为证明商标或集体商标注册（商标法实施条例）；在著作权法方面，扩大了作品的范围等。更为重要的是，突出加强了对网络环境的知识产权保护，增加规定了"信息网络传播权"以及对"技术措施"和"权利管理信息"的保护规定等。

我国在计算机软件保护方面，将计算机软件的保护延伸到"最终用户"。所谓"最终用户"，就是计算机软件的实际使用者。最终用户侵权，主要是指购买、使用、复制非法软件，也包括将合法购买的正版软件未经授权擅自复制提供给他人使用的行为。这种规定突破了以往将计算机软件盗版主要界定为非法复制的界限，影响深远。

新增加了对集成电路布图设计的保护。《集成电路布图设计保护条例》根据 TRIPS 的要求，对集成电路布图设计提出了 3 个层次的保护要求：布图设计本身、含有布图设计的集成电路以及含有布图设计集成电路的物品，包括设备仪器等。这意味着不仅非法使用他人的布图设计来制造集成电路产品是侵权，利用侵权的集成电路组装其他产品也是侵权行为。

值得注意的是，以上调整尽管反映了 TRIPS 协议的要求，但并非以 TRIPS 协议的 7 项权利简单地取代我国原有的知识产权体系，它是我国积极履行国际义务以及在知识产权保护方面向国际标准进一步靠拢的体现。

**知识产权执法"两条途径、并行运作"**

在知识产权保护实践中，中国形成了司法保护和行政保护"两条途径、并行运作"的模式。

**司法方面**

为适应"入世"后知识产权审判工作的需要，准确适用法律，统一执法尺度，最高人民法院在总结知识产权案件审判经验的基础上，依法制定了一系列相关的司法解释。2004 年 12 月最高人民法院、最高人民检察院联合公布《关于办理侵犯知识产权刑事案件具体应用法律若干问题的解释》，适当降低了有关侵犯知识产权犯罪的定罪标准，提高了刑法相关条文的可操作性。

在知识产权民事诉讼方面，近年来，司法机关依法审理了一大批侵犯知识产权的各类案件，被侵权人的经济损失及时得到了赔偿。1998 年至 2004 年，全国法院共审结知识产权民事一审案件 3.8228 万件，2005 年各级法院一审审结知识产权民事案件 1.2126 万件，较上年同比增长 45.5%。各级法院在审理中重视并依法适用诉前禁令、诉前财产保全和诉前证据保全等临时措施和诉中财产保全、先于执行等诉讼措施，及时制止侵权行为，有效地避免了权利人遭受损失。

在知识产权刑事保护方面，2000 年至 2005 年，中国公安机关共破获了侵犯知识产权的犯罪案件 8800 多起，累计抓获犯罪嫌疑人 1.3 万多名，涉案总金额高达 48 亿元。2005 年，公安机关在以打击侵犯商标专用权为重点的"山鹰"行动中共立各类侵犯知识产权犯罪案件 3534 起，破案 3149 起。2000 年至 2005 年，各级检察机关批准逮捕侵犯知识产权案件嫌疑人 3370 多名。2005 年，全国地方法院共受理涉及侵犯知识产权的一审犯罪案件 3567 件，审结 3529 件。

### 行政执法方面

近年来，各级专利管理部门加强了专利行政执法力度。2004 年 9 月至 2005 年 12 月，在全国开展"保护知识产权专项行动"期间，国家知识产权局会同相关部门重点部署了食品、医药领域的专利专项执法活动，保护各类专利权的专项执法行动，大型商品批发市场执法检查与会展知识产权保护专项活动，打击专利诈骗执法行动。专项行动期间，各地方知识产权局共查处冒充专利 3923 件，查处假冒他人专利 515 件，受理专利侵权纠纷 3078 件，受理其他专利纠纷案件 358 件。2006 年 1 月至 9 月，各地方知识产权局共受理专利侵权纠纷 950 件，受理其他专利纠纷案件 35 件，查处假冒他人专利 20 件，查处冒充专利 736 件。

多年来，我国各级工商行政管理机关充分发挥商标行政执法网络健全、程序简便、快捷高效的优势，仅 2001 年至 2004 年，全国各级工商行政管理机关共查处各类商标违法案件 16.96 万件，2005 年共查处各类商标违法案件 4.9412 万件。

近年来，中国各级版权行政管理部门加大了著作权行政执法力度，据不完全统计，1995 年至 2004 年，各级版权行政管理部门共收缴侵权盗版复制品 3.5 亿件，受理侵权案件 5.1368 万起，结案 4.9983 万起。1996 年至 2005 年，我国政府共破获地下非法光盘生产线 217 条。今年，中宣部等十部门开展了"反盗版百日行动"。

中国建立健全了知识产权海关保护执法机制。目前，中国海关已经建立起一套包括报关单证审核、进出口货物查验、对侵权货物的扣留和调查、对违法进出口人进行处罚以及对侵权货物进行处置等环节在内的完善的知识产权执法制度。截至 2005 年，全国海关共查获各类进出口侵犯知识产权货物案件 5571 起，案值 7.3 亿元。在加入世界贸易组织后的几年时间里，中国海关每年查获的侵权案件数量平均以 30% 左右的幅度增长。

2006 年 3 月，最高检、公安部、全国整规办、监察部联合发布了《关于在行政执法中及时移送涉嫌犯罪案件的意见》，建立起行政执法与刑事执法相衔接的工作机制。

### 国家综合协调层面

2001 年，国务院决定在全国范围内开展整顿和规范市场经济秩序工作，成立了全国整顿和规范市场经济秩序领导小组。打击制假售假、保护知识产权作为整顿和规范市场经济秩序的重要方面，一直是全国整规办的重点工作之一。针对目前知识产权保护工作中存在的问题，全国整规办组织各有关部门和地方政府开展知识产权保护专项整治行动，组织建立保护知识产权执法协调机制。围绕每年4月26日"世界知识产权日"，举办了"保护知识产权宣传周"活动。2006年，全国整规办在全国各地相继成立了50个知识产权举报投诉服务中心。

为进一步加强对知识产权保护工作的领导，2004年，中国政府决定设立国家保护知识产权工作组，组长由国务院副总理吴仪担任。工作组的主要任务是负责推动知识产权保护方面的法律法规建设，建立跨部门的知识产权执法协作机制，搞好行政执法和刑事司法的衔接，联合督办重大侵犯知识产权案件，指导各地保护知识产权工作。各省、自治区、直辖市也设立了相应的工作机构。国家保护知识产权工作组办公室是工作组的日常办事机构，目前设在全国整顿和规范市场经济秩序领导小组办公室。

（刊登于2006年12月6日第二版）

#### 市场迫切需求但制约因素很多

# 专利质押融资瓶颈亟待打破

本报记者 刘仁

**阅读提示**

专利质押对于中小企业融资有重要意义。但是，尽管进行专利质押登记的企业不少，可质押总额却抵不上西方国家一个大型风险投资项目。是什么阻碍了专利质押的发展呢？

近期，中小企业知识产权质押融资呈现出少有的生机。继中国工商银行9月在沪宣布将发放首笔专利质押贷款之后，10月，交通银行"展业通"业务下的首笔专利质押贷款在京问世。记者从知情人士了解到，进出口银行广东分行也在酝酿试水知识产权质押信贷业务。

### 知识产权质押贷款破冰前行

专利质押贷款在中小企业融资方面有特殊的意义。随着中小企业特别是高新技术企业的快速发展，它们已成为国民经济发展的重要组成部分。近几年，国家鼓励商业银行对中小企业发展扶持，然而，由于中小企业尤其在创业阶段往往缺乏房产等固定资产抵押物，而多被银行拒之门外。但是，这些企业却以拥有专利、商标等知识产权而形成了潜在的盈利能力和良好的市场预期。业内人士认为，随着我国建设创新型国家战略目标的设立及银行业竞争的不断加剧，面向中小企业的知识产权质押信贷业务，将成为银行利润新的追逐点。

但是，从全国范围看，截至 2006 年 9 月 4 日，已在国家知识产权局进行专利权质押登记的合同共计 295 个，涉及专利 682 项，质押总额近 50 亿元人民币，还抵不上西方国家一个大型风险投资项目的融资金额。

"从银行的角度，知识产权质押贷款业务依旧存在一些无法回避的问题。"连城资产评估有限公司总经理刘伍堂在接受中国知识产权报记者采访时表示："究其原因主要是以知识产权质押的第二还款来源较差，且业务的专业要求较高，对银行信贷构成了估值风险及法律风险。"北京市柴傅律师事务所杨华权律师也告诉记者，知识产权认定、评估、侵权、变现等风险都是各国银行在进行知识产权质押贷款时尚未破解的难题。

### 准确估值成基础与关键

"估值问题是制约银行开展相关业务的关键问题。"今年 9 月，在湖南湘潭召开的"全国知识产权质押融资工作研讨会"上，世界银行的专家们看法一致。因此，对知识产权的准确评估是银行开展质押贷款业务的基础和关键。

与传统的知识产权评估业务相比，银行质押贷款前提下的知识产权评估最显著的特点是，银行关注的不仅是质押的知识产权未来最有可能实现的价值，更关注知识产权的变现能力。再加之，知识产权资产本身具有可移性、变现性、风险性及地域性，"这就决定了在具体操作中，除对传统业务中知识产权价值影响因素进行分析以外，还需要考虑法律因素、专利技术因素、商标维护因素以及经济因素对知识产权价值的影响。"结合连城自身十多年的评估实践经验，刘伍堂对银行质押贷款前提下的知识产权价值评估了如指掌。

刘伍堂介绍，在法律方面，应该核实质押物在质押日的权属及有效性，质押物权利的稳定性等，此外，对银行质押贷款前提下知识产权价值评估过程中，评估师还应注意拟质押知识产权是否存在权利纠纷及专利无效等事项、是否必须与专有技术相结合使用，以及质押期间的专利年费或商标续展费的交付是否有构成权利法律风险等因素；在专利技术因素方面，一般而言，知识产权的价值是通过企业产品或服务的获利实现的，因此评估师应充分分析质押专利或商标与产品获利能力之间的关系，从而确定质押物的价值。此外，替代技术也会影响拟质押专利技术价值，评估师应通过运用专利地图及技术趋势分析软件等，对拟质押的专利技术的替代技术出现的可能性进行分析，从而对其质押期间可能出现的价值变化进行判断；在经济因素上，通过深入了解生产工艺及流程等，应将质押物所涉及产品的财务数据与企业整体财务数据分割，分离技术价值与企业价值，以最终确定质押物的价值。此外，在折现率的选取上，应充分考虑风险因素及变现能力的影响。

### 政府出手有望为银企减压

聪明的银行家用无处不在的谨慎原则，总是试图将风险降到最小。"相比较而言，知识产权权利人（借款企业）为了获得该贷款，面临的风险似乎比银行更大。"

杨华权认为。除了同样的知识产权评估问题外，利用知识产权质押融资的中小企业还面临贷款成本过高、贷款额度有限的问题。此次按交行"展业通"业务的规定，专利质押贷款采用综合授信方式，发明专利权的授信额不超过评估值的 25%，最高贷款金额为 1000 万元，最长期限 3 年。而若不能按照约定归还贷款，银行有权将质押的知识产权予以变卖、转让等以获取现金偿还贷款。"有些知识产权是企业的命根子，但由于资金紧张，又没有更好的融资渠道，对这些小企业而言，这种贷款有时可能是命悬一线的做法。"

正因为银行避犹不及的风险，企业沉重的负担，使得专利质押贷款在中小企业信贷中，往往与实际期望存在差距。因此业内人士呼吁，如果政府设立专项基金帮银行化解知识产权质押融资的风险，银行的积极性势必得到提高，将使贷款有更大的受益面，专利质押贷款业务的发展前景将更为宽广。据了解，这实际也是地方政府改善中小企业融资环境的常用方法，即由政府财政出资推动小企业贷款担保，为其中的部分风险"买单"。尤其对于高科技企业比较集中的地方来说，设立类似专项基金，不仅能够为企业争取到银行贷款支持，而且能吸引各类风险投资资金对科技型小企业的投资。

（刊登于 2006 年 12 月 13 日第十版）

# 2007

好好做人　扎实做事　努力学习

# 吴仪殷切寄语国家知识产权局全体青年

国家知识产权局的青年同志们：

你们好！

很高兴给你们写这封信。

前不久，力普同志送来全局青年工作会议的有关材料给我看，并请我给大家讲几句话，我欣然答应了。

借此机会，我想和大家谈谈一些感想。

我今年六十有八，为党和人民工作大半辈子了。回首这大半辈子的经历，我感到，和青年人打交道，始终是我最愿意、最高兴做的事情之一。和青年在一起，不仅感到自己充满了激情和朝气，焕发了青春和活力，而且也增加了责任和动力。说到底，我们所做的一切都是为了后人，也都要寄希望于后人。

作为我来说，能把自己的体会讲述给青年，能把我们的事业托付给青年，这既是一种荣耀，也是一种责任。其实，我要对你们讲的，主要就是三句话。

第一，好好做人。这句话说起来容易，做起来不易，做好了更难。我这些年可以说是阅人无数，在我看来，大凡成功人士，尤其是那些令人敬仰的伟人，他们在做人上都是很成功的，有些堪称是做人的楷模。我希望大家能向他们学习。好好做人指的不只是一时一事。俗话说，做人一辈子，就是说我们这一辈子在做人的问题上都不能马虎。好好做人的标准并不特别，对于我们每个人来说，做人的标准都是一样的，关键是如何把握，怎样去做。你留心了，注意了，把握好了，这辈子做人可能就成功了；反过来懈怠了，放纵了，可能就失败了。我真心希望大家能像毛主席要求的那样，做一个高尚的人，一个纯粹的人，一个有道德的人，一个脱离了低级趣味的人，一个有益于人民的人。

第二，扎实做事。我就相信一条，什么事情都是干出来的，而不是"侃"出来的，更不是吹出来的。你们现在年轻，正是干事的时候，一定要养成踏实做事的好习惯。我知道，你们现在是机关队伍的主体，我也知道你们中的许多人很优秀，我对此感到十分欣慰。但我还是要给你们再提一点要求，希望你们进一步认清自己身上肩负的责任，扎扎实实地做好自己的工作。我国知识产权事业的发展是要靠你们的，不仅现在要靠你们努力工作，未来更要靠你们去推动、去创造。我们必须把党和人民的事业托付给那些脚踏实地、真抓实干的人，你们一定要成为让我们放心的人。

第三，努力学习。当今时代，科技进步日新月异，知识更新不断加快，学习的重要性不言而喻，你们在一个对知识性、专业性要求很高的单位工作，相信对这一点体会更深。学习的内容可以因人而异，缺什么，学什么，学以致用就好。学习的方法更是丰富多彩，相信你们也不用谁教。我要强调的是，学习贵在坚持。

古人说，靡不有初，鲜克有终。世界上从来都不学习的人很少，但能够持之以恒却是难能可贵的。在学习上能否守得住一个"恒"字，非常关键，成功与否，往往就在这一字之差上。我希望你们能够持之以恒，真正做到活到老，学到老，努力把自己培养成一个对国家对社会有用的人。

以上是我要对你们谈的一些感想，算不上金玉良言，却是出自肺腑，就算是一个老革命对你们的期望吧。

最后，我在这里抄录一段保尔·柯察金的名言，和你们共勉。人的一生应该是这样度过的：当他回首往事时，不因虚度年华而悔恨，也不因碌碌无为而羞耻。

吴　仪

2007 年 1 月 30 日

（刊登于 2007 年 2 月 2 日第一版）

# 把知识产权战略纳入国家大计

本报评论员

春风迎面吹来，两会如期而至。

国务院总理温家宝在政府工作报告中指出，实现今年经济社会发展的目标和任务，必须正确处理速度和结构、质量和效益的关系，正确处理经济发展和社会发展的关系，正确处理改革发展稳定的关系，着力调整经济结构和转变增长方式，着力加强资源节约和环境保护，着力推进改革开放和自主创新，着力促进社会发展和解决民生问题，并首次指出：抓紧制定并实施国家知识产权战略，切实加强知识产权保护。

"四个着力"，是全面落实科学发展观的具体要求，每一项都与知识产权工作密切相关，这就为今后的知识产权工作明确了方向、责任和任务。

回顾过去的一年，我国国民经济呈现出增长速度较快、经济效益较好、价格涨幅较低、群众受惠较多的良好发展态势，实现了"十一五"时期的良好开局。在知识产权领域，全年共受理三种专利申请 57.3 万件，比上年增长了 20.3%，累计受理专利申请达到 333.4 万件，其中发明专利申请超过 100 万件；全年受理商标注册申请 70 多万件，核准注册商标 26 万件，我国注册商标累计已达 276 万件；全年生产故事影片 330 部、电视剧上万部（集），出版图书 62 亿册。全国研发（R&D）经费投入达 2943 亿元，比上年增加 20.1%，占国内总产值的 1.41%。一个个令人振奋的数据表明，我国对自主创新的追求和知识产权的创造达到了一个前所未有的高度。

然而正如温总理所言，我国经济社会发展中仍然存在不少矛盾和问题，全国没有实现年初确定的单位国内生产总值能耗降低4%左右、主要污染物排放总量减少2%的目标，突破资源、能源、生态环境、高效益生产上的瓶颈尚需努力，经济增长方式粗放形势依然严峻。作为结构调整的基础，我国产业关键技术自给率低，知识和技术创新对经济增长的贡献率仅为20%至30%，而发达国家达70%至80%，具有战略意义的高技术含量产品仍需大量依赖进口。而这些差距的本源，则反映出自主知识产权的产出能力不足，具有产业支撑能力的核心技术的知识产权缺乏，世界品牌不多，企业市场竞争能力不强。

缺乏创新能力、核心技术和自主知识产权，不仅使我国在国际产业分工中处于不利地位，也使我国经济安全和国家安全受到威胁。我们必须从经济社会总体发展的需要出发，结合建设创新型国家目标和科教兴国战略，制定和实施具有全局性、长远性、前瞻性和可操作性的国家知识产权战略，并将其纳入国家经济社会各项事业发展的大计。

围绕"四个着力"开展知识产权工作，就是要通过制定并实施国家知识产权战略，不断提高全民知识产权意识，不断提高企事业单位运用知识产权的能力和水平，持续不断地加大科技投入的力度，全面增强自主创新能力，尤其在一些重要产业尽快掌握核心技术和提高系统集成能力，及时将创新成果知识产权化，形成一批拥有自主知识产权的技术、产品和标准，并将这些成果产业化、商品化。要通过系统、明确、有力的知识产权政策，不断完善自主创新的激励机制，不断强化政府在知识产权工作中的主导作用和企业在知识产权工作中的主体地位，建立以市场为导向、产学研相结合的技术创新体系；要大力实施品牌战略，鼓励开发具有自主知识产权的核心技术和知名品牌；要健全知识产权保护体系，加大知识产权保护的力度。

制定并实施国家知识产权战略，是一项极其繁重而艰巨的任务。我们要正确把握知识产权发展与保护的关系，知识产权创造与应用的关系，技术引进与自主创新的关系，知识产权的数量与质量的关系，统筹协调，整体推进知识产权创造、管理、运用和保护的全面发展，促进知识产权与科技、经济、贸易和文化等领域的协调发展。

展望未来，蓝图催人奋进。我们坚信，只要下定决心，敢于创新，勇于实践，就一定能创造更加辉煌的伟业！

（刊登于2007年3月7日第二版）

# 读图：走进香格里拉

## 王文扬 摄影

（刊登于 2007 年 3 月 30 日第十二版）

**吴仪在世界地理标志大会上指出**

# 中国地理标志保护成绩可喜

**本报讯** （记者窦新颖　张海志北京报道）6月26日，中共中央政治局委员、国务院副总理吴仪在北京人民大会堂出席世界地理标志大会时指出，近年来，中国地理标志保护成绩喜人，为解决"三农"问题找到了新的发展途径。

吴仪在致辞中表示，近年来，中国的商标主管机关在全国大力推进运用地理标志保护和发展农产品，促进农产品的增值和规模经营，有效地推动了中国农业、农民增收和农村的发展，为中国解决"三农"问题找到了一个很好的切入点。中国各级地方政府对于运用地理标志来促进农村经济和社会发展工作越来越重视，并且取得了可喜的成绩。吴仪还指出，今年的世界地理标志大会首次在亚洲召开，必将对亚洲乃至发展中国家产生深远的影响。

据了解，此次世界地理标志大会由世界知识产权组织（WIPO）和中国国家工商行政管理总局联合举办，来自WIPO成员国主管部门的代表、地理标志产品的生产者以及地理标志领域的专业人员将就地理标志使用与保护等问题进行为期3天的交流和探讨。国家工商行政管理总局局长周伯华、副局长李东生、WIPO总干事特使鲁比奥等出席会议并讲话。

（刊登于2007年6月27日第一版）

**安青虎在农产品出口企业商标及地理标志国际注册培训班上提出**

# 中国农产品商标缺乏国际竞争力

**本报讯** （记者杨维忠济南报道）"目前，我国农产品加工企业已有7万多家，创造的产值接近4万亿元，从业人员2000多万人。相比之下，我国的农产品商标数量较少，就注册地理标志而言，截至2007年5月底，我国仅有251件。"7月2日，在济南举行的农产品出口企业商标及地理标志国际注册培训班上，国家工商行政管理总局商标局局长安青虎表示，中国农产品商标缺乏竞争力。目前，实施农产品商标战略已成为我国农产品出口企业参与国际市场竞争，抢占现代农产品市场制高点的迫切需要。

安青虎说，长期以来，缺乏商标意识成为我国农产品出口企业参与国际竞争的软肋。根据2005年商务部、国家工商总局等8部委联合下发的《关于扶持出口名牌发展的意见》公布的统计数据，2003年全国出口企业中拥有自主品牌的不到20%，自主品牌出口占全国出口总额的比重低于10%，严重影响到我国企业的国际竞争力。当前我国农产品贸易逆差达6.7亿美元，农产品缺乏品牌竞争力是一个重要原因。

一方面，我国的一些农产品经常因为没有注册商标而被国际市场拒之门外；另一方面，我国的一些已经在国内注册商标的农产品在国外被侵权时由于没有进行国际注册而得不到有效的保护，如"洽洽"瓜子等。

据安青虎介绍，"依法保护农产品注册商标、地理标志和知名品牌"也被写进了2007年1月的"中央1号文件"。国务院副总理吴仪6月底在出席世界地理标志大会时指出，运用地理标志保护和发展农产品，促进农产品的增值和规模经营，有效地促进了农业增效、农民增收和农村发展，为中国解决"三农"问题找到了一个很好的切入点。安青虎以山东章丘大葱为例，章丘大葱1999年注册为地理标志证明商标后，平均价格以每年20%至30%的幅度提高，农民增收3倍到5倍，种植面积扩大了2/3。

安青虎称，当前的农产品市场竞争已从产品经营性竞争上升到品牌竞争的新阶段，农产品消费也已进入讲营养、讲安全的新阶段，若创不出消费者认可的品牌，产品和企业生存发展的空间将越来越小，所以对于农业企业来说，申请注册商标是企业产品走向市场的通行证。

（刊登于2007年7月6日第二版）

# 上海首批专利管理工程师上岗

**本报讯** （通讯员孔元中　罗秀凤　许亚敏上海报道）上海首批270名专利管理工程师已通过市人事局考核认定并取得任职资格。7月11日，上海市知识产权局、人事局举行颁证仪式，为首批专利管理工程师代表颁发证书。上海市政府副秘书长李逸平在出席会议时指出，知识产权人才竞争日趋激烈，上海要率先加快知识产权人才培养和队伍建设，率先健全知识产权人才教育培训的工作体制和机制。

会议总结了上海市第一批专利管理工程师培训及考试情况，并由学员代表、企业代表和培训机构代表交流了专利管理工程师的学习、培养和工作经验。会上，与会领导还向上海市知识产权服务中心、上海大学、上海政法学院等培训机构颁发了上海市专利管理工程师培训基地铜牌。

据了解，到2010年底上海市知识产权局将利用3年时间，力争使专利管理工程师的数量达到3000名，高级专利管理工程师的数量达到300名，从而使全市知识产权示范企业、专利示范企业、专利试点企业每家拥有1至3名专利管理工程师。为了实现这一目标，该市知识产权局已于2006年专门制定了《上海市专利管理专业工程技术人员任职资格暂行办法的实施意见》。

# 让知识产权管理师登堂入室

本报评论员

根据《上海市专利管理专业工程技术人员任职资格暂行办法的实施意见》，上海市首批 270 名专利管理师近日持证上岗。此前还有报道，由有关机构发起的知识产权管理师考试中心已正式启动。考试中心制定了专业资格职业标准，分为助理知识产权管理师、知识产权管理师、高级知识产权管理师三个级别，每年两次面向全国举行统一考试，考试合格者将被授予知识产权管理师专业资格证书。

培养知识产权管理师，这是一个颇具创意的策划，也是一个符合时代潮流的创举。时代在变迁，社会在进步，高速发展的经济、科技、文化和市场化环境，使一些传统职业日渐式微，淡出人们的视线，同时又为越来越多的新职业诞生、发育提供了养分与土壤。两年前，国家劳动和社会保障部已将信用管理师、网络编辑员、房地产策划师、职业信息分析师、玩具设计师、黄金投资分析师、企业文化师等 10 种职业正式纳入到"三百六十行"序列中，还组织专家对另外 10 种新职业进行研究论证，其中包括体育经纪人、健康指导师、留学移民咨询师等。与上述新兴职业相比，由于政府的高度重视和社会领域的迫切需求，知识产权专业人才更是炙手可热。制定与国际接轨的知识产权专业资格标准，规范培训、考试和从业水平认证，是当前现实社会的迫切需要。

知识产权在我国还是一项十分年轻的事业，但知识产权涉及的领域越来越广泛，农业、制造业、高科技行业、娱乐业、服务业等几乎无所不及，由于形势快速发展，知识产权管理人才"紧缺、断层"的矛盾十分突出。目前，大量企事业单位的知识产权法律、管理、经营人才几乎还是空白，而"专利战、商标战、版权战"已经汹涌而来，已有不少企业为此付出了昂贵的代价。对此，我们不能简单地归咎为这些企事业单位缺乏知识产权意识。恰恰相反，许多企业对知识产权机构和能力建设高度重视，只是苦于没有既了解生产技术、又精通法律法规，能够胜任知识产权工作分析、规划、诉讼、管理的专业人才。在建设创新型国家、制定实施国家知识产权战略的大背景下，加强人才资源能力建设，实施知识产权人才培养工程，已被摆在我国知识产权工作的突出位置。根据"2007～2010 年百千万知识产权人才工程"实施纲要，我国将吸引和培养数百名精通知识产权法律法规、熟悉国际规则、具有较高知识产权专业水平和实务技能的高层次专门人才，培养数万名从事社会各类知识产权工作的专业人才队伍。为此，我们需要进一步配套、健全知识产权人才评价、保障、激励政策，完善知识产权专业人才培训、认证、上岗和相应待遇机制，扭转现实中存在的知识产权队伍不稳定和人才流失现象，吸引更多的人才投身这一朝阳职业。

胡锦涛总书记曾指出，建设创新型国家，关键在人才，尤其在创新型科技人才。

培养造就创新型科技人才，要全面贯彻尊重劳动、尊重知识、尊重人才、尊重创造的方针，以建设创新型国家的需求为基准，遵循创新型科技人才成长规律，用事业凝聚人才，用实践造就人才，用机制激励人才，用法制保障人才，不断发展壮大科技人才队伍，努力形成"江山代有人才出"的生动局面。培养创新型的中国知识产权管理师，通过努力将这一新兴职业纳入国家专业技术职称管理系列中去，让知识产权管理师登堂入室，正是用机制激励人才、用法制保障人才的一种优化模式。

（刊登于 2007 年 7 月 18 日第一、二版）

# 打造农民增收的金字招牌

## ——山东平度"商标兴农"促进新农村建设

**本报记者** 张娣 **通讯员** 周贵公 张晓伟

"你给我再多的钱，我也不会卖掉自己的牌子。就靠'田野飘香'这个品牌，即使一分钱没有了，我也能在短时间内重新构建起自己的蔬菜基地"。这是山东平度市南村镇崖头村农民王伦世的话。他为什么会这样说呢？

自王伦世注册"田野飘香"蔬菜商标走品牌经营的路子以来，该村的蔬菜远销广东、福建、上海、北京等地，甚至还销到了新加坡，使菜农们每亩增收了6000 元。

近几年，该市依托农产品商标大幅增值的例子越来越多，通过大力发展农产品商标注册，其农产品的市场平均价格提高两成以上，不仅成为农业型企业进入市场的"通行证"，还有力促进了当地产业的发展，成为农民增收的"金字招牌"。

随着市场化步伐的加快，近几年，农产品品牌已经越来越引起人们的关注，要向现代产业转型，必须走"被市场认可"的品牌之路。为此，平度市工商局在引导农产品商标和地理标志注册等方面做了大量工作，大力引导涉农企业和广大农民树立"品牌就是市场、品牌就是效益"的观念，使该市品牌农业获得长足发展。目前，全市农产品商标注册量达到 126 件，近 3 年，申请数量以每年 15% 以上的速度递增，使当地拥有了洪兰菠菜、大泽山葡萄、马家沟芹菜、仁兆干鲜蔬菜等一大批具有地方特色的知名品牌。

仅仅提高农民的商标意识是不够的，如何规范管理又成了平度市工商的工作重心。从 2006 年起，平度市工商部门对具有地方特色的农产品品牌进行排队梳理。通过调研，他们全面掌握全市农产品的种类、数量、规模、特色以及这些产品的商标注册、使用情况，并对已注册和未注册的农副产品商标逐一进行分类登记，建立台账。另外，该局还制定了《关于加强我市农产品商标和地理标志注册保护工作的意见》，对加强注册指导、强化品牌培育和商标专用权保护提出具体措施，并将农产品商标和地理标志注册引导和培育工作纳入年度目标管理体系。针对广大农产品生产经营者商标意识淡薄的现状，他们除了加大宣传和培训力度意外，还把工作重点放在指导企业、农户进行商标注册上，改变了以往有品无牌的情况。

南村镇崖头村盛产大棚蔬菜，品质极佳，被誉为"大棚蔬菜之乡"。然而，多年来，由于缺少品牌，使得无商标、无包装的蔬菜很难卖出好价钱，严重影响了农民的收入。工商部门为此进行了多次调研，先后指导 6 个农业园区注册了农产品商标，有效促进了当地蔬菜经济的发展。平度马家沟芹菜距今已有 260 多年的栽培历史，但由于没有商标，这些优质芹菜成捆的被摆在地摊上低价出售。为此，工商部门积极介入，使"马家沟"商标注册成功。同时，他们还指导马家沟芹菜经营者提高产品质量，加大品牌宣传，使菜农的收入从以前每亩 2000 元上升到 4000 元。农民的口袋鼓起来了，"马家沟"芹菜也被认定为山东省著名商标。

农产品只有实现生产经营的产业化和规模化，才能把资源优势转化为市场优势。针对农民生产中普遍存在的规模小、经营分散、资金不足、无法形成品牌优势等问题，工商部门积极进行引导，以农产品商标作为联系企业与农户的纽带，把分散的农户组织起来，按照"公司＋农户＋商标"的发展模式，进行产业化生产和现代市场营销，提高了农民进入市场的组织化程度，实现了规模化发展。青岛南村蔬菜有限公司以"公司＋农户＋经纪组织＋商标"为模式，依托北京德澳国际知识产权代理有限公司在知识产权方面的指导，大力营造商标兴农、富农、助农的氛围，目前已发展了包括 120 多个村庄的 3 万多亩蔬菜基地，带动 3.8 万多农民从事蔬菜种植，增加农民收入 1.5 亿元，最高的专业户年收入可达 10 余万元。

（刊登于 2007 年 7 月 20 日第六版）

# 北京中小企业借力知识产权质押贷款

本报记者 张海志

北京"展业通"知识产权质押贷款一经推出，就受到北京市众多中小企业的关注。"现在分行已经贷出 1 个亿，加上正在审批中的近 2 亿元，但盈利只是一方面。"交行北京分行行长孙德顺表示，"1 亿元的数字不仅有力证明了知识产权质押贷款的可行性，能够为今后无形资产质押融资研究提供丰富的数据支持，同时也进一步坚定了我们拓展融资渠道、支持中小企业发展的信心。"

**小企业创新借一臂之力**

不久前，在北京市科委与交通银行北京分行联合举办的"知识产权质押贷款成果发布暨推介会"上，孙德顺对媒体透露，交行北京分行实际发放"展业通"知识产权质押贷款已经突破 1 亿元人民币，共有 14 家企业获得贷款，单笔贷款额最高 1000 万元。

"可以用知识产权作为贷款抵押，为我们中小企业的进一步发展壮大提供资金支持，使我们公司不但获得了更多的流动资金，企业也更加坚定了自主创新的信念。"北京健力药业有限公司、北京蓝健兴达工贸有限责任公司董事长赵力在接受中国知识产权报记者采访时表示。她的公司以速溶木糖醇固体饮料制造方法、改善胃肠功能的保健胶囊制造方法、木糖醇含片制造方法 3 件专利于 2007 年 1 月 30 日获得交通银行的质押贷款，解了公司资金链上的燃眉之急。

有资料显示，截至去年底，北京市登记注册的高新技术企业已近 1.9 万家，经济规模占到全市 GDP 的 1/5。从我国目前情况看，发展高科技产业的关键是实现科技成果产业化，而要实现科技成果产业化，如果没有持续的资金供应，产业化将是空中楼阁。特别是那些刚刚起步的科技型中小企业，由于缺少固定资产作为抵押，往往很难得到银行的信赖。而在成长阶段"缺钱"，往往意味着科技成果不能及时地转化为产品，或者研发能力和生产规模上不去，那么这些企业恐怕只能忍受资金短缺的困境，眼睁睁地看着资金雄厚的企业占得先机。

"中小企业知识产权质押贷款金融产品的成功推出及半年来的实际操作，已经证明知识产权质押贷款融资模式是切实可行的，也是行得通的。借助于这种新型的融资模式，企业所拥有的知识产权最大限度地实现了自身的价值，而这一融资模式在帮助企业开拓融资渠道的同时，也必将激发广大科技型中小企业通过技术创新的积极性。"北京市科学技术委员会副主任郑吉春表示，这些初尝知识产权质押贷款甜头的企业有其共同点：它们都属于科技型企业，公司都拥有发明、实用新型或商标等。

经过近半年时间的推进，2006 年 10 月，交通银行北京分行与北京市经纬律师事务所、连城资产评估有限公司、北京资和信担保有限公司等共同推出的第一款知识产权质押贷款金融产品"展业通"最终诞生。这一业务打破了以前无形资产不能质押担保贷款的坚冰，实践效果亦令人欣喜。短短 7 个月时间里，交行北京分行知识产权质押贷款余额已经突破了 1 亿元。

**企业与银行实现双赢**

用知识产权这种无形资产质押贷款的实施，无疑要让银行承担一定风险，却同时为银行和企业提供了新的市场机遇。

"这项业务是我们助力小企业发展，同时实现自身转型的一个探索，是实现企业与银行双赢的一个很好的结合点。"交行北京分行行长孙德顺指出，对于银行来讲，中小企业无疑是一个巨大的潜力市场和利润源泉，也是支持商业银行业务发展的主要客户群。

据记者了解，知识产权质押贷款虽有法律依据，但长期以来因缺乏必要的社会条件而存在极大的操作难度，无形资产作为贷款的质押品，在价值确定、权利归属、处置流通等方面存在风险，这也是此前很长一段时间以来无形资产很难成为贷款抵押的重要原因。而为了最大限度地规避这种风险，交行北京分行一方面在放贷前加强了对申请贷款的中小企业及其产品、管理团队的考察；另一方面与专业中介服务机构联手，共同搭建业务操作与风险控制平台，建立各方协调与约束机制，形成了独具特色的风险防范和化解体系。

（刊登于 2007 年 8 月 17 日第四版）

# 专利品牌两只手　撑起福田一片天

本报记者　吴艳

**阅读提示**

从创业的那天起，福田人就明白：没有专利技术，没有自主品牌，企业在未来的发展之路上就不会走得太远。意识到这些，福田一起步就投巨资进行技术研发，并把品牌放到企业经营战略的高度来抓。有知识产权筑基，福田在短时间内迅速腾飞，如今正在向乘用车市场、向国际化方向发展。

这个夏秋之交，北汽福田汽车股份有限公司（以下简称"福田"）可谓喜事连连：先是年产 10 万辆 MPV 大型生产基地蒙派克厂的竣工投产，接着是汽车节能减排重点实验室的落成，再接着是与世界最大独立发动机制造公司康明斯合作生产发动机项目获得批准以及 2007 "中国名牌产品"殊荣的获得——接二连三的捷报，福田上下弥漫着喜庆气氛。

事实上，从 1996 年"百家法人造福田"开始，福田就一直捷报频传：从 1998 年福田轻卡投产，到 2000 年重卡生产基地建成，到 2004 年标志着福田汽车生产"第 100 万辆"的欧 V 客车下线，到 2005 年奥铃轻卡面世，再到 2006 年具有欧洲标准的欧曼 ETX、欧马可上市——福田每年的表现都不乏亮点。如今，步伐稳健的福田正加紧向乘用车市场进军，向国际化方向发展。

在国内汽车企业发展频频遇阻的今天，福田为何能"扶摇直上"？追根溯源，是专利与品牌"两只手"，撑起了福田一片天。

**重视研发**

**近 160 项专利夯实福田之基**

"自主品牌汽车企业与合资汽车企业不同，自己不搞研发，不拥有自主知识产权技术，根本就无法发展"，福田党委副书记赵景光开门见山地指出。也正是因为看到了专利技术在未来发展中的关键性作用，福田从创立起就非常重视研发，并将"技术创造价值"作为公司的发展理念。

首先是雄厚的资金支持。据赵景光介绍，福田每年的研发投入占销售收入的比重约为3%至4%，在国内汽车企业中名列前茅。2005年，处在战略调整期的福田出现了资金缺口，但当年的研发投入依然高达11.2亿元。如今，福田的研发投入还在逐年递增，年平均增长率已达到153%。

与研发投入同样重要的是人才。为此，福田不断在全球范围内招贤纳士，目前已拥有海内外研发人员2000多名，其中不乏在通用、福特等国际知名汽车企业有丰富工作经验的汽车研究专家。

目前，福田已建立起了以国家级技术中心——汽车工程研究院为核心，由汽车工程研究院、海外研发中心、国内外大专院校和科研院所、国外专业汽车研发机构、二级工厂研究所以及供应链同步研发机构等6个层次组成的技术研发体系，拥有专利技术近160项。

赵景光告诉中国知识产权报记者，有了专利技术，福田在发展中就不用受制于人，在市场中就有了与人竞争的武器。目前，世界商用车升级换代时间一般为5年到10年，而福田汽车则缩短为3年到5年。

"我们还成立了专门的知识产权管理委员会，定期召开例会，讨论与知识产权相关的重大事宜，作出重大战略决策，指导公司的运营。"赵景光表示。

**打造品牌**

**170多亿身价跻身行业"三甲"**

在福田，与研发具有自主知识产权技术同样重要的，是打造福田品牌。因为福田人就明白，只有产品，没有品牌，企业在未来的发展之路上不会走得太远。而一个品牌的建立，不是一朝一夕之功，它需要专利技术的支撑，需要产品质量的提升，需要一点一滴地积累。

于是，福田在建业之初就把品牌经营提升到企业发展战略的高度来抓。生产单一产品轻卡，就集中优势资源把轻卡做好、把轻卡这个产业做强做大——在摸清市场需求后，福田严格保证产品质量，从零部件，到装配，到整车，所有工序都严格把关。3年后，福田登上全国轻卡"王位"。

初战告捷，让福田在汽车产业站住了脚跟。之后，随着技术实力的增强和产品质量的提升，福田开始从产品经营跨入品牌经营。一边从单一产品向商用车全系列产品推进，一边打造子品牌。为此，福田于2003年策划实施了"换标行动"，启用全新的钻石型标识，标识上的汉语拼音也换成了英文"FOTON"。与此同时，福田还在全国率先导入了BIS品牌识别系统，真正以消费者为导向。赵景光指出，换标行动大大增强了福田品牌的竞争力，奠定了福田品牌全面发展的基础。如今，福田旗下已拥有欧曼、欧V、欧马可、蒙派克等9大品牌。

苦心经营终结硕果。前不久，在由世界三大品牌价值权威评估机构之一"世界品牌实验室"等发布的第四届《中国500最具价值品牌》中，福田汽车以品牌价值

175.38 亿元居榜单第 42 位，跻身汽车行业"三甲"，蝉联商用车第一。而在近日揭晓的"2007 中国名牌产品"中，福田再获"中国名牌产品"殊荣。

"目前，很多企业在合资后，自有品牌或被取消，或被束之高阁。福田在通向国际化、与国外企业合资时，坚决要求保证福田品牌的独立性，同时通过和外方企业的销售网络共享，把福田品牌推向世界。"赵景光指出。

**知识产权筑基**

**福田谋求全方位发展**

有专利技术为基础，有自主品牌作支撑，福田在短短 11 年的发展历程中创造了令业界侧目的"福田速度"：从单一产品轻卡起步，两年时间登上轻卡"王位"；自主创新生产全系列商用车，不到 10 年即成为国内品种最全、规模最大的商用车制造商；产量实现 100 万辆，福田只用了 6 年时间，而一般企业需要三四十年才能实现；2002 年进军海外市场，当年就外销 500 辆，此后连连攀升，今年的预期目标是 4 万辆……

有强大的实力为基，福田不再囿于商用车领域，而是谋求向乘用车市场、向国际化方向发展。8 月 10 日，福田年产 10 万辆 MPV 的大型生产基地——蒙派克工厂在北京昌平区落成，福田首款乘用车——高端 MPV 蒙派克将在这里批量投产。

赵景光指出，蒙派克只是福田进军乘用车市场的开始，对于乘用车的主力车型轿车，福田在几年前就已经开始做准备，如今，从研发，到制造、工厂、销售网络——生产轿车所需的各种能力福田都已经具备。

在进军乘用车的同时，福田的国际化战略也在加紧进行。从 2002 年起，福田汽车的出口量直线上升。到 2006 年，福田汽车出口 1.67 万辆，蝉联国内企业商用车出口量第一。今年第一季度，福田出口共计 3889 辆，同比增长达 505%。而福田的国际化发展目标是：到 2010 年，年产销汽车将超过 100 万辆，而其中 20% 将销往海外市场。

（刊登于 2007 年 9 月 26 日第九版）

# 全国知识产权维权援助工作启动

**本报讯**　（通讯员王志超北京报道）11 月 8 日，国家知识产权局印发《关于开展知识产权维权援助工作的指导意见》，标志着全国知识产权维权援助工作全面启动。

该意见从工作原则、维权援助对象、维权援助内容、维权援助程序、中心的建设与运行、监督管理、中心的申报与审批等方面对知识产权维权援助工作做了全面部署。主要内容包括：组织提供有关知识产权的法律法规、申请授权的程序与法律状态、纠纷处理和诉讼咨询及推介服务机构等服务；组织提供知识产权侵权判定及赔偿额估算的参考意见；为具有较大影响的涉外知识产权纠纷以及无能力支付纠纷处理和诉讼费用的中国当事人提供一定的经费资助；协调有关机构，研究促进重大涉外知识产权纠纷与争端合理解决的方案；对疑难知识产权案件、滥用知识产权和不侵权诉讼的案件，组织研讨论证并提供咨询意见；为重大的研发、经贸、投资和技术转移活动组织提供知识产权分析论证和知识产权预警服务；对大型体育赛事、文化活动、展会、博览会和海关知识产权保护事项，组织提供快捷的法律状态查询及侵权判定等服务。

据了解，今年年初，国家知识产权局党组决定在全国开展知识产权维权援助工作。局协调管理司草拟了有关方案，并征求了部分地方知识产权局的意见。4月2日，国家知识产权局印发了《关于加强知识产权保护和行政执法工作的指导意见》，并在今年4月的全国知识产权局局长会上征求与会代表意见。此后，有关中介机构也向国家知识产权局建议及早组建知识产权援助机构。经过吸收各方面意见和建议，最终完成该意见。

（刊登于 2007 年 11 月 14 日第一版）

# 青蒿素之困凸显我国医药产业软肋

本报记者　吴艳

**阅读提示**

青蒿素是由我国最先发明的，但目前我国青蒿素产业的发展却要受制于国外企业，这折射出我国医药产业的知识产权缺失之痛。同时，也反映了当前我国医药企业的另一软肋：资金的匮乏。

作为由我国首先在世界上研制成功的抗疟新药，青蒿素为全世界的疟疾患者带来了福音，青蒿素产业更是被誉为我国的"国宝产业"。然而，瑞士诺华一则"今年只采购55.5吨青蒿素原料"消息的公布，令我国众多药企陷入困境：据悉，今年国内的青蒿素原料药产量在150吨到200吨之间，诺华的收购量不足国内供应量的1/3，而除了诺华，基本上没有别的买家。目前，国内80多家青蒿素企业正在为大量的库存而发愁。

青蒿素是由我国最早发明的，但目前我国青蒿素产业的发展却要受制于国外企业，其根源是什么呢？国家知识产权局生物医药部部长张清奎在接受中国知识产权报记者采访时指出，造成我国青蒿素产业目前这种尴尬状况的原因很复杂，知识产权的缺乏是其中的重要原因之一。青蒿素虽然是我国在天然药物领域少有的有国际影响力的重大科技创新成果，但当时我国并无知识产权制度，加上体制和意识的原因，也未在任何国家和地区获得专利保护。之后虽然我国又有不少后续发明，但多数属于国家财政投入，产业化和"走出去"的意识不强，也就没有去国外申请专利保护。

据了解，目前，我国青蒿素类的所有品种的国际市场开发权均已转让给国外医药公司。同时，由于未获专利保护，青蒿素药物被西方国家竞相仿制，并已抢先占领了国际市场，国际青蒿素市场虽然在原料源头上受制于我国，但药品市场却被西方跨国医药巨头控制，我国药企只是处于原料供应商的地位，利润微薄。

青蒿素产业的尴尬处境折射出我国医药产业知识产权缺失之痛。但如果说我国青蒿素知识产权的流失，很大程度上是由于当时历史条件的限制，那么当前另一种现象的存在则体现了目前我国医药产业除知识产权外的又一软肋——资金的匮乏。

记者在采访中了解到，我国的医药创新中，原创药所占的比例很少，但由于资金短缺等原因，一些企业和科研院所不得不将很有发展前景的原创药的知识产权许可给国外企业，由国外企业负责临床研究及在海外的开发上市。例如，今年7月，我国军事医学科学院历时10年研发出的首个被国外承认的抗痴呆创新中药，本来已与江中药业签署了专利转让协议，但由于还需要漫长的临床试验、大量资金，还具有风险，江中药业无奈终止了与军科院的协议，该新药专利也被独家许可给英国植物制药公司。

"目前，我国医药产业的确存在核心知识产权缺乏的问题。就中药的新药来说，近几年，专利申请的绝对量是增加了，但多是些短平快的新药。但有时，我们有了专利，也还是赚不到大钱"，国家食品药品监督管理局保健食品中心审评中心主任药师车明凤告诉中国知识产权报记者，这主要是因为我国医药企业的规模比较小，资金有限，单个的企业无法承担医药产业的这种高风险、高投入。仅研发就耗去了公司大笔资金，再让企业去开拓海外市场，在海外进行临床实验，进行知识产权维权，他们不具备这样的实力。另外，我国医药企业缺乏国际营销能力，即使有了新药，也很难打入国际市场。

张清奎也表示，由于我国大多数企业和科研单位资金有限，没有把握、缺乏资金、也不愿花费巨资冒险在其他国家申请专利保护，更没有实力在发达国家进行临床试验，担心难以收回申请专利保护的投入。而与有实力、目光长远、敢投资且申请专利经验丰富的跨国公司合作，虽然牺牲了国外市场的主要收益，但风险较小，在现有条件下也不失为一种保守但比较稳妥的尝试。我国青蒿素企业难以获得世界卫生组织的订单，可能就是因为我国企业的实力不够大，在国际上还缺乏影响力，特别是在巨型跨国公司林立的医药行业，小企业单枪匹马打天下实在是难以有大作为，因此，实行大企业战略恐怕是大势所趋。

广州市医药工业研究所副所长刘学斌在接受中国知识产权报记者采访时也表示，

目前，我国医药企业规模小，力量分散，且"各自为政"，只有企业联合起来，形成规模，才能有所突破。

与此同时，车明凤则认为，当前我国医药企业的当务之急是解决资金短缺问题。有了巨额资金，才有大量的钱用于研发投入，才能创造更多知识产权，才能有实力打入国际市场。而要解决资金短缺问题，靠国家投入、靠企业自身都不现实。因为国家投入毕竟有限，相对于新药的研发成本只是杯水车薪，而企业则属于营利性机构，不可能不考虑企业运营倾其所有搞研发。因此，我国医药产业的风险只能由社会来承担。在这种情况下，发展风险投资，用风险投资的方式来融资不失为一种比较好的途径。

(刊登于 2007 年 11 月 21 日第九版)

# 首个知识产权工作示范城市成都挂牌

**本报讯** （记者吴辉成都报道）11 月 21 日，注定要在中国知识产权事业的发展史上写下浓墨重彩的一笔。这一天，备受关注的全国首个知识产权工作示范城市在蓉城诞生。

当天上午，国家知识产权工作示范城市授牌仪式在成都隆重举行。"成都市在知识产权试点工作和示范创建工作中一直都走在全国的前列，其特色鲜明、经验突出，值得在全国范围内推广。"国家知识产权局副局长张勤对该市的知识产权工作给予了高度评价。他表示，将"国家知识产权工作示范城市"称号率先授予成都市，希望成都能继续巩固创建成果，认真总结创建经验，并继续为全国知识产权工作创造新经验，争当示范城市的排头兵。

据了解，2005 年国家知识产权局在城市知识产权试点工作的基础上，适时启动了以提升知识产权基础能力建设为着眼点，以全面提升知识产权工作水平为主要目标的国家知识产权示范城市创建工作。目前，全国已有 35 个知识产权示范城市创建市。

据悉，成都市是国家知识产权局在全国范围内第一个组织验收考评的城市，其知识产权示范创建工作得到验收考评专家组的充分肯定，认定成都市已达到现阶段国家知识产权工作示范城市评定类型的最高标准。成都市委副书记唐川平说："开展创建工作以来，我们深切感受到创建工作的开展以及知识产权工作的深入推进，在提高全社会诚信意识、规范市场竞争秩序、营造公平发展环境等方面给我们带来的巨大变化，这些变化将对成都未来的科学发展、和谐发展特别是试验区建设产生积极而深远的影响。"

"成都成为全国首个知识产权工作示范城市，这是四川省知识产权工作的一件大事、一件喜事。"四川省知识产权局局长黄峰在会上表示。据介绍，2005年成都成为国家首批创建知识产权示范城市以来，市委、市政府高度重视创建工作，结合全市实际情况，将创建工作贯穿到提升知识产权综合能力的全过程，融入全市城乡统筹、"四位一体"科学发展总体战略。市政府主要领导亲自挂帅，各级各部门相互配合，以知识产权综合能力建设为核心，建立健全知识产权创造、管理、保护和运用的工作体系，创造性构建了知识产权行政与司法保护有机结合的新模式等有效工作新机制，知识产权发展环境进一步优化，为区域经济又好又快发展提供了坚实保障。

据成都市知识产权局副局长丁晓斌透露，今年1~9月，成都市专利申请量达1.0336万件，专利授权量达4886件，分别比去年同期增长66.31%和33.64%。在2006年，成都市专利申请量达9024件，专利授权量达5133件，申请量和授权量均位居全国副省级城市前列，中西部第一，其中授权量增幅居全国副省级城市第一；商标申请和注册量达7103件，比2005年增长13.6%，商标注册总量居西部城市首位；作品著作权登记636件，其中计算机软件著作权登记80件，同比增长42%。成都市科技竞争力在全国50个城市中的排名由2002年的第27位提升到第9位。

（刊登于2007年11月23日第一、二版）

# 2008

# 国家科技奖更加注重知识产权

**本报讯** （记者孙芳华北京报道）1 月 8 日，2007 年度国家自然科学奖、国家技术发明奖和国家科技进步奖新鲜出炉。2007 年度国家技术发明奖 39 项通用项目共获发明专利 236 件，在国家科技进步奖 192 项通用项目中，有 104 项获发明专利，占获奖总数的 38.5%。国家科技奖励办公室有关负责人表示，从获奖名录中可以看出，我国创新体系正在不断趋于完善，知识产权也备受关注。

据科技部有关人士介绍，为了鼓励自主创新、全面提升我国产业竞争能力，在国家技术发明奖推荐、评审中，明确与知识产权挂钩，要求项目核心技术取得自主知识产权；在国家科技进步奖的评审中，通过评价指标体系和政策引导，向拥有知识产权和技术标准的项目倾斜。国家技术发明奖项目的核心技术全部拥有自主知识产权，国家科技进步奖项目中获得专利、技术标准的项目比重有了显著的增加。

据了解，2007 年度国家技术发明奖中，乔金梁等完成的国家技术发明奖二等奖项目"超细（可达纳米级）橡胶颗粒材料的制备和应用技术"一个项目就拥有发明专利 23 件。国家科技进步奖项目通用项目中，由企业独立承担或参与完成的占到一半以上，其中获奖企业共获发明专利 189 件。中南大学完成的国家科技进步奖一等奖项目"铝资源高效利用与高性能铝材制备的理论与技术"获 23 件发明专利。

（刊登于 2008 年 1 月 11 日第一版）

积极探索知识产权刑事、民事、行政案件审判改革

# 广州天河法院率先实现"三审合一"

**本报讯** （记者顾奇志 通讯员苏国生广州报道）作为全国知识产权审判"三审合一"试点法院，广州市天河区法院在 2007 年的知识产权司法审判工作中，取得了突出的成效，有力地促进了地区知识产权保护体系的完善和保护水平的提高，成为全国唯一真正实现完整意义上的"三审合一"法院。

据了解，我国绝大多数有知识产权审判权的法院均采取将知识产权刑事、民事、行政案件分别由不同的审判部门进行审理的模式。知识产权法律与传统民商事法律有明显的区别，在实际审判中，由于对知识产权专业问题理解不一，容易产生刑事、民事和行政审判部门的执法标准不统一的问题，比如商业秘密案件，就出现过同一纠纷在刑事审判中被告被判有罪，而民事审判中连商业秘密侵权行为都不成立的现象。实行"三审合一"审判，不但可以统一审判标准，更有利于整合司法审判资源，便于审判程序的衔接和审判效率的提高，更好地维护双方当事人的合法权益，充分

体现司法公正，树立司法权威。

记者从广州市天河区法院知识产权庭获悉，仅 2007 年，该院受理知识产权民事案件 205 件，知识产权刑事案件 3 件，知识产权行政案件 3 件；审理民事案件 205 件、刑事案件 5 件、行政诉讼 4 件。受理和审理的案件数量在 2006 年的基础上有了明显的提高，案件种类日趋丰富。

据了解，实施试点工作一年多来，天河法院审理了一大批知识产权案件，不但案件类型上实现了知识产权刑事、民事、行政等三种类别真正意义上的"三审合一"，还判决了一批社会影响力大、司法效果好的典型案件，如美国奥多比公司诉终端用户广东互易科技有限公司 Adobe 系列软件侵权案、汕头市亚莎奇等公司不服省工商局行政处罚案、天河区检察院公诉被告张某等侵犯"热血传奇"网络游戏软件著作权刑事案等。在 2007 年结案的知识产权案件中，有 82 件通过调解结案或撤诉，调解率达 40%。

（刊登于 2008 年 1 月 25 日第二版）

# 我国不断拓宽知识产权审判领域

**本报讯** （记者魏小毛济南报道）在 2 月 19 日济南召开的第二次全国法院知识产权审判工作会议上，最高人民法院常务副院长曹建明表示，各级法院要认真审理好各种新类型知识产权案件，不断拓宽知识产权审判领域，依法及时调整各类新型知识产权法律关系。将于近期正式实施的《民事案件案由规定》对与知识产权有关的纠纷共设置了 1 个一级案由、3 个二级案由、33 个三级案由和 86 个四级案由。

据悉，最高人民法院已通过并将在近期正式实施《民事案件案由规定》。本着尽可能将与知识产权有关的纠纷集中统一规定的精神，该规定将知识产权纠纷作为一级案由，下设知识产权合同纠纷、知识产权权属、侵权纠纷和不正当竞争、垄断纠纷 3 个二级案由，并相应总共设置了 33 个三级案由和 86 个四级案由。此外，在适用特殊程序案件案由一级案由部分还设立了申请诉前停止侵权等 3 个与知识产权诉前临时措施有关的三级案由。

与原来的《民事案件案由规定（试行）》相比，新规定将与企业名称（商号）、特殊标志、计算机网络域名有关的合同和侵权纠纷，均明确列入知识产权纠纷范畴；将所有与知识产权有关的合同纠纷，包括知识产权代理合同、特许经营合同等统一纳入知识产权合同纠纷，并将商业秘密合同予以单列；将因申请临时措施损害赔偿纠纷纳入知识产权侵权纠纷范畴，并将确认不侵权纠纷单列为一类知识产权侵权纠纷。新规定将垄断纠纷与各种不正当竞争纠纷集中规定，把有关的不正当竞争和垄断纠纷统一纳入了知识产权纠纷。

曹建明表示，新规定不仅规范了涉及案由的民事审判管理，而且为进一步明确和理顺民事审判业务分工，确立规范健全、集中统一的知识产权审判机制奠定了基础。各级法院要认真研究新情况和解决新问题，搞好反垄断等各类新类型知识产权案件的审判工作。

（刊登于 2008 年 2 月 22 日第一版）

### 中国企业自主创新和知识产权维权的"成人礼"——

# 朗科在美专利维权首战告捷

本报记者　吴辉

两年前，被誉为"优盘之父"的邓国顺曾对中国知识产权报记者说下这样的豪言："不能说一天到晚都是外国人收中国企业的专利费，也该轮到中国人去收外国人的专利费了。"

两年后，邓国顺曾经定下的目标终于实现了。

2008 年 3 月 26 日，深圳朗科科技股份有限公司（以下简称"朗科"）总裁兼首席执行官邓国顺在北京向媒体宣布，经过近 24 个月的艰难诉讼，备受关注的朗科赴美专利维权一案终于画上了圆满的句号。朗科与美国 PNY 公司庭外和解，双方签订了专利许可协议。

"朗科在此次专利维权中已获得实质性利益、达到了预期目标。"基于双方协议保密的原则，邓国顺未能透露朗科此次专利许可的所得。但他表示："我们对专利许可的结果表示满意。未来专利许可带给朗科的收益将会非常巨大，预计可以达到几千万美元。"

一段激动人心的历史就此上演。

**远赴美国起诉，出手不凡**

两年前，面对高达 500 万美元以上的诉讼成本，陌生的诉讼制度和法律文化，国内尚未了结的诉讼，众多挑战甚至是风险，年销售额不足 1 亿美元的朗科为什么要把美国 PNY 告上美国的法庭呢？

朗科是由留学归国人员于 1999 年在深圳成立的高新技术企业，其创始人邓国顺是发明专利"用于数据处理系统的快闪电子式外存储方法及其装置"的发明人。该专利是朗科在闪存盘及闪存应用领域的基础性发明专利，于 2002 年 7 月 24 日获得中国发明专利权（中国专利号：CN117225.6），以上述专利为优先权基础的美国发明专利也于 2004 年 12 月 7 日获得了美国专利商标局的授权（美国专利号：US 6829672）。

2005 年，朗科发现美国 PNY 公司在未经其授权的情况下销售闪存产品。经过 15

个月的谋划，2006年2月10日，朗科委托美国摩根路易斯律师事务所向美国得克萨斯州东区联邦法院递交了一纸诉状，状告美国PNY公司侵犯了其专利号为US 6829672的美国发明专利，要求PNY立即停止在美国生产和销售闪存盘，并索要巨额赔偿。该案件当时被媒体称为"中国IT企业境外专利维权第一案"，引起了国内外的广泛关注。

权威调查显示，美国闪存盘市场的年规模已经超过20亿美元。这一数字几乎是中国国内市场的20倍。邓国顺曾表示，由于闪存市场规模巨大，朗科的专利在有效期内可获得的赔偿及使用费收入会非常可观。

由于专利诉讼需经过长时间的取证、听证等烦琐的司法程序，此前人们曾普遍认为，尽管朗科拥有发明专利，但远涉重洋，跨国维权将困难重重，对处于"客场"维权的朗科将十分不利。但出人意料的是，经过近两年的取证和听证，朗科获得了联邦法院对自己专利权保护范围的有效判定，维权取得了实质性进展。朗科随即与PNY进行庭外调解。2008年2月，朗科与PNY及其供应商签订专利许可协议，朗科拿到了属于自己的专利许可费用。

"朗科作为一家中国IT企业，以专利权人的身份与国外企业签署专利许可协议，为中国IT产业的发展竖立了一块重要里程碑。这将对国内其他厂商产生深远的激励和示范作用。"有关知识产权专家对此事件给予了高度评价。他认为，朗科所拥有的发明专利是闪存盘及闪存应用领域的基础性发明专利，基础扎实、布局严密，从近年来其对一系列专利侵权的维权过程和结果来看，其专利权的有效性经得起检验，这也是朗科最终获胜的主要原因之一。

**不断创新，开创专利赢利模式**

事实上，除了PNY之外，朗科还和多家企业签订了专利许可协议，据透露，这其中包括了行业内几家颇具有全球影响力的公司。

由此不难看出，朗科近年来在专利运营上取得了巨大成功。而这种成功不仅有力地证明了朗科所拥有的自主知识产权核心技术的效力，更让朗科成功开创了专利赢利的商业模式——将专利转变成持续不断的收益。

据了解，朗科每年都会将总收入的10%用于专利技术的研发。"早在2002年，朗科就开始了在闪存领域的专利布局，而且公司所拥有的专利分布在闪存应用的这个大技术领域。在这个超过1000亿美元的大市场中，朗科还将会申请更多的专利，赢得更大的市场，中国企业也完全可以通过专利许可来获得更高的回报。"邓国顺说。

近年来，朗科摸索出行之有效的专利合作商业模式，即专利授权许可收费模式、专利/芯片模组/解决方案相结合的运营模式，以及专利与制造相结合的运营模式。"3种专利运营模式充分发挥了朗科在专利权、芯片设计、产品开发等方面的多种优势，将极大地提升朗科的持续赢利能力、品牌影响力和市场竞争力。"有关知识产权专家表示，这种商业模式，将成为朗科长期制胜闪存应用市场的法宝。

"不想成为规则的受制者，就应成为规则的制定者"，邓国顺表示，"不断进行自主创新、发展并拥有自主知识产权、实施专利赢利模式是朗科知识产权战略取得卓越成效的核心要素，也是朗科推行知识产权战略的必行之路"。

不断的技术创新不仅使朗科牢牢地把握住了市场主动权，更拥有了大量的自主知识产权。目前，朗科已拥有一个布局十分严密的"专利池"，其中的专利涉及闪存应用中的多种关键技术。据统计，截至目前，朗科已申请国内外专利达336件，发明专利申请达245件。此外，朗科已在中国、美国、韩国、新加坡等地获得了32件发明专利。

"与其说朗科与PNY签订专利许可协议是中国企业的一次胜利，倒不如说是中国企业自主创新和知识产权维权的一个成人礼。"有关专家表示，朗科在美国维权的胜利已经充分表明，中国企业已经有能力掌握美国知识产权专利诉讼的游戏规则，并且具备驾驭美国非常复杂和难以操作的知识产权专利诉讼的能力。

毫无疑问，朗科越洋主动维权之举，是中国企业运用自主知识产权参与国际竞争的一个非常典型的案例，它表明了国内企业敢于主动拿起法律武器，运用国际规则来捍卫自己的权益。中国企业正在尝试以全新的姿态参与国际化竞争。

（刊登于2008年3月28日第一、二版）

# 中国电池企业完胜美国劲量

**本报记者** 魏小毛 刘仁 **实习记者** 王广文 刘珊

"我们终于胜利了！"5月5日，中国电池工业协会秘书长王敬忠抑制不住兴奋，在京向媒体宣布了这样一个振奋人心的好消息：美国当地时间4月22日，美国联邦上诉巡回法院对美国劲量控股有限公司（以下简称"劲量公司"）诉中国电池企业碱锰电池专利侵权一案做出终审判决，维持美国国际贸易委员会（ITC）的裁定，劲量公司专利号为5464709的无汞碱锰电池专利权（以下简称"709专利"）无效。

这意味着持续5年之久的由中国电池工业协会组织国内电池企业联合应诉的美国电池专利案，以中国企业的最终胜诉落下了帷幕。

**"非典"时期的非常抉择**

2003年，"非典"这场突如其来的灾难肆虐中国，而此时，巨大的难题开始考验中国电池企业。

5年前的4月28日，劲量公司以侵犯了其709号专利为由，将中国的南孚、双鹿、虎头、长虹、高力、豹王、正龙、金力、三特9家企业一举诉上美国国际贸易委员会（ITC），要求ITC就此展开"337调查"，并申请执行"普遍排除令"，禁止我国生产的无汞碱锰电池及相关下游产品进入美国市场。同时，劲量公司已准备在欧洲等市场起诉中国企业。

在素以应诉费用高、时间短、节奏快著称的美国"337调查"前，战，还是不战，对于中国电池企业来说一开始就是个问题。

一旦应战，直接摆在面前的问题将是动辄数百万元的诉讼费用和程序繁杂的诉讼周期，这不是每一个被诉企业有能力和意愿承担的。然而，当时中国电池企业发展迅速，不仅收复了以前美国电池产品主导中国市场的"失地"，而且每年有数千万只电池出口美国，正呈上升趋势。"如果不战而败，美国对中国电池产品执行'普遍排除令'，将不只关乎个别企业的利益，而直接影响全行业企业的兴衰。"中国电池工业协会秘书长王敬忠在接受中国知识产权报记者采访时表示。

在行业协会的力主下，行业长远发展的大局意识压倒了眼前得失。在疫情猖獗的2003年春天，中国电池工业协会几番周折，在宁波召开了中国电池企业集体应诉的誓师大会。除上述9家企业悉数出席外，还有业内产品尚未出口美国、不在被诉之列的企业。

如何战，考验的则是智慧。宁波会议上做出了两个重要决定。

王敬忠回忆说，一是选律师。当时他们邀请了六七家律师事务所，举行招标形式的答辩。企业对其应诉策略、思路，律师事务所影响力和胜诉率进行了综合考量。最终，"美国霍金豪森律师事务所提出主攻美国专利无效，与我们的想法一拍即合，并且霍金豪森律师事务所在美国享有盛誉，排名前列，以往胜诉率很高，尽管报价不菲，我们还是选择它作为我们的代理律所。"

此外，在最为敏感的费用问题上，中国电池工业协会改变了以往一刀切的模式。一方面，被诉企业根据出口到美国的市场规模，企业发展趋势和潜在的市场考虑来承担费用。另一方面，基于行业的长远发展和美国潜在市场的开拓，积极吸纳行业中没有被纳入调查的公司共同承担费用。王敬忠说："被诉企业承担了70%的费用，包括浙江野马、重庆火车等10家没有被起诉的企业也承担了30%的费用。这样摊下来，每个企业的费用并不是很大的负担。"

**逆境下彰显团结力量**

"团结就是力量，团结、合作是最终赢得这场诉讼的关键。"四川长虹新能源科技有限公司技术质量部部长王胜兵在接受本报记者采访时不无自豪。

王敬忠说："5年的故事充满了曲折和艰辛，有外方的压力，有内部的分歧，甚至一度面临分崩瓦解。"幸亏，由于协会的力挺，企业的合作坚持到了最后。这让美国公司的律师代表也有些吃惊，没想到中国企业能以集体应诉直到完胜。

在ITC初审开庭前，劲量公司就给中国企业来了个"狠招"。开庭前，双方有1个月时间准备证据。因为同时涉案的还有日本、新加坡和美国的一些电池企业及销售商，为了在最短时间内最大限度地收集证人证据，中方与日本、新加坡等涉案企业组成应诉联盟，实现资源共享。岂料，劲量公司得知中国企业联合应诉后，就在开庭1周前，他们与日本、新加坡以及中国香港的部分企业达成和解，并与这些企业签订了信息资源不能与中国企业共享的协议，原来的国际应诉联盟被瓦解。中国企业骤然由自信满满变得措手不及。不过，在这命悬一线的紧要关头，压力转化成了动力，协会和企业动员了各方力量，并争取到国际友人的支持，在最短的时间内，重新搜集到证据，使该案得以顺利开庭。

更大的困难还在后面。2004 年 6 月 2 日，美国 ITC 主审法官作出初裁，接受原告对专利权限范围的解释，认为原告专利权有效，中方企业侵权成立，但对中方提出的专利权无效的证据避而不谈。在初审败诉的劣境下，本来抱着"胜诉"信念的中方企业，信心受到极大打击。按照 ITC 惯例，通过二审扭转初审局面的情况仅有十分之一二，而提出复审意味着更多的诉讼费用。对于是否上诉，出现严重分歧。不过，中国电池工业协会坚持认为，初裁法官对我方证据避而不谈，我国企业有充分理由坚持复审。于是，协会和企业积极沟通，分析证据优势，鼓舞士气。

此时，根据应诉程序和解谈判安排，劲量公司开出的条件是，中国企业先向美国支付几百万美元费用后，再按每出口一只电池付 3 美分的专利费。而实际上，当时中国企业从每只出口到美国的电池中赚取的只有 1 美分。这时，国内有些企业更加动摇了，有人提出，留得青山在，不怕没柴烧，和解是个捷径。但是王敬忠和更多企业代表却认为，这样苛刻的和解条件，将完全剥夺中国电池企业在美国市场的竞争力，对于我国电池行业以后的发展是个很大的打击，甚至是屈辱，比败诉还惨。如果有一个企业接受和解，整个应诉团队就会瓦解，以前所有的努力就会付之东流。

经过新一轮挣扎和考验后，应诉团队还是保持了团体作战，向 ITC 提出复议。鉴于中方强有力的举证、抗辩，2004 年 10 月 2 日，ITC 作出终裁，裁定原告劲量公司专利因不具备确定性而无效。

也许是经过了风雨洗礼，此后峰回路转，往往有惊无险。2006 年 1 月，美国联邦巡回法院在上诉中推翻了美国 ITC 的裁定，并发回 ITC 重审。经过再审，ITC 于 2007 年 2 月再次裁决劲量公司 709 号专利因其未能满足美国联邦专利法第 112 条有关书面描述的要求而无效。劲量公司遂第二次向联邦巡回上诉法院提起上诉。经过再审，2008 年 4 月 22 日，美国联邦巡回上诉法院最终维持了 ITC 的裁定，判决劲量公司 709 号专利无效。

### 海外维权的又一典范

中国是非充电电池或一次性电池的最大供应国，占全球产量的 33% 以上。无汞碱锰电池较含汞电池而言对环境的危害更小。联邦上诉法院巡回法院的最终裁定使得中国电池生产企业可以继续向美国出口无汞碱锰电池。

近几年来，中国质优价廉的产品不断走出国门，"中国造"已受到全世界的青睐。随着中国出口贸易的快速增长，各种非关税贸易摩擦也接踵而至，越来越多的中国企业被卷入美国"337 调查"中。"电池专利案的胜诉，不仅是中国电池行业的胜利，同时也为国内其他行业在面临类似纠纷时提供了有益的借鉴，对中国企业乃至政府部门是一个极大的鼓舞。"王敬忠表示，在当今错综复杂的国际贸易环境中，中国企业只有拿起法律武器，积极应对，敢于应诉，善于应诉，才能更好地维护和捍卫自己的正当权益。

王胜兵表示，在应对这场纠纷时，中国企业联合国内大专院校的专家，配合律师积极应诉，大家利益共同，对问题看法一致，成立了联络会，定期开沟通会，互通信息、集思广益。就长虹而言，公司非常重视这场诉讼，集团和子公司都成立了专门的办公室负责，公司的技术团队、法律团队互相配合，积极地搜集证据、应对诉讼。

业内人士认为，中国企业在应诉美国"337调查"过程中，中国电池工业协会探索了一条以"企业为主、协会牵头、商会配合、政府支持、选好律师"的应诉工作模式。充分发挥行业协会的组织协调作用，动员和组织全行业力量联合应诉，成为我国应对涉外知识产权纠纷成功取胜的一条新路子。

（刊登于 2008 年 5 月 9 日第一、二版）

# 我国将设首批知识产权维权援助中心

**本报讯** （通讯员季节北京报道）日前，国家知识产权局批复同意设立天津、辽宁、吉林、江苏、山东、河南、湖北、湖南、重庆、四川等首批 10 个知识产权维权援助中心。有关人士称，知识产权维权援助中心建设进入实质阶段。

据了解，获批的各地知识产权局正在抓紧落实知识产权维权援助中心的前期准备工作。国家知识产权局将进一步加强对已批复中心的建设运行工作的指导和监管，建立工作体系，指导各中心出台管理办法，理顺工作思路，完善工作机制。

据了解，2007 年 11 月，国家知识产权局印发《关于开展知识产权维权援助工作的指导意见》，启动了知识产权维权援助工作。知识产权维权援助工作得到了地方知识产权局的广泛响应和支持，截至目前，国家知识产权局陆续收到全国 40 多个地方知识产权局成立知识产权维权援助中心的申请。本着"省局先行，谨慎推进"的原则，国家知识产权局根据指导意见的有关精神，以申报材料为主要依据，主要从实际需求、工作基础、领导重视程度、机构设置、人员配备、条件保障等方面考虑，结合国家知识产权局整体布局思路，从提出申请的 18 个省级局中遴选出首批 10 个知识产权局设立中国知识产权维权援助中心。

（刊登于 2008 年 5 月 28 日第二版）

# 读图：感受科技奥运

王文扬 杨申 摄影

# 国务院发布《国家知识产权战略纲要》

**本报讯** （记者李启章 吴辉北京报道）2008 年 6 月 5 日，国务院发布《国家知识产权战略纲要》（以下简称《纲要》），确定到 2020 年，把我国建设成为知识产权创造、运用、保护和管理水平较高的国家，5 年内自主知识产权水平大幅度提高，运用知识产权的效果明显增强，知识产权保护状况明显改善，全社会知识产权意识普遍提高。

《纲要》共分序言、指导思想和战略目标、战略重点、专项任务、战略措施五部分。

《纲要》指出，实施国家知识产权战略，大力提高知识产权创造、运用、保护和管理能力，有利于增强我国自主创新能力，建设创新型国家；有利于完善社会主义市场经济体制，规范市场秩序和建立诚信社会；有利于增强我国企业市场竞争力和提高国家核心竞争力；有利于扩大对外开放，实现互利共赢。必须把知识产权战略作为国家重要战略，切实加强知识产权工作。

《纲要》指出，国家知识产权战略的指导方针是：激励创造、有效运用、依法保护、科学管理。到 2020 年的总体目标是：把我国建设成为知识产权创造、运用、保护和管理水平较高的国家。知识产权法治环境进一步完善，市场主体创造、运用、保护和管理知识产权的能力显著增强，知识产权意识深入人心，自主知识产权的水平和拥有量能够有效支撑创新型国家建设，知识产权制度对经济发展、文化繁荣和社会建设的促进作用充分显现。

《纲要》指出，国家知识产权战略的战略重点：一是完善知识产权制度，健全知识产权执法和管理体制，进一步完善知识产权法律法规，强化知识产权在经济、文化和社会政策中的导向作用。二是促进知识产权创造和运用，运用财政、金融、投资、政府采购政策和产业、能源、环境保护政策，引导和支持市场主体创造和运用知识产权，推动企业成为知识产权创造和运用的主体。三是加强知识产权保护，加大司法惩处力度，降低维权成本，提高侵权代价。四是防止知识产权滥用，制定相关法律法规，合理界定知识产权的界限，维护公平竞争的市场秩序和公众合法权益。五是培育知识产权文化，弘扬以创新为荣、剽窃为耻，以诚实守信为荣、假冒欺骗为耻的道德观念，形成尊重知识、崇尚创新、诚信守法的知识产权文化。

《纲要》将专利、商标、版权、商业秘密、植物新品种、特定领域知识产权、国防知识产权等方面的任务列为国家知识产权战略的专项任务，还提出了提升知识产权创造能力、鼓励知识产权转化运用、加快知识产权法制建设、提高知识产权执法水平、加强知识产权行政管理、发展知识产权中介服务、加强知识产权人才队伍建设、推进知识产权文化建设、扩大知识产权对外交流合作等九项战略措施。

（刊登于 2008 年 6 月 11 日第一版）

社论

# 一件关系国家前途和民族未来的大事

2008 年 6 月 5 日，国务院发布《国家知识产权战略纲要》，确定 5 年内我国自主知识产权的水平大幅度提高，运用知识产权的效果明显增强，知识产权保护的状况明显改善，全社会知识产权的意识普遍提高，到 2020 年，把我国建设成为知识产权创造、运用、保护和管理水平较高的国家。实施国家知识产权战略，是党中央、国务院在改革开放新时期，结合世界发展新形势做出的一项重大战略抉择。（详见 6 月 11 日本报第 2 版）

**实施国家知识产权战略，是时代的呼唤。**当今世界，随着知识经济和经济全球化的深入发展，知识产权日益成为国家发展的战略性资源和国际竞争力的核心要素，成为建设创新型国家的重要支撑和掌握发展主动权的关键。发达国家以创新为主要动力推动经济发展，充分利用知识产权制度维护其竞争优势；发展中国家积极采取适应国情的知识产权政策，促进自身发展。改革开放 30 年来，我国经济社会持续快速发展，科学技术和文化创作取得长足进步，创新能力不断提升，我国知识产权事业发展取得了举世瞩目的成就，知识和知识产权在经济社会发展中的作用越来越突出。但是，从总体上看，作为开发利用知识资源基本制度之一的知识产权制度，在我国仍不够完善。知识产权制度对经济社会发展的促进作用尚未得到充分发挥。站在新的历史起点上，实施国家知识产权战略，大力开发和利用知识资源，鼓励社会成员的创造性劳动，激发全民族的创新精神，让一切创造活力竞相迸发，让一切创新才华充分施展，让一切创新成果得到尊重，将我国丰富的人力资源转化为智力资源，将我国巨大的市场潜力转化为对国际智力资源的巨大引力，对于我国转变经济发展方式，缓解资源环境约束，提升国家核心竞争力，满足人民群众日益增长的物质文化需要，具有重大战略意义。

**实施国家知识产权战略，有利于增强我国自主创新能力，是建设创新型国家的迫切需要。**建设创新型国家，需要通过知识产权制度严格保护创新者利益，提高其创新积极性；保护创新者利益，必须依靠知识产权制度，形成自主知识产权；在知识产权引导下的创新，将是更加有效的创新。知识产权贯穿于技术和文化等创新活动的全过程。知识产权制度的实质在于保护创新者利益和积极性的同时，促进科学技术和文化成果合理、有效地扩散，对于推动创新型国家的建设，特别是对于科学技术和文化艺术等方面的创新有着不可替代的推动和保护作用。只有通过实施国家知识产权战略，建立和完善现代知识产权制度，培养全民的知识产权意识，全面提高知识产权创造、运用、保护和管理的能力，用知识产权制度保障和促进自主创新，才能真正实现建设创新型国家的宏伟目标。

**实施国家知识产权战略，有利于产业结构和发展模式调整，是转变经济增长方**

式的必由之路。改革开放30年来，我国经济保持了快速增长，经济总量已达到24万亿元，经济发展的成就举世瞩目。与此同时，我国经济发展也日益面临着资源、环境带来的巨大压力。统计显示，我国每创造万元GDP所消耗的资源、能源量远远高于国际先进水平。而我国本身的资源、能源人均占有量又大大低于世界平均水平。抓住本世纪头二十年难得的战略机遇期，继续保持我国经济又好又快健康发展，既是每一个中国人的美好愿望，也是不容回避的重大历史问题。人口基数庞大，重要资源、能源人均占有量严重不足，以及生态环境十分脆弱等特定的国情和发展需求，决定中国必须走增强自主创新能力、建设创新型国家的发展道路。建设创新型国家，就是要加快实现经济发展方式从要素驱动型向知识驱动型的根本转变，使得创新成为经济社会发展的内在动力和全社会的普遍行为，最终依靠制度创新和科技创新实现经济社会协调发展。增强自主创新能力是转变经济发展方式的中心环节，而知识产权则是自主创新的基础保障和衡量指标。只有通过实施国家知识产权战略，才能从根本上提高知识产权创造、运用、保护和管理的能力，建立和完善现代知识产权制度，让知识产权在经济社会发展中的作用得到充分发挥，让知识产权制度成为经济发展方式转变的强有力支撑和重要保障。

实施国家知识产权战略，有利于增强我国企业市场竞争力和提高国家核心竞争力，是提高企业和国家核心竞争力的重要举措。世界未来的竞争，就是知识产权的竞争。进入二十一世纪，知识产权制度在经济和社会发展中的地位和作用日益凸现出来，知识产权已经成为世界各国增强国家经济、科技、文化实力和国际竞争力，维护本国利益和经济安全的重要战略资源；知识产权制度国际化趋势加快，知识产权保护成为国家之间进行科技、经济、贸易和文化合作与交流的重要组成部分；各国加强了知识产权的立法工作，知识产权保护范围不断扩大，保护水平和保护力度不断增强；知识产权正成为行业高生产力、企业高竞争力、产品高附加值的重要因素和手段；掌握和控制关键领域和前沿技术中的知识产权已经成为世界各国竞争的焦点。世界各主要国家纷纷制定和实施国家知识产权战略，以此来保持和提升本国的核心竞争力。要增强企业的市场竞争力、提高国家的核心竞争力，必须实施国家知识产权战略，提高全社会的知识产权创造、运用、保护和管理能力。

实施国家知识产权战略，有利于完善社会主义市场经济体制，规范市场秩序和建立诚信社会，是完善我国市场经济体制的关键之举。在新的历史起点上，继续推进社会主义现代化建设，我们必须营造更加协调有序的市场环境。一方面，经济的增长越来越依赖于技术创新，而创新成果和竞争优势的确立，要靠知识产权制度保护；另一方面，在世界贸易组织规则框架下，知识产权等非关税壁垒的影响日益显现和强化。我国知识产权制度的完善和调整，是不断与社会经济发展进程相适应的过程。国家知识产权战略的实施，将进一步完善和调整我国的知识产权制度，进一步激发全社会技术创新和文化艺术创造的活力，极大地促进生产力发展和经济、文化市场繁荣。在发展国际贸易活动中，我国目前已经成为世界引进外资、技术和商品输出的大国，离不开知识产权制度。知识产权制度以鼓励自主创新，保护创新成果商品化、产业化为根本出发点，并按照市场经济规则和市场机制运作，对于维护市场竞争诚信守法、公平有序，引导市场资源和生产要素优化配置等，都发挥着积极、深远的影响。

实施国家知识产权战略，有利于扩大对外开放，是国际合作互利共赢的重要保障。进入二十一世纪后，全球经济区域化和一体化趋势日益明显。从全球范围来看，知识产权日益成为国际竞争与合作中的关注焦点。一方面，发达国家利用知识产权等非关税壁垒谋求国际竞争优势的意图非常明显；另一方面，发展中国家运用和参与制定国际知识产权规则，维护自身权益、谋求发展的愿望十分强烈。中国作为最大的发展中国家，在全球竞争与合作格局中地位举足轻重。伴随着改革开放深入发展，中国逐步建立、调整、完善了有中国特色的知识产权制度体系，有力地推动了国内经济建设和国际合作。在新的形势下，中国将根据自身发展需要和国际合作与竞争的形势，进一步完善知识产权制度体系，提高自身的核心竞争力，积极参与国际知识产权规则的制定和调整。我们实施国家知识产权战略，不以任何国家为敌，也不以任何国家为对手，而是通过提高知识产权制度运用能力和水平，积极参与世界知识产权规则的制定和调整，在竞争与合作中谋求共赢。

实施国家知识产权战略，高效创造是基础，积极运用是目的，依法保护是关键，科学管理是保障。知识产权战略的实施要紧密结合科教兴国战略、人才强国战略和可持续发展战略；要坚持"激励创造、有效运用、依法保护、科学管理"的方针；要重点完善知识产权制度，促进知识产权创造和运用，加强知识产权保护，防止知识产权滥用，培育知识产权文化；要全面加强知识产权创造、运用、保护和管理，大力提升我国知识产权综合能力。

实施知识产权战略是一件关系到我们国家前途和民族未来的大事，是摆在我们面前的迫切任务，需要全社会积极努力。各级党委和政府要根据本地的具体情况制定和实施与国家知识产权战略相配套、相衔接的地方知识产权战略，各企业也要结合企业实际，制定和实施企业知识产权战略。要加强组织领导，加大投入力度，努力创造良好的法治环境、政策环境、市场环境和舆论环境，确保国家知识产权战略确定的各项举措顺利实施。各地、各行业要积极行动起来，高举邓小平理论和"三个代表"重要思想伟大旗帜，深入贯彻落实科学发展观，统一思想、奋发努力、开拓进取，全面实施知识产权战略，大力提升我国知识产权综合能力，为把我国建设成为知识产权创造、运用、保护和管理水平较高的国家，早日实现中华民族的伟大复兴而努力奋斗！

（刊登于 2008 年 6 月 13 日第一、二版）

打造自主品牌，提高国际竞争力——

# 版权贸易推动中国文化"走出去"

本报记者　刘超

## 阅读提示

近年来，在政府高度重视和大力扶持下，参与国际版权贸易的出版单位越来越多。我国版权贸易在数量和质量方面都有了很大提高，在丰富出版市场的同时，也大大提升了文化产品的国际竞争力，文化"走出去"战略取得明显成效。

"版权贸易是推动出版业发展的生产力，也是中国文化'走出去'的重要渠道。"在6月26日举行的2008BIBF（北京国际图书博览会）国际版权贸易研讨会上，新闻出版总署署长、国家版权局局长柳斌杰指出，版权贸易的功能和作用包含激励创新、推进产业发展和"走出去"3方面。通过版权贸易，将进一步提高整个中华民族文化的国际竞争力。

改革开放30年以来，我国的版权贸易取得了显著成绩，版权贸易体制不断完善发展，通过版权贸易引进或输出的作品在数量、品种、质量方面都有较大提高，极大地丰富了我国出版物市场。

### 版权贸易成果丰硕

据了解，就图书版权贸易而言，1995年至2007年，我国共输出版权1.27余万项，引进版权9.87余万项。从数量方面看，版权贸易呈逐步增长趋势，尤其是引进版权数量增长较大；从质量方面看，引进的科技、财经、学术类书籍等精品图书逐年增多。除图书外，电影、电视剧、音像制品、软件等领域的版权贸易也在不断增长，特别是去年我国电视剧出口达1.58多万集。

同时，政府也加大了对版权贸易的扶持力度。据了解，中国图书对外推广计划实施3年来，共资助的项目有650项，涉及20多个国家，100多个出版机构，协议金额超过3000万元。2007年，计划小组和19个国家的56个出版机构签署了资助协议，协议金额1300多万元，向海外（不包括港澳台）输出版权1397项。

此外，政府相关部门还通过各种途径引导出版单位开展版权贸易，并对版权贸易中有突出贡献的出版单位和个人进行表彰奖励，充分调动出版单位版权贸易的积极性。

### "走出去"战略取得明显成效

"近年来，在政府部门重视和各出版单位积极努力下，我国版权贸易结构逐年改善，贸易环境发生重大的变化，贸易范围不断扩大，版权贸易逆差幅度不断缩小，图书版权输出方面取得了重要进展。"柳斌杰表示，如今，随着对版权贸易认识的不断深化，参与国际版权贸易的出版单位越来越多。通过版权贸易来促进我国文化市场的繁荣发展，已得到更多出版单位的认同。

辽宁出版集团的《中国读本》、长江文艺出版社的《狼图腾》、接力出版社的《淘气包马小跳》都是成功走向海外的图书代表。其中，《中国读本》在短短的 3 年时间里，已经有了 10 种文字版本；《狼图腾》版权贸易已经售出 25 种语言，共支付版税预付金 110 万美元。而人民文学出版社的《哈利·波特》系列、中信出版社的《谁动了我的奶酪》、湖南科技出版社的《世界是平的》等引进版图书，则达到了与国际同步发行。

2007 年，我国出版单位在图书版权输出方面更是取得了重要进展。2007 年，图书版权贸易总量为 1.28 余万项。其中，引进版权 1.02 余万项，与 2006 年相比减少了 695 项；但输出版权达到 2571 项，与 2006 年相比增加了 521 项。"图书版权贸易出现了引进减少、输出增长的形势，是我国版权贸易的一个可喜变化。这说明我们的版权贸易质量不断提高，版权输出的势头越来越好，'走出去'战略取得了明显的成效。"国家版权局版权司司长王自强对此表示。

**发展面临诸多挑战**

然而，由于我国开展版权贸易的起步较晚、起点不高，版权贸易目前还存在许多问题，出版单位还面临着诸多挑战，图书版权贸易引进大于输出的总体格局还没有发生变化。

从版权引进方面来看，一些出版社出现了盲目引进，引进作品良莠不齐的现象；从版权输出方面来看，关于武术、中医、传统文化的图书输出较多，而有关高科技以及反映我国当代文化和风貌的作品输出较少。同时，许多出版单位在创新能力、资本运作、管理体制等方面不够完善，没有真正形成有效的"企业主导、市场运作"版权贸易机制。

更值得注意的是，我国版权贸易还处于一种非常态的形势，尤其是图书输出主要依靠各种书展平台发挥主导作用，没有形成常态的版权贸易机制。据了解，2007 年，北京国际图书博览会和法兰克福书展两大国际书展共达成版权贸易 1.67 万项，两大书展版权引进和输出量就分别占全年版权引进与输出量的 14.35% 和 91.09%。

**全力打造自主出版品牌**

针对我国版权贸易目前面临的机遇和挑战，柳斌杰表示，政府和企业要共同努力，认真实施《国家知识产权战略纲要》，全方位推动版权贸易上台阶。版权贸易是充分挖掘版权潜在价值，促进文学、艺术和科学作品商品化、产业化的基本载体和重要途径，是版权创作与使用的桥梁。如今，《国家知识产权战略纲要》的颁布实施，必将极大地促进版权贸易工作的开展。

据了解，国家版权局正在加快完善与版权贸易有关的立法工作，积极探索建立全面准确的版权贸易统计体系，努力完善公共服务体系。同时，各级政府和相关机构也在积极探索建立常态化的版权贸易交易机制。

此外，国家版权局还将坚持市场运作，充分发挥出版单位在版权贸易中的主体地位，着力培育一批具有国际竞争力的外向型出版企业，打造自主出版品牌，将中国优秀文化和当代创新成果展示给各国人民，进一步推动中国文化"走出去"。

（刊登于 2008 年 7 月 11 日第九版）

中国"经济宪法"亮剑

# 反垄断进入法治时代

本报记者　张海志　刘仁

2008 年 8 月 1 日，《中华人民共和国反垄断法》将正式实施。此前数日，国内 IT 企业多次在公开场合历数一些在华跨国企业捆绑销售、掠夺性定价等数宗罪，摩拳擦掌要举起中国反垄断的第一剑。

互联网实验室董事长方兴东在接受中国知识产权报记者采访时则表示，2007 年 8 月 30 日，我国通过的反垄断法明确规定了垄断协议、滥用市场支配地位、经营者集中 3 种垄断行为及其法律责任，警醒了国内处于市场垄断地位的企业要规范好自己的行为，也启蒙了所有企业维护竞争、反对垄断的意识。

对该部法律的实施，有人说中国"粉碎"垄断的时代到了，也有人说反垄断在目前的中国步履维艰；有人挑剔反垄断法不够完善，也有人猜测执法机构的权利平衡；有人沉默，有人观望……无论如何，这部有"经济宪法"之称的法律，将在中国的经济发展中树起一座里程碑。

## 观望与摩拳擦掌

与当年很多企业慨叹我国在反垄断法规上的缺失，大声疾呼反垄断法应快速出台的喧闹相对，当反垄断法真正付诸实施的时候，很多人都选择了沉默和观望。

四川德先科技曾经是一个名不见经传的企业，却因一场被媒体称为中国反垄断第一案的诉讼而名声大噪。2004 年 11 月，德先科技将日本索尼公司告上法庭，要求其在中国立即停止使用"索尼"牌锂电池的智能识别技术。因为该技术导致其他品牌的电池在未解码的情况下，无法使用到索尼数码摄像机、照相机上，消费者一旦购买索尼的数码产品，则只能选择索尼电池。

"上海一中院受理该案的案由是反垄断纠纷，但由于当时我国的反垄断法还没有出台，结果适用的法律只能是反不正当竞争法中关于商业道德和诚实信用的内容，法院判决时也将案由改为了反不正当竞争纠纷。"德先科技代理律师介绍，该案直到 2007 年底才判决，反垄断法的缺位对判决结果构成了重要影响。截至目前，索尼公司的锂电池识别技术仍在应用。

"反垄断法正式实施后，我们有可能继续起诉，因为'垄断'仍然存在，而且已经有法可依。"该律师表示。

"中国还缺乏反垄断的经验，是否能成功地起诉一些企业的垄断行为还有待于事实来证明。这类大型反垄断诉讼往往旷日持久，需要很大的投入，也需要许多高水平的专门人才。"中国工程院院士倪光南在接受本报记者采访时强调。

### 谁在构筑垄断堡垒

"由于过去一直缺乏完整的反垄断制度，中国一度成为国际厂商谋求垄断利润的地方。"北京红旗中文贰仟软件技术有限公司总经理胡才勇在接受本报记者采访时态度鲜明地表示。

"一些跨国巨头拥有强大的科技与经济实力，特别是在利用知识产权控制市场和技术方面，具有绝对优势。但因为反垄断法反对的是包括垄断协议、滥用市场支配地位、经营者集中的垄断行为，所以并不反对企业在市场中的垄断地位。仅凭市场垄断地位，并不能适用反垄断法。中国政法大学知识产权法研究所教授冯晓青指出。

据了解，由互联网实验室牵头组织完成的《中国高科技领域垄断状况调查报告》也即将推出。该报告将涉及互联网、传媒、半导体、电信等近十大高科技领域的数十家企业，并陆续推出分析这些处于市场垄断地位的"巨无霸"可能存在的垄断行为的报告。然而值得注意的是，报告中除了大的跨国公司之外，中国大企业也榜上有名。

反垄断法明确规定，国有经济占控制地位的关系国民经济命脉和国家安全的行业以及依法实行专营专卖的行业，国家对其经营者的合法经营活动予以保护，并对经营者的经营行为及其商品和服务的价格依法实施监管和调控，维护消费者利益，促进技术进步。而此条件之外，任何企业均一视同仁。

### 怎么反是个问题

"在美国和欧洲委员会反垄断实例来看，诉讼的主体应是政府，而非企业。所以我们要借鉴一些国家的经验，相关部门应联合执法，进行反垄断监督。"倪光南强调。

按照我国反垄断法规定，国务院将设立反垄断委员会，负责组织、协调、指导反垄断工作，国务院规定的承担反垄断执法职责的机构，负责反垄断执法工作，也可根据工作需要，授权省、区、市人民政府相关机构，依照本法规定负责有关反垄断执法工作。

"目前信息表明，分散的执法格局将使职权交叉等问题难以避免，并最终影响法律实施的效果。如何'建构'集中的执法格局，避免职权交叉，提高工作与法律实施效率，将是反垄断法出台后应注意的方面。"中国政法大学知识产权研究中心理事长张楚在接受记者采访时指出，市场经济是法治经济，在反垄断法的框架下，市场主体的行为将有法可依，反垄断法将能有效地克服和消除垄断给社会经济发展带来的消极震荡。

张楚强调，我国即将实施的反垄断法，大多属于原则性条款，涉及知识产权滥用问题的也只有一款，单纯依靠这一条款，不可能解决所有有关知识产权滥用问题，如专利池问题、标准制定中的技术性垄断问题、行政执法和司法中的具体操作问题、知识产权反垄断审查问题以及将来可能出现的新问题等等，这些具体问题，都需要在实践中摸索完善。

（刊登于 2008 年 8 月 1 日第三版）

# 中国全方位保护奥林匹克知识产权

本报记者　赵建国

7 月 24 日，在 2008 北京国际新闻中心举行的中国奥林匹克标志及商标专用权保护工作新闻发布会上，国家工商行政管理总局副局长付双建表示，通过一系列措施，中国全方位保护了奥林匹克标志的专有权。

伴随着北京奥运会组织工作的开展，中国加大了对奥林匹克知识产权保护的力度。在制定较为完备的法律法规体系基础上，建立了一个由知识产权、版权、工商、海关等诸多部门配合的执法队伍，连续开展了一系列卓有成效的保护奥运知识产权的执法行动。

2003 年，国家知识产权局明确规定，对于"涉及奥林匹克标志的专利申请"不授予专利权。2008 年 1 月开始，国家知识产权局联手各级公安部门，在全国范围内开展了"雷雨""天网"知识产权执法专项行动，打击知识产权侵权假冒行为。2008 年 7 月起，北京等奥运比赛城市开展了"迎奥运保护知识产权专项执法行动"。专项行动的开展，为北京奥运营造了良好氛围。

新闻出版总署、国家版权局开展了一系列专项整治行动，严厉打击侵犯奥运版权的各种违法行为。2006 年 7 月 15 日，新闻出版总署、公安部等 8 部门全面启动了"反盗版百日行动"。北京奥运前夕，国家版权局联合公安部、工业和信息化部，启动了保护奥运知识产权主题的打击侵权盗版盗播的专项行动。同时，全国"扫黄打非"工作小组开展了关于奥运前 30 天出版物市场集中清查行动。北京市实施了"平安奥运行动"，加大了对涉奥重点地区、中心城区、旅游景区、繁华街区等地的监控力度，破获了 6 起非法出版物案，共收缴非法出版物 42.9 万件，抓获犯罪嫌疑人 9 名。

国家工商总局组织了保护奥林匹克标志的专项执法行动，有针对性地开展了保护奥运会会徽和圣火标志的专项整治行动，并于 2007 年 7 月 20 日制定了《保护奥林匹克标志专有权行动方案》，加强了对奥标产品的主要生产地、商品集散地、批发市场和大、中型商业销售市场的日常巡查，强化了对侵犯奥林匹克知识产权行为的打击。

2004 年至 2008 年上半年，全国工商行政管理机关认真贯彻执行《奥林匹克标志保护条例》，共查处侵犯奥林匹克标志专有权案件 2882 件，案值 3397 万元，罚款 2064 万元。

海关总署积极采取措施，加强奥运知识产权保护与执法工作，严厉打击进出境的有关违法活动。从 2007 年 10 月 1 日起，中国海关开展了近年来规模最大的一次知识产权保护专项行动"龙舟行动"。在奥运期间，还将加强对高风险进出境旅客行李物品、邮递物品、快件物品的查验力度，重点打击侵犯奥运知识产权的不法行为，并加强重点地区、重点环节的知识产权执法工作。北京海关开通奥运知识产权保护举报专线与网上举报界面。近 3 年来，有 9 个海关查获 78 家外贸企业以及 25 宗侵犯奥林匹克知识产权的进出口货物，进一步净化了奥运知识产权保护的外部环境。

通过 7 年多的完善法规、宣传和执法活动，奥林匹克知识产权在中国得到了全面、充分和连续的法律保护，达到了国际奥委会的要求，履行了对国际社会的承诺。国际奥委会对中国奥林匹克知识产权保护工作给予了高度评价。2008 年 4 月 9 日，来北京参加第十六届国际奥协代表大会的国际奥委会主席雅克·罗格指出："北京奥组委非常注重奥林匹克知识产权保护，这方面的工作完成得很好。"

（刊登于 2008 年 8 月 1 日第四版）

短短的 16 天，圆了一个民族的世纪之梦。一场科技与人文交相辉映、品牌与创新相得益彰、竞争与和平水乳交融的体育盛事，已经成为——

# 中国走向更为开放的历史新起点

本报记者 刘仁

1908 年，著名的"奥运三问"提出了中国什么时候能举办一届奥运会的问题。2008 年 8 月 8 日，北京奥运华彩出场，24 日圆满谢幕。短短 16 天，圆了一个民族的世纪梦。一场科技与人文交相辉映、品牌与创新相得益彰、竞争与和平水乳交融的体育盛事，成为中国和平崛起的见证，也是中国走向更为开放的新的历史起点。

## 科技点亮奥运

随着开幕式上中国画卷徐徐展开，在五千年中华文明的土壤中，科技的力量让古树开出新花，展现了一场高技术、高质量的奥运和一个崭新的现代中国。8 月 24 日，国际奥委会主席在闭幕式上致辞，赞誉北京奥运是一次"无与伦比"的盛事。

"科技奥运"是北京奥运三大理念之一。大到场馆设计、交通保障、通信服务、节能环保、安全检查、火炬设计，小到运动员的一双跑鞋、一件泳衣，甚至迎来 204 个国家运动员入场的漫天焰火，都无不展示着科技的神来之笔。

水立方早在 2006 年就被美国著名科普杂志《大众科学》评为"年度 100 项最佳

科技成果"之一。它运用众多创新科技和净水工艺、人性化设计，帮助本届奥运会游泳运动员创造了奥运史上最多的历史纪录。菲尔普斯在其中一举夺得八金，并七破世界纪录，被惊呼为"水怪"，水立方也被誉为"水魔方"。通信服务上，国内电信运营商利用奥运之机创新服务，用最先进的技术、最丰富的业务、最周到的服务，向世界展示中国的自主3G技术。交通保障上，国产化率达到70%以上的动车组和高速铁路技术加速投入运营，为奥运出行提供了极大便利。各类检测技术的创新运用，让各类服用兴奋剂的行为无处遁形，北京得以举办一场干净的奥运会。利用国防技术、申请了10多项专利的奥运圣火，第一次来到了世界最高峰，照亮了雪域高原。就像漫天焰火照亮北京奥运的夜空，科技已扎根于中国发展的方方面面，成为中国自主创新、建设创新型国家的中坚力量。在奥运的舞台上，它将奥运圣火燃烧得更红火、更明亮。

**品牌和中国一起成长**

擎起高新科技、点亮奥运的主体正是中国企业和中国品牌。北京奥运给了中国品牌一次在国际舞台上超越自我的集体亮相。包括奥运会国际合作伙伴联想集团在内的各类北京奥运赞助商，在奥运营销上竭尽能事，乘奥运之风，提高品牌的知名度和美誉度，达到品牌价值的最大化。

他们不惜重金获得了奥运赞助权，拿到了入场券，付出数倍的金额和代价进行奥运营销和品牌推广：联想，通过奥运服务和品牌推广，要让全球认知"Lenovo"；中国移动全力以赴实现承诺，要让任何人，在任何时间、任何奥运相关场所，使用任何终端设备，都能安全快捷地以低资费获得其需要的奥运信息，让最多的人亲身感受中国移动的技术和服务；伊利借势奥运实现产品质量和品牌内涵的双升级，以求在同质化谜局中破题；恒源祥挖掘奥运文化与自身老字号品牌内涵的契合，欲实现从一家拥有市场零售品牌的企业转变到经营多个品牌的战略、咨询、管理、顾问公司的优雅转身。当联想的广告遍布世界各国大街小巷；当各国的记者通过移动3G服务向自己的国家发回新闻报道；当中国队穿着恒源祥的队服走进鸟巢让中华老字号第一次亮相奥运赛场；当伊利成为各国运动员的早餐，奥运带给他们的品牌美誉度逐渐体现。

不管身处技术知识密集的IT、电信业还是劳动密集的传统产业，赞助商们都意识到，奥运将是他们改变"中国制造"形象的一个绝佳舞台，也是他们接受国际标准遴选、实现自身飞越的重要机遇。当然，北京奥运也只是给了中国企业在世界舞台亮相的一个入场式，中国品牌将如何在国际化道路上越走越远，还有待国内企业的奋发图强。

**奥运精神精彩呈现**

高新的技术、优质的服务，给了北京奥运最好的保障。204个国家的运动员在北京打破38项世界纪录和85项奥运会纪录，用一场拼金夺银、精彩纷呈的体育赛事，向全世界观众又一次展现了更高、更快、更强的奥运精神。

现代奥运之父顾拜旦说，奥运会重要的不是胜利，而是参与；生活的本质不是征服，而是奋斗。中国运动员们在射击、举重、跳水、体操等项目上，挑战自我，摘金夺银。不管是领奖台上的笑容和掌声，还是失利后的泪水和无奈，他们挑战极限的勇气，诠释了奥运的精神。

古代奥运会有神圣停战协定，根据这一法规，古希腊的各个城邦都要在奥运期间止息干戈。而北京奥运会上，格鲁吉亚选手尼诺与俄罗斯运动员，在领奖台上拥吻，而当时两国正兵戎相见。来自百废待兴的伊拉克、阿富汗等国的选手，冲破重重阻力，为圆梦千里相会在北京，虽然他们没有最终登上领奖台，但是他们冒着危险参与训练、穿着二手球鞋参赛的勇气亦足以让世界人民为之动容。

（刊登于 2008 年 8 月 29 日第四版）

# 中国 500 强企业专利实力显著提高

**本报讯** （记者胡嫚北京报道）近日，中国企业联合会、中国企业家协会第 7 次向社会发布了中国企业 500 强名单，中国石油化工集团公司等企业上榜。数据显示，中国 500 强企业的专利实力较往年有显著提高。有关人士认为，2008 年，中国 500 强企业的专利拥有量虽有大幅提高，但发明专利拥有量仍有待增加。

据此次 450 家企业填报的数据显示，2008 年度中国 500 强企业中，平均每家企业拥有授权专利 302 件，其中发明专利 76 件，而在 2007 年度 336 家中国 500 强企业中，平均每家企业的授权专利为 259 件，其中发明专利 81 件。在 431 家填报研发数据的企业中，各企业平均研发费用为 5.68 亿元，研发费用占营业收入的比例平均为 1.32%，这一数据低于上年 1.61% 的水平。

中国企业联合会、中国企业家协会会长王忠禹表示，我国大企业一定要致力于积累深厚的技术资源和强大的科技创新能力，致力于形成对所在行业有重大影响的专有技术和主导产品，切实加大研发投入力度，走在企业自主创新的前列，真正成为研发主体、新技术应用主体和创新投入的主体。

（刊登于 2008 年 9 月 19 日第一版）

# 人民网正式开通知识产权频道

**本报讯** （记者刘阳子北京报道）12 月 19 日，由国家知识产权局和人民网共同主办的知识产权频道在京举行频道开通仪式。国家知识产权局局长田力普出席仪式，并与人民日报社副总编辑马利共同启动知识产权频道。启动仪式结束后，田力普做客人民网强国论坛，介绍了中国知识产权发展情况，并与网友交流了改革开放 30 年来中国知识产权事业的发展。

田力普在开通仪式致辞中表示，知识产权已日益成为国际竞争的焦点和重要工具，在当前国际金融危机已逐渐影响到世界实体经济的情况下，知识产权将会在经济生活中发挥越来越重要的作用。人民网知识产权频道的开通适逢其时，它将中国的信心与信息传递给世界，对于世界将是巨大的支持与鼓舞。

在人民网强国论坛的视频访谈中，田力普回顾了 30 年来中国知识产权事业的发展之路，并与网友进行了互动交流。

据了解，人民网知识产权频道是一个综合性知识产权信息发布平台，是集创新展示、经验交流、信息共享为一体的开放式空间。目前频道拥有五大板块 20 多个栏目，涵盖资讯、观点、企业 IP 管理、关注与展示几个方面，包含专利、商标、版权等知识产权各领域内容。在提供知识产权资讯的同时，人民网知识产权频道还将促进知识产权领域的交流与互动，努力建成综合性信息传递与服务平台，促进中国知识产权事业的发展，加强中外知识产权领域的交流与合作。

（刊登于 2008 年 12 月 14 日第一版）

# 2009

# 我国职务发明专利申请首超非职务发明专利申请

## 经过多年艰苦努力，专利申请结构更趋合理

**本报讯** （记者李启章北京报道）国家知识产权局最新统计结果表明，2008 年国内职务发明创造专利申请量所占比重达到 50.8%，首次超过非职务发明创造专利申请量。业内人士表示，这意味着困扰我国知识产权界长达 24 年之久的专利申请人结构不合理的问题，终于有了根本改观。

一般来说，职务发明是由企业、研究院所等机构组织开展的创新活动所取得的发明成果，而非职务发明则大多是自然人从事创新活动所取得的发明成果。由于职务发明较非职务发明往往在人、财、物的保障和技术、信息、设备等资源支撑上更有优势，因此研究质量和创新水平一般来说较非职务发明更高一些。但是，从 1985 年 4 月 1 日我国实施专利法以来，由于受企事业单位知识产权意识不强、运用知识产权制度的能力和水平不高等因素影响，我国职务发明创造专利申请量一直低于非职务发明创造专利申请量，成为长期困扰我国知识产权界的一个老大难问题。

统计结果还显示，去年我国受理专利申请同比增长 19.4%，达 82.8328 万件。其中，受理国内申请同比增长 22.3%，达 71.7144 万件，占总量的 86.6%；受理国外来华申请同比增长 3.5%，达 11.1184 万件，占总量的 13.4%。由此可见，尽管受国际金融危机影响，去年下半年以来我国经济面临着巨大的下行压力，但国家知识产权战略的实施，极大地激发了全社会的创新热情，提高了全社会的知识产权意识和运用知识产权制度的能力与水平，使我国专利申请仍然保持了平稳较快的增长。

另外，国内专利申请和授权的结构也出现了明显优化。在去年受理的国内申请中，发明专利申请同比增长 27.1%，达 19.4579 万件，占国内申请总量的 27.1%，所占比例有所提高；实用新型专利申请同比增长 24.4%，达 22.3945 万件，占国内申请总量的 31.2%；外观设计专利申请同比增长 17.8%，达 29.8620 万件，占国内申请总量的 41.6%。而受理的国外申请以发明专利为主，达 9.5259 万件，占国外申请总量的 85.7%。

在授权专利方面，去年我国共授权专利 41.1982 万件，同比增长 17.1%。其中，国内授权量同比增长 16.8%，达 35.2406 万件，占总授权量的 85.5%；国外授权量同比增长 18.8%，达 5.9576 万件，占总授权量的 14.5%。在授权的发明专利中，国内与国外授权量的差距进一步缩小，国内发明专利授权量已占发明专利授权总量的 49.7%。国内发明专利授权量同比增长 45.8%，达 4.6590 万件；实用新型专利授权量同比增长 18%，达 17.5169 万件；外观设计专利授权量同比增长 7.7%，达 13.0647 万件。

（刊登于 2009 年 1 月 21 日第一版）

# 中国企业 PCT 专利申请首居全球首位

**本报讯** （记者钟和北京报道）"第一次，一家中国公司在 2008 年名列 PCT （《专利合作条约》）专利申请量排名榜首。"1 月 27 日，世界知识产权组织（WIPO）在其网站上公布 2008 年全球专利申请情况时称，"华为技术有限公司，一个总部设在中国深圳的国际电信设备商，2008 年提交了 1737 件 PCT 专利申请，超过了第二大 PCT 专利申请大户松下（日本）的 1729 件，和位居第三的皇家飞利浦电子有限公司（荷兰）的 1551 件"。

根据 WIPO 的历史数据，过去几年中，华为的 PCT 专利申请量和全球排名一直在稳步上升：2006 年，华为的 PCT 专利申请量为 575 件，处于全球第 13 位；到 2007 年，增长到 1365 件，跃居全球第 4 位。值得注意的是，在 2008 年排名前 100 强的全球专利申请企业中，中兴通讯首度进入"前 50 强"，以 329 件的申请量居全球第 38 位。

凭借这两家深圳公司的表现，中国自 2005 年以来跻身 PCT 专利申请十强后，2008 年以全年 6089 件的申请量，超越英国排名居世界第 6 位，同比增幅为 11.9%，远高于当年全球申请量总体增幅。

业内人士指出，这是中国企业创新能力和知识产权意识提高的一种表现。

（刊登于 2009 年 2 月 6 日第一版）

**国家知识产权局联合 8 部门发文要求**

# 加强企业境外参展知识产权工作

**本报讯** （通讯员付明星北京报道）为加强企业境外参展知识产权管理工作，维护我国企业合法权益，树立我国企业保护知识产权的良好形象，积极应对国际金融危机，2 月 10 日，国家知识产权局、外交部、工业和信息化部等 9 部门联合印发《关于加强企业境外参展知识产权工作的通知》（以下简称"通知"），经国务院同意印发实施。

通知从预防、援助和协助企业自我维权 3 个方面提出 10 项应对措施。通知指出，要引导企业加强境外参展知识产权管理，督促企业加强境外参展产品知识产权自我审核。加强与境外展会主办方的沟通和协调，深入了解展会主办国知识产权法律法规和展会执法情况，及时反映我国参展企业的要求。加大对知识产权滥用的对外交涉力度，研究制定符合我国实际的知识产权海外维权机制和争端解决机制。鼓励企业申请、注册和购买境外知识产权，从源头上减少或避免知识产权纠纷。

通知要求，要引导企业建立知识产权合作机制，集中行业力量共同应对知识产权纠纷，降低风险，分摊成本。加大对企业知识产权管理能力的培训，积极宣传我国知识产权保护成就，树立我国企业良好形象。

通知还要求，各部门要明确职责，积极主动为企业服务。加强对境外参展知识产权有关工作的统筹协调，建立部门间信息通报和合作机制。

有关专家指出，此举是实施国家知识产权战略的重要举措，是提高企业知识产权运用能力的关键环节，也是展示我国知识产权保护成就的重要方面，符合促进贸易自由化和贸易机会均等的内在要求。

## 有效专利首入国家经济社会发展综合指标体系

**本报讯** （通讯员王晓浒 于大伟北京报道）国家统计局近日发布2008年国民经济和社会发展统计公报。在公报的教育和科学技术部分，国家统计局公布了2008年我国专利申请的受理和审批情况，同时披露了我国有效专利的统计数据。这是体现专利水平的评价指标首次纳入国家经济社会发展综合指标体系，标志着有效专利已经正式成为我国经济社会发展综合指标体系的重要组成。这对于充分发挥有效专利指标的指引作用，提升全国各地专利水平将起到极大的促进和激励作用。

据介绍，有效专利是指截至报告期末，专利权处于维持状态的专利。与专利申请量和授权量相比，有效专利的数量更能体现专利的水平，更能反映企业、地区乃至国家的核心竞争力。2005年，国家知识产权局开始对有效专利指标进行深入研究，于2007年正式纳入《2006年国家知识产权局专利统计年报》。

统计数据显示，截至2008年底，我国共有有效专利119.5万件，其中国内有效专利92.5万件，占77.4%。截至2008年底，我国共有有效发明专利33.7万件，其中国内有效发明专利12.8万件，占37.9%。

（刊登于2009年3月13日第一版）

## "12330" 知识产权维权援助热线4月25日开通

**本报讯** （通讯员杨甲 季节北京报道）从国家知识产权局获悉，全国知识产权维权援助公益热线"12330"将于今年全国知识产权宣传周期间开通。据国家知识产权局相关负责人介绍，开通日期为4月25日。

据了解，2008 年 11 月，国家知识产权局向工业和信息化部申请设置全国统一的知识产权维权援助服务公益电话号码。今年 1 月 20 日，工信部复函核配"12330"作为全国统一知识产权维权援助公益服务专用号码。据介绍，知识产权维权援助中心将接收任何单位或个人对知识产权侵权、知识产权违法案件的举报或投诉，以及接收转送的举报或投诉案件。维权援助中心接收举报或投诉案件后，将及时向有关知识产权行政执法机关或公安机关转送，并向举报人或投诉人反馈案件处理情况和结果。

截至目前，国家知识产权局已经批准设立了 46 家知识产权维权援助中心。预计到今年年底中心数量达到 70 家左右，3 年内全国知识产权维权援助中心将达 100 家左右。

（刊登于 2009 年 3 月 27 日第一版）

# 总干事称赞中国改变了世界创新版图

本报记者　刘仁

"在世界历史上，中国造纸术、印刷术、指南针、火药四大发明促进了欧洲乃至整个世界的发展。今天，国际社会正面临全球经济危机和气候变化、环境恶化、传染病蔓延等严峻挑战，我们期待中国不断创新，将世界再次带入一个新的发展时代。"3 月 30 日，世界知识产权组织总干事弗朗西斯·高锐满怀期待地开始了就任后对中国的首次访问。

在出席世界知识产权组织跨区域知识产权高级论坛开幕式后，高锐接受了媒体采访。他盛赞中国知识产权事业取得了明显进步，同时表示，中国和世界知识产权组织应进一步加强应对当前金融危机和新挑战方面的合作，并希望中国未来更多地参与国际公共政策的研究和制定，为世界知识产权发展和技术创新做出更多贡献。

### 中国为世界树立了典范

"重视知识产权和技术创新，已经成为中国国家战略的组成部分，这对整个世界具有重要意义，也为其他国家树立了典范。"高锐指出。

去年 6 月 5 日，中国正式发布《国家知识产权战略纲要》。而近日出台的《2009 年国家知识产权战略实施推进计划》规定，中国将从九个方面确定 240 项具体措施，全面推进国家知识产权战略的实施，促进知识产权创造、运用、保护和管理。

对于中国在知识产权工作方面所作出的努力，高锐表示"印象深刻"："中国的专利申请量和商标注册量多年来保持快速增长。中国在技术创新和知识产权保护领域的发展速度非常快，甚至改变了世界的创新版图，现在整个世界都在关注中国的发展，希望中国不断推进创新再创新。"

## 大胆运用知识产权应对挑战

当前，全球经济因为金融危机陷入困境，环境恶化、气候变化、传染病传播也成为全社会面临的重大威胁。"这些问题同样需要重视，也同样需要依靠创新和科技进步来解决。"高锐表示。

高锐认为，科技创新是应对全球金融危机的一个重要出路，通过科技创新可以带动经济结构升级、创造更多就业机会，当前不断加大技术创新力度的企业会在危机结束后继续受益。而保护知识产权是鼓励创新的重要手段之一，因此各国应"更大胆"地运用知识产权制度，采用更加优惠的政策，促进知识产权的创造和运用。

面对气候变化等全球性问题，"一方面，我们要研究知识产权制度和环保、卫生、生物多样性等领域公共政策的协调，利用知识产权制度解决新的问题；另一方面要加大对绿色创新的投入。"高锐表示，即将到来的第9个世界知识产权日主题就被确定为"绿色创新"。世界知识产权组织将重点宣传通过建立一套平衡的知识产权制度，帮助创造、传播和利用清洁技术，推广绿色设计，创建绿色品牌。此外，世界知识产权组织正与成员国和企业界联合建立一个开放的绿色创新平台，通过展示绿色技术，探讨商业合作，鼓励绿色专利的研发与传播。

高锐表示，技术创新和技术传播都很重要。各国在技术创新的同时，必须确保全世界都能够从新技术中受益。这点在应对全球气候变化问题上尤其重要。"一般来说，国家越不发达，在创新技术转让过程中需要的帮助越多。因此，发达国家不仅应在技术创新、使用和转让方面加大对发展中国家的帮助力度，而且要在技术转让后续安排上为发展中国家提供更多援助。"

## 多边合作解决争端

"所有的这些危机和挑战，单靠一个国家的行动是解决不了的，要应对这些挑战，我们必须进行多边的各国之间的合作。"高锐在开幕式致辞中表示。论坛上，来自27个国家和6个国际组织的代表就当前国际知识产权发展新态势，尤其是发展中国家共同面临的知识产权问题，以及各国开展合作的前景进行了交流。

高锐强调，要进行一种坦诚、友好的对话，才能不断地促进技术创新和知识产权保护，使得各国能够以更负责任的态度来实现经济的均衡发展，找到解决问题的方法。谈到近日世界贸易组织驳回了美国关于中国知识产权保护不力的绝大部分申诉主张时，高锐表示，这是一个很复杂的问题，也是一个很费时的官司。他认为，中国知识产权保护取得了明显的进步，多年来与国际知识产权组织开展了卓有成效的合作。

（刊登于2009年4月1日第一、二版）

# 加强知识产权文化建设势在必行

朱宏

国家知识产权局局长田力普在日前召开的国家知识产权局宣传工作会议上讲话指出，加强知识产权文化建设不仅是国家知识产权战略纲要的一个重要内容，同时也是实践用社会主义核心价值体系引导社会思潮的有效途径。在当前新的形势下，加强知识产权文化建设已势在必行。

知识产权文化是一种先进的文化。知识产权文化的基本理念是"尊重知识，崇尚创新，诚信守法"。尊重知识就是要倡导尊重创造、尊重权利、尊重人才的观念，彰显了知识产权文化的基本价值观念。崇尚创新就是要发扬创新变革、勇于竞争、宽容失败的精神，体现了知识产权文化的基本精神品质。诚信守法就是要推行诚实信用、遵纪守法、遵从公益、和谐发展的风尚，确立了知识产权文化的普遍道德标准和行为准则。世界知识产权组织（WIPO）曾提出要"建立一种明达的知识产权文化"的新思路，认为建立一种充满活力的知识产权文化是各国的共同需要，它可以让所有的利益相关者在一个相互联系的战略整体中发挥各自的作用，并能实现知识产权作为促进经济、社会和文化发展有力手段的功能。

知识产权文化建设是实施国家知识产权战略的基础。在国务院 2008 年 6 月 5 日颁布实施的《国家知识产权战略纲要》（下称《纲要》）中，知识产权文化建设作为重要的战略举措首次被明确提出，"培育知识产权文化"被列为战略的五个重点之一。《纲要》指出，加强知识产权宣传，提高全社会知识产权意识。广泛开展知识产权普及型教育。在精神文明创建活动和国家普法教育中增加有关知识产权的内容。在全社会弘扬以创新为荣、剽窃为耻，以诚实守信为荣、假冒欺骗为耻的道德观念，形成尊重知识，崇尚创新，诚信守法的知识产权文化。知识产权文化建设的目标是：形成社会公众了解知识产权、认同知识产权对社会发展的重要作用和尊重知识产权、诚信守法的社会氛围；形成更广泛的创新群体，使企业、科研院所、发明人在各有侧重的创新和应用活动中具有更旺盛的创新热情、更科学的创新方法、更熟练的知识产权制度的理解和运用能力；为建立平衡有效的知识产权制度，形成基础牢固、设施完备、协调有序的内部协调机制及和谐发展外部环境，提供思想保证、理念支撑和机制保障，使知识产权文化成为社会文化不可或缺的组成部分。

加强知识产权文化建设是有效推进社会主义核心价值体系建设的一个重要举措。建设社会主义核心价值体系是党的十七大提出的一项重大战略任务，是深入贯彻落实科学发展观的重要举措。社会主义核心价值体系反映了我国社会主义基本制度的本质要求，是全党、全国各族人民团结奋斗的共同思想基础。知识产权文化理念是对中国特色社会主义核心价值体系必要的丰富和补充。"尊重知识、崇尚创新"体现了以改革创新为核心的时代精神。"诚信守法"所倡导的诚信实用、遵纪守法、遵从公益、和谐发展的社会风尚，是社会主义荣辱观的重要内容。在建设创新型国家的今天，特别是在知识产权已经成为现有和潜在知识经济国家的战略资源和核心竞争力的新形势下，加强知识产权文化建设，有助于弘扬改革创新精神，树立创新理念，有助于让一切创造的源泉充分涌流，让一切创新的热情充分焕发。

加强知识产权文化建设要在继承和发扬传统文化的基础上，不断吸收现代文明的成果。首先，知识产权文化传承了中华传统文化的精华。如厚德载物的博大襟怀、贵和尚中的和谐理想、崇德重义的价值信念。其次，在深厚的中华传统文化中，也包含与知识产权文化的内在品质一致的丰富内涵。如推陈出新、革故鼎新、自强不息的精神；尊师重教、以和为贵、辩证思维的观念；民无信不立的警示等。但是，由于中华传统文化主要体现的是农耕文明，缺乏工业文明的元素，存在一些与知识产权文化相悖的消极因素，并且许多观念已经根深蒂固。如保守中庸、重义轻利、枪打出头鸟、不患寡而患不均、窃书不算偷、盗亦不耻等等。所以，在知识产权文化建设中，我们既要注重吸收中华传统文化的精髓，又要充分借鉴现代文明的成果，形成有利于我国经济社会发展的、有中国特色的知识产权文化。

因此，加强知识产权文化建设，必须以社会主义核心价值观为先导，在政府的直接主导下，将其融入社会整体的物质文明、精神文明、政治文明建设中，使知识产权文化建设与提高社会整体科学、文化和道德素质的创新实践紧密结合，为社会形成和谐的知识产权秩序奠定良好的基础。

（刊登于 2009 年 4 月 1 日第一、二版）

# 读图：世界知识产权组织跨区域知识产权高级论坛掠影

张子弘　杨申　摄影

（刊登于 2009 年 4 月 3 日第十二版）

# 2009 年全国知识产权宣传周开幕

**本报讯** （记者刘河北京报道）4 月 20 日上午 10 点，2009 年全国知识产权宣传周在北京奥林匹克公园庆典广场举行启动仪式。全国知识产权宣传周活动组委会主任、国家知识产权局局长田力普致辞，世界知识产权组织（WIPO）总干事弗朗西斯·高锐通过视频致贺。宣传周组委会 24 家成员单位领导及代表出席了仪式，并共同启动了今年的知识产权宣传周活动，仪式由国家知识产权局副局长杨铁军主持。

田力普在致辞中说，中国在每年"4·26"世界知识产权日期间举行庆祝和宣传活动是知识产权领域的一大盛事，也是我们借以增强国人知识产权意识的良好契机。由于党和政府的高度重视、各相关部门的努力工作和全社会的积极响应，这一活动的规模逐年扩大，影响与日俱增，充分展现出知识产权在中国良好的发展态势与光明前景。

他说，今天的仪式以及随之而开展的一系列主题为"文化·战略·发展"的知识产权宣传活动，将有力地促进全社会知识产权意识的提高，进一步推进以"尊重知识、崇尚创新、诚信守法"为核心的知识产权文化建设，为国家知识产权战略实施营造良好的舆论氛围；还将再一次向国际社会展示我国政府和人民履行对国际公约庄严承诺的坚定信心，以及为恪守国际贸易准则所做出的不懈努力。

WIPO 总干事弗朗西斯·高锐在致辞中表示，中国用如此短的时间，在知识产权领域所取得的成就，使全世界都备受鼓舞。他表示，中国的发展比其他国家要快得多，这是令人瞩目的。中国的快速发展，改变了世界创新的版图，也极大地影响了其他国家。中国在发明创新方面，目前可以成为其他国家的典范。现在我们所面临的是一个充满挑战的时代，我们面临着气候变化、环境恶化、传染病的传播以及全球化的发展。在这种状况下，我们期待中国能够创新、创新再创新，把我们带领到一个新的复兴时代。

据悉，今年的宣传周是由国家知识产权局、中共中央宣传部等 24 个部委联合主办的。在 4 月 20 日至 26 日宣传周期间，全国将开展一系列形式多样、内容丰富的宣传活动。

据了解，组委会 24 家成员单位的领导一起推动了寓意社会各界共建知识产权事业的横杆，2009 年全国知识产权宣传周活动由此正式拉开帷幕。

启动仪式结束后，国家知识产权局开展了现场咨询活动。由北京市知识产权局组织的近 20 家参与首都知识产权"百千对接工程"的重点知识产权服务机构，为现场公众提供了相关知识产权知识与法律咨询服务。

（刊登于 2009 年 4 月 22 日第一、二、十二版）

（刊登于 2009 年 4 月 22 日第十二版，张子弘摄影）

# 国资委要求央企启动制定知识产权战略

**本报讯** （记者张海志北京报道）日前，国务院国有资产监督管理委员会公布了《关于加强中央企业知识产权工作的指导意见》（以下简称《意见》），要求中央企业要把知识产权工作作为"转危为机"的重要手段，按照贯彻《国家知识产权战略纲要》的有关要求，抓紧制定和完善本企业的知识产权战略。

《意见》指出，中央企业要将企业知识产权战略的研究制定放在企业知识产权工作的首位。要按照《国家知识产权战略纲要》的要求，结合本企业改革发展的实际，针对有关重点领域、重要产业的知识产权特点和发展趋势，抓紧制定和完善本企业的知识产权战略。所有中央企业要结合主业明确本企业知识产权工作的目标和任务，53家大型中央企业和其他具备条件的中央企业要在2009年底前制定并开始实施本企业知识产权战略。

《意见》提出了中央企业加强知识产权工作的总体要求，即以研究制定企业知识产权战略为核心，以拥有核心技术的自主知识产权、打造中央企业知名品牌、争取国际标准的话语权为知识产权工作开展的主线，充分运用"企业知识产权战略和管理指南"研究成果，大力提升中央企业知识产权创造、运用、保护和管理的能力与水平，增强企业国际竞争力。

《意见》还明确要求要建立健全中央企业知识产权管理与保护的相关工作机制和制度。

（刊登于2009年5月6日第二版）


各地陆续出台相关规定——

# 商标质押贷款让更多企业受益

本报记者 车文秋

近日，江苏省注册商标专用权质押贷款新闻发布会在南京举行。由江苏省工商行政管理局、中国人民银行南京分行制定出台的《江苏省注册商标专用权质押贷款管理暂行办法》引起多方关注。尽管此前一些地区已经有商标质押贷款的实例产生，但凭借着一笔高达2亿元的商标质押贷款作为前奏，该办法的出台足以引起业内的瞩目。

为开展好商标质押贷款工作，今年年初，江苏省工商行政管理局、中国人民银行南京分行开展了认真的调研，并先行在苏州进行试点，成功运作了两笔注册商标专用权质押贷款。其中一笔为江苏梦兰集团有限公司与交通银行苏州分行签署的总额为 2 亿元的商标专用权质押贷款协议。

尽管我国商标法早已明确商标权可以质押，但是由于商标价值评估等问题的制约，具体操作办法的不完善，商标质押贷款一直难以在一定的范围和程度上推广。然而在金融危机的背景下，为了让更多贷款进入企业，商标专用权质押贷款被政府作为银企共赢的融资新"通道"，在几地率先推行，为降低贷款风险所制定的相关规定也随之出台。

2008 年 9 月，福建省在全国率先出台了《福建省商标专用权质押贷款工作指导意见》。其中规定申请商标专用权质押贷款的，贷款额度原则上不得超过商标评估价值的 50%。

今年 3 月 24 日，浙江省工商行政管理局联合中国人民银行杭州支行出台《浙江省商标专用权质押贷款暂行规定》。该规定明确未经贷款人书面同意，借款人不得以任何形式处置被质押的商标专用权；还款期届满还未收到还款或者发生双方约定的情形的，贷款人可依法拍卖或变卖质押商标，并从所得价款中优先受偿。

相关规定的出台令商标质押贷款的脚步明显加快，仅在福建，截至今年 6 月底就已有 37 家企业通过这种方式获得了合计 3.67 亿元的贷款。

仔细观察不难发现，这几地都是经济发展位居前列、商标意识较高的省份。例如，浙江拥有国家工商行政管理总局认定的驰名商标 112 件，国际商标注册 2.9 万件；江苏全省共有各类注册商标 23.8 万件，行政认定的驰名商标 139 件，省著名商标 1859 件，具有地理标志证明商标和集体商标 30 件。同样，在这几地的相关规定中也都明确，对于以国家工商行政管理总局认定的驰名商标和各自省工商局认定的著名商标的专用权作为质押的，贷款人还将享受优先予以办理的特殊政策。正是良好的商标事业的基础促进了商标质押贷款工作的开展，同时通过开展商标质押贷款工作，使无形资产化为有形资金，同样促进了商标战略的实施。

除了这 3 个省份，其他省市的商标质押贷款工作也在紧张有序地开展中。由安徽省工商行政管理局、安徽省政府金融办、中国人民银行合肥中心支行、安徽银监局制定的《安徽省商标专用权质押贷款工作指导意见》7 月开始实施。北京市工商行政管理局顺义分局和辖区主要银行搭建的顺义区政银企战略协作系统日前正式启动，商标质押将获政府贴息。北京市工商行政管理局朝阳分局联合交通银行北京市分行为辖区内中小企业搭建融资平台，目前已有两家企业通过商标质押获得银行贷款 1100 万元。

据悉，自 2006 年至今，国家工商行政管理总局商标局已办结 418 件商标权质押登记申请，帮助企业融资 238 亿元。商标质押贷款还将在哪些省市得到有效开展，让更多的企业受益，本报将继续予以关注。

（刊登于 2009 年 7 月 31 日第五版）

# 广东：从知识产权大省向强省跨越

**本报记者　闫文锋　顾奇志　张海志**

"《国家知识产权战略纲要》（下称《纲要》）颁布实施1年来，广东省通过大力宣传，制定实施计划，促进广东省政府和国家知识产权局建立高层战略合作关系等工作，有力推动了《纲要》的深入贯彻实施，并取得了一定的成效，朝着知识产权强省的目标迈出了坚实的一步。"近日，广东省知识产权局局长陶凯元就广东省贯彻实施《纲要》情况在广州接受了中国知识产权报记者的专访。上一次采访她是在今年两会期间，近半年的时间过去了，很多实施《纲要》的计划已化作实实在在的数字和企业老总们脸上洋溢的喜悦。

**前瞻意识和持续创新**

在采访中，本报记者充分地感受到从政府部门到企业乃至全社会对知识产权的重视和前瞻意识，听他们讲得最多的词汇就是"自主创新"。

2008年，华为在知识产权方面捷报频出，让世界惊讶于深圳乃至中国广东这片热土的创新能力。2008年华为PCT专利申请达1737件，首次超过日本松下电器公司和荷兰皇家飞利浦电子公司，位列PCT申请全球企业排名第一。世界知识产权组织（WIPO）在其网站上特别强调"第一次，有一家中国公司登上2008年PCT申请榜首位置"。

据陶凯元介绍，早在全球金融危机大规模爆发之前的2007年11月，广东省政府就颁布实施了《广东省知识产权战略纲要（2007～2020）》。2008年6月，契合《纲要》的实施，广东省委、省政府在《关于争当实践科学发展观排头兵的决定》中明确提出，广东要实现从知识产权大省向知识产权强省的跨越。2008年7月2日，广东省委、省政府又出台了《关于加快发展现代产业体系的决定》，并将大力推动自主创新放在构建现代产业体系保障措施的首位。

今年1月至6月，广东省专利申请量和授权量分别为5.7107万件和3.5752万件，分别同比增长22.54%和20.97%。其中，发明专利申请量和授权量为1.4870万件和5879件，分别同比增长13.47%和81.96%。PCT专利申请量1769件，占国内总数的50%。全省专利授权量、发明专利申请量和授权量、PCT申请量均居全国第一位，发展势头良好。这些数字是广东省自主创新能力持续提高的最好证明。

**从国家战略到企业战略**

2009年7月中旬，广东省委十届五次会议通过了《中国共产党广东省第十届委员会第五次全体会议决议》，要求进一步处理五个重要关系：一是处理好国际市场与国内市场的关系；二是处理好传统产业和现代产业的关系；三是处理好就地转型和异地转型的关系；四是处理好"拿来主义"和自主创新的关系；五是处理好扩大投资与促进消费的关系。

"这五大关系的处理,都离不开自主知识产权的有力保障,都离不开深入贯彻国家和省的知识产权战略纲要,而这一切都需要体现在企业不断努力而获得的成绩单里。"陶凯元强调。

采访中,广东志成冠军集团有限公司(下称"志成冠军")就将公司的知识产权战略概括为:以知识产权为企业发展的战略资源和重要支撑,坚持推动创新链和知识产权的互促发展,建立完善的知识产权战略规划,将知识产权贯穿到产品的研发、设计、制造、销售、服务等全过程,重点保护具有市场发展前景的自主知识产权产品,实现产品结构向高附加值产品的调整和优化。数据显示,2008年志成冠军出口额大幅增长,年销售收入同比增长30%,近9亿元,纯利润同比增长近20%,达6100多万元。志成冠军目前60%以上的销售收入和80%的利润源于拥有自主知识产权的新产品。

**大力建设现代产业体系**

2008年7月2日,在《纲要》颁布1个月后,广东省委、省政府出台了《关于加快发展现代产业体系的决定》(下称《决定》),提出要建设以高科技含量、高附加值、低能耗、低污染、自主创新能力强的有机产业群为核心,以技术、人才、资本、信息等高效运转的产业辅助系统为支撑,以环境优美、基础设施完备、社会保障有力、市场秩序良好的产业发展环境为依托,并具有创新性、开放性、融合性、集聚性和可持续性特征的新型产业体系。其中包括以现代服务业和先进制造业为核心的六大体系。

按照《决定》的设计,广东省建设现代产业体系的目标是:到2012年,三次产业结构趋于合理,服务业占三次产业的比重为50%左右,现代服务业快速发展,先进制造业规模壮大,农业综合效益明显提高,产业国际竞争力显著增强。到2020年,三次产业结构更加合理,现代服务业成为主导产业,在第三产业中比重超过60%;先进制造业和现代农业分别成为第二、第一产业的主体,高新技术产业、优势传统产业和基础产业成为现代产业体系的支柱,形成产业结构高级化、产业布局合理化、产业发展集聚化、产业竞争力高端化的现代产业体系。

"任何技术的进步、文化产品的创造、品牌的形成都需要制度支撑,可以说,大力发展自主创新,实质上就是要大力发展拥有自主知识产权的科技成果、文化产品和知名品牌。因此,发展自主知识产权是加快建设现代产业体系,将《纲要》推向深入的重要保障。"在采访结束时,陶凯元一再强调。

(刊登于2009年8月12日第二版)

# "深圳经验"值得全国学习借鉴

本报评论员

近期发布的《深圳市现代产业体系总体规划（2009~2015年)》提出：到2015年，高新技术产业和现代服务业将成为现代产业体系的主体，高新技术产业增加值占GDP的比重达到35%，自主知识产权高新技术产品产值比重达到70%以上。作为我国改革开放的窗口，深圳市自主创新取得的丰硕成果使其再度成为焦点。

广东省将深圳丰富多彩的自主创新实践，概括为"四个突显，四个一流"，即：政府主导作用突显，创新环境一流；企业主体地位突显，研发创新一流；创新高地突显，高端产业一流；创新文化突显，创新型城市一流。而达到"一流"境界的前提，是抓经济结构转型动手早，战略规划目标明确，配套政策细致连贯，工作措施落实到位，文化适宜精神振奋，如此才能不断收获自主创新的硕果。自主创新已经成为深圳科学技术发展的战略基点，成为调整经济结构、转变经济增长方式的中心环节，成为建设创新型城市的重要支撑。在这样的发展思路指引下，深圳多数高新技术企业得以从容应对国际金融风暴，并保持了强劲的增长势头，其经验对其他城市乃至全国无疑都具有学习借鉴价值。

深圳自主创新的成效可用几组数据来描述，一是高新技术产业的"三个50%"：高新技术产品产值比重超过50%，其中拥有自主知识产权的高新技术产品产值比重超过50%，高新技术产品出口占全市出口总额比重超过50%；二是专利工作的"四个90%"：90%以上研发机构在企业，90%以上研发人员在企业，90%以上研发资金源于企业，90%以上职务发明专利出自企业；三是多项创新指标连续多年居全国前列：专利申请量和授权量居全国大中城市前茅，名牌产品数量居全国首位，全社会研发投入达3.5%，远远高于广东省和全国平均水平；另外，深圳是我国风险投资机构最多、风险投资数额最大的城市……考察深圳的发展，其自主创新遵循的路径清晰可见。

自主创新，难在认识。深圳经济最初是利用"特区"政策，靠大量"三来一补"企业发展起来的，对外资和外来技术依赖严重。随着内地招商引资力度加大，外资的进入减缓，企业赚取的"加工费"也越来越少。这种情况下，深圳并没有通过提供更优惠的条件去争外资，而是在招商热中冷思考，顶住压力启动转型，陆续出台了《关于推动科学技术进步的决定》《关于进一步扶持高新技术产业发展的若干规定》《关于完善区域创新体系，推动高新技术产业持续快速发展的决定》等政策，大力支持本土企业掌握核心技术，使得高新技术企业至今已支撑起经济的半壁江山。

自主创新，重在投入。自主创新需要高投入，深圳政府千方百计为企业解决融资难问题。深圳市连年以"一号文件"方式出台政策，对认定的自主创新型企业和科研机构，除依法享受税收优惠外，可优先获得土地和厂房资源，可享受市政府的资金扶持、研发经费补贴、优先政府采购、银行贷款贴息、公共技术平台建设费用补贴、专利申请及技术标准研制资助、通关便利等优惠，对拥有自主知识产权的重要高新技术装备和产品，实行政府首购。激励政策带动企业创新投入热情高涨，大量新技术层出不穷并在短期内爆发出惊人能量。

自主创新，贵在环境。深圳市努力营造适宜自主创新的"气候"和"土壤"，确立和完善以保护知识产权为核心的相关政策法规，相继在研究开发、投资担保、人才引进、技术入股、中介服务等方面为发展高新技术企业给足优惠。同时着力培育"崇尚创新、宽容失败"的创新文化。如《深圳经济特区改革创新促进条例》中明确规定，改革创新未达到预期效果或造成损失，只要程序符合规定，个人和所在单位没有牟取私利，可予免责；还出台相关文件，对创业失败的人才予以基本生活保障。

自主创新，成在行动。知识产权工作是增强城市核心竞争力的重要保障机制，随着实现"速度深圳"向"效益深圳"的历史性跨越，促进"深圳加工""深圳制造"向"深圳创造"迈进，建设国家创新型城市等政策和目标的出台，知识产权工作被摆到了更加突出的位置。深圳在全国较早推出了《知识产权战略纲要（2006～2010年)》，首次以立法形式出台了对知识产权各领域进行综合保护的地方性法规，率先颁布了知识产权指标体系，将知识产权细分为22个量化指标。去年6月，又进一步实施了以世界创新名城为标杆，大力推进知识产权战略。

（刊登于2009年9月4日第一、二版）

## 注册申请量、审查量和有效注册商标总量均居世界第一
# 中国成为世界第一商标大国

**本报讯** （记者刘阳子北京报道）9月16日，记者从国家工商行政管理总局（以下简称"国家工商总局"）召开的新闻发布会上了解到，截至9月15日，今年我国商标注册申请审查量已经突破百万大关，达到100.5万件，同比增长153%。商标注册申请量、审查量和有效注册商标量均位居世界第一，我国已成为世界第一商标大国。

国家工商总局商标局局长李建昌表示，"破百万"标志着我国商标审查能力成倍提高，能够适应经济社会发展对商标注册的需要。"虽然我们是商标大国，但还不是商标强国，同经济发展形势对我们的要求相比，我国商标工作还有不少差距。"他表示："我们要把突破'百万'大关作为新的起点，深入贯彻《国家知识产权战略纲要》，大力推进商标战略实施。"

据悉，多年来，由于商标注册申请量大幅增长，商标审查人员明显不足，导致商标注册申请严重积压，商标审查周期大大延长，到 2007 年年底积压 180 多万件，审查周期超过 3 年，申请人的商标注册申请不能及时注册，影响了企业的经营和发展，国内外对此反应强烈。

为此，2008 年，国家工商总局把解决商标注册、评审案件积压问题列为总局深入贯彻实施《国家知识产权战略纲要》，大力实施商标战略的首要任务。国家工商总局狠抓落实，今年仅用 8 个半月就完成了加快审查之前 3 年零 3 个月的工作量，审查质量抽检合格率达 98% 以上。下一步国家工商总局将在确保质量前提下，继续加快商标审查，确保完成 2009 年审查 130 万件，商标审查周期从 30 个月缩短到 19 个月的任务。

据介绍，2008 年，我国商标审查量达到 75 万件，美国为近 40 万件，日本为 11.9 万件，欧盟为 8 万多件，法国为 7.4 万件。

（刊登于 2009 年 9 月 18 日第一版）

# 亿元专项资金资助申请国外专利

本报记者　刘仁

从今年起，中央财政设立专项资金，资助国内中小企业、事业单位和科研机构向国外申请专利。记者从 10 月 12 日全国资助向国外申请专利工作会议上获悉，今年资助金额为 1 亿元。依规定，一般情况下，一件 PCT 专利申请项目资助金额不超过 50 万元，重大项目除外。今年的资助项目申报工作将于 10 月 20 日结束。

近年来，我国向国外申请专利数量呈稳定增长态势，通过 PCT 途径申请国外专利是中国企业"走出去"便捷、重要的方式之一。2008 年，我国 PCT 专利申请达 6089 件，同比增长 11.9%，居世界第六位。但是，与国内专利申请相比，国外专利的申请费用高，给国内企事业单位特别是中小企业带来沉重负担。

国家知识产权局专利局初审及流程管理部有关负责人向记者表示，如果将申请费、检索费、审查费等官方费用和代理费统计在内，我国企事业单位在国外申请专利花费不菲：通过 PCT 途径进入欧洲申请程序，一件申请在申请阶段花费约 8000 欧元，经欧洲专利局授权到指定国家办理生效手续，还需另外的费用；而要申请美国专利，每件申请需要花费约 7500 美元；而一件日本发明专利也要花费 8 万至 10 万元人民币。

9 月 15 日，财政部印发《资助向国外申请专利专项资金管理暂行办法》（以下简称《暂行办法》）。其中规定，此次资助对象和范围为国内中小企业、事业单位及科研机构通过 PCT 途径提出并以国家知识产权局为受理局的专利申请。专项资金主要用于资助国内申请人向有关专利审查机构缴纳的在申请阶段和授予专利权当年起 3 年内的官方规定费用、向专利检索机构支付的检索费及向代理机构支付的服务费。

据了解，目前，我国已有不少地方实施了对国外专利申请和 PCT 申请的资助，但资助金额一般比较低，范围也仅限于申请费、审查费等官方费用。"中央财政专项资助扩大了资助范围，提高了资助金额，这是鼓励企业自主创新，加强海外专利部署，实施国家知识产权战略的战略性安排。"国家知识产权局专利管理司有关负责人在接受本报记者采访时表示。

该负责人介绍，按照《暂行办法》的要求，中央单位向国家知识产权局申报专项资金，地方单位向所属省级知识产权部门申报。财政部会同国家知识产权局组织专家对项目进行评审，根据项目的专利性、市场性、国家知识产权战略需求导向和地方产业发展需要等标准选择部分项目进行部分金额资助。每件专利项目最多支持向 5 个国家（地区）申请，资助金额为每个国家（地区）不超过 10 万元，重大项目除外。获得中央财政有关科技研发资金以及地方政府有关资金支持的项目进行申报时，要注明获得资助的类型、金额与时间，以免重复资助。

截至 10 月 20 日，符合要求的国内申请人可以将 2008 年 7 月 1 日至今年 6 月 30 日期间发生的费用进行申报。以后每年财政部与国家知识产权局将联合发布申报指南。国家知识产权局专利管理司相关负责人表示，在加紧抓好今年申报工作的同时，还将进一步了解其他途径国外专利情况，引导代理服务机构规范诚信服务，以不断完善和发展更大范围、更便利、更有效的专利资助办法。

（刊登于 2009 年 10 月 14 日第一、二版）

## 《广播电台电视台播放录音制品支付报酬暂行办法》公布

# 明年起电台电视台播放音乐需付费

**本报讯** （记者姚文平北京报道）11 月 17 日，国务院公布了《广播电台电视台播放录音制品支付报酬暂行办法》（以下简称《付酬办法》），规定从 2010 年 1 月 1 日起，广播电台、电视台播放录音制品，将有 3 种付费方式供选择，作为约定或者协商支付报酬的基础。

国家版权局有关负责人在接受中国知识产权报记者采访时表示，此办法的公布充分体现了既保障著作权人依法行使权利，又方便广播电台、电视台依法播放节目的原则，是落实我国著作权法，保护权利人利益的具体举措。据了解，我国著作权法第四十三条规定："广播电台、电视台播放已经出版的录音制品，可以不经著作权人许可，但应当支付报酬。当事人另有约定的除外。具体办法由国务院规定。"此次《付酬办法》规定了3种付费方式：按照广播电台、电视台与相关著作权集体管理组织的约定每年向著作权人支付固定数额的报酬；按广播电台、电视台广告收入的一定比例计酬；按广播电台、电视台播放录音制品的时间多少计酬。根据《付酬办法》，广播电台、电视台应当于每年度第一季度将其上年度应当支付的报酬交由著作权集体管理组织转付给著作权人，同时提供其播放作品的名称、著作权人姓名或者名称、播放时间等情况。

《付酬办法》规定了两种付酬标准：如果按广告收入的一定比例计酬，自本办法施行之日起5年内，播放录音制品的时间占播放节目总时间的比例不足1%的，付酬标准为0.01%；播放时间比例为1%以上不足3%的，付酬标准为0.02%；播放时间比例超过10%不足30%的，付酬标准为0.5%。自该办法施行5年届满之日起，付酬标准将作相应提高。如果按播放时间计酬，广播电台的单位时间付酬标准为每分钟0.30元；电视台的单位时间付酬标准自该办法施行之日起5年内为每分钟1.50元，自该办法施行5年届满之日起为每分钟2元。

《付酬办法》还规定，地方台转播其他广播电台、电视台播放的录音制品的，其播放录音制品的时间按照实际播放时间的10%计算。同时，《付酬办法》对中西部地区的广播电台、电视台以及全国专门对少年儿童、少数民族和农村地区等播出的专业频道（频率）给予一定优惠。《付酬办法》规定，西部地区的广播电台、电视台以及全国专门对少年儿童、少数民族和农村地区等播出的专业频道（频率），依照本办法规定方式向著作权人支付报酬的数额，自本办法施行之日起5年内，按照依据本办法规定计算出的数额的10%计算；自本办法施行届满5年之日起，按照依据本办法规定计算出的数额的50%计算。

"音乐帝国"环球在中国大陆唯一的背景音乐版权授权机构松巴公司总经理吕丹·布恩在接受中国知识产权报记者采访时表示，此举对境内外权利人而言意义重大，表现了中国政府对权利人利益的维护，将有力推动音乐作品创新和文化产业的健康发展。

（刊登于 2009 年 11 月 20 日第一、四版）

# 澳门 10 年：盛世莲花别样红

**本报记者** 吴辉　汪玮玮　**通讯员** 程晓虹

澳门古称"莲岛"。2009 年 12 月 20 日，澳门回归祖国整整 10 周年，这片莲花宝地沐风而发。

10 年弹指一挥间。正是有了强大祖国的坚实后盾,澳门经历了飞速发展的 10 年。10 年来,澳门的 GDP 以年均近 15% 的增幅快速成长,2008 年达到 1718.7 亿澳门元,是 1999 年的 3 倍。2008 年,澳门人均 GDP3.9 万美元,跃居亚洲第二,成为全球最活跃的微型经济体。

如果"增长"是最能体现澳门回归 10 年发展的关键词,那么伴随经济增长的稳健步伐,澳门知识产权事业又向世人交上了一份怎样的答卷?

**10 年欣喜**

1999 年 7 月,在澳门即将回归祖国之际,澳门知识产权厅成立,澳门知识产权事业迎来了新的发展阶段。经过 10 年的实践、探索和发展,澳门知识产权事业已取得显著成绩,在促进特区经济社会发展方面发挥着重要作用。

据介绍,澳门知识产权厅隶属于澳门经济局,主要负责管理和执行知识产权范畴内的现行法律,协助特区政府制定知识产权保护政策,促进完善知识产权法例,按照现行法律的规定执行有关工业产权的注册及登记事宜,同时也接受著作权及相关权利的集体管理机构的登记。澳门海关则担负起预防、打击及遏止知识产权侵权行为的重任,对侵犯知识产权的犯罪活动进行刑事侦查及采取行动,并对有关知识产权行政违法行为进行调查及采取行政处罚。

最新统计数据显示,截至 2009 年 9 月 30 日,澳门受理发明专利申请累计为 985 件、实用新型专利申请 62 件、外观设计专利申请 611 件。以 2008 年为例,有 12 个国家或地区向澳门特区提交了 211 件发明专利申请,其中,来自日本和美国的申请分别占全年申请量的 49.77% 和 34.13%;9 个国家或地区提交了 23 件实用新型专利申请,其中,中国内地和中国澳门的申请分别占总量的 36.67% 和 23.33%;15 个国家或地区提交了 111 件外观设计专利申请。此外,2003 年至 2009 年 9 月 30 日,内地发明专利申请延伸至澳门特区生效的共有 397 件,已获权的为 265 件。

在商标方面,截至 2009 年 9 月 30 日,澳门累计商标注册申请量为 6.0777 万件。仅 2008 年,澳门的商标注册申请达 7678 件,较上年增长了 6.64%,其中,注册产品商标的申请量为 4980 件,服务商标的申请量为 2698 件;获准注册的商标达 7978 件。2008 年,来自美国的商标申请继续占全年申请总量的榜首,达 24.57%;其次是中国内地、中国香港、中国澳门、日本、意大利、瑞士、德国、开曼群岛、法国、英国、新加坡,其申请量共占全年总量的 62.31%。

**携手共赢**

数字的背后是辛勤的努力,澳门知识产权事业发展的背后是澳门与内地的密切合作。

知识产权,是内地、香港和澳门共同关注的话题。从 2000 年开始,国家知识产权局与香港知识产权署、澳门经济局达成共识,每年轮流在内地、香港、澳门举办知识产权研讨会。研讨会主要议题以三地知识产权的最新发展、知识产权的司法保护、服务业知识产权的保护、如何利用知识产权促进经济发展、知识产权与中小型企业等内容为主。迄今，三方已共同举办了 10 次"内地与香港、澳门三地知识产权研讨会"，为三地知识产权界人士搭建了沟通与交流的平台并取得良好效果。

值得关注的是，2003 年，国家知识产权局与澳门经济局签订了两局在知识产权领域的合作协议，国家知识产权局作为审查实体协助完成澳门特区专利申请的审查检索工作。自 2003 年 1 月 24 日至 2009 年 10 月 30 日，国家知识产权局已接收澳门转来的发明专利申请 521 件，实用新型专利申请 13 件。截至目前，国家知识产权局已完成 490 件发明专利申请，13 件实用新型专利申请的审查检索任务。其中，已授权 211 件发明专利；4 件实用新型专利。为了更好地完成协助审查任务，2007 年 6 月和 2009 年 4 月，国家知识产权局共派出 16 名相关领域审查员赴澳门，就代为审查检索过程中遇到的问题与澳门经济局交换了意见。2005 年、2006 年和 2008 年，澳门经济局共派 7 名审查员赴国家知识产权局参加新审查员培训班部分课程的学习，收到良好效果。

2003 年 10 月 17 日，内地与澳门签署了《内地与澳门关于建立更紧密经贸关系的安排》（CEPA）。从 2004 年开始，国家知识产权局会同内地有关部门与澳门经济局协商，对澳门居民参加全国专利代理人资格考试做了安排，并派专家赴澳门进行了专利代理人资格考试前的培训。2006 年 9 月，国家知识产权局再次派专业资深讲师赴澳门为其进行专利代理人资格考试前的培训。据统计，从 2004 年到 2009 年，共有 14 名澳门居民报名参加全国专利代理人资格考试。

在 CEPA 框架下，澳门经济局还与内地 9 省签署了《泛珠三角区域知识产权合作协议》，建立了知识产权合作平台。澳门将在知识产权政策研讨、宣传培训、中介与信息服务、知识产权保护等方面与泛珠三角内 9 省进行合作。

据了解，2009 年 11 月 9 日，澳门经济局在网上开设"内地与澳门商标专栏"，旨在更好地让广大企业和社会公众获得澳门与内地有关知识产权的信息。专栏以文字介绍等方式，提供了 CEPA 框架下开放内地商标代理业务的安排、内地与澳门商标领域的合作内容，以及商标信息，包括法律法规、申请注册程序、收费、统计数据、查询机构、相关网址等内容。有关人士称，"内地与澳门商标专栏"的设立，可协助澳门工商界方便快捷地获得内地商标保护制度的相关信息，并可透过检索商标注册申请数据，为澳门品牌进军内地市场做好充足的前期准备，并为澳门知识产权业界系统地掌握商标注册制度提供一个信息平台。

澳门回归这 10 年是不平凡的 10 年，难忘的 10 年，每一个变化都让人欣喜感动。祖国与澳门特区知识产权合作共赢的丰硕成果为澳门的长远发展画上了一个精彩的逗号，展望未来，双方将更加有力地携起手来，为推动两地经济发展和促进经贸交流与合作贡献力量。

（刊登于 2009 年 12 月 23 日第一、二版）

# 2010

1989 1990 1991 1992 1993 1994 1995
1996 1997 1998 1999 2000 2001 2002 2003 2004
2005 2006 2007 2008 2009 2010

## 纪念改革开放40年
中国知识产权报新闻作品集

2011 2012 2013 2014 2015 2016 2017 2018

# 国务院修改并重新公布专利法实施细则

## 新修改的专利法实施细则2月1日起施行

**本报讯** （记者高迎迎北京报道）国务院总理温家宝日前签署了第569号国务院令，公布《国务院关于修改〈中华人民共和国专利法实施细则〉的决定》，新修改的专利法实施细则自2010年2月1日起施行。

新修改的专利法实施细则共11章123条，分别为总则、专利的申请、专利申请的审查和批准、专利申请的复审与专利权的无效宣告、专利实施的强制许可、对职务发明创造的发明人或者设计人的奖励和报酬、专利权的保护、专利登记和专利公报、费用、关于国际申请的特别规定、附则等。

（刊登于2010年1月20日第一版）

# 我国企业探索专利运营之道

## 2000余件专利入彩电专利池 广东中山30多家红木家具企业组建专利池

**本报讯** （记者张海志北京报道）1月22日，深圳中彩联科技有限公司（下称"中彩联"）代表长虹、康佳等八大彩电商在京宣布中彩联建立的中国彩电专利池开始正式运营。专利池拥有的2000余件中国专利将为中国彩电企业进一步完善专利战略和知识产权保护搭建平台。

据了解，在相关部门指导下，在TCL、长虹、康佳、海信、创维、海尔、厦华、上广电、新科等骨干企业大力支持下，中彩联建立了中国彩电专利池，并于1月22日正式开始运营管理。据了解，中彩联宣布正式运营的中国彩电专利池内的2000多件专利均是我国彩电企业的自主创新成果，其中以发明专利和实用新型专利为主。中彩联将在已建成的专利池基础上，进行专利分析、价值评估、交叉许可等工作；并将进一步推动企业联合开发更多有价值的专利，分析国内外技术发展趋势，充实完善中国的数字电视专利池。

中彩联相关负责人在接受本报记者采访时表示，中彩联欢迎更多已经获得授权的、与彩电产业相关的发明专利能够加入专利池中来，也希望专利权人能在专利池的运营过程中获益。"专利池的建立既增加了与国外企业谈判的筹码，也为国内企业进一步壮大搭建了平台，这无疑将进一步推动中国彩电行业的联合创新。"该人士强调。

另据透露，中彩联投资近500万元建设的中国彩电专利预警信息服务公共平台，一期、二期工程已全部完工，该平台包容了全球主要地区彩电专利共计7049件。中国彩电专利池在充分发挥运营管理作用的基础上，将进一步推动建立公共服务平台，帮助企业建立自身的知识产权保护体系和完善的专利战略体系，并推动整个行业的知识产权战略实施，保障我国数字电视产业的健康发展。

当天，中彩联还与汤姆逊公司签署了知识产权合作协议，旨在建立既有利于保护专利权人利益，又有利于中国彩电行业发展的双赢合作模式。

**又讯**　（记者顾奇志中山报道）1月20日，以广东省中山市大涌镇为主的30多家红木家具企业，在省、市知识产权管理部门和地方经济管理部门的推动下，成立了红木家具产业知识产权联盟，目前联盟的专利池中已经拥有581件中国专利。

据了解，红木家具是中山市大涌镇的主要支柱产业，大涌镇目前共有红木家具生产企业200多家，2009年工业产值达到15.5亿元。其红木家具产品产量占据了全国60%以上的市场份额。由于家具行业创新能力不足，抄袭、盗版现象严重，知识产权保护成为关系到大涌红木家具产业发展的重要问题。为了充分运用知识产权制度促进传统产业升级，2008年12月，中山市知识产权局和大涌镇政府、大涌商会、北京市立方律师事务所等签署推动成立大涌红木家具产业知识产权联盟备忘录。经过1年多的努力，终于促成了联盟的诞生。

为了推动联盟深入开展工作，联盟还聘请了一批知名知识产权专家作为顾问。目前已经进入专利池的581件中国专利中，包括发明专利7件、实用新型专利10件，其余为外观设计专利。

（刊登于2010年1月27日第一版）

**十一届全国人大常委会第十三次会议通过关于修改著作权法的决定**
**胡锦涛签署第26号主席令予以公布**

# 修改后的著作权法将于4月1日起施行

**本报讯**　（记者姚文平北京报道）十一届全国人大常委会第十三次会议2月26日表决通过了全国人大常委会关于修改《中华人民共和国著作权法》的决定，国家主席胡锦涛签署第26号主席令予以公布。修改后的著作权法将于4月1日起施行。

"对相关条款的删除和调整，强化国家对作品出版、传播依法进行监督管理，表明我国著作权的保护与国际进一步的接轨，更加鼓励作品的多元化和创新精神，顺应了国际形势和国内产业发展的新要求，对促进创新和产业繁荣将产生巨大影响。"中国版权协会理事长沈仁干在接受中国知识产权报记者采访时作出上述评价。

最高人民法院应用法学研究所所长罗东川在接受本报记者采访时表示："此次修法仅从强化作品登记这条就可看出，在作品版权流通和市场化运作中加强了对作者权益的保护，对规范版权交易市场，促进公平交易和司法保护方面起到积极的推动作用。"

十一届全国人大常委会第十三次会议决定对《中华人民共和国著作权法》作如下修改：一、将第四条修改为："著作权人行使著作权，不得违反宪法和法律，不得损害公共利益。国家对作品的出版、传播依法进行监督管理。"二、增加一条，作为第二十六条："以著作权出质的，由出质人和质权人向国务院著作权行政管理部门办理出质登记。"另据了解，此次修正后的著作权法共6章61条。这6章分别是：总则，著作权，著作权许可使用和转让合同，出版、表演、录音录像、播放，法律责任和执法措施以及附则。著作权法根据这一决定作相应修改并对条款顺序作调整后，重新公布。

据悉，我国现行的著作权法于1990年通过，1991年6月1日正式生效。随着新技术特别是数字技术的迅速发展，诸如数据库、多媒体、网络传输的开发与利用以及我国加入世界贸易组织（WTO）等因素，对著作权法的修改呼声渐高。2001年10月27日，九届全国人大常委会第二十四次会议公布了第一次修改的中华人民共和国著作权法，扩大了著作权的保护范围，增加了著作权人的权利，加强了著作权法保护和执法力度。

（刊登于2010年3月3日第一版）

告别使用了25年的纸件审批程序，全面进入无纸化的"E时代"——

## 专利审查业务工作模式实现全新变革

**本报记者** 裴宏 刘阳子

审查业务工作的信息化程度，是衡量一个国家专利审查综合能力的重要指标。经过近3年的不懈努力，中国专利电子审批系统（以下简称"E系统"）于日前正式上线运行，中国成为继美国、日本、韩国、欧洲等国家和地区之后，全面进入专利审查业务无纸化"E时代"的国家。E系统的上线运行，实现了我国专利审查业务工作模式的全新变革，标志着国家知识产权局的专利审查信息化水平迈上了一个新台阶。

### 顺应时代发展需要

随着信息化时代的到来，通过信息化建设优化专利审批流程成为大势所趋。目前，日本、韩国已经实现了基于代码化的审查，美国、欧洲也实现了基于PDF/TIFF的审查。国家知识产权局在"十一五"规划中，将E系统上线列为信息化建设的重点项目，其宗旨是为社会公众用户和局内用户提供高水平的信息化支持和服务。该系统的建设目标是：集专利申请、流程管理、审查、公告、复审、无效、查询、管理、统计于一体，实现从专利申请的提出到专利权失效全部法律程序、全流程、全方位的电子化和网络化。

E系统的上线，不仅有助于国家知识产权战略的实施和国家知识产权局强局目标的实现，而且可以满足审查员对于无纸化审批系统的迫切需求，为方便审查修改、减少纸件传递和核销、在家办公等提供技术保障。

**精心谋划 充分准备**

早在2006年8月，在E系统建设初期，国家知识产权局就成立了"流程优化工作组"。工作组的30名成员由局内各部门推荐的业务骨干组成，其工作任务是对专利审批流程进行必要的调整及优化设计，提出电子专利审批系统流程架构，并完成E系统用户需求的撰写。

"流程优化工作组"历时近1年，在梳理现有专利审批流程的基础上，以现代电子政务流程再造理论以及企业流程再造理论为指导，以信息技术为支撑，统筹考虑系统目标、组织结构、信息资源与共享以及绩效评定四维一体，对专利审批全流程进行了适应性调整及优化设计，提出了E系统的设计架构，并完成了《中国专利电子审批系统（E系统）用户需求》。

2007年，国家知识产权局还成立了"电子审批系统项目建设管理领导小组"，全面负责组织、协调E系统的项目建设管理工作。

2009年底，E系统完成了软件开发工作，具备了上线试运行的基本条件。E系统的上线涉及国家知识产权局专利审批的核心业务，关系到所有审查部门中5000多名审查员的具体工作方式的变革，因此，E系统上线的准备工作受到局各级领导的高度重视，各审查部门均成立了以部领导为负责人的"切换工作领导小组"，组织协调上线切换工作有序开展。

为保证E系统上线后审查工作的顺利开展，国家知识产权局进行的准备工作可谓全面细致，除了在硬件上进行设备升级和更新以外，还在专利局全局范围内分阶段、分层级开展了大量的培训工作。据统计，专利局先后对700余名用户业务骨干、各审查部门培训讲师、50余名司部级领导干部及近5000名审查员进行了各种培训，并发放《E系统使用手册》和《E系统快速入门》1万余册。

2009年4月到9月，国家知识产权局还完成了E系统在全国26个代办处的网络、软硬件安装调试及应急系统部署等工作，为代办处培训业务骨干100余人次，下发培训手册200余册。

"厉兵秣马"之后，E系统进入了实战前的演习。早在2008年年底到2009年4月，就有8个部门共146人进行了小试；2009年4月到6月，又有13个部门共500余人进行了中试。2010年1月22日，E系统的全局范围模拟上线演练开始，对系统上线后的真实环境进行模拟测试。测试当天，国家知识产权局副局长贺化、杨铁军亲自到各审查部门的测试现场视察。贺化深入了解了E系统的专利申请受理、形式审查、实质审查、检索、复审等各流程阶段的演练情况，杨铁军则实地考察了系统运行维护保障机制和热线报修情况，实时了解全局演练期间系统客户端、数据、程序等问题的反馈和解决情况。

2010年2月10日，E系统正式上线。正是国家知识产权局的精心筹划、充分准备，保证了E系统上线切换工作的有条不紊、平稳顺利。

（刊登于2010年3月5日第四版）

广告收入逾6.5亿元，多家省级、地方级电视台跟播，数家境外媒体转播——

# 春晚盛宴，繁华掩不住版权隐忧

本报记者　姚文平　实习记者　肖悦

## 阅读提示

借助央视主流媒体平台，春晚作为除夕夜百姓一道必不可少的"文化大餐"，见证着时代的变迁。一年一度的春晚不仅以其节目强大的艺术感染力成为年度文化流行风向标，其品牌效应也带来了巨大的经济效益。但近年来，随着社会公众版权意识的提升，春晚作品版权问题也引起了全社会的关注。

如今，春晚已成为百姓除夕夜一道必不可少的"文化大餐"。根据有关统计，虎年春晚，广告收入超过6.5亿元，多家省级、地方级电视台跟播，数家境外媒体同时转播。借助央视强大的主流媒体平台，每年的春晚不仅以其节目强大的艺术感染力成为流行风向标，其品牌效应也带来了巨大的经济效益。但近年来，随着社会公众版权意识的提升，春晚作品版权问题浮出水面。

### 春晚屡现"版权门"

在虎年春晚节目彩排中，一直被外界看好的黄宏和巩汉林的小品《两毛钱一脚》却在节目直播前夕被临时换掉。据悉，该作品涉嫌侵犯收藏家马未都的原作版权，因央视与马未都就版权问题没有达成一致，而导致节目被临时拿下。

"从著作权保护的角度而言，春晚实际上是对大量受到著作权保护作品的利用、表演和传播，必然会涉及很多著作权问题。不仅如此，由于春晚在我国公众心目中的影响力，春晚中的作品涉及内容和形式还可能被以其他形式利用，因此也可能涉及其他知识产权问题，如商标和域名等。"中国政法大学知识产权研究中心副主任冯晓青教授在接受中国知识产权报记者采访时，对春晚知识产权问题表达了自己的观点。

纵观历年来的春晚节目，版权问题屡见不鲜。早在1994年，黄宏和侯耀文表演的小品《打扑克》，就曾因署名权而陷入纠纷。据悉，该小品在首演时只署了改编者

· 565 ·

的名字，而没有署原小说作者的名字，于是小说作者提出了异议。经双方协商，小品再播出的时候会在画面下方打出字幕，说明此作品是根据某作者小说改编，这一版权纠纷才尘埃落定。

此外，舞蹈《千手观音》因版权问题双方对簿公堂，何庆魁小品《卖拐》被指抄袭外国喜剧，歌曲《吉祥三宝》被指演唱模式抄袭法国歌曲《蝴蝶》，冯巩的相声《咱村里的事》、潘长江小品《将爱情进行到底》等等都存在这方面问题。

**谁是春晚权利人**

广告为春晚带来了巨大的经济收益，当然包含了众多作者、表演者和为春晚准备及提供现场服务的众多人的劳动。一些演艺人员为走上春晚舞台对经济报酬基本不作考虑，显然他们看重的不是报酬。春晚这一平台给自己未来带来的巨大荣誉与潜在利益，让许多表演者忽视了自身的权益。

早在2009年，著名音乐人谷建芬曾在中国音乐金钟奖总决赛"金钟盛典"担任评委接受媒体采访时炮轰春晚"根本就是在搞霸王条款"。谷建芬指出，春晚对于音乐原作者的态度强硬，没有在平等友好的方式下进行版权转让，其版权转让费也少得可怜。

然而，关于春晚的版权问题，中央电视台总编室版权处处长石村在接受记者采访时却有不同看法。他认为春晚的权利人应该是中央电视台，并且还例举了春晚诸多的独创性元素：晚会贯穿有一个主题，所有工作都围绕这个主题进行；央视对春晚有数以千万计的投入；从始至终的整体音乐的设计；对许多报送作品的改编，由于央视导演组的参与使其更为出彩；有一部分作品是由央视导演组委托创作的；舞台布景的设计，比如赵本山表演一个小品，他在央视这个舞台表演录制的效果和在其他舞台上的效果是不同的；节目顺序艺术性的编排；许多作品在春晚是首次发表等等。

探讨权利归属，首先要搞明白春晚究竟是否构成作品。对此，业内一直有不同的声音。不久前由北京市朝阳区人民法院、中国版权协会、中国人民大学法学院主办的春晚法律问题研讨会上，中国人民大学教授刘春田认为，春晚不是汇编作品，而是原创作品。他分析说，汇编是把别人已有的作品选取、组织到一起。春晚从策划到播出，考虑了很多的因素，这不是某一个小品或者单个节目能够把握的。央视借助了很多艺术和技术手段，是另一层次的创作，不是简简单单录了一台晚会，所以春晚是中央电视台自己的原创作品。

**专家呼吁尊重作者权益**

春晚究竟是汇编作品还是原创作品，法学界的争论并不能掩盖一个事实，那就是作为组成春晚整台晚会的单个作品，从制作源头就该很好地解决版权问题，以规避中途撤换的后患。

黄宏和巩汉林备战虎年春晚的小品《两毛钱一脚》，就说明了这个问题。对此，北京汉鼎律师事务所谢兆敏律师在接受中国知识产权报记者采访时表示，小品《两毛钱一脚》被撤下，反映了涉及春晚作品使用应得到相应的等价事实。他认为，马未都向春晚索要 15 万元版权转让费，并非漫天要价，而是对强势媒体无视作者权益的有力反击。

谢兆敏指出，对于小品《两毛钱一脚》涉嫌侵犯马未都作品版权一事，央视具有承担节目著作权合法审核的义务。通过此事可见，央视是有审核作品版权的法律意识，但在取得作者同意的时候，采取的是强势的态度。央视应该本着平等、友好协商的态度取得作品的版权。

专家呼吁，央视作为春晚的主办单位，其影响力和号召力决定了春晚的公益性质。但是，在操作环节上，版权保护意识不强，往往会忽视一些作品版权来源的审核，但其主观上并非故意侵权。目前，国内版权授权的宣传力度不够大，央视春晚节目的版权授权应订立一个制度，以便更好地保护作者的权益，让版权问题不再成为春晚难掩的瑕疵。

（刊登于 2010 年 3 月 5 日第八版）

申请中国专利 12 件，PCT 国际专利申请 4 件——

# 自主知识产权助 A 型高端地铁首次出口海外

### 本报实习记者　秦韵

今年 3 月底，作为国产 A 型高端地铁的制造商，中国南车股份有限公司南京浦镇车辆有限公司（以下简称"南京浦镇"）的首列宽体大运量地铁列车从上海装船抵达印度孟买。有关专家指出，这实现了我国轨道交通装备在印度市场的零突破，也是我国 A 型地铁列车高端产品首次出口海外，标志着我国轨道交通装备国际竞争力的提升。

**打破欧美市场垄断**

"此次国产高端地铁走出国门的意义还在于打破了欧美国家长期独占国际地铁列车市场的垄断地位，让中国这个制造业大国在国际市场竞争中也占得一席之地。"北京交通大学交通运输学院教授章子亮在接受中国知识产权报记者采访时表示，目前，世界轨道交通车辆行业有阿尔斯通、庞巴迪、西门子三大巨头。此外，韩国、西班牙企业也具有很强的实力。我国有 5 家企业生产轨道车辆，其中 4 家生产客车，南京浦镇就是其中一家。

据南京浦镇副总工程师、动车设计部部长黄文杰介绍，地铁列车根据"体宽"可分为 A、B、C 共 3 个型号，与 B 型、C 型列车相比，A 型列车具有宽度最大、载客量大、功能先进、运行可靠等特点，尤其适合人口密度、流量大的特大型城市使用。

孟买的自然环境较为恶劣，高温、高湿、多尘，特别是盐雾，对车辆损害较大，另外其运行路线弯道多、站台多，对车辆的平稳性、安全性要求苛刻。

"此次出口印度的地铁列车，与同类车型相比，在结构设计、整车系统集成和信息交互技术方面都取得一定的突破。"黄文杰表示，由南京浦镇自主设计制造的无摇枕转向架，降低车辆噪音，提高了平稳性与可靠性；该款列车采用交流传动牵引系统和变压变频控制系统，起动和制动速度平稳快速，也适应了由于印度电压不稳造成地铁列车不能正常启动的问题；此外，在信息交互技术使用方面，该车配备了融安全保障和尖端技术为一体的旅客信息系统。

**着力提高创新能力**

面对今天南京浦镇欣欣向荣的生产场面，南京浦镇总经理楼齐良不无感慨地向记者表示："作为一家百年老厂，几年前的南京浦镇却天天为生计而犯愁。"

早在 2000 年，南京浦镇就与世界著名的阿尔斯通公司有合作项目。南京浦镇于 2003 年 4 月成立了动车组部，依靠 70 多名科技人员，开始了自主创新之旅。在学习阿尔斯通先进生产技术的同时，南京浦镇还成立了专门的知识产权管理部门，负责研究相关专利技术规范、相关专利分布概况及专利申请。

轨道交通车辆，核心技术主要在车体结构、转向架、牵引制动、列车网络等方面。黄文杰说："通过引入三维设计手段，对别人的文件进行科研攻关，我们走上引进—消化—吸收—再创新和集成创新之路。"这一系列举措，使南京浦镇的自主创新实力迅速提升。

**创下多个"第一"**

翻开南京浦镇的宣传册，记载着他们创下的一系列"第一"：第一个推出具有国际先进水平的国产化地铁列车，牵头研制出动力分散型动车组；第一个研制出我国时速 200 公里轨道检测车；南京浦镇参与设计的《时速 250 公里动车组高速转向架及应用》项目获得 2009 年国家科学技术进步奖一等奖。

对于南京浦镇目前取得成绩，楼齐良强调："是自主知识产权让南京浦镇恢复了青春和活力。目前公司有 232 个客车产品，其中自主创新的产品占 98% 以上。截至目前，南京浦镇已申请国内外专利 220 件，其中获得授权 101 件。基于在国产 A 型高端地铁上研究和应用的新技术，南京浦镇已申请中国专利 12 件，PCT 国际专利申请 4 件。

随着城市轨道交通发展，2020 年我国轨道交通里程有望达到 3000 公里，市场规模将超过百亿元。轨道交通 A 型车由于其具备超大容量，特别适合在特大城市使用。章子亮表示，由于这种车的核心技术此前多为外商所掌握，价格高，交货周期长，制约了中国相关产业的发展。随着南京浦镇等一批中国企业在该领域掌握核心专利技术，中国轨道交通车辆行业的发展有望翻开崭新的一页。

（刊登于 2010 年 4 月 9 日第三版）

# 我国知识产权维权援助工作有序推进

**本报记者** 魏小毛 **通讯员** 雷若冰 冷鲁

开展知识产权维权援助工作是在知识产权事业近 30 年发展成就的基础上，根据我国客观需求做出的一项创举。2007 年 11 月，国家知识产权局正式启动知识产权维权援助工作。经过两年多的发展，我国已经形成了科学布局、顺利开局、有序发展的良好工作局面。

**工作框架基本形成**

2007 年 11 月，国家知识产权局正式印发了《关于开展知识产权维权援助工作的指导意见》（以下简称《指导意见》），各地踊跃申请设立维权援助中心。根据各地实际工作情况，并综合考虑全国布局，截至目前，国家知识产权局共批复设立了 61 家知识产权维权援助中心，分布在全国 29 个省（区、市），初步构建起全国知识产权维权援助工作框架。

在合理构建中心布局的同时，各中心加强横向协调，深化纵向管理，为维权援助工作开展提供了依托。

在横向协调方面，北京中心与该市 9 个执法部门建立起协作机制，以沟通会商和信息共享为重心，形成了定期沟通与会商相结合的工作模式。武汉中心与该市中级法院联合出台了《知识产权维权援助司法救济与行政救济对接的暂行规定》，对行政救济与司法救济对接的范围、原则和程序等内容进行了明确规定。东营市成立了以分管市领导为组长的知识产权维权援助工作领导小组，推进维权援助的协调工作，加强知识产权部门与法院、检察院、工商、版权、公安等相关部门的协作和对接，扩展了维权援助的覆盖面，提高了维权援助工作成效。

在纵向管理方面，北京中心培育了"市、区、企业"三级知识产权维权服务工作体系，以此为依托，形成了快捷、专业的服务通道。青岛、成都等中心在各县市区设立维权援助办事处，设立专职联络员，深化了维权援助工作机制。

在利用社会资源方面，各中心充分利用中介机构、科研院所、社会团体等各方社会资源，积极建设维权援助合作单位库和合作专家库。安徽中心建立了 10 家顾问单位、20 家合作单位，以及 100 多位知识产权专家、律师组成的合作专家库。河南中心从全省中介机构和科研院所中吸收了 20 家单位和近 70 名专家作为合作单位和合作专家，建立了相关数据库，并定期召开合作单位和合作专家座谈会，积极吸纳各方意见和建议。

**12330 架起援助桥梁**

在国家知识产权局统一部署和协调下，12330 知识产权维权援助与举报投诉公益电话顺利开通，部分中心建立起网络信息平台，全国知识产权维权援助与举报投诉服务平台迅速建成，运行良好。

2009年4月25日，国家知识产权局在北京举行了12330知识产权维权援助与举报投诉公益服务电话号码全国启动仪式，国家知识产权局局长田力普启动12330号码按钮，首批46家中心在全国率先开通了12330号码。各中心充分利用12330号码平台，为社会公众和权利人提供方便快捷、优质高效的维权援助服务。截至2009年12月15日，开通12330号码的55个中心共接到来电5.9253万个，总通话时长743小时。

在网络方面，北京中心较早开通了12330网站，定期与各有关执法部门共同开展执法数据分析，每月在网站公布数据分析报告，发布信息3300余条，其中原创信息数百条，网站点击量突破100万次。常州、烟台、长沙、汕头等中心也建立了专门的维权援助网站，及时发布最新信息，尤其是开通网上咨询、投诉受理及援助申请等服务，进一步拓宽了维权援助与举报投诉渠道，充分发挥了网络方便快捷的优势。苏州等中心也在知识产权门户网站上设立了维权援助专栏，鞍山中心应用远程视频技术实现了与有关部门、中介机构、企业的远程实时交流。

**服务内容不断深化**

根据《指导意见》的规定，除了为无能力支付维权费用的当事人提供一定的经费资助外，维权援助的内容还包括：咨询及推介服务机构等服务；协调有关机构，研究促进重大涉外知识产权纠纷与争端合理解决的方案；对疑难知识产权案件组织研讨论证并提供咨询意见；为重大的研发、经贸、投资和技术转移活动组织提供知识产权分析论证和知识产权预警服务等。

各中心将工作开展与当地经济社会发展需要紧密联系起来，与社会各界的实际需求密切结合起来，主动为当地大型企业、出口型企业、支柱产业企业和困难群体提供维权援助与举报投诉服务，取得了一定成效。

国家知识产权局组织开展了维权援助典型案件论证支持工作，指导各中心针对重要经济贸易活动和疑难案件组织有关机构和专家进行知识产权论证咨询，视情况给予一定经费补贴。各地方结合本地条件与需求，积极为企业、个人提供维权援助服务，维护了受援人的合法权益和经济利益，推动了当地经济发展。

湖南中心在接到长沙某公司与国外某企业知识产权争议紧急报告后，迅速启动维权援助机制，本着合法、合理的原则，组织专家提供维权意见，使该公司由被动转为主动，为争取和解与双赢打下坚实基础。青岛中心积极协助当地某大型企业应对国外某公司的知识产权争议，促进依法依国际规则合理解决争端，维护了企业合法权益。东营中心在本地支柱经济产业——石油化工装备技术产业领域开展维权援助工作，积极为相关企业的知识产权维权提供智力援助，提高了企业应对知识产权纠纷的能力。平顶山中心派出专人帮助经济困难的煤炭工人崔某维权，撰写请求书，收集整理证据，并协调河南中心为其免费聘请律师。

**维权援助工作进入关键时期**

"今后一段时间，是知识产权维权援助与举报投诉工作开展的关键时期。"在今年年初的全国知识产权维权援助工作会议上，国家知识产权局副局长甘绍宁表示。他指出，知识产权维权援助符合中央部署的精神，符合知识产权事业发展的客观规律，是知识产权局系统深入贯彻落实科学发展观的一项创新实践，也是对外显示中国政府保护知识产权决心的具体体现。要在发展中逐步规范、不断完善知识产权维权援助。

目前，国家知识产权局批复设立的61家中心总体布局合理，初步构筑起全国知识产权维权援助工作体系，但仍难以适应形势发展需要。同时，国家知识产权局正在分层次全面推进维权援助工作体系建设，将尝试在知识产权工作基础雄厚、维权援助内在需求强烈的城市设立国家级维权援助中心，在其他具备一定条件和需求的城市设立省级维权援助中心。

根据国家知识产权局的要求，各地中心将加强交流合作，建立长效协作机制，对于跨区域案件，中心之间实行远程案件移送，坚决杜绝地方保护主义。此外，加强与有关部门、行业和机构的合作，研究探索通过维权援助，为"走出去""引进来"营造良好环境，进一步提升知识产权维权援助工作的层次。

（刊登于2010年4月21日第十版）

# 读图：影像中的品牌中国

### 王文扬 张子弘 杨申 摄影

（刊登于 2010 年 4 月 30 日第六版）

# 为成功精彩难忘的世博盛会提供有力支撑

本报评论员

举世瞩目、万众期待的中国 2010 年上海世界博览会隆重开幕了！这是我国首次举办的大规模综合性世界博览会，也是我国继北京奥运会后举国期盼、举世瞩目的又一盛会。举办一届"成功、精彩、难忘"的世博会，离不开强有力的知识产权保护。能否营造良好的世博会知识产权保护环境，圆满完成世博会知识产权保护工作，成为对我国知识产权保护能力的一次全面检阅。

世博会是世界经济、科技、文化的奥林匹克盛会，也是世界各国人民共享欢乐和友谊的聚会。自 1851 年诞生以来，每一届世博会都荟萃了世界各地的最新文明成果，成为见证人类社会发展进步的重要驿站。同时，世博会把不同国度、不同民族、不同文化背景的人们汇聚在一起，沟通心灵，增进友谊，加强合作，共谋发展，为推动人类文明进步发挥了重要而独特的作用。

2010 年上海世博会，对于展示中华民族 5000 年灿烂文明，展示新中国 60 年特别是改革开放 30 多年的辉煌成就，展示我国各族人民为实现全面建设小康社会宏伟目标而团结奋斗的精神风貌；对于促进我国同世界各国经济文化交流，增进我国人民同世界各国人民的相互了解和友谊，具有重要意义。本届世博会吸引了来自 246 个国家、地区和国际组织参展，世博会所形成的经济提振效应，对于中国和整个世界走出金融危机阴影，促进世界经济走向复苏，都是一个重要契机。

世博园的几十个展馆，世博会上的每一个创意，都是人类智慧的结晶；世博会上的每一件展品，都需要知识产权的保驾护航。正因如此，世博会的举办与整个国际社会的知识产权制度休戚相关。回顾近代知识产权制度发展的历史，许多著名的知识产权国际保护法律文件，如《保护工业产权巴黎公约》和《保护文学和文艺作品伯尔尼公约》，都是在举办世博会、保护世博会创新成果的现实推动下制定的。世博会在为全人类带来了智慧劳动最新成果的同时，也直观地体现着知识产权保护的重要作用，影响着人们不断加深对知识产权制度的认识和对知识产权保护工作的高度重视。

举办一届成功、精彩、难忘的世博会，是我国对国际社会的庄严承诺，也是党中央交给知识产权工作者的一项历史重任，能否圆满做好世博会知识产权保护工作，是对我国知识产权保护工作能力的一次全面考验。目前，我国已经形成了立法、司法、行政执法、法律服务等多层次的知识产权立体保护工作机制，为世界各地的创新成果提供良好的知识产权保护。我们要以高度的责任感和使命感，全力做好上海世博会知识产权服务保障工作，为办成一届"成功、精彩、难忘"的国际盛会提供有力支撑。

随着世博会各馆区正式对外开园迎接中外嘉宾，为期 184 天的"世博时间"开始了，这也意味着真正的考验刚刚开始。作为"世界博览　博览世界"的窗口和平台，中国人民将自己的聪明才智和创新精神向世界证明，无论在经济科技领域还是在知识产权保护领域，一些先进的发达国家做到的，中国同样可以做到，并且成绩更优异！

（刊登于2010年5月5日第一版）

## 融入世界　促进共赢

本报评论员

从年初以来，中国知识产权工作大事、要事、喜事不断，从庆祝国家知识产权局建局30周年，到纪念专利法实施25周年，从共度第十个世界知识产权日，到即将迎来《国家知识产权战略纲要》颁布实施两周年，每个节日的来临，都令我们对知识产权事业的蓬勃发展充满感慨，更对知识产权事业的未来满怀期待。而这一切的基础，都起始于30年前的一个值得隆重纪念的日子。

1980年6月3日，我国正式加入世界知识产权组织（WIPO），成为该组织的第90个成员国。以此为开端，中国相继加入了该组织管辖的《保护工业产权巴黎公约》《商标国际注册马德里协定》《保护文学和艺术作品伯尔尼公约》《专利合作条约》等几乎所有与知识产权有关的国际公约或条约，并在一些重大国际知识产权事务中，担当了重要角色，发挥了重要作用。通过加入世界知识产权组织和积极参与国际合作，奠定了中国知识产权事业开放、合作、共赢的基础，为中国知识产权事业更好地融入国际社会创造了条件，为中国知识产权制度的建立、完善和成熟起到了积极的作用。

可以说，中国加入世界知识产权组织使全社会逐步认识到知识产权对于经济和社会生活的重要性。中国不断完善的知识产权政策，为全球各跨国公司将研究机构引入中国建立了信心，促进了我国技术引进步伐的加快。同时，知识产权制度建设的大力推进，又为中国加入世界贸易组织创造了有利条件，也进一步激发了整个中国的创新热情和创新活力。提高自主创新能力、重视知识产权创造、运用能力，已成为提高国家核心竞争力的全民共识，企事业单位知识产权创造、运用、保护和管理的能力不断提高，依靠自主知识产权而快速发展的企业典型大量涌现，知识产权文化逐渐形成，知识产权制度在经济社会发展中的作用日益增强。

加入世界知识产权组织30年来，中国在知识产权领域取得的进步令世人瞩目。放眼未来，中国经济要从高耗能、劳动密集、环境污染严重的发展模式向又好又快的可持续发展模式转变；中国企业要提高产品附加值，提升核心竞争力，都需要更多的智力成果和智力资源，都需要继续加强知识产权制度建设。《国家知识产权战略纲要》明确指出，到2020年，要把我国建设成为"知识产权创造、运用、保护和管理水平较高的国家"。这也意味着，中国知识产权事业还有很大的提高空间，也还有很多的路要走。继续加强与世界知识产权组织及其成员国的交流与合作，向知识产权领域居于领先地位的国家借鉴、学习，无疑是迅速提高中国知识产权水平的有效方法之一。

截至目前，世界知识产权组织成员国已有184个国家，超过全世界国家数量的90%，构建一个平衡有效的知识产权制度是中国知识产权发展的未来，也应当是国际知识产权制度协调变革应当遵循的发展方向。当前，全球化和科学技术的新发展对知识产权制度提出了新的课题，气候变化、能源危机、粮食安全、公共健康和互联网应用等重大问题相互交织，也给世界知识产权体系带来新的挑战。面对这种形势，世界各国唯有通力合作，展现充分的灵活性和建设性，才可能共同探索出一条有效解决途径。中国愿与世界知识产权组织及各个成员国一道，加强合作，分享机遇，共同应对挑战，为推进世界知识产权体系的完善，推动各国实现共同繁荣和发展贡献力量。

（刊登于2010年6月2日第一、三版）

# 读图：让生活更美好——聚焦中国 2010 上海世界博览会

王文扬　杨申　摄影

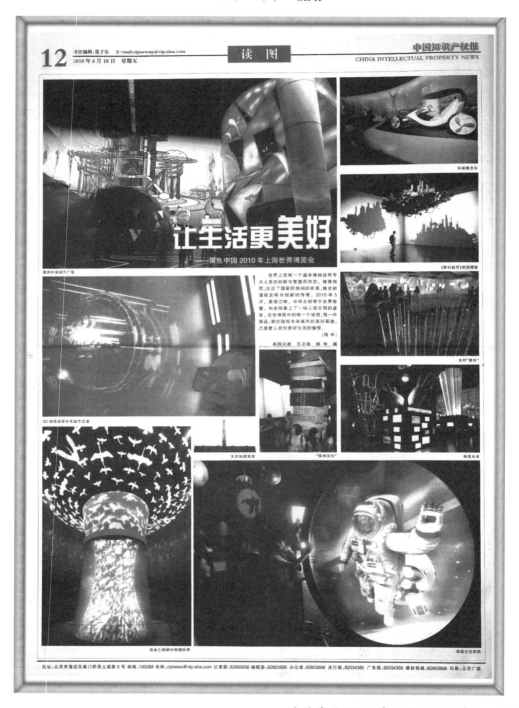

（刊登于 2010 年 6 月 18 日第十二版）

知识产权案件的高度专业性，对现行知识产权审判体制提出了挑战。改革我国现行知识产权审判体制的探索之一，就是"三审合一"，即实行知识产权民事、刑事和行政案件审理的统一

# 知识产权"三审合一"的六大模式

本报记者　魏小毛

近年来，随着国家知识产权战略颁布并深入实施，我国已经逐步转向创新驱动、内生增长的发展轨道，自主创新的理念和依法保护知识产权的意识日益深入人心，知识产权已经成为企业竞争的基本动力和国家发展的内在需求，表现在知识产权保护上，就是法院受理的知识产权案件出现了持续增长的势头。

知识产权案件的高度专业性对现行的知识产权审判体制提出了挑战：知识产权民事、刑事和行政案件的分立审判，无法适应目前知识产权高效、立体保护的需求，从而形成知识产权审判水平与日益增长的保护需求之间不相适应的矛盾。解决这种矛盾的出路就是对现行的知识产权审判体制进行改革，而改革知识产权审判体制的探索之一就是实行知识产权司法保护的"三审合一"。

由知识产权审判庭统一受理知识产权民事、行政和刑事案件，被称为知识产权司法保护"三审合一"。《国家知识产权战略纲要》明确提出要"完善知识产权审判体制……研究设置统一受理知识产权民事、行政和刑事案件的专门知识产权法庭"。

这种探索在国内开先河的是上海浦东。学者对浦东这种集中审理各类知识产权案件的方式十分推崇，称之为"浦东模式"。自"浦东模式"之后，湖北、广东、陕西、重庆等地法院也积极进行探索，各地根据本地区的实际，尝试进行知识产权"三审合一"，逐渐形成了"武汉模式""南海模式""珠海模式""西安模式"和"重庆模式"等。

根据最高人民法院的统计，截至 2009 年底，全国已有 5 个高级人民法院、44 个中级人民法院和 29 个基层人民法院开展了知识产权审判"三审合一"试点。

2010 年 6 月 22 日，来自全国各地法院知识产权庭的法官、专家学者齐聚武汉，共同研讨交流知识产权司法保护"三审合一"模式。与会代表普遍表示，实现知识产权司法保护"三审合一"，有利于统一裁判标准，整合审判资源，提高司法效率，从而整体提升我国知识产权司法保护水平。

## 南海模式

基层法院统一管辖本辖区内知识产权民事、刑事和行政案件，中级法院尚未实现三审合一，刑事和行政案件上诉后仍归口到刑庭和行政庭审理

2004 年 5 月 1 日，广东省佛山市南海区人民法院知识产权庭正式成立，2006 年 7 月 1 日起实行"三审合一"试点。截至今年 4 月 6 日，共受理知识产权案件 617 件，其中民事案件 589 件，刑事案件 28 件，尚未受理过行政案件。刑事案件类型包

括侵犯商业秘密、假冒注册商标、销售假冒注册商标的商品以及非法制造、销售非法制造的注册商标标识等4种罪名，其中有两件涉及单位犯罪。目前已审结26件，共对54名被告人处以5年以下有期徒刑的刑罚及100万元以下数额不等的罚金。

佛山市南海区人民法院知识产权庭副庭长陈嘉昇介绍，在机构设置上，该院在原来知识产权民事审判庭的基础上，成立专门的知识产权审判庭，知识产权的刑事、民事和行政案件一律划归知识产权审判庭审理，对外统一使用"知识产权审判庭"的称谓；在人员配备上，对合议庭成员进行适当的调整，分别从刑庭、行政庭指定了一名业务骨干参与涉及"三审合一"案件的审理，并由知识产权庭与所涉及的业务庭各派一名书记员实行双人记录；在审判管理及与相关部门的沟通协调上，由拥有多年立案工作经验的立案庭领导亲自负责对涉及知识产权"三审合一"案件的立案审查；在裁判文书制作上，结合知识产权案件的特点，改革刑事裁判文书的制作，引入知产民事裁判文书制作的合理元素，充实、完善刑事裁判文书的内容，保证同一案件在不同诉讼体系处理中的一致性。此外，建立公、检、法协调配合的知识产权刑事案件沟通机制，统筹兼顾刑事、民事案件的衔接。

### 浦东模式

基层法院知识产权庭统一审理辖区内知识产权民事、刑事和行政案件，上诉审也集中于中级法院知识产权庭，从而实现了横向和纵向上的"三审合一"

上海市浦东新区人民法院从1996年起就试行由知识产权审判庭集中审理涉及知识产权的民事、行政和刑事案件，至今走过了15个年头。截至2010年6月，该院已受理各类知识产权案件2149件，其中民事案件2066件、刑事案件81件、行政案件1件；审结各类知识产权案件1848件，其中民事案件1768件、刑事案件79件。

据悉，"浦东模式"最显著的特点就是在基层法院设立知识产权审判庭统一审理辖区内知识产权民事、刑事和行政案件。在探索的早期阶段，知识产权刑事和行政案件上诉后二审不在知识产权庭审理，仍在中级法院的刑庭和行政庭审理。从去年开始，上海两个中级法院也已经实行"三审合一"，所以一审法院审结的三类案件上诉审也集中于知识产权庭。从而实现了横向和纵向上的"三审合一"。

"在15年的实践中，从一开始的审理知识产权刑事案件时向刑庭借审判人员参与审理，到后来在知识产权庭内部确定专人审理，又在3年前从刑庭挑选法官充实到知识产权庭，与知识产权法官组成固定的综合合议庭，经历了不同的尝试和组合。"上海市浦东新区人民法院知识产权庭庭长陈惠珍表示，在审判组织的构建上，打造综合合议庭，发挥不同审判人员各自的优势；在工作机制上，加强与公安、检察部门的联系沟通，协调知识产权刑事司法关系；注重加大罚金刑的适用力度并提高执行到位率，铲除其再犯罪的经济基础；发挥集中审理的优势，给权利人全方位救济。

15年"三审合一"的实践收到了预期效果。据陈惠珍介绍，浦东新区法院知识产权庭先后办理了一批颇具社会影响的知识产权民事和知识产权刑事案件。所审结的刑事案件无一件抗诉，上诉的案件无改判、发回，刑事裁判文书得到上级法院的好评。

### 武汉模式

基层法院管辖本辖区的知识产权普通民事案件和整个武汉市的知识产权刑事和行政案件，上诉后统一由武汉市中级人民法院知识产权庭审理

2008 年 4 月，湖北省武汉市江岸区人民法院知识产权庭正式挂牌成立，负责受理本辖区内部分一审知识产权民事案件；武汉市中级人民法院指令将原来由全市各基层人民法院管辖的知识产权一审行政案件由江岸区法院集中管辖；市中级人民法院和市人民检察院以会签文件的形式，指令市各区级人民检察院在收到公安机关移送的案件时，凡涉及知识产权犯罪的，移送江岸区人民检察院审查后，由江岸区人民检察院向江岸区人民法院提起诉讼。由此，江岸区法院知识产权民事、刑事和行政案件集中审理的"三审合一"机制正式启动。

同时，武汉市中级法院知识产权庭集中审理知识产权刑事、行政、民事二审案件，并将由中级法院管辖的知识产权行政一审案件集中到知识产权庭审理。至此，较为彻底地实现了两级法院在全市范围内的三类诉讼合一，被业界称为知识产权"三审合一""武汉模式"。

"'武汉模式'在'三审合一'机制探索中实现了集中审理的彻底性。首先，在上下两级法院都成立专门的知识产权审判庭；其次，上下两级法院知识产权庭都实现了两个层面集中审理知识产权民事、刑事、行政案件；最后，上下两级法院的知识产权审判庭，实行知识产权审判业务对口指导和监督，形成了在武汉市法院管辖范围内知识产权审判在纵向审级上完全、彻底的'三审合一'模式。"武汉市江岸区人民法院院长李进表示，江岸区法院真正实现了审判资源在知识产权案件中的整合。

据悉，武汉江岸区法院"三审合一"模式运行以来，该院共审理知识产权民事案件 162 件，共审理刑事案件 10 件，行政案件一件。"三审合一"审判模式的运行已初显成效。

### 西安模式

统一将知识产权刑事和行政案件提级到中级人民法院管辖，刑事和行政案件分别在刑事和行政审判庭审理，但吸收民事法官共同组成合议庭

从 2007 年初开始，陕西省西安市中级人民法院就开始探索实行知识产权"三审合一"机制。

在具体做法上，该院统一将知识产权刑事和行政案件提级到中级人民法院管辖，一审案件案号分别为民知初字、刑知初字和行知初字，知识产权刑事和行政案件分别在刑事和行政审判庭审理，但要求吸收知识产权民事法官共同组成合议庭。

为了保证这一模式在实际操作中能够得到良好的贯彻和执行，西安市中级人民法院还采取了一些辅助措施，进一步加强知识产权案件立案、审判、执行部门之间

的协调与配合，做好衔接工作：立案庭在对与知识产权相关的新类型案件立案审查时，应听取知识产权审判庭的意见；执行庭在执行与知识产权相关的案件时，必要时知识产权审判庭应予以积极配合。

"与设立'三审合一'的审判庭不同，西安市中级人民法院的模式是对于涉及知识产权的刑事、行政案件，吸收知识产权民事法官参加，组成合议庭进行审理，确保知识产权案件审判人员取长补短、相互协调、统一认识。"西安市中级人民法院研究室主任姚建军表示。

自实行"三审合一"后，西安市中级人民法院受理的知识产权案件大幅增长，仅以民事案件为例，2007 年该院收案 123 件，2008 年收案 275 件，2009 年收案达 355 件。

### 珠海模式

中院设立派出机构，除集中受理全市范围内的一审知识产权民事案件外，还受理应由中级法院管辖的一审或二审知识产权刑事、行政案件

2009 年 12 月，为适应珠海建设珠江口西岸核心城市的需要，珠海市中级人民法院高新区知识产权法庭正式挂牌成立，这是全国第一家独立设置的知识产权法庭。在法庭的职责定位中，该院明确提出了实行知识产权审判"三审合一"：除集中受理全市范围内的一审知识产权民事案件外，还受理应由中级法院管辖的一审或二审知识产权刑事、行政案件。同时，为配合知识产权法庭的设立，珠海市人民检察院正在积极筹备设立知识产权检察室。

"珠海的'三审合一'是有组织创新、成立了专门机构的'三审合一'。"珠海市中级人民法院知识产权庭庭长陈发启表示，与其他模式相比，"珠海模式"最大的特点是设立了新的审判机构——知识产权法庭。法庭属于法院的派出机构，与法院内设的审判业务庭相比具有明显的区别：具有相对独立性，从性质上来说属于一个独立单位，而不是法院的一个部门。法庭的地位突出于其他审判业务庭而与执行局类似。法庭的设置为知识产权审判的人员配备和物质保障提供了更为广阔的空间。同时，专门的知识产权法庭也为开展"三审合一"的实施提供了更具合理性的工作平台。

陈发启表示，长期以来，珠海的知识产权案件数量总体偏少，因此，知识产权民事案件一直由中级法院集中管辖，而刑事、行政案件则依照诉讼法的规定分别由基层法院和中级法院一审管辖。知识产权法庭设立以后，除仍然集中受理全市范围的全部知识产权民事案件外，还行使刑事、行政审判对知识产权相关案件的管辖权，在中级法院层面，知识产权民事、刑事、行政案件实现了由一个机构统一审理。这种"三审合一"由于没有以基层法院"三审合一"为基础，与西安、武汉的做法又有很大的不同。中级法院层面的"三审合一"在广东尚属首家。

据悉，知识产权法庭设立之后，珠海市中级人民法院受理的知识产权民事案件大量增加，至今年 5 月底，受案数已超过了上年度全年总数的 50%，显示出案件大

幅度增加的态势。

## 重庆模式

基层法院和中级法院知识产权审判庭统一审理全部知识产权案件，高级法院知识产权审判庭统一指导，即"三级联动、三审合一、三位一体"

2008 年 6 月，最高人民法院下达了《关于同意指定重庆市渝中区人民法院审理部分知识产权民事纠纷案件的批复》，正式同意渝中区人民法院作为一审法院，审理发生在所辖区内除专利、植物新品种、集成电路布图设计纠纷案件之外的知识产权民事纠纷案件。随后，重庆市高级人民法院下发通知，指定渝中区人民法院从 2008 年 10 月开始受理发生在该院辖区内的部分知识产权民事案件。由此，渝中区人民法院成为重庆市首个具有部分知识产权案件管辖权的基层法院。

2008 年 11 月，重庆市高级人民法院下发了《关于知识产权审判庭统一审理知识产权刑、民、行政案件试点工作的方案》，明确提出了建立健全"三级联动、三审合一、三位一体"的知识产权审判模式，即三级法院知识产权三类案件案号均是"知"字当头，其中基层法院和中级法院知识产权审判庭统一审理全部知识产权案件，高级法院知识产权审判庭统一指导知识产权民事、刑事和行政审判工作。

"到目前为止，渝中区法院实行'三审合一'总体运行态势良好。"渝中区人民法院副院长张欣介绍，自该院知识产权庭成立以来，共受理知识产权民事案件 207 件，刑事案件 10 件，行政案件尚未受理。其中，民事案件调撤率达 76%，刑事案件无一上诉。

（刊登于 2010 年 7 月 7 日第八版）

从草根市场到全球第三大家纺交易中心，从版权的被动保护到主动创造、运用——

# 南通，WIPO 全球首个版权保护优秀案例

本报记者　姚文平

"南通家纺市场的成功经验说明版权保护可以有效促进地区经济发展，这一经验不仅值得中国企业和发展中国家借鉴，对于发达国家也具有重要意义。"7 月 9 日，中国国家版权局和世界知识产权组织在京联合发布《加强版权保护对中国南通家纺产业发展的影响调研报告》，世界知识产权组织助理总干事克拉克在接受中国知识产权报记者采访时高度评价了"南通经验"。

## 乡村集市依托版权保护创富

据悉，江苏省南通市是我国著名的"纺织之乡"。改革开放前夕，这里的农民凭借传统纺织技艺，将自家加工的纺织品偷偷拿到农贸市场出售，逐渐形成了颇具规

模的志浩和叠石桥两个地下交易"黑市"。

上世纪 80 年代，由两个市场逐渐形成的南通家纺市场依托版权保护兴业，逐步开始了自主创新。如今，这里集中了 2000 多家专业设计单位，有 3 万多人在此从事新花型设计开发，2009 年家纺产品营业额达 500 亿元，已经成为继纽约第五大道和德国法兰克福之后的全球第三大家纺交易中心。

从草根市场到全球家纺交易中心，"南通经验"引起了国际社会的关注。国家版权局和世界知识产权组织决定就南通家纺市场的版权保护经验开展全方位调研。在双方的共同努力下，《南通家纺产业版权保护调研报告》（中英文本）形成，并于 2009 年 12 月在瑞士日内瓦世界知识产权组织总部获得审查通过，南通作为全球首例版权保护优秀示范点脱颖而出，成为中国知识产权保护的亮点进入国际视野。

回顾南通家纺市场的发展历程，版权保护成为财富效应中的关键词。众所周知，家纺行业不仅依赖优质面料，美观的花型更是产品最为抢眼的亮点。早期的南通家纺市场弥漫着花型翻版的抄袭之风。1996 年，来自台湾的商人林氏兄弟带来的花型火爆市场，引来无数企业抄袭，刚成立不久的南通市版权局接到举报后，对翻版商户进行了处罚。当地人第一次懂得了什么是版权，更明白了侵权必究，创新存活的朴素道理。

### 制度创新为产业保驾护航

在经历了无序经营恶性竞争后，当地政府及时采取措施，加强对家纺产品花型的版权管理，健全民事、行政、司法保护体制机制，市场交易秩序逐步规范。此后，全国首家农民花型版权贸易交易所成立，国内外的客商通过"花型电脑资料库"可以选购市场上万种拥有版权的花型款式。2008 年，南通通州人民法院在家纺城专门设立了知识产权巡回审判庭，这是全国第一家设在市场的知识产权巡回审判庭，为当事人节省了时间和成本，司法保护强有力地为市场保驾护航。市场在规范化有序经营中，家纺产品交易量迅速增加，产销量以每年 20% 的速度增长。

据了解，从 1997 年到 2009 年末，志浩市场版权管理办公室累计接受投诉 1635 件，查封侵权面料 339.87 万米，调解案件 1526 起，赔偿经济损失 842.7 万元，挽回经济损失近 18 亿元。2007 年 11 月至 2010 年 6 月，南通市通州区人民法院共审结家纺类著作权纠纷案件 260 件，为当事人挽回经济损失 520 余万元。

群众自发维权、政府积极引导、司法有效介入的家纺产品版权保护机制、体制，有效促进了当地家纺产业的发展，由此催生和成就了一批具有鲜明版权保护特色的产业集群和专业市场，成功打造家纺研发、制造、物流、仓储、销售产业链，并促进了印染、印刷、旅游、服务业的繁荣兴旺，在促进经济发展、推动产业创新、造福一方百姓等方面取得显著成绩。

国家新闻出版总署副署长、国家版权局副局长阎晓宏在接受本报记者采访时指出，"南通经验"带来的启示是：在中国未来的发展中，只有坚持走创新之路，才能摆脱粗放式、以资源消耗为特征的增长方式；只有鼓励创新、加强知识产权保护，才能有效运用包括版权在内的各类智力成果，最终实现科学发展目标。"南通经验"标志着中国的版权已从被动的保护阶段转入版权创造、使用和保护并重的阶段。

（刊登于2010年7月14日第一版）

# 楚天科技：一件专利带出一个创新王国

**本报记者** 向利 **通讯员** 何平 李珊

2010年7月2日，每一个楚天人都深深地记住了这一天，冒着长沙的滚滚热浪，国务院总理温家宝来到了我国制药装备行业龙头企业——楚天科技有限公司（以下简称"楚天"）。这是一家位于长沙市宁乡经济开发区的企业，几万平方米的厂区洋溢着节日般的喜庆，温总理详细地了解了企业的研发情况，并来到干净整洁的现代化车间看望流水线上的工人。当记者循着温总理的足迹来到楚天时，楚天的领导与员工回忆起总理视察时的情景，仍然掩饰不住内心的激动。他们忘不了温总理留给他们的殷切话语："企业的前途在于自主创新。医药机械是朝阳产业，因为它有着人们长期的刚性需求。企业竞争力的根本在于专利、知识产权和标准。希望每个职工要用产品的质量、效益和创造发明，为企业争得荣誉，为每个职工赢得尊严。我祝我们这个企业兴旺发达！"

## "三不做"的创新思路

楚天人没有理由不为总理的话而动容，这正是企业发展的真实写照。2000年，怀揣着一件发明专利，公司董事长唐岳带着他的创业梦想以及200万元高新技术产业化引导资金建立了楚天科技。经过10年的发展，楚天由最初租赁"牛棚"作为厂房发展成为占地面积300余亩、以医药包装机械、医药印刷机械研发制造为主的制药装备行业龙头企业。

回忆创业的艰辛，公司副总经理、技术总监刘振在接受记者采访时，仍然是感慨万千。"公司刚成立之时，由于资金的缺乏，每次展会，我们只能待在外面推销自己的产品。"正是这种"一贫如洗"的家底，迫使楚天想法改变现状，掌握命运。"可以说是市场逼迫我们走上创新之路"刘振表示。2001年，董事长唐岳经过多番思索，决定改变企业发展策略，走高端路线。

制药装备是近些年才在国内发展起来的新兴领域，在这个领域，基本上是国外企业占领了技术和市场，要想占领高端市场，没有领先的技术是根本不可能的。"高端客户更重视产品质量，不愿意承担技术风险，对制药装备的品质要求更高。"刘振表示。对此，楚天制定了"要么唯一，要么第一"的创新标准，强调不能在技术上领先的产品不做，不能形成自主知识产权的产品不做，国内同行已经形成品牌的产品不做。正是这种独辟蹊径的思路，使楚天走上了一条依靠专利、依靠自主知识产权占领市场的创新之路。

技术的创新，人才是根本。2001年，楚天花费巨资引进专家。据刘振介绍，当年，楚天的产值才1400多万元，而用于人才引进就花费几百万元。在专家的带领下，楚天不断研发出新产品，慢慢体现出技术领先优势。2003年，研发出一个口服液新产品，第一次参加展销会时在展会上就被厂家买走。2005年，开发出新的水针线，由于技术上的领先，目前，该产品国内市场份额达到了60%以上，并成为楚天主要的出口产品。至今，楚天用于技术人才引进的费用累计高达几千万元（含股权），研发人员占员工总数15%，同时，楚天也投资上千万成立了省级企业技术研发中心，建立了制药装备工程技术研究中心，并建立了行业首个博士后科研流动站协作研发中心。正是这样一只堪称豪华的研发队伍，为楚天带来了一次又一次的技术突破，使楚天成为亚洲地区最大的生物医药装备制造企业，也使楚天成为国家制药装备行业标准重点制修订企业。截至目前，楚天共制定本行业10项产品的国家行业标准，且都已颁布实施。

**知识产权助楚天"扬帆远航"**

如今的楚天人，早已远离早期的"牛棚"，远离在展会外徘徊的身影。在温总理视察过的办公楼里，闪烁的LED屏不断打出欢迎客户来访的字幕，这些客户，有来自其他省份的制药企业，也有远道而来的国外企业。在楚天的宣传橱窗里写着："生产H1N1疫苗的十多家生物制药厂，均采用了楚天的设备。"在楚天的现代化生产车间里，先进的数控车床和激光加工中心等智能化设备——陈列。在这背后，支撑楚天拓展市场、提升竞争力的正是知识产权。

据介绍，截至2009年底，楚天共提交国内外专利申请357件，其中发明专利申请107件，以PCT途径提交的国际专利申请4件。仅在今年，楚天就已经提交了国内外专利申请157件，成为我国制药装备行业专利申请量最多的企业之一。此外，2010年楚天商标被国家工商总局认定为驰名商标，成为国内同行第一个驰名商标。

刘振表示，楚天通过加强技术创新取得知识产权，从中尝到了甜头。企业成立后曾遭遇过几起专利侵权诉讼，正是由于企业对知识产权的重视，应诉的两起专利侵权案，对方专利均被判无效。起诉的一起专利侵权案，楚天也获得胜诉，对方被判立即停止侵权，赔偿楚天经济损失16万元。

事实上，在楚天决定走高端路线、重视研发创新之初，知识产权工作就成为楚天发展的重中之重。2007年，楚天成为湖南省首批知识产权优势培育企业。企业内部，更是成立了一支隶属于董事长、总经理直接领导的知识产权队伍，专职负责专利申请与处理专利纠纷事务，同时担负运行制药装备行业专利预警系统平台和知识产权管理平台等工作。此外，公司还制定了有关知识产权的制度与规定，以激励员工的发明创造的积极性。据统计，楚天的专利申请有10%来自车间和售后服务等非科研部门。刘振表示，楚天鼓励员工积极申请专利，获得发明专利先给固定数额的撰写奖和发明创造奖奖励，专利实施后，还按照每生产一台产品提取一定比例的提成作为实施奖。

在这家被列入湖南省"小巨人计划"企业的发展历程中，我们看到了它"扬帆万里"的远景。楚天人自主创新的实践没有辜负温总理的殷殷寄托，也验证了"企业竞争力的根本在于专利、知识产权和标准"的发展之路。

**编后**

"不能在技术上领先的产品不做，不能形成自主知识产权的产品不做，国内同行已经形成品牌的不做。"这是楚天发展的核心理念，也是其挺立市场潮头的奥秘所在。

在知识经济成为主导的今天，我国企业要想在世界经济格局中占据有利形势，就必须未雨绸缪，抢先在知识产权领域布局。楚天，这家位于我国中部省份的民营企业，在发展伊始就定下了以技术领先、知识产权和品牌为企业发展策略的大计。这种先人一步的胆识，使楚天获得超越式发展，也为国内众多企业指出了一条依靠知识产权谋求飞速发展的光明大道。

（刊登于 2010 年 7 月 21 日第一、三版）

# 从知识产权角度看"世界第二"

成诚

近日，媒体有关"中国经济超过日本成为世界第二大经济体"的报道和评论形成高潮。多数国外媒体赞叹，这是中国经济在相继超越德国、法国、英国之后的又一个里程碑；还有不少人乐观地预测，不超过 20 年，中国经济将超过美国成为世界第一大经济体。但我们从知识产权视角来审视就不难发现，中国的 GDP 数据中还掺杂着一些不尽如人意的成分。

统计表明，目前我国已有 80 多种产品的产量名列世界第一，工业增加值连续多年位居世界前列，成为名副其实的"制造大国"。但同时，由于自主创新能力不足，原创技术和自主知识产权缺乏，多数"中国制造"仍处于全球产业链的低端，大部分产品仍无法挣脱"三高一低"的樊篱，一些领域的主要技术和关键设备还需要依赖进口，国内相当多的企业还只能贴牌生产或被迫支付高额专利使用费用，一些有优势的产品出口屡屡受到知识产权和技术壁垒的阻碍。从专利申请、授权数量看，中国已成为数量上的知识产权大国，但其中相当部分的发明专利，特别是 IT、生物制品、通信等高技术领域的发明专利，绝大部分为跨国公司所有。

以目前国内外市场热销的苹果 iPod 为例，国外研究机构分析发现，在美国零售价为每台 299 美元，其中苹果公司的品牌和设计收入 80 美元，分销和零售成本 75 美元，其余 144 美元的成本中，提供硬盘和显示屏两大部件的日本企业获得附加值约 94 美元，其他成本还包括美、日、韩一些企业的零部件和技术专利费等，而组装这台 iPod 的中国企业所赚取的不过是几美元的加工费。至于一些传统产业，"八亿件衬衣换一架波音"更是众所周知的严酷现实。缺少利润的酸楚背后，反映出我国与美国等发达国家之间知识产权实力的差距。

以上情形，要求我们重新思考中国崛起的知识产权含义。如果仅从生产、贸易和消费量衡量，GDP 持续高速增长和不断提升的世界排名，当然值得欣慰；但类似"制造和销售在中国，利润在国外品牌和专利人手里"的现状，则意味着这种崛起只不过是全球产业借助中国的躯壳承载而已。也正因为如此，与国外舆论的兴奋不同，国内媒体及官方显得比较冷静。外交部、商务部、统计局等政府部门新闻发言人一致强调：在提高经济增长质量、民众生活水平方面还有很长的路要走。

经历了改革开放 30 年来的高速发展，经历了学习贯彻科学发展观的思想洗礼，我们对类似的许多"世界第一"已不仅仅是欢欣，更多是深入的思考。不止一家西方媒体提出，西方只有在创新方面继续领先才能有效应对中国的崛起；中国同样认为，突破西方技术压制的唯一方法就是提高自主创新能力，知识产权竞争将决定中国的未来。

因此，面对"中国成为世界第二大经济体"的成就，我们首先还是责任向内，大力提高经济质量，改善高投入、高污染、高能耗的经济模式。在国际产业分工中充分发挥成本、规模、效率和基础设施等方面优势的同时，加快调整经济结构、转变经济发展方式，大力提高自主创新能力，以自己的核心技术和一流品牌逐鹿世界市场。

（刊登于 2010 年 8 月 27 日第一版）

# 国外在华专利申请突破 100 万件

**本报讯** （通讯员毛昊北京报道）随着我国知识产权保护环境日益改善，近年来国外在华专利申请呈现快速增长趋势。截至 2010 年 9 月 9 日，国家知识产权局受理来自国外的专利申请累计达到 100.2 万件。其中，发明专利申请 86.5 万件，实用新型专利申请 1.6 万件，外观设计专利申请 12.1 万件。

据介绍，排名前四位的分别是：日本累计 36.1 万件居第一位，美国、德国、韩国分别以 24.2 万件、8.9 万件、8.1 万件位列其后。其他来华申请专利数量较多的国家依次是：法国 3.7 万件、荷兰 3.5 万件、瑞士 2.7 万件、英国 2.2 万件、瑞典 1.7 万件、意大利 1.6 万件、芬兰 1 万件。国外来华专利申请中，超过九成来自上述国家。国外来华专利申请质量普遍较高，接近九成是发明专利，企业申请比例达到 95.3%。其中，被授予专利权的申请有 49.1 万件。

据悉，从我国专利法实施到 2005 年，国外在华专利申请数量用了 20 多年的时间达到 50 万件，此后用了不到 5 年的时间翻了一番，突破 100 万件。今年 1 月到 8 月，国外来华专利申请同比增长 12.9%。

（刊登于 2010 年 9 月 29 日第一版）

# 广东：将实施知识产权战略写入地方法规

**本报讯** （记者顾奇志广东报道）近日，广东省第 11 届人大常委会在广州举行第 21 次会议。本次会议上，《广东省专利条例》（以下简称《条例》）获得表决通过。《条例》将实施知识产权战略提高到地方法规的高度。

《条例》分为 8 章，包括总则、激励、应用、保护、服务、监督管理、法律责任和附则，共计 59 条，将于 2010 年 12 月 1 日起正式实施。《条例》要求，县级以上人民政府应当实施知识产权战略，将专利工作纳入国民经济和社会发展规划，采取有效措施促进发明创造以及专利的运用、保护和管理；县级以上人民政府应当安排专项经费，用于促进发明创造和专利的应用、保护和管理。同时，《条例》还鼓励商业银行开展专利权质押贷款等业务。

《条例》规定，专利行政部门处理专利侵权纠纷案件时可采取多种措施，包括对当事人的生产经营场所实施现场检查勘验；询问当事人或有关人员，调查与案件有关的情况；查阅、复制与案件有关的合同、发票、账簿、计算机数据以及其他相关资料；检查与案件有关的物品，抽样取证；在证据材料可能灭失或者可能转移时，可以先行登记保存。

《条例》同时要求专利行政部门加强专利信息化建设，规范专利信息服务，省及地级以上市应当建立专利预警机制，为政府决策及企事业单位发展服务；省、地级以上市政府应当对涉及专利的重大经济活动实现专利审查。

《条例》还对认定专利侵权的行政处理、民事判决或仲裁裁决生效后，侵权人再次侵犯同一专利权，扰乱市场秩序的，由专利行政部门处以没收违法所得和罚款处理。此规定将有效遏制专利重复侵权的现象。《条例》还规定，未依法取得专利服务的执业资质或者资格，以营利为目的从事专利服务的，由专利行政部门责令改正，没收违法所得及罚款。

据了解，《条例》拟定工作于 2007 年正式启动，2008 年底被列入《省人大常委会立法规划项目（2008～2013 年）》。广东省知识产权局与广东省法制办、省人大法工委、省人大教科文卫委通过立法调研、召开征求意见座谈会和立法论证会等基础上，起草了《条例（送审稿）》。2010 年 3 月，经省政府常务会议讨论通过，提请省人大常委会审议。之后，经过省第 11 届人大常委会第 18、20、21 次会议的三次审议和反复修改，终于获得通过。

《条例》实施后，1996 年颁布实施的《广东省专利保护条例》将完成其历史使命，于《广东省专利条例》实施之日起废止。

（刊登于 2010 年 10 月 20 日第二版）

# 书写专利事业的新篇章

## ——访国家知识产权局局长田力普

本报记者　吴辉　赵建国

筚路蓝缕写华章，知识产权铸辉煌。正当中国专利事业走过 30 年历程，"十一五"临近收官，"十二五"蓄势待发之时，2010 年 11 月 11 日，《全国专利事业发展战略（2011～2020 年）》（下称"专利战略"）正式颁布实施，标志着中国专利事业又站上了一个新的起点。

"专利战略是我国专利事业未来 10 年发展的纲领性文件，为我国专利事业的发展指明了方向，设定了目标，提出了具体路径，它对于我国专利事业的发展具有里程碑式的意义。"国家知识产权局局长田力普日前在接受中国知识产权报记者专访时指出，专利战略的颁布实施，是深入贯彻落实科学发展观，推进《国家知识产权战略纲要》（下称《纲要》）实施的迫切需要；是解决专利事业发展全局性、制度性和长远性问题的关键举措；是应对激烈的国际竞争，加快转变经济发展方式的必然要求；是建设创新型国家，实现全面建设小康社会目标的强有力支撑。

**总体谋划**

**——提升国家核心竞争力**

"专利制度是知识产权制度的重要组成部分，作为一项激励和保护创新的基础性制度，在国家经济、科技和社会发展中起着越来越重要的作用。"在谈到专利战略颁布实施的背景和意义时，田力普表示，专利战略是为了深入贯彻落实《纲要》，运用专利制度和专利资源，提升专利创造、运用、保护和管理能力，从而提升国家核心竞争力而进行的长远性和总体性的谋划。

当今世界，随着知识经济日新月异的发展与全球化进程的不断加快，专利日益成为国家核心竞争力的战略性资源，也成为国际产业布局的重要工具，受到越来越多国家的关注。田力普结合国际国内的发展形势分析认为，从国际看，受国际金融危机的影响，发达国家大力培育战略性新兴产业，更加重视知识产权，正加紧进行专利战略部署。针对我国的贸易保护主义持续升温，我国企业境外知识产权纠纷明显增多，我国专利事业面临的挑战更为严峻。从国内看，当前我国加快转变经济发展方式已经刻不容缓，迫切需要由传统的主要依靠物资消耗转变为主要依靠智力和知识资源，依靠创新驱动来发展经济，迫切需要充分运用知识产权制度，特别是专利制度来激励和保护创新，为我国经济结构的调整和经济发展方式的转变提供强有力的支撑。值得一提的是，10月25日，最新发布的《国家竞争力蓝皮书——中国国家竞争力报告》显示，我国国家竞争力已从1990年的全球第73名上升至2009年的第17名，创新竞争力位居第22位，知识产权的拥有量无疑成为判断国家竞争力的重要依据。田力普表示，专利战略颁布实施的目的，就是以运用专利制度和专利资源为核心，努力营造良好的专利法制、市场和文化氛围，积极服务市场主体，充分发挥专利制度在建设创新型国家和经济社会发展中的强有力支撑作用。

**战略重点**
**——加快转变经济发展方式**

"专利战略创造性地提出了构建专利政策体系、发展专利服务业等新概念和新设想。"田力普指出，专利战略实施的目标就是，专利制度有效运行，专利政策在国家经济和科技工作中的导向作用凸显，在新兴产业发展的重点领域和传统产业重点技术领域形成一大批核心专利，专利制度对创新型国家建设和经济社会发展的促进作用充分显现。

田力普指出，专利战略提出的12项战略重点和保障措施，与国家经济科技政策的相互衔接更为紧密，其中的重点就是促进我国创新能力提升，引导产业结构调整与产业升级，加快转变经济发展方式。专利战略提出，通过采取切实措施，积极鼓励企业生产核心专利权的高附加值的产品，促进企业转变发展方式。

2009年，我国企业申请的专利达到39.4299万件，比2004年增加11.5356万件，约占同年国内专利申请总量的40.4%。因此，引导和促进作为创新主体的企业提升专利综合能力，成为专利战略的重点内容。专利战略从6个方面对此作了明确，强调要引导企业以市场分析和专利分析为依据，制定适合自身发展特点的企业专利战略，鼓励和支持企业进行专利海外布局；引导创新要素、专利资源向企业集聚和转移，鼓励企业联合构筑专利联盟；鼓励和支持企业将我国优势领域拥有专利权的核心技术和关键技术上升为国家标准和国际标准；进一步完善企业专利管理工作规范，健全企业专利资产管理规程；深入开展企事业单位试点示范工作、实施中小企业知识产权战略推进工程、实施知识产权优势企业培育工程，提高企事业单位运用专利制度的能力；通过专利托管、引优扶强等措施，促进优秀专利服务机构为中小企业提供公益服务，为优势企业提供个性化服务。

对于提升专利审查综合能力建设，专利战略提出了6项指导意见，要求以社会需求为导向，不断完善专利审查标准和审查管理政策。适度扩大审查队伍规模，加强人员素质能力培养，开展审查文化建设；建立更为高效、科学的审查业务运行管理体系，不断提高审查效率和审查质量；设立加快审查制度，创设更为灵活、便捷和高效的审查方式，提高审查员与利益相关方之间的沟通效率；务实参与审查业务国际合作，促进审查能力建设；统筹审查资源，配合国家重点产业发展政策，提供专利申请策略和专利分析指导等服务，积极引导市场主体重视专利价值挖掘；建立基于审查资源的中介机构扶持机制，引导中介机构拓展服务范围、提升服务能力；采取积极措施，为市场主体向国外申请专利提供相关服务和业务指导。目前，我国三种专利审查全流程顺畅无积压。发明实审平均结案周期25.8个月，实用新型和外观设计审查周期分别为5.8个月和5.5个月，复审无效周期为7.4个月。至今，我国专利审查能力已跻身世界前列，为各类创新主体的服务水平有了显著提高。

专利战略从进一步完善专利法律制度、大力推进与专利相关的政策体系的构建、进一步加强专利管理体制与机制建设、大力提升专利创造和运用能力、提升专利审查综合能力、增强专利保护能力、推动建立重大经济活动知识产权审议机制、加强专利信息传播利用与信息化建设、加快发展专利服务业、加强专利人才队伍建设、加强知识产权文化建设、全方位开展专利国际交流与合作等方面提出了指导意见，处处体现出《纲要》的精神，与《纲要》的指导思想高度契合。

"《纲要》是专利战略的纲领性文件，它为专利战略的实施指明了方向。而专利战略是对《纲要》的进一步落实和细化，进一步保障了《纲要》中提出的与专利相关的各项战略任务的完成。"田力普强调。

**有效实施**

**——确保实现战略目标**

对于如何贯彻实施专利战略，田力普透露，为保证在2020年全面实现专利战略的各项目标，国家知识产权局将对专利战略任务进行统一规划和总体部署，每年出台专利战略推进计划，并融入国家知识产权战略实施总体年度推进计划中。

专利战略的实施分为三个阶段，2012年、2015年、2020年实施的战略目标已经确立。实施专利战略，关键在于领导和组织工作。要统一部署，精心组织，充分运用国家知识产权战略实施工作部际联席会议制度，省部、部部会商制度等协调机制，加强专利事业发展战略实施的协调工作，共同推动相关政策措施的出台。各相关部门要根据责任分工，重点部署，协同配合，确保各项工作的落实。各省、自治区、直辖市知识产权局根据本地区特点和实际情况，因地制宜，推动本地区专利事业发展战略的制定和实施。国家知识产权局和各省、自治区、直辖市知识产权局要在经费、人员等方面积极创造条件，加大投入力度，在经费预算和执行方面提供切实保障，确保专利事业发展战略各项工作的顺利开展。

田力普表示，专利战略的实施是一个长期的、渐进的过程，必须充分调动各方面的积极性，发挥政府的推动作用、市场的基础作用、企事业单位的主体作用，周密部署，精心组织，分阶段、按步骤、多层次、有重点地加以推进，确保全国专利事业发展战略的有效实施。

"回顾过去，专利制度实施取得的成就让我们深受鼓舞；展望未来，我国专利事业的光辉前景令我们信心百倍。"田力普强调，专利事业任重道远，我们肩负的任务艰巨而光荣。在众多的机遇与挑战面前，我们将积极响应党中央、国务院的号召，深入贯彻落实科学发展观，以《纲要》为指南，以实施专利战略为着力点，坚定信心、振奋精神、开拓创新、扎实工作，不断开创专利工作新局面，为加快转变经济发展方式、建设创新型国家做出新的更大的贡献。

（刊登于 2010 年 11 月 12 日第一、三版）

# 五战五捷，靠的是什么？

光君

通领科技在美国长达 6 年的专利拉锯战终于迎来了五连胜。

回首这得来不易的五连胜，通领科技从被动防御到主动维权，运用法律手段，粉碎了海外巨头企图通过轮番恶意诉讼迫使中国企业退出美国市场的企图，表明其不仅通过知识产权提升了企业的核心竞争力，而且娴熟地掌握了美国知识产权诉讼的游戏规则。通领科技漫长的诉讼经历，对中国外向型企业应对涉外知识产权纠纷具有十分重要的示范意义。

据统计，国外企业在美国本土打官司胜诉率仅为 10%。因此，一部分中国企业在面对涉外知识产权纠纷，尤其是美国专利官司时颇为恐惧，复杂的国际规则、旷日持久的法律程序、昂贵的律师费用，让大多数中国企业望而却步，不战而败。但陈伍胜毅然选择了应诉，而且官司一打就是 6 年。是什么支撑了他如此坚定的信念？单靠不为对手逼人气势所压倒的勇气和为民族企业而战的气节是远远不够的。

首先靠的是专利。这是陈伍胜敢于下如此大赌注的底气。只有手里握着专利，企业才有核心竞争力，打起官司来才有主心骨。通领科技能够取得连环诉讼的胜利，根本上是因为其产品在进入美国市场前就扎扎实实地获得了专利权，截至目前，通领科技已拥有近 80 件美国专利。如今，他们仍然在不断加大研发力度，开发新的专利产品。

其次靠的是智力。涉外知识产权官司极为复杂和难以操作，企业能够熟练运用国际规则，掌握高超的应对策略和专业的法律手段才能赢得诉讼。通领科技在产品进入美国市场前就做足了准备，对其专利作了充分的非侵权认证，每一件创新成果都有良好的律师团队作知识产权支撑，这对日后诉讼的成功起到了决定性的作用。

再者靠的是财力。美国的律师费用非常昂贵，大概在每小时 300 至 1000 美元不等，一场"337 调查"更是需要企业至少投入 200 多万美元的诉讼费用。如果没有雄厚的财力支撑，官司还未打完，企业恐怕早已被拖垮。而通领科技不仅没有退出美国市场，而且还每年都推出新的专利产品，以此获得的销售利润保证了企业坚持到最后。

诚然，知识产权诉讼本身并没有好坏之分，它是市场经济环境下企业之间竞争的一种市场规则。企业是否选择应诉，也要待冷静比照投入和产出效益后，视具体情况而定。企业竞争的最终目的是利益。陈伍胜正是深知个中利害，才会不惜斥巨资一次次地迎战。GFGI 是通领科技的主打产品，其中 85% 都是销往美国。因此，对陈伍胜而言，这是一场决定生死存亡的战斗。赢官司的目的，永远是赢得市场和效益。

6 年五连胜，不仅是通领科技一家企业知识产权诉讼的胜利，更是中国企业知识产权意识不断觉醒、在斗争中知识产权运用能力不断提升的缩影。随着中国国力的日益增强和知识产权环境的不断优化，相信会有更多的民族企业像通领科技一样，在知识产权的支撑下，在国际舞台上赢得更多的尊重、取得更大的发展空间。

（刊登于 2010 年 12 月 24 日第一版）

# 2011

# 我国将加快推进现代农作物种业发展

## 力争到 2020 年，培育一批拥有自主知识产权的突破性优良品种

**本报讯** （记者向利北京报道）2 月 22 日，国务院总理温家宝主持召开国务院常务会议，研究部署加快推进现代农作物种业发展。会议讨论通过了《关于加快推进现代农作物种业发展的意见》，并提出，力争到 2020 年，培育一批具有重大应用前景和自主知识产权的突破性优良品种，建设一批标准化、规模化、集约化、机械化的优势种子生产基地，打造一批育种能力强、生产加工技术先进、市场营销网络健全、技术服务到位的现代农作物种业集团。

会议指出，我国是农业大国，农作物种业是国家战略性、基础性的核心产业。在新形势下加快发展现代农作物种业，对于促进农业长期稳定发展，保障国家粮食安全，具有重要意义。必须坚持自主创新，改革体制机制，完善法律法规，整合农作物种业资源，加大政策扶持和投入力度，快速提升我国农作物种业科技创新能力、企业竞争能力、供种保障能力和市场监管能力，构建以产业为主导、企业为主体、基地为依托、产学研相结合、育繁推一体化的现代农作物种业体系。力争到 2020 年，培育一批具有重大应用前景和自主知识产权的突破性优良品种，建设一批标准化、规模化、集约化、机械化的优势种子生产基地，打造一批育种能力强、生产加工技术先进、市场营销网络健全、技术服务到位的现代农作物种业集团，全面提升我国农作物种业发展水平。

有关专家指出，《关于加快推进现代农作物种业发展的意见》与去年 12 月农业部出台的相关办法是一脉相承的。去年 12 月 13 日，农业部发布了关于公开征求《农作物种子生产经营许可管理办法》意见的通知，目前修订稿已完成公开征求意见。此次修订的变化主要是对生产经营者的自有品种数量、生产基地规模、种子加工检验设施和场地、技术人员数量有了严格限制。

据悉，近年来，我国种业领域植物新品种权和专利的申请授权量大幅增长。截至 2010 年底，我国农业部已累计受理植物新品种权申请达 7761 件，其中国内申请 7268 件；国内种业企业提交的农业植物新品种权申请量大幅上升，占国内总申请量的 32%。已累计授权农业植物新品种权 3473 件，国内授权 3409 件。

据有关统计数据显示，截至 2010 年底，我国共受理与育种有关的专利申请 5015 件，其中国内申请人提交了 3588 件专利申请，由企业提交的专利申请达 347 件，占国内总申请量的 9.7%。有关专家表示，我国种业企业仍面临知识产权拥有量少，知识产权总体质量不高，知识产权产业化对接机制还不健全等问题。

（刊登于 2011 年 2 月 25 日第一版）

全国人大常委会表决通过《非物质文化遗产法》，"非遗"保护从此有法可依——

# 立法保护为"非遗"传承保驾护航

本报记者　姜旭

2月25日，《非物质文化遗产法》（下称"非遗法"）在第十一届全国人大常委会第十九次会议正式通过。其中明确规定，鼓励代表性传承人开展传承、传播活动的具体措施，内容包括帮助传承人提供必要的传承场所，提供必要的经费资助其开展授徒、传艺、交流等活动。听到这个消息以后，凤翔年画第20代传承人邰立平在电话那端按捺不住心中的喜悦："好事，这绝对是好事！有了法律作后盾，我们这些传承人可以更安心地进行传承和保护了。"

据悉，今年6月将正式实施的非遗法，将鼓励"非遗"寻求市场出路，对濒临消失的非物质文化遗产代表性项目予以重点保护，这一系列规定让处于技艺濒临失传的传承人看到了希望。

**传承人：**

**有了保障，心里更踏实了**

1952年出生的邰立平见证了凤翔木版年画从辉煌走向落没，再重新回到公众视野中的艰辛历程。"为了生存，很多民间艺术工作者不得不放弃技艺，由于没有市场，手工艺年画逐渐淡出人们的视野。与此同时，要收集和整理在'文革'期间破坏的古版和画版，需要很大的资金和精力。"谈到这些，邰立平感慨："如今，非遗法规定了对传承人授徒、传艺开展传习活动给予扶持。有了政策支持，凤翔木版年画不怕消失了。"

对非遗法的影响深有感触的不仅邰立平一人，当记者告诉云南腾冲县界头乡新庄村的传统造纸传承人龙有运，非遗法规定今后要进行非物质文化遗产调查，应当征得调查对象的同意时，他显得格外激动："以往由于缺乏保护意识，不少媒体甚至是从其他国家来的人，到村庄把造纸的所有环节和细节都拍摄下来，制成节目播放出来，让我们这些靠造纸为生的村民深感不安。现在有了法律，那些人再也不能随便将我们的技艺任意传播了。"

中国民间文艺家协会主席、非物质文化遗产保护领导小组专家委员会主任冯骥才对媒体表示："文化遗产的终极保护是全民保护，只有人民觉醒了，开始热爱自己的文化了，那些最原始、最自然、最具有原生态的文化基因，才可能原汁原味地传承下去。从这个意义上讲，非遗法的颁布实施，对提高公众保护非物质文化遗产的认知度和自觉性，具有非常重要的意义。"

**文化部：**

**加大对传承人扶持力度**

目前，我国的"非遗"保护已经形成了全方位多层次的格局，国务院已经公布了 2 批共 1028 项国家级非物质文化遗产名录。国家、省、市、县 4 级非物质文化遗产的名录体系已经初步形成，其中有 29 项"非遗"项目进入世界"非遗"保护名录。在保护方式上主要有 3 种：一是抢救性保护，包括考察、采集、密档、保存、研究等；二是整体性保护，包括建立文化生态保护实验区，目前我国有闽南、徽州、热贡、迪庆等 11 个文化盛产保护实验区；三是采取生产性保护。

此外，记者还发现，在鼓励"非遗"参与市场竞争方面，非遗法也有了明确规定。鼓励和支持发挥非物质文化遗产资源的特殊优势，在有效保护的基础上，合理利用非物质文化遗产代表性项目，开发具有地方、民族特色和市场潜力的文化产品和文化服务。

北京联合大学应用文理学院历史系主任、文化遗产研究所所长顾军教授在长期的非物质文化遗产研究中发现，虽然在政府的大力支持下，"非遗"的生存状况有了很大改善，但面临的问题依然突出，例如还有很多传承项目没被挖掘出来，不少项目也面临缺少资金、场地、市场等诸多问题。

针对这些问题，文化部副部长王文章在答记者问时表示，非物质文化遗产保护中传承人是最核心的保护对象，我国在保护传承人方面采取了一系列切实有效的措施。"十二五"期间将加大对"非遗"传承人的扶持力度，包括经费的支持。从 2011 年开始，将传承人经费补贴每年增加到 1 万元。此外，还将在建立传承基地、工作室、受徒、培训方面给予扶持。

**业界：**

### 法律尚有完善空间

对于"非遗"的法律保护，历来为世界各国所重视。我国在文化领域的法制化进程也一直在提速，仅从非物质文化遗产保护方面，从 2005 年"非遗"开始成为申报和保护文化热点后，各地先后出台了多项保护条例。那为何受到社会普遍关注的非遗法，至今才出台呢？

"这主要是因为对于'非遗'如何保护存在不同意见。目前国际上对于'非遗'的保护强调比较多的是公权，采取行政手段保护，而文化部门的态度仅局限于行政法保护。有专家学者认为，'非遗'范围非常宽，不是单纯的行政法保护，还应有其他法律的配合。也有部分专家学者主张采取融公法和私法于一体的综合法律手段保护。"曾经参与过我国"非遗"立法有关工作的中国科学院研究生院法律与知识产权系主任李顺德教授在接受中国知识产权报记者采访时说道。"在我看来，非遗法的出台十分有必要，从源头上对'非遗'资源进行了保护，使其更好地创新、传承与发展。"

不过，也有分析人士指出，作为我国非物质文化遗产保护领域内的首部法律，除了需要其他配套法规和制度的落实，也需要与现有的法律相协调。中国人民大学法学院教授、文化遗产法研究所副所长王红霞在接受本报记者采访时谈道："该法虽然明确了'使用非物质文化遗产涉及知识产权的，适用有关法律、行政法规的规定'，但在现有的知识产权法律法规中，却很难找到可以直接适用于非物质文化遗产的规定。另外，与文物保护法的协调也将是一个重大问题。由于非物质文化遗产既包括传统知识等无形遗产，也包括文物等大量相关实物，该法第 2 条规定，属于"非遗"组成部分的实物和场所，凡属文物的，适用文物保护法有关规定。但一项非物质文化遗产需要同时适用 2 部相同级别的法律，这对文化遗产保护实践确实是一个挑战，对相关主管部门的管理和协调能力也将是一个挑战。"

此外，顾军也坦言："在今后的完善过程中，应制定配套的实施细则，明确执法主体，量化处罚力度，使其更严谨，更具有可操作性。"

（刊登于 2011 年 3 月 4 日第九版）

昔日的"冤家"，今日的盟友。 广东佛山顺德的多家电压力锅企业抱团维权、抱团发展——

# 专利联盟：从政府主导走向市场驱动

本报记者 顾奇志

俗话说，同行是冤家。

俗话还说，不是冤家不聚头。

4 年前，广东省佛山市顺德区的几个电压力锅生产行业的"冤家"，在广东省佛山市顺德区相关政府部门的大力倡导和推动下携起手来，成立了广东省首家产业专利联盟——电压力锅专利联盟。4 年后，电压力锅专利联盟已逐步摸索出一条适合自己发展的道路，有力促进了联盟企业和所在产业的健康快速发展。

电压力锅是我国上世纪 90 年代中期在生活电器领域出现的一个新兴产品。它结合了压力锅和电饭锅的优点，采用弹性压力控制、动态密封等新技术，彻底解除了困扰消费者多年的普通压力锅安全隐患问题，其热效率大于 80%，比普通电饭锅节电 30% 以上。因此，电压力锅一经出现，便成为传统高压锅和电饭锅的升级换代产品。

电压力锅生产技术中，有一项核心的发明专利，叫"全密封自动多功能自烹锅"（专利号 ZL91100026.7）。其发明人和专利权人是中国科学院力学研究所已退休的高级工程师王永光。该专利涉及的"电压力锅匚式结构"技术，彻底解决了此类产品可能存在的压力隐患问题，使电压力锅真正从"理论"走进了消费大众的日常生活中。随着产品技术的不断成熟，国内众多的企业均开始进入电压力锅生产领域，其中包括顺德创迪、怡达等多家企业。但是，由于知识产权意识的薄弱，几乎没有企业愿意主动为王永光拥有的"电压力锅匚式结构"专利技术支付费用。

一切纷争源于此，却终结于广东省佛山市顺德区相关政府部门的合力之下。

**政府主导："冤家"聚头，结成联盟**

上世纪 90 年代末，当时拥有电压力锅核心技术的王永光开始了在全国的维权之旅。他先后将数十家企业起诉到北京、浙江、广东等地的法院，部分案件相继胜诉。在长达 6 年的坎坷维权之路上，王永光变卖了自己的房产和汽车，最后干脆定居在被他视为侵权行为最为严重的广东顺德，以便维权。

2004 年初，一直密切关注电压力锅产业发展的广东美的集团（以下简称"美的"）决定进入这一新兴的生活电器生产领域。在对相关技术进行深入研究和分析之后，美的认为王永光所拥有的"电压力锅匚式结构"专利技术是生产电压力锅难以绕开的核心技术。出于尊重知识产权和促进企业健康发展的考虑，经过多次洽谈，美的最终一次性支付数百万元，获得了王永光这一专利的独占许可。

此后，也就是 2005 年，美的正式进入电压力锅生产行业。依靠其强大的品牌、资金、人力和渠道优势，美的很快就成电压力锅产品的龙头企业，并在不到两年的时间里占据了电压力锅产品 30% 以上的市场份额。

在市场上获得成功后，作为专利的独占许可方，美的开始向相关同行企业提起专利诉讼，顺德本地的多家电压力锅生产企业均成为被告。

而此时的顺德，已经成为我国电压力锅产品的主要制造基地之一。美的以及近年来陆续进入电压力锅生产领域的创迪、怡达、爱德等多家本土企业，已经占据了全国 70% 以上的市场份额。而在历时数年的发展中，由于遭遇了专利纠纷，部分电压力锅企业也开始注重技术创新和知识产权保护，先后申请了一定数量的相关专利。

看到这种本地区内电压力锅企业之间专利纠纷频频爆发的状况，顺德区知识产权局意识到，如果政府不出面引导，任由企业"内战"，不仅给当事企业生产经营造成很大的困扰，也不利于这一新兴产业的健康发展。

2006 年 10 月 13 日，在顺德区知识产权局大力倡导和推动下，经过多轮谈判协商，由美的等 4 家企业发起的"电压力锅专利联盟"签约仪式在顺德展览馆正式举行。当时，4 家联盟企业生产的电压力锅产品占全国电压力锅市场份额的 65% 以上，入池专利达 46 件。

**积极探索：联盟发展，渐入佳境**

电压力锅专利联盟成立的目的非常明确：就是通过专利联盟的运作，运用专利维权、制定行业标准等手段，建立行业准入门槛，提升产品质量水平，保证产业良性发展，从而避免产业陷入低价劣质的恶性竞争局面，并且以联盟整体实力来应对和抗御国内外的知识产权风险。

由于该联盟是我国家电行业首个专利联盟组织，没有已经成熟的经验和模式可以借鉴，因此联盟的发展只能依靠自己的摸索。2006 年 10 月以来，联盟先后探索开展了专利维权、行业标准制定等工作，取得了显著的效果。

负责联盟维权法律事务的广州粤高专利商标事务所有限公司董事长林德纬告诉记者，2008 年 5 月，联盟成员出资成立联盟维权基金，维权工作正式展开。截至

2010 年 12 月，联盟共起诉涉嫌侵权企业 23 家，提起专利侵权诉讼 46 宗，维权效果良好。其中 17 家侵权企业与联盟达成和解，8 家与联盟签订专利许可协议，缴纳专利使用费，并补偿联盟诉讼费用；9 家侵权企业停止生产侵权产品，赔偿损失；6 家仍在诉讼程序中。通过专利维权，联盟累计筹集维权资金（包括赔偿）近百万元。

而在行业标准制定方面：2008 年，在顺德区质量技术监督局的支持和帮助下，美的、创迪、怡达、爱德 4 家联盟企业起草了顺德区《电压力锅联盟标准》。该标准于 2008 年 10 月发布实施，还被确定为联盟标准。2009 年 3 月，《电压力锅联盟标准》上升为广东省电压力锅领域的标准，为进一步推动联盟技术专利化、专利标准化打下良好基础。之后，联盟在电压力锅领域的国家标准及国际标准修订工作中也发挥了积极作用：2010 年 8 月 7 日，国家电压力锅标准化工作组在顺德成立，美的、创迪的相关负责人为工作组正、副组长，联盟成员全部参与其中；2010 年 10 月 14 日，在美国西雅图召开的第 74 届国际电工委员会（ICE）大会上，联盟代表中国标准化委员会作了"电压力锅国际标准修订提案"报告，并顺利通过，进入标准草案制定阶段。据悉，在家电领域，广东企业提出国际标准提案并获得通过尚属首次。

在积极推动专利维权和行业标准制定工作的同时，联盟自身也得到了发展壮大。截至 2010 年 12 月底，联盟由创立之初的美的、创迪、怡达、爱德 4 家企业发展到 11 家，专利池中的专利数量也由成立之初的 46 件扩容至 243 件，联盟企业生产的电压力锅产品占据全国市场份额 70% 以上。

**发挥效能：抱团发展，比翼齐飞**

专利联盟的成立究竟对企业和产业的发展有什么好处？带着这个问题，本报记者先后采访了电压力锅专利联盟的两家成员单位。

"一开始，我们主要是出于支持政府工作以及作为顺德本土最大的家电企业需要承担的社会责任来考虑，对联盟的成立能否促进企业和行业的健康发展，并没有太大的把握。"广东美的生活电器有限公司电压力锅公司总经理张宪福告诉记者，但联盟运作以来，对美的公司电压力锅产品市场的成长和整个行业发展，都发挥了积极的作用。首先，联盟委托专业机构维权后，美的不仅可以专心做研发、生产和市场服务，胜诉率也大大增加。其次，联盟通过维权和推动行业标准制定等手段，迫使一批不具备生产能力的企业退出电压力锅产业，产品质量提升，获得了消费者的信赖，市场迅速扩大。最后，同行业交流多了，大家互相学习，研究产业的共性问题，促进了产业的健康发展。

据了解，2005 年以来，美的电压力锅以平均每年超过 100% 的速度高速成长，连续 5 年取得国内市场销售量、销售额、市场占有率第一的骄人成绩，成为中国目前最具规模、最具实力的电压力锅生产厂家。2010 年公司销售规模超过 800 万台，销售额突破 18 亿元。2010 年，美的（MY－CS20）电压力锅外观设计专利还获得了第十二届中国外观设计金奖。

另一联盟创始成员单位顺德怡达电器制造有限公司董事长杨达开告诉记者，专利联盟成立的最大好处在于，使企业排除了专利诉讼的干扰，可以集中精力发展；同时，企业由于依靠专利联盟这颗"大树"，有自主知识产权作为后盾，赢得了更多海外客户的信赖。目前，怡达电压力锅产品主要出口国外。其中，2010 年出口电压力锅 60 万台，销售金额折合人民币 2 亿多元，占国内同行出口量的一半左右。

该联盟规定：联盟成员之间不得就有关电压力锅专利进行诉讼，如有不同意见，由联盟代管机构律师提出解决方案，交由联盟大会表决决定。联盟成员的电压力锅产品受到专利侵权追诉时，联盟代管机构律师应出面协调，可向联盟大会建议协商购买专利、交叉许可或采取对抗性诉讼等，帮助联盟成员解决纠纷。

这就是为什么美的和怡达都能够安心发展生产的主要原因。用杨达开的话说："大树底下好乘凉"。

不仅是联盟成员企业获得了发展，更重要的是整个电压力锅产业也得到快速的发展。张宪福告诉记者，2006 年全国电压力锅销售量不到 100 万台，到 2010 年已经扩大为 2000 多万台，5 年增长了 20 多倍，市场发展非常迅猛。同时，由于专利联盟成员单位产销量占了整个行业的半壁江山，很好地控制了行业产品整体质量和较好的产品利润率。目前，电压力锅产品利润率在整个生活家电领域达到中上水平，促进了产业的健康发展。"再过几年，电压力锅将有可能成为小家电领域销量最大的单品。"张宪福预测说。

为规范行业发展，联盟先后成立了审查、产品检验小组及联盟技术委员会，对新加盟或获得专利许可的企业按照 ISO9001、3C 认证等标准进行严格审查，其中主要对企业的质量保证系统和技术安全系统进行评估，并对其产品开展抽检，发现不合格的，联盟下达整改通知书要求进行整改，整改后仍然不合格的企业将被取消加盟或许可资格。至今，联盟已对 16 家申请加盟或获得专利许可的企业进行了审查及产品抽检，有力地促进了产品质量的提升。

**联盟走向：市场驱动，民主管理**

经过几年的发展，电压力锅专利联盟正成功地由政府主导转变为市场驱动。联盟的最高权力机构是联盟成员大会，每年至少召开两次，研究和决定联盟的一切事项，包括：批准经费预算和经费使用的审核，筹措和分配费用；研究制订工作计划，检查落实工作完成进度和情况；确定专利池专利清单和评估结果；确定下一年度对外专利许可企业、价格和条件；吸收新成员和购买新专利；确定代管机构服务项目价格和其他条件；修改协议，劝退联盟成员；选举执行主席以及其他必须由成员大会决定的事项。

当初成功地将联盟"扶上马，送一程"的顺德区相关政府部门，在联盟进入市场化运作后，对该区电压力锅产业的发展又有了新的思考。

顺德区经济促进局局务委员（机构改革前的区知识产权局副局长，联盟成立的直接推动者）郭步强告诉记者，目前政府部门在退出对联盟的具体工作指导后，主要将精力放在了支持联盟牵头起草和修订电压力锅的国家标准和国际标准，建设电压力锅专利数据库，研究和指导电压力锅专利技术路线图等工作方面。"政府就是要做企业想做又难以做到，且对产业发展具有积极促进作用的事情。"郭步强如是说。

然而，联盟的发展并非没有隐忧。联盟秘书长邹永强告诉记者，目前，虽然联盟工作得到较大发展，有了一定数量的专利，但是仍然缺少核心的、基础性的专利。此外，联盟准入机制、维权成果分享制度和联盟民主管理体制，也亟待进一步完善。

这将是联盟面临的新挑战，也是联盟发展的新机遇。

**记者手记**

历经数日对电压力锅专利联盟的采访，记者感觉到，该联盟之所以能够取得突出的成效，对企业和产业的发展发挥积极的作用，主要原因在于其拥有"天时地利人和"。

所谓"天时"：电压力锅的核心专利在我们手中，而且目前该产品的绝大多数专利均属于中国的企业。除韩国外其他国外家电企业几乎很少涉足这一领域，不过韩国企业的类似产品设计方案与中国产品属于不同的设计理念。这样就使电压力锅解除了来自国外的知识产权风险，避免走彩电等其他家电产品的老路。

所谓"地利"：佛山市顺德区是我国主要的家电生产基地之一，而政府部门不仅服务意识很强，还熟悉知识产权实务。本土企业在政府部门的推动下，相对容易实现整合，这也是该联盟能够成立起来的关键原因。用企业的话说：没有政府主导，就没有联盟的成立；而没有联盟的成立，就不会有行业的健康发展。

所谓"人和"：联盟成立几年来，逐步建立健全了联盟管理机构：联盟挂靠于顺德区知识产权协会，协会秘书处兼任联盟秘书处，吸纳成员、财务管理监督等大事则由联盟大会决议通过。同时，联盟从2008年4月起委托广州粤高专利代理有限公司作为专利代管机构，其近年来代理的电压力锅专利申请，占国内该领域专利申请的80%左右，对这一领域的专利态势非常熟悉。

正是因为拥有了这种"天时地利人和"的条件，才造就了电压力锅专利联盟的今天，同时也为推动我国专利联盟组织建设作出了自己的贡献。

（刊登于2011年3月9日第五版）

# 专利指标写入"十二五"规划纲要

## 发明专利拥有量已成为国民经济与社会发展综合考核指标体系重要组成部分

**本报讯** （记者赵建国　通讯员王晓泮北京报道）近日，经十一届全国人大四次会议审议表决通过的《中华人民共和国国民经济和社会发展第十二个五年规划纲要》

（"十二五"规划纲要）的主要目标部分，首次写入了每万人口发明专利拥有量提高到 3.3 件的指标，这对于实施国家知识产权战略、加快转变经济发展方式和建设创新型国家意义深远。

据国家知识产权局规划发展司有关负责人介绍，2005 年，国家知识产权局开始对有效专利进行研究，经过两年的试用和完善，2007 年，有效专利正式纳入《国家知识产权局统计年报》。2009 年，国家统计局将有效专利作为衡量专利水平的新指标列入《国民经济和社会发展公报》。2010 年，有效专利指标首次在《中国统计年鉴》中体现。"十二五"规划纲要编制工作启动后，国家知识产权局加强了与国家发展和改革委员会的联络沟通。在最终形成的"十二五"规划纲要中，首次对专利工作提出明确要求，标志着发明专利拥有量已经成为国民经济和社会发展综合考核指标体系的重要组成部分。

华中科技大学知识产权与竞争法中心暨知识产权与公共政策跨学科中心主任郑友德向记者表示，专利指标写入"十二五"规划纲要，不仅与未来 5 年的国家发展规划密切相关，与我国专利事业发展战略紧密相关，而且也与实施国家知识产权战略、建设创新型国家的政策是相互融合的。要实现这个指标，具有很大的挑战性，也意味着我国要进一步提升专利的研发、申请、授权质量和数量，特别是提升发明专利的质量和数量。

中南财经政法大学知识产权研究中心常务副主任曹新明认为，我国已经进入工业化、城市化深入发展时期，以往依靠高投入、高耗能的粗放型发展模式已经难以为继，"十二五"时期要加快转变经济发展方式，加快建设创新型国家，必须大力实施国家知识产权战略，更多依靠科技创新推动经济发展，这是世界科技发展和国内经济社会发展的必然选择。作为预期性指标之一，"十二五"时期每万人口发明专利拥有量的提升恰恰就契合了这一点。同时，这一指标的明确，也表明了党中央、国务院加快建设创新型国家的指向，以及我国在"十二五"期间将加大发明专利研发投入力度的决心，对于我国进一步提高知识产权创造、运用、保护、管理水平，激发人们创造热情，增强国家科技实力，提升我国的综合国际竞争力都具有十分重要的意义。

（刊登于 2011 年 3 月 23 日第一版）

# 专利检索与服务系统开通运行

本报记者 贺延芳 通讯员 葛富斌

4 月 26 日，在国家知识产权局开放日活动中，随着国家知识产权局副局长杨铁军按亮象征"崭新开始"的启动球，由我国自主研发、为社会公众提供专利检索与专利分析服务的应用系统——专利检索与服务系统（试用版）正式开通并上线运行。

据了解，这是国家知识产权局首次向社会公众提供具有专利分析功能的系统。它拥有目前国内最完整、最丰富的专利文献数据资源，使用方便快捷，可以满足不同用户的需求，对我国公众有效利用专利信息资源、科学制定研发战略具有重大意义。

**资源丰富　功能强大**

专利检索与服务系统目前包含了全球98个国家和地区的专利文献，共计8000多万条文摘数据、1300多万条全文数据，另外还有大量的辅助检索数据。"在现有资源基础上，国家知识产权局专利局自动化部（下称"自动化部"）建立了一套数据定期更新维护机制，同时也在不断扩充系统数据来源，今后还会有更多、更丰富的数据资源不断补充到系统中。"自动化部项目管理领导小组相关负责人在接受本报记者采访时表示。

为了让用户方便快捷地检索并使用这些数据资源，自动化部在系统建设方面充分借鉴了我国现有专利检索系统与专利信息服务系统的经验，在系统开发、功能构建等方面加强创新，以满足不同用户的不同需求。

专利检索与服务系统共包含4个子系统：门户子系统、检索子系统、分析子系统和管理子系统。其中，前3个子系统是直接面向用户提供服务的。据了解，检索子系统和分析子系统是系统核心功能模块，通过它们，用户不仅可以全面快速地了解专利文献信息，还可以有针对性地进行各项专利分析工作。

上述负责人介绍，检索子系统可以帮助用户快速定位到一篇或一组相关的专利文献，还支持用户使用不同的方式浏览检索结果，了解专利文献的相关信息，如同族、引文、法律状态等。分析子系统在利用检索结果构建分析库的基础上，可向用户提供丰富多样的分析手段，并支持用户生成分析报告。

据了解，在专利检索与服务系统上线前，我国对社会公众免费开放的专利信息检索工具和专利服务系统大多只是针对我国3种类型专利数据的简单查询。

**使用方便　检索快捷**

专利检索与服务系统不仅在资源、功能方面具有明显优势，使用起来也方便快捷。如检索功能中的"跨语言检索"，用户可用一种提问语言检索出用另一种语言书写的信息。只要用户在特定字段中输入中文或英文两种语言中的一种，选择进行"跨语言检索"，系统就能够自动命中匹配输入条件语言的相关专利文献，提高检索效率。今后还会有更多的语言种类加入此项功能，目前日语跨语言检索功能正在构建当中。

"此外，系统还可以自动记录用户的检索历史，并在检索历史基础上进行再次检索、限定范围检索等操作。"上述负责人介绍，记录和展现使用过的检索式功能，可以方便用户回顾检索过程，总结检索思路，也有助于用户树立有针对性地使用检索策略的意识，以获取准确检索结果。

在专利分析方面，系统预先构建了大量的专利分析模型，并根据用户选择的分析需求，提供 3 种可选的图表展示分析方式，方便用户个性化选择。"如快速分析可以满足大众用户对专利分析的基本需求，从区域、申请人、发明人、技术领域、中国专项五大方面的分析出发，帮助用户快速直观地定位到常用的分析需求。"上述负责人表示。

定制分析通过分析专利技术的演变趋势、地域性信息分布、核心技术统计等信息，使企业从专利数据中不断挖掘出更多、更有价值的竞争情报。高级分析则主要供高级行业用户使用。"他们利用此项功能分析出具有特殊意义的结果，从而深入了解竞争对手、合作伙伴以及自身实力的情况，更好地为企业战略决策服务。"上述负责人如是说。

**优化性能    提升服务**

2008 年，国务院发布《国家知识产权战略纲要》，其中明确指出"要构建国家基础知识产权信息公共服务平台""加快开发适合我国检索方式与习惯的通用检索系统"。自动化部部长张东亮告诉本报记者，专利检索与服务系统就是落实这一战略要求的重要举措，也是国家知识产权局"十一五"规划建设的重大信息化项目。

专利检索与服务系统分为局内部分和公众部分，局内部分主要供专利审查员使用，已于 2010 年 2 月正式上线。公众部分于 2009 年 9 月开始建设，目前系统已基本具备了上线运行条件，与局内部分实现了一套数据的两种应用。

"专利检索与服务系统的建设规划分为三期，目前上线投入使用的是系统一期功能，未来将按照预定计划逐步完成二、三期的建设。"上述负责人介绍说，在一期运行期间，自动化部将根据用户反馈的情况进一步完善系统现有功能，同时视系统运行情况适时启动扩容项目，在全力保障正常运行的基础上不断提升和优化系统的服务水平。

早在系统上线前，自动化部就对系统功能完善、性能优化作了长远的规划和设计，系统运维和数据更新也有一套较为完善的机制来保证，所以系统具有良好的可持续服务能力和较大改进提升空间。"上述负责人表示。

（刊登于 2011 年 4 月 29 日第四版）

# 专利指标体现国家核心竞争力

中南财经政法大学校长　吴汉东

当今世界，国与国之间的竞争，主要表现为经济实力和科技实力之争。从法律层面看，是自主知识产权数量和质量之间的竞争。知识产权战略特别是专利战略实施的成功与否，将决定21世纪中国社会发展的最终走向。加强自主创新，转变发展方式，在关注专利数量和规模的同时，要特别重视专利的质量和效益。当前，我国经济社会发展刚刚步入"十二五"时期。新的5年既是我国建设创新型国家的攻坚时期，亦是全面深入实施国家专利战略的关键阶段。值此之际，"十二五"规划纲要提出"每万人口发明专利拥有量提高到3.3件"的预期目标，将发明专利拥有量作为经济社会发展综合考核的指标之一，具有重要的战略意义。

"十二五"规划纲要对专利指标的设置虽有"量"上的要求，但更多是对"质"的考量。数据显示，2010年我国年度专利申请量首次突破百万件，达到122.2万件，其中发明专利申请量超过39.1万件，居世界第2位。我国毫无疑问是专利申请大国，但远不是专利强国，当前仍存在着专利结构失衡、发明专利维持时间较短等问题。专利包括发明专利、实用新型专利和外观设计专利，其中最具创新价值、最有战略意义的当属发明专利。截至2010年底，我国有效发明专利总量达56.476万件，其中国内有效发明专利占总量的45.7%，依然低于国外有效发明专利的54.3%；且从有效专利的结构来看，国内发明专利仅占国内有效专利总量的14.2%，而国外发明专利则占国外有效专利总量的78.6%。这种有效专利结构失衡现状的改变，有赖于我国不断提升发明专利的创造水平。此即"十二五"规划将"发明专利"作为衡量指标的主要原因；同时，专利的维持年限，往往代表着专利的附加价值与市场竞争力。

国际竞争力研究权威机构、瑞士洛桑国际管理开发研究院将科技竞争力分为5大要素26项指标，其中即包括每10万本国居民拥有的有效专利数量等指标。据统计，在我国有效发明专利中，国内有效发明专利的生命周期多为3年至6年，有效期低于5年的达53.3%，超过10年的仅有4.6%，而国外有效发明专利平均周期为5年到9年，且高于10年的达23.8%。鉴于此，"十二五"规划将"专利拥有量"，即截至报告期末权利处于维持状态的专利数量作为评价发明专利质量的重要指标。

对专利质量和效益的评价，除以"每万人口发明专利拥有量"为标准外，还应重视以下3个指标：

一是关键技术领域的专利授权率。我国虽是世界制造工厂，但在高科技产业依然缺乏核心竞争力。大型民航客机100%进口，光纤制造设备、高端医疗设备及集成电路制造设备基本进口，大型石油化工装备80%进口，先进纺织机、数控机床设备70%依赖进口。在世界知识产权组织划分的39个技术领域中，我国仅在食品化学、药品、材料冶金等15个领域占据相对专利优势。为此，我们要选择一些关键的领域、重点的产业特别是战略性新兴产业作为专利权创造的突破口，建立一批具有代表性的高新技术产业集群。

二是专利技术的应用率。我国企业对专利技术的产业化重视不够，应用水平不高。不少企业存在着有技术无专利、有专利无应用、有应用无产业化的现象。目前，我国科技成果的平均转化率为25%左右，较之发达国家60%至80%的水平还存在着很大差距。因此，要加快促进科技成果向生产力转化，提高专利技术的市场化水平。

三是专利对经济发展的贡献率。在创新型国家，科技创新对 GDP 的贡献率一般为 70%，美国和德国甚至高达 80%，而中国科技创新对 GDP 的贡献率目前只有45%。着力提升专利对经济发展的贡献率，是我国建设创新型国家的重要举措。

中国经济社会发展步入"十二五"规划之时，正值产业结构调整、经济发展方式转变、技术升级和企业改造的关键阶段，我们要进一步完善考核经济社会发展的专利指标体系，提高专利战略实施的质量与效益，从而加快实现建设创新型国家的政策目标。

（刊登于 2011 年 5 月 18 日第一版）

德化陶瓷产业累计作品版权登记达 6800 多件，年均增长 20% 以上，2010 年产值达 82.38 亿元，继江苏南通之后，福建德化成为世界知识产权组织第二个在华示范点——

# 中国版权保护再受 WIPO 高度关注

本报记者　王康

5 月 17 日，世界知识产权组织（WIPO）与中国国家版权局签署"世界知识产权组织版权保护优秀案例德化示范点调研项目合作协议"。继江苏南通之后，福建德化成为世界知识产权组织版权保护第二个在华示范点。据了解，德化县自 2001 年开展版权登记以来，已累计为全县陶瓷企业办理作品版权登记 6800 多件。正是有了版权护航，多年深受侵权仿冒困扰的古瓷都焕发勃勃生机。

"我们希望把德化在运用版权保护推动陶瓷产业发展上的成功经验上升到深度的理论研究，以便推荐给中国及世界其他国家和地区。"在协议签订仪式上，一位世界知识产权组织官员如此评价。

## 仿冒成风让陶瓷产业很受伤

德化县自古以"瓷"闻名。在历史上，德化曾与江西景德镇、湖南醴陵并称为中国的三大古瓷都。由于陶瓷生产历史悠久，形成了以传统瓷雕、西洋工艺瓷、日用瓷并驾齐驱的陶瓷生产格局。

然而在上世纪 90 年代初，面对激烈的市场竞争，一些企业为了获取更大利益，不是将精力放在产品的开发创新上，而是把心思花在了仿冒别人的畅销产品上。一些自主创新能力较强的企业耗费多年心血，投入大量资金开发出新产品，刚刚打开销路，各种价格低廉的仿制品就已充斥整个市场，企业损失巨大，却又束手无策。与此同时，由于从业人员版权意识淡薄，德化陶瓷企业侵权盗版、随意仿冒、竞相压价等现象屡屡发生，恶性竞争导致企业间纠纷不断，市场秩序混乱不堪，整个行业陷入前所未有的困境。据估算，侵权盗版使德化陶瓷业每年损失都在2亿元以上。

"其实，中国从来就不缺少创造，而是缺少保护创造的意识和手段。没有保护，再好的创造也会失去其应有的价值。"就在大家为德化陶瓷的前途和命运担忧时，一位知识产权律师的一席话为德化陶瓷产业的发展指明了方向。受此启发，德化县政府和陶瓷企业积极探索，通过著作权法保护创新工艺的版权，依靠法律来保护创新者的劳动成果。

### 版权保护成为出路

找到了出路，但接下来该如何走下去是德化面临的新挑战。为此，德化县委、县政府先后出台了《关于建立陶瓷产品发明创新保障机制规定》《德化县鼓励企业争创名牌奖励规定》等鼓励企业自主创新的奖励政策。同时，德化县成立版权保护中心，出台优惠政策，免费为企业进行版权登记。同时，有关部门从严查处知识产权侵权行为，加大了侵犯知识产权案件的打击力度，及时有效地处理侵权和纠纷案件。经过几年的发展，德化陶瓷企业的老板们欣喜地发现，版权保护让陶瓷产品的仿冒现象减少了，创新速度加快了，产品价格提升了，生意越来越好做了。

提起版权保护给企业带来的巨大变化，晖德陶瓷有限公司董事长王光明深有感触："在其他企业还在盗版仿造，低价竞争的巷战中苦苦挣扎时，我第一个想到了运用版权保护突出重围。"王光明告诉记者，2000年底，公司自主研发了一套系列工艺瓷，一经面世就受到欧美客户的喜爱。然而好景不长，不到一年时间，市面上就出现了多种仿制品。"当时我十分气愤，找到仿冒厂家理论，可人家置之不理，我也无计可施。"正当王光明苦恼之时，县政府开始大力宣传版权保护让他看到了一线曙光，他马上为自己产品登记了版权，并且抱着试试看的态度，向有关部门投诉仿冒生产的厂家。德化县相关部门立即协同省版权局进行取证调查，很快认定了对方的侵权行为，该厂商不但当场销毁了假冒产品，还对王光明造成的经济损失给予了补偿。

据了解，德化县自2001年开展版权登记以来，已累计为全县陶瓷企业办理作品版权登记6800多件，作品版权登记量每年以20%以上的速度增长。与此同时，陶瓷产业规模也在不断壮大，2010年全县陶瓷产业产值达82.38亿元，陶瓷产业作为德化支柱产业在国民经济发展中的重要地位已日趋显著。

### 尊重知识产权已成共识

"不但要保护自己的产品不被侵权，同时也要保证自己不侵权别人的产品。"这句话如今成了德化陶瓷业界的共识。这与早期企业之间竞相压价、随意仿制等现象形成鲜明对比，而这样的变化得益于德化县注重鼓励和引导企业从战略的高度重视知识产权。

据了解，德化县通过定期举办培训班、讲座等形式广泛宣传著作权法等知识产权法律法规，教育和引导广大企业经营者增强知识产权保护意识，在企业中树立尊重知识产权、崇尚创新的意识，形成了全社会重视和支持版权保护的良好氛围，营造鼓励知识创新和保护知识产权的社会环境。此外，德化县鼓励企业根据自身的需要和条件建立健全保护产品开发的规章制度和组织机构，引进企业知识产权管理人才，使得企业知识产权保护水平和能力有了大幅度提升。

截至目前，德化县已被国家版权局授予"全国版权保护工作示范单位"，这也是全国第一家县级版权保护单位。国家版权局版权管理司司长王自强在评价德化版权保护工作时说："德化运用版权保护制度促进经济发展的经验，将为全国乃至广大发展中国家运用版权保护制度促进经济发展提供新的可资借鉴的经验。"

（刊登于 2011 年 5 月 27 日第九版）

# 商标战略在全国各地开花结果

本报记者　车文秋

作为外向型批发市场代表的北京天雅大厦，目前已经有 220 家商户拥有 256 件注册商标，209 户已向国家工商行政管理总局商标局提交 287 件注册申请，并收到了受理通知书。相对于以前商户自主品牌意识的淡薄，这种变化在北京市工商行政管理局朝阳分局看来，与商标战略的实施密切相关。其相关负责人表示，实施商标战略对调整优化产业结构、加快转变经济发展方式具有支撑作用，工商部门正在积极充分地发挥职能作用，为企业做好服务工作。而在北京之外，实施商标战略所带来的成效也在各地显现。

## 商标战略促企业发展

国家工商行政管理总局去年确定了首批 53 个国家商标战略实施示范城市（区）和 41 家国家商标战略实施示范企业，柳州即是其中之一。实施商标战略，帮助柳州市传统特色企业向现代化优势企业转变，也让更多的柳州企业在转变经济发展方式中有了自己的舞台。

据悉，柳州市在一些传统产业上具有一定的基础，在前些年的经济体制改革中，一些"老资格"的企业通过重组、改制等方式，重返市场参与竞争，但忽略了对原有注册商标进行变更、转让。发现这一问题后，柳州市工商部门积极主动为企业服务，金嗓子集团、花红药业股份有限公司等一批重点企业在工商机关指导下，顺利完成了商标变更、转让手续。

驰名商标企业睡宝床垫集团有限公司的前身是柳州市床垫厂。在经历了诸多侵权事件后，该公司深切体会到，注册由中文、英文、图形组合的商标最便于企业维护商标专用权，工商机关对企业的支持是不遗余力的。

花红药业股份有限公司 10 年前只是一个小中药厂，如今已成为年销售 10 多亿元的全国知名企业。为了提升花红商标的知名度，柳州市工商行政管理局积极引导企业做好商标专用权保护工作。企业现拥有注册商标 100 多件，并在 6 个国家进行商标国际注册。

近年来，不少中国企业都开始积极走向国际市场，相对于东部企业的品牌意识，西部地区的企业在这方面稍显不足，而这也成为当地工商部门工作的重点之一。

据了解，新疆是我国向西开放的重要门户和基地，是我国西部的外贸进出口大区，有进出口企业 6180 多家。2010 年，新疆完成外贸进出口总额 171.28 亿美元，排在全国第 16 位。不过，新疆通过马德里体系注册的国际注册商标仅有 58 件，与其外贸出口地位极不相称。对此，新疆维吾尔自治区工商行政管理局日前举办了首次"支持企业实施'走出去'战略马德里商标国际注册专题讲座"，向自治区众多企业普及商标国际注册的有关知识。讲座得到了自治区工商局领导和参加讲座企业代表的好评。吐鲁番市驼铃有限公司等企业代表纷纷表示，通过讲座，他们开阔了视野，打开了思路。

**商标战略助农民增收**

截至 2011 年 4 月，国家工商行政管理总局商标局已累积注册并初步审定地理标志商标突破 1100 件。近年来，实施商标战略让农产品商标、地理标志商标富农效应凸显。

贵州省威宁彝族回族苗族自治县是中国南方马铃薯之乡。在工商机关的大力扶持下，"威宁洋芋"地理标志证明商标被核准注册，每公斤威宁洋芋价格由 1.5 元上升到 1.9 元，农民年人均增收约 500 元，种植威宁洋芋的收入已占农民总收入的 20%。

2010 年，"三穗鸭"地理标志证明商标被核准注册后，三穗鸭产业有了长足发展，从 2007 年的 120 万羽发展到 2010 年的 550 万羽。几年工夫，产值增加了 8600 万元，养殖户增收 1000 万元。目前，黔东南苗族侗族自治州三穗县养鸭协会会员达 1000 多户，从业人员上万人，既解决了部分农村劳动力剩余问题，又富裕了一方百姓。

而在湖北省利川市，继去年年底该市实现地理标志零的突破以来，今年又有 5 件地理标志商标相继成功注册。据了解，这 5 件地理标志商标分别是"利川黄连"、"利川山药"、"利川天上坪甘蓝"（俗称包菜）、"利川天上坪白萝卜"、"利川天上坪大白菜"。目前，利川黄连和蔬菜已成为利川市支柱产业，全市建成利川天上坪生态型高山反季节蔬菜基地 80 万亩、中药材基地 60 万亩。利川山药出口备案基地面积突破 4000 亩，山药原料价格攀升至每公斤 10 元，部分山药种植户亩均年收入突破 1 万元。

在陕西延安，"洛川苹果"驰名商标富裕了一方果农。当地农民种植苹果每亩年收入达 1.6 万元以上。在洛川县工商行政管理局的帮助和指导下，2008 年，"洛川苹果"地理标志证明商标获准注册；2009 年，洛川苹果品牌估价为 25.23 亿元。2010年 10 月，"洛川苹果"地理标志证明商标被认定为驰名商标，这是延安市第一件驰名商标、陕西省第一件农产品驰名商标。现在，洛川苹果种植面积达 50 万亩，年总产值超过 18.2 亿元，市场覆盖全国 28 个省区市及东南亚、欧洲的 20 多个国家和地区。

无论在城市还是乡村，商标战略的效应已然在各地显现，企业和百姓正在因此而受益。

（刊登于 2011 年 6 月 3 日第十版）

**探路市场化交易模式　破解知识产权融资难题**

## 我国首家国际知识产权交易所落户天津

**本报讯**　（记者崔静思天津报道）6 月 11 日，我国第一家国际化、专业化的知识产权交易所——天津滨海国际知识产权交易所在天津揭牌。天津市委常委、副市长崔津渡和国家知识产权局副局长贺化共同为交易所揭牌。天津滨海国际知识产权交易所总裁林宜善表示，交易所将以知识产权交易为主体，吸纳海内外各类资金和政府引导基金，为拥有自主知识产权的创新成果的实施转化提供资金保障。

据了解，通过近年来的工作实践发现，我国交易市场不够完善，导致知识产权质权处置困难，抑制了市场主体参与知识产权融资的积极性。对此，林宜善认为，天津滨海国际知识产权交易所的成立正是要探索通过市场化方式，把知识产权变为可交换的产品，促进其应用，目的就是要破解知识产权的融资难题。据交易所组建方之一的北方技术交易市场总裁张丽珠介绍，该交易所将通过创新知识产权份额化交易模式，推动科技成果快速产业化。在采访中记者了解到，这种模式区别于传统的交易平台只是简单充当中间人角色的运作方式，而是通过资本运作购买专利等项目进行包装和孵化，吸引国际和国内风险投资人对知识产权项目的关注，再将购买知识产权所需资金分成若干份，吸纳海内外各类资金和政府引导基金，共同投入知识产权的转化和再次开发，加速科技成果转化。

据了解，注册资金达 120 万美元的天津滨海国际知识产权交易所，由北方技术交易市场、天津市知识产权服务中心联合国内外相关投资机构发起组建，2011 年 3月在天津市滨海新区注册成立。交易所将探索知识产权交易的基础商业模式及运营模式，并通过建立知识产权基金等，逐步形成以市场为导向、交易为核心、监管为保障的知识产权交易市场体系。

（刊登于 2011 年 6 月 15 日第一版）

# 我国首个产业知识产权快速维权中心在中山成立

**本报讯** （记者顾奇志 通讯员蔡日辉广东报道）6 月 16 日上午，中国中山（灯饰）知识产权快速维权中心揭牌仪式在广东省中山市古镇灯饰大厦隆重举行，这是我国目前首家也是唯一一家针对单一行业设立的知识产权快速维权中心，承担着探索产业知识产权快速维权机制建设的重任。

据了解，古镇是全国最大的灯饰生产基地和世界知名的灯饰销售市场，被誉为"中国灯饰之都"，具有良好的市场基础和创新能力。由于灯饰产品款式的更新周期快，市场竞争激烈，企业对知识产权的保护要求更为快速和有效。2010 年 7 月，国家知识产权局局长田力普在中山进行调研期间，与中山市委书记薛晓峰达成了在中山市探索建立适应区域特色产业发展的知识产权快速维权机制的共识。

2010 年 11 月，国家知识产权局正式批准成立中国中山（灯饰）知识产权快速维权中心，同时加挂中国（中山）知识产权维权援助中心的牌匾。同时，中山市法院也在该镇成立了知识产权巡回审判庭，针对维权中心的案件，快速受理和审理维权中心调解未果的知识产权纠纷案件。

据介绍，中国中山（灯饰）知识产权快速维权中心将被建设成一个集专利申请、维权援助、调解执法、司法审判于一体的一站式综合服务平台。该平台将围绕中山市灯饰产业需求，为广大企业与公众提供快速、高效、便捷的知识产权维权援助服务。

（刊登于 2011 年 6 月 22 日第一版）

**通过政府引导，为知识产权中介机构和企业搭建一个对接平台，给企业提供个性化和定制化的知识产权解决方案——**

## 专利托管：帮小企业"带孩子"，给大企业"出点子"

**本报记者 刘阳子**

7 月 29 日，北京市知识产权托管工程又添两位"客户"——中科院中自孵化园和留学生创业园。说是"客户"，但知识产权顾问机构和企业之间并不是单纯的商业关系，而是由北京市知识产权局牵头搭建对接平台，将知识产权顾问、服务机构和需要知识产权服务的孵化园、企业聚到一起，由政府部门提供补贴，企业用优惠价格获得知识产权顾问机构提供的咨询、申请等一揽子服务；同时，政府部门还将监督中介机构，确保其积极引导、服务企业，让越来越多的企业有创新成果、有专利申请、有专利储备。

北京市知识产权局局长汪洪向中国知识产权报记者介绍，知识产权托管工程已经为中关村 1500 余家园区企业提供了专利挖掘、申请、转让、维权、预警分析、战略研究等服务，帮助"入托"企业专利增长率达到 70%。其中，专利业务的外包，可以让企业在提高专利管理水平的过程中省钱、省力、高效；而政府部门的积极监督与补贴，更成为知识产权托管工程的特色。目前，陕西省知识产权托管工程试点园区已启动，而新疆知识产权托管工作也已在今年 4 月正式启动。

**创业企业，"托管"助其专利布局**

北京博思廷科技有限公司（下称"博思廷公司"）总经理王巍在接受中国知识产权报记者采访时表示："如果没有参加知识产权托管工程，我们公司的专利布局可能至少要推迟 5 年。"

王巍告诉记者，博思廷公司致力于智能视频分析监控系统的研发和生产，企业正在成长中，开发人员大多将精力放在研发工作和业务发展上，根本无暇学习如何进行专利申请。"我考虑过聘请专人负责，也考虑过找知识产权中介机构，但算一下账都觉得公司还没有能力大规模、系统化地开展专利管理工作。"

通过"托管工程"，博思廷公司与北京峰荟财智知识产权顾问有限责任公司（下称"峰荟财智"）走到了一起。博思廷公司交给峰荟财智"技术交底书"，峰荟财智保守企业的商业秘密，帮助企业寻找技术中的创新点，进行专利申请。已进驻了中关村软件园的峰荟财智离博思廷公司咫尺之遥，当企业有问题时，峰荟财智的工作人员步行几分钟就可以来到博思廷公司当面交流。

经过反复的沟通，博思廷公司在去年提交了 5 件发明专利申请。王巍告诉记者："受资源所限，我们先提交 5 件重要的专利申请，今年也已经写好了 5 份专利申请，以后每年的专利申请量都不会低于这个数字。在这个基础上，我们还将进行专利布局，保护公司宝贵的研发成果。"

再一次算账时，王巍发现，"托管工程"真的为博思廷公司节约了很多成本，还提前促成了公司专利布局的启动。"峰荟财智与我们的合作非常紧密，给了我们比其他中介机构更多的信息和更多的信心，合作运行良好，我们也越来越信任对方。"王巍说。目前，通过"托管工程""相识"的两家公司，正在谋划更深层次的合作。

**成熟企业，"托管"助力诉讼策略**

并不是只有专利数量很少的创业企业才需要"托管工程"，即使是北京飞天诚信科技股份有限公司（下称"飞天诚信"）这样拥有 300 多件专利，其中 200 多件发明专利、近百件实用新型专利的"大户"，也从"托管工程"中获得了巨大的帮助。

2005 年，飞天诚信在美国遭遇了一场来自竞争对手的知识产权诉讼，对手希望通过专利战，迫使飞天诚信将已获得的一件千万美元级的大订单"吐"回去。当时仅有 1 件专利的飞天诚信，在"一穷二白"的状态下，紧急启动了知识产权工作，积极应诉、迅速申请专利。几年下来，曾经以为可以一举逼退飞天诚信的竞争对手，发现这块"硬骨头"没那么好咬。

2008年，飞天诚信的海外及国内的专利布局已初见规模，加之多年的坚持和积极应诉的态度，其海外应诉环节也初战告捷。在准备继续应战的过程中，飞天诚信在"托管工程"中介机构的帮助与策划下，打了一场漂亮的反击战。他们在国内起诉对手侵犯自己的专利权，通过反诉遏制了对手在国内进行专利布局的速度，也使对手在国内的销售放缓了脚步。

"我们步步紧逼，对手无心恋战；我们乘胜追击，对手主动求和。"飞天诚信副总经理韩雪峰向中国知识产权报记者这样描述当时的情景。最后，飞天诚信选择与竞争对手和解，专利交叉许可，飞天诚信也得以重新进军北美市场。一个已具有较强知识产权意识的科技公司，在"托管工程"的帮助下，赢得了企业发展中的关键战役。

**细化管理，"托管"也分"大小班"**

北京市知识产权局副局长周砚向中国知识产权报记者介绍，"托管工程"从设计到实施的过程中，一直坚持着"服务"理念。根据企业的规模、性质、知识产权工作水平等方面的差异，北京市知识产权局将企业的知识产权工作分为4个阶段，对应企业的专利意识形成、技术能量积累、学习使用规则、开始资产经营等阶段。

北京市知识产权局制定的《知识产权托管导则》中规定了"托管工程"的3个形式：完全式托管、单项式托管、顾问式托管。

完全式托管，指企业将其全部知识产权事务整包给服务机构，服务机构充当企业知识产权部的角色；单项式托管，指企业将单项或几项知识产权事务委托给服务机构，服务机构作为企业单项事务的全权代表；顾问式托管，指企业将其咨询性的知识产权事务委托给服务机构，由服务机构充当企业顾问角色。

对应企业知识产权工作的4个阶段，"托管工程"提供了4种"套餐"选择。对入门阶段的企业，"托管工程"为企业培训、协助建设知识产权制度、跟踪主题技术；对起步阶段的企业，"托管工程"将挖掘专利申请的素材、跟踪竞争对手情况、协助建设数据库；对发展阶段的企业，"托管工程"负责策划企业知识产权战略，进行预警分析、转让许可、维权服务；对成熟阶段的企业，"托管工程"将帮助企业构建、管理专利池，帮助进行专利技术的标准化。

正是这样细化的管理，不仅使得北京市的知识产权托管工程在几年中取得了可喜的成绩，还获得了企业的好评，引来了全国其他地方科技园区的关注与学习。据了解，日前国家知识产权局、工业与信息化部还联合发文，支持全国中小企业集聚区开展知识产权托管工作。

汪洪告诉记者，"入托"园区专利申请量与授权量不断提高，企业维权能力得到提升，企业经济效益增加明显。同时，企业的知识产权运用能力不断提高，这是知识产权托管工程最重要的效益。

（刊登于2011年8月17日第五版）

面对"学生专利"申请量大、转化量小的状况，专家指出——

# 学生专利："春种"，只为"秋收"

本报记者 吴艳

对于浙江工商职业技术学院学生杨帆来说，刚刚过去的这个暑期比以往的任何一个暑期都更"有意思"，因为他第一次有了完全可供自己支配的"一大笔钱"——2万元的专利转让费，可以自由自在做自己想做的事。而这也让他对新的学年有了更多的期许：升入大学三年级，一定要有更好的专利，并且最好能够被厂家"相中"。

事实上，与杨帆一样做着"专利梦"的学生并不少见。近年来，不管是大学生，还是中小学生，发明的热情都在不断高涨，拥有专利者也是越来越多，但像杨帆一样成功实现了专利转化的却寥寥无几。也正是因此，社会上针对学生专利的疑问也不断出现——学生发明有必要申请专利吗？学生专利的价值何在？学生专利为何难以走向市场？如何才能走出"沉睡"状态？种种困惑，众说纷纭，莫衷一是。对此，有专家指出，学生专利是否转化不是主要的，更重要的是培养了一种创新精神和知识产权意识。

**专利数量多转化少："看上去很美"？**

长沙沙湖桥小学五年级的学生苏航，今年9月份开学就升入六年级了。别看年纪小，他可已经有了3件实用新型专利授权，分别涉及拧瓶器、黄瓜快速切割器和通风筷篓。他告诉记者，自己喜欢琢磨，生活中遇到小问题，总是想自己找到更好的解决办法。比如，因为发现手湿时不容易打开瓶盖，就自己发明了一种拧瓶器，手上不管沾了什么湿滑的东西，都可以轻松打开和盖紧瓶盖。他希望能有更多的人使用他的发明，但却找不到厂家生产。

同苏航一样，长沙麓山国际实验学校的高中生马文鳌也很喜欢发明，目前已提交了两件专利申请：健康用眼报警器和一种可观察种子生长状态的实验仪器。前者已获得实用新型专利授权，后者由于专利申请文件撰写的不是很好，收到了审查员的补正通知书，几天前刚刚寄出修改后的申请文件。"业余时间开动脑筋弄点小发明，我觉得挺好的，"他告诉记者，虽然功课越来越紧，专利转化的希望也很渺茫，但自己还是会坚持发明，"因为喜欢。"

30多年来一直辅导青少年发明创造、带领学生作出3000多件小发明的长沙教育科学研究院教研员谭迪熬向记者介绍，像苏航和马文鳌这样热爱发明创造的孩子在全国有很多很多，他们善于观察和思考，爱动脑筋，有很多很好的创意和想法。在他带领学生做出的3000多件发明中，获得国内外各种奖项的发明共有500多项，获得的专利有170多件。

"学生们申请的专利，多是实用新型和外观设计专利，发明专利比较少。到目前为止，我所带的学生申请的专利中，真正实现了转化的只有两件，一件给的专利转让费是 2500 元，另一件是免费转让，但这已是七、八年前的事情了。"谭迪熬告诉记者。

数量多，转化少——学生专利难道只是"看上去很美"？

**学生发明申请专利："醉翁之意"，本不在"酒"？**

学生专利数量多，转化少，并不能给学生真正带来经济效益，反而要为此支付申请费、维持费等费用，值得吗？随着学生专利越来越多，不禁有人质疑：学生发明，申请专利有必要吗？其价值到底有多大？

"近年来，我国学生专利申请与学生专利的大量涌现，应当是一件好事。这有利于在下一代心中根植知识产权文化精神的种子，这些种子会随着他们一起成长从而开花结果，会随着他们的就业从而进入社会的各个角落。所以，学生专利是否转化不是主要的，我们更看重的，应该是这种知识产权文化与理念在我国今天的莘莘学子、明日的社会中坚之心田里的播种效应，更看重的是其春种秋收、春华秋实的潜发优势。"同济大学知识产权学院院长陶鑫良告诉记者。

陶鑫良介绍，当前，很多学生专利申请与学生专利都是"学习型""练兵型"的，或者是短、平、快的。除少数个案外，大部分都缺乏产业转化的经济价值或者技术条件。因此，社会不能过高期待学生专利尤其是中小学生的专利在总体上的技术含量以及经济价值，不必过于强调和要求其转化。

谭迪熬也向记者表示，事实上，专利转化难并不是学生专利所独有，而是当前我国很多专利权人面临的共同困境。鼓励学生发明创造和申请专利，是为了在青少年中培养创新精神和知识产权意识，一种既保护自己创新成果同时也尊重他人创新成果的知识产权意识。学生们身上培养起来的这种创新的良好品质和知识产权理念，是推动未来社会进步的重要力量，是无可估价的。

看来，学生申请专利，是"醉翁之意"，本不在"酒"？

不过，陶鑫良也指出，学校支持学生申请专利，应当避免陷入"数字游戏"和"指标攀比"的误区。例如我国一些地区曾经制定过拥有专利权的中学生在高考中可以获得加分的政策，结果错误诱导出学生"为高考加分"而盲目申请专利，甚至有家长代为孩子申请专利的怪现象。因此，学校和家长支持和引导学生申请专利应当是科学的、理性的、适度的，切忌"拔苗助长"，弄虚作假。

**学校"搭台"学生"唱戏"：成功只是"孤本"？**

不过，与大多数学生专利处于"沉睡"状态没有走向市场不同，前不久，浙江工商职业技术学院组织了一场"学生专利洽谈会"，引起了广泛的关注。20 多家国内外企业与该校 80 多件学生专利直接对接，最终 5 件专利投入企业的实际生产，3 件专利与企业达成转让协议，另有 20 多件专利与企业达成开发意向。甚至有一件专利，转让费达到 10 万元。不仅如此，还有一名学生因突出的创新能力及拥有的专利，还没毕业就被一家国外企业"相中"，邀请其先去公司实习。

杨帆是该校与企业达成了专利转让协议的学生中的一个。他的一件给皂器外观设计专利，被宁波市天一建筑设计有限公司"相中"，以 2 万元的专利费达成了转让协议。"我觉得自己的专利能够被企业'相中',可能主要是因为学校给我们提供了一个与企业对接的平台。另外,我的给皂器外观设计确实也美观、大方、实用,生产成本不高。"杨帆告诉记者,目前,他还在参加其他一些浙江工商职业技术学院与企业合作的研发项目,比如为卷笔刀、订书机设计新颖的外观等。

看到一个学校就有80多件专利,且有不少成功走向了市场,人们不禁疑惑:当绝大多数学生专利都"待字闺中"时,浙江工商职业技术学院的学生专利为何能够顺利找到"婆家"?

该校相关负责人告诉记者,浙江工商职业技术学院在长期的创新教育中,总结了三大经验:一是引导学生创新更具行业针对性。宁波是全国重要的制造业基地,小家电、文具、厨具、灯具等领域的企业众多,对新颖的产品外观设计需求强烈,因此,学校引导学生创新立足于区域产业特色,以提高专利与市场需求的吻合度。二是开展校企合作,让学生有更多机会了解企业需求。学校与当地的很多企业建立了合作关系,学生能够在学习阶段到企业参观、实习等,通过实地了解企业现状和实际需求,设计企业需要的产品。三是学校帮助学生对专利推介项目进行较为深入的生产性设计,尽量缩短专利到企业投产之间的距离,同时提供延伸性的产品整体包装及品牌营销设计,使得专利最大限度转化为一套完整的产品推广计划,提高专利对企业的吸引力。

"未来,浙江工商职业技术学院还将进一步拓展校企合作,加强与重视产品创新的企业形成长期的紧密合作关系,以促进专利转化;还将联系企业,专门设立企业创新奖,对创新能力突出以及实现了专利转化的学生进行奖励;并计划开展创新与专利转化方面的课程,进一步拓展学校服务社会的功能。"该负责人表示。

不过,有专家认为,浙江工商职业技术学院学校"搭台"学生"唱戏"的成功经验,可能并不一定能在其他学校推广,因为该校本来就设立有工业设计专业,且宁波市工业设计学会就成立和挂牌于该校,因此有较多的企业资源,而很多大学并不具备这样的条件,更不用说中小学了,但其创新要着眼于市场需求的经验,是值得喜爱发明的学子们学习和借鉴的。

(刊登于2011年9月7日第五版)

# 知识产权战略助区域经济逆势起飞

本报记者  安雷  赵建国

东部先行、中部崛起、西部开发、东北振兴……如果说1949年至2000年,中国的区域规划实践先后两次兴起、繁荣。那么,2008年全球金融危机的爆发则促成了中国第三次区域规划的来临。此次，国务院将区域发展上升到国家战略层面，也在此时《国家知识产权战略纲要》（下称《纲要》）应运而生。3 年来，随着区域知识产权战略实施的不断深入，知识产权对于区域经济发展的支撑作用日益显现。2010 年，仅中部 6 省提交的发明专利申请量就达 3.1667 万件，同比增长近 12%，同期中部 6 省地区生产总值累计 8.5783 万亿元，平均增长率 10.2%。在区域经济风起云涌，方兴未艾之时，中国经济正在走出金融危机的阴影，经历一场前所未有的社会变革，舒展羽翼，逆势起飞。

**区域经济　日趋活跃**

"我国实施区域发展总体战略，就是要以促进区域协调发展为主线，以缩小地区间发展差距和促进基本公共服务均等化为目标，以改革开放和逐步建立区域协调发展长效机制为保障，着力培育新的区域经济增长极，着力扶持老少边穷地区加快发展，着力促进经济布局、人口分布和资源环境相协调，努力构筑区域经济优势互补、主体功能定位清晰、国土空间高效利用、人与自然和谐相处的区域发展格局。"国家知识产权局保护协调司区域战略处负责人在接受中国知识产权报记者采访时表示。

泛珠三角区域知识产权协作机制，中部 6 省知识产权合作以及次区域之间的知识产权合作蓬勃发展，为区域经济发展发挥了重要的推动作用。统计显示，2010 年，仅中部 6 省提交发明专利申请量就占同期全国发明专利申请总量的 10.8%；同期中部 6 省发明专利授权量 7704 件，占同期全国发明专利授权总量的 9.7%。

近年来，国家知识产权局结合国务院区域经济规划，陆续出台了对于区域知识产权工作的一些指导意见，在政策扶持和指导、专利管理、信息化建设、中介服务、宣传培训、人才支撑、项目扶持等方面，加大对区域知识产权工作的支持力度，推动了地方经济的改观。

事实上，通过知识产权战略的实施，助推全国经济均衡协调发展的效果已经初步显现。《纲要》发布之初的 2008 年，受理国内的专利申请 71.7 万件，其中发明专利 19.5 万件；国内商标注册申请 59 万件；软件著作权登记 4.9 万件。2010 年受理国内专利申请 110.9 万件，其中发明专利 29.3 万件；受理国内商标注册申请 97.3 万件；软件著作权登记 8.2 万件，知识产权产出较《纲要》颁布前有大幅增长。

**战略实施　作用显现**

"知识产权战略实施工作已经越来越多地融入国家西部大开发、自主创新示范区等重点区域工作中。"该负责人认为，知识产权战略应按照区域经济发展对知识产权工作的需求开展知识产权战略实施工作，紧密与转变经济发展方式、调整产业结构相结合；要加强知识产权战略前瞻性研究，提前思考知识产权战略实施评估，以及与国家主体功能区发展规划的衔接等问题。

围绕区域知识产权战略实施工作，各地都从实际出发，结合区域经济特色制定实施办法，3 年过去，如今区域知识产权战略实施工作开展得如火如荼。北京市启动了《中关村国家自主创新示范区知识产权推进工程》，实施知识产权"引优扶强"等多项计划。天津市出台了《滨海新区知识产权战略实施方案》，围绕主导产业和新兴产业，加快关键技术和共性技术的自主知识产权化。甘肃省知识产权局与陕西省知识产权局签署了《关中—天水经济区知识产权工作协调机制框架协议》，在知识产权宣传教育培训、执法交流及重大案件的督办等方面开展合作。上海、江苏、浙江两省一市联合召开长三角地区知识产权发展与保护状况新闻发布会，合力打造长三角知识产权优势区域。湖南省知识产权局联合长株潭 3 市政府启动了长株潭城市群知识产权示范工程，打造区域知识产权密集区、示范区、先导区。

目前，全国已有 26 个省（区、市）和新疆生产建设兵团制定出台了地方知识产权战略文件。截至 5 月底，全国已有 126 个市（直辖市所属区）制定了市级知识产权战略纲要或知识产权战略实施意见；全国 16 个省制定了地方知识产权战略实施的年度推进计划，部分地市还制定了战略实施年度重点工作或实施计划，极大地推动了区域知识产权工作的开展。

**开局之年 充满希望**

"十二五"期间，区域知识产权战略实施的思路已经明确，即"深入研究、统筹规划、分类指导、重点支持、实现突破，着力将知识产权战略实施充分融入区域协调发展战略中。"要寻求知识产权战略实施工作与地方经济社会发展中心工作的结合点，充分发挥知识产权战略实施对区域技术创新、经济创新、文化创新的促进作用，切实做好知识产权工作对经济社会发展、转变经济发展方式和建设创新型国家的服务。《2011 年国家知识产权战略实施推进计划》明确，将加强重点区域知识产权工作，组织开展重点区域知识产权工作状况调研，推进知识产权战略与区域规划的衔接，继续做好国家重点区域知识产权相关工作。

随着知识经济的兴起和经济全球化进程的加快，知识产权的重要性愈发凸显。为应对日益激烈的国际竞争，我国几大经济区域正着手制定或实施区域知识产权联盟计划，以期为区域经济发展奠定基础并抢占先机。

如今，我们已走过波澜壮阔的"十一五"，步入充满希望的"十二五"，知识产权的作用正在区域经济发展中日益凸显，昭示出强大的信心和力量。

**编后**

在知识产权区域行系列报道暂告一段落之时，回首凝望，我们欣然看到随着国家知识产权战略的推进实施，区域经济谋局布阵的内生动力正在增强，看到极具中国特色的区域发展大戏正在上演，中国经济正走向科学发展的坦途。

回首历史，让我们对未来有更多期许。愿区域经济的发展成为中国最靓的风景，愿知识产权为中国经济发展产生更强大的推动作用。

（刊登于 2011 年 9 月 30 日第三版）

# 189 名台湾居民首次参加专利代理人资格考试

**本报讯** （记者赵建国福州报道）11 月 5 日至 6 日，2011 年全国专利代理人资格考试在 18 个城市同时开考。其中，189 名台湾居民首次在福州考点参加了全国专利代理人资格考试。

据国家知识产权局有关负责人介绍，为适应近年来海峡两岸经贸文化交流不断发展的现状，根据《专利代理条例》和《专利代理人资格考试实施办法》等有关规定，国家知识产权局今年 6 月作出《台湾居民参加 2011 年全国专利代理人资格考试的安排》的通知，将福州作为首次接受台湾居民报名及考试的唯一考点。据统计，在首次来福州参加全国专利代理人资格考试的 189 名台湾居民中，年龄最大的考生已经 60 岁。他们纷纷表示，希望通过此次考试获得全国专利代理人资格，来大陆从事专利代理工作。

根据国家知识产权局有关规定，通过全国专利代理人资格考试，取得《专利代理人资格证书》的台湾居民，在大陆已经批准设立的专利代理机构中实习满 1 年，就可以申请领取《专利代理人执业证》，并可在大陆专利代理机构执业。

据介绍，今年全国专利代理人资格考试考点从去年的 15 个调整为 18 个，新增重庆、哈尔滨、乌鲁木齐等城市，考点数量为历年来最多。

据悉，近年来，全国专利代理人资格考试报考人数呈现持续增长态势。2009 年 3 月，国家知识产权局印发了《专利代理行业发展规划（2009~2015 年）》。其中指出，到 2015 年，确保专利代理人达到 1 万人左右。截至目前，在大陆执业的专利代理人已有 7128 人。

（刊登于 2011 年 11 月 9 日第一版）

# 读图：走进杨凌农高会

蒋文杰 摄影

推动专利投融资综合服务平台建设 8家银行助力中小企业发展

# 湖北签署 103 亿元专利质押贷款授信协议

**本报讯** （通讯员余嵩 徐曙明武汉报道）103 亿元！日前，湖北省专利投融资综合服务平台与汉口银行等 8 家金融机构签署了《湖北省专利质押贷款合作暨授信协议》，8 家银行共授信 103 亿元支持湖北省专利质押贷款。从今年 8 月中旬成立至今短短 4 个月的时间里，湖北省专利投融资综合服务平台迅速汇聚了国内外一流的投资、金融、交易、评估、担保、咨询和培训等中介服务资源，进一步推动了知识产权质押投融资工作。

知识产权质押融资特别是专利质押融资，是湖北省运用知识产权助力加快转变经济发展方式的一个缩影。据湖北省知识产权局有关负责人介绍，在近 4 年的时间里，湖北省企业已累计获得专利质押贷款超过 8 亿元。

今年 8 月 15 日，湖北省知识产权局与武汉光谷联合产权交易所签署了《湖北省专利投融资综合服务平台建设战略合作协议》。根据协议，双方充分发挥各自优势，共同建设、打造平台，以专利投融资为切入点，致力于专利转化运用的全过程服务，为政府、科研院所、科技园区、企业及各类投资机构搭建促进知识产权交易的渠道，并针对平台上的各类服务机构建立完善的信用评价体系。

在此基础上，为进一步加强政府部门与金融机构的合作，加快推进拥有自主知识产权创新成果的转化，湖北省知识产权局又与汉口银行等 8 家银行按照"协调对接、整合资源、搭建平台、互动交流、强化保护"的原则，签署了《湖北省中小企业知识产权金融服务战略合作协议书》。通过湖北省专利投融资综合服务平台，就扩大知识产权金融服务范围、建立风险监控和分担机制等进行合作。

据悉，按照此次签署的《湖北省专利质押贷款合作暨授信协议》，8 家银行共授信 103 亿元支持湖北省专利质押贷款。其中，汉口银行的授信额度达到 30 亿元。

（刊登于 2011 年 12 月 7 日第一版）

# WIPO 总干事高度赞扬中国知识产权事业

2001 年 12 月，中国正式加入世界贸易组织（WTO），成为其第 143 个成员。"今年是中国加入 WTO 第十个年头，在这十年中，中国的发展是惊人的。"11 月 9 日，世界知识产权组织总干事高锐在接受中国知识产权报记者专访时表示。在这短短的十年期间，中国不仅建设了世界一流的基础设施，而且在知识产权领域的管理方面，不论是专利领域、著作权领域和商标领域，都达到了世界一流水平。

**专项行动护航创新**

去年 10 月底中国政府开展的声势浩大的打击侵犯知识产权和制售假冒商品的专项行

动，高锐高度赞扬，他认为这是一项重要举措。"中国正在建设创新型国家，开展专项行动能有效保护创新，推动中国创新型国家的建设。"高锐表示，目前，中国在研发投入方面已在世界排名第二，这其中，知识产权对于创新成果是一个很有效的保护手段。

正如高锐所言，中国知识产权事业在发展过程中，尤其是在"入世"10年的进程中，书写了浓墨重彩的篇章。目前，中国已经发展成为重要的知识产权的创造者，而且是处于领先地位的创造者，这一切成绩的取得都是在如此短的时间内实现，中国的知识产权管理能力的大幅提升是不容忽视的。

### 专利申请跻身前列

在谈到全球专利申请的情况时，高锐对记者表示，2010 年全球专利申请量最多的国家是美国，占总量的 27.5%，而中国专利申请量已跃升至世界第四，达到总量的 10.4%，这一数字超过了法国、英国的总和。高锐称，现在全球专利申请情况已经呈现出美国、欧洲、东北亚三足鼎立的状态，这是过去十年来世界知识产权格局的最大变化。

中国的专利申请数量已经跻身世界前列，质量又如何呢？高锐表示，世界知识产权组织衡量专利质量的标准是专利的转化率。从专利转化情况来看，在东北亚的日本、中国、韩国之中，中国一直在增强，并且逐渐发挥着全球专利转化领域的领导者作用。

### 核心文化服务经济

在高锐看来，中国是一个古老的文明国家，也创造了许多灿烂的文化，让世界从中受益。而今，中国在努力营造"尊重知识、崇尚创新、诚信守法"的知识产权文化氛围，高锐予以高度认可。他说，核心价值观中的尊重知识是一个时代的反应，是非常正确的，同时也能和中国的经济发展保持一致。

高锐告诉记者，目前，WIPO 有很多正在进行的项目，比如保护演员的权利、保护传统文化和遗传资源、简化设计、使设计趋于一致等。这些项目都得到了成功的运作，这种成功说明世界知识产权体系不再是完全以西方为主，而是充分考虑全球各个国家的文明和文化，是一个均衡有效的计划。

### 战略经验值得推广

"现在很多发展中国家还没有在国家层面上颁布实施知识产权战略，我希望这次来中国的发展中国家的代表，学习中国在知识产权战略纲要制定和实施方面的经验，能成为他们发展国家知识产权战略的起点。"高锐说。中国制定实施国家知识产权战略 3 年多以来，在立法、执法、技术保障和文化环境建设等方面都积累了丰富的经验，这些都值得其他国家借鉴。根据 WIPO 的观察，中国积极将知识产权的运用融入经济和科技发展，取得了良好的效果，研发投资回报率连年提高。

"据世界知识产权组织预测，按照现在的速度，12 年之后中国的研发投资回报率将会超过美国，18 年后将取代欧盟成为世界第一。"高锐说。

（柳鹏）

（刊登于 2011 年 12 月 9 日第二版）

**中国知识产权报**
CHINA INTELLECTUAL PROPERTY NEWS

# 2012

# 三一重工靠什么买下德国"大象"？

**本报记者** 向利 **通讯员** 田蓉晖

龙年新春伊始，我国最大混凝土机械企业、湖南省知识产权优势企业三一重工集团（下称"三一重工"）就上演了一出"龙"吞"象"的故事。1 月 30 日，三一重工发布公告，旗下控股子公司三一德国有限公司将斥资 3.24 亿欧元（折合人民币 26.54 亿元）收购德国著名工程机械公司普茨迈斯特（Putzmeister）90%的股权。收购将在通过监管部门审核之后正式完成。

有关专家直言，通过并购三一重工将获得代表顶尖技术的德国制造"大象"品牌，以及普茨迈斯特在中国以外的全球销售网络，这对提升三一重工产品整体品质意义显著。同时，三一重工此举也印证国内企业在成为世界知名企业的路上，对创新和知识产权的重视必不可少。

**专利助推腾飞**

在三一重工走向世界的创新之路上，对知识产权的重视成为其快速发展的重要动力之一。2007 年，三一重工成为全国知识产权示范创建单位和湖南省知识产权优势培育企业。2008 年，三一重工建立了直属研究总院管理的二级部门知识产权部。2009 年，三一重工开发了专利管理信息平台。近几年来，三一重工每年提交专利申请保持在 50% 左右的增长速度。2011 年，三一重工共提交中国专利申请 1508 件，同比增长 46.4%；授权专利 917 件，同比增长 58.3%。截至目前，三一重工专利申请累计已达 4141 件，专利授权总数累计达 2457 件，位居行业首位。

三一重工知识产权部负责人在接受中国知识产权报记者采访时表示，三一重工高度重视知识产权管理。公司实行"技术—专利—标准"梯次攀登的知识产权与标准战略：对核心技术及时总结和保护，以形成专利，通过构建专利集群和专利体系，最终形成技术或产品标准，从而引领行业技术发展。

正是基于对创新成果知识产权化和市场化的重视，2010 年，三一重工"一种混凝土输送泵的节能控制方法"摘得中国专利金奖。2011 年，三一重工发明专利"用于抑制混凝土泵车臂架震动的方法和装置"获中国专利金奖，"巷道掘进机"获中国外观设计金奖。2011 年，三一重工 1 件发明专利获湖南专利奖一等奖，这表明三一重工技术创新达到中国自主创新和科技进步的最高水平。

海外市场的拓展加速，也为三一重工在知识产权布局上提出新的要求。该负责人表示，今年以来，三一重工在专利工作方面成果丰硕，不但中国专利申请增长迅速，而且在国际专利布局方面也大幅增长，2011 年，三一重工通过《专利合作条约》（PCT）途径提交国际专利申请 103 件。为三一重工国际化的稳步推进提供了重要支持。为适应海外市场发展的需要，三一重工加强了专利预警制度，以确保新研发产品无专利侵权风险。

三一重工对普茨迈斯特的收购，成为三一重工海外并购的第一案，将为三一重工的海外市场份额拓展带来新机遇。

**创新带来超越**

此次收购也是一次典型的"徒弟"对"师傅"的超越。完成这次超越，三一重工用了不到 20 年。

对于此次收购的意义，三一重工总裁向文波如是说："收购价格不能用金钱和时间衡量。比如技术，普茨迈斯特现在已经是全球混凝土技术最好的企业；比如销售体系，他们花了 52 年建立了这个体系，这无法用金钱衡量。三一重工目前的出口在销售额中占比不到 5%，通过收购，我们已经拥有了海外市场。这个是战略并购，是改变世界竞争格局的并购。"

成立于 1958 年的德国普茨迈斯特有限公司是全球最知名的工程机械制造商之一，其生产的"大象"牌混凝土泵从上世纪 70 年代初开始畅销全球。90 年代中期，以该品牌为代表的进口产品占据了中国混凝土机械市场的绝对话语权，在中国的市场占有率最高曾达到 60% 以上。

上个世纪 90 年代，创业之初的梁稳根带领他的创业团队步入工程机械行业，那时世界顶尖的工程机械制造商普茨迈斯特、施维英等成为三一重工学习的目标，对品质的注重也因此成为三一重工赖以生存之基础。可以说，三一重工每次有一个飞跃发展时，总伴随着一项重大创新成果的诞生，在技术方面有一次很大的突破。1996 年，凭借混凝土泵送技术的优势，三一重工参与了北京首都机场航空楼（2 号楼）建设，并在当时的技术比武中获得第二名，自此走上"品质改变世界"发展之路。

自 1986 年世界上最长的 62 米臂架泵车交付使用以来，普茨迈斯特 20 多年来一直位居全球混凝土泵销售冠军的宝座。经过 10 多年的自主研发，2009 年，三一重工超越普茨迈斯特，成为世界销量最大的混凝土泵制造商。在臂架泵车研发方面，三一重工更是一发不可收拾，从 36 米到 48 米、56 米、66 米、72 米，最终将世界纪录刷新至 86 米。与此同时，三一重工还创造了多个世界第一：世界第一台全液压平地机，世界最大吨位挖掘机……这些努力为三一重工的海外并购奠下基础。

业内人士表示，三一重工此次对直接竞争对手的并购，其意义不仅在于向世界展示中国企业的壮大，也让我们从中更多地看到知识产权的价值和力量。

（刊登于 2012 年 2 月 3 日第一、二版）

# 知识产权行政执法亟待加强

本报特约评论员

我国现有的知识产权行政执法途径，是根据有关知识产权法律建立的。这一途径不仅符合我国国情，而且符合国际规则，并将随着社会经济的变化而不断发展。正是基于我国现实发展的客观需要、顺应国际潮流、政府职能转变等因素的综合考虑，我国的知识产权行政执法亟待加强。

加强知识产权行政执法是我国经济建设的客观需要。从本质上看，知识产权执法保护作为上层建筑，是由经济基础，最终是由生产力决定的。当前，由于信息技术等高新技术的迅猛发展，知识产权数量与质量大幅提升，知识产权信息扩散日益快捷。同时，知识产权侵权更加容易，侵权产品扩散范围更加广泛，侵权手段更加多样，所以，许多国家纷纷从立法上为加强知识产权行政执法提供依据，以多途径有效保护知识产权，确保知识产权制度目标的实现。

当今世界，在我国与不少国家，知识产权行政执法都在进一步完善。如美国、英国、菲律宾、墨西哥等国，都早于中国设立了专利侵权救济行政途径，且有强化的趋势，如2008年美国国会就通过了《知识产权执法法》，反映了这些国家出于发展其经济、科技与文化的需要，加强知识产权行政执法的实践。

无救济则无权利。行政救济途径为保护知识产权提供了一种有效的保护方式。作为促进各国加强知识产权行政执法的第一个多边国际条约，《与贸易有关的知识产权协定》（TRIPS协议）在序言中指出，知识产权是一种私权（即财产权）。同时，从行政救济、民事救济和刑事救济等方面提出了保护知识产权的规则。该协议明确知识产权私权属性的含义在于为知识产权保护的国民待遇原则和平等互惠原则打下基础。如将其理解为公权力不保护私权，或不主动保护私权，则不符合现实与法理。因为，从现实和法理来看，有形财产权作为私权被侵犯后可以得到行政救济、刑事救济与民事救济，无形财产权包括知识产权权利人也应依法获得各类侵权救济。

一般来说，对于有形财产权，只要所有人尽到一定的注意义务，很容易避免侵害。知识产权作为一种政府部门核准或认可的权利，具有公开性、无形性、可复制性的特点，权利极易受到侵害，且涉案证据难以收集。与有形财产权相比，知识产权对具有主动性、广泛性特点的行政保护有着更大的需求。满足这类需求对促进经济转型与升级、加快科技与文化发展具有重要的现实意义。换一个角度看，知识产权正是基于政府公信力而到政府部门申请、注册，并向全社会公开，政府应该对这类权利遭到侵权假冒的行为进行监管。否则，受损害最大的不仅是权利人，更是政府的公信力、全社会的创新能力及吸纳投资和就业的能力。

近年来，党和国家领导人对加强知识产权行政执法作出过一系列重要指示。2011年12月11日，胡锦涛主席在中国加入世界贸易组织（WTO）10周年高层论坛发表讲话中指出："我们将加大知识产权执法力度和司法保护力度，为国内外投资者提供公平、稳定、透明的投资环境。"2010年11月5日，温家宝总理在全国知识产权保护与执法工作电视电话会议上讲话时强调：要加强知识产权法制建设。要加大行政执法力度，把专项行动与日常执法相结合，坚持执法工作连续性，不搞"一阵风"。保护知识产权是尊重创造性劳动和激励创新的一项基本制度，是建设法治国家和诚信社会的重要内容。建设创新型国家，完善社会主义市场经济体制，必须坚定不移地保护知识产权。

国务院在有关工作部署中也对加强知识产权行政执法提出了明确要求。

加强知识产权行政执法符合国际普遍做法。在英国，专利法规定只要当事人约定同意向英国知识产权局就处理专利侵权纠纷提出请求，该局可就是否构成侵权、损害赔偿及有关开支费用等作出决定。在美国，美国国际贸易委员会（ITC）可禁止包括了不正当竞争行为和方法的产品向美国进口，其中包含了专利侵权。这一机构属行政机构。此外，美国还有其他行政部门依法行使知识产权执法职责。在墨西哥，工业产权行政执法部门可以依法查处专利侵权行为，既可以查封、扣押相关产品，也可以在处理侵权案件中作出以下决定：对侵权人予以罚款；勒令侵权企业暂时或永久关闭；拘留侵权人至36个小时。当事人不服上述决定的，可以向联邦法院起诉。专利权人如发现自己的专利权被严重侵害，可以向联邦检察官提出刑事诉讼。联邦检察官在调查中将征询工业产权执法部门的意见。在菲律宾，知识产权行政执法部门可以调查、处罚侵犯专利权的行为，可以颁布停止专利侵权的禁令，并就损害赔偿作出决定，还有权扣押、没收、处置侵权产品或要求侵权人提供担保，必要时处以行政罚款。

许多国家和地区的海关可以提供知识产权侵权禁令救济，某些国家和地区的海关还可以在商品流通环节追踪查处知识产权侵权货物。我国香港海关的知识产权执法人员有数百人，他们在整个香港地区都有查处知识产权侵权货物的职责。法国、德国、日本等国的警察部门可以调查专利侵权的刑事责任问题，而且，其刑事救济没有门槛或门槛极低。

从多边国际条约来看，TRIPS协议的侵权救济程序中，专门规定了行政执法程序，涉及多个条款，其中第四十一条至第六十一条均为侵权救济条款。

加强知识产权行政执法符合政府职能转变的方向。社会主义市场经济条件下，政府的重要职责是营造良好的社会环境、市场环境，遵循的准则是依法行政。依法行政具体体现在两个方面：一是抽象的行政行为，即制定规章制度与政策，并尽可能使政策规范化、制度化；二是行政执法，即具体的行政行为，包括依法裁决和调解行政相对人之间的争端与纠纷，迅速化解各类社会矛盾，查处违法行为，保护守法者的正当利益，维护和谐稳定的社会秩序与诚实守信的市场秩序。其中，加强和完善知识产权行政执法，是构建和谐社会、建设法治国家的现实需要和长远需要。

当前，我国保障市场经济有效运行的机制尚不健全，市场主体法律意识和维权能力不足，"有法难依""违法难究"及知识产权"侵权成本低、维权成本高"的现象还大量存在。加强和完善知识产权行政执法，也是解决现阶段突出问题的迫切需要。因此，无论从当前及长远，还是从推进我国经济社会全面发展的角度来看，知识产权行政执法都亟待加强。

（刊登于 2012 年 3 月 21 日第一、二版）

# 中国植物新品种保护交出亮眼成绩单

本报记者　肖潇

2012 年 3 月 20 日，《中华人民共和国植物新品种保护条例》（下称"条例"）迎来 15 周年纪念。"通过条例实施，我国植物新品种保护取得显著成效。目前，我国植物新品种权的年申请量已跃居国际植物新品种保护联盟成员第二位。"3 月 21 日，在农业部举办的植物新品种保护条例 15 周年纪念座谈会上，农业部种子管理局相关负责人欣喜地表示。

回首 15 年，植物新品种保护事业从无到有，走完了许多国家半个多世纪走过的历程，呈现出蓬勃向上的发展态势，取得了辉煌的成就。

**品种保护成果丰硕**

1997 年 3 月 20 日，国务院颁布了《中华人民共和国植物新品种保护条例》，农业部和国家林业局按照职责分工共同负责植物新品种权申请的受理和审查并对符合条例规定的植物新品种授予植物新品种权。1999 年 4 月 23 日，我国正式加入了国际植物新品种保护联盟，同日开始受理国内外植物新品种权的申请。

15 年来，我国植物新品种保护交出满意答卷：截至目前，我国先后公布 12 批植物新品种保护名录，使受保护的植物属和种达到 158 个。截至 2011 年 12 月 31 日，我国共受理来自国内外的品种权申请 9878 件，授权总量达 4044 件。我国植物品种权的年申请量跃居国际植物新品种保护联盟成员第二位。

这份亮眼成绩单的取得正是基于我国植物新品种保护体系的建立健全。15 年间，我国植物新品种保护法律法规日趋完善，先后颁布了《植物新品种保护条例实施细则（农业部分）》《植物新品种保护条例实施细则（林业部分）》《农业部植物新品种复审委员会审理规定》《最高人民法院关于审理侵犯植物新品种权纠纷案件具体应用法律问题的若干规定》等一系列文件，从受理、审查、测试、授权等各环节都作出详尽的规定。

在有章可循、有法可依的基础上，我国不断加大植物新品种权的保护力度。农业部下发了《关于加强农业植物新品种保护工作的意见》《农业植物新品种权侵权案件处理规定》，并开展植物新品种保护执法试点。最高人民法院公布了关于审理植物新品种纠纷案件的一系列司法解释，并严格贯彻落实，对保障种子市场的健康发展发挥了重要作用。

同时，15 年来，我国建立并不断完善植物新品种审查测试技术支撑体系。农业部先后组建了农业部植物新品种保护办公室、农业部植物新品种复审委员会、农业部植物新品种测试中心和 14 个分中心；国家林业局先后建成了 5 个测试分中心、2 个分子测定实验室和 4 个专业测试基地。15 年来，我国研制完成 100 多项植物新品种测试指南。这些机构的建立和测试指南的制定，为条例的实施提供了最有力的支撑。

尤为重要的还有植物新品种保护观念的深入人心。15 年来，农业部在全国近 20 多个省、市举办了新品种保护知识和行政执法培训班 50 余次，培训人员 2 万多人次；成功举办了 4 次全国农作物授权品种展示暨品种权交易会，使育种者、企业、农民等各方的知识产权意识不断提升，让植物新品种保护的观念在全社会生根发芽。

2008 年 6 月，《国家知识产权战略纲要》颁布实施，其中将植物新品种保护作为专项任务之一，进一步表明了我国对植物新品种保护的高度重视。

**种业发展成效显著**

"植物新品种保护制度的建立与实施调动了育种者的积极性，使企业利益和农民利益都得到有效保护。"农业部种子管理局相关负责人在此次座谈会上表示，植物新品种保护制度对种业发展产生了极大的促进作用。

如其所述，植物新品种保护制度的建立与实施调动了育种者的积极性并促进了农作物育种科研投入渠道的多元化。据了解，山东省农科院玉米所、里下河农科所、中国水稻所、宜宾市农科所等单位的单项品种权转让金额均突破千万元，让育种者切实尝到了植物新品种保护的甜头。

正是伴随着植物新品种保护制度的实施，一批具有较强竞争力的育、繁、销一体化的种子公司不断发展壮大，涌现出了山东登海、四川国豪、北京奥瑞金等一批拥有自主知识产权、竞争力强的种子企业。

也正是由于植物新品种保护制度的实施，农民可选育的优良品种不断增多，尤其是主要粮食作物水稻、玉米、小麦授权品种应用面积迅速扩大，为农业增产、农民增收以及维护我国的粮食安全打下了坚实基础。

"回顾十多年来我国农业植物新品种保护事业的发展，虽然取得显著成效，但与知识产权在未来经济发展中的战略地位相比，新品种保护事业发展还有待进一步完善。"农业部种子管理局相关负责人称，今后将进一步提升育种者、企业以及农民的植物新品种保护意识；进一步健全植物新品种保护体系；加大执法力度；加强国际合作，促进中国种子企业"走出去"。

（刊登于 2012 年 3 月 23 日第一版）

# 首批国家知识产权示范城市名单出炉

## 武汉、广州、深圳等 23 个城市榜上有名

**本报讯** （记者吴辉　肖潇北京报道）4 月 27 日，在第 7 次国家知识产权局开放日活动上，国家知识产权局局长田力普发布了首批国家知识产权示范城市名单。武汉、广州、深圳等 23 个城市获此殊荣。"这些示范城市充分发挥自身优势，全面提升知识产权综合能力，探索出了一条知识产权支撑城市创新发展的有效路径，发挥了极为重要的区域性引领带动作用，也为全面实施国家知识产权战略、深化推进知识产权事业发展积累了宝贵的经验。"田力普对此给予了高度的评价。

田力普表示，国家知识产权局近期开展了知识产权示范城市评定工作，此次评选经过城市自愿申报、全国各地方局择优推荐，组织专家进行程序严谨、客观公正的评审，确定了 23 个城市为首批国家知识产权示范城市，分别是武汉、广州、深圳、长沙、成都、苏州、杭州、济南、青岛、郑州、哈尔滨、南京、南通、镇江、福州、东营、大连、烟台、洛阳、泉州、温州、西安、芜湖。据悉，田力普近日在深圳出席该市知识产权工作会议时，授予深圳首批国家知识产权示范城市第一块牌匾。

据国家知识产权局专利管理司有关负责人介绍，城市知识产权试点示范工作是国家知识产权局延续多年的重点工作项目，经过十余年的创新发展，试点示范城市遍及全国 29 个省（自治区、直辖市），总数已达 104 个。值得一提的是，此次示范城市评选考核内容包括三个层面：一是"六个一票否决条件"等关键性指标审查；二是基本指标考核，共设立了包括政府投入、知识产权产出、知识产权运用、知识产权保护、知识产权环境等指标；三是各城市创新举措与突出成效等特色指标考核。在城市自愿申报、省局择优推荐的基础上，国家知识产权局组织了来自部委、学界和知识产权系统的专家，对参评城市进行了认真、严格的打分。经过评审，确定了 23 个城市为首批国家知识产权示范城市。

（刊登于 2012 年 4 月 27 日第二版）

**专利权被侵犯但维权成本高，中小企业顾虑重重。为此，江苏镇江探索专利保险新模式——**

## 专利维权保险解企业后顾之忧

**本报记者** 祝文明　**通讯员** 何锦润

一家致力于创新、研发的企业，某一天突然陷入知识产权纠纷中，成为侵权或被侵权的对象，这样的纠纷无疑会对企业正常的生产经营造成很大的困扰，疲于应

付。江苏省镇江市的企业现在可以免除这样的烦恼了，因为该市正在推行的专利维权托管与保险工作，就是针对企业知识产权保护意识和能力不足、专利权被侵犯时无力维权等问题而量身定做的创新型工作机制。

日前，江苏省镇江市专利保险试点正式启动，国家知识产权局宣布该市获批成为全国首个专利保险试点城市，政府以购买服务的方式向62家企业赠送专利维权托管服务，142件专利享受专利保险优惠费率和保费补贴，其中江苏正丹化学工业股份有限公司拿到了中国人民财产保险股份有限公司全国第一张专利保险单。

**快速发展催生新机制**

据介绍，近年来，镇江市知识产权发展环境不断优化，专利产出创新高。2011年，全市专利申请量达1.5316万件，同比增长33.88%，其中发明专利申请3117件，同比增长58.5%，专利授权7404件。

镇江市知识产权局局长柏晓宏表示，为了进一步推进知识产权工作再上新台阶，镇江市将工作的重点放在如何更好地为企业提供优质的知识产权服务，针对企业专利保护意识和能力不足，被侵权假冒现象时有发生，影响自主创新和生产经营这一长期困扰企业的知识产权保护难题，着力探索加强专利保护工作的新途径，先后进行了多项与专利预警和维权保护相关的调查研究，探索开展专利维权托管、专利保险试点、专利价值分析、专利流转代理、专利侵权纠纷诉调对接等创新、试点工作。

据了解，镇江市专利维权托管与保险工作推出的背后是一个个令人惋惜的案例。如镇江市一家食品公司陷入"食品包装袋"外观设计专利侵权纠纷，但在衡量了打官司付出的成本之后，企业放弃了维权。该公司是一家生产姜汤、姜糖的龙头骨干企业，为了杜绝其他企业仿冒自己的外包装，向国家知识产权局申请了一款包装袋外观设计专利。后来，公司发现某小企业也在用相似的外包装，遂向律师咨询。律师对涉案产品的包装袋与专利图片进行了比对后，认定二者应为近似设计，并建议提起民事诉讼，用法律手段保护自身合法权益。然而经咨询，若走法律程序，聘请律师、搜集证据、打官司等耗时耗力，即使胜诉，获得的赔偿可能都不足以弥补诉讼所付出的费用。最终，该食品厂放弃维权，企业损失一直持续。

**专利维权托管将保护前移**

柏晓宏说，近年来，镇江市企业申请专利的积极性大为增强，但保护意识还不够，往往在专利纠纷发生时，才意识到知识产权保护的重要性。为了引导企业开展知识产权预警分析，将专利保护前移，帮助企业提高知识产权保护能力，2011年以来，镇江市开始探索专利维权托管与保险工作。

去年底，镇江市知识产权局联合中国（镇江）知识产权维权援助中心、江苏大学知识产权研究中心组建专利维权托管工作研究小组，开展专题调研，使维权托管工作切合工作实际和企业需求。此项工作的出发点定位在：在专利纠纷发生前，根据企业的委托，由知识产权维权援助中心对专利进行免费管理，提供专利维权相关的全面服务，有效避免和防范企业知识产权风险。中国（镇江）知识产权维权援助中心是代表政府的专利维权托管机构，牵头开展政策性专利维权托管服务，对企业关键核心技术专利、对产业发展有重要影响的专利提供政策性的咨询服务，企业在享受此类服务时，不需要缴纳服务费用。

镇江市专利维权托管工作分两个层次：一是属于政策性专利维权托管，通过这些基本服务来保障企业的技术安全，并以项目化的方式实施；二是属于市场范畴的维权延伸服务。目前开展的政策性专利维权托管，托管专利范围为企业核心技术专利和对产业发展有重要影响专利，托管服务内容包括专利风险分析、战略跟踪、市场分析、保护策略以及与维权相关的其他服务，托管服务力量主要是依托市维权援助中心、江苏大学和市维权专家库的专家团队，维权托管流程为经企业申请，维权中心审核，符合托管条件的，由维权援助中心与企业签订托管合同后，交江苏大学专利培育和运营中心定期对托管专利提供服务，及时把服务内容和结果向企业反馈，并提出相关专利管理建议，帮助解决企业专利保护和管理的后顾之忧。

**专利维权保险解企业之忧**

镇江市从去年开始，配合国家知识产权局和人保财险总公司开展专利保险试点研究工作，承办了专利保险工作研讨会，邀请了镇江市的企业代表、专利中介服务公司、研究机构和基层管理者等相关人员座谈，并走访调研企业和基层对专利保险的意见、建议和需求，掌握了开展专利保险试点工作的第一手资料。今年3月份，镇江出台了《镇江市开展专利保险试点工作实施意见》，确定了政府主导、商业对接、从易到难、逐步推广的试点原则，选择部分高新技术企业和知识产权优势企业进行专利保险试点。

镇江市知识产权局加强与人保财险镇江市公司的沟通，把专利保险工作纳入全市年度知识产权工作重点，制定了专利保险工作实施方案，在国家知识产权局和人保财险总公司确定的框架内，进一步完善和细化了投保和理赔流程，磋商确定了试点费率优惠幅度，制定了政府配套资助政策，探索组建专利保险的服务体系，拟通过对保险专利的政策性托管服务降低金融公司风险，为专利保险的顺利推进创造必要条件。

目前，镇江市的专利保险模式已经得到快速推广，首批共收到100家企业的142件专利或者产品投保申请，人保财险镇江公司按照保险的相关程序与企业对接办理相关手续，有10件投保专利已经拿到人保财险公司系统的第一批专利保险保单，其中江苏正丹化学工业有限公司拿到了人保财险的第1张专利保险单——00001号。

"下一步，我们将组建由专利管理部门、保险公司、市金融办等部门组成的市专利保险试点工作机构，市知识产权局将与人保财险镇江市分公司开展全面战略合作，在总结首批专利保险经验的同时，加大专利保险业务的市场推广，开展国外展会侵权责任险等新专利险种的研究，推动试点工作深入开展，使专利保险成为企业增信和专利维权的有力保障。"柏晓宏说。

（刊登于2012年5月30日第八版）

见证辉煌——纪念改革开放四十年中国知识产权报新闻作品集

由12家社会组织及服务机构发起成立的知识产权维权联盟，日前在上海正式成立。这是全国首个由社会机构发起成立的知识产权维权联盟，倡导通过调解而非诉讼的方式解决知识产权纠纷——

# "大联盟"强强联合护航"长三角"

本报记者　张娣

知识产权纠纷的不断增多，给传统的司法途径解决模式带来了很大压力，如何能够更好、更快地结合实际情况进行知识产权维权，成为摆在权利人面前的突出问题。相对于诉讼和仲裁路径，调解与和解机制无疑具有天然的优势，日益成为解决知识产权纠纷的重要机制。

5月28日，"长三角知识产权维权联盟"在上海正式成立，该联盟由江苏、浙江、上海地区的知识产权保护协会、各类型纠纷调解中心等12家机构发起，倡导通过调解而非诉讼的方式解决知识产权纠纷。这是全国首个由社会机构发起成立的知识产权维权联盟，该联盟的成立宣告长三角地区的知识产权保护迈出了重要一步。

**携手互助　一呼百应**

随着经济发展的不断加快，知识产权案件也在不断增多。作为我国经济发达的长三角地区，知识产权问题更为凸显，案件逐年呈上升趋势，如何能够更好、更快地结合实际情况进行知识产权保护和进行维权处理，成为该区域突出问题。而在知识产权纷争多元救济机制中，相对于诉讼和仲裁路径，调解与和解机制无疑具有快速、灵活、简便、经济、保密、共赢等优点，不仅契合建设和谐社会宗旨，也有效节约社会司法资源，日益成为解决纠纷的重要机制。

据了解，此次"长三角知识产权维权联盟"的发起倡议人共有12家，分别为：上海市浦东新区知识产权保护协会、江苏省知识产权保护协会、浙江省宁波市知识产权保护协会、上海市版权纠纷调解中心、上海经贸商事调解中心、上海知识产权园、上海市闵行区知识产权保护协会、江苏省昆山市知识产权保护协会、浙江省台州市知识产权保护协会、上海朱妙春律师事务所、上海德载中怡律师事务所、上海申新律师事务所。

"设立长三角维权联盟主要是考虑到长三角地区各自建立了调解机构，如今，在大多数情况下，纠纷调解的优越性大于打官司，因此，为了更好地动员社会力量维护知识产权法治和市场经济秩序，倡导知识产权创新竞争、和解共赢文化之道，我们决定在举办首届'长三角知识产权调解文化之道专家论坛'之际，发起成立'长三角知识产权维权联盟'。"上海市浦东新区知识产权保护协会副会长黄殿英在接受中国知识产权报记者采访时，向记者谈起了成立长三角知识产权维权联盟的初衷。

据悉，在"长三角知识产权维权联盟"成立的当天，12家机构共同发布了《倡议书》，对联盟成立后的主要职责及对长三角地区知识产权发展进行了展望。其中载明将"继承和发扬中华民族'和为贵'的文化精粹,长三角各界社会力量要率先在维护创新竞争的知识产权制度基础上,努力发挥知识产权纷争和解共赢解决机制的作用;以联合长三角区域更多的知识产权社会组织与服务机构,优势互补,通力合作,为企业和社会维护知识产权制度及其合法权益提供服务和帮助;遵循开放合作的联盟准则,加强与长三角各类知识产权社会组织与服务机构的合作和资源整合,吸纳更多的社会机构加入联盟,不断拓展联盟的辐射力和影响力"。

**调解维权　资源共享**

据了解,目前长三角地区70%以上知识产权纠纷已通过调解解决。"长三角知识产权维权联盟"的成立,将更加大力地推动该地区知识产权案件调解的步伐,这在当天会议上与会代表商议签署的"信息互通、工作互动、维权互助"联盟协作机制的备忘录中有所体现。

根据备忘录,联盟的主要任务是为长三角地区企业跨地区维权提供服务、协作和帮助;积极开拓知识产权调解工作的探索和实践,努力发挥知识产权纷争中契约和解、合作共赢解决机制的作用。今后,江、浙、沪将共享各自调解专家资源,协调工作机制,将优化知识产权案件调解资源,不断拓展社会机构维权联盟的影响力和辐射力,使得长三角地区知识产权大环境得到改善。

上海浦东新区知识产权调解委员会主任朱妙春在"2012长三角知识产权调解文化之道"专家论坛发言时表示,知识产权诉讼周期较长,少则半年,多则两三年,不利于矛盾纠纷的解决;而调解相比诉讼,具有速度快、效率高的特点,可在短时间内解决矛盾纠纷,甚至可一揽子解决纠纷,起到判决达不到的效果。

"知识产权案件具有跨地域的特点,侵权人数多、范围广等特点。因为案件的特殊性,所以他们在开展调解工作过程中难免会感到单一的地区机构往往难以解决所有的纠纷。于是,我们便想到将长三角地区的调解委员会、知识产权保护机构有机地整合起来,成立调解联盟,开展定期协商机制,做到资源共享,为当事人提供多区域、全方位的调解服务。"朱妙春在接受中国知识产权报记者采访时表示。据他介绍,上海浦东新区知识产权调解委员会是全国首家知识产权专业调解机构,于2007年11月成立,截至2011年12月,共受理案件142起,其中成功调解了74件,成功率为52%。

"去年,我们闵行区人民法院设立了知识产权庭,主要负责知识产权案件的审理。但是,对于相关知识产权案件的调解相比起来却心有余而力不足,'长三角知识产权维权联盟'的成立刚好解决了这个问题。"上海市闵行区知识产权保护协会会长张瑞娟在接受中国知识产权报记者采访时表示。张瑞娟表示,"长三角知识产权维权联盟"的成立,可以解决包括闵行区在内的所有成员单位主管范围内的知识产权问题,为他们调解案件,进行行政执法给予帮助,同时,以往的跨区、跨省案件也有了很好的处理方式,只要是长三角维权联盟内的成员区域,都可以给涉案的相关成员处理的案件提供便利,使得案件调解和处理更加快捷、方便,一些好的案例还可以供大家参考、借鉴。

**多方介入　均衡发展**

在长三角维权联盟的 12 家机构中，除了几个省、市、区的知识产权保护协会和调解中心，几家律师事务所也成为长三角维权联盟的组成部分，它们的加入，给该联盟在法律知识和人员专业素质方面提供了后援保障。

在谈到长三角维权联盟创立意义的时候，朱妙春说："长三角维权联盟的方针是'信息互通、工作互动、维权互助'，在此基础上建立了'互动'工作机制，全方位开展维权工作，加强了知识产权维权的跨地区合作，以便及时介入纠纷，尽快解决矛盾。律所的加入将给联盟提供更好的法律咨询和法务人员，通过互助和共享让成员单位在进行知识产权案件调解的时候，能够更加自如。有了这些律所的专业人员参与，调解的结果会更加公平、合法，让我们的调解更加成功。"

互通的机制有利于知识产权保护工作的开展，而"轮流坐庄、平衡发展"的理念则有利于长三角地区整体知识产权保护大环境的建立。据黄殿英介绍，在此次 12 家机构共同签署的合作备忘录中还明确表示，联盟委托上海市浦东新区知识产权保护协会承担日常联络事务，各成员单位确定一名联络员，以保持日常联系和工作的协调。"长三角知识产权维权联盟"暂定每年组织一次长三角区域性活动，轮流由上海、江苏、浙江有关社会机构主办。在此次会议上，经商定，2013 年活动由江苏省知识产权保护协会主办，并进行了 2013 年联盟活动的交接仪式。

"交接的目的主要是结合长三角区域知识产权调解的工作实践，积极探索知识产权调解工作的新方法、新路子，开展关于知识产权纷争救济机制对接互动的调解类型的比较研究，交流完善知识产权调解制度、运作机制、策略方法、自身能力及文化建设的工作经验。"黄殿英说。

（刊登于 2012 年 6 月 6 日第十二版）

知识产权（专利）工程师素描

# 知识产权创造的"探路者"

本报记者　张海志

"专利管理工程师竟然不让我提交专利申请，这是什么道理！你们到底是干什么吃的？"2010 年夏日的一个午后，刚上任不久的专利管理工程师小冯遭遇到一名技术人员质问。对方是一名在研发一线工作了近 10 年的老员工，他提交的专利申请的方案没有在小冯这个"80 后"的手中通过，这让老员工很窝火。

"王师傅，您先别着急，您的创新点很好，我这也做了一些相关的专利检索，您坐下我们一块看看？您的想法和国外的科学家有许多共通之处。"小冯客气地拉着王师傅坐了下来，开始讨论起专利申请方案中所涉及的技术问题。

这是发生在两年前的真实一幕。小冯的身份就是公司的专利管理工程师。

**把关专利申请**

2010 年，小冯所在的企业成立了专门的知识产权管理部门，要求所有研发活动都要经过该部门的专业人员"探路"，以保证不走弯路，把研发资金都用在刀刃上。在该项工作中，小冯发现，公司一些一线研发人员都非常喜欢"埋头苦干"，而不太注重跟踪国外对手的专利布局，费了九牛二虎之力想出来的一些创新点，却早已落入他人专利权保护范围，白白浪费了人力物力。

在小冯看来，专利管理工程师是指在企事业单位专门从事专利管理的实用性专业人才，是既懂专利又懂技术的复合型人才，而这一职业的重要任务之一就是要为公司的创新护航。

在上海，还有很多和小冯一样的"探路者"，上海卫星装备研究所党委书记潘哲辉就是其中一位。2008 年，在中国航天科技集团公司第八研究院 149 厂任党委副书记、工会主席、纪委书记的潘哲辉，因有法律学习背景，被公司安排分管知识产权工作。当报名参加上海市知识产权局组织的专利管理工程师考前学习时，他故意隐掉了自己党委领导的职务，而填上了"专利管理工作者"。功夫不负有心人，2009年，潘哲辉顺利拿到了专利管理工程师的中级职称，成为一名级别较高的专利管理工程师。

为了发挥专利管理工程师对企业自主创新的引导作用，潘哲辉想了很多新招。他号召工会以班组为单位，开展群众性的技术创新活动，提倡员工"小革新、小改进、小发明、小创造、小改革"，并将技术创新成果纳入班组的考评，激励员工的发明创造。

其实，在 2004 年，潘哲辉就开始接触知识产权工作。说起知识产权工作，当时很多企业或吃过亏或尝过甜头，愈发认识到了知识产权对于企业发展的重要性。潘哲辉发现，一些企业在开展研发活动之前都不进行专利文献检索，摸着石头过河，有时白忙活了好几年，才发现技术路线已经被国外企业占领了，企业急需一批懂专利、懂知识产权的人才。尽管企业也会根据需要选派人员参加由上海市知识产权局组织的相关培训，但其数量和质量均远远达不到要求。

2007 年，上海市知识产权局与上海市人事局共同推出专利管理工程师资格考试，将专利管理工程师纳入上海市专业技术职称系列，164 人参加考试合格，106 人通过转任培训，共有 270 人获得了中级职称，潘哲辉就是其中一员。时至今日，上海市已有 769 人获得了专利管理工程师的中级职称，这些人几乎都战斗在企业专利管理工作的一线，成为繁荣上海经济的一个个虽不起眼、却很重要的角色。

**掌舵自主创新**

专利管理工程师的出现并不是偶然。在江苏也有着一群对专利管理工作同样热忧、专注、执着的追梦人，只是他们的称呼变成了"知识产权工程师"。

5月是劳动者的节日。在江苏法尔胜泓昇集团有限公司（下称"法尔胜公司"），一场别开生面的颁奖典礼正在举行，科技进步奖、专利奖等多个奖项相继揭晓，公司年度科技奖励大会，每年都会有超过100万元的奖励金。成就感在手捧奖励证书的获奖者脸上绽放，企业鼓励创新、重视知识产权工作的种子则扎根在每一位员工的心里。法尔胜公司知识产权管理办公室副主任缪芳坐在员工中间，用力地鼓掌，甚至比获奖者还激动。

自2009年5月成立知识产权管理办公室以来，法尔胜公司的3名知识产权工程师为企业营造了良好的创新氛围。小小的知识产权管理办公室只有3个人，缪芳是高级知识产权工程师，还有2名中级知识产权工程师，3人分别来自科技管理部门、技术部门、法律部门，各有所长且相互补充，形成了法尔胜公司的知识产权工程师团队。

截至目前，仅在大桥缆索领域，法尔胜公司就已提交20余件国内外发明专利申请，其中11件已经获得授权。公司参与承担的"千米级斜拉桥结构体系、设计及施工控制关键技术"项目荣获2010年度国家科技进步一等奖。

在江苏省，社会认可的知识产权工程师有3个梯队，最基础的是在《江苏省知识产权人才培养工程》中获得省级知识产权工程师培训证书的人员，目前已达5780人，通过培训，他们不仅提高了知识产权专业素质，还初步具备了知识产权高中级技术资格的申报条件；第2个层级是知识产权工程师中级职称，目前已有171人；目前的最高级别是知识产权工程师高级职称，全省仅有68人，缪芳就是其中一员。

就像是一个人才阶梯，新人不断晋级，知识产权工程师的队伍不断壮大，越来越多的企业有了规范化的知识产权管理，创新氛围日益形成，从而推动了全省专利数量和质量的双提升。江苏省的发明专利授权量已经连续3年位列全国三甲，"军功章"里也少不了知识产权工程师的奉献。

"我有时觉得知识产权工程师很像一名水手，虽然只是默默地操舵、带缆、保养船体，却把所有对事业的热爱都倾注在自己的行动中，只愿大船能够扬帆远航！"缪芳坦言。

（刊登于2012年6月15日第一、三版）

# 读图：崇尚文化　保护版权

## ——WIPO 保护音像表演外交会议等系列活动纪实

杨申　摄影

知识产权事业再传佳音　二十余载积淀铸就辉煌

# 我国发明专利授权量达 100 万

**本报讯** （记者向利北京报道）7 月 16 日，我国第 100 万号发明专利证书签发仪式在北京举行。国家知识产权局局长田力普现场签发第 100 万号发明专利证书，并向发明人所在单位负责人颁发证书。据悉，自 1986 年授权首件发明专利以来，我国仅用不到 27 年时间便实现了发明专利授权总量达到 100 万件的目标，成为世界上实现这一目标耗时最短的国家。

会上，田力普指出，当今世界正处于大发展、大变革、大调整之中，已进入创新集聚爆发和新兴产业加速成长时期。创造更多知识产权、拥有更多发明专利，对于提升综合国力和核心竞争力的决定性意义更加突出。在新的形势下，知识产权制度的推动力量已从主要应对外部压力转变为提升我国自主创新能力和产业竞争力的内在需要。政府知识产权工作的着力点，已从知识产权制度的构建转变成为引导并推动市场主体对知识产权制度的有效运用。社会各方也从单纯关注知识产权保护，朝着重视自主知识产权创造、运用以及追求知识产权质量和市场价值转变。这些可喜的变化，标志着我国知识产权事业已经进入一个新的发展阶段。

国家知识产权局副局长杨铁军、鲍红出席签发仪式。

据了解，此次签发的第 100 万号发明专利名称为"一种虚拟玉米叶片模型可控面元划分方法"，权利人为北京农业信息技术研究中心。该技术属于国家"863 计划"课题项目成果，主要应用于农业科学领域。

据统计，截至今年第二季度末，我国累计受理发明专利申请数量达到 311.4 万件；截至 7 月 11 日，我国发明专利累计授权量达到 100 万件。

（刊登于 2012 年 7 月 18 日第一版）

**推动我国高技术发展，实现由跟踪到引领的重大转变——**

# "863 计划" 拥有中国专利 1.5 万件

**本报讯** （记者赵建国北京报道）今年是我国高技术研究发展计划（"863 计划"）实施 25 周年。8 月 15 日，国家发展和改革委员会等部门联合发布的最新报告显示，25 年来，"863 计划"取得了一大批达到或接近世界先进水平的创新性成果，拥有中国专利超过 1.5 万件，其中绝大多数为发明专利，很多重大创新打破了国外技术的封锁，推动我国高技术发展实现了由跟踪到引领创新的重大转变。

据介绍，25 年来，"863 计划"取得了令人瞩目的成就，推动了我国高技术研发实现了 3 个重大转变：一是由跟踪到引领的转变，以相对较少的投入带动了我国重大技术自主研发及产业的发展，由 25 年前与世界先进高技术的差距明显到如今的部分超越，转变明显；二是由点到面的转变，"十一五"期间，"863 计划"研究扩大到 10 个领域、38 个专题、28 个重大项目和 300 多个重点项目，由前 15 年课题 5200 余项到"十一五"期间课题 8200 多项，影响面扩展明显；三是创新主体的转变，25 年前，大部分研发工作主要集中在高校和科研院所，到"十一五"期间，企业与高校、科研院所承担的技术研发工作基本相当，推动了企业作为创新主体地位的上升。

据了解，"863 计划"把握世界高技术发展趋势和国内需要，以增强自主创新能力为宗旨，以高技术前沿为重点，以获得关键领域、核心技术自主知识产权为目标，有力地推动了我国高技术领域知识产权及其产业发展。其中，近 20 年来，中国载人航天工程得到"863 计划"的支持，通过自主研发，已经成功突破和掌握了载人天地往返、航天员空间出舱、航天器空间交会对接等三大基本技术和载人航天的一系列关键技术，拥有中国发明专利 900 余件，提升了我国航天产业的整体能力，带动了相关科学的研究水平。近 10 年来，通过"863 计划"的支持，我国突破了载人深海潜水器自主设计技术、高能量密度深海动力技术、水声通信与探测技术、海试方法等技术，并形成了自主知识产权，仅"蛟龙号"载人深海潜水器就提交中国专利申请 80 多件，打破了国外技术垄断，悬停定位、近底自动驾驶和高速数字水声通信专利是世界独创。

特别是在"十一五"期间，"863 计划"选择信息技术、生物和医药技术、新材料技术、先进制造技术、先进能源技术、资源环境技术、海洋技术、现代农业技术、现代交通技术、地球导航与观测技术等 10 个领域进行了重点部署。在风电技术方面，大功率风电机组是大规模开发和利用风能的重要技术装备。2000 年以前，我国缺乏该技术的自主知识产权，风电产业发展一直受制于人。在"863 计划"支持下，我国重点支持兆瓦级大功率风电机组的技术研发，掌握了 1.5 兆瓦直驱式和兆瓦级双馈式变速恒频风电机组的自主知识产权，形成了一批具有自主知识产权的兆瓦级直驱永磁、双馈式变速恒频技术等关键技术成果，实现了风电重大技术突破，打破了国外的垄断。

（刊登于 2012 年 8 月 22 日第一版）

以相对标准的形式披露专利价值，减少专利交易中信息不对称问题——

## 专利价值分析：横有多长，纵有多高？

本报记者　贺延芳

温度的高低可以用温度计来度量，那专利在交易中的实际价值，是否也可以作出类似的客观、直观反映？"专利价值分析指标体系"给出了肯定的答案。

据记者了解，为了有效解决专利在运用和管理过程中"评价难"的问题，国家知识产权局于2011年委托中国技术交易所（下称"中技所"）组织专家研究并建立了"专利价值分析指标体系"，目前该项工作已取得阶段性成果——形成了相对完善和较具社会共识的指标体系，并经过了试点实验和实际检测证明，基本可以客观反映专利在交易过程中的内在价值。

这对业界来说绝对是个鼓舞人心的好消息。记者在采访中了解到，随着近年来我国自主创新能力的快速提升，专利申请量大幅增长，但在具体实践中，如何有效盘活专利资产，并实现专利的分级分类管理，特别是在专利转让、许可、出资、质押融资及证券化融资、企业重组和并购、专利池和专利联盟的构建以及项目引进及产业项目筛选等活动中，都绕不开一个共性的环节和难题，那就是"如何对涉及的专利进行科学合理的价值判断"。经过一年多的不懈努力，"专利价值分析指标体系"在多个成功的实际应用案例后，给出了一个相对科学合理的价值分析体系。目前，该体系正在全国做进一步的推广使用和完善，未来有望成为知识产权行业标准。

**专利价格难以谈拢**

**价值评价是个"难题"**

在专利技术的交易中，这样的情形似乎很普遍：卖家把自己的专利技术当成是"宝贝"，看作是"摇钱树"，而买方却认为技术能否产业化还是"未知数"，未来发展前景充满风险。最终，买卖双方因专利期望价格差距太大难以谈拢，结果只能在谈判桌前不欢而散。

中技所副总裁徐向阳在接受中国知识产权报记者采访时说："专利是无形资产，专利技术从走出实验室到最终实施转化，进而产生社会价值，需要很长一段路，这个过程中充满了不确定性和风险。信息不对称导致了对价值认可的不同，也就是说，在专利技术的交易中，发明人往往对专利价值的期望值过高，认为专利技术具有巨大的市场潜力，投资人却因专利的专业性而无法作出科学判断，认为该项专利没有实施的价值或者产业化前景不大。有时双方对一件专利的期望价格能相差几十倍，都不在一个'数量级'上，这样最终交易是很难成功的。"

江苏省镇江市知识产权局副局长陆介平也向本报记者表达了相同的观点，并讲述了这样一件事情：2011年，镇江市一发明人拿着一件"喷气式风力发电机"的专利来找当地政府，声称所持专利解决了风力发电机在实际应用中的多个技术难题，并获得业内专家广泛认可，希望政府能在土地和资金等方面给予扶持。当地政府应该如何决策、给出怎样的扶持，要解决这些问题，也需要一套科学合理的专利价值评价的方法和标准。

"专利交易、项目引进及产业项目筛选等都无法回避专利价值的评价，而专利价值评价在全世界都是个难题，始终没有一套被社会公众普遍认可的评价方法和标准，这就不利于市场双方形成对价及合作基础。"徐向阳说。

**提供专利"体检报告"**
**客观反映专利价值**

事实上，国家知识产权局一直在尝试着研究并建立一套科学合理的专利价值分析指标体系。2010年，国家知识产权局委托中技所组织专家开展专利价值分析体系的研究和设计工作，经过广泛的意见征求和吸收，目前已形成相对完善和较具社会共识的指标体系。

"专利价值分析是专利转移转化的核心环节，其与专利资产评估有较大的区别。专利资产评估主要是对已实施专利的无形资产进行评估，其评估值与产量、销售等商业指标密切相关。而专利价值分析得出的结果是对于专利价值的度量，不是具体价格。"国家知识产权局专利管理司司长马维野说。

据马维野介绍，专利价值分析主要是对专利进行系统化分析，分析内容包括专利的法律风险、技术成熟度和潜在市场规模3个方面，其分析结果可以帮助投资人和专利权人作出合理的判断和决策，从而促进市场双方形成对价及合作基础。同时，作为专利运营的基础性环节，专利价值分析对专利的许可、转让、融资、出资、实施及分级分类管理等都将发挥重要支撑作用。

对此，徐向阳作了一个形象的比喻，他说，"专利价值分析指标体系"就像是"体检中心"，送到这个"体检中心"的专利，经过一系列指标"检测"后，得到的"体检报告"能够客观地反映出这件专利在法律、技术、市场三个维度的状况，从而解决信息不对称的问题。

记者在中技所提供的《专利价值分析指标体系简介》中看到，"检测"指标尽量地增加了客观标准，减少了主观判断，对于必须主观判断的指标，也都有规定的客观数据作为支撑。

值得一提的是，该指标体系中首次提出"专利价值度"的概念。"专利价值度是相对表征专利自身价值大小的度量单位，就像是温度计可以为'冷热'定义，类似地，专利价值度可以为专利的'好坏'进行定义，从而支持对于多件专利的横向、纵向对比，以便对专利价值进行最直观的度量。"徐向阳告诉记者。

**试点应用颇有成效**
**有望成为行业标准**

"专利价值分析指标体系"对专利价值的认识提出了新的思路和方法，为了进一步检验该体系的合理性，中技所和镇江市知识产权局将该体系应用在了多个实际案例中。

据徐向阳介绍，中技所利用"专利价值分析指标体系"为有关单位进行了多件专利的价值分析工作，在专利分级分类管理、专利交易、专利评奖、重大项目审议、企业投资并购等工作中起到了重要作用。每件专利都形成了结论性的综合概述，以及关于法律价值度、技术价值度、市场价值度的专业报告及检索报告。

综合概述通俗易懂，一般情况下投资人都能看懂；专业报告可以供投资人组织专家作深入研究之用。

陆介平告诉记者，目前镇江市知识产权局已利用"专利价值分析指标体系"，完成5件专利的价值分析工作。特别是对上述"喷气式风力发电机"专利的评价报告，当地相关政府部门据此对如何扶持该项目作出了合理决策。

"经过中技所和镇江市知识产权局前期的实验和检测，该指标体系基本可以满足日常有关实践的需求，目前正在全国做进一步的推广使用。"国家知识产权局专利管理司市场管理处处长王双龙说。

与此同时，该指标体系引起业界广泛关注，一些专家学者对此表现出浓厚兴趣。他们认为，专利价值分析是一件非常有价值和有意义的工作，不仅能有效促进专利的转移转化，促进知识产权价值的实现，还有利于提升知识产权示范园区、企业、科研院所的知识产权体系建设，促进和强化知识产权运营和管理工作。

"该指标体系虽已获得业界高度认可，但目前还只适用于单件发明专利，还需进一步试点推广和改进完善，最终形成一个标准化的模板。"徐向阳说。

据王双龙介绍，《2012年全国专利事业发展战略推进计划》已明确将专利价值分析服务体系建设列为重点工作之一，对于专利价值分析指标体系，未来国家知识产权局将加强对相关业务的培训和人才培养，编制教材和推动专利价值分析师执业资格制度建设。

"先研究构建一个普适性的指标体系，再构建特殊性的指标体系。未来，该指标体系能够为我国专利价值的实现提供一个实用性的工具，有望成为行业标准。"马维野表示。

（刊登于2012年8月22日第五版）

## 国家知识产权局确定加强战略性新兴产业知识产权工作分工方案
# 建立重大活动知识产权审议制度等成重点

**本报讯** （记者赵建国北京报道）10月17日，记者从国家知识产权局获悉，为贯彻落实国务院办公厅转发的《关于加强战略性新兴产业知识产权工作的若干意见》，全面加强战略性新兴产业知识产权工作，国家知识产权局确定了局属各部门、各单位分工方案，并于近日印发。其中，建立重大经济科技活动知识产权审议制度等工作成为重点任务。

国家知识产权局有关负责人表示，分工方案将5个方面的工作细化为50条具体措施，从行政管理到专利审查业务等工作，有针对性地进行了分工。在促进知识产权创造，夯实战略性新兴产业创新发展基础方面，目标任务是知识产权创造能力显著提升，知识产权创造布局明显加强，积累一批质量高、布局好、结构优的核心技术专利，积极构筑战略性新兴产业核心竞争力。具体措施包括：建立重大经济科技活动知识产权审议制度；紧密追踪市场竞争和专利技术动向，定期发布战略性新兴产业行业知识产权动态信息，引导企业和研发机构有针对性地申请或引进知识产权，构筑知识产权比较优势；推动重大科技项目围绕产业发展制定并实施知识产权战略，形成符合市场竞争需要的战略性知识产权组合；建立科学有效的评价指标体系，引导企业和研发机构以市场竞争为导向不断提高知识产权质量、优化知识产权结构；逐步加大知识产权质量和市场价值在相关考核和评价中的权重；实施知识产权质量提升工程，不断提高代理机构、企业、研发机构知识产权质量管理意识和能力；完善知识产权申请与审查制度，建立并完善专利审查绿色通道；优化专利审查方式，加强关键技术专利的审查质量管理，支持战略性新兴产业创新成果及时获得稳定性较强的知识产权。

据介绍，分工方案中的重要工作任务还包括促进知识产权市场应用，推动战略性新兴产业实现知识产权价值；加强企业知识产权管理运用能力和相关服务体系建设，支撑战略性新兴产业形成竞争优势；完善知识产权保护政策措施，优化战略性新兴产业发展环境；加强知识产权国际合作，支持战略性新兴产业企业走出去等。

（刊登于 2012 年 10 月 19 日第一版）

莫言获诺贝尔文学奖后，其正版盗版作品"四处开花"。国家版权局有关负责人表示，已将莫言作品列入重点保护对象，将坚决打击各种侵权盗版行为——

## 遍地"莫言"，谁是正版，谁是盗版？

**本报记者　窦新颖**

莫言获诺贝尔文学奖引发出版热潮。其作品的各种版本扎堆出版，电子图书争相上线。然而，谁是正版，谁是盗版，却莫衷一是。

据了解，目前市面上莫言图书多达几十种，号称拥有莫言作品版权包括电子版权的出版方超过 15 家。其中，上海文艺出版社在莫言获奖后第一时间站出来，宣称获得莫言 16 部小说的出版权。紧接着，北京精典博维文化发展有限公司（下称"精典博维"）召开新闻发布会，声称获得莫言全部作品的全版权，中文在线也表示获得莫言有关作品的数字版权，谁真谁假难以辨别。

10 月 22 日，精典博维在京召开莫言版权公告新闻发布会，称除精典博维外，国内只有三四家机构拥有莫言作品的相关版权，其余都是盗版。"对于版权乱象，莫言很无奈甚至愤慨，因为获奖后，有很多朋友都找到他要求再版，或者未经授权就进行再版或在网上发布电子版。"精典博维董事长陈黎明表示，莫言已委托精典博维帮助其进行维权，并现场展示莫言亲笔书写的《维权委托书》，但并未明确指出已获得授权的具体是哪些出版机构。

"国家版权局已将莫言作品列入重点保护对象，坚决打击各类侵权盗版行为，一旦发现将大力查处。"国家版权局版权司副司长王志成出席发布会并表示。他呼吁，权利人应将自身的权利梳理清楚，让大家了解权利授给谁了，期限有多长，这样才能更好地进行合作，实现共赢。

### 多个出版方皆称获授权

"我们在莫言获奖之后的十余天时间之内，线上线下搜集侵权盗版情况，截至目前，已掌握线上有10家网站，线下有近10家出版公司存在侵权情况。"精典博维委托律师事务所观韬律师事务所合伙人陈中晔介绍，这些网站是影响比较大也比较规范的重点网络企业，出版社则多是曾获得过莫言的授权，但2005年、2006年已经到期。

今年5月，精典博维与莫言签约，获得莫言目前所有作品和正在创作的小说的出版权，以及所有作品的电子版权、海外推荐权等，并同时获得莫言作品版权的侵权维护权利。"目前市面上销售的实体图书以及网络上的电子版，只有三四家的一两部作品还在合作期限内，其余的或没有获得授权，或过了合同期没有续约。"陈黎明告诉中国知识产权报记者。

对于精典博维方面的声明，上海文艺出版社副总编辑曹元勇在微博上回应："好事儿，支持尽快厘清莫言图书相关版权问题。但必须郑重申明一下：上海文艺出版社拥有莫言作品系列（16种）的出版权。"这一说法也得到陈黎明认可，他表示，上海文艺出版社出版销售的是莫言几年前授权的《莫言作品集》，共计16部作品。精典博维授权和作家出版社联合推出的平装本的《莫言文集》，共20部作品，含莫言没有出版过的4部新作品。其中与上海文艺重合的16部作品，则经过了莫言的认真修订。

10月23日上午，上海文艺出版社发布新版莫言作品系列，遭到读者疯抢。据悉，该社还与电商合作，在线上开设莫言作品专栏。另外，中文在线也在其17K小说网站上特设莫言专区，供用户下载及在线阅读。中文在线方面表示，莫言是中文在线的签约作家，在2000年中文在线成立之初就与他们合作，包括《白狗秋千架》《丰乳肥臀》《红高粱家族》在内的多部作品。但截至记者发稿时，许多在线阅读网页已无法打开。

那么，上海文艺出版社是否获得莫言作品数字出版权，中文在线是不是这三四家中的一家？上海文艺出版社避而不谈，陈黎明也未正面回答，称目前不便透露具体情况，并重申精典博维获得莫言授权至今，没有授权给任何一家网站或者数字阅读平台。

### 合同约定规避"一女多嫁"

莫言自上世纪80年代开始文学创作，作品陆陆续续发表在不同的期刊上，众多出版社也推出其作品单行本或文集。如《红高粱家族》有 1987 年解放军文艺出版社版本、2005 年作家出版社版本、2007 年人民文学出版社版本、2008 年上海文艺出版社版本等等。那么，这会不会涉及重复授权问题？

"著作权是一个集合性的权利，有很多具体的权项，权利人许可他人出版时有很多具体的指向，有专有出版，也有普通出版。"对于发布会上记者提出的关于授权的疑问，北京大学知识产权学院常务副院长张平解释，是不是合法出版，要看是不是在合同的授权范围之内，在授权合同约定的时间内。有作家与出版社签的不是专有出版权，而是普通出版权，希望能和更多的出版社合作。作者在授予多家出版社出版同一本著作，一般会有微小的授权区别，如简体本、简装本、精装本等，这并不违规违法。但张平同时指出，作者授权还应考虑到日后维权问题，从著作权的维护规范角度来说，在一定的时间和地域内不要授权太多的出版社，否则会在市场上出现撞车的行为。另外，出版社之间的竞争也可能会影响到作者的利益。

"作者与出版社签订非专有出版合同时，要明确告之之前与其他出版社的出版合作情况。如与第一家出版社签订专有出版合同之后，又与第二家出版社签订同样的合同，这样就是'一女多嫁'，作者违反了合同，应承担违约责任。如果出版社在合作期限结束后，未续约仍然出版作品的，就是一种侵权行为。"中国科学院研究生院法律与知识产权系主任李顺德指出。

**多种途径维护自身权利**

发布会上，精典博维公布了针对各种盗版现象的应对措施，表示，目前正在搜集、调取、整理相关证据资料，提交给有关部门，并希望维权行动能得到相关部门的支持。

"除了公众保护权利的意识不强，法律规范和建设还有待进一步完善。更重要的是，权利人自身版权意识也应提升，很多纠纷是可以事先通过合同约定来避免的。"张平表示。至于数字技术对网络版权保护带来的挑战，她建议，可以借鉴国外的用技术来保护版权的措施。据介绍，在国外，权利人可以把自己的作品授权给某一个机构，为作品加上"DNA"，然后上传至网络。这样，在网络上，带有这种标识的就是合法授权的，而那些盗版的作品因为没有作者的授权基因，互联网服务商很容易将这些盗版作品过滤掉。

截至目前，国家版权局已连续 8 次联合公安部、工信部等开展"剑网行动"，在这个行动中，盗版文学、影视剧、游戏等是打击的重点。经过多年的整治，国内版权环境已大有好转。发布会上，王志成公布了一个举报电话和邮箱，希望社会公众、权利人提供更多莫言作品被侵权盗版的线索。

（刊登于 2012 年 10 月 26 日第九版）

# 80% 份额换回 1% 利润的尴尬

六月

我国出口手机预计将突破 10 亿部！这是第 112 届广交会最新消息。然而，在这看似傲人数据的背后，却隐藏着中国手机制造企业的切肤之痛。近日，据工信部统计数据显示，2011 年，我国手机出口总量达到 8.8 亿部，占全球出口量的近八成。但就是这占全球 80% 的份额中，中国手机制造企业利润却不足 1%。利润之低，令人心痛！这从中折射出我国制造业的种种硬伤，也令我们不得不反思，中国手机制造业为何陷入如此尴尬的境地。

一部苹果 iPhone 4S 出厂价格约 360 美元，但苹果公司最大供应商富士康只能获得其中的 7 美元。富士康代工一部苹果手机，只能拿到不足 2% 的利润。从手机代工，到各种仿冒知名手机的山寨机，一窝蜂似的拼装、贴牌已经是我国手机产业的典型特征。富士康的现状，不仅代表着绝大多数我国手机制造企业的现状，也折射出了如今中国大多数制造业企业的处境。大多数制造企业仍处于为国外品牌代工阶段，真正拥有自主知识产权、自主品牌及掌握核心技术的企业属于少数。位居整个产业链末端的现实，导致企业只能获得商品利润的极小部分，随着各种生产要素价格的上涨，最后使得多数企业将无力再经营下去。再纵观国内手机行业，很少有企业愿意拿出巨额资金去做研发，也很少有厂商愿意花费大量时间打造像苹果 iPhone 手机这样的划时代的产品。其结果导致的是上游研发产品包括芯片、系统等核心技术全被掌握在别人手里，国内手机制造商生产得越多，所需的专利许可费用就越多，一直以来手机企业增产不增收的现象也就不足为奇了。

世界银行数据显示，当前全球移动通信用户已经超过 60 亿。60 亿手机用户，中国手机制造企业要想分得一杯羹，首先要把眼光放远，立足于自主创新，打造出自主品牌，由密集型生产向高附加值商品转移。值得一提的是，以华为、中兴为代表的中国企业，在通信产业领域坚持自主创新的道路，拥有大量的专利，这对我国手机和通信行业抢占先机提供了良好基础。如今，中国处于产业链的低端是不争的事实，但何不换位思考一下，正是这 80% 份额换回 1% 的利润才让中国手机制造企业看到这血淋淋的事实，明白核心技术对企业发展的重要性。暂时的尴尬与心酸必会鞭策着中国企业，在不久的将来抢占高端产业链，实现自主品牌的崛起。

（刊登于 2012 年 11 月 7 日第三版）

# 读图：热烈庆祝党的十八大胜利召开——科学发展 成就辉煌

杨申 蒋文杰 摄影

（刊登于 2012 年 11 月 9 日第十二版）

田力普在十八大新闻中心接受记者集体采访时表示

# 中国政府打击侵犯知识产权态度坚定

本报记者　崔静思

"打击侵犯知识产权行为是一个长期的、复杂的任务，中国政府的态度是坚定的，未来将继续强化。"11月11日，党的十八大代表、国家知识产权局局长田力普在十八大新闻中心接受记者集体采访时作出了肯定的表示。

在经济全球化日趋发展的今天，知识产权已成为敏感的政治、外交话题，成为我国对外经济、技术、文化交流与合作的焦点和热点问题。在党的十八大召开期间，知识产权同样成为参会代表和媒体记者关注的焦点话题之一。在接受记者集体采访的过程中，田力普用翔实的数据和有力的事实介绍了我国在知识产权事业所取得的成就，也着重表明了我国政府在加强知识产权保护方面一贯的立场和做法。

### 知识产权事业成绩斐然

据田力普介绍，2011年，国家知识产权局共受理国内外发明专利申请52.6万件，首次超过美国，居世界首位，占到全球总量的1/4。其中，国内申请人提交的发明专利申请达41.6万件，占全球总量的1/5。"与之形成鲜明对比的是，在2001年时，国内申请人提交的发明专利申请不到4万件，占全球总量不到1/20。"田力普说。

事实上，从关注知识产权数量积累向关注知识产权质量提升转变，这不仅是我国有关政府机构着力推动知识产权创造能力提升的核心工作之一，也反映出了我国创新主体知识产权意识的日趋成熟。田力普表示，近年来，国家知识产权局就采取了一系列鼓励和推进措施，如联合相关部门制定规范专利资助工作的若干意见，引导地方专利奖励及资助政策调整，全国知识产权系统也积极引导各地区创新主体从关注专利数量向关注专利质量和结构转变，推动我国自主创新能力显著增强。

另一方面，田力普认为，中国知识产权制度的日臻完善，使国内外权利人的权益在中国得到了保护。"中国是世界上支付版权费、商标使用费、特许经营费最多的国家之一。中国企业通过版权贸易购买国外的图书、音乐、电影、电视节目，外国公司通过在中国贴牌的加工贸易获得了高额的附加值。"田力普说，"可以说，中国的知识产权保护工作为各国带来了实实在在的利益。"

而在回答记者"为什么中国没有乔布斯，没有苹果？"的问题时，田力普表示，苹果公司和乔布斯是美国知识产权制度生动的实体案例。"我们缺乏知识产权文化的积累。"田力普说，"在历史上中国是产生发明创造最多的国家，但在工业化、信息化时期都落后了，我国的知识产权体系建设需要在积累中完善。"

### 知识产权保护立场坚定

处于转型期的中国，知识产权保护问题尤其受到各方关注。针对路透社提出的

"欧美不相信中国所作出的打击盗版问题的承诺"的问题时，田力普回应称："盗版不仅在中国，在全世界都有不同程度的存在，无法百分之百杜绝。中国有完备的知识产权法律体系，打击侵犯知识产权是长期的任务，我国政府的态度是坚定的。"

实际上，知识产权保护工作机制不断完善、保护力度不断加大，正是党的十六大，特别是党的十七大以来我国知识产权事业发展的重点工作之一。据田力普介绍，十年来，我国坚持行政保护和司法保护"两条途径、并行运作"的知识产权保护模式，不断加大知识产权保护力度。仅就国家知识产权局而言，2008年机构改革，国家知识产权局增设了保护协调司，加强全国保护知识产权的组织协调，并已连续4年制定发布年度《中国保护知识产权行动计划》，对全国知识产权保护工作进行统一部署；同时，近年来，国家知识产权局还积极探索知识产权保护长效机制，在广东中山建立了全国第一家专门针对单一行业设立的知识产权快速维权中心，构建快速审查、快速确权、快速维权工作机制，成功探索出一条以知识产权推动区域核心竞争力提升的路径；此外，国家知识产权局还进一步加强了专利行政执法能力建设和制度建设，不断完善专利行政执法协作机制，增进行政执法与刑事司法的有效衔接，设立75家知识产权维权援助中心，开通12330知识产权维权援助与举报投诉公益电话。

"今年，全国知识产权系统开展了知识产权执法维权'护航'专项行动，重点针对流通环节、生产环节开展专利执法专项整治工作，加大对涉及民生、重大项目等领域的侵权假冒行为的打击力度，大力查处群体侵权、反复侵权、假冒专利及涉及专利的诈骗行为，取得显著成效。"田力普说。据统计，今年1月至7月，全国知识产权系统已受理专利侵权纠纷案件894件，其他专利纠纷27件，查处假冒专利案件1327件，共出动执法人员1.8810万次，检查商业场所7030次，检查商品60.1633万件，向公安部门移交案件9件，接受其他部门移交案件25件，跨部门执法协作275次，跨地区执法协作295次。

"十八大报告提出，要实施知识产权战略。深入贯彻落实知识产权战略，加强知识产权保护，其含义就是要加强执法、加大打击侵犯知识产权行为的力度。在这一点上，我国政府态度坚定。"田力普强调。

（刊登于2012年11月14日第一版）

## "中关村1号"的知识产权嬗变之旅

本报记者　崔静思

**编者按**

我们相信，在知识产权波澜壮阔的历史画卷上，无不浓缩于一家企业、一位普通人命运的跌宕起伏。我们深知，记录知识产权，需要宏大的叙事，更需要微观的笔触。当我们把目标锁定在北京的地标——"中关村1号"海龙电子城时，通过它的变迁，代表着在知识产权领域一个市场的发展和变化，这些发展和变化见证了知识产权的魅力与力量。从即日起，本报特推出"海龙变迁"专栏，为读者勾勒出一个专业卖场依靠知识产权保护走上了转型发展之路。

自1999年后，无论翻出哪一年出版的北京地图，"中关村大街1号"这个极具象征意义的地址都只属于一座建筑——海龙大厦。而在地理含义之外，海龙大厦之所以无愧于"中关村1号"的称谓，其沧海桑田也皆系于大厦内的海龙电子城。在生于斯长于斯的IT"发烧友"看来，海龙的招牌是中关村乃至全国IT产业最初的"图腾"，海龙的变迁浓缩了太多中关村创业者的悲欢离合。

不可否认的是，在相当一段时间里，侵犯知识产权，特别是盗版软件和假冒商标的问题曾经一度严重困扰着海龙电子城的经营和管理。近年来，伴随着我国经济社会发展的需要，伴随着政策的引导、市场的发展、客户的需求等一系列力量的推动，海龙电子城积极采取整改措施，进一步提升了知识产权能力，特别是在提升预装软件正版率、完善知识产权管理和保护模式、引导权利人主动协助参与知识产权保护工作等方面逐步探索出了一条有效的途径。"中关村1号"的破茧成蝶，不仅是知识产权的胜利，更折射出了我国知识产权保护工作的发展历程。

**因地制宜　初显成效**

"该变变了。"说这话的时候，鲁瑞清52岁，这是2005年的一天。此时的鲁瑞清既是北京海龙资产经营集团有限公司——海龙电子城的母公司的董事长，也因创立和经营海龙的成功而被推选为中关村电子产品贸易商会会长。但就在几分钟前，这个IT卖场的"掌门人"刚刚目睹了一名消费者在短短几十米的路上，被至少5家商户的导购强行拉扯进店，询问是否需要"攒机器"。

"攒机器"，行话也称"PC机DIY"，长时间以来是诸如海龙电子城这样的IT卖场的经营主力。一位曾在海龙电子城"练摊儿"的店主告诉记者，自1999年海龙电子城营业以来，由于"攒机器"业务兴隆，商户间比拼的是低价，成本便宜的盗版操作系统几乎成为"攒机器"的标准配置之一，侵犯知识产权的行为便随之而来了。

鲁瑞清在接受本报记者专访时说，在我国IT卖场早期的发展形态上，像海龙电子城这样的卖场实际上仅仅能履行物业管理者、店铺租赁者的职责，对于盗版软件和假冒商标的问题更多采取的是劝阻和引导，没有处罚权。"这与我国的知识产权文化尚未完全普及有直接的关系。"鲁瑞清说，"但从根本原因来看，这是我国专业市场发展进程中一个必经的阶段，是由多方面因素决定的。"

2005年，在与海龙电子城一街之隔的北京大学读大一的李福晟，如今回忆起那个属于海龙的年代，更多了一些冷静的思考。"上世纪90年代海龙刚开业的时候，

PC 机也才刚刚进入中国市场，动辄一两万元的售价对于普通家庭而言负担太大了。"热衷于网游的李福晟是从高中开始就到海龙"攒机器"的，"海龙最初的消费群体定位就是中关村、学院路地区的中小企业和大中学在校生，我们装机首先考虑的是价格，低价竞争的背景下，厂商销售整机的利润和销量大受影响。到 2005 年的时候，已经有很多正牌厂商迫于压力销售'裸机'了。"李福晟说，他上大学后的第一台电脑，就是在海龙电子城购买到的一台"裸机"。

鲁瑞清说，像李福晟所说的"裸机"就是指没有配置操作系统和其他软件的个人电脑。李福晟从品牌经销商柜台拿到"裸机"，走几步就可以到为数众多的配套商户中选择一家装配操作系统。"不仅正版盗版难分，就连价格也相差离谱。"海龙电子城的一名商户说，那个时期海龙电子城每天都会接待很多"攒机器"的"发烧友"的投诉，因为配置了盗版操作系统，电脑无法完成升级，"每天都有投诉，甚至还发生过冲突。"

鲁瑞清决定"该变变了"之后的 2006 年，海龙电子城开始了自营业后的第一次大型整顿清理。"对于涉嫌侵犯知识产权的商户，海龙不再与其续租。"如今已在一事业单位就职的焦雨涵说，她当年就是因为装配盗版软件后遭遇消费者投诉较多，最终与其他 400 余家小商户一起"卷铺盖"走人了。

"海龙电子城有其自身所处地理位置、行业位置的特殊因素，与我国的知识产权事业整体发展态势相类似，在初期必然会经历侵权多发的阶段。"鲁瑞清说，经此一役，海龙电子城内的商户数量由原来 1000 家降至 600 家左右，侵犯知识产权的问题在一定程度上得到了缓解。

**因时制宜 自律自强**

打击比预想中来得要快。2008 年，微软中国宣布，未通过正版验证的 XP 系统，电脑桌面背景将会变为纯黑色，进而帮助打击盗版，业界称之为"微软黑屏事件"；2010 年，一份美国贸易代表办公室公布的《特别 301 报告》放在了鲁瑞清的案头，海龙电子城因涉嫌知识产权侵权问题被列入了"恶名市场"名单。

"IT 卖场的发展其实与我国改革开放的步伐是一致的，在发展的过程中必然要经历这样那样的问题，在知识产权保护工作上受到质疑也是两者的共同点之一。"鲁瑞清说，"但是我国专业卖场对待侵犯知识产权行为的态度是明确的，绝不能容忍。"

自 2010 年前后，海龙电子城开始了又一轮的大调整。"现在看来，外界特别是外国的压力并非真正促使海龙转型的根源，最重要的还是产业发展路径的需要。"这时的李福晟已经进入了一家 IT 企业工作，对于海龙电子城的转型更多了一些行业内的认知。他算了这样一笔账：近年来，由于品牌整机售价下调，中关村地区的 IT 卖场每年的"攒机器"业务量要下降 5 万台到 10 万台，只占个人电脑总体业务量的 20% 左右。"品牌商预装的是正版软件，'攒机器'的多是'发烧友'，黑屏和不能升级对他们而言是不能接受的，因此更不会去装盗版软件，侵犯知识产权的行为理论上失去了收益优势。"

更为重要的是，海龙电子城真正开始了主动的行动。2010年，海龙电子城与部分知名软件生产厂家签订了"保护版权，推广正版"的责任倡议书，并号召中关村经销商尊重知识产权，保护版权鼓励创新。这一年，中关村各卖场在现场设定了知识产权保护知识咨询服务台，海龙电子城联合爱国者、中标、红旗和闪联等厂商在一层设立了"正版产品咨询服务台"，展示部分厂商在版权保护和创新方面的产品。

在对商户的管理方面，海龙电子城在推动"卖场商场化"的过程中，进一步筛选出品牌商户、知识产权优势商户进驻。为了彻底杜绝写字间内非法销售侵犯知识产权的产品，截至今年8月，海龙已经与其名下物业中的所有电子产品经销商终止了租赁合同，从源头上解决了内部上下拉客、侵犯知识产权、销售假冒伪劣产品的问题。同时，海龙还利用这部分终止合同的经营场所引进了电子商务、云计算、移动互联等高新技术和自主创新技术为主的科技型公司入驻办公。如今的海龙大厦7层以上，甚至已经转型成为发明专利和软件著作权等知识产权的产出"高地"。

尤为可贵的是，海龙电子城在整改过程中探索出了一系列依靠技术手段防治知识产权侵权的措施。今年，海龙电子城内全面实施了统一收银服务，要求经销商重新签订规范经营管理的合同，其中专门将知识产权保护作为单独的附件与每一家入驻的经销商签订。"打个比方说，现在的海龙就像商场，买东西交钱先过商场的收银机，如果你侵犯知识产权了，海龙可以直接在现金上处罚你。"焦雨涵说。同时，海龙电子城还计划利用物联网技术来鉴别产品的真伪和是否安装正版软件，同时通过移动互联网将相关信息实时送达给消费者。

而作为行业协会的负责人，鲁瑞清还希望能够更多发挥协会组织的作用。目前，他正在积极推进中关村电子产品贸易商会同微软等大厂商合作，推广"行业到卖场"的方式：预装正版软件的产品由行业组织首先"拿货"，各大卖场再推广给经销商，以此整合全行业的力量，彻底挤掉盗版的生存市场。

鲁瑞清说，知识产权保护是个发展的阶段性问题。对待问题，不能坐以待毙。否则，今天海龙的招牌或许就会像更早期的"四海市场"或"配套市场"那样成为我们缅怀中关村初创时的一段记忆。

今天的海龙电子城内经过层层筛选的300余家商户秩序井然地进行着销售活动，知识产权巡检员随时可以对商户突击抽查，尊重知识产权成为每个商户必须签订的协议和乐于履行的义务。在知识产权工作上，海龙完成了破茧成蝶的蜕变。

（刊登于2012年11月21日第一、三版）

创业板开板 3 年——

# 专利信息披露乱象丛生

### 本报记者 吴艳

作为信息披露的重要组成部分，上市公司知识产权信息的披露情况直接关系到证券市场的健康发展以及投资者的利益保护等重要问题，创业板亦是如此。然而，梳理创业板开板 3 年来我国创业板上市公司知识产权信息披露情况不难发现，专利信息披露不明确、不全面、不及时、存在明显瑕疵、含混不清等问题频频出现，可谓乱象丛生，让人"眼花缭乱"。

对此，专家认为，创业板上市公司专利信息披露之所以乱象丛生，一方面是因为监控机制的缺乏，监管不严格，另一方面则是不少企业缺乏自主知识产权，企图依靠"包装"上市，投机圈钱。鉴于此，专家呼吁，创业板应该建立全国统一的知识产权信息披露平台，尽早颁布创业板上市企业知识产权信息披露准则，激励和引导上市公司自觉披露知识产权信息，强化上市公司知识产权综合运营管理培训。

### 专利信息披露问题频出

为规范首次公开发行股票的信息披露行为，保护投资者的合法权益，2009 年 7 月，中国证券监督管理委员会颁布了《公开发行证券的公司信息披露内容与格式准则第 28 号——创业板公司招股说明书》（简称"28 号准则"），要求创业板上市企业必须对知识产权等无形资产予以披露。同年 10 月 30 日，创业板承载着"扶持高成长性企业""为自主创新国家战略提供融资平台"等使命，在众人的期待中开板。相关数据显示，3 年来，共有 355 家中小企业在创业板成功上市。不过，仔细分析和梳理这些企业披露的招股说明书、年报等信息就会发现，创业板上市公司专利信息披露问题频出。

华凯弘信咨询有限责任公司曾对我国创业板上市企业知识产权披露状况做过跟踪调研和实证研究。该公司总经理邵男告诉中国知识产权报记者，就专利信息披露而言，创业板存在的问题主要集中在：相关专利信息不明确、不全面，相关数据存在明显瑕疵、易产生误解，专利归属权不明确，专利重大信息披露不及时等几个方面。

以"相关专利信息披露不明确、不全面"问题为例，很多企业在提到以《专利合作条约》途径提交的专利申请时，只笼统地写拥有"国际专利"的件数，对于其在国外申请专利的具体国家等这些最基本的信息都很少披露。而在有些创业板上市公司的年报中，其专利信息披露经常会有意无意地忽略掉部分信息，或者仅仅发布模糊的数据信息，使投资者无法把握公司的全部情况。

另外，创业板上市公司需在法定时间内及时对外披露相关知识产权信息，以消除投资者在公司知识产权信息方面的不对称性。但事实上，很多上市公司经常滞后发布知识产权信息，从而导致投资者无法及时了解公司状况。尤其是像公司的核心专利被宣告无效，或者面临侵权诉讼等类似重大知识产权事件时，相关信息更应该及时披露给广大投资者。而这些，却正是上市公司出于自身利益考虑，想极力回避、迟迟不愿披露的。

"不仅如此，当前，没有专利的创业板上市公司也不在少数。"邵男介绍，华凯弘信咨询有限责任公司在分析了2011年创业板上市公司年报披露的数据资料后发现，没有任何专利信息披露的公司居然有15家。"当然，这些公司中有的是非技术类的公司，比如被称为'公关第一股'的蓝色光标，也有一些是以产品销售为核心的企业。但无论如何，这个结果显然是令人匪夷所思的。"

**监管引导需要双管齐下**

在邵男看来，创业板开板3年了，专利信息披露问题依然较多，而原因也是多方面的。

"从制度设计的层面看，缺乏相应的监控制约机制。"邵男介绍，虽然引入了所谓的"保荐人、独立董事、基金托管人"制度，但从过去3年的实际情况看，由于制度设计的缺失，在创业板运营中，保荐人、独立董事、基金公司、中小股东这几股力量本来可能发挥能力的地方都受到了制约。而无论是信息披露还是市场炒作，都无法简单地依靠证监会的监督、市场的自我净化来实现。

从监管的层面看，对创业板上市公司知识产权信息披露的要求不够严格、不够规范也是重要原因之一。没有一个统一强制的知识产权披露机制，缺乏监管层面的强制性要求，企业难免避重就轻，甚至觉得"多一事不如少一事"。

从企业层面来说，在已经登陆创业板的355家上市企业中，本身缺乏核心技术和知识产权的就不少。这些企业在上市前通过各种手段完成"包装"，在成功上市后，由于缺乏核心竞争力，便只能通过投机炒作实现圈钱的短期目标。

"专利信息披露方面存在的问题，只是创业板上市公司目前存在问题的一个缩影。正是由于各种问题的存在，才致使企业在知识产权信息披露环节遮遮掩掩。"邵男认为，解决创业板上市公司3年来所呈现出的各种问题是一项系统的工作，不仅涉及各个相关政府部门之间的衔接协调，还与拟上市企业的自身能力、心态、发展潜力有很大关系。不过，在知识产权方面加强"上市前把好关""上市后优胜劣汰"是尤为必要的。

"单就完善创业板上市公司知识产权信息披露机制而言，我认为需要在四个方面进行努力：建立全国统一的知识产权信息披露平台；尽早颁布创业板上市知识产权信息披露准则；激励和引导上市公司自觉披露知识产权信息；强化上市公司知识产权综合运营管理培训。"邵男表示。

（刊登于2012年11月21日第七版）

WIPO《2012 世界知识产权指数报告》发布

# 中国成发明专利申请第一大国

**本报讯** （记者崔静思北京报道）12 月 11 日，世界知识产权组织（WIPO）在日内瓦发布了《2012 世界知识产权指数报告》（下称《报告》）。《报告》显示，尽管全球经济仍表现欠佳，但 2011 年全球知识产权申请量继续出现强劲增长。其中特别指出，2011 年，中国受理的发明专利申请数量达 52.6 万件，同比增长 34.5%，中国已超越美国成为世界第一大发明专利申请国。

《报告》称，按照发明专利申请的受理量计算，中国继 2010 年超越日本之后，2011 年取代美国，成为世界第一大发明专利申请国，中国国家知识产权局（SIPO）也成为世界最大的专利局。WIPO 首席经济学家卡斯滕·芬克对此作出了分析："值得注意的是，这些数字和经济的表现呈现出一种巧合，中国 2011 年的发明专利申请量增长了 34.5%，同时中国也是 2011 年世界经济增长最快的国家。而在发达国家，发明专利申请量则相对增长较慢，欧洲地区甚至同比下降了 5.4%，这与欧洲地区在 2011 年遭遇的经济困难有一定关系。"

事实上，除发明专利申请量外，中国近年来的发明专利授权量也稳步提高。记者从中国国家知识产权局获悉，自 2001 年以来，我国发明专利年度授权量年均增长率达到了 26.8%。2011 年，我国共授权发明专利 17.2 万件，是 2001 年的近 11 倍。2001 年，我国发明专利年度授权量中，国内申请人获权比重不足 1/3，而这一数字在 2011 年已接近 2/3，国内申请人发明专利授权量达 11.2 万件，占总量的 65.3%，彻底扭转了国内申请人发明专利年度授权数量少于国外的现象。

此外，截至今年 9 月底，我国有效发明专利总量达到 83.4 万件。其中，国内发明专利拥有量为 44.4 万件，占总量的 53.3%，同比增长 36.2%。与"十一五"初期的 2006 年相比，国内发明专利拥有量的比重提高了 20%。

中国国家知识产权局有关负责人在接受中国知识产权报记者采访时表示，专利数量和质量的稳步提升，是衡量自主创新能力的标志，也是国家综合实力与竞争力水平的重要体现。其中，发明专利一直是衡量专利质量及创新能力的重要指标。近年来，我国发明专利授权量增长迅速，国内申请人获得发明专利授权占比不断提升，国内职务发明授权比重也逐年提高，说明我国专利质量有了较大的提高。

（刊登于 2012 年 12 月 14 日第一版）

**2013**

1989 1990 1991 1992 1993 1994 1995
1996 1997 1998 1999 2000 2001 2002 2003 2004
2005 2006 2007 2008 2009 2010

# 纪念改革开放40年

中国知识产权报新闻作品集

2011 2012 2013 2014 2015 2016 2017 2018

我国首部《企业知识产权管理规范》3月1日起实施

尚德沦陷，重整河山靠什么？

深圳高新企业诉苦"维权成本高"

河南成立全国首家知识产权社会法庭

爱乐"守则"：绝不使用一张盗版乐谱

世界遗产：在保护中薪火相传

新司法解释破解知识产权案执行难

百度19亿美元买来盗版隐患？

"贯标"打通知识产权保护经脉

读图：孩子眼中的科普世界

知识产权人才培养更需要"接地气"

首批国家知识产权强县工程示范县（区）在京授牌

万亿研发投入：让更多专利同步产出

辩证看待中国专利的数量与质量

# 我国首部《企业知识产权管理规范》3月1日起实施

**本报讯** （记者赵建国北京报道）2月17日，由国家知识产权局起草制定的《企业知识产权管理规范》由国家质量监督检验检疫总局、国家标准化管理委员会批准颁布。这是我国首部企业知识产权管理国家标准，将于3月1日起实施。

据国家知识产权局专利管理司有关人士介绍，《规范》的核心主旨是提高企业知识产权管理能力。该《规范》包括9个章节，主要包括企业知识产权管理规范的范围、规范性引用文件、术语和定义、企业知识产权管理体系、管理职责、资源管理等内容。

据介绍，《规范》的制定以企业知识产权管理体系为标准化对象，旨在指导企业建立科学、系统、规范的知识产权管理体系，帮助企业全面落实知识产权战略精神，积极应对知识产权竞争态势，有效提高知识产权对企业经营发展的贡献水平。

据悉，《规范》是国家知识产权局于2011年提出，由国家知识产权局与中国国家标准化研究院共同起草编制完成。

（刊登于2013年2月20日第一版）

# 尚德沦陷，重整河山靠什么？

**本报记者　赵建国**

专利是市场竞争的利器，缺乏这一利器，企业将失去竞争力。3月20日，无锡市中级人民法院正式裁定对无锡尚德太阳能电力有限公司（下称"尚德公司"）实施破产重整。这家曾是全球行业前5名的光伏产业巨头，十多年的光环一夜之间黯然失色，该事件在业界引起震动。人们不禁要问，是什么让一度辉煌的尚德公司沦落到今天的地步？有关专家认为，因素固然很多，但缺乏核心技术专利无疑是其中的关键因素之一。

**核心技术尚存差距**

尚德公司是主要从事晶体硅太阳电池、组件、光伏系统工程、光伏应用产品的研制、销售的企业，此前是全球四大太阳电池生产基地之一。

"尽管拥有一定数量的专利，但核心技术仍然受制于人，一旦市场有风吹草动，就难以有效防御，这是尚德公司出现问题的根源之一。"一位业内人士表示。

本报记者在国家知识产权局网站专利数据库中查询到，尚德公司至今已提交中国专利申请368件，体现出3个特点：一是近80%为实用新型和外观设计专利，而且大多为外围专利，缺乏高质量的基础专利；二是有近70%的大多数专利申请为近

3 年来所提交，专利的效益不明显；三是高质量发明专利申请较少，导致专利结构不合理，影响了企业的市场竞争能力的提升。

"核心专利与销售市场两头在外的情况，导致像尚德公司这样的光伏企业受制于人，难以自主发展。"正如熟悉情况的业内专家所言，尚德公司自 2001 年成立之初，依托的核心技术专利几乎均来自于获得国外专利实施许可，而且一直未能在核心技术研发上有重大突破。

"当今市场的竞争，已经从专利数量的竞争变为专利质量的竞争，在光伏产业这样的新兴产业尤其如此。"面对尚德公司的现状，中南财经政法大学知识产权研究中心常务副主任曹新明教授认为，近年来，我国的很多光伏企业在缺乏核心专利支撑的情况下突击上马，不仅在技术上依赖或受制于人，市场竞争力难以提升，许多光伏企业尚未成为真正的创新主体、专利产出质量有待提高的问题在光伏企业中不同程度存在。尚德公司的现状，不过是这些问题的一个集中反映而已。

**产业突围需要专利**

"依靠创新与专利，实现产业转型升级，对于光伏产业来说迫在眉睫。"曹新明表示，作为像尚德公司这样的光伏企业来说，要想在激烈的市场竞争中赢得效益和发展，需要技术创新及掌握高质量的核心技术专利，否则将难以维继。

事实上，近年来中国太阳能光伏产业的产能、产量均居世界第一，但却有 90% 以上产品依靠依赖出口。有关专家认为，在遭遇欧美等对中国光伏产品实施"双反"、国内行业产能严重过剩等不利因素影响之时，国内光伏产业的龙头企业无锡尚德破产，再次说明如果再不依托专利进行转型升级，就难以走出光伏产业困局。

与国外同行企业相比，我国光伏企业的创新能力尚存在差距。我国光伏企业中，拥有发明专利达到百件以上的企业少之又少，而美国通用电气公司在光伏技术方面拥有专利 7747 件，其中发明专利为 7564 件，占比 97.6%；日本佳能公司在光伏技术方面拥有专利 1.16 万件，其中发明专利为 1.08 万件，占比为 94.76%。

同时，国外企业已经开始在我国进行专利布局，而我国光伏企业在国外的专利布局进展缓慢。"这固然与我国企业发展时间较短有关，但实质却是创新能力有待提升的表现。"曹新明指出，面对市场竞争的严峻形势，我国光伏企业必须实施专利战略，尽快提升创新能力，拥有高质量的知识产权，促使企业又好又快地健康可持续发展。

其实，自去年以来，在政策支持下，我国光伏产业正进行着深度整合。2012 年 2 月，我国发布的《太阳能光伏产业"十二五"发展规划》中提出，"十二五"期间，我国将建立健全专利等配套服务，支持光伏骨干企业做优做强，到 2015 年形成年销售收入过千亿元的光伏企业。

同属光伏产业，与尚德公司不同的是，越来越多的光伏企业重视核心技术发明专利的突破，并由此获得了竞争实力和效益。海南英利新能源有限公司（下称"海南英利"）成立 3 年间获得发明专利权 68 件，凭借自主知识产权，海南英利与国内外同行的产品相比，在转换效率、产品品种、特种产品方面均胜出一筹，赢得了市场竞争优势。2012 年，在全球光伏产业经历"严寒"考验之际，2012 年其光伏组件销售量全球第一，依托发明专利创造了奇迹。

连日来，尚德公司破产重整一直受到广泛关注。尚德公司的股票从上市之初的 40 美元，已经降至 1 美元左右。作为第一家在美国上市的中国民营光伏企业，尚德公司的未来牵动着股东们及众人的心。"尚德公司重整及我国光伏产业提升市场竞争能力，必须以拥有高质量的核心技术发明专利作为基础和后盾。"曹新明认为。

（刊登于 2013 年 3 月 27 日第一、三版）

问卷调查结果显示——

# 深圳高新企业诉苦"维权成本高"

**本报记者** 祝文明　**通讯员** 孟广军

"当前应该重点打击哪些侵犯知识产权犯罪？贵公司在保护知识产权中遇到的最突出的问题是什么？您认为深圳打击侵犯知识产权工作有哪些方面需要改进？"最近，深圳市 45 家高新企业收到了深圳市人民检察院刑事法律保护研究中心发来的调查问卷。这些企业涉及电子通讯、互联网、生物制药等行业，均是享受深圳市政府便利服务的"直通车企业"。

"问卷设计了 26 道题目，涉及企业知识产权保护现状、遇到的困难和问题、对知识产权保护的意见和建议、对研究中心的工作评价等。我们希望通过调查，为企业保护知识产权提供更好的法制服务。"深圳市检察院研究室主任、知识产权刑事法律保护研究中心副主任邱伯友表示。

### 本土企业商标遭侵权增多

"企业保护品牌、争创名牌的过程中，最头疼的是仿冒、假冒行为。"侵犯商标类的犯罪成本低、"回报"高，知名企业纷纷大呼"伤不起"。调查显示，大多数企业认为司法机关应该重点打击这类犯罪。

据统计，2010 年至 2012 年 3 年期间，深圳市检察机关办理了侵犯知识产权案件 1008 件 1568 人，其中侵犯商标权的案件就有 609 件 1137 人，占 60% 以上。而且，每年侵犯商标权案件数都在以超过 50% 的速度递增。侵权对象以名牌电子产品为主，除了"苹果""三星""诺基亚"等名牌屡屡遭殃，"华为""中兴"等深圳本土企业的知名品牌正越来越多地被不法分子盯上。

2011 年，深圳雷柏科技股份公司的"雷柏"品牌荣膺深圳知名品牌。作为无线键鼠第一品牌，"雷柏"已经连续 3 年蝉联中国市场占有率榜首。从 2011 年 9 月起，

·665·

被告人徐某某为牟利，在深圳宝安区西乡街道一家电子厂内组织工人生产假冒名牌鼠标。公安机关当场缴获一批假冒各种型号的雷柏牌鼠标7850个，同时还缴获了假冒的戴尔、联想、惠普、雷蛇牌鼠标若干，经鉴定，价值为90万元。宝安区检察院提起公诉后，2013年1月6日，法院以假冒注册商标罪判处徐某有期徒刑3年，并处罚金9万元。

办案检察官告诉记者，深圳的商业化水平很高，因此侵犯商标权案件大多是共同犯罪，他们捕捉市场动向敏锐，组织能力强，调用资源快，生产效率高，下订单就有人供货。而由于当前深圳集中开展打击制假售假专项行动，制假售假行为变得更加隐蔽。有的化整为零在不同的地方生产零配件和产品标识后再集中组装；有的采购、销售假冒商品的行为全部在互联网上完成；有的只在店面摆上样品，直接将顾客带到库房交易。"打击制假售假活动不可能一蹴而就。"

**"侵犯商业秘密罪" 亟需修改**

商场如战场，商业秘密一旦被侵犯，可能会给公司带来巨大的损失。调查问卷中，近五成企业把矛头指向"侵犯商业秘密罪"，认为这是当前保护知识产权中最迫切需要修改的条文。

刘某是某通讯公司的员工。2011年10月，他打算"跳槽"，在通过邮件向某技术公司发送求职信息时，附上了自己参与制作的一份附件，内容为公司组织6名专职人员、花费将近1年时间编写的非洲某国电信项目的绝密文档。经评估，该商业秘密被侵犯给该通讯公司造成的损失为192万元。深圳市南山区检察院起诉后，2012年12月14日，法院判处刘某有期徒刑1年，并处罚金10万元。

无独有偶。某技术公司员工耿某某在工作期间为自己的男友、某通讯公司的员工王某收集竞争对手的有关信息，她将利用工作便利取得的客户汇款周报通过电子邮件发给男友，经评估，造成该技术公司70万元的损失。龙岗区检察院以侵犯商业秘密罪对耿某某提起公诉。2012年12月21日，法院判处其有期徒刑7个月，罚金3万元。

据统计，2010年，深圳市检察机关办理侵犯商业秘密的案件6件7人，2011年为10件21人，2012年为9件17人。

由于侵犯商业秘密罪规定直接经济损失要达到50万元，入罪门槛高，致使大量侵权行为得不到惩处，企业对此反应十分强烈。"即使签订了保密协议，企业员工跳槽或自立门户带走并使用商业秘密的情况也很多。有些技术人员到其他一、二线城市发展，很长时间我们才发现商业秘密泄露。"

侵犯商业秘密，可能让企业丧失宝贵的市场先机，带来的间接损失非常大，但在法无明文规定的情况下无从追究刑事责任。而如何认定给商业秘密权利人造成"重大损失"，立法也很模糊。深圳有一个典型案例曾经引起很多企业的共鸣。某知名公司员工将公司投标方案向竞争对手出售，该信息泄露导致该公司数百万元的投标失败。由于该案直接经济损失未达到最低追诉金额且投标失败是多因一果所致，最后未被立案侦查。

**高新企业诉苦"维权成本高"**

2012 年，深圳高新技术产品产值 1.29 万亿元，其中具有自主知识产权的达 61%。以自主创新为特征的高新技术产业，已经成为深圳的第一支柱产业。接受问卷调查的企业，多为其中的领军企业。

"接受调查的大多数企业知识产权拥有程度高，建立了一系列管理和保护机制。"邱伯友说。调查显示，这些企业拥有著作权、商标权、专利权、商业秘密四项主要知识产权的比例非常高，分别占 81%、88%、91% 和 86%，有 95% 的企业设立了专职或兼职的知识产权部门或人员。

当企业遭遇知识产权侵权时，救济手段呈现出多样化的特点，如 53% 的企业选择到法院起诉，44% 的企业选择到公安机关报案，42% 的企业选择通过行政途径解决，26% 的企业跟踪司法机关相关刑事案件办理，但同时，也有 44% 的企业选择通过协商解决，14% 的企业通过私力进行救济。

调查显示，大多数企业认为在办理侵犯知识产权案件中，普遍存在书证、物证、电子证据取证困难，办案成本过高，鉴定困难，赃款追缴困难等问题。在被问到"目前我市知识产权保护中存在的突出问题"时，91% 的企业的答案选择了"维权成本高"。

中兴通讯公司法律顾问邓显亮曾以侵犯商业秘密立案为例，细数企业维权所需的成本。在立案前需要做商业秘密鉴定和损失评估，一次商业秘密鉴定少则数万元，多则十几万元，损失评估至少也要几万元，在鉴定和评估工作中，需要收集大量的资料和数据，整个过程耗时耗力，旷日持久。犯罪嫌疑人在此期间如果毁灭、隐匿证据，将给案件侦破带来致命的障碍，企业维权可能前功尽弃。

**"两法"衔接机制尚有不足**

打击侵犯知识产权，需要行政机关和司法机关紧密配合。2012 年，深圳市制定了《深圳市行政执法与刑事司法衔接工作实施办法》，"两法"衔接机制正式出台。

但在此次调查中，对"行政执法部门与司法机关的衔接情况"，七成企业认为"缺乏信息共享平台，相互间存在信息壁垒，尚未形成健全的对接机制"，超四成企业认为"尚无强有力的制度保障，两法衔接流于形式"，超三成企业认为"各自为政，衔接不畅，严重影响打击效果"。

"知识产权行政执法涉及多个执法机关，如市场监督、文化、烟草、城管、海关等，实际查处的也很多，但移送公安机关的却是极少数。造成衔接不畅的原因有多方面。"办案一线的检察官告诉记者。

首先，各方责任不明确，执行主要靠自觉。除了主动报备的以外，检察机关往往难以了解行政执法的具体情况。"两法衔接信息共享平台"中录入的案件数量少，信息简单，"很不实用"。

其次，由于行政执法与刑事司法有不同的要求，导致一部分行政机关移交的案件因证据固定不符合起诉标准、移送案件延迟等原因无法定罪。例如，叶某某等3人假冒注册商标，相关部门查处后，没有及时移送，导致丧失侦查时机，相当一部分证据灭失无法补救，对后期起诉工作造成困难。

最后，由于侵犯知识产权案件专业性较强，前期工作往往需要行政执法部门中专业人员的协助、配合。而行政执法部门有时以案件是刑事案件为由，公安机关侦查人员到场后就撤离。

在"两法"衔接方面做得比较受好评的是深圳市烟草部门。他们在执法中一旦发现达到追诉标准，立即通知公安机关到现场执法，为证据的及时收集，尤其是言词类证据的收集，以及案件的侦破提供了良好的基础。检察官称，"可以考虑将该模式进一步细化和推广。"

### 期待提供更多法律服务

调查中，企业普遍提出应多邀请公、检、法办案实务部门、知识产权行政执法部门专家和大型企业法务人员开展专题讲座，并举办知识产权保护论坛或培训班，为各界人士提供沟通和交流的互动平台。

2012年4月，深圳市检察院知识产权刑事法律保护研究中心组织办案骨干深入华为、中兴通讯、航盛、腾讯、创维、大族激光、研祥等高新技术企业开展"知识产权保护法律宣传进企业"活动。10月，又邀请专家团队专为深圳58家重点高新企业举办了"深圳直通车企业知识产权法律实务培训班"。航盛公司总裁、深圳市人大代表杨洪惊讶地发现，"以往的员工培训，我们一再要求听课纪律，还是有不少人中途离席。检察院的知识产权培训，本来只要求部门高管和技术人员听课，可是课上了一半，听课的人数已经增加了一倍。"在这次调查中，98%的企业提出希望检察机关继续开展法律宣传培训活动。

邱伯友表示："深圳有的企业起步比较早，发展比较成熟，像华为、中兴、腾讯以及很多企业的法务部的力量非常强，我们打算请他们给正在成长的企业讲课，帮助他们预防和处理发展中遇到的问题，提高自我保护能力。"

（刊登于2013年5月15日第八版）


探索构建知识产权保护的"立体网络"——

# 河南成立全国首家知识产权社会法庭

**本报记者** 李建伟 **通讯员** 孙艳华

"这种借鉴国外、具有中国特色的权利救济形式，当属我国知识产权保护的模式创新，探索构建我省知识产权保护的立体网络"。日前，在河南省成立的全国首家知识产权社会法庭挂牌并向首批聘任的 23 名社会法官颁发聘书仪式上，河南省高级人民法院院长张立勇说，"目前法院化解知识产权纠纷的效率偏低，知识产权社会法庭具有调解优势和专业优势，更利于化解知识产权纠纷。通过社会法庭，不用走烦琐程序，甚至不用交费，当事人就能讨回公道。这将极大地方便当事人进行维权，提高知识产权运行的社会效益。"

### 案件剧增急需调解

近年来，随着经济社会的快速发展，知识产权案件数量大幅增长，由于法院诉讼历时较长，往往不利于纠纷的及时解决和当事人之间法律关系的确定，迫切需要拓展新的矛盾化解渠道予以分流。

据了解，河南省法院系统审结的知识产权侵权案件数量每年增长 35% 左右，2010 年审结 1197 件，到 2012 年就增长到 2389 件，3 年翻了一番。

我们"调研发现，在网络、连锁经销、特许加盟等领域有很多虚假宣传、傍名牌等侵权行为，知识产权权利人非常渴望得到保护，但因为费时费力而不愿意用诉讼方式保护自己的权利。"河南省高级人民法院民三庭庭长刘冠华说，设立知识产权社会法庭，希望能够很好地解决这个问题。当事人可以自由选择调解事项，可以灵活掌握调解程序和调解方式，调解节奏快、结案快，调解结果当事人更容易接受和执行。

2009 年 9 月，介于法院和基层"人民调解"组织间的纠纷化解机构出现在人们的视线里，民间的一些纠纷，就可以较少直接动用国家司法机关资源。据统计，4 年来，仅河南省法院系统已成功化解民间各类社会矛盾纠纷 15.68 万件。

张立勇说，该机构的出现为发挥社会法庭的调解优势、有效化解知识产权纠纷探索了一条新路子。该机构的社会法官在矛盾纠纷发生的初期及时介入，对当事人进行疏导，提供解决方案，避免矛盾的集聚和激化，从而将大量的纠纷化解在诉讼之前。

### 社会法官应运而生

一名好的社会法官就是一张名片，是社会法庭能否赢得人民群众认可和信任的关键。

那么，河南首批知识产权社会法官是怎样产生的呢？据了解，河南首批知识产权社会法官是由河南省高院和河南省知识产权保护协会共同筛选确定的。据河南省知识产权保护协会秘书长刘西怀介绍，知识产权社会法官是一个崭新的领域，需要从法律法规和公序民俗两个方面构建"学习型"个人，二者不可偏颇。同时，由于诉讼程序及诉讼结果要求非常精准，造成了一部分处于灰色地带的侵权行为法院无法予以保护。还有很多的知识产权案件涉及专业领域，需要进行鉴定、勘验，需要专家辅助人进行解释。这就要求知识产权社会法官既要有深厚的专业知识功底，熟悉知识产权领域的技术、规则、运作流程，又要具备热心公益、服务社会的良好素质。

按照这个标准，河南省知识产权保护协会通过个人申报和专家评审，最终确定了首批23名知识产权社会法官。其中有省、市知识产权局的专利执法的业务骨干，有专利、商标中介机构推荐的行业带头人，高校院所的专家教授，还有部分发明人。

"作为一名社会法官，我意识到我们的社会性、群众性和某种程度的准行政、准司法性质，做好知识产权案件的调解、裁处、衔接的前哨和缓冲者。"作为首批聘任的23名社会法官代表之一，中原工学院法学院院长王肃教授在发言时表态。

"首批社会法官大多是专家和带头人，在知识产权专业领域具有行业优势和知识优势，由他们介入知识产权纠纷进行调解，容易形成权威意见，使当事人信服，定纷止争。"张立勇对首批社会法官充满了信心。

**社会法庭大有可为**

据了解，知识产权社会法庭性质上属于国际上通常称的NGO/NPO，是介于知识产权私力救济与公力救济之间的社会第三方民间组织，具有"零收费、零结怨、最省钱、最方便"的特点，通过发挥社会调解、民间调解的功能，能及时、妥善处理知识产权纠纷，减少涉诉案件的发生，减少当事人诉讼成本、缩短纠纷处理时间、提高知识产权运行的社会效益。

近年来，在提升知识产权司法保护水平方面，河南省高院民三庭进行了许多探索。比如：实施"精品战略"，每年公布一批知识产权经典案例；以案说法，增强人民群众知识产权保护观念；推行"三审合一"的审判模式，把民事、刑事、行政案件统一归纳到一个审判庭审理，确保知识产权司法政策统一。

"以后开展这些知识产权司法保护工作时，我们将加强与社会法官的沟通交流，提升法院的知识产权审判水平；在办理具体案件时，也可以委托社会法庭进行诉前调解、诉中调解，对他们的调解成果要及时进行司法确认，实现调解与诉讼的无缝衔接。"刘冠华说，河南省知识产权社会法庭还将首次引入行政确认。当事人可以申请知识产权行政主管部门确认，使纠纷解决效率更高。

随着中原经济区、郑州航空港经济综合实验区等国家战略的实施，大量的知名公司要进驻河南，不仅知识产权的数量必将大幅度增加，纠纷数量也将会大幅增长。

"能否及时化解这些矛盾纠纷，事关权利人合法权益的保护，更事关我们河南的投资环境和对外开放形象。"河南省知识产权局局长郭民生向记者介绍，仅仅依靠知识产权局和法院的力量，是不能适应社会形势发展需要的。相比来说，社会法庭在调处矛盾纠纷方面成效非常显著，知识产权社会法庭必将大有可为。

（刊登于2013年5月15日第十一版）

# 爱乐"守则"：绝不使用一张盗版乐谱

本报记者　刘仁

5月25日晚，北京保利剧院。中国爱乐乐团与世界级女高音黛博拉·沃伊特，美国著名女指挥家、音乐剧制作人克莉斯汀·布罗切特合作，再现了百老汇的经典。在《音乐之声》《飞燕金枪》《波吉与贝丝》《窈窕淑女》等曲目中，爱乐乐团迎来建团13周年庆典。

百老汇经典毫无意外地收获了观众的掌声和赞誉。不过，对于这个年纪轻轻，就已在德国演过瓦格纳、在奥地利演过马勒、在梵蒂冈演过莫扎特的乐团来说，这次演出确实算不上浓妆重彩。在乐团团长李南看来，连续推出12个音乐季，演出1400多部作品，规规矩矩地没有使用过一次盗版乐谱，更值得尊敬。

世纪之交，中国爱乐乐团"横空出世"，集全国贤良，职业化运作，开创了新兴乐团的改革之路。改革有破有立，随之有毁有誉。李南认为，无论破立，乐团都只是在遵循国际惯例，进行标准化的管理。从乐队建制、音乐季到人事、财务制度，到知识产权保护，无不如此。

今天，中国爱乐乐团已凭借精湛的艺术水准和职业化管理，成为我国交响乐团的引领者，并得到世界的认可。早在2009年春天，中国爱乐乐团已入选英国《留声机》杂志评出的"世界十大最具影响力的乐团"。"如果不保护知识产权，也可能做到国内一流，但要得到世界尊重，必须按规矩办事。"李南说。

### "为什么要给曲作者付钱？"

"我们请世界最好的唱片公司为他们的作品录制唱片，为什么还要给曲作者付钱？"这个今天看来已经算不上问题的问题，却在2000年困扰着刚刚成立的中国爱乐乐团。

2000年5月成立后，势在必得的中国爱乐乐团急于给国内乐团树立标杆，请来全球知名唱片公司德意志唱片公司（DG）录制两张唱片，一张是瓦格纳和勃拉姆斯的作品，一张是中国作曲家的作品。当艺术总监余隆雄心勃勃地训练乐团时，却被德意志唱片公司告知，他们要看所有曲目（除公版作品外）的授权合同。

当时，国内音乐界还盛行"扒带""扒谱"，听磁带、CD记录乐谱，就可以拿来演出，不少知名作曲家就是借此锻炼听觉辨别力。演出要获得作曲家授权，这对国内大多数乐团来说还是个新鲜事。

德意志唱片公司（DG）恪守规则，爱乐乐团按照曲目名单一一寻找作曲者，最终有部分作品因无法找到权利人，从名单中删除。这家具有百年历史的古典音乐厂牌与中国乐团的首次合作，让爱乐乐团感知了知识产权"规矩"的力量，也让她反思，世界级乐团要有世界级的艺术水准，还要遵循世界通行规则。

国际上，有偿使用乐谱，早就成为各乐团的通行规则。欧美国家作曲家一般会签约出版社，让其代理版权事务。出版社在出版签约作曲家的作品（乐谱或音像制品）后，负责监督该作品在全球各地演出、录音中的使用，同时通过"乐谱租赁"获得收益，并支付作曲家应得的利益。我国同样有完备的法律来保护作曲者的权利，只是法律没有被严格遵守，在现实中落空。比肩世界水平，中国爱乐选择不染污泥，自我规范。

### "再困难，也不能越雷池一步"

开风气之先，需要魄力，也需要资本。

中国爱乐有过4任业务部主任。他们的职责之一是，每次演出前拿到余隆交给的曲目单后，要一一核实版权问题，或者通过租赁乐谱获得授权。在举办这场百老汇经典音乐会2个月前，业务部主任庄玉明就开始为这30多部作品的授权问题忙碌。因为不同的作品被不同的出版商代理，最后联系了美国卡尔姆斯（Kalmus）、哈尔罗纳德（Hal Leoard）和Boosey等多家出版商。

除了租赁乐谱，现场表演还涉及众多权利主体的利益，爱乐乐团正摸着石头探索未知的领域。

中国爱乐乐团几乎承担了国内所有大电影、电视剧的音乐录音，包括《满城尽带黄金甲》的主题曲《菊花台》。在一次影视音乐作品的新年音乐会上，中国爱乐乐团获得作曲者周杰伦的授权，打算演奏《菊花台》。不料，制片人作为电影的著作权人并不同意将电影版的作品授权乐队演出。多方协商未果，最后周杰伦重新创作了乐队版的《菊花台》，才让演出顺利进行。

如何获得权利人认可，与权利人更好地合作，正是乐团面临的考验。今年3月，中国爱乐乐团再开先河，推出100张音乐会实况录音CD，准备冲击今年的格莱美。"就我们积累的作品来说，完全可以出200至300张，最后只出100张就是因为授权太困难。"李南介绍说，乐团花了一年时间和作曲、独奏联系授权，还是有不少作曲家根本不愿意授权使用。愿意授权使用的，往往因为涉及他本人与其经纪公司的利益，需要很烦琐的程序。

"再困难，也不能越雷池一步。"在中国爱乐乐团的眼中，侵权盗版就是"雷池"。截至目前，中国爱乐举办了交响乐、歌剧、清唱剧、室内乐等500余套音乐会，每年为乐谱支付的费用达100多万元。即使身为国家级乐团，100万元对于中国爱乐来说也不是个小数目。据介绍，建团之初，2000多万元大手笔的投入，乐团成员4500元的最低工资，都让其他团艳羡不已。但是十几年过去，这个水平仍在保持，乐团经费已排到了全国第十位左右。

### 提起交响乐
### 就是"黄河梁祝红旗颂"

经费再紧张，中国爱乐乐团都如期推出音乐季，以演带练提升艺术水平，也坚持给著作权人付费。"为什么这笔费用要纳入成本绝不能少？是因为尊重创作者，才是艺术发展的源头。"李南一直很遗憾，中国优秀的管弦乐作品太少。

相比西方18世纪以来的深厚积淀，我国交响乐创作始于上世纪20年代，近二三十年才得以快速发展，存在差距有其合理性。但现在人们提起交响乐，还是"黄河梁祝红旗颂"（《黄河大合唱》《梁山伯与祝英台》《红旗颂》），就显得过于单薄。

中国爱乐乐团从2002年开始就委约国内作曲家创作，并在每个音乐季都安排中国音乐作品的专场音乐会。知名作曲家叶小纲根据唐诗创作了对应马勒同名作品的《大地之歌》和《巍巍昆仑》，郭文景的《江山多娇》等都是中国爱乐乐团的委约之作。在委托杜鸣心创作了京剧交响乐《杨门女将》（音乐会版）后，2005年又推出赵季平作曲创作的《杨门女将》（舞台版）。作品基本保留了传统戏曲的故事梗概和经典唱段，而按照歌剧的创作方式，重新创作了序幕、间奏、合唱及尾声部分的音乐，并加以全新配器。当年4月首演中，这种大胆的艺术尝试征服了在场的观众。2012年，特约作曲家邹野改编创作的交响京剧《贵妃醉酒》，再次演绎了交响乐与京剧融合下的相得益彰。

中国爱乐乐团能凝聚起这样一个朝气蓬勃的艺术家群体，既倚仗鲜明艺术风格下的品牌效应，也得益于健全的制度保障。每委约一部作品，乐团都会按照国际行市，给予创作者回报，哪怕是请一个作曲家配一个晚会的歌曲伴奏，都会明码标价。李南这样算账，一部作品直接给作曲家的费用可能达几十万元，但这些委约创作的作品，乐团和作曲者共同拥有著作权，对于乐团来说就是无形资产。

**"独乐乐不如众乐乐"**

环视盗版，中国爱乐选择清者自清，没想到还是遭到了"惩罚"。

2012年初，受文化部委托，中国爱乐乐团赴德国柏林举办中德文化年开幕音乐会。起初，乐团准备与小提琴家宁峰演奏瓦格斯曼的小提琴名曲《卡门幻想曲》，这是比才的歌剧《卡门》首演后改编得极为成功的一个作品，也为广大中国观众所熟悉。然而，当乐团向德国乐谱公司租赁乐谱时，对方以"这个作品在中国被演奏得太多，全部使用盗版乐谱"为由，坚决拒绝租给中国乐团。无奈之下，中国爱乐乐团将曲目换成了中国作曲家何占豪、陈钢的小提琴协奏曲《梁山伯与祝英台》，并向中国音乐著作权协会交纳了使用费。

德国公司把板子硬生生地打在了自己身上，中国爱乐乐团这才意识到，"独乐乐不如众乐乐"，保护知识产权也是同理。一个人的战斗，孤独且无力。保护知识产权，需要全社会共同遵守。

在全球22个城市举办环球巡演，在梵蒂冈保罗六世大厅演奏《安魂曲》，在意大利罗马歌剧院拉开"中国文化年"的序幕……13年来，中国爱乐乐团不断登临艺术新高，在海外广泛传播中国爱乐精神。今天，不禁要问，中国爱乐乐团能否再次挑起大梁，树立一个尊重知识产权的标杆，为中国乐团赢回国际的尊重呢？

（刊登于2013年6月7日第九版）

云南哈尼梯田"申遗"成功,我国成世界遗产第二大国——

# 世界遗产:在保护中薪火相传

本报记者　王宇

"一山分四季,十里不同天",诞生于1300多年前的哈尼梯田,如今拥有了一句新的解说词:世界文化景观。6月22日,继新疆天山之后,云南红河哈尼梯田"申遗"成功。截至目前,我国已成功申请世界文化遗产27项,世界文化景观4项,世界文化与自然混合遗产4项,世界自然遗产10项。我国也凭借45处世界遗产,超越西班牙成为世界遗产数量第二多的国家,仅次于拥有48处世界遗产的意大利。

消息传来,有喜有忧。喜的是,我国悠久的文化传统受到国际社会尊重,多项世界遗产申报修成正果;忧的是,我国对世界遗产"重开发、轻保护"的现象时有发生,时代洪流中的文化传承前路坎坷。如何更好地实现传统文化的保护和传承,值得探讨。

## 大美长存　遗产保护全面推动

"红河哈尼梯田文化景观保存和保护管理状况良好,具有高度的真实性和完整性。"联合国教科文组织世界遗产委员会的这一评价,是对哈尼梯田所呈现的中国农耕文化奇观的充分肯定。在长达十余年的漫长的"申遗"过程中,当地政府和民众付出了艰辛努力。

据红河州副州长谭萍介绍,十余年来,哈尼梯田先后被冠以国家湿地公园、全国重点文物保护单位、中国重要农业文化遗产以及联合国粮农组织全球重要农业文化遗产等殊荣。"申遗"期间,当地政府出台了梯田文化景观、山林水系保护管理办法,并成立了专门的保护管理部门,科学制定村寨保护与发展规划,编制村寨民居修缮导则。

"自1985年我国加入《世界遗产公约》以来,遗产保护事业逐渐与国际接轨。"国家文物局副局长童明康表示,世界遗产委员会对我国世界遗产管理模式给予了高度评价,如黄山的保护经验曾被评价为"有许多做法都是实际工作中的创举,应推广到全世界其他遗产地学习和借鉴"。

## 过度开发　加强保护刻不容缓

我国是历史悠久的文明古国,在漫长的岁月中,中华民族留下了丰富多彩的文化遗产。从1987年我国第一次申请世界遗产开始,20多年时间里,列入世界遗产名录的中国遗产从无到有,从少到多。

因对世界遗产的保护需要投入大量资金,如果仅仅依靠国家拨款,很多遗产的保护将难以为继。近年来,耗巨资申请世界遗产或借"申遗"之名寻求商业开发的事件并不少见,这也促使一些地方为了商业利益,不惜破坏文物古迹。在2007年的世界遗产大会上,因为"旅游业过度开发、遗产地不堪重负",我国曾有丽江古城、故宫、颐和园等 6 处世界遗产被亮"黄牌"，在国内引起轩然大波。

"随着经济全球化趋势和现代化进程的加快，我国的文化遗产受到一定程度的威胁。由于不合理的开发和利用，一些重要文化遗产面临消亡或失传。在部分文化遗产相对丰富的少数民族聚居地区，由于人们生活环境和条件的变迁，民族或区域文化特色几近消失。"南京大学文化与自然遗产研究所所长贺云翱呼吁，加强文化遗产保护刻不容缓。"世界遗产保护的形势仍十分严峻，不能以牺牲和破坏世界遗产为代价无限度地开发利用，换取一时的经济利益。"贺云翱表示。

在中国科学院大学法律与知识产权系主任李顺德看来，"保护为主，抢救第一，合理利用，加强管理"，是文物保护法确定的"十六字方针"，保护应该是在第一位的。李顺德表示，保护世界遗产不仅是保护我们自己悠久的历史文化，也是对人类文明负责，应站在更高起点上履行这项"国际义务"。李顺德建言，我国应将世界遗产保护与知识产权战略有机结合，使世界遗产的开发利用融入文化产业大发展大繁荣的建设进程，在保护传承和合理利用中将文化遗产资源发扬光大。

（刊登于 2013 年 7 月 3 日第一、三版）

**执行难是长期以来存在的"老大难"问题，知识产权案件的特殊性决定了这类案件的判决执行面临更多困难。近日，最高人民法院出台新规定，决定对失信被执行人进行信用惩戒——**

## 新司法解释破解知识产权案执行难

本报记者　魏小毛

长期以来，债务人欠债不还、不守信用、逃废债务、规避执行成为一种社会顽疾。据最高人民法院统计，全国法院 2008 年至 2012 年执结的被执行人有财产的案件中，70% 以上的被执行人存在逃避、规避甚至暴力抗拒执行的行为，自动履行的不到 30%。

近年来我国法院审结的知识产权案件逐年上升，知识产权案件由于专业性强、新类型案件多、社会涉及面广、社会关注度高等特点，决定该类型案件判决后的执行也存在诸多困难。知识产权案件判决后执行难直接影响了权利人的创新热情，制约了创新型国家建设的推进。

7 月 19 日，最高人民法院正式发布了《关于公布失信被执行人名单信息的若干规定》（下称《规定》），决定建立失信被执行人名单制度。这是最高人民法院针对执行难现状而采取的一项重要破解措施。该规定的出台，对破解知识产权案件执行难困境无疑将起到重要作用。

· 675 ·

### 知识产权案执行面临的困境

知识产权客体的无形性决定了知识产权案件不同于一般案件，不但知识产权案件的审理面临诸多挑战，而且知识产权案件判决后的执行也存在许多新特点，面临很多困难。记者经调查发现，知识产权案件判决执行面临的困难主要表现为：

首先从执行标的来看，涉知识产权的执行案件的执行标的具有特殊性。与一般执行案件相比，知识产权案件的执行标的往往需要同时执行"财产"和"行为"双重标的，即除一定数额的金钱赔偿外，往往还包括请求停止侵权行为的执行。被执行财产常常是无形财产，对无形财产的执行比对有形财产的执行困难大很多。

其次，从被执行人责任承担方式来看，知识产权案件大多涉及消除影响、赔礼道歉等责任承担，在涉及侵犯著作权、商标、商业秘密以及诋毁商誉、虚假宣传等不正当竞争纠纷案时，权利人往往会主张侵权人消除影响、赔礼道歉，要求在报纸、网站或相关杂志上刊登声明等。法院在具体执行这些案件时需要耗费大量的精力。

还有，从被执行人地域性来看，由于知识产权案件涉外因素多，跨省、市案件多，权利人在诉讼管辖上往往会选择侵权行为地法院诉讼，以产品的销售者为被告，将产品制造者列为共同被告，而制造者大多是在外省市。执行时需要赴多个被告所在地执行，如果委托当地法院执行，则可能会受到地方保护主义的干扰，影响执行的效果。

另外，知识产权案件的执行需要其他行政等职能部门的配合。如涉及商标、商号等案件执行时，需要工商部门的配合；涉及专利方面的案件执行时，有时需要专利管理机构的配合；涉及互联网域名等案件的执行时，需要互联网管理机构的配合等等。

除此之外，由于知识产权案件大量涉及诉前禁令、证据保全等诉讼中的程序性措施，因此，对这些诉讼中的程序性措施的执行同样也面临着诸多困难。

正是由于知识产权案件执行面临一系列的困难，导致被执行人对已经生效的法律文书怠于履行、规避履行，这对打击知识产权侵权行为非常不利，也严重影响了权利人维权的积极性。

### 对失信被执行人进行信用惩戒

7月19日，最高人民法院正式发布了《规定》，决定建立失信被执行人名单制度。该《规定》要求各级人民法院应当将失信被执行人名单信息录入最高人民法院失信被执行人名单库，并通过该名单库统一向社会公布。该《规定》将从2013年10月1日起施行。

"《规定》的出台就是要通过信用惩戒手段，使被执行人的信用好坏和其经济利益、个人名誉、企业声誉、交易机会、生存空间直接挂钩。"最高人民法院新闻发言人孙军工表示，建立"守信者赢，失信者亏"的评价体系，使失信被执行人"寸步难行"，借此促使其履行生效法律文书确定的义务，以更有力的手段破解执行难。

并非所有不履行生效法律文书义务的人都将被纳入失信被执行人名单，为此，《规定》确定的标准有两个方面：第一，对象标准，纳入失信被执行人名单的应当是不履行生效法律文书确定义务的被执行人；第二，行为标准，并非所有不履行生效法律文书确定义务的被执行人都纳入该名单，而是具备履行能力而拒不履行义务的才纳入该名单。《规定》具体列举了6种情形，即以伪造证据、暴力、威胁等方法妨碍、抗拒执行的；以虚假诉讼、虚假仲裁或者以隐匿、转移财产等方法规避执行的；违反财产报告制度的；违反限制高消费令的；被执行人无正当理由拒不履行执行和解协议的；其他有履行能力而拒不履行生效法律文书确定义务的。

对失信被执行人进行信用惩戒，这是失信被执行人名单制度的主要价值所在。《规定》明确了失信信息记载内容、公布范围和方式，并依托社会信用体系推出定向通报制度。记载和公布的失信被执行人名单信息应当包括：作为被执行人的法人或者其他组织的名称、组织机构代码、法定代表人或者负责人姓名；作为被执行人的自然人的姓名、性别、年龄、身份证号码；生效法律文书确定的义务和被执行人的履行情况；被执行人失信行为的具体情形；执行依据的制作单位和文号、执行案号、立案时间、执行法院；人民法院认为应当记载和公布的不涉及国家秘密、商业秘密、个人隐私的其他事项。

根据该《规定》，公布的方式首先是通过全国统一的名单库在互联网上向社会公布，同时也包括各级法院通过公告栏、报纸、广播、电视、网络、新闻发布会等方式公布。需要特别介绍的是定向通报制度，该制度是借助现代信息科技手段，将失信信息数据向政府相关部门、金融监管机构、金融机构、承担行政职能的事业单位及行业协会等，进行"点对点"通报，由其依照法律、法规和有关规定等在政府采购、招标投标、行政审批、政府扶持、融资信贷、市场准入、资质认定等方面，对失信被执行人予以信用惩戒。

**健全知识产权诚信制度**

此次最高法院出台的这项《规定》有望破解执行难题，有利于规范各级人民法院依法使用信用惩戒措施，推动社会信用体系建设，促使被执行人自觉履行生效法律文书确定的义务，切实维护当事人的合法权益。

"最高法院出台的该《规定》针对的就是案件判决后执行难的问题，这对加大法院生效裁决的执行力度无疑会起到积极的作用。"中国科学院大学法律与知识产权系主任李顺德教授在接受中国知识产权报记者采访时表示，长期以来，执行难问题一直是困扰人民法院并引起社会各界广泛关注的一大问题，对于知识产权案件来说同样如此，社会各界希望出台措施解决该问题的呼声很高。此次最高法院出台该《规定》是顺应了社会各界的呼声，无疑具有积极意义。

2011年7月，中共中央、国务院《关于加强和创新社会管理的意见》中提出了"建立健全社会诚信制度，并制定社会信用管理法律法规"的要求，最高人民法院出台的该《规定》，被视为积极参与国家信用体系建设的重要内容。

知识产权诚信制度是整个社会诚信制度的一部分，知识产权案件的生效法律文书规定的义务没有得到及时履行，导致权利人正常的生产经营无法维持，被迫停工、停产、减员。尤其是高科技型企业，知识产权是其核心财产，知识产权被侵犯导致这类企业生产难以为继，如果通过诉讼且付出巨大诉讼成本胜诉后判决仍未得到执行，又给其造成"二次伤害"，这无疑会极大地打击高科技型企业的创新积极性，不利于创新型社会的建设。

事实上，近年来多个地方、部门都在积极努力建立健全知识产权诚信制度。如前不久重庆市人民政府发布了《重庆市企业信用体系建设工作实施方案（2013～2015年）》，计划用3年左右时间，建立涵盖全市所有市场主体的信用档案，形成有效的社会监督和失信惩戒机制。其中明确指出，加大对企业知识产权侵权、制售假冒伪劣商品等不良信息的征集，推动知识产权等重点行业重点领域企业诚信体系的建立，制定严重失信企业退出制度。

（刊登于2013年7月24日第八版）

天价收购91无线，百度如何处理后者平台上的大量盗版软件引关注——

# 百度19亿美元买来盗版隐患？

本报记者 冯飞

19亿美元！中国互联网行业现有史以来最大收购案。近日，百度宣布，与网龙网络有限公司（下称"网龙"）签署谅解备忘录，将出资19亿美元向网龙收购其持有的第三方应用平台91无线网络有限公司（下称"91无线"）的全部股权。据悉，此项交易成功后，标的额将超过2005年雅虎并购阿里巴巴所出的10亿美元，创中国互联网领域收购价新高。

91无线是国内主要的第三方应用下载平台。百度此次大手笔收购，被业界解读为是想通过应用商店入口巩固其移动互联网入口地位。而对于国内第三方应用平台发展现状，北京中娱智库咨询有限公司联合创始人高东旭表示，百度此举将加剧行业竞争，有利于第三方应用平台向有序化、规范化方向发展。但同时引起业界关注的是，91无线平台上长期以来存在大量盗版应用程序，这就给已是上市公司的百度带来巨大隐患，百度将如何面对盗版问题引来业界猜测。对此，中投顾问IT行业研究员王宁远建议，百度应尽快治理91无线平台上的盗版问题，提高开发者的信赖度，并用高质量的应用程序吸引更多的用户。

**大手笔收购意在扩疆**

在争夺新的移动互联网入口过程中，百度全面布局基于搜索和应用商店的复合入口，91无线拥有的APP分发功能及海量的用户，正是百度所看重的。"91无线主要从事开发和运营91助手及安卓市场两个智能手机应用分发平台。2012年，91无线的应用下载量突破100亿次。艾瑞咨询集团发布的报告显示，依据活跃用户数和累计下载次数，91无线已成为国内最大的第三方应用下载渠道。"91无线有关人士在接受中国知识产权报记者采访时表示，通过此次收购，百度可以借助91无线在应用商店的积累，进一步巩固其在无线市场的地位，而91无线也同样从中获益，实现双方共赢。

在上海泛洋律师事务所高级合伙人刘春泉看来，百度的此次收购是迫于行业竞争压力。在互联网领域，阿里巴巴集团收购了高德地图，并入股新浪微博，腾讯的微信业务发展势头良好，而百度却没有任何动静，搜索业务还受到360的挤压。因此，百度收购91无线是为了争夺移动互联网入口。

对于此次收购，有业内人士给出较高评价，认为这将对中国移动互联网行业产生巨大影响。百度将通过搜索和应用商店两个强势入口，直接满足用户的各种搜索和应用下载请求，同时连接海量开发者，打造健康完整的移动互联网生态。百度已经在移动互联网棋局上牢牢夯实了自己的阵地。

王宁远认为，此次收购对于整个行业具有积极意义。他指出，百度此次收购将促进国内第三方应用下载平台或应用商店的行业集中度的提高，有利于第三方应用平台迈上有序化、规范化发展之路。收购后，具有市场影响力的应用程序平台会吸引更多的用户和开发者，产生更强的集聚效应，同时也会造成其他影响力低的平台的客户和资源流失。

对于这一说法，上海泰尼网络科技有限公司CEO郝培强表示认同。他表示，91无线被百度收购以后，相比其他的应用程序商店，拥有较大的资金优势，可能会对其他的应用商店形成较大的冲击，并形成行业垄断，其他的互联网巨头有可能收购91无线的竞争对手作为防御。

**盗版应用带来大风险**

记者在采访中了解到，91无线成立初期，主要为用户提供破解应用下载，并依此获得大量用户。"91无线应用程序数量大概有40万个，为开发者提供开放平台。开发者可以在这一平台上注册并提交应用，经过审核后可以供用户下载。"易观国际分析师王珺在接受中国知识产权报记者采访时表示，91无线上有很多应用程序是为"越狱"苹果手机提供的盗版应用。

"91无线平台上的盗版应用占应用程序总量的比例较小，但具体到收费应用程序，盗版比例就非常高。"郝培强向记者介绍，正是因为91无线为大量的盗版应用程序提供分发渠道，所以国内的许多应用开发者不得不开发免费应用，或者只开发针对国外市场的应用，这就导致国内开发者开发的收费应用和免费应用数量远低于国外。此外，在国内，在应用程序商店购买正版应用的用户数量相对较少。

王珺指出，伴随着我国打击侵权盗版的力度不断加强，91无线提供的盗版应用将会给百度带来诸多风险。同时，苹果与百度都是在美国上市的公司，百度将面临诉讼风险。他指出，在收购91无线后，百度面临的首道难关便是如何治理盗版，提高91无线在开发者和用户中的正面形象。

**规范平台需三方发力**

在多数人看来，91无线被百度收购后，有望由百度帮助其整治长期以来存在的盗版难题。对于如何解决盗版问题，百度与91无线都避而不谈。但郝培强认为，这个设想很难实现。"目前，国内的第三方应用程序平台发展非常混乱，侵权盗版现象依然很严重。百度自身的侵权盗版问题都无法根治，如早期的百度 MP3、百度贴吧、百度文库等，希望其能整治 91 无线的盗版问题是不现实的。"对此，王宁远深有同感，他表示，国内第三方应用平台整体发展还处在圈用户的阶段，大量的盗版应用程序可以吸引用户。相关部门应该出台法律政策引导第三方平台向规范化发展。

对于第三方应用平台的不规范行为，王琤建议，相关职能部门应完善相关法律，加大监管力度，以此来维护市场正常秩序，保障开发者的利益，保证市场健康发展。而高东旭则认为，整治第三方应用平台的盗版应用，需要三方的力量。首先，相关行业主管部门，比如国家新闻出版广电总局、文化部、工业和信息化部，分别基于自身的职责对盗版图书、视频应用、手机游戏产品、网络音乐产品、应用软件等，出台详细可行的法律法规，加大打击力度；其次，应用平台应加强自律，做好用户上传软件和应用程序的内容审查；最后，加强社会监督，尤其是充分发挥媒体和用户的力量，媒体对盗版应用进行曝光，用户自觉抵制下载相关盗版应用。

此外，记者在采访中还了解到，部分应用程序开发者和用户也希望此次并购能加速国内应用平台的规范化，为用户以及开发者带来更多实惠。

（刊登于 2013 年 7 月 26 日第九版）

# "贯标"打通知识产权保护经脉

**本报记者　李群　通讯员　张锋**

"自我们公司成立以来，尤其是 2008 年之后，在知识产权保护领域遭遇了不少'攻坚战'。可以说，我们是痛并快乐着。"江苏神马电力股份有限公司（下称"神马电力"）副总经理黄建国口中的"痛"，是多年来遭遇侵权的维权艰难之痛；而"快乐"，则是公司自从 2009 年开始贯彻江苏省《企业知识产权管理规范》（下称"贯标"）后，把知识产权保护层面的工作纳入体系范围，逐步降低侵权风险之乐。

在记者走访的江苏企业中，他们无一不是从细节出发，以"贯标"为契机，着力打通知识产权保护的经脉。

**细节入手**

在南京科远自动化集团股份有限公司（下称"南京科远"）战略发展部部门经理马红焕看来，一个小小的栅栏也有可能成为项目进展的关键所在。

"2009 年，我们公司的一个项目正在施工，承包商购买并使用了一款栅栏，而这个栅栏却是他人拥有外观设计专利权的产品，造成了不必要的麻烦。"马红焕说，"虽然并不是南京科远侵犯了他人的专利权，但从中我们也深感规范与承包商合作关系的重要性。"

2010 年，南京科远被列入了"贯标"的行列。"'贯标'一开始的时候，我们都有些摸不清门道，但随着深入学习各项要求，我们感到这个标准的制定太及时了。"马红焕告诉记者，为了落实"贯标"的要求，公司的知识产权团队利用 3 个多月的时间制定出了《知识产权管理工作手册》，其中明确规定了将知识产权条款列入与承包商签订的合同中。"这个细节被重视起来，不仅能够解决我们与承包商之间出现的知识产权问题，防止知识产权纠纷出现，还能够敦促承包商注重知识产权细节，防止侵权，真是一举两得。"

同南京科远一样，把知识产权保护工作落实到细微处的还有江苏斯菲尔电器股份有限公司（下称"斯菲尔公司"）。

"除了对企业的创新进行知识产权确权，我们还与经销商一起建立了知识产权保护网络，采用互相监督互相配合的方式，从细微处防止侵权事件的发生。"斯菲尔公司知识产权部主管邬科为告诉记者，近年来，尤其是"贯标"出台之后，斯菲尔公司尤为注重知识产权保护方面的工作。在司法层面上，该公司共赢得 9 起专利案、1 起商标案和 1 起著作权案，有效地捍卫了公司的合法权益。

### 策略改变

"2008 年以后，我们公司产品的优越性逐渐体现出来，引来了国内同行的竞相模仿。当时不少小公司有这样的心态：神马已经研究出来了，不用白不用；神马已经投入了大量人力物力，只要从神马挖人就可以了。"黄建国告诉记者，在这样的背景下，2009 年，神马电力依靠南通市科技局展开了首次专利维权。

虽然这次维权成功了，但黄建国却觉得企业在知识产权保护方面欠缺得太多。"在这次维权的同时，我们接到了浙江一公司提起的诉讼，我们反倒成为被告。"黄建国说，2010 年，浙江一家企业以一件发明专利为由诉神马电力侵权。"这是我们第一次成为被告，刚接触案子的时候，我们都慌了，处理思路也不是很清晰，幸亏南通市科技局及时给予了帮助，让我们逐渐找到应对策略。"

如今，距离案件发生已过去了 3 年，但黄建国提起来还是颇有感慨："虽然我们最终把对方的专利权无效掉了，但是在案件的处理过程中，我们对对方的专利文献进行了深度剖析，发现了一些问题，这对神马起到了促进作用。而彼时彼刻，江苏省《企业知识产权管理规范》又恰逢其时地出现在我们面前，公司立即组织相关人员将知识产权保护工作纳入公司知识产权体系范围，研究改善策略的方法，防止像这样的案子再出现。"

神马电力知识产权经理付涛告诉记者，目前，神马电力以"贯标"为切入点，建立了严密的知识产权体系，尤其是在知识产权保护层面。"我们的知识产权体系与公司其他体系相辅相成，全方位提高公司的管理水平。"付涛说。

对此，南通市科技局协调管理处有关负责人说："当然，加强知识产权保护并不是一项简单的工作，它需要企业上升到战略的高度去对待。就整个知识产权层面而言，企业要做的事还多，比如增加知识产权资金投入，完善知识产权管理体系等。总之，只有通过政府和企业的共同努力，南通企业的知识产权保护工作才能更上一个台阶。"

（刊登于 2013 年 8 月 23 日第一、二版）

# 读图：孩子眼中的科普世界

张子弘　摄影

（刊登于 2013 年 8 月 30 日第十二版）

近60名专家学者聚首温州，把脉高校知识产权人才培养。面对新的发展态势，他们联袂开出良方——

# 知识产权人才培养更需要"接地气"

本报记者　吴辉

在创新激荡的流金岁月中，高校知识产权人才培养工作走过了20余年的历程，如今又一次站在拐点上。

高校知识产权人才培养遭遇了哪些成长烦恼？何种类型的知识产权人才真正受到社会的欢迎？金秋九月，具有浓郁知识产权氛围的温州市迎来了一批特殊的客人——来自北京大学、中国科学院等全国30所高校和科研机构的近60名知识产权领域的专家学者，齐聚浙江工贸职业技术学院，把脉问诊中国知识产权人才培养现状。

在此次举行的第七届中国高校知识产权人才培养研讨会上，专家学者联袂开出一剂良方：面对新的发展态势，开展高校知识产权人才培养要走多元化和多层次的道路，人才培养只有更"接地气"，才能呈现人才辈出、百花齐放的良好格局。

### 遭遇尴尬

那么，高校知识产权人才培养遭遇了怎样的尴尬境遇呢？

7月，每年的毕业季。当一批又一批知识产权专业的毕业生走向社会时，却难以找到对口的工作，他们只好放弃专业转投他行。而在另一边，企业却在费尽心思寻觅知识产权人才，感叹"一才难求"。于是，尴尬的一幕出现了："高校培养出来的人，企业往往用不上；企业想要的人，高校似乎培养不出来。"这种巨大反差的背后，折射出当下高校知识产权人才培养的困境。

"高校知识产权人才培养在一些方面还存在着教未致用、供需脱节的瓶颈问题。"上海知识产权学院院长陶鑫良教授一语点出症结所在。在这位资深的知识产权专家看来，我国高校20多年来的知识产权专业人才培养，其教学内容以及毕业生的知识结构偏向于单纯法学及法律专业，疏于经营管理能力，不能较好地满足企事业单位知识产权经营管理的实践需求。

北京大学知识产权学院常务副院长张平教授也表达了相同的感受。"目前，知识产权专业的毕业生更多的是学院派。"她坦言，学校讲授的内容还停留在知识产权制度的来龙去脉、知识产权相关知识等方面，缺乏实际的操作能力。

"知识产权人才培养实施主体单一化和片面追求培养层次高端化，是导致我国知识产权人才培养困境的主要原因之一。"上海大学知识产权学院副院长许春明教授犀利地提出。他认为，高校的知识产权学科建设为推动我国知识产权人才培养工作做出了巨大贡献，然而，由于高校的学科和学术评价导向，大多数高校的知识产权人才培养就会趋向理论化、学术化，追求"保本（科）上硕（士）攻博（士）"，偏离了社会的一些实际需求。

**把脉发展**

那么，如何才能培养出适销对路的知识产权人才呢？

中国科学院大学法律与知识产权系主任李顺德给出的答案是："随着国家知识产权战略的深入人心，社会对知识产权人才的需求越来越大。企业不再是单纯地依赖知识产权法律人才，而是需要知识产权的经营与管理人才，尤其是知识产权的多面手。因此，人才的培养需要走高层次、多元化道路。"在他看来，真正的人才必须适应社会发展的需要，他希望高校针对实际需求培养出不同层次的知识产权专业人才。

"知识产权人才培养需要创新模式，探索出更为务实、更为长久的发展路径。"张平在接受中国知识产权报记者采访时认为，我们身处"中国制造"向"中国创造"转变的时代，知识产权人才培养已步入到新的阶段，人才的培养不再是知识产权 ABC 的运用，而是"操盘高手"运用的时代。"我们不仅仅培养中国国内市场的高级经理人，也应该放眼世界，培养更具有国际视野、具有实操能力的高级知识产权专业人才。"

张平的观点也得到了陶鑫良的赞同，"知识产权经理人或者说知识产权管理人才是我们今后更为迫切需要的人才，他必须有法律基础，更重要的是有经营的思维和管理的才能。"他认为，知识产权专业人才市场决定培养方向，由市场需求决定培养模式。

"企业对知识产权人才的多元化需求，决定了知识产权人才培养需要实施主体的多元化。企业对知识产权人才的实务型、技能化要求，决定了知识产权人才培养需要培养层次的多样化。"许春明表示，知识产权人才培养要转变高校单一实施主体现状，加强各类培训机构培训、企业内部培训和社会组织个性化培训，在学培养与在职培训并重，以满足社会对知识产权人才的多元化需求。高校、政府、企业应联合组建人才培养机构，综合各实施主体优势，探索由地方政府牵头、知识产权行政部门指导、高校和企业或科技园区联合组建综合性知识产权人才培养机构的模式。

**探索新路**

那么，未来的知识产权人才培养的路径在何方？

值得欣慰的是，不同层级的学校都在不断努力探索。重庆理工大学知识产权学院院长苏平带来的令人鼓舞的消息，前不久，该院已邀请中兴通讯、腾讯、比亚迪等全国 18 家知名企业的知识产权总监作为该院的兼职教授，为大学生讲授知识产权实务课程。该院采取"请进来、送出去"的方式，着力培养与企业能力要求相符合的复合型人才。"知识产权人才培养的层次应往下延伸而不是往上走，与企业对接是一种很好的方式。"中国计量学院法学院副院长陶丽琴教授表示赞同。

在高职教育层面开展知识产权教育也实现了突破。9 月 15 日，由浙江工贸职业技术学院、温州市科技局（市知识产权局）和温州高新区管委会共同创建的全国首个高职院校知识产权学院——温州知识产权学院揭牌成立，着力培养企业尤其是中、小、微企业的知识产权经营管理实务人员和知识产权中介机构的实战型知识产权助理工作人员。

作为温州知识产权学院教授指导委员会主任，张平表示，身处温州这个中国市场经济的创新源头和中国民营经济的策源地，温州知识产权学院应该有新的特点，应该创新不同于以往高校知识产权学院的人才培养模式。"针对企业的需求，量身定做教学方案，这是知识产权人才培养的一个新的思路。"

"政产学研相结合的温州知识产权学院，将与上海大学知识产权学院等知识产权教学研究单位相互支持，紧密合作，努力建设成为特色鲜明的有效培养知识产权经营管理实务人才的教学科研基地，为温州市与长三角地区乃至于全国的创新驱动战略及其知识产权事业发展添砖加瓦。"担任学院首任院长的陶鑫良信心满满。

"知识产权人才培养有其特殊性，理论研究是基础，但绝对离不开实务培养。知识产权人才培养需要更接地气。"上海知识产权研究所马远超一席话，道出了与会代表的共同心声。我们期待，高校知识产权人才培养之路会越走越广阔。

（刊登于 2013 年 9 月 25 日第一、二版）

# 首批国家知识产权强县工程示范县（区）在京授牌

**本报讯**（记者陈建明北京报道）9 月 23 日，首批国家知识产权强县工程示范县（区）集中授牌活动在京举行，国家知识产权局专利管理司负责人及部分省局相关负责人、浙江省杭州市西湖区等 22 个示范县（区）的政府负责人参加了活动。

国家知识产权局专利管理司相关负责人表示，提升县域经济发展结构和水平，就必须做好县域知识产权工作，必须充分发挥知识产权制度在县域产业结构升级和经济发展方式转型中的重要作用，才能积极促进县域经济社会的科学发展，可持续发展。县域作为我国行政政区的基本构成单元，其经济社会发展的水平直接关系到"十二五"规划目标的实现、关系到我国经济整体发展形势、关系到我国社会科学发展和长治久安。国家知识产权强县工程是国家知识产权局为推动县域知识产权工作而开展的一项重要工作，自 2008 年启动以来，在国家知识产权局、省级知识产权局和各有关县域的共同努力下，先后有 240 多个县（市、区）开展强县工程工作，通过全面构架知识产权政策体系、健全知识产权工作体制机制、加大知识产权工作投入力度，县域社会创新活力显著增强，企业作为创新主体的地位得到了强化，知识产权创造、运用、保护和管理 4 个重点环节切实得到加强，县域知识产权工作对县域经济社会全面快速发展提供了有力支撑。

据了解，本次集中授牌活动结合 2013 年度国家知识产权强县工程县处级领导干部培训班的举行，在精简仪式的同时，更加注重工作实效，着眼于示范县（区）今后工作的开展，旨在进一步推动县域知识产权工作的深化发展，充分发挥示范引领作用，有效实现知识产权制度支撑县域经济创新驱动发展和加快县域小康社会建设。

据介绍，近年来国家知识产权局不断加强知识产权强县工程政策体系建设，根据当前县域知识产权工作形势的需要，于去年底出台了《国家知识产权强县工程试点、示范县（区）评定管理办法》，将开展强县工程的县域细分为试点和示范两个层级，并按照县域知识产权工作实际设计分类指导目标和要求，每年举办具有明确针对性和指导性的县域政府领导专题培训班，搭建县域知识产权管理工作沟通交流的平台，深入研究县域知识产权发展的现状及未来发展路径等有效手段，力求强县工程工作能够"有的、有力、有效"地对县域经济社会发展发挥切实推动效用。

（刊登于 2013 年 9 月 25 日第二版）

**我国去年 R&D 投入首次突破 1 万亿元，专家认为专利数量增长与研发经费投入之间有着重要的关联——**

# 万亿研发投入：让更多专利同步产出

本报记者　赵建国

近日，国家统计局、科技部、财政部发布的《2012 年全国科技经费投入统计公报》显示，2012 年，我国研发经费投入继续保持稳定增长，全社会研究与试验发展经费（R&D）投入首次突破 1 万亿元大关，增长 17.9%。同时，2012 年我国受理专利申请量达 205.1 万件，同比增长 26.0%；2012 年，我国受理发明专利申请 65.3 万件，同比增长 24.0%。

"数据显示，研发经费投入与专利数量增长之间有着重要的关联。"中南财经政法大学知识产权研究中心常务副主任曹新明在接受中国知识产权报记者采访时表示，近年来我国研发经费投入不断增长，推动专利申请量出现大幅增长，而专利数量的增长也为我国经济发展提供了源源不竭的动力，相辅相成，相得益彰。

"研发经费投入是提升专利创造质量、实现创新驱动发展的重要保障。"中国科学院大学法律与知识产权系主任李顺德认为，进一步加大研发经费投入，促进专利质量提升，对于我国迈向专利强国、推动经济稳健发展、促进创新型国家建设都具有重要意义。

## 研发投入推动创新

"每年将销售收入的 10% 作为研发经费投入，保证了企业自主创新活动的开展，从而使专利等知识产权成为企业提升竞争力和获得良好效益的重要支撑。"正如东软集团股份有限公司（下称"东软集团"）法律部主任赵兴华所言，如今研发经费投入较高的企业几乎都是专利优势企业，也是市场竞争力位居前列的企业。

近年来，走上知识产权战略之路的东软集团不断加大研发经费投入，着力提高自主创新能力，将信息化技术专利作为研发方向和打造核心竞争力的基础，实施创新驱动发展战略基础牢固，进展顺利。目前，企业已提交专利申请318件，其中80%为发明专利申请，效益也随之水涨船高。令赵兴华感到自豪的是，东软集团拥有专利权的CT机等创新成果填补了我国在相关领域的多项空白，磁共振、核医学成像设备等11大系列50余种医疗产品销往全球40余个国家和地区，远程医疗管理系统在国内已有1000多家医疗机构在使用，成为国内位居行业前列的研发者和专利大户。

"专利不仅是企业竞争力的重要组成要素，也是打造城市竞争力的基础。"苏州市知识产权局副局长施卫兵的感慨，令人深思。他告诉记者，近年来，苏州市研发经费投入持续增长，2012年达到近300亿元，占地方生产总值的2.6%。2012年，苏州市专利申请量13.9965万件，专利授权量9.8276万件，同比分别增长37.0%和27.2%，专利申请量和授权量连续两年居全国城市第1位。2012年，苏州市成为首批国家知识产权示范城市。

记者在采访中了解到，无论是中兴通讯有限公司、华为技术有限公司、东软集团等专利数量质量在业内位居前列的企业，还是苏州市、长沙市、深圳市等以专利奠定城市竞争力基础的国家知识产权示范城市，研发经费投入都保持了较高的增长，专利产出快速增加，自身的竞争力显著增强。

"从主管部门到城市及地区，从创新主体到科研院所及高校，如今都很注重研发经费投入和专利的拥有量。"曹新明认为，这表明，伴随着我国经济社会的不断发展以及国家知识产权战略的实施，全社会都逐渐重视研发经费投入及专利创造的重要价值，这对于我国经济健康、持续发展是一个重大利好。

**总体投入有待提高**

统计数据显示，我国研发经费投入已居世界第3位，专利申请数量跃居世界首位，但面临产业转型、经济发展、创新型国家建设等一系列重任，专利质量有待提高是一个紧迫的现实，进一步加大研发经费投入也是当务之急。

2012年，我国研发经费投入为1.0240万亿元，占国内生产总值比例为1.97%。而我国入世之初的2001年，我国研发经费投入为1042亿元，与去年的差距近10倍。2001年，我国受理的专利申请量为20.3万件，与2012年的差距同样为近10倍之多。

"由此可见，伴随着我国研发经费投入的增加，专利申请数量也在同步增长，从而使国家竞争力进一步增强。"曹新明分析认为，虽然与10年前相比，我国与发达国家的差距在缩小，但与排名世界第一的美国相比，研发经费还只是接近其投入的1/3，因此仍然需要不懈努力，加快追赶步伐。

"近年来，在这一良好的基础之上，我国先后实现了载人航天、'蛟龙'深潜、航母入列等重大创新成就，专利支撑中国企业'走出去'步伐加快，这无一不是研发经费投入及专利数量质量增长带来的喜人成绩。"李顺德表示。

世界发达国家发展的经验表明，专利的增长对经济发展有着直接的促进作用。来自美国公开的文件显示，高新技术的专利创造与运用，带动了美国整个国家的全面创新和飞速发展。2012 年，"知识产权集约型"产业已经成为美国经济的支柱，仅 2012 年就新提供了至少 4000 万个就业岗位，其对美国经济的贡献超过 5 万亿美元，占当年美国国内生产总值的 34.8%。从这方面来看，也就不难理解美国政府之所以十分重视研发经费投入及专利的增长问题，即使在经济不景气的情况下也在努力增加研发经费投入。

"因此，从我国现实出发，十分有必要继续增加研发经费投入，促进专利数量质量的持续提升。"李顺德强调。

（刊登于 2013 年 10 月 18 日第一、二版）

# 辩证看待中国专利的数量与质量

朱雪忠

**阅读提示**

当前，随着我国知识产权水平的显著提升，作为衡量专利水平重要指标的受理量和授权量，中国均处在世界领先位置，这一成就引起了广泛的关注，各界对此产生了不同的声音。本文作者作为知识产权界的知名学者，以其实事求是的治学态度对此进行了深入的思考。从分析中国专利数量增长的原因，到考量中国专利质量，辩证地看待数量与质量二者间的关系，指出中国专利发展既要有量的支持，又要在质的方面做文章，言辞中肯、深入浅出，对理论与实践具有很好的思考和借鉴意义。

根据《国家知识产权局统计年报》数据显示，2012 年，中国发明专利、实用新型专利和外观设计专利 3 种专利申请的受理量达 205 万余件，是 2001 年的 10 倍，年增长幅度超过 23%。其中，中国发明专利申请受理量为 65.3 万件，国内发明专利申请受理量为 53.5 万件；中国发明专利授权量为 21.7 万件，国内发明专利授权量为 14.4 万件。

中国专利申请与授权数量的急增，不仅引起了国内高度关注，也导致了一些外界的质疑。面对质疑，笔者认为应该辩证地看待中国专利的数量与质量，正确看待所取得的成就和存在的问题，从而积极引导和推动专利质量的提升，不断推进专利工作开创新的局面。

### 关于中国专利的数量

2012 年，中国专利数量无论从受理量还是从授权量来看，均处在世界领先位置。从发展趋势来看，有理由相信这两项体现专利数量的重要指标上还会有更大的突破。

中国专利数量的迅速增长不是偶然的。中国拥有世界最多的人口，经济发展迅速，市场潜力巨大，且保持对外开放。随着创新驱动发展战略、国家知识产权战略的实施，我国大力发展战略性新兴产业，知识产权保护环境和创新环境不断得到优化，国内各主体的创新能力进一步提升，科技创新活动蓬勃发展。

有关数据显示，2011 年我国研究开发人员总量达 288 万人，位居世界第一。大量高素质的研发人员，无疑为产生大量的专利提供了极好的人力资源基础。而在研发投入方面，2011 年中国的研发投入超过日本，排名世界第二，仅位于美国之后。2012 年我国的研发投入占 GDP 比重达 2.0%，达到 1 万亿元。研发投入的不断加大，为产生大量的发明创造提供了雄厚的物质基础。因此，中国专利数量能有今天的成就，是当今中国高度重视创新活动，重视知识产权工作的必然结果。

然而，面对中国专利数量的快速增长，成就喜人却引来质疑，那么，重视专利数量真的不妥么？事实上，数量本身是个好指标，它易于统计、便于考核、体现业绩。没有数量，何以谈质量？对于许多"零专利"的企业，谈专利质量又有何意义？而且，中国作为发展中国家，专利质量的提高必然是一个渐进的过程。我们都知道量变质变规律，中国专利的数量积累到一定程度，也会产生质变、提升质量。

笔者认为，尽管中国专利申请量、专利授权量已经很大，但仔细分析起来，这个数量仍显得不够。我国专利从类型上分为发明专利、实用新型专利和外观设计专利 3 种。其中发明专利的创造水平及科技含量最高、审查程序最严、质量最有保证，国际上所讲的专利多指发明专利。

就发明专利而言，专利数量不足首先表现在发明专利授权比例不高。专利申请量虽然大，但专利授权量不大，很多专利申请未获授权。2012 年国内发明专利申请量 53.5 万件，但同年的授权量为 14.4 万多件，仅约为申请量的 1/4（尽管要考虑到审查授权的滞后性）。专利数量不足还体现在发明专利授权占专利授权总量比例不高，2012 年度我国授权的 116.3 万件国内专利中，发明专利为 14.4 万件，仅占总量的 12.4%。尤其是在关键、核心技术领域，国内拥有的专利仍然不足。

从专利的人均占有数量来看，2012 年，中国每万人口的发明专利拥有量达 3.23 件，尽管较 2011 年的 2.4 件有 0.83 件的大幅提升，但较同期日本的 105.3 件、韩国的 96.1 件、美国的 35.6 件仍有非常明显的差距。由此可见，专利数量增长仍需要加大力度提升，对蕴藏着巨大潜力的中国来说，这是完全可行和可期待的。

### 关于中国专利的质量

由于没有一个公认的定义，人们在提到专利质量时，往往所指的含义不同。基于不同主体的不同价值取向，对专利质量的界定可从申请文件质量、审查质量、技术质量与经济质量等角度进行展开。

申请专利，必须提交专利申请文件，包括专利说明书、权利要求书、附图等。由于专利申请文件撰写者的技术背景、法律水平、语言表达能力、相关从业经验等方面的限制，专利申请文件的撰写质量可能会存在明显的差别，从而影响到专利申请的质量。

　　从技术方面来看，专利质量主要指该专利是否具有新颖性、创造性、实用性，其中创造性最为重要，直接决定着专利的技术质量。一项发明的新颖性和创造性程度越高、技术越先进，其专利效力越稳定，带来的经济利益越高。高质量的专利技术，他人以不侵权方式而绕开的可能性较小。一些被称为"垃圾"的专利申请，往往指的就是申请文件质量低或技术质量不高的专利申请。

　　专利申请经过审查员的审查，达到法定授权条件才能获得授权。专利审查质量影响到一个国家授权专利的整体技术水平和法律的稳定性。因此，很多情况下谈到专利质量时常常指的是专利审查质量。影响专利审查质量的因素有：专利申请量，审查员数量、专业水平、经验、专利检索能力以及检索系统的先进程度等。大规模引进高素质的审查人员，在缓解审查积压压力的同时，也能促进审查质量的提高。

　　获得专利的目的主要是取得经济效益，这时专利质量意味着经济价值或市场前景。但实际上，只有很少一部分专利技术最终实现了商业化。按照商业化价值来衡量，即使技术质量高的专利，没有实现商业化就不能称之为高质量的专利。还有些战略性申请的专利，尽管没有实现商业化，但对权利人来讲，其潜在经济价值甚至更大。因此，仅从经济效益方面来衡量专利的质量，具有明显的局限性。因此，在没有明确专利质量含义的情况下，笼统地讲专利质量的高低就显得不大科学，除非上述几个方面都一致的高或低。

　　随着世界范围内专利数量的增长、专利侵权纠纷的日益增多，尤其是赔偿金额达数亿甚至十多亿美元纠纷的增多，加上存在一些主要甚至专门从事专利诉讼获取收益的公司，人们越来越担心低质量的专利会阻碍创新、妨碍正常的市场竞争。因此，自然就会格外关注一些专利申请大国尤其是迅速成为申请量世界第一的中国所授予的专利质量。同时，即使是像美国这样的发达国家，其授予专利的质量在美国国内和国际上也广受质疑。

　　事实上，世界各主要专利局都一直积极采取措施，保证专利审查质量。与许多主要国家一样，在中国，由于数量的增长给保证审查质量带来一定的压力，但中国专利审查机构采取了许多有力措施，确保了审查质量。事实上，中国专利审查质量社会公众满意指数近年来一直在80以上，而且逐年上升。这表明只要采取得力措施，中国专利审查质量不会因为申请量的迅速增长而下降。同时，世界一些主要国家（美国、日本、韩国、德国、俄国、芬兰、丹麦等12个国家）与中国的专利审查机构建立了专利审查高速路，可以相互承认审查结果，表明这些国家对中国专利审查质量的高度信任。

既然如此，为何一些外国机构、外国舆论高度关注甚至非议、炒作中国的专利质量？固然，与许多主要国家一样，中国确实应当继续重视专利质量。但还存在以下原因：一些国家对中国创新能力的提高、专利数量的增长尤其是申请量达世界第一缺乏心理准备，难以适应；一些国家习惯于在知识产权方面的心理优势，面对专利数量迅速被中国超过，对中国未来在知识产权方面的竞争力产生了恐惧，进而对中国专利质量提出质疑。

**追求有质量的专利发展之路**

不论外界如何评议，中国专利事业的发展，将在重视数量增长的同时，更加重视质量的提高，追求有质量的数量。

目前，我国已经采取的措施有：

1. 控制非正常专利申请。

少数申请人为了谋取不当利益，采用明显抄袭或故意重复提交的方式提交了一些非正常申请，使专利申请量虚高。国家知识产权局调整了专利统计指标体系，用专利授权量、有效专利拥有量等更能体现创新能力和科技实力的指标取代原来的申请量指标。

2. 引导理性的资助申请。

国家知识产权局加强对地方政府专利激励政策的引导，先后发布了《关于规范专利申请行为的若干规定》《关于专利申请资助工作的指导意见》等，形成更加注重提升专利质量的导向。

3. 提升加强质量监督措施。

国家知识产权局扩大审查队伍，在北京、江苏、广东、河南、湖北、天津等地各建立拥有数千审查人员的专利审查协作中心；以提升检索能力为切入点，实现审查质量的持续改进；建立健全审查质量管理体系，进一步加强目标管理和过程控制等内部管理；建立专利审查质量投诉平台，接受社会公众对审查质量的投诉；建立专利审查质量的外部反馈体系，开展审查质量社会满意度调查，进一步推动外部质量反馈，促进内部质量持续改进。

综上所述，在笔者看来，要提高专利质量，未来还可从以下几方面予以改进：

1. 从专利质量的不同角度综合治理。

既然专利质量涉及技术质量、申请文件质量、审查质量、经济质量等方面，要提高专利质量就必须同时从几方面入手。在继续提高审查质量的同时，更应提高技术创新能力、产生高质量的发明，从源头上提高专利质量；完善知识产权中介服务，提高专利代理人撰写申请文件的比例，改进专利申请质量；完善专利资助政策，改变申请人不承担专利申请成本的作法；专利资助政策要有利于专利转化等。

2. 弱化政策对专利行为的干预，强化市场驱动的作用。

专利是市场竞争的工具，专利制度是市场经济的产物，政府有责任保障专利制度的良好运行和引导市场主体运用专利制度谋求市场竞争优势，但不宜强化专利政策对市场主体专利行为的直接激励和干预，在社会公众专利意识普遍提高、专利申请量已达世界第一的情况下更应弱化对专利申请行为的激励；市场主体运用专利制度谋求市场竞争优势的成本应主要由其自身承担，改变专利费用资助政策导向。

中国现在是名副其实的专利大国，但还不是专利强国。中国社会已经开始转变发展思路，确立了科学发展观，发展方式从追求数量到更加注重质量，实现又好又快的发展。因此，我们有理由相信，在科学发展的基础上，中国一定会成为真正的专利强国。

（作者系同济大学知识产权学院院长、教授、博士生导师）

（刊登于 2013 年 12 月 13 日第八版）

# 2014

1989 1990 1991 1992 1993 1994 1995
1996 1997 1998 1999 2000 2001 2002 2003 2004
2005 2006 2007 2008 2009 2010

# 纪念改革开放40年
## 中国知识产权报新闻作品集

2011 2012 2013 2014 2015 2016 2017 2018

# 读图：设计与生活

## 蒋文杰　摄影

# 专利运营：企业"走出去"的马年第一课

本报记者　王宇

马年新春，科技型企业的一连串"抢头条"举动令业界瞩目。1月30日，联想宣布以29亿美元收购摩托罗拉移动，将获得其2000余件专利；2月4日，微软任命了新的CEO；2月6日，索尼宣布出售PC业务；2月8日，诺基亚与HTC签订专利与技术合作协议等。有关专家认为，专利已成为科技型企业发展不可忽略的字眼，专利运营是打造企业核心竞争力的必要手段，这决定着企业进军国际市场的成败，一些企业的专利运营战略和经验，值得国内相关企业借鉴和参考。

在上海大学知识产权研究所副所长袁真富看来，近年来一批专利诉讼和科技型企业并购交易案的相继出现，已经揭示出知识产权尤其是专利的运营，已然成为科技型企业进军国际市场的"护身符"。

**企业走上国际舞台**

在如今国际市场愈加激烈的商战中，以专利许可、转让、经营为核心的知识产权运用能力所扮演的角色越发重要。随着国内企业"走出去"的步伐不断加快，一大批企业通过专利运营在国际舞台上崭露头角。2月8日，诺基亚宣布与HTC签订专利与技术合作协议。在签订这一协议后，两家公司将终止持续多年的专利侵权诉讼，而HTC将向诺基亚支付专利费。此外，两家公司将都可以使用HTC的LTE专利库，并寻求未来技术的合作机会。

诺基亚于2012年起诉HTC、RIM和优派，称这些公司在全球范围内侵犯了其45件专利权。业内人士认为，尽管外界并不清楚HTC最终向诺基亚支付了多少专利费用，但合作协议的签订意味着诺基亚将暂停对HTC富有攻击性的专利策略。对此，HTC有关负责人则表示："很高兴达成这一协议，这将使公司专注于为用户带来创新。"

作为国内智能手机市场的领军品牌，联想集团的国际化之路在并购中持续推进。农历大年三十，联想以一场29亿美元的并购，将摩托罗拉移动智能手机业务变成其进军国际市场的一块重要"拼图"。如果收购完成，联想将把摩托罗拉品牌收入囊中。此外，联想还将全面接管摩托罗拉移动的产品规划，并获得2000余件专利、3500名员工以及欧美等成熟市场数十家顶级电信运营商的合作关系。

数据显示，联想和摩托罗拉两家公司2013年在全球智能手机市场的加总份额为6%。并购之后，联想将成为全球第三大智能手机厂商，仅次于三星和苹果。而对在较量中由于专利"短板"处于被动地位的联想而言，如今有了摩托罗拉移动，让联想在产品研发、知识产权拥有量以及海外市场的扩张有了后援。

虽然联想将获得相关的专利组合和其他知识产权的授权许可证，不过，老东家谷歌仍然保留了收购摩托罗拉时获得的大部分专利组合。

### 专利运营补齐短板

专利在科技型企业资产中占据着相当大的部分，亦被视为企业市场竞争中最为有效的资源。与诺基亚签署专利纠纷和解协议，让 HTC 进一步稳固了其在全球智能手机领域的地位和市场份额；而通过并购摩托罗拉移动并获得其相关专利组合，联想则获得了进入欧美成熟市场的通行证。面对移动通信产品进入欧美市场的有利契机，HTC 和联想集团等国内通信企业纷纷在专利运营上大做文章，进一步增强了国内手机企业的整合技术实力和专利布局能力。

"专利不仅是科技型企业的核心竞争力，更是一种优质资产，专利投资及运营将成为知识经济时代的核心业务。"电信行业资深分析师付亮表示，此前谷歌收购摩托罗拉移动对安卓市场有利有弊，谷歌拥有了更多的话语权，但由于参与了手机市场竞争，谷歌也难处理自己与其他合作伙伴之间的关系，而谷歌在手机硬件上并没有优势，收购摩托罗拉移动看重的主要是其拥有的专利，分拆剥离几乎是必然趋势。此次收购无疑为联想带来大量专利。

"智能手机领域的知识产权纠纷一直是各巨头发展的制约因素，而专利运营是国内企业国际化发展进程中的一个软肋。诺基亚、谷歌等公司利用专利运营弥补短板、扩大产品外延的成功经验，值得国内企业思考。"付亮表示，专利运营和自主研发、引进技术之间有着密切的联系，多元化专利运营，你中有我，我中有你。基于专利池影响力的竞争，在高科技领域将越来越普遍。如何提升在国际市场中的竞争能力，是摆在中国本土企业面前不能回避的问题。

"专利的数量只是在一定程度上反映了企业技术创新能力的强弱，而专利的有效运营，才决定了企业的市场竞争力。对中国企业而言，补上专利运营这一课已刻不容缓。"袁真富表示。目前，作为一种国际通行的商业竞争手段，我国多数企业还未体验到专利运营带来的巨大经济价值，尚需推行新的专利运营理念，在技术创新和产品创新上确立自身位置，走出在专利纠纷中的被动处境，实现"中国制造"向"中国创造"的提升。

（刊登于 2014 年 2 月 12 日第一、二版）

# 专利服务券：让浙江中小微企业尝甜头得实惠

**本报记者　陈建明**

马年上班头一天，浙江巨人控股有限公司的莫建芳迫不及待地来到湖州金卫知识产权代理事务所，这已经是她两个月内第 5 次来到这里了。在认真审完一摞厚厚的专利申请说明书和权利要求书后，莫建芳脸上露出了满意的笑容，并从包里掏出两张专利服务券递到律师的手里。"这就是改变我们企业专利工作的服务券。"她欣喜地告诉记者。

巨人控股位于浙江省湖州市南浔区，作为一家中小企业的研发中心副总监，为企业重要技术方案提交专利申请是莫建芳的分内工作。和两年前不同的是，她再也不用为了支付专利申请费用，一遍遍地到公司财务处跑文件、盖章、找总经理签字，也不用为了领取政府提供的专利资助款，办理一堆繁杂的手续，再等上至少半年的时间。"专利服务券让我从烦琐的事务中解放出来，也让企业更加专注创新。"莫建芳的这番感慨道出了许多尝到专利服务券甜头的中小微企业的心声。如今，在浙江省11个地市的90个县市区中，有超过1/3县市区的中小微企业和发明人正在享受着专利服务券带来的实惠。

**以券代补　提升质量**

"为了加快推动中小微企业知识产权战略体系建设，南浔区政府于2012年出台《南浔区专利服务券使用管理办法（试行）》，全面推行专利服务券。"作为专利服务券的主要设计者与实践者之一，南浔区科技局知识产权科科长沈鸣在接受中国知识产权报记者采访时表示，"专利服务券是我们政府的信用保证，我们通过'政府发券扶持企业，企业凭券申请专利，中介依券提供服务，政府按券给予补助'的形式，以券代补，从而提高企业专利申请数量和质量。凭着这张服务券，企业就可以抵免部分专利申请费用，由政府来买单，让企业真正得到实惠，这是我们的首创。"

"过去，由于专利申请费用等原因，一些中小微企业未能及时提交的专利申请的潜力也得到了有效挖掘，企业知识产权的意识也有了较大提升。专利服务券在一定意义上起到激发企业创新活力的作用。"沈鸣告诉记者，2012年1月至3月，南浔区专利申请量仅为194件，与上年同期申请量接近，2012年4月开始推广专利服务券后，全区1月至5月的专利申请量增至839件，同比增长90.3%，其中发明专利申请量达到192件，同比增长433.3%，增幅居全市首位，发明专利申请占总申请量比例增至22.9%，居全市第2位。

2013年专利申请总量达到2816件，同比增长55.92%；其中发明专利申请量达646件，同比增长62.72%，实现了专利申请"量质并举"的初衷。

**调整结构　改善服务**

专利代理人裴金华对专利服务券带来的好处也有最真切的感受。"有了专利服务券，我们和客户再也不用磨嘴皮子'讨价还价'，也不用担心因为客户迟迟不缴费或对方财务制度琐碎而耽误企业的专利申请。最重要的是，我们只要在每季度末向区科技局提交《南浔区专利服务券汇总表》《南浔区专利服务券》《专利受理通知书》复印件和申请人身份证明复印件及相应的国家知识产权局专利局受理和公示的手续等材料，专利服务券很快就能兑现。"裴金华告诉记者。

"2013年初，区科技局对专利服务券的使用管理进行了调整，把实用新型和外观设计专利由申请补助改为授权补助；2013年12月，区科技局继续修改政策，将发明专利由申请补助改为进入实审后补助，进一步强调专利授权，这也使我们企业在研发时调整重点，企业的专利申请结构不断优化,专利质量得到了极大提升。"作为中小企业的代表,浙江世友木业有限公司总经办主任杨莎给记者列举了一组数据:2012 年使用专利服务券之前,企业累计提交 3 种专利申请 116 件、发明专利申请 14 件,发明专利申请只占到 3 种专利申请总量的 12%。企业累计拥有 3 种专利 106 件,其中发明专利 14 件。使用专利服务券后,企业主动放弃部分实用新型和外观设计专利,将研发和申请重点放在发明专利上。截至目前,企业累计提交 3 种专利申请 139 件,其中发明专利申请 40 件,发明专利申请所占比例就已近 30%;累计拥有 3 种有效专利 80 件,发明专利 24 件。

南浔区专利服务券工作很快得到了省市领导充分重视和肯定,浙江省知识产权局局长洪积庆在全省知识产权工作会议上提出各地要推广专利服务券工作,这一形式逐渐在浙江全省推广开来,嘉兴、温州、绍兴等地知识产权工作人员纷纷来南浔取经。湖州市科技局下发《关于在全市推广专利服务券制度的指导意见》。"下一步,我们将继续加大专利服务券的实施力度,并结合知识产权专项资金支持范围和方向,逐步把专利服务券使用的范围推广到专利质押融资试点、专利预警分析及企业专利数据库建设等高层次工作中,引导其发挥整体效能。"沈鸣告诉记者。

(刊登于 2014 年 2 月 14 日第一、二版)

# 上海自贸区:知识产权制度创新的"试验田"

本报记者 王宇 通讯员 聂莉

总面积仅 28.78 平方公里的中国(上海)自由贸易试验区(下称"自贸区"),只占上海市面积的 1/226,然而这里的一举一动却吸引着多方的目光。自 2013 年 9 月 29 日挂牌成立开始,上海自贸区就打上了制度创新的烙印。6 个月来,转变政府职能、改革金融制度、推进贸易服务等多项改革措施的实行,让这片土地展现出前所未有的生机和活力。那么,作为我国经济社会领域重要的管理制度之一,知识产权制度如何从起步阶段就融入上海自贸区的成长历程中,并发挥其独特的作用?

**顶层设计亟需加强**

近年来,随着全球经济一体化的发展,对各国知识产权保护提出了新挑战和新要求。作为我国新时期对外开放"窗口"的上海自贸区,势必要在知识产权保护和管理水平上接受国际社会的检视。"我们将密切关注国际知识产权发展新的趋势,认真研究与自贸区相关的国际和地区公约,借鉴吸取其他国家与地区自贸区知识产权保护经验,加强自贸区知识产权制度的顶层设计。"上海市知识产权局局长吕国强表示。

"在国务院《中国(上海)自由贸易试验区总体方案》以及上海根据国务院总体方案制定的相关管理办法中,都明确提出要加强自贸区的知识产权保护。"吕国强介绍,

"目前自贸区总体运行平稳，各项工作正处于试验阶段，知识产权问题还未凸显。但随着自贸区进入实质性运转，未来在知识产权方面会不断出现新情况新问题，需要认真进行研究。如果不加强顶层设计，就难以应对自贸区越来越多的知识产权挑战和问题。"

"虽然深层次的知识产权体制机制问题还未暴露，但就自贸区知识产权保护及管理展开前瞻预测，是个很有现实意义的研究课题。"上海高校智库国际经贸治理与中国改革开放联合研究中心主任、上海对外经贸大学 WTO 研究教育学院院长张磊多年从事与贸易有关的知识产权研究，他向中国知识产权报记者表示，如果在运行初期就能够把知识产权制度创新解决好，将更好地提升上海自贸区对外开放的水平，有助于我国更加深入地参与国际经济一体化进程。

"上海自贸区是一个完整的从经济体制到监管体制再到行政体制改革的综合试验区，它将创造出一个符合国际惯例、自由开放，鼓励创新的市场经济环境。因此，区内的知识产权保护和维权机制应做到与之契合。"张磊说，"比如负面清单制度。目前自贸区中非负面清单所列项目均允许外商投资，如果知识产权保护不力，哪个外商敢来投资？再如现在日渐抬头的商业秘密国际争端，自贸区管理机构必须在保护措施上加以足够重视。"

来自华东理工大学知识产权研究中心的徐明同样关注着自贸区知识产权的议题。"作为对外贸易中重要的竞争砝码，重视知识产权的企业才能够获得更大的发展空间。在我国知识产权工作与经济、科技的融合不够紧密的情况下，如何通过相关机制引导，在自贸区内鼓励企业提升对知识产权制度的运用能力，决定了自贸区能否从起步阶段就走上高水平发展道路。"

"随着自贸区内知识产权交易和服务需求的增加，外资知识产权机构很有可能入驻上海自贸区，从事知识产权申请、运营、诉讼、谈判等多方面业务，这也对我国的知识产权服务机构提出了挑战。"徐明表示，从积极的一面看，这为国内机构就近学习先进知识产权服务理念和模式提供了一种可能，同时，在相关政策配套支持下，积极转型之后的我国知识产权服务机构也有可能通过自贸区走向全球市场。

**管理体系有待完善**

知识产权保护环境的改善关系到上海自贸区的对外开放水平，良好的保护环境来源于知识产权管理机构和执法体系的高效运行。在知识产权管理方面，专利、商标、版权管理和行政执法"三合一"正成为一种前沿趋势，这一趋势也将在自贸区的知识产权管理机制创新中得以体现。

"目前，自贸区内的知识产权管理和执法机构分为两大类。"吕国强向本报记者介绍，一类是单设分支机构，根据上海市政府公布的《中国（上海）自由贸易试验区管理办法》，海关、工商、质检、公安等部门已在自贸区设立办事机构；一类是集中管理和执法，同样依据上述管理办法，专利、版权等知识产权事务委托上海自贸区管委会及自贸区综合执法机构集中管理和执法。"自贸区的职能之一是先行先试，积累'可复制、可推广'的经验，因此在自贸区内设立统一的知识产权管理和行政执法体制成为今年上海市政府重点工作之一。"吕国强表示。

"根据《上海知识产权战略纲要（2011～2020年）》提出的建设亚太地区知识产权中心城市的目标，我们下一步在加强自贸区知识产权集中管理的同时，也要加强自贸区外知识产权机构高度集中管理工作，积极探索和推进在浦东新区率先建立的专利、版权、商标'三合一'知识产权行政管理和执法体制。"吕国强表示，由于目前我国在商标、版权、专利行政执法方面采取的是各自独立执法体系，要想在自贸区实现上述创新行政执法模式的设想，必须首先从立法上解决制度障碍问题。"在适当的时机，上海市地方立法机关会出台相关的法律法规。"吕国强坦言，自贸区法治建设，没有太多成熟经验可借鉴，为此，需要振奋精神大胆试验，以开放倒逼改革。

身处于进出口贸易第一线的海关在知识产权执法中也扮演着重要角色。"上海自贸区由4个海关特殊监管区合并而成，海关在区内对监管模式进行了改革创新，随之而来的是建立与之相适应的知识产权海关保护执法工作机制这一课题。"上海海关法规处副处长徐枫表示，自贸区试行"先进区、后报关"等一系列的新举措，部分环节企业采用备案清单向海关进行申报，申报要素与传统的报关单申报相比不尽相同，这就需要我们及时调整在此类环节中的海关知识产权风险甄别手段和方法，构筑高效严密的监管网络。

"此外，跨境电子商务等自贸区新型业态的快速发展，也将给海关知识产权保护工作带来新的挑战。"据徐枫介绍，早在去年10月，海关总署就发文强调，要加大对自贸区内企业知识产权保护力度，有效打击侵权违法行为。"自贸区也是现代化海关制度创新的试验区。区内知识产权机构的协调配合和信息共享，有助于更好地确定侵权行为，这对于海关监管来说非常重要。"徐枫说。

**维权机制日趋多元**

在自贸区中，无论是科技企业还是进出口贸易企业，甚至是金融、保险、物流企业对知识产权纠纷问题都不容忽视。自贸区企业如果发生了知识产权纠纷该用什么方法去解决？诉讼当然是维权途径之一，但还有更多的途径可供选择。"在加强上海自贸区知识产权保护方面，既包括司法保护，也包含行政保护，当然也鼓励通过第三方多元化的机制去解决知识产权纠纷。"吕国强表示。

"扩大开放，法制先行。知识产权案件的审判，影响着自贸区投资环境和市场信任度。"据浦东新区人民法院自由贸易区法庭负责人包蕾介绍，自贸区法庭挂牌成立至今已受理的100余件民商事案件中，5件为知识产权案件，其中4件为商标纠纷。"在自贸区'一线放开、二线管住'的模式下，商标纠纷特别是平行进口和涉外贴牌加工贸易中的商标侵权争议可能凸显。"包蕾分析。

"知识产权案件涉及的法律事实专业性、技术性强，诉讼审理难度大、时间长。尤其在自贸区内，应大力倡导纠纷的多元化解决方式。"包蕾表示，在知识产权纠纷应对上，自贸区法庭重点加强审判与调解、仲裁等方式的衔接。同时，充分发挥判决的规则指引功能，对于当事人或相关行业对明确规则的要求强烈的案件，注重采用判决方式解决纠纷。

为了推进自贸区知识产权多元化纠纷解决机制的建设，中国（上海）自由贸易试验区仲裁院于2013年10月22日成立。在上海国际经济贸易仲裁委员会（上海国际仲裁中心）副秘书长黄文看来，作为上海自贸区知识产权纠纷解决机制的重要组成部分，知识产权仲裁"一裁终局"制度有效提高了争议解决的效率，且不受地域限制，与自贸区国际化、法治化的改革方向相一致。据黄文介绍，该中心1988年成立以来，受理的案件数量逐年上升，近5年来已受理100余件知识产权类纠纷。

成立于2013年11月20日的中国（上海）自由贸易试验区国际商事联合调解庭（上海文化创意产业法律服务平台知识产权调解中心），则是一家民间性质的第三方调解平台，聚集了一批高水平知识产权专家兼职调解员。该中心主任游闽键是一位知名知识产权律师，谈及发展前景，他向本报记者坦言，自己看准了自贸区文化交易和创意产业提速对知识产权调解的市场需求空间。"3年后，自贸区产生纠纷最多的领域将是金融和知识产权。而调解则是化解知识产权纠纷最经济、最高效的方式。"

诚如多位专家对上海自贸区改革政策的解释，上海自贸区不是提供一片政策优惠的洼地，而是要从制度创新的高度进行试验，以提供在全国"可复制、可推广"的改革发展经验。显然，知识产权制度创新不但需要政府给予支持和保障，更重要的是需要自贸区内的相关机构秉承深化改革的精神大胆试验，通过创新突破改革难关，在上海自贸区这块"试验田"上种出知识产权制度创新的硕果。

（刊登于2014年2月28日第一、三版）

高校作为我国创新成果的重要产出地，专利转化率却一直偏低——

# "京校十条"：能否唤醒沉睡的专利？

本报记者 王康

一直以来，由于高校在人才储备、技术保障、硬件设施等方面具有独特优势，汇聚了我国最为丰富的科技资源，已成为我国自主创新成果和高新技术的重要产出地，并涌现出一大批市场前景广阔、含金量高的专利。然而，受制于体制、观念意识、买卖双方利益分配、成果转化资金投入等一系列因素的影响，这些本该在市场上迸发出强劲活力的专利，却不得不安静地"沉睡"在校园中，使得高校的科技创新成果难以和市场接轨，造成大量科研资源的浪费。

日前，北京市制定出台了关于《加快推进高等学校科技成果转化和科技协同创新若干意见（试行）》（下称"京校十条"），这份被北京市教育界、科技界认为是中关村示范区最具含金量的新政策犹如一针强心剂，在业内引起热议。其中，调整高校科技成果收益分配方式、高校科技成果处置权管理、支持高等学校建设协同创新中心等几项改革尤为引人注目。如果"京校十条"能够真正落地，无疑将为高校科研人员营造更好的创新环境。

有业内人士表示，"京校十条"的出台，将显著提升高校面向各类创新主体开展研发服务的能力，促进产学研各方形成更加紧密的协同创新机制，进一步挖掘高校科技资源潜力，促进高校科技成果的转化。

（刊登于2014年3月5日第五版）

# 中国须警惕"专利流氓"诉讼潮

**本报记者　张海志　实习记者　朱明枫**

如果一家公司不小心登上"专利流氓"最喜爱的企业榜单，究竟应该自豪，还是悲哀？

日前，美国Patent Freedom网站公布了一份"遭受NPE（非专利实施主体）诉讼最多的实体企业排名"，从2009年至2013年，苹果、三星分获冠、亚军，中国的华为、联想、中兴通讯也跻身前25名，分别以遭遇68起、66起和61起诉讼成为5年中最受NPE"青睐"的中国企业。数据同时显示，5年间，这几家中国企业遭遇诉讼的数量呈现出整体上升趋势。

越来越多的NPE正在乐此不疲地刷新着自己的胜负纪录。有德国法院驳回IP-Com诉苹果侵权案，美国国际贸易委员会（ITC）终审判决中兴通讯不侵犯TPL芯片设计专利的"败笔"；也有VirnetX又一次战胜苹果的新战绩。即便美国、欧盟纷纷出台政策措施挤压"流氓"的生存空间，也有个别身背"专利流氓"恶名的公司传递出"从良"信号，但"专利流氓"以胜诉攫取巨大利益的残酷现实，还是传递出巨大的吸引力。

压力之下，"专利流氓"会黯然收场，还是会转移阵地、疯狂反扑？业界专家表示，在欧美发达国家的压力下，"专利流氓"很有可能将中国作为新的重要战场，将目标锁定为中国"肥羊"，有关部门和企业应提高警惕，未雨绸缪，积极应对。

**逃不掉的"肥羊"？**

"在暴利和横财的驱动下，近年来'专利流氓'有如雨后春笋般出现，由'专利流氓'启动的诉讼也呈愈演愈烈之势，越来越多的跨国企业和中小型科技类企业成为他们眼中的大'肥羊'。"上海大学知识产权学院院长陶鑫良在接受中国知识产权报记者采访时一语道破"专利流氓"的"嗜血"本性。

Patent Freedom公布的数据显示，仅在2009年至2013年这5年间，苹果、三星、惠普公司就分别遭遇了来自 NPE 的 191 起、152 起、150 起诉讼；而 2013 年受到 NPE 起诉最多的公司是美国电话电报公司（AT&T）、苹果以及三星，分别涉及 51 起、42 起和 38 起诉讼。

"虽然不能简单地将 NPE 与'专利流氓'画上等号，但已经有很多 NPE 都做出了'流氓'行为，正邪可能就在'一念之间'。"一位不愿透露姓名的业内专家直言不讳，很多"专利流氓"都爱给自己披上 NPE 的外衣。

"流氓不可怕，就怕流氓有文化"，每一个曾经和"专利流氓"交过手的公司几乎都会达成这样的共识。"专利流氓"的杀伤力绝不容小觑，对很多公司而言，从收到律师函的那一天起，可能就意味着已经进入"专利流氓"射程，并且已经被准确定位。

"大企业比较有钱，信息也相对公开，容易引起'专利流氓'的注意；但很多'专利流氓'深知中小企业应对能力不足，财力又不足以支撑大量专利诉讼，往往会以低额费用和解的方式花钱买平安，因而容易成为'理想猎物'。"曾在美国亲身参与多起"337 调查"诉讼的七星天（北京）咨询有限责任公司总裁龙翔在接受本报记者采访时指出。

陶鑫良分析，对于跨国公司和经济巨鳄，"专利流氓"往往会对准其百密一疏或者时过境迁的专利布局软肋发动攻击，而对于经济实力相对薄弱的小企业，"专利流氓"往往利用他们尚不健全的知识产权体系实施"敲诈勒索"。

"上市公司、进出口贸易公司、正在融资或吸引风投的公司，也容易成为'专利流氓'的诉讼对象，因为这些公司更不希望卷入到专利诉讼中。"上海腾信律师事务所律师徐明在接受本报记者采访时指出。

**打不完的"流氓"？**

当越来越多的实体企业为诉讼所累、疲于应对，当越来越多的专利只是作为"专利流氓"的筹码和牟利工具，由谁来推动创新的车轮？

"'专利流氓'的行为会严重破坏正常市场竞争生态，过度扰乱市场经济秩序，甚至会使专利制度背离其初衷。"陶鑫良表示。

在很多"专利流氓"活跃的重灾区，一场场打击"流氓"活动正在进行。

"近年来，美国、欧洲等知识产权保护比较发达的国家和地区对 NPE 滥诉的态度，已经从克制容忍转变为积极规制。"中兴通讯知识产权总监沈剑锋在接受本报记者采访时指出。

今年 3 月 3 日，就美国 TPL 公司提起的中兴通讯涉嫌专利侵权"337 调查"案，ITC 作出终审裁定：中兴通讯不构成侵权。值得一提的是，自 2013 年至今，中兴通讯已在美国连胜由 Interdigital、TPL、Flashpoint Technology 发起的"337 调查"，这 3 家公司都是比较知名的 NPE。

2011 年 9 月，美国总统奥巴马签署的《美国发明法案》，就对"专利流氓"施加了一定限制，譬如禁止在单一诉讼中状告多个侵权对象。2013 年 6 月，美国政府又发布明确专利申请者和所有者的背景、限制功利性的专利申请等 5 项行政令，以及要求专利所有者和申请者揭露"幕后利益人"、扩展美国专利商标局的业务范畴等7 项立法建议，进一步遏制"专利流氓"。

除美国以外，很多国家也都采取了一定措施抵制"专利流氓"。据了解，韩国在政府的主导和推动下，成立创意资本公司，通过购买专利和创意的方式，获取收益资本。日本也通过政府行为进行管控，要求相关科研院所和企业不得向相关 NPE 出售技术和创意等。

**浇不灭的"战火"？**

政策收紧，打击"流氓"，能否浇灭此起彼伏的滥诉战火？中国会不会成为"专利流氓"新的重要战场？中国企业会不会成为"专利流氓"竞相追逐的"大肥羊"？

"'专利流氓'在美国的生存空间越来越小，其黄金时期已经过去。"龙翔认为，这就意味着我国将很有可能成为"专利流氓"的新战场。

陶鑫良分析，一方面，我国已经成为专利大国，"专利流氓"有充足的可供其囤积、集聚以进行恶意架讼的专利资源；另一方面，我国市场经济环境中诚实信用含量不高等负面因素，很有可能会成为"专利流氓"疯长的土壤。

"很多中国企业的专利观念还很淡薄，对于专利制度的运用也尚不够成熟，这就为自身发展埋下了隐患。"上海华勤通讯技术有限公司法务部总监聂磊在接受本报记者采访时表达了担忧。

龙翔认为，打击"专利流氓"应该从制度的层面来解决。完善的专利制度应尽量少给"专利流氓"操作空间，对专利持有人不能过度保护，在专利诉讼中，应该适当增加专利侵权案原告方的风险，以平衡专利诉讼的成本，而"最重要的是要提高专利的授权质量"。

聂磊建议，我国企业应进一步加强知识产权风险控制和知识产权管理，实现企业知识产权、法务、市场、研发等多个部门的紧密联动，以免因企业内部信息不对称给"专利流氓"以可乘之机。

"'专利流氓'是知识产权历史进程中的一个世界性、世纪性难题，是知识产权传统制度发展中的一种嬗变现象甚至是一种异化趋向，需要时间来共同面对和克服，我国应当审时度势，依法创制，勇为天下先，善为天下先。"陶鑫良强调。

（刊登于 2014 年 3 月 26 日第五版）

# 迈出探索建立知识产权法院的步伐

陶鑫良

伴随着党的十八届三中全会对全面深化改革作出重要部署，知识产权法院逐步从梦想走向现实。"探索建立知识产权法院"这一具有里程碑意义的阐述，给我国下一步科学、优化、切实地建立知识产权法院的历史性航程点亮了灯塔，"坚冰已经打破，方向已经指明，航道已经开辟"。目前，部分省区已经着手探索建立知识产权法院。笔者认为，我国建立知识产权法院应参考国际趋势，与时俱进。

探索建立知识产权法院不但是顺乎时代呼唤、因应我国国情的重大司法改革举措，也是为了更好地深化科技体制改革，加强知识产权运用和保护，健全技术创新激励机制。如今，知识产权越来越成为国际竞争手段和商业博弈工具之一，且知识产权不但是正当竞争的"倚天剑"，也往往成为不正当竞争的"屠龙刀"。由此必然引发越来越多的知识产权纠纷乃至于讼争，也给知识产权司法审判带来更高的专业性要求。基于上述种种原因，建立专业性的知识产权专门法院已经成为国际发展趋势。

近年来，我国知识产权纠纷多发，知识产权诉讼密集，新类型案件和新疑难问题如雨后春笋层出不穷。鉴于客观上的形势倒逼，主观上的积极进取，近20年来我国已经建设成一支业务日趋成熟的知识产权法官队伍。虽然多年来我国法院在知识产权"三审合一"审判模式等方面颇见突破，富有积累；但现有的知识产权审判体制与机制仍然难以全面适应形势的迅猛发展和知识产权案件的高度专业性特点，因而建立知识产权专门法院已成为我国知识产权业界与学界的共识。2008年颁布实施的《国家知识产权战略纲要》第45条就明确"探索建立知识产权上诉法院。进一步健全知识产权审判机构，充实知识产权司法队伍，提高审判和执行能力"。近6年来的形势又有了很大的发展，建立知识产权法院的时代呼唤愈加迫切。

我国知识产权法院究竟应当建成何种模式？回眸各国已经建立的知识产权专门法院，大致有3种模式：一种模式是审理专利等特定种类知识产权上诉案件的专门法院，例如美国联邦巡回上诉法院、日本知识产权高等法院（依附于东京高等法院）等。另一种模式是主要针对专利行政诉讼而不管辖知识产权侵权案件的专门法院，例如英国专利法院、韩国专利法院等。再一种模式是全面管辖知识产权一审案件的专门法院，例如泰国中央知识产权与国际贸易法院等。这些单一的知识产权专门法院大多是"只管一面，未管全面；只管一审，未管全审"。

笔者认为，有待探索建立的我国知识产权专门法院，应是全面覆盖全部审级之各种类型知识产权诉讼案件的专门法院体系。换言之，除最高人民法院仍然应当把握知识产权案件的最高审级外，各种类型知识产权诉讼都宜在相应审级的知识产权专门法院内审理。根据不同地区当前知识产权诉讼案件之疏密程度及潜在需求，宜跨省市以地区集中设立知识产权初审法院，全面管辖相应范围内的全部知识产权类型的民事、刑事、行政诉讼案件。

厚积薄发，与时俱进，我国建立知识产权法院势在必行，利在速行；而且完全应当后来居上，青出于蓝，建设成为全球最先进的知识产权法院系统。

（作者单位：上海大学知识产权学院）

（刊登于2014年4月18日第八版）

# 读图：中国知识产权宣传周

本报摄影部　摄影

（刊登于 2014 年 4 月 25 日第十二、十三版）

对表演者的声音和形象给予全面保护

# 我国批准《视听表演北京条约》

**本报讯** （记者刘仁北京报道）4月24日，十二届全国人大常委会第八次会议表决通过，批准《视听表演北京条约》（下称《北京条约》）。据悉，《北京条约》是对表演者的声音和形象给予全面保护的新的国际规范。《北京条约》生效后，中国表演者将在同是《北京条约》批准或加入国的国家获得全面保护。

2012年6月26日，世界知识产权组织在北京召开了第三次世界知识产权组织保护音像表演外交会议，并成功缔结了《北京条约》。该条约主要针对录制在"视听录制品"中的表演，为表演者规定了广泛的权利，填补了视听表演领域全面版权保护国际条约的空白。国家版权局有关负责人表示，我国批准《北京条约》意义重大：一是作为《北京条约》的缔结地，我国批准该条约，将在成功举办外交会议和推动缔结《北京条约》的基础上，大大提升我国在保护知识产权方面的形象，增加我国在知识产权领域的国际话语权；二是《北京条约》生效以后，表演者在其"视听录制品"中的权利将得到承认和充分的保障，表演者的创造热情将进一步激发，从而促进表演作品的创作和广泛传播；三是表演行业类型丰富，广播、影视、舞台门类多，《北京条约》将使更多的人投入到文化产业，特别是演出产业中，会推动相关产业的发展，提升国民经济的发展水平，并会使更多的人享受到丰富的精神文化产品；四是《北京条约》把"民间文学艺术表达"的表演者纳入保护范围，对于拥有5000年悠久历史的我国而言，也有利于促进我国传统民间表演艺术发展，挖掘、推广我国传统民族表演艺术，推动中国传统文化"走出去"；五是该条约是以北京市这个城市命名的，有利于推进北京国际化城市建设。

根据《北京条约》的规定，本条约应在30个缔约方交存批准书或加入书3个月之后生效。截至目前，包括我国在内的72个世界知识产权组织成员国签署了《北京条约》。我国是继叙利亚、博茨瓦纳之后第3个正式批准该条约的国家。据介绍，从以往的情况看，国际条约从签署到生效大致需要6年到10年的时间，我国批准该条约后，将和世界知识产权组织一同推动该条约早日生效。

（刊登于2014年4月30日第一版）

# 让创新者备感贴心的湖北"专利八条"

编辑部：

一项知识产权政策如何才能真正服务于企事业单位的自主创新呢？在从事知识

产权新闻宣传报道工作的几年中，这样的思考一直没有停歇。近日，记者在赴湖北省采访期间，欣闻该省出台了"专利八条"，创造性地推出了对专利转让实施"后补助"和改革高校"重论文、轻专利"的评价制度等措施，广受企业及高校欢迎。这让记者对一直以来关注的问题有了新的认识，那就是好政策一定要接地气，才会有好实效。

权利人所广泛关注的"专利八条"，其实是对湖北省4月18日出台的《加强专利创造运用保护暂行办法》的简称，因该暂行办法共有8条而得名。在采访中记者深刻地感受到，"专利八条"中的许多政策让权利人备感贴心。湖北省知识产权局局长张彦林向记者特别提及了该暂行办法中的两项政策，一项是"对国有企业职务发明人，由被授予专利权的单位给予一次性奖励和不低于20%的专利实施转让收益"，可以说，其奖励力度之大，在湖北省尚属首次。另一项则是"对在鄂实施专利转化并产生一定经济效益的企事业单位，给予专利实施合同成交额20%的资金支持"。

看到政策中这些实实在在的"干货"，武汉天龙黄鹤楼酒业有限公司的法务部部长谢伟朋高兴地告诉记者："湖北省能给予这么强的政策支持，可以看出省政府对于企业知识产权转化的重视程度。这也有利于企业更加注重创新，提升企业和社会知识产权意识，同时促进企业和社会共同发展"。据了解，天龙黄鹤楼酒业有限公司目前的专利授权量累计已达100多件，正可以享受政策带来的好处并借此机会进一步发展壮大，也难怪谢伟朋如此兴奋。

实际上，除上述两项政策外，"专利八条"所涉及的内容非常广泛，包括了激励专利创造、推动专利运用、加强专利保护以及建立保障机制等多方面的政策。"作为科教大省，如何把湖北省的科教优势转变为市场竞争优势一直是湖北省委、省政府高度重视的问题。今年春节后的第二天，湖北省政府就召开专题会议讨论专利工作，并起草了关于加强专利创造、运用和保护的文件，使政策的推出有了制度的保障。"张彦林告诉记者，此次"专利八条"的出台，会更好地促进湖北全省创新工作的开展，使专利工作能够更好地融入国家和地方发展大局。

诚如张彦林所言，"专利八条"制定的目的就是引导企业利用知识产权来发展壮大，明确企业在专利创造运用中的主体地位，使企业切切实实地尝到知识产权的甜头。此外，通过政策出台后的引导作用，还能够推动企业重视知识产权管理规范，制定知识产权战略，开展知识产权评议，从而提升企业知识产权能力，使企业能够真正重视知识产权，运用知识产权，发挥知识产权在企业发展中的支撑作用。

记者注意到，为了促进政策落地生根，湖北省在制定和实施"专利八条"的过程中还特别注重多部门协作。"'专利八条'和后续的实施细则均有发改、经信、科技、财政等部门参与；在各部门的项目计划中明确了专利比重；教育、人社等部门则在各自职能范围内为专利发明人的职称、考核等给予优惠政策。"张彦林告诉记者。

可以说，"专利八条"的特色之一就是强调"借力"，联合多个部门打出促进专利转化的"组合拳"，把湖北省以及各州市的相关部门发动起来，促使专利融入经济建设主战场，真正在社会经济生活中发挥作用。

值得一提的是，"专利八条"还创新了专利考核评价机制，将发明专利授权量作为对高校、科研单位等创新平台考核的重要指标，在职称评聘等考核体系中，将相关发明专利的重要性等同于SCI文章。这对于提升湖北高校的知识产权能力具有重要作用。

目前，武汉的高等院校已发展到85所，在校大学生和研究生总数近120万人，位居全国大城市第一名。尽管武汉地区高校院所的专利申请量年均增幅达20%，但与全国同类高校相比，武汉高校的专利申请量和授权量仍然偏低，特别是在发明专利数量上仍有一定的差距。"造成这一局面的原因是高校对创新的重视程度不够，并且有些高校、科研院所在知识产权管理上存在重论文发表轻专利申请、重成果鉴定轻专利实施等现象。"张彦林对记者表示，此次"专利八条"提出了将专利创造运用指标纳入高校各类考核体系，将在一定程度上解决上述问题。

"专利八条"的出台，为湖北省知识产权工作奠定了良好的基础，也指明了新的方向。政策平台已经搭建，只等权利人登台唱戏，运用知识产权换取真金白银。湖北省的做法为记者长久以来的思考给出了答案，也为兄弟省市提供了经验。"专利八条"未来还将给企业和高校带来什么？我们拭目以待。

柳鹏

2014年5月

（刊登于2014年5月23日第一、三版）

# 加强专利行政执法是符合国情的必然选择

本报特约评论员

经过近30年的实践和发展，我国专利行政执法工作取得了长足的进步，通过积极开展集中检查、集中整治、集中办案活动，不断加大执法办案力度，深入开展"护航"专项行动，大力打击涉及民生、重大项目等领域的专利侵权假冒行为，快速调处专利纠纷，积极维护权利人、市场主体和创新主体的合法权益，为营造公平有序的市场环境发挥了重要作用。以2013年度为例，全系统执法办案总量达1.6227万件，同比增长79.8%，其中包括专利纠纷案5056件，同比增长101.4%。实践证明，专利行政执法途径符合我国国情，是满足我国当前现实需求的必然选择。

加强专利行政执法，是维护市场公平竞争环境的客观需要。尽管我国专利行政执法取得一些成绩，但由于我国建立知识产权制度的时间不长，社会公众的知识产权意识还不高，市场经济秩序还不很规范，一些地区和领域侵权假冒现象影响恶劣，维权成本高、侵权成本低现象还比较严重，尤其是群体侵权、反复侵权、恶意侵权问题十分突出。这些情况不仅严重损害了权利人的利益，而且也扰乱了正常的社会秩序，侵害了国家和社会公众的利益。

面对这种情况，仅仅采用"坐堂问案"的司法保护方式，往往难以达到理想的效果，同时也使专利权人在时间、成本等方面承担过重的诉讼负担。目前，我国社会公众对专利行政执法工作的认可度不断提高，根据2013年的调查结果，当专利权人面对侵权行为时，选择行政途径的占43.4%，协商解决占39.5%，司法途径占16.3%。通过选择行政途径解决专利侵权纠纷，专利管理部门可以发挥主动、简便、快捷的优势，有效保护专利权人和社会公众的合法权益。同时，专利管理部门可采取跨区域、跨部门执法协作模式，或采取省、市、县上下联动执法模式，效果显著。

加强专利行政执法，是保障专利制度健康有序运行的客观需要。专利制度的直接功能，是国家通过承诺对专利权进行有效保护来换取专利信息的公开。对依法审批授予的专利权，政府应当承担一定的保护职责。这关系到政府的公信力，也是保障专利制度有效运行的基本需要。

同时，相比于有形财产，专利权作为一种法律创设的权利，具有公开性、无形性、可复制性的特点，侵权证据难以收集，权利极易受到侵害。从这个意义上讲，相比有形财产权，专利权对行政保护有着更大的需求。

近年来，随着信息技术的快速发展，知识产权信息的传播越来越快捷、广泛，侵权假冒产品的制造水平越来越高、扩散速度越来越快，权利人本人有时很难发现自己的权利被侵犯。调查反映，30%的专利权人遭遇过侵权纠纷，但其中仅10%的权利人采取了维权措施，很多权利人因为专利权难以得到保护已经丧失了对专利制度的信心。在这种情况下，仅靠不告不理的司法方式无法有效保护权利人的合法权益；而专利行政执法可以主动查处，优势明显，是保障专利制度健康有序运行的重要手段。

加强专利行政执法，是促进经济转型升级、转变政府职能的客观需要。当前，世界正孕育着新一轮的科技创新竞争高潮，提高创新能力对于提升综合国力的决定性意义更加突出。党的十八大报告提出"实施知识产权战略，加强知识产权保护"，十八届三中全会明确要求"加强知识产权运用和保护""加强市场监管"，中央经济工作会议强调"政府要做好加强知识产权保护"工作。我国加速创新发展步伐，必须充分发挥专利制度引领和支撑创新的功能，全面提高专利制度保护创新的效率，积极抢占全球科技创新和战略性新兴产业发展的制高点，同时，促进我国经济发展尽快走上"创新驱动、内生增长"的轨道。保护专利权，就是保护技术创新，就是保护先进生产力。只有专利行政执法到位了，专利权人的创新活力才能充分激发，才能促进创新与发展，形成保护、创新、发展的良性循环，切实激励发明创造，提升科技创新的效率，促进我国经济由要素驱动向创新驱动转变，实现经济提质增效升级。

市场经济条件下，政府将不再直接控制企业、项目，而是通过加强事中、事后监管来提供良好的社会环境、市场环境，遵循的原则是依法行政。依法行政具体体现在两个方面，一是抽象的行政行为，即制定规章制度与政策，并尽可能使政策规范化制度化；二是行政执法，即具体的行政行为，包括依法裁决相对人之间的争端，迅速化解各类社会矛盾，查处违法行为，保护守法者的正当利益，维护和谐稳定的社会秩序与诚信的市场秩序。随着我国创新能力不断增强、专利授权量日益增多，专利侵权纠纷也在逐年增加，正如交通纠纷随着车辆大幅增加而逐年增多一样，同样，专利管理部门也应该像交通管理部门积极维护正常交通秩序一样，积极承担起维护专利制度有效运行的职责。所以，从长远来看，加强专利行政执法是完善社会主义市场经济体制、规范市场秩序和建立诚信社会的需要。

总之，是否能够有效保护专利权，对确保专利制度的有效运行、提高创新能力和核心竞争力、促进经济转型升级与经济社会发展，起着至关重要的作用。因此，专利制度的设计与完善要充分考虑我国当前现实国情和专利保护的实际状况，有必要加快修改相关法律，为增加专利行政执法权限和手段、强化专利侵权救济、遏制侵权提供充分依据，保障其立法本意的实现。

（刊登于 2014 年 6 月 18 日第一、二版）

《国家集成电路产业发展推进纲要》提出

# 加强集成电路知识产权的运用和保护

**本报讯** （记者崔静思北京报道）日前，国务院印发《国家集成电路产业发展推进纲要》（下称《纲要》），部署充分发挥国内市场优势，营造良好发展环境，激发企业活力和创造力，带动产业链协同可持续发展，加快追赶和超越的步伐，努力实现集成电路产业跨越式发展。其中，《纲要》明确提出，加强集成电路知识产权的运用和保护，建立国家重大项目知识产权风险管理体系，引导建立知识产权战略联盟，积极探索与知识产权相关的直接融资方式和资产管理制度。在集成电路重大创新领域加快形成标准，充分发挥技术标准的作用。

《纲要》显示，近年来，在市场拉动和政策支持下，我国集成电路产业快速发展，整体实力显著提升，集成电路设计、制造能力与国际先进水平差距不断缩小，封装测试技术逐步接近国际先进水平，部分关键装备和材料被国内外生产线采用，涌现出一批具备一定国际竞争力的骨干企业，产业集聚效应日趋明显。但是，集成电路产业仍然存在芯片制造企业融资难、持续创新能力薄弱、产业发展与市场需求脱节、产业链各环节缺乏协同、适应产业特点的政策环境不完善等突出问题，产业发展水平与先进国家（地区）相比依然存在较大差距，集成电路产品大量依赖进口，难以对构建国家产业核心竞争力、保障信息安全等形成有力支撑。

《纲要》强调，推进集成电路产业发展，要坚持需求牵引、创新驱动、软硬结合、重点突破、开放发展的原则，使市场在资源配置中起决定性作用，更好发挥政府作用，突出企业主体地位，以需求为导向，以技术创新、模式创新和体制机制创新为动力，破解产业发展瓶颈，推动产业重点突破和整体提升。《纲要》提出，到2015年，建立与集成电路产业规律相适应的管理决策体系、融资平台和政策环境，全行业销售收入超过3500亿元。到2020年，与国际先进水平的差距逐步缩小，全行业销售收入年均增速超过20%。到2030年，产业链主要环节达到国际先进水平，实现跨越发展。

此外，《纲要》还明确了推进集成电路产业发展的4大任务，提出了推进集成电路产业发展的8项保障措施。

据了解，作为集成电路企业、特别是集成电路设计企业重要的知识产权保护形式之一，近年来，我国的集成电路布图设计登记申请量呈迅速发展趋势，自2010年起年登记申请量便突破1000件大关。2013年，我国集成电路行业全年完成销售产值2693亿元，同比增长7.9%，增幅比2012年高出2.9个百分点；累计生产集成电路866.5亿块，同比增长5.3%。

（刊登于2014年6月27日第二版）

# 向世界传递更多中国知识产权的"好声音"

## ——访中国国家知识产权局局长申长雨

**本报记者　向利　柳鹏**

7月10日，世界知识产权组织（WIPO）中国办事处将在北京正式揭牌成立。揭牌仪式前一天，中国国家知识产权局局长申长雨在京接受了多家媒体的采访。申长雨强调，世界知识产权组织中国办事处的设立，是世界知识产权组织与中国政府双边合作中的里程碑，将为中国企业和创新者提供知识产权国际服务，帮助中国更好地参与知识产权国际合作与交流，向世界传递更多中国知识产权的"好声音"。

**推动双边合作的里程碑**

申长雨表示，改革开放30多年来，特别是2008年中国颁布实施《国家知识产权战略纲要》以来，中国的知识产权事业取得了举世瞩目的巨大成就。截至去年底，中国发明专利申请量已连续3年位居全球第一，商标注册申请量连续12年位居全球第一，著作权登记、植物新品种申请等都在国际上处于前列，中国已经成为名副其实的知识产权大国。与此同时，我们还建立了符合国际通行规则、门类较为齐全的知识产权法律法规体系，社会公众的知识产权意识不断增强，有力地促进了国家的经济社会发展。

经过30多年的发展，在国际知识产权舞台上，中国已经成为最具活力、最为重要的国家。世界知识产权组织中国办事处是该组织在总部之外设立的为数不多的办事处之一。它的设立是世界知识产权组织与中国政府双边合作中的一个里程碑，既是对过去30年中国知识产权事业发展成就的肯定，也体现了各方对中国知识产权工作的重视以及对未来的期待。

### 拓展国际服务的新渠道

申长雨强调，当前，中国正处在全面深化改革开放，深入实施创新驱动发展战略，加快经济发展方式转变的关键时期，这客观上需要良好的知识产权环境作支撑。中国知识产权相关管理部门，正在抓住机遇，进一步认真谋划和深入推进知识产权战略的实施，全面提升知识产权创造、运用、保护、管理和服务的水平，为全面建成小康社会，实现中华民族伟大复兴的中国梦作出应有贡献。

世界知识产权组织中国办事处的设立，为中国与世界知识产权组织之间的合作交流提供了一个全新的桥梁和纽带。我们期待世界知识产权组织中国办事处充分发挥自身职能，密切世界知识产权组织与中国的联系，进一步深化和拓展中国与世界知识产权组织之间的友好合作关系，增进双方间的理解、扩大共识。尤其是，为中国企业和创新者提供更多知识产权国际服务，帮助中国更好地参与知识产权国际合作与交流，也向世界传递更多中国知识产权的"好声音"，宣传中国在知识产权保护方面的好做法，促进中国由知识产权大国向知识产权强国的转变。

### 搭建双方合作的大平台

申长雨向记者们介绍了中国国家知识产权局与世界知识产权组织的合作历程。自1980年中国加入世界知识产权组织以来，中国已经参加了世界知识产权组织所管辖的《专利合作条约》《商标国际注册马德里协定》等19个国际条约，双方在知识产权保护和战略性运用、国际规则制定与实施、人员培训与交流、知识产权研究等方面，取得了丰硕的合作成果，有力地推动了世界知识产权事业的发展。

30多年来，世界知识产权组织历届总干事曾多次访华，双方高层间往来密切。中国政府也一直积极派员参加世界知识产权组织历次成员国大会以及下属各个专业委员会会议，深度参与知识产权国际规则制定。可以说，中国在知识产权多个方面都与世界知识产权组织有着良好的合作关系。世界知识产权组织中国办事处的设立，将成为双方合作的一个新起点，为双方全方位的合作搭建更大的平台，也将为推动世界知识产权事业发展作出更大贡献。

（刊登于2014年7月9日第一、二版）

# 读图：放飞科学梦

蒋文杰　摄影

在与美国交互数字集团的专利之争中，中兴通讯越战越勇——

# 中兴通讯赢得美"337 调查"案四连胜

**本报讯** （记者赵世猛北京报道）北京时间 2014 年 8 月 15 日凌晨，美国国际贸易委员会（ITC）就美国交互数字集团诉中兴通讯股份有限公司（下称"中兴通讯"）专利侵权一案作出最终裁决，裁定维持初裁结果，认定中兴通讯没有违反"337 条款"，中兴通讯不侵犯美国交互数字集团的专利权。

截至目前，美国交互数字集团在美国针对包括中兴通讯在内的多家公司提出两起"337 调查"请求，中兴通讯均在终裁中获胜，也由此成为目前唯一获得美国"337 调查"四连胜的中国企业。

据了解，美国交互数字集团是美国一家专利经营公司，拥有近 2 万件专利（或专利申请），并且宣称在无线通信领域拥有大量 2G、3G 和 4G 标准专利。

美国交互数字集团最早于 2011 年 7 月首次向美国国际贸易委员会指控中兴通讯等多家企业侵犯其 7 件专利，要求启动"337 调查"并发布排除令，禁止中兴通讯在美国销售相关 3G 移动设备。美国国际贸易委员会经过两年多的审理，在 2013 年 12 月对美国交互数字集团的首次指控作出终审裁决，认定中兴通讯不侵犯美国交互数字集团涉案全部 7 件专利。

本案是美国交互数字集团申请发起的第 2 次"337 调查"。2013 年 1 月，美国交互数字集团发起本次诉讼，涉及 WCDMA 标准和 LTE 标准相关的 3 件专利。2014 年 6 月，美国国际贸易委员会对美国交互数字集团的第 2 次指控作出初审裁决，认定中兴通讯不侵犯美国交互数字集团的涉案专利权。

在此次终裁胜诉后，中兴通讯副总裁、首席法务官郭小明表示："我们欢迎美国国际贸易委员会再次作出公正裁决，中兴通讯非常重视和尊重行业内其他竞争对手的知识产权，我们欢迎以更理性的友好协商方式解决目前的专利争议。"中兴通讯表示，尊重其他厂商的合理专利诉求，并一直谋求以开放、共赢的心态，通过交叉授权、一揽子协议等方式解决通信行业的知识产权争端。目前，该公司已与高通、西门子、爱立信、微软、杜比等企业达成了广泛共识，签署了数十份全球知识产权交叉许可协议。

中兴通讯方面表示，凭借持续的大规模技术创新与投入，中兴通讯有信心迎接各种形式的专利挑战。据悉，中兴通讯近 5 年研发投入超过 400 亿元。截至 2013 年底，中兴通讯共有已授权专利超过 1.6 万件。2011 年、2012 年 PCT 申请量均全球第一，2013 年全球第二、中国第一。

近年来，以中兴通讯为代表的中国企业以更为积极的态度应对国际知识产权纠纷。早在 2014 年 6 月，为应对与美国专利运营公司维睿格公司（Vringo）之间的跨国知识产权纠纷，中兴通讯在继之前向欧盟对维睿格公司提起反垄断调查申请之后，又对维睿格公司发起了在全球范围内的大规模专利无效行动。

(刊登于 2014 年 8 月 20 日第十一版)

# 京沪穗三地获准设立知识产权法院

**本报讯** （记者赵建国北京报道）8 月 31 日，十二届全国人民代表大会常务委员会第十次会议审议通过《关于在北京、上海、广州设立知识产权法院的决定》（下称《决定》），我国在保护知识产权的道路上再次迈出实质性步伐。

《决定》指出，为推动实施创新驱动发展战略，进一步加强知识产权司法保护，切实依法保护权利人合法权益，维护社会公共利益，根据宪法和人民法院组织法，特决定在北京、上海、广州设立知识产权法院。知识产权法院管辖有关专利、植物新品种、集成电路布图设计、技术秘密等专业技术性较强的第一审知识产权民事和行政案件。知识产权法院对这些案件实行跨区域管辖。在知识产权法院设立的 3 年内，可以先在所在省（直辖市）实行跨区域管辖。

《决定》确定，不服国务院行政部门裁定或者决定而提起的第一审知识产权授权确权行政案件，由北京知识产权法院管辖。知识产权法院所在市的基层人民法院第一审著作权、商标等知识产权民事和行政判决、裁定的上诉案件，由知识产权法院审理。知识产权法院第一审判决、裁定的上诉案件，由知识产权法院所在地的高级人民法院审理。

统计数据显示，2013 年北京、上海和广东各级法院一审审理的知识产权案件分别达到 1.2464 万件、5158 件和 2.4843 万件，二审案件分别达到 1.4934 万件、5708 件和 2.9836 万件。

(刊登于 2014 年 9 月 3 日第一版)

# 知识产权：阿里巴巴上市后的隐形风险？

本报记者　王康

有人为阿里巴巴在全球的"吸金"能力感到惊叹，也有人为这样一个优质资源未能在国内资本市场上市扼腕叹息，阿里巴巴赴美上市着实吸引了太多人的目光。

迄今为止美国证券市场规模最大的 IPO（首次公开招股），募集资金或将突破 250 亿美元；公司市值达到 2314 亿美元，成为全球仅次于谷歌的第二大互联网公

· 717 ·

司……连日来，关于阿里巴巴在美国纽约证券交易所上市的消息铺天盖地，占据了多数媒体的显要位置，阿里巴巴成为全球资本市场关注的宠儿。

尽管整个纽约证券交易所都对这只来自中国的股票疯狂，但在掌声和鲜花背后，阿里巴巴上市之后面对的挑战和荆棘依然不少，知识产权问题将受到广泛关注。

有关专家表示，阿里巴巴在美国上市后，其经营活动必然会有与美国法律进行"融合"的适应期，知识产权问题势必得到进一步的关注，阿里巴巴必须恪守美国更为严苛的市场准则。未来，阿里巴巴应在综合考虑权利人、商家、交易平台提供商、消费者等不同主体的合法利益的情况下，不断完善知识产权工作，同时做好随时应对知识产权诉讼的准备。

### 知识产权备受关注

阿里巴巴于 9 月 19 日登陆美国纽交所，首个交易日就以 93.89 美元报收，较发行价上涨 38.07%，以惊艳的表现成为美国史上融资规模最大的 IPO。这对于阿里巴巴来说是一个里程碑式的新起点，全球为之轰动已证明了阿里巴巴取得的巨大成就。然而，光环背后，阿里巴巴的知识产权问题依然备受关注。

2011 年，美国贸易代表（U. S. Trade Representative，USTR）将阿里巴巴旗下的淘宝网列入了市场黑名单，认为淘宝网在杜绝其网站出现侵权货物上"还有很长的路要走"。但仅仅过了一年，USTR 就将淘宝网从恶名市场名单中删除，而这一切归功于阿里巴巴在知识产权保护方面所做出的努力。据了解，在 2014 年 2 月阿里巴巴向世界知识产权组织提交的一份报告中称，将每年投入 1 亿多元人民币用于打击假货，重点就是淘宝网上的假货。

此外，今年早些时候，有媒体报道称，阿里巴巴已经在美国大举购得 102 件专利，这一举动也被外界解读为其在为美国 IPO 做准备，避免像 Facebook 等公司一样，在 IPO 之前面临知识产权诉讼困境。

"上市对阿里巴巴的最大影响，就是要更加透明地运作。在 IPO 之前，曾有国外媒体报道分析称，淘宝网的假货问题依然严重，而且在一些情况下还愈演愈烈，但阿里巴巴曾一直拒绝对此作出回应。作为虚拟交易市场的淘宝网，由于其销售商品数量庞大，发现和确认假货难度依然很大。因此，接下来阿里巴巴仍然要为其付出较大的成本，并接受资本市场的质疑。"上海润米管理咨询有限公司董事长刘润表示。

"众所周知，美国知识产权保护严苛，各种立法相对完善。美国的法律强调保护投资者，不仅对上市公司的监管力度高于普通公司，甚至对在美国上市公司的海外行为都有严格的规范。同时，中国也是美国在商业侵权领域长期保持高度关注的国家之一，因此，阿里巴巴在美上市后将面临更为突出的知识产权保护问题。"北京华沛德权律师事务所合伙人马苗苗在接受中国知识产权报记者采访时表示。

### 做好应对诉讼准备

不可否认，近年来无论是迫于外界指责还是舆论压力，阿里巴巴在知识产权保护方面还是做了不少努力。其不仅在全球范围内积极与多家权利人及知识产权保护组织合作，还在内部建立了系统化的投诉平台，并于 2013 年重点打造了阿里巴巴知识产权保护平台，旨在与全球知识产权权利人建立合作机制，为权利人与阿里巴巴旗下各网站之间搭建知识产权保护桥梁。

事实上，由于具有开放性、虚拟性等特点，电子商务非常容易被不法经营者利用，进而成为侵权产品的重要交易途径。而在涉及电子商务平台的知识产权侵权诉讼中，电子商务交易平台的侵权责任认定在不同国家有不同的法律逻辑。

"这种角色的不同认定决定了不同的侵权责任认定，无论角色认定是否相同，承担损害赔偿责任基本都是以存在过错为前提，究竟如何认定过错，各国的标准却并不统一。"马苗苗建议，新上市的阿里巴巴首先应尽快明确在符合美国法律的基本框架下的知识产权审查义务的边界，即在兼顾利益平衡原则及合理预防原则的前提下界定电子商务交易平台应当承担的知识产权审查义务；其次，应在完善事后审查义务的同时加强事先审查的力度。虽然电子商务交易平台不负有一般性的知识产权事前审查义务，但在有些情况下仍然可能与网络卖家承担相同的知识产权审查义务。对于在交易平台上出售的敏感商品应采用更谨慎的审查标准，因为针对上市公司的诉讼在美国已经形成一个成熟的产业链，背后捆绑着做空机构、律所、股民的多方利益。

在北京修典知识产权代理有限公司总经理杨方成看来，阿里巴巴将面临的知识产权纠纷主要有两大类："一类是电子商务平台自身涉及的技术。电子商务平台巨头 eBay 早在 10 年前就经历过这类纠纷，因其涉及交易技术而陷入多起侵权官司；另一类是卖方销售侵犯知识产权的产品导致的列位共同侵权纠纷。"杨方成解释称，之所以称之为列位共同侵权，主要是因为第三方电子商务平台的便利性导致了卖方为侵权售假提供方便，而因为第三方电子商务平台的快捷，其又能够快速逃之夭夭，最终导致被侵权人将第三方电子商务平台列入共同侵权方。由于各国法律环境差异，阿里巴巴并不一定能够在全球都幸免于列位共同侵权。因此，上市之后阿里巴巴恐将难以避免大规模的知识产权诉讼。

有业内人士认为，比诉讼更值得关注的是我国证券市场现有体制机制的阻碍。我国 IPO 审批制的多项不尽合理的指标将许多初创型互联网公司拒之门外，如果国内资本市场不尽快加速改革步伐，我国资本市场还将错失更多优秀科技公司。

（刊登于 2014 年 9 月 24 日第七版）

### 国家知识产权局出台新政
## 支持小微企业创新发展

**本报讯** （记者向利　孙迪北京报道）10 月 10 日，国家知识产权局印发《关于知识产权支持小微企业发展的若干意见》（下称《意见》），以知识产权公共服务的形式支持小微企业创新发展。该《意见》从扶持小微企业创新发展、完善小微企业知识产权服务、提高小微企业知识产权运用能力、优化小微企业知识产权发展环境4个方面，提出了支持小微企业创新成果在国内外及时获权、完善小微企业专利资助政策、扶持知识产权服务业小微企业等15条具体措施。

国家知识产权局有关负责人表示，《意见》全面梳理了已出台的知识产权扶持政策，认真借鉴各国知识产权管理部门扶持小微企业的成功经验和有效做法，从知识产权创造、运用、保护、管理和服务等方面加大支持力度，对于缓解小微企业发展压力，激发大众创业潜力，释放社会创新活力具有重要意义。

在国家知识产权局召开的新闻发布会上，副局长贺化介绍了此次《意见》中的许多亮点：如针对当前小微企业创新动力不足、经营压力大、成本上升、融资困难等突出问题，在扶持小微企业创新发展方面，明确提出支持创新成果在国内外及时获权，进一步完善专利审查快速通道，对小微企业亟需获得授权的核心专利申请予以优先审查；完善专利资助政策，推动专利一般资助向小微企业倾斜，对小微企业申请获权的首件发明专利予以奖励；创新知识产权金融服务，引导各类金融机构为小微企业提供知识产权金融服务，鼓励建立小微企业信贷风险补偿基金等。

在完善小微企业知识产权社会化服务方面，提出要切实推进知识产权公共服务体系建设，在小微企业集聚的创业基地、孵化器、产业园等逐步建立知识产权联络员制度和专家服务试点，吸纳专利代理人及其他服务机构人员深入参与；调动和优化配置知识产权服务资源，鼓励每名专利代理人每年为小微企业免费代理一件以上的专利申请，对服务小微企业绩效突出的知识产权服务机构给予奖励和项目优先委托等。

在提高小微企业知识产权运用能力方面，积极鼓励科技型小微企业贯彻实施《企业知识产权管理规范》国家标准，对通过知识产权管理体系认证的小微企业可予以合理资助和奖励；做好知识产权优势培育工作，对研发投入和专利成果达到一定水平，产品市场占有率较高的小微企业，集中优势资源重点培育；加强专利信息利用，依托各类服务平台向小微企业免费或低成本提供专利查新检索服务，广泛开展知识产权信息订制推送服务；提升知识产权实务技能，将小微企业的业务骨干培养纳入年度全国知识产权人才培训计划，加强小微企业研发人员专利撰写、专利分析等实务能力的培养等。

在优化小微企业知识产权发展环境方面，首次提出要扶持知识产权服务业小微企业发展，通过政府投入引导资金或购买服务等方式，支持小微型知识产权服务机构参与知识产权公共服务；加大专利行政执法力度，结合小微企业技术创新周期短、实用新型和外观设计专利较多、涉案金额相对较低等特点，加快推进建立专利侵权纠纷快速调解机制等。

贺化强调，国家知识产权局将加强政策解读和任务细化，建立有利于小微企业发展的知识产权考核评价机制，推动有关政策尽快"落地"，要求各地知识产权局结合本地区发展实际，研究制定具体落实措施，帮助小微企业解决现实难题。

（刊登于 2014 年 10 月 10 日第一、三版）

三部门发文推动科技成果收益管理制度改革迈出新步伐——

# 为职务发明人解除后顾之忧

本报记者 赵建国

"既然已有协议约定，为什么就不能如约支付专利使用费呢？"作为一名职务发明人，工程师钱先生对原单位 A 公司拒绝支付报酬的做法感到不解。近年来，钱先生这样的遭遇并非个案，职务发明人的专利收益分配问题在社会上引发了广泛关注。

近日，国家知识产权局与财政部、科技部共同印发了《关于开展深化中央级事业单位科技成果使用、处置和收益管理改革试点的通知》，再次推动科技成果使用、处置和收益管理改革，在这一制度深化改革道路上迈出新步伐。"拿不到应得的报酬，始终是许多职务发明人的心病，伴随着一系列政策法规的完善，有望为职务发明人解除这个后顾之忧。"上海大学知识产权学院常务副院长许春明告诉中国知识产权报记者，职务发明人的收益分配，不仅仅事关其自身的合法权益，更与激励创新息息相关。

**职务发明报酬难得**

"为了等待法院的判决，我已经熬了两年了。"职务发明人钱先生在与原单位 A 公司协商无果的情况下，将 A 公司告到法院。据了解，此案中，钱先生任 A 公司总工程师的 8 年时间里，双方签订《专利使用协议》，约定在产品中使用钱先生发明的每件专利的使用费为每年 1 万元至 3 万元。在职期间，钱先生共为 A 公司研发并获得授权专利 10 件。但 2010 年之后，A 公司不再按协议支付费用。于是，形成如今双方对簿公堂的局面。

所谓职务发明，现行专利法第六条规定为，执行本单位的任务或者主要是利用本单位的物质技术条件所完成的发明创造为职务发明创造。第十六条规定，被授予专利权的单位应当对职务发明创造的发明人或者设计人给予奖励；发明创造专利实施后，根据其推广应用的范围和取得的经济效益，对发明人或者设计人给予合理的报酬。

但是，在现实中，仍然有部分职务发明人难以获得应有的报酬。他们之中，有的像钱先生一样走上旷日持久的维权之路，有的迫于无奈放弃了自己的合法权利，有的则被原单位拒之门外，最终也难以得到应得的报酬。

"以往发生的这些个案，影响了职务发明人的创新积极性。"专家分析认为，职务发明报酬难得，其中原因不一而足，既与相关规定较为原则有关，又与很多单位法律意识淡薄，不尊重发明人的创造性劳动有关。因此，要为职务发明人解除后顾之忧，必须多管齐下，深化改革，才能进一步健全相关制度，弥补漏洞，解决问题。

**政策法规逐步完善**

事实上，许多发达国家的职务发明报酬制度，都是经历一路波折，才逐步走上正轨的。2014 年诺贝尔物理学奖获得者之一、美籍日裔科学家中村修二也曾有过类似的遭遇。1993 年，当时还是日本某公司技术员的中村修二研制成功蓝光 LED 技术之后，其所在的日本公司获得了专利权，该公司付给中村修二的发明奖金仅有区区 2 万日元（约合当时的 200 美元）。因此加入美国籍的中村修二于 2001 年将该公司告到日本东京地方法院，历经 4 年，日本高等法院最终裁定该公司偿付中村修二 8.4 亿日元（约合当时的 810 万美元）。虽然中村修二对此并不满意，但在舆论呼吁下，这一案例却促进了日本职务发明专利权利益分享制度的形成与改进。日本特许厅提出了修改日本专利法第 35 条关于职务发明制度的提案，修改后的条款把职务发明创造的专利申请权直接赋予职务发明人所有。该修正案于 2004 年 5 月 28 日在日本国会通过，2005 年 4 月 1 日生效实施。

在我国，近年来出于经济建设和创新发展的需要，从国家到地方，通过修订相关法律法规、出台政策等途径，逐步重视职务发明人利益机制的建立。

在国家层面，有关主管部门连续出台政策措施，积极推进职务发明人合法权益保护制度改革的步伐。2012 年 11 月，国家知识产权局与教育部、科技部等 13 个部门联合出台了《关于进一步加强职务发明人合法权益保护　促进知识产权运用实施的若干意见》，着重强调要提高职务发明的报酬比例。

在地方层面，一些省、市陆续出台措施，通过保护职务发明人合法权益，促进专利的创造和运用工作。湖北省武汉市发布的《关于加快全市高新技术产业发展的实施方案》中明确提出，高校、科研院所转让的职务科技成果的净收入中，70% 应用于奖励其完成人和转化人员。今年，湖北省 8 部门联合出台《加强专利创造运用保护暂行办法实施细则》，提出了激励专利创造运用的"专利八条"，其中重点之一就是明确规定对企事业单位职务发明人，在其发明专利授权后，由拥有专利权的单位给予奖励。

"从实施创新驱动发展战略的实际出发，应该尽快出台《职务发明条例》，明确职务发明人报酬提取比例的下限标准；同时，有关部门应该建立与制度实施相应的执法检查机制，及时纠正违规行为。此外，还应设立权威的评估机构，对职务发明人的专利进行价值评估。"许春明建议，只有付出务实的努力，才能真正解决职务发明人的后顾之忧，充分激发全社会的创新活力。

（刊登于 2014 年 11 月 12 日第二版）

# 大数据时代：专利信息点"数"成金

本报记者 王宇

身处互联网时代，谷歌知道你想搜索什么，亚马逊知道你想买什么，而脸谱则知道你喜欢什么。正如《大数据时代》的作者维克托·迈尔·舍恩伯格所言，大数据带来的信息风暴正在改变着我们的生活、工作和思维。随着大数据时代的到来，传统信息技术领域已展开一场颠覆性创新。同时，大数据正在加速信息技术与各行业的交叉融合，进一步拓展信息技术产业发展空间。如今，各国政府、企业已逐步意识到隐藏在大数据山脉中的金矿。在创新活动中至关重要的专利信息服务行业，也正是在大数据席卷全球的环境下迎来了空前的发展机遇期。

专利数据因其与科技、法律、经济高度关联，被人们誉为"技术一体化信息"。利用专利信息指导技术研发，分析市场行为，促进产业创新发展已经被越来越多的人所运用。试想一下，如果再结合产经信息，对相关产业不同主体加以区分；结合政策信息跟踪预测市场走向；甚至结合企业登记信息寻求合作伙伴，跟踪竞争对手动向等，这些以往存在于专利信息分析人员脑海中的构想，在大数据时代或将成为现实。随着大数据时代的到来，点"数"成金的专利信息必将为人们带来强而有力的决策力和洞察力，并有机地融入社会经济发展中来。

## 专利信息服务迎来机遇

著名未来学家阿尔文·托夫勒在《第三次浪潮》一书中，将大数据热情地赞颂为"第三次浪潮的华彩乐章"。不过，直到21世纪，随着通信、互联网、软件、博客、社交媒体等技术的出现，大数据才逐渐成为信息行业的流行词汇。依托大数据产生的新技术，高速、大规模的数据交换，互联、互通，以及从前无法想象的数据处理和呈现方式接连诞生。随着大数据时代的来临，人们对于数据的需求也在发生翻天覆地的变化，大数据的意义已从基本的数据资源，延伸到了对有意义的数据的整合及分析上。换言之，通过"加工"实现数据的增值将是大数据的关键与核心。

大数据的国际竞争大幕已经拉开。近两年，一些主要国家政府纷纷将大数据政策上升为战略性政策。2012年3月，美国政府发布《大数据研究与发展倡议》，启动"大数据研究与开发计划"，联邦政府建立统一数据开放门户网站，为社会提供信息服务并鼓励挖掘与利用。英国展开"数据权"运动；韩国启动大数据中心战略；法国政府也将大数据列为大力支持和战略性高新技术。2013年6月，日本政府公布了"创建最尖端IT国家宣言"促进大数据的广泛应用。澳大利亚大数据政策也于2013年8月初出台，针对政府需采取行动，提出了相关大数据分析的实践指南。

那么，专利信息与大数据的结合，会给我们带来什么呢？答案是正面的，它的前景值得期待。目前，专利信息服务主要是建立在专利数据统计基础上的情报分析。但客观来看，目前专利信息分析行业尚存在一些不足。由于数据量过于庞大，在专利数据的海洋中寻找真正有价值信息的成本较高，且存在一定的时间滞后，既无法完全涵盖整个领域的创新活动，又无法完全准确及时地评价企业现状及活动。可以说，单纯依靠专利数据已经越来越难满足日益高涨的分析需求，与其他信息（商业、经济、贸易、技术）综合运用成为必然。然而，不同主体间仍然存在"信息孤岛"问题，专利数据本身也是如此。大数据时代的到来，或将连通这些"孤岛"，把孤立的数据关联组合为一个有机的生态系统，使得更有价值的隐性信息浮出水面。

在专利信息服务业比较发达的欧美国家，已经出现了美国汤森·路透公司、法国奥贝特公司等一些在大数据技术领域先行探索的知名企业。这些企业推出了功能强大的专利软件产品，如汤森·路透公司的 Thomson Data Analyzer、奥贝特公司的 Questel。此外，还出现了不少基于文本挖掘的专利大数据软件。大数据时代的专利信息服务，其影响除了技术方面，同时也会在产业、经济方面产生深远的影响。未来，借助对丰富的、多维度的信息参考，专利的商业价值评估也将变得更为轻松和准确，专利分析的结论将更具决策力和洞察力。试想一下，基于大数据的专利信息服务，或将帮助企业推荐适合的技术，预警潜在的商业风险，评估技术的发展路径，指导产业和技术升级等。借助大数据的触角，专利信息得以向更前端延伸，实现对产业的精准分析和预测，并可有机融入经济运行的全过程。

### 知识产权保护尚需加强

虽然专利信息与大数据的结合前景光明，但现阶段仍存在诸多困难与挑战。除了数据交互和分析工具方面的欠缺，大数据时代的另一个问题是，智力成果，尤其是知识产权，在大数据时代应该如何去保护。近 20 年来，全球专利申请量从 1985 年的 88.4 万件到 2010 年的 198 万件，再到 2012 年的 235 万件，呈现爆发式增长态势。政府对于专利的基本信息公示等体量庞大的数据如不慎被他人利用，对权利人进行恶意的侵权活动，势必将会扰乱正常的市场秩序。

大数据时代给了专利信息服务充分发展的机会，这更提醒企业在其发展进程中要注意保护其知识产权，采取合理的知识产权战略和规划。相关专家表示，大数据时代在产生海量的专利数据之时，也在一定程度上影响了专利制度的实施，使专利文献的公开功能不断弱化。这些专利信息该如何进行管理和分析及存储，是现行法律所未加以规范的。也有学者认为，运用大数据可以分析创新的方向和趋势，结合现有公开的专利信息进行模拟和预测，这不仅对于创新发明者极其不利，同时也很容易运用不同公司的专利产品，然后重新组合，产生新的专利，进而轻松地规避侵权风险，这对于现行的专利保护体系来说是一个巨大的挑战。

此外，由于大数据时代信息被轻易获取，对于知识产权和智力成果安全问题也造成了很大的挑战，例如某家公司负责专利事务的相关人员利用其职务便利，运用网络或者其他途径，预先散布或者发表一些与专利申请相关的信息。通过大数据，他人或许能够轻而易举地预测和分析该专利申请，从而捷足先登。由此来看，大数据时代的知识产权保护问题不容小觑。

在海量专利数据的采集和分析中，是否会侵犯权利人的合法权益，是许多人担心的事情。对此，有关专家认为，首先要建立各方之间的信任关系，没有信任，大数据的采集和应用不可持续。为确立和保障这种信任关系，各参与方都需要采取行动。"对于政府来说，最关键的是要进一步立法保护隐私，保护知识产权。"舍恩伯格认为，大数据发展快速，即便在欧洲、北美这些知识产权法律较健全、更新较快的地区，相关法律也已经过时，必须尽快完善以适应大数据时代。

不管期待还是担忧，大数据时代已经向我们涌来。一切正如舍恩伯格所说，"最重要的是，这个新时代还处于初始阶段，我们可以努力塑造其未来，把握其发展方向，让大数据真正为人们带来福利。"

（刊登于 2014 年 11 月 26 日第四版）

# 培育知识产权文化　推动法治社会建设

华中师范大学知识产权研究所所长、教授　刘华

党的十八届四中全会《关于全面推进依法治国若干重大问题的决定》提出了六大任务，在"推进法治社会建设"任务中要求：弘扬社会主义法治精神，建设社会主义法治文化，增强全社会厉行法治的积极性和主动性，形成守法光荣、违法可耻的社会氛围。知识产权文化是法治文化的重要构成，良好的知识产权意识和秩序是法治社会的时代表征之一。法治社会政策目标的确立和实施将给知识产权文化建设带来新的政策视野、路径方法和实践思路。

知识产权文化作为创新型国家建设的必需的文化力量，其实践是我国转型期重要的文化创新。在《国家知识产权战略纲要》中将"培育知识产权文化"列为五大战略重点之一，并明确了"尊重知识、崇尚创新、诚信守法"的中国知识产权文化核心理念。党的十八届四中全会强调要深入开展法治宣传教育，把法治教育纳入国民教育体系，给新形势下的知识产权文化建设提出了新的课题。

知识产权文化是现代法治社会的文化构成。从我国改革开放至今，正经历现代社会的转型，尤其是在 21 世纪以创新促发展的市场经济主导模式中，与知识产权相关的利益冲突愈加频繁，成为影响社会和谐的一个重要因素。知识产权文化的推行正是在这种特定的历史条件下化解社会矛盾、调解利益冲突的一种新的思路。知识产权文化远不像知识产权制度那样具有鲜明的强制性、功利性和限定性，这使得知识产权文化推行可以补充知识产权制度实施的一些盲区，诸如增强不同发展阶段的国家及公众对知识产权的认同感，推行遵从公益、合作共赢和持续发展的价值取向，以道德的力量弥补制度创新的滞后和法律规制的空白等，这些问题的解决不仅有利

·725·

于知识产权价值观的认同和良好秩序的形成，也构成了现代法治社会在心理及秩序层面的鲜明文化特征。

知识产权文化建设应由政府主导。知识产权制度在中国的实践，面临着价值观念、思想基础及社会氛围、创新意识等很多的不同，因此，要明确倡导先进文化精华的意识，使知识产权制度在中国实现持续良性发展。知识产权文化的培育，其实质就是塑造知识产权制度必需的社会基础。知识产权文化建设属文化事业范畴，具有显著的公益性，尤其在当下我国传统文化向现代转型的现实国情下，政府主管部门在我国知识产权文化建设中的主导地位不可替代。

知识产权文化建设应多样化推进。立足于我国知识产权文化的发展性需求，建立一种灵活生动的知识产权文化建设机制，使知识产权文化宏观政策的统一性与各部门、行业、地方政策措施执行方式的多样性有机结合。不同部门、行业、地区均有其多样性的行业文化、企业文化和地域文化特质，应鼓励各级相关政府部门及行业在宏观政策指导下，开展形式多样的知识产权文化实践活动，才能形成百花齐放的知识产权文化的繁荣局面。

知识产权文化建设应持之以恒。制度的移植必须要有文化的支撑，知识产权文化的中国实践，一是要补充制度运行所必备的思想基础，二是要将我国传统文化中所具备的辩证思维、自强不息、和谐共赢等本土文化精髓予以强化，力求达到知识产权制度国际化和本土化背景下新的社会认同，并最终达致制度精神与本土主流价值观相融合。

知识产权文化建设并非一朝一夕之事，应按照党的十八届四中全会精神，遵从文化发展规律、持之以恒，在努力建设知识产权强国过程中培育知识产权文化，推动法治社会建设，为建设和谐社会与小康社会作出新的贡献。

（刊登于 2014 年 12 月 10 日第一、二版）

# 2015

1989 1990 1991 1992 1993 1994 1995
1996 1997 1998 1999 2000 2001 2002 2003 2004
2005 2006 2007 2008 2009 2010

# 纪念改革开放40年
## 中国知识产权报新闻作品集

2011 2012 2013 2014 2015 2016 2017 2018

# 高通构成垄断被罚 60.88 亿元

**本报讯**（记者裴宏　赵建国北京报道）2 月 10 日，历时一年多的针对美国高通公司的反垄断调查有了结果。当日，中国国家发展和改革委员会裁决高通公司构成滥用市场支配地位实施排除、限制竞争的垄断行为，责令整改，并依法对高通公司处以其 2013 年度在中国市场销售额 8% 的罚款，计人民币 60.88 亿元。这一罚款数额创下了中国对单个企业反垄断罚款的最高纪录。

据了解，国家发展改革委同时还针对高通的手机专利许可行为作出了多项监管要求。按照国家发展改革委要求，高通公司将向中国相关企业提供 3G 和 4G 基本技术专利许可或使用权，并不再要求将这些专利与高通公司的其他专利进行绑定。高通公司将按类似于世界其他国家和地区的费率向中国手机厂商收取专利许可或使用费用。

据悉，高通公司对此裁决未提出异议。高通公司表示，接受该处罚决定，并将如期缴纳罚款，不再寻求进一步的法律程序。

2013 年 11 月，因收到来自中国企业的投诉和举报，中国国家发展改革委启动了对高通公司的反垄断调查。经过多方面调查，国家发展改革委获得了相关证据和数据，高通公司负责人多次按要求到国家发展改革委接受调查询问。高通公司也于 2014 年 2 月向中国国家发展改革委提交了整改承诺请求书，并申请中止调查。

（刊登于 2015 年 2 月 11 日第一版）

# 新常态下应大力推动知识产权产业化

吴汉东

当前，我国经济发展已经步入新常态。积极适应新常态，支撑新常态，引领新常态，需要努力发挥知识产权作用，深入实施知识产权战略行动计划，努力建设知识产权强国。大力推动知识产权产业化，发展以知识产权密集型产业为核心的知识产权产业，就是其中的一项具体工作。

近年来，党中央、国务院对知识产权工作高度重视，一直强调要加强知识产权保护和运用，发展知识产权产业化，是加强知识产权运用的内涵之一，也需要加强知识产权保护来保驾护航。从去年的中央经济工作会议到今年的全国两会，大力推动知识产权产业化成为众所瞩目的热点。

去年年底召开的中央经济工作会议上强调："创新要实，推动全面创新，更多靠产业化的创新来培育和形成新的增长点，创新必须落实到创造新的增长点上，把创新成果变成实实在在的产业活动。"这是党中央在我国经济下行压力较大，经济增长速度、发展方式、经济结构、发展动力出现新的转变的新常态的背景下，部署的2015年经济工作的主要任务之一。笔者认为，"把创新成果变成实实在在的产业活动"，主要涉及知识产权产业化的问题。在新常态下，我国经济正从高速增长转向中高速增长，经济发展方式正从规模速度型粗放增长转向质量效率型集约增长，经济结构正从增量扩能为主转向调整存量、做优增量并存的深度调整，经济发展动力正从传统增长点转向新的增长点。因而，我们有必要推动知识产权产业化，因为知识产权产业化是将知识产权通过与产业结合进而直接贡献"质量效率型"的国内生产总值（GDP），它不仅可以强有力地支撑经济发展，而且还可以带动就业，拉动内需和出口，进而实现经济结构的转型升级。

知识产权产业化，与中央提出的"加强知识产权运用和保护"指导方针一脉相承。知识产权有效运用，是创新发展的基本目标。创造知识产权、获得知识产权，并不是最终目的，关键还在于通过市场转化利用而形成现实的生产力。欧美发达国家知识产权产业化水平和层次较高，尤其是重视知识产权密集型产业的发展。美国发布的《知识产权与美国经济：聚焦产业》专题报告称："美国经济依赖某种形式的知识产权，知识产权密集型产业是美国经济的支柱。"据统计，知识产权密集型产业为美国创造了35%的GDP；为欧盟创造了39%的GDP，就业机会的35%、出口额的90%。从欧美发达国家对知识产权与经济发展关系的实证研究中我们可以看出，知识产权的创造与运用，尤其是知识产权产业化在国民经济中扮演着重要角色。

中共中央政治局第三十一次集体学习时指出，要完善自主知识产权保护和运用的政策措施，提高知识产权宏观管理水平，加强知识产权信息服务系统建设，加快建立健全社会化、网络化的知识产权中介服务体系，促进自主创新成果的知识产权化、商品化、产业化。

知识产权产业化的发展，主要体现在知识产权密集产业上，即与知识产权密切相关的各种服务活动日益增多，主要体现在围绕专利、商标、著作权、软件著作权、植物新品种、原产地地理标志等知识产权领域的各种新兴服务业，如对专利、商标、著作权、软件著作权、集成电路布图设计等的设计、代理、转让、登记、鉴定、评估、认证、咨询、检索、转化、孵化、融资与产业化服务等活动。

在专利领域，专利服务主要包括专利申请代理服务（包括涉外代理），专利诉讼、调解、仲裁、司法鉴定服务，专利咨询服务，专利维权援助服务，专利技术孵化转移服务，专利技术的融资与产业化服务，专利信息服务（包括专利信息传播平台，专利信息检索、咨询服务，专利专题商业数据库开发与运用、专利预警等），专利许可贸易服务，专利技术（发明、实用新型）/技术秘密/技术标准服务，工业产品外观设计服务，集成电路布图设计代理服务，专利行业社团服务，其他专利服务等。

目前，我国的以知识产权为核心的科技成果转化率远低于发达国家水平；科技进步对经济发展的贡献率与发达国家相比也相差甚远。伴随着国家知识产权战略的实施,我国已经建设成为知识产权大国,专利、商标、著作权等知识产权指标都有较快增长,部分指标已经连续多年位居全球第一。但是,我国还不是知识产权强国。作为知识产权强国,其基本标志包括:知识产权密集型产业能够引领经济增长;知识产权密集型产业比其他产业具有更快的增长态势;知识产权密集型产业的人均GDP和工资收入高于其他产业的发展水平。

在经济发展新常态背景下,建设知识产权强国应该着力实现知识产权创造从注重数量增长向"数量布局、质量取胜"转变;加强知识产权运用,是推进产业创新的有效途径。具体而言,努力的方向包括:

首先,是提升创新主体知识产权运用能力。引导和支持企业提高知识产权创造质量和运用效益,将知识产权优势转化为产业优势,促进产业转型升级,提升产业层次和企业竞争力。应完善高校和科研院所知识产权管理规范,提高其运用知识产权的积极性,盘活其知识产权资产,产生明显的效益。

其次,是推进知识产权与产业的深度融合。充分发挥知识产权对于科技创新和产业发展的支撑、导航作用,推进知识产权在重点产业、重点领域的运用。要推动知识产权密集型产业发展,提高其对经济社会发展的贡献度;推进文化创意和设计服务等新型、高端服务发展;促进信息互联网产业发展;促进文化遗产资源在与产业和市场结合中实现传承和可持续发展;运用知识产权推动现代农业发展。

最后,是加快产业集聚区的建设。要努力建成一批产业链完善、创新能力强、特色鲜明的战略性新兴产业集聚区,以国家自主创新示范区、自由贸易区、经济技术开发区、大学科技园区、文化产业园、产业集群等为载体,建设知识产权产业基地,通过知识、技术、资本和产业转移,带动周边地区知识产权相关产业的发展。

总而言之,大力发展知识产权产业化,既是加强知识产权运用的需要,也是深入实施知识产权战略、努力建设知识产权强国的需要,更是发挥知识产权作用,支撑经济新常态、协调推进"四个全面"战略布局的需要。

(刊登于 2015 年 3 月 20 日第八版)

社论

# 展开时代创新画卷　谱写中国专利华章
## ——写在我国专利法实施 30 周年之际

法律的生命力在于实施,法律的权威也在于实施。我国专利法的生命,从 1985 年 4 月 1 日正式实施开始。30 年来,我国专利制度不断健全和完善,向全世界展现了我国进行改革开放、依法保护知识产权的坚定决心，为中国经济社会发展奇迹写下精彩注解。30 年风云激荡，30 载波澜壮阔。30 年发生在专利法实施中的一切，或许能帮助我们展开时代创新画卷，谱写中国专利华章。

该用什么样的语言描述这 30 年？

我国专利法实施的 30 年，也是全社会创新活力迸发的 30 年。回望这 30 年，留在记忆里的，不只是节节攀升的数字，更有一个个饱含时代温度的创新故事。30 年来，中国社会经历了从计划经济到市场经济翻天覆地的转变，成为世界第二大经济体，创造了举世瞩目的经济奇迹。在各种探索中国崛起的努力中，专利法作为知识产权制度的重要组成部分，被赋予了通过产权制度变迁释放创新活力，推动经济跨越发展的光荣使命，为我国引进外资和先进技术，激励优秀人才投入到技术创新活动中提供了有力的法律保障。

30 年来，随着专利法深入贯彻实施，我国专利创造能力不断提升，特别是企业作为专利创造主体的地位进一步增强。在专利制度的保驾护航下，各行各业一大批创新成果的广泛应用，有效地推动了科技成果向现实生产力的转化。30 年来，我们立足国情，探索建立了具有我国特色并行之有效的司法和行政保护"两条途径、并行运作"的专利保护模式，全社会的知识产权意识也有了显著提高。

该用什么样的眼光评价这 30 年？

随着知识经济和经济全球化的深入发展，专利日益成为国家发展的战略性资源和国际竞争力的核心要素。相应地，专利制度作为一项激励和保护创新的基础性法律制度，在服务国家经济社会发展中起着越来越重要的作用。

回顾专利制度 30 年的发展历程，我们不难看出，专利制度在我国的建立、发展和完善，与我国改革开放的历史进程密不可分，与我国经济社会发展紧密相连，而专利制度的发展又为改革开放和经济发展提供了有力支撑。特别是 2008 年专利法第三次修改以来，专利法的实施取得了显著成效，为规范市场经济秩序，提升自主创新能力，建设创新型国家，发挥了不可替代的作用。

该用什么样的足迹延续这 30 年？

近年来，党和政府高度重视知识产权工作，将知识产权的重要性提到了前所未有的高度。2008 年，《国家知识产权战略纲要》颁布实施，标志着我国的知识产权工作进入了新的发展阶段；党的十八大报告明确指出，实施知识产权战略，把全社会智慧和力量凝聚到创新发展上来；党的十八届三中全会强调，要加强知识产权保护和运用，健全技术创新激励机制，探索建立知识产权法院；党的十八届四中全会指出，要形成高效的法治实施体系，并将其作为推进依法治国总目标的五大法治体系之一；值得一提的是，近日发布的《中共中央 国务院关于深化体制机制改革加快实施创新驱动发展战略的若干意见》更是明确提出，完善知识产权保护相关法律，推动修订专利法，完善知识产权归属和利益分享机制，这为进一步深入贯彻实施专利法带来了前所未有的机遇。

在经济发展进入新常态的今天，我国专利制度在实施过程中还面临着专利质量亟待提升、专利市场价值没有充分体现、专利侵权行为时有发生、专利公共和社会服务能力不强等问题，不仅制约着专利制度更好地发挥推动科技创新和经济发展的重要作用，也不适应当前我国全面深化改革、全面推进依法治国的新形势，是今后必须下大力气解决的问题。

古语三十而立。30年后的今天，历史的长河依然奔涌不息。"天下之事，不难于立法，而难于法之必行。"30年来，我们曾经受考验，艰辛探索；我们也曾驱散阴霾，信心百倍。尽管我们遭遇了众多急流险滩，但航向始终如一。我们始终深信，专利法的生命力，源自波澜壮阔的社会实践。在加快实施创新驱动发展战略、努力建设知识产权强国的实践中，我国专利法必将进一步释放激励创新、保护创新的巨大能量，必将不断焕发新的生机和活力！

（刊登于 2015 年 4 月 1 日第一版）

继特斯拉、丰田之后，近日，松下宣布将免费开放 50 件物联网相关专利，以推动业界扩大物联网相关业务——

# 值得玩味的免费开放专利

本报记者　吴艳

继特斯拉、丰田之后，松下也玩起了"专利捐赠"的"游戏"：免费开放专利！

近日，在美国加州圣何塞的嵌入式 Linux 会议上，松下表示，为推进物联网行业发展，将开放 50 件物联网相关专利，内容涉及用于家庭监视系统的软件等。松下通过开放专利，期待其他大型生产商扩大物联网相关业务。

作为新一代信息技术的重要组成部分，当前物联网竞争火热，各领域相关企业都希望抓住这一发展先机，争相进行专利布局"跑马圈地"。电器巨头松下却"反其道而行之"，免费开放专利，其用意到底何在，又将给物联网产业发展带来怎样的影响？对中国企业而言，这是否意味着机会或挑战？越来越多的企业开始"专利捐赠"，是否会刮起一阵"开放专利风"？为此，中国知识产权报记者采访了相关专家。

**专利布局"跑马圈地"**

据了解，此次宣布开放 50 件物联网相关专利的是松下北美公司，这 50 件专利除了涉及家庭监视系统外，还覆盖了太阳能以及零售业两大领域，主要针对云设备技术。那么，松下在该领域的专利实力到底如何？

"在此次宣布开放专利的三大物联网分支领域，截至 2015 年 3 月 27 日，全球范围内已公开专利申请近 2 万件，其中，松下专利申请排名比较靠前，三大分支的专利申请件数（以公开数为准）达到了 500 件左右。"知识产权出版社有限责任公司 i 智库专利分析师孙旭在中国专利信息服务平台专利数据库进行检索后告诉中国知识产权报记者。

据了解，从申请时间上看，从 2008 年开始，松下就开始在这些领域较大规模地提交专利申请；从地域分布看，这些专利申请主要集中在日本，此外北美地区也是其专利布局的重点，这与此次松下宣布开放的专利颇具关联性。

"从专利数据分析看，松下在物联网的全产业链，包括硬件和软件都进行了技术研发和专利布局，而且专利申请数量在全部产业链专利申请数量占比排名比较靠前，可见其在技术研发和知识产权方面优势明显。此次开放的 50 件专利在其物联网总专利申请量的占比还不足 10%，因此，对松下整体的知识产权策略影响不大。"孙旭表示。

由于目前松下还没有公布即将开放专利的详细名单，因此，此次开放的 50 件专利是否是物联网领域基础专利，其价值如何，目前还无法得知。

**"专利捐赠"另有所图**

目前，物联网产业竞争火热，各领域相关企业都希望抓住这一发展先机，明争暗斗，争相加强专利布局。电器巨头松下却免费开放专利，其用意到底何在？

"松下通过开放专利，可以使更多的开发者或企业在其开放的专利技术框架下进行研发，增加可接入物联网的新领域，以缓解目前产业中'无新物可联'的环境，并逐步扩大在这些新接入领域的市场需求，形成以松下为主的产业链。不仅如此，松下还可以进一步主导技术标准中必要专利的制定，加强其专利效应影响的范围，从而形成特定技术分支的垄断地位。"知识产权出版社有限责任公司 i 智库专利分析师张建宇表示，不仅如此，通过开放专利，还可以增加松下在消费者和市场中的关注度，树立行业领导地位，扩大其市场份额，最终实现产品的销售。

那么，松下此举对中国企业而言，是否会意味着机会或挑战，又应如何利用或应对？

张建宇表示，目前，在全球物联网行业，众多企业或组织都制定了不同的技术标准。对中国企业而言，一方面，可以充分利用松下开放的专利技术进行后续技术、产品以及服务项目的研发或创新；另一方面，更要在研发过程中，注重增强其他相关技术领域的专利实力，在突破松下标准技术壁垒的前提下，增加必要专利的产出和分布，逐步过渡到参与和主导行业标准的制定，提高在产品研发中的话语权。

**开放专利或成趋势**

事实上，开放专利，松下并不是第一家企业。据报道，早在 2005 年，IBM 就曾做出过"专利捐赠"的举动，宣布向业界开放 500 多件软件专利权，人们可以使用这些专利"获得发展，并创新开发出新的东西"。2014 年，特斯拉、丰田也曾先后宣布向业界免费开放拥有的部分专利。尽管这些"专利捐赠"者们都表示，开放专利是出于"公心"，但人们更愿意相信，"天下没有免费的午餐"，"公心"的背后，其实更多的是"私利"。

"开放专利，'阳谋'的背后或许会有'阴谋'，'公心'的背后或许掩藏着'私心'，但从产业发展角度看，还是有一定积极作用。从宏观角度看，通过开放专利，能吸引更多的开发者和企业加入到研发过程中，促进行业技术的融合，促进产业发展，进而降低行业成本；从微观角度看，在相对统一的行业技术框架下，用户能得到更加方便和灵活的产品或服务，最大限度地提高用户的产品体验。"中国政法大学知识产权研究中心特约研究员李俊慧表示。

在李俊慧看来，未来，免费开放专利可能会越来越流行。"尤其是出现'跨代式'的技术或产品革新时，由于各家企业不可能做到'全能'或'全通'，为了不让自己被排除在相应产品或技术之外，最优的选择就是通过免费开放专利，让自身专利成为新产品或技术的标配。"李俊慧表示。

（刊登于 2015 年 4 月 1 日第八版）

# 全国首个知识产权法院志愿者服务组织成立

**本报讯** （记者祝文明　通讯员赵晓畅北京报道）日前，全国首个知识产权法院志愿者服务组织——北京知识产权法院志愿者服务队正式成立。来自中国政法大学、北京理工大学、北方工业大学的 45 名在校大学生成为首批志愿者。北京知识产权法院院长宿迟表示，志愿者的加入，将为知识产权法院工作注入新的活力，有助于进一步优化法院的诉讼环境，提升法院的服务品质，推进司法民主和司法公开建设。

据悉，北京知识产权法院在北京市志愿者指导中心的指导和帮助下，本着"开放、动态、透明、便民"的理念，通过吸收社会力量参与审判事务和诉讼服务，法院干警参与社会公共事务的形式，旨在最大限度地推进司法公开。

据介绍，北京知识产权法院根据实际需要，分别设立了诉讼服务岗、审判辅助岗与综合服务岗三类志愿者服务岗位。这些志愿者在上岗前，都要经过北京市志愿者指导中心的志愿者服务理念培训，以及北京知识产权法院实施的保密、廉政、司法职业道德及行政方面的专业培训。今后，志愿者还将面向社会进行招募。

宿迟表示，北京知识产权法院是按照司法模式成立的知识产权专业审判机构，实行扁平化管理，机构高度精简。引入志愿者服务将有助于优化法院的诉讼环境，提升法院的服务品质。

北京知识产权法院副院长宋鱼水表示，该院成立志愿者服务队，旨在搭建一个司法服务平台，欢迎社会各界人士和热爱司法事业、愿意为法治建设作出贡献的人参与进来，充实志愿者服务队伍，为这支新生队伍不断注入激情与活力。这支队伍的成立，顺应了目前北京志愿服务工作重点，在提高志愿服务的质量、满足公众专业化服务需求方面，将展示出独特风采。

据介绍，北京知识产权法院志愿者服务队正式成为北京市第392个一级志愿团体，将继续秉持着"奉献、友爱、互助、进步"的志愿精神，为公众提供志愿服务。同时，这支队伍的高度专业化与工作的严肃性也将成为它的与众不同之处。

（刊登于2015年4月1日第十一版）

《国务院关于大力发展电子商务加快培育经济新动力的意见》强调电商知识产权保护——

# 构筑电商领域的知识产权"防火墙"

本报记者 崔静思

统计数据显示，2014年我国电子商务交易额达到13万亿元，同比增长25%，电商的迅速发展为大众创业、万众创新提供了新空间。在这样的背景下，日前出台的《国务院关于大力发展电子商务加快培育经济新动力的意见》（下称《意见》）备受业界关注。其中，《意见》明确提出，加强电子商务领域知识产权保护，研究进一步加大网络商业方法领域发明专利保护力度。有关专家表示，知识产权是互联网时代让创新之树枝繁叶茂的力量之源，有效解决好电子商务平台的知识产权问题，不仅能够推动这一新兴业态的转型升级，我国知识产权事业也将在互联网时代迎来重要的发展机遇。

实际上，国家知识产权局自2014年以来便开展了一系列卓有成效的工作。国家知识产权局专利管理司有关负责人在接受本报记者采访时表示，在2014年中，国家知识产权局组织并部署了全系统开展电商领域专利侵权假冒行为专项治理行动，通过采取政企合作机制，充分发挥电商平台、知识产权维权援助中心和行政部门三方的力量，应对大量的纠纷解决。"其中，对相对复杂的侵权行为，由维权援助中心组织专家进驻电商平台，来提供侵权判定的咨询案件，由电商平台参照处置；对于判定难度大、争议又比较大的纠纷，由知识产权行政管理部门依法立案调处。"该负责人说。

政企合作、快速调处的机制目前得到了各方当事人的认可。国家知识产权局专利管理司有关负责人在接受媒体采访时表示，今后将积极推进电子商务领域知识产权保护的立法工作，创新执法维权的工作机制，开展大量的理论研究和实践探索，不断地加强网络环境下知识产权保护的环境建设和能力建设。

"对电商侵权保持长久高压的打击力度，就能够潜移默化地在数亿网民中逐渐形成以侵权为耻、以创新为荣的电商知识产权价值观。"有关专家表示，筑起一道电子商务领域的知识产权"防火墙"，必将为经济发展新常态营造公平公正、开放透明的良好知识产权环境，由此才能进一步引发新的投资热潮，开辟就业增收新渠道，真正实现《意见》所提出的进一步发挥电子商务在培育经济新动力，打造"双引擎"、实现"双目标"等方面的重要作用。

（刊登于2015年5月13日第一版）

研究报告显示，2006年至2013年，我国"985高校"专利申请增势喜人，但转化率仅有5%——

# 高校如何盘活专利运用这盘棋？

本报记者　冯飞

2006年至2013年，我国"985高校"共提交专利申请约18.8万件，占我国高校专利申请总量的35.4%，平均每所"985高校"每年提交专利申请为552件，是我国高校平均值的10倍。与之形成鲜明对比的是，截至2013年底，"985高校"有6191件专利进行了许可和转让，专利转化率只有5%。这组源于《中国大学专利态势及影响力统计分析研究》报告的专利对比数据，切实反映了"985高校"的技术创新之强和专利转化之弱。

由于受体制机制因素影响，目前，我国高校的专利转化情况并不乐观。对此，有专家表示，高校和企业合作研发、共同获得的专利，转化率较高，这种合作模式有望盘活高校专利运用这盘棋。此外，高校还可借助专业技术转移机构的力量大力推动专利转化进程。

## 创新活力强

一直以来，高校以科技人才聚集、创新能力强受到世界各大经济体的广泛关注，并成为诸多产业前沿技术的发源地。我国"985高校"在原创性科研等方面具有一般高校难以比拟的优势。最近，中国专利技术开发公司以39所"985高校"为研究对象，推出了《中国大学专利态势及影响力统计分析研究》报告。

中国专利技术开发公司规划发展部专利分析中心主任李隽春在接受本报记者采访时介绍，1985年至2013年，"985高校"共提交了约22.8万件专利申请，其中，发明专利申请18.8万件，实用新型专利申请3.5万件，外观设计专利申请5000件，发明专利申请占比高达82%，远高于我国高校的平均水平，可以看出，"985高校"的技术创新水平较高。

"高被引专利"是指在统计时间内，所有发明专利按照被引用次数排名靠前的专利。"'高被引专利'通常是代表具有重大技术突破和高度影响力的基础专利，是对产业技术发展产生持续影响的专利。"李隽春向本报记者介绍，2008 年至 2013 年，在我国高校的发明专利中，"高被引专利"有 2838 件，其中"985 高校"的"高被引专利"有 1391 件，所占比例高达 49%，这从一定程度上说明我国"985 高校"拥有一定数量的核心技术和基础专利，且技术创新能力和核心竞争力较强。

中国专利技术开发公司对我国高校的"高被引专利"进一步分析发现，清华大学和浙江大学的"高被引专利"数量最多，分别达到 149 件和 128 件，说明这两所高校在技术创新上更具前瞻性，其在核心技术和基础专利的储备方面具有较大优势。

**专利转化弱**

尽管拥有较强的创新能力、储备了较多核心技术，但"985 高校"的科技创新成果的转化率较低。"1985 年至 2013 年，'985 高校'的授权专利总量为 12.4 万件，但实施专利许可和转让的仅有 6191 件，占授权专利总量的 5%。"李隽春向本报记者介绍，制约高校专利转化的主要因素是体制机制的障碍。体制因素是高校的考核标准使得科技创新成果脱离市场，在众多高校的考核指标中，通常注重专利数量，而非专利转化率。机制因素是高校的知识产权管理部门缺乏促进专利运营的内在动力和外在支持。

北京航空航天大学技术转移办公室副主任钱俊在接受本报记者采访时表示，近年来，北京航空航天大学每年的专利申请量都在 1000 件以上，但专利转化情况并不乐观。究其原因，钱俊认为，高校的专利属于国有资产，专利转化需要层层审批，这成为专利转化的重大障碍。为了提高高校的专利转化率，北京航空航天大学已经进行一些探索，比如尝试专利拍卖、与知识产权基金进行合作等。

"清华大学是高校与企业合作研发的一个成功实例。1985 年至 2013 年，清华大学与企业合作提交的专利申请数量达到 5144 件，远高于其他学校。"李隽春介绍，清华大学合作提交的专利申请数量较多，与成立于 1995 年的清华大学与企业合作委员会密切相关。该委员会已有成员单位近 150 家，涵盖电力、石油、冶金、化工、信息、机械等多个领域。清华大学在专利转化方面的经验值得国内其他高校参考与借鉴。

除了鼓励高校与企业加强合作来盘活专利运用外，李隽春还建议，高校还应借助专业的技术转移机构，对可能产业化的研究成果进行发掘、评价和运营。"专业的技术转移机构可以在优质专利的筛选评估、强化高校与潜在专利技术需求方的有效对接、构建专利组合等方面为高校提供专业的知识产权中介和咨询服务，这有助于促进高校的专利转化。"李隽春表示。

（刊登于 2015 年 5 月 13 日第六版）

# 理性看待我国的知识产权贸易逆差

朱雪忠

据国家外汇管理局网站最新发布的今年"中国国际货物和服务贸易数据",2015年前4个月我国知识产权使用费的平均贸易逆差达94亿元人民币（约合15亿美元），其中4月份为132亿元人民币（约21.5亿美元）。事实上，我国专有权利使用费和特许费的国际收支逆差自2009年后就一直在100亿美元以上，而且有逐年增加的趋势。另据世界贸易组织2012年的数据，中国知识产权贸易出口额只有美国的0.75%。上述情况与我国国际贸易顺差连续多年达数千亿美元格格不入，也与我国发明专利申请量连续4年为世界第一、有效商标保有量连续13年为世界第一的情况极不相称。但是，我国目前出现巨额知识产权贸易逆差，又有其必然性，而且这种情况短期内难以消除，应加以理性分析和认识。

首先，尽管我国发明专利申请量连续4年居世界第一，但在我国的有效发明专利中，多数为外国权利人所拥有，直到2011年这种情况才开始改变。外国权利人利用其在我国拥有的专利、商标等知识产权，广泛收取许可使用费。另一方面，我国企业在国外的知识产权布局总体还处于起步阶段，拥有的专利、商标较少，靠知识产权获利的情况较少。这一多一少，难免形成知识产权贸易逆差。

其次，我国长期以来以货物出口为主，尤其以加工贸易为发展重点。加工（尤其贴牌加工）制造、出口产品，往往要支付大量许可使用费取得相关专利、商标等知识产权的权利人许可，这是加工贸易所必须付出的代价。

最后，外国跨国公司利用其在我国设有大量子公司（属于中国法人）的优势，依靠母公司（属于外国法人）在中国取得的大量专利、商标等知识产权，通过母子公司间的交易，高价许可给子公司，加剧了我国知识产权贸易逆差。如日本总务省发表的2010年度科学技术研究调查显示，日本技术出口约七成是日本企业与海外子公司之间的交易。

我国知识产权贸易存在逆差的情况可能会持续较长时间，对此我们要有心理准备。要知道，作为成功的技术赶超型国家，日本在2003年之前，其知识产权收支一直为逆差。随着经济社会的发展，我国对外国知识产权的需求还可能会继续增加，如果有关国家放宽对华高技术出口的限制，我国知识产权贸易逆差甚至还可能会进一步加大。

但从长远来看，由于能耗、污染、劳动力成本等原因，我国的制造业势必会向海外进行分流，依靠货物出口拉动经济增长的状况将变得难以为继。必须实施创新驱动发展战略，积极采取措施，不断扩大知识产权收益，使我国知识产权贸易尽快摆脱逆差，逐渐转为基本平衡，进而实现顺差。

第一，积极进行海外知识产权布局。在主要出口国，根据市场需要积极取得高质量的专利、商标等知识产权。近期，尤其要结合"一带一路"的建设，在有关国家推动保护我国出口的大型成套设备及技术、标准、服务等涉及的知识产权。

第二，我国企业应以"走出去"战略为契机，将母公司在东道国取得的知识产权内部许可给在东道国的子公司以获取稳定的收益。这不仅有利于扩大知识产权许可收益，而且可以通过知识产权许可转移利润，合理避税。

第三，积极发展知识产权密集型产业，推动知识产权密集型产品的出口，降低资源消耗型、劳动密集型产品出口的比重。广义的知识产权贸易，既包括仅以知识产权为标的的贸易，也涉及含有知识产权的产品的贸易。目前，我国应该通过促进知识产权的运用，利用我国货物出口的优势，带动知识产权密集型产品的出口，提高出口产品的附加值，促进我国由贸易大国向贸易强国、由知识产权大国向知识产权强国转变。

（作者单位：同济大学知识产权学院）

（刊登于 2015 年 6 月 3 日第四版）

# 我国启动知识产权区域布局试点工作

**本报讯** （记者崔静思北京报道）6 月 17 日，记者从国家知识产权局获悉，近日，国家知识产权局决定在部分省（区、市）启动知识产权区域布局试点工作。目前，相关试点的申报工作已经陆续展开，国家知识产权局将对相关地区的申报方案进行评审后，根据实际需要确定试点名单。根据国家知识产权局拟定的工作方案，通过知识产权区域布局试点工作，将摸清知识产权资源区域分布，推动知识产权工作融入区域经济建设，推动区域知识产权宏观管理向精细化转型，探索知识产权资源与区域科教、产业、经济、社会协同发展机制，引导并实现创新资源的区域集聚。

国家知识产权局保护协调司有关负责人表示，我国将选择部分省（区、市）或知识产权示范城市作为国家知识产权区域布局工作试点区域，实行一年一评估的滚动工作机制。试点区域将开展知识产权资源分析、知识产权区域布局综合评价、探索区域知识产权分类指导工作模式、建设知识产权资源布局信息平台和建立知识产权布局支撑服务体系等主要工作。力争通过试点工作，形成区域知识产权布局工作规范文件、区域知识产权布局工作推进机制和知识产权区域布局信息服务标准及体系。

据介绍，知识产权区域布局试点工作属于探索创新性工作，国家知识产权局将在技术、信息、人才等方面给予支持。

（刊登于 2015 年 6 月 19 日第一版）

# 海信集团：手握专利立信海外

**本报记者　吴珂**

　　每年1月，位于澳大利亚的墨尔本体育公园注定要沸腾，澳大利亚网球公开赛在这里举办，世界知名网球选手的风采吸引着各地网球迷。有心人会注意到，在大赛入口显眼位置、赛场中人流密集区域、室内球场，甚至现场媒体中心的或巨屏或小巧的电视边缘都有"Hisense"标识，而它正来自一家中国企业——海信集团有限公司（下称"海信集团"）。实际上，2013年就成为澳网官方赞助商和电视产品指定供应商的海信集团在海外市场获得的肯定远不止于此。近年来，海信集团产品远销欧洲、美洲等地区的130多个国家，其中空调、电视等产品销量全球领先，其积累的技术优势和全球专利布局在海外市场得到充分显现。

　　"我们十分清楚，如今的海外市场竞争，已经不单纯是产品功能和价格的竞争，关键在于专利实力的比拼。"海信集团知识产权部部长张重立在接受中国知识产权报记者采访时表示，为了为海信集团的国际化战略保驾护航，公司确立了海外专利精细化布局，严密防控专利风险的策略。

## 研发布局因地制宜

　　"早在涉足海外市场之初，海信集团就意识到专利问题将成为企业'走出去'必须经历的考验，于是开始重视海外自主创新和提交专利申请，逐渐积累专利实力。"张重立告诉记者，为了充分适应海外市场，海信集团因地制宜，在美国、德国、加拿大等地设立了七大海外研发中心，研发范围涵盖了多媒体研发、电视芯片研发、手机研发、光通信研发等领域。"这些海外研发中心深入了解技术发展趋势、技术规范的演进以及市场的走向，充分调动本地资源来更好地服务海信品牌。"张重立表示，海外研发中心的高效运营，提升了海信集团整体的专利实力，自主研发的产品也获得了海外客户的信赖。

　　"为了全方位保护创新成果，海信集团在国内外同时进行专利布局。"张重立介绍道，海信集团将通过《专利合作条约》（PCT）途径提交国际专利申请作为重点，在产品销售的主要国家和地区进行包绕式专利布局，保护创新成果。目前，海信集团已在海外积累了30多件专利。同时，海信集团还注重对专利质量的管控，确保国外专利的高授权率、经得起诉讼的检验。

## 专利风险严密防控

　　今年3月，一起知识产权案件被德国权威法律期刊作为典型案例重点登载，而其中的主角之一正是海信集团。谈到这起案件，张重立至今记忆犹新。去年9月德国国际消费电子产品展开展当天，海信集团的展台遭到柏林地区法院"突袭"查抄，随后，海信杜塞多夫公司6000余台手机也遭到强制收缴。原来，这是Sisvel公司以海信集团手机涉嫌侵权为由，向柏林地区法院申请了诉前临时禁令，更连续申请了高达 100 万欧元的违章罚金，并在杜塞尔多夫提出专利侵权诉讼。

面对突如其来的诉讼，海信集团决定正面迎击。"我们开展的海外知识产权风险防控工作发挥了重要的作用。在时间十分紧迫的情况下，我们迅速展开专利排查、侵权比对，并充分研究德国相关专利制度，找出其对海信集团采取的临时禁令存在的程序瑕疵，制定应对措施，立即向法院提出临时禁令异议。同时，我们在德国和国内均针对对方专利提出了无效请求，向对方施加压力。"经过了一审、二审合计近 5 个月的艰苦诉讼，二审法院最终支持了海信集团的诉求，撤销了临时禁令。

张重立告诉记者，近年来，海外专利授权公司滥诉现象较为严重，海信美国公司也曾连续遭遇多起专利诉讼，因此严密的风险防控成为海信集团知识产权部门一项重要的工作。据介绍，从产品研发立项直至上市的全过程，海信集团都会进行严密的竞品专利排查和侵权风险规避工作。尤其是在参加国际重要消费电子展会前，海信集团还会事先严格依照展会举办国法律规定做好展品保护工作，以消除展品侵权风险。

"不断增强自身自主研发能力，运用国际知识产权规则维护自身利益、增加竞争优势实现企业国际化在海信集团已达成共识。我们今后会将这一理念一以贯之，让海信集团在国际市场走得更远。"张重立坚定地说。

（刊登于 2015 年 6 月 26 日第一版）

**国务院印发《关于积极推进"互联网＋"行动的指导意见》，明确提出强化知识产权战略——**

## 知识产权：拥抱"互联网＋"全新时代

本报记者　王宇

在全功能接入国际互联网 20 年后，中国正全速开启通往"互联网＋"时代的大门。日前，国务院印发《关于积极推进"互联网＋"行动的指导意见》（下称《指导意见》），明确了 11 项重点行动和 7 方面保障支撑措施，推动互联网由消费领域向生产领域拓展，加速提升产业发展水平，增强各行业创新能力，构筑经济社会发展新优势和新动能。其中，《指导意见》明确，由国家知识产权局牵头强化知识产权战略，为推进"互联网＋"行动提供保障支撑。在一定意义上讲，从今年全国两会"互联网＋"概念首次提出到如今《指导意见》进一步明确了知识产权工作融入"互联网＋"行动计划的工作任务和方式方法，知识产权工作正在全面拥抱"互联网＋"的新时代。

回顾"互联网＋"概念的兴起，应该是从今年的政府工作报告首提"互联网＋"

行动计划开启的。一石激起千层浪。互联网思维与传统产业相结合而诞生的融合创新，正向经济社会各领域加速渗透，推动融合性新兴产业成为经济发展新动力和新支柱。在这个过程中，知识产权制度作为激励创新的基本保障，将发挥举足轻重的关键作用。在此次出台的《指导意见》中，这一作用得到充分体现。

如《指导意见》提出，加强融合领域关键环节专利导航，引导企业加强知识产权战略储备与布局。加快推进专利基础信息资源开放共享，支持在线知识产权服务平台建设，鼓励服务模式创新，提升知识产权服务附加值，支持中小微企业知识产权创造和运用。加强网络知识产权和专利执法维权工作，严厉打击各种网络侵权假冒行为。增强全社会对网络知识产权的保护意识，推动建立"互联网＋"知识产权保护联盟，加大对新业态、新模式等创新成果的保护力度。此外，《指导意见》还提出，促进互联网开源社区与标准规范、知识产权等机构的对接与合作，积极发展知识产权质押融资服务等。

"互联网在促进制造业、农业、能源、环保等产业转型升级方面取得积极成效。"这是《指导意见》提出的 2018 年发展目标之一。对此，海尔集团知识产权总监王建国深有感触。作为全球最大的白色家电企业，海尔的互联网化整整历经了 10 多年时间。目前，海尔汇聚了 1328 家风投机构及 98 家孵化器资源，在全社会孵化和孕育着 2000 多家创客小微公司，推出免清洗洗衣机等上千个创新产品及创业项目。海尔的"互联网＋"实践，给企业的知识产权工作带来全新挑战。

"知识产权团队的每个成员都相当于一个产品知识产权经理，他们首先要找到所负责的产品或项目与国际领先者的差距，用开放的思维去吸收和借鉴国内外先进的经验，找出能够使企业竞争力迅速提升的创新成果和专利资源；使每个员工都能以自组织的形式主动创新，以变制变，变中求胜，持续不断地为客户创造增值价值。"海尔集团成功拥抱互联网，王建国和他的知识产权团队功不可没。

"1 人原创，99 人抄袭。"随着"互联网＋"时代开启大门，互联网生态下的知识产权保护也成为热门话题。"今非昔比的互联网传播时代背景，使知识产权保护过程更为复杂。"上海大学知识产权学院院长陶鑫良颇有感触地表示，传统行业"触网"后也会引发更多知识产权问题。而今大量的网络知识产权侵权盗版行为都是跨地域、跨国界的，这就给监管和执法带来许多不便。"今后，有关部门在推动知识产权的立法和监管工作时都必须结合互联网时代特征。"陶鑫良还指出，"'互联网＋'时代背景会孕育和催生很多新的商业模式及商业方法，故商业方法专利等的知识产权保护也应受到关注和重视。"

2014 年，天猫、淘宝"双十一"以 571 亿元总成交额再攀新高。随着"互联网＋"电子商务的发展，电商领域知识产权纠纷越来越多，浙江省知识产权局副局长洪积庆不得不用"爆炸性增长"一词来形容。自 2011 年以来，浙江省知识产权局与阿里巴巴两度签订了《知识产权保护合作备忘录》，3 年多来，共指导查处专利侵权疑难案件 3000 余件。2014 年，浙江省在全国知识产权系统率先开展电子商务专利保护专项行动，出台了首个《电子商务领域专利保护指导意见》，全年调处电商领域专利纠纷达2518件，得到了各方的肯定。"电商领域的产权保护与传统领域不同。"洪积庆表示，浙江将扎实推进电子商务领域知识产权保护长效机制建设，依法保护权利人的合法权益。

到2018年，基于互联网的新业态成为新的经济增长动力；到2025年，"互联网+"新经济形态初步形成，"互联网+"成为经济社会创新发展的重要驱动力量……在通往"互联网+"时代的大路上，知识产权的原动力正在凝聚。

（刊登于2015年7月8日第一版）

○成立知识产权维权援助中心76家　　○下设分中心等分支机构共400余个
○举报投诉网络覆盖全国大部分城市

## 全国知识产权维权援助工作取得新突破

**本报讯**　（通讯员关健北京报道）从国家知识产权局传来消息，近年来，全国知识产权系统通过政策引导、绩效考核、信息联网、督导督察、强化宣传等工作措施，有效推进知识产权维权援助工作，在多方面取得实质性突破。

据介绍，国家知识产权局积极完善政策与工作体系，制定了《关于开展知识产权维权援助工作的指导意见》《关于加强知识产权维权援助中心举报投诉维权服务工作的通知》《关于开展专利行政执法和知识产权维权援助举报投诉绩效考核评价工作的通知》《2015年全国知识产权系统执法维权工作方案》等；全国共成立知识产权维权援助中心76家，下设分中心、工作站等分支机构共400余个，知识产权维权援助与举报投诉网络覆盖全国大部分城市；各地积极推进维权援助举报投诉相关法律法规、行政规章制定工作，其中北京、天津、山东、江苏等13个省（直辖市、自治区）在地方性法规中明确了维权援助中心的法律地位与工作职责。

据介绍，近年来，各中心通过采取接收举报投诉、主动对接权利人、开展暗访调查活动、结案案件回访回查等一系列措施，积极发现侵权假冒案件线索并移交相关部门；与电商平台与展会组织单位建立沟通协作机制，协助地方局快速调解网络与展会侵权纠纷；组织各界专家为执法办案提供侵权判定咨询意见。这些举措有效弥补了执法人员数量和执法手段的不足，提高了知识产权执法维权的效率与水平。

数据显示，近年来，12330公益电话影响逐年扩大。国家知识产权局及各中心不断加大12330宣传推介力度，通过中央电视台、《中国知识产权报》、主要地方卫视、网络、海报、户外广告及群发短信等形式，开展了大量12330主题宣传，有效提升了12330知名度。根据中国电信、中国联通后台反馈数据，2014年全国12330电话接听数量约为 10.2 万次，同比增长约 60%。

此外，全国知识产权系统不断拓展维权援助服务。2015 年，国家知识产权局启动了知识产权维权援助对接权利人活动，各中心实地走访企业和权利人，深入了解其保护状况和维权援助需求，主动提供维权援助服务，出具维权参考意见或制定维权援助方案，指导支持权利人运用便捷途径快速维权。活动开展以来，仅北京中心就已对接企业 864 家，提供援助 1553 次。

据悉，全国知识产权系统目前正通过加强绩效管理、强化分类指导等措施，推进维权援助工作的协调发展，以更好满足广大创新主体与权利人的维权需求，为大众创业、万众创新与经济持续健康发展营造良好环境。

（刊登于 2015 年 8 月 12 日第二版）

北京、上海、广州三地知识产权法院设立以来，审判工作卓有成效，工作亮点频出——

# 知识产权法院迈出司法改革一大步

本报记者　魏小毛

率先推行主审法官、合议庭办案负责制、司法责任制等审判运行机制改革措施，明确审判委员会、合议庭、主审法官在审判工作中的权力分配，规范审判管理权和审判监督权的行使……自去年底北京、上海、广州三地知识产权法院相继设立以来，率先大胆探索司法改革，迈出了大步伐，交出了一份满意的答卷。

"三家知识产权法院锐意进取、大胆探索，审判工作有序开展，改革探索深入进行，司法的权威性和公信力不断提升，展示了中国知识产权司法保护的新形象，为推动实施国家创新驱动发展战略起到了有力的服务和保障作用，实现了良好开局。"9 月 9 日，最高人民法院知识产权庭副庭长王闯在新闻发布会上表示。

**突出主审法官主体地位**

按照"让审理者裁判，由裁判者负责"的要求，三家知识产权法院率先探索建立符合司法规律的审判权运行机制，确保审判权依法独立公正行使，积极落实司法责任制，突出主审法官的主体地位。

据了解，根据专业化、职业化和高素质的要求，三家知识产权法院严格按照选任程序完成了首批主审法官的选任工作。其中，北京知识产权法院设主审法官员额 30 名，首批选任 22 名法官，具有研究生以上学历的占 91%，平均年龄 40.2 岁，从事知识产权审判的平均年限为 10 年，近 5 年人均承办知识产权案件 438.5 件；上海知识产权法院首批选任 10 名法官，法官平均年龄 43.6 岁，从事知识产权审判工作平均年限 8.4 年，具有硕士或者博士学位的占 90%；广州知识产权法院设主审法官员额 30 名，首批选任主审法官 10 名。

王闯介绍，根据规定，承办案件的主审法官即为合议庭审判长，履行审判长职责；精简院长、庭长行政管理职能，取消案件汇报和裁判文书审批制度，代之以院长、庭长提供咨询制度，在审判权运行上去行政化；建立主审法官联席会议制度，讨论审判工作中发现的具有共性或典型性的具体问题，统一司法认识和司法尺度。

北京知识产权法院院长宿迟介绍，北京知识产权法院还大力提倡法官自治，在设立法官联席会议、法官专业会议的同时，还专门制定了《北京知识产权法院法官联席会议议事规则（试行）》等文件，形成了一套较为完整的法官自治制度。

### 院长、庭长办案常态化

知识产权法院成立后，院长、副院长均编入合议庭审理案件，在审判权运行上去行政化。截至目前，三家知识产权法院均已良好地实施了该机制。

北京知识产权法院要求院长、庭长主审疑难复杂、新类型案件，制定了"院长开庭周"工作机制，发挥带动和指导作用。宿迟介绍，北京知识产权法院制定了院长、庭长办案指标，并专门制定"院长开庭周"机制予以保障，即院长、副院长每月至少固定安排一周时间集中开庭审理案件。建院以来，院长宿迟和副院长陈锦川、宋鱼水共办案 156 件，已结 62 件；4 个业务庭庭长办案 490 件，已结 235 件。目前，院长、庭长结案已占该院总结案数的 12.29%。

上海知识产权法院院长吴偕林介绍，该院制定院长、庭长办案规定，明确院长、庭长包括审判委员会委员带头办理重大案件的范围、数量等，实现院长、庭长办案常态化。8 个月来，院长、庭长参与办案占全部案件数的 21.2%。

"广州知识产权法院院长、副院长均编入合议庭审理案件，在审判权运行上去行政化。目前，院领导作为主审法官共承办案件 64 件，审结 44 件。"广州知识产权法院副院长吴振介绍，下一步要继续发挥院领导带头办案的示范效应，健全院领导办案常态化机制，强调院、庭领导侧重承办重大、疑难、复杂案件及新类型案件，或在法律适用方面具有普遍意义的案件；院领导办案优先考虑进行庭审直播或示范观摩，裁判文书一律按规定上网公开。

### 转变审判委员会职能

王闯介绍，知识产权法院成立后，积极转变审判委员会职能，探索审委会参加案件审理的方式。改革审判权运行机制后，审判委员会原则上仅对法律适用问题作出决定，具有重大社会影响、疑难复杂案件由审判委员会委员组成合议庭直接进行审理。

"发挥审判委员会的审判组织作用，贯彻直接审理原则。"宿迟介绍，北京知识产权法院审判委员会主要研究审判程序、审判规范、审判管理和审判中带有共性的疑难问题，研究涉及国家外交、安全和重大政治因素的具体案件。审判委员会讨论个案时，根据需要调阅庭审视频或查阅案卷，必要时可由双方当事人参与听证。探索审判委员会承担指导案例认定和发布职能。审判委员会的召开时间等信息对当事人公开。审判委员会委员可参与案件的庭审和评议，并告知当事人。审判委员会决议由委员签名确认并以书面方式作出，尝试决议内容及理由在裁判文书中公开。

**创新案件审判新模式**

据了解，三家知识产权法院根据自身工作特点和优势，结合工作实际，创造性地采取多项工作举措，打造出知识产权审判工作的新亮点。

首先，积极探索审判案例指导制度。今年4月，最高人民法院在北京知识产权法院设立知识产权案例指导研究（北京）基地，这是全国法院首家知识产权案例指导研究基地，该基地大力探索具有中国特色的知识产权案例指导制度，逐步规范知识产权司法行为，深化知识产权司法公开，推进知识产权法律适用统一。宿迟介绍，北京知识产权法院已经开始探索在知识产权裁判文书中援引在先判决，已形成概念解释的引用、事实认定的遵守和司法规则的借鉴等几种案例引用方式。法官助理搜集整理在先案例，鼓励当事人提交在先指导案例支持其主张。

其次，创新庭审程序，探索焦点式审判。吴偕林介绍，针对知识产权案件往往有多个争议焦点的复杂情况，上海知识产权法院打破固有的全案按照法庭调查和辩论两个阶段进行的程序，以每一个争议焦点的审理为一个环节开展法庭调查和辩论，使当事人陈述事实与辩论观点一气呵成，突出每个争议焦点审理的完整性，增强庭审的针对性，有效查明案件事实，提高审判效率。

另外，推动裁判文书说理改革。北京知识产权法院探索诉辩意见由当事人自行起草或由当事人签字确认的方式，裁判文书围绕争议焦点逐一回应各方主张。

（刊登于2015年9月16日第八版）

# 读图：传承　创新——第五届中国成都国际非遗节掠影

蒋文杰　摄影

（刊登于 2015 年 10 月 9 日第十二版）

创新的道路从来都是不平坦的。从发现青蒿素到把抗疟药送到患者手上，道阻且长。今天，我们再次踏上这段坎坷的创新之路，重新审视知识产权制度诞生前后科技人员所面临的不同选择，追溯国内外青蒿素的相关专利，去寻求中医药传承创新的动力之源——

# 勾勒青蒿素的沉浮轨迹

**本报记者** 王宇 冯飞 **实习记者** 孙迪 黄盛 孙易恒

"青蒿素是传统中医药送给世界人民的礼物。"面对登门采访的各路媒体，摘取2015年诺贝尔生理学或医学奖的中国女药学家屠呦呦一再重复着她的获奖感言。

这份礼物是如此贵重，因为它挽救了全球范围特别是广大发展中国家数以百万计疟疾患者的生命，成为用科学方法促进中医药传承创新并走向世界辉煌的范例。然而，这份礼物又是如此"廉价"，由于当时历史的原因，我国尚未建立专利制度，这一极具医疗价值和市场前景的原创性发明未能得到保护。近半个世纪过去后，我国青蒿素产业仍然处于价值链低端。

假如提取青蒿素这一事件穿越到现在才发生，那等待它的会不会是另一番景象？

**历史地看待青蒿素专利之憾**

1969年，卫生部直属的中医研究院（现中国中医研究院）助理研究员屠呦呦加入"523项目"，正式成为中国抗疟新药科研集体的一员。彼时的中国正处于特定历史时期，科技落后，社会动荡。数年间，屠呦呦和团队经历了190次失败，终于历尽艰辛，利用乙醚提取出青蒿中有效抗疟成分，成功制取抗疟效果为100%的"中国神药"青蒿素。这在当时的中国乃至世界而言，都是一份无比宝贵的财产。

在落后的条件下创造了领先世界的科研成果，尽管值得骄傲，却如怀璧夜行——在那个中国尚未建立知识产权制度的时代，屠呦呦和团队无法依靠法律武器去保护创新成果，反而随时面临可能被虎视眈眈的对手窃取甚至夺取的状况。上世纪70年代初，我国以集体名义逐渐公开发表了一系列青蒿素研究相关论文，将青蒿素"无偿"展示在世人面前。1981年10月，国际会议"青蒿素专题报告会"在北京举行，青蒿素基本技术和研究情况被"和盘托出"。原全国"523"领导小组办公室副主任张剑方编写的《迟到的报告》曾表示，由于我国当时尚没有专利等知识产权保护。在那个年代里，把研究成果写成论文发表，为国争光是科技人员的唯一选择。

在那个知识产权制度尚未诞生的年代里，科研成果保护和市场化运作成为奢谈。青蒿素这种公开的方式至今仍为人诟病，甚至有人认为这是中国青蒿素产业"起个大早，赶个晚集"的根源。国家知识产权局专利局原医药生物发明审查部部长张清奎深有感触。"应当历史地看待青蒿素专利之憾。"张清奎说，青蒿素提炼成功时，全社会都不知专利为何物，因此科研人员没有去其他国家提交专利申请也无可指责。

"在当时，向全球公开青蒿素相关论文，客观上也起到了自我防卫的作用，防止该成果被他人提交专利申请而反受其限制。"在张清奎看来，屠呦呦等科研人员选择公开青蒿素成果，以及此后我国相关机构选择与大型跨国公司合作进行专利运营，虽有些无奈，但在当时的历史背景下，这也不失为一种保护青蒿素科研成果的较好选择。

"在那个年代，其他国家也在研究抗疟药。如果别人再研究出类似的成果并提交专利申请，我们的努力就付诸东流了。屠呦呦等公开发表成果后，当时的青蒿素研究成果就失去了新颖性而不能提交专利申请，因此打消了竞争对手利用专利阻碍我国研发的可能性。"在中国科学院大学法律与知识产权系主任李顺德看来，屠呦呦们的举措看似无奈，却是一次绝佳的利用专利制度来保护自己的一场保卫战。

屠呦呦们的等待还在继续。1985 年 4 月 1 日，我国专利法正式实施。这一天，屠呦呦团队向中国专利局（国家知识产权局前身）提交了一件名为"还原青蒿素的生产工艺"的发明专利申请。青蒿素的生产工艺终于有了在国内获得专利保护的可能。1993 年 1 月 1 日，我国专利法第一次修改后正式实施，在原有药品生产工艺可获得专利保护的基础上，将"药品和用化学方法获得的物质"一并列入专利权保护范围。中国抗疟药从此也穿上了专利的盔甲。此时距屠呦呦提炼出青蒿素已有 20 余年。此后，屠呦呦和团队继续提交专利申请，并拥有复方双氢青蒿素等专利权，还以此专利为基础与北京一家企业合作开发了双氢青蒿素哌喹片。

"没有专利保护的创新成果，就像没有铠甲的勇士，随时可能被竞争对手或剽窃者的明枪暗箭射杀。"中国科学院科技政策与管理科学研究所研究员刘海波表示。

在远远超越中国法制进程的年代诞生的青蒿素，背负了太多不应承受的委屈。当它终于可以依靠专利制度保卫自己的时候，是否就可以高枕无忧，让中国医药借此所向披靡呢？

**起个大早赶个晚集**

根据《自然》杂志的一份报告，全球每年有超过 5 亿人感染疟疾，患者大多在非洲。这正是青蒿素最大的市场。通常来说，一个产业要想发展，必不可少的就是在预期的市场地域进行专利布局。中国知识产权报记者委托国家知识产权局专利局医药生物发明审查部审查员进行全球专利文献检索发现，截至 2015 年 10 月 10 日，在青蒿素领域，全球发明人共提交了 1099 件专利申请，涉及青蒿素及其衍生物的专利申请主要包含药物制剂、化学合成和提取工艺三大类，其中以制剂为主。在青蒿素领域的这 1099 件专利申请中，我国发明人提交了约 500 件专利申请，其中向国外提交的专利申请有 78 件，且绝大多数为发明专利申请。这样的数据令人鼓舞，药企在屠呦呦们公开过的青蒿素研究成果的基础上进一步研发，中国抗疟药产业想必可在目标市场赚得盆满钵满。

然而，令人费解的是，直到今日，青蒿素及其衍生物每年销售额已达数亿美元，但中国所占市场份额只有不到 10%，甚至行业人士估计在 3% 到 5% 之间。人们不禁追问，有了较为全面的专利保护，又有出色的专利布局，我国青蒿素产业缘何仍未能主导全球市场格局？

记者追寻着其中第一件可能也是最重要的一件国际专利申请——于 1994 年通过《专利合作条约》（PCT）途径进入多国的复方蒿甲醚——在国际市场上的发展脚步一探究竟。

1994 年，中国人民解放军军事医学科学院与跨国制药巨头瑞士诺华公司签署了专利开发许可协议，将其研发出的复方蒿甲醚专利在国际上的研究和开发权转让给了诺华公司，只收取该药品海外销售收入的 4% 作为专利使用费（约定 20 年）。在当时，军事医学科学院作为部队的研究机构，既没有能力，也没有权利自行将复方蒿甲醚药品产业化，且中国当时还没有一个企业的制剂生产水平达到国际制剂生产规范的要求。由此，诺华公司和军事医学科学院共同提交了以上述 PCT 专利申请为首的一系列海外专利申请，并单独在欧洲等地区展开外围专利布局。

诺华没有食言。复方蒿甲醚专利迅速通过 PCT 途径进入欧洲、日本、韩国等市场，由中方提供原料、由诺华生产的复方蒿甲醚药品也迅速打开国际市场。直到 2011 年专利权保护有效期终止以后，外围专利仍对复方蒿甲醚的市场份额发挥着保障作用。对此，参加过青蒿素研发的广州中医药大学教授李国桥曾感慨，军事医学科学院的复方蒿甲醚上世纪 90 年代初要自己在国外注册药物和市场开发并不容易，"当时我国药企与国际的联系比较少，在适应国际游戏规则方面甚至不如印度，另外，企业运作的能力也不够。"虽然在业界看来，此举在客观上加速了中国抗疟药物在全球的推广，但就当时的中国研究机构而言，即使有心将青蒿素相关产品销往世界，但也碍于实力有限而不得不采取"合作"。

1999 年，诺华公司成为全球第一家推出固定剂量 ACT（青蒿素类复方药品）的制药公司。疟疾疫区的人民用上了价低效高的复方药，而这救命药的"身份证"上，难以寻到中国"血缘"留下的记录。

2002 年，复方蒿甲醚被列入世界卫生组织（WHO）基本药物清单。而此前，在我国将青蒿素分子结构公开后，WHO 对我国的研发极为关注。按照国际惯例，新药在国外注册前必须要对生产条件和生产管理进行实地考察，即药品生产质量管理规范（GMP）检查。但由于没有企业符合 GMP 标准，我国与 WHO 的合作不得不搁浅。与诺华公司的合作，让发源于中国的抗疟药终于实现了进入 WHO 基本药物清单的梦想，但这梦想的实现方式却是如此尴尬。

"企业获得专利授权后，距离市场化销售还有一大段路要走。新药研制具有巨大风险，一般的中小型药企根本难以承担。"对此，国家知识产权局专利局化学发明审查部审查员撰文分析称，"而在销售方面，青蒿素类药品必须进入 WHO 的推荐用药目录，才能分享国际基金的采购大单，而分销网络和国际认证体系对于当时乃至今天的中国药企来说都是很难跨越的门槛。"

2004 年 2 月，为避免疟原虫产生抗药性，WHO 提出停止使用青蒿素类单方抗疟药。复方蒿甲醚作为 WHO 推荐使用的四种 ACT 中唯一采用固定比例复方形式给药的青蒿素类药物，被 WHO 重点推荐，还被作为衡量其他青蒿类药物联合用药安全与疗效的标准。诺华公司一跃成为国际青蒿素类药物市场最大的赢家，并在复方蒿甲醚专利有效期内实现了对其专利价值的最大挖掘。这种专利实施和产业化能力，即使在今天看来都强于我国的制药产业。

"青蒿素类抗疟药物是我国'土生土长'的没错，但是一些标准最终是由国外定的。这不单是青蒿素类抗疟药物产业的问题，是整个中国制药行业的共同问题。"中国最大的青蒿素生产商华立药业原总裁逯春明在接受媒体采访时曾感叹。

"青蒿素类抗疟药（复方蒿甲醚）的历史反映了我国药品的基本状况——我国大量出口的都是原料药，国外企业购买中国的原料药再加工成真正的商品药，所以主要利润都被国外公司拿去了。出现这种状况的原因，一是我国研发基础较差，二是药物商品化遇到的障碍较大，三是市场话语权缺失。因此产品后期研发销售只能受制于人。"李顺德指出。

**还有漫长的路要走**

"并不是有了专利制度就可以高枕无忧，专利所发挥的作用及获得的收益还与产业的技术水平及整体产业化能力有关。"长期关注青蒿素产业的国家知识产权局专利局医药生物发明审查部岳雪莲如是说。

得知屠呦呦获诺奖的消息，华立集团董事局主席汪力连夜撰写千字长文——中国企业在国际竞争中缺乏引导和支持，导致中国企业逐渐失去本应有的在全球抗疟药市场的领先地位。"一个世界公认的中国人发明和创造的成果，一条在原料的源头上我们有绝对控制优势的产业链，然而我们居然仍是廉价原料的供应国，至多只是制剂产品市场的配角和补充，这不得不令人感到悲哀啊！"

2007 年，上海复星药业旗下的桂林南药成为中国首个也是目前唯一进入口服 ACT 抗疟药公立市场的企业。在诺华公司占据国际抗疟药市场半壁江山多年之后，中国终于有药企可以在此领域有机会与之比肩。

然而市场会停下脚步，给中国药企一个比肩的机会吗？

"总盘子小"是逯春明对国际抗疟药私立市场的形象描述。即使是今天来看，我国药企在各个技术细节上，仍与国际要求有一定的差距，难以与成熟的欧洲、印度等企业一较高下。而在占整个市场比例80%以上的公立市场，即由 WHO 等国际组织花钱购买的部分中，中国企业中"一枝独秀"的桂林南药更是难以从诺华公司、赛诺菲等巨头手中分一杯羹。晚一步赶上来的中国药企，想跻身其中，困难重重。

"青蒿素类抗疟药不同于一般专利药品。对于疟疾、艾滋病及肺结核等导致公共健康危机的疾病，把握好专利制度与公共健康需求之间的平衡尤为重要。"上海大学知识产权学院副院长许春明表示，疟疾等流行病严重的国家往往是不发达的国家，当地患者无法逾越专利治疗药品的高价壁垒，难以获得有效的廉价治疗药品。2005年12月，WTO 各成员一致通过了修改《与贸易有关的知识产权协议》（TRIPS）有关强制许可条款的决定。虽然这一规则建立后罕有实施案例，但为解决许多发展中成员，尤其最不发达成员面临的公共健康危机迈出了重要一步。就连诺华公司等欧洲企业，在异军突起的印度仿制药集团进攻下，在青蒿素市场上的优势地位也大不如前。我国药企即使能凭借专利优势赶超欧洲巨头，也难以在印度仿制药的追击下独善其身。

值得一提的是，一向因仿制药为人诟病的印度，其几家主要青蒿素药企的仿制药也在几年前分别通过了 WHO－PQ 认证。在生产环节少有符合 GMP 标准的我国企业，手握优质专利却难以产出，反而可能由仿制者生产出更符合国际要求的药物，这也是中国青蒿素药企难以释怀的隐痛。

此外，诺华公司中国区负责人多次在接受媒体采访时表示，诺华公司一直在亏本做青蒿素类药物。而在该领域市场份额仅次于诺华的法国赛诺菲甚至在 2006 年宣布，其青蒿素类新产品不仅价格为 1 美元/人份而且放弃专利权。原来，青蒿素公立市场是一个有着强烈公益属性的市场，WHO 对供货方有 15% 以内的利润控制要求。欧洲药企"赔本赚吆喝"，为的不仅是企业声誉，也为企业在青蒿素销售区的其他药物打开销路。这是一个看似亏损但绝不会"吃亏"的生意。而对于产业链末端的中国药企而言，最成功的药物只赚了个 4% 的专利许可费，在这种情况下，贸然闯入国际市场，跟"亏得起"的欧洲巨头竞争，结果还是未知数。

"从实验室的一个构想到一颗药丸，从一件专利证书再到一个成功的药品，这中间有漫长的路要走，无论是药品工艺试验、临床试验，还是专利的运用、保护和管理，其中必不可缺的不仅是研发药品本身的技术和经验，更是需要法律和政策方面的支持，以及对市场和产品方向的深刻认识。"李顺德如是说。

如果时间的脚步快些走，让中国的法制进程和产业能力快进 20 年，现在的青蒿素产业会不会是另一番景象？

只可惜，科研创新没有时光机。

**探求中医药创新的动力源**

一个诺贝尔奖，远不能概括屠呦呦及其团队数十年的付出，多少创新者依然在默默无闻地埋头耕耘，为国家的创新发展挥洒着热血，期待着中国制药产业国际化的春天。在历史的长河中追溯青蒿素及其衍生药物的专利故事，浮现在人们眼前的是这些超出国家发展阶段的创新成果不断遭遇国内外各种困境的辛酸历程——缺乏完善的专利制度，囿于开拓市场能力不足，即使获得了杰出的科研成果，也难免陷入价值链洼地。发生在青蒿素上的一系列"遗憾"固然令人叹惋，但这正是一个国家由弱到强、由模仿到创新、由追赶到领先所必须付出的"学费"。

在张清奎看来，中国的青蒿素产业之所以"高开低走"，固然有历史上的专利体制机制问题，但产业自身技术水平和整体产业化的能力才是决定性因素。"中医药产业在走向国际过程中，努力提高中医药专利申请的科技含量和撰写水平，提高产品和服务的质量及品牌意识，"张清奎说，"要深入改革我国科技管理的体制和机制，理清政府职能和社会功能的界限，提供更好的创新环境，努力提高科技工作者创新的积极性和科学性，加强产学研合作，努力使得科研工作及其成果更加具有产业价值，使得科学技术真正能够成为'第一生产力'。"

青蒿素研究成果为人作嫁，中医药产业产学研链条缺失是重要因素。"科研活动产生的创新成果，是专利制度保护的对象，也是科研投资获取回报的必要载体。" 刘海波认为，科研人员在研发工作基础上，必须关注专利，而国家也应制定政策，激励科研人员关注专利。近年来，新修改的促进科技成果转化法，正在制定的《职务发明条例》及在修订中的专利法中都加入了科研人员应从研发成果中获得收益的条文，今年的政府工作报告中也强调要使创新人才分享成果收益。"在双创时代，离开了创新成果，国家发展也就成了无源之水、无本之木。因此，要完善科技成果转化、职务发明法律制度，才能进一步推进科技成果运用、调动研发人员积极性。" 刘海波说。

虽有专利布局，难改产业格局。青蒿素之殇为中医药产业上了生动的一课——由于时代的原因，创新成果未能得到有效的保护，造成其流失，而产业化能力缺失则是再完善的保护制度也难以挽救。在这堂振聋发聩的公开课为后来者敲响警钟的同时，我们能为青蒿素产业做些什么？

"在现有条件下，应加强青蒿资源的统一管理，保证其质量及可持续供应，这是我们目前可以且应当采取的补救措施。"岳雪莲表示，"此外，青蒿素的发明是从古代文献中获得的灵感，这体现了传统知识对于发明创新的重要意义。我们在未来的研究工作中，还要注意利用和保护传统知识，使其在创新中焕发活力。"

与跨国公司类似，我国制药企业也逐渐接受了青蒿素的公益性药物这一定位，更多地承担起了打造企业公益形象的责任。青蒿素——这个被国际承认的首个中国新药如同其所诞生的国度一样，正在通过努力适应各种游戏规则而逐渐融入整个世界。我们有理由相信，未来的中国制药，不仅能在国际市场竞争这个大游戏中游刃有余，更能进一步发展，成为游戏规则的制定者。

失之东隅，收之桑榆。青蒿素之憾固然令人扼腕，但从中获得的经验教训将指引中国医药未来的创新之途少走一些弯路。"要努力提高科研人员专利保护和运营的意识和水平，提高在国内外目标市场的专利布局和维权意识，更好地发挥专利制度对于鼓励创新创业的巨大作用，支撑创新驱动发展。"张清奎说，"只要解放思想，开拓思路，精诚合作，深入挖掘，善于创新，经过几千年历史实践检验的中医药传统知识宝库必将大放异彩，为全世界人民的生命健康做出更大的贡献。"

（刊登于 2015 年 10 月 16 日第三版）

# 中国品牌国际化任重道远

本报记者　张海志

"品牌经济已经成为推动经济转型升级的必然选择。"近日，在第二届中国品牌经济高峰论坛上，国家工商总局副局长刘俊臣一语中的。

10月16日至19日，由中华商标协会主办的2015中国国际商标品牌节（下称"商标品牌节"）在海南省海口市举办。此届商标品牌节以"实施商标战略，发展品牌经济"为主题，与会人员围绕"一带一路"的商标品牌建设、商标实务和法律前沿话题进行了深入讨论。商标品牌节主论坛以"信用　创新　法治"为主题，为助力商标品牌建设，促进企业牢牢抓住实施创新驱动发展战略、"一带一路"倡议、知识产权战略的历史机遇，在品牌建设上有所作为、加快发展，提供了启示和有益的借鉴。

### 商标为媒介　品牌赢未来

据主办方有关负责人介绍，此届商标品牌节在继承传统论坛模式的同时，还注重创新论坛模式，关注对商标实务和法律前沿等问题的交流，并且以21世纪海上丝绸之路的重要战略支点城市海口为依托，彰显和发挥海南的生态立省优势、经济特区优势和国际旅游岛建设优势，抓住"一带一路"重要机遇，举办丝绸之路上的商标和互联网经济与海南国际旅游岛特色产品论坛，助力中国企业"走出去"，实现合作共赢。

刘俊臣表示，从"形成一批有实力的跨国企业和著名品牌"到"中国产品向中国品牌转变"，当商标品牌建设提升到国家战略高度，人们无疑对一枚枚小小的商标寄予了更高的期望。

### 数量虽领先　质量存差距

截至2015年8月，中国商标累计注册申请量为1739.4万件，累计商标注册量为1159.7万件，商标有效注册量为978.5万件，均居世界首位。

随着市场主体数量大幅增加，市场活跃度日益增强，企业的商标品牌意识逐渐增强，商标申请量不断攀升，中国商标品牌竞争力显著提升。在世界品牌实验室2004年首次推出的"世界品牌500强"中，中国只有4个品牌入选，到2014年中国入选品牌已达29个；"华为"品牌还首次闯入全球著名品牌咨询公司Interbrand公布的"2014年全球企业品牌价值排行榜"500强。数据显示，2014年，国内申请人提交马德里商标国际注册申请2140件，位居马德里体系第7位。截至今年8月底，中国马德里商标国际注册量累计达1.959万件。联想收购整合IBM的PC业务、吉利收购沃尔沃等商标领域"大事件"都在说明中国企业正在加快品牌国际化的步伐。

"商标品牌战略的实施，有效拓宽了转变经济发展方式的途径，有力推动了经济转型升级，极大促进了经济结构调整和农业产业化发展，知名商标品牌的价值提升成为企业质押融资的重要工具"，刘俊臣在肯定成绩的同时也强调，应该看到中国商标品牌发展存在的不足和差距。对此，刘俊臣指出，中国具有国际竞争力的知名品牌数量不多，拥有自主品牌的产品出口比重较低，企业品牌建设能力有待进一步提高，中国商标品牌的国际化任重而道远。"应该引导企业不断更新商标品牌发展理念，加大商标品牌推广的创新，丰富品牌推广内容，创新品牌推广形式，拓展品牌推广渠道，形成多层次、全方位、立体化的品牌推广格局，提升商标品牌的知名度和影响力。积极引导企业通过产品创新、技术创新、商业模式创新等实质性创新，推进商标品牌创新，以商标品牌创新带动引领企业全面创新。"刘俊臣强调。

（刊登于 2015 年 10 月 21 日第二版）

# 中国高铁：驶出国门需警惕专利风浪

本报记者　冯飞

中国高铁"走出去"取得历史性突破！

10 月 16 日，中国与印度尼西亚企业正式签署组建合资公司协议，该合资公司将负责印度尼西亚雅加达至万隆高速铁路项目的建设和运营。据悉，该高铁项目是中国高速铁路从技术标准、勘察设计、工程施工、装备制造，到物资供应、运营管理和人才培训等全方位"走出去"的"第一单"。在该高铁项目的竞标中，中国击败日本凸显了中国高铁的技术优势，对中国高铁进一步"走出去"具有示范意义。

作为高铁的"大脑"，高铁信号控制系统是高铁实现安全运营、提高运输效率和管理水平的重要设备，是推动我国高铁"走出去"的关键因素之一。记者在采访中了解到，目前，我国已自主研发出了多套高铁信号控制系统，在该领域具有一定优势，但我国企业在国际市场提交的专利申请数量较少，这使得我国高铁在"走出去"过程中面临专利侵权风险。对此，专家建议，国内企业在重点关注主要竞争对手专利布局态势的同时，还应学习借鉴国外企业的专利布局策略，提前在主要目标市场开展专利布局。

## 信号控制独具优势

据悉，全球第一件高铁信号控制系统领域的专利申请提交于 1963 年，经过 50 多年的发展，日本和欧洲拥有全球领先的高铁信号控制技术，并构建了自己的标准体系。中国在该领域后来居上，实现了"弯道超车"。

国家知识产权局专利局光电技术发明审查部剂量一处处长谢岗介绍，截至 2015年 7 月，在高铁信号控制系统领域，全球申请人共提交了 8000 多件专利申请，技术内容涉及列车运行控制系统、集中调度、计算机联锁等。申请人主要来自中国、德国、日本、美国、法国等国家和地区，其中，西门子、阿尔斯通、庞巴迪、日立是高铁行业的巨头，它们的专利申请量占全球专利申请总量近 1/4。

"全球最早的高铁信号控制系统是 1964 年日本新干线采用的 ATC 系统，随后，法国和德国研发出了 U/T 系统和 LZB 系统，这些系统的制式和架构存在较大差异，无法通用。上世纪 90 年代，欧盟为实现高铁在欧洲境内的互通运营，推出了一套适合欧盟各国的 ETES 系统。"谢岗在接受本报记者采访时介绍。

与欧洲和日本相比，中国在高铁信号控制系统领域的研发起步较晚，但发展迅猛。谢岗介绍，自 2006 年起，中国高铁信号控制系统领域的专利申请量开始逐年增加，2011 年更是出现了爆发式增长。截至 2015 年 7 月，90% 以上的中国专利申请由国内申请人提交，远超国外申请人的专利申请量。

"自 2004 年起，中国开始研发高铁信号控制系统，通过吸收引进、合作开发、自主创新等方式，目前，中国已经成功研发出 CTCS-2 和 CTCS-3 两大信号控制系统，可以分别满足时速 200 公里和时速 300 公里以上的高铁，是当前全球商业运行里程最长的高铁信号控制系统。"谢岗表示，中国自主研发的两大信号控制系统可以实现 CTCS-2 和 CTCS 的无缝切换。

### 扬帆海外面临风险

信号控制系统的技术优势已经成为我国高铁成功"出海"的助推剂，但我国企业在国际市场提交的专利申请数量较少，给我国高铁"走出去"带来了一定的侵权风险。

记者在采访中了解到，在我国高铁信号控制系统领域，中国铁路通信信号股份有限公司（下称"中国通号"）、北京和利时系统工程有限公司和中国铁道科学研究院占据了 99% 的市场份额。其中，中国通号是该行业的龙头企业。数据显示，截至 2014 年底，在时速 300 公里的高铁运营里程中，中国通号研发的信号控制系统的占有率高达 92%；在时速 200 公里的高铁运营里程中，中国通号研发的信号控制系统的占有率达 52%。

谢岗介绍，截至 2015 年 7 月，作为中国高铁信号控制系统领域的龙头企业，中国通号已提交了 70 余件专利申请，但均为中国专利申请，目前，其并未在国际市场进行专利布局。

谢岗强调，中国企业虽然在该领域具有一定的技术优势，但与国外巨头的专利布局相比，中国企业的优势明显不足。比如，西门子在高铁信号控制系统领域提交了 662 件专利申请，并在多个国家进行了专利布局，相对中国企业，其专利优势明显，使中国企业面临一定的专利侵权风险。谢岗建议，国内企业应重点关注竞争对手的技术研发和专利布局，为我国高铁"走出去"未雨绸缪。

"中国高铁在参与国际市场竞争时，要提前将自主研发的核心技术在目标市场进行专利布局，并针对核心技术面临的诸多风险制定相应对策，同时开展竞争对手的知识产权分析，以避免潜在的专利侵权风险。"谈及中国高铁"走出去"面临的问题，原中国北车股份有限公司总工程师王勇智表示。

（刊登于 2015 年 10 月 21 日第五版）

《加快推进知识产权强省建设工作方案（试行）》印发

# 知识产权强省建设路线图和时间表确立

**本报讯** （记者王宇北京报道）10月21日，国家知识产权局印发《加快推进知识产权强省建设工作方案（试行）》（下称《方案》），从远期的目标初步提出知识产权强省建设的远景规划，并从近期的重点对知识产权强省建设试点阶段的工作任务进行了部署。

《方案》分为总体思路、试点任务、实施步骤、保障条件等4个部分，是指导各省（区、市）围绕知识产权强国建设提升知识产权综合能力的工作指引，也是指导开展知识产权强省（区、市）建设的行动指南。

《方案》要求，到2030年，基本形成布局合理、科学发展、支撑有力的知识产权强省建设战略格局，加快推进知识产权强国建设进程。为此，《方案》提出"试点探索、分类推进、分步实施、动态调整、整体升级"的工作方针，明确了引领型、支撑型、特色型知识产权强省建设各自的主要试点任务，并按照知识产权强省建设总体思路和目标要求，制定了知识产权强省建设路线图和时间表。

在"分类推进"方面，《方案》提出，结合各省发展实际，推动若干省份建设引领型知识产权强省，全面提升知识产权综合实力，率先达到国际一流水平；推动部分省份建设支撑型知识产权强省，推进知识产权重点环节突破发展，带动知识产权综合实力显著增强；推动一批省份建设特色型知识产权强省，聚焦区域特色领域，培育形成知识产权新优势。

在"分步实施"方面，《方案》明确，结合知识产权强国建设进度安排，分三个阶段推进知识产权强省建设。2015年至2020年为第一阶段，分批布局知识产权强省建设试点省，着力探索路径，总结经验；2020年至2025年为第二阶段，对试点省进行考核评价，确定一批知识产权强省建设示范省，着力推广经验，深化发展；2025年至2030年为第三阶段，确定一批知识产权强省，着力引领带动，全面推进。

《方案》要求，各地要高度重视知识产权强省建设工作，建立健全省级层面的统筹协调机制和省市县各级工作推进机制，推进知识产权强省建设各项任务落实。国家知识产权局将加强工作指导、支持和考核，推动各地知识产权综合实力整体升级，加快推进知识产权强国建设。

（刊登于2015年10月23日第一版）

# 我国有效注册商标总量突破千万大关

**本报综合消息** 国家工商行政管理总局最新数据显示，截至 2015 年 10 月 7 日，我国有效注册商标量达 1004 万件，首次突破千万大关。

随着商事制度改革在全国范围内全面实施，企业自主创新活力不断增强，同时促进了商标注册申请量大幅提升。今年前 9 个月，我国商标注册申请量达 211.5 万件，同比增长 36.62％；审查商标注册申请 143.4 万件，审查异议申请 3.3 万件。截至 2015 年 9 月，我国商标累计注册申请量为 1764.17 万件，累计商标注册量为 1176.29 万件，连续 13 年位居世界第一。

（刊登于 2015 年 10 月 23 日第一版）

**在专利金奖获得者中，大部分是具有一定技术积淀和发展历史的传统公司，而顶着"高成长性""高创造性"头衔的创业板上市公司表现令人汗颜——**

# 专利金奖为何难觅创业板公司身影？

本报记者　王康

近日，第十七届中国专利奖颁奖大会在京举行，"一种重质油及渣油加氢转化催化剂及其制备方法"等 25 件专利获发明专利、实用新型专利和外观设计专利金奖。中国专利奖以其公信力、代表性、权威性，日益受到广泛关注，获奖项目也已成为引领创新、促进产业升级、推动经济发展的重要载体，并发挥了重要的示范作用。数据显示，本届专利奖评选出的 25 项金奖项目，新增销售额 1493 亿元，新增利润 334 亿元，新增出口额 104 亿元，专利蕴藏的巨大价值得以印证。

在获得专利金奖的权利人中，大部分是具有一定技术积淀和历史的传统公司，而顶着"高成长性""高创造性"头衔的创业板上市公司，却在专利金奖的榜单中难觅身影。其中的原因，有创业板上市公司成立时间较短等客观因素存在，但部分"伪创新"上市公司的夹杂，以及对知识产权的不够重视，才是创业板上市公司无缘专利金奖的主要原因。有关专家表示，目前，借助资本市场，上市公司的研发投入持续增长，但更应在自身所处的技术领域"深耕细作"，利用好目前良好的创新创业环境，在核心技术方面实现突破，而不仅仅将知识产权作为公司上市的"敲门砖"。

## 专利用途变质

此次获得专利金奖的东旭集团在 18 年前还是一家仅有几十人的机械制造小厂。成立之初，东旭集团没有技术、没有设备，缺乏材料、缺乏经验，对于这样一个刚刚起步的民营企业而言，没有可参考的经验，一切都得从零开始起步，恰恰是这样的空白，给东旭集团留下了更多施展技艺的机会。

"从一个机械制造小厂到下线中国首片 TFT－LCD 玻璃基板，到拥有 1.5 万名员工，总资产达 500 亿元的大型多产业投资集团，我们用了 18 年。这 18 年中，市场在变、环境在变、技术在变，唯一不变的是我们创新理念和振兴民族产业的使命。"东旭集团副总裁王建强在接受中国知识产权报记者采访时表示。

和东旭集团一样，比亚迪始终坚持"技术为王，创新为本"的发展理念，此次有 4 件涉及新能源领域的专利获得中国专利奖，标志着比亚迪在新能源汽车领域的全球专利布局已经开始发力。

不难看出，上述获奖的企业中无一不是经过长期技术积累和持续研发投入后才取得的累累硕果。一件件获奖专利凝聚着创新者的智力成果，一组组数据记录着专利价值的馈赠。数据显示，本届专利奖评选出的 25 项金奖项目，新增销售额 1493 亿元，新增利润 334 亿元，新增出口额 104 亿元，专利蕴藏的巨大价值得到有效释放。

但在这些专利金奖榜单中却难觅创业板上市公司的身影。"目前不少创业板上市公司对知识产权的理解和认识存在偏差，以为拥有几个专利证书就是创新型企业，不少上市公司更是将知识产权作为其上市的'装饰品'和'附属品'。如此浮躁和急功近利的心理，很难让上市公司沉下心来专心研发创新技术。"一位不愿透露姓名的业内人士在接受中国知识产权报记者采访时表示。

"创业板上市的公司大多是所谓的高新技术企业。因此，以专利为主的知识产权作为企业技术创新成果的标志，也是创业板公司具有高成长性的基础。为尽快达到上市目的，企业往往会在短期内突击进行专利申请，专利质量自然无法保证。在此情况下，专利制度已经背离了知识产权保护的基本功能，而变成了企业急功近利实现上市融资目的的工具。另一方面，证监会在对申请人做出上市审核决定时，并未将申请人知识产权状况（包括专利的数量、质量等）作为重要的审核依据。而作为非专业人士的投资人在做出投资决定时，自然也无法了解企业专利具有的实际价值。"北京华沛德权律师事务所合伙人马苗苗在接受中国知识产权报记者采访时表示，任何技术的发展都需要一定的积累，创业板上市公司的平均创立时间比较短，大多没有深厚的技术基础，这也是影响创业板公司专利价值的重要原因。

**提高创新效率**

将创业板作为"镀金"渠道的公司毕竟是少数，更多的公司则将其作为转型升级的平台。经过 6 年多的发展，创业板在资本市场的帮助下，利用其平台募集到的资金使企业获得持续增长。据深圳证券交易所统计，2014 年，深市已披露年度研发数据的上市公司研发投入金额合计 1488 亿元，平均每家公司投入 8926 万元，较上年增加 13.27%，其中，中小板、创业板分别增长 16.64% 和 22.84%。419 家公司研发强度（研发投入占营业收入比例）超过 5%，占公司总数的 25.13%。2014 年，创业板上市公司平均研发强度达到 5.38%，位居 3 个板块之首。

兴业证券首席策略分析师张忆东认为，以创业板为代表的许多成长股目前估值较高，因为投资者对它们的成长空间非常乐观。在这种情况下，就更需要企业持续不断地通过研发来带动创新，以更多更优的产品来匹配投资者日益见长的成长期望，不然难免出现泡沫化趋势。

"越是在'大众创业，万众创新'的大背景下，企业越应该克服浮躁、盲从、急功近利的心态，确定优势技术领域，加大技术研发投入，不以眼前利益、短期利益作为企业发展的目标。此外，企业应结合自身的技术背景和技术发展方向制定专利战略、完善专利布局，通过核心技术保持竞争优势，进而保证持续的盈利能力。"马苗苗强调，在必要时，企业要主动利用专利工具维权，占据有利市场地位，进而实现企业和投资者利益最大化。此外，证券监管机构也应加强监管，不应把创业板变成解决中小企业融资的工具，而应该从根源上保证创业板公司具有持续创新能力。

（刊登于 2015 年 12 月 23 日第七版）

# 2016

1989 1990 1991 1992 1993 1994 1995
1996 1997 1998 1999 2000 2001 2002 2003 2004
2005 2006 2007 2008 2009 2010

# 纪念改革开放40年
## 中国知识产权报新闻作品集

2011 2012 2013 2014 2015 2016 2017 2018

专利保险联盟：搬走企业维权"绊脚石"

商标权保护需跨入"主动时代"

加快知识产权强国建设是新时期的国家战略

进一步提升知识产权保护的法治化水平

爱奇艺靠什么摘得多项版权大奖？

资本杠杆能否撬动专利大市场？

如何拨动专利池"一池春水"？

积极构建知识产权大保护工作格局

我国版权行业增加值　平均年增速达 17%

浙江：知识产权为梦想小镇插上翅膀

"一局三地"知识产权合作会商机制建立

"一带一路"沿线国家代表共商知识产权合作发展大计

打造知识产权领域供给侧改革的"广西样本"

专利费减为申请人"钱袋子"减负

如何加强农业植物新品种保护

重庆兼善中学：知识产权教育利在千秋

读图：创客·创新·创意——2016 中美青年创客大赛及北京创客盛会掠影

专利运营促发展　军民融合创未来

我国企业拓展商标保护新类型

我国确定第一批国家级知识产权保护规范化市场

以专利保险为纽带，帮助企业解决"维权难、难维权"问题——

# 专利保险联盟：搬走企业维权"绊脚石"

本报记者　吴艳　实习记者　李俊霖

咨询技术专家，找律师，制定维权方案，搜集证据……2015年，当意外发现公司的专利产品被仿冒时，上海丰科生物科技有限公司（下称"丰科公司"）立刻启动了维权预案。但是，随之而来的烦琐工作和所需的高额费用令丰科公司法务部经理钱仙云无所适从。

事实上，钱仙云遇到的烦恼，是目前我国很多企业在进行专利维权时都会遭遇的困境。针对企业"维权难、难维权"问题，近日，全国首个公益性专利保险合作组织——上海专利保险联盟正式成立。该联盟以专利保险为纽带，联合知识产权领域维权经验丰富的专家团队，为广大中小企业提供全方位的专利申请咨询和法律维权服务，帮助企业搬走维权"绊脚石"。

有专家指出，上海专利保险联盟的建立，实现了企业从分散、被动式应对专利侵权，到联合、主动式加强专利保护的跨越，有效实现了市场资源的快速整合和高效配置，是专利保护模式的重大创新。

**搭建平台　解决企业维权难题**

近年来，随着专利价值的日益凸显，专利侵权案件量逐年上升。由于维权成本高，加之诉讼主体广泛、取证和举证困难、侵权种类形式多样、赔偿数额难以计算等原因，许多企业在遭遇专利权侵权后，维权积极性不高，甚至最终无奈放弃维权。基于这一背景，在中国保险监督管理委员会上海监管局和上海市知识产权局的共同协助下，由安信农业保险股份有限公司（下称"安信公司"）等17家单位联合发起的上海专利保险联盟应运而生。

"作为政府引导支持的公益组织，专利保险联盟以提供专利保险维权服务为出发点，积极为广大中小企业提供全方位的专利申请咨询和相关法律服务。"安信公司奉贤支公司总经理助理徐敬向中国知识产权报记者介绍，在运作模式上，上海专利保险联盟通过发挥各成员单位在专业、人才、信息等领域的优势，为投保企业提供必要的法律咨询，积极帮助企业开展维权服务。专利投保单位作为被保险人，则需向上海专利保险联盟提供所需的相关资料，并配合联盟进行必要的举证和质证工作。此外，在维权过程中，表现突出的个人和机构，还可得到奖励，联盟成员优先享受相关的配套扶持政策，联盟成员之间可进行信息资源共享。

由于契合了企业的现实需求，上海专利保险联盟一经成立，就受到了广大中小企业的欢迎。据悉，从2014年筹备至今，加入联盟的专利保险投保企业累计达48家，投保专利达515件，其中发明专利占比达55%，处理有关专利侵权纠纷保险索赔案件3件。

**创新模式 抱团取暖力量强大**

作为近年来涌现出的新事物，专利保险发展迅猛。2012 年，国家知识产权局正式启动了专利保险试点工作，并先后选取了一批试点城市进行探索，其良好的效果已在部分地区得到验证。但与此同时，专利保险公司数量有限且服务模式单一、保险机制缺乏等局限性问题也逐渐显现。

"通常我们所说的专利保险，是针对专利融资、专利运营过程中的专利权价值变化、专利权被宣告无效、专利侵权等风险而提供的保险保障，如果出现保险合同约定的理赔情形，企业基于专利权价值的市场运营还能够在赔偿金的基础上继续进行。上海专利保险联盟则是一种由政府主导的公益性服务组织，其在为企业进行维权获得理赔后，将理赔成本归还企业，超出部分作为企业与联盟的共同收益。这种服务模式，有助于促进中小企业的快速成长，顺应了大众创业、万众创新的发展要求。"北京大学法学院教授杨明告诉本报记者。

作为上海专利保险联盟的投保企业，丰科公司对于联盟的成立更是颇有感触。"一方面专利保险联盟由保险公司、律师事务所、专利代理机构等单位组成，具有较强的专业性，企业在遭遇侵权时，能够无偿获得专业人员提供的法律咨询，获得为企业量身定制的维权方案；另一方面还为企业减免了侵权取证过程中的差旅费、专利公证费、律师费等各类费用，大大降低了企业的维权成本，为企业前期维权工作的开展提供了保障。"钱仙云表示。

在北京大学法学院教授张平看来，上海专利保险联盟的建立，实现了企业从分散、被动式应对专利侵权，到联合、主动式加强专利保护的跨越，有效实现了市场资源的快速整合和高效配置，是专利保护模式的重大创新。"对于中小企业来说，一方面可以'抱团取暖'，防御'专利劫持'，应对他人的专利进攻；另一方面也可以通过专利集中，增加在专利许可中的筹码。对于大企业来说，可以依托联盟实现强强联合，构筑起强大的专利池，联盟内成员可以共享和优惠使用专利池中的专利，同时也形成合力，防止联盟外部的专利进攻。"张平对本报记者表示。

"经过几年的发展，专利保险在帮助我国企业维权、保护企业创新成果方面发挥了重要作用。专利保险联盟作为一种新兴组织，满足了广大企业的发展需求。未来，希望相关部门进一步完善专利保险相关法律法规，加大政策扶持力度，建立公司风险分担机制，强化企业专利保险意识，建立专利预警机制。"杨明表示。

（刊登于 2016 年 1 月 13 日第五版）

互联网平台上商标侵权行为呈现高发之势，"被动防守"难以应对，专家建言——

# 商标权保护需跨入"主动时代"

近年来我国人民法院受理的知识产权纠纷案件中，互联网平台上的商标侵权纠纷逐渐开始占据较大比例。商标侵权的手法不断翻新，令人防不胜防。如何保护互联网平台上的商标权，一直是业界关注的焦点。

根据腾讯公司日前公布的数据显示，2014年第四季度至2015年第三季度，微信平台收到针对公众账号涉嫌侵犯他人知识产权的投诉超过1.3万件，占比60%，其中侵犯注册商标专用权的投诉所占比例最高。

对此，有知识产权专家表示，面对商标侵权行为呈现出的高发之势，互联网平台方面应不断加大对注册商标专用权的保护力度，并与权利人等多方共同努力，推动互联网平台上的注册商标专用权保护由"被动时代"跨入"主动时代"，以涤清互联网平台上的商标侵权行为，为注册商标专用权保护及品牌营销打造利好环境。

## 侵权行为高发

据了解，作为国内具有重要影响力的互联网信息发布平台之一，微信平台上目前存在的商标侵权行为，主要是账号信息（如头像、昵称等）及发布的文章内容涉嫌侵犯他人注册商标专用权（如推广侵犯他人注册商标专用权的产品信息等）。数据显示：目前微信平台上投诉公众账号与个人账号涉嫌侵犯他人注册商标专用权的，70%以上的理由是被投诉人涉嫌未经授权，擅自使用投诉人的注册商标；20%以上的理由为被投诉人涉嫌在同一种或类似商品及服务上，使用与投诉人持有的商标相同或近似的商标。

作为用户分辨公众账号服务提供者的标识，微信账号的头像、昵称等信息若未经授权擅自使用他人的注册商标，则很容易造成微信用户产生混淆、误认，涉嫌构成对他人注册商标专用权的侵犯。

2015年，微信平台曾接到九阳股份有限公司（下称"九阳公司"）投诉，称多个公众账号的账号昵称、功能介绍等信息，涉嫌侵犯其拥有的"Joyoung九阳"注册商标专用权。

微信在审核九阳公司提交的投诉材料后认为，微信公众账号头像、昵称或功能介绍是一般公众辨识和区分公众账号服务提供者的标识，被投诉账号提供服务、商品与九阳公司主营的商品与提供的服务相同，擅自在头像、昵称中使用九阳公司持有的"Joyoung九阳"商标，并在功能介绍中描述其为九阳公司的官方微信，同时在公众账号内宣传相同或类似商品时使用九阳公司持有的"Joyoung九阳"商标，容易导致一般微信用户产生混淆，违反了我国现行商标法第五十七条的相关规定，构成商标侵权。据此，微信要求被投诉账号清除相应侵权内容，并对商标侵权行为较为严重的账号进行封停。

据悉,微信在收到投诉方提交的商标侵权投诉后,根据相关法律法规对投诉进行审核、评估并作出相应的处理,维护了注册商标为权利人带来的品牌效益及其所承载的企业形象,有效打击了微信平台上的权利"蛀虫",为商标权利人营造了健康、有序的品牌营销环境。

**有赖多方合作**

随着互联网及移动客户端的发展,微信平台上的注册用户数量及用户活跃度快速增长。如何保护微信平台上商标权利人的注册商标专用权、打击商标侵权行为,建立有效、快捷的注册商标专用权保护措施,让商标权利人的权益得到有效维护,已成为微信实现快速、平稳发展所面临的亟须解决的问题。

据了解,为了有效应对平台上商标侵权行为频发的现象,目前微信推出了"全电子化知识产权侵权投诉系统""微信品牌维权平台"及"公众平台认证账号名称命名规则"等保护措施,为商标权利人开辟了保护注册商标专用权的"绿色通道"。

自 2015 年 7 月正式上线运行以来,"微信品牌维权平台"售假账号的清理效果亦比较显著,迄今推送至品牌方涉嫌售假举报 1.7 万余例,经品牌方专业鉴定后处理 7400 余例,封禁了 7000 余个售假微信账号。而随着维权效果的日益明显以及商标权利人的维权意识不断提高,越来越多的品牌申请加入到微信品牌维权平台中,截至 2015 年 11 月,已有 39 名商标权利人加入微信品牌维权平台,共涉及 100 余件商标。

有知识产权业人士表示,商标作为企业的一张名片,承载着消费者的信任与市场商誉等品牌的无形价值。为了保障广大用户的利益及权利人的合法权益,作为网络服务的提供者,互联网平台应不断对自身有关注册商标专用权保护的机制和流程进行完善,充分发挥互联网公司的技术优势以及平台效应,构建与完善自身将主动保护与被动保护相结合、事先防范和事后救济相结合的注册商标专用权保护体系。同时,还需要互联网平台、商标权利人、用户等多方共同努力,推动互联网平台上的商标权保护跨入"主动时代",营造尊重与保护注册商标专用权的良好生态环境。

(王国浩)

(刊登于 2016 年 1 月 15 日第七版)

# 加快知识产权强国建设是新时期的国家战略

吴汉东

加快知识产权强国建设,是新形势下我国为实现创新发展而作出的战略部署和顶层设计,也是深入实施国家知识产权战略的阶段转折和目标提升。《国务院关于新形势下加快知识产权强国建设的若干意见》（下称《意见》）发布，其着眼世界发展大趋势，围绕我国改革发展大局，立足我国知识产权事业发展的长远目标，对加快知识产权强国建设作出了方向性安排。

"十二五"时期，通过深入实施国家知识产权战略，知识产权事业发展取得了显著成效，我国已成为名副其实的知识产权大国。目前，中国正处于从知识产权大国向知识产权强国转变的关键历史时期，贯彻落实《意见》，将对中国未来发展产生重要而深远的影响。知识产权强国应该具有两个方面的基本品质，它既是创新型国家，也是法治化国家。建设知识产权强国，还需要达到四个基本条件。

一是知识产权制度建设完善。其中包括三个方面的具体内容，首先是形成健全的知识产权法律法规政策体系。《意见》从加强完善中国特色知识产权制度的总体要求出发，提出建立重大经济活动知识产权评议制度、建立以知识产权为重要内容的创新驱动发展评价制度、完善知识产权审查和注册机制、完善职务发明制度、推动专利许可制度改革等一系列重要任务；其次是推进知识产权管理体制机制改革，实现知识产权治理体系的现代化。从党的十八届五中全会关于"深化知识产权领域改革"的明确要求，到《意见》提出"积极研究探索知识产权管理体制机制改革"的重点任务，我国知识产权管理体系要由分散管理、效率不高逐步过渡为统一管理、提质增效，这将成为制度建设的重头戏；最后是按照《意见》提出"积极参与、推动知识产权国际规则制定和完善，构建公平合理国际经济秩序"的要求，提升中国知识产权制度的软实力，增强知识产权国际规则的中国话语权。

二是知识产权创造能力领先。知识产权创造是源头，创造力是彰显知识产权能力的首要因素。《意见》强调"充分发挥知识产权制度在激励创新、促进创新成果合理分享方面的关键作用"，提出了实施专利质量提升工程，培育一批核心专利等目标任务，将加快实现从中国制造向"中国创造"的转变。

三是知识产权产业发展先进。知识产权的产业化是知识产权制度创新价值目标的最终表现形态。知识产权密集型产业是以专利、商标和版权为核心内容，以实现经济和社会效益为目标，依靠专业服务和质量管理而形成的系列化、品牌化的先进产业。《意见》以"培育知识产权密集型产业"为专项任务，这是对党中央一再强调的"加强知识产权运用"的细化和深化，对于我国产业调整、产业创新和产业发展具有重要的指导意义。

四是知识产权环境治理优良。在国家治理现代化和法治化的战略布局中，《意见》提出"着力构建公平公正、开放透明的知识产权法治环境和市场环境"，既是法治国家建设之构成，亦是加快知识产权强国建设之必要。《意见》强调"实行严格的知识产权保护"，旨在通过知识产权环境治理，形成良好的市场经济秩序，促进大众创业、万众创新。为此，《意见》提出了一系列重大举措，对提高知识产权侵权赔偿、打击知识产权犯罪网络、完善知识产权快速维权机制、加强新业态和新领域的知识产权保护、规制知识产权滥用行为等皆作出了重点安排。

《意见》所描绘的加快知识产权强国建设蓝图，承载了国家富强、民族振兴、人民幸福的中国梦。加快知识产权强国建设，加快知识产权事业发展，将为建设创新型国家和全面建成小康社会提供有力支撑，为实现中华民族伟大复兴的中国梦做出更大贡献。

（作者系中南财经政法大学知识产权研究中心主任）

（刊登于 2016 年 1 月 27 日第一版）

# 进一步提升知识产权保护的法治化水平

本报记者　孙迪

"加大知识产权侵权行为惩治力度。推动知识产权保护法治化，发挥司法保护的主导作用，完善行政执法和司法保护两条途径优势互补、有机衔接的知识产权保护模式。"前不久出台的《国务院关于新形势下加快知识产权强国建设的若干意见》（下称《意见》）对知识产权保护作出了全面部署，受到社会各界广泛关注。"《意见》提出的关于知识产权保护的具体措施较为完善，对于我国进一步优化创新创业环境、加快知识产权强国建设具有重要的意义。"对此，中南大学知识产权研究院执行院长何炼红如是表示。

近年来，我国知识产权保护力度不断加大，形成了行政保护与司法保护两条途径"优势互补、有机衔接"的保护模式。据统计，"十二五"时期，全国知识产权系统共查处专利侵权假冒案件 8.7 万件，是"十一五"时期的近十倍；全国 29 个省（区、市）开通了"12330"知识产权维权援助与举报投诉服务热线，8 个产业集聚区设立了知识产权快速维权中心，为创新主体开创了多种低成本、高效率保护知识产权合法权益的渠道。截至目前，专利法修订草案已由国务院法制办向社会公开征求意见，27 个省（区、市）和 18 个较大的市出台了地方专利法规，从立法层面进一步完善知识产权保护。2012 年，中国首次开展知识产权保护社会满意度调查，得分 63.69；2013 年满意度提高了 1.27 分，得分 64.96；2014 年满意度提高了 4.47 分，得分 69.43。全社会对知识产权保护的满意度连年提升。

在何炼红看来，我国在知识产权保护工作上成绩斐然，但仍存在亟须解决的问题，需要进一步优化行政执法和司法保护两条途径的互补与衔接，提升知识产权保护法治化水平。"应当整合行政和司法资源形成知识产权保护合力。具体而言，可以通过对知识产权纠纷行政调解协议进行司法确认，赋予其生效判决的效力。如此不仅可以给予行政调解实质意义上的支持，也可以使法院在行使监督和制约职能的同时，扩大其司法保护的影响，实现行政执法和司法保护的'优势互补'。"何炼红说。

何炼红还指出，要使两条途径有机衔接，应协调好行政机关和司法机构在处理同一知识产权侵权纠纷时的关系，避免对同一纠纷重复处理或者矛盾处理。同时，应统一知识产权行政机关和司法机关的执法标准，统一行政机关与法院对证据的收集程序、认定标准和证明力的认定要求，实现民事证据、行政证据与刑事证据之间的有机衔接。

《意见》提出，加大知识产权犯罪打击力度。依法严厉打击侵犯知识产权犯罪行为，重点打击链条式、产业化知识产权犯罪网络。进一步加强知识产权行政执法与刑事司法衔接，加大涉嫌犯罪案件移交工作力度。对此，何炼红认为，应当从立法层面对行政执法和刑事司法的衔接加以完善，并规范刑事处罚标准。

"近年来，随着互联网技术和新商业模式的迅猛发展，对于打击知识产权犯罪提出了新的挑战，尤其是针对链条式、产业化知识产权犯罪，犯罪手段和行为更加隐蔽，涉及面更广，后果更严重，调查取证的难度也更大。打击知识产权犯罪需要加大刑事制裁的力度。应当规范刑事处罚标准，适当降低知识产权刑事门槛，根据经济社会发展的实际需要设立新的犯罪情形及罪名。"何炼红表示，"我国目前需要从法律层面对知识产权刑事案件作出明确规定。确定案件移送过程中的证据、移送时间、相关的手续和材料等，才能确保涉嫌犯罪的案件及时移送司法机关，做到执法必严、有罪必究。"

何炼红认为，保护知识产权不仅要打击知识产权侵权和犯罪，还要加强知识产权宣传教育，提高社会公众的知识产权维权意识，提升知识产权风险预警防范能力，营造尊重知识产权的文化氛围，才能减少知识产权犯罪行为、降低知识产权犯罪的危害后果。《意见》中提出，建立健全知识产权保护预警防范机制。构建公平竞争、公平监管的创新创业和营商环境。"市场经济是信用经济，良好的社会信用是现代市场经济得以良性运行的基石。假货产生的根源是信息不对称和信用制度的不健全，若要从根本上杜绝制假售假现象，建立事前的预防和约束体系——知识产权信用体系刻不容缓。"《深入实施国家知识产权战略行动计划（2014~2020年）》中明确提出，要探索建立与知识产权保护有关的信用标准，将恶意侵权行为纳入社会信用评价体系，向征信机构公开相关信息，提高知识产权保护社会信用水平。《意见》再次强调将故意侵犯知识产权行为情况纳入企业和个人信用记录，体现了我国对知识产权保护的重视，以及对建立健全知识产权保护预警防范机制的迫切要求。何炼红希望，在《意见》的指导下，我国能尽快建立守信激励失信惩戒机制，将故意侵犯知识产权行为与企业和个人的信誉、奖励、融资、评审等其他制度挂钩，形成黑名单，建立退出机制，从而提高侵权代价，降低维权成本，"让守信者一路畅通，让失信者寸步难行，构建公平竞争、公平监管的创新创业和营商环境。"

（刊登于2016年2月19日第一、二版）

被评为国家版权示范单位，获得世界知识产权组织版权金奖等殊荣——

# 爱奇艺靠什么摘得多项版权大奖？

本报记者 姜旭

一家企业的版权工作能够获得政府机构、行业组织的认可，说明其有可圈可点之处。近日，由中国版权保护中心主办的"2015十大中国著作权人年度评选"颁奖仪式在京举行，北京爱奇艺科技有限公司（下称"爱奇艺"）因其在自身版权保护和版权建设，以及积极推动行业正版化方面的突出表现，获此殊荣。值得一提的是，这是其在获得世界知识产权组织版权金奖、国家版权示范单位和首都版权保护示范单位等多个奖项和荣誉之后，又一次在版权领域获得的重量级大奖。

谈及爱奇艺的心得和做法时，爱奇艺副总编辑、政府事务总经理王兆楠在接受中国知识产权报记者专访时介绍，可总结为两大方面，即对内严格约束自己，建立详尽、可操作性强的企业版权管理体系，既能做到版权问题防患于未然，又能做到发现问题后及时处理；对外积极配合国家版权局等相关部门打击网络侵权、规范行业版权秩序的专项行动。同时，爱奇艺也利用法律武器进行维权，对未经授权擅自传播和播放自己版权作品的不法行为予以打击等。

**规范版权是行业发展底线**

"相较以往，如今国内网络视频行业的版权秩序已经取得了很大的进步，采购版权扩充影视剧版权量、加强自制打造特色内容，已渐成行业常态。某些视频网站再像前些年依靠盗版内容吸引用户、流量的做法，已经行不通。"王兆楠表示，这些是大浪淘沙后行业的必然选择。

记者在采访中了解到，国内网络视频行业经历了从最初的野蛮式快速增长，到资源相对集中趋向良性的发展过程。2005年以前，国内网络视频行业尚处于初级阶段，视频网站开始出现，其中不乏有依靠盗版等不良内容迅速获得用户、流量以及非法收入的现象。此时，行业的版权秩序不规范。"王兆楠介绍，从2005年至2010年，视频网站处于野蛮式发展期，UGC（用户上传内容）模式占据行业主流，行业版权保护现状仍不容乐观。很多用户上传的是侵犯他人版权的视频等内容，加上当时盗版监测等技术不成熟，面对海量内容很难进行筛选。此外，也有很多视频网站经营者版权意识淡薄，面对用户侵权行为视而不见。

行业版权秩序得到改善是在2010年前后，当时，以爱奇艺等为代表的视频网站斥重金采购正版影视剧，提供给用户画面质量更高的正版作品，因此，爱奇艺迅速积累了大量用户和流量。由于很多中小网站无法承受高昂的版权费等成本，迅速被市场淘汰，逐渐发展成如今的市场格局。"在这些变化中，版权犹如一双隐形的大手，时刻起着调节作用。在政府相关部门加大打击侵权盗版力度，公众版权意识逐步提高的当下，行业参与方若没有版权保护意识，靠打擦边球或者借他人版权进行非法牟利将得不偿失。规范的版权秩序是行业的发展底线。也正因如此，爱奇艺平台上播出的每一分钟内容都是获得合法授权的。"王兆楠表示。

**正版经营是企业制胜法宝**

在王兆楠看来，爱奇艺之所以能够获得诸多版权大奖，在根本上要归功于其自成立以来就坚持正版和高清的经营理念。比如，重金采购版权，加大内容自制或影视剧拍摄，上线音频水印技术等对盗版进行追踪，配合相关部门打击侵权盗版等。"这就是对内严格自律，对外不容版权被侵犯。"王兆楠表示。

若想增加用户黏性和流量，提高收益，获得版权人认可，采购正版内容无疑是最有效的方式。比如，爱奇艺不仅拥有《何以笙箫默》《花千骨》《琅琊榜》等优质版权大剧，还独家播出《奔跑吧兄弟3》《康熙来了》等王牌综艺节目。此外，爱奇艺还对英皇十五周年群星演唱会等进行独家直播。值得一提的是，爱奇艺与狮门影业、派拉蒙、环球国际等电影巨头达成了网络版权合作。"通过这些合作，不仅让爱奇艺获得了海量优质内容，更为重要的是，在同海外版权人合作中，让他们对国内视频网站的经验模式和版权保护认识有了根本性改变，不再像前些年那样敌对。"王兆楠表示。

避免版权瑕疵和争议，打造自有版权十分重要。为此，爱奇艺近年来启动了自制战略和大电影计划，目的就是打造一批独家版权内容。例如，爱奇艺推出了《盗墓笔记》等多部有影响力的自制剧，以及《奇葩说》《爱上超模》《流行之王》等多档自制节目。"爱奇艺不仅是一个播出平台，更是参与者，将内容产业链上中下游各参与方紧密联合起来，实现利益共赢。而这种人人参与的合作方式，能强化参与者的版权意识，从而有效避免版权争议。"王兆楠认为。

在重金采购版权或是打造自有版权内容的同时，爱奇艺还积极打击侵权盗版行为。一方面，爱奇艺推出音频水印技术，通过在音频中植入加密的版权信息，快速检测视频版权隐患，实现低成本、快速、高精度的视频版权识别；另一方面，爱奇艺对于用户、公司上传的UGC、PGC（专业机构上传内容）等内容，免费为其提供版权声明服务和版权保护服务。此外，爱奇艺还积极配合相关部门展开的各类专项行动，进行自查自纠，主动下线有争议或者有版权隐患的内容，获得了权利人的认可。

"获得奖项是外界对爱奇艺的肯定，对我们而言更是激励和鞭策。我们希望在推动业内建立优质内容版权保护、运营等新生态中，有更大作为。"王兆楠表示。

（刊登于2016年3月4日第十一版）

知识产权运营基金——

# 资本杠杆能否撬动专利大市场？

**本报记者　吴艳　实习记者　李俊霖**

　　一边对资金如饥似渴，一边手握专利却难以创造价值，如何缓解我国创新型中小企业中大量存在的这种尴尬状况？近年来，各地出现的知识产权运营基金被寄予了厚望。

　　与一般的创投基金不同，知识产权运营基金的投资围绕知识产权进行。在国外，不少专利运营基金已形成了比较成熟的运营模式，而知识产权运营基金在我国尚属新事物。在相关政府部门的引导和推动下，近年来，我国多地先后成立了多家知识产权运营基金，以期缓解创新型中小企业面临的融资难问题。不过，记者在采访中了解到，运营经验不足、综合性人才缺乏、知识产权配套服务不完善等因素正制约着我国知识产权运营基金的发展，能否破解这些难题，将成为其有效发挥价值的关键。

　　**政策引导　快速涌现**

　　"投资公司运营知识产权，需要先投资获得知识产权资产，没有投资，谈何运营？因需要资金，所以发起基金来筹集，这就是知识产权运营基金。"华南理工大学教授王岩在接受本报记者采访时，这样通俗地解释知识产权运营基金。在国外，以美国高智为代表的企业主导的专利运营基金已形成了比较成熟的运营模式，且获利颇丰，法国、韩国、日本也已建立了由政府主导的主权专利基金，以推动技术转移、增强本国企业国际竞争力。但在我国，知识产权运营基金尚处于萌芽阶段。

　　"我国很多创新型企业拥有大量专利，但缺乏知识产权全流程资金投入，又由于没有土地等固定资产，这些企业很难筹集到资金，导致专利转化运用受阻。在加快创新型国家建设、推动产业转型升级的大背景下，如何利用资本市场激活存量知识产权，使知识产权的价值得到释放，变得日益迫切。"北京市知识产权局巡视员王淑贤表示。

　　显然，相关政府部门已意识到了这个问题。2014年，国家知识产权局与财政部门联手，以市场化方式促进知识产权运营服务试点工作，推动设立基金，融合资本。《国务院关于新形势下加快知识产权强国建设的若干意见》也明确提出，要运用股权投资基金等市场化方式，引导社会资金投入知识产权密集型产业。

　　在国家宏观政策的引导和相关政府部门的推动下，近年来，我国各类知识产权运营基金纷纷涌现。2014年4月，北京智谷睿拓技术服务有限公司（下称"智谷公司"）正式成立睿创专利运营基金，这是国内首支致力于专利运营和技术转移的基金。2015年11月，国知智慧知识产权股权基金（下称"国知智慧基金"）成立。同年12月，北京市重点产业知识产权运营基金成立。随后，四川、广东等地也陆续成立了知识产权运营基金。

### 多种因素 制约发展

知识产权运营基金的纷纷成立在业界引起了广泛关注。记者在采访中了解到，这些近年来才成立的基金"新秀"，其很多环节都在探索中，运营经验不足、综合性人才缺乏、知识产权配套服务不完善、优质专利资源不足等成为制约专利运营基金发展的重要因素。

"国内知识产权运营基金在发展模式上还处于摸索阶段，在运营能力、运营效果等方面与国际知名知识产权运营基金还有较大差距。另外，知识产权评估标准缺失、评估随意性较大、'按需评估'、评估价值可信度不高等问题，影响了知识产权运营。"王淑贤表示。

缺少复合型人才和强大的运营团队也是专利运营基金亟须解决的难题之一。"知识产权基金运作涉及很多环节，需要既懂得投资、又懂知识产权、还懂技术的人才。知识产权和资本的结合在我国近几年才发展起来，这种汇集多领域、多学科的复合型人才目前非常稀缺。也正是因此，有些专利运营基金虽然成立了，但是运营人员并没有到位，运营方案也不明晰。"小米科技有限公司法务总监张亮对本报记者表示。

在感叹人才稀缺、知识产权配套服务不完善的同时，高琛颢对难以找到优质投资项目的问题也深有感触。"中国知识产权基金运营市场还不成熟，通过整合、运营发挥专利价值的意识还不够，专利都固化在专利权人手中，真正在市场上流通的优质专利资源非常少。在这种情况下，'巧妇难为无米之炊'，即使有资金，有好的运营工具，找不到值得投资的专利项目也是不行的。"高琛颢如是说。

在中国技术交易所知识产权服务中心副总经理解超华看来，专利运营基金成立后如何运转、怎样连接基金运营过程中的各个链条也是需要关注的重点。基金"落地"和实操都是必不可少的环节。另外，如何简化流程，让亟须获得融资的中小企业快速拿到所需资金，也是需要着力解决的问题。

### 积极探索 模式多样

记者在采访中了解到，从出资人的性质来看，目前我国纷纷涌现的知识产权运营基金大致可分为两类：由政府资金引导、社会资本参与的运营基金和主要由企业出资主导的市场化运营基金，前者如国知智慧基金、北京市重点产业知识产权运营基金等，后者如七星天海外专利运营基金等。在运营模式上，各基金各具特色。

智谷公司专利运营总监高琛颢告诉本报记者，睿创专利基金主要采取两种运营模式，一是投资国内高校院所有潜力的科研项目，研究中所产生的符合投资需求的专利按合同约定归睿创基金所有；二是在特定领域收购高价值的专利资产，建立专利库，再通过专利许可、转让和技术转移等途径进行专利运营。

国知智慧基金主发起方是北京国之专利预警咨询中心（下称"国之中心"），其是国内首家提供专利应急和预警咨询服务的专业机构，由国家知识产权局专利局专利审查协作北京中心设立。"国知智慧基金是股权基金，主要投资于拟挂牌新三板的企业，即通过'知识产权服务＋资金'投资换取股权，帮助我国创新型企业快速成长。"审协北京中心主任白光清告诉本报记者，国之中心在为企业提供知识产权服务的过程中，可以更好地了解和判断企业的创新能力和发展潜力，进而决定是否投资。

同样由政府出资引导的北京市重点产业知识产权运营基金采取的则是多样化的运营模式。"一是'购买＋培育'模式，即直接购买或培育目标专利，转移给有需求的企业，或注入专利池中，为相关产业发展提供保障；二是'申请＋运营'模式，即锁定前沿技术或目标专利，由基金支持发明人完成专利申请，并委托知识产权服务机构开展知识产权运营，所获利益与发明人共享，同时将相关专利注入产业专利池；三是股权投资模式，即通过知识产权分析与判断，选择符合基金投资的领域、具有核心知识产权的科技型初创企业等。"王淑贤对本报记者介绍。

作为企业出资成立的专利运营基金，七星天海外专利运营基金采取的是另一种模式："海外专利收购＋国内运营"为核心的"IP Hunter"模式，即通过设立专利运营基金，收购海外专利并在国内运营，打通海外专利向国内企业转移的服务思路，借此带动国内专利运营与国际接轨。

**多措并举　力求实效**

针对目前我国知识产权运营基金在发展中遇到的问题，业内专家从不同角度提出了建议。

"从宏观角度看，知识产权运营基金在运作的过程中，定位一定要清楚。在政府出资主导建立的专利运营基金中，财政资金主要起示范和引导作用，发挥杠杆效应，以财政资金带动社会资本投入，起到'四两拨千金'的效果，后期运作还要以市场化方式进行。能否实现市场化运作，是政府引导的专利运营基金能否真正发挥实效的关键。"王岩表示。在采访中，多位专家也都表达了类似的观点。

从基金发起方和运营方的角度，白光清认为，专利运营基金不能仅仅依靠一家机构开展工作，而应该整合一些有共同认知的金融机构、担保机构、评估机构、企业等共同盘活市场，帮助企业实现创新发展。也正是因此，国知智慧基金的运作采用了知识产权专业人员与经验丰富的基金投资人结合的方式，运营团队是一个混合制的团队，实现了投资经验和知识产权运营特点的有机结合，有利于基金的高效运转。

由于知识产权运营基金更加关注产业发展中的知识产权要素，通常会以知识产权的价值作为投资与否的判断标准，因此，从企业的角度来说，是否拥有优质的知识产权无形资产就显得尤为重要。

"想获得基金融资的创新型中小企业，一定要加强研发，有好的技术，好的专利。知识产权运营基金的投资一定与知识产权产生、价值提升等环节紧密关联，缺乏研发能力、没有好的技术和产品、没有高质量的知识产权、没有成长性的企业，势必难以获得投资机构的青睐。"高琛颢表示。

（刊登于 2016 年 3 月 9 日第六版）

入池专利质量有待提高、运营模式不够清晰、向产业链下游企业推广存在困难——

# 如何拨动专利池"一池春水"?

"组建专利池不是专利数量上的简单堆砌,而是需要协调好各方利益,化解收取专利许可费时常吃'闭门羹'的窘境,让专利池落到实处,真正推动产业发展。"在接受本报记者采访时,一位多年从事专利池运营的业内人士如是说。

专利池,并不是一个新概念。从我国成立较早的 AVS、TD－SCDMA 等标准及其专利池,到近年来伴随着知识产权运营日益活跃而兴起的各种产业联盟专利池,我国专利池已成为增强企业竞争力、助推产业发展的重要力量。不过,记者在采访中了解到,由于成立时间相对较短、运营模式尚不清晰、产业链下游企业专利意识不高等原因,国内很多专利池成立后进展缓慢。对此,专家建议,相关行业、企业应进一步提升专利池核心技术储备和专利质量,运营机构也应积极探索适合各自行业发展的专利运营模式,充分利用政策驱动力量,推动国内专利池发展。

## 起步阶段 数量不断增长

据了解,专利池最大的优势在于可极大地降低企业的技术交易成本。在各类专利池中,含金量最高的是标准型专利池,由行业标准中涉及的必要技术的相关专利组成,对整个产业的发展具有很强的影响力和带动效应。而产品型专利池主要涉及产品零部件相关专利的打包组合,内容相对复杂。

目前,我国专利运营市场尚处于萌芽期,专利池的发展也刚刚起步。"与国外相比,国内专利池成立时间相对较短,入池专利较少,且大部分集中在电子信息产业,影响较大的专利池有闪联、AVS 和中彩联等。"中国技术交易所高级经理章乐介绍,在我国,像美国 RPX 公司这样专业的专利池运营机构尚未成长起来,国内专利池的建立大多是行业自发,或是几家拥有技术主导权的企业联合成立。

"我国专利池在成立初期,往往带有扶持产业发展的使命。只有相关技术标准和产业发展逐渐成熟,企业从中有所获益,才有缴纳专利许可费的动力和能力。"AVS专利池管理中心副主任牛朝晖坦言,目前,国内专利池大多处于防御状态,采取主动进攻、提起专利诉讼的并不多。

近年来,随着我国产业知识产权联盟纷纷成立,各联盟专利池不断涌现。章乐介绍,联盟组建专利池的优势在于相关企业在有关技术和产品上相互渗透、相互依赖,这种技术交叉融合和紧密衔接的关系,决定了产业内各企业之间既是竞争者又是合作者,组建基础相对较好。目前,联盟专利池的主要运营方式包括联盟成员专利共享、对外统一实施专利许可等。

## 质量不高 运营进展缓慢

据了解,虽然目前国内专利池数量不少,但真正实现专利价值、推动产业发展的并不多,相关机构通过运营专利池实现盈利的就更少。专家表示,专利池本身质量不高、运作难度大、运营模式不清晰、向下游企业运营推广难等问题，成为制约我国专利池发展的瓶颈。

入池专利的质量直接决定着专利池的质量，一件技术标准的核心专利，其价值远高于数件外围技术专利组合的价值。"目前，国内标准专利池只占少数，有的专利池即使组建起来，相关技术标准并没有在市场中获得较好的推广，这些专利池就更难运营。"牛朝晖坦言。

"专利数量多，不应是衡量专利池价值高低的唯一指标。专利池中的专利应互为补充，不可替代。而在实际专利交易中，专利权人往往将一件或几件核心技术的专利与诸多外围技术的专利进行'捆绑销售'，使得专利组合能够高价出售。"牛朝晖表示。

此外，在专利池搭建过程中，专利权人之间会围绕专利许可条款，包括许可利益分配等一系列具体问题进行长期磋商。这些往往都要经过企业内部多轮讨论、与对手多次博弈才能确定。沟通、协商的时间成本较高也是专利池运营难的关键所在。

"由于很多国内企业并没有制定行业标准的话语权，部分行业的核心技术被国外企业控制，加之国内大部分企业知识产权管理水平较低，其联手组建专利池的动力明显不足。"章乐介绍，近年来，华为、中兴通讯等国内企业的国际影响力不断提高，并开始尝试向国外实施专利许可。这些大企业有望作为国内相关专利池运营的"领头羊"，为其发展提供宝贵经验。

**抓住机遇　探索发展道路**

要组建一个成功的专利池必然需要高质量的专利。在牛朝晖看来，今后，相关行业、企业还需进一步提升专利池核心技术储备和专利质量，努力构建相关技术的事实标准，再将其发展成为行业或国家标准，掌握标准的话语权，进而建立高质量的标准型专利池。

当前，国内很多专利池只片面追求入池专利数量的增长，在运营上鲜有进展。"不同行业的专利情况千差万别，每个行业都应探索出一套适合本领域发展的专利运营模式。技术越复杂、专利数量越多、专利权人越分散的行业越适合组建专利池。"牛朝晖强调，平衡各方利益、制定合理的专利许可价格是专利池运营的关键环节。

为此，AVS工作组在专利池管理模式上进行了积极探索。"AVS工作组在起草标准的过程中，会对专利权人提交的相关技术方案进行充分的讨论和竞争，经过一系列专利披露和许可承诺，尽可能降低标准实施后的专利侵权风险。"牛朝晖介绍，为了加强管理，AVS还成立了专利池管理委员会，成员主要由专利权人、被许可企业以及行业专家构成，相关专利许可条款经过各方充分协商，有利于更好地执行。

记者在采访中了解到，在国内知识产权环境日益完善的当下，掌握核心技术的企业越发重视专利运营的价值，专利池运营机构与这些企业的沟通也较为顺畅。相对而言，产业链下游少数被许可企业的专利意识还需进一步提升，增强其交纳专利许可费用的观念，进而使专利池运营能够落到实处。

"专利池运营对人才素质要求很高，而国内多数知识产权服务机构缺少一线经验，运营能力明显不足。在组建产业知识产权联盟的过程中，企业知识产权管理骨干或将有机会走出来，组建专利许可公司，成为专利池运营的中坚力量。"章乐表示。

近年来，相关政府部门出台了不少利好政策，支持各类运营项目的开展。在专利池项目启动初期，运营机构依托政府部门提供的资金支持，可以快速建立专利池。但牛朝晖认为，从长远来看，专利池运营机构还需要学会从市场中汲取养分，独立成长。今后，各类产业联盟专利池还需积极探索，开展更多实质性工作，真正通过知识产权纽带有效联合更多企业，形成强有力的行业核心竞争力。

（陈婕）

（刊登于 2016 年 3 月 16 日第五版）

## 进一步完善知识产权保护的统筹协调机制

# 积极构建知识产权大保护工作格局

"要着力构建知识产权大保护工作格局，加快形成知识产权保护的强大合力。"在 4 月 9 日由中国知识产权报社主办的首届中国知识产权保护高层论坛上，国家知识产权局局长申长雨指出，要进一步完善知识产权保护的统筹协调机制，加强国家层面和地方层面的知识产权保护联动，加快构建行政和司法两条途径"优势互补、有机衔接"的保护模式。对此，与会专家认为，加快形成协调、顺畅、高效的知识产权大保护工作格局和工作合力，是深入实施创新驱动发展战略、加快建设知识产权强国的必然要求。

近年来，我国知识产权保护力度不断加大。据统计，"十二五"时期，全国知识产权系统共查处专利侵权假冒案件 8.7 万件，是"十一五"时期的近十倍。2014 年中国知识产权保护社会满意度调查得分为 69.43 分，连续 3 年提升。前不久，国务院知识产权战略实施工作部际联席会议制度正式建立，由国务院领导担任召集人，31 个部门和单位为联席会议成员。有关专家认为，这将加快推进知识产权保护的统筹协调，加强部门协同配合，形成合力，构建国家宏观层面上的知识产权大保护格局。

构建知识产权大保护体系具体应从哪些方面着手？国家知识产权局专利管理司司长雷筱云提出，知识产权大保护体系应当包括自我约束、行业自律、行政执法和司法保护四层结构，同时应当更加聚焦运用环节，以严格的知识产权保护推进实现从创造端到运用端对创业创新的激励。

专项调查显示，近年来，当专利权人面对侵权行为时，43.4%选择行政途径，39.5%选择协商途径，16.3%选择司法途径。2015年，专利行政执法办案总量与司法民事一审案件量基本相当。对此，广东省知识产权局副局长袁有楼认为，应根据当前我国发展情况，加强专利行政执法力度，构建中国特色专利执法体系。在袁有楼看来，行政执法是知识产权大保护格局中不可或缺的一部分。对于知识产权行政保护与司法保护的有机衔接，北京市高级人民法院知识产权庭庭长杨柏勇则提出，应当改进裁判方式，提高诉讼效率，解决专利领域的民事侵权程序和授权确权行政程序的交叉问题，促进争议的实质性解决。

"应当整合行政和司法资源形成知识产权保护合力。"中南大学知识产权研究院执行院长何炼红说，要构建知识产权大保护格局，应协调好行政机关和司法机构在处理同一知识产权侵权纠纷时的关系，避免对同一纠纷重复处理或者矛盾处理。同时，应统一知识产权行政机关和司法机关的执法标准和证据要求，实现民事、行政与刑事之间的优势互补、有机衔接。

"知识产权保护点多线长面广，既要统筹协调，综合施策，又要抓住关键，突出重点，着力解决知识产权保护面临的突出问题，提高保护的效果。"申长雨所言，进一步明确了构建知识产权大保护格局的目标。

（孙迪）

（刊登于2016年4月15日第一版）

## 我国版权行业增加值 平均年增速达17%

**本报讯** 4月27日，中国新闻出版研究院在京发布了《2014年中国版权产业的经济贡献调研报告》（下称《报告》）。《报告》显示，近年来，我国版权产业取得较快发展，对国民经济的贡献持续增长，我国版权行业增加值已从2006年的1.3489万亿元人民币增长至2014年的4.6288万亿元人民币，9年间平均年增速达17%。其中，核心版权产业增长最为明显，9年间翻了两番，平均年增速为20%。

据了解，2014年我国版权产业的行业增加值占全国GDP的7.28%，比上年提高0.01个百分点，其中核心版权产业占了近六成。近年来，我国核心版权产业快速发展，对国民经济的贡献最为突出，行业增加值从2006年的6471.56亿元人民币增至2014年的2.7261万亿元人民币。其中，新闻出版、软件、设计、广告、广播影视等行业的带动作用最为明显。

《报告》指出，虽然我国核心版权产业行业增加值占GDP的比重仍低于美国和澳大利亚等发达国家，但差距正不断缩小。此外，我国版权产业的商品出口额从2006年的1492.62亿美元增长至2014年的2944.92亿美元，平均年增速为9%。从结构构成来看，核心版权产业的商品出口额占全部版权产业的比重仍低于2%，这表明我国版权产业的商品出口额以制造业为主的格局并未改变。

（侯伟）

（刊登于2016年4月29日第二版）

将知识产权融入梦想小镇建设，打造创业创新高地——

# 浙江：知识产权为梦想小镇插上翅膀

**编辑部：**

湖光山色，绿树成荫，地理环境得天独厚的浙江，近来一批以创新与知识产权为特色的梦想小镇建设正如火如荼。以云计算为主的云栖梦想小镇、以互联网见长的乌镇梦想小镇、以工业设计聚集的西溪梦想小镇等，知识产权数量和质量都增长显著。在杭州未来科技城梦想小镇，2015年提交的专利申请超过1.6万件。近日，中国知识产权报记者在浙江采访时发现，快速成长的梦想小镇，已经成为浙江创新型经济发展的一道新景观。

"有了知识产权作为导航的'北斗'，我们的创业创新之路才避免了盲目，提高了效率。"正如诸多梦想小镇的"创客"和企业代表所言，梦想小镇的创业创新，离不开知识产权这位"亲密朋友"的支持。

"从原先的传统产业块状经济向如今梦想小镇创新型经济转型，是浙江省近年来经济发展的特点。我们一直在探索，如何在新形势下将知识产权工作深度融入经济社会发展，助力创业创新。"浙江省知识产权局副局长洪积庆向本报记者介绍，通过近年来广泛深入地开展一系列知识产权工作，目前浙江省的梦想小镇已成为名副其实的创业创新高地。

结合梦想小镇建设，激励知识产权创造和运用。近两年来，浙江省知识产权局围绕浙江省政府关于梦想小镇建设工作的部署，着手制定了知识产权工作方案，层层落实，将激励发明创造、推动专利运用、企业和园区试点示范、推进专利导航和企业贯标等工作与梦想小镇建设相结合，使梦想小镇建设步入健康发展快车道。如今，浙江省内很多地方知识产权管理部门都主动参与，与梦想小镇管理机构一道出台举措，鼓励创业创新者提交专利申请，开展专利转化、知识产权质押融资等工作，有效激发了创业创新的活力。在余杭梦想小镇，不仅出现了个体"创客"提交专利申请的良好态势，也出现了年专利申请量过千件的企业。同样，运用专利，以专利工艺、专利产品实现创业创新的"圆梦"者也逐年增多。

结合梦想小镇建设，加强知识产权保护。尽管梦想小镇建设各具特色，但大多数都具有"互联网＋"的特点，加强互联网及电子商务领域的知识产权保护成为一个新课题。浙江省知识产权局近年来制定了互联网领域知识产权保护和电子商务专利行政执法工作方案，有针对性地开展专利行政执法专项行动，2015年电子商务领域专利行政执法办案数量占全国的88.6%，为梦想小镇发展营造了良好的生态环境。

结合梦想小镇建设，不断强化知识产权服务。浙江省知识产权局积极争取国家知识产权局支持，于2015年10月开通了服务于梦想小镇创业创新者的世界专利数据库。该数据库拥有99个主要国家和地区超过9600万件官方专利文献数据，并与国家知识产权局同步更新；该数据库还采用自主研发的智能检索技术，提高了检索效率；该数据库有专利翻译系统，为创业创新者检索提供了极大方便。"之前，我们曾投入巨资做研发，结果后来才发现别人早已拥有了专利，有了这个专利数据库接入梦想小镇，我们不用再交不必要的学费了。"许多创业创新者对此感到欣喜。此外，浙江省知识产权局还与梦想小镇的管理机构共同推动知识产权服务机构进驻梦想小镇，并为这些知识产权服务机构提供便利和优惠。

"知识产权部门提供的服务举措，让我们感到十分贴心，也让我们的创业创新更有信心。"正在余杭梦想小镇创业的26岁的龙芃江告诉记者，2015年1月，他带着"3D打印云服务平台"的专利和几位青年人来到这里，一年多来，专利产品已经打开了销路，自主创业渐入佳境。在他看来，是知识产权的支撑，让他拿到了通向梦想的"金钥匙"。

一系列务实的知识产权举措，为梦想小镇的创业创新者营造了良好的生态圈，推动着创业创新热潮涌动和梦想小镇快速"飞奔"。截至2015年底，仅杭州的梦想小镇就已经吸引了400多个创业创新团队进驻，4400多名年轻创业者落户，300多亿元风投基金蜂拥而至。2015年，浙江省率先发展起来的37个梦想小镇新增税收21.3亿元。

一个个忙碌的创业现场，一张张山水相依的创新画面，一幅幅人文交融的追梦图景……行走在浙江的梦想小镇，记者感受到强劲的生机与活力。

本报记者　赵建国

2016年6月

（刊登于2016年6月3日第一、二版）

探索知识产权领域新机制　加快促进京津冀协同发展

## "一局三地"知识产权合作会商机制建立

**本报讯**　（记者王宇北京报道）近日，国家知识产权局局长申长雨，北京市市长王安顺，天津市委代理书记、市长黄兴国，河北省省长张庆伟共同签署《关于知识产权促进京津冀协同发展合作会商议定书》（下称《议定书》），这标志着"一局三地"知识产权促进京津冀协同发展合作会商机制正式建立。根据《议定书》，国家知识产权局将与三地政府在严格知识产权保护、协同知识产权运用、共享知识产权服务资源等方面探索一系列新的合作机制，共同打造区域知识产权协同发展示范区，推动京津冀成为全国知识产权支撑创新驱动发展的重要发展极。

国家知识产权局有关负责人表示，推进京津冀协同发展，是国家着眼未来的一项重大战略。"一局三地"知识产权合作会商机制正式建立后，将着力通过发挥知识产权在保护和激励创新、优化资源配置等方面的关键作用，促进生产要素在京津冀区域间的合理流动，优化京津冀区域内的产业布局，推动实现京津冀三地优势互补、良性互动、共赢发展。

《议定书》确定，"一局三地"知识产权合作会商将坚持"统筹发展、开放共享、互帮互促、合作共赢"的原则，统筹构建协调统一的知识产权制度环境和法规政策体系，严格京津冀一体化知识产权保护，促进三省市创新要素自由合理流动，有效提升创新效率和创新收益，助推三省市产业合理布局，着力建设跨区域知识产权一体化保护样板区、知识产权协同运营引领区和知识产权引领产业高端发展先行区，推动京津冀成为知识产权强国建设的有力支撑点。

根据《议定书》，为营造京津冀良好创新环境，"一局三地"将在构建知识产权一体化保护体系方面展开合作。国家知识产权局将在河北设立中国知识产权执法华北调度中心，统筹调度华北地区知识产权跨区域侵权案件的执法协作，快速调处京津冀重点行业知识产权重大案件。

为提升京津冀创新效益与效率，《议定书》将协同知识产权运用作为重要内容。国家知识产权局将加快推进全国知识产权运营公共服务平台建设，率先推动京津冀重点国有企业、高校院所等国家财政投入产出的知识产权市场流转与价值实现。

为促进京津冀创新要素合理配置，"一局三地"将采取若干措施共享知识产权服务资源。国家知识产权局将实施京津冀知识产权服务业协同发展专项行动，推动京津冀知识产权公共服务共享共建。

为推动完善京津冀创新生态圈，《议定书》为打造全国知识产权重要发展极赋予了丰富内涵，如建立京津冀知识产权人才发展试验区，开展京津冀知识产权"定向突破"专项行动，并在三地探索建立知识产权驱动型创新发展产业园。

按照《议定书》，为保障四方合作内容的落实，将成立知识产权促进京津冀协同发展委员会，并建立知识产权促进京津冀协同发展专项督导机制，由国家知识产权局及三省市政府联合成立督办组，负责知识产权促进京津冀协同发展工作各项任务的督导落实。

短评：

建立知识产权促进京津冀协同发展合作会商机制，是落实《京津冀协同发展规划纲要》的重要举措，也是深化知识产权领域改革，加快知识产权强国建设的重要抓手。各项合作任务的落地实施，对于促进京津冀创新要素自由合理流动、提升创新效率和收益、助推产业合理布局、加快实现协同发展具有重要意义。"一局三地"合作会商机制的建立也开创了知识产权合作会商的新模式，对于探索知识产权融入支撑国家重要经济区域创新发展、协同发展的有效路径积累了有益经验。

（刊登于 2016 年 7 月 15 日第一版）

## "一带一路"沿线国家代表共商知识产权合作发展大计

**本报讯** （记者王康　孙迪北京报道）7 月 21 日，由中国国家知识产权局、国家工商行政管理总局、国家版权局、商务部、北京市人民政府和世界知识产权组织（WIPO）联合主办的"一带一路"知识产权高级别会议在京隆重举办。与会各方齐聚一堂，共商知识产权合作发展大计，共话"一带一路"区域创新发展。

世界知识产权组织总干事高锐在致辞中感谢中国政府对推动"一带一路"沿线国家知识产权合作所作出的努力和对世界知识产权组织工作的支持。高锐表示，中国政府提出的"一带一路"倡议给沿线国家提供了重大发展机遇。"一带一路"知识产权高级别会议的举行，有利于促进全球知识产权体系建设，对促进"一带一路"沿线国家知识产权事业发展和经济繁荣进步具有重要意义。

会上，中国国家知识产权局局长申长雨、马来西亚内贸部秘书长贾米尔·沙列、海湾阿拉伯国家合作委员会助理秘书长阿卜杜拉·阿尔·施卜里围绕知识产权对于经济社会发展的重要作用作了主旨发言。

申长雨表示，在经济全球化不断深入的今天，知识产权制度激励创新、促进开放的重要作用越发凸显，地位更加突出。经过 30 多年的发展，中国不仅建立了较为完善的知识产权法律制度，而且在知识产权创造、运用、保护和管理等方面也都取得了举世公认的巨大成就，成为名副其实的知识产权大国，知识产权制度的建立与完善，有力地促进了国家的经济社会发展。申长雨指出，当前，中国经济发展进入新常态，创新引领发展的趋势更加明显。中国国家知识产权局将加强与世界知识产权组织的合作与交流，探索建立"一带一路"沿线国家和地区知识产权合作机制，推动知识产权国际规则向着普惠包容、平衡有效的方向发展。中国国家知识产权局愿同世界知识产权组织和"一带一路"沿线国家知识产权机构一道，在新的历史条件下共同推动知识产权事业进步，促进区域乃至全球的经济发展。就促进"一带一路"沿线国家知识产权合作，申长雨建议，建立"一带一路"沿线国家知识产权政策交流机制、知识产权审查服务合作机制、知识产权执法保护协作机制和知识产权人才培养互助机制。

贾米尔·沙在主旨发言中表示，知识产权是一种特有的财产权利，拥有其固有的属性和潜在的价值，对于发展中国家而言，知识产权是实现经济可持续发展的重要工具，也是拓宽中小企业融资渠道的重要手段。

阿卜杜拉·阿尔·施卜里在主旨发言中表示，中国政府提出的"一带一路"倡议获得了广泛关注。近年来，海湾阿拉伯国家合作委员会在知识产权领域对所有成员国进行协调统一的政策指导，有力促进了成员国的技术创新和发明创造，有效推动了成员国的经济社会发展，为世界经济发展作出了积极贡献。

中国国家知识产权局副局长何志敏、俄罗斯联邦知识产权局副局长米哈伊尔·扎莫伊狄、中国国务院发展研究中心技术经济部部长吕薇等嘉宾分别就"一带一路"知识产权国家合作前景、知识产权基础设施开发和能力建设、知识产权制度支撑创新驱动发展等议题发表了主题演讲。

据了解，此次会议主题为"包容、发展、合作、共赢"，旨在落实"一带一路"重大倡议，分享"一带一路"沿线国家依托知识产权促进创新和经济发展的有益经验，推动"一带一路"建设深入开展，促进沿线国家和地区的创新发展与繁荣进步。

会议期间，与会嘉宾还将围绕知识产权战略在实现国家发展目标中的重要作用，推动知识产权国际规则向着普惠、包容、平衡的方向发展，"一带一路"知识产权合作愿景等议题进行发言讨论。在 7 月 22 日举行的"一带一路"知识产权圆桌会议上，中国政府相关部门将推出支持"一带一路"知识产权合作的具体措施。

来自"一带一路"沿线 50 个国家和地区的知识产权机构，世界知识产权组织和 18 个驻华使馆、6 个联合国驻华机构的 120 余名外宾，以及来自国务院知识产权战略实施工作部际联席会议成员单位的有关负责同志，地方知识产权系统，国内企业、代理机构及学术界的 180 余名中方代表等共 300 余人参加此次会议。

（刊登于 2016 年 7 月 22 日第一版）

首批启动知识产权区域布局试点工作，建立以知识产权为导向的资源高效配置新机制——

## 打造知识产权领域供给侧改革的"广西样本"

本报记者　王宇

自 2012 年以来，发明专利受理量、授权量和拥有量增长率等 3 项主要指标连续 4 年位居全国前列，2015 年末每万人口发明专利拥有量达 2 件，是"十一五"末的近 7 倍……近年来，地处祖国南疆的广西壮族自治区知识产权事业实现跨越式发展，为支撑全区经济社会发展作出了重要贡献。然而，"大而不强、多而不优"的现状同样困扰着这片创新热土。能否通过更科学合理地配置知识产权和创新资源，更有力地支撑产业发展？广西给出了响亮的回答。

今年4月，作为知识产权区域布局第一批7个试点地区之一，广西正式启动知识产权区域布局试点工作。"加强知识产权区域布局工作，就是一场知识产权领域的'供给侧'结构性改革。"在广西知识产权区域布局试点工作启动会上，国家知识产权局副局长贺化指出，实现以知识产权创造为导向的创新资源整合、以知识产权运用为导向的知识产权创造、以市场竞争需求为导向的知识产权布局，对于推动创新成果向生产力和市场竞争力高效转化具有重要的现实意义。

### 促进创新资源有效集聚

过去5年，广西着力推动全民发明创造、激发地区创新能力。通过实施《广西发明专利倍增计划》，广西知识产权创造能力大幅提升，全区专利、商标、版权、地理标志、植物新品种权等各类知识产权创造都取得了历史上最好成绩。"十三五"时期，广西知识产权工作继续紧抓创造，力促"双创"，出台了《广西发明专利双倍增计划（2016~2020）》，明确要求，到2020年末，广西每万人口发明专利拥有量达到6件，在2015年末基础上实现双倍增。2015年，广西发明专利受理量首次进入全国前十名。然而，创新驱动发展和经济提质增效的迫切需要，决定了广西不能仅仅追求知识产权数量的增长，更需要关注的是，知识产权能否与经济发展深度融合。

"知识产权不仅是一个国家、一个地区发展的战略性资源，也是未来竞争的主战场，抢占了知识产权的制高点，才能牢牢把握发展的主动权。作为欠发达后发展的西部省区，我们深深认识到，只有以促进知识产权与经济融合为主线，强化知识产权转化运用，支撑产业转型升级，才能从根本上解决广西发展方式粗放，科技支撑发展能力不足这一核心问题。"广西壮族自治区知识产权局局长李昌华表示，开展知识产权区域布局试点工作正是广西"十三五"建设知识产权特色强区的"当头炮""先手棋"，也是知识产权与经济发展深度融合的重要抓手。

"通过初步分析我们发现，虽然广西知识产权运用效益近年来持续提升，但知识产权资源与创新资源匹配分析发挥作用的潜力空间仍然十分巨大。"国家知识产权局保护协调司副司长张志成表示，广西的专利集中产业与主导产业仍然存在偏差。据统计，占广西工业总产值比重3%以上产业主要集中在钢压延加工、汽车制造等主导产业，而专利则主要集中于制药、食品和基础材料化学、材料冶金等行业。因而，进一步研究分析知识产权资源、创新资源和产业发展的匹配关系，引导相关资源有效集聚，将有利于推动广西资源配置、产业发展与创新驱动间的良性互动。

### 推进强区建设取得实效

"知识产权区域布局的工作目标很明确，就是要从区域层面做好知识产权资源、创新资源、产业资源的联动布局，建立科学合理、上下联动的布局管理推进体系，形成以知识产权资源为核心的资源配置体系。"贺化表示，要实现这一目标，必须积极推动知识产权运用从单一效益向综合效益转变，进一步发挥知识产权信息的价值、资源价值和对经济发展的支撑保障作用，抓紧摸清区域知识产权家底，明确区域性创新资源和产业发展的协调匹配关系，引导创新资源在区域和产业层面围绕知识产权集聚和配置，提高创新效率和运用效益。

如果用一句话来概括试点工作思路，李昌华会选择这样 16 个字——"摸清家底、寻找路子、建立机制、提供支撑"，这涵盖了广西知识产权区域布局试点工作的四大重点任务。"一是摸清广西知识产权资源的区域和产业分布状况，明确重点领域和主导产业发展方向及定位。二是编制和发布广西知识产权导向目录。三是提出广西知识产权区域布局及海外布局政策建议并推动落实。四是建设广西知识产权区域布局信息平台。"李昌华说。

事实上，知识产权区域布局作为一项基础性、开拓性和创新性的工作，没有成熟的工作模式和国内外经验可供借鉴，广西作为第一批试点地区中首个"试水者"，唯有"边探索边实践边总结边推广"。据李昌华介绍，按照中央赋予的"三大定位"，广西将在试点工作中突出"北部湾经济区、珠江—西江经济带和革命老区"3个国家战略区域，对接国家和自治区"十三五"规划，突出战略性新兴产业，兼顾传统产业转型升级，优化工业布局。其中，广西将重点构造面向东盟的知识产权开发合作产业导向目录，推动国际产能合作，融入"一带一路"建设，体现区域特色。

"理清知识产权资源与重点区域、重点产业发展的匹配关系，才能为重点区域和产业创新发展提供决策支撑。"李昌华表示，广西将以推动知识产权与经济社会发展深度融合为主线，以促进产业转型升级和区域经济增长方式转变为目标，探索精准治理的知识产权管理和服务新模式，扎实推进特色型知识产权强区建设，努力建设全国知识产权后发赶超示范区。

（刊登于 2016 年 8 月 3 日第三版）

**9 月 1 日，新的《专利收费减缴办法》将正式施行——**

# 专利费减为申请人"钱袋子"减负

本报记者　陈婕

"以前，我们公司如果提交一件发明专利申请，按照原专利费用减缓的有关规定，从提交申请到获得授权 6 年后所需要的费用约为 8000 元。如今，按照新的费减办法，我们需要支付的相关费用不到 2000 元，新办法确实给申请人和企业带来了实惠！"一家初创公司的工作人员向记者如是说。

这位工作人员提到的"新办法"正是即将在今年 9 月 1 日施行的《专利收费减缴办法》。为了更好地支持我国专利事业发展，减轻企业和个人专利申请和维护负担，日前，财政部、国家发展和改革委员会联合印发《专利收费减缴办法》（下称新《办法》），据财政部初步测算，新《办法》实施后，每年可减轻申请人或专利权人负担约 41 亿元。

**数量见力度**

事实上，早在 2006 年，国家知识产权局就曾根据原专利法实施细则的有关规定，制定颁布了《专利费用减缓办法》（下称原《减缓办法》）。与原《减缓办法》相比，新《办法》在优惠范围、优惠对象、优惠力度和优惠程序上均有所变化。为了更直观地体现效果，下面我们通过两个案例来看看新《办法》的优惠力度。

以发明专利申请的收费标准为例，申请人为 A 企业，按原《减缓办法》规定，如果 A 企业能够享受费用减缓，其可享受专利申请费、实质审查费及授权当年起 3 年内年费 70% 的费减。"假设该申请第四年获得授权，其专利申请费为 270 元，实质审查费为 750 元，年费第四年至第六年为 360 元，第七年至第九年为 2000 元，即从提交专利申请到授权 6 年后，申请人需缴纳至少 8100 元的费用。"国家知识产权局专利检索咨询中心工作人员边硕向本报记者介绍。

值得注意的是，新《办法》不再区分企业和个人，将专利费用减缴比例统一规定为 85%，费用减缴期限从原来的"自授予专利权当年起 3 年"延长至 6 年。"也就是说，申请人同样是 A 企业，按新《办法》规定，其需要缴纳的专利申请费为 135 元，实质审查费为 375 元，年费第四年至第六年为 180 元，第七年至第九年为 300 元，共计 1950 元，算下来，新《办法》能为 A 企业节省相关费用约 6000 元。"边硕详细地给记者算了一笔账。

另外，当申请人为两个企业 B 和 C 时，按原《减缓办法》规定，其无法享受优惠政策，以发明专利申请的收费标准为例，这两家企业从提交专利申请到授权后 6 年的相关费用至少为 1.3 万元。"而新《办法》对于两个及以上的申请人，都给予 70% 的费减优惠，即这两家企业从提交专利申请到授权后 6 年的相关费用仅为 3900 元，前后差距近万元。"边硕表示。

通过鲜明的数据对比不难发现，新《办法》为真正需要费减政策的申请人提供了实实在在的优惠，进一步降低了提交专利申请和维持专利的成本，激励和促进了大众的创新热情。

**政策惠创新**

细数新《办法》的改进之处，其主要包括程序简化、费减力度加大、费减期限延长、统一比例、审核规范 5 个方面。除上文提到的专利年费减缴期限改为授权日起 6 年，"减缴手续也由'一案一证'改为'一年一证'，简化了办理程序，提高了行政效率。在费减力度方面，专利权人为单位的年费减缴由 70% 提升至 85%，两个及以上的单位由不予减缓改为可减缓 70%，维持费和复审费也相应地由 80% 和 60% 统一减为 85% 和 70%。同时，新《办法》还将企业和个人的减缴比例统一为 85%，便于管理和执行。"深圳市铭粤知识产权代理有限公司总经理孙伟峰介绍。

记者在采访中了解到，世界各国在减轻专利申请人和专利权人的经济负担方面均有相关政策支持。如美国对自然人、500 人以下的中小企业、学术组织统称小实体，其专利年费减免优惠均为 50%。

"在我国，专利申请、获得专利授权的政府补贴和专利申请费用、专利年费的减缴，是积极促进和持续推动我国单位与个人提交专利申请和维持专利权的'双轮驱动'。前者由各级、各地政府部门推行，后者由国家知识产权局实施。"上海大学知识产权学院院长陶鑫良向本报记者介绍，对于提交专利申请的单位和企业而言，前者主要用于减轻专利申请的财务负担，后者主要缓解专利年费的财务压力。

我国原《减缓办法》实施 10 年来，有效减轻了申请人的负担，与专利申请相关的政府补贴措施一起，促进了社会创新。据统计，每年约有 70% 的国内专利申请人和专利权人享受到了优惠政策，仅 2015 年相关专利费用减缴金额就达 35 亿元。"原《减缓办法》相关规范对申请人（无论是单位还是个人）没有具体资质限制，新《办法》进一步明确了适用对象，对具体标准和相应规则进行了细化。"陶鑫良表示。

事实上，对于我国专利权维持时间较短的问题，除了专利质量本身的因素外，专利年费较高也是其影响因素之一。近年来，随着我国企事业单位拥有的专利数量不断增长，特别是中后期年费递增较高的发明专利数量越来越多，专利权人需承担的专利年费压力普遍显著增加。"若既不能获得政府补贴，又不能从专利许可、转让等渠道抵充若干费用，就有可能影响企业维持有效发明专利权的积极性和源动力。"陶鑫良强调，为此，新《办法》对年费减缴期限进行调整，这可能是新《办法》给专利权人带来的最大"利好"。

（刊登于 2016 年 8 月 17 日第五版）

# 如何加强农业植物新品种保护

陈红

近年来，我国高度重视并不断强化植物新品种保护，并取得一系列成效。然而，与绝大部分国家实施国际植物新品种保护联盟（UPOV）公约 1991 年文本相比，我国对植物新品种的法律保护仍适用于 UPOV 公约 1978 年文本，尚处低级阶段。

另外，由于缺乏实质性派生品种制度，并在保护范围、保护环节等方面存在诸多不足，以及执法条件差和能力不够等诸多问题，品种权人举证难、维权难依然存在，侵权假冒现象仍然较为普遍。例如，林业植物品种"美人榆"维权历时四年半才艰难获得胜诉。因此，针对这些问题切实提出解决方案就显得十分必要。

**申请数量逐年增长**

近年来，我国农业植物新品种申请和授权数量逐年增加，并呈现以下几个特点。

一是申请量持续增长。2015 年，我国受理农业植物新品种申请达到 2069 件，授权量达 1413 件。年申请量仅次于欧盟，居 UPOV 成员第二位。截至 2016 年 6 月底，我国农业植物新品种申请总量达 1.6 万余件，授权量达 7571 件，均位居 UPOV 成员前列。

二是企业成为申请主体。"十一五"期间，企业年申请量小于科研单位，企业申请总量 1520 件、科研单位申请总量 2201 件。从 2011 年起，企业年申请量超过科研单位，"十二五"期间，企业申请总量 3638 件，科研单位申请总量 2760 件。相比"十一五"，"十二五"期间企业申请量增长 139%，远高于科研单位 25.4% 的增长量。

三是申请作物结构优化。申请保护品种中，大田作物仍占主体，但花卉、蔬菜、果树等非主要农作物申请量增长明显，申请作物结构逐步优化。此外，来自境外的申请量逐年增加。

**多个困难亟待解决**

没有强有力的品种权行政执法和司法保护，植物新品种权证书只是一张纸。然而，我国植物新品种保护还存在着制度不完善、维权成本高、证据收集难、执法能力弱等问题。

从制度上看，我国植物品种权保护力度严重不足。我国按照 UPOV 公约 1978 年文本框架于 1997 年制定和颁布了《植物新品种保护条例》。2016 年 1 月 1 日实施的新种子法将植物新品种保护作为专章，提升了新品种保护法律位阶、加强了品种权侵权假冒行为的处罚力度。但是，就保护水平而言，近 20 年来一直未作实质性调整，与大部分国家相比，我国植物新品种保护制度还十分落后。

笔者认为，植物新品种保护制度不力，尤其是权利人和执法者缺少正常渠道和途径维护权利和打击侵权行为，是造成我国品种权侵权假冒行为泛滥的主要原因。首先，现行制度品种权保护仅限于繁殖材料生产和销售环节，而对繁殖材料进行存储、运输、加工等极可能构成侵权又便于维权执法的环节未作相应规定。其次，品种权保护的客体仅限于授权品种的繁殖材料，而未衍生到特定条件下利用繁殖材料所获得的收获物，侵权者分明在生产繁殖授权品种甚至是不育系、自交系等的种子却说成是在生产粮食产品，导致难以追究侵权行为。最后，不少侵权企业委托农民进行大规模生产和销售，实践表明很多情况属于代繁代制侵权品种繁殖材料，由于现行制度没有对农民和自繁自用作出明确界定，导致实践中品种权人无法对上述品种权行为追究侵权责任。

另外，我国至今仍然是未建立实质性派生品种制度的少数几个 UPOV 成员之一。由于缺乏实质性派生品种制度，种子企业投资育种创新积极性大为较弱，品种同质化问题非常严重，这给品种权审查、执法和品种鉴定等带来很多问题，几起有较大影响力的品种权侵权假冒纠纷案件也大多与之有关。

从手段和措施来看，品种权维权和执法存在举证难、维权难等问题。一是对于侵权套牌行为，不少执法者为简便考虑，多数依据假种子进行行政处罚，未通知权利人或者未要求侵权者对权利人损失进行赔偿。二是责令停止侵权的判决难以执行到位，无法及时有效遏制恶意侵权行为。三是缺乏快速科学的品种鉴定标准，品种真实性鉴定难。四是现有新品种鉴定机构没有通过司法认证，被告经常以鉴定报告证据采信问题抗辩。五是个别地方保护严重、部门利益作祟，品种权行政保护与司法保护联动不够，难以形成合力打击之势。

**多措并举加强保护**

笔者认为，要加强植物新品种保护，可以从以下几个方面努力：

第一，及时修订《植物新品种保护条例》和修订品种权侵权纠纷审理的两个司法解释。一是适度拓展保护客体，重点是扩大权利人举证范围。由于植物新品种具有季节性、生物性等特点，权利人和执法者难以在短时间内举证和获得证据并维护正当权利，特别是对于一些常规品种和无性繁殖类品种。保护范围从繁殖材料扩大到收获物，实际上拓展了品种权人维权渠道和执法者执法途径。同时，要延长育种者权利保护链条，让授权品种，包括生产、繁殖、销售、许诺销售、加工处理，以及存贮、运输等各个环节都得到保护，这样权利人和执法者才能多渠道、多环节地监督、发现、围堵侵权行为，收集侵权证据，从而严厉打击侵权行为，维护健康的种业市场秩序。

二是尽快建立实质性派生品种制度。建立实质性派生品种制度，将十分有利于遏制育种剽窃和低水平模仿与修饰育种盛行现象，也可以减少相当一部分侵权纠纷。

三是规范"农民自繁自用"行为。农民在遗传资源生物多样性保护过程中发挥了重要作用，作为一种反哺机制，我国应保留农民留种权利，但应当防止部分种子企业借用"农民自繁自用"途径实施侵权行为。就现阶段而言，建议将"农民通过自己的家庭联产承包经营制土地上自繁自用授权品种"规定为"育种者权利例外的情形"。从长远发展看，可以根据植物品种目录，区分常规种、无性繁殖类品种和杂交种及其亲本，以及通过耕地面积区分小农民的方式，进一步完善农民留种权利制度，实现育种者权益和农民利益共同得到保护的目标。

第二，加强植物新品种权行政执法和司法体系能力建设。新种子法将植物新品种权行政查处拓展到县级以上农业、林业主管部门，各级人民法院对植物新品种权侵权纠纷审理也纷纷设立了相关专业机构。但由于新品种保护专业性强，法律要求高，程序性复杂，而培训力度十分不够，又缺乏必要的执法装备，品种权行政执法和司法保护仍十分不足，需要通过加强宣传培训、完善执法装备等进一步强化品种权执法体系能力建设。

第三，加大行政执法和司法保护联动。一是各级主管部门建立人民法院、公安机关、检察机关、行政执法部门联席会议制度；二是建立日常对口工作联系制度，就案件移送、审查、信息通报等工作加强沟通，及时掌握品种权侵权和犯罪动态。三是检察机关要拓展监督渠道，注重监督实效。

第四，实现鉴定机构和鉴定人员法定化。品种权执法实践中，在不鉴定就无法对案件做出裁判的情况下，法院和地方行政部门只有去寻找相应品种检测技术水平的专业机构，又由于缺少评价标准，鉴定结果的权威性容易产生质疑。建议将司法和行政部门指定的植物新品种鉴定机构和鉴定人员法定化，农业部认可的检验机构，出具的检验报告和出具的有关证明材料，法院系统要认可。

（作者单位：农业部科技发展中心）

（刊登于 2016 年 8 月 17 日第十一版）

# 重庆兼善中学：知识产权教育利在千秋

本报记者　王宇　通讯员　崔芳

1930 年，在挽救民族危亡的关头，重庆兼善中学由著名爱国实业家卢作孚一手创办。学校开创之初就被委以了"穷则独善其身，达则兼济天下"的历史重任。"舍得干，读兼善"的社会美誉，给了莘莘学子报读该校的充足理由。虽历经几代校领导的更迭，兼善中学从未忽视对学生实干能力和创新精神的培养。独具特色的科技创新和知识产权教育，让兼善中学在重庆中学教育领域独树一帜。

"教科书不再是学生的世界，世界才是学生的教科书。"现任校长陈居奎认为，兼善中学培养出来的学生如果没有知识产权意识、创新的思维方式，缺乏参与国际竞争的能力，将很快被高速发展的社会所淘汰。经过多年的教学实践，兼善中学如今已形成了"课堂启发—实践提升—大赛强化"三个层级的知识产权教育模式，并成功入选首批中小学全国知识产权教育试点学校。

### 启发：创新思维巧培养

"这张图片上有几颗心？"一节名为"创新思维和发明创造"的课堂上，兼善中学老师鲜庆指着幻灯片提问。"三颗""不对，是五颗"台下的学生争相举手发言。在一番激烈的讨论之后，鲜庆老师宣布："没有标准答案。"这样的结果，让习惯了听标准答案的学生们一片哗然。他不断启发学生发散思维运用更多方法处理问题："图片上，既有物质层面的爱心，也有精神层面的爱心。"

课堂上，鲜庆老师还结合具体例子为学生讲解了创造性解决问题的方法，即制作问题情境图、导出矛盾、分析矛盾、系统功能分析。这样的课堂开设在绝大部分年级，每周保证一课时，学校还针对本土中学生编写了发明创新教材——《创新启蒙》。由5名专兼职教师开展知识产权创新教育，聘请3名高校企业专家开展面授指导活动。

"由浅入深的发明创造课堂，旨在启发学生的发散思维，形成敢于质疑的品质，培养创造力所需素养。"鲜庆老师说。除了常规课堂教学，每年学校都会邀请专家院士或校友到校讲学。航天科学院潘厚仁教授、中国人民解放军航天员大队申行运大校、中科院院士瞿婉明教授等专家名流的到来，感染了兼善师生，鼓舞了新一代学子。

### 提升：创意方案重实施

种子点播机、自动安全门、多功能桌子、书立笔筒……在兼善中学的专利展板上，密密麻麻展示了高一年级学生发明创意方案的原始设计稿，这些创新成果都已经提交了专利申请。"通过相关知识产权课程学习，激发了很多学生发明创造的兴趣。"兼善中学教科处副主任谢祥金说，每年学校都会收到学生的发明创意方案上千份，累计达10万份。"学生在做科技发明时可以请教老师，除了获得技术上的指点外，还能指点他们如何提交专利申请。"谢祥金介绍。

高一女生刘姝含就是热爱发明创造的学生之一，她说，"初中的课堂上受到了鲜庆老师创新思维的启发，目前提交了一件用于清理斜面屋顶的专利申请。现在很多房子的屋顶是玻璃，做清洁却让人头疼。"刘姝含发明的这个"屋顶"，安装有两把刷子，通过自动按钮控制，就能使刷子工作，代替人工进行屋顶清扫工作。在有了一些的初步设想后，她通过和指导老师的交流，成功研发出了这项类似于汽车雨刮器的高层建筑清理助手。

记者了解到，自2008年以来，兼善中学师生共提交了1100多件专利申请，其中500多件获得授权，并且绝大多数都是学生的专利。开设8年的创造发明课已经作为2015年市普通高中精品选修课程，由重庆市教委正式立项。

### 强化：创新大赛显身手

在一间科技教室里，谢祥金老师正在指导学生们学习汽车的内部构造及其动力系统，同时进行知识产权方面的讲解。另一间实验室，高二九班的刘麒麟同学则在老师的指导下，对自己发明的"全地形多功能机器人"进行参加大赛前的练习。为了进一步培养学生的创新能力，兼善中学成立了科技创新中心，设有一间办公室兼特技飞行表演模拟训练室，5间科技、劳动活动室，3间机器人、汽车、车工钳工制作专项教室等。

"专业的老师、著名的专家指导，对我们了解知识产权十分有益，参加比赛也更有信心了。"刘麒麟说，这一机器人在4月上旬举办的重庆市青少年科技创新大赛中获得三等奖，后续还准备参加国家级的比赛。

如今，兼善中学每年都会拿出一笔资金用于支持学生参加创新大赛。据了解，兼善中学在提交专利申请、购买相关书籍教材和培训学习的费用已超过80万元。近几年，在各项比赛中，兼善中学取得了丰硕的成绩，获得国家级、市级奖项 120 余人次，宋星宏同学还获得了第八届市长提名奖。兼善中学先后获得全国信息技术创新组委会"示范试验基地"、中国教育学会"中国青少年创意大赛创新型学校"、重庆市科普征文赛优秀组织奖等众多荣誉称号。

时代在变，兼善中学办校的初衷未变。学生创新意识的提高，不仅关乎学生个人成才，关乎家庭幸福，更关乎国家兴亡的千秋大业。"我们将努力在优质的基础上进一步创新升级，彰显有知识产权特色的办学成果，以我们的一小步促成重庆教育发展的一大步。"陈居奎说。

（刊登于 2016 年 8 月 31 日第三版）

# 读图：创客·创新·创意
## ——2016中美青年创客大赛及北京创客盛会掠影
### 张子弘　曾嘉　摄影

（刊登于2016年9月9日第十六版）

立足西安、辐射全国、连通国际，国家知识产权运营军民融合特色试点平台探索多元化知识产权运营体系——

# 专利运营促发展　军民融合创未来

本报记者　孙迪　通讯员　靳宜

360 个"新娘"要"出嫁"！三千多年来，十三朝古都西安见证了无数灿烂辉煌，这场别开生面的"婚礼"为这座古都的文武千秋增色添彩。日前，由国家知识产权运营军民融合特色试点平台（下称"军民融合平台"）"做媒"，西安近代化学研究所共 12 个大类的 360 件专利开始运营转化，将分别在全国各地发挥作用，展现英姿。

"军民融合平台要为国家层面的知识产权运营军民融合与科技成果转移转化的新模式、新路径作出有效探索，构建起由多方参与的多元化知识产权运营体系，打通专利技术与产业实现的壁垒，助推形成良好的以知识产权运用为主线的公共服务和专业化社会服务环境，建立知识产权与军民融合的桥梁。"军民融合平台建设运营负责人段国刚如是说。

## 牵线搭桥找"婆家"

9 月 9 日，大连，中国国际专利技术与产品交易会；9 月 19 日，北京，中国专利信息年会；9 月 24 日，西安，中国科协年会……段国刚向中国知识产权报记者展示了他的行程，这种各地"巡演"对于军民融合平台而言早已是常态。段国刚告诉记者，在建设前期，平台对军工单位、大型国有企业、高校、科研院所、知识产权服务机构、知识产权信息化服务商等进行了大量的调研走访，通过调研得知，目前军工集团、大型国有企业开始逐步重视知识产权运营工作，但在科技成果转移转化和军民融合知识产权运营仍存在供需双方缺乏信息的互联互通、信息交流机制不健全，缺乏一站式全流程的知识产权服务平台，知识产权价值评估难等问题。因此，军民融合平台联系全国各地的知识产权成果需求方、知识产权服务机构、投资者资源，在各方之间架起沟通的桥梁，把各个"信息孤岛"连通在一起，充分打通知识产权交易的各个环节，努力探索出一条促进军工单位科技成果、知识产权"军转民"的路子。

段国刚介绍，仅以西安近代化学研究所为例，对于知识产权运营，研究所有强烈的需求和意愿，希望让这些"待字闺中"的优质知识产权作为投入要素直接参与到市场运作中，最大限度实现其经济价值。军民融合平台通过长期的深入调研，针对这些研究所、高校等的知识产权情况进行分析评判，积极联系各地知识产权中介机构和资本方，成功推动了一大批知识产权运营的"军转民""民参军"。

不久前，军民融合平台历时 3 个月面向全国范围的合作伙伴征集活动圆满落下帷幕。在此期间，军民融合平台与包括军工单位、大型企业、高校、中介服务机构等 10 个大类的 100 多家单位成为战略合作伙伴。

**专注技术练"内功"**

近年来，党中央、国务院高度重视知识产权工作，对知识产权运营转化作出了一系列重要部署，各地的知识产权运营平台也如雨后春笋般涌现。军民融合平台是如何从中脱颖而出，受到全国关注的？段国刚告诉记者，平台在建设过程中，始终紧密围绕党中央、国务院的重大部署，在国家知识产权局、陕西省知识产权局的指导支持下，积极探索知识产权运营新理念、新模式。"平台要推动军民用科技成果双向转移，实现促进军工经济与地方经济融合发展的目标，就必须绷紧技术这根弦。"在段国刚看来，专利的运营分三个层次，一是基于专利证书的交易，即简单地通过交易扩充专利数量；二是基于法律权利的交易，即以规避法律风险为目标的商业策略；三是基于技术的交易，即通过专利技术的转移转化，挖掘好技术，助推产业化，让技术真正发挥出最大价值。

让好技术找到好资本，最大程度地发挥知识产权的经济价值，军民融合平台坚持专注自身运营模式的创新和优化，不断完善特色服务功能。比如，军民融合平台的一项重要武器就是平台自主开发的创新型知识产权价值评估体系。据介绍，该体系由线上机器评估与线下人工评估融合组成，将知识产权价值评估与传统的资产评估有机结合，避免了传统资产评估通常只能对已实施专利进行评估的局限性和存在客观性不强的问题。该体系通过对评估参数流程进行创新性的改进，以及结合知识产权的法律属性，专利自身技术效果等多方面评估参数，将对投入运营的知识产权提供更客观、精准的评估。正是依托该价值评估体系，军民融合平台帮助一批高校、企业、科研院所对其专利进行评价和梳理，成功推动一批专利和技术成果展开运营转化。今年以来，陕西省技术合同成交额在原先基础上持续活跃，企业专利实施率不断提高，军民融合平台的作用功不可没。

"下一步，我们将与国家'1 + 2 + 20 + N'知识产权运营体系有效衔接，积极开展军民融合知识产权运营的资源整合、准入退出、权益分配等机制的探索与试点，成为服务西部、辐射全国、连通国际、国内一流的知识产权与技术成果的集聚中心、交易中心和运营服务中心，为国家层面军民融合知识产权运营与技术成果转移转化探索新模式、新路径，为建设创新型国家和知识产权强国积累经验。"谈起平台到2020 年吸引和集聚 300 家以上国内外优秀知识产权专业服务机构、实现年专利技术交易额突破 100 亿元、促成 100 项以上重大军民两用专利技术成果产业化的目标，段国刚信心满满。

（刊登于 2016 年 10 月 14 日第三版）

商标保护受重视，声音商标成新宠——

# 我国企业拓展商标保护新类型

本报记者　李群

"栀子花白兰花……"某年夏天，在苏州出差的记者有幸听到了这婉转动人的卖花声，软糯的苏州话伴着阵阵花香，沁人心脾，让人久久不能忘怀。日前，苏州老万年文化发展有限公司将姑苏吆喝中经典的"栀子花白兰花"叫卖声提交了声音商标的注册申请，用于折扇、纸扇、首饰等传统的手工艺品中。

姑苏吆喝作为苏州特有的一种语言形式，反映了民俗风情，是在传统商业时代最为贴心、温存的声音。与普通吆喝声的抑扬顿挫不同，萦绕在苏州街头巷尾的吆喝声温柔婉转，带着吴语的软糯，回响于人们心间。这样的吆喝声如今却鲜能听到，只能在记忆中回味。为了延续这样的记忆，早在2013年姑苏吆喝便入选了苏州市非物质文化遗产名录。

"传统手工艺的非物质文化遗产同声音商标相结合，更能将我们苏州的地域特色文化传递出去，也让人们更加喜欢苏州。"在苏州老万年文化发展有限公司总经理戚春兰看来，文字不能体现姑苏吆喝的魅力，只有用声音传递才能使其发扬光大。为此，经过一番探讨与研究，戚春兰于今年7月提交了"栀子花白兰花"声音商标的注册申请，今年8月，国家工商行政管理总局商标局正式受理了该声音商标的注册申请。据了解，此次提交的申请材料包括吆喝声以及五线谱、简谱、歌谱等，声音根据传统吆喝声改编整理而成，并由国家一级演员、苏州评弹团成员许云仙演绎。

无独有偶，早先，腾讯公司计划将"嘀嘀嘀嘀嘀嘀"的QQ提示音申请注册为声音商标，但被国家工商行政管理总局商标评审委员会（下称商评委）予以驳回，商评委认为该声音"较为简单"，缺乏商标应有的"显著特征"。腾讯公司不服，向人民法院提起行政诉讼。12月6日，北京知识产权法院开庭审理了QQ提示音商标案，虽然法院并未当庭宣判，但因该案是我国第一起声音商标行政驳回案件，故备受关注。

该案中商评委认为，其审查声音商标的主要依据就是显著性。作为非传统性商标，声音商标必须通过使用才能获得显著性，而腾讯公司提供的证据只能显示QQ具有显著性，并不能证明申请商标具有显著性。同时，申请商标"嘀嘀嘀嘀嘀嘀"过于简单，只是一个急促、单调的重复音。为此，商评委表示，独创性只是其审查声音商标考虑的一个独立因素，与显著性无关。

腾讯公司则认为，申请商标"嘀嘀嘀嘀嘀嘀"为6声音响，不冗长也不简单，具有声音商标应有的显著性，能够起到区分服务来源的作用，并当庭演示了其他国家核准注册的NBC声音商标、Windows开机声音商标等。同时，申请商标经过长期使用，知名度和显著性不断增强，相关公众能够有效识别；被诉决定错误地将"独创性"作为声音商标的审查标准，于法无据。

针对近期发生的上述两个案例，有关专家表示，无论是将姑苏吆喝作为声音商标提交注册申请，还是腾讯公司因声音商标起诉商评委，都体现出我国企业越来越重视商标保护，且商标注册申请的类型在不断扩大，普通的文字商标已不能满足企业对于商品保护的要求，这值得鼓励。

"一件优质的声音商标包含着企业的商标策略，通过商标彰显功能、传达企业产品或者服务的特质，有助于提高客户对产品或者服务的体验，进而拉近客户与企业或者产品服务的距离。消费者经常听到一个愉悦的、有内涵的声音商标，无疑会增强品牌体验，对企业有更深层次的接触，声音的传播在激发想象和愉悦的同时也传达了品牌的精华和主旨。"北京元合知识产权代理事务所合伙人刘贵增说。

那么，如何对声音商标进行保护？刘贵增表示，我国声音商标注册和保护的依据是我国现行商标法，声音商标的注册和保护历史相对较短，目前有关声音商标行政保护和侵权司法判决案例较少。作为商标和品牌，声音商标与传统商标一样承载着企业的商誉，尤其是具有一定知名度的声音商标。在移动 APP 领域，因抄袭成本低，成为侵权多发领域，据《2014 年第一季移动市场调查报告》显示，流行的、热门的数据在 APP 的抄袭比例达到 80%，而其中工具、财经和影片类的 APP 达 100%。因此，在"互联网 +"时代，创立品牌更要从多方面采取法律和技术结合的综合措施，其中之一就是声音商标的注册、使用和保护，从而真正为企业发展提供助力。

（刊登于 2016 年 12 月 9 日第五版）

# 我国确定第一批国家级知识产权保护规范化市场

**本报讯**　（记者崔静思　通讯员刘佳北京报道）日前，国家知识产权局办公室发布《关于确定第一批国家级知识产权保护规范化市场的通知》（以下简称《通知》），确定北京居然之家等 30 家市场为第一批国家级知识产权保护规范化市场，称号有效期为 2016 年 12 月至 2019 年 12 月。

《通知》要求，各有关省区市知识产权局要注重收集和推广好的经验做法，实现培育市场经验的辐射示范效应，加大对相关市场的宣传力度，对市场知识产权保护规范化建设情况、亮点做法及有益成效进行宣传报道，进一步扩大培育工作影响力，切实发挥其在本地区、本行业的引领示范作用。要指导相关市场持续开展知识产权保护规范化管理工作，实现知识产权保护管理制度化、常态化、长效化，促进流通领域知识产权保护长效机制的建立。

据了解，2014 年 3 月，国家知识产权局在全国范围内启动了知识产权保护规范化市场培育工作。当年 6 月，国家知识产权局确定了 65 家专业市场为第一批国家级知识产权保护规范化市场培育对象。今年，在培育期满后，国家知识产权局组织开展了第一批知识产权保护规范化市场认定工作。经相关培育市场自愿申报、各省区市知识产权局初评推荐，国家知识产权局组织专家评审，结合委托第三方机构开展的规范化市场知识产权保护满意度调查结果计算测评总分，并经向社会公示，确定了首批30家国家级知识产权保护规范化市场。

国家知识产权局有关负责人表示，近年来，各地各部门充分调动市场主办方积极性，推动各市场将知识产权保护规范化工作纳入市场重要议事日程，配备相关工作人员，配置相应管理经费，加大宣传培训力度，强化诚信自律意识，逐步净化整体经营环境，提升消费者满意度，专业市场的知识产权保护工作已初见成效。

（刊登于 2016 年 12 月 30 日第一版）

CHINA INTELLECTUAL PROPERTY NEWS

2017

1989 1990 1991 1992 1993 1994 1995
1996 1997 1998 1999 2000 2001 2002 2003 2004
2005 2006 2007 2008 2009 2010

# 纪念改革开放40年
## 中国知识产权报新闻作品集

2011 2012 2013 2014 2015 2016 2017 2018

打通知识产权工作全链条，建立高效的知识产权综合管理体制——

# 国办印发《知识产权综合管理改革试点总体方案》

**本报讯** （记者王宇北京报道）国务院办公厅日前印发《知识产权综合管理改革试点总体方案》（下称《方案》），此举旨在充分发挥有条件的地方在知识产权综合管理改革方面的先行探索和示范带动作用，对知识产权综合管理改革试点作出整体部署。

《方案》强调，推进知识产权综合管理改革是深化知识产权领域改革、破解知识产权支撑创新驱动发展瓶颈制约的关键，对于切实解决地方知识产权管理体制机制不完善、保护不够严格、服务能力不强、对创新驱动发展战略缺乏强有力支撑等突出问题具有重要意义。要通过在试点地方深化知识产权综合管理改革，打通知识产权创造、运用、保护、管理、服务全链条，构建便民利民的知识产权公共服务体系，探索支撑创新发展的知识产权运行机制，推动形成权界清晰、分工合理、责权一致、运转高效、法治保障的知识产权体制机制，有力促进大众创业、万众创新，加快知识产权强国建设。

《方案》提出，根据国家实施创新驱动发展战略总体部署和重点区域发展战略布局，结合地方知识产权事业发展水平和创新驱动发展对知识产权综合管理改革的需求，选择若干个创新成果多、经济转型步伐快、发挥知识产权引领作用和推动供需结构升级成效显著的地方，开展为期1年的知识产权综合管理改革试点，并就改革试点地方选择条件提出明确要求。

《方案》按照"问题导向、紧扣发展、统筹推进、大胆创新"的基本原则，明确了3项主要任务。一是建立高效的知识产权综合管理体制，鼓励多种类型、多种模式的改革探索，按照实行严格的知识产权保护的要求，结合综合行政执法体制改革，整合优化执法资源，统筹知识产权综合行政执法。二是构建便民利民的知识产权公共服务体系，大力推行知识产权权力清单、责任清单、负面清单制度，加大知识产权领域简政放权力度，整合知识产权公共服务资源，优化知识产权公共服务供给。三是提升综合运用知识产权促进创新驱动发展的能力，构建促进市场主体创新发展的知识产权服务体系，培育知识产权密集型产业成为新的经济增长点，引导市场主体综合运营知识产权，提升知识产权价值，加速知识产权转化运用。

《方案》要求，国家知识产权局要牵头会同工商总局、新闻出版广电总局（国家版权局）等部门，统筹协调改革试点中的重大政策问题，并做好试点地方改革推进的督促检查和考核评估工作。各有关部门和地方要统一思想，密切配合，积极作为，抓好落实，确保改革试点工作取得实效。

（刊登于2017年1月13日第一版）

国务院印发《"十三五"国家知识产权保护和运用规划》

# 知识产权规划首次列入国家重点专项规划

### 本报记者 王宇

到 2020 年,每万人口发明专利拥有量增加到 12 件,年度知识产权质押融资金额提高到 1800 亿元,知识产权使用费出口额提高到 100 亿美元……10 项预期性指标成为"十三五"时期知识产权保护和运用新的"风向标"。国务院日前印发《"十三五"国家知识产权保护和运用规划》(下称《规划》),这是知识产权规划首次被列入国家重点专项规划。

"'十三五'时期是我国由知识产权大国向知识产权强国迈进的战略机遇期。"在 1 月 17 日举行的国新办新闻发布会上,国家知识产权局副局长甘绍宁表示,《规划》的出台,标志着"十三五"知识产权事业发展的顶层设计总体完成,有助于更好地发挥知识产权制度对于激励创新的基本保障作用,为加快知识产权强国建设提供有力支撑。

### 加强保护运用 提升质量效益

回顾"十二五"时期,我国各地区、各相关部门深入实施国家知识产权战略,促进知识产权工作融入经济社会发展大局,为创新驱动发展提供了有力支撑,进一步巩固了我国的知识产权大国地位。但同时,我国知识产权数量与质量不协调、区域发展不平衡、保护还不够严格等问题仍然存在,与经济发展融合还不够紧密,管理体制机制还不够完善。这些知识产权领域深层次的矛盾和问题,是新形势下加快知识产权强国建设的主要瓶颈制约,也是《规划》要着力补齐的短板。

"十三五"时期,如何把知识产权强国建设的"设计图"变成"施工图"?《规划》为今后五年的知识产权工作明确了发展目标和主要任务。其中指出,要以供给侧结构性改革为主线,深入实施国家知识产权战略,打通知识产权创造、运用、保护、管理、服务全链条。到 2020 年,知识产权重要领域和关键环节的改革取得决定性成果,保护和运用能力得到大幅提升,建成一批知识产权强省、强市,知识产权保护环境显著改善,知识产权运用效益充分显现,知识产权综合能力大幅提升。

甘绍宁在国新办新闻发布会上回答本报记者提问时指出,《规划》主线突出知识产权保护和运用,适应了当前国际国内的形势对知识产权事业发展的需求,反映了创新主体的客观需要。在 10 个预期性数量指标的选取中,《规划》也突出提高知识产权质量和效益、提升知识产权保护效果、改善知识产权环境 3 方面导向,落实了中央"补短板"的要求,提高了规划的针对性。

### 完善顶层设计引领创新发展

当前,我国经济进入了速度变化、结构优化、动力转换的新常态,创新成为引领发展的第一动力。党中央、国务院作出了深入实施创新驱动发展战略、推进供给侧结构性改革、推进更高水平的对外开放和加快完善现代产权制度等一系列重大部署,这给知识产权工作提出了新的更高要求，迫切需要围绕知识产权强国建设的目标，提出一系列重大政策、重大工程和重大项目，明确知识产权强国建设的路线图和施工图。

着眼于此，《规划》提出了7个方面的重点工作。一是完善知识产权法律制度，加快知识产权法律法规建设，健全知识产权相关法律制度；二是提升知识产权保护水平，发挥知识产权司法保护作用，强化知识产权刑事保护，加强知识产权行政执法体系建设，强化进出口贸易知识产权保护，强化传统优势领域知识产权保护，加强新领域新业态知识产权保护，加强民生领域知识产权保护；三是提高知识产权质量效益，提高专利质量效益，实施商标战略，打造精品版权，加强地理标志、植物新品种和集成电路布图设计等领域知识产权工作；四是加强知识产权强省、强市建设，建成一批知识产权强省、强市，促进区域知识产权协调发展，做好知识产权领域扶贫工作；五是加快知识产权强企建设，提升企业知识产权综合能力，培育知识产权优势企业，完善知识产权强企工作支撑体系；六是推动产业升级发展，提出推动专利导航产业发展，完善"中国制造"知识产权布局，促进知识产权密集型产业发展，支持产业知识产权联盟发展，深化知识产权评议工作，推动军民知识产权转移转化；七是促进知识产权开放合作，加强知识产权国际交流合作，积极支持创新企业"走出去"。

同时，《规划》还设定了加强知识产权交易运营体系建设、加强知识产权公共服务体系建设、加强知识产权人才培养体系建设、加强知识产权文化建设4个重大专项，明确了知识产权法律完善、知识产权保护、专利质量提升、知识产权强企、知识产权评议、知识产权海外维权、知识产权投融资服务、知识产权信息公共服务平台建设、知识产权文化建设共9项重大工程。

"这是'十三五'时期加强知识产权保护和运用新的起点，也是落实创新驱动发展战略、加快建设知识产权强国的行动指南。"有关专家分析认为，随着《深入实施国家知识产权战略行动计划（2014~2020年）》《国务院关于新形势下加快知识产权强国建设的若干意见》和《"十三五"国家知识产权保护和运用规划》陆续发布，"三驾马车"共同引领知识产权事业发展的新局面已经形成。相信通过"十三五"期间的深入实施，将加快实现知识产权由多向优、由大到强的转变。

（刊登于2017年1月18日第一、二版）

# 深化改革是加快知识产权强国建设的应有之义

吴汉东

**编者按**

改革是发展的强大动力，也是创新的不竭源泉。2016年12月30日，国务院办公厅印发《知识产权综合管理改革试点总体方案》，这是党中央、国务院对深化知识产权领域改革的重大决策部署，对于加快知识产权强国建设，发挥知识产权制度支撑创新驱动发展作用，促进大众创业、万众创新，具有重要意义。本报从即日起开辟"深改进行时"专栏，阐释专家学者对深化知识产权综合管理改革试点的真知灼见，密切跟踪知识产权综合管理改革的最新进展，为贯彻落实中央决策部署营造良好氛围。

根据中央全面深化改革领导小组2016年工作要点和国务院关于新形势下加强知识产权强国建设的若干意见，国务院办公厅近日印发《知识产权综合管理改革试点总体方案》，对深化知识产权领域改革作出重大决策部署。《方案》提出了知识产权综合改革试点的方向和路径，力求通过有条件地方的试点，推动形成权界清晰、分工合理、责权一致、运转高效、法治保障的体制机制。总之，通过知识产权综合管理改革，建立一种与创新驱动发展要求相匹配、与强化政府公共服务职能相一致、与国际运行规则相接轨的集中管理体制，是推进国家治理现代化的重大举措，也是加快知识产权强国建设的应有之义。

深化改革是制度建设的需要。知识产权制度建设的过程，是一个法律创新、政策创新、体制机制创新的过程，主要包括三方面的内容：一是要形成系统完备的知识产权法律政策体系，二是要推进知识产权管理体制机制改革，三是要增强知识产权国际规则的中国话语权。集中统一的知识产权管理体制，是政府治理体系现代化的基本要求，也是世界强国推进知识产权制度建设、促进知识产权事业发展的普遍选择。

深化改革是创新发展的需要。知识产权制度是发挥市场机制、科学配置创新资源的基本制度。深入实施创新驱动发展战略，解决好发展对创新的迫切需要与我国整体创新能力不强的矛盾，必须通过知识产权综合管理改革，提高知识产权制度的整体运行效率，优化知识产权的制度供给和技术供给，有效促进各类资源向创新者集聚，扩大有效和中高端供给，快速提升我国整体创新能力，增强经济发展的内生动力和活力。

深化改革是转变政府职能的需要。开展知识产权综合管理改革是完善行政体制、深入推进"放管服"改革的重要举措。知识产权的分散管理，降低了行政管理效率、制约了公共服务水平、增加了企业创新成本，不符合"精简、统一、效能"的发展方向。开展知识产权综合管理改革，必须探索有效可行的知识产权管理体制机制，提高知识产权战略规划、政策引导、社会管理和公共服务能力，推动建设法治型政府和服务型政府。

知识产权强国是以知识产权制度支撑并保障创新发展，具有强大的知识产权治理能力和发展实力的先进国家，它既是创新型国家，也是法治化国家。衡量一个国家是不是知识产权强国，应该包括与知识产权有关的制度能力或者说治理能力。所谓国家治理能力可理解为一种国家制度能力，是国家治理活动中所具有的制度供给和创新、制度管理和实施等各方面能力的整体表现。其中，行政管理体制的现代化、先进性和有效性，就是知识产权强国治理能力的评价标准。在世界范围内，实行知识产权集中统一管理模式，主要有两种：一是"三合一"模式，即集专利权、商标权和著作权为一体的集中统一管理模式；二是"二合一"模式，即专利权和商标权为一体，著作权另行分设的相对集中的管理模式。在世界知识产权组织 188 个成员国中，有 181 个国家实行综合管理体制，其中采取"三合一"模式的国家近 40%，采取"二合一"模式的国家占 55%。在知识产权大国中，英国、加拿大、俄罗斯等实行集中统一管理，美国、法国、日本、韩国等实行相对集中管理。

当代中国，正处于从经济大国向经济强国过渡、从科技大国向科技强国转变、从知识产权大国向知识产权强国跨越的关键时期，建设适应创新发展的制度环境和体制机制即是一场历史性的变革。知识产权综合管理改革，意味着从以往"九龙治水"的分散管理走向集中管理体制，鲜明地表现了"政府再造"的有效性目标和国家治理的现代化特征。深化改革的本身，就是一场以制度创新推动知识创新、以法治建设保障创新发展的伟大社会实践，其改革成果将对知识产权强国建设战略目标的实现产生重要和深远的影响。

（刊登于 2017 年 1 月 18 日第一版）

京津冀协同发展战略实施 3 周年开局良好，区域知识产权协同发展示范区初步打造成型——

# 知识产权：京津冀协同发展的"助推剂"

本报记者　崔静思

"实现京津冀协同发展，是一个重大国家战略，要坚持优势互补、互利共赢、扎实推进，加快走出一条科学持续的协同发展路子来。"整整 3 年前的 2 月 26 日，党中央、国务院高瞻远瞩，全面深刻阐述了京津冀协同发展战略的重大意义、推进思路和重点任务，围绕京津冀协同发展的国家战略作出了重要部署。

协同发展，重在创新驱动。可以说，作为产业优化升级和创新驱动发展的重要支撑，知识产权在京津冀协同发展中大有可为。3 年来，在国家知识产权局的协调推动下，21.6 万平方公里的土地上，"一局三地"知识产权促进京津冀协同发展合作会商机制正式建立了起来，在严格知识产权保护、协同知识产权运用、共享知识产权服务资源等方面进行了一系列新的合作机制的探索，区域知识产权协同发展示范区初步打造成型。

### 因地制宜　各具特色

"我们子公司提交的专利申请权利人是否应该是母公司？""这样的技术适合用专

利保护还是技术秘密保护？"……前不久，一场别开生面的服务对接会在廊坊市的城建大厦举行。4家北京驻廊坊的知识产权中介服务机构首次与当地的15家发明专利大户企业代表进行了交流，合力为提升企业知识产权运营能力出谋划策。在河北，像这样"借脑引智"的工作思路，过去3年中并不鲜见。河北省知识产权局有关负责人在接受本报记者采访时介绍，除了知识产权的服务协同发展和人才资源共享外，近年来，河北省还重点围绕专利导航和知识产权金融创新等工作，依托京津两地的知识产权高端服务资源，进行了重点推进。

"京津冀三地的知识产权实力较强，以专利为例，这里汇集了全国近30%的有效专利和46%的有效发明专利，有效专利的技术含量和专利资源密度均显著高于全国的平均水平。但三地知识产权资源的地区分布却不均衡，这就需要有针对性地优化创新资源配置、促进产业协同发展。"国家知识产权局知识产权发展研究中心有关负责人在接受本报记者采访时表示。

如果说河北通过用好京津知识产权资源优势补齐工作短板，融入发展大局，是实现了"健身增效"，那么，北京在三地的知识产权促进协同发展中的定位则可以称之为"瘦身提质"：三年来，北京一方面鼓励知识产权中介服务机构、高端人才服务津冀两地产业，另一方面不断打造知识产权密集型产业，做好全国知识产权运营公共服务平台的承建工作，并联合津冀在重点领域、重点产业开展专项保护。例如围绕智能终端、云计算、音视频等重点产业，倡导建设了一批产业知识产权联盟，聚合京津冀三地企业构建产业专利池，为企业的知识产权运营奠定了坚实的基础。

而在制造业基础较为完备的天津滨海地区，通过知识产权促进协同发展则走过了一次"强身聚核"的旅程：近年来，天津打造了集专利转让、许可、融资及产业化等服务于一体的公共服务平台，引导、整合各类专利运营机构向平台聚集。例如去年组建的首家知识产权运营服务机构——中知厚德知识产权运营管理（天津）有限公司，在成立伊始便与6家京津冀地区的企事业单位达成知识产权服务合作，凸显了知识产权协同运用对提升三地创新效益与效率的功效。

**形成合力　彰显效能**

北京"瘦身提质"，天津"强身聚核"，河北"健身增效"，在"一局三地"知识产权促进京津冀协同发展合作会商机制的引导下，京津冀三地的创新要素实现了自由合理流动，提升了创新效率和收益，助推了产业的合理布局。

2015年，天津中电华利电器科技集团有限公司围绕自身的一项核心产品"CKX6空气绝缘母线槽"，在国家知识产权局专利局专利审查协作天津中心（下称"审协天津中心"）的帮助下开展了专利导航工作，前瞻性的专利战略和合理的专利布局为企业带来了2000万元的收益，董事长范金山当即拍板："全面提高企业的知识产权工作预算。"

"'一局三地'合作会商议定书明确，开展京津冀知识产权'定向突破'专项行动，支持天津开展'国家知识产权特派员'行动。为此，2015年我们就派出31名资深审查员作为服务专员与企业对接，2016年又面向天津266家科技小巨人企业开展了公益性服务对接，对口指导天津重点产业和重大投资项目实施知识产权全过程管理。"审协天津中心主任魏保志向记者介绍。

记者了解到，为了推进京津冀区域知识产权成果转移转化，"一局三地"合作会商议定书在部署"定向突破"时，除支持天津开展"国家知识产权特派员"行动外，还明确提出指导北京研究制定《北京市重点产业专利创造指南》，并支持河北实施产学研成套专利技术对接转化。在这样的政策引导下，"十二五"以来，京津冀已合作共建科技园区25个、创新基地27家、创新平台157个，三地联合研发了一批共同关心的重大科技项目。其中，通过知识产权人才和信息的支持，有关部门探索出了助力地方知识产权强省强市建设的有效途径，协同发展的效能得到了进一步彰显。

有这样一组数据显现了京津冀地区如今的知识产权实力和发展潜能：截至2016年底，北京市每万人口发明专利拥有量达76.8件，居全国首位；天津市2016年专利申请量首次突破10万件，其中企业新增专利申请超过9万件，占比84.9%；河北省去年的专利申请量则达到5.4838万件，增幅近1/4。可以说，围绕党中央、国务院的决策部署，"一局三地"知识产权工作者用3年来兢兢业业的探索，为京津冀协同发展战略提供了有力的"助推剂"，在推动京津冀成为知识产权强国建设的有力支撑点的同时，也为创新驱动发展战略的实施提供了不可或缺的核心动力。

（刊登于2017年2月22日第一、三版）

《国家知识产权局关于修改〈关于规范专利申请行为的若干规定〉的决定》4月1日起施行——

# 进一步加大力度打击非正常专利申请

本报记者　吴艳

日前，《国家知识产权局关于修改〈关于规范专利申请行为的若干规定〉的决定》正式公布，自2017年4月1日起施行。修改后的《关于规范专利申请行为的若干规定》（下称《若干规定》）增加了非正常专利申请的行为方式，加大了针对非正常专利申请行为的处理力度，这将有助于进一步打击非正常专利申请行为。

为了提升专利质量，2007年，国家知识产权局出台了《若干规定》，其中列举了2种典型的非正常专利申请行为，并提出了相应的处理措施。该《若干规定》的实施对于遏制非正常专利申请行为发挥了一定作用，但是现实中又出现了一些新的比较突出的非正常专利申请行为，需要予以规制。

2015年12月，《国务院关于新形势下加快知识产权强国建设的若干意见》发布，明确提出要实施专利质量提升工程，解决知识产权大而不强、多而不优的问题。

2016 年国家知识产权局印发的《专利质量提升工程实施方案》，也将修订《若干规定》列为完善法律法规的措施之一，作为专利质量提升工程实施的基础支撑。

"为了更好地贯彻落实国务院文件精神，实施专利质量提升工程，及时处理发现的各种非正常专利申请行为，国家知识产权局决定在充分论证的基础上，修改《若干规定》。"国家知识产权局条法司相关负责人表示。

2016 年 8 月，国家知识产权局启动了《若干规定》修改工作。结合立法后评估以及近年来的调研情况，经过认真研究，并征求地方知识产权行政管理部门、企业和专利代理机构意见，形成了《关于规范专利申请行为的若干规定修改草案（征求意见稿）》及其说明，并于 2016 年 12 月 6 日至 2017 年 1 月 6 日在国务院法制办"法规规章草案意见征集系统"和国家知识产权局政府网站上向社会公开征求意见。

该负责人介绍，征求意见期间，共收到来自 32 个单位和个人提出的 58 条意见和建议。经整理、归纳、分析和论证，国家知识产权局采纳了部分意见。在上述工作的基础上，形成了《关于规范专利申请行为的若干规定修改草案（送审稿）》。经局务会审议通过后，2017 年 2 月 28 日，国家知识产权局正式公布了修改后的《若干规定》。

据了解，和现行的《若干规定》相比，修改后的《若干规定》主要在两大方面进行了变动，一是增加了非正常专利申请的行为方式，二是加强了针对非正常专利申请行为的处理措施。

在增加非正常专利申请的行为方式方面，现行《若干规定》中，非正常专利申请的行为涉及提交多件内容明显相同或者明显抄袭现有技术或现有设计的专利申请。"而在现实中出现的新的非正常专利申请行为，主要还包括将不同材料、组分、配比、部件等进行简单替换或者拼凑后提交多件专利申请，以编造实验数据或者技术效果的方式提交多件专利申请，通过计算机技术随机生成产品形状、图案或者色彩等类似手段提交多件专利申请。因此，需要在《若干规定》中增加上述行为方式，以更好地规范专利申请行为。"该负责人介绍，此外，由于现实中还存在个别单位或者个人代为撰写、帮助他人提交非正常专利申请的情形，此次修改参考了《中华人民共和国侵权责任法》的规定，将帮助他人提交非正常专利申请的行为也纳入了《若干规定》中。

在加强针对非正常专利申请行为的处理措施方面，修改后的《若干规定》对原有的 6 项处理措施中的几项作出了修改。"为了进一步增强威慑作用，加大对于非正常专利申请行为的处理力度，修改后的《若干规定》对提交非正常专利申请情节严重的申请人，在不予减缴专利费用、要求进行补缴的基础上，视情况自本年度起 5 年内不予减缴专利费用。"该负责人表示，对于享受资助和奖励的申请人，各级知识产权局除了不予资助、奖励、进行追还外，视情况自本年度起 5 年内不予资助或者奖励。对于进行非正常专利申请行为的申请人、代理机构或者帮助他人提交非正常专利申请的单位或者个人，相关信息将纳入全国信用信息共享平台。

（刊登于 2017 年 3 月 8 日第七版）

# 读图：创新改变生活

张子弘　蒋文杰　摄影

# 破解"大而不强、多而不优"难题的金钥匙

大连理工大学知识产权学院院长　陶鑫良

近年来，新名词、新概念如雨后春笋层出不穷，如近来的"高价值专利"一词就在社会公众视野中频频亮相。在我国知识产权事业取得显著进步和巨大成就的同时，"大而不强，多而不优"的问题，在一定程度上制约着我国知识产权强国建设的步伐。"高价值专利"正是解决这一问题的"金钥匙"。

对此，笔者认为，我们更需要建设的是培育"高价值专利"的土壤与气候。我们需要"多养老母鸡，莫染红壳蛋"。"多养老母鸡"，比喻的是希望采取多多建设"高价值专利培育中心"之类举措以营造我国专利价值新生态；"莫染红壳蛋"，比喻的就是不要再搞出"壳红肉白，名大实虚"的花架子来。建设"高价值专利"培育之相应体制机制，要实事求是，真正发挥专利这些"金蛋"的价值，切忌将其异化为荣誉评选，成了"染红壳蛋"。我们应当更加注重高价值发明创造及其核心专利成长的良性生态环境的营造和建设，为培育更多更好更富有经济效益的专利及技术成果创设更适宜的土壤和气候。或许，如果把一个个"高价值专利培育中心"比作一只只"老母鸡"，而"高价值专利"之类就如同"鲜鸡蛋"。有了老母鸡，自然易生鲜鸡蛋；多养老母鸡，才好催生更多鲜鸡蛋。

其实笔者第一次邂逅"高价值专利"，还是在两年前应邀参加江苏省知识产权局举办的一次高价值专利培育项目评审会上。记得那天江南大学、中车戚墅堰所和中科院苏州纳米研究所等单位，都在各自合作的相关知识产权服务机构陪同下参会。

此次会议给我的感觉，其实就是在集聚和整合科技创新与知识产权运营等方面的优质资源，建设和营造培育关键技术及其核心专利的综合基地，借以积极孕育和有效孵化更多更好更具有科技进步效能和经济社会效益的专利等创新成果。当时自己也在想，这与其说是"高价值专利培育项目"的评审，倒不如说是"高价值专利培育之苗圃温床"或称之为"高价值专利之培育孵化器"的评审，因为评审的重点其实并不仅仅针对具体哪几项高价值专利项目，而是在评审相关能积极、持续、有效地源源不断地孕育、孵化、催生、运营一系列重大发明创造的科技创新基地。后来得知，江苏省自2015年开始启动实施高价值专利培育计划，两年间瞄准若干技术领域已建有十几个"高价值专利培育示范中心"，并且将相关内容写进了江苏省知识产权强省文件。而据《江苏省高价值专利培育计划组织实施方案（试行）》规定："高价值专利培育计划项目的申报主体"必须是企业、高校科研院所及知识产权服务机构"三合一"的"产学研服"组合阵容，组合的直接目标其实就是整合营造"高价值专利培育中心"的"老母鸡"。其目标在于打开"'官产学研服'心齐，齐心养好'老母鸡'。母鸡下蛋高价值，高质高效用专利"的新局面。看来江苏省在打造"高价值专利培育中心"方面，勇为天下先，也善为天下先，已制定与正在践行规

划，且循序急进，成绩显著。而仔细分析，江苏省的"高价值专利培育计划"，其实就是侧重于"高价值专利培育示范中心"建设的蓝图，其重心并不仅在于一个一个的"高价值专利"的起承转合，而更在于整体孕育、孵化与催生、扶植高价值专利的环境营造与生态建设。

在笔者看来，"高价值专利培育的生态与环境"整体恰如老母鸡；而具体一项一项的"高价值专利"就像鲜鸡蛋。养好"老母鸡"，有鸡就有蛋。多养"老母鸡"，更多"鲜鸡蛋"。所以，在"高价值专利"方面，劝君多养老母鸡，等闲莫染红壳蛋。

（刊登于 2017 年 5 月 26 日第一、二版）

为充分发挥商标品牌引领经济发展的作用，国家工商总局——

# 将"商标战略"深化发展为"商标品牌战略"

本报记者　李群

5 月 22 日，北京，大雨，微凉的天气并未减淡人们对中国商标品牌建设的热情。当天，国家工商行政管理总局（下称"工商总局"）召开新闻通气会，对外发布了《关于深入实施商标品牌战略推进中国品牌建设的意见》（下称《意见》），正式将"商标战略"深化为"商标品牌战略"。

"我国商标注册申请量已连续 15 年居世界首位。截至今年 3 月底，我国商标累计申请量 2293.1 万件，累计注册量 1514.5 万件，有效注册商标量 1293.7 万件。可以说，我国是名副其实的商标大国，但在世界上有影响力的中国品牌数量相对较少，商标品牌引领经济发展的作用尚未得到充分发挥。"5 月 22 日，工商总局商标局党委书记、副局长崔守东在通气会上表示，下一步，工商总局将围绕《意见》这一主线，做好商标注册便利化、商标监管规范化、品牌服务社会化 3 项重点工作，推动我国从商标大国向强国转变，推动中国产品向中国品牌转变，为品牌引领经济发展作出更大贡献。

**思路转变正当时**

自 2008 年国家开始实施知识产权战略以来，我国的商标工作取得了显著成效，实现了商标战略的阶段性目标。"当前，我国经济发展进入新常态，在新形势下实施商标品牌战略，是对商标战略的深化和发展，是贯彻落实创新驱动发展战略的必然选择，是推动中国制造向中国创造转变、建设商标品牌强国的迫切要求，是引领供需结构升级的重要举措。"崔守东说。

与此同时，据工商总局商标局规划发展处处长周正介绍，从商标品牌价值上讲，进入全球知名品牌价值排行榜的企业数量增加，前 500 强已有数十个，前 100 名也实现了零的突破。

"从'商标战略'向'商标品牌战略'的转变正当其时。这一转变不仅体现了商标战略的深化和发展，反映了商标管理在品牌建设工作中的职能作用，也提升了商标品牌工作的社会认知度。"周正表示，长期存在的脱离商标谈品牌、脱离商标设计品牌、脱离商标运作品牌、脱离商标评估品牌价值的现象，都是无本之木、空中楼阁。"希望社会各界遵循品牌发展的客观规律，沿着培育品牌的科学路径，着力构建'企业主体、市场主导、政府推动、行业促进和社会参与'的实施商标品牌战略工作新格局。"

### 推进改革更深入

从去年起，工商总局开始对管理体制进行改革，增设了地方商标受理窗口，商标网上申请权限也从此前仅限于商标代理机构放开到全部申请人。此次出台的《意见》，进一步深化了商标注册管理体制改革。

在商标注册便利化改革方面，《意见》提出要稳步提高我国企业注册商标平均拥有量，夯实品牌保护的法律基础；持续拓宽商标申请渠道，增设地方商标受理窗口，大力推行商标网上申请；不断提升商标注册服务水平，引导和推动商标业务办理电子收发文，推广使用电子注册证，为市场主体注册使用自主商标提供更多便利。

在完善商标确权程序方面，《意见》提出要以诚实信用为原则，完善确权机制，在审查、异议、评审等环节加大驰名商标的保护力度；从严从快审理大规模恶意抢注商标案件，有效制止恶意抢注行为；探索完善商标与字号、域名等权利冲突的解决机制。

"目前，在全国27个省市有56个商标受理窗口办理商标注册申请业务，还有20个商标受理窗口预计在6月中下旬正式启动运行。"崔守东说，值得一提的是，我国还将创新商标监管方式，充分利用大数据、云计算等现代信息化手段，探索实行"互联网＋监管"模式，增强对商标违法行为线索的发现、收集和甄别能力，严厉打击商标抢注等行为。

### 走向世界需努力

如何让中国品牌在国际舞台上发出更强的光芒？《意见》明确指出，下一步，中国要主动参与商标领域国际规则制定，积极参与双边多边自贸区商标领域规则谈判，为中国品牌"走出去"构建更加公平的国际营商环境。

《意见》还指出，要加强商标品牌对外合作机制建设，加强与世界知识产权组织合作，开展"中国商标金奖"评选活动；深化同主要国家商标主管部门合作，积极参与商标五方会谈项目合作，进一步扩大与其他国家商标主管部门合作范围；探索建立"一带一路"沿线国家和地区商标案件协处机制，维护我国企业商标合法权益；推动国内行业协会、服务机构与国外相关组织合作交流，服务中国企业参与竞争。

"我们不仅要在制度上为企业品牌'走出去'提供保障，更要助力企业提升商标品牌国际影响力，加大自主商标品牌的海外宣传支持力度。"崔守东表示，"2016

年，我国申请人提交马德里商标国际注册申请 3200 件，排名首次进入前 4 位，增速达 68.6%；截至 2016 年底，马德里商标累计有效注册量已达 2.227 万件。这说明越来越多的中国品牌已经'走出去'了，我们希望《意见》的出台帮助中国企业打造出更多叫得响的品牌，在世界舞台上展现风采。"

（刊登于 2017 年 5 月 26 日第五版）

发布知识产权运用和保护综合改革试验的专项政策，广州开发区——

# 知识产权"美玉 10 条"备受热捧

本报通讯员　江秀珍　张茜瑜

　　年度主营业务收入达到 1000 万元以上的知识产权服务机构，经认定给予 100 万元的一次性奖励；对经认定的知识产权交易平台，按年度专利、商标和版权交易金额的 1% 予以每年最高 500 万元奖励；对开展知识产权维权行动并胜诉的，按案件实际发生的律师费的 30% 予以资助……前不久，一部《广州市黄埔区广州开发区加强知识产权运用和保护促进办法》（下称《办法》）的发布，引发了广东省内的热议，并在全国各地知识产权从业者中引起了广泛关注。作为全国唯一开展知识产权运用和保护综合改革试验的区域，广州开发区此次发布的这部含有 10 条基本措施的《办法》，被创业创新者和广大专利权人亲切地称呼为知识产权"美玉 10 条"。

**有效运用　提质增效**

　　作为广州建设国际科技创新枢纽的核心区，广州开发区拥有高新技术企业 989 家，研发中心和机构 673 家，企业在创新创业的发展进程中产生了对知识产权服务的巨大需求。"为此，在制定《办法》的过程中，我们除了要考虑满足企业对知识产权服务强烈需求的同时，也要注重推动知识产权引领和支撑创新驱动发展，为建设粤港澳大湾区知识产权保护高地提供有力政策支撑。"广州开发区科技创新和知识产权局有关负责人表示。

　　诚如该负责人所说，为了有效激励企业的知识产权创造和运用，促进知识产权工作提质增效，此次出台的《办法》明确规定，对企业知识产权质押融资过程产生的高昂费用问题，全链条 100% 承担评估费、担保费、保险费，并给予贷款贴息，降低企业融资成本。同时鼓励设立知识产权处置基金，当质押的知识产权需要处置时，对处置基金按实际贷款额的 1% 给予补贴，单笔补贴最高 10 万元。对新设立的知识产权产业基金、知识产权创业投资基金和知识产权股债联动基金，根据其管理或委托区内基金管理机构管理的资金规模，给予管理机构一次性奖励。"实际管理基金规模达到 5000 万元以上 1 亿元以下的，奖励 100 万元；实际管理基金规模达到 1 亿元以上的，奖励 200 万元；同一管理机构累计奖励最高 500 万元。"该负责人说，"应

· 815 ·

该说，如此大幅度的激励政策，对企业的知识产权运营而言是有很大吸引力的。"

实际上，除此之外，《办法》还对加速知识产权市场流转和刺激知识产权转让等作出了明确规定。如《办法》提出，对经认定的知识产权交易平台，按年度专利、商标和版权交易金额的 1% 予以每年最高 500 万元奖励；对知识产权评估机构进行知识产权评估并完成交易的，按每笔评估费的 20% 予以奖励，最高不超过 1 万元，每家评估机构每年奖励最高 200 万元。此外，《办法》还规定，对向国内外高等院校、科研机构购买技术成果的广州开发区企业，在技术交易中涉及专利转让且包含核心技术发明专利并在区内实现转化的，按经主管部门登记的技术交易合同中实际发生的技术交易额的 20% 给予补贴，单个合同补贴金额最高 200 万元，每家企业每年获得的补贴金额累计不超过 1000 万元；对促成创新成果转让并实现转化的知识产权服务机构，按实际发生技术交易额的 5% 给予补贴，单个技术合同补贴金额最高 50 万元。

**引领服务　保驾护航**

随着广州开发区企业知识产权需求的增长，并伴随着"走出去"步伐的加快，优良的知识产权服务成为广州开发区要着重解决的问题。近年来，广州三环、广州粤高等广东省内的知识产权中介服务机构纷纷在广州开发区开设分公司，一批外省市专利代理机构也在区内设点办公。"对于知识产权服务机构特别是新设立的重点服务机构，我们要通过政策给予大力支持。"广州开发区科技创新和知识产权局有关负责人表示。

据了解，此次出台的《办法》规定，对广州开发区新设立的重点服务机构，包括知名代理机构、重大运营平台、知名担保公司等，年度主营业务收入达到 1000 万元、5000 万元、1 亿元以上的知识产权服务机构，经认定，分别给予 100 万元、500 万元、1000 万元一次性奖励。入驻后，对当年统计达到规模以上或对本区地方经济发展贡献达到 50 万元以上，且营业收入同比增长 10% 以上的知识产权服务机构按当年对本区地方经济发展贡献的 50% 予以奖励，最高 1000 万元。

"此外，我们还强化了对信息分析和人才培育等工作的支持和奖励。"该负责人介绍，《办法》鼓励广州开发区内高新技术企业委托区内具有全国知识产权服务品牌培育机构资格的机构开展专利导航、专利预警分析、知识产权分析评议等工作，在项目验收合格并经区主管部门审核通过后，按实际发生费用的 20% 对企业给予补贴，单笔最高 10 万元，每家企业每年累计补贴最高 100 万元；按实际发生费用的 10% 对机构给予奖励，单笔最高 10 万元，每家机构每年累计奖励最高 200 万元。此外，《办法》还对境外高等院校、知识产权培训机构在中新广州知识城设立知识产权国际教育培训机构，培养知识产权人才的，予以重点扶持。

此外，对广州开发区生产性企业和经认定的研发机构作为专利权人开展知识产权维权行动并胜诉的，根据《办法》规定，可按案件实际发生的律师费的 30% 予以资助。"《办法》的确可以称为'美玉 10 条'，每一条措施对企业来说都是利好，特别是强化了企业的知识产权保护工作，令我们受益匪浅。"广州开发区某企业负责人表示。

（刊登于 2017 年 6 月 2 日第八版）

建设高价值专利培育中心，推动知识资本与新经济深度融合，构建"全域成都"执法保护体系——

# 成都："知识产权十条"催生创新热潮

**特约通讯员　周渝利**

打造高价值专利培育中心、促进成果转化、加强纠纷调解……人们记忆犹新的是，7月25日下午，成都市政府新闻办公室召开的《关于创新要素供给培育产业生态提升国家中心城市产业能级知识产权政策措施的实施细则》（下称"知识产权十条"）新闻发布会还在进行中，会场内外的微信群就已经刷屏："夏天火热，成都知识产权更热！""成都知识产权工作迈出新步伐！"能够受到广泛关注，足见"知识产权十条"新政的分量。"知识产权十条"在知识产权创造、运用、保护等方面举措务实，亮点频现。

鼓励培育高价值专利，是亮点之一。"'知识产权十条'对企业来讲是极大利好。特别是文件中提到的要建设高价值专利培育中心、培育高价值专利池或专利组合、培育知识产权试点示范企业等方面的措施，让我们有了更大信心。"如同成都松川雷博机械设备有限公司一样，许多企业对此倍感振奋。

"知识产权十条"规定，加快培育高价值专利，支持行业骨干龙头企业、新型产业技术研究院、高校院所等打造高价值专利培育中心。两年的培育期满后，高价值专利培育中心须拥有发明专利70件以上，且国外专利申请15件以上。对验收合格的高价值专利培育中心，将给予申报单位100万元奖励。

"'知识产权十条'更加凸显了高价值专利培育工作的重要价值。"成都市知识产权局局长卢铁城说，加强知识产权创造和运用，是提升城市创新品质和发展潜力的有效手段。

支持知识产权运营，是亮点之二。"知识产权十条"提出，为推动知识资本、金融资本和新经济的深度融合，成都市将利用中央财政支持和市级财政配套资金共3亿元，引导设立总规模不低于20亿元的知识产权运营基金，投资孵化知识产权驱动型企业、知识产权运营服务机构，发展成都知识产权运营服务新业态。

"'知识产权十条'极大激发了创新主体对高质量知识产权服务的需求，同时将有力促进知识产权服务机构的转型升级。"成都九鼎天元知识产权代理有限公司董事长徐宏表示。

构建执法保护体系，是亮点之三。"知识产权十条"提出，对成都企事业单位作为原告（或请求人）主动维权，符合相关条件的，每家单位每年最高资助30万元；对第三方服务机构帮助成都企事业单位作为原告（或请求人）主动维权，符合相关条件的，最高给予服务机构50万元奖励。在构建知识产权侵权查处、纠纷调解体系方面，成都市将采取委托执法方式，构建"全域成都"执法保护体系。

"'知识产权十条'的重点，是着力于对知识产权的创造、运用和保护，以构建知识产权大保护工作格局，充分发挥知识产权对供给侧结构性改革的制度供给和技术供给双重作用，助力成都走出一条质量更高、效益更好、结构更优的发展新路。"卢铁城表示。

**短评**

　　成都市新推出"知识产权十条"，意义不凡。近年来，成都市知识产权工作新招迭出，引人关注。今年3月，郫都区在全省率先试水"三合一"知识产权局，迈出知识产权综合管理改革第一步。此次，成都市再出"组合拳"，对知识产权创造、运用和保护等全链条工作作出全面部署，不仅在知识产权强市道路上写下新的一页，而且为成都建设具有强大竞争力的新型世界城市指引航程。先行先试，彰显信心与决心，值得学习和借鉴。

（刊登于2017年8月9日第一版）

# 福建：知识产权牵线　军民携手向前

**编辑部：**

　　"一送红军下了山，秋风细雨缠绵绵……问一声亲人，红军啊，几时人马再回山。"在战争年代，红军为老百姓带来新的希望，与当地居民共同绘制出一幅幅军民情深的感人画面。如今，这份军民情通过知识产权继续传承。党的十八大以来，党中央高度重视军民融合工作，军民融合发展上升为国家战略。在新时期，我国科技和经济均迎来飞跃性发展的情况下，如何让军民共享创新成果，形成共同发展？近日，福建省知识产权局会同国防知识产权局将近2000件解密国防专利汇编成册，举办军民知识产权融合专题展，为军民携手向前带来了又一次契机。

　　作为曾经的革命老区，如今的制造业大省，福建省在运用知识产权助力军民融合创新发展方面优势独具。近年来，福建省委、省政府高度重视军民融合发展工作，出台多项政策措施大力推动军民融合向纵深发展，积极探索具有福建特色的军民融合发展之路。记者了解到，一段时间以来，福建省知识产权局开展了一系列探索性工作，推出知识产权公共服务包及路线图，建立高层次的知识产权新型智库，强化与军方科研院所和高校的对接合作，建设军民融合产业专利数据库，组织地方企业通过专利导航开展军民融合领域的研发创新，开展军民融合专利产品的推荐推广、大力协助革命老区龙岩市推动军民融合产业发展等。同时，福建省知识产权局还与国防知识产权局建立了良好的协作关系，积极推进共建军民知识产权融合运营平台，促进福建军民融合深度发展。

北斗导航开放实验室项目、应急通信系统……在福建省军民知识产权融合专题展上，一批在前沿科技领域中技术含量高、应用前景广的军民融合优质专利项目集中亮相，部分项目还是首次参展，令人目不暇接。在展区电子显示屏上，近2000件解密国防专利滚动播放。这是福建省知识产权局与国防知识产权局充分协作的结果。双方在前期沟通的基础上，将一件件解密国防专利进行数据分析，并进行汇编，广泛征集对接需求。展区还专门设置专利项目信息服务区，与福建省一个国家级和四个省级专利技术展示交易中心联网，由专人为技术需求者提供更为详细的专利项目信息查询对接等服务，拓宽信息渠道。

"作为民营企业创业者，我们要抓住'军民融合'这一机遇，充分融入其中！"福建泰克通信有限公司董事长黄嘉鸿说。"智能生态茶叶虫害防治系统"的绿色工程建设是该公司重点推进的项目，而项目的主要技术则来自军方。"我们将军用电子对抗技术和生物技术跨界应用于茶叶虫害防治，形成集声光电、生物、环控等技术于一体的创新型智能生态虫害防治系统。"黄嘉鸿介绍，该项目在泉州山美水库茶园成功试验，已具备规模化、产业化的条件。目前，项目单位在山美水库建立了茶叶虫害防治示范基地，并已向省内外进行茶叶及其他农作物的推广应用。该项目还将采取基于大数据网络平台服务的创新商业运作模式，更好地发挥经济效益和社会效益。

"公司始终行走在'参军'的路上。"特地赶赴福建参展的江苏华淼消防科技有限公司（下称"华淼消防"）董事长陈闽玲分享了公司参与军民融合的经历。华淼消防的很多员工是来自部队不同的兵种或专业技术岗位，在离开部队后，共同选择了和部队息息相关的消防事业。华淼消防经过长期研发，获得了"消防灭火器""石油化工类火专用灭火器"等多件中国发明专利，其自主研发成功的"华淼H-2000"新型环保高效灭火剂，以快速灭火、环保等优势广泛应用于我国消防部队。在展会现场，多家企业和相关政府机构表达了对这些专利的浓厚兴趣。

军转民、民参军，军民技术一家亲。在福建军民知识产权融合交流活动中，类似这样军民在知识产权及技术上协同发展的案例还有很多。参与者在这里分享了经验，寻求合作者在这里看到了机遇。"军用技术不但较为先进，其专利权属等安全性也可以得到保障，我这次来对接会就是听说有近2000件国防解密专利，看能不能为公司所用。"在活动现场，一企业负责人告诉记者。对接交流中，军民双方已有对接意向30多项。同时，福建省知识产权局积极邀请26家军工央企、国防高校院所来闽参加项目对接交流，福建省拥有自主知识产权的技术产品获得军方单位青睐，共有32家企业与军方单位达成合作意向，有效实现了军民知识产权的高效双向匹配。活动期间，中国工程院、国防知识产权局、福建省委省政府、东部战区陆军装备部等领导先后参观指导了福建省军民知识产权融合专题展，充分肯定了军地部门在加快福建军民融合深度发展方面所取得的成效，要求进一步抓好军民融合双向转化运用，拓展产业创新发展新空间。

"此次我们搭建起的军民知识产权双向对接互动机制引起了各方的高度重视与关注。今后，福建省还将进一步建立起军地、军民沟通协作的快速通道和军民协同创新机制，按照中央军民融合发展委员会的部署要求，以知识产权为精准切入点，努力破解军民融合深度发展过程中存在的对接机制不全、对接渠道不畅、供需匹配精准度不高等关键瓶颈，加快形成具有福建特色的军民融合深度发展模式。"福建省知识产权局局长颜志煌告诉记者，福建省知识产权局将安排专门工作团队对此次参会达成合作意向企业建立跟踪服务机制，积极帮助企业向省、市相关部门争取对军地合作应用开发项目进行立项支持；同时，福建省知识产权局将建立军民知识产权融合产业发展基金和运营基金，组建军民知识产权融合专业运营团队，整合社会各类资源，持续开展军民知识产权对接交流、推介推广、投资融资等活动，真正建立起长效的军民知识产权双向融合对接机制，打造永不落幕的军民知识产权项目对接转化平台。

深挖专利信息，搭建交易平台，提供保障服务。福建省开展的军民知识产权融合工作为国防专利揭开了面纱，也拉近了军民双方在技术层面的距离。新的时代，新的机遇。一幅知识产权军民情深画卷正在我们面前徐徐展开。

**本报记者 吴 珂**

2017 年 8 月

（刊登于 2017 年 8 月 16 日第一、三版）

# 知识产权点燃"创新梦"

## ——第 32 届全国青少年科技创新大赛侧记

清水能喝出果汁味！这个看似异想天开的想法，却被来自香港的小学生实现了。年仅 12 岁的郑琛翘运用人的视觉和嗅觉的力量设计出了一款具有魔法的水杯：通过变化的彩色灯光和各种好闻的促进食欲的味道，让人们爱上喝水。近日，郑琛翘带着她的创新项目入围了第 32 届全国青少年科技创新大赛（下称"创新大赛"）终评，获得了广泛关注。知识产权的星星之火，在全国最高的青少年创新舞台上渐成燎原之势。

设置知识产权咨询台、举办知识产权专题讲座、集中展示青少年知识产权类教材和全国中小学知识产权教育试点学校风采……今年是国家知识产权局首次作为主办单位参与全国青少年科技创新大赛组织工作，相关活动在创新大赛现场密集铺开，引发广泛关注。蓬勃发展的科技教育事业在知识产权的浇灌下愈发枝繁叶茂。

### 普及知识产权意识

来自杭州市文三教育集团文苑小学黄海容的创新项目"教室门防夹手装置"获得创新大赛小学组一等奖。值得注意的是，他已经围绕该项目提交了实用新型专利申请并获得授权。这可大大出乎评委们的意料。虽然只有 12 岁，但提起知识产权保护，黄海容却侃侃而谈："提交专利申请是为了保护我的创新成果，防止他人抄袭、模仿，没有保护就没有创新。"

青少年科技创新活动除了要展示创新成果外，也要防止恶意抄袭和侵权情况的发生。黄海容经常带着项目"东征西战"，参加各类科技创新活动。有一次，一位好心的老师善意地提醒他要学会运用知识产权保护自己的创意。也是从那时起，这个热爱发明的孩子开始对知识产权有了了解和认识。

知识产权文化无形的影响，是培养青少年创新意识最佳的社会土壤。怀着这样的目的，国家知识产权局在创新大赛期间举办了知识产权专题讲座，吸引了许多学校辅导员和学生家长前来"取经"。来自吉林大学附属中学的一位老师表示，很多学生都对知识产权有着浓厚的兴趣，向全校师生普及知识产权知识将成为他们义不容辞的责任。

在创新大赛现场，年仅 8 岁的杭州小学生彭宇鑫拿起一本《不可不看的知识产权故事》读得津津有味，爱不释手。这是知识产权出版社有限责任公司举办的青少年知识产权类图书展览，仅仅半天时间就卖出了 77 本知识产权相关书籍。"在创新大赛活动中渗透知识产权教育，更有利于教会学生保护自己的原创作品，学会尊重欣赏他人的创新成果。"一位手捧知识产权书籍的科技辅导员表示。

### 绽放知识产权光彩

作为目前国内规模最大、层次最高、影响最广的青少年科技竞赛活动，此届大赛创新项目和作品令人目不暇接。今年的创新大赛吸引了来自全国及全球 20 多个国家和地区的青少年、专家、科技辅导员和科技教育工作者约 1500 人参加。创新大赛集中展示的部分全国中小学知识产权教育试点学校的风采，吸引了不少参观者驻足观看。在 340 项入围大赛终评的青少年科技创新项目中，就包括了 14 所全国中小学知识产权教育试点学校的多项青少年创新项目。

清华大学附属中学是第二批全国中小学知识产权教育试点学校之一，该校高二学生陈廷翰的创新项目"消防用感应控温维生呼吸器"获得了大赛最高奖项"中国科协主席奖"。拿到这个大奖，陈廷翰首先要感谢的，就是学校和老师提供的帮助。自 2016 年入选试点学校以来，该校不但开设了知识产权理论课程，还针对有个性化需求的学生进行实践方面的指导，一大批异想天开的创新点子从这里萌芽。

"在爆炸和火灾事故中，因吸入高温气体造成呼吸系统灼伤是导致死亡的最主要因素。这让我萌生了发明一款'可降温呼吸器'的想法。"陈廷翰说道。经过 1 年多的反复实验，"可降温呼吸器"终于研制成功。目前，陈廷翰已针对该项目的核心技术提交了专利申请。"老师得知我的这一想法后，不仅帮助我进行了专利检索，还为我提供了科学实验室，全力支持我的研究项目。"陈廷翰介绍。

知识产权点燃创新梦，创新梦托起中国梦。能让清水喝出果汁味的神奇水杯、防小孩遗留车内报警器、自助快递收寄机、大客车起火逃生装置……这些看似异想天开的创意，最终将会成为孩子们探索创新的动力。正如大赛评委会主任、82 岁的王乃彦院士所说："在培养青少年创新能力的同时，还需加强知识产权宣传普及教育。只有当创新的成果得到最有效的保护时，才能真正激发孩子们创新的激情。"

（李倩）

（刊登于 2017 年 8 月 23 日第三版）

中国企业在"一带一路"沿线国家和地区提交专利申请持续增长，专家建议——

# 企业"扬帆出海" 专利布局"解围"

日前，国家知识产权局公布了"一带一路"沿线国家和地区 2017 年上半年专利统计数据。数据显示，中国在"一带一路"沿线专利申请公开量为 2174 件，较 2016 年同期增长 17.8%，涉及 17 个国家。其中，中国在印度专利申请公开量为 1028 件，申请公开量居所有目的国之首。向俄罗斯提交专利申请公开量为 631 件，居第二位；新加坡、越南和波兰位居第三至第五位，专利申请公开量分别为 180 件、108 件和 55 件，波兰首次进入前五。其中，中国企业是提交专利申请的主体。

"这反映了我国企业为'一带一路'沿线国家和地区提高技术创新水平做出了贡献，有利于促进'一带一路'沿线知识产权制度的进一步完善，为沿线发展中国家和地区提供了重要发展机遇。"中国社会科学院法学研究所研究员李顺德表示。

## 做好专利布局

"目前，我们的产品已出口美国、欧洲等国家和地区，而我们在 2010 年就已经在上述地区进行了专利布局，截至目前，已通过《专利合作条约》（PCT）途径提交国际专利申请 13 件，已有核心技术获得专利权。知识产权在保证我们不会成为侵权方的同时，还可以作为武器保护我们不被竞争对手或技术追随者侵权。"近日，大连融科储能发展有限公司（下称"融科储能"）有关负责人在谈及知识产权在企业"走出去"的过程中发挥的作用时表示。

"在'一带一路'建设的新环境下，企业'走出去'之前，做好知识产权布局至关重要。"李顺德认为，知识产权布局是企业防御专利侵权、占领市场和市场竞争的最有效手段。充分挖掘知识产权背后的行业信息、做好专利信息分析、利用知识产权布局是帮助企业在市场中处于不败地位的三大法宝。

从专利角度来说，专利布局分为三类，分别是专利产业布局、专利区域布局和专利海外布局。不同种类的专利具有不同的侧重点。专利产业布局侧重点在于制定整个产业的发展规划，集中精力去发展产业优势，从而可以始终保持优势产业地位。专利区域布局着重保持区域资源优势，旨在促进区域经济的快速稳定发展。专利海外布局侧重企业的海外竞争，帮助企业快速占领海外市场，为专利保护提供法律保障。

如何做好海外专利布局，融科储能的做法可圈可点。融科储能从事的全钒液流电池储能技术是很典型的高科技技术，在技术水平和产业化方面都处于世界领先地位。在技术开发过程中，融科储能在统筹考虑申请时间、市场方向、技术攻关等因素下，实施了较为积极的专利布局策略，通过前期对专利申请方向进行布局，建立以核心专利为中心的专利群，辅以外围型专利和迷惑型专利，进而形成防御型、进攻型、糖衣型专利布局模式，使得不同类型、不同保护程度的专利相互交叠。通过这种"专利申请、专利布局、专利实施、专利保护"一体化的专利布局和实施战略，提高自主核心技术的保护程度，大大提高竞争对手及技术追随者的侵权难度和成本。

**降低侵权风险**

"由于不少发达国家企业已经在'一带一路'沿线国家和地区开展了专利布局，如果我国企业在未开展专利布局的情况下进军海外市场，将面临较大的知识产权侵权风险。"李顺德表示。

2014年，北京小米科技有限责任公司因涉嫌侵犯爱立信所拥有的8件专利的专利权，在印度被爱立信诉至印度德里高等法院。针对我国企业在"走出去"时应如何降低知识产权侵权风险，李顺德表示，企业应具有知识产权风险意识，积极建立专利预警机制，开展专利预警分析，为竞争战略保驾护航。企业应主动了解和熟悉国际贸易与知识产权规则，以及"一带一路"沿线国家和地区的知识产权制度以及潜在的主要竞争对手知识产权储备情况。此外，我国企业还应提高技术创新水平，并积极在"一带一路"沿线国家和地区开展知识产权布局，丰富知识产权储备，为产品进入海外市场保驾护航。此外，我国企业在具备一定的知识产权实力后，可以考虑与竞争对手签署交叉许可协议，以降低技术研发成本。

"我国企业在海外市场一旦遭遇知识产权诉讼，除了积极应对外，还应该借助各类知识产权服务机构的专业力量，依法维护自身的权益。"李顺德表示，由于国内外法律制度的差异，我国企业在处理海外市场的知识产权诉讼时，亟须一批熟悉国际贸易和知识产权规则、专业化程度高的知识产权服务机构参与。这些服务机构应与我国企业一起同步"走出去"，成为"一带一路"建设中的知识产权"安保软力量"。同时，我国还应鼓励和支持高等院校与知识产权服务机构开展相关培训，大力提升我国知识产权服务业的专业化和国际化水平，为我国企业"走出去"提供保障。

事实上，随着"一带一路"建设迈向更高水平，越来越多的中国企业走出国门，国家知识产权局也适时发布了"一带一路"有关国家和地区知识产权环境报告，针对特定地区、高风险地区为中国企业"走出去"提供知识产权保护指引。正如国家知识产权局有关负责人所言，企业在"走出去"的过程中，要充分了解海外知识产权规则和环境，既要尊重他人权利，又要维护好自己的利益。国家知识产权局将更好地履行服务型政府职能，提供更优质的知识产权相关服务，更好地助力企业海外发展。

（柳鹏）

（刊登于 2017 年 9 月 1 日第三版）

## 严格保护：厚植沃土塑造良好营商环境

本报记者　王宇

在历史长河中，5 年只是短暂一瞬，而我国知识产权事业发展，却实现了惊人一跃。

党的十八大以来，以习近平同志为核心的党中央围绕加强知识产权保护，作出了一系列重大部署。习近平总书记多次强调，要完善知识产权保护和运用机制，加大知识产权保护力度，让各类人才的创新智慧竞相迸发。党的十八大提出，实施知识产权战略，加强知识产权保护。党的十八届三中全会提出，加强知识产权运用和保护，健全技术创新激励机制，探索建立知识产权法院；党的十八届四中全会提出，完善激励创新的产权制度、知识产权保护制度和促进科技成果转化的体制机制；党的十八届五中全会提出，深化知识产权领域改革，加强知识产权保护。知识产权保护，始终是知识产权工作的重点。

在党中央、国务院印发的《国家创新驱动发展战略纲要》《国务院关于新形势下加快知识产权强国建设的若干意见》《"十三五"国家知识产权保护和运用规划》《深入实施国家知识产权战略行动计划（2014～2020 年)》等一系列重要文件中，也都对知识产权保护作出了重要部署。特别是《中共中央　国务院关于深化体制机制改革加快实施创新驱动发展战略的若干意见》，首次以中央文件的形式明确提出，要让知识产权制度成为激励创新的基本保障，要实行严格的知识产权保护制度。这不仅实现了对知识产权在创新中的重要作用认识上的升华，也为我国知识产权保护树立了一块新的里程碑。

2017 年 7 月 17 日，习近平总书记主持召开中央财经领导小组第十六次会议，进一步对知识产权保护工作作出重要指示，强调产权保护特别是知识产权保护是塑造良好营商环境的重要方面。要完善知识产权保护相关法律法规，提高知识产权审查质量和审查效率；要加快新兴领域和业态知识产权保护制度建设；要加大知识产权侵权违法行为惩治力度，让侵权者付出沉重代价；要调动拥有知识产权的自然人和法人的积极性和主动性，提升产权意识，自觉运用法律武器依法维权。

"总书记从营造稳定公平透明、可预期的营商环境，加快建设开放型经济新体制，推动国家经济持续健康发展的需要出发，对知识产权工作作出重要指示。这充分体现了习近平总书记对知识产权工作的高度重视，具有很强的思想性、针对性和指导性，为做好知识产权工作提供了重要遵循。"在2017年7月19日召开的中共国家知识产权局党组会议上，局党组书记、局长申长雨畅谈学习体会，带领全局全系统干部职工扑下身子抓落实。

党的十八大以来，全国知识产权系统认真贯彻落实习近平总书记重要指示和党中央、国务院决策部署，努力建立健全严格保护知识产权的政策体系和工作环境，着力解决知识产权维权过程中存在的取证难、周期长、成本高、赔偿低、效果差等问题，推动知识产权保护从不断加强向全面从严转变，依法保护权利人的合法权益，构建公平公正、开放透明的法治和市场环境，更好地服务国家经济社会发展。

**大力推行"严保护"**
**侵权必付沉重代价**

"对企业创新能力的保护，是激励创新主体积极性的关键因素。"2014年全国两会上，全国人大代表、珠海格力电器股份有限公司董事长兼总裁董明珠呼吁强化知识产权保护。

"不保护知识产权，创新就是一句空话！"2016年全国两会上，全国政协委员、浙江吉利控股集团董事长李书福的发言引人深思。

顺应时代潮流，呼应社会期盼。正如企业家们所言，严格的知识产权保护，是维护公平市场竞争环境的基石。

5年来，我国高度重视对知识产权的保护，不仅形成了与国际通行规则相协调、比较完备的知识产权法律法规体系，还从国家层面出台了一系列行之有效的政策，采取了一系列强有力的保护措施。

提高知识产权侵权法定赔偿上限，是企业的共同呼声，也是知识产权领域立法的大势所趋。2015年12月，在国务院法制办公开征求意见的专利法修订草案（送审稿）中，提出了增加惩罚性赔偿、提高法定赔偿额、加大行政执法力度、增设行政处罚措施，坚决遏制侵权等。目前，国务院法制办在听取各界意见的基础上，正积极修改专利法修订草案（送审稿），以期形成更为完善的法律修改建议。

2016年11月29日，国家知识产权局出台《关于严格专利保护的若干意见》，从加大打击专利侵权假冒力度，提升专利保护的效率和质量等方面提出33条有针对性的措施，这是我国知识产权主管部门围绕严格知识产权保护出台的首份指导性文件，其目的就是要全面从严保护专利权，让侵权者付出沉重代价。

作为知识产权制度建设的重要组成部分，知识产权地方立法紧紧围绕严格保护，共同构建激励创新的知识产权法律制度。近年来，安徽、湖南、浙江、武汉等省市根据形势发展和区域知识产权工作需要，重新修订了专利地方性法规，进一步加大了执法力度和处罚力度，为加强知识产权保护筑牢法制保障。

### 统筹协调"大保护"
### 齐抓共管优势互补

知识产权保护是一个复杂的系统工程。现实中，很难用单一模式实现对所有知识产权类型的保护，也很难用单一手段实现对所有环节的保护。这注定知识产权保护不会是"独角戏"，而是需要唱响"合奏曲"。

立足这一现实，国家知识产权局积极联合相关部门，综合运用审查授权、行政执法、司法裁判、仲裁调解、行业自律、社会监督等各种保护渠道，形成齐抓共管的工作局面，努力形成知识产权保护的合力。特别是进一步完善知识产权保护的统筹协调机制，充分发挥国务院知识产权战略实施工作部际联席会议的统筹协调职能，加强国家层面和地方层面的知识产权保护联动，加快构建行政执法和司法保护两条途径"优势互补、有机衔接"的工作模式，深化知识产权保护的区域协作和国际合作，初步形成了协调、顺畅、高效的知识产权大保护工作格局。

专项调查显示，近年来，当专利权人面对侵权行为时，43.4%选择行政途径，39.5%选择协商途径，16.3%选择司法途径。2015年，我国专利行政执法办案总量已经与司法民事一审案件量基本相当。5年来，全国仅专利行政执法办案总量就累计达到了14.1万件，是前5年的近8.5倍；知识产权保护社会满意度由2012年的63.69分提升到2016年的72.38分，知识产权保护也实现了从理念、思路到机制的全面升级。

### 精准发力"快保护"
### 缩短周期提高效率

随着时代的发展和科技的进步，创新成果转化为现实生产力的节奏越来越快，知识产权保护如何顺应这一发展新趋势，是世界各国普遍面临的新挑战。5年来，我国坚持知识产权保护效果与保护效率并重，满足社会发展新需求。

念好"快字诀"，打造"快车道"。国家知识产权局积极推进快速维权机制建设，加快推进集快速审查、快速确权、快速维权于一体的知识产权保护中心建设，提供知识产权维权"一站式"服务，降低权利人的维权成本，缩短权利人的维权周期。截至目前，全国建立的知识产权保护中心和快速维权中心数量已达24个，涉及高端装备制造、生物医药、机器人及智能硬件等多个战略性新兴产业和灯饰、家纺、家具、家电、陶瓷、制笔等多个领域。

同时，全国知识产权系统还针对互联网领域侵权发生快、隐蔽性强、证据易灭失等问题，积极完善线上线下和跨区域执法协作机制，提高行政执法效率。

在2017广东知识产权交易博览会上，来自全国19个城市及知识产权强市创建市的代表共同签署了《电商领域知识产权联合执法宣言》，拓宽联合执法渠道。

浙江省知识产权局充分发挥中国电子商务领域专利执法维权协作调度（浙江）中心作用，与各协作省市协同作战，加大对制假源头、重复侵权、恶意侵权、群体侵权的查处力度。有效解决了电商领域专利侵权跨省执法困难、线上线下割裂的痛点。

### 一视同仁"同保护"
### 塑造良好营商环境

加强知识产权保护，不仅是我国履行国际义务的需要，更是构建创新型国家、服务开放型经济新体制的需要。5 年来，知识产权管理部门充分认识知识产权保护在塑造良好营商环境方面的重要作用，依法对各类市场主体和创新主体的知识产权进行同等保护，让所有的市场主体和创新主体都感受到公平正义。

"对国内企业和国外企业的知识产权一视同仁、同等保护，对国有企业和民营企业的知识产权一视同仁、同等保护，对大企业和小微企业的知识产权一视同仁、同等保护，对单位和个人的知识产权一视同仁、同等保护。"申长雨在 2017 中国专利年会开幕式上表示。

2016 年，美国高通公司联合贵州省政府投资 18.5 亿元成立高端服务器芯片研发合资公司，并决定在贵州设立控股公司，统筹其在中国的投资业务。外资公司选择在中国"安营扎寨"，与我国通过加强知识产权保护营造规范有序的市场环境关联紧密。正如高通公司高级副总裁马克·斯奈德所说，中国实施知识产权强国战略，让我们看到了中国政府保护知识产权的决心。

推动我国融入世界经济发展，不仅需要更高水平的"引进来"，还需要更大力度的"走出去"。5 年来，我国不断完善海外知识产权信息服务平台，持续发布相关国家和地区知识产权制度环境等信息，支持企业广泛开展知识产权跨国交易，推动有自主知识产权的服务和产品走向海外。

"当前中国经济正处于动能转换、结构调整的重要时刻，创新成为经济发展的重要动力，作为激励和保障创新的基本制度，知识产权正在受到更多的关注和重视。"世界知识产权组织副总干事王彬颖指出，中国政府和中国的企业界日益重视知识产权的孕育和保护，营造出了良好的营商环境和创新环境。随着创新驱动发展战略的深入实施，中国的知识产权保护有望进一步加大，这将为中国企业走向国际创造更有利的环境。

5 年砥砺奋进，知识产权成为国际经贸"标配"，创新发展"刚需"。严格知识产权保护激发了全社会的创新活力，催生出更加蓬勃的创业创新热潮。我们期待在不久的将来，全社会"尊重知识、崇尚创新、诚信守法"的知识产权文化蔚然成风，更多创新者通过知识产权保护真正获益。

（刊登于 2017 年 9 月 22 日第十二版）

# 读图：书写辉煌　拥抱梦想

## ——聚焦"砥砺奋进的五年"大型成就展

张子弘　摄影

（刊登于 2017 年 10 月 18 日第十二版）

# 走进新时代　共筑强国梦

李顺德

"倡导创新文化，强化知识产权创造、保护、运用。"近日，学习了习近平总书记在十九大报告中的重要论述，笔者认为，这为知识产权事业发展、知识产权强国建设提供了重要遵循，指明了前行方向。作为我们知识产权人学习贯彻十九大精神，必须要深刻认识这一重要指示，把握精神内涵，从思想上、行动上同以习近平同志为核心的党中央保持高度一致，在习近平新时代中国特色社会主义思想指引下，在各自的工作岗位上为知识产权强国建设发光发热。

近年来，以习近平同志为核心的党中央更加重视知识产权工作，从十八大到十九大，一脉相承，持续深化。十八大报告首次提出"加强知识产权保护"，十九大报告提出"强化知识产权创造、保护和运用"，一方面说明随着世界科技创新日新月异飞速发展，知识产权的作用愈益凸显，已经成为国际竞争的重要战略资源和核心要素。另一方面表明在我国实施创新驱动发展战略、推进供给侧结构性改革的新形势下，知识产权承载着更加重要的作用。十九大报告提出倡导创新文化，强化知识产权创造、保护、运用的重要论述，对知识产权工作提出了新的、全面的、更高的要求，是新时代知识产权工作的重要指南，更是在新的历史条件下赋予知识产权工作的新的期待。学习贯彻十九大精神，要结合自身工作实际，立足本职做贡献。

当今世界，创新发展一日千里，知识产权竞争日益激烈，强化知识产权创造，不断提升知识产权创造质量、创造能力、创造水平，是竞争力的重要体现。为此，深入实施专利质量提升工程，努力推动知识产权创造由多向优、由大到强转变，推动知识产权量质齐升，为知识产权强国建设构筑更加巩固的基础，是我们努力的方向。强化知识产权保护，不仅是经济、科技、文化、产业、区域发展的重要保障和构建良好营商环境的重要标志，而且是全社会高度关注的热点。我们要齐心协力，推进知识产权严保护、大保护、快保护、同保护等各项工作，积极构建依法严格保护知识产权的良好环境。强化知识产权运用，则是实现知识产权经济价值、社会价值的主要途径。要坚持以十九大精神为指南，强化知识产权创造、保护、运用，做好各项工作，努力推动知识产权大国向知识产权强国转变。

知识产权是创新驱动发展的基本保障和重要支撑，加强知识产权创造、保护、运用，是知识产权全链条工作的重要组成，是推动知识产权工作全面发展的重要抓手，是知识产权强国建设的重要着力点，是倡导与建设创新文化的重要现实基础。同时，倡导创新文化，无论对于创新驱动发展还是知识产权强国建设，都具有十分重要的意义。

当前，中国特色社会主义进入新时代。深化知识产权领域改革，强化知识产权创造、保护、运用，加快知识产权强国建设，是我们知识产权人的共同使命。学习

见证辉煌——纪念改革开放四十年中国知识产权报新闻作品集

贯彻十九大精神，遵循习近平新时代中国特色社会主义思想指引，坚定信心，埋头苦干，为实现党的十九大确立的目标任务而奋斗，我们就一定能在知识产权强国建设的道路上不断谱写新篇章，为经济社会发展做出新贡献。

（作者系中国社会科学院法学研究所研究员）

（刊登于 2017 年 11 月 1 日第一版）

企业、高校、产业共同发力，架起创新成果与市场之间的桥梁——

# 北京：高价值专利让"高精尖"经济更具活力

本报记者 王康 吴珂 通讯员 于飞

中关村创业创新热潮涌动，小微企业迸发活力；清华大学、北京交通大学等高校满载创新成果，通过专利运用实现价值；东旭集团、搜狗等一批企业不断研发，以高质量专利产品赢得市场……今天的北京，正走在建设具有全球影响力的科技创新中心的大道上，创新的因子在这里涌动，专利的高价值在这里得以体现。

"提升专利质量，推动知识产权与资本的有效融合，充分实现知识产权在市场中的价值，是北京市知识产权工作关注的重点，高价值专利培育则是其中的重要抓手。我们要通过这一工作，架起创新成果与市场之间的桥梁，让知识产权在经济和产业结构升级中发挥更大的支撑促进作用。"北京市知识产权局副局长李钟在接受中国知识产权报记者采访时如是说。2016 年，北京市每万人口发明专利拥有量达 76.8 件，发明专利申请量占专利申请总量近六成，17 家企事业单位年度专利申请量超过千件。正是由于对高价值专利培育工作的高度重视，北京的创新优势逐渐显现，专利质量进一步提升。

## 点燃企业创新热忱

"北京中关村拥有'独角兽'企业 65 家，占据了全国半壁江山。"在今年 9 月中旬举行的 2017 年全国大众创业万众创新活动周北京会场暨中关村创新创业季活动启动仪式上，中关村创新发展研究院院长赵弘提到的这一数据十分引人注目。"独角兽"企业是指那些估值达到 10 亿美元以上的初创企业，是什么原因让中关村拥有如此多的"独角兽"企业？答案就是——让创新实现价值。在这一过程中，近年来北京市的高价值专利培育工作尤为引人注目。

北京旷视科技有限公司（下称"旷视科技"）就是中关村的一家"独角兽"企业。自 2011 年成立以来，旷视科技凭借创新驱动，不断产生高价值专利，已经成为我国人工智能企业中的佼佼者。"在我看来，高价值专利的价值主要体现在其能够给权利人带来商业上的收益。这个价值一方面来自该专利为企业带来的直接经济收益，另一方面则来自对产品核心技术的保护。"旷视科技知识产权总监赵礼杰向记者举例，2015年，旷视科技计划进入安防领域，于是基于自身在深度学习和人脸识别方面的技术积累，研发了一款人脸识别智能安防产品。作为一家从AI领域切入传统安防领域的后来者，旷视科技的产品市场推广难度可想而知。彼时，旷视科技智能安防产品与同类产品的最大区别，就在于其在人脸检测、实时人脸比对识别、行人轨迹分析等方面，所运用的多件该公司自主研发的高价值发明专利。基于这些技术，能够实现车站、机场、商场等密集人流场景的精准人脸检测，这让旷视科技智能安防产品无论是在人脸检出数，还是人脸识别准确率上都具备了优势，也因此打开了市场。

如今，旷视科技的智能安防系统已经在无锡、苏州、合肥、乌鲁木齐等25个城市落地并投入实战，截至目前，累计协助公安机关抓获、控制在逃人员和犯罪嫌疑人超过3000人，并在博鳌亚洲论坛、G20峰会、全国两会等国家级重大活动的安保工作中发挥了重要作用。"在发展过程中，我们参与了北京市知识产权局的专利试点、示范等项目，这对我们更加有效地开展知识产权工作、培育高价值专利起到了引导和促进作用。"赵礼杰表示。

"聚焦'高精尖'，在引领性关键技术上发力"，是中关村许多企业的发展方向，这与北京市知识产权局培育高价值专利的工作思路不谋而合。为进一步让北京市企业，特别是"双创"企业认识到专利对于其发展的重要性，有意识地培育高价值专利，北京市知识产权局大力开展专利试点工作，每年面向北京市专利试点单位，定期开展企业知识产权管理与战略运用、产业知识产权联盟单位专利布防与质量提升、知识产权金融与专利价值实现等各类专题培训。近5年来，1573家单位参加北京市专利试点单位培育工作，新认定北京市专利试点单位1395家。其中中关村企业和中小微企业占比约80%。截至目前，共培育试点单位4438家，有260家达到示范单位标准，成为北京市专利示范单位。

为让这些企业在创新发展中将更大精力用于研发，北京市知识产权局围绕企业主体、金融主体与服务主体，整合发展知识产权金融服务要素，主动对接中技知识产权金融服务集团、北京银行、工商银行，在知识产权金融产品创新方面，探索投贷一体化、股债结合新产品，进一步加强中关村专利质押融资工作。

2016年，共有20家中关村企业申报知识产权质押贴息专项资金，经过网上初审、纸件材料核实和专家评审等环节，10家企业申报的项目通过审核，获得了中关村知识产权质押贷款贴息资金支持。据统计，在2016年，中关村质押贷款贴息100万元专项资金，共帮助企业获得知识产权质押贷款金额1.59亿元，专项资金使用效果达到150倍。"知识产权质押融资让我们在创新发展的过程中可以放手去拼，也让我们真实地感受到了专利的价值。"中关村一企业负责人告诉记者。

一系列针对企业开展的高价值专利培育工作，正在使勇于创新成为北京的一种品格、一种风尚。"创业创新企业对创新有热忱、对发展有冲劲。在高价值专利培育过程中，我们要进一步调动这些企业运用专利实现价值的积极性，让他们尽快尝到创新甜头，激发起更大的发展潜能。"中关村知识产权促进局负责人表示。

**打通专利转化渠道**

转让56项技术和45件专利权独占许可，总价2616万元！2016年3月，清华大学凭借其"植入式神经刺激器技术"，获得了该校近年来最大金额的单笔知识产权转让。"这一转化的达成是'产学研医'协同创新的成果。其中，清华大学充分发挥高校的基础研究优势以及交叉学科研发优势，完成脑起搏器的总体设计与关键技术攻关；北京品驰医疗设备有限公司发挥产业优势，与清华大学共同完成了脑起搏器的工艺研发，实现了脑起搏器的国产化；北京天坛医院作为全国领先的脑起搏器手术医院与北京协和医院、301医院等一起将国产脑起搏器进行大规模临床应用，帮助清华品驰脑起搏器改进提高。"清华大学神经调控技术国家工程实验室主任助理胡春华告诉记者，在该专利转化的过程中，北京市知识产权局发挥了重要作用，通过其对项目中知识产权问题的指导，清华大学与北京品驰医疗设备有限公司自合作之初就明确了双方的知识产权权属。清华大学转让知识产权产生的收入，可以支持研发团队进行更多新的研发，进而产生新的知识产权成果，形成一种长期的知识产权共享、转让机制。同时，这一项目作为北京市专利商用化优秀项目，获得了北京市知识产权局给予的100万元奖励。这让清华大学能够在原有专利实现高效益的同时，又有更多资本培育新的高价值专利，形成良性循环。

作为我国的文化中心，北京拥有得天独厚的教育资源，90余所高等院校孕育的创新成果，为这座城市培育高价值专利提供了充足的"弹药库"。北京市知识产权局充分发挥这一优势，积极促进专利商用化，唤醒更多高校专利，帮助其在市场中发挥更大价值。

"如今，北京市'科技高地、人才高地'的区域优势正在不断增强，现有和潜在的知识资源非常丰富，在专利拥有量不断增长的情况下，让更多专利在市场中实现价值，是我们一项重要工作。"中关村知识产权促进局负责人告诉记者，在2015年6月北京市人民政府印发的《北京市知识产权局等单位关于深入实施首都知识产权战略行动计划（2015～2020年）》中，即明确提出积极推动高等院校、科研院所与企业在专利技术产业化方面加强合作。值得一提的是，2010年6月，北京市知识产权局、市财政局联合颁布了《北京市专利商用化促进办法》，对北京市专利权人在专利商用化过程中的优秀专利转让、专利许可交易项目予以奖励。如今，该奖励活动已成功开展七届，共有74项专利商用化优秀项目获得表彰和奖励，发放总金额达3346.18万元，奖励项目涵盖生物技术、电子信息、智慧城市建设、新能源与节能、医疗器械、化工技术等战略性新兴产业领域，并且呈现出"技术领先、市场广阔"的特征，社会效益和经济效益明显，成为北京培育高价值专利的一大着力点。

针对企业层面，北京市知识产权局实施《北京千件专利企业培植计划》和"在京央企知识产权领先工程"，强化在京企业专利质量和专利价值转化导向，重点培育专利数量较多、质量较高、布局合理、运用有效的优势企业，发挥其示范带动作用；

与此同时，北京市知识产权局在企业中推行《企业知识产权管理规范》国家标准，坚持以质量效益为导向，以标准化管理推动专利质量提升，开展企业专利质量提升系列培训和专业指导，引导企业构建全球视野下的专利组合和战略资源支撑体系。

在这些工作的指导带动下，一件件专利在北京落地，创造出更大价值。如北京交通大学等单位研制并拥有的专利"基于通信的列车运行控制（CBTC）技术"，打破国外垄断，在我国北京、重庆、天津等14个城市的24条地铁中得到应用；搜狗科技对输入法、搜索、浏览器、儿童智能手表等主要产品均形成了围绕核心技术兼顾辅助功能的专利布局，有关专利相继获得第三届北京市发明专利三等奖及第十八届中国专利优秀奖；东旭集团通过与北京理工大学等高校合作研发、增资收购等方式在石墨烯领域积累、布局了一系列市场前景广阔的高价值专利，加速了进军石墨烯产业的步伐……北京的专利运用之火正旺，专利的高价值进一步凸显。

**激发产业发展潜能**

移动互联网、生物医药等众多新兴产业在北京集聚，高价值专利将在产业发展中起到何种作用？如何让专利工作助推本地产业发展？近年来，北京市的知识产权人辛勤探索着。

"我们要重点关注专利密集型产业和创新主体的高价值专利培育工作。"北京国知专利预警咨询有限公司副总经理李紫峰介绍，今年全国知识产权宣传周活动期间，该公司就发行了高价值专利方面的图书——《医药高价值专利培育实务》，尝试归纳总结了医药领域高价值专利的培育方法。根据实践经验，李紫峰告诉记者："医药产业不仅是专利密集型产业，而且是专利对市场最具影响力和掌控力的产业之一，在这类产业中开展高价值专利培育，往往能达到事半功倍的效果，形成引领示范效应。"

中关村生命科学园是以生命科学研究、生物技术和生物医药相关领域研发创新为主要方向的高科技专业园区，近年来，其高度重视园区内企业的知识产权工作。"面对生物医疗行业企业发展周期长、产品实现销售的时间较慢、前期投入大等多方面因素，固定资产的投入在整体生物医疗大健康产业中基本上很难作为投资评价，只有依靠知识产权才能让创新型企业融资获得凭据和能力。"该园区有关负责人表示，园区帮助创业企业建立知识产权风险管控，备档所有技术资料，提前帮助创业者筛选技术创新点，避免技术迭代导致的专利无效或者专利价值丧失。同时，中关村生命科学园还推出了科技金融超市，为入孵企业提供知识产权、投融资、法律、创业咨询及辅导等方面的综合服务，助推园内企业成长，营造产业发展良好环境。

为发挥高价值专利对产业转型升级的促进作用，北京市知识产权局积极推动北京市重点产业知识产权联盟建设与发展，指导各知识产权联盟开展关键技术联合创新、知识产权风险防范、专利组合布局、专利池构建、知识产权争端合力应对，以及专利价值实现等专项工作，形成创新驱动与知识产权战略运作的全过程协同联动工作格局，促进产业转型和提质增效升级。北京市知识产权局新增北京高端精密机电产业知识产权联盟和中药大品种等 5 个产业知识产权联盟,指导新建产业知识产权联盟申请并通过国家知识产权局备案审核。截至目前,北京市共有 20 个产业知识产权联盟通过国家知识产权局备案审核,各备案联盟成员总数近 200 家,其中包括清华大学、中科院计算所等知名高校、科研院所 10 余家。

此外,北京市知识产权局加速构建"平台、机构、基金、产业"四位一体的知识产权运营生态体系。制定了《北京市知识产权运营试点示范单位认定和管理办法》,进一步加大培育力度,引导各类运营机构建立知识产权运营机制、加强知识产权资产管理、探索知识产权运营模式、培养知识产权运营人才。目前,北京市已有 32 家单位被认定为"国家专利运营试点企业",数量居全国首位。开展多层次调研和研讨活动,推动北京地区的行业协会、产业知识产权联盟等国家专利协同运用试点单位开展本领域的知识产权分析、预警和运营工作。召开以"加强知识产权运营,助推全国科技创新中心建设"为主题的北京市知识产权运营重点产业分析成果发布会,发布了移动互联网、抗肿瘤中药相关制剂、信息菌素、云计算、新能源汽车等 5 项重点产业领域专利分析报告,推介了第二批国防科技工业知识产权转化目录。

"高价值专利培育是专利工作的升华,需要企业、高校、服务机构等多方共同发力。北京市知识产权局将以加快建设知识产权强市为主线,以全力服务'高精尖'经济结构、重点功能区和京津冀创新改革试验区为三大任务,不断推动这一工作有序开展,从而推动创新、助力发展。"李钟表示。

## 记者手记

云集了众多高校与企业的北京,天然就是创新的沃土。在这里,知识产权工作大有可为,高价值专利也更加集聚。

高价值专利让中关村的创业创新企业不再普通,实现了短时间内迅速成长,成为独角兽企业;高价值专利让高校不再局限于象牙塔中,而是可以真切感受到创新成果所创造的价值;高价值专利让产业链上下游更加活跃,不断激发着产业新的发展契机……在北京,高价值专利让更多人成就梦想,让经济加速腾飞。

为推动知识产权与资本的有效融合,在培育高价值专利的路上,北京市知识产权局坚持"总体布局、健全体系、突出特色、高端发展、引领示范"的原则,快速适应经济发展新常态要求,重点支撑中关村国家自主创新示范区、经济技术开发区试点园区创新发展,根据知识产权现状、产业优势、战略规划以及对经济社会发展的贡献情况,突出各辖区体制机制、核心专利、商业化运用、基础设施、人才培养、文化发展等特色,有针对性地布局和推动知识产权强市建设,为知识产权工作的开展提供了有力保障。

金叶满城,北京市的高价值培育工作成效凸显。未来,还将有哪些创新成果在北京涌现?基于它们还将产生多大价值?答案令人期待。

(刊登于 2017 年 11 月 1 日第四版)

120 多家礼品玩具厂商在国外遭遇商标抢注，中国代表团"远征"维权告捷——

# 中国企业在智利追回 130 余件被抢注商标

**本报记者　杨林平　王国浩**

2017 年 8 月的最后一天，国家工商行政管理总局商标局（下称"商标局"）就我国广东澄海 120 多家礼品玩具企业的字号及商标被一名外籍商人以个人名义在智利工业产权局（INAPI）申请注册事件，发出预警通知。

在同一个国家、短时间内、一次性被抢注如此多的商标，引起了多方高度重视与关注，相关政府部门、行业协会随即牵头组织召开维权会议进行企业维权动员，并集结了政府、行业协会、专业机构和高校力量研究组织代表团赴智利进行维权谈判。

"经过艰难的谈判，智利抢注行为人答应将其在智利抢注的 130 余件商标无偿转让予中国相关玩具企业。"作为此次中方代表团的法律顾问，武汉大学知识产权与竞争法研究所所长宁立志教授近日在接受中国知识产权报记者采访时表示，"此次维权成功，不仅使中国企业收回了被抢注商标，同时还体现了中国企业国外商标维权和拓展国外市场的决心。"

**商标抢注无小事**

"同仁堂"在日本被抢注，"大宝"在美国、英国、荷兰、比利时被抢注，"红星"在欧盟被抢注，"王致和"在德国被抢注，"碧螺春"在韩国被抢注，"红塔山"在菲律宾被抢注，"康佳"在俄罗斯被抢注，"大白兔"在日本、菲律宾、印度尼西亚、美国和英国被抢注……近年来，中国知名商标在国外被抢注的情况屡见不鲜，所涉及的行业越来越广。

据国家工商行政管理总局的不完全统计，约有 15% 的中国知名品牌在国外遭遇商标抢注，其中在马来西亚超过 80 件，日本超过 100 件，澳大利亚超过 200 件。商标在国外遭遇抢注严重干扰了中国企业品牌建设和传承的连贯性，阻碍了被抢注企业商誉的国际积累，使中国企业在国际竞争中处于不利地位。

"商标是企业重要的无形资产，是现代市场的重要竞争工具，是企业商誉的重要载体，如被抢注，企业将遭受巨大损失。"正如宁立志所言，因为商标权地域性特征以及商标权既可以来自注册也可以来自使用的特点，如果中国企业对国外抢注商标的行为不闻不问，必将造成国际范围内大量的商标共存现象，混淆、误认和由此引起的不正当竞争及损害消费者利益现象将难以避免，对中国"走出去"战略的实施和良好国际形象的塑造都极为不利。

据介绍，商标在国外遭抢注后，一般有 3 种解决途径，即赎回商标、放弃市场或更换商标。"商标在国外被抢注成功后，国内企业要想进入该国外市场，要么花重金买回商标权，要么放弃该市场。面对抢注人开出的天价转让金和放弃该国外市场的两难条件，企业往往陷入发展困境，多数情形会遭遇巨大的直接经济损失。若更换商标则将导致企业为打造该品牌投入的沉淀成本全部归零，不仅对已有的无形资产造成无法估量的损失，也会影响品牌的国际化发展。"宁立志表示。

此次智利商人将120多家中国玩具企业的字号及商标以个人名义在智利工业产权局申请注册，主要涉及第28类玩具相关产品。"上述抢注行为一旦成功，可能阻碍我国相关厂商的产品进入智利及南美周边国家市场，直接影响企业利益。"商标局在预警通知中建议，有关企业应积极通过当地法律和行政程序依法主张自身权利。

据了解，此次遭遇批量抢注商标的对象主要涉及广东省汕头市澄海区的礼品玩具企业。礼品玩具行业是澄海的特色产业，也是澄海工业经济的重要支柱。作为世界知名的玩具礼品生产基地，澄海享有"中国玩具礼品之都"的美誉，系我国首个"国家级玩具礼品出口基地"。目前，澄海玩具已经走向全世界，出口覆盖范围包括欧美、中东、南美、东盟、俄罗斯等140多个国家和地区。

**维权模式可借鉴**

在商标局及时发出商标抢注预警通知后，汕头市地方政府和澄海区政府部门，特别是澄海区工商和知识产权部门高度重视，及时牵头组织并敦促启动维权程序。同时，行业协会特别是澄海玩具协会把维权工作作为重点工作，组织相关企业并联合汕头市南粤专利商标事务所召开澄海玩具维权会议，并由该事务所所长余飞峰介绍商标维权法律知识，进行维权动员。

经过政府部门、行业协会、中介机构和权利人的共同努力，澄海区组建成立了中国赴智利商标维权代表团，同时确定以南粤专利商标事务所作为此次国外维权行动法律上的中方承载主体。代表团出发前与澄海玩具协会及各当事企业作了多次深入交流，搜集了国外维权可能需要的相关资料，如商标证书、营业执照复印件、商标使用及销售证据、相关产品的外贸地区和份额等。

据了解，在赴智利维权的筹备过程中，中国政府相关部门给予了高度重视，特别强调要加强维权代表团的学术力量和法学专业力量。"我有幸受邀作为法律顾问为代表团提供法律支持，给出了总体维权方案：议和与开战同时准备，争取握手言和，和平收回商标，但同时要做好诉讼和刚性争夺的准备。"据宁立志介绍，根据案件的性质及可能性，代表团在飞赴智利前，研究制定了多种可行性方案，包括提出商标图案版权诉讼、商标侵权民事诉讼、恶意抢注刑事诉讼、不公平竞争及不当集中商标资源反垄断诉讼以及商标异议、无效、和解等，还对各种可能的意外进行了预估并作出预案。

2017年10月9日，中国赴智利商标维权代表团登上了"远征"的飞机。经过近30小时的飞行，在代表团到达智利首都圣地亚哥后，立即与抢注行为人进行联系，但未能得到对方的及时反馈，随后中方启动了与当地律师事务所联手推进的程序，并有针对性地准备应对策略和办法。

在完成各项准备工作后，代表团通过邮件、电话、微信、短信等多种渠道发布了中方拟采取的措施。迫于各种压力，抢注行为人开始主动联系中方代表，表达出和解的意愿，中方随即与其代表律师洽谈和解事宜。

"此次谈判，中方进退有度，不失底线，兼守灵活性与原则性，始终秉持国际礼节，以较高的专业水准与坦诚友好的态度处理每个细节。"宁立志向记者表示，"我们坚持的理念是：此次智利之行，不是来找麻烦的，而是来传播友谊、寻求合作机会以及维护正当权益的，也是来共同打造品牌和维护国际竞争秩序的。"宁立志强调，维护中国利益和当事人的合法权益始终是不可让步的原则，是不能超越的底线。

"经过我方维权团队的缜密论证和据理力争，在进行多日艰难谈判之后，2017年10月16日，南粤专利商标事务所所长余飞峰与智利商标抢注人法律代表 Mariela Ruiz Salazar 分别代表中方和智利方在西班牙语和英语两个和解协议文本上签字。"据宁立志介绍，智利抢注行为人答应将其在智利抢注的中国商标无偿转让予中国相关企业，全部归还抢注的130余件商标（包括已经被转移的数十件商标）。目前已有近50件商标进入归还程序，其他被抢注商标亦将按协议约定陆续进入归还程序。

### 记者手记

近年来，中国企业在国外遭遇商标抢注的情形屡见不鲜，不少企业为此付出了惨痛的代价。一旦商标被抢注，无论被抢注企业采取何种措施都将花费较大成本，甚至延缓其进军国外市场的步伐。此次中国赴智利商标维权代表团以几乎零成本的代价收回中国企业被抢注的百余件商标，是中国政府、行业协会和权利人坚决维护自身知识产权与良好国际竞争秩序的一次胜利，同时彰显出中国知识产权学者与知识产权服务机构的实力和担当，为中国企业在国外进行商标维权增添了信心和动力，并提供了可资借鉴的模式。

（刊登于2017年11月10日第六版）

**新修订的反不正当竞争法通过，进一步加大商业秘密保护力度——**

## 侵犯商业秘密，最高罚款300万元！

**本报记者　李群**

当下，我国对于商业秘密的保护，无论是在案件的审理环节还是学术界的研究方面，相较于专利、商标等知识产权，都存在很大提升空间。刚刚闭幕的十二届全国人大常委会第三十次会议表决通过了新修订的反不正当竞争法（下称"新法"），其中明确提出，对构成侵犯商业秘密的，将责令停止违法行为，处10万元以上50万元以下的罚款，情节严重的，最高罚款可达300万元。这对于商业秘密保护而言，无疑是个利好。

### 提高保护意识

"商业秘密案件是知识产权案件中难度更大的一种，企业举证难，取证更难，相较于专利、商标等知识产权，民事、行政、刑事案件都较少。2018年1月1日，新法施行后，其重要意义在于提高了企业保护商业秘密的意识，促进企业建立完善的商业秘密保护系统，进行事前防护、事中控制，有利举证，便于取证。"日前，商业秘密保护专家孙佳恩在接受中国知识产权报记者采访时表示。

当前，在经济全球化的背景下，市场竞争日益激烈，加强商业秘密保护刻不容缓。"可以说，哪里有研发，哪里就有泄密与窃密，尤其是有些竞争对手会采取贿赂员工、收买员工、引诱跳槽、委派间谍、长期潜伏等违法手段，非法获取、披露、使用或者允许他人使用权利人的商业秘密。新法增加了员工、前员工及其他单位的条款，其实际意义在于明令禁止侵权行为，规范企业经营管理，对明知或者应知的，依法追究法律责任，特别是遏制和打击正常离职带走商业秘密自营或在同行中披露、使用行为，猎头引诱跳槽后的侵权行为以及随意跳槽侵权行为。"孙佳恩表示。

与此同时，新法明确指出，"本法所称的商业秘密，是指不为公众所知悉、具有商业价值并经权利人采取相应保密措施的技术信息和经营信息"，与修订前相比，少了"实用性"的要求。对此，孙佳恩认为，新法把"能为权利人带来经济利益、具有实用性"修改为"具有商业价值"，不再考量是否给权利人带来多少经济利益，不再考虑是否具有实用性，更侧重于保护权利人的商业价值及其体现出的市场竞争优势，降低了商业秘密保护的门槛，扩大了商业秘密保护的范围。"例如，某高新技术企业投入1000万元研发经费、12名工程师，历时1年仅研发出部分创新成果，无法做成产品投放市场，也不能提交专利申请。但在研发过程中产生的大量的图纸、技术参数、工艺、诀窍、电子数据等具有商业价值，竞争对手获得后能够节省经费、时间、人力，少走研发弯路，这就是商业秘密保护的范围，需要更多企业引起高度重视！"孙佳恩表示，新法把"合理"修改为"相应"，更切合企业保密实际，体现了法律用语的严谨，新法对商业秘密定义的修改，更加有利于保护企业的知识产权，有利于保护投资人投资产生的合法权益。

### 破解保护难题

办理商业秘密案件，举证难、取证难、侵权隐蔽、要求较高，侵犯商业秘密造成企业的实际损失难以计算的这一瓶颈历来较难克服。孙佳恩表示："权利人一旦出现企业商业秘密被侵犯的状况，将会造成研发经费难以收回、产品利润持续减少、市场份额不断萎缩、内部人员出现效仿、优秀人才逐渐流失等情况，实际损失难以确定，我们把这比喻为超越一场大火的'灾难'。"

孙佳恩举例告诉记者，某国际贸易有限公司对业务经理助理顾某培养多年，顾某在工作期间获取外贸产品经营信息和外贸客户名单商业秘密，离职后违反商业秘密保护的要求与协议约定，违法经营额达735万元，后来，顾某被当地工商行政管理部门罚款5万元，并赔偿企业经济损失13万元；宁波一高新技术企业高管跳槽、成立同行公司，违反保密规定，制售相同产品低价竞争，在工商部门处罚和权利人通知停止继续侵权的情况下，仍然继续侵犯企业商业秘密，后经公安侦查，被宁波市鄞州区人民法院以侵犯商业秘密罪判处有期徒刑3年并处罚金400万元。"在上述两个案例中，虽然权利人通过行政、司法手段维护了自身权益，但是企业由此造成的产品降价、办案律师费、司法鉴定费、评估费、差旅费用、合理费用等各种损失难以挽回。"

如何支持企业进一步加大商业秘密保护力度？"保护商业秘密应发挥平台效应，让政策真正落地，切实为企业发展服务。"据孙佳恩介绍，以商业秘密网知识产权保护平台为例，该平台建立了商业秘密保护专家库，启动了品牌企业商业秘密保护计划，发起了中国企业商业秘密保护联盟。目前，杭州未来科技城（海创园）管委会、余杭区市场监督管理局已让辖区近8000家企业分批免费下载、使用商业秘密网推出的"企业商业秘密保护系统1.0版"，北京中关村知识产权促进局也通过网站让中关村企业免费获得保密系统。

针对新法赋予法院可以根据侵权行为的情节判决给予权利人300万元以下的赔偿，孙佳恩认为这有利于打击侵犯商业秘密行为，创造良好营商环境，类似上述案件，在新法施行后判决案件，企业能够依法获得法院作出的更高的赔偿支持。"美国、欧盟、日本等国家和地区出台了严厉打击侵犯企业商业秘密的法律法规，促进了经济发展。我国鼓励经营者诚信守信、合法经营，倡导员工履行保密义务，充分体现了依法治国的精神，新法规定罚款以10万元起步，最高罚款300万元，对于当事人来说能够起到严厉警示作用，只有严厉打击商业秘密侵权行为决不手软，才能营造公平公正营商环境，促进企业健康稳健发展。"孙佳恩如是说。

（刊登于2017年11月17日第七版）

**技术调查官制度实施3年来，既发挥了积极作用，也存在诸多可完善之处——**

## 技术调查官如何当好技术"参谋"？

本报记者 姜旭

知识产权案件作为一种与技术紧密相关的特殊案件类型，如何对涉案技术事实进行认定，成为此类案件审理的关键。为化解这一难题，2014年底，最高人民法院出台了《关于知识产权法院技术调查官参与诉讼活动若干问题的暂行规定》（下称《暂行规定》），建立了我国技术调查官制度。基于此，广州、北京、上海三地的知识产权法院相继成立技术调查室并聘任技术调查官。此后，成都、南京、苏州、武汉等多地法院知识产权审判庭也聘请了数量不等的技术调查官。

司法实践证明，技术调查官制度的引入，对解决知识产权案件技术事实认定难的问题起到了积极作用，弥补了法官在专业技术上的不足，大大提高了审判效率。然而，不容忽视的是，由于该制度在我国是一项全新的制度，在实践中还存在一些需要改进的地方。11月17日，由广州知识产权法院主办、暨南大学知识产权研究院承办的"2017技术调查官制度研讨会"在广东省广州市举行，来自北京、上海、广州知识产权法院以及武汉、成都等十个地区知识产权法庭的法官和技术调查官以及高校学者等，就如何完善技术调查官制度等话题进行了探讨。

**提高审判效率**

技术调查官制度的出现是为了确保知识产权案件技术事实查明的科学性、专业性和中立性，保证技术类案件审理的公正与高效。司法实践证明，这一制度的确对解决复杂技术的事实认定，提高司法公平和公正起到了积极作用。

西南政法大学法学院副教授张晓薇长期关注技术调查官制度，她以专利侵权案件为例说到，此类诉讼的争议焦点通常在于涉案专利与被诉侵权产品的技术特征是否有相同之处、相关专利与在先技术是否有相同之处等，对这两点进行事实认定时，需要了解涉案专利所在的技术领域，甚至需要知晓相关技术的跨学科知识，这对缺乏技术背景的法官来说是个较大挑战。技术调查官参与诉讼活动，并结合案卷、庭审以及勘验等情况进行技术事实查明，能帮助法官解决大多数复杂技术问题。

对此，暨南大学知识产权研究院院长徐瑄表示认同，在技术事实查明机制中，充分发挥技术调查官的作用，对知识产权案件审判意义深远，对技术调查官的培训和选拔，以及对技术调查官制度的研究，应该有专门的机构有序推进。

对于技术调查官参与诉讼活动的法院来说，更是切身感受到该制度带来的积极作用。以广州知识产权法院为例，据该院技术调查室负责人邹享球介绍，技术调查官制度是知识产权案件审判中非常值得关注的热点问题，广州知识产权法院是我国较早实施技术调查官参与诉讼活动的法院之一，自成立以来，广州知识产权法院技术调查官共参与551件案件的诉讼，因当事人向国家知识产权局专利复审委员会提出专利权无效宣告请求而中止的专利纠纷案件，每年不超过10件，在目前知识产权案件数量激增的情况下，对技术案件的公正审理发挥了重要作用。

**有待继续完善**

有目共睹的是，技术调查官制度已经在知识产权案件的审理中发挥了重要作用，然而，由于该制度运行时间较短，在技术调查官参与诉讼活动的具体程序，技术调查官的选任、职业发展，技术审查意见是否应该公开等方面存在诸多可完善之处。

在广州知识产权法院法官谭海华看来，《暂行规定》规定技术调查官可以参与询问、听证、庭审活动，但未对一些具体程序进行详细规定，比如技术调查官如何参与诉讼活动的具体程序、发问应在庭审的哪个环节、能否参与案件的调解及参与调解的程序、书面技术审查意见应包括哪些主要内容等，具体规则的缺失难以满足当事人的具体需求。

谭海华坦言，在技术调查官制度建立以前，我国知识产权诉讼中主要有三种技术事实查明机制：技术鉴定、专家辅助人和专家陪审员，几种调查方式既有优势也有不足。技术调查官制度建立后，多了一种更加便捷的技术事实调查手段，但技术调查官是否可以取代其他技术事实调查手段，各类技术事实调查制度如何协调适用等，有待进一步厘清。

此外，北京知识产权法院技术调查室负责人仪军还提出，根据《暂行规定》第一条的文字含义来看，技术调查官应为法院正式工作人员，即行政在编人员，但从审判需求角度来看，仅设置一种技术调查官任职类型，尚不利于充分发挥技术调查官的作用；法院并非技术应用的一线单位，与技术应用一线部门的联系交流较少，在编技术调查官在单纯的司法环境中难以及时进行技术更新和实践应用。

此外，不少与会人员提出，由于现阶段法院的行政在编人员实行的是行政职级制，对于被选任的专业技术人员而言，据此确定其职级、薪酬存在不合理之处。

**加强制度建设**

一项新制度的发展需要经历尝试、磨合、调整、再出发的过程，技术调查官制度的适用亦是如此。研讨会上，与会人员群策群力，希望进一步完善技术调查官制度。

广东省高级人民法院副院长徐春建认为，技术调查官制度成立三年多以来取得了明显的成效，但由于该制度具有复杂性和新颖性特点，应该建立一个专业的研究平台，将理论研究部门（如高校和研究机构等）、司法实践部门（法院）与专利行政审查部门充分联动起来。中国知识产权法学会副会长李顺德则建议，为了吸引优质人才到技术调查官队伍中，可以尝试引入技术法官制度，技术调查官经过一定的积累可以担任技术法官。

另外，不少参会专家学者和法院负责人还提出，我国技术调查官制度还有更多完善路径：一方面，细化技术调查官参与诉讼活动的规则，比如，技术调查官可参与案件调解，参加调解应事先得到法官的准许，为当事人说明技术事实的相关情况；另一方面，技术审查意见是法官判案的参考，应有条件地向当事人公开；再者，可通过行业协会等吸引来自生产一线、科研一线、高校教学一线的专业技术人才作为技术调查官，从多个维度扩充技术调查官的人员类型。此外，与会专家还提出，我国还应当完善技术调查官的职业保障，比如技术调查官应为在编人员，以及加强技术调查官在职级晋升、待遇提高、外出考察、培训交流等方面的制度建设。

（刊登于 2017 年 11 月 22 日第八版）

# 太阳照在小木岭上

## ——陕西省商洛市镇安县西华村知识产权精准扶贫采访见闻

### 本报记者 王宇

西华村与华西村，村名仅是读序之差，境遇却是天壤之别。相较于"天下第一村"华西村的富足繁华，地处中国地理版图正中的西华村，却仍在贫困线上挣扎。

"在这样一个极贫村庄，知识产权能有何作为？"带着这样的疑问，中国知识产权报记者沿着秦岭之巅雾气重重的云柞公路盘旋南下，抵达小木岭，走进这座位于陕西省商洛市镇安县云盖寺镇的小村庄。

1000多年前，这里是汉中通往陕南的一座重镇，商贾云集，人流如织。如今，只有尚存的遗迹在诉说昔日繁华。全村1517口人，有近1/3生活在贫困线以下。

"深入学习贯彻十九大精神，坚决打赢脱贫攻坚战"的红色横幅悬挂在道路两侧，在灰蒙蒙的天空和灰墙黑瓦的映衬下，格外醒目。如何让27.5%的贫困发生率减为零，是驻扎在村里的陕西省知识产权局驻村工作队面临的最大难题。

**产业扶贫不稀奇**

**提质增效是难题**

"'土疙瘩'也能变成'金蛋蛋'，知识产权了不得！"11月5日，在第二十四届中国杨凌农业高新科技成果博览会上，200多斤新上市的"小木岭"板栗蜜作为"知识产权精准扶贫"的主打产品，虽然价格比其他蜂蜜高出1倍，但半天就卖出去一大半，登上了今年农高会同类产品销售冠军，村民们的兴奋之情溢于言表。

陕西省委书记、省长胡和平在展台前详细询问。前来咨询的客商络绎不绝。

就在不久前，遭遇连日阴雨，通往县城的公路刚修通又出现滑坡、塌方，困在村里20多天的村民们，还正在为赶不上农高会而发愁。

"板栗蜜是蜜中极品，贴上小木岭的标签，就体现出了品牌价值。"在驻村工作队成员贺骁勇看来，知识产权精准扶贫的"精准"二字，其具体体现之一，正在于通过自有品牌等知识产权，增加了农产品的附加值，从而提高市场效益，实现脱贫致富。

贺骁勇是中国杨凌农业知识产权信息中心副主任，之前在云盖寺镇岩湾村驻村时获得"商洛市优秀驻村第一书记"称号，已经超期服役。县上调整了省局扶贫点，他又和队友一起转战西华村。

"一个村没有产业，要想脱贫致富只能是一句空话。"贺骁勇告诉记者，省局多次研究西华村产业扶贫问题，累计投入79万元产业帮扶资金，精准施策突出产业帮扶，从根本上扭转以往贫困户"等、靠、要"现象。

仅仅一个夏天，二十几个食用菌大棚在小木岭上破土而出，村里办起了农民专业合作社，引进东北食用菌生产企业，创建了高寒食用菌培育创业扶贫孵化基地，吸纳贫困户参与种植或务工。

"产业抓两头，中间给农户。"目前，全村共有 69 户贫困户认领了 34.5 万袋菌棒，收益扣除成本外全归贫困户所有，为实现产业脱贫奠定了基础。木耳大棚分春秋两季栽培，今年仅春木耳就收了 1.8 万斤，创收 20 余万元。

为了使西华木耳在众多同类产品中脱颖而出，驻村工作队发挥专业优势，委托专利代理机构帮助村民申请专利、注册商标，以"高寒""绿色"等为特色，打响品牌知名度，产品一下子就上了档次。

"通过专利、商标、植物新品种以及地理标志等途径对农产品进行有效培育，农产品一定会身价倍增。"贺骁勇说，产业扶贫不是新鲜事，新鲜的是通过知识产权增加产业的附加值，实现"精准"扶贫。

### 不缺资金缺技术
### 专利就是生产力

西华村地处秦岭深处，这里是"九山半水半分田"的土石山区，也是镇安县水源保护地，传统养殖产业发展受限，只有发展特色现代农业这一条出路。

"精准扶贫的另一层含义，是直接向知识产权要生产力。"省局办公室调研员、驻村工作队副队长孙振东记得自己离家时，正在读高三的女儿满眼不舍。孙振东毫无怨言，一头扎进大山，挨家挨户摸底调查后，发现致贫不是缺资金，而是缺技术，这才是要解决的核心问题。

十里西华，沟谷纵横。良好的自然环境和资源禀赋为产业发展提供了广阔的舞台。村前屋后，野花点缀其间，蜜蜂成群飞舞。贫困户何继新踩着一双胶鞋，穿梭在山崖之中如履平地，清扫着十多个简易蜂箱。

这就是西华村的一大特色产品——板栗蜜。驻村工作队委托服务机构通过专利检索，找到一件实用新型专利蜂箱，可以生产高品质的蜂巢蜜。"我们不光要找到适合当地发展的特色产业，更要用知识产权把产业技术等产业基础武装起来，直接使知识产权成为生产力。"

一家四口人中，只有何继新一个劳动力，还患有慢性病。同时供养两个学生，让他难堪重负。"新型蜂箱啥时候来？"一见到孙振东，何继新赶忙问。"我们很快就会购置一批，带回来投入生产。"孙振东答。

授之以鱼，不如授之以渔。若非亲眼所见，记者真想象不到，知识产权在中西部偏远山区也能找到用武之地。今年 9 月在镇安县举办的一场知识产权精准扶贫培训班，吸引了陕西各贫困县和相关农业产业协会的广泛参与。

"知识产权精准扶贫的'精准'二字，恰恰体现在知识产权所引导的创新型经济，将知识产权贯穿在产业从创造到产出的每一个环节上，将贫困地区牢牢'绑在'产业链上，使村民实现从'苦力型'向'技能型'的转变。"孙振东认为。

### 精准扶贫先扶志
### 知识产权不可缺

贫困户郭荣发常年靠外出打工为生，去年收入仅有 2144 元。如今在村里的木耳大棚务工，活儿不重，每天还有 100 多元进账。

今年，西华村一组 15 户贫困户和省局一一结对，局长巨拴科成为郭荣发的帮扶责任人。"只要勤劳肯干，加上我们的帮扶措施，一定能早日脱贫。"今年 6 月，巨拴科来探望他时说道。

如何将知识产权与精准扶贫有机衔接？这是省局党组一直寻求解决的问题。党组书记侯社教多次到村调研对接，之后局党组决定派出以省局办公室主任、驻村第一书记杨恩亮带队的 4 人驻村工作队，将扶贫工作从"飞鸽牌"变成"永久牌"，积极争取项目资金，发展集体经济，开展产业扶贫。

随着驻村工作队的到来，一场知识产权精准扶贫攻坚战全面打响。

驻村工作队一般为 2 人至 3 人建制，派驻 4 人携手作战，在省直部门中实属罕见。短短半年，记录《民情日记》笔记 30 余万字，走访群众行程 1 万多公里，驻村工作队用脚步丈量民情，用实绩凝聚民心。

朝夕相处久了，乡亲们渐渐地把驻村工作队当作邻居。对于村民们来说，驻村工作队带来的不仅是有形的物质财富，更让他们懂得了无形的知识产权。

"一场侵权官司，就可能会让脱贫梦毁于一旦。"驻村工作队成员沈涛，是中国（陕西）知识产权维权援助中心的负责人。职业经历告诉他，脆弱的村集体经济经不起知识产权纠纷的考验。

为了保护初见端倪的木耳产业，沈涛委托同事们赶制出一份《黑木耳专利信息分析项目报告》。这份报告牵动着食用菌基地的生产企业——秦绿食品有限公司总经理余之超的目光。

"做这行就怕技不如人，知识产权就是核心竞争力。"作为土生土长的西华村人，余之超外出闯荡几年后毅然回乡创业，要使西华村成为东北黑木耳外迁的"第二故乡"。

"做出品牌后，我们的发展路径就能拓展到中高端市场。"余之超说，西华村的木耳，无论是口感、颜色和产能都更胜东北黑木耳一筹。她期待着，搭上"一带一路"快车的西华木耳，能够成为带动村民脱贫致富的"领头羊"。

"知识产权精准脱贫的实践，让知识产权的疆域进一步拓宽。"杨恩亮说，以前，大家都认为知识产权在经济发达地区才有施展空间，这次扶贫的经历，让他们领悟到知识产权在贫困地区同样不可或缺。"党的十九大报告指出，要实施乡村振兴战略。中国的大部分乡村都是知识产权的处女地，将知识产权用于精准脱贫、用于振兴乡村，必将大有可为。"杨恩亮充满了自信。

就在记者结束采访的当天，太阳冲破浓雾，照在小木岭上。

此刻的西华村，天蓝水清。

（刊登于2017年11月24日第十二版，张子弘摄影）

# 第三批全国中小学知识产权教育试点学校确定

**本报讯** （记者杨柳北京报道）日前，国家知识产权局下发《国家知识产权局办公室　教育部办公厅关于确定第三批全国中小学知识产权教育试点学校的通知》，确定第三批全国中小学知识产权教育试点学校（下称"试点学校"）名单，全国 52 所中小学入围。至此，全国已评出试点学校 112 所，实现了试点学校对全国除西藏外省级行政区的全覆盖。

据介绍，第三批试点学校评定工作于 2017 年 6 月启动，共有 31 个省（区、市）的 110 所学校提交了有效申报材料。经评审，确定北京市十一学校、天津市耀华中学、河北省邯郸市汉光中学等 52 所学校为第三批试点学校，试点时间自 2017 年 11 月至 2019 年 11 月。此外，目前正在开展中小学知识产权教育省级试点示范工作的省份达到 19 个，评定试点示范学校超过 870 个。

目前，全国已评出首批 30 所、第二批 30 所、第三批 52 所试点学校。首批试点学校将于今年 12 月试点期满两年。按照《全国中小学知识产权教育试点示范工作方案》要求，2017 年至 2020 年，每年将从试点满两年的学校中评定出 25 所全国知识产权教育示范学校，到 2020 年，在全国建成 100 所知识产权教育工作体系较为完善，知识产权教育工作规范化、制度化，知识产权教育成效明显的全国知识产权教育示范学校。

（刊登于 2017 年 12 月 1 日第一版）

CIPH
中国知识产权报
CHINA INTELLECTUAL PROPERTY NEWS

2018

1989 1990 1991 1992 1993 1994 1995
1996 1997 1998 1999 2000 2001 2002 2003 2004
2005 2006 2007 2008 2009 2010

# 纪念改革开放40年
中国知识产权报新闻作品集

2011 2012 2013 2014 2015 2016 2017 2018

新时代知识产权强国建设使命艰巨

中国专利"含金量"与日俱增

中国企业拥有美国专利　数量10年增长10倍

重庆版权超市激活文创市场

大连化物所：科技成果转化如何做到出类拔萃？

"让创新之花再结硕果"

金砖五局签署知识产权合作联合声明

商标便利化改革激活"一池春水"

加强知识产权保护是完善产权保护制度最重要的内容也是提高中国经济竞争力最大的激励

社论：致敬："她时代"的创新力量——献给第十八个世界知识产权日

奏响新时代知识产权保护最强音

读图：4·26变革的动力：女性参与创新创造

社论：播撒创新种子　守护创新中国——写在二〇一八年全国知识产权宣传周活动启动之际

我国已注册地理标志商标4150件

郑渊洁：作家最好的理财是维护版权

一项兴国利民的国家战略——纪念《国家知识产权战略纲要》颁布实施十周年

"不毛之地"喜降专利"甘霖"

知识产权证券化路在何方？

助力精准扶贫　服务乡村振兴

宁波推出商标专用权保险

中国成为全球人工智能专利布局最多的国家

习近平向2018年"一带一路"知识产权高级别会议致贺信

传承丝路精神　携手同心前行

以专利为荣　与创新为伴——访中国第一件专利申请人胡国华

强化知识产权保护　助推芯片产业腾飞

知识产权司法保护的参与者与推动者——访北京知识产权法院副院长宋鱼水

如何从专利大数据"掘金"高价值专利？

助推产业转型升级　激发创业创新活力

新修改的《专利代理条例》明年3月1日起施行

聚合新"知"　共享未来

在国博，感受伟大的变革

反垄断法：砥砺十年，再攀高峰

国务院常务会议通过专利法修正案（草案）

重拳精准出击　直指专利顽疾

审查质量提升永远在路上

知识产权事业在改革开放中阔步前行——访国家知识产权局局长申长雨

读图：伟大的变革——庆祝改革开放40周年大型展览

# 新时代知识产权强国建设使命艰巨

吴汉东

"倡导创新文化，强化知识产权创造、保护、运用。"习近平总书记在党的十九大报告中的重要指示，对于新时代知识产权事业发展、知识产权强国建设指明了方向，提出了重点。当前，中国特色社会主义进入新时代，经济建设进入新常态，深入实施创新驱动发展战略成为时代主题。知识产权作为创新发展的基本保障和重要支撑，承载着更加重要的使命，将发挥更加显著的作用。遵循党的十九大报告的指引，新时代知识产权强国建设的历史使命艰巨而光荣。从这个意义上讲，经济新常态下的创新驱动发展就是知识产权驱动发展。

## 创新发展的制度保障

走新时代中国特色社会主义道路，要不断推进理论创新、实践创新、制度创新、文化创新以及其他各方面创新，知识产权制度保障不可或缺。

创新是经济发展的基本现象。从理论上讲，创新是指人们在生产力、生产关系和上层建筑全部领域中进行的创造性活动，既包括知识创新（含科技创新、文化创新、产业创新、产品创新），也包括制度创新（含法律创新、政策创新、体制与机制创新等）。在发展理论中，经济增长、知识创新与法治建设应是一个相互作用、相互促进的协调机制。经济增长对社会变革起着决定性作用，它带来了社会物质财富的快速增长，也引起了社会生活方式的巨大变化。在知识创新、经济发展、法治建设的协调体制中，经济处于中轴的地位，知识与法律为之进行曲线偏向摆动。其中，知识进步是经济增长的动力机制，法治建设则是经济增长的保障机制。

20世纪初，经济学家熊彼特首先提出了"创新理论"。自那时以来，在新制度经济学派那里，"技术进步和制度演变都看成是一种创新过程"。知识产权制度作为财产"非物质化革命"的法律文明，表明了"制度创新"的本质属性。在近代法的发展过程中，知识产权制度与企业法人制度的建立，是现代产权制度建立的标志。知识产权法律作为制度创新的产物，在经济学意义上是一种激励和规制创新活动的新制度"供给"，而在法律层面被喻为私权领域的财产"非物质化革命"，其基本功能是：为创新活动进行产权界定并提供激励机制，为创意产业进行资源配置并提供交易机制，为创造性成果进行产权保护并提供市场规范机制。

知识产权制度是创新发展的基本保障，具有实现"知识创新"的法律价值目标。知识产权制度在一个国家的法律体系中，起着激励和保护知识创新、促进和推动创意产业发展的重要功能，所以很多学者称之为"创新之法""产业之法"。创新这一概念是对知识经济全面而精要的解释，可以视为知识产权制度的基本价值范畴。创新价值体现在知识产权政策制定与立法活动之中。知识产权制度以基于创新所产生的社会关系为主要调整对象，体现了尊重创新、保护智力成果、规制知识经济市场秩序的主旨。

创新价值目标的实现，在法律规范设计中主要表现在以下三个方面。一是知识产权保护与私人创新激励机制。知识产权制度是一种对知识产品有效的产权制度选择。这一制度通过授予发明创造者以私人产权，为权利人提供了最经济、有效和持久的创新激励，保证了创新活动在新的高度上不断向前发展，从而促进了创新成果所蕴藏的先进生产力的快速增长。二是知识产权限制与社会创新发展机制。知识产权的限制，是对权利人专有权利的行使限制，其功能在于通过对产权的适度限制，平衡权利人与社会公众之间的利益，确保社会公众接触和利用知识产品的机会。三是知识产权运用与创新成果交易机制。知识产权运用是连接知识产品创造者、传播者和使用者之间的法律纽带，旨在规制不同主体的产权交易行为，促进知识产品的动态运用和精神财富的流动增值，其主要制度就是授权使用、法定许可使用和合理使用。

党的十九大为当代中国发展作出了准确的科学判断，确立了走新时代中国特色社会主义道路。从经济上看，经济新常态表面上是经济增长减速换挡，但是从本质上则是发展动力的转换和重塑，一个显著的变化就是要素的规模驱动力减弱，经济增长将会更多地依赖科学技术的进步。近年来，我国科研投入大幅提升，自主创新能力不断提高，科技进步对于经济发展的驱动作用也正在加强。2016年我国研发经费投入1.5万亿元，占GDP的2.1%，以知识产权为核心的创新指标得到较快发展：科技创造能力提升，跻身于发明专利申请大国，连续数年位居世界第一；品牌创建能力提高；文化创新能力增强，版权产业发展势头良好，对经济发展的贡献率逐年增长。我国信息技术、生物医药、高端装备制造、新能源等新兴产业迅速崛起，在国际市场的份额逐渐提高。而同期中国国内生产总值（GDP）的增速一直保持在7%左右，仍然处于中高速增长，我国经济总量从"入世"前的世界排名第6位跃升至第2位；对世界经济贡献率超过30%。当代中国经济发展正处于"爬坡过坎"的关键阶段，已经进入经济发展的增速换挡期、风险凸显期和升级机遇期。在这一转型发展阶段，打造中国经济升级版，实现从世界大国向世界强国的转变，关键在于改变经济发展动力、提高经济发展质量，其基本路径就是发挥知识产权激励和保障创新发展的制度功能，建设知识产权强国。

**强国建设的历史使命**

进入新世纪以来，世界经济结构发生深刻变革，第四次国际产业转移已经开始启动。在各国政府的积极推动下，新技术革命步伐加快，第三次工业革命初见端倪。习近平总书记在党的十九大报告中对此作出了精辟分析："世界正处于大发展大变革大调整时期，和平与发展仍然是时代主题。"

新时代要有新发展、新作为，建设知识产权强国，作为建设经济强国的一个重要组成部分，在创新发展的新时代具有更加重要的意义。习近平总书记在党的十九大报告中提出"倡导创新文化，强化知识产权创造、保护、运用"，是建设知识产权强国的重点所在。

经济新常态的形成，有赖于知识产权事业发展同步进入新常态。在新形势下，知识产权的有效运用，对于提高经济发展质量、转变经济发展方式具有特别的意义和作用。知识产权作为激励和保障创新的制度产品，其本身只是一种独占性的法律授权。知识产权只有与市场经济相结合，进行转化和运用，才能成为企业和产业经营中的"正资产"，产生经济社会发展的正能量。

知识产权运用的基本方式，首先是知识产权的产业化。其含义是指将知识产权所保护的知识、技术、信息等应用到生产经营活动之中，使之转化为有益的生产力，成为企业有价值的无形资产。产业创新须以科技创新为前提，科技创新应以产业创新为目的。知识产权的产业化，意味着科技创新成果与现实生产力的有机结合，这是实现创新驱动发展和建设知识产权强国的必然要求。知识产权的生命在于实施，知识产权的产业化是以知识、技术、信息的充分实施为基础。无论是研发者的自行实施，多个研发者以及研发者与投资者的共同实施，还是研发者将创造成果转让他人实施，都是实现知识产权产业化的重要途径。

其次是知识产权的商业化。这是指将知识产权作为商品转让给他人或者许可他人使用，是知识产权转化运用的一种间接方式，也是知识产权转化为经济效益的重要途径，其主要表现为知识产权转让和知识产权许可两种交易模式。在知识产权的商业化过程中，创造成果的交易价格往往由自身价值、买方因素、卖方因素和权利转让方式四大类因素所决定，其中创造成果的自身价值无疑是核心要素。

最后是知识产权的资本化，即知识产权投资和知识产权收购的运营问题，目前主要表现为专利运营。在专利资本化的过程中，专利不再仅仅是技术和权利的代名词，更是市场主体的一种竞争资本。近年来，随着企业间专利交易的不断发展，一种新的专利经营主体——非专利实施实体（NPE）在专利运营中扮演重要角色。该类实体本身不进行产品的生产或销售，而是投资创新和收购专利，专门从事专利的资本化运营活动。

强化知识产权创造、保护、运用，具有重要的现实意义和深远的历史意义。从知识产权运用方面看，我国知识产权运用受制于创新水平不高、创新成果商业价值较低以及市场发育不尽完善等诸多问题。同时，知识产权大而不强、多而不优，以及运用效益与贡献不足的问题依然存在。具体而言，存在结构布局不尽合理等问题。在世界知识产权组织划分的 35 个技术领域中，中国发明人拥有的发明专利拥有量高于外国来华发明专利拥有量的有 28 个，但在光学、发动机、运输、半导体、基础通信、音像、医学等领域与国外存在一定差距；在包括电影、电视、音乐、图书的版权产业领域，本土市场的占有率尚可，但国际竞争力较弱。出口的版权产品在国际市场份额与美国、德国、法国和英国等发达国家存在较大差距；有世界影响力的中国品牌为数不多。与此同时，中国在 3D 打印、纳米技术、机器人工程等少数尖端前沿领域表现强劲，但在大多数核心技术领域的创新总体偏少。在技术输入中，95%的高档数控系统、80%的高档芯片、近 100%的大型发动机依赖进口。

综上所述，我们需要调整知识产权构成要素，强调以绩效为核心的知识产权政策导向，要更多地强调质量和水平，考虑结构和布局，着力强化运用，体现效益。一些具体指标，可作为知识产权制度产品的重点"供给"，其中包括：核心技术专利的拥有量、发明专利的域外布局、专利的应用率、产业化率；版权产品在国际市场的占有率、版权产业对 GDP 的贡献率；商标的附加值构成、知名品牌的拥有量及其在国际市场的影响力等。总体来说，知识产权的"供给"，应致力于提升创新型国家的综合发展实力。

对于新时代的中国而言，加快知识产权强国建设已是时不我待的重大历史使命。知识产权制度建设的本身，就是一场以制度创新促进知识创新、以法治建设保障创新发展的伟大社会实践。在经济新常态下，知识产权制度被赋予推动国家创新发展的功能和使命。走进新时代，引领新常态，齐心建强国，共圆中国梦，是当前和今后一个时期创新发展的大趋势。因此，围绕着经济新常态，知识产权事业发展的各项工作，包括知识产权的制度建设和战略实施，都需要与时俱进，作出相应的调整和充实。知识产权事业新常态，即是以法治化国家建设和创新型国家形成为目标，依托知识产权强国建设，强化知识产权质量、数量、效益、能力、水平，不断提高国家科技创新力、文化软实力、经济发展力和国际核心竞争力。因此，必须按照党的十九大指引的方向，以习近平新时代中国特色社会主义思想为指南，不忘初心，牢记使命，加快建设有中国特色、世界水平的知识产权强国，为决胜全面建成小康社会、进而全面建设社会主义现代化强国、奋力实现中华民族伟大复兴中国梦做出新的贡献。

（刊登于 2018 年 1 月 12 日第八版）

深入实施专利质量提升工程，努力形成既有宽度又有厚度，既有高原又有高峰的"金字塔"型专利结构——

# 中国专利"含金量"与日俱增

本报记者 王宇

"鲲龙"腾飞、航母下水、"天眼"探空……在刚刚过去的 2017 年，我国发明专利授权量继续实现稳步协调增长，在信息通信、航空航天、高铁、核能等领域积累了大量高质量专利，形成了一批拥有自主知识产权的核心技术。

"中国正在逐步成为全球创新和品牌方面的一个引领者。"世界知识产权组织总干事弗朗西斯·高锐在发布《2017 世界知识产权指标》时说。

中国创新领跑全球的一个关键要素，就是在于近年来我国在注重提高知识产权数量的同时，更加关注知识产权质量和效益的提升。

新增销售额 939 亿元，新增利润 96 亿元，新增出口 244 亿元。这是第十九届中国专利奖 20 项中国专利金奖项目、5 项外观设计金奖项目交出的成绩单。近 30 年来，5000 个中国专利奖获奖项目增加的不仅是数量，更冲击着专利质量的新高度。

近年来，国家知识产权局进一步突出质量导向，在中国专利奖评选中更加注重对专利质量和综合运用效益的评价，强调专利运用的实际效益及其对经济社会发展的突出贡献、对行业发展的引领作用。在"质量取胜、数量布局"的风向标指引下，技术含量、保护效果、运用效益等各个方面，与以往相比都有了新的提升。来自技术、市场和资本的"橄榄枝"，不断抛向华为、大疆、恒瑞医药等拥有大批高"含金量"专利的企业。这些企业也通过自身的发展，见证并推动我国专利创造由多向优、由大到强转变。

提升专利质量，涉及专利创造、申请、代理、审查、保护和运用全链条，是一个复杂的体系，一项长期的工作。着眼于此，国家知识产权局认真贯彻中央提出的新发展理念，切实落实党中央、国务院一系列重要决策部署，制定并实施专利质量提升工程，围绕专利工作全链条制定了一系列有针对性的措施，多策并举提升专利质量，努力实现专利领域的高水平创造、高质量申请、高效率审查、高效益运用。

与此同时，国家知识产权局还改进了专利统计口径和公布数据的方式，更多地体现了专利质量的导向作用。在国家知识产权局 1 月 18 日举行的新闻发布会上，稳中有进的国内发明专利授权量和每万人口发明专利拥有量备受社会公众关注。国家知识产权局有关部门负责人表示，从今年开始，国家知识产权局将不再公布国内企业发明专利申请量排名，而是会继续公布国内企业发明专利授权量的排名，以进一步强化国家知识产权局注重质量导向、突出统计指标的引导作用。

"对专利统计数据公开内容进行调整的目的是为了进一步提升专利质量，更好地发挥专利统计指标的创新导向作用。"有关部门负责人表示，专利统计数据公开内容的调整，有利于引导申请人合理利用专利制度，能够更加真实地反映创新水平和能力，也有利于优化专利审查资源配置，提高科学决策水平。

2017 年，国内企业有效发明专利 5 年以上维持率达到 70.9%，较 2016 年提升 3.4 个百分点；年度提交 PCT 国际专利申请 100 件以上的国内企业达到 44 家，较 2016 年增加 18 家；在世界知识产权组织划分的 35 个技术领域之中，国内发明专利拥有量高于国外来华发明专利拥有量的达 30 个，比 2016 年增加 1 个，仅在光学、医学技术、发动机、音像技术、运输等 5 个领域与国外存在微弱差距。

从量的积累到质的飞跃，从点的突破到系统能力的提升，一年来，国家知识产权局深入实施专利质量提升工程，制定实施《2017 年专利质量提升工程实施方案推进计划》，聚焦专利工作全链条，促进专利质量整体提升。聚焦关键技术和前沿技术，创造和积累更多高价值核心专利，努力形成既有宽度又有厚度，既有高原又有高峰的"金字塔"型专利结构，促进专利质量数量协调发展，从而与经济增长速度和科技创新水平相协调、相匹配。

"党的十九大报告指出，我国经济已由高速增长阶段转向高质量发展阶段。对我们而言，也要着力推动知识产权事业的高质量发展，坚持质量第一，效益优先。"有关部门负责人表示，国家知识产权局今后将进一步强化专利评价质量导向，完善专利统计发布制度，并加大对地方专利质量的考核，全面促进专利质量提升。展望2018年，中国将进一步集聚"量质齐升"的澎湃动力，加快由知识产权大国向知识产权强国迈进。

（刊登于 2018 年 1 月 19 日第一版）

## 中国企业拥有美国专利　数量 10 年增长 10 倍

**本报讯**　（记者王宇北京报道）近日，美国研究机构发布的最新报告显示，在过去不到 10 年间，中国企业拥有美国专利数量增长了 10 倍。

数据显示，2017 年中国企业新增 1.1241 万件美国专利，比 2016 年增长了 28%，这使中国首次跻身拥有美国专利数量最多的五个国家之一。2016 年，美国专利商标局共授权专利 32.0003 万件，中国企业拥有其中的 3.5%。

报告显示，专利的数量往往能够反映一家公司，或者一个国家的创新能力，还可以在激烈的市场竞争中保护企业的利益。在科技创新领域，美国在全球依然有着巨大的影响力。在全球一体化的背景下，中国企业在高科技创新以及国际竞争方面取得的进步令人瞩目。中国的电子产品制造商，曾经最主要的业务就是为国外企业组装产品，但是近几年有越来越多的中国企业拥有了自己的专利和品牌。

在中国企业所拥有的美国专利之中，大多数专利都集中于高科技行业，如数字数据处理与传输、半导体与无线通信等领域。同时，在快速成长的 3D 打印、人工智能以及无人机等产业，目前有许多中国企业在进行投资。

报告称，过去 10 年间，中国一直将创新视为重要的目标之一。这让中国企业提交的中国专利申请数量不断增长，成为中国企业走向国际市场的重要基础。

（刊登于 2018 年 1 月 26 日第一版）

## 重庆版权超市激活文创市场

通讯员　崔芳

在国家知识产权局公布的第二批国家级知识产权保护规范化市场名单中，重庆云环文化产业（集团）有限公司（下称"云环"）以总分97.3分在全国入选单位中排名第一。由其运营的重庆版权超市（下称"版权超市"）更是引人关注。

距离四川美术学院十分钟路程的路口，云环坐落于此，街道两旁的建筑外墙都是五颜六色的绘画，这里就是著名的"黄桷坪涂鸦艺术街"。依托四川美术学院等艺术院校丰富的文创资源，艺术街成为我国西南部版权艺术作品诞生的集聚地，相关从业人员达10万人，年研发、创作版权作品约1万件，版权产值超200亿元。

经重庆市文化委的批准，2017年版权超市正式挂牌，标志着重庆有了一个保护版权的"一站式"服务机构，能为各类文创产品提供版权保护、展示和售卖等服务。

### 创新保护手段——
### 每件产品都有版权

艺术收藏品动辄成千上万，假货已经成为国内艺术市场的一大"毒瘤"。版权超市在成立之初，打出了"每件产品都有版权"的响亮口号，谈及此处，版权超市董事长刘文景显得非常有底气。

在版权超市的综合服务大厅里，不时有人来寻求版权登记、版权鉴定、版权维护、法律咨询等相关服务。"在这里权利人可以直接进行版权登记，由我们上报重庆市版权保护中心审核。"刘文景说。

持有版权登记证书成为商品进入版权超市的通行证，从2015年开始，版权超市的商品准入审核机制里增加了对知识产权相关内容的查验审核，要求入驻商家凡是"上架"销售的产品，必须持有版权登记证书。由此带来的是商家版权意识的集体提升，据统计，版权超市成立以来登记版权6万余件，超过2015年全市版权登记的总量。

除了能够提供版权登记服务之外，版权超市还具备产品鉴证能力。在版权超市的鉴证备案室内，工作人员正在用高清数码设备采集一尊雕塑的图像。

"我们与一家数字影像公司签订了合作协议，引入国家级标准的鉴证备案中心，为艺术品建立起了权威的'身份证'信息服务平台。"刘文景介绍。版权超市通过提取作品的微观形貌和物质成分数据进行鉴证、备案，为艺术品提供唯一的"身份证"，以确保商品属于"正版正货"。

"对产品的鉴证备案，可以打击侵权假冒产品，保护消费者权益，从源头杜绝侵权纠纷。"刘文景补充说。在重庆市开展的"扫黄打非""正版正货"等相关检查中，版权超市未发现侵权盗版等知识产权纠纷。

### 建立产业链条——
### 当好艺术家的经理人

"北漂""上漂""深漂"，你都听说过，在版权超市却集结了一批个个身怀本领的"黄漂"。

"上世纪90年代开始，黄桷坪就孕育了大量艺术家，他们称自己为'黄漂'"。刘文景笑着带领笔者从综合服务大厅往下走，映入眼帘的是古老又不失新意的建筑。

他指着对面一栋建筑介绍，这是 102 艺术基地工作室，2007 年由政府出资将仓库改建成了青年艺术家原创基地。

"目前，入驻 102 的'黄漂'艺术家约 40 人，其他方式合作的艺术家近百人。"刘文景说。版权超市不仅为艺术家们提供场地，还提供知识产权保护与运营服务，可以说是艺术家的经理人。

刘文景带笔者走进了一间以佛像为主题的画室，一位艺术家穿一身休闲服，年轻而质朴。"他自己将一幅画的版权以 1 万元的低价卖给了一家公司，那家公司通过后期研发，创造出了三四千万元的市场价值。"刘文景说到这里，年轻小伙连连点头，既表示认同又带着遗憾。

"版权超市能够起到一个经理人的作用，我们会对买卖双方的情况进行综合评估，提出合理的价格区间，特别是对于不熟悉市场运营的艺术家非常有利。"刘文景说。为了扮演好版权经理人的角色，版权超市干了两件大事：一方面，打造超市样板间，为版权作品及衍生品提供实物展览空间及线下销售终端，举办艺术品展览、艺术家签售等活动，建设文化艺术交流基地；另一方面，打造电商平台，利用互联网进一步扩大版权超市品牌影响力，推向全国大众消费者。

**挖掘版权价值——**
**艺术衍生品成为趋势**

艺术品除了常规的展览、交易外，还能发挥什么商业价值？

"版权超市这个概念的提出意在以版权衍生品为核心拉动大众消费。目前国内艺术衍生品市场规模将突破 2000 亿元，发展艺术衍生品一定是大趋势。"刘文景说。

2017 年 3 月，经过版权超市的牵线搭桥，王嘉陵教授的 36 件作品以 108 万元的价格"卖"给了深圳一家文化传播有限公司。签约结束，王嘉陵把所有作品原封不动打包带回家，深圳公司将围绕作品进行版权衍生品开发。

"以往将艺术品实体售卖的方式，是传统的有形资产的交易方式，类似于一锤子买卖。现在全新的版权交易，是无形资产的交易，艺术家可以通过转授版权、开发衍生品等方式来获得更大的经济效益。"刘文景说。

几个月之后，版权超市主办了另一场艺术品版权保护与交易暨书画版权作品竞拍活动，吸引了 356 幅作品参拍，成交金额高达 259 万元。

竞拍活动被赋予了新的内涵，重庆首次试水拍卖著名艺术家的限量复制品。复制品是取得艺术家的版权授权后，采用高清微喷技术制成。邹昌义的国画《秋生》、朱晴方的《瓜香果甜》等多位艺术家的复制品均以高价成交。"这些复制品最大限度地还原了画作，又是限量版，同样具有收藏价值。"刘文景说。

在版权超市的大力推广下，艺术衍生品获得了艺术家和厂家的青睐，大批质优价优的作品流向市场，激活了西南文创市场一池春水。

（刊登于 2018 年 1 月 26 日第十一版）

与国内外大型企业建立长期合作，自主孵化出 30 多家高新技术公司——

# 大连化物所：科技成果转化如何做到出类拔萃？

本报实习记者　邹碧颖

日前，延长中科（大连）能源科技股份有限公司（下称"延长中科"）与陕西兴化集团有限责任公司在西安共同签署了"50 万吨/年合成气制乙醇（DMTE）装置技术许可合同"。延长中科由中国科学院大连化学物理研究所（下称"大连化物所"）与陕西延长石油（集团）有限责任公司（下称"延长石油"）共同设立，此次交易的 DMTE 技术由双方共同研发、双方共享知识产权，交易完成后中国的合成气制乙醇技术将进入大规模工业化生产阶段。

提起中科院，很多人首先联想到的是基础研究，但大连化物所，这家成立于 1949 年的研究机构将自己定位于"一个基础研究与应用研究并重、应用研究和技术转化相结合，以任务带学科为主要特色的综合性研究所"，专利申请量与科技成果转化率在中科院下属相关院所里常年名列前茅，创建至今不仅与国内外诸多大企业建立了长期合作关系，还孵化出 30 多家高新技术公司，不断突破着人们传统上对于一家研究所的想象。

## 企业介入科研　共享知识产权

乙醇不仅是绿色环保的汽油添加剂，还可以替代或部分替代汽油作为发动机燃料。但长期以来，我国工业乙醇制备受制于粮食资源不足，利用煤炭资源生产乙醇又面临没有合适的催化剂等难题。为攻克技术难关、实现乙醇大规模生产，2012 年，大连化物所和延长石油联合开展了"合成气制乙醇整套工艺技术"研发工作。2016 年，"10 万吨/年合成气制乙醇工业示范"项目装置投产并实现稳定运行，以此为基础便有了此次 50 万吨工业化装置的生产合作。

2010 年，中科院大连化物所与延长石油签订全面战略合作协议，除了此次的合成气制乙醇技术，双方还开发出我国具有自主知识产权的汽油超深度脱硫组合技术，解决了国五清洁汽油生产技术的难题。而不仅是延长石油，中国石油、中国石化、神华集团、英国石油公司等国内外知名企业都在根据自身发展需要，借力大连化物所的科研优势，采取委托开发、合作开发等多种方式与大连化物所开展深入合作，通过共享知识产权等多种形式，打通科技成果转移转化链条，实现了以甲醇制烯烃、全钒液流储能电池为代表的一系列重大科技成果的产业化。

"在科研成果转化的新形势下，科研机构必须正确面对的问题是要一次性获得高额转让费还是要与参与单位共同拥有知识产权、与企业携手共创未来。研究人员在关键技术突破的情况下，并不是'一包到底'。"企业也是技术创新的主体，由企业和研究机构共同承担风险，实现科技与企业结合，以企业来推动产业化，一方面科研机构提前得到资金支持，并可从大量不熟悉的技术和市场调研中解脱出来，还可保证研究工作直接面对市场需求；另一方面，企业科研人员参与研究，提前掌握植入技术的关键和难点，缩短了成果转化时间。成果研发成功之时，即是其占领市场之时。"大连化物所有关负责人表示。

"2015年促进科技成果转化法的修订，极大地促进了科研成果的转移转化，新的成果转移转化模式不断涌现。企业联合开发，专利转让、许可或者是无形资产投资设立公司，以及这些模式的混合都可以灵活的使用，为一个好的科研成果转化做好基础工作。"大连化物所知识产权办公室主任杜伟表示。

**专利转化股权　孵化科技公司**

如今的大连化物所还在推动实施"本部+中心创新发展模式"及"大型骨干企业牵引重点区域合作战略"。"大连本部有诸多核心创新研发力量，与许多大型企业有研发合作，区域中心则注重创新平台建设和成果的转移孵化。"大连化物所张家港产业技术研究院院长韩涤非表示。

2012年成立的张家港分中心已经实体化为张家港产业技术研究院，并正在尝试孵化出更多高新技术企业。"成立初期，大连化物所一次性注入价值7000万元的69件专利，覆盖生命健康、高端仪器、新能源材料等领域。我们围绕所里的创新优势和当地产业布局开展生命健康等领域产业性研发与转化工作，未来将依托大连化物所前端创新技术，重点推动氢能燃料电池等领域关键产业技术突破、转移转化、中试放大和产业孵化，建成'政产学研用资服'高度融合协同发展的一流产业技术研发孵化平台。"韩涤非表示。

"至今，大连化物所已经通过无形资产入股设立了30多家公司，涉及知识产权200多件。2015年促进科技成果转化法修订后，又有8个公司的设立项目正在推进，其中知识产权等无形资产作价超过6亿元，吸引的社会资金也超过了7亿元。"杜伟表示，不少作价的无形资产是曾经获得中国专利金奖、中国专利优秀奖的高价值专利，例如天邦膜技术国家工程研究中心有限责任公司成立时，大连化物所向其以30余件专利作价1200万元入股。

"大连化物所一直十分重视知识产权工作。基础研究早期就进行专利布局，注重知识产权保护，培育核心专利，为后期的应用研究及产品开发夯实基础。而在应用研究方面，为了战略防御和保持竞争优势，围绕核心技术形成核心专利，不断根据市场需求和竞争提交外围专利申请，形成专利组合，最大限度地保护自己的技术，保证专利成果在市场中的顺利转化运用。"杜伟说道。

据了解，大连化物所成立以来出台了多项有关知识产权的文件，建立起知识产权管理委员会、知识产权专员以及专利申请规划和专利分级等制度，注重对发明人创新积极性的激励。至今，大连化物所已累计提交专利申请1万多件，其中3000多件获得授权，发明专利拥有量超过2000件，近年来知识产权转移转化率稳中有升。

"作为中科院洁净能源专利运营中心和大连市清洁能源专利运营中心，大连化物所不仅要做好自身科研成果的知识产权转移转化，还要将自身在专利运营方面取得的经验运用和服务于大连，服务东北地区，服务全国的能源产业，努力提高科技创新对国民经济发展的贡献。"杜伟表示。

（刊登于 2018 年 1 月 31 日第三版）

近日，中国科学院知识产权运营管理中心启动首次"中科院专利拍卖"活动，面向全社会发布 932 件拟拍卖专利——

# "让创新之花再结硕果"

本报记者　李俊霖

近日，中国科学院知识产权运营管理中心首次启动"中科院专利拍卖"活动。此次专利拍卖活动将采取线上和线下相结合、网上竞价和拍卖举牌联动等方式进行，拟向社会拍卖 932 件专利。

据了解，此次拍卖的专利涉及健康、新材料、现代农业、智能制造等多个国家重点支持的战略性新兴产业，受到了业内的广泛关注。有专家表示，技术成果转移转化一直是我国科技市场化发展的瓶颈，中国科学院作为我国科技成果研发诞生的重要基地，此次将诸多科技成果以拍卖的形式受让转移，无疑是对科技成果产业化的一次大胆尝试。希望企业通过参与此次拍卖活动，能够加速创新成果实现落地转化，使待字闺中的创新之花再结硕果。

**探索成果转化路径**

近年来，中国科学院持续推进"促进科技成果转移转化专项行动"，以实现科技与经济的深度融合为发展目标，进行了一系列科技成果转化的有益探索。此次，中国科学院知识产权运营管理中心在普惠计划全国路演、产业调研和企业调研的基础上，于 2017 年底启动全院首次专利拍卖，希望通过"拍卖"这一科技成果转化公开定价的方式，释放中国科学院的科技成果储量。据不完全统计，截至 2016 年底，中国科学院拥有专利 3.6 万余件，其中发明专利 3 万余件，国外专利 827 件。

记者在采访中了解到，此次专利拍卖活动共吸引了 57 家中国科学院院属机构参与，中国科学院知识产权运营管理中心结合各所专利特点，制定了"中国科学院专利估值模型"，根据专利的先进性、技术支撑度及市场关联度三个维度进行专利的估值评价，生成拟拍卖专利的起拍价。

那么，中国科学院为何要启动此次专利拍卖活动呢？其真正的目的是什么？对此，大连理工大学知识产权学院院长陶鑫良告诉记者："多年来，科技成果转化难一直是我国科技进步进程中的限制性环节之一。而此次中国科学院精心组织专利拍卖

· 859 ·

活动，就是想尝试通过拍卖路径来突破科技成果转移转化难的瓶颈环节，使拍卖模式成为科技成果有效转化为生产力的催化剂。"陶鑫良表示，上世纪 90 年代，四川等地在技术市场领域初步尝试了"技术成果拍卖"，但一直未有明显进展。中国科学院作为我国最大的科技成果研发基地，不仅孕育了大量的基础性研究成果，还研发出大量的应用型技术成果。这次尝试采用专利拍卖的运营模式，有望为中国科学院的科技成果转移转化探寻落地生根、开花结果的肥沃土壤及新的平台。

**促进成果转化落地**

据了解，此次拍卖的专利涉及电子信息、生物医药等多个领域。对此，北京大学知识产权学院教授杨明表示，这些专利处于前沿技术产业，对于当下相关产业的发展意义重大。此次拍卖的众多专利中，既有促进移动通信、大数据等高新技术产业发展的专利，也有事关国计民生的生物医药等领域的创新技术成果。同时，中国科学院作为国家级科研机构，推动科技成果的转化也是符合国家相关政策导向的。

中国科学院知识产权运营管理中心主任隋雪青介绍："专利拍卖作为一种新型的创新成果转移转化模式，其与传统的专利双边谈判相比，具有覆盖面广、公平竞价等特点，能有效降低专利交易的时间和成本。目前，专利拍卖已成为国际上专利交易的一种新模式。"中国科学院此次组织的专利拍卖活动有利于让科研院所拥有的专利成果尽快走入市场环节，实现专利价值，更好地服务产业创新发展。对参与拍卖的企业而言，其不仅能快速获得相关技术，还可以了解到当前我国乃至全球技术发展趋势，并加深与相关领域科学家的交流，为企业后续技术研发提供助力。

随着此次专利拍卖活动的快速推进，全国各个省区的院属机构也都积极参与其中。山东、江苏、浙江、上海、深圳等地陆续迎来此次专利拍卖宣讲会，诸多高价值专利随之亮相。记者在采访中了解到，此次拍卖活动是中国科学院统筹全院力量，持续推进"促进科技成果转移转化专项行动"，加强科技成果供给侧结构性改革，推动"大众创业、万众创新"，努力实现科技与经济深度融合，为加快新旧动能转换提供重要科技支撑的有力举措。

"作为我国科学技术制高点和科技成果策源地的中国科学院，如今在其'促进科技成果转移转化专项行动'中推出这次专利成果拍卖活动，是探寻专利成果转化新路径的一次有益尝试。'条条大路通罗马'，希望在促进我国科技成果转移转化的历史进程中，相关高校及科研院所努力探寻和切实开辟出更多的康庄大道。"陶鑫良表示。

（刊登于 2018 年 3 月 7 日第七版）

第十届金砖国家知识产权局局长会议召开

# 金砖五局签署知识产权合作联合声明

**本报讯** （记者孙迪　实习记者邹碧颖成都报道）3月26日，第十届金砖国家知识产权局局长会议在成都召开。中国国家知识产权局局长申长雨主持会议，并代表中国国家知识产权局与其他四局局长共同签署了《金砖五局关于加强金砖国家知识产权领域合作的联合声明》。这是落实《金砖国家领导人厦门宣言》中关于加强知识产权合作的具体措施。

巴西国家工业产权局局长路易斯·奥塔维奥·皮门特尔，俄罗斯联邦知识产权局局长戈利高里·伊夫利耶夫，印度专利、外观设计和商标局局长欧姆·帕卡什·古普塔以及南非公司与知识产权注册局局长罗伊·沃勒率团出席会议并致辞。

世界知识产权组织副总干事王彬颖作为特邀嘉宾出席会议开幕式。

申长雨在致辞中指出，自2013年首次召开金砖五局局长会议以来，金砖五国知识产权合作在人员培训、信息服务、知识产权受理与流程、中小微企业知识产权战略等方面取得了丰硕的合作成果，已成为金砖国家间合作的重要组成部分，在国际知识产权界正发挥着越来越重要的影响力。他表示，此次会议恰逢金砖国家合作开启第二个黄金十年和金砖知识产权合作开启第二个五年，希望各局通过坦诚、开放、务实的讨论，共同推动金砖五局合作迈入新的发展阶段，在未来取得更多有利于促进科技创新、促进经济社会发展的合作成果，更好地推动金砖五国知识产权事业的发展，推动各局为金砖知识产权用户和公众提供更好的服务，推动提高金砖国家在全球知识产权体系发展中的发言权和代表性，推动知识产权国际规则朝普惠包容、平衡有效的方向发展。

中国国家知识产权局副局长何志敏代表金砖国家知识产权部门合作轮值代表主席局回顾了金砖国家知识产权合作成果。长期以来，金砖国家知识产权的合作逐步由虚到实，合作范围不断扩大，在国际舞台上的地位和作用持续提升。未来，金砖五局将共同努力，为五国经济和社会发展增添新动能。

会上，金砖五局局长共同签署了《金砖五局关于加强金砖国家知识产权领域合作的联合声明》。这是金砖五局首次以官方联合声明的形式明确传达出金砖国家知识产权合作目标和合作领域。声明指出，金砖五局将以推动金砖国家知识产权发展、为金砖国家知识产权用户和公众提供更好的服务以及提高金砖国家在全球知识产权体系发展中的发言权和代表性为目标，在法律法规、能力建设、知识产权意识提升、人员培训、知识产权信息、知识产权国际论坛协调、金砖合作机制建设等七大方面进一步开展信息交流及合作。与会各方一致认为，该声明的签署符合金砖五国的共同利益，有利于营造促进创新和可持续发展的环境，并推动知识产权在新兴经济体中的发展，将对金砖五局未来的合作发展产生重要且深远的影响。

会议期间，五局讨论通过了第一份规范金砖五局合作内部运行机制的指导性文件——《金砖知识产权合作运行指南框架》。中国国家知识产权局作为"知识产权战略与公众意识提升"项目的牵头局发布了《中国社会公众知识产权意识提升宣传册》。五局相关负责人还共同讨论了金砖国家知识产权合作路线图框架下各合作项目的最新进展和下一步工作。各局还就一些国际知识产权热点议题交换了意见。

据悉，此次会议是中国国家知识产权局首次作为主席局在华主办金砖国家知识产权领域高级别会议。

（刊登于 2018 年 3 月 28 日第一版）

商标局调整商标数字证书发放规则，并确保今年底前将商标注册审查周期从 8 个月压缩到 6 个月——

# 商标便利化改革激活"一池春水"

本报记者　李倩

"之前提交申请需要纸质材料，邮寄的话既慢又怕被弄丢，如果到北京直接办理，来回奔波费时又费力。现在好了，实现商标数字证书网上申请，为我们节约了成本，也为申请人提供了更高效、便捷的服务。"当得知商标数字证书不需提交纸质材料，可以全程网上办理的消息时，河南省某商标代理机构负责人这样对记者说。

为落实商标改革举措，今年年初，商标局对商标数字证书发放规则进行调整，发布了《关于进一步提高商标数字证书申请便利化的公告》，简化商标数字证书申请手续，取消纸质申请资料，证书申请与新代理备案合并；商标数字证书制作周期为 1 个月至 2 个月；增加发放商标数字证书数量。3 月 13 日，2018 年商标审查工作会议再次强调，要进一步推进关于深化商标注册便利化改革的决策部署，凝聚共识，坚定信心，确保 2018 年底前将商标注册审查周期从 8 个月压缩到 6 个月。

"商标数字证书申请的便利化程度直接影响着网上申请商标的效率。因此，简化商标数字证书申请手续、缩短证书制作周期等举措，这是推进商标注册便利化改革的重要举措。"中南大学知识产权研究院执行副院长何炼红在接受中国知识产权报记者采访时表示，自我国实施商标注册便利化改革以来，商标网上申请比例不断提升，电子化申请注册比率已由 2013 年的 62.5% 提高到 2017 年的 85.45%，实现了让企业少跑腿、让信息多跑路的目标，改革成效有目共睹。

## 改革适应现实需求

随着市场主体的商标品牌意识不断增强，我国商标申请量和注册量持续保持着强劲的增长势头。2017 年，我国商标注册申请量达到 574.8 万件，比上年增长

55.7%，申请量和增速均创历史新高。

"在国家创新驱动发展战略的引领下，大众创业万众创新蓬勃发展，商标品牌在经济转型升级中的'抓手'作用日益凸显，各行各业对商标注册和保护的需求尤为迫切。面对商标申请量急剧增长与审查力量不足的矛盾日益尖锐，深入推进商标注册便利化改革，有助于进一步延伸商标受理服务触角，提速商标注册效能，缩短商标注册周期，为企业和服务机构节约时间成本，减轻经营负担，创造良好的营商环境。"何炼红告诉记者。

为进一步激发市场活力，推动大众创业万众创新，2016年7月，我国发布了《关于大力推进商标注册便利化改革的意见》，明确了推进商标注册便利化改革的总体思路和重点改革举措，以解决商标注册和管理存在的问题为导向，以实现商标注册便利化为主线，以拓展商标申请渠道、简化商标注册手续、优化商标注册流程、完善商标审查机制、加强商标信用监管为手段，进一步方便申请人申请注册商标，提高商标审查效率，提升商标公共服务水平，更好地引导和鼓励各类市场主体实施商标品牌战略。

2017年11月，我国将商标注册审查周期从9个月缩短到8个月。而如今，实现对商标数字证书发放规则的调整，也使得商标注册便利化程度不断提高。据了解，2018年底前，我国商标注册审查周期要缩短至6个月，商标注册申请受理通知书发放时间缩短至1个月，商标检索盲期缩短至2个月，商标转让审查周期缩短至4个月，商标变更、续展审查周期缩短至2个月，商标驳回复审案件平均审理时间压缩至7个月。

**充分释放市场潜力**

近年来，我国围绕商标注册便利化改革，作出了一系列部署，确保改革红利能落地生根，切实做到我国商标品牌在量和质方面的同步提升。据统计，截至2017年底，我国商标累计申请量2784.2万件，累计注册量1730.1万件，有效注册商标量1492.0万件，连续17年位居世界第一。据有关品牌机构统计，2017年中国品牌总价值达10.209万亿美元，比去年提高了44%，位居世界第二。中国正用品牌的魅力，提升全球影响力。

武汉大学知识产权与竞争法研究所所长宁立志表示："周期过长、程序繁杂，是我国行政审批长期存在的普遍问题。近年来，通过建设商标审查协作中心，推进商标注册申请电子化等系列改革措施，商标注册审查效率已得到明显提升。"

在何炼红看来，由于商标便利化改革是围绕深入实施商标品牌战略、聚焦国际领先水平、完善商标审查体制机制等方面深入开展，将进一步优化创新创业的生态环境，进一步激发市场活力和社会创造力，让人民群众获得更多实惠和便利。

商标是企业走向市场的"绿卡"，是参与市场竞争的"通行证"。商标注册便利化改革推进一年多来，成果斐然。通过"先照后证""三证合一"等措施，极大地激发了创业创新活力，释放市场内在潜力，使众多企业、双创者和广大消费者从商标便利化改革中获得了实实在在的好处，激活市场的"一池春水"。

（刊登于 2018 年 3 月 30 日第五版）

习近平出席博鳌亚洲论坛 2018 年年会开幕式并发表主旨演讲强调

# 加强知识产权保护是完善产权保护制度最重要的内容也是提高中国经济竞争力最大的激励

**本报综合新华社消息** 4 月 10 日上午，博鳌亚洲论坛 2018 年年会在海南省博鳌开幕。国家主席习近平出席开幕式并发表题为《开放共创繁荣 创新引领未来》的主旨演讲，强调加强知识产权保护是完善产权保护制度最重要的内容，也是提高中国经济竞争力最大的激励。对此，外资企业有要求，中国企业更有要求。今年，我们将重新组建国家知识产权局，完善执法力量，加大执法力度，把违法成本显著提上去，把法律威慑作用充分发挥出来。我们鼓励中外企业开展正常技术交流合作，保护在华外资企业合法知识产权。同时，我们希望外国政府加强对中国知识产权的保护。

习近平强调，2018 年是中国改革开放 40 周年。40 年众志成城，40 年砥砺奋进，40 年春风化雨，中国人民用双手书写了国家和民族发展的壮丽史诗。40 年来，中国人民始终艰苦奋斗、顽强拼搏，极大解放和发展了中国社会生产力，推动中国发生了翻天覆地的变化。40 年来，中国人民始终上下求索、锐意进取，坚持立足国情、放眼世界，既强调独立自主、自力更生又注重对外开放、合作共赢，既坚持社会主义制度又坚持社会主义市场经济改革方向，既"摸着石头过河"又加强顶层设计，成功开辟出一条中国特色社会主义道路。40 年来，中国人民始终与时俱进、一往无前，坚持解放思想、实事求是，勇于自我革命、自我革新，敢闯敢试、敢为人先，充分显示了思想引领、制度保障和 13 亿多人民推动历史前进的强大力量。40 年来，中国人民始终敞开胸襟、拥抱世界，坚持对外开放基本国策，打开国门搞建设，成功实现从封闭半封闭到全方位开放的伟大转折，成为世界经济增长的主要稳定器和动力源，为人类和平与发展的崇高事业作出了中国贡献。

习近平强调，面向未来，我们要相互尊重、平等相待，走对话而不对抗、结伴而不结盟的国与国交往新路，努力实现持久和平；要对话协商、共担责任，实现普遍安全和共同安全；要同舟共济、合作共赢，构建开放型世界经济，维护多边贸易体制，推动经济全球化朝着更加开放、包容、普惠、平衡、共赢的方向发展；要兼容并蓄、和而不同，使文明交流互鉴成为增进各国人民友谊的桥梁、推动社会进步的动力、维护地区和世界和平的纽带；要敬畏自然、珍爱地球，开拓生产发展、生活富裕、生态良好的文明发展道路，为子孙后代留下蓝天碧海、绿水青山。

习近平强调，中国特色社会主义进入新时代，掀开了实现中华民族伟大复兴的新篇章，开启了加强中国同世界交融发展的新画卷。在新时代，中国人民将继续自强不息、自我革新，坚定不移全面深化改革；将继续大胆创新、推动发展，坚定不移贯彻以人民为中心的发展思想，不断增强人民获得感、幸福感、安全感；将继续扩大开放、加强合作，坚定不移奉行互利共赢的开放战略；将继续与世界同行、为人类作出更大贡献，坚定不移走和平发展道路，坚定支持多边主义。

习近平指出，实践证明，过去40年中国经济发展是在开放条件下取得的，未来中国经济实现高质量发展也必须在更加开放条件下进行。中国开放的大门不会关闭，只会越开越大。这是中国基于发展需要作出的战略抉择，也是在以实际行动推动经济全球化造福世界各国人民。

习近平宣布，中国决定在扩大开放方面采取一系列新的重大举措。

第一，大幅度放宽市场准入。确保放宽银行、证券、保险行业外资股比限制的重大措施落地，同时加大开放力度，加快保险行业开放进程，放宽外资金融机构设立限制，扩大外资金融机构在华业务范围，拓宽中外金融市场合作领域。尽快放宽汽车行业等制造业外资股比限制。

第二，创造更有吸引力的投资环境。加强同国际经贸规则对接，增强透明度，强化产权保护，坚持依法办事，鼓励竞争、反对垄断。今年上半年将完成修订外商投资负面清单工作，全面落实准入前国民待遇加负面清单管理制度。

第三，加强知识产权保护。重新组建国家知识产权局，完善执法力量，加大执法力度，把违法成本显著提上去。保护在华外资企业合法知识产权，希望外国政府加强对中国知识产权的保护。

第四，主动扩大进口。中国不以追求贸易顺差为目标，真诚希望扩大进口，促进经常项目收支平衡。今年将相当幅度降低汽车进口关税，同时降低部分其他产品进口关税，加快加入世界贸易组织《政府采购协定》进程。希望发达国家对正常合理的高技术产品贸易停止人为设限，放宽对华高技术产品出口管制。欢迎各国朋友来华参加11月在上海举办的首届中国国际进口博览会。

习近平指出，我刚才宣布的这些对外开放重大举措，我们将尽快使之落地，宜早不宜迟，宜快不宜慢，努力让开放成果及早惠及中国企业和人民，及早惠及世界各国企业和人民。我相信，经过努力，中国对外开放一定会打开一个全新的局面。

习近平强调，共建"一带一路"倡议源于中国，但机会和成果属于世界。只要各方秉持和遵循共商共建共享原则，就一定能把"一带一路"打造成为顺应经济全球化潮流的最广泛国际合作平台。让我们坚持开放共赢，勇于变革创新，向着构建人类命运共同体的目标不断迈进，共创亚洲和世界的美好未来。

（刊登于 2018 年 4 月 11 日第一版）

社论

# 致敬:"她时代"的创新力量

## ——献给第十八个世界知识产权日

4月26日,我们将一起迎来以"变革的动力:女性参与创新创造"为主题的第18个世界知识产权日。让我们共同向全世界的女性致以敬意,铭记她们为争取创新的权利而付出的鲜血与汗水,感谢她们为推动人类文明进步而奉献的爱与力量。

"女人啊,你那华丽的金饰、闪耀的珠宝,谁会注意你美丽外表下那钻石般的信仰。"莎士比亚这句名言描绘了几千年来女性的创新内涵被无情忽视甚至被残忍剥夺的多舛命运。公元415年,古希腊数学家希帕提娅被教会烧死在亚历山大城;成立于1662年的伦敦皇家学会,以英国女王为保护人,却在1945年才接纳首位女性会员;1964年,美籍华裔女物理学家吴秀兰成为首位获得哈佛大学硕士学位的女性,却因为是女性而被禁止参加自己的毕业宴会;诺贝尔奖设立116年以来,601位自然科学奖得主中,仅有17位、18人次为女性,占比不到3%……在漫漫历史长河中,占人类数量超过50%的女性,长期受到社会的打压。她们的知识被当作巫术,她们的创新才华不被社会认可,她们的科研成果被男性合作者占据……女性创新史上的荆棘就是人类社会发展中的坎坷,女性的命运与全人类的命运紧密联系在一起,女性创新地位的提升推动着社会生产力和经济科技活力的提升。

"人们将女人关闭在厨房里或者闺房内,却惊奇于她的视野有限;人们折断了她的翅膀,却哀叹她不会飞翔。但愿人们给她开放未来,她就再也不会被迫待在目前。"波伏娃对女性的认识也是现代社会的共识。一个世纪以来,随着科学技术的飞速发展、互联网的日益普及、妇女自身素质的持续提高,社会对女性创新的需求、动力、观念发生了翻天覆地的变化。产业结构变革尤其是知识产权制度的诞生,对生产力的要求从主要依赖体力的比拼变成靠智力、靠教育、靠能力,这为性别平等创造了条件——摆脱了体力的劣势,女性可以依靠智慧投入创新,可以与男性平等竞争,甚至做到更好。

"一百年以后,女性将不再是被保护的性别,她们将参加一度将她们拒之门外的活动,成为士兵、水手、火车司机、码头工人……"今天,女性的创新力量远比弗吉尼亚·伍尔夫构想得更大更强。1998年,英国女作家J. K. 罗琳的处女作《哈利·波特与魔法石》版权在美国被拍到了10.5万美元,20年来,她依靠创作从贫困潦倒的单身妈妈"变身"为全球首位靠版税挣到10亿美元的作家,点燃了女性创新的"热度";2013年,中国女宇航员王亚平在"天宫一号"上完成中国首次太空授课,提升了女性创新的"高度";2014年,伊朗女数学家米尔扎哈尼成为国际数学界最高奖项菲尔兹奖的首位女性获奖者,刷新了女性创新的"精度";2017年,中国女潜航员张奕担任"蛟龙号"独立主驾驶,在印度洋新发现7处活动热液喷口群，重划了女性创新的"深度"……我们看到，每一位女性走过的每一步创新足迹，都离不开时代的进步，都凝聚着坚定的信念。正是这样，"她力量"才迸发出前所未有的生机，驱动着世界向摒弃偏见、尊重知识、崇尚创新的方向变革。

实践证明，推动女性创新，不仅能有效提高妇女地位，也能极大提升社会生产力和经济活力。"她时代"，女性的创新力量，不仅在传统领域得到更好释放，而且在互联网、智能制造、文化创意等新领域新业态迅速崛起。新时代女性，正以其特有的智慧与魅力，在大众创业、万众创新的时代浪潮中，在勇攀科技高峰、建设世界科技强国的火热实践中，把自身的追求奋斗融入历史进程，在为社会创造知识价值的同时，也为自己书写更耀眼的人生。

创新大有可为，巾帼不让须眉。新时代让每一位女性都拥有生长绽放的土壤，都享有人生出彩的机会，但环顾全球，各国家各地区妇女发展水平仍然不平衡，社会各界对妇女潜能、才干、贡献的认识仍然不充分，女性在政治权利、职业机会、社会资源分配等方面仍然处于不平等地位。这一切都在提醒着我们，让女性的创新力量得以最大程度发挥还有很长的路要走，需要全世界携手，制定更加科学合理的发展战略，形成强大的共识生长力和行为影响力，既要考虑各国国情，确保女性平等分享创新成果，又要创新政策手段，激发女性创新潜力，推动广大女性参与创新发展。

"她时代"是值得有梦想的女性为之奋斗的时代。全世界人民用实际行动为女性创新创造营造更好的社会环境，女性创新的成果也不断惠及包括女性在内的全体人民。如今，逐渐打破社会枷锁的女性，将在与时代同频的创新之路上砥砺前行，镌刻"她"的历史足迹。

（刊登于 2018 年 4 月 11 日第二版）

全国知识产权系统干部群众热议习近平主席在博鳌亚洲论坛 2018 年年会开幕式上的主旨演讲——

# 奏响新时代知识产权保护最强音

本报记者　王康　孙迪

这是世界瞩目的"博鳌时间"。4 月 10 日上午，中国国家主席习近平出席博鳌亚洲论坛 2018 年年会开幕式并发表重要主旨演讲，将加强知识产权保护提升到新的高度，引发全国知识产权系统强烈反响。

"我相信，经过努力，中国金融业竞争力将明显提升，资本市场将持续健康发展，现代产业体系建设将加快推进，中国市场环境将大大改善，知识产权将得到有力保护，中国对外开放一定会打开一个全新的局面。"习近平主席掷地有声的话语，向世界传递着中国扩大开放的坚定决心。

"习近平主席关于'加强知识产权保护，是完善产权保护制度最重要的内容，也是提高中国经济竞争力最大的激励'的重要论述，第一次从理论和实践层面深刻阐述了知识产权保护在提高中国经济竞争力方面的重大意义，将知识产权保护的重要性提高到了前所未有的高度，这也是我们改革开放40年取得的宝贵经验之一，将进一步促使我们从更高层面、更深层次认识知识产权、重视知识产权、保护知识产权。"国家知识产权局局长申长雨说，中国的知识产权保护制度，是伴随着改革开放建立和不断发展起来的。目前，我国已经建起了一个符合国际通行规则、门类较为齐全的知识产权制度，加入了世界几乎所有主要的知识产权国际公约，成了一个名副其实的知识产权大国，是知识产权国际规则的维护者、参与者、建设者。国家知识产权局将进一步加大知识产权保护力度，更好地服务对外开放。

"习主席在博鳌亚洲论坛上关于知识产权的重要论述高屋建瓴，体现了对知识产权保护工作的高度重视，也为知识产权法律制度的完善指明了方向。"原国家知识产权局条法司司长宋建华表示，加强知识产权保护是完善产权保护制度最重要的内容，知识产权法律制度的制修订一定要强化保护作用。正在进行的专利法第四次修改工作拟通过加大执法力度、规定惩罚性赔偿、提高法定赔偿额等举措进一步加强专利保护，把违法成本显著提上去，把法律威慑作用充分发挥出来，为国内外创新主体营造更好的知识产权法律环境。

"听了习主席的主旨演讲，倍感振奋，深感责任重大、使命光荣。"原国家知识产权局保护协调司司长张志成表示，将深入领会习主席主旨演讲精神，切实落实党中央、国务院决策部署，履行好知识产权保护职责，研究制定严格保护知识产权的相关政策，不断拓展知识产权纠纷多元化解决渠道，加强知识产权保护满意度调查监测，完善知识产权保护体系，推动构建知识产权严保护、大保护、快保护、同保护工作体系，为不断优化营商环境和创新环境、提高中国经济竞争力、护航经济高质量发展提供高水平的保障和支撑。

"习主席在主旨演讲中再次强调了要加强知识产权保护，发出了知识产权保护的时代最强音，闻之令人振奋也倍感责任重大。"原国家知识产权局专利复审委员会常务副主任葛树说，专利复审委员会将贯彻落实主旨演讲精神，以优质高效的审查助力知识产权保护。要以提升质量为中心，深入实施专利质量提升工程；要以提升效率为目标，保持世界领先的审查周期；要以提供服务为主旨，构建高效便民的多模式审查机制；特别是要进一步加强确权维权联动，快速审查、快速确权，促进确权维权标准统一，更好地服务创新驱动发展战略。

"习近平主席主旨演讲中关于知识产权的重要论述，指引着商标改革的前进方向。"原国家工商行政管理总局商标局党委书记、副局长崔守东表示，将在新的起点上全面深化商标注册与管理改革，积极推进实施商标品牌战略。要继续深化商标注册便利化改革，满足市场主体创业需求；继续强化商标专用权保护力度，建立公平有序市场秩序；加强对地方商标行政执法的指导，严厉打击商标侵权假冒行为，推动商标监管执法跨部门跨地域协作；加强商标品牌国际合作，推动中国产品向中国品牌转变，提升中国品牌国际竞争力。

"聆听习主席的主旨演讲，深感使命光荣，催人奋进。"原国家质量监督检验检疫总局科技司地理标志负责人姚泽华说，我国是地理标志资源大国。加强地理标志知识产权保护，有利于促进具有地域特色的自然、人文资源优势转化为现实生产力。下一步，地理标志工作要以习主席主旨演讲为遵循和指引，完善地理标志保护制度，健全地理标志的技术标准体系、质量保证体系与检测体系，充分发挥地理标志保护在传承传统文化、弘扬民族品牌、发展特色产业、助力扶贫攻坚中的重要作用，推进高质量的中国地理标志产品走向世界。

"习主席在主旨演讲中，专门将加强知识产权保护作为扩大开放的四个重大举措之一，进一步明确了知识产权的功能定位。"中华全国专利代理人协会秘书长徐媛媛表示，作为知识产权保护体系的重要主体之一，专利代理行业要深入落实习近平主席主旨演讲精神，深挖潜力、提升能力、激发动力，做好创新成果挖掘者、创新效益转化者、创新保护支撑者，积极为国内外广大创新创业者提供专业、规范、深入的知识产权服务，全面助力知识产权保护体系建设，为完善产权保护制度、提高中国经济竞争力提供有力支撑。

"习主席的主旨演讲，深刻阐述了知识产权保护的重大意义，向世界传递了中国依法严格保护知识产权的坚定立场和鲜明态度。"广东省知识产权局局长马宪民表示，全省知识产权系统要深入贯彻主旨演讲精神，对标国际最优、最好、最先进，强化知识产权保护，着力打造优良的创新生态，推动知识产权保护由弱到强转变，为推动广东省"四个走在全国前列"提供知识产权引领，为广东在下一轮竞争中再次赢得先机提供知识产权支撑，把广东建设成为知识产权领域践行习近平新时代中国特色社会主义思想的重要窗口。

"习主席在主旨演讲中强调'两个最'，这既强调了知识产权工作的重要性，也对新时代知识产权工作提出了新要求。"海南省知识产权局局长朱东海说，一直以来，海南高度重视知识产权保护工作，持续加强知识产权执法队伍建设，切实强化知识产权保护。下一步，海南省知识产权局将深入学习主旨演讲精神，全力以赴推进知识产权保护各项工作，在南繁、深海、航天等科技创新主战场切实提高知识产权保护力度，树立海南知识产权保护的特区形象，打造知识产权保护的海南特色，推进新时代美好新海南的建设。

"习主席的重要论述，赋予了知识产权新的使命和定位，是我们做好工作的根本指引和遵循。"四川省知识产权局局长谢商华表示，将认真学习贯彻习近平主席主旨演讲精神，充分发挥知识产权促进创新驱动、公平竞争、产业转型、对外开放的重要作用，加快推进中国（四川）知识产权保护中心建设，强化知识产权保护体制机制改革，严格知识产权行政执法，加快构建知识产权严保护、大保护、快保护、同保护工作格局，塑造良好的创新环境和营商环境，助力四川经济高质量发展和全方位对外开放合作。

"当听到习主席在主旨演讲中强调加强知识产权保护时，我们深感这是对知识产权工作者的极大鼓舞，是对新时代知识产权工作的重大利好。"陕西省知识产权局局长巨拴科表示，今年，陕西知识产权工作将围绕省委省政府"营商环境提升年"的决策部署，加强行政执法，严厉打击侵权假冒违法行为。同时，探索建立知识产权纠纷多元化解决机制，进一步完善知识产权维权援助体系，指导支持中国（西安）知识产权保护中心建设。陕西还将细化保护政策措施，在知识产权确权、维权、执法方面为国内外企业提供同等待遇。

"习主席的主旨演讲将知识产权工作提到了前所未有的高度，也让我们深刻认识到，建立现代经济体系，实现经济由高速发展向高质量转化，必须强化知识产权创造、保护、运用。"厦门市知识产权局局长卢琳兵说，要深刻领会主旨演讲精神，以更大力度加强知识产权保护，营造国际一流的营商环境。接下来，厦门市知识产权局要积极推进两岸知识产权经济发展试点与"一带一路"知识产权经济试点，实现"强化知识产权创造、保护、运用"三位一体的综合目标，推动两岸经济发展，更好发挥厦门"一带一路"战略支点城市作用。

众志成城，众望所归。迈入新时代的中国不但有坚定的改革开放决心，更有切实的落实举措。全国知识产权系统正以实际行动，奏响新时代知识产权保护的最强音。

（刊登于 2018 年 4 月 13 日第一、二版）

# 读图：4·26 变革的动力：女性参与创新创造

张子弘　蒋文杰　曾嘉　摄影

（刊登于 2018 年 4 月 13 日第十二版）

社论

# 播撒创新种子　守护创新中国

—— 写在二〇一八年全国知识产权宣传周活动启动之际

春意盎然，万物勃发。4月20日，2018年全国知识产权宣传周活动点燃神州大地，知识产权热再次扑面而来。

倡导创新文化，尊重知识产权。理解今年宣传周活动的这一主题，习近平主席日前在博鳌亚洲论坛2018年年会开幕式主旨演讲中的三句话给我们以深刻启迪，即"新一轮科技和产业革命给人类社会发展带来新的机遇，也提出前所未有的挑战""未来中国经济实现高质量发展也必须在更加开放条件下进行""加强知识产权保护，这是完善产权保护制度最重要的内容，也是提高中国经济竞争力最大的激励"。这些重要论述，具有宽阔的国际视野、深邃的历史眼光、鲜明的时代特征，赋予了创新和知识产权更加丰富的重要内涵，是我们加快创新型国家建设和知识产权强国建设的根本遵循和行动指南。

创新是引领发展的第一动力，知识产权是加快动能转换、结构优化的重要支撑。党的十九大报告中指出，我国经济已由高速增长阶段转向高质量发展阶段，正处在转变发展方式、转换增长动力的攻关期。目前，我国经济增长内生动力还不够足，创新能力还不够强，发展质量和效益不够高，实体经济特别是一些中小企业出现经营困难的状况。要顺利跨越这个关口，就必须激发出创新这个第一动力，走创新驱动发展道路，就必须"倡导创新文化，强化知识产权创造、保护、运用"。我们要进一步发挥好知识产权的技术供给和制度供给双重作用，通过加强知识产权的创造和运用，不断为实体经济发展注入新动力，推动我国产业迈向全球价值链中高端；通过强化知识产权保护，推动构建更加公平公正、开放透明的市场环境，让大众创新创业热情得到持续激发。

创新文化的核心在于鼓励创新价值观，创新文化建设的目的在于激发知识产权创造力。创新活动与知识产权从来都是相伴相随，相辅相成，在知识产权引导下的创新，才是更为有效的创新。只有大力倡导创新文化，提高全社会的创新意识，认识到创新的价值所在，认识到保护知识产权就是保护创新，就是促进社会创造力，才能形成全民尊重知识、崇尚创新、诚信守法的社会风尚。

回顾中国改革开放40年，我们播种创新文化，收获了经济繁荣。放眼未来，创新文化仍将是推动中国社会发展进程中起决定作用的重要力量。当创新文化和知识产权理念呈现出强大的渗透力，融入所有行业和产业人群中，形成一种新的思维状态、工作方式和生活态度，必将激发整个国家的创新创业激情，凝聚起实现民族复兴的磅礴精神力量！

（刊登于2018年4月20日第一版）

# 我国已注册地理标志商标 4150 件

**本报讯**（记者张海志　实习记者舒天楚广西报道）日前，记者从"广西实施商标品牌强桂战略大宣讲"暨国家知识产权局商标局"地理标志精准扶贫"西部宣讲首场宣讲活动上获悉，截至今年 4 月底，我国已注册地理标志商标总数达 4150 件，地理标志精准扶贫取得明显成效。

据了解，截至 2018 年 4 月底，我国已核准地理标志集体商标、证明商标 4150 件，其中一半以上的地理标志成为区域经济支柱产业，对当地就业、居民增收和经济发展作出了积极贡献。党的十八大以来，我国地理标志商标注册达 1918 件，占历年注册总量的 46.2%。与此同时，国家知识产权局商标局统筹协调并指导全国各级监管部门，依法查处并曝光侵犯地理标志商标专用权案件，指导规范地理标志商标、专用标志使用行为，有效遏制侵权假冒，切实维护权利人的合法权益。2009 年至今共查处各类地理标志侵权违法案件 744 件，案值 883.53 万元。2015 年还在全国范围内组织开展为期半年的保护地理标志商标专用权专项行动，立案查处侵犯地理标志商标专用权案件 117 件，案值达到 111.438 万元。

（刊登于 2018 年 5 月 16 日第一版）

# 郑渊洁：作家最好的理财是维护版权

**本报记者　窦新颖**

郑渊洁是一个具有传奇色彩的人物：小学肄业的他笔耕不辍 40 年，有"童话大王"之称；创作作品达 2000 万字，连年登上"中国作家富豪榜"，成为"富豪作家"；更因在版权保护方面的突出表现，被原新闻出版总署授予"反盗版形象大使"称号。

郑渊洁的创作之路为何如此精彩？"从事创作 40 年，我最大的感受是，作家最好的理财就是维权。"5 月 27 日，中国版权协会在京主办的"远集坊"第十一期讲坛上，郑渊洁回顾他的儿童文学创作及维权之路，感慨颇多。在他看来，如果作家的知识产权得不到保护，不能从自己的创作中获得回报，甚至陷入侵权纠纷，怎么能有创作热情？保护版权，激励原创，国家的文化实力才会越来越强大。多年的维权经历，也让他亲身感受到了我国在知识产权保护方面取得的巨大进步，维权之路越走越通畅。

**"到印刷机上抓盗版"**

在创作上，郑渊洁剑走偏锋，独辟蹊径，取得了巨大成功；在维权上，他同样走出了一条不寻常路。

1985年，郑渊洁创办了"只登一个人作品的童话大王月刊"——《童话大王》，每天写6000字，如今已经坚持33年，印数超过2亿册。"我一般在凌晨4点半到6点半写作，白天的时间用来维权，因为维权的项目太多了。"他笑称。

最初，郑渊洁单枪匹马去维权，往往叫天天不应，叫地地不灵，曾多次无奈宣布罢笔，"因为我写的作品却不属于我。"后来，他发现维权越来越顺利，感受到版权保护环境在不断好转，特别是读者反盗版意识的提升，更增加了他维权的信心。"《童话大王》每期都刊登律师声明，常常会有遍布全国各地的读者就盗版盗印情况给我'通风报信'，成了我安排在出版社、印刷厂的'卧底'。"他回忆，几年前，他曾得到一个线索，称河北保定某印刷厂正在盗印他的作品，他立即前去抓盗版，希望"将盗版书按在印刷机上"，但并未成功抓到盗版者。

这次行动虽未成功，但"将盗版书按在印刷机上"成了郑渊洁的执念。他曾雇一些人到最有可能印盗版书的印刷厂应聘清洁工等，以获得可靠线索。一次，有个"卧底"传来消息，某印刷厂正在盗印《皮皮鲁总动员》，他立即就带上助理，两个人在凌晨一点钟赶到那家印刷厂。在那里，郑渊洁看到印刷机正在盗印他的书，要求工人停印，却遭武力围攻。情急之下，助理通过微博报案，十几分钟后，全副武装的警察赶到，将印刷厂包围。"当警察出现在我面前的时候，我深深体会到国家对版权保护的力度之大。我问我自己，还有什么理由不好好创作？"回忆几年前的那一幕，郑渊洁仍感慨不已。

维权中，郑渊洁还发现，一些与他合作过的出版社隐瞒图书印数的情况也不少见，给他带来很大经济损失。曾有小读者向他举报瞒印的情况，他非常气愤，要求出版社按照合同约定进行补偿。后来，在与其他出版社签订合同时，郑渊洁都会明确约定如瞒报印数将承担的赔偿责任，但瞒印仍防不胜防："维权不仅针对盗版书商，作为出版社，更应该是维护版权的标兵，否则，行业该如何发展？"

**"我的作品授权我做主"**

在身体力行打盗版的同时，郑渊洁还深入研究知识产权相关法律法规，了解市场动态，全面掌握自己作品的授权情况，厘清自己的版权资产。早些年的一次经历，让他并不看好国内的图书衍生开发。那是1988年，郑渊洁曾授权上海美术电影制片厂拍摄《舒克和贝塔》动画片，一年后，市场上就开始铺天盖地出现了《舒克和贝塔》的图书、连环画等产品，而他与该电影厂签订的授权合同里并没有衍生开发这一项。

"根据我国著作权法第十二条的规定，演绎作品的著作权归演绎者所有，但是根据演绎作品再派生出其他形态的作品，仍然要获得原著作者的授权，原著作者有获得经济报酬的权利和署名权。"郑渊洁表示，对未经他许可开发《舒克和贝塔》衍生产品的行为，他曾展开多次维权，但效果均不理想。这件事给了他一个教训，不再授权别人拍摄他的作品。而近几年，针对《舒克和贝塔》衍生品维权又出现转机，得到了多部门的支持，他打赢了诉讼官司，获赔 25 万元。这件事让郑渊洁备受鼓舞，又开始大规模进行作品影视改编授权，目前有六七部影视作品陆续开始拍摄。"加大知识产权保护，可以让原创作者越来越有自信和创作的激情，能极大地促进国家文化实力的形成。"郑渊洁说。

更让郑渊洁欣喜的是，今年 2 月，经过 14 年艰苦维权，国家商标评审委员会宣告"郑州皮皮鲁西餐厅"恶意抢注并已使用 14 年的"皮皮鲁"商标无效，此案引发行业高度关注。拿到裁定书的那一刻，郑渊洁热泪盈眶："其实不是单单为自己，这件事情对其他作家而言也是利好的消息。"而据郑渊洁介绍，目前仍有 191 个童话形象的商标被抢注，他还将继续进行维权。

在对侵权盗版者进行维权的同时，郑渊洁也时时自省，整理自己的作品，不侵犯别人的权利。他指出，目前有些作家有重复出版的情况，同时授权多个出版社出版同一部作品，侵犯了出版社的专有出版权，这对读者也是不负责任的行为。对于这种现象，他呼吁国内所有的作家要严格自律，出版社也不应姑息，共同推进行业良性发展。

郑渊洁自称是一个不重视奖项的人，但 2008 年世界知识产权组织颁发的首届版权创意金奖和原新闻出版总署授予的"反盗版形象大使"证书，让他如获至宝，至今还摆放在家中。几十年坚持不懈维护版权，不仅很好地保护了自己的合法权益，创造了财富，还让他赢得了社会的认可与尊敬。

（刊登于 2018 年 6 月 1 日第九版）

# 一项兴国利民的国家战略

## ——纪念《国家知识产权战略纲要》颁布实施十周年

国家知识产权局局长、国务院知识产权战略实施工作部际联席会议
副召集人、联席会议办公室主任　申长雨

一项战略部署总是随着时间的推移愈发显现其重大意义，一项光辉事业总是在不懈奋斗中取得丰硕的成果。2008 年 6 月 5 日，在历经数年研究、起草、论证的基础上，国务院正式颁布《国家知识产权战略纲要》，决定实施国家知识产权战略。这是中国进入新的世纪，改革开放进入新的时期，党中央、国务院根据国内外新形势作出的一项重大战略部署，在国内外产生了广泛影响，开启了中国知识产权事业发展的新篇章。

**一、国家知识产权战略实施取得历史性成就**

十年砥砺奋进，十年风雨兼程。十年来，在党中央、国务院坚强领导下，国家

有关部门、各个地方和社会各界，紧紧围绕"到2020年，把我国建设成为知识产权创造、运用、保护和管理水平较高的国家"这一宏伟目标，扎实工作，奋发进取，推动我国知识产权事业取得了历史性成就，为国家创新驱动发展和改革开放提供了有力支撑。

十年奋斗，我国知识产权大国地位牢固确立。从2007年到2017年，国内有效发明专利拥有量从9.6万件增长到136.6万件，成为继美国、日本之后第三个国内有效发明专利拥有量突破100万件的国家。每万人口发明专利拥有量从0.6件增长至9.8件。年度PCT国际专利申请受理量从0.55万件增长至5.1万件，跃居世界第二位。有效注册商标总量从235.3万件增长至1492万件。马德里商标国际有效注册量从0.71万件增长至2.5万件。著作权年登记量从15.85万件增长至274.77万件。植物新品种总量从0.16万件增长至1.1万件。共核准注册地理标志商标3906件，认定地理标志产品2359个。登记公告集成电路布图设计1.5万件。在数量增长的同时，知识产权质量也在稳步提升，涌现出越来越多的核心专利、版权精品和知名品牌。

十年奋斗，我国知识产权保护整体步入良好阶段。十年来，着眼经济社会发展，我们不断加大知识产权保护力度。中央专门作出了实行严格的知识产权保护制度的战略部署。围绕法律制度建设，全国人大及全国人大常委会相继对专利法、著作权法、商标法、反不正当竞争法等进行了修订，为加强知识产权保护提供了法律保障。

在行政执法方面，深入开展打击侵犯知识产权专项行动，仅2013年至2017年就查处专利侵权假冒案件19.2万件，商标侵权假冒案件17.3万件，有力地打击了各种侵权行为。在司法保护方面，全国法院新收知识产权一审案件由2007年的2.2万件增长至2017年的20多万件。同时，国家还成立了3家知识产权法院和15家知识产权法庭，知识产权民事、行政、刑事"三审合一"改革在全国法院全面推开。调查显示，2012年至2017年，我国知识产权保护社会满意度由63.69分提高到76.69分，整体步入良好阶段。国外知识产权权威人士和有关媒体也表示，中国的知识产权保护环境得分居于中等收入国家前列，越来越多的外国双方当事人都把中国作为在全球发起知识产权诉讼的优选地。

十年奋斗，我国知识产权运用效益日益显现。十年来，各方面通过完善知识产权权益分配机制，推进知识产权运营平台体系建设，大力培育和发展知识产权密集型产业，开展知识产权扶贫开发等，知识产权运用效益日益显现。专利密集型产业增加值占GDP的比重提升至12.4%。网络版权产业市场规模超过6000亿元人民币。2017年全国电影总票房达到559亿元人民币，是2008年的12.9倍。地理标志产品产值超过1万亿元人民币，惠及上千万人口。此外，2017年专利、商标、版权质押融资总规模超过1000亿元人民币，有效解决了一批中小企业融资难问题。知识产权使用费进出口总额由2007年的85.3亿美元增长到2017年333.3亿美元。与此同时，我国在高铁、核能、航空航天、载人深潜、大飞机、人工智能、移动通信等众多领域，研发掌握并成功运用了一批自主知识产权核心技术和软件产品，形成了自己的品牌，取得了显著的经济和社会效益。

十年奋斗，我国知识产权管理不断得到加强。在体制机制方面，中央在深化党和国家机构改革中，作出了重新组建国家知识产权局的重要部署，实现了专利、商标、原产地地理标志等知识产权的综合管理。在战略协调层面，建立了国务院知识产权战略实施工作部际联席会议机制，由国务院领导同志担任召集人，统筹协调能力极大增强，全国打击侵犯知识产权和制售假冒伪劣商品工作领导小组、推进使用正版软件工作部际联席会议机制作用有效发挥。各个地方也积极完善自身知识产权统筹协调机制，按照中央统一部署，探索符合自身实际的知识产权管理体制机制。在微观管理层面，2万多家企业完成国家知识产权管理规范贯标工作；加强高校、科研院所及重大项目知识产权管理，知识产权管理能力大幅提升。

十年奋斗，我国知识产权国际影响力大幅跃升。知识产权高层外交持续推进，习近平总书记、李克强总理等党和国家领导人见证一系列知识产权国际合作协议签署，在重大国际场合阐明中国依法严格保护知识产权的鲜明立场和坚定决心。积极推进"一带一路"知识产权合作，构建起"一带一路"知识产权合作常态化机制。积极参与世界知识产权组织框架下的多边事务，推动世界知识产权组织成功设立中国办事处。积极参与和建立中美欧日韩、金砖国家、中国—东盟、中非等知识产权合作机制，与23个国家和地区开通专利审查高速路，柬埔寨、老挝在其国内认可中国专利授权结果。十年来，中国企业参与制定1700多项国际标准，涌现出一批具有自主知识产权和核心竞争力的创新型企业。

十年奋斗，我国知识产权事业发展基础更加坚实。大力推进知识产权人才队伍建设，上百所高校设立知识产权学院或开办知识产权专业，全国知识产权专业人才达到15万人，知识产权从业人员超过50万人；拥有全球最多的专利和商标审查人才，专利审查员超过1.1万名，商标审查员超过1500名，基本形成了一个梯次合理、门类齐全的知识产权人才队伍。成功举办全国知识产权宣传周、庆祝世界知识产权日等重要活动，推进中小学知识产权教育普及工作，知识产权的公众认知率大幅提升，"尊重知识、崇尚创新、诚信守法"的知识产权文化理念日益深入人心。大力促进知识产权服务业发展，截至2017年底，我国主营业务为知识产权服务的机构数量超过2.6万家，年均增长30%。

中国知识产权战略实施十年取得的成就，得到了世界知识产权组织和国际社会的高度评价。在由世界知识产权组织发布的《2017年全球创新指数报告》中，中国名列第22位，成为首个跻身全球前25位的中等收入经济体。世界知识产权组织高锐总干事表示，"中国正逐步成为全球创新和品牌方面的一个引领者"。世界知识产权组织专家组认为，"中国的知识产权事业过去十年取得了举世瞩目的成就，可作为发展中国家实施知识产权战略的典范"。美国有关知识产权人士和媒体表示，中国正在朝着全球知识产权保护和执法领导者角色迅速逼近。欧洲有关业内人士也表示，中国政府对知识产权高度重视，此举将推动中国未来成为全球创新的引领者。日本发布的《2017年知识产权推进计划》指出，中国成为知识产权强国指日可待。

**二、国家知识产权战略实施积累了宝贵经验**

**一是**坚持党对知识产权事业的领导。着眼党和国家事业发展全局，加强知识产权战略实施顶层设计，厘清事业发展的战略目标、战略思路和战略举措，努力使知识产权事业发展与国家总体部署相协调、相一致，提供有力支撑。在国家知识产权战略实施过程中，特别是党的十八大以来，党中央、国务院针对知识产权战略实施和知识产权事业发展，又作出了一系列重大部署。习近平总书记主持召开中央全面深化改革领导小组会议，审议通过《知识产权综合管理改革试点总体方案》《知识产权对外转让有关工作办法（试行）》和《关于加强知识产权审判领域改革创新若干问题的意见》等重要文件。国务院印发了《关于新形势下加快知识产权强国建设的若干意见》《"十三五"国家知识产权保护和运用规划》《深入实施国家知识产权战略行动计划（2014～2020年）》。"加快建设知识产权强国"还正式写入党中央、国务院印发的《国家创新驱动发展战略纲要》《国民经济和社会发展第十三个五年规划纲要》和2016年政府工作报告。所有这些，都使得知识产权战略目标更加明确，思路更加清晰，举措更加有力，更加契合党和国家事业发展全局需要。

**二是**遵循知识产权制度发展的客观规律。把握好知识产权制度的基本功能和知识产权事业发展的基本方位，充分认识知识产权制度是完善社会主义市场经济体制的重要内容，是激励创新的基本保障，是国际贸易的通行规则，积极构建适应中国国情的知识产权制度体系，有效保护各类市场主体和创新主体的知识产权，营造良好的创新环境和营商环境。党的十八大以来，习近平总书记就知识产权工作作出了一系列深刻论述，提出了"保护知识产权就是保护创新""产权保护特别是知识产权保护是塑造良好营商环境的重要方面""要紧扣创新发展需要，发挥专利、商标、版权等知识产权的引领作用，打通知识产权创造、运用、保护、管理、服务全链条，建立高效的知识产权综合管理体制""要坚持总体国家安全观，加强对涉及国家安全的知识产权对外转让行为的严格管理""加强知识产权保护是完善产权保护制度最重要的内容，也是提高中国经济竞争力最大的激励"等。这是习近平新时代中国特色社会主义思想在知识产权领域的具体要求，是知识产权发展一般规律与我国实践探索相结合的科学概括，进一步明确了知识产权的功能定位，赋予了知识产权新的时代内涵，丰富了中国特色知识产权思想理论，为做好新时代知识产权工作提供了根本遵循和行动指南。

**三是**找准知识产权事业发展的有效路径。贯彻落实新发展理念，聚焦知识产权创造、运用、保护、管理、服务等关键环节，谋划和实施一批重大政策、重大工程、重大项目，努力在重点领域和关键环节实现突破，以重点突破带动全局提升。这些年，围绕知识产权关键环节，各有关方面启动实施了专利质量提升工程、知识产权强企工程、知识产权文化建设工程、知识产权海外维权工程等，深入实施商标品牌战略和商标注册便利化改革，设立了"中国品牌日"，着力打造版权精品和版权产业链，统筹推进知识产权"严保护、大保护、快保护、同保护"各项工作，开展知识产权综合管理改革试点、科技成果"三权"改革试点，建立知识产权运营平台和运营体系等，取得了很好的效果。坚持点线面结合、局省市联动、国内外统筹，构建分层分类、协调发展的知识产权强国建设工作体系。聚焦国家战略，着力打造京津冀、珠三角、长三角、长江经济带等知识产权战略高地，出台支持东北老工业基地振兴知识产权政策文件，支持13个省份开展知识产权强省建设试点，14个城市开展知识产权强市创建工作，批准筹建了225个知名品牌创建示范区，培育了3000多家知识产权优势和示范企业，发挥了很好的示范效应。

四是形成知识产权战略实施的强大合力。充分调动各方面的积极性，最大限度地形成知识产权战略实施的合力。这些年，在战略实施过程中，中央领导同志对知识产权工作作出重要指示指导，给予关心支持。国务院知识产权战略实施工作部际联席会议成员单位精诚合作，协同推进。各级人大代表、政协委员，各民主党派中央，也围绕知识产权工作提出了很好的意见和建议。许多专家学者针对知识产权方面的理论和实践问题展开深入研究。社会各方面积极参与知识产权相关活动，传播知识产权知识，弘扬知识产权文化，形成了人人关心、人人支持、人人参与、人人受益的知识产权良好氛围，充分体现了"社会主义集中力量办大事"的制度优越性。

五是强化知识产权战略实施的政治保证。这些年，知识产权领域深入学习习近平新时代中国特色社会主义思想，特别是习近平总书记关于知识产权工作的重要指示精神，牢固树立"四个意识"，坚定"四个自信"，坚决贯彻落实中央各项决策部署。深入开展党的群众路线教育实践活动、"三严三实"专题教育、"两学一做"学习教育等工作，认真落实"三会一课"制度，加强各级党组织和党员队伍建设，充分发挥基层党组织的战斗堡垒作用和共产党员的先锋模范作用。深入贯彻落实中央八项规定精神，持之以恒纠正"四风"，坚持以"零容忍"的态度惩治腐败，扎实推进全面从严治党，营造风清气正的干事创业氛围，为知识产权战略实施提供了坚强政治保证。

在充分肯定成绩和经验的同时，我们也要清醒地认识到，面对新时代新形势新任务新要求，我国知识产权事业发展仍面临一系列深层次矛盾和问题，知识产权大而不强、多而不优的矛盾依然突出，知识产权法律制度尚不能很好地适应发展需要，知识产权保护效果与社会期待仍有差距，知识产权运用效益尚未充分显现，知识产权国际影响力还有待进一步提升。所有这些都需要在今后的战略实施工作中认真加以解决。

**三、谋划实施新时代知识产权强国战略**

党的十九大作出了中国特色社会主义进入新时代的重大判断，为我国发展明确了新的历史方位，强调要在2020年全面建成小康社会的基础上，分"两步走"建成社会主义现代化强国。中国特色社会主义进入新时代，作为党和国家事业发展有机组成部分和重要支撑的知识产权事业也进入了新时代。站在新的历史起点上，要准确把握新时代中国特色社会主义发展的新目标，按照十九大提出的"两步走"战略部署，认真谋划好知识产权事业未来的发展。

总体来讲，就是要按照十九大提出的"倡导创新文化，强化知识产权创造、保护、运用"和党中央、国务院一系列既定部署，抓好《关于新形势下加快知识产权强国建设的若干意见》《"十三五"国家知识产权保护和运用规划》《深入实施国家知识产权战略行动计划（2014—2020年)》等各项工作的落实，确保到2020年《国家知识产权战略纲要》各项目标任务顺利完成。在此基础上，要坚持以习近平新时代中国特色社会主义思想为指导，把握从2020年到本世纪中叶知识产权强国建设的重大战略机遇期，分"两步走"建成知识产权强国。

首先，从2020年到2035年，力争经过15年的努力，基本建成知识产权强国，使我国知识产权创造、运用、保护、管理和服务跻身国际先进行列，让知识产权成为驱动创新发展和支撑扩大开放的强劲动力。接下来，从2035年到本世纪中叶，再奋斗15年，全面建成中国特色、世界水平的知识产权强国，使我国知识产权创造、运用、保护、管理和服务居于世界领先水平，让知识产权成为经济社会发展强有力的技术和制度供给。

围绕实现上述目标，要认真做好《国家知识产权战略纲要》实施十年评估，全面总结战略实施十年成绩经验，梳理问题短板，分析形势任务，在此基础上尽快启动知识产权强国建设纲要研究制定工作，努力使知识产权强国建设纲要和《国家知识产权战略纲要》实施接续推进、压茬进行。特别是要把握好新一轮战略实施的重点、思路和举措，紧紧围绕完善基本经济制度、支撑创新驱动发展、促进扩大对外开放、保障国家安全等工作重点，谋划好知识产权强国战略。

**一是**在知识产权创造方面，要贯彻落实中央关于稳中求进和高质量发展的要求，坚持质量第一、效益优先，努力培育更多高价值核心专利、版权精品、知名品牌，努力实现知识产权创造由多向优、由大到强转变。特别是要鼓励和支持研发掌握更多拥有自主知识产权的核心技术，牢牢掌握发展的主动权；要培育更多中国品牌，打造更多版权精品，满足人民日益增长的美好生活需要，推动中国产品向中国品牌转变，大力推进文化强国建设。

**二是**在知识产权保护方面，要坚持全面从严，统筹推进知识产权"严保护、大保护、快保护、同保护"各项工作，深化知识产权基本法律制度研究和新业态新领域知识产权保护制度研究，健全知识产权保护体系。特别是要通过提高立法标准和执法水平，加大知识产权侵权违法行为惩治力度，从根本上解决知识产权维权过程中存在的举证难、周期长、成本高、赔偿低等问题，努力实现知识产权保护从不断加强到全面从严转变，营造稳定公平透明、可预期的营商环境。

**三是**在知识产权运用方面，要坚持服务实体经济，继续完善知识产权权益分配机制，加快知识产权运营平台体系建设，多渠道盘活用好知识产权资源，大力发展知识产权密集型产业，深入开展知识产权扶贫开发工作，从根本上破除制约知识产权运用效益实现的体制机制障碍，努力实现知识产权运用从单一效益向综合效益转变，充分发挥知识产权作用，支撑经济创新发展，打造竞争新优势。

**四是**在知识产权管理方面，要认真贯彻中央关于深化党和国家机构改革的决策部署，完善知识产权管理体制机制，努力实现从多头分散向更高效能转变，加快实现知识产权治理体系和治理能力现代化，切实打通知识产权创造、运用、保护、管理、服务全链条，充分发挥各类知识产权组合效益。要着力提高企业、高校、科研院所知识产权管理能力，实现知识产权规范管理、有效保护和高效利用，促进以知识产权为纽带的产学研协调联动，推动我国产业向全球价值链中高端跃升，加快经济提质增效升级。

**五是**在知识产权国际合作方面，要继续推进知识产权高层外交，扎实推进"一带一路"知识产权合作，积极参与世界知识产权组织框架下的多双边事务，构建多边、周边、小多边、双边"四边联动、协调推进"的知识产权国际合作新格局，努力实现知识产权国际合作从积极参与向主动作为转变，推动知识产权国际规则朝着开放包容、平衡有效的方向发展，提升我国在知识产权国际事务中的话语权、影响力和应对各种纠纷的能力，在依法保护外资企业合法知识产权的同时，也让中国的知识产权在国外得到有效保护，更好地支撑扩大开放。

**六是**在知识产权事业发展基础方面，要加大知识产权高层次人才培养力度，夯实知识产权强国建设的人才基础。大力倡导以知识产权为重要内容的创新文化，继续推进知识产权宣传普及和文化建设，加强知识产权外宣工作，主动面向全世界，讲好中国知识产权故事，传递中国知识产权好声音，进一步树立依法严格保护知识产权的负责任大国良好国际形象。要积极推进知识产权国家智库建设，加强对重大、宏观问题研究，跟踪国际前沿，推进理论创新。要大力发展知识产权服务业，努力建设一批具有国际水平的知识产权服务机构，打造一批知识产权公共服务平台，更好地支撑创新创业。

回顾历史，是为了更好地开创未来。国家知识产权战略作为一项兴国利民之举，既需要根据时代发展需要，不断理清战略目标、战略思路、战略举措，更需要有持续实施这一战略的战略定力、战略耐力、战略毅力。站在新时代的起点上，让我们更加紧密地团结在以习近平同志为核心的党中央周围，深入学习贯彻习近平新时代中国特色社会主义思想，不忘初心，牢记使命，深入实施国家知识产权战略，加快建设知识产权强国，为实现"两个一百年"奋斗目标和中华民族伟大复兴的中国梦作出新的更大的贡献！

（刊登于 2018 年 6 月 6 日第一、三版）

# "不毛之地"喜降专利"甘霖"

**编辑部：**

拥有近10件实用新型专利的一项节水灌溉新技术，换来1.1亿元的"真金白银"，更将变"不毛之地"为丰润良田。近年来，我们见证了一批批高价值发明专利一次次书写辉煌，却鲜见实用新型专利走出国门、赢得大单。这一奇迹是怎样炼成的？带着这样的疑问，记者拜访了宁夏大学，一探究竟。

走进宁夏大学宁夏（中阿）旱区资源评价与环境调控重点实验室，并不大的空间里被各个年代的节水灌溉设备摆得满满当当。从上世纪80年代开发使用的推车配塑料桶到最新的渗灌管道，每件物品都彰显出人类在干旱地区开展农业活动的艰辛和付出的不懈努力。在去年9月的中国—阿拉伯国家博览会上，宁夏大学孙兆军教授团队的节水灌溉项目与阿曼苏丹卡布斯大学签署了中阿节水设备技术转移合作意向协议，成功获得1.1亿元人民币订单。今年初，全球首套地下全渗"灌堵同管管道"生产线在宁夏大学研发成功，并已投入生产。

事实上，节水灌溉并不是什么"黑科技"。早在中国唐代，就有引泉水进行节水灌溉的记载。到了现代，更是发展出喷灌、滴灌、渗灌等方法，无外乎都是用水渠、管道将水输送到田间地头进行灌溉的方法，原理其实并不深奥，也早已成为公共领域的知识。但如果谈到真正在干旱地区实施和大面积应用却并不简单，除了解决水源的问题，还要解决如何让系统在无电网的田间工作、如何控制管道的渗漏水量和解决管道在极端环境下老化等等一系列问题。

项目成功的秘密在实验室里都能一一找到。为解决田间没有电网的问题，结合干旱地区多风特点，团队研发出一套风力发电设备，焊接的钢架外形酷似迪拜帆船酒店。而为能够控制渗漏水量，团队选用新型再生橡胶材料制作输水管道。材料具有弹性，增加水压到一定压力时水滴才能渗出管道。这一改进能够按照耕作需求自行设定管道长度及渗水部位，改善了以往整条管道全部出水的缺陷，解决了未耕作区域水资源浪费问题。

获得订单的终极秘密就在实验室中央的一个巨大的透明箱中。孙兆军介绍，这个箱子能够完全模拟阿拉伯国家的土壤类型，包括温度、湿度、土壤的结构等条件。就在这种条件下进行反复试验，挑选出最符合要求的材料。从实验结果来看，最终选取的材料所制成的管道可在阿拉伯国家气候和土壤环境下使用20年。

此外，团队成员焦炳忠还介绍，团队还根据整套节水灌溉系统的特点，设计开发了智能管理系统。焦炳忠掏出手机打开一个应用程序，上面实时显示了系统的状态、水量水压等信息，"以后农民躺在家就能进行灌溉了。"

"专利价值不应以专利类别来衡量，关键看哪些人在研发，哪些人在使用。"在谈到为何申请实用新型专利时，孙兆军说，"我们根据生产中需要解决的问题进行研发，涉及专利申请都要考虑怎么用，并提前考虑标准化，目前我们实验室70%的专利都被列入标准。"孙兆军介绍，节水灌溉领域技术发展速度很快，有了成果需要迅速通过专利进行保护，正因为如此，他更青睐申请审查周期较短的实用新型专利。同时，由于产品即将走出国门，团队也在积极准备提交 PCT 国际专利申请，期望在美国、韩国等国家与节水灌溉领域的世界水平一较高下。

近日，首批 10 万美元货款已经转入与阿曼某农场合资的第三方公司。孙兆军表示，节水灌溉市场新增需求超 3000 亿元，市场非常广阔。他更期待能够搭乘"一带一路"的顺风车，让这项润物无声的技术泽被更多国家和地区的"不毛之地"。

**本报记者** 杨 柳

2018 年 6 月

（刊登于 2018 年 6 月 29 日第一版）

# 知识产权证券化路在何方？

**本报记者** 王 宇

今年，我国迎来了改革开放 40 周年，多年来，人们见证了一个又一个知识创造财富的动人故事。然而，进入知识经济时代，手握颇具市场价值的知识产权，却又面临融资难题的科技型中小企业并不少见。也正因为如此，知识产权证券化这一新兴事物的出现，为知识产权与金融资本深度融合带来了无限遐想。

近年来，我国知识产权金融服务快速发展，"让纸变成钱"的案例不断涌现。如今，知识产权证券化的风口转移到了全面深化改革开放中的海南，成为海口市知识产权运营服务体系建设的"招牌动作"。政策与市场携手推进，海南知识产权金融服务即将掀起新的波澜。

**政策推动——**

**立足海南面向全国辐射全球**

什么是知识产权证券化？本质上来说，知识产权证券化是资产证券化的一种，而相比传统的资产证券化，它的最大区别在于基础资产为无形的知识产权。简单来说，就是以知识产权的未来预期收益为支撑，发行可以在市场上流通的证券进行融资。

日前，财政部、国家知识产权局批准海口市入选 2018 年知识产权运营服务体系建设试点城市。中央财政向每个试点城市提供 2 亿元资金支持，重点用于推进知识产权保护体系建设、聚焦产业培育高价值专利、促进创新主体知识产权保护和运用、培育知识产权运营服务业态。

与南京、杭州、武汉、广州等其他 7 个入选的试点城市相比，海口的知识产权运营能力并不突出。用海口市知识产权局局长刘立武的话说，"基础工作还比较薄弱"。然而独特的政策优势，赋予了海口和整个海南实行更加积极主动的创新探索，以及在知识产权证券化方面实现新突破的可能。

2017年，国务院印发《国家技术转移体系建设方案》提出，要完善多元化投融资服务，具体措施之一就是"开展知识产权证券化融资试点。"今年4月发布的《中共中央　国务院关于支持海南全面深化改革开放的指导意见》更是明确提出，探索知识产权证券化、完善知识产权信用担保机制。

日前在海口举办的海南省知识产权五指山论坛上，70余位业内专家学者联名发布"海南共识"，进一步明确路径：以知识产权证券化为创新驱动引擎，打造资本与技术的高效融合通道，为资本"脱虚入实"，直接进入创新领域，提供高效率、低成本的导流渠。

"我们的设想是以知识产权证券化为核心，带动整个海南省知识产权运营服务体系建设，从而带动知识产权创造、运用、保护、管理、服务全链条发展。"海南省知识产权局局长朱东海告诉记者，这也是推动海南服务贸易发展、进一步扩大开放的重要举措。

近年来，我国知识产权运营体系建设持续加快，知识产权质押融资和保险业务稳步发展，这为探索知识产权证券化提供了重要基础。"当前，知识产权制度的红利还远远没有释放出来，这也是我国建设知识产权运营体系的目标。"国家知识产权局专利管理司司长雷筱云表示。

**市场探索——**

**构建知识产权服务业生态圈**

知识产权证券化，代表着资产证券化的基础资产由实物资本转向知识资本。在金融证券领域，这样的创新探索不乏先例。早在上世纪90年代，美国、日本就开始探索知识产权证券化。作为一种低成本和低风险的融资方式，知识产权证券化迅速覆盖了电影、音乐、专利、商标等领域。

世界范围内，知识产权证券化的典型案例不断涌现。2003年初，服饰品牌Guess以14件商标许可使用合同为基础发行了7500万美元的债券，为期8年，由JP摩根证券包销。2005年，哥伦比亚大学与美国知名生物制药公司Pharma合作，将该公司研发的13种药品专利作为资产池，在资本市场共筹集资金2.27亿美元。

作为知识产权运营"皇冠上的明珠"，知识产权证券化成为创新主体将无形资产变为看得见的市场收益的绝佳手段之一。统计数据显示，在1997年到2010年间，美国通过知识产权证券化进行融资的成交金额就高达420亿美元，年均增长幅度超过12%。

前景光明，但道路曲折。推动知识产权证券化在海南落地，还有很长的路要走。海南省科技厅党组书记国章成坦言，知识产权证券化是新兴事物，我国虽然具备开展相关工作的基础条件，但缺乏成熟的理论体系和可供借鉴的成功经验。"海南尤其缺乏。"

"其他自贸区是从上半场开始的，海南直接进入下半场。"海口市副市长鞠磊表示，知识产权运营服务体系建设试点工作就是海南全面深化改革的破题手段之一。海南需要利用中央赋予的独特政策优势，打造知识产权运营生态，吸引全国知识产权运营人才，"光靠海南自身肯定行不通"。

"知识产权证券化交易不同于一次性出让，而是将其所有权拆分为均等份额供投资者认购。"广东省战略知识产权研究院院长唐善新表示，海南作为试验田，必须把证券化模式设计好，有新突破，为全国知识产权证券化提供新时代"样本"，引领全国知识产权证券化发展。

在北京华智大为科技有限公司总经理李东亚看来，国内知识产权运营仍停留在传统的展示推介、评估咨询等方面，创新主体很难通过目前的模式将创新成果完整有效服务于实体经济，而知识产权证券化要做的，是盘活99.9%的"沉淀价值"，形成"真正的万亿级市场"。

"建好高速路，车才能跑起来。"朱东海说，中央赋予海南新的历史使命，这就需要知识产权工作走在前面，大胆试大胆闯，站在更高的起点推进海南知识产权运营领域的创新探索。

（刊登于 2018 年 7 月 6 日第二版）

### 地理标志兴农，促进产业提质增效——

## 助力精准扶贫　服务乡村振兴

**本报记者　李铎**

阳澄湖大闸蟹、五常大米、平谷大桃……这些地理标志产品无不以其显著的天然地理特征、特殊的商业价值和广为流传的口碑而为寻常百姓所熟知。保护好地理标志，在提高产品附加值和增加农民收入、保障消费者权益等方面发挥着日益重要的作用。

近日，以"助力精准扶贫　服务乡村振兴"为主题的 2018 中国地理标志保护与发展论坛在京举行。与会嘉宾济济一堂，着眼于地理标志开发利用，聚焦新形势下我国地理标志保护，一起探索地理标志助推乡村振兴的发展路径。

### 开发与利用　培育特色产业

山东省滕州市于 2009 年注册地理标志"滕州马铃薯"后，将财政扶贫资金全部以入股的方式加入滕州市泓安马铃薯合作社和好丽农马铃薯合作社，每年按股金的 15% 给贫困户分红。全市 65 个贫困户共有扶贫资金 68.48 万元，年收益 10.27 万元，人均分红 960 元。2009 年以来，两个合作社每年带动就业扶贫 120 户、180 人，累计帮助 700 余户、2000 余人实现了脱贫致富，户均增收 2243 元。对此，山东省地理标志产业协会秘书长张忠认为，其中的关键是地理标志让产品有了信誉和质量保证，提升了产品附加值。

重庆市静观镇素有"花卉之乡"的美称，重庆静观腊梅的栽培已有 500 多年历史，栽植面积 2 万余亩，在全国花卉艺术中自成体系，独树一帜。西南政法大学地理标志研究中心副主任陈红梅介绍，重庆静观腊梅现在已经从终端产品多元化到为种植产业链提供苗木。产品包括鲜花与干花，以及腊梅盆景制作，克服了鲜花与干花保存期不长的瓶颈，腊梅苗木销售代表着静观腊梅产业从终端产品销售逐步向产业链上游蔓延，实现了静观腊梅产业的新突破。"地理标志是保护特定地区产品的特性、声誉和其他特征的重要知识产权制度，被誉为农业结构调整的'加速器'、脱贫致富的'金钥匙'和国际市场的'绿色通行证'。"

近年来，全国各地积极探索地理标志保护发展致富路，创新地理标志产品新产业、新业态、新模式，培植壮大了一批综合运用地理标志成功案例，地理标志在兴业富农、精准扶贫过程中发挥了重要作用。据了解，截至 2018 年年初，湖南省已有 77 个产品获得国家地理标志产品保护，覆盖 14 个市州、92 个县市区，年总产值近 1300 亿元。西藏林芝市近年来对地理标志工作日益重视，把地理标志工作作为发展特色产业、提振地方经济的重要抓手，特色产品生产加工企业及农民合作社区域品牌保护意识增强。截至 2018 年 6 月，西藏林芝市累计有 10 个产品获批国家地理标志产品保护，6 个产品获得国家农产品地理标志登记保护，7 个产品取得了中国地理标志证明商标。其中，2016 年前获批的 6 个产品比获批前产值提高了 30% 以上。

"地理标志产品的开发和利用，极大地促进了农业做大做强，也有效拉长了产业链条，带动农民实现产业脱贫。根据地方特色和产业实际情况进行有序开发和深度规划，有助于为地理标志产品的生产、销售、检验和质量保证提供技术支撑，有利于促进地理标志产品的保护与开发，助力地方特色产业发展。"贵州省社会科学院研究员、贵州省地理标志研究中心主任李发耀认为。

**保护与发展　强化制度建设**

为什么要对地理标志进行保护？根据资料显示，在欧洲，地理标志成为支撑农业发展的重要力量。法国莫尔比耶小镇以盛产奶酪誉满欧洲，莫尔比耶奶酪于 2000 年获得欧盟《受保护的原产地名称法案》（PDO）认证保护，其产量在 2002 年就翻了一番。在中国，被誉为"川菜之魂"的郫县豆瓣于 2005 年获地理标志产品保护，2007 年实现销售收入 15 亿元，2012 年达 58 亿元。中国中医科学院常务副院长、中国工程院院士黄璐琦认为，加强地理标志品牌培育，完善扶持政策，加强地理标志宣传和展示，能够直接助力精准扶贫，服务乡村振兴。培育更多的民族品牌，对于推动经济社会发展、促进贸易投资和保护文化遗产等具有重要意义。

为此，我国大力推进地理标志产品保护工作。在加入世界贸易组织之后，我国制定了《地理标志产品保护规定》，对地理标志产品的定义、申请受理等进行了规定。2008年,我国颁布实施《国家知识产权战略纲要》,将地理标志作为特定领域知识产权,强调要完善地理标志保护制度,推动地理标志知识产权保护、运用。2018年,我国将原产地地理标志的登记注册和行政裁决划归为国家知识产权局主要职责。"重新组建后的国家知识产权局将积极促进相关专利研发利用,依托商标和地理标志培育壮大特色产业,助力精准扶贫。"国家知识产权局保护协调司司长张志成表示。

2018年上半年,我国新受理地理标志产品保护申请10个,新批准保护地理标志产品46个,新核准使用地理标志产品专用标志企业135家。截至2018年6月底,累计保护地理标志产品2359个,其中国内2298个,国外61个;累计建设国家地理标志产品保护示范区24个;累计核准专用标志使用企业8091家,相关产值逾1万亿元。截至2018年6月底,我国共核准地理标志集体商标、证明商标4395件,其中国外商标171件。

"下一步,我们将着力加强地理标志产品保护制度建设,加大地理标志产品保护力度,持续推进地理标志产品国际互认互保,加强地理标志产品助力扶贫攻坚等工作,为美丽乡村建设撑起一片碧水蓝天。"张志成如是说。

(刊登于2018年7月20日第二版)

大力推进商标品牌战略,助力企业品牌发展——

# 宁波推出商标专用权保险

本报实习记者 王欣

商标被侵权,最高可获赔50万元!近日,浙江省宁波市在全国率先推出商标专用权保险。

"企业参保后,在商标申请、商标被侵权时发生的损失可由保险公司进行赔偿,年获赔额最高达50万元。这是宁波市针对企业在商标维权方面存在的力量不足、成本高、诉讼执行难等突出问题,寻求的解决路径。"日前,宁波市市场监督管理局局长徐柯灵在接受中国知识产权报记者采访时表示。

**商保"联姻" 创新保护模式**

"在前期'对接一线、服务企业'大调研大走访的基础上,我们了解到,对于企业来讲,优质品牌的培育难,维护更难,需要花费很多的心血和成本,但同时又面临着商标维权成本高、诉讼执行难等问题,这成为在推进品牌国际化过程中迈出'第一步'的诸多顾虑。"徐柯灵表示,将商标与保险"联姻",以保促创,以险护牌,能进一步坚定企业创牌的底气和信心,免除其后顾之忧。

按照实力雄厚、服务网点多、社会责任意识强的标准，宁波市市场监督管理局在众多保险机构中遴选出了中国平安产险、中国人寿财险两家宁波分公司，在较短时间内完成了方案设计、模式确定、产品研发和注册报备等工作，最终推出"商标保险＋维权＋服务"的创新模式。同时，研发商标申请费用损失补偿保险和商标被侵权损失补偿保险两大产品，匹配普惠服务和增值服务。

"商标申请费用损失补偿保险的主要保障对象是拟申请注册马德里国际商标的宁波企业，对于申请注册的商标因近似原因被驳回，导致未能注册成功的，保险公司将负责赔偿申请过程中产生的注册费、代理费和规费。"中国平安财产保险股份有限公司宁波分公司总经理许威介绍，商标被侵权损失补偿保险的主要保障对象是宁波市辖区内的中华老字号、浙江省老字号和地理标志商标以及有良好品牌知名度和美誉度的企业。对于任何未经商标权人许可或授权的商标实施行为，在行政部门查处或司法部门判决构成商标侵权后，保险公司将负责赔偿企业在维权中产生的各种费用。

据了解，在此次推出的方案中，参保企业年基准保费分为1万元、1.2万元和1.5万元3个档次，同时设置了企业销售额、商标类型两个系数，使保费与企业的被侵权风险联动。参保企业若遭遇侵权，一年累计赔偿最多分别可达30万元、40万元和50万元。

**继往开来　实施品牌战略**

为商标专用权上保险，这样的探索必然孕育于高度重视商标品牌战略的地区。作为全国首批商标品牌战略实施示范城市，近年来，宁波市积极推进商标和品牌建设。2015年，宁波市政府出台了《关于深入实施商标品牌战略的若干意见》。同时，宁波市着力创建"一带一路"建设综合试验区和国家保险创新综合试验区，全面开启新时代对外开放的格局。截至目前，宁波市已拥有有效注册商标20.3万件，其中，马德里国际注册商标1038件、地理标志证明商标28件。值得一提的是，宁波市成为商标局全国首批商标注册受理窗口之一，分布在全市各乡镇（街道）的114个商标品牌工作指导站建设工作也受到了世界知识产权组织的肯定。

"无论是企业'走出去'的商标先行与'一带一路'倡议的契合，还是强化商标专用权等知识产权保护与助力产业争先的互促共进，商标品牌都是重要资源和有力抓手。"徐柯灵强调。

据了解，近日宁波商标专用权保险已成功签订了第一单。"商标专用权保险为我们企业的品牌发展和保护提供了更优质的市场环境，将大大减少企业维权的成本和风险。"宁波保税区市场发展有限公司副总经理吕希岩兴奋地说，该公司第一个签订了商标专用权保险意向书，标志着宁波市首个商标专用权保险项目落地。

未来，还将有更多的商标专用权保险在宁波乃至全国生根发芽。下一步，宁波市将进一步促进企业从产品经营上升到品牌经营，打造更具竞争实力的优势企业，促进由"宁波制造"向"宁波创造"的转变，真正实现有质量的发展。

（刊登于2018年7月20日第五版）

《中国人工智能发展报告 2018》发布

# 中国成为全球人工智能专利布局最多的国家

**本报讯**　（通讯员刘斌北京报道）日前，清华大学中国科技政策研究中心发布《中国人工智能发展报告 2018》（下称《报告》）。《报告》显示，中国已经成为全球人工智能专利布局最多的国家，数量略微领先美国和日本，三国占全球专利公开数量的 74%。

《报告》指出，2017 年，中国人工智能市场规模达到 237 亿元，同比增长 67%；人工智能企业数量达到 1011 家，仅次于美国的 2028 家。在专利申请方面，中国已经成为全球人工智能专利布局最多的国家，数量略微领先美国和日本，中、美、日三国占全球专利公开数量的 74%。从主要申请人来看，IBM、微软和三星在人工智能领域专利申请数量排名全球前三名，中国国家电网公司近五年来在人工智能相关技术发展迅速，申请量在全球排名第四。此外，中国人工智能专利持有数量前 30 名的机构中，科研院所、大学和企业的表现相当，分别占比 52% 和 48%。《报告》同时指出，相比国外领先企业，我国企业在专利申请上落后于国内高校和科研院所，即使是百度、阿里巴巴、腾讯等 IT 巨头在人工智能领域的专利和论文都落后于 IBM、微软、三星、谷歌等国外企业。在论文方面，我国缺乏真正有原创性、突破性、标志性的研究成果，特别是基础研究成果。

《报告》认为，从国际比较来看，中国在人工智能技术发展与应用市场已经步入国际领先集团，呈现中美"双雄并立"的竞争格局；从发展质量来看，中国的优势领域主要体现在应用方面，而在人工智能核心技术领域，如硬件和算法上，还比较薄弱。

《报告》建议，我国应加强人工智能领域基础研究，优化科研环境，培养和吸引顶尖人才，大力鼓励产学研合作，让企业成为创新的主导力量，积极参与人工智能全球治理机制的构建。

（刊登于 2018 年 7 月 25 日第一版）

# 习近平向 2018 年"一带一路"知识产权高级别会议致贺信

**新华社北京 8 月 28 日电**　2018 年"一带一路"知识产权高级别会议 28 日在北京开幕，国家主席习近平向会议致贺信。

习近平指出，中国发扬丝路精神，提出共建"一带一路"倡议，得到有关国家和国际社会广泛认同和热情参与，取得了丰硕成果。我们愿同各方继续共同努力，本着共商共建共享原则，将"一带一路"建设成为和平之路、繁荣之路、开放之路、创新之路、文明之路，让丝路精神发扬光大。

习近平强调，知识产权制度对促进共建"一带一路"具有重要作用。中国坚定不移实行严格的知识产权保护，依法保护所有企业知识产权，营造良好营商环境和创新环境。希望与会各方加强对话，扩大合作，实现互利共赢，推动更加有效地保护和使用知识产权，共同建设创新之路，更好造福各国人民。

（刊登于 2018 年 8 月 29 日第一版）

# 传承丝路精神　携手同心前行

本报评论员

丝路绵延连山海，与时偕行聚人心。2018 年"一带一路"知识产权高级别会议如约而至，沿线国家和相关机构代表再次共聚一堂，共商合作大计，共话美好未来。中国政府对这次会议高度重视，中国国家主席习近平为大会发来贺信，国务院总理李克强会见与会嘉宾，国务委员王勇出席会议并讲话。时隔两年之后，此次会议的召开，让"一带一路"知识产权合作目标更加明确，信心更加坚定。

习近平主席在贺信中充分肯定了"一带一路"知识产权合作的重要意义，对推进"一带一路"知识产权合作提出殷切期望。他强调，知识产权制度对促进共建"一带一路"具有重要作用。中国坚定不移实行严格的知识产权保护，依法保护所有企业知识产权，营造良好营商环境和创新环境。希望与会各方加强对话、扩大合作，实现互利共赢，推动更加有效地保护和使用知识产权，共同建设创新之路，更好造福各国人民。习近平主席的贺信让与会的中外嘉宾深受鼓舞，备感振奋，引发热烈反响。

从曾经的驼铃阵阵、舳舻千里，到如今的列车飞驰、巨轮劈波，历史总是伴随着人们对美好生活的向往向前发展。回首两千多年前，我们的先辈们正是迈着这样的脚步，靠着坚韧不拔的进取精神，开辟出连通亚欧非的陆上丝绸之路和连接东西方的海上丝绸之路，有力地推动了人类文明发展进步。今天，"一带一路"建设传承弘扬丝路精神，把沿线各国人民紧密联系在一起，致力于合作共赢、共同发展，让各国人民更好共享发展成果。

今年恰逢习近平主席提出"一带一路"倡议五周年。五年间，"一带一路"倡议从理念转化为行动，从愿景转变为现实，建设成果丰硕，为实现共同繁荣注入强劲动力。作为"一带一路"建设的重要组成部分，"一带一路"知识产权合作不断深化，有效提升了沿线国家和地区知识产权发展水平，激发了创业创新活力，推动了区域创新发展。知识产权成为"一带一路"沿线国家间贸易科技文化交流的重要支撑，不断为"一带一路"建设注入新的活力，增添新的动力。

互利共赢才有行稳致远，开放包容才能携手同心。"一带一路"之所以应者云集，展现出强大吸引力和感召力，不仅是因为赓续千年的丝路精神，更在于共商共建共享的原则、开放包容的特征、互利共赢的理念。如何在新的历史条件下将知识产权融入"一带一路"建设，促进丝路精神薪火相传、发扬光大，是当下需要我们共同探讨的一大课题。

"包容、发展、合作、共赢"，这是"一带一路"知识产权高级别会议的主题，也是以"和平合作、开放包容、互学互鉴、互利共赢"为核心的丝路精神的具体体现。"一带一路"沿线国家多数都是发展中国家和经济转型国家，既对保护和使用知识产权有很强的需求，又寄希望于进一步完善知识产权制度。如今，沿线各国已经充分认识到，在知识产权领域保持紧密合作符合各国共同利益，有利于建立良好的知识产权生态体系，促进各国知识产权制度完善，营造有利于创新和可持续发展的良好环境。

创新是引领发展的第一动力。共建创新之路，才能更好地造福沿线各国人民。推进"一带一路"知识产权合作，促进经济发展，实现共同繁荣，始终是沿线各国知识产权合作的宗旨和共同目标。在经济全球化不断深入的今天，知识产权制度激励创新、促进开放的重要作用更加凸显，地位更加突出。落实习近平主席贺信精神，需要我们携起手来，加强知识产权领域的交流合作，推动知识产权事业向更高水平发展，共同营造良好的营商环境和创新环境，为产业升级和经济发展提供更加有力的支撑。

念往昔，丝路精神越千年、燃梦想；看今朝，"一带一路"号角起、人心齐。站在改革开放 40 周年新起点上，"一带一路"知识产权合作开启新征程，开放合作、共同发展的交响乐在金秋的北京鸣奏，着实振奋人心。

（刊登于 2018 年 8 月 29 日第三版）

# 以专利为荣　与创新为伴

## ——访中国第一件专利申请人胡国华

### 本报记者　吴珂

2018 年 1 月 26 日早 8 点，国家知识产权局专利局专利受理大厅一切准备工作刚刚就绪，开始一天的业务，一位老人已经伴着金色的朝阳等在那里。

在中国，提起专利，有一个绕也绕不过去的名字，他就是胡国华。1985 年 4 月 1

日是中国专利法实施的第一天，航空航天工业部 207 所工程师胡国华在当时的中国专利局专利申请受理处提交了中国第一件专利申请，并在当年获得授权，发明专利证书上的专利号为"85100001.0"。

胡国华此次前来专利受理大厅是为了给他新获得的两件发明专利缴费。按照微信上知识产权代理服务机构写明的注意事项，在详细咨询工作人员后，胡国华认真填写好缴费清单，完成了这次缴费。"今天我还要去郊区的厂房安装我设计的太阳模拟器发光装置，去另一个光学加工制造厂看太阳模拟器光学反射镜情况。这个装置也包含我拥有的多件专利，你们可以和我一道去看看。"胡国华提议，记者欣然应邀。在路上，他谈起了他的专利故事。

### 获得我国首件专利

尽管已经过去 30 余年，也对人讲过无数次，但回忆起自己提交第一件专利申请时的情景，胡国华依旧难掩激动与自豪之情。

当年，在中国专利局查阅资料时，胡国华得知中国将实施专利法并开始接收专利申请，当时就有了争取提交第一件专利申请的念头。他翻阅了相关资料，了解到专利需要新颖性、创造性和实用性。"我当时已有的创新成果很多通过展览、学术论文等方式公开了，已不符合专利新颖性原则，因此，只能从最新的创新成果中入手。"胡国华说。一番考虑过后，最终选定了他研发的一种现代光学图像处理技术。

离我国正式受理专利申请还有 3 天，带着准备提交的专利申请材料，胡国华来到中国专利局。彼时，专利受理处前的小院已经有不少人在此等候。胡国华随后回到所里，准备了一块牌子，写上了"申请专利在此排队，第一名航天工业部第二研究院二〇七所"的字样，挂在专利申请处门口，就这样他的身后就形成了一条队伍。在等待了三天三夜后，胡国华第一个提交了发明专利申请。

这件发明专利申请名称为"可变光学滤波实时假彩色显示装置"，在 1985 年 12 月获得授权，发明人是胡国华等 2 人，专利权人为航天工业部第二研究院 207 所。胡国华介绍，该装置能够实现实时显示按空间频率增强的假彩色图像，获取更多信息，从而可以用于分析卫星图片。

"专利法的实施承认了知识的价值，对于激励创新发挥了巨大作用。"胡国华回忆，在专利法实施之前，绝大部分人对知识产权不了解，国家单位之间只要开介绍信就可以互相学习技术。虽然这样有助于技术的传播推广，但会挫伤创新者的热情，长此以往会阻碍我国科技创新的步伐。胡国华认为，专利法的实施是对科研工作者创新创造劳动的肯定。"年轻人有了自己的发明创造、提交了专利申请，一样可以承担大型的科研项目。"

### 改革开放迎来机遇

在胡国华看来，能够成为我国第一件专利发明人非常"幸运"。这份"幸运"来自我国改革开放对科技人员的"松绑"，也来自他自身立足应用、创新不辍的执着。"在很大程度上，科技创新是需要服务人们的生产生活的，改革开放肯定了科研的价值，也活跃了僵化的思维模式，逐渐疏通了科技成果转化的道路。"胡国华深有感触地说。1978年，是我国改革开放的开端。在原航空部第二研究院207所从事光学研究的胡国华发现，随着对光学前沿技术研究的深入，原有的实验设备已经不能满足科研所需，而从国外进口则会耗费国家紧缺的外汇。于是，他决定用自己的业余时间设计一套现代光学实验装置。每天下班后，胡国华一回到家就迫不及待地开始对实验装置的研究。仅一年，胡国华完成了"全息照相和光学信息处理实验系统"的设计。这套装置包括光学镜头、镜片、调节架、防震动工作台等60余个部件。设计有了，如何制作出来？当时的胡国华并没有足够资金。他联系了上海复旦大学和浙江大学的光学实验室，两所大学知道后都十分欣喜，表示愿意购买。吃下"定心丸"，胡国华牵线相关工厂与两所大学签了合同，设备得以生产。1979年，该装置被制作了出来。彼时恰逢国防科学技术工业委员会下发文件，鼓励下属单位制造民品，胡国华遂把这套设备贡献给单位，成为所里的"1号民品"。然而，当时的他也面临着需要实验场地与研究经费的难题。一名新华社记者获知，在新华社内参上反映了这一情况。邓小平看到后，立即作出批示："这样的好事，为什么没有得到国防科工委的注意和重视，所需不多，要求不高，国防科工委内部应该可以解决。"这让胡国华受到了莫大的鼓舞。"一个科研任务，其中必定包含新技术、全球尚属先进甚至空白的技术。在完成这些任务的同时，对其中的某些技术稍加转向、补充，就能成为一种民用急需的新产品、新技术，这几乎不需要额外的经费、设备等条件，而这些研究，民用单位往往无力独立完成。这就需要单位提倡鼓励，科研人员勇于开发，让研究成果对国家产生更多社会与经济效益。"1984年9月，胡国华在一份单位内部的交流材料中这样写道。为了让自己在研究所里的创新成果在社会更多领域得到更广泛应用，1986年，胡国华向单位递交了外聘申请书，获得批准后停薪留职进入市场谋求发展。在此之后，胡国华为新疆维吾尔自治区烟草专卖局设计了激光图像防伪标志、为医院设计了治疗近视眼的激光手术设备……寓研究于应用，胡国华在第一号专利之后的30年里，提交了近30件专利申请，10余件专利获得授权。

**坚持创新从不言老**

退休后的胡国华曾随家人迁居美国，但后来还是放弃了美国的绿卡回国继续创新。"我的研究可以解决实际问题，比什么都高兴。"胡国华说。他注册公司，为的是依旧搞科研。闲聊间，胡国华带记者来到了位于北京市昌平区沙河镇的设备组装工厂。因为膝部伤病，胡国华脚步显得有些蹒跚。此时正是北京最冷的时节，安装地点是一间没有空调和暖气的简易厂房，由于遮住了阳光，厂房内甚至比外面更冷几分，记者一进入已经瑟瑟发抖。胡国华就在这里与两个工人开始对太阳模拟器发光设备进行组装。"这个光源要有倾斜度，安装时比较麻烦，需要拆开以后放上去，固定后锁死。""两部高的放这边，矮的放那边。"……一边安装，胡国华一边指导工人的动作，确保准确度。设备测试时的灯光映衬出老人一丝不苟的面庞。设备安装成功，两位年轻工人都已经略显疲惫，胡国华依旧十分精神。随后，他又与记者驱车远赴丰台的光学厂，这里直径 1 米的太阳光反射镜已经按照胡国华的设计制造完成。"有些问题，如果没有技术支撑，即使有大量资金也不一定能解决。胡老师往往用最简单的方法就让它们迎刃而解。"该光学厂厂长常悦告诉记者。4 个月后，胡国华赴南京完成这套太阳光模拟器的全部组装，交付合同单位。胡国华介绍："太空中飞行的卫星、火箭残片等在太阳光照射后反射到地面上，可以看到无数不同图形。要了解它们在太阳光照射下所呈现图像的情况，为天文观测做参考，就可以运用这套设备进行实验。"羁鸟恋旧林，池鱼思故渊。"这是我完成的最后一个项目了，我打算年纪更大之后在江苏老家定居，那就真要退下来了。"胡国华语气中依旧有着对科技创新的眷恋。"以后就不进行科技研究了？""那也不一定，也许有新的科技问题找到我，感兴趣的话还是会研究。"

（刊登于 2018 年 9 月 7 日第一、十六版）

国家知识产权局顺利办结首起集成电路布图设计专有权侵权纠纷案件——

## 强化知识产权保护　助推芯片产业腾飞

本报记者　吴珂

实现 28 纳米工艺规模量产，芯片设计水平迈向 10 纳米，从依赖进口到自主研发，"中国芯"走上世界舞台。2017 年我国集成电路市场规模 14250.5 亿元，同比增长 18.9%。随着我国芯片产业的快速发展，集成电路布图设计这一知识产权类型逐渐被更多企业所重视，成为市场竞争的重要一环。近日，国家知识产权局集成电路布图设计行政执法委员会（下称"执法委员会"）办结首起集成电路布图设计专有权侵权纠纷案件，开拓了集成电路布图设计行政执法的有效途径。

"党的十九大指出，倡导创新文化，强化知识产权创造、保护、运用。今年的政府工作报告强调，强化知识产权保护，实行侵权惩罚性赔偿制度。从中足可见我国知识产权保护的决心。此次首起集成电路布图设计专有权侵权纠纷案件的办结，正是我国对于知识产权严格保护的具体实践之一，对于今后办理此类案件，形成多类型知识产权保护具有重要意义。"中国科学院科技战略咨询研究院研究员刘海波在接受本报记者采访时表示。

**首次受理　破除疑难**

2017 年 9 月，国家知识产权局收到了一份投诉，与其他投诉不同的是，这份投诉内容涉及集成电路布图设计侵权。"我们从客户那里得知，另一家企业提供给他们的芯片产品与我们的产品十分相似。在对两者进行了认真比对后，我们意识到公司自主研发的集成电路布图设计遭遇到了侵权。考虑到行政执法的便捷、高效性，我们立即向国家知识产权局提出投诉。"无锡新硅微电子有限公司（下称"无锡新硅"）副总经理朱波告诉记者。

无锡新硅是此次案件的请求人，其请求称，南京日新科技有限公司（下称"南京日新"）侵犯了其集成电路布图设计专有权，请求国家知识产权局认定南京日新侵权行为成立，责令停止侵权行为，销毁掩模和侵权产品，赔偿侵权损失。而当时的朱波所不知道的是，此案是《集成电路布图设计保护条例》自2001年施行以来，国家知识产权局受理的首起侵权纠纷案件。

"这一案件激活了集成电路布图设计行政保护程序。"该案合议组参审员王志超介绍，国家知识产权局对该案高度重视，及时调整、充实执法委员会的人员组成，组织成立了合议组，并依法立案。调整后，执法委员会由国家知识产权局专利管理司、条法司、专利局初审流程部、专利局电学发明审查部、专利复审委员会等5个部门抽调相关人员组成，确保处理案件的专业性。

万事开头难。第一次口头审理结束后不久，南京日新就向苏州市中级人民法院提起布图设计专有权的权属纠纷诉讼，认为涉案布图设计专有权应当由南京日新和无锡新硅共有，随后向合议组申请中止侵权纠纷的行政执法程序。要不要中止程序？如果中止，该行政执法程序将在很长一段时间内被搁置。

"根据《集成电路布图设计保护条例实施细则》第三十条规定，发生权属纠纷的，当事人可以请求中止相关程序。但是实施细则没有具体规定何种情形应当中止或者不予中止行政执法程序，合议组对上述请求进行了充分的研究和讨论，最终决定不中止执法程序。"合议组组长沈丽告诉记者。

由于首次受理该类型案件，确定是否执行中止程序只是合议组在办案过程中面对的诸多疑难问题中的一个。此外，专有权载体的确定、鉴定机构的选择、独创性认定、侵权认定等焦点问题，合议组在无经验可循、无先例可依的情况下，都经过了审慎考虑。"我们必须要考虑到处理这一行政案件时执法机关的公信力，做到对案件双方都公平公正，每一个处理程序都有相关依据。"王志超表示。

历时11个月，先后经历了权属纠纷、中止请求、行政复议、技术鉴定、两次口头审理等多个程序，合议组最终认定南京日新侵犯无锡新硅集成电路布图设计专有权成立，并作出责令停止侵权，没收、销毁相关专用设备及产品的处理决定。

**严格保护　助推产业**

一枚小小的芯片里往往包含着复杂的集成电路布图设计。集成电路布图设计实质上是集成电路中至少有一个是有源元件的两个以上元件和部分或者全部互连线路的三维配置。

"在芯片企业创新发展的过程中，针对不同的研发成果，应该适用于不同的知识产权保护形式，如技术性改进适用于提交专利申请，软件的编程适用于软件著作权的保护。对于芯片的创新研发，还有一些专业环节需要应用到集成电路布图设计的保护。多种知识产权保护模式综合运用，才能让自身的知识资产得到最及时、有效的保护。"芯片产业业内人士表示。

对于集成电路布图设计专有权的保护，我国实行登记制。申请布图设计登记，申请人必须提交该布图设计的纸质图样，图样应当至少放大到用该布图设计生产的集成电路的 20 倍以上，同时可以提交该图样的电子版本；如果布图设计在申请日之前已投入商业利用的，还应当提交含有该布图设计的集成电路样品。

《集成电路布图设计保护条例》于 2001 年实施，如今来看，其中的部分条款规定较为上位，缺乏可操作性。比如，如何确定集成电路布图设计专有权的载体和保护范围，就是此案审理中面临的一个主要疑难问题。纸质图样呈现的版图，有时并不能够清晰地表达布图设计的全部细节，以此为准，将无法进行准确的侵权比对，不利于查明侵权事实。

此次案件中，合议组借鉴了集成电路布图设计专有权撤销程序的案例和与集成电路布图设计侵权审判相关的司法案例，经过深入讨论仔细研究，最终认为，登记时提交的布图设计的电子版图样为布图设计专有权的载体，电子版图样存在某些无法识别的布图设计细节时，可以参考登记提交的集成电路样品的布图设计。

"别看只是短短一句结论，对于相关问题的探讨却伴随案件始终。"合议组主审员孙学锋介绍，类似上述结论，合议组将结合在集成电路布图设计专有权行政执法中的具体实践，收集相关司法案例，系统梳理现行《集成电路布图设计保护条例》《集成电路布图设计保护条例实施细则》《集成电路布图设计行政执法办法》中与当前实际相脱节或不具有可操作性的条款，提出针对性建议，为我国芯片产业的知识产权保护提供有力保障。

"如今正值我国芯片产业的高速发展期，我国在集成电路布图设计专有权保护方面的积极作为，将丰富我国在芯片知识产权保护方面的内容与措施。集成电路布图设计保护的力度与我国芯片企业的创新积极性互为表里，相信在保护力度不断加大的情况下，将激励更多芯片企业大胆创新，在'中国芯'时代大展拳脚。"刘海波表示。

（刊登于 2018 年 9 月 21 日第一、二版）

# 知识产权司法保护的参与者与推动者

## ——访北京知识产权法院副院长宋鱼水

本报记者　祝文明

我国知识产权保护 40 年短暂历史，被公认为走过了欧美国家 100 多年的道路。40 年来，我国的知识产权制度从无到有，再到日臻完善，这其中凝聚了无数知识产权人的汗水与心血。回顾改革开放 40 年来我国知识产权事业的发展，在知识产权司法领域，有一位知识产权司法保护的参与者、见证者与推动者——北京知识产权法院副院长宋鱼水。

1989 年，宋鱼水从中国人民大学毕业后，被分配到北京市海淀区人民法院（下称"海淀法院"）。她从书记员一步步干起，13 年后成为海淀法院知识产权庭庭长，后来又先后担任过海淀法院副院长、北京市第三中级人民法院副院长。目前她担任全国首家知识产权专门法院——北京知识产权法院的副院长。

如今的宋鱼水身上围绕着众多光环：全国劳动模范、全国审判业务专家、全国知识产权领军人才、全国妇联兼职副主席、中央候补委员……"但我最本质的工作还是一名知识产权法官，为让当事人在每一个案件中都能感受到公平与正义而努力。"宋鱼水说。

**开拓创新，审结大量经典案例**

从事知识产权审判近 20 年来，宋鱼水指导或参与办理了众多极具代表性与创新性的"第一案"。

2002 年，全国第一家国家级高新技术区中关村科技园发生了一件某著名学者诉一家数字图书馆的著作权侵权案。数字图书馆不属于传统意义上的图书馆，从以前的"书上架"发展到"书上网"。数字图书馆的经营者将图书资料扫描上网，是否需要获得作者的许可？

那时，我国刚加入世贸组织不满一年。

一方面是我国加速融入世界经济版图，互联网技术方兴未艾，争夺数字图书市场成了不少企业的当务之急；另一方面是著作权人权益的保护以及刚刚修改的著作权法，我国的知识产权保护问题正被世界放在放大镜下观察。

宋鱼水和同事知道这起案件的重要意义，随后查阅了大量资料，在作者和经营者之间进行慎重的利益平衡。

"问渠哪得清如许？为有源头活水来。"宋鱼水和同事认为，鼓励创造性的劳动更重要，有利于尊重知识、尊重著作权人的利益，有利于科教兴国。最终判决，被告的行为侵犯了著作权人的信息网络传播权。这个案例当年被评为全国十大知识产权案件之首。

在一起民间剪纸作品著作权案件中，宋鱼水和同事在全国首次使用"诉讼禁令"。

在两家杀毒软件企业之间的不正当竞争案件中，宋鱼水和同事在全国首次适用"部分判决"。

2014 年，宋鱼水到北京市第三中级人民法院任职时，国内影视行业发展突飞猛进，业界呼吁保护编剧版权的声音也一浪高过一浪。宋鱼水与同事回应业界关切，牵头审理了琼瑶诉于正侵犯著作权纠纷案，依法保护了琼瑶的合法权益，被影视专业人士评价为彰显了"原创权利至高无上，依法守护不可侵害"。

这样的案例还有很多。宋鱼水常说："知识产权保护是国家激励创新的基本手段，是创新原动力的基本保障，是提升国际竞争力的核心要素。有创新必然有活跃的知识产权纠纷，而这些纠纷的背后是国内外创新制度的相互比较与提升。"

**亲力亲为，多措并举推动进步**

宋鱼水到北京知识产权法院担任领导职务后，除了开庭审案，也花了很多时间思考知识产权司法保护的制度建设。

2014年11月6日，北京知识产权法院作为全国首家知识产权审判专业机构正式成立。自建院之日起，北京知识产权法院就肩负着"提高知识产权保护水平，落实国家创新驱动发展战略，努力创造知识产权司法保护中国经验和中国模式"和"以改革先行者、排头兵和试验田角色，整建制探索实施各项司法改革措施，努力创造可复制、可推广的改革经验"的两大使命，同时实现三个理念的转变：一是以发挥司法在"法治中国"中的基础和枢纽作用作为建院理念，二是以输出公正、令人信服和有指引意义的高水平裁判为办案理念，三是以尊重法官"自觉自律自治"为带队理念。

在宋鱼水和同事的共同推动下，北京知识产权法院采取了一系列改革举措，院长、庭长办案常态化就是其中的积极尝试。

为充分挖掘并发挥法官特长，北京知识产权法院以推动司法改革具体举措落地为目标，组建新型办案团队，推动审判质效提升。制定实施《审判权运行机制改革方案》，组建起"1+1+1"的新型法官团队，其中法官专司审判，法官助理及全部聘用制司法辅助人员协助法官完成案件审理工作，书记员从事事务性辅助工作，形成人员分类、法官主导、协同合作、权责明晰、各负其责的办案新模式；法官之间组成相对固定的合议庭，不设固定审判长，由案件承办法官担任审判长，保证司法民主，确保合议庭平等规范用权。在新型办案团队模式下，全院一线法官团队年均结案240余件，为建院时预期人年均结案量150件的1.6倍，位居北京市中级法院法官人均结案数之首。

除此之外，北京知识产权法院还在全国率先探索由审判委员会、全体委员直接公开开庭审理案件；设置专业法官会议，发挥案件咨询和前置过滤作用；成立技术调查室，帮助法官着力解决技术事实查明难题；成立全国首家知识产权法院志愿者服务队，引入服务型和专家型司法志愿者参与诉讼活动等。尤其是"在先案例"指导制度，得到了社会各界的支持和肯定，截至2017年底，北京知识产权法院已在816篇裁判文书中对"在先案例"进行援引和评述。

几年间，干部队伍不断成长，北京知识产权法院在审判业务领域先后培养了3名全国审判业务专家、8名北京市审判业务专家，打造了一支业务水平过硬的审判队伍；在队伍建设领域，立足新建院特点，结合工作实际，不断探索法官团队建设、法官助理培养等最优路径，为司法体制改革创造了可复制、可推广的改革经验。

3年多来，北京知识产权法院审理了诸多全国首例、在国际范围内都极具影响力的知识产权侵权类案件，站在知识产权保护前沿，不断地积累与探索，为国家创新驱动发展战略保驾护航，具有重大的现实意义和深远的历史意义。

**"真水无香"，司法工匠绽放光彩**

"真水无香"形容人的品格淡泊、纯净和高尚。作为法官的宋鱼水，集中体现了这些优秀品质。

2006 年，一部以宋鱼水为原型的故事片《真水无香》正式上映。影片故事简洁，语言质朴，细节生动，通过把宋鱼水置于理想与现实、法理与情理的冲突之中，成功塑造了宋鱼水"公正司法、一心为民"，忠诚地实践党的宗旨的光辉形象。

区别于以往的纪实影片，《真水无香》是以一个电影摄制组拍摄有关宋鱼水的故事片为贯穿线索，以平实朴素的风格剖析了宋鱼水曾办理的几个普普通通却发人深省的案件，影片将这些案件的跌宕起伏表现得淋漓尽致，实在令人惊叹。最值得观众观看的是，影片中讲述的案件也是各有特色，既涉及经济方面的案件，也有老百姓的案件。

如同影片中的主人公一样，30 年的司法审判生涯，宋鱼水成为能够让当事人"胜败皆服"的好法官。

如今，即使宋鱼水在业务领域已经是知识产权纠纷审判的专家，但她始终保持一种谦逊学习的心态。遇到疑难案件，她会找法官们一起组成合议庭研究、审理，在审判领域精雕细琢，精益求精。她经手的案件，每一个判决、每一份文书几乎都是精品。

"虽然，我的岗位发生了变化，但是，从事的事业没有变化，还是要求我牢记初心、使命，专业专注、求真求源，认真办好每一个案件，不忽视每一个主体的利益诉求，与时代同呼吸、共命运。"宋鱼水最后说，改革开放 40 年对我们国家以及每个人都产生了深刻影响，我国的知识产权制度更是经历了从无到有、不断健全完善的过程，能够参与其中并作出自己的努力，是我们每个人的幸运与骄傲。

（刊登于 2018 年 9 月 26 日第十一版）

**"专利价值度""合享价值度""P2I 评估系统"……**
**国内机构纷纷试水专利价值评估——**

# 如何从专利大数据"掘金"高价值专利？

**本报记者 陈景秋**

"84.3 分！"日前，知识产权出版社有限责任公司咨询培训中心高级咨询顾问孙涛涛博士和研发中心技术主管程序用专业知识产权评估软件 Patent to Intelligence（P2I），向中国知识产权报记者演示了如何对九阳公司的一个专利包进行价值度评估和排名，从而判断其是否为高价值专利。

结果显示，一件名为"易清洗多功能豆浆机"的专利从众多相关专利中脱颖而出，成为综合评分最高的一件专利。"该专利是九阳公司在 2004 年 11 月 29 日提交申请的。2012 年，九阳公司以侵犯该项发明专利权为由，将飞利浦、苏泊尔等公司告上法庭，最后获得巨额赔偿。"孙涛涛表示，从九阳公司了解到的情况与他们的评估结果高度吻合。与九阳公司一样，挖掘高价值专利为企业所用，是每个科技型企业抢占先机、谋求发展的重要法宝。但高价值专利就像埋藏在沙中的金子，有待被人们挖掘和发现。

根据世界知识产权组织最近发布的报告显示，受中国专利申请量的强劲增长驱动，整个亚洲地区在全球专利申请总量中的份额从 2006 年的 49.7% 增至 2016 年的 64.6%。为了在专利大数据中"掘金"，目前，国内外企业都在积极探索借助人工智能等手段对海量专利数据进行技术质量、潜在价值的快速评价。业内人士认为，这对于帮助企业从大量专利中发现优质专利、快速综合评价企业专利实力以及推动专利运营、投资等活动的开展都具有重要意义。

**国外先行一步**

在海量的专利数据中，要挖掘出那些具有闪光点、有高价值的专利，国外有哪些可供借鉴的高价值评估模式？

"上世纪 40 年代，发达国家开始对包括专利在内的科技成果进行科技统计和指标研究，包括科技论文的统计和专利的统计。这些统计经历了如下发展：上世纪 60 年代末期，引入专利、技术收支平衡等指标；上世纪 70 年代至 80 年代，引入对高技术产品、专利、论文和创新活动的调查；上世纪 90 年代，增加了诸多新的指标，如科技投入矩阵来帮助衡量专利产品在技术创新过程中的作用。"孙涛涛表示，专利质量和专利价值也遵循"二八定律"，20% 的高价值专利就隐藏在专利大数据中等待我们去挖掘。为了评估高价值专利，世界上许多知名的知识产权部门、机构都进行了积极探索。

据了解，在高价值专利评估方面，美国知识产权咨询公司（CHI）首创推出了"专利记分牌"，分析世界各大公司在美国的专利竞争态势，获得广泛的认可。此外，美国 Ocean Tomo 公司的知识产权质量指标（IPQ 报告）也是颇受认可的高价值专利评价体系。"IPQ 报告主要是基于专利特性统计模型计算 IPQ 得分，这个模型包括 50 多个离散并通过市场验证的专利特性，如商品化状况、权利要求、诉讼、所有权等。"孙涛涛表示，该报告以分值的形式来展示相关专利的价值。

程序对本报记者表示，思保环球（CPA Global）的专利分析与检索软件 Innography 在挖掘核心专利、进行专利质量评估方面亦有独到之处。它独创的专利强度，采用复合指标算法模型筛选，参考多项指标，包括专利引用/被引次数、权利要求数量、专利家族数量、专利诉讼等，将专利、诉讼等各方面信息结合在一起形成结构化分析方案，以可视化图表形式直观地呈现。

"此外，欧洲专利局专利价值评估软件——IPScore 也值得关注。"孙涛涛表示，该软件是欧洲专利局从丹麦专利商标局购买的，用于进行专利的定性和定量分析。IPScore 能对专利进行全面的分析，并通过客观结果、风险机遇、财务前景、投资前景和净现值分析 5 个维度对专利的价值进行结果展示。

**国内渐入佳境**

国外已在评估高价值专利方面探索出了不少指标体系。那么，国内机构又是怎样发掘高价值专利的呢？

四川某高校天府新区研究院有关负责人告诉本报记者，当前，国内比较流行的一种方式是由专利权人和专利受让人进行谈判得出一个价值，最后由评估机构根据该价值进行评估。该负责人表示，如果单由评估机构出具评估结果，专利权人或者专利受让人都很难认可。"这种方法虽然费时费力，但是在国内颇有市场。"该负责人指出。

"一件高价值专利具有巨大价值，但往往隐藏在大量的专利数据中。要想发现它们，在没有自动化工具辅助的情况下，就如大海捞针。"孙涛涛表示，对于中国高价值专利的筛选和评估，国内也有很多机构进行了有益的尝试，比如中国技术交易所的专利价值度（PVD）、合享新创的"合享价值度"、知识产权出版社的 P2I 中国专利价值评估系统等。

以 P2I 中国专利价值评估系统为例，这些自动评估系统如何进行有效评估呢？对此，程序介绍，该专利价值评估系统高度整合了各类专利信息，综合 28 个指标，覆盖多个维度，对专利价值进行评估，允许自定义评价体系，可轻松修正、评述并持续跟踪结果，并对专利价值进行实时监控。

为了验证 P2I 中国专利价值评估系统的科学性，孙涛涛对山东省高校专利进行了评估。"以山东省高校专利价值评估为例，按各市所有专利的专利价值的平均分进行排序，并按各件专利的当前权利状态（有效、在审、无效）进行统计，同时结合专利总量考虑，济南市、青岛市、聊城为山东省高校排名前三的城市，这和地方相关管理部门的主观认知也是一致的。"孙涛涛介绍。

从单件专利价值排名看，P2I 特有的实体指标体系能帮助准确挖掘出有价值的专利。如山东某大学的一件专利在 P2I 的常规指标分值为 91.72 分，排在第 1 位，排在第 55 位是山东另一所大学的一件专利。但是，在 P2I 的实体指标体系分值排名中，前者只有 36.28 分，而后者获得 84.65 分。究其原因，原来排名第 55 位的专利经历了两次转让和两次质押，且转让都是转让给企业，质押也说明了金融系统对该技术价值的肯定。这些实体指标体系和常规指标体系相结合，能从不同角度客观地揭示专利的价值。

近年来，随着我国自主创新能力的快速提升，专利申请量大幅度增长，全社会对加强专利运用、充分发挥创新优势、促进经济发展有很高的期待。"在盘活专利资产的实践中，特别是在专利转让、许可、运营、质押融资及证券化融资等活动中，都绕不开一个共同的难题——对涉及的专利进行科学合理的价值判断。"孙涛涛表示，通过"掘金"专利大数据，无疑可以帮助相关企业、产业获得更好的发展机遇。

（刊登于 2018 年 10 月 24 日第五版）

注重需求引领，解决实际问题，"万里行"活动——

## 助推产业转型升级　激发创业创新活力

本报实习记者　韩瑞

走进全国 12 个省份的近 30 个地市，为超过 1000 家企业、高校、科研院所以及广大社会公众提供知识产权服务，辐射从业人员超过 5 万人……统计数据显示，从 2014 年启动至今，国家知识产权局主办的"知识产权走基层　服务经济万里行"（下称"万里行"）活动深入一线，通过创新政府服务方式，提升政府服务水平，辅导和帮助企业进一步增强知识产权创造、运用、保护和管理能力，推动产业转型升级，促进经济社会更好更快发展。在活动中，知识产权主管部门充分发挥专业和资源优势，对提升地方产业竞争实力、推动地方经济发展起到了积极作用，社会反响良好，树立了知识产权公共服务品牌。

"开展'万里行'活动是转变政府职能的重要体现，是落实中央要求，实践'两学一做'、践行群众路线的重要举措，是优化配置各类知识产权资源的有效方式，是带动知识产权相关行业发展的重要手段。"10 月 25 日，在 2018 年"万里行"活动上海站的启动仪式现场，国家知识产权局知识产权保护司司长张志成在接受本报记者采访时表示，该活动是国家知识产权局深入贯彻落实党中央、国务院一系列重要决策部署而开展的一项大型公益活动，5 年来，主动面向产业、根据经济发展实际需求着力解决突出问题，各项服务取得实效。

### 精准对接需求

"知识产权工作要服务于经济发展，就要做到从产业中来，到产业中去。"张志成介绍，"万里行"活动由产业、企业提出知识产权需求，地方知识产权局收集整理和提交需求，国家知识产权局根据需求设计服务模块，调配服务资源。2018 年的"万里行"活动先后走进山东、吉林、江苏、上海，每一站都会针对各地不同产业需求有所侧重，并根据实际情况辐射不同的地方和区域。

在 2018 年的首站山东，"万里行"活动在济南、日照、宁津三地同时举办，重点聚焦知识产权助力新旧动能转换。三地根据有关需求，相继开展了包括知识产权保护工作座谈会、重点产业知识产权信息发布、发明专利巡回审查、专利转移转化及运营论坛、知识产权实务实战培训班等多项活动，对助推山东省新旧动能转换综合试验区建设起到积极作用。

在吉林通化，"万里行"活动以"知识产权支持医药产业发展"为主题，开展了产业专利态势发布、知识产权故事会、知识产权实操技能培训、专利巡回审查、知识产权公益咨询、专利导航产业发展等多项活动，为吉林省医药产业转型升级、创新发展探明了路径。

在上海，"万里行"活动以"加强知识产权保护　服务上海对外开放"为主题。"作为'排头兵'和'先行者'，上海需要构建更严格的知识产权保护体系、进一步对外开放。这一主题响应了国家扩大对外开放战略，提升中国（浦东）知识产权保护中心影响力，为首届中国国际进口博览会的成功举办，为上海打造全面开放新高地、促进经济高质量发展营造良好的知识产权发展环境。"上海市知识产权局副局长芮文彪如是介绍。

**聚焦创新服务**

"知识产权事务涉及领域广，工作内容多，专业化程度较高，通过开展'万里行'活动，提供'一站式'服务，有助于加强各类机构优势互补，形成工作合力，实现工作效果最大化。"张志成表示，国家知识产权局在每一站的活动中，都根据地方实际情况，提供"量身定制"的服务，加强各类机构优势互补，形成工作合力，实现服务效果最大化。

智慧医疗产业知识产权分析评议成果发布、智慧医疗产业国际合作案例分享、2018企业总裁知识产权高级研修班、专利无效案件巡回口审……在"万里行"上海站，现场气氛热烈，反响积极。作为其中"IP路演"主题活动的承办单位之一，上海容智知识产权代理有限公司总经理于晓菁见证了5年来"万里行"活动服务创新主体、促进成果落地。她说，在浦东新区知识产权局的指导下，他们公司承办了系列"IP路演"技术金融及产业链对接活动，帮助多项发明成果获得融资，成功转化为现实生产力。"希望借助'万里行'这一活动平台，帮助更多的创新成果加速转化，让更多的高价值专利落地生根。"于晓菁说。

"知识产权事业的发展，离不开相关行业的支撑和社会资源投入。开展'万里行'活动，能够有效引导知识产权代理、法律、信息、商用化、咨询、培训等相关行业面向产业投入优质资源，带动服务水平提升，也有利于推动高端服务与产业需求对接，培育知识产权服务市场。"张志成表示。

拓展知识产权政府服务新方式，不仅是国家知识产权局"万里行"活动的工作目标，也是各承办地区的共识。"万里行"活动江苏站开展了知识产权审查员、服务机构走企业活动，来自国家知识产权局的专利审查员和服务机构的专家分别走进镇江新区、镇江高新区、句容市、扬中市、丹阳市的企业工作一线，实地调研指导知识产权工作。"以这次活动为起点，本地的知识产权服务机构可以更加深入地了解企业需求，增强公共服务意识，锻炼提升服务能力，不断提高服务质量、拓展服务空间，更好地为社会各界提供优质的知识产权服务。"国家知识产权局知识产权保护司有关负责人表示。

"5年来，我们的每一次出发、每一次活动，都是真正让产业、企业发展因知识产权而受益的探索与实践。"张志成说。回首"万里行"这5年，目标更清晰，形式更优化，反响更热烈。未来，在服务产业、推动发展的万里征程上，知识产权步履愈发坚定。

(刊登于2018年10月26日第二版)

加大"放管服"改革力度　促进专利代理质量提升

# 新修改的《专利代理条例》明年3月1日起施行

**本报讯**　（记者王宇北京报道）记者从11月13日举行的国务院政策例行吹风会上了解到，修改后的《专利代理条例》将自2019年3月1日起施行。提升专利代理质量、将专利代理人的称谓改为"专利代理师"、放宽专利代理行业准入、遏制"黑代理"问题、倡导提供专利代理援助服务等成为此次修改的亮点。

会上，国家知识产权局副局长贺化介绍了《专利代理条例》修改情况，并与国家知识产权局条法司司长宋建华、司法部立法三局副局长金武卫一同答记者问。吹风会由国新办新闻局副局长袭艳春主持。

促进专利代理行业健康发展，对提升我国专利质量和运用水平、推进创新型国家建设具有重要的现实意义。贺化介绍，此次《专利代理条例》修改重在根据专利代理行业实际情况变化，贯彻落实党中央、国务院的重大决策部署，适应"放管服"改革要求和优化营商环境、激发市场活力和社会创造力的需要，完善专利代理制度，促进行业健康发展，为大众创业、万众创新服务。

据了解，现行《专利代理条例》于1991年公布施行，对规范专利代理活动、提高创新水平和质量、保障专利制度良好运行起到了积极作用。但是，随着经济社会不断发展，专利代理行业状况和发展环境均发生了显著变化，现行条例的一些规定已经与行业实际、有关法律规定和国家"放管服"改革要求不相适应，有必要对其进行修改。

贺化介绍了此次修改的总体思路。一是简政放权，支持创新创业，减轻群众负担，激发市场活力与创造力。二是放管结合，加强日常监管，规范市场秩序，保障创新主体合法权益。三是优化服务，加大便民利民力度，提高服务效率。

在回答中央广播电视总台记者关于专利代理质量相关问题时，贺化指出，实施专利质量提升工程是国家知识产权局的一项重要工作。专利代理是创新成果转化为专利权的重要环节。新修改的《专利代理条例》对于提升专利代理质量作出明确规定，如增加专利代理师签名责任，倡导提供专利代理援助服务，促进专利代理机构信息公开，加强专利代理行业自律，进一步强化对违规行为的政府监管等，以直接或间接促进专利代理质量提升。

数据显示，截至 2018 年 10 月底，4.2569 万人取得专利代理人资格，执业专利代理人达到 1.8468 万人，专利代理机构达到 2126 家。

据悉，新修改的《专利代理条例》颁布实施后，国家知识产权局将尽快完成配套部门规章的修订工作，做好专利代理管理系统改造等软硬件配套工作，继续提升行业监管水平和行业服务能力，确保新修改条例的顺利实施，为创新驱动发展提供有力支撑。

（刊登于 2018 年 11 月 14 日第一版）

首届中国国际进口博览会彰显中国严格保护知识产权的决心——

# 聚合新"知" 共享未来

本报记者 王宇

位于上海国家会展中心北厅的综合服务区，可谓进博会的必经之路。每天，来自全球各地的展商就是从这里步入"四叶草"，感受中国主动向世界开放市场的决心和行动。

11 月 6 日一大早，展商弗兰克先生就来到设立于此的知识产权保护与商事纠纷处理服务中心，有一件烦心事，他需要赶快找到答案。

"我是加拿大 ALL IMPACT FOODS 公司负责人，我代理的摩洛哥果汁品牌Valencia两年前进入中国市场，但这个品牌名称已被一家美国公司在 8 年前注册，我可以怎么使用以避免侵权？"

"如果确定对方注册的商标没有使用，可以向国家知识产权局商标评审委员会提起'撤三'申请；如果使对方的商标被撤销，就可以申请注册了。"接待弗兰克的商标组工作人员给出了清晰的回答。

"这对我很有帮助。"弗兰克满意而归。再见到他时是在签约厅，弗兰克所在的公司与湖北武汉金宇综合保税发展有限公司签下合约，双方将就加拿大优质肉类、水果和水产品进口展开合作。

6 天的会期中，知识产权保护与商事纠纷处理服务中心每天要接待十几起类似的咨询。新产品来了，新客人来了，怎么让他们留下来？最好的办法，就是让他们感受到中国依法严格保护知识产权的坚定决心和务实行动。

### 打造全球投资热土

"营商环境就像空气，空气清新才能吸引更多的投资和贸易，打造国际一流的市场营商环境，离不开强有力的知识产权保护。"在首届进博会配套活动——第十五届上海知识产权国际论坛暨全球知识产权保护和创新发展大会上，商务部部长助理李成钢表示。

透过首届进博会，不仅可以看到开放的中国、创新的中国、包容的中国，也能够深切感受到蓬勃发展的中国知识产权事业。伴随着40年改革开放的伟大实践，中国知识产权制度建立并不断完善，为外国企业在华创新提供了有效保障，极大地促进了中外企业正常技术交流合作。

据统计，首届进博会上发布新技术新产品超过100多项，有的还是全球首发、亚洲首展；首次进入中国的展品达5000余件，全面呈现国际最尖端、最前沿、最具代表性的产品和服务趋势。

全世界最小的心脏起搏器、最薄的血压仪、最快的免疫分析仪、"会飞"的汽车……全球展商将进博会作为新产品、新技术发布的重要平台，足见其对中国加强知识产权保护、营造一流营商环境的高度认可。

高通公司作为2017年获得中国专利权最多的外资企业，同时也是最早一批确认参加进博会的美国企业之一，其在中国20余年的发展历程，充分说明了知识产权保护对科技创新的重要性。

"高通见证了中国知识产权保护从无到有，从小到大，由弱变强。我们认为，在知识产权保护的整体环境方面，中国已经取得了很大的进步和巨大的成就，而且高通在中国的合作共赢也是体现这种进步的一个范例。"高通公司全球高级副总裁赵斌称，"中国把知识产权保护作为整体产权保护体制中的一部分提出来，这让我们非常振奋，更有信心在中国继续加大研发投入来发明出更多的技术。"

在深耕中国市场、分享发展红利的同时，诸多外资企业也在用实际行动推进中国加快动能转换、参与全球分工。在进博会智能及高端装备展区诺基亚展台前，不少参观者在应用了5G技术的VR点球大战中一试身手。诺基亚贝尔总裁王建亚说："中国目前在5G方面是引领全球的，虽然我们是一家欧洲公司，但是我们积极参与把中国的标准在全球整合起来。"

来自芬兰的诺基亚，已经不是2G时代砸核桃的"神器"，而是5G时代的专利"王者"。诺基亚所展示的很多5G应用，就是在中国进行研发的。从中国诞生的一批5G专利成果，最终被纳入国际标准，惠及全球。"诺基亚在中国扎根超过30年，我们希望创新在中国，用于中国、用于全球。"王建亚表示。

在医疗器械及医药保健展区，同样汇集了大批行业龙头。随着医药领域知识产权保护力度不断加强，参展企业对中国市场信心越来越大。

瑞士罗氏集团董事会主席克里斯托弗·弗兰茨博士在展会现场当起了"解说员"。"进博会可以展示我们在中国创新领域作出的贡献，我们不只将创新成果带给中国，还将在中国取得的创新成果带向世界。"弗兰茨表示，进入中国 25 年，罗氏集团在中国的业务发展得益于中国市场的良好环境。

"对于像我们这样的企业，要持续地投入发明创新，需要知识产权保护创新成果，从而在创新中获得发展。因此，一个稳定而完善的知识产权体系至关重要。我很高兴地看到中国政府正在积极加强这方面的系统管理，这也在很大程度上保护了中国的自主创新。"弗兰茨说。

### 坚定外商投资信心

"过去有一些批评人士认为知识产权系统是发达国家与发展中国家之间的零和游戏，同时有人在企业层面作出同样的指责，认为知识产权保护使大型企业受惠，而使小微企业处于不利地位。对此我并不赞同。"美国尤尔实验室副总裁韦恩·索邦在第十五届上海知识产权国际论坛上表示。

韦恩·索邦是美国知识产权法协会前主席，去年 4 月，他曾在全球著名的科技博客 TechCrunch 撰文称，长期以来，中国被认为是抄袭者的乐土，但硅谷和美国新政府并没有看到中国正在发生的变化。中国不仅强烈支持全球化市场和自由贸易，填补了西方国家退出后留下的真空，还在知识产权保护和执法方面成为全球领先者。

这恰恰是中国坚定不移保护知识产权的本意：在一视同仁、依法保护外资企业知识产权的同时，让本土企业认识到知识产权在创新发展和国际贸易中的重要地位，掌握国际竞争的主动权，迈向价值链中高端，免于陷入低水平加工和仿冒。

首届进博会大力彰显中国依法严格保护知识产权的决心信心，也是对中国知识产权保护能力的一次集中展示。

由 11.2 万块乐高积木颗粒拼接而成的进博会吉祥物"进宝"，成为展馆内人们排队打卡的"网红景点"。在乐高展台，还发布了两款以中国元素为主题的玩具产品，这也是乐高集团首次为特定国家或区域市场定制产品。预计到明年年底，这家来自丹麦的玩具制造商将在中国 30 个城市拥有约 140 家品牌零售店。

乐高集团首席执行官倪志伟（Niels B. Christiansen）对进博会开幕式上关于保护外资企业合法知识产权权益的论述印象颇深。

"看到中国这么多年的发展变化，我们对中国市场的未来充满了信心。"倪志伟的信心必定有一部分来自几天前的一份判决。11 月 5 日，广州市越秀区人民法院认定汕头市美致模型有限公司等四被告侵权行为成立，应立即停止生产、销售、展览或以任何方式推销侵权产品的行为并赔偿乐高集团的损失约人民币 470 万元。

"该判决表明了中国政府相关部门持续保护知识产权以及为所有在华经营业务的公司创造良好营商环境的决心。"倪志伟表示，将继续采取一切必需的法律手段保护乐高的知识产权。

进博会期间，外媒对中国加强知识产权保护也给予密切关注。彭博社关注到参展商耐克公司和路易威登对中国大力打击侵权假冒行为的赞赏。多家外媒表示，进博会旨在展示中国开放经济的意愿，从其他国家购买更多商品，让外国公司在中国做生意更容易。而这部分取决于中国将如何保护外企的技术和知识产权。

保护知识产权就是保护创新的火种。某种程度上讲，这也是一个企业、一个行业、一个国家创新能力的源泉。

记者来到进博会国家贸易投资综合展中国馆，在展品最多的"创新"单元，参观者纷纷拿起手机拍摄"加强知识产权保护"相关展示内容。一张醒目的图表上，过去5年中国对外支付的知识产权使用费清晰在列。2017年，这一数字达到287.4亿美元，比2013年增长40%，排名全球第四。

这就是越来越多的外国企业愿意来中国的原因。中国开放的大门不会关上，只会越开越大。同样，中国依法严格保护知识产权的决心不会动摇，只会坚定前行。

（刊登于2018年11月14日第一、三版）

# 在国博，感受伟大的变革

本报实习记者　韩瑞

第一件发明专利申请、复兴号动车组模拟驾驶平台、世界最大单口径的射电望远镜"中国天眼"模型……近日，"伟大的变革——庆祝改革开放40周年大型展览"在国家博物馆隆重开幕。一张张历史图片、一件件文献实物、一个个沙盘模型，多角度、全景式铺展开一幅改革开放40年波澜壮阔的历史画卷。

11月18日，早八点半。虽然是个周日，国家博物馆门前依然排起长队，来自全国各地的参观者齐聚于此，感受改革开放的光辉历程和伟大成就。

随着涌动的人潮，记者来到了题为"历史巨变"的第四展区。"这是1985年4月1日，《中华人民共和国专利法》实施第一天，航天部二院207所的胡国华提交第一件发明专利申请时的情形。"讲解员说。

出现在记者面前的，是专利号为"85100001.0"的新中国第一件发明专利申请的专利证书。记者现场连线如今已70多岁的胡老先生。回忆起自己提交第一件发明专利申请时的情景，他依旧难掩激动与自豪之情。

胡国华告诉记者，能够成为我国第一件发明专利申请的申请人，他感到非常"幸运"。这份"幸运"，来自改革开放对科技人员的"松绑"。胡国华认为，专利法的实施是对科研工作者创新创造劳动的肯定。"年轻人有了自己的发明创造、提交了专利申请，一样可以承担大型的科研项目。"

那一天，中国专利局（国家知识产权局的前身）共受理了海内外专利申请3455件。人们对中国建立专利制度表现出巨大的热情，这也被时任世界知识产权组织总干事鲍格胥誉为"世界专利史上的新纪录"。

改革开放 40 年来，中国的知识产权制度在改革开放中不断发展完善，也为改革开放提供重要支撑。现场展示的两幅图表，用翔实数据告诉参观者中国知识产权领域发生的变化。在知识产权创造方面，近年来中国相继实现了年发明专利申请量和国内有效发明专利拥有量"两个一百万件"的重大突破，PCT 国际专利申请受理量跃升至世界第二位，马德里商标国际注册申请量排名全球第三，成为名副其实的知识产权大国。历数现场展出的科技创新成就，无不折射着我国自主知识产权核心技术的身影，透射出依法严格保护知识产权为创新型国家建设贡献的力量。

"没有改革开放，就没有知识产权事业的今天。没有知识产权保护，就没有向世界科技强国进军的原动力。我们相信，在科技和知识产权工作者的努力下，我们的明天会更加美好。"在展览现场，一位来自中科院近代物理研究所的科研人员感慨。

（刊登于 2018 年 11 月 21 日第一版）

## 最高人民法院召开纪念反垄断法实施 10 周年座谈会——

# 反垄断法：砥砺十年，再攀高峰

"自我国反垄断法实施以来至 2017 年底，全国法院共受理垄断民事一审案件 700 件，审结 630 件。特别是 2016 年，人民法院共新收垄断民事案件 156 件，审结 178 件。"11 月 16 日，在最高人民法院召开纪念反垄断法实施 10 周年座谈会上公布的这组数据让与会人员振奋不已。

最高人民法院副院长陶凯元表示，反垄断法素有"经济宪法"之称，它对于维护经营者、消费者合法利益和社会公共利益，提高企业竞争力和促进社会主义市场经济健康发展，具有极为重要的作用。10 年来，我国法院忠实执行反垄断法，不断完善反垄断司法制度，不断加大反垄断法实施力度，及时制止垄断行为，与反垄断执法部门查处、审理了大量有影响力的案件，有力地维护了市场竞争机制的公平健康。

"回首过去的 10 年，人民法院垄断民事审判工作在案件审理经验积累、诉讼制度建设和裁判规则明确等方面均取得了重要进展，为维护统一开放、健康有序的市场竞争机制作出了重要贡献。此后，人民法院将继续加强垄断纠纷案件审判工作，及时出台审理垄断民事纠纷案件的司法解释，为防止市场垄断，激发全社会创造力和发展活力作出更大的贡献。"最高人民法院知识产权庭庭长宋晓明表示。

### 十年探索　成效显著

2007 年 8 月 30 日，第十届全国人民代表大会常务委员会第二十九次会议正式通过反垄断法，并于 2008 年 8 月 1 日开始实施。在接下来的 10 年，我国垄断民事案件的审理呈现出案件数量整体增长、涉及行业或领域日趋广泛以及案件类型多样化等特点。

"首先，相关案件数量总体呈现增长趋势。反垄断法实施 10 年来，全国法院系统新收垄断民事案件年均增长率达到 35.6%。"宋晓明介绍，其次，相关案件所涉及的行业或者领域越来越广泛。这些案件既涉及传统领域，又涉及现代新技术领域，且有逐步扩大的趋势，涵盖交通、保险、医药、食品、家用电器、供电、信息网络等领域。需要重点关注的是，互联网领域的垄断纠纷案件频频出现，显示我国互联网领域企业规模逐步增大，中小互联网企业的创新发展空间受到一定限制。随着信息通信技术的迅猛发展，因标准必要专利引发的垄断纠纷不断出现。最后，案件类型呈现出多样化。滥用市场支配地位案件和垄断协议案件并存，其中以滥用市场支配地位案件居多，占全部垄断民事案件的 90% 以上。滥用市场支配地位案件中，涉及拒绝交易、超高定价、差别待遇、附加不合理条件等各种具体情形。垄断协议案件既包括横向垄断协议纠纷案件，也包括纵向垄断协议纠纷案件。

"在案件的审理过程中，人民法院不断明确了反垄断法实体条文的含义或者垄断行为分析方法，明确了裁判规则，确立了相关领域的竞争规则和行为标准，推动了反垄断法的正确实施。比如，在华为公司诉美国 IDC 公司滥用市场支配地位垄断纠纷案中，人民法院探索了标准必要专利许可相关市场界定以及超高定价的判断标准。"宋晓明谈到。

### 迎接挑战　不惧险阻

在反垄断法实施的 10 年间，我国经济社会发生了翻天覆地的变化，反垄断法民事诉讼不断"开疆拓土"，取得了显著的成绩。然而，作为一部相对"年轻"的法律，其也面临诸多挑战。

多位与会专家提出，反垄断法相关规定需要进一步细化和完善。第十三届全国人大代表马一德指出，我国反垄断法第五十五条规定，经营者依照有关知识产权的法律、行政法规规定行使知识产权的行为，不适用本法；但是经营者滥用知识产权，排除、限制竞争的行为，适用本法。而对于知识产权的权利内容而言，其本质是对创新成果数据的一种垄断性的权利，以垄断利益刺激创新和成果转化，如何应对和防御知识产权垄断行为，将成为必须解决的问题。

在司法实践中，多位一线法官在案件审理过程中也遇到不少困惑。"比如，随着因标准必要专利引发的滥用，市场支配地位纠纷的出现，是否可以允许标准专利权人在特定条件下提起不构成滥用市场支配地位之诉。"北京市高级人民法院知识产权庭副庭长谢甄珂表示，从北京市高级人民法院受理的反垄断相关案例来看，案件原告的胜诉比率较低，举证难现象较为普遍，尤其是在涉及滥用市场支配地位的案件，以判决方式结案的案件中，原告难以胜诉。

对此，上海市高级人民法院知识产权庭庭长刘军华表示认同，并提出，由于反垄断法通常涉及经济学，若原被告双方运用不同的经济模型，很可能得出的结论大相径庭，这也给案件的审理带来了挑战。

**坚定信心　展望未来**

对于当前所面临的挑战，陶凯元表示，根据司法实践情况，人民法院将主要从以下三个方面采取措施，努力开创反垄断司法工作新局面：

一是完善反垄断民事诉讼程序和证明规则，切实减轻原告证明负担；二是加强对反垄断法实体条款的适用研究，适时统一裁判标准，例如，人民法院将对纵向垄断协议的分析方法、知识产权滥用行为的反垄断法规制、网络环境下平台市场的分析框架、反垄断分析与反不正当竞争的关系、损害赔偿的计算等，进行重点研究；三是充分发挥最高人民法院知识产权法庭审理垄断案件职能，进一步提高反垄断司法审判质量，统一审理包括垄断在内的技术性较强的知识产权民事和行政上诉案件。

此外，多位与会专家还呼吁，在不断完善相关法律法规的同时，还要加强司法、执法队伍建设，要以反垄断执法机构整合为契机，要打造一支掌握国内市场情况，洞悉国际发展趋势，了解产业发展规则，通晓法律规则，精通国际贸易的执法、司法队伍，学习国外反垄断执法机构的经验，密切跟踪国外重大执法案件的发展，寻求先进理论技术，全面提升反垄断执法、司法实践水平。

（张彬彬）

（刊登于 2018 年 11 月 21 日第九版）

# 国务院常务会议通过专利法修正案（草案）

○进一步加强专利权人合法权益保护
○完善激励发明创造的机制制度
○把实践中有效保护专利的成熟做法上升为法律

**本报综合新华社消息**　国务院总理李克强 12 月 5 日主持召开国务院常务会议，决定再推广一批促进创新的改革举措，更大激发创新创造活力；通过《中华人民共和国专利法修正案（草案）》，有效保护产权，有力打击侵权。

会议指出，按照党中央、国务院部署，京津冀、上海、广东等 8 个区域对促进创新的改革举措开展了先行先试。去年第一批 13 项改革举措已推向全国。会议决定，再将新一批 23 项改革举措向更大范围复制推广，更大力度激活创新资源、激励创新活动，培育壮大发展新动能。其中，在全国推广的主要包括：一是强化科技成果转化激励。允许转制院所和事业单位管理人员、科研人员以"技术股＋现金股"形式持有股权。引入技术经理人全程参与成果转化。鼓励高校、科研院所以订单等方式参与企业技术攻关。二是创新科技金融服务，为中小科技企业包括轻资产、未盈利企业开拓融资渠道。推动政府股权基金投向种子期、初创期科技企业。创业创新团队可约定按投资本金和同期商业贷款利息，回购政府投资基金所持股权。鼓励开发专利执行险、专利被侵权损失险等保险产品，降低创新主体的侵权损失。三是完善科研管理。推动国有科研仪器设备以市场化方式运营，实现开放共享。建立创新决策容错机制。同时，将原先在个别区域试点的3项改革举措，推广到先行先试的全部8个区域，包括赋予科研人员一定比例职务科技成果所有权、区域性股权市场设置科技创新专板、允许地方高校自主开展人才引进和职称评审。会议要求，要加强对上述分批推广和其他先行先试改革举措的跟踪评估，总结经验，完善政策，促进改革深化，更大发挥科技创新推动高质量发展的重要作用。

为进一步加强专利权人合法权益保护、完善激励发明创造的机制制度、把实践中有效保护专利的成熟做法上升为法律，会议通过《中华人民共和国专利法修正案（草案）》。草案着眼加大对侵犯知识产权的打击力度，借鉴国际做法，大幅提高故意侵犯、假冒专利的赔偿和罚款额，显著增加侵权成本，震慑违法行为；明确了侵权人配合提供相关资料的举证责任，提出网络服务提供者未及时阻止侵权行为须承担连带责任。草案还明确了发明人或设计人合理分享职务发明创造收益的激励机制，并完善了专利授权制度。会议决定将草案提请全国人大常委会审议。

会议还研究了其他事项。

（刊登于2018年12月7日第一版）

## 我国将对知识产权（专利）领域严重失信主体开展联合惩戒
## 重拳精准出击　直指专利顽疾

本报记者　孙迪

失信者将被严惩！近日，国家发展和改革委员会等38个部门单位联合印发了《关于对知识产权（专利）领域严重失信主体开展联合惩戒的合作备忘录》（下称《备忘录》），对知识产权（专利）领域严重失信行为主体将施以38项惩戒措施中的一项或多项。"这将对提升知识产权创造水平、运用能力、保护力度、服务质量发挥不可替代的重要作用，将进一步促进构建规范化、市场化、国际化的创新、投资和营商环境，有力促进扩大开放和中国经济竞争力提升。"国家知识产权局有关部门负责人表示。

"《备忘录》深入落实党中央、国务院有关强化知识产权创造、保护、运用以及推进社会信用体系建设的决策部署，将大大增强惩戒的有效性、联动性、系统性，是强化事中事后监管、健全知识产权领域信用体系的重要手段，是完善知识产权制度、提升知识产权领域社会治理能力和治理水平的重要方面。"上述负责人介绍，联合惩戒措施包括由国家知识产权局实施的加大监管力度、取消有关评优资格、不予享受专利费用减缴和优先审查等5项措施，以及各部门单位联合实施的限制政府性资金支持、限制任职资格、限制高消费等33项各类措施。针对具有重复专利侵权行为、不依法执行行为、专利代理严重违法行为、专利代理人资格证书挂靠行为、非正常申请专利行为、提供虚假文件行为等知识产权（专利）领域严重失信行为的主体实施者开展惩戒。

"38个部门和单位联合印发《备忘录》，彰显了我国严格保护知识产权的信心和决心。"中国铁建党委书记、董事长陈奋建表示，对知识产权失信行为的严厉惩戒，正是对尊重知识产权的创新主体的激励，这一举措进一步树立了我国尊重知识产权、营造良好营商环境的国际形象，将推动中国铁建在国际舞台上以知识产权为动力展现央企的卓越姿态。

"这是个非常重磅的消息。38个部门将采取信息共享与联合惩戒的方式来惩治专利失信主体，让专利失信者寸步难行。此次联合行动，涉及部门数量之多、惩戒波及范围之广都是前所未有的，这是为营造更好的营商环境和创新环境所采取的重要举措。"科沃斯机器人股份有限公司知识产权副总监朱瑾认为，《备忘录》的出台鲜明地展现出国家对于加强知识产权保护的决心。作为科技创新型企业，该公司高度关注对创新主体知识产权的保护。"我们觉得该举措让企业更加坚定创新步伐，将更多的时间和精力投身到技术创新中去。"

"作为一家以创新为灵魂的显示行业领军企业，我们为国家在加强知识产权保护、优化营商环境中展现的决心和力度深受鼓舞。"维信诺集团知识产权部总经理柯晓鹏表示，此次出台的知识产权失信惩戒措施具有很强的针对性和可操作性，有力提振了创新主体的信心。"《备忘录》里列举的惩戒措施包括由国家知识产权局实施的5种和由其他37部门实施的33种，囊括了商业发展和社会生活众多关键方面，其所针对的6类严重失信行为正是中国专利领域的几种顽疾，可谓对非正常专利申请和执法难题的重拳精准出击。"

"信用是市场经济良好运行的前提和保障，加强知识产权保护需要加强相应的社会信用体系建设。对知识产权领域严重失信主体开展联合惩戒，将非常有利于在国内形成尊重和重视知识产权的社会氛围，从而形成更加良好的创新环境和营商环境。"北京旷视科技有限公司知识产权总监赵礼杰表示，该公司一直非常重视创新和知识产权保护，同时非常尊重他人的知识产权，未来旷视公司将更加尊重他人的创新成果和知识产权，更加重视技术创新和知识产权保护，从而提升企业自身的核心竞争力。"我们应当注意到，一旦被列为严重失信主体，将对相关主体产生非常大的负面影响，因此对严重失信行为的认定应当保持审慎和谦抑，避免错误或不当认定情况的发生。"赵礼杰同时建议。

"高质量、高价值的知识产权是经济发展的刚需,是科技创新的核心,创造知识产权'强保护'环境是大势所趋。这一失信惩戒的举措铿锵有力,可以从中看出我国对强化知识产权保护、完善知识产权政策体系的坚定态度。"智慧芽联合创始人关典表示,作为知识产权服务机构,智慧芽坚持秉持为科技创新服务的理念,围绕从创意立项、研发管理、知识产权布局保护、专利运营的全生命周期,为每个创新主体提供可信赖的信息服务。《备忘录》所列举的相关措施将有利于净化我国知识产权服务业的业态环境,让高水平的创造获得高质量的保护,从而进一步激励创新。

"我们非常认同和支持中国政府采取积极的措施进一步加强和改善知识产权保护体系。我相信这将更加有利于强化维护法律的尊严,提升全社会的维权守法意识,提高侵权违法的成本。"美国高通公司在华投资经营多年,见证了中国知识产权保护从不断加强向全面从严转变,亲历了中国营商环境的不断优化。该公司全球高级副总裁赵斌表示,希望《备忘录》提出的组合措施能够更加有效地惩罚知识产权侵权的现象。"我们作为一家以知识产权为生命线的企业,将积极支持和配合中国政府加强产权保护的行动,助力中国进一步打造公平公正的营商环境。"

"《备忘录》的发布,对知识产权(专利)领域严重失信主体的联合惩戒力度之大前所未有,彰显中国保护知识产权的决心和信心,充分体现中国保护知识产权的能力和水平,我们坚决拥护和赞同。"上海市知识产权局局长芮文彪表示,上海将积极配合相关部门,按照惩戒的合作备忘录的内容加强对失信主体实施联合惩戒,加强知识产权信用体系建设,引导市场主体规范专利申请、代理等行为。"要让守信者一路畅通,让失信者寸步难行,营造全社会共同参与的知识产权保护环境。"芮文彪说。

"38个部门联合印发《备忘录》,对知识产权(专利)领域严重失信主体开展联合惩戒,措施力度空前,彰显了政府强化知识产权保护、优化营商环境、推进信用体系建设的毅力和决心。"湖南省市场监督管理局党组成员、省知识产权局局长段志雄表示,湖南将参照《备忘录》内容,着力提升专利质量,强化行政执法、"双打"协调、维权援助,完善行政司法协同保护机制,构建诉调对接平台,建设保护中心、调解中心,加强区域执法协作,构建知识产权"严、大、快、同"保护工作体系,提升知识产权保护社会满意度,努力将湖南建设成知识产权保护最好的省份之一。

"知识产权保护对现代经济具有重要意义,此次38个部门对知识产权(专利)领域严重失信主体开展联合惩戒,力度空前,体现了我国对知识产权保护的日益重视。"厦门市知识产权局局长卢琳兵表示,一直以来,厦门沿着"强化知识产权创造、保护、运用"的目标方向,积极开展两岸与"一带一路"知识产权经济试点,构建知识产权大保护、大运用、大服务体系,营造国际一流的营商环境。"今年10月,我们刚刚实施了《厦门市知识产权(专利)社会信用建设管理办法(试行)》,正在推进知识产权信用体系建设。下一步将以《备忘录》为指引,进一步推进失信联合惩戒,提高违法成本,加大知识产权保护力度,打造一流的知识产权信用环境。"卢琳兵介绍。

"重拳出击维创新，利剑出鞘斩失信，联合惩戒千钧力，知识产权葆青春。"大连理工大学知识产权学院院长陶鑫良赋诗一首，表达对《备忘录》的期许。"《备忘录》瞄准知识产权领域尤其是专利方面的严重失信主体，目标明确，指向明朗，惩戒明白，威慑明显。"他指出，跨部门联合惩戒措施的"组合拳"与"连环套"，将严重失信信息公开，并借以作为公开发行其他公司信用类债券核准或注册、股票和可转债发行审核及在"新三板"挂牌公开转让审核、非上市公众公司重大资产重组审核等的参考，对知识产权失信者形成强有力的震慑，将有效减少知识产权失信行为，优化营商环境。

（刊登于 2018 年 12 月 7 日第一、三版）

# 审查质量提升永远在路上

本报记者　陈婕

从高速增长阶段转向高质量发展阶段，改革开放是一次永不停歇的征程。中国知识产权制度因改革开放而生，是市场经济的产物，是国家创新驱动、转型发展的重要支撑。加强知识产权保护，是提高中国经济竞争力最大的激励。专利审查作为强化知识产权创造、保护、运用的源头，其重要性不言而喻。

改革开放 40 年来，我国知识产权事业取得了举世瞩目的巨大成就，同时也面临"大而不强"的问题。在践行高质量发展、深化改革的征程中，国家知识产权局着力实施专利质量提升工程，全面促进专利创造、申请、代理、审查、保护和运用全链条各环节的质量提升，加快实现专利创造由多向优、由大到强的转变，为新旧动能转换和经济高质量发展提供有力支撑。

**审查制度建设是基础**

2018 年是改革开放 40 周年。40 年来，我国专利审查领域的质量意识一以贯之。

自 1985 年 4 月 1 日当时的中国专利局受理第一件专利申请起，国家知识产权局就将制度建设作为提升审查质量的基础。1993 年，国家知识产权局首次颁布审查质量管理相关文件，包括《实审部审查质量管理办法》，这是一次从无到有的质的演变，标志着国家知识产权局专利审查质量管理体系开始萌芽。

随着知识产权事业的发展，专利审查质量管理也被提升到新的高度。2004 年，国家知识产权局首次组建全脱产的局质量检查队伍；2005 年，成立专门负责局级审查质量管理的组织机构——审查质量控制处；2007 年，覆盖全流程、各审级的质量评价体系正式建立，标志着国家知识产权局质量管理更加注重科学化、精细化。

近年来，国家知识产权局积极贯彻落实党中央的决策部署，多策并举提升专利质量，通过"稳增长、调结构、促转型"等措施，助力实现专利的高水平创造、高质量申请、高效率审查、高规格授予。

一方面，开展"双监督双评价"管理，是国家知识产权局加强专利审查质量管理的重要举措，通过进一步畅通问题反馈渠道，及时响应社会需求，积极回应社会关切，实现审查质量保障的"四管齐下、内外联动"，唱响质量主旋律，努力推动专利审查高质量发展。具体而言，"双监督"是指在全局范围内聘请36名审查质量监督员，参与政策制定，开展质量监督、民意反馈等工作，进一步加强内部质量监督；外部审查质量反馈及时纠正审查过程中存在的不足，帮助审查员提高审查能力。"双评价"是指局内审查质量评价与审查质量用户满意度调查评价相结合，局内深入开展问责式审查质量评价，抓住审查工作中全局性共性问题，保障同领域审查质量统一；局外委托独立第三方开展审查质量用户满意度调查，科学化抽样，合理化分析，持续提高审查质量用户满意度。

另一方面，建立并完善专利审查业务指导体系和质量保障体系，是国家知识产权局加强审查质量管理的重要抓手。

首先，《专利审查质量保障手册》明确提出专利审查质量目标，详细规定各级审查质量保障职责，并要求各审查部门单位应围绕审查质量目标，深入查找并精准解决审查质量保障体系运行中存在的问题，不断提高计划（P）、执行（D）、检查（C）、改进（A）的良性循环效能。

其次，提升审查员的审查能力水平，是审查质量保障体系的核心目标，即以质量保障为出发点，以发现和纠正质量问题、预防和避免质量问题为重要工作内容。国家知识产权局三级质量保障体系，对全局审查质量进行整体评价，为持续改进专利审查质量提出政策和建议。

此外，审查员如何解决疑难问题，并促进审查标准执行一致，审查业务指导体系起着非常重要的作用。审查业务指导体系旨在构建一种目标明确、职责清晰、沟通顺畅、支撑有力的多级金字塔式的业务指导体系。局级设立专家业务指导组，负责解决各部门单位提交的法律疑难问题或跨领域标准执行不一致的问题，每年发布《局级审查标准执行一致案例汇编》，以提升审查员对法律的理解和适用水平。各审查部门作为审查队伍的核心力量，坚持问题导向，借助同领域质量保障分析会、检索横向交流、疑难案件会审等活动，保障同领域审查标准执行一致。各审查协作中心充分履行作为审查质量保障和审查业务指导的主体责任，切实保障审查业务指导成效。

国家知识产权局通过建立和运行专利审查业务指导体系和质量保障体系，强化专利审查标准的执行统一，严把专利审查授权关，确保对每一件专利申请都做到授权有理、驳回有据、客观公正、标准统一，筑牢专利质量的"大坝"。

### 审查能力提升是关键

专利审查是国家知识产权局的一项核心业务，专利审查员队伍是国家知识产权局的一支核心力量，是专利审查的根本依托，也是知识产权事业发展和知识产权强国建设的重要支撑。多年来，国家知识产权局在审查员队伍建设方面采取了多种措施，全面提高了审查员队伍的综合素质和业务水平，对于持续提升专利审查质量发挥了重大作用。

近年来，国家知识产权局在江苏、广东、河南、湖北、天津、四川成立了6个专利审查协作中心，加上原有的专利审查协作北京中心、专利复审委员会，已形成了"一局一委七中心"的专利审查格局，审查员总数已超过万人。面对这支庞大的审查员队伍，建立科学的人才培养机制、提升审查员的审查综合能力，显得尤为重要。

经过多年的摸索与实践，国家知识产权局不断完善审查员培训体系，开展专项活动等，使审查员的审查能力不断提升。国家知识产权局的培训体系可以帮助审查员解决工作中的疑难问题，不断更新知识结构。在原来教学的基础上，国家知识产权局还开发了一批核心教程，开办的培训班涵盖多个等级，逐步形成分模块、分主题、分层次的多维培训体系。此外，国家知识产权局还不断创新教学方式，比如尝试小班化教学、进行在线培训、选送审查员出国进修等。

为了使新审查员独立审查的素质和能力符合审查岗位的基本要求，打造一支高水平的专利审查员队伍，近年来，国家知识产权局开展了审查员独立审查上岗评估工作。不仅如此，为增强审查员的使命感、责任感和荣誉感，国家知识产权局还组织开展了审查员独立审查上岗宣誓仪式，并向审查员颁发《独立审查证书》。

开展专项活动是审查员能力提升的重要方式之一。其中，审查员的专利检索水平直接关系到专利审查质量，因此，检索能力提升便成为专项活动中的重要内容。近年来，国家知识产权局相继开展了"检索质量年""检索水平促进年"等专项活动，组织各审查领域审查员制定分领域专利检索指导手册、结合典型案例开展检索互助横向交流、组织审查员参加专利检索能力评估测试等活动，为提升审查员检索水平、提高审查质量起到重要支撑作用。

"近年来，我国专利审查员队伍不断壮大，新生力量源源涌入，青年才俊脱颖而出，迄今我国已经拥有了规模较为庞大的专利审查员队伍。"上海大学知识产权学院名誉院长陶鑫良坦言，他于1985年初成为我国第一批专利代理人，也曾担任上海大学（前身上海工业大学）的科研处副处长多年。其间负责建立和运营上海工业大学专利事务所近十载，自己也曾代理过学校和其他当事人数以百计的专利申请。最近，他翻出了当年代理的相关专利申请文件，包括其中与专利审查员的交流文件，借以对照近年授权的发明专利审查之一通、二通等文件，深切地感受到我国专利审查水平的不断提升。

专利审查水平的大幅提高，促进了我国专利质量的稳步提升，同时激发和引导着我国的科技创新和发明创造。"以我日常工作中所接触和合作的企事业单位为例，他们经常会举办学习专利审查知识与经验的研讨会或者沙龙，借以进一步推动科学研究和技术创新活动，进一步提高专利质量与专利运用水平。"陶鑫良表示。

**质量提升工程是抓手**

一直以来，党中央、国务院对专利质量高度重视，2015年12月发布的《国务院关于新形势下加快知识产权强国建设的若干意见》中，明确提出要"实施专利质量提升工程，培育一批核心专利"。2016年底出台的《"十三五"国家知识产权保护和运用规划》也提出要"提高专利质量效益"，并将"专利质量提升工程"作为重大工程之一，作出了更加具体的部署安排。

2016年底，国家知识产权局出台了《专利质量提升工程实施方案》，明确提出以"高水平创造、高质量申请、高效率审查、高效益运用"为目标，全力做好核心专利培育。该方案还提出了"四大重点工程、八大基础支撑"，为未来如何全面提升专利质量指出了基本路径和举措。

发明创造与专利申请质量的高低，直接影响到专利质量的高低。在这方面，国家知识产权局坚持科学发展，质量为先，推进重点区域、重点产业、重点创新主体的专利质量提升；同时着眼长远，优化区域、产业和企业创新发展决策机制，引导专利申请数量和区域经济发展水平、产业发展需求和科技创新能力相匹配，推动更多高水平科技创新成果知识产权化。

专利代理是将创新成果转化为专利权的重要环节。近年来，为促进专利代理质量提升，国家知识产权局发布了《关于开展专利代理专项整治工作的通知》《关于规范专利申请行为的若干规定》等一系列文件，为促进专利代理行业的高质量发展注入源源不断的新动能。

专利审查是专利保护的源头和专利工作的基础。把好专利审查授权关，避免不当授权，向社会公众提供保护范围清晰适当、权利稳定可期的专利权是专利审查质量提升的关键所在。多年来，国家知识产权局全面提升审查质量管理水平，通过全面提升审查质量和效率，充分发挥了专利审查工作向前促进科技创新水平提升、向后促进专利市场价值实现的双向传导作用。

在严格保护和高效运用促进专利质量提升工程方面，国家知识产权局进一步突出知识产权快速维权的质量导向，推进知识产权领域信息体系建设，促进高价值核心专利的高效益运用，强化运用环节对专利质量的评价反馈，加快构建严格的知识产权大保护体系。

提升专利质量，是我国由要素驱动发展向创新驱动发展、由知识产权大国向知识产权强国迈进的必然要求。如今，改革已进入全面深化阶段，经济从高速度发展转向高质量发展，已成为新时代中国经济的鲜明特征。站在新的发展起点上，国家知识产权局认真贯彻党中央提出的新发展理念，在不断提升专利质量的道路上大踏步地前行。

（刊登于2018年12月14日第四版）

# 知识产权事业在改革开放中阔步前行

## ——访国家知识产权局局长申长雨

本报记者 王宇

"改革开放40年的实践启示我们：创新是改革开放的生命。"在庆祝改革开放40周年大会上，习近平总书记的重要讲话回顾了中华民族波澜壮阔的奋斗历程，指明了未来破浪前行的正确航向。

伟大梦想不是等得来、喊得来的，而是拼出来、干出来的。40年来，伴随改革开放历程，中国的知识产权制度从无到有，逐步健全，取得了令世人瞩目的巨大成就。

一项事业要振兴，就必须在历史前进的逻辑中前进，在时代发展的潮流中发展。站在改革开放40周年的历史节点上，如何评价知识产权制度40年发展历程，走好新时代中国特色知识产权发展道路？本报记者采访了国家知识产权局局长申长雨。

### 应运而生，因改革开放而兴

"中国的知识产权制度是伴随着改革开放建立和发展起来的，既是改革开放的产物，也为改革开放提供了重要支撑。"回顾40年发展历程，申长雨用三句话阐释知识产权制度在改革开放历程中的独特作用：一是创新驱动发展的"刚需"，二是国际贸易的"标配"，三是社会主义市场经济的"基石"。

历史记录下这项制度的演变历程：党的十一届三中全会后，为了更好地利用外资，引进国外先进的技术、设备和管理，加快自身经济发展，邓小平同志作出了"专利法以早通过为好"的果断决策。1984年，全国人大常委会通过了专利法，于次年4月1日起实施。2008年《国家知识产权战略纲要》出台，将知识产权上升为国家战略。党的十八大以来，习近平总书记多次对知识产权工作作出重要指示。2015年底，国务院印发关于新形势下加快知识产权强国建设的若干意见。2016年5月，党中央、国务院发布《国家创新驱动发展战略纲要》，进一步明确提出要"加快建设知识产权强国"。

申长雨表示，经过40年的不懈努力，中国的知识产权事业一步步实现了从无到有、从小到大，从制度引进到适应国情、根植本土的重要转变，一跃成为一个名副其实的知识产权大国，取得了举世公认的巨大成就。

营造良好创新环境。改革开放40年来，中国陆续制定出台并多次修订完善商标法、专利法、著作权法、反不正当竞争法等法律法规，建立起了符合国际通行规则、门类较为齐全的知识产权法律制度。同时，不断完善司法和行政保护工作机制，成立专门的知识产权法院和知识产权法庭，开展打击侵权假冒专项行动，加大知识产权保护力度。在严格的知识产权保护下，全社会创新创造热情持续迸发。在世界知识产权组织发布的《2018年全球创新指数报告》中，中国名列第17位，成为首个跻身全球前20位的中等收入经济体。

促进经济社会发展。40年来，知识产权权益分配机制改革不断深化，知识产权运营体系不断健全，知识产权密集型产业得到培育壮大，有力促进了经济社会发展。2017年，我国地理标志产品产值超过1万亿元，有力地支撑了特色产业和精准扶贫；2017年度专利、商标、版权质押融资总规模超过1000亿元，有效缓解了中小企业融资难问题。累计2万多家企业完成国家知识产权管理规范贯标工作，高校、科研院所及重大项目知识产权管理不断加强，创新效率和成果转化效益持续提升。我国在众多领域研发掌握并成功运用了一批自主知识产权核心技术，加快了中国制造向中国创造转变、中国速度向中国质量转变、中国产品向中国品牌转变。

**直面挑战，融入全球化潮流**

近年来，我国在知识产权各领域开展了扎实有效的工作，取得了举世瞩目的成就和进步。但是，随着科技发展和市场竞争加剧，知识产权领域的新问题、新矛盾不断出现，如知识产权法律制度尚不能很好地适应事业发展需要，知识产权大而不强、多而不优，知识产权保护效果与社会期待仍有差距，知识产权运用效益尚未充分显现等。

改革发展中遇到的问题，只有靠进一步改革发展来解决。申长雨指出，近年来，我国知识产权申请量持续增长，已成为名副其实的知识产权大国，但还不是知识产权强国，基础型、原创型、高价值核心专利，以及知名品牌和版权精品相对不足，知识产权大而不强、多而不优的矛盾依然存在。如何推动知识产权数量质量协调发展，加快由知识产权大国向知识产权强国的转变，仍然是知识产权系统面临的重大挑战。对此，国家知识产权局将认真贯彻习近平总书记关于提高知识产权审查质量和审查效率的重要指示精神，坚持质量第一，效益优先，把握稳中求进的工作总基调和高质量发展的要求，全面推动知识产权注册审查速度变革、效率变革、质量变革，更好地支撑经济社会发展。

知识产权维权举证难、周期长、成本高、赔偿低、效果差，是经济发展中另一个困扰我国创新主体的突出问题。对此，申长雨表示，下一步将配合立法机关推进相关法律修改进程，不断健全知识产权保护体系。特别是要通过提高立法标准和执法水平，加大知识产权侵权违法行为惩治力度，从根本上解决知识产权维权难问题，努力实现知识产权保护从不断加强到全面从严转变，为创新主体提供更完善的知识产权制度保障，营造稳定公平透明、可预期的营商环境。

保护知识产权，中国的态度是明确而坚定的。面对经济全球化的时代潮流，知识产权如何更好地服务对外开放？"随着经济全球化的不断发展，全球范围内的创新合作和知识产权相关问题日益复杂。只有通过更加紧密的国际合作，才能有效解决知识产权权利确认、技术扩散、惠益分享以及侵权盗版等世界性问题，实现对创新成果的有效保护。"申长雨表示，中国愿意和国际社会一道有效维护多边体制，致力于同世界各国一起构建开放包容、平衡有效的知识产权国际规则，服务世界各国创新主体。

**拥抱时代，奋力展现新作为**

中国特色社会主义进入新时代，知识产权事业发展也进入了新时代。申长雨表示，按照党的十九大作出的"两步走"战略部署，在抓好现有各项部署的落实、确保到 2020 年《国家知识产权战略纲要》各项目标任务顺利完成的基础上，要认真谋划面向新时代的知识产权强国战略纲要制定工作，使知识产权强国建设与知识产权战略实施接续推进，压茬进行。从 2020 年到 2035 年，力争经过 15 年的努力，基本建成知识产权强国，使我国知识产权创造、运用、保护、管理和服务跻身国际先进行列。从 2035 年到本世纪中叶，再奋斗 15 年，全面建成中国特色、世界水平的知识产权强国，使我国知识产权创造、运用、保护、管理和服务居于世界领先水平，为建设现代化经济体系和构建开放型经济新体制提供有力的制度供给和技术供给。

具体到操作层面，就是要推动实现"五个转变"。

在知识产权创造方面，坚持质量第一、效益优先，深入实施专利质量提升工程，大力培育高价值核心专利，努力实现知识产权创造由多向优、由大到强转变，更好支撑创新型国家建设。

在知识产权保护方面，积极构建集"严保护、大保护、快保护、同保护"于一体的知识产权保护工作体系，依法对各类市场主体和创新主体的知识产权进行严格保护，努力实现知识产权保护从不断加强到全面从严转变，进一步塑造良好的营商环境。

在知识产权运用方面，完善知识产权权益分配机制，多渠道盘活用好知识产权资源，大力发展以专利为支撑的创新型经济，以商标为支撑的品牌经济，以原产地地理标志为支撑的特色经济和以版权为支撑的文化产业，努力实现知识产权运用从单一效益向综合效益转变，打造竞争新优势。

在知识产权管理方面，认真贯彻中央决策部署，扎实做好知识产权机构改革，深化知识产权领域"放管服"改革，切实打通知识产权创造、运用、保护、管理、服务全链条，充分发挥知识产权综合效益，推动经济提质增效升级。

在知识产权国际合作方面，以习近平新时代中国特色社会主义外交思想统领知识产权国际合作，坚持多边主义，完善全球治理。充分利用一系列合作机制，推动知识产权国际规则朝着开放包容、平衡有效的方向发展，努力实现知识产权国际合作交流从积极参与向主动作为转变，以全面开放格局参与国际竞争合作，更好地支撑扩大开放。

"面向新时代，我们将坚持以习近平新时代中国特色社会主义思想为指导，贯彻落实党中央、国务院决策部署，加快建设知识产权强国，为实现'两个一百年'奋斗目标提供更加有力支撑。"申长雨说。

（刊登于 2018 年 12 月 26 日第一、二版）

# 读图：伟大的变革——庆祝改革开放 40 周年大型展览

蒋文杰　摄影

（刊登于 2018 年 12 月 26 日第十二、十三版）

# 后　记

　　继举国上下庆祝开革开放40周年盛大活动之后，中国知识产权报也迎来自己创刊30周年，我们受命编纂一部新闻作品集，以资纪念。所有作品就从历年出版的报纸中遴选，用同事们的话说，我们要用报纸30年来的作品，见证、展示我国知识产权事业40年改革发展的辉煌。

　　报纸是时代的见证。我国知识产权事业从无到有、从小到大、从弱到强，取得今天的卓越成就，社会各界相关人士为此付出了大量智慧、心血和汗水。30年来，《中国专利报》以及后来更名的《中国知识产权报》作为知识产权宣传的主阵地，记录了这一伟大实践进程中的每一个历史瞬间，为传播党和政府发展知识产权事业的方略、法规、政策，报道全国各地区、各行业领域知识产权创造、保护、管理、运用、服务等诸方面的改革发展成就，传递国内外知识产权动态信息和先进经验，推进和弘扬知识产权文化建设等做出了积极贡献。

　　一滴水也可以映射太阳的光芒。编者用了数月时间，埋头翻阅了30年来的报纸合订本，抚摸发黄的纸张，端详每个版面，浏览每一篇稿件，重温久远的新闻事件，反复斟酌，多次集体讨论，从稿件反映的内容属性、舆论导向的历史作用、不同行业地区及工作领域的平衡等角度加以考虑，努力遴选出最具代表性和典型意义的作品。为便于阅读，我们按时间顺序进行排列，选取每年的作品数量大致相当。力求通过从每一个点滴故事、每一个历史瞬间或每一个久远话题，帮助读者审视和回顾历史进程，彰显中国知识产权事业波澜壮阔发展的全貌，感念知识产权事业发展环境的沧桑巨变。

　　驻足、回顾，是为了更好地前行。从报社筹建到连续出版30年，参与报纸采编业务、提供稿件力作或给予报社工作鼎力支持的新老同志难以计数，大家为这张报纸不断成长所做的奉献是不应该被忘记的，出版这本作品集，也是对有此经历的人们最好的关怀和留念。面向未来，正如申长雨局长在本书序言中所指出的，中国知识产权报要有志不改、道不变的坚定；要适应社会信息化持续推进的新情况，加快传统媒体和新兴媒体融合发展，充分运用新技术新应用创新媒体传播方式，占领信息传播制高点；要不忘初心、不负时代、不懈奋斗，在建设知识产权强国、支撑服务创新发展、实现中华民族伟大复兴的中国梦的历史进程中，续写知识产权事业的绚丽篇章。

　　本书付梓之际，申长雨局长欣然为本书作序，对报社以往的成绩予以充分肯定和高度赞扬，对报纸今后的进一步发展予以明确指导和殷切期望，使报社全体同志深受鼓舞。在本书策划、选稿、整理、设计、出版过程中，社内殷南松、林声烨、刘超、吴艳、姚文平、王宇、王少冗、孙迪、裴宏、魏小毛、张海志、崔静思、丁燕涛、张子弘、祖阿颖、郭薇、张慧、赵辉（宣传中心）、赵辉（网络中心）、王辉、蔡友良、曹润青等同志付出大量劳动，在此一并致以衷心谢意！

由于时间仓促、篇幅所限、编者功力不足等原因，本书在选稿和编辑环节中难免有疏漏之处，诸多缺憾，敬请读者谅解。

编者

二○一九年四月